新日本古典文学大系　明治編
29

風刺文学集

中野三敏
宗像和重
十川信介
関　肇
校注

岩波書店刊行

目次

補注……四二七

付録

『かくれんぼ』(『唾玉集』所収談話)……四五九

解説

細目一覧

『浮世写真 百人百色』（*印は本巻収録分）

*新聞記者
*新聞の探訪者《たねとり》
*新聞の配達人
*演説者
漢学者
懶惰《らんだ》書生
藪医者
*窮士族
天狗書家
自慢画工
無筆
*貸坐敷
*娼妓
*妓夫
*芸者
免職先生
*権妻《ごんさい》
私窩子《ぢごく》
尻軽娘
信心者

嫉妬《やきもち》女房
*奥様
頑固親父
道楽息子
裏店《うらだな》の山の神
引手茶屋
幇間《たいこもち》
野師《やし》
浮気後家
姑
お三《さん》
山師
貧乏人
居候《ゐさふらふ》
*官権家
*民権家
*三百代言
*人力車夫
小商人《こあきうど》
*官途の論客《ろんかく》

百姓
夜店商人《あきうど》
*鍋焼温飩《うどん》
小按摩
地主
家作人
店借《たながり》
*差配人
無鉄砲
俳優《やくしや》
相撲取
*曖昧待合
鼻下長《びかちやう》
生臭坊主
*贋の耶蘇信徒
蔭弁慶
*割烹店《れうりてん》
請負師
撃剣家《けんじゆつつかひ》
*遊芸師匠

職人肌
*書肆《ほんや》
*木板師
*活版屋
*洋学者
雇人請宿《やとひにんうけやど》
損料屋
旅商人《あきうど》
吝嗇坊《けちんばう》
*写真師
酒飲
下戸
*国学者
*洋服裁縫教授所
質屋
金貸
*楊弓店
*講釈師
*落語家《はなしか》
旅人宿《はたごや》

宿引
売卜者《ばいぼくしや》
*小学教員
*出版屋
*貸本屋
*戯作者
番頭
丁稚小僧
道具屋
古着屋
気楽人《じん》
風流人《じん》
法螺吹《ほらふき》
私儘者《わがまゝもの》
*洋癖家
乞食
御幣担ぎ
強慾張
お世辞者
半可通

凡例

一　底本はそれぞれ次の通りである。

『当世商人気質』　単行本(明治二十二年九月七日、金港堂)。

『かくれんぼ』　叢書「文学世界」第六として刊行された単行本初版(明治二十四年七月五日、春陽堂)。

『あま蛙』『太陽』第二巻第二号(明治二十九年一月二十日、博文館)の初出。

『小説評註問答』『読売新聞』明治二十三年三月二十三日・二十五日・二十六日・二十八日)。

『眼前口頭』『万朝報』明治三十一年一月九日―三十二年三月四日。

『浮世写真　百人百色』　単行本初版(明治二十一年一月三十一日)より抄出。

『文学者となる法』　単行本初版(明治二十七年四月十五日、右文社)。

二　本文表記は、句読点、符号、仮名遣い、送り仮名、改行など、原則として底本に従った。ただし、誤記や誤植、脱落と思われるものは、校注者による判断、および単行本や全集など他本によって訂正し、あるいは補った。その際、必要に応じて脚注で言及した。

1　句読点

(イ)　句読点(、。)は原則として底本のままとした。ただし、『眼前口頭』の底本では白ごま点(﹅)が用いられている場合があるが、すべて一般の読点とした。

（ロ）『かくれんぼ』『あま蛙』『小説評註問答』『文学者となる法』は、校注者の判断により適宜句間を空けた。

2　符号

（イ）反復記号（ゝ　ヽ　〻　〱　々）は、原則として底本のままとした。

（ロ）圏点（。　・　、）、傍線などは底本のままとした。

3　振り仮名

（イ）底本の振り仮名は、本行の左側にあるものも含めて、原則として底本のままとした。ただし『文学者となる法』は、読みやすさを考慮して適宜振り仮名を割愛した。

（ロ）校注者による振り仮名は（　）内に、歴史的仮名遣いによって示した。振り仮名の転倒や、送り仮名と重複している場合などは、校注者の判断によって補正した。

4　字体

漢字・仮名ともに、原則として現在通行の字体に改め、常用漢字表にある文字はその字体を用いたが、底本の字体をそのまま残したものもある。

（例）　燈（灯）　飜（翻）　龍（竜）　遙（遥）　溪（渓）

（イ）当時の慣用的な字遣いや当て字は、原則としてそのまま残し、必要に応じて注を付した。

5　仮名遣い・清濁

（イ）仮名遣いは底本のままとした。

（ロ）仮名の清濁は、校訂者において補正した。ただし、清濁が当時と現代で異なる場合には、底本の清濁を保存し、必要に応じて注を付した。

6　改行後の文頭は、原則的に一字下げを施した。

7　『文学者となる法』の底本には細目付きの目次が付されているが、これは割愛した。

三　本書中には、今日の人権意識に照らして不適当な表現・語句がある。これらは、現在使用すべきではないが、原文の歴史性を考慮してそのままとした。

四　脚注・補注

1　脚注は、語釈や人名・地名・風俗など文意の取りにくい箇所のほか、懸詞や縁語などの修辞、当て字など、解釈上参考となる事項に付した。

2　引用文には、読みやすさを考慮して適宜濁点を付した。振り仮名は適宜加減し、原文にある圏点や傍線は割愛した。漢文は可能な限り仮名交じりの読み下し文とした。引用文中、必要に応じて校注者による補足を〔　〕内に示した。

3　脚注で十分に解説し得ないものについては、↓を付し、補注で詳述した。

4　本文や脚注の参照には、頁数と行、注番号によって示した。

5　作品の成立・推敲過程上注目すべき主要な点に、他本との校異注を付した。

6　必要に応じて語や表現についての用例を示した。

五　付録として、斎藤緑雨『かくれんぼ』についての作者談話（伊藤青々園・後藤宙外編『唾玉集』所収）を収録した。

饗庭篁村

当世商人気質《とうせいあきうどかたぎ》

中野三敏 校注

〔初出〕『読売新聞』明治十九年（一八八六）三月二十三日より五月二十日まで五十九回連載。第一回は「今様商人気質」、二回目から「当世商人気質」と用字を変え、全五篇。

〔単行本〕六種を見る。㈠は明治十九年十月大坂駸々堂版、ボール表紙一冊。㈡は同年十一月東京自由閣版、ボール表紙一冊。㈢は㈡の翻印で、明治二十年三月東京栄泉堂・今古堂版。㈣は明治二十二年九月七日大坂金港堂版、紙装仮綴一冊。㈤は㈡の改版で明治二十三年十一月一日東京日吉堂版、ボール表紙一冊。このうち㈠㈡㈢㈤はいずれも作者に無断で刊行されたらしく、饗庭篁村自身、対抗して㈣を刊行し、版権登録を行なったという。以上、詳細は『明治文学全集26』（筑摩書房刊）の稲垣達郎氏解題を参照されたい。㈥は明治二十年十二月十三日東京由己社版、ボール表紙一冊。㈢のさらなる改版。

〔底本〕単行本中、篁村の関った唯一の刊本である㈣を用いる。篁村は新聞連載本文に若干の手を加える。自序一頁を新たに付し、本文構成を五篇各三節に改め、各節ごとに三行の小書きを趣向する。これは題名と共に江戸期八文字屋本風の趣きを狙ったところで、内容理解にも大きな示唆を与える。その他若干の加除があるが、主要な部分は本文脚注に指摘した。

〔梗概〕新時代の商人気質を四通りに書き分け、才覚や努力により立身を果す模様を八文字屋本風の文体に三馬の機智風刺と一九の滑稽戯謔とを兼ねた表現を以てする。巻一は全体の大序で、山形屋万助と伊勢屋仁助の対照的な商人気質を論弁させ、巻二は万助の悴千太郎が「ぼんぼん」から一転、大の吝嗇家となり、再転して放蕩の末破産、改心後見事な才覚を発揮し再び栄える話。巻三は仁助の悴為吉が相場に失敗し、大阪で再起する話。巻四はお初とお継の姉妹が結婚相手の男の身持に左右され幸・不幸を分ける話。巻五は会社の受付から見事に身を起す新吉・お辰の夫婦の話で、巻五には巻二に少しだけ顔を出す八右衛門という敵役を上手にからませる構成となる。

〔評価〕従来、その勧懲風の筆の運びに旧文学の澱の如きものを見るという批判（稲垣氏解題など）が肯《うべな》われてきたが、篁村にとって勧懲は文芸の必須要件で、それを欠くことなど考えられなかった。逍遙の『小説神髄』における馬琴批判も、いわゆる勧懲批判ではあり得ず（拙稿『小説神髄』再読」『日本近代文学』第65集）、露伴を除けば、寧ろ以後の近代文芸にその面の順当な展開が見られなくなったところにこそ問題を指摘出来るのではなかろうか。

当世商人気質《たうせいあきうどかたぎ》自叙《じよ》

[一]錦織《にしきおり》なす花《はな》の都《みやこ》に軒《のき》を並《なら》べての繁昌《はんじやう》。いつも変《かは》らぬ其家《そのいへ》かと見《み》れば　[二]主人大《しゆじんたい》半非《はんひ》なりといひし白楽天《はくらくてん》の憾《うらみ》にも似《に》て　四代五代と一つ暖簾《のれん》を掛《か》け続《つゞ》くは稀《まれ》なり。町並《まちなみ》を見《み》ては何処《どこ》も同《おな》じやうなる中《なか》にも　心掛《こゝろが》けのよいと悪《わる》いとは有《あ》りて隣《となり》の家《いへ》は日々《ひゞ》に儲《まう》け出《だ》して弥《いや》が上《うへ》に[三]家質《かじち》を取《と》れば　其隣《そのとな》りは美服美食《びふくびしよく》に奢《おご》りて身体《しんたい》は肥満《ひまん》すれど身代《しんだい》は日々《ひゞ》に衰弱《すゐじやく》して　商《あきな》ひの薄《うす》き上《うへ》に人知《ひとし》れぬ[四]利《り》の勤《つと》め。貧乏《びんぼふ》に鑢《やすり》をかけて内外《うちそと》より耗《す》り減《へ》らし　金気《かなけ》とては鉄《てつ》の粉《こ》も身《み》につけずして。己《おの》が物好《ものずき》して建《たて》たる家《いへ》を人《ひと》の重宝《ちようほう》とはなしぬ。しかして其《そ》の産《さん》を失《うしな》ふ人《ひと》を愚《おろか》と見《み》れば　かへりて身代仕出《しんだいしだ》す人《ひと》よりは利口才発《りこうさいはつ》なる者多《ものおほ》し　畢竟貧福《ひつきやうひんぷく》は智恵《ちゑ》のみにはよるまじ。只其《たゞそ》の業《げふ》を楽《たの》しみてよく勤《つと》むると。己《おの》が業《げふ》に飽《あ》いて勤《つと》めを疎《おろそか》にするとの二《ふたつ》のみ。今《い》ま其《そ》の[五]善悪《ぜんあく》両道《りやうだう》の誡《いましめ》を集《あつ》めて当世商人気質《たうせいあきうどかたぎ》と名《な》づけぬ。これを見《み》ん人《ひと》　家業《かげふ》といふ大事《だいじ》の車《くるま》に油《あぶら》の断《き》れぬやう　心《こゝろ》づけてよく[六]繰《く》り廻《まは》し玉《たま》へと云爾《（しかいふ）》

饗庭篁邨

一「見渡せば柳桜をこきまぜて都ぞ春の錦なりける」（『古今和歌集』春上、素性）等の歌を下敷きにした慣用句。
二『白楽天詩集』巻一・諷諭詩の「凶宅」に「長安ニ大宅多シ…連延タリ四五主　殃禍、継（いつ）デ相鍾（あつま）リ十年コノカタ主人ノ翁ニ利セズ」の詩句による。
三 家屋とその土地を抵当にとって金を貸すこと。「いえじち」ともいう。
四 利子の支払いに追われること。
五 人間の一生を善と悪の二つの道中に見立てて教訓するのは江戸期からの流行。『善悪両道中独案内』（宝暦六年〈一七五六〉）、『善悪道中記』（天保十五年〈一八四四〉初編刊）など。
六 家計のやりくりを心がけること。

当世《たうせい》商人気質《あきうどかたぎ》一の巻

饗庭篁村著

我子《わがこ》に[一]塩《しほ》を踏《ふ》み固《かた》めた身代《しんだい》の講釈《かうしやく》
[二]無理《むり》は内義《ないぎ》が畳《たゝみ》たゝいての歎《なげ》きも
余所《よそ》に吹《ふ》く風身《かぜみ》にしみる親《おや》の慈悲《じひ》

第一

[三]商人《しやうにん》に系図《けいづ》なし、金《かね》を以《もつ》て氏筋目《うぢすぢめ》とす、[四]抑《そもそ》も是《これ》は桓武天皇《くわんむてんわう》九代《だい》の後胤平《こういんたひら》の知《とも》盛《もり》の末孫《ばつそん》なりと名乗《なの》つて　白柄《しらゑ》の長刀水車《なぎなたみづぐるま》の如《ごと》くに廻《まは》しても　[五]盆《ぼん》と暮《くれ》との二季《にき》の戦場《せんぢやう》に槍《やり》くりといふ打物《うちもの》を敵《てき》に取《と》られては　幽霊《いうれい》の縁《えん》をひいてドロンと消《き》えるより詮方《せんかた》なく　先祖《せんぞ》は竜宮《りうぐう》へ渡《わた》つた[六]藤太秀郷《とうだひでさと》でござると肩肱《かたひぢ》をいからした処《ところ》が　俵《たわら》の底《そこ》を叩《たゝ》いても米《こめ》一粒《りふ》なき仕合《しあは》せでは　三上山《みかみやま》を七巻半《なゝまきはん》も巻《ま》くほどな酒《さか》屋《や》魚屋《さかなや》の[七]書出《かきだ》しを見《み》て　[八]百足《むかで》に草鞋《わらじ》　足早《あしばや》に駆落《かけおち》するより外《ほか》に策《さく》なし　[九]正《しやう》一位《ゐ》に陞《のぼ》つた家《いへ》の落胤《おとしだね》と誇《ほこ》つても　埃《ほこり》に埋《うづ》む四辻《よつつじ》に稲荷寿《いなりず》しの店《みせ》を出《だ》しては身代《しんだい》の[一〇]尾《を》が見《み》えて貴《たツと》からず　たとへ昔《むか》しは街道《かいだう》にたゝずみし[一一]雲介《くもすけ》なりとも儲《まう》け出《だ》して富豪《ふうがう》の身《み》となれば　肩《かた》に残《のこ》つた荷物瘤《にもつこぶ》までが福相《ふくさう》のうちに称《しよう》さるゝものぞかし

一「塩を踏ます」は世間の辛酸をなめさせることの譬喩。
二「無理は無い」と「内義」(主婦)のかけ詞。
三 諺。商売人には家柄などは不必要。「只金銀が町人の氏系図になるぞかし」(『日本永代蔵』巻六)。
四 謡曲『舟弁慶』に「抑(そもそも)これは桓武天皇九代の後胤平知盛幽霊なり…夕浪に浮かべる長刀取直し　巴波の紋、あたりを払ひ…」。以下の長刀・幽霊はその縁語。
五 江戸期以来、掛け売りは商売の慣習で、年間に二度の決算が通例であり、その決算期の大変さを戦に見立てる。「槍くり」も「遣り繰り」のかけ詞。
六 俵藤太秀郷。平安中期の武将。平将門の乱に将門を討ち勇名をはせる。御伽草子『俵藤太物語』に近江瀬田の橋上で竜神に武勇を見込まれ、三上山の大百足を退治した伝説で有名。竜宮・俵・三上山・七巻半・百足はその縁語。
七 代金の請求書。
八 諺「百足に草鞋をはかす」は、手間のかかることをいうが、ここは百本の足でもあるようにそそくさとの意。
九 商売の神である稲荷大明神は正一位でその御使いを狐とするところから、後文の「稲荷寿し」「尾が見えて」にかかる。
一〇 正体を見破られること。
一一 道中人足の卑称。荷物運搬や駕籠かきなどを仕事とする。

左《さ》れば商人《あきうど》の目《め》ざす的《まと》[一二]の黒星《くろぼし》は金《かね》といふ字《じ》に止《とゞ》めたり　稼《かせ》ぎの上《うへ》には何《なに》を仕《し》やうと恥《はぢ》にあらずと　真黒《まツくろ》になつて木挽町《こびきちやう》[一三]に団炭屋《たどんや》をして夫婦《ふうふ》共稼《ともかせ》ぎの山形屋《やまがたや》万《まん》助《すけ》といふ者《もの》が　わずか二十年《ねん》経《た》つか経《たゝ》ぬに八丁堀辺《はツちやうぼりへん》[一四]へ立派《りツぱ》な質店《しちみせ》を出《だ》し　角《かど》[一五]から折《を》り廻《まは》して地面《ちめん》三ケ所《しよ》　土蔵《どざう》の地形《ちぎやう》[一六]も千万年《せんまんねん》を期《き》して　堅牢地神《けんらうちじん》[一七]の頭《あたま》まで届《とゞ》くほど深《ふか》く石《いし》を築《つ》き込《こ》み　動《うご》きなき身代《しんだい》と人《ひと》にも称《しよう》せられて　御蔭《おかげ》を蒙《かう》ぶらぬ者《もの》までが旦那《だんな》々々《〱》と崇《あが》めるを　見《み》やう見真似《みまね》に横町《よこちやう》の洋犬《かめ》[一八]までが尾《を》を揺《ふ》つて愛想《あいそ》するは偖《さて》も金《かね》の威徳《ゐとく》の有難《ありがた》や　是《これ》につけても麁末《そまつ》にすべきに非《あら》ずと　身代《しんだい》が太《ふと》るほど活計向《くらしむ》きを細《ほそ》くさるゝは　節倹《せつけん》の垣根《かきね》を超《こ》えて吝嗇《りんしよく》の囲《かこ》ひ内《うち》へ入《い》りたりと人《ひと》の陰言《かげごと》　よくは云《い》ひたがらぬ世《よ》の癖《くせ》と聞《きい》ても知《し》らぬ顔《かほ》で通《とほ》しけり　独《ひと》り子《こ》の千太郎《せんたらう》と云《いふ》は　父《ちゝ》にも母《はゝ》にも似《に》ぬ色白《いろじろ》の優形《やさがた》にて　生《うま》れつき情深《なさけぶか》く乳母《うば》下女《げぢよ》はじめ召仕《めしつか》ひに憐《あは》れみを加《くは》へければ　出入《ではい》る者《もの》も有難《ありがた》がり　栴檀《せんだん》[一九]は二《ふた》葉《ば》　お十一にして此《こ》のお心持《こゝろもち》　末《すゑ》は嘸《さぞ》と年《とし》の上《うへ》にまでお。の字《じ》を付《つ》けて尊敬《そんきやう》すれば親《おや》の心《こゝろ》はいかばかり嬉《うれ》しからん　片輪《かたわ》なるさへ褒《ほ》めらるれば悪《あし》き心《こゝろ》はせぬものなればと　万助《まんすけ》の気《き》を推《お》し量《はか》つて傍《はた》の者《もの》が云《い》ふとは大《おほ》きな違《ちが》ひ　万助《まんすけ》は我子《わがこ》が年《とし》にませて慈悲深《じひぶか》き行為《おこなひ》を見《み》て密《ひそ》かに眉《まゆ》をひそめ　折角是《せつかくこれ》までに稼《かせ》ぎ出《だ》した身上《しんしやう》も彼《あ》の心入《こゝろいれ》では能《よ》く持堪《もちこた》へはせまい　偖《さて》も苦々《にが〱》しい事《こと》ぞと呟《つぶ》やきしが　千《せん》

一二 弓の的の中心点を示す黒い印。
一三 現中央区銀座一丁目から八丁目までの東側。古く芝居町として賑わった。
一四 現中央区八丁堀、京橋川の下流、白魚橋周辺の地名。日本橋のすぐ南にあたり、いわゆる江戸前の地で、東京における市街地の中心といえる。
一五 商店として大通りの角店は最良の立地条件。
一六 建築物の基礎をつき固めること。
一七 仏語「堅牢地神」。大地を下から支える神女という。
一八 明治初期の特殊な語彙の一で、西洋種の犬の俗称。犬を呼ぶ時の「カム　ヒヤ」を聞き誤ったものという。
一九 諺「栴檀は双葉より芳し」。大成する人は幼時から人並みではなく秀れていること。

太郎《たらう》は或時《あるとき》乳母《うば》と共《とも》に店《みせ》へ出《で》て遊《あそ》んで居《ゐ》るとき猿曳《さるひき》[一]が来《き》たりて　へイ御目出《おめで》たうと店《みせ》へ猿《さる》を下《おろ》せば　可愛《かあい》らしき子猿《こざる》が躍《をど》りながら千太郎《せんたらう》の傍《そば》へ行《ゆ》くと　糊入《のりいれ》[二]へ包《つゝ》みて手《て》に持《も》ちたる上等《じやうとう》の干菓子《ひぐわし》を　これ遣《や》らうぞと猿《さる》に投《な》げ与《あた》へしを見《み》て　店《みせ》の者共《ものども》は偖《さて》も大気《たいき》なお生《うま》れやと称賛《しようさん》するに引《ひき》かへ　万助《まんすけ》は顔色《かほいろ》かへて奥《おく》へ立《たち》ぬ

我子《わがこ》千太郎《せんたらう》が猿《さる》に干菓子《ひぐわし》を投《な》げ与《あた》へしを見《み》て万助《まんすけ》は急《きふ》に奥《おく》の間《ま》へ来《き》て　別家《べつけ》[三]同様《どうやう》にして置《お》く深川森下辺《ふかゞはもりしたへん》[四]の伊勢屋仁助《いせやにすけ》[五]といふ小質屋《こしちや》の主人《あるじ》を使《つかひ》して呼《よ》び寄《よ》せ　偖貴公《さてきこう》に少《すこ》し御頼《おたの》みの筋《すぢ》が有《あ》る　と申《まを》して別《べつ》の事《こと》ではござらぬ　悴千太郎《せがれせんたらう》豊《ゆた》かなる中《なか》に育《そだ》ちて銭儲《ぜにまう》けの苦《くる》しみを知《し》らず　先程《さきほど》も店《みせ》へ来《き》た小猿《こざる》にまだ我等《われら》などは口《くち》へ入《いれ》て味《あぢ》はふて見《み》た事《こと》もない上菓子《じやうぐわし》を投《な》げ与《あた》へたる所《ところ》　傍《はた》の者《もの》は大気《たいき》の鷹《おう》揚《やう》のと申せど　我等《われら》の目《め》から見《み》れば是《これ》ほど冥利《みやうり》[六]に外《はづ》れたる事はなし　甘《あま》く育《そだ》てゝは辛《から》き世渡《よわた》りはならず　三子《みつご》[七]の　魂《たましひ》百《ひやく》までと申《まを》せば　彼《かれ》がちと銭金《ぜにかね》の有難《ありがた》味《み》を知《し》るやうに貴公方《きこうかた》で丁稚代《でツちがはり》[八]に二三年《ねん》使《つか》ふて下《くだ》され　尤《もつと》も我等悴《われらせがれ》と思《おも》ひ用捨《ようしや》せられては何《なに》の為《ため》にもならねば随分厳《ずゐぶんきび》しく追廻《おひまは》し使《つか》はるべし　貴公方《きこうかた》も当時《たうじ》さし当《あた》り召使《めしつかひ》も入《い》らぬところ　強《しひ》てお頼《たの》み申《まを》す訳《わけ》なれば月々《つきぐ》食扶持《くひぶち》として金《きん》二円《ゑん》外《ほか》に小遣湯《こづかひゆ》[九]銭等《せんとう》に五十銭《せん》づゝ送《おく》るべし　何分《なにぶん》よきに頼《たの》むと有《あ》るに　仁助《にすけ》も驚《おどろ》き

一 猿廻しの大道芸人。
二 糊入紙。米糊を入れて漉いた上質紙。
三 本家の使用人で、資本とのれんを与えられて独立させてもらった家。
四 現江東区森下町。小名木川と六間堀、五間堀の間に出来た町屋。
五 伊勢出身の商人の屋号に多いが、特に質商が多く、一方、堅実な商売が目立ったので、ケチの隠語にも用いる。
六 神仏からしらずしらずの内に与えられる利益。御利益。
七 諺。幼年時に染みついたことは老年になるまで忘れぬこと。
八 十から十四、五歳までの年季奉公の少年。商売の見習としてかなり過酷な働きを強いられることが多い。
九 当時、内風呂のある商家は少なく、銭湯を利用する代金としての名目。

兎角《とかう》の返答《へんたふ》もなし兼《か》ねて頭《あたま》を掻《か》くうち　万助《まんすけ》の女房《にようばう》お角《かく》は涙《なみだ》を押《おさ》へかねて夫《をつと》の方《かた》へ膝突掛《ひざつッか》け　何《なに》と思《おも》はれて左様《さう》急《きふ》に無慈悲《むじひ》な事は仰有《おッしや》るぞ　少《すこ》しばかりの菓子《くわし》を猿《さる》にやればとて夫《それ》を奢《おご》りの冥利《みやうり》に外《はづ》れるのと云《い》ひたまふ事《こと》かは　殊《こと》に千太郎《せんたらう》は脾弱《ひよわ》き質《たち》　丁稚《でッち》がはりに使《つか》はれては生命《いのち》に障《さは》らうも知《し》れませぬ　悪《わる》い事《こと》が有《あ》らば幾重《いくへ》にも詫《わ》びませう　手許《てもと》を放《はな》す事《こと》はお免《ゆる》しあれと云《い》へば　万助《まんすけ》は目《め》に角立《かどた》て　貴様《きさま》も最《も》う今《いま》の身《み》の上《うへ》に馴《な》れて昔《むか》しの事《こと》を忘《わす》れてか　其心得《そのこゝろえ》ゆゑ悴《せがれ》を彼《あ》の様《やう》に育《そだ》て上《あ》げたので有《あ》らう　よく聞《き》けよ　奢《おご》りといふに何処《どこ》から何処《どこ》まで と区限《くぎり》はない　用《もち》ひ所《どころ》によりては椿《つばき》一輪《りん》を十円《ゑん》で買《かは》うと蜜柑十《みかんとを》で百円《ゑんだ》出そうと強《あなが》ちに奢《おご》りとは云《い》はず　左《さ》れど我《われ》等が分際《ぶんざい》で華族《くわぞく》[10]方《がた》の若君《わかぎみ》が召上《めしあが》るほどな乾菓子《ひぐわし》　たとへ貰《もら》ひ物《もの》にもせよ平生口《へいぜいくち》になづみ[11]目《め》になれて居《ゐ》ればこそ惜気《をしげ》もなく猿《さる》に投《な》げ与《あた》ふるなれ　夫《それ》も先《さき》がよい家《うち》の子供《こども》たちなら別義《べつぎ》[12]はないが　人参《にんじん》の尻尾《しつぽ》を常食《じやうしよく》にする猿《さる》にやりしが奇怪《きくわい》なり　斯《か》く奢《おご》りくせの付《つ》きし者《もの》　教訓《けうくん》を加《くは》へたりとて自《みづか》ら苦《くる》しみて見《み》ねば直《なほ》らぬものゆゑ　彼《かれ》が行末《ゆくすゑ》の為《ため》を思《おも》ふて仁助殿《にすけどの》に頼《たの》む事《こと》ぞ　また脾弱《ひよわ》ゆゑ丁稚《でッち》奉公《ぼうこう》させたなら生命《いのち》が堪《たま》るまいとは以《もッ》ての外《ほか》の心得違《こゝろえちが》ひ　商人《しやうにん》が家業《かげふ》の道《みち》を覚《おぼ》ゆる為《た》めに死《し》んだなら夫《それ》こそ武官《ぶくわん》の方々《かたぐ》が戦場《せんぢやう》の討死《うちじに》と代《かは》らぬ誉《ほま》れ　我家《わがうち》に召使《めしつか》ふ丁稚子者《でッちこもの》も其《そ》の母《はゝ》の目《め》から見《み》れば御身《おんみ》が千

一〇　明治期に設けられた身分の一。皇族の下、士族の上に位置する。明治二年に公卿や諸大名をあて、同十七年に華族令が出て、国家に勲功のあった人に、公・侯・伯・子・男の爵位が与えられた。昭和二十二年に廃止。

一一　普段に慣れて当り前のように思うこと。

一二　問題は無い。

太郎《たらう》をかばふと同《おな》じにて　いづれも手放《てばな》して他人《たにん》の中《なか》へ出《だ》してはいかなる憂目《うきめ》を見《み》るで有《あ》らうと歎《なげ》くは当然《たうぜん》　されど其処《そこ》を忍《しの》ぶが修行《しゆぎやう》といふものなり　[一]木馬《もくば》で習《なら》はせたばかりにては口強《くちこは》き生《いき》た馬に乗《の》れず　痛《いた》はし悲《かな》しと思《おも》ふて家《うち》に置《お》いては為《ため》にならぬ　我《われ》も千太郎《せんたらう》を可愛《かわい》と思《おも》ふことといかで御身《おんみ》に劣《おと》るべきや　悪《あし》くはせまじ　黙《だま》ツて居《ゐ》よ　と窘《たしな》めける

仁助《にすけ》はやをら座《ざ》を進《すゝ》め　千太郎殿《せんたらうどの》に世渡《よわた》りの険《けは》しさを学《まな》ばせんの思《おぼ》し立《た》ち流石《さすが》は愛《あい》に溺《おぼ》れぬ御気質《ごきしつ》は感服仕《かんぷくつかま》つります　去《さり》ながら塩《しほ》を踏《ふ》ませるの世間《せけん》を見《み》せるのと申《まを》すは　親《おや》の油汗《あぶらあせ》で稼《かせ》いだものを湯水《ゆみづ》と遣《つか》ひ散《ちら》す放蕩者《はうたうもの》の上《うへ》のこと千太郎殿《せんたらうどの》は行儀大人《ぎやうぎおとな》しく常《つね》からの御孝心《ごかうしん》　丁稚《でッち》から[二]塗《ぬ》り上《あ》げずと木地《きぢ》の堅《かた》い御《お》生《うま》れ付《つ》き　天晴此家督《あッぱれこのかとく》を曲《ひづ》みなく御受継《おうけつぎ》なされる事《こと》は私《わたく》しが[三]印形捺《いんぎやうお》して御受合《おうけあひ》申《まを》します　母御様《はゝごさま》も仰有《おッしや》る通《とほ》り天《てん》にも地《ち》にも掛替《かけがへ》なき若旦那《わかだんな》　ならはぬ下司業《げすわざ》に御病気《ごびやうき》でも出《で》ては大変《たいへん》　畢竟貴君《ひッきやうあなた》が此《こ》の御身代《ごしんだい》を斯《か》やうに御丹誠《ごたんせい》になツたは御自分一代《ごじぶんいちだい》の事《こと》ではなく御子孫《ごしそん》の為《た》めに御苦労《ごくらう》もなされたのでござりませう千太郎殿《せんたらうどの》に[四]凶事《きよじ》もあらば是《これ》までの御骨折《おほねをり》は皆《み》な無益事《むだごと》と成《な》りませう　と理《り》を尽《つく》して止《とゞ》むれど　万助《まんすけ》は頭《かぶり》を振《ふッ》てい[五]ツかな聞《き》かず　貴公《きこう》は其《そ》の心入《こゝろい》れで渡世《とせい》さるゝか　イヤサ妻子《さいし》に楽《らく》をさせやうとの励《はげ》みばかりで家業《かげふ》に精出《せいだ》さるゝか　左《さ》

一 木で馬の背形に組み、武士の子供が乗馬の練習をする道具。ここは「座敷水練」と同意。

二 木地の道具類をうるしなどで塗りあげることのたとえ。

三 堅く保証する。商慣習になぞらえていう。証文や請取り、或いは封印や帳合い等に捺印する慣習は江戸前期からあり、その形態や文字の善悪等については『実印之穿鑿』(文化十三年)という刊本もある。

四 万一の事故でもおきたらの意。

五 まったく、まるでの意。

りとは商人《あきうど》の本意《ほんい》を取失《とりうしな》ひたる口上《こうじやう》　近《ちか》ごろ貴公《きこう》に似合《にあは》しからず　身代仕出《しんだいしだ》すは妻子《さいし》々孫《しそん》の為《た》めなりと云《い》はゞ　妻《つま》も子《こ》もなき独身者《どくしんもの》は一生自分《いつしやうじぶん》だけ食《くツ》て通《とほ》れば夫《それ》で商人《あきうど》の一分《ぶん》を尽《つく》したもの　家蔵《いへくら》を持固《もちかた》めて跡《あと》へ残《のこ》すは入《い》らぬ六土持《つちもち》でござらう歟《か》　抑《そ》も商人《あきうど》と身《み》をなしては自分《じぶん》の栄耀子孫《えいえうしそん》の為《た》めばかりに利《り》を争《あらそ》ふにあらず　息有《いきあ》る間《あひだ》は一銭《せん》も多《おほ》く儲《まう》け溜《た》め　一尺《しやく》も拡《ひろ》く間口《まぐち》をせんと励《はげ》むが商人《あきうど》の本分《ほんぶん》にして　一銭《せん》も無益《むだ》に棄《す》てず一厘《りん》も入《い》らぬ所《ところ》に費《つひ》やさぬが冥利《みやうり》を知《し》るといふものなり　貴公《きこう》は兼《かね》て聞知《きゝし》ツても坐《おは》さん　我等夫婦《われらふうふ》は遠国《ゑんごく》より元手《もとで》もなくて此《こ》の地《ち》へ来《き》たり　日傭稼《ひようかせ》ぎより少《すこ》しづゝ儲《まう》けためて木挽町《こびきちやう》へ炭団屋《たどんや》を出《だ》し　夫《ふう》婦《ふ》ゆツくりとは七鼻息《はないき》もせず　夜《よる》はまた粉《こな》によごるゝ温飩《うどんう》売り　昼夜《ちうや》八黒白《こくびやく》に稼《かせ》げども鷺《さぎ》を烏《からす》と無理非道《むりひだう》はせず　正直《しやうぢき》を看板《かんばん》に勉《つと》めたる甲斐《かひ》あつて年々《ねん〳〵》に儲《まう》け溜《た》め　今《いま》は此《こ》の身《み》になツたれど　まだ九南《みなみ》の窓《まど》へ枕《まくら》して長々《なが〳〵》と昼寝《ひるね》一度《いちど》した事《こと》はござらぬ　楽《らく》をしたいは人《ひと》の情《じやう》なれどそれを堪《こら》へるは亦人《またひと》の勤《つと》めなり　一人怠《ひとりおこ》たれば家内中《かないぢう》の怠《おこ》たり　奢《おご》りは尚《な》ほうつるが早《はや》し　此《この》まゝ千太郎《せんたらう》の奢《おご》りくせを棄《すて》置《お》けば当人《たうにん》は勿論後《もちろんのち》には我家《わがいへ》に勤《つと》め居《ゐ》る者《もの》までの毒《どく》なれば　偖《さて》こそしばしの可《か》愛《あい》さを棄《すて》て貴公《きこう》にお頼《たの》み申《まを》すなれば　お角《かく》も末《すゑ》の涙《なみだ》を今溢《いまこ》ぼして悴《せがれ》の一〇後来《こうらい》を祝《いは》へかしと　直《すぐ》に千太郎《せんたらう》を呼《よ》んで木綿物《もめんもの》の衣類《いるゐ》に着替《きか》へさせ仁助《にすけ》に連《つ》れ立《だ》ゝせてや

六　土木工事の際の土を運ぶ人足。ここは無駄な働きの意。

七　夫婦の夜の楽しみごとの比喩。

八　炭団の黒と、うどん粉の白の比喩。また無理なこじつけで言いくるめる意の「鷺を烏」にもかかる。

九　一軒の家の中の最良の部屋。「南面」は天子の居室をいう。

一〇　「将来」と同意。

りたるは　偖《さて》も気強《きづよ》き親御《おやご》と誹《そし》るあれば　商人《あきうど》の心入《こゝろい》れは誰《たれ》も斯《か》くこそ有《あ》りたけれと褒《ほ》むるも有《あ》るは人《ひと》の心《こゝろ》の取々《とりぐ》なり

[一]人《ひと》こそ知《し》らね内証《ないしやう》の繰廻《くりまはし》に沖《おき》の石《いし》
かはく間《ま》もなき肱笠《ひぢがさ》[二]のなみだ雨《あめ》に
水嵩《みづかさ》まさりて防《ふせ》がれぬ流《なが》れの質物《しちもつ》

第二

質《しち》といふもの誰《た》[三]が置《お》き初《そ》めて流《なが》れの末《すゑ》を止《とゞ》めあへぬ恨《うらみ》をば世《よ》に残《のこ》しけん　其《そ》の品々《しなぐ》は馬琴翁《ばきんをう》[四]の質屋《しちや》の庫《くら》に尽《つく》したれば　今《いま》さら利上《りあ》[五]げの小繕《こづくろ》ひも未練《みれん》に似《に》たり　左《さ》れども此業《このげふ》には大《おほ》ひなる高下《かうげ》ありて　高《たか》きは外国《ぐわいこく》[六]の鉱山《くわうざん》を質《しち》に取《と》りて政《せい》府《ふ》へ金《かね》を貸《か》す西洋《せいやう》の大質屋《おほしちや》　亦《また》は華族《くわぞく》[七]の商法《しやうはふ》に丈夫《ちやうぶ》を取得《とりえ》の安利貸《やすりかし》　百円以下《ゐんいか》は御《お》断《こと》わり申し候といふ向《むき》もあれど　下《くだ》りての下《しも》に至《いた》りては五銭《せん》三銭《せん》付《つ》く付《つ》かぬを争《あらそ》ひて客《きやく》と組打《くみうち》[八]をするがの通《かよ》ひ　かめいは伊勢屋《いせや》　これで苗字《めうじ》が片岡《かたをか》ならとんだ四天王《してんのう》の口上茶番《こうじやうちやばん》[九]　芝居《しばゐ》の書割《かきわり》[一〇]めいた云訳《わけ》ばかりの板倉《いたぐら》も中《なか》は行《ゆ》き抜《ぬ》け品物《しなもの》は取《と》[一一]ツたか見《み》たかに小僧《こぞう》が脊負出《しよひだ》して親質《おやじち》[一二]へ送《おく》れば　ホンの遣繰《やりくり》[一三]の中宿《なかやど》に借直《かりね》[一四]の夢《ゆめ》をみるのやうな衣服《きもの》　邯鄲《かんたん》[一五]か魂胆《こんたん》か　一炊《いつすゐ》の代《しろ》に肱《ひぢ》[一六]ならずして入用《いりよう》の道具《だうぐ》を曲《ま》げる職人《しよくにん》あれば　瑞歯《みづは》[一七]ぐむ老女《おうな》が片手《かたて》は涙《なみだ》　片手《かたて》には鍋《なべ》を携《さ》げて　今《い》

一「我が袖は汐干に見えぬ沖の石の人こそ知らね乾く間もなし」(『千載和歌集』恋二、二条院讃岐。『百人一首』)の文句取り。
二「妹が門行き過ぎかねつひぢがさの雨もふらなむ雨がくれせむ」(『古今和歌六帖』巻一、雨)の文句取り。
三 小書き部分の和歌の文句取りの気分をひいて、ここも「いつはりの無き世なりけり神無月誰がまことより時雨そめけむ」(『続後拾遺和歌集』冬、藤原定家)の文句によるか。この歌は西鶴がよく引用することでもしられており、篁村の西鶴受容の一端か。
四 馬琴作の読本『昔語質屋庫』(五巻五冊、文化七年〈一八一〇〉)。質屋の主が秋雨の夜、庫中の怪しい物音に耳を傾けると、質物の諸道具が身の上話をしている。その質物にまつわる史論考証を展開する作品。
五 利子を値上げして少々のもうけを図ることをいうが、ここは『質屋庫』以上の細かいことを書いても仕方がないの意。
六 未詳。
七 新政府に認定されて華族となった旧大名達の鷹揚な金貸し業。
八「組打をする」と「駿河」、「家名」と「亀井」のかけ詞。以下、義経の従者四天王として名高い、亀井六郎、片岡八郎、伊勢三郎、駿河次郎(幸若舞「高館」)の名をかける。
九 身振りを略してせりふだけで演じる茶番芝居。景物と称する品物にこじつけたせりふで落すが、ここは四天王の名前を景物とするの意。
一〇 芝居の背景に用いる絵道具。見掛けばかりの意。
一一「あっという間に」の意の俗語。
一二 小資本の質屋が大資本の質屋へ質物を回し

ま孫《まご》めが一八驚風《きやうふう》で死《し》にましたが倅《せがれ》は旅《たび》へ稼《かせ》ぎに出《で》て帰《かへ》らず　嫁《よめ》は内職《ないしよく》の鼻緒《はなを》を精《せい》出《だ》し過《すぎ》て指《ゆび》を脹《はら》し左《ひだ》りの手《て》は利《き》かぬ悩《なや》み　さし当《あた》り線香《せんかう》も一九枕団子《まくらだんご》も買《か》へぬ始末《しまつ》なれば　御無理《ごむり》ではござりませうが御慈悲《おじひ》にこれで十二銭《せんか》貸して下《くだ》されと手《て》を合《あは》して拝《をがま》ぬばかり　主人《あるじ》は算盤《そろばん》の手《て》も止《とゞ》めずして　其《そ》の鍋《なべ》は何時《いつ》も二〇六百《ろツぴやく》より貸《か》されぬ代物《しろもの》　お前《まへ》の孫《まご》が死《し》んだとて五銭《せん》六銭《せんか》貸し過《すご》しをして流《なが》されては此方《こツち》が助《たす》からぬ　どう踏《ふ》み直《なほ》しても七銭《せん》よりは付《つ》きませんと　跡《あと》はいくら口説《くどく》も取合《とりあ》はねば　婆《ばゝ》は涕汁《はなしる》を啜《すゝ》りながら我《わ》がしめて居《ゐ》た木綿《もめん》のクタ〱帯《おび》を解《と》いて鍋《なべ》に添《そ》へ　漸《やう》やく十二銭《せんか》借りて帰《かへ》る　左《さ》りとは憐《あは》れな有様《ありさま》　実《げ》に気《き》が弱《よわ》くて出来《でき》ぬものは二一丑《うし》の刻参《ときまゐ》りと小質屋《こじちや》の主人《あるじ》なり　万助《まんすけ》の倅千太郎《せがれせんたらう》は親《おや》の云付《いひつけ》に是非《ぜひ》なくも仁助《にすけ》の家《いへ》へ来《き》ての小僧代《こぞうがは》り　身《み》の苦《くる》しさ辛《つら》さは厭《いと》はねど　毎日来《まいにちく》る質置《しちお》きたちの余《あま》り気《き》の毒《どく》なのを見《み》て涙《なみだ》たもち兼《か》ね　仁助《にすけ》に向《むか》ひて　誠《まこと》に御面倒《ごめんだう》ではござりませうが乳母《うば》の所《ところ》までやる手紙《てがみ》を一通《つう》お書《か》きなされて下《くだ》されと言《い》へば　仁助《にすけ》は顔《かほ》を打守《うちまも》り　夫《それ》は定《さだ》めて此家《こゝ》に居《ゐ》るが辛《つら》いゆゑ御家《おうち》へ帰《かへ》りたいとの文言《もんごん》でござらうが　爰《こゝ》をよく御合点《ごがてん》なされませ　親旦那《おやだんな》とて貴君《あなた》を憎《にく》んで私方《わたくしかた》へ遣《つかは》されたのではなく全《まつた》く修業《しゆげふ》の為《た》めなれば　辛《つら》いと思《おも》ふを堪《こら》へ玉《たま》ふが御孝行《ごかう〱》　私方《わたくしかた》にてもお痛《いた》はしくは存《ぞん》ずれど　親旦那《おやだんな》が深《ふか》きお頼《たの》みゆゑ　わざと他人《たにん》の小僧並《こぞうなみ》に

て、資金を融通してもらうこと。
一三 「遣繰」は恋の手管と家計の算段。「中宿」は男女の密会のための宿。
一四 「借値」と「仮寝」、「見る」と「海松」のかけ詞。「海松のような衣服」は粗末な衣服の意。
一五 「仮寝の夢」から「邯鄲の夢」と受け、「邯鄲」と「魂胆」と音通の洒落に続ける。「邯鄲の夢」は唐代小説『枕中記』中の説話で、盧生が邯鄲の都で仙人から授かった枕を敷き、五十年の栄華の夢を見るが、覚めてみると粟餅の粟が炊きあがるまでのほんの一時の間だったという。江戸戯作には頻出する説話の一。「仮寝の夢」「一炊」はその縁語。
一六 「肱ヲ曲ゲテ之ヲ枕トス　楽、マタ其ノ中ニ在リ」（『論語』述而）の文句取り。「曲げる」は質入れする意の俗語と重ねる。
一七 老年になって歯が生えてくることで目出度い意に用いられたが、江戸期には単に老年の形容として用いられる。
一八 小児の脳膜炎などの痙攣を伴う病気。
一九 死者の枕元に供える団子。
二〇 明治四年十二月に文久銭一枚（一文）が一厘五毛に通用と定められたので、六百文は大方六、七銭とされたか。
二一 女性による呪いの宮参りの風習。夜中の丑の刻に蠟燭をともした鉄輪を頭上に置き、相手の人形を釘で打ちつけて呪う。このあたり西鶴の町人物の文体を襲うか。

使《つか》ひ立《た》てるを悪《あ》しくは思召《おぼしめ》さぬものと諭《さと》せば　千太郎《せんたらう》はホロリと溢《こぼ》し　否々《いや〳〵》此《こ》家《ゝ》が辛《つら》いとの手紙《てがみ》にてはなし　先《さき》ほど参《まゐツ》た婆《ばあ》さんのような質置達《しちおきたち》が余《あま》り不便《ふびん》でござりますゆゑ　乳母《うば》より金《かね》を貰《もら》ふて彼《あ》の人《ひと》たちに欲《ほし》がるだけづゝ遣《やり》たうござりますと　しやくり上《あげ》るぞいぢらしき

[一]心《こゝろ》につるゝ姿《すがた》とて　此《こ》の仁助《にすけ》の女房《にようばう》おたけといふは本所辺《ほんじよへん》に住《すま》ひし旧幕旗下《きうばくはたもと》[二]の妹《いもと》なりしが　仔細《しさい》あつて屋敷《やしき》を出《い》で此《こ》の仁助《にすけ》と夫婦《ふうふ》になり　始《はじ》めは固《かた》き結《むす》び帯《おび》も崩《くづ》せば馴《な》るゝ世帯女房《せたいにようばう》　今《いま》は親里《おやざと》の者《もの》も散《ち》り〳〵に行方《ゆくへ》知《し》れずなりたれば　此《こ》の家《いへ》を大事《だいじ》と思《おも》ふ心一層《こゝろいつそう》強《つよ》くなるにつれて始末気《しまつぎ》も深《ふか》く　ひすこい[三]は女《をんな》の性分《もちまへ》と云《い》ひながら　だん〳〵吝嗇《りんしよく》になるに習《なら》ふて　悴為吉《せがれためきち》も母《はゝ》まさりの勘略者《かんりやくもの》父親仁助《てゝおやにすけ》をさへ帳合《ちやうあひ》[四]の上《うへ》ではやりこめるほどなるが　おたけは今《い》ま千太郎《せんたらう》が涙《なみだ》ながらに仁助《にすけ》に頼《たの》む事《こと》を傍聞《かたへぎゝ》して声高《こゑたか》く打笑《うちわら》ひ　此子《このこ》とした事《こと》が飛《とん》だ我儘《わがまゝ》ばツかり　遉《さす》が万助様《まんすけさま》は一代《だい》に彼《あ》の身上《しんしやう》になら るゝ程《ほど》あツて御眼《おめ》は水晶《するしやう》　此様《こん》な無理《り》を云《いは》るゝを直《なほ》さう為《た》めに此方《こなた》へお預《あづ》けなされたはよい御分別《ごふんべつ》　コレ千太郎殿《せんたらうどの》お聞《きゝ》なされ　お前《まへ》は万助様《まんすけさま》が御身代《ごしんだい》を仕出《しだ》された後《のち》に生《うま》れ富貴《ふうき》にお育《そだ》ちなされたゆゑ　世《よ》の世智辛《せちがら》い事《こと》を御存《ごぞん》じ有《あ》るまいが　貧乏人《びんばふにん》といふものはいづれも憐《あは》れ気《き》の毒《どく》ならぬ者《もの》はなく　お前《まへ》のやうに一々《いち〳〵》それに涙《なみだ》を溢《こぼ》しては海《うみ》の水《みづ》を逆《さか》さ

一　諺。品性と外見は一致するの意。
二　「旗下」は徳川家の家臣の万石以下、二百石以上ほどで領分・知行所・屋敷を与えられ、将軍に御目見(おめみえ)を許された身分をいい、それ以下の身分の者を「御家人」とよんで区別した。領民からいえば旗下は殿様であり、御家人や諸藩の藩士の下級武士は「四民」と称された「士・農・工・商」の「士」にあたるといえるが、旗下でも極く下級、無役の者は幕末には貧窮の生活ぶりであったという。
三　欲深で性悪な性質。「ひすらこい」とも。
四　帳簿の収支計算。

にあけても足《た》りませぬぞ　五十銭《せん》といふは三十銭《せん》　一分《いちぶ》といふを二十銭《せん》に踏《ふ》み[五]落《おと》し　随分念《ずゐぶんねん》を入《い》れて付《つ》けてさへ流《なが》れた跡《あと》で調《しら》べて見《み》ると大《おほ》きな損《そん》のゆくことは度々《たびたび》　情《なさけ》ない話《はな》しを聞《きく》たびに　[六]合力《かふりよく》の心《こゝろ》を加《くは》へて云《い》ふまゝに貸《か》して御覧《ごらん》なされ　忽《たち》まち身上《しんしやう》は潰《つぶ》れて此方《こちら》が身体《からだ》に菰《こも》[七]を纏《まと》はねばなりませぬ　お前《まへ》は十二の年弱《としよわ》　此方《こち》の子《こ》の為吉《ためきち》は十三なれど其《そ》の了簡《りようけん》は雲《くも》と泥《つち》　旦那殿《だんなどの》もお聞《きゝ》なされ　此方《こち》の為吉《ためきち》の発明《はつめい》[八]さ　昨日《きのふ》も三円《ゑん》だけ銭買《ぜにか》[九]ふて参《まゐ》りませうと云《い》ふゆゑ　有《あり》も余《あま》らぬ店《みせ》の金《かね》を持《も》ち出《だ》して何《なに》にすると問《と》へば　今《い》ま角《かど》の湯屋《ゆや》で銭《ぜに》を両替《りやうがへ》にやりたいが手間《てま》が掛《かゝ》る　[一〇]一銭打《せんうち》で買《か》ふ者《もの》はないかと頭《あたま》を掻《か》いて話《はな》して居《ゐ》たを聞《きゝ》ました直《ね》を押《お》したら三円《ゑん》で四銭《せん》は打《う》ちませう　家《うち》へ来《く》る質置《しちおき》に纏《まと》まツた札《さつ》[一一]を欲《ほ》しいといふものもなければ四銭《せん》でも上儲《うはまう》けと　直《ぢき》に駆《か》け出《だ》して行《い》ツて四銭打歩《せんうちぶ》を取《と》ツて銭《ぜに》に換《か》へて来《き》たさへぬかりのないと思《おも》ふに　間《ま》もなく裏《うら》の車夫《くるまや》の内儀《ないぎ》が来《き》ておむづかしながら此《こ》の紙幣《さつ》を小《ちひ》さいのと換《か》へて下《くだ》さりませといふと　直《すぐ》に銭《ぜに》を渡《わた》して切賃《きりちん》[一二]とて一銭跳《せんは》ねた手際《てぎは》　大人《おとな》も及《およ》ばぬ繰《く》り廻《まは》し　育《そだ》[一三]ちも育《そだ》ちがら商人《あきうど》に生《うま》れ付《つ》いた働《はたら》き者《もの》　慰《なぐさ》みに質《しち》を取《とる》やうに思《おも》ツてござる千太郎殿《せんたらうどの》とは大《おほ》きな違《ちが》ひ　お悦《よろこ》びなされ　此方《こなた》も私《わし》も年寄《としよ》ツてから楽《らく》をする身になりませう　誠《まこと》に比《くら》べて見《み》る物《もの》がなくては善《よ》い悪《わる》いは判然《はツきり》と分《わか》らぬ　千太郎殿《せんたらうどの》の我儘《わがまゝ》を聞《き》いて此方《こち》

五　品物の値踏みを出来るだけ安くすること。
六　物質的な援助。「かうりよく」と清音でよむ。
七　乞食になること。
八　利口者。
九　銭を手数料をとって高額紙幣と両替えすること。
一〇　一円につき一銭の手数料をつけること。
一一　明治六年八月、五種類の国立銀行新紙幣が発行された。
一二　両替の手数料。
一三　諺。育った環境はすぐわかるの意。「育ちは争えぬ」とも。

の為吉《ためきち》の利発《りはつ》が知《し》れた　チト褒《ほめ》てやつて下《くだ》されと　鉄漿《かね》[一]のはげた歯《は》を剝出《むきだ》し涎《よだれ》をたらし眼《め》を細《ほそく》して余念《よねん》なげの我子《わがこ》自慢《じまん》　母親《はゝおや》の心《こゝろ》は何処《どこ》も斯《かう》したものと見《みえ》たり

　女房《にようばう》お竹《たけ》が我子《わがこ》の自慢《じまん》するを聞《き》いて　仁助《にすけ》は赤面《せきめん》の汗《あせ》を脊中《せなか》へ流《なが》し　偖《さ》て〳〵貧富《ひんぷ》の差別《けぢめ》といふものは是《これ》ほどにも変《かは》るものか　口惜《くちを》しや　我《われ》とても橋《はし》の下《した》に縮《ちゞ》みて居《ゐ》たではなく　万助殿《まんすけどの》とて大名高家《だいみやうかうけ》[二]の落胤《おとしだね》でもなし　同《おな》じ身柄《みがら》の同《おな》じ商人《あきうど》　氏素姓《うぢすじやう》にかはりなけれど　只金《たゞかね》の有《あ》ると無《な》いで斯《か》ほどの違《ちが》ひ　悴《せがれ》も女房《にようばう》も爰《こゝ》へ出《で》よ　賢《かし》こそうに身《み》の恥《はぢ》を並《なら》べ立《たて》千太郎殿《せんたらうどの》を嘲《あざ》けるは何事《なにごと》ぞや　[三]悉皆《しつかい》鼻《はな》[四]かけ猿《ざる》が真猿《まざる》を笑《わら》ふと同《おな》じで　聞《き》く己《おれ》が穴《あな》へも入《い》りたい　千太郎殿《せんたらうどの》が今《い》ま云《い》はれた詞《ことば》　昔《むか》しの仁者賢君《じんしやけんくん》と等《ひと》しい情《なさけ》の志《こゝろ》ざし　成《なる》ほど人《ひと》は氏《うぢ》[五]より育《そだ》ち　我等《われら》とても有余《ありあま》る身代《しんだい》ならば千太郎殿《せんたらうどの》の云《いは》るゝ通《とほ》り貧《まづ》しい人《ひと》に施《ほどこ》してやりたい　人《ひと》の憐《あはれ》を見《み》ぬ顔《かほ》で一厘《りん》二厘《りん》の利《り》を争《あらそ》ふは本意《ほんい》ではなけれども　左様《さう》してさへ緩《ゆる》やかには過《す》ぎかねる世《よ》の中《なか》　涙《なみだ》を腹《はら》の中《なか》へ溢《こぼ》して因強《いんがう》[六]も云《い》ふぞかし　わづかの跳前《はねまへ》を取《と》るを手柄《てがら》と心得《こゝろえ》　悴《せがれ》も誇《ほこ》れば其方《そなた》までが後《うしろ》から扇《あふ》ぎ立《たて》るとは左《さ》りとはさもしい心入《こゝろい》れ　其方《そなた》も昔《むか》しは左《さ》ほどいやしくもなかりしに境界《きやうがい》につれて心《こゝろ》も下《くだ》りしか　夫《それ》も是《これ》も貧《ひん》なる我《われ》に連《つ》れ添《そ》ふゆゑと思《おも》へば一入無念《ひとしほむねん》なり　其方《そなた》は悴《せがれ》

一「お歯ぐろ」。古鉄等を米のとぎ汁につけ、五倍子(ふし)の粉と合せて作る歯染めの汁。江戸期からの成年女性の風習。

二 幕府の職制の一。万石以下ではあるが大名に準じた家柄。

三 要するに、つまるところの意。

四 諺。仲間が多いと自分の欠点がわからないこと。

五 諺。家柄よりも生れ育った環境に左右されるの意。

六「因業」。仏語から転じて冷酷で非人間的なこと。

の今《いま》の行《おこな》ひを見《み》て末《すゑ》が楽《らく》ぢやと悦《よろ》こばるれど　我《われ》は又末《またすゑ》はいかにと案《あん》じらるゝなり　為吉《ためきち》が此分《このぶん》にて成長《せいちやう》せば相場事《さうばごと》に掛《かゝ》ツて七はたくか　又《また》は古着《ふるぎ》道具《だうぐ》の八いかもの商《あきな》ひ　正道《しやうだう》には世《よ》を得《え》渡《わた》るまい　左《さ》りとてまた此様《このやう》な者《もの》は九束藁《たわ》附木《しつけぎ》を提《さ》げて人《ひと》の門《かど》脊戸《せど》へ立《た》つほどにも落《お》ちぬもの　迚《とて》も大家《たいけ》の主人《あるじ》となりて召仕《めしつかひ》を数多《あまた》養《やしな》ふの器量《きりやう》にあらず　我等《われら》の運《うん》も知《し》れたりといふべし　夫《それ》に引《ひき》かへ千太郎殿《せんたらうどの》は富貴《ふうき》の中《うち》に育《そだ》ちて一〇ひすい事《こと》が目《め》に染《し》みず　持《もツ》て生《うま》れた良心《りやうしん》のまゝに情深《なさけふか》く　人《ひと》の難渋《なんじふ》を見《み》かねて金《かね》やらうとの心入《こゝろい》れ　さすが大家《たいけ》の子息《しそく》なり　万助殿《まんすけどの》の身代《しんだい》を受続《うけつ》いで彼《あ》の倍《ばい》にも儲《まう》け出《いだ》し玉《たま》ふべき福相《ふくさう》　総《そう》じて大《おほ》きな身代《しんだい》をば持《も》つ人《ひと》は心大《こゝろおほ》きく慈悲《じひ》が第《だい》一なり　我等《われら》づれが及《およ》ばぬところ　斯《かゝ》る仁心《じんしん》ある子息《しそく》を我《われ》等方《らかた》へ預《あづ》け置《お》き玉《たま》ふは黄金《こがね》を泥中《でいちう》に埋《うづ》めるも同《おな》じ　黒《くろ》き色《いろ》には染《そま》り易《やす》し　早《はや》く白地《しらぢ》で戻《もど》すに如《しか》じ　悲《かな》しいかな　万助《まんすけ》どのも儲《まう》けの道《みち》には委《くは》しけれど　一一得《う》ると喪《うしな》ふとの累《わづら》ひに追《お》はれて人《ひと》の踏《ふ》むべき仁義《じんぎ》の道《みち》にうとし　我等《われら》いかにも申《まを》し解《と》きて御前《おまへ》を御家《おうち》へ帰《かへ》しませう　いざ御支度《おしたく》なされ　悴《せがれ》も女房《にようばう》も身《み》は陋《いや》しとも心《こゝろ》一二はかまへて清《きよ》く持《も》てよ　慈悲《じひ》といふものの心《こゝろ》になければ人《ひと》は食《しよく》を争《あらそ》ふ犬《いぬ》にも劣《おと》るぞと云《い》ひ諭《さと》しつゝ身《み》を起《おこ》し　千太郎《せんたらう》を連《つれ》て八丁堀《はッちやうぼり》の万助方《まんすけかた》へ出向《でむ》き　千太郎《せんたらう》殿《どの》の御志《おこゝろざ》し天晴感服《あつぱれかんぷく》の至《いた》りなり　悪《あ》しきに馴《な》れて移《うつ》らぬうちお帰《かへ》し申《まを》すと　右《みぎ》

七　財産を失うこと。失敗すること。
八　いかさま商売。
九　最も零細な行商。「附木」は檜の薄い板切れの端に硫黄をつけ、火を移し取って、他の物へ付けるための道具。
一〇　ずるい、こすいの意。「ひすらこい」ともいう。→一二頁注三。
一一　損得勘定ばかりに心をとられて。
一二　心して、十分に。

の段々《だん〳〵》を述《のべ》て同人《どうにん》を戻《もどし》ける

第　三

一三五の二十掛合《かけあ》はぬ算盤《そろばん》の玉《たま》の汗《あせ》
拭《ぬぐ》ふて取《と》つた塵埃《ちりほこり》聖人顔《せいじんがほ》の異見《いけん》に
禿《はげ》た頭《あたま》を右《み》ぎ左《ひだ》りへ二ふるなの弁舌《べんぜつ》

富《とみ》といふ貧《まづし》といふ　詞《ことば》に左《さ》のみの違《ちが》ひはなけれど　実際《じつさい》の上《うへ》には富《と》む者《もの》はますく〳〵利便《りべん》を受《う》け　貧《まづ》しき者《もの》はいよいよ不便《ふべん》を蒙《かう》ぶりて　気《き》の毒《どく》の淵《ふち》をいつまでも出《で》かぬるものなり　貧《まづ》しき者《もの》は一日《いちにち》に手《て》に握《にぎ》る金《かね》はわづかにして　生活《くらし》の上《うへ》には富《と》む者《もの》より一倍《ばい》の高《たか》き物《もの》を払《はら》ふ　例之《たとへ》ば富《と》む人《ひと》は米薪《こめたきゞ》も安《やす》き相場《さうば》を見て三大問屋《おほどひや》より一時《いちどき》に多《おほ》く買《か》ひ置《お》けど　貧《まづ》しきものは割薪量炭《わりまきはかりずみ》を小売《こうり》より買《か》ふうへ四払《はら》ひの時《とき》の危《あや》ぶみあれば二割《わり》も三割《わり》も高《たか》く売《う》り付《つけ》られ　味噌《みそ》も醬油《しやうゆ》も品《しな》の悪《あし》きを高《たか》く買《か》ふて此方《こち》から世辞《せじ》をいふとは偖々合《さて〳〵あ》はぬと歎《なげ》かば　早《はや》く五思覚《しがく》して割《わり》のよい部類《ぶるゐ》へ入《い》るやうに心掛《こゝろが》くべし　富貴《ふうき》の利便《りべん》は是《こ》れのみならず　二階三階《にかいさんがい》に四方《しはう》を見晴《みはら》し　品川《しながは》の海《うみ》も富士《ふじ》の山《やま》も地代《ちだい》出さずに我庭内《わがていない》の景色《けしき》に算《かぞ》へ込《こ》みソレ彼《あ》の高《たか》いのが六浅草《あさくさ》の五重《ごぢう》の塔《たふ》　晴《は》れた時《とき》には秩父《ちゝぶ》の山々《やまく〳〵》もよく見《み》えますと七覗《のぞ》き機関《からくり》の口上《こうじやう》めきて饗応《もてなし》の中《なか》に加《くは》へれば　客《きやく》も手《て》を打《う》ツて　誠《まこと》によい眺望《ながめ》

一 計算違い。「三五の十八」とも。
二 「振る」と「富楼那（ふるな）の弁」のかけ詞。「富楼那」は釈迦の十六人の弟子の一人で、雄弁を以て知られる。
三 小売商へ卸す問屋の大きな店。
四 掛売りなので、支払いが出来かねる時の危険手当のつもりでの意。
五 「志学」。用意して、考えておいて。
六 浅草寺山門内の右手にあり、慶安元年（一六四八）十二月落成。明治四十四年に国宝に指定されたが、昭和二十年三月の戦災により焼失。昭和四十八年に本堂の向って左側に位置を変えて再建。
七 見世物の一。箱の中に入れた絵を、調子の良い口上を言いながら前方につけた眼鏡から覗かせるもので、江戸初期からある。

[八]気《き》の薬《くすり》になりますと品物《しなもの》にしての挨拶《あいさつ》　夫《それ》には引《ひき》かへ裏屋住《うらやずま》ひの悲《かな》しさは借《か》りた丈《だけ》の地代《ちだい》を出《いだ》し　桃《もゝ》の木《き》一本植《いつぽんうゑ》ても隣《となり》の蔵《くら》で陰《かげ》となり　座敷《ざしき》に居《ゐ》ては青空《あをぞら》も見《み》られず　是《これ》ほどの邪魔《じやま》をうけても迷惑《めいわく》と一言《ひとこと》いはれぬは金《かね》の威光《ゐくわう》に恐《おそ》れての弱身《よわみ》か　子供《こども》の躾《しつけ》も誰教《たれをし》へねど自然《しぜん》と善悪《ぜんあく》の区別《くべつ》を為《な》すは争《あらそ》はれぬものなりと仁助《にすけ》は我身《わがみ》の上《うへ》をはかなみ　千太郎《せんたらう》の仁心《じんしん》を褒《ほ》めて万助方《かた》へ送《おく》り帰《かへ》せば　万助《まんすけ》は[九]鼻《はな》の上へ皺《しわ》をよせて　はや半年《はんとし》ほど御世話《おせわ》に預《あづ》かツたがまだ悴《せがれ》の不所存《ふしよぞん》は直《なほ》りませぬか　其の仁心《じんしん》だてが否《いや》さに貴公《きこう》にお頼《たの》み申《まを》したるなり　御面倒《ごめんだう》では有《あ》るべけれど今《いま》しばらく御世話下《おせわくだ》され　其《そ》の情心《なさけごゝろ》が失《う》せて儲《まう》け一方《いつぱう》に固《かた》まるやうに頼《たの》み入《い》るとの詞《ことば》に　仁助《にすけ》は額《ひたひ》へ青筋《あをすぢ》を出《だ》し　コレ万助様《まんすけさま》　夫《それ》は御本心《ごほんしん》より仰有《おつしや》る詞《ことば》か　いかに我々《われ〳〵》お蔭《かげ》を受《う》けて斯《か》く渡世《とせい》は致《いた》すとて余《あま》り見《み》くびりたる御《ご》一言《いちごん》　我等方《われらかた》へ千太郎殿《せんたらうどの》を遣《つかは》されたは無慈悲無情《むじひむじやう》を習《なら》はせの為《た》めか　イヤサ不《ふ》義非道《ぎひだう》の教《をし》へ方《かた》には天晴相応《あつぱれさうおう》の者《もの》と某《それがし》を思召《おぼしめ》してか　左《さ》りとは情《なさ》けなき御了簡《ごれうけん》　其《そ》の御心入《おこゝろい》れの此方《こなた》の子《こ》に千太郎殿《せんたらうどの》が生《うま》れたは鳶《とび》が鷹《たか》と申《まを》すべし　[一〇]摑《つ》かみさへすれば商人《あきうど》の本分《ほんぶん》は尽《つく》したものでござるか　総《そう》じて世《よ》の人《ひと》のいとなみ千態万状《いろ〳〵さま〴〵》にかはれども強《あなが》ち金《かね》が欲《ほ》しいばかりの目的《めあて》ではなし　必竟金《ひつきやうかね》が欲《ほ》しいといふは人《ひと》にも施《ほどこ》し我身《わがみ》もまた夫《それ》だけの楽《たの》しみを得《え》んと思《おも》ふ故《ゆゑ》なり　其身《そのみ》も楽《らく》を享《う》け

八　気晴らしの種。

九　不機嫌そうな面持ち。

一〇　何でもお構いなしに自分の物にしさえすればの意。鳶、鷹の縁語。

ず　人《ひと》にも施《ほど》こさず　握《にぎ》り詰《つ》めて死《し》なれたら定《さだ》めて閻魔王《えんまわう》へよい土産《みやげ》ならん嗚呼《あゝ》金《かね》は世界《せかい》の宝《たから》ならで罪《つみ》と悪《あく》との塊《かたま》り歟《か》と　畳《たゝみ》を叩《たゝ》いて諫《いさ》めたり

仁助《にすけ》の詞《ことば》を聞《き》いて　万助《まんすけ》は呵々《からく》と打笑《うちわら》ひ　了簡《れうけん》の違《ちが》ツたとは我等《われら》より貴公《きこう》の事《こと》なり　其《そ》の不覚悟《ふかくご》より永年《ながねん》の間身上仕出《あひだしんしやうしだ》しもせずに　毎年同《まいねんおな》し泣言《なきごと》を云《い》ツて年《とし》を越《こ》さるゝと見《み》えたり　貴公《きこう》はむづかしき書物《しよもつ》も読《よ》まれ　いつも道理《だうり》に中《あた》ることを云《いは》るゝに似合《にあ》はず　渡世《とせい》の覚悟《かくご》に至《いた》りては甚《はなは》だ疎《おろそ》かなり　然《しか》しそれも算盤《そろばん》を捨《す》て学者《がくしや》の看板《かんばん》を掛《か》けられての上《うへ》ならば　金《かね》は入《い》らぬと云《いは》れうと　袋《ふくろ》へ銭《ぜに》を入《い》れて[一]門並施《かどなみほど》こして歩《ある》かうと儘《まゝ》なれど　[二]唐桟《たうざん》の羽織《はおり》に年中前掛《ねんぢうまへかけ》をはなされぬ出立《いでたち》にて其《そ》の了簡《れうけん》は大《おほ》いに悪《わる》し　貴公《きこう》は楽《らく》といふ字《じ》を只手足《たゞてあし》を伸《の》ばして寝《ね》る事《こと》とばかり解《かい》し玉《たま》ふか　商人《あきうど》が息《いき》を切《き》ツて儲《まう》けの道《みち》に走《はし》るをたゞ楽《らく》が仕《し》たい為《た》めの働《はた》らきと思《おも》ひなさるか　我等《われら》は幼少《えうせう》より商売《しやうばい》の事《こと》に屈托《くつたく》してむづかしい書《しよ》物《もつ》は覗《のぞ》きもせねど　商人《あきうど》の本分《ほんぶん》は此処《こゝ》で有《あ》らうといふことは多年世《たねんよ》を渡《わた》ツて踏《ふ》み知《し》りました　儲《まう》ける上《うへ》にも儲《まう》けんと日夜《にちや》撓《たゆ》まず稼《かせ》ぐのが商人《あきうど》にて　一足《ひとあし》も退《の》くなと進《すゝ》むのが兵士《へいし》なり　爰等《こゝら》でよいはと手《て》[三]を〆《し》めて　自分《じぶん》も楽《らく》をし人《ひと》にも恵《めぐ》まんとすれば其時《そのとき》がはや身代破滅《しんだいはめつ》の端緒《いとぐち》なり　商業《しやうげふ》は死物《しぶつ》にあらず　先《さき》へ出《で》ねば跡《あと》へ下《さが》る　少《すこ》しも油断《ゆだん》すべからず　[四]仮《かり》にも無常《むじやう》を観《くわん》ずべからず　貴公《きこう》は我《われ》を

一　門ごとに。一軒一軒。
二　舶来の木綿の縞織物。「唐桟留」の略語。ただし江戸期には国産が出来、その縞模様の通称となる。町人の羽織地。
三　働きを止めて。物事を落着させること。
四　決して仏心などを出してはいけない。

情《なさ》けも知《し》らぬ[五]荒夷《あらえびす》　たゞ金《かね》にかぢり付《つ》いて一生《いつしやう》を送《おく》る守銭奴《しゆせんど》と思《おも》はれやうが我等《われら》はまた貴公等《きこうら》が情《なさ》けの心《こゝろ》があれど情《なさけ》の行《おこな》ひなきを笑《わら》ふなり　慈悲《じひ》や情《なさけ》は求《もと》めずとも斯《かう》して稼《かせ》ぐうちに有《あ》る　よく心《こゝろ》して見玉《みたま》へかし　身代豊《しんだいゆたか》なれば出入《でいり》の商人職人《しやうにんしよくにん》にも偽《うそ》を云《い》はず欺《だま》しを喰《く》はせず　此方《こち》から書出《かきだ》しを催促《さいそく》して諸勘定《しよかんじやう》を済《す》ませば　盆《ぼん》にも暮《くれ》にも[六]ヤツサモツサした事《こと》なく　召仕《めしつかひ》の者《もの》もそれ〳〵に仕《し》付《つ》け　町内一般《ちやうないいつぱん》の物入《ものいり》には貧《まづ》しい人《ひと》の分《ぶん》も脊負《せお》ツて立《た》ち　是《こ》れまで人《ひと》に一文半《もんはん》銭《せん》も損《そん》をかけたることなし　人《ひと》は自分一人《じぶんひとり》さへ[七]過《す》ぎかねて難渋《なんじふ》する中《なか》に　九人十人を安楽《あんらく》に過《すご》すは大《おほ》きな慈悲《じひ》ではござらぬか　店角《みせかど》に立《た》つ物貰《ものもら》ひにわづかづゝの[八]手《て》の内《うち》を出《だ》し　又《また》は[九]名聞《みやうもん》ばかりの宮寺《みやでら》の奉納物《ほうなふもの》　それは[一〇]善根《ぜんごん》と云《いは》れますまい　貧《まづ》しく暮《くら》せば悪《わる》いとしりながら偽《いつは》りも構《かま》へ　人《ひと》をも嗔《いか》らせ　身《み》も苦《くる》しく徒《いたづ》らに人《ひと》の儲《まう》け話《ばな》しを聞《きい》て[一一]咽喉《のど》を渇《かわ》かせ　僻《ひが》みの果《はて》は我身《わがみ》の不仕合《ふしあはせ》の中《なか》へ人《ひと》の幸《さいは》ひを引《ひ》き込《こ》まんとあせり　他所《よそ》のよい話《はな》しを聞《き》けば胸悪《むねわる》がり　人《ひと》の難義《なんぎ》に落《お》ちるを聞《き》いて悦《よろこ》ぶやうな魔界《まかい》へ落《お》ちますぞ　困《こま》る人《ひと》に物《もの》を恵《めぐ》むといふ志《こゝろざ》しは至《し》極《ごく》よければど仕道《しみち》が悪《わる》ければ善根《ぜんごん》とは云《いは》れず　[一二]他人《たにん》の頭《あたま》の蠅《はへ》を追《お》ふより　我《わ》が家《か》業《げふ》を大事《だいじ》にかけ傍観《わきみ》をせずに稼《かせ》ぐのが廻《まは》り廻《まは》ツては誠《まこと》の善根《ぜんごん》となるものなり　貴公《きこう》も先《まづ》慈悲心《じひしん》を取置《とりおい》て儲《まう》け一方《ばう》に精出《せいだ》されよとぞ諭《さとし》ける

五　荒くれ者の野蛮人。東国人に対する蔑称。

六　いざこざ。ごたごた。江戸初期からある語。

七　過ごしかねて。

八　物貰いや乞食に施す米・銭。

九　世間体ばかりの。

一〇　仏語。良い果報をもたらす良い行ない。

一一　うらやむこと。

一二　諺。他人の世話を焼くことより、まず自分の身の始末をすること。

偖《さて》も味気《あぢき》なき事《こと》を承《うけたま》はる物《もの》かなと　仁助《にすけ》は万助《まんすけ》の顔《かほ》をつく〲と打眺《うちなが》めながら膝《ひざ》を進《すゝ》ませ　誠《まこと》や[一]鹿《しか》を逐《お》ふ猟師《れうし》は山《やま》を見《み》ず　只管《ひたすら》[二]算勘《さんかん》にのみ凝《こ》りて儲《まう》けにあがき玉《たま》ふより　斯《かゝ》る間違《まちが》ひたる理屈《りくつ》を弾《はぢ》き出《だ》してよく合《あ》ひたりと思《おぼ》すならんが世《よ》は左《さ》る無情《むじやう》のものに非《あら》ず　御覧《ごらん》なされ　天《てん》には清《きよ》く月輝《つきかゞや》き地《ち》には梅桜《うめさくら》の咲《さ》き満《み》ちて人《ひと》の心《こゝろ》を慰《なぐ》さむるを　是《これ》も貴君《あなた》の御目《おめ》からは月《つき》は提灯《ちやうちん》が入《い》らずとばかり梅《うめ》は実《み》を取《と》ること　桜《さくら》は花《はな》を塩漬《しほづけ》にするよりは見《み》えますまい　木《き》で彫《ほ》ツた像《ざう》でも朽《く》ちる事《こと》あり　況《ま》して人は[三]鉄作《てつつく》りにはござりませぬぞ　百年無事《ひやくねんぶじ》に持《も》つは稀《まれ》なり　斯《か》くはかなき世《よ》に立《た》ちて向《むか》ふ見《み》ずに慾面引《よくづらひつ》ぱり　取《と》ると遣《や》るとに傍観《わきめ》も触《ふ》らず　人《ひと》は糞《くそ》とも味噌《みそ》とも云《い》へ　金《かね》さへ溜《た》めれば夫《それ》でよしとは余《あま》り狭《せま》すぎる御了簡《ごれうけん》　それでは金《かね》を使《つか》ふでなく金《かね》に使《つか》はれて生涯《しやうがい》を送《おく》ると申《まを》すもの　云《い》ふは憚《はゞか》り少《すく》なからねど　貴方《あなた》のやうに片時《かたとき》も肩《かた》を休《やす》める間《ひま》もなく　味《あぢ》よきを食《く》はず暖《あたゝ》かに着《き》ず　眼《め》の光《ひか》り帳面《ちやうめん》の外《ほか》を写《うつ》さず　耳《みゝ》には店《みせ》の者《もの》の[四]寄算《よせざん》を聞《き》くより外《ほか》の楽《たの》しみはなく　齷齪《あくせく》として世《よ》を経《へ》たまふは　富貴《ふうき》なれど貧賤《ひんせん》に劣《おと》り　金《かね》は有《あ》りとも無《な》きに如《し》かず　必竟金《ひつきやうかね》といふものが無暗矢鱈《むやみやたら》と貴《たつと》がらるゝといふものは是《これ》を以《もつ》て種々《しゆぐ》の楽《たの》しみ種々《しゆぐ》の物《もの》と換《か》へらるる故《ゆゑ》にて　強《あなが》ち是《これ》が家業《かげふ》の[五]本尊《ほんぞん》にはあらず　力《ちから》及ばずば是非《ぜひ》なけれど　此《これ》ほどの御身代《ごしんだい》にて只召仕《たゞめしつか》ふものの出入《でい》る者《もの》

一　諺。ある一つの事に熱中すると、他が見えなくなること。
二　損得勘定。
三　鉄などの金属で出来た身体。
四　商家の一日の総売りあげの決算。
五　最も大事な物や事柄。

に御情《おなさけ》あればとて　夫《それ》で慈悲《じひ》情《なさけ》を尽《つく》したりとは申《まを》されまじ　詰《つま》るところ情《なさけ》といふは人《ひと》の心《こゝろ》の誠《まこと》を云《い》ふものにて　志《こゝろ》ざしさへあれば六貧《まづ》しき女《をんな》の一燈《いつとう》は　長者《ちやうじや》が点《とも》せし万燈《まんどう》より光明《ひかり》はるかに勝《すぐ》れたりとか　貧《まづ》しきものの心《こゝろ》あるを笑《わら》ひ玉《たま》ふは僻事《ひがごと》なり　最早《もはや》御家《おいへ》も基礎《きそ》固《かた》く　此上《このうへ》にとあせり玉《たま》はぬ方《かた》が却《かへ》ツて長久《ちやうきうご》御繁《はん》昌《じやう》の良策《りやうさく》と存《ぞん》じます　是《これ》を持固《もちかた》めるは仁心《じんしん》に如《し》かず　仮令《たとへ》ば貴君《あなた》は創業《さうげふ》の君《きみ》なれば武《ぶ》を以《もつ》て烈《はげ》しく働《はた》らき玉《たま》ふが当然《たうぜん》なれど　二代目《だいめ》は仁《じん》を以《もつ》て懐《なつ》けねば世《よ》は穏《おだ》やかに参《まゐ》りません　幸《さいは》ひ千太郎殿《せんたらうどの》の持《も》ツて生《うま》れた御仁心《ごじんしん》　どの様《やう》にも御悦《およろこ》びなされて　此上《このうへ》ますく〳〵其心《そのこゝろ》の陋《いや》しくならぬやう立派《りつぱ》に御仕立《おしたて》もなさるべきに只《たゞ》商人《あきうど》は儲《まう》けねばならぬ　仁心《じんしん》は捨《すて》て金欲《かねほ》しがれと仰有《おツしや》るは　悉皆親孝行《しつかいおやかうく》する者《もの》に　チト不孝《ふかう》せよ　余《あま》りやさしくしたら親《おや》が付《つ》け上《あが》ツて止所《とめど》はなからふと水《みづ》をさすと同《おなじ》こと　つらく〳〵世間商家《せけんしやうか》の有様《ありさま》を見《み》るに　施《ほどこ》しで身上《しんじやう》を潰《つぶ》したといふ例《れい》を聞《き》かず　有《あ》るが上《うへ》にも積《つ》み上《あげ》んとあせるよりして七身代限《しんだいかぎ》りとなる者多《ものおほ》し　此等《これら》の事《こと》をよくく〳〵考《かんが》へ合《あは》せ玉《たま》へやと　口《くち》を酢《す》くして弁《べん》じたり

云掛《いひがゝ》りになツては万助《まんすけ》も止《や》められず　コレ仁助《にすけ》　物識顔《ものしりがほ》置《おい》てくれ　成程《なるほど》世《よ》には結構《けツこう》な仁者多《じんしやおほ》く　人《ひと》の難義《なんぎ》を見《み》て共《とも》に悲《かな》しがり　八何所《よそ》の頭痛《づつう》を疝気《せんき》に病《や》んでやらるゝは感服《かんぷく》なり　それのみならず　風流気《ふうりふぎ》ありて月花《つきはな》の憐《あはれ》を知《し》り　折《をり》に触《ふ》

六　諺「貧女の一燈、長者の万燈」。まごころのこもった行為の尊さをいう。

七　破産すること。→三一頁注一四。

八　諺。他人の事を心配して、却って自分が病気になる。

れては歌俳諧《うたはいかい》に想《おもひ》を述《の》べ　香《かう》　茶《ちや》の湯《ゆ》に静《しづか》を愛《あい》されるはます〳〵感服《かんぷく》なり　而《そ》して後《のち》に身上《しんじやう》を摺《す》り破《こわ》し　先《さき》に其身《そのみ》が恵《めぐ》みたる貧者《ひんじや》の仲間《なかま》へ落《お》ち入《い》ツて　どうぞお助《たす》け下《くだ》されと　一門一家《いちもんいツけ》知己《ちき》他人《たにん》に迷惑《めいわく》を掛《か》け玉《たま》ふはいよ〳〵以《もつ》て感服《かんぷく》なり　妻子《さいし》を路頭《ろとう》に泣《な》かせ　先祖《せんぞ》の墓石《はかいし》まで取崩《とりくづ》して売《う》り玉《たま》ふは仁《じん》の極《きは》め　[一]風雅《ふうが》の骨《ほね》とも称《しよう》しつべし　いつも[二]南風《みなみかぜ》に吹《ふか》れて居《ゐ》るやうなダラリとした了簡《れうけん》には往来《わうらい》で子供《こども》が泣《な》くを聞《き》いても憐《あはれ》を催《もよほ》し　拵《こしら》へ事《ごと》の貧窮話《ひんきうばなし》にも金《かね》を恵《めぐ》む　畢竟《ひつきやう》は自分《じぶん》の了簡《れうけん》に腕《うで》の続《つゞ》くだけ働《はた》らいてのけんといふ勇気《ゆうき》なく　食《く》ふ物《もの》さへあれば齷齪《あくせく》するには及《およ》ばぬ　まづ緩《ゆツ》くりと寝《ね》てこまそうといふ懶惰心《らんだしん》より起《おこ》るなり　[三]小仁《せうじん》は大仁《だいじん》の賊《ぞく》とやら　彼《か》の彼岸中《ひがんちう》に[四]生《いけ》るを放《はな》つといふ善根家《ぜんこんか》が有《あ》るので　雀《すゞめ》は却《かへ》ツて[五]黐竿《もちざを》の災《わざ》はひに遭《あ》ひ　[六]なまなかの施《ほどこ》しをされるより人《ひと》を駆《か》ツて乞喰《こじき》に落《おと》す　人《ひと》は自分《じぶん》で働《はた》らいて自分《じぶん》の始末《しまつ》をせよといふ手本《てほん》を出《だ》す人世《ひとよ》に少《すく》なく生物識《なまものじり》の瘦我慢《やせがまん》　心《こゝろ》に鬼《おに》を作《つく》りながら仏顔《ほとけがほ》するこそ片腹痛《かたはらいた》けれ　また貴公《きこう》は身《しん》上《しやう》をよくせんとあせりて身代限《しんだいかぎ》りとなる者多《ものおほ》しと云《いは》るれど　是《こ》れ商人《あきうど》の身《み》としては更《さら》に傷《いた》むべき事《こと》にあらず　勝敗《しようはい》は常《つね》の[七]数《すう》なり　儲《まう》けんとして損《そん》をしたりとて恐《おそ》るべからず　[八]北海大廻《ほくかいおほまわ》しの船《ふね》へ資本《もとで》も我《わ》が命《いのち》も積《つ》み込《こ》み　途中《とちう》で難船《なんせん》して藻屑《もくず》とならうと憾《うら》む処《ところ》なし　損《そん》するが怖《こわ》くて商売《しやうばい》がなるべきや　只商人《たゞあきうど》の怖《おそ》る

一 風雅の真骨頂、心髄。

二 「なまぬるい」の意の隠語。

三 中途半端な仁心は却って妨げになる。

四 「放生」。仏語で春、秋の彼岸に魚鳥の生き物を放してやると功徳があるという信仰。「放生会」。

五 鳥もちをつけた竿で、小鳥を獲る道具。

六 中途半端な施し。下文の「より」は「から」の意。

七 天命、天運。

八 遠距離の航海。北前船など日本海から北海道辺りの海運をいい、江戸初期から千石積みの大船もあったが、危険な商売としても知られた。

べく慎《つゝ》しむべきは[九]自然《じねん》と身代《しんだい》の減《へ》る事《こと》なり　一時《じ》の[一〇]買掛《かひがゝ》りで千円損《ゑんそん》したりとて気《き》を落《おと》すに足《た》らざれど　暮《くれ》の総勘定《そうかんぢやう》に一円喰込《ゑんくひこ》みしと見《み》ば心《こゝろ》を付《つ》くべし　是《こ》れ商人《あきうど》の秘訣《ひけつ》なり　貴公《きこう》と斯《か》く論《ろん》をするも無益《むやく》　各々《おの〳〵》思《おも》ひ込《こ》みあれば強《あなが》ち我《わ》が云《い》ふが理《り》にもあるまじ　争《あらそ》ひは爰《こゝ》に止《や》めて偖相談《さてさうだん》すべき事《こと》あり　朝夕[一一]会席《あさゆふくわいせき》の膳《ぜん》に向《むか》ひては[一二]八珍《はちちん》も足《た》らずとするは人情《にんじやう》にて　馴《な》れては美食《びしよく》も旨《うま》からず　悴千太郎《せがれせんたらう》も富貴《ふうき》に育《そだ》ちて富貴《ふうき》に暮《くら》しては又富貴《またふうき》の有難《ありがた》さを知《し》るまじ　随《したが》ッて世《よ》の味《あぢは》ひも嚙知《かみし》らず　[一三]空々寂々《くう〳〵じやく〳〵》旦那様《だんなさま》で仕舞《しま》ふは幸《さいは》ひに似《に》て幸《さいは》ひならねば　一《ひと》まづ他人《たにん》の中《なか》へ投《はふ》り込《こ》んで見《み》んと思《おも》ふなりと打解《うちと》けての話《はな》しに　仁助《にすけ》も感心《かんしん》し　我等《われら》も御同意《ごどうい》　悴為吉《せがれためきち》を修行致《しゆぎやういた》させ申《まを》さんと　互《たがひ》に約《やく》して別《わか》れけり[一四]

九　おのずからそうあること。人為的・計画的な商いの結果の損ではない損失。

一〇　計画的な先物買い。

一一　晴れの宴会の御馳走。

一二　「五味八珍」。ぜいたくな食べ物。

一三　仏語。ここは何の働きも無くの意。

一四　このあと、新聞初出には一字下げで「是までは商人気質の大序にて面白からぬ長論判なれど次よりはと申したところがこれも同じく骨々として和らぎなきものならんが飽を忍びて御読継あらんことを願ふ」とある。

当世商人気質《たうせいあきうどかたぎ》二の巻

第一

臨終《りんじう》の遺言《ゆゐげん》きゝ過《すぎ》た芥子《からし》[一]息子《むすこ》
これはならぬと母親《はゝをや》が手《て》に汗《あせ》
握《にぎ》るは却《かへつ》て開《ひら》け易《やす》き廓《さと》[二]の初花《はつはな》

[三]朝《あした》には紅顔《こうがん》に誇《ほこ》れども夕《ゆふべ》には白骨《はくこつ》となつて消《き》えぬと　[四]伏鉦《ふせがね》たゝいてチンと澄《すま》した和尚《おしやう》も　腹《はら》が痛《いた》むとて俄《には》かに買《か》ひ薬《ぐすり》を煎《せん》じさせ　地震《ちしん》がすれば[五]世直《よなほ》し万歳《まんざい》楽《らく》　それでも揺《ゆ》りが止《や》まねば跣足《はだし》で庭《には》へ駈《か》け出《だ》して潰《つぶ》されぬ用心《ようじん》　極楽《ごくらく》へ田地《でんち》の[六]買置《かひおき》して　釈迦如来《しやかによらい》に[七]請判《うけはん》頼《たの》んだやうな顔《かほ》つきでさへ斯《か》くの如《ごと》くに命《いのち》は惜《を》しきに　まして況《いは》んや平生《へいぜい》[八]二一天作《にいちてんさく》に屈托《くつたく》して其心構《そのこゝろがま》へなきもの　卒去《いざさ》らばの際《きは》となれば狼狽周章《らうばいしうしやう》　半分《はんぶん》は己《おの》が気《き》で死《し》を早《は》やめるものぞかし　[九]光陰《くわうゐん》は走《はし》る箭《や》の如《ごと》く　また流《なが》るゝ水《みづ》に似《に》たり　八丁堀《はつちやうぼり》に根城《ねじろ》を堅《かた》く構《かま》へ　番頭手代《ばんとうてだい》[一〇]持口《もちぐち》々々《〳〵》を固《かた》め　鎌倉勢《かまくらぜい》百万騎《ぎ》群《むら》がり寄《よ》るにビクともせざりし[一一]千早金剛山《ちはやこんがうざん》の城廓《じやうくわく》も斯《か》くやと思《おも》ふばかりなる[一二]伊勢屋万助《いせやまんすけ》　節季《せつき》々々《〳〵》の払《はら》ひ書出《かきだ》しは見事《みごと》に勘定《かんちやう》して滞《とゞこほ》ることなかりしも　歳《とし》といふ借金《しやくきん》追々《おひ〳〵》に嵩《かさ》み　是《これ》を返済《へんさい》するの智謀《ちぼう》は楠《くすのき》にも及《およ》

一「芥子のきき過ぎたような息子」。ケチで固めたようなの意。

二 初めての遊女遊びに、心が開ける様子。

三「朝ニ紅顔有リテ世路ニ誇レドモ暮ニハ白骨トナリテ郊原ニ朽ツ」。藤原義孝(『和漢朗詠集』巻下)の語句。蓮如の『御文章』に引かれて白骨の御文章として有名。世間の無常を示す。

四 仏具。

五 地震の時に安全を願って唱える文句。雷に「くわばら」というのと同じ。

六 前もって買っておいて後に備えること。

七 保証人として捺す判。

八 割り算の九九の一で、算盤の習い始めに教わる。転じて算盤の稽古そのものをいう。

九 諺に「光陰矢の如し」。

一〇 戦争用語。それぞれの部署をしっかり守ること。

一一 楠木正成が守りを固めて難攻不落と称された城。河内と大和の境にある。後文の「楠」は縁語。

一二「山形屋」とあるべきところ。誤植か作者の勘違いであろう。由己社、自由閣、駸々堂の各版とも、すべて「伊勢屋」とある。

ばず　[一三]枕《まくら》を破《わ》ツての勘略《かんりやく》も其甲斐《そのかひ》なくして　終《つひ》に借《かり》の形《かた》に[一四]二《ふた》つないものを取《と》られて　尊《たうと》い所《ところ》へ赴《おも》むかれぬ。臨終《いまは》に悴千太郎《せがれせんたらう》を近《ちか》く呼《よ》び　[一五]黄《き》なる涙《なみだ》を流《なが》して　呉々《くれ〴〵》も質素倹約《しつそけんやく》を守《まも》り家業大事《かげふだいじ》を怠《おこた》るべからずと　遺言《ゆゐげん》せられたる一期《いちご》の別《わか》れ　親子《おやこ》の愛情《あいじやう》　千太郎骨身《せんたらうほねみ》にこたへ　是《これ》より今《いま》までの鷹揚《おうやう》なる性質《せいしつ》サラリと変《かは》り　親父万助《おやぢまんすけ》に輪《わ》をかけた吝嗇《りんしよく》となり　朝《あさ》は疾《とう》から起《お》きて自《じ》身台所《しんだいどころ》を見廻《みま》はり　釜《かま》の下《した》の焚木《たきゞ》が多《おほ》い　コレ〳〵[一六]三《さん》や大根《だいこ》の葉《は》が捨《すた》ツて居《お》る　水《みづ》を掛《か》けて干《ほ》して置《お》け　ソレ〳〵紙屑《かみくづ》があるではないか　夫《それ》を芥《ごみ》と共《とも》に掃《は》くことか　紙屑籠《かみくづかご》へ入《い》れよ　と蚤取眼《のみとりまなこ》にて細《こま》かく気《き》を付《つ》け　年《とし》は二十一の男《をとこ》の花盛《はなざか》りなれど　着《き》る物《もの》は親父《おやぢ》のを直《なほ》した野暮天《やぼてん》の怪物《ばけもの》　さて〳〵変《かは》れば変《かは》るものと雇人《やとひにん》一同[一七]我《どうが》を折《を》りて成《な》るたけ千太郎《せんたらう》の睨《にら》みに合《あ》はぬやうと見《み》る前《まへ》だけの働《はたら》きぶり　同《おな》じ[一八]引合《ひきあは》せを二度《ど》三度《ど》して欠伸《あくび》を堪《こら》へ　其《その》うち旦那《だんな》に嫁御《よめご》を迎《むか》へたら　また元《もと》の大《おほ》まかな気《き》になられやうと夫《それ》を頼《たの》みに勤《つと》むれど　千太郎はなか〳〵女《をんな》などには目《め》も触《ふ》れず　一人《ひとり》も口《くち》が殖《ふゑ》ては年《ねん》に積《つも》つて云々《これ〳〵》になります　迂闊《うくわつ》に女房《にようばう》などは持《も》てませんと　番頭《ばんとう》を算盤《そろばん》づくに談《だん》じつけ　飼猫《かひねこ》の白《しろ》も汚《よご》れ目《め》が見《み》えて悪《わる》いとて鴉猫《からすねこ》を飼《か》ひ替《か》へらるゝ始末《しまつ》なれば　母親《はゝおや》も余《あま》りの事《こと》とて異見《いけん》すれば　父上《ちゝうへ》の御遺言《ごゆゐげん》を何《なん》とお聞《き》きなされた　此《この》くらゐ厳《きび》しくしても年《とし》の行《ゆ》かぬ者《もの》と侮《あな》どツて何処《どこ》か[一九]ノラを乾《かは》

一三　苦心すること。
一四　命。一番大事なものの意。
一五　ため息まじりの涙。
一六　「おさん」。下女の通称。
一七　あきれて、閉口して。
一八　帳簿の点検。
一九　ずるける、なまけるの意の俗語。浄瑠璃等の文句に多い。

く脱道《ぬけみち》があるもの　貴方《あなた》も私《わたく》しに異見《いけん》なさる手間《てま》で私《わたくし》の目《め》の届《とど》かぬ隅々《すみ〴〵》の暗《くら》い所《ところ》に気《き》を付《つ》け　勝手《かつて》の行燈《あんどう》[一]の燈心《とうしん》でもお減《へら》しなされと反対《あべこべ》の諭《さと》しに　母親《はゝおや》も継《つい》でいふべき詞《ことば》なく　ホツと溜息《ためいき》つきて奥《おく》の間《ま》へ看経《かんきん》に立《たゝ》れけり

儲《まう》けるといふ事《こと》はあツても　倹約《けんやく》といふ事《こと》を知《し》らねば笊《ざる》へ入《い》れる水《みづ》　底抜《そこぬ》けて何《なに》にもならず　年《ねん》に千円入金《にふきん》のある人が千百円遣《つか》へば百円の負債家《ふさいか》[二]なり　年《ねん》に僅《わづ》か二百円儲《まう》ける者《もの》も百八十円で活計《くらし》を立《た》てれば二十円の余《あま》りあり　富《と》むといふ多《おほ》く獲《う》るにあらずして少《すく》なく遣《つか》ふにあり　此《こ》の心掛《こゝろが》けなきものは金《かね》を貯《たくわ》へる事《こと》は偖《さ》て置《お》き　戸棚《とだな》の中《なか》に神功皇后《じんごうくわうごう》[三]を一夜《いちや》の御宿《おやど》もかなふまじと　父《ちゝ》の訓戒《くんかい》を守《まも》り過《す》ぎて　千太郎は無暗《むやみ》と拳《こぶし》を握《にぎ》り詰《つ》め　取《と》つたら放《はな》さぬ締《しま》り厳重《げんぢう》　寐言《ねごと》にも帳合《ちやうあひ》の合《あ》ふ合《あは》ぬの外《ほか》は云《い》はず　偶然《たま〳〵》親類《しんるゐ》の者《もの》が来《き》ても薄《うす》い酒《さけ》一杯出《ばいだ》さず　[四]鼻紙《はながみ》を火鉢《ひばち》で烘《あぶ》りながら　此《こ》の気候《きこう》では麦作《むぎさく》[五]も当《あた》りませう　近《ちか》ごろ大医方《たいいがた》の御《お》説《せつ》にも麦《むぎ》[六]は米《こめ》より身体《からだ》の為《ため》によいと申《まを》せば　店《みせ》の者《もの》の養生《やうじやう》の為《た》めに是《これ》から麦飯《ばくはん》に仕《つか》まつらうと存《ぞん》ずると皺面《じうめん》しての工面話《くめんばな》し　いつまで待《ま》つても膳《ぜん》を出《だ》す模様《もやう》なければ　最《も》うドン[七]でもござらうかと客方《きやくかた》より誘《さそ》ひを掛《か》ければ　イヤ日《ひ》が伸《の》びましたれば　丁度《ちやうど》お宅《たく》へお帰《かへ》りなされて正午《ひる》ぐらゐでござりませうと真顔《まがほ》の挨拶《あいさつ》　小面憎《こづらにく》いほどの吝嗇《りんしよく》は　是《これ》ぞ先代《せんだい》万助殿《どの》が鷹揚《おうやう》を苦《く》に病《や》んで折檻《せつかん》された祈《いの》り過《すご》

一　行燈は油皿にひたした燈心に点火して明りとするので、燈心を減らすことで油の節約となる。

二　商売上のマイナスの意を、明治風の漢語で堅苦しく表現したもの。

三　大日本帝国紙幣として明治二十一年発行の壱円札と同十四年発行の拾円札とは神功皇后の肖像を入れたので、神功皇后札と称された。

四　乾かして再利用しようというもの。

五　麦の生産。

六　明治十年頃から脚気の病因や治療について新聞紙上を賑わしたが、麦飯を良しとする説が出、明治十八年一月以来海軍が(『東京絵入新聞』明治十八年六月二十五日)、同二十四年には陸軍も同年四月頃から麦飯にする(『東京日日新聞』明治二十四年四月二十六日)という。

七　正午の時報とした大砲の音。東京では明治四年九月から江戸城旧本丸で鳴らしたが、昭和初期サイレンに代った。

し　兎角人《とかくひと》といふものは右《みぎ》へ偏《よ》るか左《ひだ》りへ傾《かたぶ》くかで中道《ちうだう》には行《ゆ》かぬものと　近《きん》所《じよ》の人《ひと》も我《が》を折《を》りたり　時《とき》も桜《さくら》の四月中旬《なかば》　町内《ちやうない》の地主中《ぢぬしぢう》に八散《ち》りて根《ね》にかへりし者《もの》ありて　葬式《さうしき》は午后《ごゝ》三時《じ》　寺《てら》は九橋場《はしば》の総泉寺《そうせんじ》との触《ふ》れ出《だ》し　彼《か》の川柳点《せんりうてん》の句《く》に「一〇七《なゝ》ツ半寺《はんてら》は三谷《さんや》で親父行《おやぢゆ》き」といふ格《かく》にて　店《みせ》の者《もの》を此《こ》の葬式《とむらひ》に出《だ》すは石油《せきゆ》をあびてから一一火掛《ひがゝ》りさせるより危《あや》ふしと　千太郎は自身《じしん》で見送《みおく》りに出《い》で棺桶《くわんをけ》の供《とも》に立《た》ちて総泉寺《そうせんじ》へ着《つ》きしは午后《ごゝ》五時《じ》過《す》ぎ　読経畢《どきやうをは》ツて親類《しんるゐ》の者《もの》がイザ御自由《ごじいう》にお引取《ひきと》り下《くだ》されと挨拶《あいさつ》に出《で》たは六時《じ》ごろにて　地主連中《ぢぬしれんぢう》十一人揃《そろ》ツて道《みち》をかへての帰《かへ》りに　一二山谷《さんや》の重箱《ぢうばこ》で腹《はら》を拵《こしら》へやうと発言《はつごん》したは熱湯好《あつゆず》きの金兵《きんべ》衛《ゑ》　葬式《さうしき》の戻《もど》りに鰻《うなぎ》はチト一三差合《さしあ》ひであらうとは俳諧気違《はいかいきちが》ひの隠居《いんきよ》　何《なに》も死《し》んだ宅兵衛《たくべゑ》さんが鰻《うなぎ》になりはしまひし　ヌラクラとして一生《いつしやう》を過《す》ごされたから其縁《そのえん》で　よし鰻《うなぎ》にならうとも昨日死《きのふし》んだばかりだから　未《ま》だ重箱《ぢうばこ》の池《いけ》へ漬《つ》けられるまでの間《ま》もなからうと　いつも一四演説《えんぜつ》を聞《き》きに行《ゆ》く滝沢何某《たきざはなにがし》が滔々《たう〳〵》たる弁解《べんかい》に皆《み》な尤《もつと》もと同意《どうい》して鮒儀《ふなぎ》へドヤ〳〵と押《お》し込《こ》むを　千太郎は一五無益《むやく》しと心《こゝろ》には呟《つぶや》きながら　町内地主中《ちやうないぢぬしぢう》の極《き》めにて　事《こと》があツても無《なく》ツても月《つき》に五十銭《せん》づゝ積《つ》み置《お》き　斯《かゝ》る時《とき》には夫《それ》にて支払《しはら》ひするなれば　此処《こゝ》を避《さ》けたところが其入費《そのにふひ》が助《たす》かるでもなし　一六結句家《けつくうち》へ戻《もど》ツてから夜食《やしよく》の膳《ぜん》に据《すわ》るだけが損《そん》なれば　寧《いツ》そ明日《あす》

八　死亡したこと。前文の桜にかけていう。
九　現台東区橋場二丁目にあった曹洞宗の名刹。昭和に入り寺は板橋区志村に移転。
一〇　句意は、「日暮れ頃、浅草山谷の寺で葬式というのを聞いて親父が喜んで参列した」。山谷は吉原遊廓に近いので、葬式を口実にして遊びに行く。また、中年過ぎの男の遊び癖がつくのを、夕方から降り出して本降りとなる意の「七つ下りの雨」にたとえるのも踏まえる。「七つ」は午後四時前後。
一一　消火活動。
一二　当時有名な川魚料理屋「鮒儀」（後出）。特に鰻の蒲焼きの名店。川柳に「重箱を出て蒸籠（青楼）と思ひつき」。
一三　連俳用語。さし障り、さしつかえ。
一四　明治初期、聴衆を集めて政見や意見を発表する演説会が諸地方で流行する。実例は坪内逍遙の『内地雑居未来之夢』や福沢諭吉の『文明論之概略』等に詳しい。
一五　役に立たぬこと、無駄なことの形容詞型。
一六　結局。

の分《ぶん》までも詰《つ》め込《こ》んで余《あま》りは折《をり》にして母《はゝ》の土産《みやげ》と　早《はや》くも胸《むね》に算用《さんよう》して人々《ひと〳〵》の跡《あと》に随《したが》ひぬ

[一]鉄腸《てつちやう》は却《かへ》つて溶《とろ》け易《やす》く　固《かた》く握《にぎ》る拳《こぶし》は開《ひら》くに早《はや》し　千太郎《せんたらう》は勘定《かんちやう》づくから考《かんが》へて　葬式《さうしき》の帰《かへ》りに町内《ちやうない》の者《もの》と共《とも》に山谷《さんや》の鮒儀《ふなぎ》へ立《た》ち寄《よ》りて　飲《の》みつけぬ酒《さけ》に酔《ゑひ》も早《はや》くチロ〳〵とせしを見《み》すまして　[二]二《ふた》ツ星《ぼし》に山形屋《やまがたや》の若大将《わかたいしやう》　今夜《こんや》は是非《ぜひ》[三]廓《なか》へ付《つ》き合《あ》ひ玉《たま》へ　[四]おいらんは酒《さけ》の名《な》に残《のこ》りて出稼《でかせ》ぎ娼妓《しやうぎ》と品《ひん》は下《さが》ツたが　まだ吉原《よしはら》は何処《どこ》か外《ほか》より違《ちが》つた所《ところ》があるよ　君《きみ》のやうな男振《をとこぶ》りで金《かね》があツて親《おや》がなしとは鬼《おに》に鉄棒《かなぼう》　味淋《みりん》に鰹節《かつぶし》　甘《うま》いとも豪敵《がうてき》とも滅法《めつぱう》とも素敵《すてき》とも　もつれた舌《した》では云《いは》れない[五]大極上々吉《だいごくじやう〳〵きち》　[六]箱《はこ》は振《ふ》ツても女《をんな》には振《ふ》られる気遣《きづか》ひのない御《お》鬮《みくじ》だ　サア大将《たいしやう》御神輿《おみこし》を上《あ》げ玉《たま》へ　兎《と》も角《かく》も[七]行《ゆ》くべい獅子《じゝ》と仕《し》やうではないかと　越後屋《ゑちごや》角兵衛《かくべゑ》といふ平生《ふだん》は沈黙《むつゝり》した男《をとこ》が　[八]酔《よ》ツてはまだんやと跡《あと》を引《ひ》き鯱鉾《さちほこ》立《だ》ちになツての煽《あほ》りに　是《これ》は[九]妙《めう》だ秀郷《ひでさと》だ　竜宮行《りうぐうゆ》きは面白《おもしろ》いと　[一〇]堅気《かたぎ》が名代《だい》の薪問屋《まきどんや》の隠居《いんきよ》までが浮《うか》れ出《だ》し　それは迷惑《めいわく》　[一一]ひらさら御免《ごめん》と手《て》を摺《す》ツて詫《わ》びる千太郎を無理《むり》やりに引張《ひつぱ》り出《だ》して新吉原《しんよしはら》の何某楼《なにがしろう》へ連《つ》れ込《こ》み　銘々《めい〳〵》はたしなみの隠《かく》し芸《げい》　雇人《やとひにん》の手前《てまへ》を兼《か》ねて毎日《まいにち》閻魔顔《ゑんまがほ》はしてゐれど　幾歳《いくつ》になツても忘《わす》れぬは此《こ》の道《みち》　[一二]地面持《ぢめんもち》の旦那様《だんなさま》が相好《さうがう》を崩《くづ》して　[一三]豊年《ほうねん》じや〳〵と菓子売《くわしうり》の真《ま》

一「鉄心石腸」の略。鉄や石のように堅い精神。
二 吉原では江戸後期、遊女の等級を示す印で最高の位が入り山形（いりやまがた）に二ツ星（△）だったので、下の「山形屋」にかけて「二つ星」と言い出したもの。
三「なか」は吉原遊廓の俗称。
四 明治五年十月「娼妓解放令」、同六年十二月「貸座敷規則」の発令により、江戸以来の吉原遊廓は大きく変化して、唯一の公許の廓という格式を失い、東京六遊廓の一となる。高位の遊女をいう「おいらん」の呼称も、解放令により等級が無くなったので消えた。「酒の名」云々は未詳。
五 江戸期に栄えた歌舞伎役者の評判記に役者の評価を示す用語として用いられ、その最上級をいう。
六 後文にある御鬮を引くとき、そのくじの入った箱をふって取り出す動作。
七 後文の越後屋角兵衛の縁語で「角兵衛獅子」の洒落。
八「酔ツてはまだんや」とは何かの洒落か。未詳。
九「藤太秀郷」の洒落。→四頁注六。
一〇 気持が堅いと薪の堅い木とをかける。
一一 まっぴら御免。「ひらにさらに」の意。
一二 江戸期から町人の階級として地面持ち（土地持ち）、家持ち、借地・借家人とされ、江戸府内に自分の地面を持つ町人が上級とされた。
一三 飴売「豊年屋」の掛け声。嘉永（一八四八－五四）頃からあり、余興に芝居の真似や声色を遣うという（清水晴風『物売物貰尽』）。

似《ね》をすれば　唐物屋《たうぶつや》の主人《しゆじん》は羽織《はおり》を裏《うら》がへしに前《まへ》から手《て》を通《とほ》して[一四]南京踊《なんきんをど》りと出《で》掛《か》け　いづれも命《いのち》の縮《ちぢ》みへ[一五]熨斗《ひのし》をかけたと　明日《あす》疝気《せんき》に病《や》むも忘《わす》れて飛《と》び跳《はね》るに　千太郎はます〳〵逆上《のぼ》せて泣顔《なきがほ》になるを　茶屋《ちやや》の女《をんな》は気転《きてん》を利《き》かせて[一六]相方《あひかた》の臥床《ふしど》へ伴《ともな》へば　いよ〳〵青《あを》くなツてどうぞ堪忍《かんにん》して帰《かへ》して呉《く》れとは　左《さ》りとは近《ちか》ごろ珍《めづ》らしいウブな所作《しうち》　[一七]大名《だいみやう》の懐子《ふところご》とは此《こ》のお客《きやく》　麁末《そまつ》にはなりませんよとの耳打《みゝう》ちに　相方娼妓《あひかたしやうぎ》は昔《むか》しの武士《ぶし》の[一八]具足金《ぐそくがね》ともいふべき取《と》ツて置《お》きの智恵《ちゑ》を出《だ》し　ウブはウブのまゝに手《て》を尽《つく》してのもてなし　千太郎は天鵞絨《びらうど》の[一九]額《がく》蒲団《ぶとん》へ恐《おそ》る〳〵ににぢり上《あが》りて脊中《せなか》に冷汗《ひやあせ》　悉皆蟾蜍《しつかいひきがへる》を塗盆《ぬりぼん》に乗《の》せたる如《ごと》くなりし。偖《さて》一しきり[二〇]小便所《せうべんしよ》の方《かた》がや〳〵と騒《さは》がしきと思《おも》ふうち　[二一]焼場《やきば》の臭《にほ》ひも鼻《はな》に入《い》るやうになり　賑《にぎ》やかな所《ところ》ほど静《しづ》かになれば淋《さみ》しきものにて　音頭《おんど》をとツた角兵衛《かくべゑ》から先《さき》へ目《め》を覚《さ》まして見《み》れば　昨夜《ゆふべ》の騒《さは》ぎは夢《ゆめ》の如《ごと》く　嗚呼《あゝ》くだらぬ事《こと》をしたと腕《うで》を組《く》めば　千太郎をば無理《むり》に連《つ》れ来《きた》りしは余《あま》りに大人気《おとなげ》なしと心《こゝろ》づき　少《すこ》しも早《はや》く帰《かへ》らんと急《きう》に人々《ひとぐ》を催《もよほ》し立《た》てれば　皆《み》な後悔《こうくわい》の顔色《がんしよく》揃《ぞろ》ひ　山形屋《やまがたや》はどうした　まだ起《お》きないか　ドレ起《お》こして来《こ》やうと　外《そと》から声《こゑ》を掛《か》けて座敷《ざしき》を明《あ》ければ　千太郎は蒲団《ふとん》の中《なか》へ潜《もぐ》り込《こ》んで　越後屋《ゑちごや》さん私《わたくし》は少《すこ》し腹《はら》が痛《いた》みますから　貴君方《あなたがた》はお先《さき》へお帰《かへ》りなすツて下《くだ》さい　との挨拶《あいさつ》に[二二]頭《あたま》を角兵衛《かくべゑ》

一四　酒席の座興に中国人風の恰好で踊ること。当時、支那を南京と総称する例は多い。南京鼠、南京米、南京虫など。

一五　柄のついた金属製の道具で、中に炭火を入れ、衣類や紙等の皺をのばす。後のいわゆる「アイロン」。

一六　その日の遊び相手の遊女。

一七　大金持ちのぼんぼん。「懐子」は大事な子供の意。

一八　武士が平時に困窮しても、いざ戦という時、武具を買い整えるための費用。その費用を工面するための知恵を出すこと。

一九　布団の四周にビロードの縁どりをつけた豪華なもの。

二〇　吉原の遊女屋は二階に客用の共同便所があり、おちあった客同士でひとしきり立話がはずむのは洒落本などに多い。

二一　吉原の近辺には小塚原などの火葬場があり、その臭いに気づくのは遊びも一段落という頃合い。

二二　「頭を掻く」と「角兵衛」のかけ詞。このあたりの描写は、落語『明烏』などで、ウブな息子が却ってもてて、朝の帰りをしぶる有名なくだりなどを下敷きとする。

が是《こ》れはく

第　二

吹《ふ》き散《ち》らす暗雲《やみくも》[一]つゐに見《み》ぬ旭影《あさひかげ》
さすがに目《め》の覚《さ》めた自分意見《じぶんいけん》[二]
イデ一軍陣羽織《ひといくさぢんばおり》の名物裂《めいぶつぎれ》[三]

いづくは有《あ》れど一きは春《はる》めくは花《はな》の吉原《よしはら》なり　此地《このち》も二百四五十年[四]の前《まへ》は葭《よし》
蘆茂《あししげ》れる沼地《ぬまち》なりしに　遊女町《いうぢよまち》を移《うつ》されてより忽《たちま》ち極楽浄土《ごくらくじやうど》の出店《でみせ》と変《かは》りて
年々《ねんねん》の繁昌北《はんじやうきた》[五]に倚《よ》ツて　地中《ちちう》に磁石《じしやく》を埋《うづ》めたわけか　鉄気《かなけ》の有《あ》る者《もの》で吸《す》ひ取《と》ら
れざるはなし。握《にぎ》り人《て》[六]と評判《ひやうばん》取りし千太郎が俄《には》かに手《て》を拡《ひろ》げての廓通《くるわがよ》ひ　番頭《ばんとう》
手代《てだい》も始《はじ》めのうちは少《すこ》し風《かぜ》が変《かは》ツてよい塩梅《あんばい》と悦《よろこ》びしが　だんく遊《あそ》びにしこ
り出《だ》してグワタくバラくと雷遣《かみなりづか》[七]ひといふものに金銭《きんせん》を撒《ま》き散《ち》らすゆゑ　年嵩《としかさ》
の番頭《ばんとう》は眉《まゆ》をひそめ　此《こ》の分《ぶん》にては金剛石《ダイヤモンド》を俵《へう》に作《つく》ツて土蔵《どざう》に積《つ》んで置《お》くとも
皆《みな》[八]になるは間《ま》もなし　先旦那《せんだんな》が爪《つめ》に火《ひ》を灯《とも》しての御丹誠《ごたんせい》を闇々《やみやみ》と潰《つぶ》させては我《われ》
等《ら》が申訳《まをしわけ》なしと　千太郎が二日酔《ふつかゑひ》に痛《いた》んで奥座敷《おくざしき》に昼寝《ひるね》してゐらるゝ所《ところ》へ出《で》て
だんく理《り》を尽《つく》して諫《いさ》むれば　千太郎は瞼重《まぶたおも》げに細《ほそ》く見開《みひら》き　成《なる》ほど尤《もつと》もなる
意見一々承知《いけんいちいちしようち》したり　翌日《あす》から遊《あそ》びを止《や》むべしと云《い》はゞ其方《そなた》は悦《よろこ》ぶべきが　彼《か》[九]

一　わけもわからず前後の見さかいのない様子。
二　「目の覚めた時分」と「自分意見」のかけ詞。「自分意見」は自分で自分に意見すること。後悔して気を取り直すこと。
三　茶道で用いる高価な道具の一で、近世以前に外国から渡来した布裂の類。
四　浅草山谷の新吉原の開発は、明暦二年（一六五六）といわれるので、逆算していう。それ以前は日本橋にあり、元吉原と称された。
五　吉原は江戸城の北に当るので「北里」の異称もあり、その縁語として「磁石」「鉄気」と続ける。
六　けちん坊、締り屋。
七　大散財。
八　遣い果すこと。
九　遊女に対する褒詞。

の君《きみ》さまは何《なに》とせらるゝ　親《おや》の為《ため》に身《み》を苦界《くがい》に沈《しづ》めて便《たよ》りとするは我等《われら》ばかり若《も》し一日も顔《かほ》を見《み》せずに置《おい》たなら可愛《かあい》や焦《こが》れて死《し》なれるであらう　仮《かり》にも人《ひと》一人《ひとり》の命《いのち》　金《かね》にかへられぬ重《おも》い事《こと》ぞと　真顔《まがほ》でいふに呆《あき》れ返《かへ》り　斯《か》う毒《どく》が廻《ま》はつては迚《とて》も我《わ》が[10]七先《さじさき》では癒《なほ》らぬと見切《みき》りを付《つ》けて　番頭佐兵衛《ばんとうさへゑ》病気《びやうき》と披露《ひろう》して身退《みしりぞ》けば　[11]小松《こまつ》の内府《ないふ》がない後《のち》の平家《へいけ》の一門《いちもん》　平気《へいき》の一類眷族《いちるゐけんぞく》ども　どうせ潰《つぶ》す身上《しんしやう》なら少《すこ》しあるうちに身《み》の用心《ようじん》と　鳴声《なくこゑ》ばかりチウといふ溝鼠連中《どぶねずみれんぢう》がさまぐ〵に工夫《くふう》して帳面《ちやうめん》をゴマかす中《うち》にも　二番々頭《ばんぐとう》の八右衛門《はちゑもん》といふ横着者《わうちやくもの》が金《かね》の[12]手支《てづか》へる時《とき》を見込《みこ》んで　此処《こゝ》は私《わたく》しが働《はたら》いて見《み》ませうと　我《わ》がシコタメて置《おい》た六百円を人《ひと》の名前《なまへ》で主人《しゆじん》へ貸《か》し付《つ》け　是《これ》は外《ほか》の金《かね》と違《ちが》つて今直《いますぐ》とはならぬ処《ところ》を私《わたく》しの顔付《かほづ》くで借り出《だ》した金子《きんす》ゆゑ　余所《よそ》にどんな急《きう》な借財《しやくざい》がござりませうとも　夫《それ》は捨《すて》て置《おい》て是《これ》だけはお払《はら》ひ下《くだ》さるべしと　勝手《かつて》な念《ねん》を押《お》すを　勘略《かんりやく》の千太郎は脱売《ぬけがら》のポン太郎と区役所《くやくしよ》へ届《とゞ》けも出《だ》さずに改名《かいめい》したところなれば更《さら》に心付《こゝろづか》ず　此急場《このきうば》を間《ま》に合《あは》せたは大《おほ》きな手柄《てがら》　是《これ》は当座《たうざ》の褒美《ほうび》なりと　[13]煙草入《たばこいれ》を投《な》げ出《だ》して与《あた》へらるゝほどなれば　内《うち》と外《そと》とで鑢《やすり》をかけて身代《しんだい》を忽《たちま》ち粉《こ》にはたき　いよく〵[14]分散間《ぶんさんま》近《ぢか》となると　死神《しにがみ》の亡霊《ばうれい》ともいふべき念入《ねんいり》の[15]山師《やまし》共《ども》が引倒《ひきたふ》しの味方《みかた》に付《つ》き　斯《か》ういふ事《こと》を受負《うけお》つて一度《ど》に三万円儲《まう》けるの　何処《どこ》の山《やま》に金《きん》

一〇　薬の処方。漢方で生薬の粉末を匕ですくって塩梅するところからいう。
一一　内大臣平重盛の敬称。治承三年(一一七九)没。清盛の長男。温厚な人柄で父の専横を諫め続けるが、その没後、平家一門は衰退する。
一二　工面が出来なくなること。
一三　遊興の席で大尽がたいこ持などへ与える当座の褒美の品。大尽の鷹揚さを示す常套場面。
一四　破産と同意。元来は「分散」と「身代限り」の二つがあり、「分散」は残った全財産を競売して、債権者が分け取りする方法をいい、「身代限り」は官憲による強制執行をいうが、両者混同して用いられることが多い。
一五　鉱山採掘の投機業者をいうが、それを口実に人をだます者をいう意味で用いられることが多い。

鉱《くわう》があるから[一]借区願《しやくゝねが》ひを出《だ》して試《こゝろ》み堀《ほり》に掛《かゝ》らうの　彼《あ》の川《かは》の水《みづ》を精製《せいく》すれば石《せき》油《ゆ》になるの　風《かぜ》を袋《ふくろ》へつめて[二]風車場《ふうしやば》を立《た》てやうのと　寄《よ》つて掛《かゝ》ツて[三]胴《どう》に上《あ》げサアモウいけねはといふ段《だん》になると　千太郎一人を抛《ほう》り出《だ》して山師《やまし》の形《かたち》は[四]かき消《け》して失《う》せにけり

上《のぼ》り坂《ざか》は汗《あせ》もしとゞに骨《ほね》が折《を》るれど　下《くだ》りとなツては鼻唄《はなうた》で飛《と》んだ埒《らち》の開《あ》いたもの　親父《おやぢ》万助《まんすけ》が千載《せんざい》の末《すゑ》を期《き》して動《ゆる》がぬ礎《いしずゑ》かたく築《つ》き立《た》てし土蔵住居《どぞうすまゐ》とも可惜《あつたら》他人《たにん》の物《もの》になして　千太郎は身《み》一ツの外《ほか》は[五]チンカラリ　鍛冶《かぢ》町《ちやう》の裏店《うらだな》に引《ひつ》込《こ》んで古着店《ふるぎや》の[六]ハタシとなり　喰《く》はねば空腹《ひだるい》といふことを今始《いまはじ》めて知《し》ツて　嗚《あ》呼《ゝ》此《こ》の前《まへ》大勢《おほぜい》を連《つ》れて二日泊《ふつかどま》りの[七]成田詣《なりたまう》で僅《わづ》か三日に百二三十円撒《まい》た事《こと》があツたが　彼《あれ》だけも[八]志学《しがく》して残《のこ》して置《おい》たら差当《さしあた》りドンな小店《こみせ》でも持《も》ツて古着屋《ふるぎや》を始《はじ》めやうものを　惜《を》しや欲《ほ》しやと返《かへ》らぬ愚痴《ぐち》を翻《こぼ》せしが　抑《そもそ》も遊《あそ》びにはまツて身《しん》代《だい》を[九]葉抹香《はまつかう》とはたき立《た》てる者《もの》に一銭《せん》にてもあるうちに目《め》の醒《さ》める者《もの》はなし　融《ゆ》通《づう》のなるだけは八方《ばう》へ手《て》を廻《ま》はして二重《ちう》にも三重《ちう》にも品物《しなもの》を書《か》き入《い》れ　イザとなるとドカ落《お》ちに落《お》ちて湯銭《ゆせん》にさへ事《こと》を欠《か》く身《み》になりはつるものなり　まだしも千太郎は少《すこ》しの間質物《あひだしちもつ》を自《みづ》から取扱《とりあつか》ひて　木綿物《もめんもの》と絹物《きぬもの》だけの区別《くべつ》がつくところから　車夫《くるまひき》にも落《お》ちずして　毎日《まいにち》[一〇]柳原《やなぎわら》の堤《どて》や市場《いちば》をぶら付《つ》いて彼方此方《あちこち》へ

一　一時的な借地権を申請すること。

二　明治九年の勧業寮製作の風車は搗米や紡糸に良いとして、以後の大博覧会ごとに建設され評判をとった(『明治事物起原』第十一編)。それを踏まえて風をつかむような実体の無い事業の比喩として用いる。

三　持ち上げること。

四　謡曲などに頻出する表現。

五　何もないこと。近世初期からの俗語。

六　果師。古着商の仲間内で売買して僅かな口銭をかせぐ人。

七　成田山新勝寺(千葉県成田市)の不動参詣。元禄期(一六八八-一七〇四)から大いに流行り、特に二代目市川団十郎が信仰してその屋号とするところから、江戸市民の信仰を集めた。

八　→一六頁注五。

九　樒の葉や皮を乾かして粉にしたもの。仏前の焼香等に用いる。

一〇　神田の筋違橋から浅草橋間の神田川の南岸で、江戸期から土堤には古着屋と古道具屋が多いので知られていた。

やり返《かへ》すうちに　十銭《せん》か二十銭儲《まう》けて漸《やうや》く其日《そのひ》を送《おく》れば　白《しろ》かりし面《おもて》も埃《ほこり》に黒《くろ》み　ろく〳〵には湯《ゆ》にも入《はい》らねば何《なに》となく物臭《ものぐさ》く　愛敬《あいきやう》ありし口元《くちもと》は鎗頤《やりおとがい》と細《ほそ》くなり　智恵《ちゑ》と油気《あぶらけ》はぬけて　溜《たま》るは垢《あか》と家賃《やちん》ばかり　金《かね》にはなれては人間《にんげん》も淋《さび》しいものと[一一]秋《あき》ならねども身《み》に染《し》みる風《かぜ》にまたたく隣《とな》りの燈火《ともしび》　壁《かべ》の破《やぶ》れより折々《をり〳〵》さすに　睡《ねぶ》られぬまゝ枕元《まくらもと》の煙草入《たばこいれ》をさぐりマッチを摺《す》ッて一服《ぷく》せんと起《おき》直《なほ》りて匍匐《はらばひ》になり　アヽ思《おも》ひ出《いだ》せば去年《きよねん》の今《いま》ごろオヽ丁度今夜《ちやうどこんや》だ　[一二]茶屋《ちやや》で一騒《ひとさは》ぎした跡《あと》で総勢残《そうぜいのこ》らず繰《く》り込《こ》んだところ　目《め》ざす[一三]御敵《おてき》は[一四]手疵《てきず》にて病院《びやういん》入りとの事《こと》に興《きよう》を醒《さま》して帰《かへ》らうとするを　彼《あ》の[一五]花衣《はなぎぬ》のおさとめが引《ひき》とめて　偶《たま》には冷《つめ》たい夜具《やぐ》へも寝《ね》て御覧《ごらん》なさいといッたのが気《き》に入《い》ッて　夫《それ》から大《おほ》きな[一六]悶着《もんちやく》が起《おこ》ッて　[一七]立《た》つの立《たゝ》ぬの死《し》ぬの生《い》きるのと成《な》ッたので　己《おれ》も大《おほ》きに痛手《いたで》を負《お》ッたが兎《と》も角《かく》も彼女《あいつ》は才女《さいぢよ》だ　憎《にく》くないよと独言《ひとりごと》、千《せん》さんお客様《きやくさま》かへ　大分《だいぶ》面白《おもしろ》いお話《はな》し声《ごゑ》が聞《きこ》えますネと　[一八]隣《とな》りの女房《かみさん》に声《こゑ》を掛《か》けられて吃驚《びつくり》し　ナニ一人《ひとり》で仮声《こわいろ》を遣《つか》ッてゐるのさ　大分《だいぶ》御精《ごせい》が出《で》ますネ　今《いま》に[一九]弗箱《どるばこ》の置《お》き場《ば》に困《こま》りませう　ハヽヽと世辞《せじ》に紛《まぎ》らしてつく〳〵思《おも》ふに　隣《とな》りの下駄職《げたしよく》は斯《か》くの如《ごと》く毎夜《まいよ》々々《〳〵》十二時《じ》過《す》ぎまでも稼《かせ》ぎて　翌朝《よくあさ》も我《わ》が起《おき》る頃《ころ》には朝飯《あさめし》を仕舞《しま》ひて　夫婦《ふうふ》の共稼《ともかせ》ぎ己《おれ》は夫《それ》には引《ひき》かへ　親父《おやぢ》が積《つ》み上《あ》げた身上《しんしやう》を崩《くづ》して此《こ》の身《み》になッてもまだ目《め》が

一一『古今和歌集』四、大江千里「月見れば千々に物こそ悲しけれ我身ひとつの秋にはあらねど」を踏まえる。

一二 引手茶屋。吉原の大店での遊びに、万事の手引きをしてくれるので、大尽客はまず茶屋で一遊びして、そこから送られて遊女屋へ行く。茶屋遊びは金持客の証明でもある。

一三 相方の遊女。

一四 病気。遊女を「御敵」と称したので、戦場用語を用いる。

一五「花衣」は千太郎の馴染みの遊女の傍輩で、「おさと」はその俗名か内芸者かであろう。

一六 こじれた人間関係。ここは千太郎がつい「花衣」に手を出したのが馴染女郎にしれて、こじれたもの。傍輩の遊女と関係することは、その抱え主か馴染み女郎にきちんとことわらねばならぬ仕きたりであった。

一七 顔が立つこと。

一八 棟続きの長屋住いゆえ、壁一つで隣家になる。

一九 金箱。明治期らしい俗語。

醒《さ》めきらず　夢《ゆめ》にも現《うつゝ》にも罰当《ばちあた》りの妄想《まうざう》　これぞ誠《まこと》に商人冥利《あきうどみやうり》に尽《つ》きたる境界《きやうがい》　嗚呼《あゝ》勿体《もつたい》なしく〳〵　いでや命《いのち》と根《こん》を資本《もとで》にして　今一《いまひと》たび昔《むか》しの風《かぜ》を吹《ふ》き返《かへ》さんと思《おも》ひ起《おこ》せしは　まだ福神《ふくじん》の[一]控《ひか》へ綱《づな》　どこにか果報《くわほう》が残《のこ》りしと見《み》えたり　[二]振《ふ》り出《だ》しは東京《とうけい》の真中《まんなか》の日本橋《にほんばし》　斜《なゝ》めに富士《ふじ》を睨《にら》みて立《た》つとき　若《も》し右《みぎ》の足《あし》へ力《ちから》を入《い》れて其《そ》の方《はう》へ踏《ふ》み出《だ》せば東北《とうほく》の方《かた》　松前函館《まつまへはこだて》へ向《むか》ひて進《すゝ》まん　若《も》し左《ひだ》りの方《かた》に向《む》きかへて進《すゝ》めば大坂長崎《おほさかながさき》　西南《せいなん》の端《はて》に至《いた》るべし　踏《ふ》み出《だ》す始《はじ》めは一歩《ぽ》の違《ちが》ひも末《すゑ》は千里《り》と距離《へだつ》るは人《ひと》の身《み》の上《うへ》もまた同《おな》じにて　サア何《どう》せうぞといふ時《とき》の覚悟次第《かくごしだい》　向《む》き方一《かたひと》ツで其《そ》の善悪《ぜんあく》は定《さだ》まるぞかし　落《おち》ぶれ果《はて》て寄《よ》る辺《べ》なく　今《いま》は[三]何《なに》とか千太郎も誰異見《たれいけん》するとなく　先非後悔《せんぴかうくわい》の心《こゝろ》きざせし折《をり》から　隣《とな》り長屋《ながや》の下《げ》駄職夫婦《たしよくふうふ》の稼《かせ》ぎに励《はげ》まされて大《おほ》きに[四]発明《はつめい》し　此上《このうへ》は身《み》を粉《こ》にはたらいても今一《いまひと》たび昔《むか》しの身上《しんしやう》にならん　我《われ》はまだ二十六なり　父上《ちゝうへ》の東京《とうけい》へ出《いで》て稼《かせ》ぎ出《だ》し玉《たま》ひしは三十越《こ》してと聞《き》くものを　今気《いまき》の付《つ》くは遅《おそ》きに非《あら》ずと　グタリとしたる気《き》を取《と》り直《なほ》して勇気《いうき》身体中《からだぢう》へ充《み》ち　いつも隣《とな》りに叩《たゝ》かれて不精々々《ふしやう〴〵》に起《おき》る者《もの》が　一番鶏《いちばんどり》と共《とも》に飛《と》び起《お》き井戸端《ゐどばた》へ出《で》て空《そら》を仰《あふ》ぎ　嗚呼《あゝ》生《うま》れて是《これ》まで朝寝《あさね》ばかりしたので夜《よ》の明際《あけぎは》の此《こ》の景色《けしき》を今朝始《けさはじ》めて見《み》たが　誠《まこと》によい心持《こゝろもち》のものだ　先《ま》づ早起《はやお》きの徳《とく》で二十六年来《ねんらい》知《し》らない空《そら》の景色《けしき》を知《し》ツた　是《これ》だけが今《け》

一　神仏の加護を綱にたとえた表現。
二　道中双六の出発地点。東京（とうけい）は明治初期の発音。
三　「何とか為（せ）ん」と「千太郎」のかけ詞。
四　自分から気がついて行うこと。

朝《さ》の儲《まう》け物《もの》　何《なん》だか豪気《がうぎ》と勇《いさ》ましい　此《こ》の勢《いきほ》ひで出掛《でか》けやうと　掻《か》き集《あつ》めた一円《ゑん》ばかりと[五]白金巾《しろかなきん》の風呂敷《ふろしき》一つ肩《かた》にして市場《いちば》を廻《まは》りしが　我《わ》が心持勇《こゝろもちいさ》ましければ世間万物《せけんばんぶつ》が皆《み》な活々《いきいき》として面白《おもしろ》く　或《あ》る人《ひと》の許《もと》にて裏《うら》を剝《はが》せし陣羽織《ぢんばおり》の崩《くづ》しが丸《まる》めてあるを　何《なん》だか[六]物《もの》を云《い》ひそうな古裂《ふるぎれ》と目《め》を付《つ》けて引《ひ》き出《だ》せば　千さん夫《それ》は[七]下駄新道《げたじんみち》の[八]袋物屋《ふくろものや》が今朝《けさ》来《く》るから取《と》ツて置《お》いてくれと云《い》ツたのだからと断《ことわ》るを　商人《あきんど》がそんなまだるい事《こと》を云《い》ツてゐられるものか　八十銭《せん》といふ所《ところ》を五銭買《せんか》ひ上《あ》げれば文句《もんく》はあるまいとやり込《こ》めて銭《ぜに》を渡《わた》し　[九]露店物《ほしみせもの》の袋物師《ふくろものし》でも目《め》を付《つ》ける処《ところ》を見《み》れば何《なん》でも少《すこ》しは物《もの》にならうと　以前遊《いぜんあそ》び友達《ともだち》で是《これ》も同《おな》じく今《いま》は大《おほ》きに間口《まぐち》を狭《せば》めた大手屋《おほてや》といふ家《うち》へ行《ゆ》き　或《あ》る所《ところ》から是《これ》は名物裂《めいぶつぎれ》だと親父《おやぢ》が大切《たいせつ》にしてゐたが　急《きふ》に困《こま》る事《こと》があるゆゑ買《か》つて呉《く》れと頼《たの》まれて二円《ゑん》八十銭《せん》出《だ》したが　どうだ　堀《ほ》り出《だ》しとは行《ゆ》かぬかと見《み》せれば　大手屋《おほてや》は裏表《うらおもて》を打《う》ち返《かへ》し　成《なる》ほど[一〇]何《なに》広東《かんとん》とか云《い》ひそうな工合《ぐあひ》だ　私《わた》しの所《とこ》で潰《つぶ》すより[一一]捻《ひね》り屋《や》へ向《む》けたら坪幾許《つぼいくら》と来《き》て六七円《ゑん》にはなるだらう、オット成《な》るだらうでは困《こま》る　金《かね》が急《いそ》がしい　四円《ゑん》で負《ま》けて置《お》く　跡《あと》は君《きみ》の儲《まう》け次第《しだい》と手《て》を打《う》ツて　四円《ゑん》受取《うけと》り　甘《うま》いぞ〳〵　仕合《しあは》せの風《かぜ》が此方《こつち》へ向《む》いて来《き》た　[一二]此図《このづ》を外《はづ》さず近在《きんざい》の市《いち》へ出《で》て見《み》んと其日《そのひ》のうちにまた市場《いちば》へ取《と》ツて返《かへ》して田舎向《ゐなかむ》きのボロ類《るゐ》を仕入《しい》れ　大風呂敷《おほぶろしき》へ

五　堅く織った綿布。「カナキン」は外来語。
六　由緒ありげな、高く値がつきそうなの意。
七　神田鍛冶町の細道の俗称。「雪駄新道」ともいう。
八　装身具類の袋状の物を扱う商売。紙入れ、煙草入れ、財布など。
九　道路の傍に出す仮店。柳原土堤の古着屋などに多い。
一〇　縞織りの名物裂の名称によく用いられる。「広東」「間道」。
一一　由緒あり気な品物を、何かと言いたて値をつける商売。
一二　好機。

包《つゝ》み込《こ》んで肩《かた》の痛《いた》むを物《もの》ともせず　爰《こゝ》が辛抱《しんばう》と独《ひと》り者《もの》の心安《こゝろやす》さは誰《たれ》に云《い》ひ置《お》く事《こと》もなく　出先《でさき》より直《すぐ》に[一]松戸《まつど》の市《いち》へ赴《おもむ》きぬ
[二]月六斎《つきろくさい》とか又《また》は一《いち》の日《ひ》とか十日市《とをかいち》とか定《さだ》まりて近在《きんざい》の賑《にぎは》ひ　上汐《あげしほ》に流《なが》れ寄《よ》ツたかと思《おも》ふ足駄《あしだ》の片足《かたし》もはいて行《ゆ》ける商《あきな》ひ物《もの》　土瓶《どびん》の蓋《ふた》ばかり並《なら》べても湯茶《ゆちゃ》を啜《すゝ》りて過《す》ごすは偖《さて》も広《ひろ》い世《よ》の中《なか》　実《げ》に[三]営業《すぎはひ》は草《くさ》の種《たね》と　松戸《まつど》の市《いち》へ始《はじ》めて出《で》て千太郎は感心《かんしん》し　是《これ》なら己《おれ》のボロ店《みせ》も驚《おどろ》くことはないと　明地《あきち》を見立《みたて》て風呂敷《ふろしき》を拡《ひろ》げんとすると　オイ其処《そこ》は私《わし》の番《ばん》だ　[四]何処《どこ》の組《くみ》の人《ひと》だか無暗《むやみ》に店《みせ》を出《だし》ては困《こま》るぜと　[五]何《なん》でも二銭八厘店《りんみせ》の男《をとこ》に叱《しか》られてキヨロ〳〵し　また四五軒《けん》行《ゆ》きて[六]荒物屋《あらものや》の前《まへ》へ立止《たちどま》ると　其処《そこ》へ出《だ》されては店《みせ》の邪魔《じやま》だ　何方《どつか》かへ行《い》ツて下《くだ》さいと追《お》ひ立《た》てられ　是《こ》れは困《こま》ツたと頭《あたま》を掻《か》きながら立《た》ち去《さ》らうとするとき　荒物《あらもの》屋《や》の主人《あるじ》が奥《おく》から出《で》て　モシ〳〵お待《ま》ちなさい　若旦那《わかだんな》ではございませんか千太郎様《さま》ではと云《い》はれて吃驚《びつくり》振《ふ》り返《かへ》れば　諫《いさめ》を拒《こば》んで暇《いとま》を出《だ》した番頭《ばんとう》の佐兵衛《さへゑ》なれば　ハツと驚《おどろ》き　面目《めんぼく》なさと昔《むか》し懐《なつか》しさとで退《しりぞ》きもせず進《すゝ》みもやらず　重《おも》い包《つゝみ》を脊負《せお》ツた儘《まゝ》咽喉仏《のどぼとけ》に苦《くる》しみをさせてボンヤリと佇《たゝず》むを　先《ま》づ〳〵此方《こちら》へと呼《よ》び入《い》れて佐兵衛《さへゑ》は涙《なみだ》を流《なが》し　[七]申《まを》して返《かへ》らぬ事《こと》なれど今《い》ま此《こ》の形《なり》をなさる事《こと》が二年前《ふたとせまへ》に知《し》れたなら　折角《せつかく》のお住居《すまゐ》を人手《ひとで》には渡《わた》すまいもの　偖々《さて〳〵》残念至極《ざんねんしごく》

一　千葉県松戸市。
二　仏語。ひと月のうち六度の日を定めて斎戒すること。後にそのような定まった日の称となる。
三　諺。何でも商売の種になること。
四　市場のしきたりとして組が結成され、権利金を支払って加入し、営業出来る。
五　安売屋。品物の値を何でも二銭、三銭と定めて売る。江戸中期から「何でも十九文店」があり、百文・二百文店もあった。
六　日用雑貨の店。箒・塵取り・ざる等を商う。
七　浄瑠璃や歌舞伎芝居などの愁嘆場の極り文句。

まだしも貴方《あなた》がお目《め》が覚《さ》めて　稼《かせ》いで喰《くは》うのお心《こゝろ》が付《つい》たのは御運《ごうん》の尽《つき》ぬところ　ナニ市廻《いちまは》りの古手物《ふるてもの》能《よ》うございます　元《もと》が薄《うす》いと仰有《おつしや》るが其《そ》の御奮発《ごふんばつ》が即《すなは》ち資本《もとで》　お心《こゝろ》さへ弛《たゆ》まねば天晴《あつぱ》れ身代《しんだい》を仕出《しだ》し玉《たま》ふべき御器量《ごきりやう》とは　御幼少《ごえうせう》の折《をり》から御見上《おみあ》げ申しました　私《わたく》しもお家《うち》を出《で》ましてから　此家《このいへ》の[八]入夫《にふふ》となり一生《いつしやう》懸命《けんめい》に稼《かせ》ぎましたお蔭《かげ》で　店《みせ》の品物《しなもの》も殖《ふや》し　借家《しやくや》であツた此家《このうち》も昨年《さくねん》の暮《くれ》に買《か》ひ取《と》りまして　今《いま》は少《すこ》しは人《ひと》らしく成《な》りました　貴君《あなた》が其心《そのこゝろ》になれば及《およ》ばずながら昔《むか》しの御恩返《ごおんがへ》し　御力《おちから》になりませうと　頼《たの》もしき詞《ことば》に尚《なほ》さら千太郎は面目《めんぼく》なく　お前《まへ》が誠《まこと》ある意見《いけん》を一言《ひとこと》だけも用《もち》ひたならと此身《このみ》になツて心《こゝろ》づき　後《こう》悔臍《くわいほぞ》を噛《か》みました　此上《このうへ》は親《おや》とも存《ぞん》じて御詞《おことば》は背《そむ》くまい　是《これ》までの不所存《ふしよぞん》は[九]附物《つきもの》があツての事《こと》と勘弁《かんべん》して下《くだ》されと　涙《なみだ》に咽《むせ》んでの実心《じつしん》に　何《なに》がさて御幼少《ごえうせう》よりのお馴染《なじみ》　悪《あし》くはいかで存《ぞん》ずべき　然《しか》し今日《こんにち》は市商《いちあきな》ひの初陣《うひぢん》　目出度祝《めでたくいは》ふて店《みせ》の前《まへ》へイザ疾《と》く〳〵お拡《ひろ》げなさい　[一〇]お湯漬《ゆづけ》の支度《したく》は手前《てまへ》で致《いた》します　ドレお手伝《てづた》ひ申しませう　是《これ》はどの位《くらゐ》なお仕入《しい》れ　へ、エ「[一一]ケン」でそれでございますか　古着《ふるぎ》は下《さが》りましたなアと　我子《わがこ》の如《ごと》く労《いたは》りかしづく　忠義《ちうぎ》は厚《あつ》き二代《だい》の番頭《ばんとう》　嗚呼《あゝ》人《ひと》の誠《まこと》の顕《あら》はるゝは斯《かゝ》る時《とき》なり

八　入り婿。婿養子。

九　何かの悪い霊が乗りうつったもの。

一〇　簡単な食事。「御茶漬け」。

一一　古着屋の符丁か。『諸商人通用賦帳附集』(幕末刊)に古着屋は見えぬが、瀬戸物屋の符丁に「分・厘・貫・斤・両・間・丈・尺・寸」とあり、「間《けん》」は六に当る。諸職種で同一の符丁を用いる場合は多いので、ここも六円ほどの仕入れと解しておく。

のるか反《そ》るかの運《うん》を積《つ》む北海通《ほくかいがよ》ひの
[一]きせん上下《じやうげ》胸《むね》をいためし浪《なみ》[二]も静《しづま》りて
千歳《ちとせ》ことぶく謡《うたひ》の声《こゑ》の高砂丸《たかさごまる》

一「通ひの汽船」と「貴賤上下」のかけ詞。
二 西鶴『日本永代蔵』巻一の三の章題「浪風静に神通丸」と謡曲『高砂』の「四海波静にて」の文句取り。

第　三

昔《むか》し河村瑞軒《かはむらずゐけん》[三]と云《い》へる人《ひと》　或《あ》る者《もの》の金《かね》を儲《まう》ける工夫《くふう》を問《と》ひしに答《こた》へて　汝《おんみ》は迚《とて》も金《かね》に縁《えん》なし　儲《まう》けは幾《いく》らも近《ちか》く足下《あしもと》に落《お》ち散《ち》りてあるを拾《ひろ》はずして　遠《とほ》く我等《われら》に其工夫《そのくふう》を求《もと》め玉《たま》ふは　既《すで》に生涯黄金《しやうがいわうごん》と脊《せ》中合《なかあは》せに暮《くら》す相《さう》を現《あら》はしたり　金儲《かねまう》けの工夫《くふう》とて別《べつ》になし　只《たゞ》よく目《め》を明《あ》いて世《よ》の中《なか》を見《み》るばかりと示《しめ》されしとかや　此語《このご》や誠《まこと》に商人《あきうど》が平生記《へいぜいしる》して羽織《はおり》の紐《ひも》へ結《むす》びつけて置《お》くべきものなり　一旦崩《たんくづ》れし山形屋《やまがたや》千太郎も今《いま》ぞ漸《やう》やく睡《ねぶ》りの夢覚《ゆめさ》め　一《ひ》ト稼《かせ》ぎして我《わ》が運命《うんめい》の程《ほど》を見《み》んと勇気《いうき》を振《ふ》り起《おこ》してグット世間《せけん》を睨《にら》み廻《ま》はせば　今《いま》まで明店同然《あきだなどうぜん》の裏《うら》家《や》に縮《ちゞ》まツて居《ゐ》ては自滅《じめつ》するを待《ま》つやうなもの　嗚呼我《あゝわれ》ながら心弱《こゝろよわ》かりしと思《おも》ひ直《なほ》して飛《と》び出《だ》した其朝《そのあさ》から　間《ま》がよくて番頭佐兵衛《ばんとうさへゑ》にさへ廻《めぐ》り合《あ》ひたれば　一層勇気《いつそういうき》を増《ま》し　殊《こと》に見《み》る前《まへ》にての初商《はつあきな》ひなれば働《はた》らきを現《あら》はさんと腕《うで》まくりして売《う》り掛《か》くれば　買人《かひて》も競《きほ》ひに引《ひ》かされて　婆《ばゝ》も嬶《かゝ》も此前《このまへ》に立《た》ちて引《ひ》[四]き散《ち》らせば　直段《ねだん》の外《ほか》に愛敬《あいきやう》を負《ま》けて　暮合《くれあ》ひ前《まへ》に残《のこ》り少《すく》なに売《う》り上《あ》げたれば　我《わ》が

三 伊勢の農民の子に生れ、車力・漬物商を経て材木商となり、明暦三年(一六五七)の江戸大火に財をなし、江戸回米のための東廻り、西廻りの航路を整え、淀川治水にも成功して、諸藩の治水や鉱山開発の指導も行なうなど、江戸初期を代表する成功者の一人で、元禄十二年(一六九九)に八十二歳で没した。

四 古着商なので、客が品物を店先で広げる様子。

店《みせ》の商《あきな》ひより気《き》を入《い》れて見《み》てゐたる佐兵衛《さへゑ》は悦《よろこ》び　さすが親御様《おやごさま》の面影《おもかげ》座《おは》して商《あきな》ひぶりの上手《じやうず》さ　感心《かんしん》いたしました　商人《あきうど》は世辞《せじ》さへ云《い》へば宜《よ》いと心得《こゝろえ》て否《いや》に[五]喋々《てふ〳〵》しくするものあれど　是《こ》れ却《かへ》ツて客《きやく》に疑《うたが》ひを起《おこ》させるもとにて　[六]実目《じちめ》なる商《あきな》ひならぬことを見破《みやぶ》らるゝ種《たね》なり　商人《あきうど》の第一本尊《だいいちほんぞん》とする愛敬《あいきやう》といふは客《きやく》に深切《しんせつ》を尽《つく》すにありと親旦那《おやだんな》も曾《かつ》て仰《おほ》せられしが　貴方《あなた》が商《あきな》ひの意気込《いきご》みはその極意《ごくい》にあたりて　多年練磨《たねんれんま》いたす私《わたく》し共《ども》も及《およ》ばぬ所《ところ》あり　此気《このき》を挫《くぢ》き玉《たま》はずに御骨折《おほねを》りあらば　再《ふた》ゝび山形屋《やまがたや》の暖簾《のれん》を掲《かゝ》げんこと疑《うたが》ひなし　嗚呼《あゝ》昨日《きのふ》までは懐育《ふところそだ》ちのお坊様《ばうさま》　今日《けふ》は老練《らうれん》の市商人《いちあきうど》　[七]艱難《かんなん》は人《ひと》を玉《たま》にすると承《うけたま》はりしは誠《まこと》に此《こ》のこと　是《これ》に付《つい》て親旦那《おやだんな》が貴方《あなた》が御幼少《ごえうせう》の頃《ころ》に伊勢屋《いせや》仁助殿《にすけどの》にお預《あづ》けなされしは御無理《ごむり》でないことが知《し》れましたと　後《うし》ろから煽《あふ》ぎ立《たて》て悦《よろこ》び　其夜《そのよ》は我《わ》が家《いへ》へ泊《と》めて夜《よ》と共《とも》の話《はな》しに　此上何《このうへなに》をなさるの思召《おぼしめし》ぞと問《と》はれ　千太郎はしばらく考《かんが》へ　兼《かね》て思《おも》ひよりしは此《こ》の古着《ふるぎ》の下《さが》りを幸《さいは》ひ　多《おほ》く仕入《しい》れて[八]北海道《ほくかいだう》へ持《も》ち渡《わた》り　同地《どうち》の様子《やうす》を見《み》て　殊《こと》に寄《よ》らば北海道《ほくかいだう》にて一旗揚《ひとはたあ》げんと思《おも》ふなりと云《い》へば　佐兵衛《さへゑ》は手《て》を拍《う》ツて其《そ》の思《おぼ》し立《た》ち至極妙《しごくめう》なり　兎角東京《とかくとうけい》の人《ひと》は心弱《こゝろよわ》くして儲《まう》かる事《こと》が目《め》の先《さ》きにチラ付《つ》いて居《ゐ》ても土地《とち》を離《はな》るゝ事《こと》を否《いや》がりて　足《あし》は東京《けい》の外《ほか》の土《つち》を踏《ふ》まず　恰《あた》かも水瓶《みづがめ》の中《なか》の錦魚《きんぎよ》が互《たが》ひに泡《あわ》を呑《の》みあツて漸《やうや》く生《いき》て

五　よくしゃべること。
六　実直なこと。正直なこと。
七　諺「艱難、汝を玉にす」。人間は苦労するだけ立派になる。
八　明治二年八月、蝦夷を改めて北海道とし、十一ヶ国八十六郡を定め、札幌を開拓の中心として、同四年六月開拓使庁を置き、同十九年一月北海道庁とした。

ゐるやうな狭《せま》い了見《れうけん》　其処《そこ》を飛《と》び離《はな》れて北海道《ほくかいだう》へとのお志《こゝろ》ざし　天晴《あつぱ》れの御奮《ごふん》発《ぱつ》　及《およ》ばずながら御助力致《ごじよりよくいた》すべしと　資本《もとで》五十円を貸《か》し与《あた》へぬ

[一]日和《ひより》のよき時《とき》は誰《たれ》も船頭《せんどう》　海《うみ》は青畳《あをだゝみ》を敷《し》きつめて遥《はる》かに霞《かす》む島山浦々《しまやまうら〳〵》　見《み》はてぬ沖《おき》は天《てん》の尽《つ》くる所《ところ》か　雲《くも》は水《みつ》に近《ちか》づき下《くだ》りて界《さかひ》をなす　遠《とほ》く白《しろ》きもの〻目《め》に入《い》るは鳥《とり》かと思《おも》へば　ヤヽ近《ちか》づきて[二]風帆船《ほまへせん》と現《あら》はる〻など　取《と》り集《あつ》め云《いひ》もつきじ　左《さ》るからに詠《なが》むる心《こゝろ》も勇《いさ》ましく思《おも》はず愉快《ゆくわい》と声《こゑ》や揚《あ》げん、若《も》し風荒《かぜあら》く浪《なみ》高《たか》く　加《くは》ふるに雨《あめ》さへ降《ふ》りて　今《いま》まで見《み》えつるものは黒幕《くろまく》に掩《おほ》はれたるが如《ごと》し　潮《うしほ》の吼《ほゆ》る声耳《こゑみゝ》を貫《つらぬ》くに至《いた》りては又船路《またふなぢ》ほどの恐《おそ》ろしきものはなし　船《ふね》といへば芸妓幇間《げいしやたいこもち》を入《い》れて[三]綾瀬《あやせ》中洲《なかす》に遊《あそ》びたる家根船《やねぶね》より外《ほか》には乗《のら》ず　江《え》の島《しま》にて海《うみ》の広《ひろ》さに驚《おどろ》いた千太郎も　必死《ひつし》となりては豚同様《ぶたどうやう》に押込《おしこ》まれる[四]蒸汽船《じようきせん》の下等室《かとうしつ》も驚《おどろ》くに足《た》らずと　佐兵衛《さへゑ》が助力《じよりき》に四五十円の古着《ふるぎ》を仕入《しい》れ　函館行《はこだてゆ》きの汽船《きせん》に乗《の》り組《く》みしは　朝顔《あさがほ》の花《はな》もヤヽ小《ちい》さく咲《さ》く九月上旬《じやうじゆん》の事《こと》なりしが　下等室《かとうしつ》の中《なか》は蒸《む》し熱《あつ》くして堪《た》へがたければ　甲板《かんばん》に出《いで》て四方《しはう》を詠《なが》むるうち空俄《そらには》かに変《かは》りポツリ〳〵雨《あめ》が降《ふ》るに　皆《み》な人々《ひと〴〵》は室《へや》の中《なか》へ遁《に》げ込《こ》みたれど　千太郎は船《ふね》に酔《ゑ》ひて胸悪《むねわ》るければ　元《もと》より旅着《たびぎ》の単物《ひとへもの》　濡《ぬ》れるは更《さら》に厭《いと》はじと　尚《な》ほ甲板《かんばん》にあれば　同《おな》じ類《るゐ》の人《ひと》にや片隅《かたすみ》に三人かたまりて　そぼ降《ふ》る雨《あめ》を[五]毛布《けつと》にて防《ふせ》ぎ居《ゐ》る

一　好天の際には誰もが船頭になりたがるの意。

二　帆に受ける風力を利用して走る船。帆舟。

三　隅田川の上手、向島の上流付近を「綾瀬」、下流の両国橋下手辺りを「中洲」とよび、江戸期から夏場の涼み舟で賑わう。

四　明治七年九月より青森・函館間に小蒸汽船稲川丸・弘明丸の定期船航路が始まり、上等は三円、中等は二円、下等は一円五十銭、等外は一円と定めた(『東京日日新聞』明治七年十一月十六日)。

五　「けつと」は「ブランケット」の略語。

ゆゑ　立《た》ち寄《よ》りて困《こま》りました天気《てんき》と挨拶《あいさつ》してよく見《み》れば　一人は官員《くわんゐん》[六]とも見《み》え商人《しやうにん》とも思《おも》はれる四十五六の男《をとこ》に妻《つま》と娘《むすめ》ならん人柄《ひとがら》よき三十六七のと十七八の婦人《ふじん》なれば　さぞお困《こま》りなさりませう　御女中《おぢよちう》[七]は船《ふね》にお酔《よ》ひなすツたのでござりますか　私《わたく》しも汽船《きせん》は始《はじ》めてゆゑ大《おほ》きに弱《よわ》りました　ヘイ少《すこ》しぐらゐ濡《ぬ》れても此処《ここ》にゐる方《はう》が宜《よろ》しうござります　是《これ》を少《すこ》しあげてごらんなさいまし　紫金《しきん》[八]錠《ちやう》と一《ひと》つらに申す中《なか》でも少《すこ》し利《きゝ》がよいやうで　ナニ其《その》まゝ削《けつ》ツて宜《よろ》しうござりますと頻《しき》りに話《はな》しをすれば　此人《このひと》は或《あ》る会社《くわいしや》の役員《やくゐん》にて函館《はこだて》の出張所《しゆつちやうじよ》へ在勤中《ざいきんちう》ながら　今度《こんど》東京《ゝうけい》へ家族《かぞく》を引《ひき》まとめに行《ゆ》きし帰《かへ》りとの事《こと》に　千太郎もよき便《たよ》りを得《え》たりと　身《み》の上《うへ》のこと　出商《であきな》ひの目的等《もくてきとう》を掻摘《かいつま》んで話《はな》せば　夫《それ》はよい思《おも》ひつき　骨《ほね》さへ折《を》れば新《あた》らしい国《くに》ゆゑ随分儲《ずゐぶんまう》けはあります　彼方《あつち》へ着《つ》いたらお尋《たづ》ね下《くだ》さい　甲斐《かひ》々々《〱》しくお世話《せわ》も出来《でき》ますまいが　お話《はな》し相手《あひて》になりませうと誠《まこと》ある詞《ことば》に大《おほ》きに力《ちから》を得《ゑ》　尚《な》ほ四方八方《よもやま》の話《はな》しのうち　雨《あめ》はからりと上《あが》りて拭《ぬぐ》ふたやうな晴天《せいてん》に　気《き》づかひし心《こゝろ》も静《しづ》まりて　此《こ》の娘《むすめ》の顔《かほ》をチラリと見《み》れば顔《かほ》青《あを》ざめて頬《ほう》のところだけが桃色《もゝいろ》　目《め》はうるみてあれど目元《めもと》りゝしく愛敬《あいきやう》あり女《をんな》に飽《あ》きし千太郎も見《み》る所珍《ところめづ》らしき故《ゆゑ》にや思《おも》はず心《こゝろ》を動《うご》かしけり
汽船《きせん》の名《な》は高砂丸《たかさごまる》　相生《あひおひ》[九]の松岡何某《まつをかなにがし》に見知《みし》られたるに便《たよ》りを得《え》て　千太郎は

六 明治新政府の官吏。役人の称。

七 江戸期以来の女性に対する尊称。

八 酔ざましの錠剤。金銀箔をつけた香りの良いもの。「削る」は箔をとることをいうか。

九 謡曲『高砂』の文句にある「相生の松」にかける。

ボロ古着《ふるぎ》の露店《ほしみせ》を出《だ》しては見《み》たれど　長《なが》く掛《かゝ》ツてポツ〳〵売《う》るやうでは入費《にふひ》倒《だふ》れとなれば[一]正札付大安《しやうふだつきおほやす》にはたくに如《し》かずと　物《もの》の高《たか》い中《なか》へ思《おも》ひ切《き》ツて安《やす》く付《つ》け出《だ》したので　昼夜《ちうや》四日ばかりでバタ〳〵と売《う》れ仕舞《しま》ひ　少《すこ》しの残《のこ》りは同地《どうち》の古《ふる》着屋《ぎや》へ売《う》り込《こ》み　勘定《かんぢやう》を仕上《しあ》げて見《み》ると　十円余《よ》儲《まう》けはあれど行帰《ゆきかへ》りの入費《にうひ》を引《ひ》いては一文《もん》も残《のこ》らぬ　ホンの無益骨《むだぼね》なるに驚《おどろ》きしが　何《なん》ぞ帰《かへ》りに東京《とうけい》へ向《む》く土地《とち》の物《もの》を買《か》ひ込《こ》み　夫《それ》にて一《ひ》ト儲《まう》けせんと　松岡《まつをか》を尋《たづ》ねて其事《そのこと》を相談《さうだん》すると帆立貝《ほたてがひ》はどうだとの助言《じよごん》に　成《なる》ほど細資本《ほそもとで》なれば安《やす》くて嵩《かさ》の多《おほ》き物《もの》こそ宜《よ》からんと　松岡《まつをか》の引廻《ひきまわ》しにて売《う》り上《あ》げた金《かね》だけ皆《み》な帆立貝《ほたてがひ》を仕入《しい》れ　倖出帆《さてしゆつぱん》の船《ふね》あればと暇乞《いとまご》ひに寄《よ》ると　[二]浜町《はまちやう》にゐる老母《らうぼ》の許《もと》へ是《これ》を届《とゞ》けて呉《く》れまいか　尤《もつと》も帰《かへ》りの船賃《ふなちん》だけは我等《われら》が弁《べん》ずべしとは幸《さいは》ひの事《こと》と承諾《しようだく》し　大《おほ》きな柳行李《やなぎごり》一ツと手《て》紙《がみ》四五通《つう》　外《ほか》に口上《こうじやう》もたしかに聞《きい》て　今度《こんど》二《に》の返《かへ》しに来《く》るときには云々《これ〳〵》の物《もの》を調《とゝの》へてと　小間物類《こまものるゐ》の注文《ちうもん》を受《う》け　船賃《ふなちん》にとて除《の》けて置《お》いた金《かね》も只握《たゞにぎ》ツて帰《かへ》るは智慧《ちゑ》がないといろ〳〵見立《みたて》て買《か》い入《い》れ　荷造《にづく》りも急《いそ》がしく乗船《じようせん》して　東京《とうけい》へ着《つ》くと直《すぐ》に松戸《まつど》の佐兵衛方《さへゑかた》へ知《し》らせれば　同人《どうにん》も心配《しんぱい》してゐたるところなれば早速来《さつそくき》て無事《ぶじ》なりしを悦《よろこ》び　始《はじ》めての商《あきな》ひにたとへ一銭《せん》にても利益《りゑき》ありしは目《め》出度《でた》し　帆立貝《ほたてがい》とはよい思《おも》ひつき　是《これ》だけは我等方《われらかた》にて捌《さば》くべしと諸方《しよはう》駆《か》け廻《まは》

一　江戸前期からある呉服物商いの「現金懸値無し、正札付」という安売り商法。掛け売りをしない代りに、その分安く値札通りに売る。

二　東京都中央区日本橋浜町。明治五年四月以来の正式の町名。

りて相場《さうば》を聞《き》き合《あ》はせしに　折《をり》しも品少《しなすく》なの折《をり》なりとて　[三]頓《やが》て[四]一倍《ばい》の直段《ねだん》なれば千太郎はいよ〳〵勇《いさ》みが付き　夫《それ》を売《う》りて今度《こんど》は勝手《かつて》も分《わか》りたれば　乗《の》り込《こ》んで商法《しやうはふ》せんと　佐兵衛《さへゑ》に頼《たの》みて[五]請人《うけにん》に立《た》ちて貰《もら》ひ　富田屋《とんだや》といふ大店《おほだな》より古《ふる》着類《ぎるゐ》三百円ほど仕入《しい》れて　再《ふたゝ》び函館《はこだて》へ赴《おもむ》きしは寒《さむ》さに向《むか》ふ頃《ころ》なれば　一層景気《いつそうけいき》よく思《おも》ひのまゝに儲《まう》けてさへ外《ほか》の店《みせ》と競《くら》べては大層安《たいそうやす》いと評判《ひやうばん》され　松岡《まつをか》もまた見所《みどころ》ある若者《わかもの》なりと信用《しんよう》して万事《ばんじ》に力《ちから》を添《そ》へたれば　諸事都合《しよじつがふ》よくして吹《ふ》き寄《よ》せる幸福風《さいはひかぜ》が向《む》き直《なほ》ツては智恵分別《ちゑふんべつ》も出《で》る者《もの》にて　為《す》るほどの事皆《ことみ》なあたり其年《そのとし》は三度《ど》の往返《わうへん》にて一文《もん》なしより五百円ほどの身上《しんしやう》に漕《こ》ぎつけたれば　松岡《まつをか》は其器量《そのきりやう》を見込《みこ》み　娘《むすめ》を嫁《よめ》に貰《もら》ひくれよとの詞《ことば》　何《なに》が思案考《しあんかんが》へまでもなく有難《ありがた》しと承知《しようち》して　同地《どうち》[六]内潤町《うちたにまち》に松岡《まつをか》が抵当流《ていたうなが》れで引受《ひきうけ》し立派《りつぱ》な表店《おもてだな》あれば　夫《それ》を借《か》りて大《おほ》きく売《う》り出《だ》し　佐兵衛《さへゑ》は東京《とうけい》より品《しな》を見計《みはか》らひては積《つ》み送《おく》り　双方相《さうはうあひ》応《おう》じての稼《かせ》ぎにムク〳〵と頭《あたま》を上《あ》げ　今《いま》では同地《どうち》で屈指《ゆびをり》の[七]持丸長者《もちまるちやうじや》　[八]手《て》は空《むな》しくせぬ宝《たから》の山形屋《やまがたや》　昔《むか》しにまさる繁昌《はんじやう》も稼《かせ》ぐといふ方《はう》へ舵《かぢ》を向《む》けたる船《ふね》の進《すゝ》み人《ひと》の浮《う》き沈《しづ》みは只此舵《たゞこのかぢ》の取《と》りかたにありと知《し》り玉《たま》へかし

三　すぐに。
四　二倍の意。
五　保証人。
六　正しくは函館市内澗町(うちまちよう)。函館山北東の港に面した平坦地で、江戸期から市中の八町の一。
七　金持ちの異称。
八　諺「宝の山に入りながら手を空しうして帰る」の逆の意。

当世商人気質《たうせいあきうどかたぎ》三の巻

人間《にんげん》も上《あが》り下《さが》り定《さだま》らぬ雲行《くもゆき》の相場事《さうばごと》[一]
[二]親《しん》は泣《な》き寄《よ》り有難《ありがた》からぬ押掛客《おしかけきやく》は
[三]藪《やぶ》に馬鍬《まぐは》すき腹《はら》へドン[四]な挨拶《あいさつ》

第一

正宗《まさむね》の刀《かたな》とて菜切庖丁《なきりばうちやう》とて鉄《てつ》に二色《ふたいろ》のかはりはなし　只鍛《たゞきた》[五]へがらによるとかや　儲《まう》け出《だ》す者《もの》とて　身代限《しんだいかぎ》[六]りする者《もの》とて　人《ひと》に始《はじ》めより定《さだ》めあるにあらず　只稼《たゞかせ》ぎ方《かた》の善《よ》きと悪《あ》しきとのみなり　人《ひと》は何《なん》でも運次第《うんしだい》　皆《み》な持《も》ツて生《うま》れた耳《みゝ》[七]朶《たぶ》だ抔《など》と　成《な》るも敗《やぶ》るも天《てん》に任《まか》せて　己《おのれ》はころり肱枕《ひぢまくら》　鼻唄《はなうた》して牡丹餅《ぼたもち》[八]の棚《たな》から落《お》ちるを　まちがツた了簡《れうけん》では一生人《いつしやうひと》らしうはならぬもの、運《うん》も果報《くわはう》も皆《み》な人《ひと》の作《つく》るところ　外《ほか》に何《なん》の構《かま》ひ人《て》がありませうぞ　自分《じぶん》の志覚悪《しがくあ》しくして為《す》る事《こと》がい[九]すかとなると　はしたなく人《ひと》を咎《とが》め世《よ》が悪《わる》いとの物譏《ものそし》り　其身《そのみ》の因果経《いんぐわきやう》[一〇]でも覗《のぞ》いたやうに前世《ぜんせ》の約束事《やくそくごと》と自分《じぶん》で自分《じぶん》をたしなめて　無理《むり》な諦《あきら》めを付《つ》けるかと思《おも》へば　ごツそり剃《そ》ツて坊主《ばうず》にもならねば[一一]たしなんで見《み》ても情《なさ》けなや　又未練《またみれん》でウヂ〳〵と愚痴《ぐち》を友達《ともだち》にして一生《いつしやう》を過《す》ごすとは笑止《せうし》　気《き》の毒《どく》　世《よ》の毒《どく》

一　明治七年頃から東京蠣殻町に米相場が始まり、一旦は取り締まられた（『東京日日新聞』明治七年十二月十五日）が、翌八年大坂堂島の米商堺屋が蠣殻町へ支店を出し、以後東京の米相場が繁昌するという（『朝野新聞』明治八年十二月八日）。
二　諺「親の泣き寄り、他人の食い寄り」。親類縁者は不幸の時に寄り合うが、他人は楽しみ事の時だけ集まるの意。
三　諺。無理なことをあえてすること。「鋤」と「空き」とのかけ詞。
四　正午の時報の「ドン」（→二六頁注七）と「鈍」のかけ詞。
五　鍛えかた。
六　前出の「分散」（→三一頁注一四）と違って官憲による強制執行の破産をいうが、ここは厳密な意味ではなく、破産と同意に用いている。
七　耳朶の厚い人は福相、薄い人は貧相。
八　諺「牡丹餅の棚から落ちるを待つ」と「まち」のかけ詞。
九　「いすかの嘴」の略。物事が喰い違うこと。
一〇　「過去現在因果経」。因果応報の道理を説いた仏説で、絵入りの経文が奈良時代から流布し、その絵解きも行なわれて一般化した。ここは単に現在の逆境を前世の因果とあきらめることをいう。
一一　反省して、つつしんで。

なり　一人《ひとり》稼《かせ》ぐは即《すなは》ち其一国《そのいつこく》が稼《かせ》ぐなり　一人《ひとり》怠《おこた》るは同《おな》じく一国《いつこく》が怠《おこ》たるなり
国《くに》の富《とみ》と立派《りつぱ》に云《い》へば大層《たいそう》かけ離《はな》れたやうなれど　親《した》しく個々《かゝ》人々《じんく》が働《はたら》くと働《はた》らかぬの上《うへ》に現《あら》はるゝの事《こと》なれば　人一人《ひとひとり》の任《にん》は重《おも》し　互《たが》ひに油断《ゆだん》は[一二]奈良坂《ならざか》や児手柏《このてがしは》の二面《ふたおもて》　其《そ》の一面《ひとおもて》の伊勢屋《いせや》為吉《ためきち》、両親《ふたおや》なき後《のち》は御山《おやま》の大将《たいしやう》　軍配《ぐんばい》を振《ふ》り廻《ま》はしての独《ひと》り広言《くわうげん》、下手《へた》に取扱《とりあつか》へば膝《ひざ》の上《うへ》に虱《しらみ》の溢《こぼ》れるやうな汚《きた》ない質物《しちもつ》をひねくツて　五厘一銭の利《り》を争《あらそ》ふは商略《しやうりやく》が少《ちい》さい　高《たか》で是《これ》が満足《まんぞく》に取《と》り上《あ》がツて毎年身上《まいねんしんしやう》が延《の》びたにしたところが大体算盤《たいていそろばん》で当《あた》りの付《つ》いた儲《まう》け　こんな事《こと》で腹鼓《はらづゝみ》を打《う》ち[一三]能事《のうじ》畢《をは》ると済《すま》して居《ゐ》ては更《さら》に可笑《をかし》からず　いでや人世《じんせい》の戦場《せんちやう》へ馬《うま》を乗《の》り出《だ》し手並《てなみ》のほどを顕《あら》はして[一四]眠《ねぶ》りにほれたる者共《ものども》を驚《おどろ》かさん　左《さ》れど今直《います》ぐと云《い》ツては[一五]浜商《はまあきな》ひも資本薄《もとでうす》し　先《ま》づは相場《さうば》で運《うん》を試《ため》し　ドカ儲《まう》けをするか大損《おほぞん》ではたくか　仰《の》るか反《そ》るか　雌雄《しいう》を一挙《いつきよ》に決《けつ》せんと　[一六]時出《とやで》の若鷹《わかたか》気《き》ばかり荒《あら》くグツト一摑《ひとつか》みにしてくれんと　親父《おやぢ》仁助《にすけ》が数年《すねん》の丹誠《たんせい》で漸《やう》やく夫婦《ふうふ》に小僧小女《こぞうこをんな》ぐらゐは過《す》ぎ行《ゆ》かれるまでに客《きやく》を付《つ》けた質店《しちみせ》を　[一七]株付《かぶつき》の売店《うりすゑ》に出《だ》し　何《なに》も此処《こゝ》が先祖《せんぞ》伝来《でんらい》の居城《きよじやう》ではなし　売《う》ツても更《さら》に惜《を》しからず　利《り》のある所《ところ》が即《すなは》ち我《わ》が居所《きよしよ》なりと　頭《あたま》へ血《ち》を上《あ》げて自《みづ》から好《この》む宿《やど》なしとなり　家《うち》やら質《しち》やら家財雑具《かざいざふぐ》サラリと売上《うりあ》げて　四百五十円余《よ》握《にぎ》ツて直《す》ぐに[一八]蠣殻町《かきがらちやう》へ飛《と》び出《だ》し　思《おも》ひ切《き》ツて

一二　古歌「奈良山のこのて柏の二面とにもかくにもねぢけ人かも」(『古来風躰抄』上)。元来は『万葉集』巻十六「奈良山の児手柏のふたおもにかにもかくにもかだひとのとも」から出て諸書に引用される。「油断はならず」と「奈良坂」のかけ詞。

一三　するべき事をし尽す。『易経』繫辞伝上の言葉。

一四　寝ぼけること。

一五　横浜の外国人相手の商いの意か、或いは外国物の商いの意か。

一六　元気の良い様子。飼鷹は六月の羽の抜け替る時に鳥屋(とや)に入れて休ませるので、鳥屋から出たての鷹は元気が良い。

一七　質屋は江戸期以来の組合制(株)なので、新しく開業するには空き株を買って入会する。ここはその株をつけて売り出すこと。

一八　日本橋北の地名。明治五年に鎧橋が出来て兜町と結ばれ、金融・相場の中心地となり、米相場の商社も多い。→前頁注一。

皆《み》な買《か》ひに入《い》れると　間拍子《まひやうし》よく相場《さうば》が上《あが》りて意外《いぐわい》の勝利《しようり》は　偖《さて》こそ天下《てんか》の富《とみ》は皆《み》な我手《わがて》に入《い》る端相《ずいさう》を現《あらは》したり　此図《このづ》を外《はづ》すなと　競《きそ》ひ掛《かゝ》ツて忽《たちま》ちのうちに三千円ほど勝《か》ち得《え》たるは目覚《めざま》しくこそ見《み》えにけれ

一貨悖《たからさか》ツて入《い》るものは亦悖《またさか》ツて出《い》づとは　支那聖人《しなせいじん》の戒《いま》しめ、好運《かううん》は偶然《ぐうぜん》に来《きた》らず　偶然《ぐうぜん》に来《きた》るものは好運《かううん》に非《あら》ずとは　欧洲賢哲《おうしうけんてつ》の言《ことば》なり　博奕同様《ばくえきどうやう》の勝負事《しやうぶごと》にて贏《か》ち得《え》たる金《かね》は夢《ゆめ》に拾《ひろ》ひし如《ごと》くにて　嬉《うれ》しやと思《おも》ふうちはかなく覚《さ》めて　徒《いたづ》らに悶《もだ》へかこつ種《たね》ならん　伊勢屋為吉《いせやためきち》は一攫千金濡手《いつくわくせんきんぬれて》で粟《あは》　地道《ちみち》に土台《どだい》から据《す》ゑて掛《かゝ》ツてはまだるしと　飛《と》び出《だ》して相場《さうば》に手《て》を出《だ》すと　二月《ふたつき》と経《たゝ》ぬうちに三千余円儲《よえんまう》けたので　我《われ》ながら感心《かんしん》し　人《ひと》の考《かんが》へといふものは種々《さまぐ》にて親子《おやこ》と云《い》ツても同《おな》じには行《ゆ》かぬもの　己《おれ》の親父《おやぢ》も家業《かげふ》には抜目《ぬけめ》なく　随分《ずゐぶん》みゝツちい人《ひと》であツたが　二白痴《こけ》が雪達磨《ゆきだるま》の差図《さしづ》をするのではないが　チト目《め》の付《つ》け処《どころ》が卑《ひ》くかツた　何《なん》でも丈夫一式《ちやうぶいつしき》にチビリくやる了簡《れうけん》は草鞋穿《わらじはい》て五十三次《つぎ》を丁寧《ていねい》に歩《ある》いた昔《むか》し者《もの》の気質《かたぎ》、鉄道《てつだう》や汽船《きせん》を利用《りよう》して世界《せかい》を一跨《ひとまた》ぎにする今《いま》の者《もの》の気《き》とは三円《まる》い苧笥《をごけ》に角《かく》な蓋《ふた》で合《あ》はぬ筈《はず》だ　親父《おやぢ》が置《お》いた算盤《そろばん》では孫《まご》の代《だい》にでもならねば得《え》られぬ三千円を　四五十日のうちに握《にぎ》るとは天性己《てんせいおれ》に備《そな》はる器量《きりやう》今《いま》四五年経《ねんた》つうちには四カリホルニヤの金鉱《きんくわう》五も メキシコの銀鉱《ぎんくわう》も此方《こつち》のものにし

一「貨悖而入者、亦悖而出」(『礼記』大学)。不自然な手段や目的で得た財貨は、結局またそのように出ていってしまう。

二 愚かな者が雪達磨に炭団で目をつけると、低くつけすぎて間が抜けるようにの意。

三 諺。ぴったりと合わない。しっくりいかないこと。「円い器に角な蓋」ともいう。「苧笥」は績いだ麻糸を入れておく丸い器で、檜の薄板を円い筒型にしたもの。

四 一八四八年(嘉永元年)、カリフォルニアに金鉱が発見されて、いわゆる「ゴールド・ラッシュ」が始まったことを受ける。

五 メキシコの銀産出は古くから著名。

て見《み》せると　風《かぜ》をうけたる奴凧《やっこだこ》　我《わ》が工夫《くふう》にて中空《なかぞら》へ登《のぼ》りたりとの高慢気《かうまんぎ》　落《お》ちるを知《し》らぬぞうたてける　浜町辺《はまちやうへん》の或《あ》る家《いへ》を六中宿《なかやど》にして毎日場所《まいにちばしよ》へ出掛《でか》け己《おれ》の顔次第《かほしだい》で相場《さうば》が七まごつくやうにせんものと競《きそ》ひに乗《の》ツて掛《かゝ》るうち　一寸《ちよつと》蹟《けつま》づき出《だ》すと　サア夫《それ》からバタ〳〵と八蛤《はまぐり》を逆《さかさ》に釣《つる》し　儲《まう》けた金《かね》は偖置《さてお》き　家《いへ》を売《う》ツた元《もと》も子《こ》も耗《すり》つくした上《うへ》　少《すこ》し融通《ゆづう》のなるにつけて諸方《しよはう》へ借《か》りも大《おほ》きく出来《き》　迚《とて》も只《たゞ》では此地《このち》に居《ゐ》られず　最期《さいご》と決《けつ》して今一戦《いまいつせん》　是《これ》で敗北《はいぼく》すればどうせ東京《とうけい》には居《ゐ》ぬ覚悟《かくご》　其場《そのば》から直《す》ぐに二三百里先《りさき》へ駆落《かけおち》のつもりなれば　革提《かばん》の中《なか》へ着替《きが》への衣類《きもの》と入用《いりよう》のもの少《すこ》しを詰《つ》め込《こ》みて　馴染《なじみ》の九髪結床《かみゆひどこ》へ預《あつ》け置《お》き　一〇酷算段《ひどさんだん》で一一差金《さしがね》を拵《こしら》へしが　さて斯《か》うなツては気《き》が迷《まよ》ひて　空《そら》を見《み》ても地《ち》を見《み》ても　売《う》りに廻《まは》ツてよいやら買《かひ》と出《で》てよいやら更《さら》に心決《こゝろけつ》せず　常《つね》にはそんな愚痴《ぐち》でもない男《をとこ》なるが　乗《の》ツた油《あぶらぬ》が抜け掛《かゝ》ツては分別《ふんべつ》も思案《しあん》も何処《どこ》へか宿替《やどがへ》をするものと見《み》え　覚束《おぼつか》なくも或《あ》る売卜者《うらなひしや》の処《ところ》へ行《ゆ》きて十銭はづみ運気《うんき》を見《み》て貰《もら》ふと卜者《ぼくしや》は天眼鏡《てんがんきやう》をさし付《つ》けてつく〴〵見《み》て　是《これ》は御運《ごうん》の開《ひら》くところ進《すゝ》んでなさるに利《り》ありと一二卦面《けめん》にも顕《あら》はれました　左《さ》れど少《すこ》し一三さゝはりがないでもない所《ところ》あれば　是《これ》は俗《ぞく》にいふ一四物《もの》は祝《いは》ひがらで　十銭のところを二十銭にはづむといふやうな御祈禱《ごきたう》があれば必《かな》らず御運《ごうん》は懐《ふところ》をあけて風《かぜ》を受《う》けるやうなものでござると

六 休憩所代りの宿の意。
七 相場が上がったり下がったりする様子。
八 「ぐりはま」。物事が喰い違うこと。
九 床屋の旧称。江戸期には一町内に一軒はあり、町内の男の結髪を一手に引き受けるので、町内の男は皆顔馴染みであった。
一〇 無理矢理に金の工面をすること。「酷工面」ともいう。
一一 相場を続けるのに必要な資金。
一二 占卜の算木にあらわれた形を「卦」といい、その基本型が八種あるので「八卦」という。
一三 さしつかえ、さしさわり。
一四 諺。物事は何でも祝っておけば善くなるの意。

海《うみ》[一]へも川《かは》へも着《つ》かぬ卜《うらな》ひも　眼《め》の眩《くら》んだ為吉《ためきち》は何《なに》か一人合点《ひとりがてん》して　よく見《み》て下《くだ》された　是《これ》は別《べつ》にお礼《れい》なりと　又十銭置《お》いて立《た》ち去《さ》りしは売卜者《うらなひしや》の方《はう》だけがまづ当《あた》ツた象《かたち》なり

昔《むか》し或《あ》る人商売《ひとしやうばい》の上《うへ》に付《つい》て我《わ》が一存《いちぞん》に決《けつ》し兼《か》ぬる事《こと》ありて　其《その》ころ卜占《うらなひ》に名《な》を得《え》たる人《ひと》につきて　此《こ》は買《か》ひ受《う》けて宜《よろ》しきや　如何《いか》に判断《はんだん》して給《たま》はれと云《い》ふに　卜者筮《ぼくしやめどぎ》[二]を執《と》りて仔細《しさい》らしく咳払《せきばら》ひし　買《か》ひ玉《たま》ふべし　進《すゝ》みて買《か》ひ玉《たま》ふに利《り》ありと述《の》べしにぞ　其人大《そのひとおほ》いに悦《よろこ》びて頓《やが》て家《いへ》に帰《かへ》り身代《しんだい》を傾《かたぶ》けて其品《そのしな》を買《か》ひたるに　思《おも》ひの外直段下《ほかねだんさが》りてしたゝかに損《そん》をしたり　悪《わる》き時《とき》には人《ひと》を怨《うら》む凡俗《ぼんぞく》のならひとて　其《そ》の商人《しやうにん》は水《みづ》[三]をかけなばチウと云《い》つて湯気《ゆげ》も立《た》つべきほどに怒《いか》り狂《くる》ひて卜者《ぼくしや》の許《もと》へ押掛《おしか》け　此《こ》の貧乏神《びんばうがみ》の堂守《だうもり》め　何《なに》の怨《うらみ》かありて我《われ》に斯《か》くまで損《そん》をさせしぞ　己《おの》れが勧《すゝ》めるまゝに買《か》ひ入《い》れて身代《しんだい》を傾《かたぶ》けたり　此損弁《このそんわきま》へて返《かへ》せかしと　腕《うで》まくりして机《つくへ》の前《まへ》に立《た》てば　卜者《ぼくしや》は冷笑《あせわら》ひ　烏滸《をこ》[四]の人《ひと》かな　少《すこ》し心《こゝろ》を静《しづ》めてよく思《おも》ひ玉《たま》へ　誠我《まことわ》が占《うらなひ》がよく中《あた》りて万《まん》に一《ひと》つも違《たが》ふことなくば我《わ》れまづ其商業《そのしやうげふ》にたづさはりて巨大《きよだい》の利《り》を得《う》べし　争《いか》で斯《か》く貧《まづ》しくしてあらんやと　やり返《かへ》されて猛《たけ》かりし商人《あきうど》も　実《じつ》に我《われ》は愚《おろ》かなりきと　自《みづか》ら悔《くひ》て遁《に》げ帰《かへ》りしとか　伊勢屋為吉《いせやためきち》も左《さ》る鈍《にぶ》き男《をとこ》にてはなかりしが　続《つゞ》く失敗《しつぱい》に気落《きお》ちして智《ち》

一 諺「海の物とも川(山)の物ともつかぬ」。何とも予測のつきかねること。

二 占いの道具。

三 「真っ赤になって」の意。金属を真っ赤になるまで熱したものに水をかけたときの形容。

四 馬鹿な奴。

慧《ゑ》の鏡《かゞみ》が曇《くも》り　売卜者《うらなひしや》に見《み》て貰《もら》ふと　運《うん》の開《ひら》く端相《ずゐさう》と聞《き》くに聊《いさゝ》か勇《いさ》みをなし有《あ》るたけ手《て》一杯《いつぱい》買《か》ひと出掛《でか》けたる其日《そのひ》からしてヂリ〳〵下《さが》り　是《これ》はいよ〳〵運《うん》の窮《きは》めと　兼《かね》て用意《ようい》した遁《に》げ支度《じたく》が役《やく》に立《た》ち　出掛《でか》けては見《み》たが手《て》を払《はら》ツて金《かね》を出《だ》したれば　大坂《おほさか》まで行《ゆ》くだけの路銭《ろせん》なく　思案《しあん》仕《し》かへて[五]下総《しもふさ》行徳《ぎやうとく》在《ざい》に母《はゝ》方《かた》の遠縁《とほゑん》あれば　是《これ》を便《たよ》り少《すこ》しの間身《あひだみ》を隠《かく》し　余熱《ほとぼり》が醒《さ》めてから東京《とうけい》へ再《ふたゝ》び出《いで》んと考《かんが》へをつけ　[六]新橋《しんばし》の方《かた》へ向《むか》ひし足《あし》を引《ひき》かへして本所《ほんじよ》の方《かた》をさし歩《あゆ》みながらつら〳〵思《おも》へば　母方《はゝかた》の縁者《ゑんじや》とは云《い》へ平生《へいぜい》うと〳〵しく　先《さき》より尋《たづ》ねて来《き》ても余《あま》りよくも待遇《もてなし》せざりしに　今俄《いまには》かに身《み》の振《ふ》り方《かた》つかねばと面押《つらお》し拭《ぬぐ》ふても行《ゆ》かれず　ハテどうがなと　屈托《くつたく》に道《みち》を間違《まちが》へて市川《いちかは》の方《はう》へ出《で》たれば　よし〳〵[七]中山《なかやま》の祖師《そし》へ参詣《さんけい》の次《ついで》に寄《よ》ツたといはふ　然《しか》し家《うち》の宗旨《しうし》は浄土宗《じやうどしう》だから日蓮《にちれん》へ参詣《さんけい》とはチト妙《めう》だが其処等《そこら》は弁舌《べんぜつ》でごまかせと　砂路《すなぢ》をボツ〳〵歩《ある》いて蒟蒻《こんにやく》を少《すこ》しばかり土産《みやげ》に買《か》ひ　草臥足《くたびれあし》を引《ひき》ずツて午后《ごゝ》二時半《じはん》とも思《おぼ》しきころ　十年《ねん》も前《まへ》に只一度《たゞいちど》母《はゝ》に連《つ》れられて行《い》ツたばかりの親類《しんるゐ》を尋《たづ》ね　いつもお変《かは》りもなくて目出度《めでた》く存《ぞん》ずる　しばらくの御不沙汰《ごぶさた》　余《あま》りお懐《なつか》しさに今日中山詣《こんにちなかやままう》での次《ついで》ながら伺《うかゞ》ひましたといへば　ヤレ珍《めづ》らしや　よくお出《いで》と云《い》ふかと思《おも》ひの外《ほか》　主《あるじ》は苦《にが》い顔《かほ》して　是《これ》は〳〵一昨年東京《いつさくねんとうけい》の御祭礼《ごさいれい》を見物《けんぶつ》ながらお尋《たづ》ね申《もう》したとき　在所《ざいしよ》

五　現千葉県市川市。

六　明治五年九月、新橋・横浜間に鉄道開通し、その後明治二十二年に東海道線開通。

七　中山法華経寺(現千葉県市川市中山町二丁目)。日蓮宗の寺院として信仰を集め、春(四月十五日から二十日)の法華経千部読誦、冬(十月十三日)の日蓮上人忌辰法会は大群集を集めた。土産物は名産の蒟蒻が有名。

の者《もの》は草鞋《わらぢ》掛《が》けで迷惑《めいわく》とて詞《ことば》さへろくにお掛《か》け下《くだ》さらぬ貴方《あなた》が何《なん》と思召《おぼしめ》してかわざ〳〵のお出有難《いでありがた》く存《ぞん》じますと痛《いた》[一]めつけたる挨拶《あいさつ》　いとゞ空腹《すきはら》にこたへける

ウント仰向《のつけ》[二]にそりの合《あ》はぬ田舎気質《ゐなかかたぎ》
痛《いた》み入《い》つたるシビリ[三]は京大阪《きやうおほさか》の尋人《たづねびと》
逢《あ》ふも面目《めんぼく》なさけ有《あ》る内儀《ないぎ》の気転《きてん》

第　二

親《しん》[四]の泣寄《なきよ》りと手前勝手《てまへがつて》の俗諺《ことわざ》に洩《も》れず　よい時《とき》には親類《しんるゐ》が尋《たづ》ねても　五月蠅《うるさ》やまた無心《むしん》にや来《き》つらんと云《い》ひ出《だ》す詞《ことば》[五]の先《さき》を折《を》ツて　此《この》ごろの不景気《ふけいき》に大《おほ》きに弱《よわ》りましたとまづ垣根《かきね》を固《かた》く据《す》ゑ　帰《かへ》ツた跡《あと》もよくは云《い》はず　田舎者《ゐなかもの》の世間知《せけんし》らずめが　小豆《あづき》の一二升《しやう》ばかりで三人四人悠々《いうく》と滞留《たいりう》して外見《みえ》[六]も構《かま》はず喰立《くひた》てられたには驚《おどろ》いた　まだよい顔《かほ》を見《み》せたなら此上《このうへ》五七日も腰《こし》を落付《おちつけ》るで有《あ》らう思《おも》ひよらぬ事《こと》で今月《こんげつ》もまづ二三円《ゑん》の痛事《いたごと》[七]で有《あ》ツたと　左《さ》りとは情合《じやうあひ》に外《はづ》れたさもしい了簡《れうけん》　それほどの不《ぶ》愛相《あいさう》をして置《お》きながら其身《そのみ》が困《こま》る時《とき》は親類《しんるゐ》といふ字《じ》を真向《まつかう》に振《ふ》りかぶツて矢鱈《やたら》と切《き》り込《こ》む鉄面皮《てつめんぴ》　為吉《ためきち》は親類《しんるゐ》の者《もの》の挨拶《あいさつ》ギツクリ胸《むね》にこたへしが　左《さ》あらぬ体《てい》に汗押拭《あせおしぬぐ》ひ　商売《しやうばい》に忙《せは》しく追《おは》れて心《こゝろ》の外《ほか》の失礼《しつれい》イヤモウ東京《とうけい》の町住《まちずま》ひは火事場《くわじば》か戦場《せんぢやう》に居《ゐ》ると同《おな》じで雑踏《ごたつき》を極《きは》めますより　折《せつ》

一　いかめしい様子、堅苦しいこと。
二　最初からの意。
三　しびれを切らすこと。長く居座っている様子。
四　諺。→四四頁注二。
五　諺。相手が何かを言い出せぬように先を越していうこと。「言葉の先き折り」。
六　無遠慮に。
七　損。財布の痛むことの意。

角《かく》のお出《いで》の砌《みぎ》りもお構《かま》ひ申《まを》さず　兎《と》角《かく》東京人《とうけいじん》は情《じやう》が薄《うす》く　在所《ざいしよ》の方《かた》の情《じやう》の厚《あつ》い御目《おめ》からは驚《おど》ろきなさるほどでござりませう　へ、へ、と空笑《そらわら》ひ　自分《じぶん》に当《あて》つけられた事《こと》を東京人《とうけいじん》一般《いつぱん》へ押《お》し塗《なす》ツて自分《じぶん》の荷《に》を軽《かろ》くする分別《ふんべつ》　されど親類《しんるゐ》の者《もの》はなか〳〵気《き》を弛《ゆる》さず　煙草《たばこ》の火《ひ》と暖《ぬる》い茶《ちや》一杯出《ぱいだ》したぎりで母親《はゝおや》が死去《しきよ》の悔《くや》み何《なに》や彼《か》や取《とり》あつめての話《はな》しに　為吉《ためきち》は時刻《じこく》さへ移《うつ》れば必《かな》らず泊《とま》ツて行《ゆ》けといふならん　一晩泊《ひとばんと》まれば其上《そのうへ》は居付《ゐつ》く工夫《くふう》はさま〴〵ありと　傾《かた》ぶく日脚《ひあし》を横目《め》で見《み》ながらだら〳〵と話《はな》し込《こ》むに　さすが在所者《ざいしよもの》の義理《ぎり》がたく　饂飩《うどんう》打ちて酒一陶《さけひとくりそ》添へて出《だ》せば　待《ま》ち付《つ》けたるもてなしサラ〳〵と喰《た》べ畢《をは》り　東京《とうけい》で頂《いたゞ》くとはまた格別《かくべつ》と　其所等《そこら》見廻《みまは》して片端《かたはし》より褒《ほめ》て掛《かゝ》れどまだ泊《とま》れとは云《い》はず　宿《しゆく》[八]へ廻《まわ》らずと此処《こゝ》から直《すぐ》に船《ふな》行徳《ぎやうとく》から船《ふね》が出《で》ますゆゑお帰《かへ》りも造作《ざうさ》はないが　宿場《ば》へ出《で》る近道《ちかみち》がござる　次郎《じらう》よ　日《ひ》の暮《く》れぬうち御案内《ごあんない》申して上《あ》げよ　お客様《きやくさま》には細径《こみち》ゆゑ知《し》れにくからうぞと追立《おつたて》の詞《ことば》に　次郎《じらう》は早《は》や尻端《しりはし》折《を》ツて上《あが》り口《くち》へ出《い》で　イザト促《うな》がさぬばかりの気色《けしき》　為吉《ためきち》も此処《こゝ》一本鎗《いつぽんやり》[九]にさして来《き》たに　泊《とま》り損《そこ》ねては今夜《こんや》から宿無《やどな》しなり　何《なに》とかして泊《と》まる思案《しあん》と急《きう》に考《かんが》へて　手《て》に持《も》ちし猪口《ちよく》を投《な》げ出《だ》してウント後《うしろ》へ反《そ》りかへれば　主人夫婦《あるじふうふ》は驚《おど》ろき　表《おもて》に居《ゐ》たる次郎《じらう》も飛《と》び込《こ》んで　客人《きやくじん》何《なに》となされた　ソレ水《みづ》よ　気付《きつけ》よ　宿《しゆく》の医師《いしや》をと騒《さわ》ぐ

八　宿場。ここは行徳の町をさす。

九　目指して。

うち　日《ひ》は暮《くれ》はてたれば最《も》うよい頃《ころ》と為吉《ためきち》は漸《やう》やく正気《しやうき》づきたるやうな顔色《かほいろ》ヤレヤレ皆様《みなさま》に御心配《ごしんぱい》をかけました　[一]疝癪《せんしやく》の加減《かげん》かアイタタと顔《かほ》を皺《しは》めるに夫《それ》でも帰《かへ》れとは云《いへ》ず今夜《こんや》は泊《とま》ツて緩然《ゆつくり》と御養生《ごやうじやう》　それ承《うけたま》はツて[二]差込《さしこみ》も落付《おちつ》きました

一夜《いちや》の宿《やど》といへば何処《どこ》へ行《いつ》ても寝《ね》られやうと懐中《ふところ》の暖《あたゝ》かいうちに思《おも》ふとは大《おほ》きな違《ちが》ひ　サア行処《ゆきどこ》が無《な》いはといふ際《きは》になると[三]挽捨《ひきすて》た車《くるま》の中《なか》へ入《はい》ツても夜露《よつゆ》を凌《しの》ぐ工夫《くふう》をせねばならず　短夜《みじかよ》なればとて左《さ》ながら夜通《よどほ》しにも歩《ある》かれぬものなり　夫《それ》を思《おも》へば我家住《わがいへずま》ひの有難《ありがた》さ　是《これ》につけても人《ひと》の家借《いへか》りて其《そ》の家賃《やちん》を滞《とゞ》こほらすといふは俄雨《にはかあめ》にさしかゝツた借傘《かりがさ》を取上《とりあ》げて返《かへ》さぬより罪《つみ》は重《おも》しと　或《あ》る[四]差配人《おほや》さんが[五]下肥《しもごえと》取る百姓《ひやくしやう》と暮《くれ》の餅《もち》の相談《さうだん》しながら語《かた》りしを　壁越《かべご》しに聞《き》いた事《こと》ありしが　実《げ》にもと今《いま》ぞ思《おも》ひ合《あは》せたる為吉《ためきち》は　太《ふと》き息《いき》を吐《つ》いて眠《ねむ》られぬまゝの考《かんが》へごと、苦《くる》しまぎれの窮策《きうさく》に気絶《きぜつ》して見《み》せたので漸《やう》やく御神輿《おみこし》は据《すゑ》たものゝ　彼《あ》の様子《やうす》では迚《とて》も此処《こゝ》に永《なが》く留《とゞ》まるといふ訳《わけ》にも行《ゆ》かぬ　何《なに》としたもので有《あ》らうと　いろ〳〵の事《こと》を思《おも》ひ続《つゞ》ける考《かんが》への仕舞《しまひ》の方《はう》は夢《ゆめ》となり　夢《ゆめ》の終《をは》りはまた妄想《まうざう》　うつら〳〵と夜《よ》を明《あか》せしが　まづ兎《と》も角《かく》も今《い》ま二三日滞留《たうりう》せんと思《おも》へば　わざと食事《しよくじ》を扣《ひかへ》てまだ気分勝《きぶんすぐ》れぬ由《よし》にて立《たと》うといはねば　百姓《ひやくしやう》は詮《せん》

一　疝気と癪気。胸や腹などに発作的に痛みの起る病気の総称。
二　疝・癪による痛み。
三　道端に置き放しの人力車。
四　地主の土地を借りて建てた借家の世話役。大屋。江戸期には借家人の身許の引受人でもあり、いわゆる「町役人」の一角を占める存在でもあった。
五　長屋は共同便所で、その大屋が下肥を近在の農家に契約して売り、農家は盆暮には御礼に野菜や餅を持参する習慣があった。

方《かた》なく留守《るす》を頼《たの》んで野等《のら》へ出《い》でし跡《あと》につく〳〵手《て》[六]を組《く》めば　よしや此処《こゝ》に止《とゞ》まツたところが何《なに》をして一ト旗上《はたあ》げんといふ目的《もくてき》もなし　百姓《ひやくしやう》の手伝《てつだ》ひとて厭《いと》ひはせねど夫《それ》ほどの役《やく》に立《たゝ》ねばよい顔《かほ》はせまじ　是《これ》は寧《いつ》そ仔細《しさい》を打《うち》あけ幾許《いくら》か路《ろ》用《よう》を借《か》りて大坂《おほさか》へ行《ゆ》くより外《ほか》に詮方《せんかた》なしと思案《しあん》を決《けつ》して　其日《そのひ》家中《うちぢう》が野等《のら》より帰《かへ》るを待《ま》ち　実《じつ》は身代仕《しんだいし》[七]もつれて斯《かく》の仕合《しあはせ》と誠《まこと》を明《あ》かせば　田舎気質《ゐなかかたぎ》に気《き》の毒《どく》がり　迚《とて》も御力《おちから》になる訳《わけ》に参《まゐ》らねど　大坂《おほさか》に左《さ》る御目的《おみあて》がござるなら路用《ろよう》と申《まを》すほどならねど聊《いさゝ》か[八]御見継《おみつぎ》申《まを》すべしと金《きん》三円《ゑん》差出《さしだ》すに　為吉《ためきち》は面目《めんぼく》なさと気《き》の毒《どく》さ　今《いま》さら冷汗《ひやあせ》の溢《こぼ》し直《なほ》しをして　孰《いづ》れ人《ひと》[九]がましう成《な》りました節《せつ》は屹度《きつと》御礼《おれい》を申《まを》すべしと手《て》をつけば　イヤ御礼《おれい》に及《およ》ばず　只再《たゞふたゝ》び御出《おんいで》なきが何《なに》より忝《かたじ》けなく存《ぞん》ずると　作《つく》り飾《かざ》りのない打《ぶち》まけ挨拶《あいさつ》にいよ〳〵痛《いた》み入《い》り　長居《ながゐ》は御邪魔《おじやま》と其金《そのかね》を押《お》し戴《いたゞ》きて懐中《くわいちう》し　直《すぐ》に立《た》ちて夜《よ》の間《ま》に東京《とうけい》を過《す》ぎ　汽車《きしや》は有《あ》れども横《よこ》目《め》に眄《なが》め　草臥足引《くたびれあしひき》ずりて東海道《とうかいだう》五十三次首尾《つぎしゆび》よく歩《あゆ》みて大坂《おほさか》へ着《つ》き　銭入《ぜにいれ》を見《み》れば八十銭《せん》ほど残《のこ》り有《あ》れば少《すこ》しの土産物《みやげもの》を買《か》ひ調《とゝ》のへ　先《せん》には体裁《ていさい》を作《つく》ツて大《おほ》きに仕損《しそこな》ふたゆゑ今度《こんど》は頭《あたま》から泣付《なきつ》く合点《がてん》　大坂西区《おほさかにしく》新町通《しんまちどほ》りの渋茂《しぶしげ》といふ男《をとこ》は親類《しんるい》ではなけれど　相場《さうば》に掛《かゝ》り始《はじ》めた頃《ころ》　其男《そのをとこ》が東京《とうけい》に居《ゐ》て心易《こゝろやす》き中《なか》となり　帰坂《きはん》の節《せつ》も停車場《ていしやば》まで送《おく》り　互《たが》ひに力《ちから》に成《な》り合《あ》はんと手札《てふだ》[一〇]を取《とり》かはした中《なか》

六　思案する様子。
七　しくじって。
八　貢ぐこと。何がしかの金品を用立てて助けること。
九　一人前になること。
一〇　名刺。

なれば　商法上《しやうはふじやう》の失敗《しつぱい》は左《さ》のみ笑《わら》ひもすまじと尋《たづ》ね行《ゆ》きぬ

　何処其処《どこそこ》で何《なん》とお聞《きゝ》なされば直知《ぢきし》れますと自分《じぶん》ばかり承知《しようち》しても　他人《たにん》はねから知《し》一らぬ顔《かほ》　半兵衛《はんべゑ》さんとは聞《きい》たやうな名《な》だが商売《しやうばい》が分《わか》らなくては知《し》れにくいと隣家《となり》でさへ知《し》らぬが多《おほ》し　為吉《ためきち》は彼方此方《あちこち》と聞合《きゝあは》せ漸《やう》やく尋《たづ》ね当《あて》て案内《あんない》を乞《こ》へば　折《をり》よく渋茂《しぶしげ》が居合《ゐあは》せて　是《こ》れは珍《めづ》らしや　其《そ》の形《なり》で此方《こち》へ参《まゐ》られたは相場《さうば》に尾《を》二を出《だ》して東京《とうけい》を飛去《とびさ》られたものと見《み》えるが気《き》を落《おと》されな　又吹《またふ》き返《かへ》す風《かぜ》も有《あ》らう　サア遠慮《ゑんりよ》なく座敷《ざしき》へと　奥底《おくそこ》なき詞《ことば》に親《おや》を得《え》たほど悦《よろこ》び　埃《ほこり》を振《ふる》ふて座敷《ざしき》へ通《とほ》れば　女房《にようばう》もしとやかに　お前様《まへさま》の事《こと》は兼《かね》て宿《やど》三より承《うけたま》はりました

　私方《わたくしかた》は御覧《ごらん》の通《とほ》り汚《むさ》い家《いへ》でござりますが　不自由《ふじいう》をお忍《しの》びなされて何時《いつ》までも御遠慮《ごゑんりよ》なくお出《いで》なされまし　決《けつ》して他人《たにん》の処《ところ》と思召《おぼしめ》さず　我家《わがや》に居《ゐ》ると同《おな》じに御緩《ごゆる》りとなされと　どうせ厄介《やくかい》にするから悪《わる》い顔《かほ》を見《み》せるも損《そん》とよく合点《がてん》しての挨拶《あいさつ》　上方《かみがた》の人《ひと》は声《こゑ》からさへが柔和《おとなし》やかなり、またの名《な》を内宝《ないはう》四とも崇《あが》める如《ごと》く　他人《たにん》の家《いへ》の閾《しきみ》を跨《また》ぎて先《ま》づ第《だい》一に客《きやく》の顔《かほ》へ反射《はんしや》するものは其家《そのいへ》の妻女《さいぢよ》の挨拶取《あいさつとり》なしなり　冷《つめ》たい畳《たゝ》みも暖《あたゝ》かに　熱《あつ》い座敷《ざしき》も涼《すゞ》やかに　居心《ゐごゝろ》よきは詞《ことば》五の品《しな》と自然《しぜん》に溢《こぼ》るゝ愛敬《あいきやう》にて　自《おの》づと夫《をツと》の価格《ねうち》さへ上《あが》るものなれば心《こゝろ》づくべし

殊更居候《ことさらゐさうらふ》の身《み》には表門《おもてもん》六より裏口《うらぐち》から取《と》り入《い》らねば居辛《ゐづら》いものなれば　為吉《ためきち》は内《ない》

一　諺「知らぬ顔の半兵衛」。知っていながら知らぬふりをする冷淡な様子。

二　失敗すること。狐が化けそこねて正体をあらわす様。

三　夫の俗称。

四　内室。妻女の美称。

五　言葉使いの良し悪し。

六　一家の主人を表、妻女を裏と見立てたもの。

義《ぎ》の愛相《あいそ》よきにいよ〳〵安堵《あんど》して爰《こゝ》に碇《いかり》を下《おろ》したるが　偖何《さてなに》を仕《し》やうといふ当《あて》もなく只居食《たゞゐぐ》ひでは気《き》の毒《どく》なり　ト云《い》ツて拭掃除《ふきさうぢ》の働《はた》らきも狭《せま》き家《いへ》なれば用《よう》といふほどにはならず　是《これ》では寧《いッ》そ奉公《はうこう》をと口《くち》を尋《たづ》ねても　東京者《とうけいもの》で中年《ちうねん》と来《き》ては何《なに》か仔細《しさい》が有《あ》る奴《やつ》と危《あや》ぶみて　固《かた》い家《うち》では否《いや》がりて目《め》見《み》え[七]もさせねば　腕《うで》を見《み》せて取込《とりこ》まうといふ場合《ばあひ》もなく空《むな》しく半月《はんつき》ばかりを送《お》くりしが　如何《いか》にしても渋茂夫婦《しぶしげふうふ》が深切《しんせつ》にして呉《く》れるだけが気《き》の毒一倍《どくいつばい》にて　いよ〳〵此上《このうへ》は車《くるま》[八]を挽《ひ》いてなりと口過《くちす》ぎをなさんと其事《そのこと》を相談《さうだん》すれば　渋茂《しぶしげ》も頭《あたま》を撫《な》で　折角東京《せつかくとうけい》から便《たよ》ツてござツた此方《こなた》に車《くるま》を挽《ひ》かせるとは私《わし》も余《あん》まり智恵《ちゑ》がないが　近《ちか》ごろの不景気《ふけいき》で問屋向《とひやむ》きさへ十人《にん》の所《ところ》は七人　五人は三人と人減《ひとべ》らしの中《なか》なれば思《おも》はしい所《ところ》もなく　斯《かう》してござるを私《わし》の方《はう》では厭《いと》はねど　諸事《しよじ》に気《き》の廻《まは》る貴公《きこう》なれば定《さだ》めて心病《こゝろやま》しく思《おも》はれやう　残念《ざんねん》ながら考《かんが》へ通《どほ》り車《くるま》を挽《ひ》いて御覧《ごらん》なされ　然《しか》しいかに知《し》らぬ土地《とち》とは云《い》へ　後《のち》に出世《しゆつせ》の妨《さまた》げとなるも知《し》れねば昼《ひる》は見合《みあ》はして夜《よる》だけ出《で》て見《み》られよ　夫《それ》もあせるには及《およ》ばぬ　貴公《きこう》の小遣取《こづかひと》りになされと直《すぐ》に知人《しるひと》から一人乗《のり》の奇麗《きれい》な車《くるま》[九]を借《か》りて呉《く》れたれば　早速鑑札《さつそくかんさつ》をうけて夜《よ》に入《い》りて挽《ひ》き出《だ》すとは偖《さて》も種々《さま〴〵》の廻《まは》り合《あは》せや

七　奉公口への面接。

八　人力車の車夫になること。人力車は明治二年に日本で考案され、明治三年に東京で免許が出て以来便利さに激増し、同三十五年頃に最多となり、以後減少した。その挽き手は当時最下層の職業とみなされる。同三年五月には車夫の心得規則も発布され、新規加入者には「其砌　挽人焼印鑑札　是又発起人より可二相渡一事」とある。

九　『東京開化繁昌誌』に「微本銭（うすもとで）の小商ひ、親方属（つき）の工事（しごと）を為（す）るより、車を牽（ひ）くが長い銭に有附なんとて、為熟（しなれ）たる工商各業を捨て一日壱朱か五匁の輪（わ）代を出して車を借り、街衢（まち）に立つ…」。

油《あぶら》のきれた人力車《じんりきしや》ひき出《だ》した縁《ゑん》の糸《いと》
[一]くり廻《まは》しのよい器量見《きりやうみ》初《そめ》たる恋聟《こひむこ》
舞《ぶ》台《たい》で花《はな》をまき散《ち》らす愛敬《あいきやう》

第　三

いけぬ時《とき》は車《くるま》を挽《ひ》く分《ぶん》の事《こと》サと　高《たか》を括《くゝ》ツて世《よ》を鼻唄《はなうた》で送《おく》る了簡《れうけん》の者《もの》あれど是《こ》れ大《おほ》きなる間違《まちがひ》なり　他人《たにん》のする事《こと》を傍《わき》から見《み》れば何事《なにごと》も造作《ざうさ》なきやうなれど　イザ其身《そのみ》になツて見《み》ると　思《おも》ツたとは格別《かくべつ》のもの　成《なる》ほど人力車《じんりきしや》を挽《ひ》くに別段学校《べつだんがつかう》の課程《くわてい》を踏《ふ》むといふこともなく　試験《しけん》を経《へ》て免状《めんじやう》を受《う》けるといふ面倒《めんだう》もなく　誰《たれ》にでも直《すぐ》になれる代《かは》り同業者多《どうげふしやおほ》ければ仕事少《しごとすく》なく　草鞋《わらじば》履き向《むか》ふ鉢《はち》巻《まき》で出《で》たところが　乗人《のりて》がなくては売車《からぐるま》の番人《ばんにん》に賃《ちん》なしで雇《やと》はれたも同様《どうやう》　乗《の》るか乗《の》らぬかと通《とほ》る人柄《ひとがら》を眺《なが》めて一々《いち〳〵》判断《はんだん》をつけるも随分《ずゐぶん》と草臥《くたびれ》たる事《こと》なるべし　殊更地理《ことさらちり》方角《はうがく》も知《しら》ぬ他国《たこく》のたゞずまひ　心細《こゝろぼそ》さも喰《くは》ねば空腹《ひだるい》といふ督責人《せめて》あれば遊《あそ》んでは居《ゐ》られず　為吉《ためきち》は借《か》りて貰《もら》ツた車《くるま》の梶棒《かぢぼう》しツかと握《にぎ》ツて　夜《よ》に入《い》ツて四辻《よつつじ》へ客待《きやくま》[二]ちに出《で》かけたが　無暗《むやみ》とこすり付《つ》いて勧《すゝ》めるも失礼《しつれい》と　遠《とほ》く離《はな》れて帰《かへ》りをお安《やす》くと声《こゑ》をかけても一向乗人《いつかうのりて》なく　七時半《じはん》から十時頃《じごろ》までキヨロ〳〵として立続《たちつゞ》けに足《あし》は重《おも》くなる腹《はら》は軽《かる》くなる　ボンヤリとしてしまひしが

一　やりくり上手。「縁の糸」と「糸くり」のかけ詞。

二　人力車の客待ちについては、『東京新繁昌記』初編「人力車」に詳しい。本大系第一巻『開化風俗誌集』参照。

何《なん》でも銭《ぜに》の顔《かほ》を見《み》ずば夜《よ》が明《あけ》るとも帰《かへ》るまじと決心《けっしん》し　今《いま》までは旱《ひでり》の時《とき》でも天《てん》気《き》を願《ねが》ひし者《もの》が天《そら》を仰《あほ》ぎてバラ〱雨《あめ》でも降《ふ》ツたならと祈《いの》るも其《そ》の業々《わざ〱》についての身勝手《みがつて》なり、オイ車夫《くるまや》さん　急《いそ》いで[三]南地《なんち》までやツて下《くだ》されと　[四]店者《たなもの》らしい男《をとこ》が酒機嫌《さけきげん》で直《ね》もきめずに乗《のツ》て呉《く》れたは嬉《うれし》やと　二《ふた》つ返詞《へんじ》で曳《ひ》き出《だ》して見《み》たが売《から》と違《ちが》ツて人《ひと》を乗《のせ》てはなか〱挽《ひ》き悪《にく》く　梶《かぢ》を上《あげ》れば後《うし》ろへ倒《たふ》れそうなり　梶《かぢ》を下《さ》げれば客《きやく》が前《まへ》へ転《ころ》げ落《お》ちそうなり　小石《こいし》に当《あた》ツてもガタリとして足《あし》が止《とま》れば客《きやく》は大《おほ》きに気《き》をあせり　オイ如何《どう》した　最少《もちつ》と気《き》ばツて挽《ひ》かんか　ヤア大変《たいへん》違《ちが》ツた道《みち》へ入《は》いツた　跡《あと》へ引《ひ》きかへして曲《まが》り角《かど》から西《にし》のかたへ　ヱ、途方《とはう》もない　其方《そツち》へ行《い》ツては元《もと》の道《みち》へ帰《かへ》るがなと　叱《しか》られていよ〱狼狽《らうばい》する体《てい》に　乗《の》ツたる客《きやく》は詞《ことば》を和《やは》らげ　お前《まへ》は始《はじ》めて挽《ひ》きに出《で》なすツた者《もの》で有《あ》らう　而《そ》して東《とう》京詞《けいことば》だが彼方《あち》も思《おも》はしくなくて此方《こち》へお出《いで》かと尋《たづ》ねられて　息《いき》ぜはしく　ヘイ東京《とうけい》で米相場《こめさうば》で失策《しくじり》まして此方《こつち》へ参《まゐ》りましたが為《す》る事《こと》が無《な》いので　ヘイ如何《どう》もお気《き》の毒《どく》さまで　其《その》かはり代《だい》は宜《よろ》しうござります　稽古《けいこ》の為《ため》ですからお曳《ひ》かせなすツてといふに　客人《きやくじん》は困《こま》ツた顔《かほ》つき　稽古《けいこ》の気《き》でゆる〱やられては驚《おど》ろくが　相場《さうば》で落《お》ちられたと聞《き》いては私《わし》も相場師《さうばし》の端《はし》くれじや　何《なん》だか気《き》の毒《どく》に思《おも》はれる　なぜ此方《こツち》へ来《き》たら[五]会所廻《くわいしよまは》りに来《こ》られぬのだと　話《はな》しかけるに便《たよ》りを

三　大阪市内の南の繁華街。道頓堀界隈。
四　商家の使用人。
五　大阪堂島の米相場の組合事務所。米の現物によらぬ空米相場は江戸期享保年間(一七一六―三六)から堂島のみに許されていた。

得《え》て　塩気《しほけ》の有《あ》る汗《あせ》を手《て》にて拭《ぬぐ》ひぬ

東京《とうけい》の人《ひと》とは面白《おもしろ》い　私《わし》と一途《いつしよ》に来《き》なされと　乗客《きやく》につれられて南新地《みなみしんち》[一]の席《せき》[二]貸《がし》へ揚《あが》りしが　為吉《ためきち》は是《これ》まで儲《まう》け一方《いつぱう》に身《み》を入《い》れたれば　相場師《さうばし》の中《なか》にもまれても遊《あそ》びをせねば座《ざ》[三]敷《しき》つきも悪《わる》けれど　客《きやく》は何《なに》とも思《おも》はぬ様子《やうす》　一人機嫌《ひとりきげん》にていろ〳〵話《はな》しかけ　ナント東京《とうけい》の御方《おかた》　少《すこ》しの引廻《ひきまわ》[四]しは私《わし》がしませうが　最一《もいち》度此方《どこち》の堂島《だうじま》へ身《み》を入《い》れて見《み》る気《き》は無《な》いか　お前《まへ》さんの調子《てうし》なら屹度《きつと》よい事《こと》がありませうと云《い》ツて呉《く》れるに　為吉《ためきち》は有難《ありがた》しと礼《れい》を述《の》べ　偖貴方《さてあなた》が相場《さうば》にお係《かゝ》り合《あひ》が有《あ》ると聞《き》いて斯《か》う申《まを》すは如何《いかゞ》なれど　商人《しやうにん》も最《も》う相場《さうば》に流《なが》れるやうでは往生《わうじやう》でございます　私《わたくし》も初《はじ》めは是《これ》で一《ひ》ト摑《つか》みにと競《きそ》ひ掛《かゝ》ツて見《み》ましたが　つら〳〵考《かんが》へるに是《これ》では迚《とて》も根《ね》の固《かた》い商人《しやうにん》には成《な》れぬと諦《あきら》め　サラリと濡手《ぬれて》の粟《あは》を止《や》め　乾《かはい》た汗《あせ》をまた出《だ》して地道《ちみち》に稼《かせ》ぎ上《あ》げる積《つも》りでございますと　云《い》ふを打消《うちけ》して客人《きやくじん》は打笑《うちわら》ひ　夫《それ》は貴公《きこう》が敗北《はいぼく》して気落《きお》ちからの引込《ひきこ》み思案《じあん》　世《よ》には相場《さうば》事《ごと》をどんな悪事《あくじ》するやうに云罵《いひのゝ》しる人《ひと》が有《あ》るが　是《これ》は商法《しやうはふ》の活機《くわつき》を知《し》らぬ譫語《たはこと》　儲《まう》けといふは損《そん》の向《むか》ふ　勝《かつ》といふは敗《まくる》といふがあればなり　商法《しやうはふ》は皆《み》な勝負事《しようぶごと》　これはかりが道《みち》に外《はつ》れたやうに理屈《りくつ》ばるは負《まけ》た者《もの》の苦口《にがぐち》を受売《うけうり》するか　儲《まう》けた人《ひと》をやツかんでの謗《そし》り　取《と》り上《あ》げるは腹《はら》が小《ちひ》さい　地道《ちみち》だの傍道《わきみち》だのと区別《くべつ》を

一 前出の「南地」(→五七頁注三)と同じ。「南《なみ》」とも略称。道頓堀北側の島の内(現宗右衛門町)から南側の坂町・難波新地あたりまでの盛り場の総称。いわゆる「島之内」。
二 「貸席」「貸座敷」ともいう。料金をとって座敷を遊興や会合に貸す家をいったが、明治に入ると娼妓を置いている家なども増える。
三 「座つき」ともいう。宴席での振舞い、身のこなし。
四 商売上の紹介。

立《たて》ずに気《き》を張《は》ツてやツて見《み》るサと　酔《ゑひ》の余《あま》りの高言《かうげん》を為吉《ためきち》は打《う》ち返《かへ》さんと思《おも》ひしが夫《それ》も詰《つま》らぬ五歯《は》ぎしりなり　彼《あ》の人《ひと》も己《おれ》の身《み》になツたら目《め》が覚《さ》めるであらう　此様《こん》な人《ひと》の座《ざ》を取持《とりもつ》も無益《むやく》しと頻《しきり》に辞《じ》して帰《かへ》らんとするを　尚《な》ほ引止《ひきと》め今《い》ま居《ゐ》る所《ところ》などを委《くは》しく聞《き》き　渋茂《しぶしげ》は私《わし》も六知《し》る人《ひと》だ　お前《まへ》の風《ふう》を見《み》て不図《ふと》思《おも》ひ付《つ》いた事《こと》があるが明日《あす》にも渋茂《しぶしげ》へ行《い》ツて話《はな》しをしませう　車《くるま》を挽《ひ》いても埒《らち》は明《あ》くまい二三日止《や》めてござるが宜《よ》い　是《これ》は今夜《こんや》の骨折《ほねをり》と　七半円札《はんゑんさつ》一枚《まい》呉《く》れたのに力《ちから》づいて十二時《じ》ごろ茶屋《ちやや》を出《い》で　何《なん》だかサツパリ方角《はうがく》が分《わか》らない　車《くるま》を挽《ひ》きながら道《みち》も聞《き》かれまいと　独《ひと》り呟《つぶ》やきながら帰《かへ》る道《みち》の傍《かたは》らに蹲《かゞ》んで居《ゐ》たる婆《ばあ》さんが　モシ〳〵八宗右衛門町《そうゑもんちやう》までやツて下《く》ださい、お気《き》の毒《どく》ですが最《も》う帰《かへ》りで労《つか》れて居《ゐ》ますから御免蒙《ごめんかう》ぶります、急《きう》に持病《ぢびやう》がさし込《こん》で困《こま》ります　どうか近所《きんじよ》ゆゑ乗《のせ》て行《いツ》てといふに　提灯《てうちん》をさし付《つ》けて見《み》れば窶々《やつく》しき婆《ばあ》さんが苦《くる》しむ体《てい》に　オヽお困《こま》りなさりませう　サアお乗《のり》なさい　まだ素人《しらうと》ですから工合《ぐあひ》が悪《わる》うござります　宗右衛門町《そうゑもんちやう》といふのはヱ九此《こ》の河岸《かし》の二《ふた》つ目《め》の通《とほ》りですか　宜《よろ》しい　密《そツ》と挽《ひ》きます　ナニ賃銭《ちんせん》　其様《そん》な心配《しんぱい》には及《およ》びません　道《みち》の間違《まちが》はないやうに車《くるま》の上《うへ》から教《をし》へて下《くだ》さい　夜《よ》が更《ふ》けると人通《ひとどほ》りがなくてとんだ挽能《ひきよ》い　是《これ》から此方《こツち》へ曲《まが》りますかヱ、ガラ〳〵〳〵

五　諺「ごまめの歯ぎしり」の略。力の無い者がつまらぬ力みをする様子。

六　知りあい。知人。

七　政府発行の新紙幣として明治五年二月十五日に発行され、同三十二年十二月三十一日に通用停止となる。

八　→前頁注一。

九　道頓堀川の河岸。

乗《の》りたる老婆《らうば》に道《みち》を聞《き》き〳〵宗右衛門町《そうゑもんちやう》へ来《く》ると　町《まち》の入口《いりくち》にて提灯《ちやうちん》を持《も》ちし十七八の娘《むすめ》が　オヤ祖母《おばあ》さんどうなすツた　お帰《かへ》りが遅《おそ》いからお案《あん》じ申《まを》して家《うち》は裏《うら》のお菊《きく》さんに頼《たの》んで爰《こゝ》までお迎《むか》ひに参《まゐ》りました　車夫《くるまや》さん　御苦労《ごくらう》さまと　娘《むすめ》が先《さき》に立《た》ち其《そ》の家《うち》の前《まへ》へ来《く》れば　婆《ばあ》さんは下腹《したはら》を押《お》しながら　お前《まへ》聞《きい》ておくれ　川北《かはきた》さんでお夜食《やしよく》を戴《いたゞ》いたのでツイ遅《おそ》くなり　橋《はし》を渡《わた》る時分《じぶん》から差込《さしこ》んで苦《くる》しくてならぬゆゑ　車《くるま》へ乗《の》ツて帰《かへ》らうとしばらく軒下《のきした》に蹲《かゞ》んで居《ゐ》たところへ　彼《あ》の車夫《くるまや》さんが通《とほ》りあはせ　草臥《くたびれ》て居《ゐ》るから否《いや》だといふのを無理《むり》に頼《たの》んで来《き》たのだよと　老婦《としより》の癖《くせ》とて息《いき》ぜはしがりながら長《なが》く話《はな》すに　娘《むすめ》は驚《おど》ろき左様《さう》でございますか　車夫《くるまや》さん誠《まこと》に有難《ありがた》うございました　代《だい》は如何《いか》ほど上《あ》げますと　表《おもて》を明《あ》けても車夫《くるまや》は居《ゐ》ず　待《ま》たせて置《お》いたので帰《かへ》ツてしまツたのか　アレ彼方《あすこ》へ行《ゆく》のが夫《それ》だらう　車夫《くるまや》さん〳〵と　呼《よ》びながら追《お》ひ来《く》るに為吉《ためきち》は振《ふ》り返《かへ》り　まだ何《なに》か御用《ごよう》ですか、イエ車代《くるまだい》をあげるのを忘《わす》れましたから、ナニ其《そ》の御心配《ごしんぱい》には及《および》ません　老人《としより》にするのは死《し》んだ母親《おふくろ》へ為《す》るのも同《おな》じこと　元《もと》より銭《ぜに》を取《と》る気《き》で乗《のせ》たのでは有《あ》りません、デハ御気《おき》の毒《どく》さまで、どう致《いた》しまして賃《ちん》を取《とる》やうな挽方《ひきかた》ではございませんのさ　アハヽヽと笑《わら》ひながら殻車《からぐるま》を挽《ひ》いて帰《かへ》るを娘《むすめ》は見《み》送《おく》り　老人《としより》を労《いた》はツて只《たゞ》乗《の》せて来《き》て下《くだ》さる気《き》立《だて》　車夫《くるまや》さんには珍《めづ》

らしい　物云《ものい》ひもキツパリしてそして立派《りつぱ》な男振《をとこぶり》　東京《とうけい》の御方《おかた》はホンニ頼《たの》もしいことゝ　打眺《うちなが》めしが　心《こゝろ》づいて我家《わがいへ》へ走《はし》り戻《もど》りぬ、為吉《ためきち》は初《はじ》めて出《で》た夜《よ》に五十銭取《せんとり》たれば景気《けいき》よく姉御《あねご》々々と戸《と》を叩《たゝ》けば　まだ渋茂《しぶしげ》も起《おき》て居《ゐ》て　どうなされた　挽《ひ》けましたかと心配《しんぱい》して呉《く》れる深切《しんせつ》に　云々《これ〳〵》と話《はな》せば　それは御手柄《おてがら》しかし其男《そのをとこ》は誰《だれ》だらう　彼《あれ》か此人《このひと》かと夫婦《ふうふ》評判《ひやうばん》しながら寐《ね》につきしが　翌日《よくじつ》の昼前《ひるまへ》泉源《いづげん》といふ男《をとこ》が来《き》て　昨夜《ゆふべ》此方《こつち》に一掛人《かゝりうど》になつて居《ゐ》る人《ひと》の車《くるま》に乗《の》ツたが随分《ずゐぶん》驚《おどろ》いたよといふに　偖《さて》はお客《きやく》はお前《まへ》さんか　さぞ乗心《のりごゝろ》が宜《よ》かツたらうと　打笑《うちわら》へば　イヤ夫《それ》について相談《さうだん》が有《あ》ツて来《き》たのだ　先日《いつか》お前《まへ》が奉公《ほうこう》に出《だ》したいと話《はな》しのあツたは彼人《あのひと》だらうが　お前《まへ》が確《たしか》と保証《ほしよう》するなら聟《むこ》の口《くち》があるが　オット二人《ひと》の家《いへ》を立《たて》るなんぞは否《いや》といふだらう　其処《そこ》が好《この》もしい所《ところ》だ　好《この》んで聟養子《むこやうし》になる者《もの》に碌《ろく》な人間《にんげん》が有《あ》る訳《わけ》はない　三高《たか》が斯《かう》だ　お前《まへ》と二人《ふたり》で世話《せわ》をして彼人《あのひと》にどんな商《あきな》ひでもさせ独身《どくしん》ではといふので婆《ばあ》さん付《つき》の嫁《よめ》の世話《せわ》をしやうと云《いふ》のサお前《まへ》も勧《すゝ》めて下《くだ》さい　ナニサ私《わたし》の伯母《をば》が宗《そう》右衛《ゑ》門町《もんちやう》に孫娘《まごむすめ》と二人《ふたり》で居《ゐ》る所《ところ》へ入《はい》ツて貰《もら》ひたいのサ　彼人《あのひと》が相場《さうば》を見切《みき》ツて固《かた》い商売《しやうばい》と思《おも》ひ立《たつ》た所《ところ》が見込《みこ》みだと頻《しき》りに褒《ほ》めるに　渋茂《しぶしげ》も悦《よろこ》び　為吉《ためきち》を改《あらた》めて引合《ひきあは》せ　先《さき》さへよくばといふ所《ところ》まで漕《こ》ぎ付《つ》けぬ

一　居候。

二　婿養子になってその家を継ぐこと。

三「ざっとした話が、こういうことだ」の意。

縁《えん》といふものは何処《どこ》に在《あ》るか　黒暗《くらやみ》でマッチを探《さぐ》るより知《し》れぬものと　夜中《よなか》の地震《ぢしん》に慌《あわ》てた人《ひと》の譬《たとへ》に云《い》ッたは誤《あやま》りにて　深切《しんせつ》と愛敬《あいきやう》の有《あ》る所《ところ》が縁《えん》の繋《つな》ぎ目《め》遠《とほ》いも近《ちか》いも変《かは》りはなし　面白《おもしろ》い人《ひと》を挽《ひ》き当《あて》た車《くるま》の輪《わ》　廻《めぐ》りて妻《つま》となる人《ひと》は宗《そう》右衛《ゑ》門町《もんちやう》のおそよといふ娘《むすめ》にて　父母《ふぼ》に後《おく》れて祖母《ばゝ》を力《ちから》　祖母《ばゝ》もまた此《こ》の孫《まご》娘《むすめ》を杖《つゑ》にして立《た》つ甲斐《かひ》もなき痩《や》せ身代《しんだい》　甥《おひ》の泉源《いづげん》の見継《みつ》ぎにて漸《やう》やく[一]其日《そのひ》をくれ毛《げ》を掻《か》き上《あ》げて結《ゆ》ふ櫛油《くしあぶら》　少《すこ》しばかりの小間物《こまもの》を並《なら》べて[二]店《みせ》を針手《はりで》の利《き》く人仕《ひとし》事《ごと》にて　貧乏《びんばふ》に継《つぎ》をあてがひ襤褸《ぼろ》を世間《せけん》にかくせしが　或日《あるひ》泉源《いづげん》が来《き》て　兼《かね》て尋《たづ》ぬるよい聟《むこ》を見当《みあた》ッたぞ　夫《それ》は云々《これ〱》いふ人《ひと》との相談《さうだん》に　元《もと》より否《いな》やは此方《こッち》になしと　直《すぐ》に見合《みあひ》をして見《み》ると互《たがひ》に驚《おどろ》くばかりにて　おそよは勿論《もちろん》　祖母《そぼ》も此《この》人《ひと》の深切《しんせつ》の噂《うはさ》を云暮《いひくら》したところなれば　其《そ》の悦《よろこ》びはいふばかりなく芽出度婚儀《めでたくこんぎ》納《をさま》りて後《の》ち　何《なに》をして見《み》る気《き》か　貴公《きこう》の見込《みこ》み次第《しだい》　商売《しやうばい》をかへるとも場所《ばしよ》を転《てん》じるとも望《のぞ》みのまゝに仕玉《したま》へ　資本《しほん》は我等《われら》が貸《か》し申《もう》さんと　泉源《いづげん》の詞《ことば》に為吉《ためきち》は礼《れい》を述《の》べ　商《あきな》ひは売《う》り込《こみ》が肝腎《かんじん》　張《は》ッたのは蜘蛛《くも》の囲《す》ばかりでも　店《みせ》を明《あ》け続《つゞ》いて居《ゐ》れば人《ひと》が何屋《なにや》とよく知《し》るは是《こ》れぞ第一《だいいち》の資本《しほん》なり　殊《こと》に[三]睡《ねぶ》り目《め》であッた店《みせ》は少《すこ》し品《しな》を入《い》れて景気《けいき》を付《つ》ければクワッと目覚《めざま》しく見《み》えるもの　御当地《ごたうち》は何事《なにごと》も東京《とうけい》を賞美《しやうび》されるを幸《さいは》ひ　私《わたく》し東京詞《とうけいことば》の弁《べん》を振《ふる》ひ　諸客《しよきやく》の愛敬《あいきやう》を取《と》らん

一「其日送る」と「をくれ毛」のかけ詞。

二「店を張り」と「針手の利く」のかけ詞。「針手の利く」は針仕事の上手なこと。後文の「継をあてがひ」「襤褸」は縁語。

三 眠ったような商売。休眠状態をいう。

こと覚《おぼ》[四]えの中《うち》に在《あ》り　最《もつと》も此家《このうち》に付《つ》[五]け渡《わた》りの小間物《こまもの》は適当《てきたう》な売物《うりもの》　品《しな》は此上《このうへ》十四五円《ゑん》も入《い》れゝば一寸見《ちよツとみ》よく飾《かざ》れませうが　店《みせ》の暖簾《のれん》を東京風《とうけいふう》に染《そ》め出《だ》すと[六]新聞紙《しんぶんし》へ広告《くわうこく》する代料《だいか》だけが凡《およ》そ二十円《ゑん》も掛《かゝ》りませう　夫《それ》に一つの工夫《くふう》といふは当地《たうち》の俳優《やくしや》の手《て》を仮《か》りて舞台《ぶたい》で広《ひろ》[七]めを仕《し》て貰《もら》ふ事《こと》にて　夫《それ》だけを貴君《あなた》が御世《おせ》話下《わくだ》されば　祖母《そぼ》が内実銀貨《ないじつぎんくわ》にて貯《たくは》へ置《お》きしもの四十円余《ゑんよ》ありとて渡《わた》されたれば　内《うち》の機関《からくり》[八]の糸《いと》は切《き》れぬやうに引《ひ》きます　芝居《しばゐ》で撒《ま》かせる簪《かんざし》か根掛《ねがけ》[九]は一日《いちにち》に二十本《ぼん》か三十本《ぼん》　外《ほか》の散《ちり》[一〇]を見《み》ても日に一円当《ゑんあて》ぐらゐで納《をさ》めます　只《たゞ》それをやらせる顔役《かほやく》が貴君《あなた》の御助力《ごじよりき》と　此家《このうち》へ来《き》て二日目《め》の軍配《ぐんばい》[一一]には手《て》の届《とゞ》いた考《かんが》へ　草《さう》盧《ろ》を出《いで》ずして天下《てんか》三分《ぶん》の計《けい》を定《さだ》めし臥竜先生《ぐわりようせんせい》[一二]の生《うま》れがはりか　どうやら先夜《せんや》の車《くるま》は[一三]四輪車《りんしや》と見《み》えたと　泉源《いづげん》も渋茂《しぶしげ》も大《おほ》きに褒《ほ》め　其《そ》の趣向外《しゆかうはづ》れはあらじと直《すぐ》にそれ〳〵手都合《てつがふ》してマンマとの売出《うりだ》し花《はな》やかにして勇《いさ》ましきに　福《ふく》の神《かみ》も面《めん》くらツて此家《こゝ》へ舞込《まひこ》みしか　日《ひ》に月《つき》にの繁昌《はんじやう》　何《なん》でも此家《こゝ》の品《しな》でなければ東《とう》京《けい》でないとの評判《ひやうばん》[一四]　立《た》て続《つゞ》く土蔵《どざう》の数《かず》も限《かぎ》りなき富貴《ふうき》の春《はる》と祝《いは》ひけるとかや

四 覚えがある。呑み込んでいる。

五 もともとあった商品。

六 当時の新工夫として新聞広告が盛んであった。『明治事物起原』に拠れば、慶応三年(一八六七)十二月版の『万国新聞紙』に載るのが本邦最初といい(第八編)、行数字数に応じて代金を定め、例えば『ブラック新聞』(明治五年三月)には「字数五十字に付、一ヶ月金四両」とある。

七 「御披露目」。ここは芝居の舞台上で商品や商店の宣伝をしてもらうこと。品物を舞台上から撒いたりもする。

八 竹と糸であやつる機関芝居になぞらえて、商売上の仕掛けの糸をあやつるの意。

九 日本髪の髷の根元につける装飾品。

一〇 散財。入費。

一一 相撲に見立てて、指揮をとる行司役の意。

一二 蜀の英雄諸葛孔明のこと。その隠棲していた河南省南陽県の草廬に劉備が訪れ、その出馬を乞うこと三度、遂に立って蜀を国として立て、魏・呉と天下を三分する(『三国志』蜀書・諸葛亮伝)。

一三 漢の王莽が造った四つの輪のある車をいうが、ここは挽いていた二輪の人力車が四輪に見えるほどの知恵者だということ。

一四 「評判立て」と「立て続く土蔵」のかけ詞。

当世商人気質《たうせいあきうどかたぎ》四の巻

第一

娘自慢《むすめじまん》に油《あぶら》をつけて結立《ゆひたつ》る高髷《たかわげ》
[一]女髪結《をんなかみゆひ》の毒《どく》は薬屋《くすりや》の分別《ふんべつ》
いつでも取《とれ》る預《あづ》け金《きん》の沢山《たくさん》ある貧乏人《びんばふにん》

[二]荒夷《あらゑびす》のおそろしげなるが傍《かたへ》にあひて御子《おんこ》はおはすやと問《と》ひしに　一人も持《も》ち侍《はべ》らずと答《こた》へしかば　さては物《もの》のあはれは知《し》り給《たま》はじ　情《なさけ》なき御心《おんこゝろ》にぞものし玉《たま》ふらんといとおそろし　子故《こゆゑ》にこそ万《よろづ》の憐《あは》れは思《おも》ひ知《し》らるれと云《い》ひしを　兼《けん》好法師《かうはふし》も愛《めで》て　さも有《あり》ぬべき事《こと》なりとて徒然艸《つれぐくさ》に記《しる》せしを　[三]林道春先生《はやしだうしゆんせんせい》も同《どう》心《しん》して　されば子《こ》として父母《ふぼ》の心《こゝろ》をうけて心《こゝろ》とせばをのづから孝《かう》もあるべけれと注《ちう》せられぬ　誠《まこと》に親《おや》の子《こ》を思《おも》ふ心《こゝろ》ほどやるせなき物《もの》はなし　懐妊《くわいにん》せし時《とき》より産《う》み出《いづ》るまでの心遣《こゝろづか》ひ　産声《うぶごゑあ》揚ぐるを聞《きゝ》て　嬉《うれ》しや　片輪《かたわ》にても非《あら》ざりけりと始《はじ》めて重荷《おもに》を卸《おろ》せし心地《こゝち》する時《とき》は　即《すなは》ち卸《おろ》せし重荷《おもに》に[四]重《おも》た増《ま》しを付《つ》けたる日《ひ》にて　夫《それ》より人《ひと》とする迄《まで》の苦労心配《くらうしんぱい》　女《をんな》の親《おや》は取分《とりわ》けて身《み》も細《ほそ》り　姿《すがた》の色《いろ》も褪《さむ》るとかや、娘《むすめ》の子《こ》を育《そだ》つるは物入《ものいり》も一倍《ばい》　他所《よそ》の娘《むすめ》の形振《なりふり》を見《み》れば子《こ》よりも母《はゝ》の

一 女性の結髪のため、家庭へ出向いて仕事をする女性の職人(男性は町内の髪結床へ行く)。江戸中期に始まり、嘉永六年(一八五三)頃には江戸市中で千百人余という。女性の自立的職業として、その生態は例えば人情本『梅暦』のお由などに活写されるが、大かたは御追従が上手でおしゃべりで、縁談の口利きなどを専らにする。
二 荒々しい野蛮人。「心なしと見ゆる者も、よき一言はいふものなり。ある荒夷の…思ひしらるれといひたりし。さもありぬべき事なり」(『徒然草』一四二段)。
三 羅山と号する。江戸初期の儒者。家康以後四代にわたる将軍の侍講として、朱子学を日本に定着させた。一方で当時しきりに読まれた『徒然草』の解釈を『徒然草野槌』と題して刊行した。明暦三年(一六五七)没。
四 籠かきの用語で、通常より重い荷物や人間を乗せた時に請求する割り増し料金。雨の時は「降り増し」などもある。
五 柞蚕の糸で織った紬をいうが、ここは一帳羅の絹織物の意。
六 「幾歳を着なし」と人名「木梨」のかけ詞。
七 漢方の生薬を売る薬屋。
八 伊勢神宮の外宮から内宮に至る旧道沿いの集

羨《うら》やみに　協《かな》はぬ欲《よく》の罪作《つみつく》り金作《かねつく》りと評判《ひやうばん》されて　親父《おやぢ》は年中木綿物《ねんぢうもめんもの》　[五]絹紬《けんちう》の羽織《はおり》は鼠《ねずみ》を黒《くろ》に染《そ》めかへて尚《な》ほ[六]幾歳《いくとせ》を木梨又兵衛《きなしまたべゑ》といふ[七]薬種屋《やくしゆや》あり　もとは[八]伊《い》勢《せ》の古市《ふるいち》に貧乏《びんぼふ》の神風《かみかぜ》吹《ふ》き伝《つた》へたる[九]日《ひ》傭稼《ようかせ》ぎ　親《おや》から譲《ゆづ》られたといふものは達《たつ》者《しや》な臑《すね》二本《ほん》の外《ほか》は席畳《むしろだゝみ》二枚《まい》と[一〇]紙帳《しちやう》一《ひと》つ　ガサ〳〵ゴソ〳〵とした身代《しんだい》にて一《いッ》生《しやう》を終《をは》るも残念《ざんねん》なりと　思《おも》ひ立《た》つたが運《うん》に向《むか》ふ風《かぜ》が福神《ふくじん》の守《まも》り　[一一]御師《おし》の供《とも》して諸国《しよこく》への御札配《おふだくば》り　始《はじ》めて江戸《えど》の土《つち》を踏《ふ》んだとき[一二]世界《せかい》の広《ひろ》さに胆《きも》を潰《つぶ》し　たとへ乞喰《こじき》をするとも此《こ》の土地《とち》と覚悟《かくご》を定《さだ》め　御札配《おふだくば》り終《をは》りて付《つい》て来《き》た御師《おし》の手代《てだい》に其《そ》の心《こゝろ》を打明《うちあ》け　金《きん》三両《りやう》二分《ぶ》と[一三]明両掛《あきりやうがけ》を貰《もら》ツて簞笥《たんす》にも長持《ながもち》にもこれを世《せ》帯道具《たいだうぐ》の持《も》ち始《はじ》めとして　[一四]浅草松清町《あさくさまつきよちやう》へ小《ちひ》さな家《いへ》を借《か》り　近辺《きんぺん》の寺方《てらがた》へ[一五]樒《しきみ》の枯《かれ》葉《は》を貰《もら》ひ徳《どく》にして　箒《はゝき》と塵取《ちりとり》を持《もつ》て墓場《はかば》掃除《さうぢ》に廻《まは》り　其《そ》の掃《は》きための樒《しきみ》の葉《は》を葉抹香《はまつかう》にして売《う》り始《はじ》めしより　だん〳〵積《つ》み上《あ》げて[一六]表店《おもてみせ》へ生薬屋《きぐすりや》を出《だ》し　稼《かせ》ぐ精力《せいりき》に[一七]渋団扇《しぶうちは》の氏子《うぢこ》を離《はな》れ　毎年細《まいねんほそ》く引伸《ひきのば》した[一八]飴細工《あめざいく》　ポカンと脹《ふくれ》た狸《たぬき》の腹《はら》女房《にようばう》の[一九]産《さん》の紐穏《ひもおだやか》に　時《とき》は慶応初《けいおうはじ》めの年女《としめ》の子《こ》を儲《まう》けてお初《はつ》と名《な》づけ　次《つぎ》の年《とし》また祝《いは》ひの帯《おび》を重《かさ》ねて女《をんな》を産《う》み　お継《つぎ》と呼《よ》びて両手《りやうて》の珠《たま》とめでいつくしみしが光陰《くわうゐん》は[二〇]内芸妓《うちげいしや》の線香《せんかう》より立《た》つこと早《はや》く　姉《あね》は二十《はたち》　妹《いもと》は十九となりけるが姉妹《きやうだい》とも色白《いろしろ》く素直《すなほ》にて世間《せけん》の人《ひと》の目《め》には十人並《なみ》なれど　母《はゝ》の目《め》には[二一]天《てん》の生《な》せ

落で、旅宿や妓楼が多く、参詣客で賑わった。

九　一日限りに傭われて働く賤民。「日傭取り」。

一〇　紙で作った蚊帳。「席畳と紙帳」は貧乏人の財産の代名詞。

一一　伊勢神宮の下級神官。年末に地方の檀家に神宮の御札や暦を配って歩く。各地方ごとの受持ちがあり、手代がそれを行なう。

一二　地方の人が江戸や京などの都会に出た時の驚きの気持ちの表現として、西鶴の作品などによく用いられる。

一三　旅行道具の一。小形の箱や葛籠(つづら)を天秤棒の両端に掛けてかつぐもの。

一四　現台東区西浅草一丁目。明治二年以後の町名。東本願寺など寺が多い。

一五　墓の御供えに用いるモクレン科の植物。葉や樹皮を粉にしたものを葉抹香といい、焼香などに用いる。→三二頁注九。

一六　表道路に面した店舗。

一七　貧乏神の氏子の意。

一八　とかした飴を管の先につけ、息を吹きこんでふくらまし、指先きで小鳥や狸などの小動物や人形の姿を作って売る。ここはその飴のように細く長く引き仲した商売の意。

一九　妊婦が五ケ月目に腹にゆるく巻く腹帯。「穏(おだやか)に」は順調であること。

二〇　「芸者」は遊興の席を賑やかす女性をいうが「内芸者」は遊里で遊女屋が抱えている芸者。その揚代は線香一本の燃えつきる時間(約四時間)を一切りとし、「立つ」は燃える時間の経過をいう。

二一　白居易『長恨歌』に「天ノ成セル麗質、自ヅカラ棄テ難シ」「太液ノ芙蓉、未央ノ柳」の句がある。何れも玄宗皇帝の愛妃楊貴妃の美しさの褒辞。「太液」は長安の都大明宮の中の池名。

る麗質《れいしつ》　太液《たいえき》の芙蓉《ふよう》とやらも是《これ》にはよも及《およ》ぶまいと　薬種《やくしゆ》の名《な》だけ芙蓉《ふよう》を覚《おぼ》えて　玄宗皇帝様《げんそうくわうていさま》が今《いま》の世《よ》にお出《いで》ならば姉《あね》も妹《いもと》も輦《てぐるま》[一]に乗《の》り　此方夫婦《こちふうふ》もよい出世《しゆつせ》を仕《し》やうものと娘《むすめ》の顔《かほ》を見《み》るたびにもどかしがられぬ

人《ひと》の見《み》るのを専一《せんいち》に　形《かた》ちをつくる　品《しな》つくる　髪《かみ》の風《ふう》やら帯《おび》の模様《もやう》　しめ[二]括《くゝ》りなき母親《はゝおや》が涎片手《よだれかたて》に茶《ちや》を入《い》れて　女髪結《をんながみゆひ》への愛想《あいさう》は少《すこ》しも見《み》よげに結《ゆ》ひ上《あ》げて貰《もら》はん為《た》めの鼻薬《はなぐすり》　苦《にが》からずして甘《あま》へたり　妹《いもと》のお継《つぎ》[三]がまんがちに私《わた》しが先《さき》へと鏡台直《きやうだいなほ》せば　姉《あね》は姉《あね》だけおとなしく庭《には》を向《む》きての針仕事《はりしごと》　母《はゝ》は右左《みぎひだ》りに笑《ゑ》[四]みかたまけ　お前《まへ》は[五]浄瑠璃《じやうるり》より手習《てならひ》や針仕事《はりしごと》が好《すき》なので　自然《しぜん》とおとなしいくすんだ風《ふう》がよく似合《にあ》ふが　お継《つぎ》の方《はう》は三味線《さみせん》や踊《おどり》が好《すき》だけ花美《はで》が移《うつ》[六]る　今日《けふ》はいつもより根《ね》[七]を下《さ》げて中《なか》を少《すこ》し隙《す》かしてやツてと[八]油《あぶら》を注《そゝ》げば　髪結《かみゆひ》のおつがは目《め》を細《ほそ》くし　ホントに此方《こッち》の娘《ちやう》さん方《がた》は御器量《ごきりやう》がよいので下手《へた》な私《わたく》しでも結《ゆひ》栄《ばえ》が致《いた》します　御存《ごぞん》じでございませう　彼《あ》の紙屋《かみや》のお半《はん》さんを　ホントに蜀黍《たうもろこし》のやうな縮《ちゞ》れツ毛《け》のくせに髷《まげ》を大《おほ》きく〳〵とせがむので　一《ひと》つまとめるに二時間《じかん》も掛《かゝ》りますワ　其《そ》のくせ御洒落《おしやれ》でホントにお[九]話《はな》しですよと　薄《うす》き唇《くちびる》を翻《ひるが》へして　同《おな》じ身分《みぶん》で少《すこ》し張《は》り合《あ》ひの有《あ》る所《ところ》の娘《むすめ》を悪《わる》く云《い》へば　女《をんな》の浅《あさ》ましさ自分《じぶん》が褒《ほ》められるより嬉《うれ》し気《げ》なるを見《み》なれ察《さつ》しなれての狡猾追従《かうかつつゐしよう》　果《はた》して母《はゝ》は

一　人が引く乗物の屋形車。身分の高い人が宮中に入る時に許されて用いる。

二　子供に甘い様子。「帯」と「しめ」は縁語。

三　気短かに。

四　「かたむけ」の意か。笑いかける様子。

五　「江戸浄瑠璃」と総称される豊後節・河東節・一中節や富本・清元・常磐津など座敷浄瑠璃の稽古か。或いは「娘義太夫」と称する女浄瑠璃語りが明治十三年頃から大流行したので、その稽古をいうか。

六　よく似合う。

七　髷の根元の部分を下げて結うこと。

八　けしかけること。

九　笑い話の種だということ。

ニコ〳〵もの　成程《なるほど》お半《はん》さんは顔立《かほだち》は美《うつく》しくツてお出《いで》だが毛《け》に少《すこ》し癖《くせ》がお有《あ》りなさるネと　合《あは》す調子《てうし》に一〇音〆《ねじめ》を上《あ》げ　ナンの顔立《かほだち》が美《うつく》しいどころですか　白粉《おしろい》が雪《ゆき》のやうに濃《こ》いから知《しれ》ませんが彼《あ》の下《した》は一一芋畑《いもばたけ》　ホントに大菊石《おほあばた》でございますよ　夫《それ》で一二福助《ふくすけ》が贔屓《ひいき》も一三圧《おし》が重《おも》いぢやありませんか　圧《おし》が重《おも》いと云《い》へばホントに重《おも》いのが有《あ》ります　マアお聞《きゝ》なさい　私《わたく》しの隣《となり》に居《ゐ》る何商売《なにしやうばい》だか知《し》れない独《ひと》り者《もの》ですが　此間《このあひだ》想応《さうおう》の女《おんな》があるから貰《もら》はないかと話《はな》しましたら　生薬屋《きぐすりや》の姉娘《あねむすめ》なら女房《にようぼう》に貰《もら》ツても見《み》やうと思《おも》ふが其外《そのほか》なら皆《み》な断《ことわ》ツて下《くだ》さいと　口巾《くちはゞ》ツたい挨拶《あいさつ》をして余《あんま》り面《つら》が憎《にく》うございますから　お気《き》の毒《どく》だが夫《それ》は一四天道様《てんたうさま》へ石投《いしな》げだ一五地面《ぢめん》土蔵《どざう》持《も》ツた立派《りツぱ》な方《かた》から御縁組《ごえんぐみ》の事《こと》は降《ふ》るやうに申《まを》し込《こ》んでも想応《さうわう》しないので御受付《おうけつけ》なさらぬのが　何《なん》でお前達《まへたち》の望《のぞ》みが届《とゞ》かうとやり込《こめ》てやりましたら不減口《へらずぐち》にネ　お前《まへ》さん　斯《か》う申《まを》しましたよ　土蔵《どざう》や地面《ぢめん》が左《さ》ほど貴《たうと》いか　己《おれ》の胸《むね》に貯《たくは》へた金《かね》はそればかりの物《もの》ではない　今日《けふ》積《つ》んでも明日《あす》なくなるは金《かね》と雪《ゆき》また今日《けふ》なくて明日《あす》堪《たま》るも金《かね》なり　目《め》に見《み》え手《て》に取《と》れるものは尽《つき》るも早《はや》いが己《おれ》の胸《むね》から涌《わ》き出《だ》す金《かね》はいくら用《もち》ひても生涯《しやうがい》尽《つ》きぬ一六堀《ほり》ぬき井戸《ゐど》　今《い》ま差《さ》し当《あた》り入用《にふよう》もないゆゑ世界《せかい》へ預《あづ》けて置いて有《あ》ると澄《すま》して居《ゐ》ましたが　彼《あ》の了簡《れうけん》では貧《びん》乏《ばふ》もする筈《はず》でございますよ　オホヽヽホ

一〇 三味線の糸を適当に巻き締めて、調子を合わせること。
一一「芋」は天然痘の結果のあばた顔をいう。
一二 歌舞伎役者四代目中村福助。後の五世歌右衛門。
一三 ずうずうしい。「圧が強い」ともいう。
一四 諺「天へ向いて唾する」と同じ。身の程しらずに、自分で自分に仇をするようなものの意。
一五 地主階層の町人をいう。江戸以来、地主階層は町人でも武家の旗本と同格といわれるほどの扱いをうけた。↓二八頁注一二。
一六 地下水脈まで掘りぬいた井戸。水涸れしない。

手《て》[一]がらの裂《きれ》の古《ふる》いのや　挿《さ》し飽《あき》た簪《かんざし》をばせしめん慾《よく》と　二人前口《ふたりまへくち》の働《はた》らく女《をんな》髪結《がみゆひ》　多《おほ》くの中《なか》には風俗《ふうぞく》[二]を身《み》だしなみの相談相手《さうだんあひて》　近所近辺裏々小路《きんじよきんぺんうら〱こうぢ》　隅《すみ》から隅《すみ》の噂話《うはさばな》しに兎角《とかく》もつるゝ汚《よご》れ毛《げ》を　取上《とりあ》げて結《ゆ》ふ女同士《をんなどうし》　櫛《くし》の歯《は》ならで口《くち》[三]の端《は》にかゝるほどなる間違《まちがひ》も出来《いでく》ることの有《あ》りといへば　其《そ》の人柄《ひとがら》に気《き》を付《つ》くべしと或《あ》る老人《らうじん》の云《い》はれたりとか　女髪結《をんながみゆひ》おつがの高話《たかばな》しを雪隠《せつゐん》にて聞《き》かうといふ木梨又兵衛《きなしまたべゑ》　不図《ふと》耳《みゝ》に入《い》りて此座敷《このざしき》へ来《く》れば　主人《あるじ》と蚿《やすで》は強《きつ》い敵薬《てきやく》　おつがも口《くち》を閉《と》づれば母《はゝ》も娘《むすめ》も雀原《すゞめはら》[四]へ礫《つぶて》　うツて変《かは》ツてシヤンとした行儀《ぎやうぎ》、いつも女《をんな》の寄《よ》り合《あ》ふてベチヤクチヤするを見《み》て苦《にが》い顔《かほ》する又兵衛《またべゑ》が笑《ゑ》[五]ましげに座《ざ》を占《し》めて　何《なん》と髪結殿《かみゆひどの》　今《い》ま話《はな》されたお前《まへ》の裏《うら》の独身者《ひとりもの》の事《こと》は実説《じつせつ》でござるか　而《そ》して年《とし》は幾歳《いくつ》ばかりかと問《と》へば　おつがは口《くち》を尖《とが》らし　聞《きい》てはお腹《はら》も立《た》ちませう[六]潜上《せんしやう》にも身《み》の程知《ほどし》らずにも裸《はだか》も同《おな》じ店借《たながり》[七]の身《み》で　此方《こちら》の御娘《おぢやう》さんならマア貰《もら》ツて見《み》ても宜《よ》いと申《まを》しましたとも　申《まを》しましたとも　正実《ほんとう》にすまアして申《まをし》ましたよ　ホントに彼《あれ》が奢《おご》りの沙汰《さた》とやらでござりませうよ　年《とし》は二十七八ぐらゐでせうが貧《ひん》にやつれて三十ぐらゐに見《み》えます、其話《そのはな》しが実《じつ》ならナンとお前《まへ》の働《はた》らきで姉娘《あねむすめ》のお初《はつ》を貰《もら》ツて呉《く》れるやう　其《そ》の独身者《ひとりもの》に話《はな》しては下《くだ》さらぬか　勿論《もちろん》店借《たながり》では不自由《ふじいう》なるべければ　此家《このいへ》を悉皆譲《そつくりゆづ》りて私共《わしども》は世話《せわ》を掛《か》けぬやう他《ほか》へ

一　女性の髷の根元にかける装飾用の布。
二　「風俗を乱し」と「身だしなみ」のかけ詞。
三　他人の噂咄しになるような男女関係の失敗。
四　諺。騒がしかったのが一度に静まりかえる様子。「礫うって」と「うって変って」はかけ詞。
五　笑いを含みながら。
六　高ぶること。またそのような言いぐさ。
七　借家人。

退《の》いても宜《よ》い　夫《それ》は如何《どう》とも商売《しやうばい》も何《なに》を仕《し》やうとも総《すべ》て其人《そのひと》の心任《こゝろまか》せに致《いた》すが何卒《どうぞ》話《はな》して見《み》て下《くだ》されと云《いふ》を　皆《みな》まで聞《きゝ》もせずしておつがは口《くち》を耳《みゝ》まで開《あい》て笑《わら》ひ出《だ》し　旦那様《だんなさま》はいつも御真面目《おまじめ》でお出《いで》なさるかはりに　またとんだ串戯《じやうだん》を云《い》ツておからかひなさる　宜《よ》ろしうござりませう　彼《あ》の独身者《ひとりもの》を御聟《おむこ》になされたら立派《りつぱ》な事《こと》でござりませうと腹《はら》を抱《かゝ》へれば　又兵衛《またべゑ》は眉《まゆ》を顰《ひそ》め　是《これ》は怪《け》しからぬ　我等《われら》此年《このとし》になるまで人《ひと》を嘲弄《てうろう》する抔《など》といふ事《こと》は夢《ゆめ》にも致《いた》しませぬ　娘《むすめ》が為《た》めによき聟《むこ》をと兼《か》ねてより存《ぞん》ずる矢先《やさき》に今《いま》のお話《はな》し　金儲《かねまう》けのことは我《わ》が胸《むね》に覚《おぼ》えありとて世上《せじやう》の富貴《ふうき》を物《もの》の数《かず》にも思《おも》はぬ其人《そのひと》の好《この》もしさ　天晴我等《あつぱれわれら》が聟《むこ》にして大事《だいじ》な娘《むすめ》に添《そ》はして頼《たの》みあり　人《ひと》はたゞ覚悟《かくご》一《ひと》つなり　其《そ》の詞《ことば》で対面《たいめん》せねど其人《そのひと》の委細《ゐさい》は知《し》れたり　裸《はだか》なりと莚《むしろ》一枚《まい》なりと其等《それら》は更《さら》に頓着《とんちやく》なし　其心《そのこゝろ》持一《もちひと》つが何《なに》よりの持参物《ぢさんもの》　何《なに》とぞ其方《そなた》の働《はた》らきで此縁談《このえんだん》を整《とゝの》へて下《くだ》され　礼《れい》は更《さら》に惜《をし》むまじと真顔《まがほ》に云《い》ふに　四人は呆《あき》れて手《て》に持《も》つ物《もの》を落《おと》すばかり　只又兵《たゞまたべ》衛《ゑ》の顔《かほ》を打《う》ちまもりて暫時詞《しばしことば》はなかりけり

第　二

末《すゑ》の栄《さかえ》を互《たがひ》の心《こゝろ》[一]にかけ盃《さかづき》の祝言《しふげん》
咽喉元《のどもと》すぎて甘《あま》やかす母親《はゝおや》
心《こゝろ》も[二]写真曇《しやしんくもり》のない磨《みが》き硝子《がらす》

　夫《をつと》の詞《ことば》に女房《にようばう》は眼《め》に角立《かどだ》て　老《おい》にぼけての戯《たはぶ》れかは知《し》らねど　仮《かり》にも其様《そん》な事《こと》を云《い》ツて下《くだ》さるな　慨然《かはいさう》に人並《ひとなみ》より生《うま》れ優《まさ》ツた娘達《むすめたち》を人《ひと》も有《あ》らうに裏屋住《うらやずみ》の其日暮《そのひぐら》し　斯《か》う云《い》ツてはおつがさんに悪《わる》いが　麦《むぎ》の粥《かゆ》さへ食《く》ふや不喰《くはず》の瘦我慢《やせがまん》に口《くち》から出鱈目《でたらめ》の潜上《せんしやう》は本気《ほんき》の沙汰《さた》ではよも有《あ》るまい　夫《それ》を此方《こなた》が聞惚《きゝほ》れして大事《だいじ》の〳〵娘《むすめ》をば遣《や》らう　貰《もら》ツて呉《く》れ抔《など》と　ウカ〳〵云《いは》るゝ事《こと》が有《あ》るものぞ夫《それ》も娘《むすめ》が不埒《ふらち》にてか　又《また》は縁薄《えんうす》くて三度《ど》も四度《よど》も出戻《でもど》りの上《うへ》ならば　左《さ》る貧《ひん》なる男持《をとこも》たせまいとも云《い》はねど　瑕《きず》なき璧《たま》の愛娘《まなむすめ》を瓦《かはら》か石《いし》かなんぞのやうにわざ〳〵捨《す》つるは親《おや》の無慈悲《むじひ》　これよく思《おも》ふても見《み》て下《くだ》され　娘《むすめ》の子《こ》は殊《こと》さらに女《をんな》親《おや》の心遣《こゝろづか》ひ　生《うま》れ落《お》ちた其日《そのひ》から男《をとこ》と違《ちが》ふて面貌《みめ》が大事《だいじ》　火傷《やけど》一《ひと》つ痣《あざ》一《いッ》ケ所《しよ》有《あ》ツても[三]形身《かたみ》がすぼると聞《き》けば　[四]荒《あら》い風《かぜ》にもあてぬやう　[五]室《むろ》の梅《うめ》が香《か》をりをば外《よそ》へ洩《も》らして若《も》しヒヨンな事《こと》でもあらば　御前《おまへ》へ対《たい》し世間《せけん》へ対《たい》して私《わた》しの落度《おちど》と　成長《せいちやう》した今《いま》にても夜《よ》の目《め》を安《やす》く寐《ね》はしませぬ　夫《それ》に何《なん》ぞや　此方一人《こなたひとり》で儲《まう》

一「心にかけ」と「かけ盃」のかけ詞。「かけ盃」は「欠け盃」で不満足な様子をいう。
二 川本幸民の『遠西奇器述』(安政元年〈一八五四〉板)に初めて紹介され、横浜の下岡蓮杖や長崎の上野彦馬等を写真師の始祖として幕末に興り、新風俗として大いに流行した。明治十年には浅草観音境内だけでも二十一軒の写場がある(『浅草新誌』)。
三 肩身がせまくなること。
四 世間の酷薄な様子の比喩。
五 温室で育てた梅の花。大事がる様子の比喩。

けたやうに私《わたし》に一言《ひとこと》の相談《さうだん》もかけず　亦肝腎《またかんじん》の娘《むすめ》にも応《おう》か否《いな》かの問《とひ》もなく　ヤレ娘《むすめ》に添《そは》して頼《たの》もしいの　天晴我等《あツぱれわれら》が聟《むこ》で候《そろ》のと　独極《ひとりぎは》めに極《き》めらるゝは　いかに男《をとこ》の権威《けんゐ》でも余《あんま》りでござりまする　抑《そも》や子供《こども》を育《そだ》つるは最惜可愛《いとしかあい》の情合《じやうあひ》ばかり　我身《わがみ》の栄耀《えよう》の為《た》めでは無《な》けれど　左《さ》りとてまた少《すこ》しは末《すゑ》の楽《たのし》みと思《おも》ふ事《こと》も無《ない》ではない　あツたら帯《おび》や花美衣裳《はでいしやう》着《き》せて人《ひと》にも誇《ほこ》りたいに　六夜《よる》の錦《にしき》の外《ほか》には知《しら》れず　折角《せつかく》の嫁入支度《よめいりじたく》を皆《み》な無益《むだ》にして　其《そ》の様《やう》に貧《ひん》にやつれた男《をとこ》をば密《そツ》と聟《むこ》に貰《もら》ひしなら　娘《むすめ》が七不義《ふぎ》でも有《あ》ツたやうに評判《ひやうばん》するか　又《また》は身代《しんだい》が傾《かた》ぶいたゆゑよい所《ところ》からは来《こ》なんだかと　噂《うはさ》されるが私《わし》や悔《くや》しい　何《なに》かの時《とき》の問談合《とひだんがふ》にも歴然《れツき》とした所《ところ》から呼《よ》べば親類知音《しんるゐちいん》が多《おほ》くして　娘《むすめ》の身《み》の晴《はれ》　家《いへ》の為《た》めまたお継《つぎ》が嫁入《よめいり》の時《とき》の巾《はゞ》八にも成《な》りませう　お初《はつ》も黙《だま》ツて俯向《うつむ》いて居《ゐ》ずと　其様《そん》な男《をとこ》を夫《をツと》に持《も》つは否《いや》でござりますと判然《はツきり》云《い》や　一生連《いツしやうつ》れ添《そ》ふ男《をとこ》ぢやもの　押付《おしつ》け業《わざ》では末《すゑ》は遂《と》げぬ　是《これ》まで度々諸方《たびくしよはう》から嫁《よめ》に欲《ほ》しい聟《むこ》にならうと云《い》ひ込《こ》む者《もの》は沢山有《たくさんあ》ツても　此方一人《こなたひとり》九ジヤヂヤ張《ば》ツて　彼《あれ》も気《き》に入《い》らぬ　是《これ》も心立《こゝろだて》が飲《の》み込《こ》めぬと　能《よ》い所《ところ》をば皆《み》な断《ことわ》り　二十歳《はたち》になるまで縁《えん》も定《さだ》めず置《お》きながら　撰《えり》に撰《えり》て其様《そん》な男《をとこ》　しかも見《み》もせぬ裏屋住《うらやずみ》を　どんな結構《けつこう》な口《くち》でも有《あ》るやうに急《せき》にせいて話《はな》し掛《か》け　此方《こち》から手《て》一〇を下《さ》げて貰《もら》ツて呉《くれ》の　身代《しんだい》を渡《わた》そうのとは何事《なにごと》

六 諺。どれほど立派でも暗くて見えないことから、甲斐がないこと。

七 不義密通。男女の間での私通。

八 威勢。はぶり。

九 邪々張る。わがままを言うこと。

一〇 へり下ること。こちらから頼みこむこと。

でござります　仮令《たとへ》お前《まへ》が遣《やら》うと云《いッ》ても此母《このはゝ》が遣《や》りませぬ　私《わた》しが其様《そん》な聟《むこ》は貰《もら》ひませぬと　畳《たゝみ》たゝいて叫《わめ》かるゝも母親《はゝおや》の身《み》にては道理《ことわり》ぞかし
又兵衛《またべゑ》呵々《からく》と打笑《うちわら》ひ　咽喉《のど》もと過《す》ぎて熱《あつ》さ忘《わす》るゝとやら　其方《そなた》も昔《むか》しのこと早《は》や忘《わす》れてか　我《われ》より其方《そなた》が老《おい》にほけたと見《み》ゆるぞや　裏屋住《うらやず》みの　其日暮《そのひぐら》しのと口汚《くちぎた》なうわめかるれど　三十年前《ねんまへ》の此方《こち》[一]達《と》の身《み》はどうで有《あ》ツた　考《かんが》へておみやれ　よき折《をり》からなれば娘共《むすめども》にも云《い》ひ聞《きか》せて置《お》くが　我等《われら》は親代々《おやだいく》の分限者《ぶげんしや》にあらず　臑一本《すねいっぽん》を資本《もとで》にして伊勢《いせ》からの出稼《でかせ》ぎ　土《つち》にも噛《かぶ》り付《つ》く気《き》で小商《こあきな》ひを始《はじ》め　だんく身《み》[二]の油《あぶら》に店《みせ》も光《ひか》りを増《ま》して　今《い》ま斯《か》く男女《なんによ》四五人を使《つか》ふやうになりしなり　左《さ》れば裏屋住《うらやず》みとて生涯《しやうがい》必《かな》らず発達《はったつ》せずとは極《きま》らず　又棟高《またむねたか》き大店《おほだな》とていつ倒《たふ》れぬとは請合《うけあ》はれず　[三]貧福《ひんぷく》は糾《あざな》ふ縄《なは》の如《ごと》くなれば　目《め》の前《まへ》の富《とみ》よりは其身《そのみ》に備《そな》はる才覚《さいかく》といふものが貴《たふと》うござる　コレお婆《ばゝ》　其方《そなた》は其《そ》の心入《こゝろい》れなれば忘《わす》れしならんが己《おれ》はよく覚《おぼ》えて居《ゐ》る　しかも今《いま》から二十八年前《ねんまへ》の十月二十日　[四]人《ひと》がましい家《いへ》は[五]恵比寿《ゑびす》講《こう》とてヤツサワツサ賑《にぎは》ふ中《なか》　目出《めで》たい日《ひ》とて表《おもて》の紙屑屋《かみくづや》の嚊《かゝ》が肝煎《きもいつ》て其方《そなた》を連《つ》れて来《こ》られしが　祝言《しうげん》の式《しき》にも作法《さはふ》にも　[六]会津《あひづ》塗《ぬり》の盆《ぼん》の上《うへ》へ口《くち》の欠《か》けた猪口《ちよく》　[七]伊丹屋《いたみや》の徳利《とくり》のまゝ酒《さけ》を並《なら》べ　肴《さかな》といふては小《こ》鯵《あぢ》の乾物《ひもの》　嫁御寮《よめごれう》の其方《そなた》が手《て》づから骨《ほね》をむしつて盃《さかづき》の取《とり》やり　酒《さけ》は薄《うす》くとも中《なか》

一「こちとら」の略。俺達、我々。
二　汗を流して懸命に働くこと。
三　諺「禍福は糾へる縄の如し」（『史記』南越伝）。
四　一人前の商売をしている家。
五「誓文払い」ともいう。十月二十日、商家で福神夷神を祭り一家一門を招いて遊興する。
六　会津地方産の漆器。日用品に多く用いる。
七　酒屋の名。造酒業の多い伊丹出身の酒屋の屋号に多い。

は濃《こ》かれと　紙屑屋《かみくづや》の嗅《かゝ》が祝《いは》[八]ひ立《だち》に帰《かへり》がけ　これお種《たね》どの　何事《なにごと》も辛抱《しんばう》が肝腎《かんじん》ぞ　親《した》しみ過《す》ぎては我人《われひと》とも不足《ふそく》も出《で》るし愚痴《ぐち》も起《おこ》れば　それを窘《た》しなんで共《とも》稼《かせ》ぎに稼《かせ》がしやれ　人《ひと》は末《すゑ》の入前《いりまへ》[九]が大切《たいせつ》　若《わか》い時《とき》には働《はた》らくが薬《くす》り　井戸《ゐど》は遠《とほ》けれど水《みづ》は佳《よ》し　豆腐屋《とうふや》は朝早《あさはや》く来《く》る呼声《よびごゑ》の長《なが》い人《ひと》のを買《か》ひなされ　同《おな》じ直段《ねだん》で嵩《かさ》が大《おほ》きい　味噌《みそ》は此処等《こゝら》はすべて高《たか》ければ用《よう》の序《ついで》に江戸《えど》[一〇]向《む》きの大問屋《おほどひや》で少《すこ》しづゝなりと買《か》ひなされ　何《なに》ぞ不自由《ふじいう》な物《もの》が有《あ》ツたら遠慮《ゑんりよ》なく私《わた》しの所《ところ》へ云《い》ふてよこされよ　路次《ろじ》の溝板《どぶいた》が一枚剝《まいは》がれて居《ゐ》るに気《き》を付《つ》け玉《たま》へ　勝手《かつて》を知《し》らぬうちは夜出《よるで》ぬやうにするがよいぞやと　懇《ねんご》ろに云《い》ふて去《い》なれた跡《あと》　イヽヤ娘《むすめ》の手前恥《てまへはづか》しうはござらぬ　話《はな》して聞《きか》すも心得《こゝろえ》の一《ひと》つ　小春日和《こはるひより》といへど夜《よ》に入《い》りては建付《たてつけ》の悪《わる》い水口《みづぐち》[一一]より吹込《ふきこ》む北風《きたかぜ》が寒《さむ》かりしが　其方《そなた》が持《も》ツて来《き》た木綿蒲団《もめんふとん》に共寝《ともね》して暖《あたゝ》かに眠《ねぶ》りしは　今《いま》の身《み》の繻子《しゆす》純子《どんす》より嬉《うれ》しかりし　其境界《そのきやうがい》を直《ぢき》に忘《わす》れ果《はて》て　二人《ふたり》の娘《むすめ》を育《そだ》つるは公家《くげ》高家《かうけ》の姫君様《ひめぎみさま》かと思《おも》ふほどの立派《りつぱ》づくし　一本《いつぽん》の帯《おび》に十四五円掛《ゑんか》け　一日朝《いちにちあさ》から化粧《けはひ》磨《みが》きにのみかゝツて世帯《せたい》のことは教《をし》へず　末《すゑ》は何《なに》にする心得《こゝろえ》か　其奢《そのおご》りくせは形様《なりかたち》ばかりでなく心《こゝろ》まで奢《おご》ツて　貧《ひん》な者《もの》には嫁入《よめら》せぬの　裏屋住《うらやずみ》の者《もの》では世間《せけん》に見《み》ともないのと　聞《きゝ》ともない高上《たかあが》りは鼻《はな》[一二]がつかへる　己《おれ》が其男《そのをとこ》を聟《むこ》にせうといふ思案《しあん》こそ誠《まこと》に子《こ》を思《おも》ふ慈悲《じひ》とい

八 祝いの言葉を述べると匆々に。
九 「入舞」ともいう。年をとってからの生活費。その収支決算。
一〇 江戸の中心地に近い辺り、日本橋近辺を郊外に対していう。
一一 台所廻り。
一二 天井に鼻がつかえるほど。

ふものなれ　其子細《そのしさい》いふて聞《きか》そう　お初《はつ》よ　咽喉《のど》が渇《かわ》くに茶《ちや》を一《ひと》つ汲《く》んでたもれ

つら〳〵世間商家《せけんしやうか》の有様《ありさま》を見《み》るに　富貴《ふうき》にならはんとして勉《つと》め励《はげ》むよりして富有《ふいう》の身《み》となれど　また其《そ》の富貴《ふうき》の有様《ありさま》を自《みづか》らしては忽《たちま》ち傾《かた》ぶくものなり　興《をこ》るときは店《みせ》よりし　衰《おとろ》ふる時《とき》は[一]奥《おく》よりす　謹《つゝ》しみ守《まも》るべきは倹《けん》の一字《じ》　富《と》むといへども貧《まつ》しきを忘《わす》れざるぞ世《よ》の味《あぢは》ひをよく嘗《な》めたる人《ひと》とは云《い》はめ　又兵衛《またべゑ》は舌《した》を湿《うるほ》はせて打《う》ち咳《しは》ぶき　先《ま》づ其方《そなた》の心入《こゝろい》れでは何《ど》ういふ者《もの》が娘《むすめ》の為《た》めにも家《いへ》の為《た》めにもよい聟《むこ》と思《お》もふぞ　大《おほ》かたは[二]身柄《みがら》よき大店《おほだな》の二番子息《ばんむすこ》　年《とし》は若《わか》く色《いろ》は白《しろ》く　花奢《きやしや》にして顔立美《かほだちうつく》しく　立振舞《たちふるまひ》しとやかにて人中《ひとなか》にての応対《おうたい》に風流《ふうりう》な事《こと》も疎《うと》からず　器《き》用《よう》で[三]発明《はつめい》で而《そ》して支度《したく》も立派《りつぱ》なるをと望《のぞ》むならんが　よく〳〵頭《あたま》を冷《つめ》たうして考《かん》がへて見《み》やれ　これは男《をとこ》が妾遊《めかけあそ》び物《もの》を抱《かゝ》へる好《この》みと同《をな》じでホンの[四]一過《いつくわ》の花心《はなごゝろ》　[五]栄《え》耀《やう》の餅《もち》の皮《かは》　むりな願《ねが》ひ　よし其通《そのとほ》り注文《ちうもん》に合《あ》ツた者《もの》が有《あ》ツたにせよ　毎日《まいにち》ヌツペリした俳優同様《やくしやどうやう》の者《もの》と鼻合《はなあは》して小《こ》酒宴《ざかもり》　我等《われら》がやうな身代《しんだい》三《み》つ有《あ》らうと四《よ》つ有《あ》らうと忽《たちま》ち底《そこ》は倒《さかさ》ま　[六]つもツても見《み》よ　イザ身《しん》上没落《しやうぼつらく》といふ際《きわ》に亭主《ていしゆ》の色《いろ》の白《しろ》いが何《なん》ぞの足《たし》になるか　美《うつく》しい顔見《かほみ》れば[七]貸方《かしかた》が帳面棄《ちやうめんすて》て逃《に》げて行《ゆく》か　其《そ》方《ち》達《たち》の好《この》みに適《かな》ふ所《ところ》が一《いつ》ケ所有《しよあ》ツても小身上一《こしんしやうひと》つ潰《つぶ》

一「店」に対する「奥」で、商売空間を「店」、生活に関わる部分を「奥」と称し、特に妻子の生活空間をいう。

二 身分の良い。

三 利口者。

四 一時の遊び心。

五 諺「栄耀に餅の皮をむく」。ぜいたくに慣れて、餅も皮をむいて食べる。度を過したぜいたくをいう。

六 よく考えてみよの意。「つもる」は計算する。見つもること。

七 金を貸す方。

すに足《た》りる　殊《こと》に大《おほ》きな処《ところ》から聟《むこ》を呼《よ》べば先《さき》に合《あは》せて此方《こっち》も綺羅《きら》[八]がはり　互《たが》ひに外見《みえ》の僭上倒《せんしやうだふ》れ　突合倒《つきあひだふ》れは再《ふたゝ》び興《お》きるに難《かた》いもの　其方《そなた》も誠《まこと》に娘《むすめ》を思《おも》ふ慈悲《じひ》あらば　たとへ飯《めし》は立《たち》ながら掻込《かきこ》み　色は渋塗《しぶぬり》のやうなりとも心立正《こゝろだてたゞ》しく商売《しやうばい》に才覚《さいかく》ある男《をとこ》を撰《えら》み立《たて》るがよし　若《わか》いものは兎角面貌風俗《とかくみめふうぞく》に泥《なつ》みて一生《いつしやう》の苦《く》を知《し》らず　夫《それ》を意見《いけん》して転《ころ》[九]ばぬ先《さき》の杖《つえ》つかすは　平生杖《ふだんつえ》つく老人《としより》の役《やく》ではないか　今《い》ま話《はな》しに聞《き》く裏屋住《うらやずみ》の男《をとこ》は　其詞《そのことば》のみにて面貌《みめ》も心実《こゝろ》もよく分《わかつ》た　其上《そのうへ》此方《こっち》の姉娘《あねむすめ》なら貰《もら》ふて欲《ほ》しいと慕《した》ふところ　お初《はつ》が常《つね》から内端《うちば》[一〇]にて且《か》つりゝしげなるを愛《めで》てならん　若《も》し是《これ》が乙《おと》[一一]のお継《つぎ》をと望《のぞ》む者《もの》なら耳《みゝ》は欹《そばだ》てねど　コレ姉《きやう》妹《だい》とも心《こゝろ》にかけやるな　姉《あね》は心余《こゝろあま》[一二]れど姿《すがた》は足《た》らず　妹《いもと》は風俗《ふうぞく》も優《やさ》しく顔立《かほだち》もすぐれたれば　女好《をんなごの》みの念《ねん》のみなれば　空口《あだぐち》[一三]にも妹《いもと》をと云《い》ふべきに　姉《あね》をと望《のぞ》むは心有《こゝろあ》り　己《おれ》は其《そ》の男《をとこ》に娘《むすめ》も身代《しんだい》も遣《や》る気《き》だが　斯《か》ういふても其方《そなた》は不得心《ふとくしん》か　妹《いもと》も早《は》や嫁入時《よめいりどき》なれば　達《たつ》ての望《のぞ》みと有《あ》るならお継《つぎ》は其方《そなた》が見立《みたて》て嫁《よめ》にやられよ　何方《どちら》が老《おい》にぼけたか　又《また》は子《こ》に慈悲《じひ》が薄《うす》いか厚《あつ》いか　聟競《むこくら》べをせう　お初《はつ》の心《こゝろ》は何《なん》と思《おも》ふか　己《おれ》の思案《しあん》と大《おほ》かたは同心《どうしん》で有《あ》らうなと見《み》かへれば　お初《はつ》は恥《はづ》かし気《げ》に　父様母様詞《とゝさまはゝさまことば》を尽《つく》して仰有《おつしや》るは皆《み》な私《わたく》し共《ども》の為《た》めを思《おも》ふての御慈愛《ごじあい》いづれに愚《おろ》かはなけれども父様《とゝさま》の御詞《おことば》よう合点致《がてんいた》しました　何事《なにごと》も御心任《おこゝろまか》せと

八　ぜいたくをすること。余分な見栄を張ること。

九　諺。用心すること。

一〇　おとなしいこと、出しゃばらぬこと。

一一　「末」と同意。

一二　『古今和歌集』仮名序の六歌仙評の文句取り。心だては立派だが、姿形は今一つ。

一三　嘘や冗談。

おとなしやかに答《こた》へたり
　世《よ》に[一]千里《せんり》の馬《うま》は有《あ》れどこれを知《し》る伯楽《はくらく》なしと　痩《やせ》た鬣《たてがみ》を振《ふ》るつて[二]高嘶《たかいば》ひする人《ひと》あれども　其《それ》を云《い》ふ通《とほ》り用《もち》ひて見《み》たところが根《ね》から千里《せんり》を歩《あゆ》まぬ[三]ナイラ病多《やみおほ》し　左《さ》れば此詞《このことば》は馬《うま》よりいふべきにあらず　伯楽《はくらく》ありてこそ千里《せんり》の馬《うま》を尋《たづ》ぬべけれ　其身《そのみ》が世帯《せたい》の苦労艱難《くらうかんなん》した丈《だ》け　木梨又兵衛《きなしまたべゑ》の彼《か》の僭上《せんしやう》云《い》ひし独身者《どくしんもの》を好《この》ましく思《おも》ひ　女髪結《をんながみゆひ》のおつがを口入《くちいれ》にして掛合《かけあ》ひしに　話《はな》しは忽《たちま》ち調《とゝの》ひて千《せん》秋万歳《しうばんざい》　[四]千箱《ちはこ》の玉《たま》　献酬三盃《けんしうさんばい》　[五]お酌《しやく》は婦《たぼ》　[六]地口《ぢぐち》もなる[七]口軽口《くちかるくち》にて　とんだ面白《おもしろ》き聟《むこ》の気立《きだて》　何《なん》でも商人《あきうど》は憂顔《うれひがほ》ではゆかぬ　平生《ふだん》いき〳〵莞爾《にこ》々《、》々《、》と面白《おもしろ》く快《くわい》活《くわつ》の気象《きしやう》にあらねば　福《ふく》の神《かみ》の御意《ぎよい》には協《かな》はぬ　[八]労症病《らうしやうやみ》が空寺《あきでら》の番《ばん》に頼《たの》まれたやうな顔色《かほいろ》では誰《たれ》が銭《ぜに》を出《だ》して物《もの》を買《か》ふべき　先《ま》づ人品《じんぴん》も気《き》に入《い》つた　商売《しやうばい》は何仕《なにし》やる、仰《おほ》せまでもなし生薬屋《きぐすりや》、左《さ》らば此店《このみせ》、イヤお譲《ゆづ》り下《くだ》さるに及《およ》ばず　暖簾《のれん》だけ分《わ》けて下《くだ》さらば此町《このまち》にて西洋薬種《せいやうやくしゆ》を商《あきな》ひたき由《よし》　又兵衛《またべゑ》も然《しか》ぞあらんと満足《まんぞく》し　酒屋《さかや》の跡《あと》の明家《あきや》をば仮初《かりそめ》の見世出《みせだ》し　番頭小僧《ばんとうこぞう》[九]七役《なゝやく》の早変《はやがは》り　浅草《あさくさ》辺《へん》は写真師《しやしんし》多《おほ》ければ諸方《しよはう》駆《か》け廻《まは》つて損《そん》の行《ゆ》くを堪《こら》へて[一〇]喰付《くひつか》せに安《やす》く薬品《やくひん》を売《う》り[一一]蒸溜水《じようりうすゐ》などは宅《たく》で小僧《こぞう》の遊《あそ》び仕事《しごと》にもなれば別段代価《べつだんだいか》に及《およ》び申《まを》さず　其《そ》の代《かは》り仕上《しあ》げにお使《つか》ひなされた跡《あと》の水《みづ》はお捨《す》てなさらずに此瓶《このかめ》へ受《う》けて御取置《おとりお》き下《くだ》さ

一 諺「千里の馬も伯楽に逢わず」。どんな立派な逸材も、見出してくれる人がいないと埋もれてしまう。そして実際にはそんな目利きはなかなかいないの意。
二 高く嘶くこと。大言壮語すること。
三 馬の内臓の病気。
四 謡曲『難波』の「御宝の、千秋万歳の、千箱の玉を奉る」による祝儀の文句。
五 諺。酒の御酌は女性に限る。
六 駄洒落・語呂合わせ等の言葉遊び。
七 出来ること。駄洒落も上手の意。
八 不健康な顔つき。「労症」は肺病。「空寺の番」は手持不沙汰な様子。
九 芝居で七つの役を早変りで演じ分けること。ここでは、ひとりで何から何までこなすこと。
一〇 客を釣るための安値の品。
一一 当時の写真術は銀板面に感光させ、水銀の蒸気にあて、硫酸ソーダや食塩水で定着させる銀板法で、その時に用いる蒸溜水（川本幸民『遠西奇器述』→七〇頁注二）。

れ　是《これ》も多《おほ》く集《あつめ》て再《ふたゝ》び銀《ぎん》を分析《ぶんせき》しますと　抜目《ぬけめ》なく得意先《とくいさき》へ利《り》をつけて廻《まは》るに皆《み》な此男《このをとこ》を贔負《ひいき》にし　顔《かほ》が売《う》れるに品物《しなもの》も随《したが》ひ　追々店《おひ〳〵みせ》も取拡《とりひろ》げて　片言《かたこと》[一二]の西《せい》洋語《やうご》も頓智《とんち》よければ商売用《しやうばいよう》だけのお茶《ちや》を濁《にご》し　清《きよ》く正直《しやうぢき》なるをトレードマアク[一三](商標《しやうへう》)にして売買《ばい〳〵》するに　西洋人《せいやうじん》の信用《しんよう》を得《え》て　写真器械《しやしんきかい》や薬品《やくひん》ばかりでなく　時好《じかう》に投《とう》じて利益《りえき》ありと見《み》るものは外商《ぐわいしやう》より内証《ないしよう》にて　先《ま》づ御身《おんみ》一手《いつて》捌《さば》きにて売《う》ツて見《み》よ　景気《けいき》よくして跡注文《あとちうもん》の出《で》る時《とき》は此《こ》の半価《はんか》にて積《つ》み込《こ》めば　外《ほか》の者《もの》が直《すぐ》に真似《まね》て手《て》を出《だ》しても其《そ》の約定品《やくぢやうひん》[一四]が来《く》るまでには十分《ぶん》に甘《うま》い汁《しる》を吸《す》ふならんと　向《むか》ふから品《しな》を預《あづ》けて掛引《かけひき》の注釈《ちうしやく》まで添《そ》へての商売《しやうばい》　仕合《しあは》せの風吹《かぜふ》き付《つ》ける港入《みなとい》り　新奇《しんき》の品《しな》は此処《こゝ》を最初《さいしよ》に見本《みほん》を送《おく》り　思《おも》ふがまゝの利益《りえき》も一時《いちじ》かぎりの不深切《ふしんせつ》ぶッたくり儲《まう》けはせず　買方《かひかた》よかれ　売方《うりかた》にも品《しな》[一五]を担《かつ》がせず　其身《そのみ》は車《くるま》[一六]を廻《まは》す高麗鼠《こまねずみ》のグル〳〵廻《まは》り　子《こ》に子《こ》が殖《ふゑ》て　今《いま》は横浜長崎《よこはまながさき》にも支店《してん》を儲《まう》け　坐《ゐ》ながら四方《しはう》の商勢《しやうせい》を察《さつ》し　新聞《しんぶん》に目《め》を離《はな》さず　今度《こんど》斯《か》ういふ器械《きかい》が発明《はつめい》になつたそうだと世間《せけん》では噂《うはさ》のうちに　早《は》や見本取《みほんと》り寄《よ》せて配《くば》るといふ働《はた》らき　偖《さて》も佳《よ》き聟取《むことり》すました又兵衛《またべゑ》の隠居商《いんきよあきな》[一七]ひも　夫婦《ふうふ》安楽《あんらく》に過《すぐ》るだけは、有《あり》馬《ま》の温泉《をんせん》、伊香保《いかほ》の湯《ゆ》、入前《いりまへ》のよい老《おい》の慰《なぐさ》み　孫《まご》が欲《ほ》しや　是《これ》ばかりは金銭《きんせん》より儲《まう》けにくいか　働《はたら》[一八]きの足《た》らぬ事《こと》よと戯《たはむ》れられぬ

一二 幕末から明治にかけ『商用通語』や『ゑんぎりし言葉』などの簡単な英会話書が多数刊行され、その読みかじり、聞きかじり。
一三『東京曙新聞』(明治十年十一月二十六日)に、近々商標条例が発行されるよしを報じ「一体商牌とは英語にトレードマークと称して、各自の製造品に附ける印なり」というが、実際の施行は明治十七年六月七日の官報に報じられた。ただしここは商売上のモットーの如きをいう。
一四 注文の品物。
一五 注文品を約束通りに買いとって在庫が残らないように配慮すること。
一六 二十日鼠の習性で、忙しくくるくる回る様子。
一七 隠居の小遣いかせぎにする商売。
一八 子作りのはげみ方が足りぬという冗談。

よき一対《つい》の虫《むし》ばみの雛夫婦《ひなふうふ》
酒事《さゝごと》の楽《たの》しみは後《のち》の熱鉄《ねつてつ》
とろけて暗《くら》い心《しん》のない蠟燭賃《らうそくちん》

第　三

[一]雛祭《ひなまつ》り人形《にんぎやう》天皇《てんのう》の御宇《ぎよう》かとよ　古《いに》しへは姉《あね》[二]さまごとの遊《あそ》びにて奢《おご》りがましき事《こと》もなかりしが　是《こ》れはこれ女児《ぢよじ》に[三]烹飪《はうじん》の事《こと》を教《をし》ふるのものなりとか　男女《なんによ》配合《はいがふ》の事《こと》を知《し》らしむるとか　むづかしい文句《もんく》をつけて　子女《こども》は付《つけ》たりで一《ひと》つの大人《おとな》の翫《もてあ》そびとなり　善尽《ぜんつく》し　また美《び》を尽《つく》し　是《これ》より奢《おご》りの道《みち》を開《ひら》き　彼《あゝ》いふ帯《おび》を買《か》ツて下《くだ》さらなくツては生《いき》て居《ゐ》ても詰《つま》らないと　空腹《ひもじい》を堪《こら》へて態《わざ》と二日も絶食《ぜつしよく》で鬱《ふさ》いで見《み》せると　母親《はゝおや》は驚《おどろ》いて　彼《あれ》ほど欲《ほ》しがるもの買《か》ツてやツて下《くだ》され　男《をとこ》の子《こ》の悪《わる》いのを持《も》ツて放蕩《はうたう》をさるゝから思《おも》へば何《なん》でもござりませぬ　私《わたく》しの一生《いつしやう》の願《ねが》ひ　どうぞ取《と》ツてやツて下《くだ》さいと泣《な》き付《つ》かれて見《み》れば　親父《おやぢ》も左様《さう》は首《くび》が振《ふ》り切《き》れず　以来《いらい》はなりませんよ　一体《たい》お前《まへ》が甘過《あます》ぎるから[四]ワヤクをいツて困《こま》りますと　叱言《こゞと》半分《はんぶん》可愛《かあい》さ半分《はんぶん》　帯《おび》一本出来《ぼんでき》れば是《これ》をまたひけらかしたく　今度《こんど》の[五]千歳座《ちとせざ》は大《たい》そう面白《おもしろ》いといツて　お向《むか》ふのきいさんも　横町《よこちやう》のみいさんも　見《み》て来《き》てお話《はな》しですから是非連《ぜひつ》れて行《い》ツて下《くだ》さい　彼《あ》れが見《み》られ

一 芭蕉の句「大裏雛人形天皇の御宇とかや」（延宝六年『江戸広小路』）。ただし、元文四年刊『芭蕉句選』には「内裏雛人形天皇の御宇かとよ」の句形で出る。謡曲『杜若』の「仁明天皇の御宇かとよ」のもじり。

二 女の子が姉様人形などで遊ぶこと。

三 「亨飪」。煮炊きの仕事、台所仕事。

四 我儘。関西方言。

五 日本橋区久松町の歌舞伎芝居久松座が、類焼により明治十七年七月千歳座と改称。その後明治二十六年に明治座となる。

ないくらゐなら死《し》んだ方《はう》がよい位《くらゐ》だと　力《ちから》なげに溜息《ためいき》して見《み》せれば　娘《あれ》は一体《いつたい》内気《うちき》の質《たち》　若《も》し詰《つま》らない気《き》でも出《だ》すと取《と》り返《かへ》しがなりません　病気《びやうき》が出《で》て医師《いしや》に礼《れい》をすると思《おも》へば大《たい》した事《こと》はない　夫《それ》に今度《こんど》は安《やす》だと云《い》ひますから斯《か》ういふ時《とき》に見《み》せて置《お》きます方《はう》が却《かへ》ツて徳《とく》でございますよと　いづれも母親《おふくろ》が同類《ぐる》になツて内外《うちそと》よりの強願《きやうぐわん》を　頑然《ぐわんぜん》として却下《きやくか》すれば何《なに》となく家内面白《かないおもしろ》からず　妻《つま》や子《こ》の不吉《ふきつ》の顔色《がんしよく》と睨《にら》めくらするも家計《くらし》の障《さはり》と　渋《しぶ》々芝居《しばゐ》行《ゆき》を許《ゆる》せば　今度《こんど》は花《はな》見《み》　ヤレ頭《あたま》の物《もの》　ソレ着物《きもの》と　母親《おふくろ》の楽《たの》しみが先《さき》に立《た》ツて　マンマと浮気《うはき》に仕立《した》て上《あ》げ　卒嫁入《いざよめいり》となれば一代《いちだい》の花《はな》の盛《さか》り　立派《りツぱ》にせんと若《わか》い者《もの》が[六]祭《まつ》りに出《で》る格《かく》で競《きそ》ひかゝり　兎《と》角身代《かくしんだい》に虫喰《むしばみ》をつけるものなり　木梨又兵衛《きなしまたべゑ》の乙娘《おとむすめ》お継《つぎ》は殊《こと》更母親《さらはゝおや》の[七]奔走子《ほんそご》なるうへ　姉娘《あねむすめ》を詰《つま》らぬ者《もの》に嫁入《よめら》せたれば　是《これ》は何卒身柄《なにとぞみがら》よき方《かた》へ縁付《えんづ》けて世間《せけん》の人《ひと》にも羨《うらや》ませんと　夫《をつと》をせびり　自分《じぶん》の臍繰《へそく》り金《がね》も繰《く》り出《だ》して一層美《いツそううつく》しく飾《かざ》らせ　諸方《しよはう》の[八]縁日《えんにち》　開帳《かいちやう》などに連《つ》れ廻《まは》るうち　或《あ》る人《ひと》の媒酌《ばいしやく》にて土蔵《どざう》の棟高《むねたか》く聳《そび》へし[九]両替屋《りやうがへや》へ縁付《えんづ》き定《さだ》まりしが　其《そ》の夫《をツと》となるべき人《ひと》は年《とし》二十四にして両親《ふたおや》なく　また怖《こは》い顔《かほ》の番頭《ばんとう》や乳母《おんば》の古《ふる》いのもなく　其《その》うへ男振《をとこぶ》りは俳優《やくしや》の[一〇]家橘《かきつ》に似《に》て諸芸《しよげい》に通《つう》じ　座配《ざはい》取《とり》なしもしとやかなるのみならず　横文《よこも》字《じ》もチト読《よ》めて法律《はふりつ》の解釈《かいしやく》もなり　所謂粋《いはゆるいき》で[一一]公道《こうたう》で人柄《ひとがら》で金《かね》の力《ちから》さへ添《そ》ツて居《ゐ》

六　祭りの仕度にうかれて散財すること。

七　秘蔵っ子。最愛の子供。

八　「縁日」は神社仏寺に定める賽日で、たいてい月に一、二度あり、東京市中は一日に十数ケ所にも及ぶ。「開帳」は仏閣の本尊・秘仏・宝器等を見せて賽銭を取るもので、自寺で行なうものを居開帳、他所へ出るのを出開帳と称した。人出が多いので、盛装した娘等を連れ歩いて縁を求める心づもり。

九　金・銀・銅の三貨の交換をする銭両替と、貸付も行なう本両替とがあったが、明治五年十一月の国立銀行条例により、以後銀行と称する。ただし一般にはなお両替屋の称を用いていた。

一〇　市村家橘。後に十五世羽左衛門。

一一　上品で質実な様子。「こうと」ともいう。

るとは　近《ちか》ごろ[一]牡丹餅《ぼたもち》で頬《ほゝ》、[二]口《くち》が巾《はゞ》ツて悦《よろこ》びも云《い》ひ尽《つく》せず　[三]此様《こん》な縁《えにし》が唐紙《からかみ》のをしや姉娘《あねむすめ》も斯《か》うい ふ所《ところ》へやらうものと　母親《はゝおや》は夢中《むちう》にて我《わ》が嫁入《よめい》りするほどいそ〱せられ　親類縁者《しんるゐえんじや》もよき一対《つゐ》の雛夫婦《ひなふうふ》目出《めで》たし〱と祝《ことほ》ぎたり

金《きん》の指輪《ゆびわ》を嵌《は》めた手《て》に米《こめ》は磨《と》げず　五分珠《ぶだま》の珊瑚《さんご》を戴《いたゞ》いた頭《あたま》は[四]自髪《じがみ》にも仕《し》にくし　兎角奢《とかくおご》りには奢《おご》りが付《つ》くものにて　一事《いちじ》に適《かな》へんとして万事《ばんじ》の費《つひ》へ　果《はて》は絶頂《ぜツちやう》へ上《のぼ》り詰《つ》めて是《これ》から如何《どう》したが宜《よ》からうといふ身《み》になる者多《ものおほ》し　[五]乙《おと》のお継《つぎ》が嫁入《よめいり》たる両替屋《りやうがへや》は見《み》かけこそ立派《りツぱ》なれ　よく身上《しんしやう》の内幕《うちまく》に立入《たちい》りて見《み》れば百方仕組《ひやくはうしぐみ》の入《いり》くんだ[六]螺旋仕掛《ぜんまいじかけ》　カラクリの糸《いと》一本切《ぼんき》れても其《その》まゝ働《はた》らきの止《や》むほどな危《あぶ》なさも　先代宅兵衛《せんだいたくべゑ》熟練《じゆくれん》の繰《あやつ》り方《かた》に　種《たね》も尻尾《しツぽ》も現《あら》はさず　ヤンヤと喝采《かツさい》を得《え》たりしが　当主多次郎《たうしゆたじらう》は生半熟《なまはんじゆく》の教育《けういく》が邪魔《じやま》になりて　気《き》ばかり風《ふう》船玉《せんだま》の如《ごと》く浮《ふ》は〱と上《うへ》に昇《のぼ》り　ずツと取澄《とりすま》して家業《かげふ》に身《み》を入《い》れず　[七]いつも月《つき》夜《よ》に米《こめ》の飯《めし》　焦《こ》げやうと焦《こ》げまいと勝手《かつて》は知《し》らず　貰《もら》ひ当《あて》た美《うつく》しい女房《にようばう》　しかも[八]品川楼《しながはろう》の金竜《きんりう》に何処《どこ》やら面《おも》ざしが似《に》て　夫《それ》で此方《こちら》は[九]革仕立《かはじたて》でない羽二重細工《はぶたへざいく》張《は》り合《あ》ふ客《きやく》もなければ外《ほか》に[一〇]間夫《まぶ》が有《あ》らうといふ気遣《きづか》ひもないを箱入《はこいり》のまゝ毎日《まいにち》眺《なが》めての小酒宴《こざかもり》　[一一]茶屋《ちやや》の払《はら》ひといふ野暮《やぼ》な事《こと》を聞《き》かぬ廓遊《くるわあそ》びも同《おな》じこと　嗚呼《あゝ》我《われ》ながら果報者《くわはうもの》よと　頭《あたま》をたゝいて鼻毛《はなげ》を伸《のば》し　毎日《まいにち》[一二]合乗車《あひのりぐるま》で物見遊山《ものみゆさん》と洒落《しやれ》

一　諺「牡丹餅で頬を叩かれるよう」。思いがけぬ幸運や気持ちの良いことに出会うこと。
二　諺「口が幅ったい」。身の程しらずな口をきくこと。
三　流行語「こんな縁(えにし)が唐にもあろか」のもじり。清元『落人』に「こんな縁が唐紙の」の文句がある。
四　結髪にかもじを用いずに自分の髪で結うこと。
五　→七五頁注一一。
六　以下商売の危ういやりくりをカラクリ芝居の仕掛けに見立てる。
七　諺。一年中月夜と米の飯があれば良いの意。気楽な生活ぶり。
八　明治十九年『新吉原細見記』に揚屋町の大店品川楼(杤木荘吉)抱え「⼃金龍 本郷区 伊吹つや明治元年三月生」とある。美人で有名であったものか。
九　隠語「皮羽織」と同意。ずうずうしい、すれっからしの意。
一〇　遊女の情夫。
一一　遊廓での高級な遊びは凡て茶屋を通して行うので、支払いなども茶屋が立て替え、後に請求する。→三三頁注一二。
一二　二人乗りの人力車。横幅は二尺以上と定め、男女が合乗りで遊山に用いることが多い。

こめば　番頭《ばんとう》若《わか》い者《もの》もつくねんと真鍮《しんちう》の烟管《きせる》に一三歯形《はがた》をつけて目《め》ばたきばかりして居《ゐ》るも無益《むやく》しと　そろ〳〵一四稽古《けいこ》所入《じよはい》りから一五湯屋《ゆや》の二階番《かいばん》にこだわり掛《か》け　だん〳〵大《おほ》げさに　一六サツサ出《で》かけろと浮《うか》れ出《だ》した帳尻《ちやうじり》の　合《あ》はぬを合《あは》する筆《ふで》の先《さき》もごまかし尽《つく》して　番頭《ばんとう》は一七随徳寺《ずゐとくじ》を極込《きめこ》みしに　多次郎《たじらう》は始《はじ》めて驚《おどろ》き　此《こ》の不《ふ》埒者《らちもの》めと怒《おこ》ツて見《み》たが　一八受人《うけにん》とて身分《みぶん》なき者《もの》なれば千円近《ゑんちか》くの一九引負《ひきおひ》を二〇弁《わきま》へやうとは云《いは》ず　ゴツタ返《かへ》すうち　番頭《ばんとう》が居《ゐ》ないやうでは彼《あ》の家《うち》の寿命《じゆみやう》も分《わ》かツた倒《たふ》れぬうちに早《は》や取《と》れと　預《あづ》け主《ぬし》　貸方《かしかた》は一度《いちど》に店《みせ》へ繰《く》り込《こ》めば　こは面倒《めんだう》と若者《わかいもの》は元《もと》より下女《げぢよ》と通《つう》じ合《あ》ツて居《ゐ》たか　共《とも》に荷物《にもつ》を二一先《さき》へこかして給金《きふきん》の前借《ぜんしやく》を路用《ろよう》に在所《ざいしよ》の二二相摸《さがみ》へ駆落《かけおち》とふざけ　小僧《こぞう》の親《おや》も此《こ》の様子《やうす》を聞《き》いて　必竟大事《ひつきやうだいじ》な子《こ》を手離《てばな》して奉公《ほうこう》さするも商売《しやうばい》の道《みち》を覚《おぼ》ゑさする為《た》めなるに　左《さ》る乱行《みだら》なる御《お》家《うち》では悪《わる》い事《こと》の教授《けうじゆ》を頼《たの》むも同《おな》じ事《こと》　黒《くろ》く染《そま》らぬ白地《しらぢ》のうちに取戻《とりもど》すが肝腎《かんじん》と何《なに》か名《な》をつけて無理《むり》に暇《ひま》をとり〳〵に出《で》て行《ゆ》けば　広《ひろ》い家《うち》に若夫婦《わかふうふ》と小女《こをんな》一人《ひとり》二三ガヽンとして昼《ひる》から梟《ふくろう》でも泣《な》き出《だ》したい有様《ありさま》になり　貸方《かしかた》は厳《きび》しくせがむ　借方《かりかた》はよこさず　お継《つぎ》は親許《おやもと》へ駆《か》け込《こ》んで三百円《ゑん》ほどの二四合力《かふりよく》に急場《きうば》は一時《いちじ》凌《しの》いだが跡《あと》を盛《も》り返《かへ》さん手術《てだて》もなく　飽《あ》かれぬ中《なか》を夫婦《ふうふ》別《わか》れ　お継《つぎ》は親《おや》の家《うち》に居《ゐ》るも面《めん》目《ぼく》なしと　或《あ》る華族方《くわぞくがた》へ奉公《ほうこう》に住《す》み込《こ》みたり

一三 煙管をくわえっ放しにしている様子。
一四 町内の遊芸の稽古所。女師匠目当てに若い者が出入りする。
一五 銭湯の二階の休憩所。若い女が茶汲みと称して接客し、若者がそれを目当てに通う。
一六 芸者などを揚げての遊興。
一七 「ずいと行方をくらます」の洒落詞。「一目山随徳寺」。
一八 「請人」。奉公人の身元引受人。その請人もたいした身分の者でもないのでの意。
一九 借金。
二〇 弁済すること。
二一 先に送り出しておいて。
二二 江戸の町方づとめの下女は相模出身が多く、川柳では「相模下女」の通称が出来、淫乱と相場がきまっていた。
二三 ガランとして。
二四 → 一三頁注六。

[一]立御《たておん》の字《じ》を付《つ》けた目出度《めでた》づくしの祝《いは》ひの声《こゑ》はまだ耳《みゝ》に残《のこ》り　紅白《こうはく》の水引包《みづひきづゝ》み糊《のり》も落《お》ちずに結《むす》んだまゝなれど　縁《えん》の結《むす》びは早《は》や解《と》けて　多次郎《たじらう》はだん〳〵との零落《れいらく》　身上《しんしやう》と共に心《こゝろ》までが曲《ゆが》みて俳優《やくしや》のやうで有《あつ》た顔《かほ》も忽《たちま》ちに焰魔《えんま》の[二]下司《したづかさ》[三]地獄《ぢごく》の世話《せわ》をしても[四]分一《ぶいち》を取《と》らうといふほどに成《な》り下《さが》りて行方《ゆくへ》も定《さだ》かならずなりぬ、人《ひと》は予《あらか》じめ是《これ》で儲《まう》かるといふに必《かな》らずといふ字《じ》は付《つ》けられねど　正直《しやうぢき》に稼《かせ》ぎて約《つゞま》やかに用《もち》ふれば　何処《どこ》でか其《そ》の必《かな》らずといふ字《じ》に打付《ぶつつ》かるに相違《さうゐ》なし姉娘《あねむすめ》お初《はつ》の聟《むこ》は身上仕出《しんしやうしだ》して後《のち》も更《さら》に奢《おご》りがましき事《こと》はなく　朝《あさ》も雇人《やとひにん》より先《さき》に起《お》きて店《みせ》の戸《と》を明《あ》ければ　起《おき》よと差図《さしづ》せねど朝寝《あさね》する者《もの》はなく　向《むか》ふ三軒《げん》両隣《りやうどなり》はまだ夜《よる》の分《ぶん》にして燈明《あかり》の有《あ》るうちに　此《こ》の店《みせ》の前《まへ》は掃除《さうぢ》届《とゞ》きて打水《うちみづ》もしツとりし　打《ぶち》まけの水溜《みづだめ》をこしらへて通行人《つうかうにん》を煩《わづら》はさず　深切丁寧《しんせつていねい》といふ事《こと》が諸事万事《しよじばんじ》に付《つい》て廻《まは》れば　得意《とくい》も安心《あんしん》して商《あきな》ひ物《もの》の外《ほか》の品《しな》までを注文《ちうもん》するほどになりて　日々《ひゞ》の繁昌《はんじやう》　夫《をつと》を始《はじ》め雇人達《やとひにんたち》の忙《いそ》がしう立働《たちはた》らくを見《み》ては　お初《はつ》も蒲団《ふとん》に[五]尻《しり》を腐《くさ》らして[六]狆《ちん》と話《はなし》しても居《ゐ》られず　上草履《うはざうり》で台所《だいどころ》へ出《で》れば自然《しぜん》と[七]常綺《じやうき》羅《ら》も飾《かざ》れず　殊更勝手向《ことさらかつてむ》きの総勘定《そうかんぢやう》を托《たく》されて　一々《いち〳〵》の出《だ》し入《い》れ　小遣帳《こづかひちやう》つけるに追《お》はれて　三日目《みつかめ》に廻《まは》る髪結《かみゆひ》を四日目《よつかめ》五日目《いつかめ》と伸《のば》すほどの　一事《いちじ》が万事《ばんじ》無《む》益《だ》な物入《ものいり》はなく　月々《つきぐ》の総計《そうけい》に云々《これ〳〵》殖《ふ》ゑたといふを聞《き》くが何《なに》よりの楽《たの》しみと

一　接頭語としての「立」はその最上の位を示すので、これ以上ない御の字尽しの祝い詞の意。

二　下役人。

三　最下等の淫売婦。

四　歩合い。

五　坐りっぱなしで居ること。

六　中国産の小型犬。『東京日日新聞』（明治二十年二月十六日）に「昨今、矮狗(チン)が流行り出し、上等は六、七十円、下等のものでも五、六円はするといふ」とある。

七　普段に上等の着物を用いること。

八習《なら》はうより馴《な》れた世帯気《せたいぎ》　或日《あるひ》九橋場辺《はしばへん》の親類《しんるゐ》へ下女《げぢよ》を供《とも》につれて見舞《みまひ》に行《ゆ》きし帰《かへ》り　日《ひ》は暮《く》れかゝる　小雨《こさめ》は降《ふ》り出《だ》す　一〇たしなみの頭巾《づきん》冠《かぶ》りて蝙蝠傘《かうもりがさ》に横《よこ》しぶきを凌《しの》ぎ雷門《かみなりもん》まで来《く》ると　御内儀《おかみ》さん　お安《やす》くと　人力車夫《じんりきしやふ》が付《つ》くを幸《さいは》ひ我住《わがす》む町《まち》まで合乗《あひのり》五銭《せん》といふと　宜《よろ》しうございます　少《すこ》しお待《ま》ちなさいと　其《そ》の車夫《くるまや》は外《ほか》の車夫《くるまや》を呼《よ》んで　コウ合乗《あひのり》四銭《せん》だが行《ゆ》くか　行《ゆ》くと　夫《それ》なら御内儀《おかみ》さんは五銭《せん》にきめて有《あ》るから蠟燭賃《らふそくちん》一銭《せん》よこせ　ナンダ夫《それ》は酷《ひど》い　酷《ひど》きやア廃《よ》せ　外《ほか》にいくらも行人《ゆきて》が有《あ》る　一一コメルとは何《なん》だ　グズ〱云《い》ふな　一銭《せん》なきやア御内儀《おかみ》さんに出《だ》して置《お》いて貰《もら》ひやナ　彼所《あすこ》まで四銭《せん》ならお前達《まへたち》にやア宜《い》い仕事《しごと》だ　モシ御内儀《おかみ》さん　此男《このをとこ》が行《ゆ》きます　気《き》を付《つ》けてやツて呉《く》んねエと　際《きは》どい所《ところ》で一銭頭《せんあたま》一二を張《は》る狡猾《かうかつ》さ　憎《にく》い奴《やつ》めと不図見《ふとみ》れば　這《こ》は如何《いか》に　妹《いもと》お継《つぎ》の聟《むこ》なりし両替屋《りやうがへや》の多次郎《たじらう》なれば　ハツと思《おも》ひしが先《さき》は一向心付《いつかうこゝろづ》かず　仲間《なかま》の車夫《しやふ》より一銭取《いつせんと》ツて意気揚々《いきやう〱》と立《た》ち去《さ》るに　お初《はつ》は偖《さて》も〱と涙《なみだ》を溢《こぼ》し　偖《さて》も一三末《すゑ》の知《し》れぬは人《ひと》の身《み》と水《みづ》の流《なが》れ　是《これ》に付《つ》けても父《ちゝ》の教訓《けうくん》　夫《をつと》の深切《しんせつ》　空《あだ》に思《おも》ふは冥加《みやうが》なしと　心《こゝろ》のうちに手《て》を合《あは》して拝《をが》みしとかや　斯《か》くてより尚《な》ほ一層夫婦《いつさうふうふ》の間《あひだ》に愛敬《あいけい》ありて楽《たの》しき事《こと》をば重《かさ》ねけるとぞ

八　諺「習うより慣れよ」。
九　浅草橋場町。隅田川沿いの白鬚橋の一丁ほど下流にあたる。
一〇　普段から心がけて用意すること。
一一　「込める」の意か。初めから手数料としての一銭を含ませる。
一二　ピン撥ねすること
一三　諺「水の流れと人の末」。人生の定め難いこと。

当世商人気質《たうせいあきうどかたぎ》五の巻

第一

目《め》を明《あ》いて見《み》る夢《ゆめ》ばく然《ぜん》たる空想《くうさう》
炭《すみ》も金剛石《こんがうせき》も種《たね》は同《おな》じと
聞《きい》た儘《まゝ》では呑込《のみこめ》ぬ安煙草《やすたばこ》の富《ふー》[一]国論《こくろん》

[二]自分《じぶん》で自分《じぶん》の重量《おもみ》は知《し》れずと　誠《まこと》に其《そ》の如《ごと》く自分《じぶん》で自分《じぶん》の運命《うんめい》も予知《よち》しがたし　[三]知《し》れぬで持《も》ツた世間《せけん》なれど　また知《し》れぬために自暴自棄《じばうじき》し　福《ふく》の神《かみ》へ尻《しり》を向《む》けて　好《この》んで渋団扇《しぶうちは》の連中《れんぢう》に入《い》る者多《ものおほ》し　これ[四]銀行紙幣《ぎんかうしへい》を屏風《びやうぶ》の下張《したばり》に用《もち》ひ正宗《まさむね》の銘作《めいさく》を[五]麁朶《そだ》切りとすると同《おな》じにて　最惜《あつたら》しくもまた勿体《もつたい》なきことにあらずやと　或人《あるひと》の歎息《たんそく》されしは尤《もつと》も至極《しごく》　秀吉《ひでよし》も木下藤吉郎《きのしたとうきちらう》といひし頃《ころ》には　マサカに大閤殿下《たいかふでんか》と称《しよう》さるゝまでに[六]お釜《かま》を起《おこ》さうとは思《おも》ひもよらざりしならん　[七]米国《べいこく》のグラント将軍《しやうぐん》が自《みづか》ら其生涯《そのしやうがい》を記《しる》せしものゝなかにも　顕栄富貴《けんえいふうき》斯《かく》ばかりの高地《かうち》に昇《のぼ》らんとは始《はじ》めは夢《ゆめ》にも見《み》ざりしと云《い》はれたり　抑《そもそ》も人《ひと》の栄達《えいたつ》は一《ひとつ》は天資《うまれつき》　一は勉強《べんきやう》　一は際会《じせつ》の三拍子《さんびやうし》　揃《そろ》ひの半天股引腹掛《はんてんもゝひきはらが》け　大工《だいく》を業《げふ》とせし兄《あに》いが[八]府知事《ふちじ》となりし話《はなし》もあれば　尻切草履《しりきりざうり》で[九]ボクシヤクと紙屑《かみくづ》を買《か》ひし者《もの》が

一 アダム・スミス『富国論』(石川暎作・嵯峨正作訳、明治十六年十二月第一冊刊、以下同二十一年四月に第十二冊刊)は我が国の自由経済に強く影響したので、そうした議論をなす者が多い。
二 諺。人間は自分のことが一番わからない。
三 諺。将来の予測がつかぬからこそ、人は生きて行ける。
四 明治新政府は明治四年に紙幣寮を設置し、同八年イタリア人・キヨッソーネを彫刻師として採用。地券、小切手、印紙、紙幣類の原版を作製・流通させた。
五 「そだ」は雑木の枝を切りとった物。たき木として用いる。
六 財産を作る。出世し、一家をなす。
七 米国十八代大統領。退職後の明治十二年六月来日。大いに歓迎され、その自伝は明治十九年五月『グラント将軍自著 米国偉観』と題して島田三郎・青木匡共訳が刊行されている。
八 「知事」の官名は地方官に用いるので、当時東京・京都・函館などの府の長官をいう。
九 見すぼらしい様子や動作。

一〇居附《ゐつき》地主《ぢぬし》の旦那《だんな》となりし例《ためし》もあり　人《ひと》は自《みづか》ら思《おも》ひ棄《すて》ず　一一源水《げんすゐ》の廻《まは》す独楽《こま》ならねど　只辛抱《たゞしんばう》が肝腎《かんじん》と知《し》るべし　或《あ》る会社《くわいしや》の受付《うけつけ》を勤《つと》めし猪飼新吉《ゐかひしんきち》といふ男《をとこ》あり　或《あ》る夜《よ》会社《くわいしや》に宿直《しゆくちよく》して独《ひと》りツクネンたる退屈《たいくつ》まぎれ　つら〱我身《わがみ》の経歴《けいれき》を考《かんが》へ　また現在《げんざい》の地位《ちゐ》を思《おも》ひ　而《しか》して将来《しやうらい》を推量《おしはか》るに　一二アラ頼《たの》もしなの身《み》の上《うへ》やな　さま〱に頼《たの》みいろ〱に縋《すが》り　足《あし》を運《はこ》び手《て》を廻《ま》はして　漸《やう》く一昨年の暮《くれ》より七円の月給《げつきふ》にて爰《こゝ》に住《す》み込《こ》み　一三今年《ことし》はつかに八円に昇給《きふ》し是《これ》より上《うへ》は先《ま》づ二三年月給《げつきふ》の増《ま》す当《あて》はなし　叔父《をぢ》の所《ところ》へ三円の食料《しよくれう》を入《い》れて　湯銭髭剃《ゆせんひげそり》の小《こ》遣《づかひ》が一円　若《わか》い身《み》なれば偶々《たま〱》には一四無分別《むふんべつ》も起《おこ》らぬとは我《われ》ながら請合《うけあ》はれず　三度《ど》に一度《ど》一五牛屋《うしや》の付合《つきあひ》　また夏冬《なつふゆ》の身《み》の廻《まは》り　止《よ》せばよかツたに苦《くる》しい思《おも》ひをして煙草《たばこ》まで呑《の》み習《なら》ひ　是《これ》も今《いま》では青臭《あをくさ》いので我慢《がまん》したところが月《つき》に二十五銭足《せんた》らずは入《い》る　夫是差引《それこれさしひい》て一六極決着《ごくけつちやく》に積《つも》りあげて月《つき》に一円四五十銭しか残《のこ》らず　是《これ》を十年無事《ぶじ》に積《つ》み上《あ》げたところが二百円には届《とゞ》くまい　二十年目《ねんめ》で四百円として今《いま》が二十七なれば人間《にんげん》わづか五十年まで独身《ひとりみ》で骨《ほね》を折《を》ツて　漸《やう》く五百円の主《あるじ》になるかならずとは情《なさ》けない話《はなし》だ　思《おも》へば〱はかない事《こと》だと壁《かべ》に向《むか》ツて溜息《ためいき》をフツと吐《は》き出《だ》したうちに貧乏《びんばふ》の気《け》が離《はな》れたか　俄《にはか》にまた頸《くび》を振《ふ》りかへ　イヤ〱人間《にんげん》の一代《だい》は左様《さう》したものでないテ　善悪《ぜんあく》ともに斯《か》う予算通《つもりどほ》りには行《ゆ》かぬ

一〇 土地の所有者で自分の持地に居住する者をいう。他所に住む地主を他町地主という。居附地主は年番に従って町内諸入費を予め立て替える定めがあるので、特に権力がある。
一一 松井源水。幕末頃から江戸に有名な独楽回しの大道芸人。後文の「辛抱」は独楽の「心棒」のかけ詞。
一二 「アヽ、つまらない身の上だなあ」。このような言い回しは謡曲や歌舞伎などの常套句。
一三 僅かに。
一四 遊廓などへの遊び心。
一五 牛鍋屋。文久(一八六一―六四)頃から邦人間にも肉食が流行し、柳原の中川屋などその魁となる。明治八年「牛肉しやも流行見世」一枚摺りには市内十二ヶ所の名がある。
一六 ぎりぎりに。

が多《おほ》し　何《なに》も生涯《しやうがい》五百円叩《たゝ》[一]きばなしと　己《おれ》の身《み》の上《うへ》が[二]三世相《さんぜさう》に書《かい》てあるといふ白痴《こけ》な理屈《りくつ》でもあるまい　[三]売馬《からうま》に怪我《けが》なし　裸参《はだかまゐ》り追剝《おひはぎ》に逢《あは》ず　是《これ》より損《そん》の仕《し》やうなければ一番身体《ばんからだ》を働《はた》らかして儲《まう》けの道《みち》へ取掛《とりかゝ》ツて見《み》やう　何《なに》も[四]三井鴻《みつゐこう》の池《いけ》の先祖《せんぞ》が皆《み》な大学者《だいがくしや》でもなければ力持《ちからもち》の大関《おほぜき》でもあるまい　奮発《ふんばつ》して此《こ》の明《めい》治《ち》の年代《ねんだい》に名《な》を止《とゞ》めんと　俄《にはか》に立《た》ツて足《あし》を踏《ふ》みならし一人部屋《ひとりへや》をばうろつきぬ

各々志《おの〳〵こゝろ》ざしを言《い》ふこと[五]論語《ろんご》にもあり　腰《こし》に十万貫《ぐわん》の銭《ぜに》を提《さ》げて市《まち》をぶらつき片端《かたはし》から買《かひ》たいとの望《のぞ》みも皆《み》な[六]出来《でき》ない相談《さうだん》にしてホンの一時《いちじ》の戯《たは》ぶれなり

左《さ》れど[七]戯言《ぎげん》も思《おも》ふより出《い》づ　欲《よく》で充《み》ちたる人間《にんげん》なれば時計《とけい》の針《はり》の一動《ひとうご》きする間《ま》も　握《にぎ》りたい攫《つか》みたいの念離《ねんはな》るゝ時《とき》なし　此《こ》の念凝《ねんこ》ツて髣髴《はうほつ》と夢《ゆめ》か現《うつゝ》かまぼろしか　眼《め》の前《まへ》にちらつきて捉《と》らんとすれば[八]水《みづ》の月《つき》　猿《さる》にも劣《おと》りし迷《まよ》ひあり　退《ひ》けたる跡《あと》の宿直《しゆくちよく》に残《のこ》りし二人は　さして詰《つま》らぬ下手《へぼ》将棋《しやうぎ》にも飽《あ》きて伸《の》びをしながら　オイ高根君《たかねくん》　追々《おひ〳〵》文明開化《ぶんめいかいくわ》して今《いま》に[九]条約《でうやく》も改正《かいせい》になり　否《いや》でも[一〇]内地雑居《ないちざつきよ》と来《く》るだらうが　其時向《そのときむか》ふの奴等《やつら》は数《す》百万の大資本《だいしほん》を振《ふ》り廻《まは》して大《おほ》げさな事《こと》を始《はじ》めるに相違《さうゐ》ない　ところデ我《わ》が人民《じんみん》が是《これ》に抵抗《ていこう》して大工業《だいこうげふ》を起《おこ》さんと力身《りきん》だ所《ところ》が　肝腎《かんじん》な[一一]丸印《まるじるし》が　[一二]北海道《ほくかいだう》の地名《ちめい》ではないが　タリナイと来《き》ては大《おほ》きに凍《かぢ》けて仕舞《しま》ふわけだが　我輩《わがはい》の思《おも》ふには会津《あひづ》か青森《あをもり》あたりでドシ〳〵出《で》る金鉱《きんくわう》を

一　そのまま放りっぱなしにすること。元来は刑罰の一で、叩きの刑に処してそのまま放置すること。
二　書物名。人間の前世・現世・後世の三世の因果や吉凶を判断するための書物。その人の干支や人相などによる判断で、庶民日用の行動基準としてよく読まれた。
三　諺。「殻馬」は「空馬」と同じで、人や荷物を乗せていない馬をいう。「裸参り」は寒中に裸で神仏に祈願する風習。
四　江戸期以来の代表的な資産家。三井は江戸で呉服商から、鴻の池は大坂で酒造家から身を興した。
五　「先進」編に、子路・曾哲・冉有・公西夏に孔子がそれぞれの志を述べさせて判断を下す有名な一節がある。
六　実現出来ない目論見。当時の流行語の一で、雑誌にも『溺濘相談』などがある。
七　北宋の張横渠「東銘」の一句「戯言思ウヨリ出ヅ」。
八　諺「水の月取る猿」。猿が水に映った月影を手に取ろうとするように、不可能なことを行なって失敗すること。
九　幕府が欧米諸国と交した通商条約の不利益を改正する試みは維新以来の懸案となっていたが、明治二十一年十一月三十日メキシコと条約を結び、明治二十七年七月十六日に英国と不平等条約の改正案が調印されるようになった。以下は当時の書生連中の大言壮語ぶり。
一〇　条約改正に伴い外国人居留地の制度を廃止し、明治三十二年七月十七日より諸外国人に内地雑居の自由を与えることになる。当時、内地雑居の可否について論壇が賑わい、『内地雑居評論』(林房太郎、明治十七年四月)、『内地雑居

発見《はつけん》し金貨《きんくわ》を無暗《むやみ》と鋳造《ちうざう》し　夫《それ》を資本《しほん》に大工業《だいこうげふ》を起《おこ》したら天下《てんか》の富《とみ》を我邦《わがくに》に集《あつ》めることも容易《たやす》い訳《わけ》だと思《おも》ふ　北海道《ほくかいだう》あたりにも盛《さか》んに出《で》る銀鉱《ぎんくわう》が一《ひと》つ欲《ほ》しい　左様《さう》すればメキシコが盛《さか》んになツたやうに　保護《ほご》を加《くは》へずと自然《しぜん》に北海道《ほくかいだう》が都《と》会《くわい》の地《ち》になるからと　自分《じぶん》の家《うち》の庭《には》でも作《つ》くるような注文《ちうもん》を出《だ》せば　高根《たかね》は首《くび》を左右《さゆう》に振《ふ》り　まだ〳〵其様《そん》な事《こと》では碧眼赤髯《あをめあかひげ》の強物《こはもの》を圧倒《あつたう》するといふ訳《わけ》に行《ゆ》かぬ　ドン〳〵出《で》る金鉱銀鉱《きんくわうぎんくわう》も欲《ほ》しいが千円掘採《ゑんほりと》るに九百円費用《ゑんひやう》が掛《かゝ》るやうな事《こと》はまだるい　僕《ぼく》の考《かんが》へでは何処《どこ》でか金剛石《だいやもんど》の大《おほ》きいのを一三ドシコと拾《ひろ》ツて　一《ひと》つ五六万円《ゑん》づゝにも授《さづ》けて　手《て》も濡《ぬ》らさず欧米諸国《おうべいしよこく》の金《かね》を一億万円《おくゑん》ばかり引《ひつ》たくり　夫《それ》を資本《しほん》に海《うみ》も埋《う》め山《やま》も頽《くづ》し鉄道《てつだう》も作《つく》り電線《でんせん》も引《ひ》き　長足進歩《ちやうそくしんぽ》二三年《ねん》で素《すつぱ》らしいものにしたいと　是《これ》も眼《め》を明《あ》きながら夢《ゆめ》を話《はな》すところへ　彼《か》の受附《うけつけ》の猪飼新吉《ゐかいしんきち》が来《きた》り此《こ》の話《はな》しを聞《き》いて打笑《うちわら》ひ　両君《りやうくん》とも滅多無性《めつたむしやう》に慾心《よくしん》が有《あ》る中《なか》に否《いや》に愛国心《あいこくしん》を加味《かみ》するから可笑《をかし》い　何《なに》もそんなに愛国《あいこく》がらずと慾《よく》が有《あ》るなら有《あり》のまゝに正《たゞ》しい道《みち》を踏《ふ》んで一四慾《よく》を渇《かわ》き玉《たま》へ　一五一個人《いつこじん》が富《と》めば社会《しやくわい》は富《と》むのだ　身《み》をよく愛《あい》すれば即《すなは》ち国《くに》を愛《あい》するのと同《おな》じ事《こと》になります　人《ひと》は只思《たゞおも》ツたばかりではどんな結構《けつこう》な事《こと》を思《おも》ツても更《さら》に世《よ》に功用《こうよう》はない　思《おも》ツたら直《すぐ》に働《はた》らきに顕《あら》はす事《こと》サ　金剛石《だいやもんど》が拾《ひろ》ひたければ草鞋《わらじ》がけで秩父《ちゝぶ》の山《やま》へでも探《さが》しに出《で》たまへ　金《きん》

論』(井上哲次郎、明治二十二年)等が出た。
一一　金。
一二　北海道の旧地名にはアイヌ語の影響で「…ナイ」というものが多い。
一三　「どっさり」の意。江戸初期からある俗語。
一四　「渇き」は他の語につけて、その行為を卑しめていう語。
一五　前出『富国論』(→八四頁注一)などに触発されたものだが、『大学』にいう八条目の修身・斉家・治国・平天下の思想を新時代にとりなして理解した節もある。

鉱《くわう》発見《はつけん》坐《すわ》ツて居《ゐ》ては覚束《おぼつか》ない　我輩《わがはい》も大《おほ》きに感《かん》ずる所《ところ》が有《あ》ツて急《きう》に大金持《おほがねもち》になる積《つも》りだが　左様《さう》決着《けつちやく》したら我《われ》ながら直《すぐ》に金持《かねもち》になツたやうな心得《こゝろもち》がすると肩《かた》いからして説《と》き誇《ほこ》るに　二人《ふたり》は腹《はら》を抱《かゝ》へけり

[一]猿《さる》の尻笑《しりわら》ひとや　新吉《しんきち》の[二]言《ことば》の先《さき》を折《を》りて高根《たかね》は打笑《うちわら》ひ　何処《どこ》の演説会《えんぜつくわい》で聞《き》いて来《き》て其様《そん》な仮声《こわいろ》を遣《つか》ふのだ　二人《ふたり》の話《はな》しもお前《まへ》の望《のぞ》みも囈語《ねごと》くらべは獏《ばく》に裁《さい》判《ばん》を頼《たの》むより外《ほか》はない　然《しか》し出来《でき》ない相談《さうだん》でも斯《か》うして考《かんが》へるだけの自由《じいう》と楽《たのし》みがあるところが人間《にんげん》の面白《おもしろ》さといふもの　実正《ほんとう》に大金持《おほかねもち》となると何《なん》だ彼《か》だと面倒《めんだう》で楽《たのし》みの割《わり》には苦《く》も多《おほ》いが　空想《くうさう》は其処《そこ》へ来《く》ると心配《しんぱい》がなくて結句《けつく》気楽《きらく》だと云《い》ふを　新吉《しんきち》は打消《うちけ》し　是《これ》は高根《たかね》さんの御説《おせつ》とも存《ぞん》じません　空想《くうさう》といふものゝ貴《たう》といのは幾《いく》らか実地《じつち》に似寄《によ》りて　立派《りつぱ》な普請《ふしん》をする下図《したづ》のやうなものなればこそなれ　全《まる》で世《よ》の中《なか》とかけ離《はな》れて　[三]瓢箪《へうたん》の中《なか》から馬《うま》が飛《と》び出《だ》すやうな事《こと》では空想《くうさう》ではない　妄想《まうさう》で何《なん》の役《やく》にも立《た》ちません　私《わたく》しが大金持《おほがねも》ちにならうと思《おも》ひついたのは　先《ま》づ絵師《ゑし》が図《づ》をなす前《まへ》に[四]焼筆《やきふで》でザツと書《か》いたのと同《おな》じで　本《ほん》物《もの》ではないが往《ゆ》く〳〵は其《そ》の通《とほ》りの図《づ》を大着色《だいちやくしよく》で画《か》き上《あ》げる積《つも》りです　今《い》ま俄《にはか》に百万円の身代《しんだい》にならうといふのは少《すこ》し口《くち》に巾《はゞ》るやうですが　其《そ》の心《こゝろ》で若し一銭儲《まう》け得《う》れば即《すなは》ちはや百万円のうち一銭だけは出来《でき》たので　跡《あと》九十九万九千

一　諺。自分のことは棚にあげて、他人の欠点を笑うこと。

二　諺「言葉の先を折る」(→五〇頁注五)。

三　諺「瓢箪から駒が出る」。現実にはあり得ないようなこと。

四　檜などの細長い木片の先を焼いて筆のようにし、下絵を画く道具。洋画でも木炭を用いるのと同じ。

九百九十九円と九十九銭足《た》りない分《ぶん》の事《こと》なれば　全《まつた》くの妄想《まうざう》でもございませんのサ　先《ま》づ早速《さツそく》空中楼閣《くうちうろうかく》の[五]地形固《ぢぎやうがた》めに取掛《とりかゝ》らうと思《おも》ひます　何《なに》をしやうとまだ思《おも》ひ付《つ》きはありませんが何分《なにぶん》お引立《ひきたて》を願《ねが》ひますと　真顔《まがほ》で云《い》ふに二人は眉《まゆ》を顰《ひそ》め　お前本気《まへほんき》でいふのか　本気《ほんき》なら[六]御沙汰《ごさた》止《や》みが宜《よ》からうぜ　可成資本《かなりしほん》もあツて其道《そのみち》に馴《な》れた者《もの》すら　此頃《このごろ》は商売《しやうばい》を止《や》めて纔《わづ》かでも月給《げつきふ》を取《と》ツて[七]小体《こてい》に暮《くら》さうといふ中《なか》へ　何《なに》も仕覚《しおぼ》ゑた事《こと》もなく　又資本《またしほん》も左様《さう》云《い》ツては悪《わる》いが十分《ぶん》に足《た》らないお前《まへ》が　一時《いちじ》の熱《ねつ》に取《とり》のぼせて飛《と》び出《だ》して見《み》たところが思《おも》はしい事《こと》はないから　又《また》いけないからと今度《こんど》改《あらた》めて六円でも七円でも取《と》らうといふのはなか〳〵むづかしい　現《げん》に今手《いまて》に取《と》ツた七円の月給《げつきふ》を棄《すて》て　まだ何《なに》をしやうといふ覚悟《かくご》も決《けつ》さぬ商売《しやうばい》に掛《かゝ》るは危《あぶ》ないものではないか　よく考《かんが》へて見《み》なさいと　深《しん》切《せつ》な言《ことば》に新吉《しんきち》は頭《あたま》を下《さ》げ　誠《まこと》に有難《ありがた》い御異見《ごいけん》決《けつ》して空《あだ》には存《ぞん》じません　然《しか》し私《わたくし》も商《あきな》ひがなければ其日《そのひ》は物《もの》を喰《く》はずとも一番《ばん》やり通《とほ》すつもり　商売《しやうばい》も是《これ》といツて金《かね》の掛《かゝ》ることは出来《でき》ませんが　叔父《をぢ》の知人《しるひと》に炭問屋《すみどひや》がございますゆゑ是《これ》へ頼《たの》んで荷《に》を借《か》り　諸方心安《しよはうこゝろやす》い所《ところ》へ無理《むり》に押付《おしつけ》て廻《まは》り　尤《もつと》も大安《おほやす》にして始《はじ》めは[八]軽子《かるこ》だけで得意《とくい》を拡《ひろ》め　少《すこ》し形《かたち》づくるやうになツてから店《みせ》を出《だ》す積《つも》りでござりますと　真《しん》の話《はな》しに夜《よ》は更《ふ》けて一時《じ》を打《う》つに驚《おどろ》いて其部屋《そのへや》々々〳〵へ別《わか》れたり

五　地固め。建築物の基礎固め。

六　公的な訴訟事件の際、不採択になること。やめた方が良いの意。

七　質素に、こぢんまりと。

八　独りで持ち運べる程度の商売。「軽籠」は縄を編んで作ったもっこで、人足が土を運ぶ道具。その持ち手を「軽子」という。

第　二

足《あし》に[一]草鞋《わらぢ》はき〳〵とした商《あきな》ひ振《ぶり》
肩《かた》に天秤《てんびん》あてやかなる踊《おど》り姿《すがた》
つく〳〵と見《み》る飾羽根《かざりばね》[二]押絵《おしゑ》羽子《はご》板《いた》

一事《いちじ》一業《いちげふ》を成《な》さんと思《おも》ひ立《た》ちなば必《かな》らず成《な》すべし　左《さ》らずば死《し》あるのみ　中《ちう》途《と》で止《や》むること有《あ》るべからずと　立派《りつぱ》に我心《わがこゝろ》に誓《ちか》ひて思《おも》ひ立《た》つ人《ひと》は多《おほ》けれど耐忍《たいにん》といふ肝腎《かんじん》の心棒《しんばう》が中途《ちうと》で曲《まが》るよりしてよく前言《ぜんげん》に背《そむ》かぬは稀《まれ》なり　猪飼《ゐかい》新吉《しんきち》は[三]会社《くわいしや》を暇《いとま》を取《と》りて叔父《をぢ》の家《うち》へ戻《もど》り　思《おも》ふ仔細《しさい》を打明《うちあ》けて相談《さうだん》のうへ　会《くわい》社《しや》より貰《もら》ひし慰労金《ゐらうきん》十円《ゑん》ほどを炭問屋《すみどひや》へ[四]身《み》元金《もときん》に入《い》れ　其身《そのみ》は草鞋掛《わらぢが》けにて朝《あさ》疾《と》くより会社《くわいしや》の人々《ひとぐ》の家《いへ》を廻《まは》り　先《ま》づ兎《と》も角《かく》も試《こゝろ》みに取《と》ツて見《み》て下《くだ》さいと　一二俵《へう》づゝ無理《むり》に置《お》いて廻《まは》り　下女《げぢよ》が水《みづ》を汲《く》んで居《ゐ》れば　オツト我輩《わがはい》が汲《く》みませう此《こ》の美《うつく》しいのに水《みづ》を提《さ》げさせるは勿体《もつたい》ないと串戯口《じやうだんぐち》に嬉《うれ》しがらせ　[五]御坊《おばう》さんの凧《たこ》の糸目《いとめ》かしこまツて[六]お相手《あひて》を申《まを》し　お嬢《ぢやう》さんが家根《やね》へ上《あ》げた羽根《はね》は目《め》に塵《ちり》の入《はい》るを堪《こら》へて箒《はゝき》で落《おと》し　世事《せじ》と愛敬《あいきやう》をふりまいたうへ　炭《すみ》は誠《まこと》に問屋《とひや》卸《おろ》し並《なみ》にて　一日に十五銭《せん》も[七]口銭《こうせん》あれば叔父《をぢ》の許《もと》へ[八]雑用《ざふよう》を払《はら》ひても湯銭《ゆせん》ぐらゐはあるゆゑ　先《ま》づ三年《ねん》は是《こ》れを仕通《しとほ》し　得意《とくい》も殖《ふ》ゑ問屋《とひや》の信用《しんよう》も得《え》てから店《みせ》を出《だ》さん

一　「草鞋をはく」と「はきはきとした」のかけ詞。以下「天秤当て」と「あてやか」はかけ詞で、「つく〳〵」と「羽子板」は縁語。
二　人物、花鳥などの姿を厚紙で切りぬき、布に包んではりつけた絵を羽子板に貼ったもの。飾り羽子板。
三　福沢諭吉の『西洋事情』（慶応二年〈一八六六〉）に西洋の商事会社の社債に関する紹介があり、明治二年政府組織として通商会社と為替会社が作られて以来、商事会社として、次第に一般化した。
四　身元保証の保証金。
五　御坊っちゃん。
六　凧をあげるのに、糸の先の凧を持つ役目をつとめること。
七　手数料。ここは僅かなもうけをいうか。
八　厄介になっているので、何がしかの雑用の金を払う。

千尺《せんせき》の樹《き》は一日《いちにち》に伸《の》びず　此《こゝ》が人間《にんげん》の辛抱《しんばう》どころと　毎日草鞋《まいにちわらぢ》を着《つ》けぬ事《こと》なく足《あし》に任《まか》せて駆《か》け廻《まは》りしが　得意先《とくいさき》にても近《ちか》ごろ炭屋《すみや》が狡猾《こうかつ》にて口《くち》ばかり大《おほ》きくて　中《なか》には薪《まき》の燃《もえ》さし[九]のやうなものを入《い》れて有《あ》るを押付《おしつ》けて行《ゆ》くに　此《こ》の新吉《しんきち》の持《も》ツて来《く》るは山方《やまかた》[一〇]の確《たし》かな品《しな》を撰《えら》んで来《く》るゆゑ　目方《めかた》増《ま》しの大《おほ》きな石《いし》などが入《はい》ツて居《ゐ》ぬを悦《よろこ》び　夫《それ》から夫《そ》れと云継《いひつ》ぎて追々《おい／＼》商売手拡《しやうばいてびろ》になり　今《いま》は月《つき》に十二三円《ゑん》づゝの利益《りえき》ありて一人《ひとり》の肩《かた》では担《かつ》ぎ切《き》れぬほどになツたに安心《あんしん》し　此《こ》の様子《やうす》なら大勢《おほぜい》が勧《すゝ》めて呉《く》れるから女房《にようばう》を貰《もら》ツて小《ちひ》さな店《みせ》でも出《だ》して見《み》やうか左様《さう》して見世《みせ》でも商《あきな》ふと大分都合《だいぶつがふ》がよいがと　そろ／＼大《おほ》きな志《こゝろざ》しの気《き》が抜《ぬ》けて是《これ》で沢山《たくさん》の惰心《なまけしん》が出《で》かゝツたゆゑ　我《われ》ながら是《これ》ではならぬと気《き》を取直《とりなほ》し　時《とき》しも十二月の十七日　雪催《ゆきもよ》ひで寒《さむ》けれど風《かぜ》がないゆゑ観音《くわんおん》の市《いち》[一一]に人《ひと》が出《で》るだらう　賑《にぎ》やかな所《ところ》を何《なん》となく押《お》し返《かへ》す[一二]も　いろ／＼様々《さま／＼》な人《ひと》の有様《ありさま》を見《み》てまた勇《ゆう》気《き》を振《ふる》ひ起《おこ》す薬石《やくせき》[一三]と　夜食《やしよく》を仕舞《しま》ふて直《すぐ》に市《いち》へ出《で》かけ　鉄道馬車《てつだうばしや》[一四]はあれどさしたる用《よう》もないに乗《の》るは奢《おご》りと　諸方《しよはう》の店《みせ》の景況《けいきやう》を見《み》ながらブラブラと浅草《あさくさ》へ来《き》て　押《お》されるまゝに仁王門《にわうもん》を過《す》ぎ　両側《りやうがわ》の羽子板屋《はごいたや》を見《み》ると一軒《いつけん》へ立止《たちど》まりて二円《ゑん》五十銭《せん》といふを一円《ゑん》に負《ま》けよと押《お》し問答《もんだう》をするは一杯機嫌《いつぱいきげん》の四十ばかりの男《をとこ》　その連《つれ》は二十一二の意気《いき》な年増《としま》に十四五の娘《むすめ》にて　二人《ふたり》の女《をんな》が取《とり》まいてチ

九　まだ炭になる前の不良品。
一〇　炭焼きの産地。
一一　浅草公園の地内に十七・十八の両日羽子板の市がたつ。当時は他に深川、神田明神、芝愛宕神社、平河神社、湯島公園、両国薬研堀にもたったが、中でも浅草は最も賑わった。
一二　人ごみの中で無理に通ったりする様子。
一三　漢方薬。
一四　線路を敷いた上に馬車を走らせる乗物。明治十五年六月に新橋・日本橋間の往復を始め、以後、上野・浅草へ通じる。→『百人百色』二三五頁注一三。

ヤホヤするに新吉《しんきち》は羨《うらやま》しげに眺《なが》め居《ゐ》たり

人《ひと》に羨《うらや》まるゝは悪《あし》き事《こと》なるに　求《もと》めてその羨《うらや》みを買《か》ひて得《え》たり顔《がほ》をなす者《もの》は抑《そもそ》もいかなる心《こゝろ》なるやと　或《あ》る上人《しやうにん》が高座《かうざ》を扣《たゝ》いて説法《せつぱふ》されしが　其《そ》の人《ひと》さへ目《め》もまばゆき金襴《きんらん》の袈裟《けさ》一かけかまひなき出家《しゆつけ》さへ外見《みえ》を飾《かざ》るは取《とり》も直《なほ》さず人《ひと》に羨《うらや》まるゝを以《もつ》て身《み》の楽《たの》しみとなすものなるべし　浅草市《あさくさいち》の羽子《はご》板店《いたみせ》に立止《たちどま》りたる女連《をんなづれ》を見《み》るに羨《うらや》みの心起《こゝろおこ》りて新吉《しんきち》は歎息《たんそく》し　長《なが》い浮世《うきよ》に短《みじ》かい命《いのち》　すでに此《こ》の秋脚気《あきかつけ》を踏《ふ》二み出《だ》して二三日寝《ね》た時《とき》には　最《も》う此世《このよ》の御暇乞《おいとまご》ひかと思《おも》ツた　大《おほ》きな了簡《れうけん》でやる処《ところ》までやツて見《み》やうと励《はげ》むものゝ　途中《とちう》でバツタリ倒《たふ》れては根《ね》から有難《ありがた》くない話《はな》しだ　見《み》れば左《さ》のみ利口《りこう》さうでも無《な》い男《をとこ》だが　金《かね》の威光《ゐくわう》で美《うつく》しいのに取《とり》まかれ　此世《このよ》からなる極楽遊《ごくらくあそ》び　エヽ草鞋《わらじ》と天秤棒《てんびんばう》に何時《いつ》離《はな》れる事《こと》だか詰《つま》らない訳《わけ》だと　三咽喉《のど》を渇《かわ》かせて居《ゐ》る折《をり》しも　アレ盗人《どろばう》がと年増《としま》は泣声《なきごゑ》男《をとこ》はキヨロつくうち　人込《ひとごみ》の中《なか》を潜《くゞ》ツて二十五六の職人風《しよくにんふう》の者《もの》が飛《と》び出《だ》す領首《えりくび》を摑《つかま》へて　太《ふと》い野郎《やらう》だ　一所《いつしよ》に来《こ》いと引立《ひきたつ》れば　親方堪忍《おやかたかんにん》して下《くだ》さいと　盗《ぬす》みし紙入《かみいれ》を投《な》げ捨《すて》て人《ひと》にまぎれて逃《に》げ去《さ》りたれば　新吉《しんきち》は拾《ひろ》ひ上《あ》げ　お取《と》られなすツたのは是《これ》でございますかと差出《さしだ》せば　年増《としま》は小腰《こごし》を屈《かゞ》め　どうも誠《まこと》に有難《ありがた》うございます　貴方御《あなたお》礼《れい》を仰有《おつしや》ツてと振向《ふりむ》けば　連《つれ》の男《をとこ》は新吉《しんきち》の形《なり》を見《み》て最《い》と

一　本来、外見を飾りたてることとは関係ないの意。「袈裟かけ」と「かけかまひ」のかけ詞。

二　患い初めること。当時、脚気は労働者の流行病の一。

三　渇望すること。

横柄《わうへい》に　イヤ是《これ》は忝《かたじ》けなうござッた　御礼《おれい》と申《まを》す訳《わけ》ではござらぬが一寸《ちよつと》其処《そこ》まで御迷惑《ごめいわく》でも御一途《ごいつしよ》にと　愛想《あいさう》添《そ》への勧《すゝ》めに否《いな》みもならず　四地内《ちない》の小料理屋《これうりや》へ伴《ともな》はれしが　此男《このをとこ》は五八《はつ》右衛門《ゑもん》とて或家《あるいへ》に番頭役《ばんとうやく》をつとめしが　主家《しゆか》没落《ぼつらく》の時《とき》に際《さい》し　六九太夫《くだいふ》に輪《わ》をかけて自分《じぶん》の懐《ふところ》中へズリ込《こ》み　損《そん》は皆《み》な主人《しゆじん》にかづけてよい頃《ころ》に身《み》を退《ひ》いて　かくし置《お》いたる金《かね》を資本《しほん》に人形町辺《にんぎやうちやうへん》へ葉茶屋《はちやや》を出《だ》し　七空米相場《くうまいさうば》へ掛《かゝ》りしに　悪運《あくうん》つよく二三千円《ゑん》贏《か》ちたるより身《み》の程《ほど》しらぬ奢《おご》りが付《つい》て　八踊《をどり》の師匠《しゝやう》付《つけ》たりの阿娜者《あだもの》に想《おもひ》をかけて毎日《まいにち》の物見遊山《ものみゆさん》　されども女《をんな》は九左《さ》る者《もの》にて　悪《わる》く一〇僣上《せんしやう》ばる憎体男《にくていをとこ》　金《かね》が有《あ》ればこそ人《ひと》も用《もち》ふれど一《ひと》つ踏《ふ》み外《はづ》せば見《み》せ物《もの》の木戸番《きどばん》もならぬ風俗《ふうぞく》　こんな者《もの》に身《み》をまかせては一生《いつしやう》の腐《くさ》りと胸《むね》を括《くゝ》ッて帯《おび》を解《と》かず　只口前《たゞくちまへ》で面白可笑《おもしろをかし》く一一文《あや》なす綾《あや》にからまりて　一二岸《きし》へも着《つ》かず沖《おき》へも出《で》ず　漂《たゞよ》ふ船《ふね》のかひなき恋《こひ》と　知《し》らず白痴《たはけ》をつくし潟《がた》　先《さき》の見《み》こせぬ浪煙《なみけぶ》り　傍目《わきめ》はいとゞ気《き》の毒《どく》なれど　其《そ》の当人《たうにん》は不知火《しらぬひ》の　焦《こが》るゝといふも気《き》が強《つよ》しと何処《どこ》へ出《で》るにも妹《いもと》を一三風除《かぜよけ》に連《つ》れ行《ゆ》くなりとか　新吉《しんきち》はしたゝか馳走《ちさう》になりしうへ失礼《しつれい》ながらと紙《かみ》に包《つゝ》みたる金《かね》さへ貰《もら》ひ　婦人《ふじん》の酌《しやく》に酔《よひ》を尽《つく》し　互《たが》ひに礼《れい》を述《の》べ合《あ》ひて右《みぎ》と左《ひだ》りへ別《わか》れたり

商《あきな》ひをするに誰《たれ》と誰《たれ》とを相手《あひて》と　人《ひと》を限《かぎ》るべきにあらず　一軒《けん》も余計《よけい》に顔《かほ》を

四　神社や仏閣の所有地の内をいう。浅草寺地内には参詣人目当に多くの料理屋があった。
五　これは巻二の第二に出る山形屋二番番頭八右衛門と同人か。
六　ずるがしこく抜目の無い悪人の代名詞。『忠臣蔵』七段目、一力茶屋の場の登場人物斧九太夫に拠る。元来は赤穂藩の家老で敵討に反対して逃亡した大野九郎兵衛を脚色したもの。
七　現物を扱わぬ米の売買取引。江戸期は大阪堂島のみに許されていたが、明治九年八月、東京に米商会所の設立が許可され公開市場が出来た。→四四頁注一。
八　踊りの師匠を名目にして金持ちの男を蕩し込む女性。
九　したたか者。
一〇　高ぶること。
一一　目先きを変える手練手管。以下の文章はかけ詞を多用した道行文風の構文。
一二　どっち着かずに振舞うこと。
一三　男を避ける口実をつけるための道具。

売《う》り一人《ひとり》も多《おほ》く知《し》る人《ひと》あれば　夫《それ》だけに商《あきな》ひの道《みち》が広《ひろ》きなり　世間《せけん》が広《ひろ》いといふ事《こと》は何業《なにげふ》に拘《かゝ》はらず肝腎《かんじん》の事《こと》なれど　取《とり》わけて商人《あきうど》には資本《しほん》と信用《しんよう》に次《つ》ぎての要件《えうけん》　昔《むか》しは[一]桃李《たうり》言《ものい》はねど下自《したおのづか》ら蹊《みち》をなす　品物《しなもの》をよくして直《ね》を安《やす》くすれば招《まね》かざれども自然《しぜん》と客《きやく》が来《く》ると取澄《とりすま》して居《ゐ》る事《こと》もあツたが　競争《けいそう》のはげしい今《いま》の世界《せかい》にては「自然《しぜん》」といふ字《じ》を待《ま》つやうではまだるし　種々《いろ〳〵》の工風《くふう》　さま〴〵の思《おも》ひ付《つ》きをなして多《おほ》くの人《ひと》に知《し》られ多《おほ》くの人《ひと》を対手《あひて》とするが第《だい》一なり

新吉《しんきち》は思《おも》はぬ功名《こうみやう》の馳走酒《ちそうざけ》に酔《ゑ》ひ　折《をり》まで提《さ》げた千鳥足《ちどりあし》　[二]新堀端《しんぼりばた》を独《ひと》り言《ごと》、久《ひさ》しく飲《の》まずに居《ゐ》たので少《すこ》しの酒《さけ》で大層酔《たいそうよ》ツた　チラツク眼《め》の故《せい》か知《し》らぬが何《なん》だかチラ〳〵と雪《ゆき》が降《ふ》るやうだ　オヽ寒《さぶ》い　寒《さぶ》くなツた　[三]福井町《ふくゐちやう》まで歩《ある》いては帰《かへ》れさうもない　其処等《そこら》に車《くるま》があツたら三銭《せん》ばかり奢《おご》るとしやうと　呟《つぶや》きながら来《き》かゝる後《うし》ろより　先刻《さツき》はよく仕事《しごと》の邪魔《じやま》をしたな　其返礼《そのへんれい》に跡《あと》をつけて来《き》たと云《い》ひさま　一人の男《をとこ》が打《う》ツて掛《かゝ》るを　酔《よ》ツてはゐれど油断《ゆだん》せず身《み》をかはして腕《うで》を捕《とら》へれば　曲者《くせもの》は振《ふ》り放《はな》し逃《に》げんとするを蹴倒《けたふ》せば　曲者《くせもの》は前《まへ》へ倒《たふ》れ　其《その》身《み》は後《うし》ろへヨロ〳〵とし　足《あし》を踏《ふ》み直《なほ》すうち　はや四五間遁《けんに》げたるが　折《をり》よく[四]巡査《じゆんさ》が向《むか》ふから参《まゐ》られ　盗賊《どろばう》といふ声《こゑ》に　隙《すか》さず角燈投《かくとうな》げ棄《す》て曲者《くせもの》を引捕《ひツとら》へたる所《ところ》へ新吉《しんきち》が駆《か》けつけ　云々《しかじか》との申立《た》てに　兎《と》も角《かく》もと[五]警察署《けいさつしよ》へ連《つ》れられしが

一　諺。徳望があれば自然と人が慕い寄ること。『史記』李広伝賛。

二　浅草鳥越付近の新堀川両岸の所々についた俗名。

三　浅草門外、浅草茅町(現台東区浅草橋一丁目付近)の裏手。福井藩邸の跡地ゆえの名。

四　明治七年、東京警視庁が出来て、それまでの民給の巡査と番人、及び官給の邏卒の三者を統一して巡査と称した。巡査は官帽をかぶり、樫の棒を携え、夜は角燈を持って巡回した。

五　明治十年一月、各地方の警察出張所を警察署と改める。

何時《いつ》の間《ま》にやら新吉《しんきち》は右《みぎ》の腕《うで》へかすり疵《きず》を負《お》はせられて居《ゐ》たれど　左《さ》したる事《こと》ならねば手拭《てぬぐひ》にて結《ゆ》はひ　既《すで》に浅草観音《あさくさくわんおん》の境内《けいだい》にて　此奴《こいつ》が人《ひと》の物《もの》をスリ取《と》るとき　知《し》らせれば仇《あだ》をするとかいふ事《こと》は聞《き》いてゐましたが　ミス〳〵盗《ぬす》みを働《はたら》くを見《み》て黙《だま》ツてゐるのは自分《じぶん》が盗《ぬす》みを許《ゆる》すやうなもので　此様《こん》な事《こと》は少《すこ》しの恐嚇《おどかし》が怖《こわ》いとて捨《すて》て置《おい》ては悪者《わるもの》の蔓《はびこ》るばかりですから　直《す》ぐに引捕《ひつとら》へたので　盗《ぬす》んだ品《しな》を出《だ》して遁《に》げ去《さ》りましたが　其《そ》の返報《しかへし》に傷《きず》を負《お》はさんとしたのでござりませうが　是《これ》ばかりの疵《きず》は何《なん》でもござりませんと　勇々《ゆゝ》しき詞《ことば》に掛《かゝ》りの方《かた》も賞《しやう》され　曲者《くせもの》をだん〳〵調《しら》べられると　何《なに》とか[六]片名《かたな》のあるスリとの事《こと》に　直《たゞ》ちに其筋《そのすぢ》へ[七]送《おく》りになりしが　此事《このこと》に新吉《しんきち》は二日ばかり掛《かゝ》り　三日目《め》に一軒《けん》も得意《とくい》を殖《ふや》さんとの心得《こゝろえ》ゆゑ　[八]桜炭《さくらずみ》を二俵担《へうかつ》ぎて人形《にんぎやう》町通《ちやうどほ》りの彼《か》の葉茶屋《はちやや》へ尋《たづ》ね行《ゆ》きしに　其家《そのいへ》は昨日《きのふ》戸を閉《し》めて仕舞《しま》ツたとの事《こと》　ナンボ商人《あきうど》の身代《しんだい》は知《し》れぬといツても余《あま》り早《はや》い変《かは》りやうだと肝《きも》をつぶし　此《この》まゝ帰《かへ》るも智恵《ちゑ》がなしと　踊《をどり》の師匠《しゝやう》の家《いへ》を聞《き》いて尋《たづ》ね行《ゆ》きぬ

[九]壺中《こちう》に天地《てんち》を収《をさ》むる仙人《せんにん》、ありし昔《むか》しの話《はな》しは雲《くも》をつかむより当《あて》にならず[一〇]千里《り》を目前《もくぜん》に寄《よ》する眼鏡《めがね》、今見《いまみ》れども珍《めづ》らしとせず　土《つち》一升金《しやうかね》一升《しやう》　田舎《ゐなか》でいはゞ馬《うま》にて乗《の》り廻《ま》はしても一日かゝるほどの広場《ひろば》が買《か》へる価《あたひ》にて僅《わづか》に猫《ねこ》の額《ひたひ》

六 略称や仇名。スリやヤクザ者などの仇名。

七 犯罪者を送検すること。

八 下総佐倉産の堅炭。上等品。

九 後漢の費長房が仙人に伴われて壺の中に入り遊んだとする『後漢書』方術伝下の記事により、仙人の住む別世界を「壺中の天」「壺中の仙」等という。

一〇 いわゆる「千里眼」も、今では望遠鏡の発明によって当り前になったという意。

ほどな地所《ちしよ》も売《う》る者《もの》なき都下《とか》の繁昌《はんじやう》　[一]百万人《にん》と積《つも》りしは[二]籍《せき》を置《おい》て落付《おちつい》た人《ひと》の数《かず》諸国《しよこく》より入込《いりこ》む人《ひと》と出《で》る人《ひと》の数《かず》を合《あ》はさば弥《いや》が上《うへ》に重《かさ》なり合《あ》はぬが不思議《ふしぎ》なり斯《かゝ》る都会《とくわい》に住《す》む人《ひと》は地代《ちだい》の高《たか》きを恐《おそ》るゝが故《ゆゑ》　方《はう》は十坪《つぼ》に足《た》らぬ中《なか》へ　玄関《げんくわん》客間台所次《きやくまだいどころつぎ》の間《ま》供部屋《ともべや》庭雪隠《にはせつゐん》　二階《かい》の屋根《やね》は物干《ものほし》に用《もち》ひ　椽《えん》の下《した》を洋犬《かめ》の住《すま》ひとし　松《まつ》は塀《へい》を越《こ》して外《そと》に千歳《ちとせ》の色《いろ》を伸《の》べ　竹《たけ》は軒《のき》を過《す》ぎて内《うち》に[三]凌霜《りようさう》の影《かげ》を掩《おほ》ふ　[四]竹田近江《たけだあふみ》の[五]つもり細工《ざいく》か　何《なん》ぞ夫《そ》れ狭《せば》き中《うち》にして緩《ゆる》やかなる結構《けツこう》をなすや　[六]飛騨内匠《ひだのたくみ》が[七]墨縄《すみなは》を打《う》ちしか　いかんぞ斯《か》く短《みじ》かきを以《もツ》て長《なが》しとするや上手《じやうず》に工夫《くふう》し巧《たく》みに建築《けんちく》するも地所《ちしよ》を惜《をし》みし自然《しぜん》の習《なら》はせ　始《はじ》めて地方《ちはう》より出《いで》しものは先《ま》づ此《こ》の普請《ふしん》の有様《ありさま》を見《み》て其地価《そのちか》の貴《たうと》きに驚《おどろ》くとかや　取《と》り分《わ》け蠣殻《かきがら》町近辺《ちやうきんぺん》の横道《よこみち》に入《い》りてはいづれも[八]曰《いは》くある格子戸作《かうしどづく》り　[九]粋《いき》と云《い》ひ気取《きど》りといひ　入口《いりくち》を庭《には》にして裏口《うらぐち》を却《かへ》ツて表門《おもてもん》と　脊《せ》を腹《はら》にした[一〇]鯨帯《くぢらおび》　解《とけ》るやうにて解《と》けやらぬ世辞愛敬《せじあいきやう》の卸《おろ》し問屋《とひや》　踊《をど》りの師匠《ししやう》お辰《たつ》といふ表札《へうさつ》の字《じ》からして[一一]読《よ》め兼《かね》る妹《いもと》と二人《ふたり》の寡婦暮《やもめぐら》し　是《こ》れに定《さだま》る主《ぬし》なきは可惜《あツたら》の通用《つうよう》を寝《ね》かしものにして融《ゆう》通《づう》せぬ　無益《むだ》な事《こと》だと呟《つぶ》やく商人《あきうど》　また垣越《かきごし》に姿《すがた》を見《み》て　[一二]天物《てんぶつ》を暴殄《ばうてん》す　誠《まこと》に歎《たん》ずべしとうめく書生《しよせい》も[一三]ありそ海《うみ》　浜《はま》の真砂《まさご》の数多《かずおほ》き客《きやく》に靡《なび》かぬ柳腰《やなぎごし》　何処《どこ》かしツかりした所《ところ》ありと見《み》えたり　昼間来《ひるまく》る女弟子《をんなでし》の三人四人《みたりよたり》帰《かへ》りしあと　おたつ

一　当時東京市の人口。明治八年三月改刻の『増補大東宝鑑』(室田義文編)に「凡八十一万六千六百三十二人」とあり、うち男四十一万十七人、女四十万六千六百十五人とする。京都は凡五十七万、大阪は五十三万とあるが、新潟、千葉、愛知、名東(土佐)は何れも百万を超す。

二　戸籍法は明治四年四月に改正令が出、同五年二月以降、新戸籍が編成された。

三　霜をしのぐ様子。元来は菊の形容だが、ここは竹に用いて冬も青さを保つことをいう。

四　阿波の人形師。大坂道頓堀にからくり人形芝居を創め、近江少掾を受領し、宝永元年(一七〇四)没。竹田の芝居、竹田のからくり等と称され、有名な存在となる。

五　ぜんまいを用いたからくり細工。竹田近江の細工が有名。

六　元来は飛騨地方(岐阜県北部)出身の木工技術者をいうが、個人名化して名工の代名詞となる。

七　大工が線引きに用いる道具。墨壺の中を通しながら縄を引き出して、材木の面に線を引くもの。転じて大工仕事を指す。

八　一癖ある。当時、日本橋近辺の裏通りは妾宅や待合、或いは遊芸の女師匠の家などが多かった。

九　元来は「意気」と書いて、粋人や通人といわれる人の心意気を賞する言葉だが、幕末から「粋」の字も当てるようになる。

一〇　表裏に違う色を用いた帯。

一一　表札の字が読み難いことと、美人なのに妹と二人暮らしで男気がないのが不審だ(読めぬ)の意をかける。

一二　せっかくの物を手荒く扱って絶やしてしまうの意。出典は『書経』武成。

一三　「書生もあり」と「ありそ海」のかけ詞。「有磯

は庭《には》の障子《しやうじ》を明《あ》けて下女《げぢよ》を呼《よ》び　頻《しき》りに差図《さしづ》して何《なに》か木《き》の根《ね》を藁《わら》にて包《つゝ》ませしが思《おも》ふやうにならぬとて　アレサ下手《へた》だネ　私《わた》しが拵《こしら》へるよと　庭《には》へ下《お》り立《た》つ折《を》りしも　此処《こゝ》へあぶれた桜炭《さくらずみ》を担《かつ》いで新吉《しんきち》が寒《さむ》さうな顔《かほ》で頻《しき》りと表札《へうさつ》を見《み》ながら来《きた》りしが　お辰《たつ》の顔《かほ》を見《み》て急《きふ》に笑《わらひ》を作《つく》り　今日《こんにち》は　先夜《せんや》は誠《まこと》に御馳走様《ごちさうさま》になりまして誠《まこと》に有難《ありがた》う存《ぞん》じます　一寸此辺《ちよつとこのへん》の得意《とくい》まで炭《すみ》を持《も》つて参《まゐ》りました次《つい》手《で》ながらお礼《れい》に上《あが》りましたと　[一四]ヘタクサお辞儀《じぎ》をすれば　[一五]外《そ》らさぬお辰《たつ》　オヤ先夜《せんや》スリを捕《つか》まへて下《くだ》すつたお方《かた》でございますか　マア此方《こちら》へ　サア何卒《どうぞ》私《わたくし》共《ども》こそお礼《れい》に上《あが》らなくてはなりませんのを　ツイ[一六]手前《てまへ》にかまけまして　サアお上《あが》り下《くだ》さい　宜《よろ》しうございます　其処《そこ》へ炭《すみ》をお下《おろ》しなすつても　オヤまことに恐《おそ》れ入《い》ります　何《なに》より重宝《ちようほう》なお品《しな》を有難《ありがた》うござりますと　詞《ことば》よどまず述《の》べ立《た》つる煙《けぶり》にまかれて新吉《しんきち》は座敷《ざしき》へ腰《こし》を落《お》ち着《つ》けゝり

第　三

悪《あく》の報《むく》ひは的《まと》の外《はづ》れた[一七]矢筈《やはず》の諢名《あだな》
金《かね》の光《ひか》りは紋《もん》も輝《かゞ》やく弓張《ゆみはり》の提灯《てうちん》
晦日《みそか》に高枕福神《たかまくらふくじん》の居心《ゐごころ》も[一八]宵寝《よいね》早起《はやおき》

寒《さむ》さ凌《しの》ぎに一杯《ばい》と　[一九]世辞《せじ》を肴《さかな》に取敢《とりあえ》ず酒《さけ》を出《だ》されて呑《の》む[二〇]口《くち》ゆゑ　云《い》はるゝま

海の浜の真砂とたのめしは…」(『古今和歌集』恋五)の歌により「数多き」を引き出す序詞。

一四 何度もくり返す様子。

一五 他人の気を上手に受けとること。

一六 自分の用事に気をとられること。

一七 鎌倉初期の武将梶原景時の紋所。景時は義経を失脚させたことで、江戸期の芝居などでは悪役となり、「ゲジゲジ」と仇名されて嫌われた。

一八 早寝早起は商人の美徳。「居心もよい」と「宵寝」のかけ詞。

一九 世辞さかな。酒の席で上手に酒をすすめること。

二〇 酒好き、上戸。

〵に足《あし》を洗《あら》ひ尻《しり》を下《おろ》して小座敷《ざしき》へにぢり上《あが》り　今日《こんち》は実《じつ》は旦那《だんな》のお宅《たく》をお尋《たづ》ね申しましたのでござりますが急《きふ》に閉店《へいてん》との事《こと》に驚《おどろ》いて　夫《それ》からまた此方《こちら》へ伺《うかゞ》ひました　一体全体《いったいぜんたい》どういふ訳《わけ》で左様《さうきう》急に店《みせ》をお閉《し》めなさるやうになりましたかと問《と》ふに　お辰《たつ》は左《さ》も気障《きざ》[一]だといふ顔付《かほつ》きをして　金純子《きんどんす》の[二]カマス煙草《たばこ》入れを指《ゆび》にて弾《はぢ》きながら　店《みせ》を閉《し》めるのが当然《あたりまへ》です　少《すこ》しでも御贔負《ごひいき》になつたお方《かた》を斯《か》ういつては済《す》みませんが　彼《あ》の八《はち》右衛《ゑ》門《もん》といふ人《ひと》は全体胸《ぜんたいむね》[三]のよくない人《ひと》で或《あ》る家《うち》に此間《このあひだ》まで手代奉公《てだいぼうこう》をして居《ゐ》て　其家《そのうち》が潰《つぶ》れ掛《かゝ》つたのを異見《いけん》して直《なほ》さうとはせず　年若《としわか》の主人《しゆじん》を能《よ》いやうに[四]包《くる》めて身上《しんしやう》を掻《か》き廻《まは》し　自分《じぶん》の方《はう》へ取《と》り込《こ》むだけ取《と》つていよ〳〵分散《ぶんさん》といふ間際《まぎわ》に　親父《おやぢ》が急病《きふびやう》とて暇《いとま》を取《と》り　上州辺《じやうしうへん》へしばらく行《い》つて居《ゐ》て　スツカリ其家《そのうち》の[五]一埒《いちらち》が済《す》んだころ東京《とうけい》へ来《き》て　米相場《こめさうば》へ手《て》を出《だ》したのがマアお聞《き》きなさい　其様《そん》な悪《わる》い人《ひと》でも運《うん》の向《む》くときは別《べつ》なものと見《み》えて　五六度続《たびつゞ》けて当《あた》ツたので　急《きふ》に旦那《だんな》顔《がほ》をして芸妓買《げいしやか》ひなんぞを始《はじ》めて　私《わた》し共《ども》へも時々《ときぐき》来て　成上《なりあが》りの癖《くせ》とて否《いや》に横柄《わうへい》で　お金《かね》さへやれば文句《もんく》はないだらうなんて[六]打《ぶ》ち撒《まけ》て気障《きざ》な事《こと》をいふものですから　妹《いもと》なんぞは憎《にく》がりきツて　[七]ゲヂ〳〵から考《かんが》へて矢筈《やはず》さんと綽名《あだな》を付《つ》けると　御当人《ごたうにん》はそんな事《こと》は無《む》我夢中《がむちう》だもんですから　己《おれ》が相場《さうば》で当《あた》ツたから矢筈《やはず》か　是奴《こいつ》はとんだ宜《い》いツサ

一「気障り」の略。いやみで気に障ること。
二 刻み煙草を入れる袋。皮や布を二つ折りにし、両端をからげた叺（かます）形のもの。「指で弾く」のはイラついた様子。
三 心立てのよくない人、悪い人。
四 上手にごまかすこと。
五 一件の始末がついたところでの意。
六 明らさまに。
七 嫌な相手を罵っていう仇名。

呆《あき》れるではありませんか　さういふ無《む》面目《めんもく》[八]ですから　高慢《かうまん》ばかり云《い》ツてもお金《かね》となると汚《きた》ないので　私《わた》し共《ども》は一途《いつしよ》に出《で》ても　行《ゆ》く先《さき》によツて面皮《めんぴ》[九]を欠《か》く事《こと》が度々《たびく》でした　夫《それ》でネお前《まへ》さん　店《みせ》は張《は》ツてゐるものゝ　もと〳〵相場《さうば》で勝《か》ツたお金《かね》ですから沢山《たくさん》はないものと見《み》えて　二三人連中《れんぢう》を組《く》んで御規則《ごきそく》に背《そむ》いた売《うり》買《か》ひをしたとかで　此間《このあひだ》の晩《ばん》の翌朝《よくあさ》捕《つかま》ツて怖《こわ》い所《ところ》へ送《おく》られたのです　夫《それ》だからバタ〳〵と家《うち》を閉《し》めたのでありませう　オヤ話《はな》しに取《と》られてお燗《かん》が出来《でき》すぎました　貴方《あなた》右《みぎ》の手《て》はどうかなさいましたかと心配《しんぱい》そうに眉《まゆ》を顰《ひそ》めるに　新吉《しんきち》は嬉《うれ》しくなり　ナニ少《すこ》しばかりの疵《きず》でございます　然《しか》し彼奴等《あいつら》は悪《わる》く祟《たゝ》るものですと　斯《か》うばかりでは分《わか》りますまいが此間《このあひだ》の晩《ばん》　掏摸《すり》めが帰《かへ》り途《みち》に待伏《まちぶ》せしてゐて　新堀端《しんぼりばた》で此疵《このきず》を付《つ》けられましたが　直《す》ぐに引捕《ひつつか》まへて巡査《じゆんさ》に渡《わた》しました、オヤマアとんだ事《こと》　まだお痛《いた》みなさいますか、イヤ痛《いた》みは忘《わす》れました　今《いま》まで[一〇]疵咎《きずとが》めをした事《こと》のない身体《からだ》　直《ちき》に直《なほ》りますのサ、其《そ》のお怪我《けが》も私《わた》しゆゑ　誠《まこと》に済《す》まない事《こと》でございました　木綿《もめん》の裂《き》れでは擦《す》れて痛《いた》みはしませんか　是《これ》になさいとしなやかなる心《こゝろ》は絹《きぬ》より手《て》ざはりよく　思《おも》はず額《ひたい》[一一]に手《て》を加《くは》へぬ

　愛情《あいじやう》といふものは　嗚呼《あゝ》気《き》の毒《どく》だと思《おも》ふ心《こゝろ》あるより一層《いつそう》の度《ど》を増《ま》すものにて踊《おど》りの師匠《ししやう》お辰《たつ》は我身《わがみ》のためにスリを捕《つかま》へてくれた恩人《おんじん》が　其《そ》の為《ため》に手疵《てきず》を負《お》

八 恥しらず。
九 面目を失うこと、恥かしい思いをすること。
一〇 外傷をほうって置いてひどくすること。
一一「額に手を当てる」と同じく、喜ぶ様子。

ひしと聞《きい》ては気《き》の毒《どく》にもあり　且《かつ》はまた其時《そのとき》の働《はたら》きも甲斐《かひ》〴〵しく　詞《ことば》つきもキツカリして外見《みえ》を構《かま》はず稼《かせ》ぐといふ所《ところ》に心《こゝろ》を付《つ》け　遅《おそ》かれ疾《と》かれ夫《をつと》を定《さだ》めねばならぬ事《こと》なれば　斯《か》らいふ頼《たの》もしき働《はたら》きのある人《ひと》に身《み》を任《まか》せ　苦楽《くらく》を共《とも》にせんものと思《おも》へば心《こゝろ》の底《そこ》を明《あ》け　何《なに》くれとなく待遇《もてな》して近所《きんじよ》へも[一]得意《とくい》をつけてやりたれば　新吉《しんきち》は　[二]魂《たましひ》天外《てんぐわい》に飛《と》んだ仕合《しあは》せ　毎日《まいにち》のやうに炭《すみ》を担《かつ》いで此処《こゝ》へ来《き》たが　果《はて》は身形《みなり》を飾《かざ》ツていろ〳〵物《もの》など贈《おく》るにぞ　或《あ》る日《ひ》お辰《たつ》は諫《いさ》めて云《い》ふやう　不図《ふと》した事《こと》より御懇意《ごこんい》になり　互《たが》ひに[三]外見《みえ》も内所《ないしよ》の事《こと》を打《う》ち明《あ》けて語《かた》る中《なか》なるに　左様《さう》[四]隔《へだ》てがましく御心配下《ごしんばいくだ》さるは無益《むだ》といふもの　殊《こと》に一日でも半日《はんにち》でも稼業《かげふ》をお休《やす》みなさるやうでは嬉《うれ》しくございません　千日《せんにち》に付《つ》けた得意《とくい》も一日に失《うしな》ふことあるは稼業《かげふ》に[五]精《せい》と無精《ぶせい》とやら　私《わた》しも兼《かね》てお話《はな》し申した通《とほ》り妹《いもと》の身《み》さへ片付《かたづ》けばお否《いや》でも一途《いつしよ》になり　彼様《あんな》稼業《かげふ》をしたものゆゑ真面目《まじめ》に世帯《せたい》は持《も》てまいと　世間《せけん》の噂《うはさ》にかゝらぬやう身《み》を捨《す》てゝ共稼《ともかせ》ぎにする心《こゝろ》なれば貴君《あなた》も弛《たゆ》みなく気《き》を張《は》ツて商人《しやうにん》の中《なか》の商人《しやうにん》と云《い》はれるやうになツて下《くだ》さいと男《をとこ》まさりの詞《ことば》に　新吉《しんきち》は恥《は》ぢ入《い》り　少《すこ》し[六]めかし掛《か》けた惰《なま》け心《ごゝろ》を去《さ》り　元《もと》の通《とほ》り形《なり》に構《かま》はず足《あし》には草鞋《わらぢ》　肩《かた》には天秤《てんびん》　ゆツくりとは鼻息《はないき》もせずに駆《か》け廻《ま》はれば　お辰《たつ》は喜《よろこ》びて　其前《そのまへ》より話《はな》しのあツた[七]駿河台《するがだい》の或《あ》るお邸《やしき》へ　妹《いもと》をば奉公《ほうこう》ともな

一　商売の御得意を増やしてやること。

二　有頂天になる意の「魂を天外に飛ばす」と、思はぬ好運にめぐまれる意の「飛んだ仕合せ」の合わせ言葉。

三　「外見も無く」と「内所」のかけ詞。

四　他人がましく。

五　精を出すか怠けるか。

六　鼻の下を伸ばしかけた。

七　神田台地の上場で、江戸期から武家屋敷が多く、維新後は上流階級の邸地でもあった。

く八食客《かゝりうど》ともなく御嬢様《おぢやうさま》のお相手《あひて》に差《さ》し上《あ》げ　ゆく〳〵はお邸《やしき》にて然《しか》るべき所《ところ》へ片付《かたづけ》て下《くだ》さるべき約束《やくそく》なれば是《これ》は安心《あんしん》と　家《うち》も道具《だうぐ》も皆《み》な売《う》ツて新吉《しんきち》と夫婦《ふうふ》になり　新吉《しんきち》も是《これ》まで稼《かせ》ぎ溜《た》めて叔父《をぢ》に預《あづ》けし金《かね》あり　問屋《とひや》の信用《しんよう》はあり　得意《とくい》は多《おほ》しすれば　お辰《たつ》の金《かね》と合《あは》せて八丁堀川口町辺《はつちやうぼりかはぐちゝやうへん》九へ土蔵《どざう》付《つ》きの売店《うりや》を買《か》ツて引移《ひきうつ》り　始《はじ》めて陣《ぢん》一〇を張《は》ツて旗上《はたあ》げせしが　活計《くらしむ》向きから留守《るす》の間《あひだ》の店《みせ》の用《よう》はお辰《たつ》が切《き》ツて廻《ま》はし　新吉《しんきち》は昔《むか》しに変《かは》らず荷《に》を担《かつ》いで　雇人《やとひにん》は一人あれど夫《それ》にまかせず　稼《かせ》ぐ肩《かた》に福《ふく》は止《と》まツて　僅《わづ》か半年《はんとし》ほどの内《うち》に居《ゐ》一一なりに地所《ちしよ》を買《か》ツて置《おき》場《ば》を拡《ひろ》げ　蔵《くら》も塗《ぬ》り替《か》へて本磨《ほんみが》一二きの光《ひか》りを増《ま》したる店《みせ》の繁昌《はんじやう》　昨日《きのふ》まで花美《はで》を尽《つ》くせし踊《をど》りの師匠《ししやう》もかはれば変《かは》る世帯女房《せたいにようばう》　打《う》つも舞《ま》ふも一人《ひとり》の気配《きくば》り　三《さ》味線《みせん》ひく手《て》に算盤《そろばん》一三の　たまさかならでは化粧《けはひ》もせねど　心《こゝろ》の美《うつく》しさは珍《めづ》らしいお方《かた》と　主人《しゆじん》の陰口《かげぐち》よくは云《い》ひたがらぬ下女《げ》小僧《ちよこぞう》までが悦《よろこ》びぬ

実《げ》に夏来《なつき》ては錦《にしき》にも優《まさ》る麻衣《あさぎぬ》　袖《そで》まくりして夕《ゆふ》ぐれ方《がた》の河岸《かし》涼《すゞ》み　昼《ひる》の暑《あつ》さを忘《わす》るゝばかり　新吉《しんきち》は団扇《うちは》を手《て》にして、盤台《はんだい》一四を前《まへ》へ卸《おろ》して小鯵《こあぢ》を拵《こし》らへて居《ゐ》る魚屋《さかなや》と何《なに》か打語《うちかた》らふ折《をり》から　刷《は》一五毛《け》目《め》縞《じま》の単物《ひとへもの》の古《ふる》くして　近寄《ちかよ》れば一種《いつしゆ》の臭《しう》気《き》あるを着《き》た男《をとこ》がうそ〳〵と此家《このうち》を覗《のぞ》き　頓《やが》て突《つ》と店《みせ》に入《い》れば　新吉《しんきち》は薪《まき》の注《ちう》文《もん》にやと忙《いそ》がはしく我家《わがうち》に続《つゞ》いて入《い》るに　其《そ》の男《をとこ》は挨拶《あいさつ》もなく店《みせ》へ腰《こし》を掛《か》けて

八 居候。当時、町人の裕福な家では娘を上流階級の邸へ行儀見習として奉公させたが、その場合生活費一切は自分持ちで、その代りその邸からよい嫁入り先を見つけてもらうことが多かった。

九 浜町堀の川口辺りの町。現中央区日本橋蠣殻町三丁目付近。

一〇 一家の主人となることを戦陣の大将になぞらえる。

一一 その時の居所の地所までを買うこと。地附町人(↓八五頁注一〇)。

一二 丁寧に磨きあげること。

一三「算盤の珠」と、たまに、時々の意の「たまさか」のかけ詞。

一四 当時、下町の河岸通りは「夕鯵」と称して、魚屋がとれたての雑魚を、盤台と称する大きな楕円形の盥に入れて売り歩き、その場で拵えてくれるのが、夏の夕の風物詩でもあった。

一五 荒い縦縞模様。

此方《こちら》の内儀《おかみ》さんに少《すこ》し御目《おめ》に掛《かゝ》りたくて参《まゐ》りましたと　云《い》ふは見《み》た顔《かほ》とつく〳〵見《み》れば　彼方《かなた》も瞳《ひとみ》を定《さだ》め　オヽお前《まへ》さんは観音《くわんおん》の市《いち》で逢《あ》ツた人《ひと》　偖《さて》はと云《いつ》たぎり何《なに》か胸《むね》に思案《しあん》の様子《やうす》　新吉《しんきち》も　ハヽア此奴《こいつ》は[一]はぢかれの八《はち》右衛《ゑ》門《もん》　例《れい》の矢筈《やはず》先生《せんせい》だな　此《こ》の汚《きた》ない形《なり》で内儀《おかみ》さんに逢《あ》ひたいと捻《ね》ぢ込《こ》んだは　昔《むか》しの事《こと》を云《い》ツて幾許《いくら》か[二]いたぶツて行《ゆ》く心《こゝろ》か　左《さ》もあらばあれ　何程《なにほど》の事《こと》か云《い》はんと煙草盆《たばこぼん》を前《まへ》へさし出《だ》して　誠《まこと》にお珍《めづら》しい　三年前《ねんまへ》の歳《とし》の市《いち》で御目《おめ》に掛《かゝ》りたぎりでしたナ　お辰《たつ》や　お前《まへ》の御馴染《おなじみ》の方《かた》がお出《いで》なすツたと　呼《よ》ばれて誰《たれ》ぞ今時分《いまじぶん》忙《いそ》がしいにと　夕飯拵《ゆふめしごし》らへに濡《ぬ》れた手《て》を前垂《まへだれ》で拭《ぬぐ》ひながら　お辰《たつ》は店《みせ》へ立《た》ち出《いで》て見《み》れば虫《むし》の好《す》かぬ八《はち》右衛《ゑ》門《もん》　否《いや》な奴《やつ》がと思《おも》へど外《そ》らさぬ顔《かほ》で挨拶《あいさつ》すれば　八《はち》右衛《ゑ》門《もん》は　[三]オイお辰《たつ》さん　久《ひさ》しぶりだ　優《やさ》しい手《て》で一服付《いつぷくつけ》て下《くだ》さい　世話女房《せわにようばう》になツてまた一段器量《いちだんきりやう》が上《あが》ツた　御亭主《ごていしゆ》といふのは浅草市《あさくさいち》で逢《あ》ツた御方《おかた》　大《おほ》かた斯《か》うなツた[四]行立《ゆくたて》も分《わか》ツたが　未練《みれん》らしく何《なに》も云《い》ふまい　己《おれ》も相場《さうば》の格外《かくはづ》れ[五]地道《ぢみち》を踏《ふ》まぬ横筋違《よこすぢかひ》　[六]詐偽《さぎ》を烏《からす》の黒仕立《くろじたて》で[七]赤《あか》い仕着《しきせ》の其《そ》の果《はて》は　[八]場所《ばしよ》へも顔《かほ》が出《だ》されぬので　大坂堺《おほさかさかひ》と経廻《へめぐ》ツたが　弱《よわ》り目《め》に祟《たゝ》り目《め》と脚気《かつけ》の上《うへ》に[九]湿《しつ》を病《や》み仕方《しかた》がなさにまた元《もと》の此地《このち》へ帰《かへ》ツて様子《やうす》を聞《き》けば　お前《まへ》は此方《こつち》へ巣《す》を換《か》へて昔《むか》しにまさる上景気《じやうけいき》　一年《いちねん》や二年世話《ねんせわ》になツても厄介《やくかい》とは思《おも》ふまい　身体《からだ》の愈《なほ》る

一「はぢかれ者」。鼻つまみの嫌われ者の意。
二 ゆすりたかりをすること。
三 以下のゆすり文句は歌舞伎芝居『世話情浮名横櫛』(嘉永六年初演)の「玄冶店」の名場面などを下敷きとする。
四 いきさつ。事柄のなりゆき。
五 真正直な道を歩まないこと。
六「鷺を烏と言いくるめる」の言い換え。
七 囚人の着る衣服。寛政期(一七八九—一八〇一)の役人長谷川平蔵が、罪人を寄場人足として作業させる時に一般人と区別がつくように工夫したのが始まりという。
八 米相場の会所。→五七頁注五。
九 皮膚病の一種。

まで置《お》いて下《くだ》さいとゆすり文句《もんく》に　お辰《たつ》は柳眉《りうび》を逆立《さかだて》て云《い》ひ争《あらそ》はんとするを押《お》し止《と》め　新吉《しんきち》は紙幣《さつ》を五円紙《ゑんかみ》に包《つゝ》み　成程昔《なるほどむか》しの好《よし》みゆゑお世話《せわ》も申《まを》したいものだが　見《み》られる通《とほ》りのガサツな商売《しやうばい》　お前《まへ》さんも居心《ゐごゝろ》がよく有《あ》りますまい是《こ》れはホンの心《こゝろ》ばかり　一〇伊香保《いかほ》へ湯治《たうぢ》とも行《ゆ》くまいが　一一鶯渓《うぐひすだに》の支店《してん》あたりで二三日養生《やうじやう》なさるが宜《よ》いとやはらかに云《いは》れて　八右衛門《はちゑもん》も左程《さう》強《つよ》くもねだられず是《これ》は大《おほ》きに御喧《おやかま》しうございましたと礼《れい》を述《の》べ　見《み》かへりがちに立《た》ち去《さ》ッた跡《あと》を眺《なが》めて　新吉《しんきち》は歎息《たんそく》し　昨日《きのふ》の大尽《だいじん》　今日《けふ》の乞喰《こつじき》　只心掛《たゞこゝろが》けの一《ひと》つのみ　嗚呼《あゝ》人《ひと》は悪《わる》い事《こと》は出来《でき》ぬものだと云《い》ひたるが　八右衛門《はちゑもん》は其後貰《そのゝちもら》ひし金《かね》も忽《たちま》ち遣《つか》ひ捨《すて》て窃盗《せつたう》を働《はた》らきしにぞ　再《ふたゝ》び鎖《くさり》に繋《つな》がれたりとぞ

　一二新吉夫婦《しんきちふうふ》は富《と》んで矯《おご》らず　稼《かせ》ぐにいよ〳〵福神《ふくじん》の御座所《ござしよ》となり　川口町《かはぐちちやう》様《さま》と一三町名《ちやうめい》で呼《よ》ばれ　定紋《ぢやうもん》も一四弓張《ゆみはり》で人《ひと》が覚《おぼ》え　一五毘沙門亀甲《びしやもんきつかふ》も前兆《ぜんちやう》か　何《なん》でも稼《かせ》げばあの通《とほ》りと　商人《あきうど》の手本《てほん》にされ目出度春《めでたいはる》を重《かさ》ねけるとぞ

商人気質　終

一〇 上州（群馬県）の有名な温泉場で、当時草津と並んで新政府の高官の湯治場として最も有名であった。
一一 明治十八年刊『東京流行細見記』の温泉の部に有馬（本所）、草津（駒込）と並んで伊香保（根岸）とあり、このように諸国名湯の支店を名乗って営業していた。
一二 以下の三行は底本とした金港堂版のみに見える部分である。
一三 居附町人として尊敬される様子。
一四 竹を弓のように曲げて提灯をその上下にかけて引っ張り、広げるようにした道具。定紋入りで武家方で用いられたが、次第に町方でも用いるようになる。
一五 新吉の家の定紋。縁起の良い亀の紋所が商売繁昌の前兆であろうの意。

斎藤緑雨

かくれんぼ

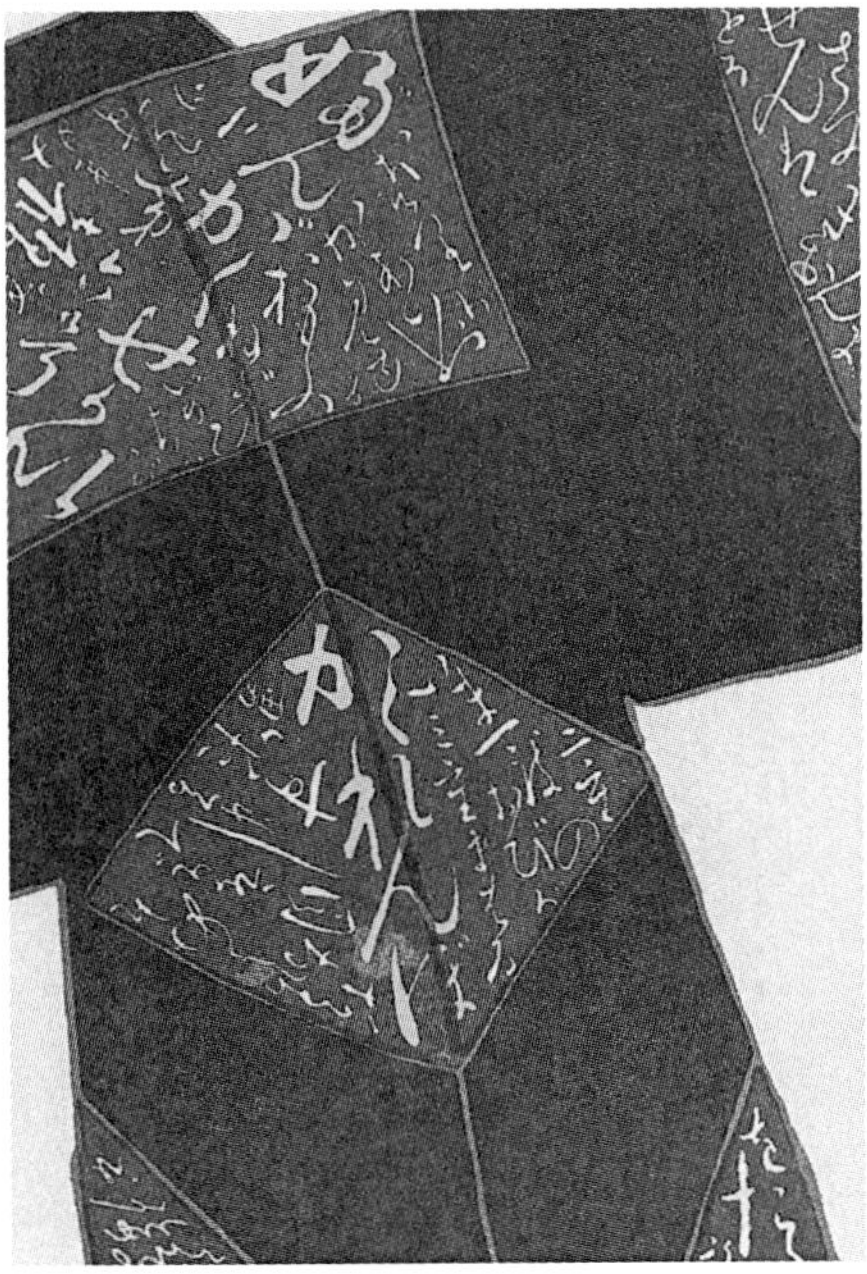

宗像和重 校注

斎藤緑雨（一八六七―一九〇四）は伊勢生まれの作家。筆名は正直正太夫など。

〔底本〕 明治二十四年七月五日、春陽堂刊の「文学世界」第六（表紙の表記は「ぶんがくせかい第六号」、奥付は「文学世界六巻」）として、書き下ろしで刊行された斎藤緑雨の最初の単行本。「文学世界」は「聚芳十種」「新作十二番」と並ぶ春陽堂の文芸叢書で、「半紙木版摺彩色表紙頗美本一冊読切実価八銭」。原本は、半紙を二つ折りにして重ね、二箇所を紐で結び綴じ（大和綴じ）にした和装本。表紙・折り返し表紙裏とも意匠をあしらった彩色の木版刷。「正直正太夫謹識」の署名で墨書の筆跡をそのまま掲げた「叙」一丁に続き、「緑雨醒客」の署名で木版刷り総振り仮名の本文十二丁、それに奥付と春陽堂の出版広告を活版印刷した一丁を付す。なお、緑雨にはこの作品を改稿する構想があり、「新板かくれんぼ」（『国会』明治二十四年八月二十三日付）としてその前口上だけが書かれた。

本巻では、右の単行本を底本とした。底本は若干の読点を用いるのみで句点はない。本巻では、読みやすさを考えて適宜句間を空け、段落の最初を一字下げにした。

〔梗概〕 山村俊雄は裕福な商家のふところ育ちで、純情な秀才であったが、芝居見物の帰りに誘われて酒席に上り、歳十六ばかりで色白丸顔の芸者小春を知る。やがて馴染みを重ねるが、小春にはお大尽のパトロンがいることを聞かされてその朋輩のお夏と関係を結び、小春お夏の恋の鞘当てが繰り広げられて、俊雄は色男丹次郎の二代目を演じる。その後、若手の売出し秋子に入れ揚げ、また二歳年上の冬吉の情夫となって同居、その抱えの小露にも手を出すが、ようやく夢醒めて我家へ立ち帰り、放蕩生活から足を洗う。しかし、遊びの虫を抑えられずに元の土地へ入り込み、素性を知らない雪江から執心され、取持ちを頼まれた姉芸者のお霜も翻弄して、二人に恋の立引を演じさせたあげく、冬吉と縒《よ》りを戻して、名代の色悪として名前をあげる。

〔自作解説〕 本作品への批判に詳細な反論を加えた自作解説として「文筆界の破廉恥漢」（『国会』明治二十五年二月二十日―三月十九日）がある。また没後の伊原青々園・後藤宙外編『唾玉集』（明治三十九年九月、春陽堂）に収められた談話（初出は『新著月刊』明治三十年五月の「作家苦心談 其三（斎藤緑雨氏が『かくれんぼ』の由来及び色道論、恋愛等）」）でも、この作品の来歴と趣意について詳しく語っている。本巻では、この談話を「付録」として巻末に収めた。

叙

天下重宝の白紙《はくし》[一]へあたら墨を塗《なす》りて見て下されとは生《しやう》ある者の云はれた筈の義理ではないなり　其れをのめ〳〵[二]と遣《やつ》てのけるを今日[三]の小説家と申すとかや香具師《(やし)》[四]の謂ふ因果[五]とはこの事三年先[六]の烏が啼いたは大方《おほかた》これを笑ふたのでがな[七]あるべし

されど熟《よ》く思へば小説家と申すは極めて罪の浅い者なり　期する所唯一言妙[八]だよと云はれたいに在り　云はれずばみづから云つて安んずる程の仕合せ[九]　之を片附けんこと三立目《(みたてめ)》[一〇]の奴が首を参る[一一]よりも易し　つまりが太平の世の蚯蚓《みゝづ》[一二]の子ほめたとてむほんが出るでもなくけなしたとて小刀《ないふ》一つ揮《(ふ)》るでもなし　御無[一三]用だよの五字に代ふるに妙だよの三字を以てせらるればそれでいづれも大々満足得脱成仏[一四]疑ひ無し

[一五]ふびんや緑雨も其端《はし》くれこのたび「かくれんぼ」といふを書きぬ　嘗《(かつ)》て予が[一六]初学小説心得に説たる如く色摺[一七]の表紙を附けて出版するものなれば出色との評あるは当人早く承知なり　態々《(わざわざ)》御覧にも及ばず鳥目《てうもく》[一八]だけをまちがひなく春陽堂[一九]に取らせ玉はり其儘まるめて古葛籠《(つづら)》[二〇]の繕ひ張頗《(すこぶ)》る適当とおぼゆ　万一「かく

一 もったいないことに。 二 平然としているさま。おめおめ。ぬけぬけ。 三 斎藤緑雨の「初学小説心得(七)」(『読売新聞』明治二十三年二月二十八日)に、「小説家といふ名称は新聞雑誌の紙上にをり〳〵ちらつけども真に小説を務とする者は皆無とも云べく」などとある。 四 縁日祭礼などの露天で、見世物の興行や商品類の販売を業とする者。「野師」などとも。 五 因果応報の意。見世物の呼び込みの口上で、「親の因果が子に報い」などの類。 六 「三年先の事を言えば鬼が笑う」の俚諺に、俗説の「烏は三年先を知る」を掛けた表現。小説家が因果な稼業であることを自嘲する。 七 「がな」は助詞。助詞「で」に付き、「あろう」「あるべし」と呼応して、蓋然性の高い推量の意をあらわす。「夫《(それ)》もさつきの薬のかげんでがな有ろふ」(『東海道四谷怪談』二幕)。 八 「妙」は明和(一七六四―)ごろからの通人用語、流行語。「甚ダ巧ミニ善クアルコト。＝タヘ」(山田美妙『日本大辞書』)。 九 事の次第。始末。 一〇 歌舞伎用語。ふつう一日の興行は、「三番叟」にはじまり、脇狂言、序開き、二立目、第一番目(時代物)、三立目、四立目、五立目、大詰となり、二番目狂言(世話物)に進む。二立目《(ふたつめ)》までは本筋に関係なく、下級役者によって演じられるが、三立目になってようやく本狂言の序幕に入る。 一一 首を差し出す。首をとる。 一二 卑小な蚯蚓のさらに卑小な、つまらぬ存在。悪筆を「蚯蚓ののたくったような字」とするのに掛ける。 一三 虚無僧や門付けなどを断るときの表現。「あたくしども子供の時分に、尺八を吹いて虚無僧が来ますが、…虚無僧だけに対しては「ご無用」と言わなくちゃいけないと、よくおふ

れんぼ」は何《ど》うじやと尋ぬる気まぐれ者もあらば其時アイサ[一]妙だよと仰せ置かるれば済むべし　是れ小説を読且評《かつ》する一大秘密の便法なり　努漏《ゆめ》[二]し玉ふことある可らず

廿四年五月

正直正太夫[三]　謹識

くろなんかに言われました」(『円生全集』七巻)。
一四 仏教用語。この世のあらゆる迷いを解脱して悟りを得、仏の世界にはいること。
一五 あわれむべきこと、かわいそうなこと。
一六 緑雨の批評。明治二十三年二月から三月まで『読売新聞』「寄書」欄に十日にわたって掲載。
一七 「初学小説心得(八)」(明治二十三年三月十四日)に、「小説を見れば出色〳〵と闇雲に出色がらるるが成程小説は出色なり色摺の表紙つけて出板するものなれば出色と云るるは道理」などとある。
一八 銭の異称。中央の孔の形が鳥の目に似ていることから。
一九 『かくれんぼ』は明治二十四年七月五日、東京日本橋区通四丁目五番地の春陽堂から、「文学世界」第六巻として書き下ろしで出版された。春陽堂は、岐阜県出身の和田篤太郎(一八五七-九九)が明治十一年に創業。博文館と並ぶ、明治期の代表的文芸出版社。
二〇 アオツヅラの蔓で編み、上に紙を貼ったかご。衣服などを入れる。『かくれんぼ』は和紙を袋綴じにした和装本なので、「繕ひ張」に適すという卑下。

——以上一〇七頁

一 返事や相づちを打つときのことば。返答の語「あい」に助詞「さ」の付いた語。「アイサ、さやうでござんやす」(式亭三馬『浮世風呂』前編)。
二 決して、少しも。
三 緑雨の筆名の一。後の「日用帳」によれば、生地の伊勢神戸(現三重県鈴鹿市神戸)にちなんで、歌舞伎の『伊勢音頭恋寝刃』から取ったという。

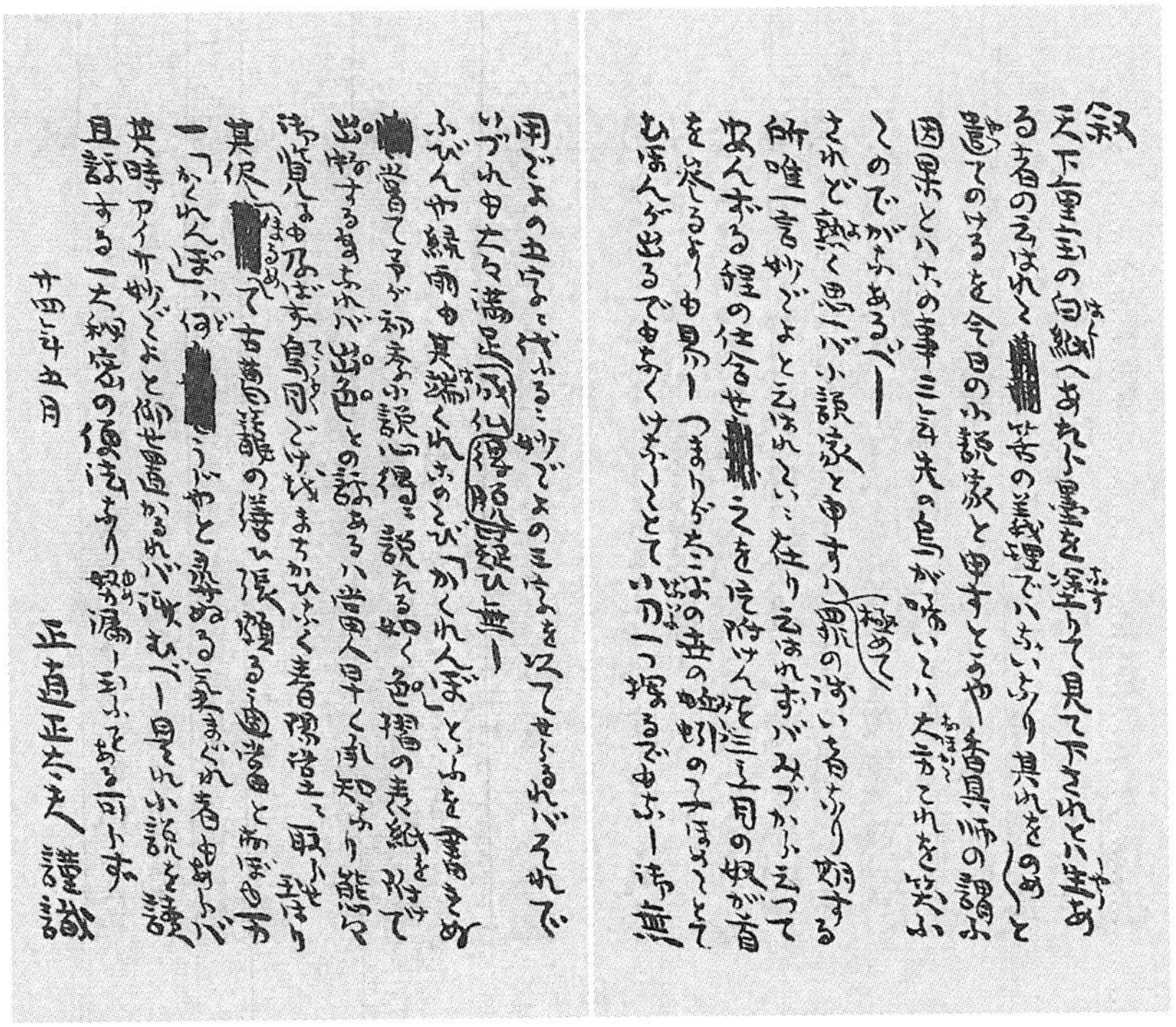
叙
天下皇国の白紙《はく》へあれこれ墨を塗《ぬ》りて見て下されとハ生《や》ある
る者の云はれこ[redacted]笑の義理でハないより其れをのめ と
讃《やっ》てのけるを今日の小説家と申すとかや 香具師の謂ふ
因果とハ六の事三之年先の鳥が鳴いてハ大方《おほかた》これを笑ふ
ものでがふあるべし
されど熟《よ》く思へバ小説家と申すハ極めて罪の深い者なりと嫡する
所唯一言妙でよと云はれていに住り云あれずバみづから云つて
あんずる程の仕合せ[redacted]之を危附けんを三ヶ月の奴が首
を送るよしも見つし つまりがたこなの出の蛇《ぶつ》の子ほめてとて
むほんが出るでもなくけふーとて いつ刀一つ探るでもなし 御無
用でよの五字こぶふるこ妙でよの三字を以てせらるればそれで
いづれも大々満足（成仏得脱）疑ひ無し
ふびんや緑雨も其端《はし》くれなのこび「かくれんぼ」といふを書きとめ
[redacted]当てるが初春の小説心得を説ける如く色摺の表紙を附けて
出版するまあれバ出色との評ある八當人早く承知なり態々
御覧も及ばず鳥羽《てっ》でげば まちかひなく書肆隠者玉て取らせ候はり
其侭《まゝ》[redacted]で古着屋籠の譬ひ須ゐる当當と必ぼも有
一つ「かくれんぼ」ハ何うぢやと尋ねる客まぐれ者もあらバ
其時アイサ妙でよと御世辞かるれバ済むべし 是れ小説を読
且評する一大秘密の便法なり 努《ゆめ》々漏し玉ふである可らず
廿四年五月　正直正太夫 謹識

以下一一〇頁

一 緑雨の初期の筆名の一。
二 豊臣秀吉(一五三七-九八)が庶民から出て関白までのぼりつめたことをいう。
三 石川五右衛門。安土桃山時代の大盗賊。京都三条河原で釜煎にされたといわれる。
四 広袖で裾が左右に割れた歌舞伎衣裳。勇武をあらわす役に用いられた。
五 若竹笛躬・並木千柳・近松余七合作の『木下蔭狭間合戦(このしたかげはざまがっせん)』(寛政元年二月豊竹此吉座初演)では、矢矧橋で知りあった猿之助(後の秀吉)と友市(後の五右衛門)が、盗賊来作(実は加藤清澄)の手下として過ごしたとする。

かくれんぼ

緑雨醒客著[一]

[二]秀吉金冠《ひでよしきんくわん》を戴《いたゞ》きたりと雖《いへど》も[三]五右衛《ゑ》門《もん》[四]四天《てん》を着《つ》けたりと雖《いへど》も[五]猿《さる》か友市《ともいち》生《うま》れた時《とき》は同《おな》じ乳呑児《ちのみご》なり　[六]太閤《たいかふ》たると大盗《たいたう》たると聾《つんぼ》が聞かば音《おん》は異《かは》るまじきも変《かは》るは塵《ちり》の世《よ》の虫《むし》けらどもが栄枯窮達《えいこきうたつ》　[七]一度《ど》が末代《まつだい》とは[八]阿房陀羅経《あほだらぎやう》も亦之《またこ》れを説《と》けりお噺《はなし》は山村俊雄《やまむらとしを》と申《まを》す[九]ふところ育《そだ》ち　[一〇]団《だん》十菊《きく》五を[一一]島原《しまばら》に見《み》た帰《かへ》り途飯《みちめし》だけの突《つき》合《あひ》と[一二]兎《と》在《あ》る二階《かい》へ連込《つれこ》まれたがそも〱の端緒《いとぐち》　[一三]一向《かう》だね一《ひと》ツ献《けん》じやうとさゝれたる猪口《ちよく》を　イヱ何《ど》うも私《わたくし》はと[一四]一言《ひとこと》を三言《みこと》に分《わ》けて迷惑《めいわく》ゆゑの辞退《じたい》を、[一五]酒席《しゆせき》の憲法恥《けんばふはぢ》をかゝす可《べか》らずと強《しひ》られて　漸《やつ》と受《うけ》る手頭《てさき》の訳《わけ》もなく顫《ふる》へ半《なか》ば吸物椀《すひものわん》の上《うへ》へ[一六]篠《しの》を束《つか》ねて降《ふ》る驟雨《しうう》　酌《しやく》する女《をんな》がオヤ失礼《しつれい》と軽《かる》く出《で》るに俊雄《としを》は只《たゞ》もじ〱と箸《はし》も取《と》らず　お銚子《てうし》の代《かは》り目《め》と出《で》て行《ゆ》く後影《うしろかげ》を見澄《みすま》し[一七]洗濯《せんたく》はこの間《ま》と怪《あやし》げなる薄鼠色《うすねづみいろ》の栗《くり》のきんとんを一ツ頰張《ほゝば》つたるが関《せき》の山《やま》、梯子《はしご》段《だん》を登《のぼ》り来《く》る足《あし》音《おと》の早《はや》いに驚《おどろ》いて周章《あわ》てゝ嚥下《のみくだ》し[一八]物平《ものへい》を得《え》ざれば胃《ゐ》の腑《ふ》の必《かなら》ず鳴《な》るを堪《こ》らへるも可笑《をかし》く　同伴《つれ》の男《をとこ》は既《はや》十二分《ぶん》に参《まゐ》りて元《もと》からが不等辺三角形《ふとうへんかくけい》の眼《め》をたるませ

六 秀吉は関白を秀次に譲った後、太閤と称した。

七 一度だけの行為が末代までの影響を及ぼす。やり直しがきかぬこと。

八 江戸中期におこった、時事諷刺の滑稽な俗謡。木魚をたたき、または扇子や杖で調子を取りながらうたい、戸ごとに銭を乞うた。

九 大切に育てられ、世間をよく知らないこと。

一〇 九世市川団十郎(一八三八-一九〇三)と五世尾上菊五郎(一八四四-一九〇三)。いずれも明治歌舞伎界の名優。

一一 京橋区新富町にあった新富座(守田座)のこと。もとここに新島原の遊廓があったことによる。「今の人が歌舞伎座を木挽町と町名で呼ぶやうに、その頃の故老は新富座をしまばらと呼んでゐた」(鏑木清方「新富座」)。

一二 『唾玉集』(→解題)には、「其れから場所は柳橋で、芸者も料理屋、待合なども皆あすこのを宛てゝかいてある」とある。

一三 一向に酒がすすまないね。

一四 丁寧に噛んで含めるように話して。

一五 酒席で守るべき作法。明治二十二年二月十一日発布、二十三年十一月施行の大日本帝国憲法を踏まえる。　一六 強くはげしい雨の形容。

一七 命の洗濯。「鬼の居ぬ間の洗濯」による。

一八 韓愈の「送孟東野序」(孟東野を送る序)に、「大凡物不得其平則鳴(大凡そ物其の平を得ざれば則ち鳴る)」とあるのを踏まえる。

一九 相手に筒先を向ける。誘いをかけること。

二〇 わざわざ返事を用意してやっているのに反応がないこと。往復葉書は明治十八年一月一日から発行された。

二一 島田髷。主に若い女性や芸者の結う髪型。ここでは、島田髷を結う前の、まだ一人前(一本)でない、玉代が半分の芸妓(半玉)。

二二 すぐれている者。とくに美人・美女にいう。

何《ど》うだ山村《やまむら》の好男子《かうだんし》美《うつく》しい所《ところ》を御覧《ごらん》に供《きよう》しやうかねと[一九]撃《う》て放《はな》せと向《む》けたる筒口《つゝぐち》俊雄《としを》はこの頃《ころ》喫覚《のみおぼ》えた煙草《たばこ》の煙《けぶり》に紛《まぎ》らかし莞爾《につこり》と受《うけ》たまゝ返辞《へんじ》なければ[二〇]往復端《わうふくは》書《がき》も駄目《だめ》のことと同伴《つれ》の男《をとこ》はもどかしがり　偖《さて》この土地《とち》の奇麗《きれい》のと云《い》へば、ある〳〵[二一]島田《しまだ》には間《ま》があれど小春《こはる》は[二二]尤物《いうぶつ》　介添《かいぞへ》は大吉婆《だいきちばゝ》呼《よび》に遣《や》れと命《めい》ずるを　未《まだ》来《こ》ぬ先《さき》から俊雄《としを》は卒業《そつげふ》証書《しようしよ》授与《じゆよ》式《しき》以来《いらい》の胸躍《むねおど》らせ　若《も》しも[二三]伽羅《きやら》の香《か》の間《あいだ》から[二四]扇《あふぎ》を挙《あ》げて麾《さしまね》かるゝこともあらば返《かへ》すに駒《こま》なき我《わ》れは何《なに》と答《こた》へんかと[二五]予審廷《よしんてい》へ出《で》る心構《こころかま》へ　態《わざ》と燭台《しよくだい》を遠退《とほの》けて顔《かほ》を見《み》られぬが一の手《て》と[二六]逆茂木《さかもぎ》製造《せいざう》の程《ほど》もなくさら〳〵と衣《きぬ》の音《おと》、それ来《き》たと俊雄《としを》は復《ま》た顫《ふる》へて天《てん》にも地《ち》にも頼《たのみ》とするは後《うしろ》なる床柱《とこばしら》これへ凭《もた》れて腕組《うでぐみ》するを　[二七]海山越《うみやまこえ》てこの土地《とち》ばかりへも[二八]二度《ど》の引眉毛《ひきまゆげ》又《また》かと云《いは》るゝ大吉《だいきち》の目《め》に入《い》り　おふさぎで御座《ござ》りまするのと矢庭《やには》に打《うち》こまれて俊雄《としを》は縮上《ちゞみあが》り[二九]誠恐誠惶《せいきようせいくわう》詞《ことば》なきを同伴《つれ》の男《をとこ》が助《たす》け上《あ》げ　今日《けふ》観《み》た芝居咄《しばゐばなし》を座興《ざきよう》とするに俊雄《としを》も少々《せう〳〵》の応答《うけこた》へが出来《でき》　夜深《よふか》くならぬ間《ま》と心《こゝろ》[三〇]むづつけども同伴《つれ》の男《をとこ》が容易《ようい》に立《た》つ気色《けしき》なければ　大吉《だいきち》が三十年来《ねんらい》これを[三一]商標《しやうへう》と磨《みが》いたる額《ひたひ》の瓶《びん》の如《ごと》く輝《ひか》るを気《き》にしながら栄《はえ》ぬものは浮世《うきよ》の義理《ぎり》と辛防《しんばう》したるが　我前《わがまへ》に余念《よねん》なき小春《こはる》が歳《とし》十六許《ばかり》色《いろ》ぽツてりと白《しろ》き丸顔《まるがほ》の愛敬溢《あいけうこぼ》るゝを何《なん》の気《き》もなく瞻《なが》め居《ゐ》たるに又《また》もや大吉《だいきち》に認《みつ》けられ　お前《まへ》には貴郎《あなた》のやうな方《かた》がいゝのだよと[三二]彼《かれ》を抑《おさ》

二三 香木の伽羅からとった香料。沈香。
二四 『平家物語』巻九「敦盛最後」で、熊谷次郎直実に招かれた平敦盛が、駒を引き返す場面を踏まえる。「扇をあげてまねきければ、招かれてとツてかへす」。 二五 事件を公判に付するだけの嫌疑があるかどうかを、裁判官が決定する公判前の手続き。 二六 敵の侵入を防ぐために、茨の枝をたばねて結った柵。ここでは、防禦の備えをする時間もなく、の意。 二七 いわゆる海千山千の、せちがらい世の中の裏も表も知っていて。 二八 二度の芸者勤め。 二九 「誠惶誠恐」に同じ。心底から恐れかしこまること。
三〇 「むづつく」はもどかしい、むずむずする。
三一 明治十七年六月七日に「商標条例」が公布され、農商務省工務局に「商標登録所」が設置。
三二 一方を牽制し他方を持ち上げて、二人の心をいいように操る。

以下一一二頁

一 大吉の手腕を、中国の戦国時代に列国間の合縦連横を説いた縦横家に擬する。 二 徳の高い僧。 三 女性の取り持ちがなければ始まらないことを、どんな人間も女から生まれた命であると茶化す。 四 小説家が「紅葉」という語をどれほど重宝に用いているか、ということ。
五 絹の撚糸を縦横に用いて織った織物。
六 大阪の曾根崎新地の前を東西に流れる川。遊女小春と紙屋治兵衛の心中を題材とする、近松門左衛門の『心中天網島』(享保五年大坂竹本座初演)を踏まえる。 七 かつての紙屋治兵衛のように、俊雄も道を踏み外すようになること。
八 色里などで飲む酒。
九 鳳凰の雛と麒麟の児。将来大人物となる素質。
一〇 同意の語を重ねた言い方。いわゆる重言。

へ此《これ》を揚《あ》ぐる[一]画策縦横《くわくさくじうわう》　大英雄《だいえいゆう》も[二]善智識《ぜんちしき》も煎《せん》じ詰《つ》めれば[三]女《をんな》あつての后《のち》なり　之《これ》を聞《き》いてアラ姉《ねえ》さんとお定《さだま》りのやうに打消《うちけ》す小春《こはる》よりも俊雄《としを》はぽツと顔赧《かほあから》め男《をとこ》らしくなき薄紅葉《うすもみぢ》と斯様《かやう》の場合《ばあひ》に小説家《せうせつか》が[四]紅葉《もみぢ》の恩沢《おんたく》に浴《よく》するそれ幾干《いくばく》、着《き》たる[五]糸織《いとおり》の襟《えり》を内々《ない〱》直《なほ》したる初心《しよしん》さ　小春俊雄《こはるとしを》は語呂《ごろ》が悪《わる》い[六]蜆川《しゞみがは》の御厄介《ごやくかい》にはならぬことだと同伴《つれ》の男《をとこ》が頓着《とんちやく》なく混返《まぜかへ》す程猶逡巡《ほどなほしりご》みしたるが　孰《たれ》か知《し》らん[七]異《い》日の治兵衛《ぢへゑ》はこの俊雄《としを》　今宵《こよひ》が[八]色酒《いろさけ》の浸初《しみはじ》め[九]鳳雛麟児《ほうすうりんじ》は母《はゝ》の胎内《たいない》を出《い》でし日《ひ》の仮《か》り名《な》にとゞめてあはれ評判《ひやうばん》の秀才《しうさい》もこれよりぞ無茶《むちや》となりける

試《こゝろ》みに[一〇]馬《うま》から落《おち》て落馬《らくば》したの口調《くてう》に傚《なら》はゞ[一一]二《ふた》ツ寐《ね》て二《ふた》ツ起《おき》た二日《ふつか》の後俊雄《のちとしを》は割前《わりまへ》の金届《かねとゞ》けんと同伴《つれ》の方《かた》へ出向《でむき》たるに　是《これ》は頂《いたゞ》かぬそれでは困《こま》ると世間《せけん》のミエが[一二]推《おつ》つ遣《やつ》つの揚句《あげく》　然《しか》らば今一夕《いまいつせき》と呑《の》むが願《ねが》ひの同伴《つれ》の男《をとこ》は七《なゝ》つのものを八《や》つ迄《まで》は[一三]灘《なだ》へうちこむ[一四]五斗《と》兵衛《べゑ》が末胤《まついん》　酔《よ》へば[一五]三郎《さぶらう》づれが鉄砲《てつぱう》の音位《おとぐら》ゐにはびくりともせぬ強者《つはもの》　其《その》お相伴《しやうばん》の御免蒙《ごめんかうぶ》りたいは万々《ばん〱》なれど　何《ど》うぞ御近日《ごきんじつ》と有触《ありふれ》たる送《おく》り詞《ことば》を、[一六]契約《けいやく》に片務《へんむ》あり果《はた》さゞるを得《え》ずと思出《おもひだ》したる俊雄《としを》は早《は》や友仙《いうぜん》の袖《そで》や袂《たもと》が眼前《めさき》に隠顕《ちらつ》き賛否《さんぴ》何《いづ》れとも決《けつ》し難《かね》たる真向《まつかう》から　満更《まんざら》小春《こはる》が憎《にく》いでもあるまいと遠慮《ゑんりよ》なく発議者《ほつぎしや》に斬込《きりこ》まれ　それ知《し》られては[一七]行《ゆ》くも憂《う》し行《ゆか》ぬも憂《う》しと肚裡《はらのうち》は一[一八]上《じやう》一下《げ》虚々実々《きよ〱じつ〱》、[一九]発矢《はつし》の二三十も列《なら》べて闘《たゝか》ひたれど其間《そのま》に足《あし》は

一一　この二日間、思い悩んで金を返すことを決心する俊雄の律儀さと内気さ、そして小春への誘惑の葛藤を暗示。「割前」は割前勘定。

一二　俊雄の金を間にした押問答。「…つ…つ」は二つの動作の併行を表す。

一三　「灘」は灘酒。なにもかも酒にかけてしまう。

一四　千路荘主人作『義経腰越状』(宝暦四年大坂豊竹座初演)に登場する大酒家の五斗兵衛、実は後藤文治。後藤又兵衛に仮託する。

一五　三郎のようなやつ。三郎は『義経腰越状』の泉三郎。三段目で五斗兵衛の正体をためそうと発砲するが、それを空砲と見破られる。

一六　契約の相手方のみが義務を果たして、こちらは履行していない状態。

一七　「行くも憂し行かぬもつらし如何せむ君と親とを思ふこころを」(松平容保)を踏まえるか。

一八　刀を打ち下ろし、打ち払いして、激しく打ち合うこと。あれこれかけひきをすること。

一九　「発矢」は金属のような堅いものが打ちあたる音。内心の葛藤表現。

二〇　大日本帝国憲法の第六十四条。「国家ノ歳出歳入ハ毎年予算ヲ以テ帝国議会ノ協賛ヲ経可シ予算ノ款項ニ超過シ又ハ予算ノ外ニ生シタル支出アルトキハ後日帝国議会ノ承諾ヲ求ムルヲ要ス」。ここでは、どちらがどう支払いをするかも了解できて、の意。

二一　他の座敷に出ている芸妓を譲り受けること。

二二　黒出立。大人びた黒っぽい装い。

二三　「貴郎能く」に続く「いらっしゃいました」の語が、えくぼの中で曖昧に消えていくさま。

二四　『唾玉集』に、「自分が芸者のもので今でも威張つてゐられるのは…此の貴郎やのやの字には随分苦心をしたお蔭だ。私がつかツてからは誰れも彼れもつかふことになつた」とある。

記憶《おぼえ》ある二階《かい》へ登《あが》り　花明《はなあきら》かに鳥何《とりなん》とやら書《かい》た額《がく》の下《した》へ遂《つひ》に落着《おちつ》くこととなれば[二〇]六十四条《でう》の解釈《かいしやく》も略定《ほゞさだ》まり　同伴《つれ》の男《をとこ》が隣座敷《となりざしき》へ出《で》て居《ゐ》る小春《こはる》を幸《さいは》ひなり[二一]貰《もら》つて呉《く》れとの命令《いひつけ》　畏《かしこ》まると立《た》つ女《をんな》と入《い》れかはりて今日《けふ》は[二二]黒出《くろで》の着服《きつけ》に一層《ひとしほ》器量優《きりやうまさ》りのする小春《こはる》が貴郎《あなた》能《よ》くと[二三]末半分《すゑはんぶん》は消《きえ》て行《ゆ》く片靨《かたゑくぼ》　俊雄《としを》はぞツと可愛気《かあいげ》立《た》ちてそれから二度《ど》三度《ど》と馴染《なじ》めば馴染《なじ》む程《ほど》小春《こはる》がなつかしく　魂《たまし》ひ何日《いつ》となく叛旗《はんき》を翻《ひるが》へし顧眄《みかへ》る限《かぎ》りあれも小春《こはる》これも小春《こはる》　兄《にい》さまと呼《よ》ぶ妹《いもと》の声迄《こゑまで》が[二四]貴郎《あなた》やとすこし甘《あま》たれたる小春《こはる》の声《こゑ》と疑《うたが》はれ　今《いま》は同伴《つれ》の男《をとこ》をこちらからおいで〳〵と[二五]新田足利《につたあしかゞ》勧請文《くわんじやうもん》を向《む》ける程《ほど》に[二六]二《ふた》ツ切《ぎり》の紙《かみ》三つに折《を》ることも能《よ》く合点《がてん》し　頓《やが》て[二七]本文通《ほんもんどほ》りなまじ同伴《つれ》あるを邪魔《じやま》と思《おも》ふ頃《ころ》は紛《まぎ》れもない下心《したごゝろ》、入《い》らざる所《ところ》へ勇気《ゆうき》が出《で》て[二八]敵《てき》は[二九]川添《かはぞひ》の裏《うら》二階《かい》最《も》う掌裡《てのうち》と単騎《たんき》馳向《はせむか》ひたるが偖行義《さてぎやうぎ》よくては成難《なりがた》いがこの辺《へん》の恋《こひ》の[三〇]辻占《つぢうら》　[三一]淡路島通《あはぢしまかよ》ふ千鳥《ちどり》の幾夜《いくよ》となく音《おと》づるゝに　貴郎《あなた》のお手《て》はと[三二]逆寄《さかよ》せの当坐《たうざ》の謎《なぞ》　俊雄《としを》は至極《しごく》御同意《ごどうい》なれど経験《ためし》なければまだ〳〵心怯《こゝろおく》れて宝《たから》の山《やま》へ入《いり》ながら其手《そのて》を空《むなし》く密《そつ》と引退《ひきの》け　酔《よ》ふでもなく眠《ねぶ》るでもなく唯《たゞ》[三三]じやらくらと更《ふけ》るも知《し》らぬ夜々《よゝ》の長坐敷《ながざしき》　つひ出《で》そびれて帰《かへ》りしが　山村《やまむら》の若旦那《わかだんな》と云《い》へば温和《おとな》しい方《かた》よと小春《こはる》が顔《かほ》に[三四]花散《はなち》る容子《ようす》を[三五]御参《ござん》なれやと大吉《だいきち》が例《れい》の額《ひたひ》に睨《にら》んで疾《とう》から吹込《ふっこ》ませたる[三六]浅草市羽子板《あさくさいちはごいた》ねだらせたを[三七]胸《むね》三寸《ずん》の道具《だうぐ》に

二五 「勧請文」は神仏の来臨を請う文書。足利尊氏(一三〇五-五八)と新田義貞(一三〇一-三八)は、はじめ鎌倉幕府打倒の勢力として協力。『太平記』では、二人が倒幕前にそれぞれ願文を神社に奉納する。

二六 懐紙で祝儀を包んで渡す時の作法。

二七 そういう時の筋書き通りに、の意。

二八 ここでは小春のこと。「敵」「単騎」といった表現は、前の「新田足利」を踏まえる。

二九 『唾玉集』に、「川添ひの二階とあるは、元の亀清で、今の小中村だが、其の頃は繁昌したものだ」とある。亀清は安政元年(一八五四)に亀屋清兵衛が創業した料亭。

三〇 吉凶を占う縁起物の紙片。主として夜の花柳界などで売り歩いた。

三一 辻占売りは、「淡路島通ふ千鳥の恋の辻占」などと呼び声して売り歩く。源兼昌「淡路島かよふ千鳥のなく声にいく夜寝ざめぬ須磨の関守」(『金葉和歌集』冬・二七〇)による。

三二 男からではなく女の方から誘うこと。

三三 色めかしく戯れるさま。明和(一七六四-)の初め頃からの流行語という。

三四 顔がぽっと紅くなること。

三五 命令形として用い、相手の行為を促す意。

三六 浅草の羽子板市。浅草寺境内の歳の市として、毎年師走に開かれる。

三七 胸の中の考え。「胸三寸に畳む」などから、心に隠しておく密かな計略、の意。

以下一一四頁

一 『唾玉集』に、「角の宇多川(ママ)とあるは、伊豆屋と云ふ船宿なんだ」とある。『新撰東京名所図会』第二十七編(明治三十三年十二月、東陽堂)の「明治初年柳橋辺の光景」に、現存の船宿として「伊豆屋庄兵衛」の名が見える。

二 一本の根から雌雄の幹が左右に分かれた松。

数《かぞ》へ、戻《もど》り路《ち》は[一]角《かど》の歌川《うたがは》へ軾《かぢ》を着《つ》けさせ　俊雄《としを》が受《うけ》たる酒盃《さかづき》を小春《こはる》に注《つ》がせてお睦《むつま》じいと嗳《おくび》より易《やす》い世辞《せじ》　この手《て》とこの手《て》と斯《こ》う合《あは》せて[二]相生《あひおひ》の松《まつ》ソレと突遣《つきやつ》たる[三]出雲殿《いづもどの》の代理《だいり》心得《こゝろえ》、間《かん》、髪《はつ》を容《い》れざる働《はたら》きに[四]俊雄君閣下《としをくんかくか》初《はじ》めて天《てん》に昇《のぼ》るを得《え》て小春《こはる》が其歳暮《そのくれ》[五]裾曳《すそひ》く弘《ひろ》め、[六]用度《ようど》をこゝに仰《あふ》ぎたてまつれば[七]上下《あげさげ》ならぬ大吉《だいきち》が二挺三《てうざ》味線《みせん》つれて其節優遇《そのをりゆうぐう》の意《い》を昭《あき》らかにせられたり

[八]おしゆんは伝兵衛《でんべゑ》　[九]おさんは茂兵衛《もへゑ》　小春《こはる》は俊雄《としを》と相場《さうば》が極《きま》れば望《のぞみ》の如《ごと》く浮《うき》名《な》は広《ひろ》まり　[一〇]逢《あ》ふだけが命《いのち》の四畳半《でふはん》に差向《さしむか》ひの置炬燵《おきごたつ》　トント逆上《のぼせ》ますると哢《からか》はれて其頃《そのころ》は嬉《うれ》しく偶《たまた》まかけちがへば互《たが》ひの名《な》を右《みぎ》や左《ひだり》や灰《はい》へ[一一]曲書《きよくがき》　[一二]一里《り》を千里《り》と帰《かへ》つたあくる夜《よ》千里《り》を一里《り》と復《ま》た出《で》て来《き》て顔合《かほあは》せればそれで気《き》が済《す》む雛《ひな》さま事《ごと》　罪《つみ》のない遊《あそ》びと歌川《うたがは》の内儀《ないぎ》からが評判《ひやうばん》したりしが　或夜《あるよ》会話《くわいわ》の欠乏《けつばう》から容赦《ようしや》のない欠伸《あくび》防《ふせ》ぎにお前《まへ》と一番《ばん》の仲《なか》よしはと俊雄《としを》が出《だ》した[一三]即題《そくだい》を儂《わたし》より歳一《としひと》つ上《うへ》のお夏《なつ》呼《よ》んで遣《や》つてと小春《こはる》の口《くち》から説勧《ときすゝ》めた答案《たふあん》が後《ご》日の祟《たゝ》り　今《いま》し方明《がたあ》いて参《まゐ》りましたと[一四]着更《きかへ》の儘《まゝ》なる華美姿《はですがた》　[一五]名《な》は実《じつ》の賓《ひん》のお夏《なつ》が涼《すゞし》い眼元《めもと》に俊雄《としを》はちくと気《き》を留《とめ》しも小春《こはる》ある手前格別《てまへかくべつ》の意味《いみ》もなかりしに　不図《ふと》其後俊雄《そのゝちとしを》の耳《みゝ》へ小春《こはる》は野々《のゝ》[一六]宮大尽最愛《みやだいじんさいあい》の持物《もちもの》と聞《きこ》えしより　扨《さ》ては小春《こはる》も[一七]尾《を》のある狐欺《きつねだま》されたかと疑《うた》ぐるに　つひぞ是迄覚《これまでおぼ》えのない[一八]口舌法《くぜつはふ》を実施《じつし》し　今《いま》あらためてお夏《なつ》が好《すい》

縁結びと夫婦和合の象徴。

三 大吉は、男女の良縁を結ぶ神としても信仰される出雲大社の代理のつもりで、の意。

四 何もかもお膳立てされる俊雄への語り手の揶揄。続く一節は、二人の初めての同衾をいう。

五 一本になる披露。長く裾を曳く着物を着る。

六 「イリメ。イリカ。入費」(『言海』)。

七 小春と大吉が心をあわせて、俊雄に取り入ること。息のあった三味線の連れ弾きに掛ける。

八 為川宗輔・筒井半二・奈河七五三助合作の浄瑠璃『近頃河原達引(ちかごろかわらのたてひき)』(天明二年江戸外記座初演か)など、井筒屋伝兵衛と芸者お俊の情死事件に取材した作品の主人公。

九 近松門左衛門作の浄瑠璃『大経師昔暦(だいきょうじむかしごよみ)』(正徳五年大坂竹本座初演)など、京都の大経師の妻おさんと手代茂兵衛との姦通事件に取材した作品の主人公。

一〇 源信明「しぬしぬときくきくだにもあひみねば命をいつの世にかのこさん」(『後撰和歌集』恋三・七〇八)などを踏まえた表現か。

一一 本来は、曲芸的な方法で文字を書くこと。ここでは「灰の手すさび」の意に用いる。

一二 「こなた思へば千里も一里逢はず戻れば一里が千里」(『山家鳥虫歌』)などを踏まえる。

一三 「宿題」に対して、その場ですぐに答えさせる問題。次行の「答案」と対応する。

一四 「出」の着物とは別の、お座敷用の着更え。

一五 名前がその実質にぴたりと合うこと。涼しい眼元がいかにも「お夏」の名にふさわしい。

一六 遊里で大金を使う客。

一七 九尾狐の伝説や、『心中天網島』で治兵衛が小春を「根性腐れの狐め」と罵る場面などを踏まえる。

一八 相愛の男女のはじめての痴話喧嘩を、新しい「法律」の「実施」に見立てる。

一九 恋風の吹く福よし、の意。『唾玉集』に、「春(ママ)風の福よしとあるは、薬研堀の水明

たらしく土地《とち》を離《はな》れて[一九]恋風《こひかぜ》の福《ふく》よしからお名《な》ざしなればと口《くち》をかけさせ　オヤと言《いは》せる座敷《ざしき》の数《かず》も三日《みつか》と続《つゞ》けばお夏《なつ》は[二〇]サルもの捨《す》てた客《きやく》でもあるまいと湯漬《ゆづけ》かツこむよりも早《はや》い札附《ふだつき》、男《をとこ》ひとりが女《をんな》の道《みち》で御座《ござ》りまするか、勿論《もちろん》、それで儂《わたし》も決《きめ》ました、決《きめ》たとは誰《たれ》を、誰《たれ》でもない山村《やまむら》の若旦那《わかだんな》俊雄《としを》さまと　豈夫《あにそ》れ斯《か》うでもなからうなれど[二一]機《き》を見《み》て投《とう》ずる商《あきな》ひ上手《じやうず》　俊雄《としを》は[二二]番頭《ばんとう》丈《ぢやう》八が昔語《むかしがた》り頸《くび》筋元《すぢもと》からぞわと真《ま》に受《う》けお前《まへ》には大事《だいじ》の[二三]色《いろ》がと云《い》へば　御座《ござ》りますとも御座《ござ》りますとも是許《こればか》りでも　青《あを》と黄《き》と褐《ちや》と淡紅色《もゝいろ》と襦袢《じゆばん》の袖《そで》を突附《つきつけ》られ　[二四]おのれがと俊雄《としを》が思切《おもひき》つて引寄《ひきよせ》んとするをお夏《なつ》は飛退其手《とびのきそのて》は頂《いたゞ》きませぬ　貴郎《あなた》には小春《こはる》さんがと起《おこ》したり倒《こか》したり[二五]甘酒進上《あまざけしんじやう》の第《だい》一義《ぎ》　俊雄《としを》はぎり〱決着《けつちやく》ありたけの執《しう》心《しん》をかきむしられ何《なん》の小春《こはる》が、必《かなら》ずと畳《たゝみ》かけて[二六]ぬしからそもじへ口移《くちうつ》しの酒《さけ》が媒妁《なかだち》　[二七]それなりけりの寐乱《ねみだ》れ髪《がみ》を口善悪《くちさが》ないが習《なら》ひの土地《とち》なれば　小春《こはる》は[二八]お染《そめ》の母《はゝ》を学《まな》んで[二九]風呂《ふろ》のあがり場《ば》から早《はや》くも聞伝《きゝつた》へた[三〇]緊急動議《きんきふどうぎ》　貴郎《あなた》はやと千古《こ》不《ふ》変《へん》万世《せ》不《ふ》朽《きう》の胸《むな》づくし　[三一]鐘《かね》にござる数々《かず〲》の怨《うらみ》を特《とく》に[三二]前髪《まへがみ》に命《めい》じて俊雄《としを》の両《りやう》の膝《ひざ》へ敲《たゝ》きつけ　お前《まへ》は野々宮《のゝみや》のと勝手《かつて》馴《な》れぬ俊雄《としを》の狼狽《うろた》へるを、知《し》らぬ〱知《しり》ませぬ　憂《う》い嬉《うれし》いも貴郎《あなた》と限《かぎ》る儂《わたし》の心《こゝろ》を[三三]摩利支天様《まりしてんさま》　[三四]聖天様《しやうでんさま》[三五]不動様《ふどうさま》[三六]妙見様《めうけんさま》[三七]日珠様《につしゆさま》も御存《ごぞん》じの今《いま》となつて　暗々《やみ〲》男《をとこ》を取《と》られては何《ど》う面目《めんぼく》が立《た》つか立《たゝ》ぬか性悪者《しやうわるもの》め

楼で」とある。薬研堀は日本橋で、柳橋とは別の土地柄。二〇「然る者」をすばしっこい猿に掛ける。株式取引場のある日本橋の土地柄から「投機」に掛ける。二一 機を見るに敏であること。二二 松貫四・吉田角丸合作『恋娘昔八丈』(安永四年江戸外記座初演)の登場人物。主家城木屋の娘お駒に横恋慕する。二三 通じている男女。情人の存在を問う俊雄に、お夏は襦袢の色を掛けて戯れる。二四「何を言う」などを略す。叱責の表現。二五 幼児を遊ばせたり、人を誘いだますときの俗諺「ここまでござれ甘酒進上」を踏まえる。二六「ぬし」は女から男を、「そもじ」は男から女を呼ぶ遊女や通人の用語。

二七 そのまま行きつくところに行ってしまった。

二八 お染は、鶴屋南北作『お染久松色読販(おそめひさまつうきなのよみうり)』(文化十年江戸森田座初演)の女主人公。質店油屋の娘で、許嫁がありながら手代の久松と恋仲になり、義母貞昌尼にさとられる。

二九 銭湯のあがり場で、口さがない噂を耳にしたということ。三〇 本来は帝国議会(明治二十三年開設)の本会議で、緊急の必要から議事日程にない議事を議題にするようにもとめる提案。

三一 長唄舞踊曲「京鹿子娘道成寺」に、「鐘に恨みは数々ござる、…言わず語らずわが心、乱れし髪の乱るゝも、つれなきは唯うつり気な、どうでも男は悪性者」とあるのを踏まえる。三二 小春が俊雄の膝にすがりついて、顔を膝にぶつけているさま。三三 下谷区上野町(現台東区上野)の妙宜山徳大寺に安置された摩利支天像。

三四 浅草区聖天町(現台東区浅草)の待乳山聖天。

三五 日本橋区薬研堀町(現中央区東日本橋)の不動堂。薬研堀不動。

三六 本所区柳島元町(現墨田区業平)の法性寺境内の妙見堂。妙見菩薩像を安置し、「近世霊験

と罵《のゝし》られ、思《おも》へばこの味《あぢは》ひが恋《こひ》の誠《まこと》と俊雄《としを》は精《せい》一杯《ぱい》小《こ》春《はる》をなだめ　唐琴屋《からことや》[一]二代《だい》の嫡孫《ちやくそん》色男《いろをとこ》の免許状《めんきよじやう》をみづから拝受《はいじゆ》し　暫《しばら》くお夏《なつ》への足《あし》をぬきしが波心楼《はしんろう》[二]の大《おほ》一坐《ざ》に小春《こはる》お夏《なつ》が婦多川《ふたがは》[三]の昔《むかし》を今《いま》に、何《ど》うやら話《はな》せる幕《まく》があつたと聞《き》き　それもならぬと又福《またふく》よしへまぐれ[四]込《こ》みお夏《なつ》を呼《よ》べば　お夏《なつ》はお夏《なつ》　名誉賞牌《めいよしやうはい》[五]を孰《どち》らへとも落《おと》しかねるを小春《こはる》が見《み》るから又《また》かと泣《な》いて懸《かゝ》るに　最《も》うふッつりと浮気《うはき》はせぬと砂糖《さたう》[六]八分《ぶ》の申開《まをしひらき》　厭気《いやき》といふも実《じつ》は未練《みれん》　窓《まど》の戸《と》開《あ》けて今鳴《いまな》るは一時《じ》かと仰《あふ》ぎ視《み》ればお月《つき》さまいつでも空《そら》とぼけてまんまるなり

脆《もろ》[七]いと申《まを》せば女程脆《をんなほどもろ》いは御座《ござ》らぬ　女《をんな》を説《と》くは智力金力権力腕力《ちりよくきんりよくけんりよくわんりよく》この四《よ》つを除《の》けて他《た》に求《もと》むべき道《みち》は御座《ござ》らねど権力腕力《けんりよくわんりよく》は拙《つたな》い極度《きよくど》、成《な》[八]るが早《はや》いは金力《きんりよく》と申《まを》す条先《でうま》づ積《つも》つても御覧《ごらう》じろ　我《わ》れ金《かね》を以《もつ》て自由《じいう》を買《か》へば彼亦金《かれまたかね》を以《もつ》て自由《じいう》を買《かひ》たいは理《り》の当然《たうぜん》　されば男傾城《をとこけいせい》[九]と申《まを》すも御座《ござ》るなり　見渡《みわた》[一〇]す所智力《ところちりよく》の世界《せかい》畢竟《ひつきやう》ごまかしは其《そ》れの増長《ぞうちやう》したるなれば上手《じやうず》にも下手《へた》にも出所《しゆつしよ》はあるべし　おれが遊《あそ》ぶのだと思《おも》ふはまだ〳〵金《かね》を愛《を》しむ土臭料見《つちくさいれうけん》　あれを遊《あそ》ばせて遣《や》るのだと心得《こゝろえ》れば好《すか》れぬ迄《まで》も嫌《きら》はれる筈《はづ》は御座《ござ》らぬ　是即《これすなは》ち女受《をんなうけ》の秘訣《ひけつ》　色師《いろし》[一一]たる者《もの》の具備《ぐび》すべき必要条件《ひつえうでうけん》　法制局《はふせいきよく》[一二]の裁決《さいけつ》に徴《ちよう》して明《あきら》かで御座《ござ》ると何処《どこ》で聞《き》いたか氏《うぢ》も分《わか》らぬ色道《しきだう》じまんを俊雄《としを》は心底歎服《しんそこたんぷく》し満腹《まんぷく》し　小春《こはる》お夏《なつ》を両手《りやうて》の花《はな》と絵入《ゑいり》[一三]

著しとて詣人常に絶えず」(『江戸名所図会』)。 三七『唾玉集』に、「其頃の柳橋の朝まゐりと云へば、此の日珠様に一ッ日の弁天様、浜町の清正公が一番多かッた」とある。本所小泉町(現墨田区両国)の稲荷神社。

以上一一五頁

一 為永春水の人情本『春色梅児誉美』(天保三・四年)の主人公で、鎌倉恋ヶ窪(新吉原)の遊女屋唐琴屋の養子夏目丹次郎。色男の代名詞。 二 波心楼で催された大人数の宴席。「波心楼」については『唾玉集』に言及がない。 三『春色梅児誉美』で深川に仮託された地名。丹次郎をめぐる芸者米八、仇吉の喧嘩を、小春とお夏が再演したということ。 四 二人のどさくさにまぎれこんで。 五 俊雄が、小春とお夏のどちらをとるか、態度をはっきり決められないこと。 六 大方は甘言を弄してご機嫌を取り結ぶこと。 七『唾玉集』に、「『かくれんぼ』の中心思想になッてるものは恋愛神聖論に反対を試みたのだ。男は女に脆いと云ふが女がそれよりか男に脆いものだ」とある。 八 成就する、成功する。 九 女の玩弄物になる男。「傾城」は美女・遊女。 一〇 明治の現代が、福沢諭吉『学問のすゝめ』(明治五—九年)に代表される、学問による立身出世を志向する時代であることを指す。 一一 色事師の略。女たらし。 一二 明治六年の太政官正院法制課を前身とし、太政官の局を経て、十八年の内閣制度の発足と同時に直属の法制局が設置された。法令の立案・審議を職掌とする。 一三 政論中心の新聞に対し、一般大衆を対象に、総振り仮名挿絵入りで、雑報や続きものなどを主体とした新聞。新聞紙名に「絵入」が最初についたのは、明治八年の『平仮名絵入新聞』。

新聞《しんぶん》の標題《みだし》を極込《きめこ》んだれど　実以《じつもつ》て彼《か》の古《こ》[一四]大通《だいつう》の説《と》くが如《ごと》くんば　女《をんな》は端《はし》からころり〳〵日《ひ》[一五]の下開山《したかいさん》の栄号《えいがう》を辱《かたじけな》うせんこと死者《しびと》の首《くび》を斬《き》るよりも易《やす》しと鯤《こん》[一六]、鵬《ぼう》となる大願発起痴話熱燗《だいぐわんほつきちわあつかん》に骨《ほね》も肉《にく》も爛《たゞ》れたる俊雄《としを》は相手待《あひてま》つ間《ま》　歌川《うたがは》の二階《にかい》から不図瞰下《ふとみおろ》した隣《となり》の桟橋《さんばし》に歳《とし》十八許《ばかり》の細《ほつ》そりとしたるが矢飛白《やがすり》の袖夕風《そでゆふかぜ》に吹《ふき》靡《なび》かすを認《みと》めあれはと問《と》へば　今《いま》が若手《わかて》の売出《うりだ》し秋子《あきこ》とあるを然《さ》り気《げ》なく肚《はら》にたゝみ　直《す》ぐ其翌晩月《そのよくばんつき》の出際《でぎは》に隅《すみ》の武蔵野《むさしの》[一七]から名《な》[一八]も因縁《いんねん》づくの秋子《あきこ》をまねけば小春《こはる》もよしお夏《なつ》もよし秋子《あきこ》も同《おな》じくよし[一九]あしの何《なに》は兎《と》もあれおちかづきと気取《きどつ》て見《み》せた盃《さかづき》が毒《どく》の器《うつは》　たんとは不可《いけ》ぬ俊雄《としを》なれば好《よ》いお色《いろ》やと云《いは》るゝを取附《とりつき》[二〇]の浮世噺《うきよばなし》　初《はつ》の座敷《ざしき》はお互《たが》ひの寸尺《すんしやく》[二一]知《し》れねば要害厳《えうがいきび》[二二]しく、　得《え》て気《き》の屈《つま》るものと俊《とし》雄《を》は切上《きりあげ》て帰《かへ》りしが　それから後《のち》は武蔵野《むさしの》へ入浸《いりびた》り深草《ふかくさ》[二三]ぬしこのかたの恋《こひ》のお百度《ど》　秋子《あきこ》〳〵と引附《ひきつ》け引寄《ひきよ》せこゝらならばと遠《とほ》くお台所《だいどころ》[二四]より伺《うかゞ》へば　御用《ごよう》は無《な》いとすげなく振放《ふりはな》しはされぬものゝ　其角《きかく》[二五]曰《いは》く　まがれるを曲《まげ》てまがらぬ柳《やなぎ》に受《うけ》るも漸古《やゝふる》なれど何《ど》うも言《いは》れぬ取廻《とりまは》[二六]しに俊雄《としを》は成仏延引《じやうぶつえんいん》[二七]し　父《ちゝ》が奥殿深《おくでんふか》く秘《ひめ》置《お》いたる虎《とら》[二八]の子《こ》をぽつり〳〵背負《しよつ》て出《で》て　皆《みな》この真葛原下這《まくずはらしたはひ》[二九]ありくのら猫《ねこ》[三〇]の児《こ》へ割歩《わりぶ》[三一]を打《う》ち　大方出来《おほかたでき》たらしい噂《うはさ》の土地《とち》に立《た》つたを小春《こはる》お夏《なつ》が早々《はやぐ》と聞込《きゝこ》み不断《ふだん》は若女形《わかをんながた》で行《ゆ》く不破名古屋《ふはなごや》[三二]も這般《このはん》の事《こと》たる国家問題《こくかもんだい》[三三]に属《ぞく》すと異議《いぎ》なく聯合《れんがふ》

一四 昔の大通人。ここでは前掲の「色師」論を開陳した人。 一五 武芸・技芸で天下無双なる者の称。寛永(一六二四‐)ごろの力士明石志賀之助が、日の下相撲開山と称したのに始まるという。 一六 鯤と鵬は、想像上の大きな魚と大鳥。北海に住む大魚鯤が化して鵬になったといわれる(『荘子』逍遥遊)。 一七 『唾玉集』に、「寿賀野という待合で、今はない」とある。 一八 古歌でも武蔵野といえば秋の風情なので、秋子の名と縁が深いということ。藤原行春「分け行けど花の千ぐさのはてもなし秋を限の武蔵野の原」(『新拾遺和歌集』羇旅・七八一)など。 一九 「良し悪しの何は」に「葭葦の難波」を掛けた表現。 二〇 とっつき。きっかけのための世間話。 二一 寸法、様子。 二二 地勢がけわしく、敵を防ぎ味方を守るのに便利な地。防備や用心がかたいこと。 二三 深草の少将と小野小町の百夜通いの伝説による。 二四 正面からだけでなく、台所から来る御用聞きのように、からめ手からも攻める意。 二五 宝井其角(一六六一‐一七〇七)の句「まがれるを曲げてまがらぬ柳かな」(『続虚栗集』)による。 二六 あつかいぶり。自分へのもてなしがまだ思うようでないこと。 二七 仏教用語。煩悩を解脱して成仏することができないこと。なかなか秋子への思いを達することができないさま。 二八 秘蔵の財産、金品。 二九 「真葛」は「葛」の美称。葛が生えている原。葛が這うことに、這い歩くを掛ける。 三〇 「武蔵野」一帯の誰彼となく金品をばらまくこと。猫は芸妓も意味する。 三一 割符。ここでは、成功報酬の約束手形。 三二 中村明石清三郎・初世市川団十郎合作『参会名護屋』(元禄十年江戸中村座初演)に登場する不破伴左衛門と名護屋山三郎。島原の傾城葛城をめぐって恋の鞘当てを演じる。「不断は若女

策《さく》が行《おこな》はれ　党派《たうは》の色分《いろわけ》を云《い》へば小春《こはる》は赤《あか》　お夏《なつ》は萌黄《もえぎ》の天鵞絨《びらうど》を鼻緒《はなを》にした
る下駄《げた》の音荒々《おとあらく》しく　俊雄《としを》秋子《あきこ》が[一]妻《つま》も籠《こも》れり我《わ》れも籠《こも》れる武蔵野《むさしの》へ一度《ど》にどつ
と[二]示威運動《じゐうんどう》の吶声《ときのこゑ》　[三]座敷《ざしき》が座敷《ざしき》だけ秋子《あきこ》は先刻《せんこく》逃水《にげみづ》[四]『らいふ、おぶ、やまむら
としを』へ特筆大書《とくひつたいしよ》すべき始末《しまつ》となりしに俊雄《としを》も聊《いさゝ》か辟易《へきえき》したるが　弱《よわ》きを扶《たす》
けて強《つよ》きを挫《くぢ》くと[五]江戸《えど》で逢《あつ》たる長兵衛殿《ちやうべゑどの》を応用《おうよう》し　おれはおれだと小春《こはる》お夏《なつ》を
跳飛《はねと》ばし　泣《なけ》るなら泣《な》けと悪《あく》ツぽく出《で》たのが直打《ねうち》となり　それ迄拝見《までははいけん》すれば女《をんな》
冥加《みやうが》と手《て》の内見《うちみ》えたの格《かく》を以《もつ》て六箇敷《むづかし》い所《ところ》へ理《り》をつけたも　実《じつ》は敵《てき》を木戸《きど》近《ちか》く
引入《ひきい》れ散々《さんぐ》ぢらしぬいた上《うへ》の俄《にはか》の首尾《しゆび》　[六]千破屋《ちはや》を学《まな》んだ秋子《あきこ》の流眄《ながしめ》に俊雄《としを》は頗《すこぶ》
る勢《いきほ》ひを得《え》、[七]宇宙《うちう》広《ひろ》しと雖《いへど》も間違《まちがひ》ツこのないものは我恋《わがこひ》と　[八]天気予報《てんきよはう》の「所《ところ》に
依《よ》り雨《あめ》」悦気《えつき》面《おもて》に満《みち》て[九]四百五百と入揚《いりあ》げたトヾの詰《つま》りを秋子《あきこ》は見届《みとゞ》け　然《しか》らば
御免《ごめん》と山水《やまみづ》と申《まを》す長者《ちやうじや》の許《もと》へ一応《おう》の照会《せうくわい》もなく引取《ひきと》られしより俊雄《としを》は[一〇]瓦斯《ぐわす》を離《はな》
れた風船乗天《ふうせんのりてん》を仰《あふ》いで吹《ふつ》かける冷酒《ひやざけ》五臓《ざう》六腑《ふ》へ浸渡《しみわた》りたり

それ倩《つらつ》らいろは四十七文字《もじ》を按《あん》ずるに、[一一]こちや登詰《のぼりつ》めたるやまけの「ま」が
脱《ぬ》ければ残《のこ》る処《ところ》の「やけ」となるは自然《しぜん》の理《り》なり　俊雄《としを》は秋子《あきこ》に[一二]砂浴《すなあび》せられた
る一旦《たん》の拍子《ひやうし》ぬけ其砂肚《そのすなはら》に入《いつ》て忽《たちま》ちやけの虫《むし》と化《くわ》し　前年《ぜんねん》より父《ちゝ》が預《あづか》る[一三]株式《かぶしき》
会社《くわいしや》に通《かよ》ひ給金《きふきん》なり余禄《よろく》なり仲々《なかく》の収入《とりくち》ありしも悉《ことごと》くこの辺《あた》りの溝《みぞ》へ放棄《うつちや》り

形で行く」は、その恋の鞘当てを小春とお夏が演じていること。

一二 小春お夏の協力を、明治十九年から二十二年にかけて展開された旧自由党・立憲改進党有志による大同団結運動に擬する。

——以上一一七頁

一『古今和歌集』巻一の詠み人知らず歌「春日野は今日はな焼きそ若草の妻も籠れりわれも籠れり」(春上・一七)による。

二 学校の寄宿舎などで、大勢が騒々しく練り歩く「ストーム」や「賄征伐」に擬す。

三 秋子が待合の「武蔵野」から逃げ出すことと、古く武蔵野の名物と伝えられた逃水を掛ける。

四「Life of Yamamura Toshio」の意。「山村俊雄伝」。

五 桜田治助作『幡随長兵衛精進俎板(ばんずいちようべえしようじんまないた)』(享和三年江戸中村座初演)、鶴屋南北作『浮世柄比翼稲妻(うきよづかひよくのいなずま)』(文政六年江戸市村座初演)などの歌舞伎で、侠客幡随院長兵衛が白井権八と鈴ケ森で出会う場面を踏まえる。

六 楠木正成(一二九四-一三三六)が元弘三年(一三三三)、金剛山中腹に築いた千早城に立て籠もり、鎌倉幕府軍を引き寄せて、奇計により大混乱に陥れたことを踏まえる。さんざんにじらして。

七「宇ハ天地四方、宙ハ古往今来」(『言海』)。

八 日本では、お雇い外国人E・クニッピングの尽力で明治十六年に初めて天気図が作成され、翌年六月一日から日々の天気予報が始まった。「所に依り雨」は確実に当たる予報。　九 四百円五百円。明治二十四年の巡査の初任給は八円、また二十七年当時で、米一升の値段が六銭六厘の時代。　一〇 乗っていた軽気球のガスが抜けてしまったようなもの。明治二十三年十月十二日、

一四経綸《けいりん》と申《まを》すが多寡《たくわ》が糸扁《いとへん》いづれ天下《てんが》は綱渡《つなわた》りの事《こと》まる〳〵遊《あそ》んだ所《ところ》が杖突《つゑつ》いて百年《ねん》と昼《ひる》も夜《よる》ものアヂを一五遣《や》り　甘《あま》い辛《から》いが漸々《だん〳〵》分《わか》ればおのづから一六灰汁《あく》もぬけ恋《こひ》は側次第《はたしだい》と目端《めはし》が利《き》き、軽《かる》い間《あいだ》に締《しま》りが附《つ》けば男振《をとこぶり》も一段《だん》あがりて村様《むらさま》〳〵と楽《らく》な座敷《ざしき》をいとしがられしが　一七八幡鐘《はちまんがね》を現今《いま》のやうに一八合乗膝枕《あひのりひざまくら》を色《いろ》よしとする一九通町辺《とほりちやうへん》の若旦那《わかだんな》に真似《まね》のならぬ寛闊《くわんくわつ》と二〇極随俊雄《ごくずゐとしを》へ打込《うちこ》んだは歳二《としふた》ツ上《うへ》の冬吉《ふゆきち》なり　凡《およ》そこゝらの恋《こひ》と云《い》ふは親密《ちかづき》が過《すぎ》ては寧調《いつそとゝの》はぬが例《れい》なれど　舟《ふね》を橋際《はしぎは》に着《つ》けた梅見帰《うめみがへ》り　ひよんなことから俊雄《としを》冬吉《ふゆきち》は離《はな》れられぬ縁《えん》の糸巻来《いとまきく》る二一は呼《よ》ぶはの逢瀬《あふせ》繁《しげ》く　姉《あね》じや弟《おとゝ》じやの戯《たは》ぶれが、異《い》なものと土地《とち》に名《な》を唄《うた》はれ　我《わ》れより男《をとこ》は年下《としした》なれば二二色《いろ》には儘《まゝ》になるが冬吉《ふゆきち》は面白《おもしろ》く　今夜《こんや》は儂《わたし》が奢《おご》りますると銭《ぜに》金《かね》を帳面《ちやうめん》のほかなる隠遊《かくれあそ》び、二三出《で》が道明《だうみやう》ゆゑ厭《いや》かは知《し》らねど類《るゐ》の無《な》いのを着《き》て下《くだ》されとの二四心中立《しんぢうだて》　この二五冬吉《ふゆきち》に似《に》た冬吉《ふゆきち》が余所《よそ》にも出来《でき》まいものでもないと二六新道《しんみち》一面《めん》に気《き》を廻《まは》し　二日《ふつか》三日《みつか》と音信《おとづれ》の絶《たえ》て無《な》い折々《をり〳〵》は河岸《かし》の内儀《ないぎ》へお頼《たの》みで御座《ござ》りますと月始《つきはじ》めに魚《さかな》一尾《びき》がそれとなく報酬《はうしう》の二七花鳥使《くわてうし》（まゐらせそろ）の韻《ゐん》を蹈《ふ》んで屹度《きつと》〳〵の呼出状《よびだしじやう》　今方《いまがた》二八貸小袖《かしこそで》を温習《さらひ》かけた奥《おく》の小座敷《こざしき》へ俊雄《としを》を引入《ひきい》れ　二九まだ笑《わらつ》たばかりの耳元《みゝもと》へ旦那《だんな》のお来臨《いで》と廿銭銀貨《せんぎんくわ》に忠義《ちうぎ》を売《う》るお何《なに》どんの注進《ちうしん》　ちえツと舌打《したうち》しながら明日《あした》と詞約《ことばつが》へて裏口《うらぐち》から逃《にが》し遣《やつ》たる跡《あと》の気《き》のもめ方《かた》　若《も》しや以《い》

イギリス人スペンサーが横浜公園で軽気球に乗って落下傘で降下し、大評判となった。一一 恋の険路を「登詰めたる山」に「山気」を掛ける。俗曲「ほれて通ふに」に、「ほれて通ふになにこわからう、今宵も逢ふと闇の夜道をただ一人、さきやさほどにも思やせぬのに、こちやのぼりつめエ、山を越えて逢ひにゆく」とあることによる。一二 日本では、明治二年に設立された通商会社、為替会社、五年の国立銀行条例、七年の株式取引条例等を経て、株式会社の制度が発達。一三 後足で砂をかけられる、の意。一四「経」は縦糸、「綸」は横糸の意。お金も所詮は糸車のようにくるくると世間を廻るもの。一五「物事ニ関スルスベテノ感情。＝オモムキ」（『日本大辞書』）。一六 癖やあくどさが消えて、洗練されること。一七 深川富ケ岡八幡宮の時の鐘。明け六つの鐘は後朝（きぬぎぬ）の合図にもなった。一八 二人乗りの人力車に乗ること。一九 日本橋区通一―四丁目は、日本橋から京橋へ向かう大通りに面し、問屋や老舗が並ぶ町。二〇 このうえなく程度の著しいこと。至極。二一 糸巻を「繰る」と「来る」に掛ける。二二「色」は情夫。旦那持の冬吉が、自分の金で遊べる「色」として俊雄を扱っているということ。二三『唾玉集』に、「此の道明は江戸ッ子でなくては分からないことだ。日本橋の東仲通りの古着屋で、よい品ばかり売る店なんだ、今も古い錦襴の切れなどは此所ばかりだ、あるのは。西洋人などが買ひにいくさうだ。柳橋で其の頃古い格式など守る芸者は、態と古い物をそこから買ツて、通がツたものだ」とある。二四 心のうちに定めた義理を立てること。二五 自分と同じように俊雄を情夫にしようとする芸者がいないとは限らないので、の意。二六「東京ニテ、町家

前《ぜん》の歌川《うたがは》へ火《ひ》が附《つき》はすまいかと心配《しんぱい》ありげに撲《はた》いた吸殻《すひがら》、落《おち》かけて落《おち》ぬを何《なん》の呪《まじな》ひか周章《あわ》てゝ煙草《たばこ》を丸《まる》め込《こ》み其火《そのひ》で再《ま》た吸附《すひつけ》て長《なが》く吹《ふ》くを　傍《かたは》らに在《おは》します[一]弗函《どるばこ》の代表者顔《だいへうしやかほ》へ紙幣《さつ》貼《はつ》た旦那殿《だんなどの》はこれを[二]癪気《しやくき》と見《み》て紙《かみ》に包《くる》んで帰《かへ》り際《ぎは》に残《のこ》し置《おか》れた[三]涎《よだれ》の結晶《けつしやう》　難有《ありがた》くもないと直《すぐ》から取《とつ》て俊雄《としを》の歓迎費《くわんげいひ》　俊雄《としを》は十分《ぶん》あまへ込《こ》んで言《い》ふ也次第《なりしだい》の倶浮《ともうか》れ　[四]四十八の所分《しよわけ》も授《さづか》り融通《ゆうづう》の及《およ》ぶ限《かぎ》り借《かり》て〳〵皆持《みなもち》寄《よ》り　其頃《そのころ》から母《はゝ》が涙《なみだ》のいぢらしいを尚暁《なほあかつき》[五]に間《ま》のある俊雄《としを》は煩《うる》さいと家《いへ》を駈《かけ》出《だ》し　当分冬吉《たうぶんふゆきち》の許《もと》へ御免候《ごめんさぶら》へ会社《くわいしや》へも欠勤勝《けつきんが》ちなり

[六]絵《ゑ》にかける女《をんな》を見《み》て徒《いたづ》らに心《こゝろ》を動《うご》かすが如《ごと》しといふ遍昭《へんぜう》が歌《うた》の生《うま》れ変《かは》り　肱《ひぢ》を落書《らくがき》の墨《すみ》の[七]痕淋漓《あとりんり》たる十露盤《そろばん》に突《つ》いて　[八]湯銭《ゆせん》を貸本《かしほん》にかすり[九]春水翁《しゆんすゐおう》を地下《ちか》に瞑《めい》せしむるの儔《てあひ》は二言目《ふたことめ》には女《をんな》で食《く》ふといへど　女《をんな》で食《く》ふは[一〇]禽語楼《きんごろう》の所謂《いはゆる》[一一]実母《じつぼ》散《さん》と[一二]清婦湯《せいふたう》　他《た》は一度《ど》女《をんな》に食《くは》れて後《のち》の事《こと》なり　俊雄《としを》は冬吉《ふゆきち》の家《いへ》へ転《ころ》げ込《こ》み白昼《はくちう》其処《そこ》に大手《おほて》を振《ふつ》てひりゝとする朝湯《あさゆ》に起《おき》るから直《す》ぐの味《あぢ》を占《し》め　紳士《しんし》と云《いは》るゝ父《ちゝ》の名《な》もあるべき者《もの》が[一三]三筋《みすぢ》に宝結《たからむす》びの荒《あら》き竪縞《たてしま》の温袍《どてら》を纏《まと》ひ　[一四]幅員僅《ふくゐんわづか》二万四千七百九十四方里《はうり》の孤島《こたう》に生《うま》れて論《ろん》が合《あは》ぬの議《ぎ》が合《あは》ぬのと[一五]江戸《えど》の伯母御《をばご》を京《きやう》で尋《たづ》ねたでもあるまいものが、あはぬ詮索《せんさく》に日《ひ》を消《け》すより[一六]極楽《ごくらく》は瞼《まぶた》の合《あ》ふた一時《ひとゝき》と其能《そののう》とする所《ところ》は呑《の》むなり酔《よ》ふなり眠《ねぶ》るなり　自堕落《じだらく》は馴《な》れるに早《はや》く　何日迄《いつまで》

ノ間ニアル狭ク細ソキ路。小路。(元ハ新開ナルヲイヘリシ語ナラム)」(『言海』)。二七 艶書の使い。二八 河東節の曲名。河東節は江戸浄瑠璃の一派。十寸見(ますみ)河東が享保年間(一七一六―三六)に創始。二九 ここでは密会のさなかに旦那の来訪を注進されたこと。

以上一一九頁

一 「鋼鉄デ堅固ニ作ツタ小サナ庫ノヤウナモノ。火災ニ焼ケヌ。中ニ貴重ナ品ヲ収メル。‖金庫」(『日本大辞書』)。また金主の意にも用いる。
二 胸部、腹部にさしこみのおこる病。
三 旦那が楽しみの代償に置いていったお金。
四 四十八手の裏表。色ごとのかけひきや秘術。
五 改悛して目が覚めるにはいたらないこと。
六 『古今集』「仮名序」の、「僧正遍昭は、歌のさまは得たれども、まことすくなし。たとへば、絵にかける女を見て、いたづらに心を動かすがごとし」による。僧正遍昭(八一六―八九〇)は平安初期の「六歌仙」の一人。七 水などのしたたるさま。
八 銭湯代を貸本代にまわすこと。九 為永春水の人情本に心酔し、その主人公になりきろうとするような連中。一〇 禽語楼小さん(一八四九―九八)。落語家。頓智軽口の能弁で人気を博した。
一一 京橋中橋通りの木谷藤兵衛が、元禄のころ長崎の医師に授かった妙薬として売り出した産前産後の婦人薬。一二 日本橋元大坂町の高木与兵衛が売り出した血の道の薬。
一三 三筋の竪縞に紐を宝珠の形に結んだ模様を配した派手な図柄。「温袍」は正しくは「褞袍」。
一四 「幅員」は広さ、幅。「二万四千七百九十四方里」は日本の面積。約三十八万二千三百平方キロメートル。
一五 どうしたって「合ぬ」ことのたとえ。
一六 快さに陶然として瞼を閉じる、あるいは眠

も血気《けつき》熾《さか》んと我《わ》れから信用《しんよう》を剝《は》いで除《の》けたまゝの皮何《かはど》うなるものかと沈着居《おちつきゐ》たるが　さて朝夕《てうせき》を共《とも》にするとなれば各〻《おのく》の心易立《こゝろやすだて》から襤褸《ぼろ》が現《あら》はれ　俊雄《としを》は漸《やうや》く冬吉《ふゆきち》のくどいに飽《あ》いて　[一七]抱《かゝへ》の小露《こつゆ》が[一八]曙染《あけぼのぞめ》を出《で》の座敷《ざしき》に着《き》る[一九]雛鶯《ひなうぐひす》慾《よく》の無《な》い所《ところ》を聞《きゝ》たしと待《まち》たりしが　[二〇]深間《ふかま》ありとのことより離《はな》れたる旦那《だんな》を前年度《ぜんねんど》の穴塡《あなう》め暫《しば》し[二一]袂《たもと》を返《かへ》させんと冬吉《ふゆきち》が其客筋《そのきやくすぢ》へからまり天《てん》か命《めい》か家《いへ》を俊雄《としを》に預《あづ》けて熱海《あたみ》へ出《で》向《む》いたる留守《るす》を幸《さいは》ひの[二二]優曇華《うどんげ》、機乗《きじよう》ずべしと密《そつ》と小露《こつゆ》へ[二三]エヂソン氏《し》の労《らう》を煩《わづら》はせば　姉《ねえ》さんに呵《しか》られまするは初手《しよて》の口《くち》　[二四]青皇令《せいくわうれい》を司《つかさ》どれば厭《いや》でも開《ひら》く鉢《はち》の梅《うめ》　殺生禁断《せつしやうきんだん》の制札《せいさつ》が却《かへつ》て漁者《ぎよしや》の惑《まど》ひを募《つの》らせ曳《ひ》く網《あみ》の度重《たびかさな》れば[二五]阿漕浦《あこぎがうら》に真珠《しんじゆ》を獲《え》て　言《い》ふなお前《まへ》　言《い》ふまい貴郎《あなた》の[二六]安全器《あんぜんき》を据附《すゑつ》け発火《はつくわ》の予防《よばう》も施《ほどこ》しありしに　[二七]疵《きず》もつ足《あし》は冬吉《ふゆきち》が帰《かへ》りて后《のち》一層目《そうめ》に立《た》ち　小露《こつゆ》が先月《せんげつ》からのお約束《やくそく》と出《で》た跡《あと》　[二八]尾花屋《をばなや》から懸《かゝ》りしを冬吉《ふゆきち》は断《ことは》り　発音《はついん》は[二九]モシの二字《じ》を以《もつ》て俊雄《としを》に向《むか》ひ白状《はくじやう》なされと不意《ふい》の糺弾《きうだん》　俊雄《としを》はぎよツとしたれど横《よこ》へそらせて斯《かく》なる上《うへ》は是非《ぜひ》も無《な》し白状致《はくじやういた》します　[三〇]私《わたくし》　母《はゝ》は正《まさ》しく女《をんな》と態《わざ》と手《て》を突《つい》て云《い》ふを、えゝ其口《そのくち》がと畳《たゝみ》叩《たゝ》いて小露《こつゆ》を何《ど》うなさるとそもや儂《わたし》が馴《なれ》そめの始終《しじう》を冒頭《まくら》に置《お》いての責道具《せめだうぐ》ハテ訳《わけ》もない濡衣《ぬれぎぬ》　[三一]椀《わん》の白魚《しらを》もむしつて食《く》ふそれがし[三二]鰈《かれい》たりとも骨湯《こつゆ》は頂《いたゞ》かぬと往時《わうじ》[三三]権現様得意《ごんげんさまとくい》の逃支度《にげじたく》　冗談《じようだん》では御座《ござ》りませぬと其夜《そのよ》冬吉《ふゆきち》が[三四]金輪奈落《こんりんならく》の底《そこ》

りに就く、その一時が極楽、の意。
一七 自前の芸者がかかえている妹分の芸者。
一八 上を紅・紫・黒などの色で染め、裾を曙の空色のように白くぼかしたもの。白い部分には友禅模様を描く。
一九 まだ一本にならない半玉であること。
二〇 間夫。情夫。冬吉に俊雄という深い仲の男があるというので。
二一 ふたたびよりを戻そうとすること。
二二 インドで三千年に一度咲くといわれる想像上の植物。転じて、ほとんど有り得ない機会。
二三 アメリカの発明家トーマス・エジソン(一八四七―一九三一)。後に「俊雄の耳へあのね尽しの電話の呼鈴」(一二三頁七行目)とあり、ここでも俊雄が小露の耳に自分の気持ちを囁き続けた、の意か。電話は一八七六年にグラハム・ベル(一八四七―一九二二)が発明したが、「エヂソン氏創製に係るカーボンテレホン即ち顕微電話機」(『時事新報』明治二十三年十月二十三日)のことなどが当時の新聞に掲載されている。
二四 「青皇」は青帝に同じ。春をつかさどる神。小露が春に目覚める年頃になっていたこと。
二五 現在の三重県津市の海浜。伊勢神宮に供する神饌の漁場で、殺生禁断の地とされた。「逢ふことを阿漕の島に引く網のたびかさならば人も知りなむ」(『古今和歌六帖』巻三)を踏まえる。
二六 白熱電灯の発火を防ぐ安全器。日本では明治十八年に麹町官報局でエヂソン発電機を使用した白熱電灯が点灯し、二十年に東京電燈会社が本格的に開業した。
二七 脛に傷ある身で、後ろめたいこと。
二八 『唖玉集』に「尾花屋としてあるは、米沢町の待合で、高橋と云ふのだ」とある。そこから座敷がかかったのを冬吉は断って。
二九 「モシ貴方」と続く詰問の発語。電話の呼びかけ語に掛ける。

尽《つき》ぬ腹立《はらだ》ち　只今《たゞいま》と小露《こつゆ》が座敷戻《ざしきもど》りの挨拶《あいさつ》も長板橋《ちやうはんけう》の[一]張飛《ちやうひ》睨《にら》んだばかりの勢《いきほ》ひに小露《こつゆ》は顫《ふる》へ上《あが》り　それから明《あ》けても[二]三国割拠《ごくくわつきよ》お互《たが》ひに気《き》まづく笑声《わらひごゑ》はお隣《となり》のおばさんにも下《くだ》し賜《たまは》らず　長火鉢《ながひばち》の前《まへ》の[三]噛楊子《かみやうじ》一寸《ちよつと》聞《き》けば悪《わる》くないらしけれど気《き》がついて見《み》れば見られぬ[四]紅脂《べに》白粉《おしろひ》の花《はな》の裏路《うらみち》　今迄《いままで》さのみでもなく思《おも》ひし冬《ふゆ》吉《きち》の眉毛《まゆげ》の蝕《むしく》ひが弥々《いよく》別《わか》れの催促《さいそく》　客《きやく》となるとも色《いろ》となるなとは今《いま》の誡《いまし》め　我《わが》讎敵《あだ》にもさせまじきはこの事《こと》と　俊雄《としを》漸《やうや》く夢覚《ゆめさめ》て父《ちゝ》へ詫《わび》入《い》り元《もと》の我家《わがや》へ立帰《たちかへ》れば喜《よろこ》びこそすれ気振《けぶ》りにもうらまぬ母《はゝ》の慈愛《じあいあつ》厚く　門際《もんぎは》に寐《ね》て居《ゐ》た[五]まぐれ犬迄《いぬまで》が尾《を》を掉《ふ》るに　俊雄《としを》は只管《ひたすら》疇昔《きのふ》を悔《くひ》て出入《ではい》りに世話《せわ》をやかせぬ神妙《しんべう》さは遊《あそ》ばぬ前日《ぜん》に三倍《ばい》し　[六]雨晨月夕《うしんげつせき》流石《さすが》思出《おもひだ》すことのありしかど末《すゑ》のためと目《め》をつぶりて折節《をりふし》橋《はし》の上《うへ》で聞《き》くさわぎ唄《うた》も[七]易水寒《えきすゐさぶ》しと通《とほ》りぬけるに　冬吉《ふゆきち》は口惜《くや》しがりしが彼《か》の[八]歌沢《うたさは》に申《まを》さらく　[九]蟬《せみ》と蛍《ほたる》を秤《はかり》にかけて鳴《ない》て別《わか》りよか焦《こが》れて退《の》きよか　噫我《あゝわ》れ之《これ》を奈何《いかん》せん　昔《むかし》おもへば見《み》ず知《し》らずと是《こ》れも亦寐心《またねごゝろ》わるく諦《あきら》めていつぞや聞流《きゝなが》した誰《たれ》やらの異見《いけん》を其《そ》の時初《ときはじ》めて肝《きも》のなかゝら探《さぐ》り出《いだ》しぬ

観《くわん》ずれば松《まつ》の嵐《あらし》も続《つゞ》いては吹《ふ》かず息《いき》を入《い》れてからが凄《すさま》じいものなり　俊雄《としを》も二月三月《ふたつきみつき》は殊勝《しゆしよう》に消光《くらし》たるが今《いま》が遊《あそ》びたい盛《さか》り　山村君《やまむらくんど》何うだねと[一〇]下地《したぢ》を見込《みこ》んで誘《さそ》ふ水《みづ》あれば、御意《ぎよい》はよし往《いな》んとぞ思《おも》ふ俊雄《としを》は馬《うま》に鞭《むち》　御同道仕《ごどうだうつかま》つると[一一]臨《りん》

二〇　女のことを白状せよ、と迫る冬吉に、自分の母はたしかに女です、ととぼけてみせる。

二一　白魚の骨さえ避けるほど上品な、の意。

二二　「鰈たりとも」に「枯れたりとも」を、「骨湯」に「小露」を掛ける。痩せても枯れても小露のような小娘は相手にしない。「骨湯」は、蒸したり焼いたりした魚の骨を湯に浸して飲むこと。

二三　「権現様」は徳川家康の尊称。家康が、生涯に何度も窮地を脱した経験をもつことから。

二四　「金輪奈落」は、地下の最も深い所。底の底まで、どこまでも、の意。

以上一二二頁

一　張飛は後漢末の人で、関羽とともに劉備を助けて魏・呉と戦った蜀の豪傑。羅貫中『三国志演義』第四十二回で、張飛は長坂橋上で、すさまじい形相と大喝で曹操の大軍を退却させる。

二　『三国志』に掛けて、冬吉・俊雄・小露が三すくみになった状態をいう。

三　飲食後に気取って楊枝を噛みくわえること。

四　紅白粉を落とした後の人には見せない素顔。

五　どこからか紛れこんで居ついた犬。

六　雨の朝や月の夕方など、風情のある折々。

七　『史記』刺客列伝中の荊軻の故事を踏まえる。燕の刺客として秦の始皇帝の暗殺を企てる荊軻は、易水のほとりで太子丹と別れるに際し、「風蕭蕭として易水寒し、壮士ひとたび去ってまた還らず」と詠じる。

八　歌沢節の略。旗本の隠居笹本彦太郎が、江戸末期に、種々の端唄類を母胎として創った俗曲の一流派。「申さらく」は「申すことには」の意。

九　歌沢「きぬぎぬ」の一節。「きぬぎぬの別れに空も雨誘ふ、蟬と蛍を秤にかけて、ないて別りよか、焦れてのきよか、あゝ昔思へば見ず知ら

時《じ》総会《そうくわい》の下相談《したさうだん》から又《ま》た狂《くる》ひ出《だ》し　名《な》を変《か》へ風俗《ふうぞく》を変《かへ》て元《もと》の土地《とち》へ入込《いりこ》み　[一二]黒《くろ》七子《なゝこ》の長羽織《ながばおり》に[一三]如真形《じよしんかた》の銀煙管《ぎんぎせる》　寧悪党《いつそあくたう》を売物《うりもの》と[一四]毛遂《まうすゐ》が嚢《ふくろ》の錐《きり》ずつと突込《つゝこ》んでこなし廻《まは》るを　我《われ》から悪党《あくたう》と名告《なの》る悪党《あくたう》もあるまいと俊雄《としを》が何処《どこ》か俤《おもかげ》に残る温和振《おとなしぶ》りへ目《め》をつけて　迂架《うか》と口車《くちぐるま》へ腰《こし》を懸《か》けたは[一五]解易《とけやす》い雪江《ゆきえ》といふ廿一二の肌白《はだじろ》　村様《むらさま》と聞《き》かば遠慮《ゑんりよ》もすべきに　今迄《いままで》かけちがふて逢《あは》ざりければ俊雄《としを》を其《そ》れとは思寄《おもひよ》らず　[一六]一も二も明《あか》し合《あ》ふたる姉分《あねぶん》のお霜《しも》へタツタ一日あの方《かた》と遊《あそ》んで見《み》る智慧《ちゑ》があらば貸《かし》て下《くだ》されと頼《たの》み入《い》りしに　お霜《しも》は承知《しようち》と呑込《のみこ》んで　[一七]俊雄《としを》の耳《みゝ》へあのね尽《づく》しの電話《でんわ》の呼鈴《よびりん》聞《きこ》えませぬかと被《かぶ》せかけるを　落魄《おちぶ》れても[一八]白《しろ》い物《もの》を顔《かほ》へは塗《ぬり》ませぬとポンと突退《つきの》け　二の矢《や》を継《つが》んとするお霜《しも》を尻目《しりめ》に懸《かけ》て俊《とし》雄《を》は其処《そこ》を立出《たちい》で　[一九]供待《ともまち》に[二〇]欠伸《あくび》にも亦節奏《またせつそう》ありと研究中《けんきうちう》の[二一]金太《きんた》を先《さき》へ帰《かへ》らせおのれは顔《かほ》を知《し》られぬ[二二]橋手前《はしでまへ》の菊菱《きくびし》　お生憎《あいにく》で御座《ござ》りまするといふ雪江《ゆきえ》を二時《じ》が三時《じ》でもと待受《まちう》け　アラと驚《おどろ》くを縁《えん》の附際《つけぎは》　こちらからのやうに憑《もた》せた首尾《しゆび》電光石火早《でんくわうせきくわはや》い所《ところ》を雪江《ゆきえ》がお霜《しも》に誇《ほこ》れば　お霜《しも》はほんとゝ口《くち》を明《あい》てあきるゝを[二三]曲亭流《きよくていりう》を以《もつ》てせば[二四]半晌許《はんときばかり》兎《と》に角大事《かくだいじ》ない顔《かほ》なれど潰《つぶ》されたうらみを言《いつ》て〳〵言《いひ》まくらうと俊雄《としを》の跡《あと》をつけねらひ、それでも貴郎《あなた》は済《すみ》ますか、済《すま》ぬ〳〵真《しん》実済《じつす》まぬ、屹度済《きつとすみ》ませぬか、屹度済《きつとすみ》ませぬ、其済《そのすま》ぬは誰《たれ》へで御座《ござ》ります、先祖《せんぞ》

ず」とある。

一〇 諺の「下地は好きなり御意はよし」、および小野小町の歌「わびぬれば身を浮草の根を絶えてさそふ水あらばいなむとぞ思ふ」(『古今和歌集』雑下・九三八)を踏まえ、謡曲『鞍馬天狗』の「使は来たり馬に鞍」なども連想させる。

一一 会社や組織で、緊急を要する特別の議案が生じた時に開催される会。遊び仲間の不意の誘いに心を動かされたこと。

一二 黒い七子織。厚地でふっくらとした感触の織物で、着物や羽織などに盛んに使用された。

一三 「如心形」に同じ。煙管の一形態で、直線的なすっきりした印象を与える。「親分と呼ばれた男は、如心形の煙管を啣へた儘」(芥川龍之介「鼠小僧次郎吉」)。

一四 『史記』平原君虞卿列伝による。趙の公子平原君が、食客の毛遂に助けられる、「毛遂自薦」の故事で知られる。錐が袋をつき刺して表に出てくるように、優れた才能は直ちにあらわれる。

一五 溶けやすい雪と、男に脆い女の意を掛ける。

一六 何でも彼でも、の意。

一七 ここでは、電話の呼鈴のように「あのね」「あのね」と何度も雪江のことを斡旋した意。日本では逓信省が電話の官営を決定し、明治二十三年十二月に東京と横浜で電話交換業務を開始。

一八 白粉を顔に塗る役者や男娼、いわゆる「男傾城」(一一六頁一一行目)の類を指す。

一九 主人の帰りを待つ供人などを待たせておくために門口に設けた休息所。

二〇 節奏(リズム)でもとるかのようにしきりに欠伸しているさま。

二一 山村家の抱えの人力車夫の名か。

二二 『唾玉集』に「橋手前の菊菱とあるは、船宿日のやのことなんだ」とある。「橋」は柳橋。

二三 曲亭馬琴(一七六七-一八四八)風の衒学的表現。

二四 半時に同じ。一時の半分。今の一時間。

の[一]助六《すけろく》さまへ、何《なん》で御座《ござ》んすと振上《ふりあげ》てぶつ真似《まね》のお霜《しも》の手《て》を俊雄《としを》は執《と》らへ　是《これ》では猶済《なほす》むまいと恋《こひ》は追々《おひ〳〵》[二]下《した》へ落《おち》て　遂《つひ》に[三]ふたりが水《みづ》と魚《うを》との交《なか》を隔《へだ》て[四]脈《みやく》ある間《あいだ》は孰《どち》らからも血《ち》を吐《はか》せて　雪江《ゆきえ》が見《み》て下《くだ》されと[五]紐鎖《ばちん》へ打《う》たせた山村《やまむら》の定紋《ぢやうもん》負《まけ》ては居《ゐ》ぬとお霜《しも》が櫛《くし》へ蒔絵《まきゑ》した日《ひ》を[六]最《も》う千秋楽《せんしうらく》と俊雄《としを》は幕《まく》を切《き》り　[七]元木《もとき》の冬《ふゆ》吉《きち》へ再《ふたゝ》び焼附《やけつ》いた腐《くさ》れ縁《えん》　燃盛《もえさか》る噂《うはさ》に雪江《ゆきえ》お霜《しも》は顔見合《かほみあは》せ[八]鼠《ねづみ》繻珍《しゆちん》の烟草入《たばこいれ》を奥《おく》歯《ば》で嚙《か》んで畳《たゝみ》の[九]上敷《うはじき》へ投《ほふ》りつけ　扨《さ》ては村様《むらさま》か目《め》が足《た》りなんだと其《その》あくる日《ひ》の髪結《かみゆひ》にまで当《あた》り散《ち》らし　[一〇]欺《だま》されて啼《な》く月夜烏《つきよがらす》まよはぬことと触廻《ふれまは》りしより村様《むらさま》の村《むら》はむら気《き》のむら、[一一]三十前《まへ》から[一二]綱《つな》では行《ゆ》かぬ恐《おそろ》しの腕《うで》と[一三]戻橋《もどりばし》の狂言以来《きやうげんいらい》かげの仇名《あだな》を小百合《さゆり》と呼《よ》ばれ　あれと云《い》へば点頭《うなづ》かぬ者《もの》のない名代《なだい》の[一四]色悪《いろあく》[一五]変《かは》ると云《い》ふは世《よ》より心《こゝろ》[一六]不目出度《ふめでた》し〳〵

かくれんぼ　終

一 歌舞伎『助六所縁江戸桜（すけろくゆかりのえどざくら）』などの主人公花川戸助六。江戸っ子の粋を集めた男だて。
二 下世話に流れて。
三 雪江とお霜の親密な間柄に亀裂を生じさせて。
四 恋の情熱のある間は。
五 帯留めの金具。パチンと音をさせて留める。
六 幕の引き時と考えて。
七 元木はもとの情婦。「焼木杭に火がつく」から。
八 鼠色の繻珍。繻珍は繻子地に色糸で模様を織り出した布。多く帯地などに用いる。
九 畳の上に敷く藺草（イグサ）の敷物。
一〇 「月夜の烏はほれてなく我も鴉かそなたに惚れてなく」（『隆達小歌集』）などを踏まえる。
一一 俊雄の年齢について、『唾玉集』では「『かくれんぼ』は五年程の間のつもりで、俊雄が二十か二十一から、二十五六までの事のつもりだ」とある。
一二 綱をつけて縛ることができないの意に、羅生門の鬼退治などで知られる、源頼光の四天王の一人渡辺綱を掛ける。
一三 明治二十三年十月歌舞伎座初演の歌舞伎舞踊「戻橋」（河竹黙阿弥作詞）に掛けて、「橋手前の菊菱」（前頁一一行）で雪江を翻弄した手腕を指す。渡辺綱は一条戻橋で扇折りの美女小百合に出会うが、実は愛宕山悪鬼と知って、立ちまわりの末にその片腕を切り落とす。
一四 歌舞伎の役柄で、外見は二枚目の悪役。また一般に女を迷わせて弄ぶ男。
一五 「移り変るは世の習ひ変らぬは親心」（『仮名手本忠臣蔵』九段目）などを踏まえる。
一六 『春色梅児誉美』の末尾に「めでたく筆をおさめはべりぬ」とあるのを踏まえる。この末尾については、『唾玉集』参照。

斎藤緑雨

あま蛙《がえる》

宗像和重 校注

〔底本〕博文館発行の雑誌『太陽』第二巻第二号（明治二十九年一月二十日）に掲載。署名は「緑雨」、本文は総振り仮名。本文に先立って、次の口上が掲げられているので、ここに引いておく。

「初めに寄稿者の略歴を掲ぐるが『太陽』の例なれども僕の族籍年齢が知りたくば区役所にて調べ玉へ番地が分らずば派出所にて尋ね玉へ正直正太夫と申す別号あれどもこれは証文の用に立たず戒名はまだ附かねど寺は禅宗なり幼より聡明穎悟は申す迄もなし右の手に箸持つ事をつひぞ忘れぬにても察し玉へ全体文豪といふは古から性の知れぬ者なり彼の沙翁を看玉へ巣林子を看玉へ今以て性が知れぬにあらずや山とも海とも性の知れぬ点に於ては僕も慥かに文豪なり名刺の肩に大日本帝国文豪と書入れても諸君は決して之れを拒むの権利を有せざるべしザマ見やがれと当人しるす」

「あま蛙」は、のち「袖珍小説第九編」として博文館から刊行された小説・評論集『あま蛙』（明治三十年五月十九日）に収録された。本文は総振り仮名。初出本文との間に大きな異同はない。

本巻では、右の初出を底本とした。底本は、作中に「一篇の戯曲といふのか阿房陀羅経といふのか」として引かれる「うつてんばつてん」の箇所を除き、句読点を用いないベタ書きで、段落の行頭も一字下げにしない。本巻では、読みやすさを考えて適宜句間を空け、段落の最初を一字下げにした。

〔梗概〕荒子落雁は近頃はやりの小説家で、本人は博識を誇って鼻を高くしているものの、その教養の程はすこぶる怪しい。裏隣の紳商の控邸に保養に来ている十七八の令嬢あん子にのぼせて、妄想をたくましくするものの、相手は眼中になく、許嫁の新帰朝者との婚礼の噂が聞こえてくるに及んで曰く、「僕もラブには一度失敗したよ」。その後、赤襟あがりの芸者小ぬかのお愛想を真に受けて通いつめるものの、まもなく落籍されるなごりに、木挽町の役者を間夫に浮気仕舞をしていると聞かされて、またも夢破れ「僕もラブには二度失敗したよ」。すっかり厭世主義に陥ったところを元の学校友達に誘われて吉原に登楼し、どこからどこまでまん丸づくめの遊女と馴染みになってさんざんにせびられるが、二年越しに入れ揚げている男があると知って「僕もラブには三度失敗したよ」。文学隆盛の世の中で、こんな手合いが次から次へと涌いて出て、雨蛙のようにガヤ〳〵やっている。

かしこきは[一]丁斑魚《めだか》なり　いつまで経《た》つても鯨《くじら》にならず　尾鰭《をひれ》短《みじか》き夢《ゆめ》の世《よ》の浮《うき》草《くさ》の下潜《したくゞ》りてそれで一生《いつしやう》を「[二]たのしみ鍋《なべ》」にも取込《とりこ》まれねば　[三]行方《ゆくへ》白滝《しらたき》に搦《から》まれてちぐはぐの丸箸《まるばし》につゝき散《ち》らされ　オツト汁《つゆ》が同伴《つれ》の膝《ひざ》へ[四]飛《と》んだ麁匆《そゝう》もなし　万事《ばんじ》斯《か》う行《ゆ》きたいとは啻《たゞ》に[五]猫《ねこ》に袋町《ふくろまち》をまごついて跡戻《あともど》りする時《とき》ばかりの台詞《せりふ》にあらず　一頃《ひところ》流行《はや》りし[六]陶宮《たうきう》にも分《ぶん》を守《まも》れとあるよしなれど　兎角《とかく》[七]他人《たにん》の尺取虫《しやくとりむし》　あゝでもないと伸《の》びる気《き》がおそろしく　世《よ》はさて[八]乞食唄《こじきうた》の滅茶《めつちや》めちや　[九]忠義《ちうぎ》一図《いちづ》のお乳《ち》の人《ひと》と雖《いへど》も[一〇]まゝならぬは一日三度《いちにちさんど》の炊加減《たきかげん》　やわらかいもあり硬《こは》いもあり　坊《ぼつ》ちやまいつも坊《ぼつ》ちやまならず　追々《おひ〳〵》御成人遊《ごせいじんあそ》ばせば爾々《さう〳〵》は絵具《ゑのぐ》筆《ふで》に[一一]武鑑《ぶかん》の紋所《もんどころ》を彩《えど》つても居《ゐ》られず　何《なに》かで当《あ》てたい[一二]山名《やまな》細川《ほそかは》お互《たが》ひに謀《む》叛気《ほんぎ》つよく　イザと乗出《のりだ》しては見《み》たものゝ[一三]一寸先《いつすんさき》は大黒毛《おほくろげ》　[一四]独楽《こま》でも天下《てんか》は容《よう》易《い》に取《と》れず　折角《せつかく》の[一五]思惑《おもわく》も端《はし》からガラリちがひ棚《だな》　年《ねん》が年中隅《ねんぢうすみ》へ置《お》かれて果《は》つること　実《げ》にや池中《ちゝう》の物《もの》に非《あら》ず泥溝《どぶ》の中《なか》の物《もの》と初手《しよて》から断《ことわ》つてないはおもふに[一六]張交《はりまぜ》を書《か》いた奴《やつ》の手落《ておち》なるべし　姓《せい》は[一七]荒子《あらこ》名《な》は退学届《たいがくとゞけ》を見《み》たでなければつひ忘《わす》れたれど　号《がう》が[一八]落雁《らくがん》なれば[一九]叩《たゝ》き上《あ》げて今《いま》では名代《なだい》といふと[二〇]西新井《にしあらゐ》の軽焼《かるやき》まづい

一『物類称呼』に「丁斑魚　めだか。京にて、めゝざこ」などとある。東武にて、めだか。
二 中に何が入っているかわからない闇鍋の類。
三「行方しらず」に鍋の具の「白滝」を掛ける。
四「膝へ飛んだ」に「とんだ麁匆」を掛ける。
五 猫に紙袋をかぶせると、まごまごして後ずさりする意の俚諺「猫に紙袋(かんぶくろ)」を踏まえ、「袋町をまごついて跡戻りする」に掛ける。「袋町」は通り抜けできない行き止まりの町を指す。
六「淘宮」の誤りで、淘宮術のこと。天保五年(一八三四)に横山丸三(まるみつ)が創始した開運の教義。
七 他人をあれこれと品評すること。ものさしで長さをはかることを意味する「尺を取る」から「尺取虫」へ、その縁語で「伸びる」と続く。
八 物乞いのために賤しい節付けで唄う門付唄。
九 仙台の伊達騒動を脚色した歌舞伎狂言『伽羅先代萩(めいぼくせんだいはぎ)』で、忠義の乳人(めのと)政岡のこと。
一〇「思うようにならぬ」の意に、「飯(まま)」を掛ける。乳人政岡が、命を狙われている幼君鶴喜代のために、みずから茶道具で飯を炊く「飯炊き(ままたき)」の場面を踏まえる。
一一 江戸時代に、大名・旗本の氏名、系譜、官位、知行高、家紋、旗指物などを記した名鑑。その紋所に男児が絵具で彩色をして遊ぶ。
一二 応仁の乱(一四六七―七七年)を引き起こした山名氏と細川氏の対立を指す。
一三「一寸先は闇」を踏まえる。「大黒毛」は、純黒色の馬体の大きい馬。
一四 馬の意の「駒」に「独楽」を掛ける。ここでは、武将の名を焼印した独楽を対戦させて遊ぶ武将独楽のことか。
一五「思惑違ひ」に「ちがひ棚」を掛ける。
一六 以下の荒子落雁の卑俗さを、屛風などに張り交ぜた絵の一枚に擬す。

やうにも聞《きこ》ゆれど　百《ひやく》に幾《いく》つの売物《うりもの》とは元《もと》より種《たね》が別段《べつだん》の[一]極印附《ごくいんつき》　但《たゞ》し其極印《そのごくいん》を熟視《よくみ》たら不用《ふよう》とあるか何《ど》うかは知《し》らねど　何《なに》しろ呼《よ》ぶにも天晴《あつぱれ》と云《い》はねば文《ぶん》もきまりが悪《わる》い程《ほど》の小説家《せうせつか》といふえらい者《もの》に成澄《なりす》まし　イヨと声懸《こゑか》ける[二]大入場《おほいりば》前《まへ》へ〳〵と出《で》たがるゆゑ図《はか》らず[三]音《おと》に聞《きこ》えるとは袂《たもと》の銅貨《どうくわ》に似《に》たこと哉《かな》　博識《はくしき》に於《おい》ては源氏《げんじ》も一通《ひとゝほ》りのではいけず　[四]手《て》の込《こ》んだ評釈《ひやうしやく》の方《はう》がちやんと読《よ》めるばかりか　解《わか》らずとも解《わか》ること生《うま》れながらの神童《しんどう》とて[五]八犬伝《はつけんでん》といふ[六]浩瀚大帙《かうかんたいちつ》の書《しよ》を常《つね》に繙《ひもと》きしむかしもおもはれ　[七]坐《ゐな》がら名所《めいしよ》は[八]中《なか》の郷《がう》の丹次郎《たんじらう》が詫住居《わびずまゐ》慥《たしか》この辺《へん》といふ事《こと》まで悉《ことごと》く呑込《のみこ》んでなれど　唯《たゞ》この上《うへ》の不足《ふそく》を云《い》はゞ　僅《わづか》拾銭前後《せんぜんご》の[九]ラセラス一冊《さつ》にひよつとかすると気《き》の狂《ちが》ふが険難《けんのん》なばかり　三畳敷《でふじき》の[一〇]明窓浄几《めいさうじやうき》観念《くわんねん》を凝《こ》らすと云《い》つては能《あた》はぬの禁句《きんく》錬《ね》ると言《いひ》かへた所《ところ》で膏薬《かうやく》の如《ごと》し　[一一]白《しろ》いものへ黒《くろ》いものを塗《ぬ》つて切継細工《きりつぎざいく》のぢゞむさいは夫《そ》れ[一二]淮南子《えなんじ》に曰《いは》くが孫引《まごびき》の縁《えん》なきにあらず　[一三]駄目《だめ》とは宛字《あてじ》何《なに》か異《かは》つたのがと覗《のぞ》き込《こ》んで　ハテネ花《はな》のちら〳〵と散《ち》るのが[一四]繽紛《ひんぷん》かとは机《つくゑ》の下《した》に[一五]詩語粋金《しごすゐきん》があるのでは決《けつ》してなし幼学便覧《えうがくべんらん》があるのでは猶決《なほけつ》してなし　[一六]日《ひ》の本《もと》ならば照《て》りもせめは万葉集《まんえふしう》　[一七]腰間秋水鉄《えうかんのしうすゐてつ》可断《たつべし》は唐詩選《たうしせん》と疾《と》うより心得《こゝろえ》　[一八]月《つき》と梅春《うめはる》の景《け》色《しき》もやゝとゝのひてと[一九]五百題《だい》を逆《さか》捻《ひね》りに捻《ひね》るほどの苟《いやし》くも落雁先生《らくがんせんせい》は大家《たいか》なれば　其《そ》んな伝授《でんじゆ》の豈要《あにい》らんや　種《たね》

一七 粒子の荒い粉を意味する「荒粉」に掛けて、雅号を「落雁」とするか。
一八 空からまいおりる雁。また、小麦粉に砂糖をまぜ、型に入れてつくった干菓子の名。
一九 小麦粉を叩き上げて作る落雁に、下積みを経て名のある小説家になったことを掛ける。
二〇 東京北郊の西新井大師参道で売る軽焼煎餅。

以上一二七頁

一 偽造防止や品質証明の印。確かな証拠。
二 劇場などで、観客を詰め込む下等の安い席。
三 評判が高いかと思えば、袂に銅貨の小銭しか入っておらず、それが動くたびに音を立てる。
四 北村季吟『湖月抄』(延宝三年)、萩原広道『源氏物語評釈』(嘉永七―文久元年)などの『源氏物語』に関する評釈・注釈書類。
五 江戸後期の読本『南総里見八犬伝』。曲亭馬琴作。全九輯一〇六冊。文化十一―天保十三年。安房の里見家再興をめぐる壮大な伝奇小説。
六 書籍の大部なこと。
七 座したままでも。
八 「丹次郎」は為永春水の人情本『春色梅児誉美』(天保三―四年)の主人公。美男子の代名詞とされた。その丹次郎が侘び住まいをしていたのが、隅田川東岸の本所中の郷(現墨田区)。
九 イギリスの詩人・批評家サミュエル・ジョンソン(Samuel Johnson, 一七〇九―八四)の小説『アビシニア王子ラセラス(The History of Rasselas, Prince of Abyssinia)』(一七五九年)を指す。日本でも広く読まれ、草野宜隆訳『王子羅世拉斯伝記』(明治十九年)、田村左衛士訳『刺世拉斯伝』(明治二十三年)などの邦訳も多い。
一〇 整理された清らかな書斎。語り手の皮肉。
一一 白い紙に黒い墨で原稿を執筆すること。
一二 漢の劉安(前一七九―前一二二)が、老荘の説に基づ

は懐中《くわいちう》の手帳《てちやう》に新聞雑誌《しんぶんざつし》から熟字熟語《じゆくじじゆくご》を拾《ひろ》ひ上《あ》げて傍訓《ふりがな》のまゝ書留《かきと》めて置《お》くなどゝは以《もつ》[二〇]ての外《ほか》の取沙汰《とりさた》　間髪《かんぱつ》[二一]とつゞけて読《よ》んだは跡《あと》にも先《さき》にもタツタ一度《ど》それも全《まつた》くは句点《くてん》の打《う》つてないが悪《わる》いのなり　何《なに》かは知《し》らず日々《にち〳〵》行列《ぎやうれつ》[二二]さするを伊勢屋《いせや》[二三]の台所《だいどころ》で頻《しき》りに羨《うらや》ましがれど　近寄《ちかよ》れば生中字《なまなかじ》の形《かたち》をしたゞけ油揚《あぶらげ》も附《つけ》合《あは》されず　これの桝目《ますめ》[二四]はページと称《とな》へてなにがし歟《か》になることなれば熱《ねつ》はいよ〳〵のぼる一方《ばう》　天狗《てんぐ》が面《めん》は手遊《おもちや》にもあれどせめて斯《こ》んな事《こと》でゞも高《たか》くせねば生涯《しやうがい》わからぬ鼻《はな》の所在《ありか》かも知《し》れず　風俗《ふうぞく》は正《まさ》に是《こ》れ京伝本《きやうでんぼん》[二五]の丸《まる》うつし　柄《がら》の出《で》合《あ》はぬ上着《うはぎ》下着《したぎ》都合《つがふ》に依《よ》つてどちらにも着《き》ることゆゑ別々《べつ〳〵》前《まへ》は結句《けつく》勝手《かつて》　あの化物《ばけもの》と床屋《とこや》の親方《おやかた》は蔭《かげ》で言《いへ》ど化物《ばけもの》の化《ばけ》に人偏《にんべん》のある内《うち》は当《あた》らず　神韻縹緲《しんゐんへうぐ》を聞《きゝ》噛《かぢ》つて其《その》お経《きやう》が　狼《おほかみ》の啼《な》くやうなれば如何様《いかさま》けだ物《もの》かとは猶当《なほあた》らず　何《いつ》れこれらは不学《ふがく》[二六]ふもん品第《ぼんだい》二十五や六で先生《せんせい》とたてられ観音《くわんのん》も及《およ》ばぬ功徳《くどく》の目《め》に入《い》らぬ言草《いひぐさ》　題《だい》はお定《さだま》りと云《い》つても大臣大将《だいじんたいしやう》の往来《わうらい》にはなき二号活字《がうくわつじ》[二七]　今度《こんど》のは見《み》ものとの予告《よこく》も道理《だうり》　御召縮緬《おめしちりめん》[二八]に裾模様《すそもやう》が置《お》けるやら　天神髷《てんじんまげ》[二九]に金糸《きんし》が掛《か》かるやら　発明家《はつめいか》[三〇]をも兼《か》ねたる貴《たうと》さ　荒子落雁《あらこらくがん》これにありと反身《そりみ》はきこえたれどそれで縁日《えんにち》へ行《ゆ》けば矢張押《やつぱりお》されて居《ゐ》るは何故《なぜ》か解《わか》らず　やがて美《び》[三一]の穿鑿《せんさく》から恋《こひ》は附物《つきもの》と元来《ぐわんらい》の色気《いろけ》にも躰《てい》のいゝ理屈《りくつ》を捏廻《こねま》はす温飩粉《うどんこ》衣《ころも》にくるんで揚《あ》げて見《み》

いて周末以来の儒家・兵家・法家などの思想をとり入れ、総合的に記述編集した書物。
一三 本来は囲碁でどちらの地にもならない空所。
一四 花の乱れ飛ぶさま。
一五 「詩語粋金」は「詩語砕金」。「幼学便覧」とともに漢詩を作るための手引書・語彙集。前者は泉要編・石作駒石校『詩語砕金』(安永五年)、内山高基編『詩語砕金』(弘化四年)など、後者は伊藤鳳山『幼学便覧』(天保十三年)、東条琴台『幼学詩韻』(天保十五年)など、多くの類書がある。
一六 寛永中期刊の編者不詳『新撰狂歌集』に、「ことはりや日のもとなれはてりもしつさりとては又あめかしたとは」とあるのを踏まえる。『万葉集』とあるのは、荒子落雁の無知を揶揄。
一七 薩摩男児の気風を詠んだ、頼山陽の漢詩「前兵児謡」(『山陽詩鈔』所収)の一節。「腰間秋水鉄可断(腰間の秋水鉄をも断つべし)」は、腰につけた刀は鉄をも切断するほどである、の意。『唐詩選』も荒子落雁の無教養に対する諧謔。
一八 ごくありふれた、平凡な取り合わせ。
一九 俳句を類題別に五百題選んだ選集。春秋庵白雄編『俳諧発句五百題』(文化四年)など、多くの類書がある。「逆捻り」は手当り次第に頁を繰って、言葉を捻出すること。
二〇 実際には、落雁のしている事を示唆。
二一 この表現は「間、髪(つは)を容れず」と切って読むことも知らなかった。
二二 出版社や新聞社の原稿取りの催促が、落雁の家の前に列をなすこと。
二三 商家の代名詞。
二四 「桝」は「枡」の異体字。原稿用紙の枡目に書かれた文字が、一頁ごとに換算されて、なにがしかの金銭になること。
二五 江戸後期の戯作者・浮世絵師山東京伝(一七六一-

れば嗳《おくび》[一]になるまでは鰯《いわし》の臭《くさ》いも知《し》れぬで持《も》つたもの　裏隣《うらどな》りの紳商《しんしやう》[二]が控邸《ひかへてい》に保《ほ》養旁々《やうかたぐ》このごろ来《き》て居《ゐ》るは令嬢《れいちやう》のあん[三]子《こ》とて年《とし》も丁度《ちやうど》よし　十七八の初桜《はつざくら》大分《だいぶ》春《はる》めく鶯《うぐひす》のおほゝといふのが耳《みゝ》へ這入《はいい》つて折節《をりふし》の隙見《すきみ》も未《まだ》お姿《すがた》はおぼろ月夜《づきよ》お誂《あつら》への琴《こと》の音《ね》に妙々《めうく》と膝《ひざ》を敲《たゝ》くは先生《せんせい》がいつもの癖《くせ》　笛《ふえ》もなし鼓《つゞみ》もなし　有《あ》つた所《ところ》が何《なに》も知《し》らねば[四]此牛若《このうしわか》は物《もの》にならず[五]どんがらがんでは調《てう》が何《ど》うあらうかと窓《まど》を明《あ》けてオホンといふ咳《せき》は幸《さいは》ひと[六]清音《せいおん》で出《で》たれど向《むか》ふの二階《かい》は戸《と》がピッシヤリ　居《ゐ》ますよ居《ゐ》ますよと幾《いく》ら伸上《のびあが》つて見《み》せても納《をさ》まらず　それでも失望《しつばう》の無《な》いが先生《せんせい》の美徳《びとく》　自分《じぶん》すら褒《ほ》めるを人《ひと》の褒《ほ》めぬ筈《はず》がないと書《か》かぬ先《さき》から好評《かうひやう》は常々《つねぐ》看通《みとほ》しのことゝて　寐《ね》てから[七]枕《まくら》と相談《さうだん》は一部《ぶ》の[八]出　色小説家《しゆつしよくせうせつか》はみづから小《せう》説《せつ》を[九]茄子漬《なすびづけ》刻込《きざみこ》んで仕舞《しま》へば蔕《へた》も見《み》えず　つまりは自分《じぶん》を「[一〇]かくや」の香子《かうこ》古《ふる》いのでは少《すこ》しも無《な》し　あれが見下《みおろ》すおれが見上《みあ》げる　アレとオレと韻《ゐん》は一《ひと》つ互《たが》ひにぽつとするのが[一一]初《はつ》やまぶみとは今更《いまさら》承《うけたま》はつて果敢《はか》ないにおどろく恋《こひ》の成立《なりたち》　この塩梅《あんばい》では男《をとこ》たるもの女《をんな》たるもの迂闊《うくわつ》に顔《かほ》は合《あ》はされず　毎日《まいにち》々〳〵の[一二]鉄道馬車《てつだうばしや》ばかりにも恋《こひ》の落《おち》て居《ゐ》ること幾干《いくばく》ぞ　お掛《かけ》なさいと退《の》いて遣《や》るとゝもに其年増《そのとしま》の頭《あたま》に案外《あんぐわい》な禿《はげ》のあるを見附《みつ》けてうんざりする如《ごと》きはよく〳〵深《ふか》き縁《えん》なるべし　是非《ぜひ》小説家《せうせつか》をとあれが願《ねがひ》　結婚《けつこん》を申込《まをしこ》まれる此方《こちら》にも異存《いぞん》はない

一八〇六)。黄表紙『江戸生艶気樺焼(えどうまれうわきのかばやき)』、洒落本『通言総籬(つうげんそうまがき)』などがある。

二六「不学不問」に「普門品」を掛ける。鳩摩羅什(くまらじゆう)訳『法華経』第二十五品「観世音菩薩普門品」のこと。「観音経」の別称で、観音信仰の流布に伴い、最も親しまれ読誦された経典の一。

二七 和文の号数活字のなかで、初号活字・一号活字に次いで、三番目に大きい活字。見出しなどに用いられる。

二八 経・緯ともに練染糸を用い、表面に皺(ぼし)を出した織物。お召。

二九 女の髪の結い方の一。髷の中央を髪で巻き、かんざしでとめた。年頃の女の髷風。

三〇 御召縮緬にしても天神髷にしても、実際とは違うことを、作中で平気で拵えてしまうこと。

三一 美の穿鑿に恋は欠かせないと。

——以上一二九頁

一 胸がつかえて出るげっぷのこと。

二 人格のあるりっぱな商人。豪商。「控邸」は本宅のほかに設けておく屋敷。

三「餡こ」に通じる戯画化された名前。

四 笛の連想から、牛若丸(源義経の幼名)を指す。

五 物うるさい俗な音調。博多古民謡に「どんがらがん節」がある。

六「ゴホン」「ゲホン」などの濁音でないこと。

七 枕にむかってぶつぶつ独り言をいうこと。

八 緑雨は、「初学小説心得」(『読売新聞』明治二十三年)に、「小説を見れば出色〳〵と闇雲に出色がらるゝが成程小説は出色なり色摺の表紙つけて出板するものなれば出色と云るゝは道理」といい、『かくれんぼ』(春陽堂、明治二十四年)の「叙」でも「出色」の揶揄を繰り返している。

九「小説をなす」に「茄子」を掛け、さらに茄子の「蔕」に「下手」を掛ける。下手さ加減が自分では

[一三]ホネームーンと来《く》る　そこで持参金《ぢさんきん》はなど〻先生《せんせい》にそんな慾《よく》は万々《ばん〱》なければ該《がい》[一四]一項《かう》は後人《こうじん》の附会《ふくわい》　落雁口述《らくがんこうじゆつ》あん子《こ》筆記《ひつき》で一世《いつせ》を聳動《しようどう》するネと[一五]地口行燈《ぢぐちあんどう》にも曾《かつ》て無《な》い図《づ》　それからそれからと稲荷《いなり》の祠《ほこら》[一六]あかぬ工夫《くふう》に眠《ねぶ》られず　明《あ》くればふだん床離《とこばな》れの悪《わる》いに似《に》ず軒《のき》に雀《すゞめ》の飛《と》び起《お》きて　朝《あさ》から障子明放《しやうじあけはな》し子供《こども》がいふなる[一七]アノネぽかんと終日待《しうじつま》つたれども向《むか》ふには人《ひと》の影《かげ》も見《み》えず　[一八]銀簪《ぎんかん》に艶書《ふみ》を結《むす》び附《つ》けてソレ其処《そこ》から投《な》げるといふのがツイこの程迄《ほどまで》新聞《しんぶん》の挿画《さしゑ》にもあつたと時《じ》[一九]代《だい》な智慧《ちゑ》を頤《あご》[二〇]に言《い》はせても一人《ひとり》では果《はて》し無《な》し　あれは歌《うた》も詠《よ》むと聞《き》けば今《いま》に短《たん》冊《ざく》で来《く》ることか　然《さ》らば徐々《そろ〱》返歌《へんか》の支度《したく》もして置《お》かねばとは先生《せんせい》の洒落《しやれ》にあらず極《きは》めて真面目《まじめ》の所《ところ》なり　堪兼《たへか》ねて塀際近《へいぎはちか》く寄《よ》つて見《み》ると椽側《えんがは》ともおぼしき辺《へん》[二一]にすべやと優《やさ》しきあの御声玉《おんこゑたま》を転《ころ》がすやうなれば　[二二]景物《けいぶつ》は湯呑《ゆのみ》か急須《きふす》か一《いつ》ぱい壱銭《せん》と斯《こ》んな時《とき》に贅《むだ》をいふ勿《なか》れ　おしまひは何《ど》うなるの可哀《かあい》さうに焦《こが》れ死《じに》かネとは[二三]新版物《しんぱんもの》の噂《うはさ》らしきに　さてよくしたもの片時忘《かたときわす》れぬはと猶耳引立《なほみゝひつた》つれば誰《たれ》の彼《かれ》のと果《はた》して仲間《なかま》の名《な》は出《で》たれど落雁《らくがん》といふ名《な》は終《つひ》に出《で》ず　其《そ》んな筈《はず》がと考《かんが》へるにいかにも筈《はず》はあり[二四]ま山《やま》[二五]いなにはあらぬ稲舟《いなふね》のとは[二六]曲亭氏《きよくていし》の金言《きんげん》　恋《こひ》は人目《ひとめ》を忍《しの》ぶに募《つの》ればうちつけに口《くち》には出《で》まいと微《び》を穿《うが》つは先生《せんせい》の本領《ほんりやう》　しかし何《なん》だかまだ気懸《きがゝ》りの小首《こくび》を傾《かたむ》けて居《ゐ》る所《ところ》へすべが手水鉢《てうづばち》の水《みづ》いたづら泥坊猫《どろばうねこ》へ

わからない。
一〇「こうあれば」の意味の「かくや」に「覚弥の香香」を掛ける。種々の香の物の古漬を塩出しし、細かく刻んで醬油を差したもの。江戸時代初めに、料理人の岩下覚弥が始めたといわれる。
一一「初山踏み」の意。初めて山路を踏んで行くことから、初めて恋の道に踏み入ろうとすること。本居宣長の『うひ山ぶみ』(寛政十年)を踏まえる。
一二 馬車を軌道上に走らせて旅客・貨物を輸送する交通機関。日本では、明治十五年六月に、東京馬車鉄道会社が新橋―日本橋間で開業。
一三 honeymoon. 新婚旅行。「ホネー、ムーンは熱海にして」(巖谷小波『妹背貝』明治二十二年)。
一四 当該の一項目。「持参金は…」云々を指し、落雁の皮算用を逆にひきたたせる。
一五 地口を記した行灯。多くは戯画を描き加えて、祭礼などに路傍に立てる。
一六 扉が開かないことに、飽かず工夫する意を掛け、さらに夜明けの「明くれば」を導く。
一七 小さな子供の無邪気な様子をいう形容。「膝の上へ茶を滴して、ぽかんと見てヱる奴が有るもんか。三歳児ぢやア有るまいし、」(二葉亭四迷『浮雲』十五回)。
一八 銀製のかんざし。ぎんしん。
一九 時代がかった、古色蒼然とした、の意。
二〇 顎を撫でながら、呑気な夢想に耽ること。
二一「すべ」は下女の名。女を罵っていう「すべた」を連想させ、この下女のがさつさを暗示。
二二 ここでは、お嬢さんの御用を指す。
二三 新刊の小説。
二四 有馬山。摂津の国の歌枕。大弐三位の「ありま山猪名のささ原かぜ吹けばいでそよ人を忘れ

ぶツかけた余沫《とばちり》を浴《あ》びてハツと一遍《べん》は飛上《とびあが》りながら急《きふ》のおちつき顔《がほ》　[一]へゝのゝもへじを強《しひ》て片《かた》づけ　濡《ぬ》るゝは恋《こひ》の縁語《えんご》[二]あやなく今日《けふ》やながめ暮《く》らさんと已《すで》に[三]人丸《ひとまる》も言置《いひお》いたとは流石《さすが》社会《しやくわい》の先覚者《せんかくしやご》[四]御人躰《にんたい》は争《あらそ》はれず　たま〳〵二階《かい》の手摺《てすり》に寄掛《よりかゝ》つて大欠伸《おほあくび》のあん子嬢《こちやう》と斯《か》う言《い》つては趣《おもむきな》無し　高楼《たかどの》の欄干《おばしま》に身《み》を憑《もた》せておもひに乱《みだ》るゝおくれ毛《げ》の二筋《ふたすぢ》三筋《みすぢ》それが無《な》ければ[五]元《もと》の猿《さる》だと其辺《そのへん》で憎《にく》まれ口《ぐち》は何処《どこ》の烏敷《からすか》　可愛《かは》いゝのがソレ御降臨《ごかうりん》と見《み》るより早《はや》く開《あけ》たり閉《しめ》たり窓《まど》の障子《しやうじ》の忙《いそが》しさ　恐《おそ》れ気《げ》もなくニヤリと笑《わら》ひ懸《か》けると向《むか》ふは忽《たちま》ち顔背《かほそむ》けて其《その》まゝ[六]奥《おく》山《やま》とコレハシタリ釣込《つりこ》まれた奥殿《おくでん》深《ふか》く入《い》り玉《たま》ひしに　あゝ此味《このあぢは》ひが言《い》ふ可《べ》し言《い》ふ可《べか》らず乙女《おとめ》が[七]恋《こひ》の初《はつ》もみぢ恥《はづ》かしさうなと形容《けいよう》はお手《て》の物薄《ものうす》気味《み》悪《わる》いといふ事《こと》は先生《せんせい》のお国《くに》にないと見《み》えたり　風《かぜ》にひらりと此方《こちら》の庭《には》へ手巾《はんけち》の落《お》ちしを来《き》たく〳〵と慌《あわ》てゝ駈出《かけで》る拍子戸袋《ひやうしとぶくろ》の古釘《ふるくぎ》で袖《そで》に鍵裂《かぎざ》きも恋《こひ》ゆゑなれば厭《いと》はず　唯《たゞ》あとで来客《らいきやく》に接《せつ》する毎《ごと》にひどく左《ひだり》を気《き》にして居《ゐ》るだけの事《こと》　又《また》も舞上《まひあ》がるを拾《ひろ》ひ取《と》つて　何処《どこ》ぞにいとし床《ゆか》しの落雁様《らくがんさま》は語呂《ごろ》が悪《わる》し　雅号《がゞう》は斯《こ》んな時《とき》どうも不可《いけ》ず　何《なに》か書《か》いてあるか縫《ぬ》つてあるかと透《すか》したり返《かへ》したり　裏《うら》も表《おもて》も幾度《いくど》となく検《あらた》めたれど見《み》つからず　さては[八]世間《せけん》をかねて焙出《あぶりだ》しでゞもあるかと早速火《さつそくひ》鉢《ばち》にかざしたれど座《ざ》に少々《せう〳〵》異《い》なにほひの薫《くん》ずるばかり　遣《や》るぞ[九]白手巾文《しろはんけちふみ》と読《よ》む

やはする」(『後拾遺和歌集』巻第十二)を踏まえて、「否(ない)」を導く。

二五 「いな」の同音から「稲舟」へと続く。刈り取った稲を積んで運ぶ小舟。『古今和歌集』巻第二十の「最上川のぼればくだる稲舟のいなにはあらずこの月ばかり」を踏まえる。

二六 曲亭馬琴(一七六七―一八四八)。江戸後期の戯作者。『椿説弓張月』『南総里見八犬伝』『近世説美少年録』などで知られる。ただしここで「曲亭氏の金言」というのは、落雁のでたらめ。

以上一三一頁

一 ひらがなの「へへののもへじ」七字で人の顔を描く文字遊戯。へのへのもへじ。ここでは、落雁の水をかけられたときの素頓狂な顔。

二 『古今和歌集』巻第十一の在原業平「見ずもあらず見もせぬ人の恋しくは綾なく今日や詠め暮さむ」を踏まえる。

三 柿本人麻呂。実際は在原業平の歌だが、ここでも落雁の浅薄皮相を戯画化する。

四 すぐれた人品。落雁への揶揄。

五 俗諺「猿は人間よりも三本毛が足りない」を踏まえる。あん子嬢のがさつさを暗示。

六 奥山は、浅草寺西側一帯の通称。「猿」から動物も陳列していた花屋敷を連想。

七 初恋の含羞から、初々しく頰を染めること。

八 世間に遠慮して、きがねして、の意。

九 「判決文」に掛けて、潔白な(自分に脈がある)証拠かと読もうとすること。

べき謎《なぞ》にしては此《こ》の汚点《しみ》が合点行《がてんゆ》かずと日頃豊《ひごろゆた》かなる先生《せんせい》の想像《さうぐ》もこれには些《ちと》到《いた》り兼《かね》て居《ゐ》る折柄《をりから》　御免下《ごめんくだ》さいは正《まさ》しくすべや　ハヽア[一〇]花鳥使《くわてうし》は跡《あと》からかと窺《うかゞ》ふに何《ど》うも失礼《しつれい》をとあらたまりし口誼《こうぎ》　ナンノ恋《こひ》するが失礼《しつれい》なら[一一]浜路《はまぢ》は信乃《しの》へどれだけの失礼《しつれい》か知《し》れずと[一二]諳誦《あんしよう》の結果《けつくわ》は急場《きふば》の間《ま》に合《あ》ひて　御遠慮《ごゑんりよ》には及《およ》ばぬと[一三]飛《とび》あがる桔槹態々井戸端《はねつるべわざ〳〵ゐどばた》へ出《で》て自分《じぶん》で聞《き》けば　先刻干《さきがたほ》して置《お》いたわたくしの鼻拭風《はなふきかぜ》に吹落《ふきおと》されましてと爾正体《さうしやうたい》が知《し》れて見《み》ると幽霊《いうれい》にしても気《き》ぬけは自然《しぜん》の勢《いきほひ》　あきるゝこと是亦諳誦《これまたあんしよう》の半晌許《はんときばかり》　[一四]堅田《かたゝ》台所《だいどころ》先《さき》の光景落雁登場《くわうけいらくがんとうぢやう》と願《ねが》はくはこゝは後年[一五]先生《こうねんせんせい》一流《りう》のドラマにて拝《はい》したし　これ程《ほど》おもひ合《あ》ひし両人《ふたり》の中《なか》を今《いま》に何等《なんら》の沙汰《さた》も無《な》いはあれの親父《おやぢ》が不得心《ふとくしん》か　[一六]贏利《えいり》一向《ひとむき》の慾《よく》は知《し》つても塀一重《へいひとへ》の隣《となり》に天下《てんが》の秀才《しうさい》の潜《ひそ》むを知《し》らぬが凡俗《ぼんぞく》の浅《あさ》ましさと云《い》つて[一七]仮《かり》に此場合《このばあひ》に其親《そのおや》父《ぢ》が先生《せんせい》であつたら何《ど》うしたもの　世《よ》は未小説家《まだせうせつか》に[一八]切賃《きりちん》を添《そ》へて行《ゆ》けば両替屋《りやうがへや》で通用《つうよう》するほどに発達《はつたつ》して居《ゐ》ず　あれの目《め》が物《もの》を言《い》ふよといふのを今《いま》の小説《せうせつ》で書《か》けば渠《かれ》の眼《まなこ》は絶《た》えず恋《こひ》を語《かた》れりとある　何《いづ》れにも切《せつ》なるあれの心《こゝろ》がふびんなれば　それよ[一九]新躰詩《しんたいし》の妙《めう》はこゝらの事筆《ことふで》に思《おも》ひを運《はこ》ばせておれに瀚《かは》りのないことを知《し》らせて置《お》いたら少《すこ》しは気《き》も沈静《おちつ》からうかとは何気《どこ》までも[二〇]脚色《しくみ》はうまし　これが活字《くわつじ》にさへ成《な》つてしまへば詩思《しゝ》湧《わ》くが如《ごと》しの喝采《かつさい》は請合《うけあひ》ながら　机《つくゑ》の上《うへ》に

一〇 艶書を持って男女の間を媒介する使い。
一一 曲亭馬琴『南総里見八犬伝』の登場人物。八犬士の一人犬塚信乃の許嫁。
一二 隣家から訪われたら、こう対応しようとあらかじめ反芻していたこと。
一三 自分から桔槹のように飛び上がって、その(桔槹式の)井戸端まであたふたと出かけた、の意。
一四 堅田は現滋賀県大津市北部、琵琶湖西岸の旧町。この台所先の光景を、近江八景の一「堅田の落雁」の浮御堂(うきみどう)に擬す洒落。
一五 落雁先生独得の劇的な筋立て。
一六 利益をひたすらに求める欲は知っていても。「贏利」は、もうけ、利益。
一七 もしも、その親父の立場に落雁先生がいたらどうだろうか、の意。
一八 金・銀・銭貨の両替の手数料。小説家がまだ社会一般に認知されていないことをいう。
一九 西欧の poetry に対応する新しい詩型。外山正一・矢田部良吉・井上哲次郎共著の『新体詩抄』(明治十五年)以来、従来の和歌や漢詩に対して、この語が用いられた。
二〇 ここでは、構想・筋書きの意。

ある間《あひだ》の難行苦行悪《なんぎやうくぎやうわる》く摸字《もじ》[一]ればヒヽ泣《な》くが如《ごと》く　思附《おもひつ》いてから幾日目《いくにちめ》か天来《てんらい》の興《きよう》は雪隠《せついん》[二]で浮《うか》んだ一句《く》「ある夜《よ》ひそかに」と念《ねん》のため指《ゆび》で数《かぞ》へてこれが七言《ごん》「松《まつ》の月《つき》」とこれが五言《ごん》　[三]七五調《てう》でなければ流暢《りうてう》に行《ゆ》かぬと「厠《かはや》に入《い》りてながむれば」を其儘《そのまゝ》は清新《せいしん》々々　試《こゝろ》みにこゝに列《つら》ぬれば

ある夜《よ》ひそかに　松《まつ》の月《つき》
厠《かはや》に入《い》りて　ながむれば
[四]十三七《なゝ》つ　まんまるの
大《だい》福《ふく》餅《もち》に　似《に》たりけり」[五]
喰《た》べたら嘸《さぞ》や　[六]あまの川《がは》
[七]わたせる火箸《ひばし》　ぐらつきて
こいつしまつた　灰《はい》まぶれ
置《お》く霜《しも》白《しろ》き　皮《かは》の色《いろ》」

毫《がう》も晦渋《かいじふ》の痕《あと》を見《み》ずだと例《れい》に依《よつ》て先《ま》づ自分《じぶん》から感服《かんぷく》したは　客人《きやくじん》に羞《すゝ》むるに[八]お塩梅見《あんばいみ》といふのがあるのと異《かは》りはなけれど　三段目《だんめ》の「焼《や》けるにつけて君《きみ》が名《な》の」とまで来《き》て「あんこハミ出《だ》す」の下《した》が何《ど》うも据《すわ》らず頭《あたま》を抱《かゝ》へて転《ころ》がつて居《ゐ》るとき　お隣《となり》では明日御婚礼《あしたごこんれい》と人《ひと》の噂《うはさ》　お婿様《むこさま》とはおれが事《こと》か其《そ》んなら爾《さう》と

一　他の語の口調に似せた言い方をする、の意味の「もじれば」に、落雁が文字を綴るのに呻吟するところから「摸字れば」の字を宛てる。
二　便所。連音で「せっちん」。
三　以下の「詩」は、当時流行していた七五調の新体詩の清新さを戯画化する。
四　十三夜の七つ時の出て間もない月。「お月さまいくつ、十三七ッ、まだとしやわかいな」で始まる童唄で知られる。
五　受けの鉤括弧(」)は、明治中期まで段落区切りの意識でしばしば用いられた。
六　「甘い」の意に「天の川」を掛ける。
七　天の川を織姫・彦星が渡ることに、火鉢の上に火箸を渡して大福餅をあぶることを掛ける。
八　客に勧めるまえに自分が味見をして、「結構です」と称する類。
九　都々逸は流行俗謡の一。七・七・七・五の四句で、主に男女相愛の情を俗語をもって作る。
一〇　島根県の出雲大社が縁結びの神として知られることによる。
一一　しごく内々のことで、とても落雁には聞かせられない、という語り手の揶揄。
一二　love. 恋愛。柳父章『翻訳語成立事情』(一九八二年)に、「love と「日本通俗」の「恋」とは違う。そこで、love に相当する新しいことばを造り出す必要があった。それが「恋愛」ということばだったわけである」という指摘がある。
一三　イギリスの、という意味。後の「バイロンも」に係る。
一四　George Gordon Byron(一七八八－一八二四)。イギリスの詩人で、ロマン派の代表者。貴族社会に反逆して各国を放浪した後、ギリシア独立戦争に加わって病死した。「バイロンも遣つた事さ」は、落雁が奔放な女性遍歴で知られるバイロン

早《はや》く通《つう》じて置《お》けば斯《こ》んな苦《くるし》みはせぬものと起上《おきあが》つた甲斐《かひ》もなや　予《かね》てあん子嬢《こぢやう》の許嫁《いひなづけ》留学先《りうがくさき》より此程《このほど》帰朝《きてう》し弥々《いよ〳〵》式《しき》を挙《あ》げるのだとは之《こ》れを[九]都々逸子《どゞいつし》に尋《たづ》ねても[一〇]いかなる出雲《いづも》の間違《まちがひ》やら　不完全極《ふくわんぜんきは》まると先生《せんせい》がかね〴〵の御論《ごろん》も尤《もつと》も今《いま》の社会《しやくわい》に佳人才子《かじんさいし》は先生《せんせい》の著《ちよ》のやうにシツクリ合《あ》はず　向《むか》ふへ廻《まは》つて聞《き》いて見《み》れば隣《となり》に変《へん》な奴《やつ》が居《ゐ》てあれでも小説家《せうせつか》ださうだなどは[一一]極内々《ごくない〳〵》　先生其後人《せんせいそのゝちひと》に語《かた》つて曰《いは》く僕《ぼく》も[一二]ラブには一度《ど》失敗《しつぱい》したよ

嘗《かつ》て[一三]英《えい》のネと交通《かうつう》の便開《べんひら》けし此節例《このせつれい》も日本《につぽん》だけでは狭《せま》く遥々《はる〴〵》のところを引張《ひつぱ》つて来《き》て　[一四]バイロンも遣《や》つた事《こと》さと何日《いつ》の間《ま》にか文豪《ぶんがう》を以《もつ》て[一五]をりかゞみ自分《じぶん》できめて居《ゐ》るに他人《たにん》が故障《こしやう》を申《まを》す可《べ》きにあらず　[一六]瓦《かはら》を偶《たま》さか伯父《をぢ》さんでも見《み》えて爾《さう》してばかりも居《ゐ》られまいと異見《いけん》めいた事《こと》の少《すこ》しも言《い》はるれば　こゝぞと蘊蓄《うんちく》[一七]韜蔵《たうざう》のきゝ取《とり》[一八]法問出所《はふもんしゆつしよ》を考《かんが》へれば寧《むし》ろ訪問《はうもん》と書《か》きたし　貴方《あなた》のが真理《しんり》か私《わたくし》のが真理《しんり》か到底《たうてい》[一九]未決《みけつ》に居《ゐ》て見《み》れば保釈《はしやく》は何《ど》うあらうかとは　[二〇]テツペンハヽアとて名《な》は西洋《せいやう》でも其躰《そのたい》をあらはすテンから合点《がてん》のいゝ人《ひと》が二千年《ねん》も前《まへ》に説《と》いたことがござると[二一]岩永《いはなが》に於《お》ける[二二]重忠二言《しげたゞにごん》と言《い》はせずこれが[二三]大坂仁和加《おほさかにわか》なら[二四]阿古屋《あこや》は阿房《あほ》や　伯父《をぢ》さんは唯驚《たゞおどろ》きの[二五]だんの浦兜《うらかぶと》を脱《ぬ》いで引下《ひきさ》がられたは多分《たぶん》[二六]天職《てんしよく》と嘆息《たんそく》とを一緒《いつしよ》に食《た》べて[二七]おつもり〳〵モウいけませぬと悟《さと》られしものなるべし　世《よ》には

に自己を仮託した言葉。

一五 折屈み。起居動作、行儀作法。「おりこごみ」とも。ここでは、落雁が、すっかり外国の文豪気取りでいること。

一六 「瓦の窓」の意か。瓦焼きのものでこしらえた窓。転じて貧者や隠者の住まい。

一七 自分の才知や学問などをつつみかくして、人に知らせないこと。

一八 仏教語で、教法について問答すること。同音の「訪問」に掛ける。

一九 未決定の意味に、被疑者・被告人として勾留状により拘禁されている未決囚の意を掛ける。

二〇 ドイツの哲学者ショーペンハウエル(Arthur Schopenhauer, 一七八八–一八六〇)を踏まえたでたらめか。緑雨の「ひかへ帳」(明治三十一年)に「ショッペンハウエル」とあり、また「ショッペンハウァー」(田岡嶺雲『第二嶺雲揺曳』明治三十二年)などとも表記された。

二一 文耕堂・長谷川千四合作の浄瑠璃『壇浦兜軍記』(享保十七年初演)の岩永左衛門。

二二 『壇浦兜軍記』の畠山重忠。「琴責め」の段で、傾城阿古屋を拷問して景清の所在を白状させようとする岩永を制して、重忠は阿古屋に琴・三味線・胡弓を演奏させ、その音色から阿古屋の心意を確かめようとする。

二三 仁和加(俄)は即興滑稽寸劇。大坂では「改良座」「宝楽座」という大坂仁和加の二座が競い、明治二十七年には「改良座」から旗揚げした鶴屋団十郎率いる「改良にわか」が、歌舞伎のパロディで人気を博した。

二四 『壇浦兜軍記』の登場人物。鎌倉方から追われている景清の愛人。

二五 「驚きの段」から同音の「壇浦」を導き、『壇浦兜軍記』からの連想で、「兜を脱いで」と続く。

斯《こ》んなの丶跡《あと》から尺《ものさし》持つて追駈《おつか》けるたぐひの批評家《ひゝやうか》と云《い》ふのが殊《こと》にこのごろは[一]沢山《たくさん》に蟻《あり》の塔《たふ》　根《こん》よく一々《いち〳〵》手《て》に取《と》つて[二]客観《かくゝわん》の主観《しゆくわん》のと[三]一貫《いつくわん》が借《かり》のまだ蕎麦屋《そばや》に残《のこ》つて居《ゐ》ながら天地宇宙《てんちうちう》を観透《みすか》した気《き》の[四]色眼鏡《いろめがね》青《あを》やら黄《き》やらの嘴《くちばし》から[五]審美論《しんびろん》の[六]百囀《もゝさへづ》り　仰々《げう〳〵》しうは構《かま》へるもの丶それも彼此《かれこ》れ[七]似《に》た山伏《やまぶし》まけず劣《をと》らず御同様《ごどうやう》に[八]吹《ふ》くかひ冠《かぶ》り　向《むか》ふで転《ころ》べば此方《こつち》でも転《ころ》んで居《ゐ》る義理《ぎり》の堅《かた》さ　傑作《けつさく》々々《〳〵》と今《いま》では傑作《けつさく》は小説《せうせつ》の綽名《あだな》　けなさるれば読《よ》まず　ほめらるれば屹度《きつと》三度《ど》は読返《よみかへ》して斯《か》うでもないのさと先生《せんせい》の内心舟《ないしんふね》ならざるに[九]ニタリ〳〵押《おし》の強《つよ》いは櫓《ろ》もおよばず　凄絶壮絶《せいぜつさうぜつ》の絶《ぜつ》が気絶悶絶《きぜつもんぜつ》の絶《ぜつ》でないのが物《もの》の不思議《ふしぎ》　たとへば漢詩家《かんしか》の起首殊《きしゆこと》に妙《めう》の妙《めう》と[一〇]美《み》イちやん春《は》アちやんの[一一]妙《めう》な人《ひと》だよの妙《めう》と字《じ》は一《ひと》つでも訳《わけ》のちがふを見《み》て会得《ゑとく》すべし　一度《ど》か半分宴会《はんぶんえんくわい》で逢《あ》つた[一二]赤襟《あかえり》あがり　何処《どこ》でかお見《み》掛申《かけまを》したやうなとは[一三]人皇何代々々《にんのうなんだい〳〵》の常文句《じやうもんく》　先生奇想《せんせいきさう》に富《と》めりと雖《いへど》も天外《てんぐわい》より来《きた》つたのでもなければ生《うま》れは同《おな》じ大和島根《やまとしまね》動《ゆる》ぎのないことに昔《むかし》から極《き》めてあるを溢《あふ》る丶如《ごと》き創作《さうさく》の才《さい》はこれをも逭《のが》さぬ奇遇《きぐう》の発端《ほつたん》　一篇《べん》の骨子《こつし》でゞもある気《き》で能《よ》くおぼえて居《ゐ》たノとは御自分《ごじぶん》こそ能《よ》くおぼえて居《ゐ》たノ何《いつ》れ前世《ぜんせ》は牛《うし》か豚《ぶた》か[一四]三《さん》世相《ぜさう》に拠《よ》つたら動物園《どうぶつゑん》でお見《み》掛申《かけまを》したのかも知《し》れず　[一五]何《ど》うぞねの一言《ごん》に又《また》もや恋《こひ》は[一六]忽《たちま》ち片々《かた〳〵》だけ出来《でき》て不図《ふと》それから途中《とちう》で行逢《ゆきあ》ひしに此方《こちら》は[一七]おひろひ向《むか》ふは

二六 伯父さんは、落雁には小説家が天職なのだろうと、嘆息をつきながら意見するのをあきらめ、の意。

二七 御積り。酒席で、その酌かぎりでおしまいにすること。

以上一三五頁

一 「沢山にあり」と「蟻の塔」(蟻塚)を掛ける。

二 「されば逍遙とゾラとは共に客観を揚げて主観を抑へ、叙事の間に評を挿むことを嫌ひたり」(森鷗外「エミル・ゾラが没理想」明治二十五年)などの議論が盛んであることを指す。

三 「客観」「主観」の韻を踏んで「一貫」。銭一千文を一貫とするが、ここでは「一文(もん)」の別称。

四 「色眼鏡」から「青」や「黄」と続け、まだ嘴の未熟なことを含意する。

五 美と醜とを識別する議論。

六 ここでは、かしましく騒ぎ立てること。

七 歌舞伎『勧進帳』で、義経の素性が露見しかかる場面を踏まえる。

八 山伏が吹く法螺貝に「買いかぶり」を掛ける。

九 落雁がニタリと相好を崩すさまに、「荷足舟(にたりぶね)」を重ねて、「押の強いは櫓もおよばず」と続く。運送・渡船に使用する小型の川船。

一〇 趣味の程度の低い女性を嘲る語。森銑三『明治東京逸聞史』(昭和四十四年)に「みいちやん・はあちやん」の項があり、饗庭篁村『むら竹』(明治二十二―二十三年)中の用例を指摘。

一一 漢詩家の「妙」は「美妙」の意だが、こちらは「奇妙」の意であること。

一二 「赤襟」は、年若い芸者や半玉(はんぎよく)を指す。

一三 「人皇」は、神武天皇以後の天皇をいう。歴代天皇の名前がまぎらわしくて、混乱すること。

一四 仏教の因縁説に陰陽家の五行相生・相剋の説をまじえ、三世(過去・現在・未来)の因果・吉凶・

お車《くるま》　匆忙《あわたゞ》しく帽子《ぼうし》へ手《て》を懸《か》けしも百二百の来会者《らいくわいしや》を皆知己《みなちかづき》と認《みと》めねばならぬ義務《ぎむ》も無《な》し　此《この》ぬし誰《た》れと書《か》いた[一八]金蘭簿《きんらんぼ》も無《な》し　歩《ある》きながらおもひ出《だ》し笑《わら》ひを仕《し》て居《ゐ》る人《ひと》があるよと合乗《あひのり》の[一九]お酌《しやく》共々《とも〲》他人《たにん》の顔附《かほつき》　之《こ》れを先生《せんせい》の解説《かいせつ》に従《したが》へば態《わざ》とすげないと唄《うた》にもあるがこゝの趣《おもむき》だとは偖々《さて〱》恋《こひ》の極意《ごくい》といふは側目《はため》で見《み》ずとも間《ま》の抜《ぬ》けたものなり　また宴会《えんくわい》のあれかしと[二〇]待《ま》てばかんろと洒落《しやれ》のやうに拵《こしら》へてない世界《せかい》の日和《ひより》　折角《せつかく》の照《てり》を明日《あす》はつゞかず[二一]降《ふり》にしたは臍緒《ほぞのを》以《い》来《らい》切《き》るは初《はじ》めて自腹《じばら》の茶屋《ちやゝ》遊《あそ》び　何《ど》んな呑《の》めぬ酒《さけ》にしても先生《せんせい》の御作《おさく》ほど頭《あたま》にのぼらず　[二二]敷台《しきだい》に躓《つまづ》いてオツト[二三]下足札《げそくふだ》は無《な》かつたツけと[二四]新規《しんき》お一人様《ひとりさま》のお里《さと》をあらはしながら彼処《あすこ》のきんとんはいつも冷《つめ》たいの此処《こゝ》の刺身《さしみ》は赤《あか》いのがないのと直《す》ぐからの[二五]通論発揮《つうろんはつき》　[二六]犬《いぬ》も玉乗《たまのり》をする世《よ》に人《ひと》と生《うま》れて此《こ》の位《くらゐ》の多能《たのう》は当《あた》り前《まへ》　[二七]小《こ》ぬかをと呼《よ》んで見《み》ればそらさぬは先《さき》の商売《しやうばい》　[二八]例《れい》の貴郎《あなた》やの二三度《ど》も振撒《ふりま》かれると最《も》早《はや》長火鉢《ながひばち》の向《むか》ふへ据《す》ゑられて其処《そこ》の抽斗《ひきだし》から海苔《のり》を出《だ》して下《くだ》さいの託宣《たくせん》にも預《あづか》りし料見《れうけん》　あいつの家《うち》は此辺《このへん》と態々《わざ〱》覗《のぞ》き込《こ》んで通《とほ》つた跡《あと》に格子戸《かうしど》の明《あ》く音《おと》さては早《はや》くもおれの影《かげ》を見附《みつ》けてアラまあと飛《と》んで出《で》るのかとおもへばお隣《となり》の阿母《おつか》さんと阿母《おつか》さんとが内外《ないぐわい》の問答《もんだふ》　ほんとに物騒《ぶつさう》ですよウツカリ草箒《くさばうき》にしろ出《だ》して置《お》くとそれを立掛《たてか》けて火《ひ》を放《つ》けますとサ　今《いま》も迂散臭《うさんくさ》い奴《やつ》が通《とほ》りました

善悪を判断すること。またその書物。
一五 どうぞおいでくださいね、の意。
一六 たちまち片思いに陥って。
一七 御拾ひ。女房言葉で、歩くこと。
一八 親友・知人の氏名・住所などを記した帳簿。
一九 舞妓や、まだ一本立ちしない半玉をいう。
二〇 諺の「待てば海路の日和あり」を踏まえて、「海路」に「甘露」を掛ける。
二一 珍しいことをすると雨が降る、という俗言を踏まえて、初めて自腹で茶屋遊びをしたので雨になった、の意。
二二 玄関先に設けた一段低い板敷き。そこで客を送迎する。
二三 銭湯や寄席とは異なって、格式ある茶屋では下足札は用いない。
二四 場慣れしていないことを露呈しながら。
二五 通ぶった議論。
二六 阿久根巌『元祖・玉乗曲藝大一座』(一九九四年)によれば、浅草公園の「玉乗り」は、明治・大正期を代表する見世物として人気を博した。犬の曲芸もあり、たとえば金龍山人編『浅草公園』(明治三十五年)に、「本芸の間余興として洋犬の玉乗軽業がある。四足にて玉を踏み一歩転毫も過らず。…看客は等しく手を拍つて喝采を唱ふるばかり」などとある。
二七 前掲の「赤襟あがり」の芸妓。後に「糠ちやん」とあるので、名は「小糠」か。小糠は、米を舂く時、表皮が細かく砕けて生ずる粉末。
二八 緑雨の『かくれんぼ』に、「貴郎やとすこし甘たれたる小春の声」という表現があり、緑雨はこの「貴郎や」の表現のプライオリティが自分にあることを主張している(↓一一三頁注二四)。

とはお前《まへ》の娘《むすめ》の意中人《こひびと》だよと額《ひたひ》に烙印《やきいん》の押《お》してなかつたが互《たが》ひの[1]不念《ぶねん》　併《しか》しそれとても往来《ゆきゝ》繁《しげ》き都《みやこ》の大路《おほぢ》小路《こうぢ》　オヽイ〳〵と背後《うしろ》から呼《よ》ぶに皆一斉《みないつせい》に振返《ふりかへ》る所《ところ》を見《み》れば敢《あへ》て先生《せんせい》の事《こと》と限《かぎ》つたでもなし　今度《こんど》の[2]中幕《なかまく》は是非《ぜひ》観《み》ねばと初日前《しよにちまへ》から[3]附込《つけこみ》は他《ひと》のする事《こと》　こちらは日取《ひどり》も割当《わりあて》の招待見物《せうだいけんぶつ》　いつもなら此狂言《このきやうげん》の書卸《かきおろ》しは[4]王子路考《わうじろかう》に[5]目黒団蔵《めぐろだんざう》　それに名人《めいじん》は[6]京橋五郎兵衛《きやうばしごろべゑ》[7]浅草平右衛門《あさくさへいゑもん》　若手《わかて》では[8]太郎九郎助《たらうくろすけ》[9]紋三郎《もんざぶらう》とお年《とし》ともおぼえぬ歌舞伎談義《かぶきだんぎ》　活《い》きた年代記《ねんだいき》の証拠《しようこ》には　菓子《くわし》も食《く》ひ弁当《べんたう》も食《く》ひ鮨《すし》も食《く》ひ　跡《あと》が[10]椀焼《わんやき》の一酌《しやく》の残《のこ》りをも持《も》つて帰《かへ》るゝ筈《はず》のところ　恰《あたか》もこの日《ひ》小《こ》ぬかゞ土地《とち》の[11]惣見物《そうけんぶつ》　眼《め》の下《した》に来《き》て居《ゐ》て見《み》ると先《せん》生《せい》得意《とくい》の[12]斯道《しだう》の故実《こじつ》も先暫《まづしばら》くは其方除《そつちの》け　知《し》らざる者《もの》のあらざらんやと頻《しき》りに首《くび》を[13]ノベリスト　[14]因《いん》あり縁《えん》は争《あらそ》はれずと　叙事《じよじ》にも叙情《じよじやう》にも[15]未大切《まだおほぎり》の来《こ》ぬ内《うち》から[16]釣枝《つりえだ》の花紅葉《はなもみぢ》いろ〳〵の振《ふり》を尽《つく》せど　先《さき》は朋輩《ほうばい》と買喰《かひぐ》ひの[17]茹玉子《うでたまご》きみが方《かた》へとは少《すこ》しも向《む》かず　[18]歯《は》に着《き》せぬ絹手巾《きぬはんけち》に受《う》けて唯《たゞ》むしや〳〵と遣《や》つて居《ゐ》るばかり　勿論《もちろん》うしろに舞台《ぶたい》は無《な》し　上《うへ》から白粉《おしろい》つけたのが覗《のぞ》き下《おろ》すとも知《し》らねばとは木戸《きど》から[19]うづらの素人考《しらうとかんが》へ　之《こ》れを[20]奈落《ならく》の底《そこ》の深《ふか》く究《きは》むるに　[21]恋《こひ》には人前《ひとまへ》こゝだナ〳〵と稼業柄《かげふがら》とて先生《せんせい》が長《た》けたる観察《くわんさつ》　モツト長《た》けたら下《さが》りの桟舗《さじき》へ顔《かほ》出《だ》しはお辞儀《じぎ》が二重《ぢう》になるとの遠慮《ゑんりよ》かも知《し》れず　[22]ハネるとひとしく車《くるま》を飛《と》ばし

一 「無念」とも。不注意、落ち度。
二 歌舞伎で、一番目狂言と二番目狂言との間に演ずる狂言。多くは華やかな一幕物。
三 芝居見物の際に、観客が自分の好みの席を茶屋や出方に申し込んで確保しておくこと。
四 瀬川菊之丞(二代目)。歌舞伎役者(一七四一-七三)。初代瀬川菊之丞の養子となり、のち二代目を襲名。若女形を本領として「王子路考」と称されたが、若くして没した。
五 市川団蔵(四代目)。歌舞伎役者(一七四五-一八〇八)。武道物を本領とし、大坂中心に勤めていたが、江戸に勤めた時は目黒に住んだので、「目黒団蔵」とも呼ばれた。
六 人名ではなく地名を挿入した語り手のいたずら。京橋の五郎兵衛町。鍛冶橋門外にあった。
七 前注と同じく地名。浅草の平右衛門町。
八 この箇所について、後の「日用帳」(明治三十二年)に、「故らにあま蛙に稲荷の名を列ねたる」とある。太郎稲荷(入谷光月町)と九郎助稲荷(新吉原)。
九 紋三郎稲荷。常陸の笠間稲荷の別称。
一〇 椀盛。魚鳥の肉と野菜を羹にして椀に盛った料理。
一一 小ぬかと同じ土地の芸妓が揃って見物に来ること。
一二 この方面。演目の内容や背景に関する講釈。
一三 座席から首を伸べて小ぬかを探すことと、小説家の novelist を掛けた洒落。
一四 やはり自分と小ぬかには深い因縁があると思って。
一五 その日演ずる最終の狂言。切狂言。
一六 歌舞伎の大道具、造り物の樹木の枝や花。その花紅葉の枝振りのように、さまざまな手振り身振りで合図をしたけれど、の意。

たれど　[二三]先《さき》も芝居《しばゐ》から直《す》ぐと廻《まは》つて生憎《あいにく》出《で》て居《を》りますに　先生《せんせい》は麦酒《びいる》の口《くち》のぽんと拍子抜《へうしぬけ》　[二四]貰《もら》つて来《こ》いと洋盞取上《こつぷとりあ》げて恋《こひ》に待身《まつみ》のつらさと云《い》つた所《ところ》が　先生《せんせい》が原稿《げんかう》の催促《さいそく》にあひ玉《たま》ひし時《とき》の如《ごと》く待《ま》つて呉《く》れと誰《だれ》もお頼《たの》み申《まを》したではなし[二五]口続《くちつゞ》けの小《こ》ぬかは来《こ》ぬか音相通《おんあいつう》じたるが[二六]讖《しん》をなしの礫《つぶて》　叩《たゝ》いても打《う》つても痛《いた》いのは此方《こつち》の手《て》　モウか〳〵と眼《め》を皿《さら》の肴《さかな》も追々《おひ〳〵》と[二七]嵐《あらし》の跡《あと》看渡《みわた》す山々骨露《やま〳〵ほねあら》はれて残《のこ》るは模様《もやう》の唐草《からくさ》のみ　独《ひと》り[二八]句読《くとう》のぽつねんと思《おも》ひに[二九]痩《や》せる蠟燭《らふそく》の涙顔《なみだがほ》　[三〇]あいつ不来夜沈々《きたらずよるちん〳〵》と大《おほ》きに焼《や》ける気《き》のする中《なか》から正可《まさか》[三一]せかれたのでもあるまいと[三二]平仄《ひやうそく》の合《あ》はぬ偶坐偶感《ぐうざぐうかん》　翌日《よく》は約束《やくそく》の筆《ふで》も取敢《とりあ》へず[三三]新聞《しんぶん》の古《ふる》を書肆《ほんや》の新版出直《しんぱんでなほ》して行《ゆ》くと　昨晩《さくばん》は何《ど》うもに[三四]安心《あんしん》は先生《せんせい》の附物《つきもの》　済《す》みませぬと熱《あつ》いの〻一《ひと》つも注《つ》がるれば即坐《そくざ》に相好《さうがう》の崩《くづ》る〻ことと[三五]荒子落雁《あらこらくがん》の名空《なむな》しからず　甘《あま》いのを例《れい》に依《よつ》てぽつ〳〵出《だ》し掛《か》けたのが先方《さき》ではキツカケ　御挨拶《ごあいさつ》にと下坐敷《したざしき》へ立《た》[三六]つてゆきの肌高潔々々《はだかうけつ〳〵》と見送《みおく》つて居《ゐ》るのが間違《まちが》ひでなければ[三七]心霊《しんれい》といふ語《ご》と置去《おきざり》といふ語《ご》とは用《もち》ふるに太《はなは》だ区分《くぶん》し難《がた》し　漸《やつ》と上《あが》つて来《き》[三八]たか長《ちやう》さんと欠伸《あくび》ころしの鼻唄《はなうた》モウ十二時《じ》なのですよをお帰《かへ》りなさいの謎《なぞ》とも知《し》らず　ウム夜《よ》が短《みじか》いとは感動《かんどう》も斯《か》う行《ゆ》くので先生《せんせい》の小説《せうせつ》も万々歳《ばん〳〵ざい》　幾久《いくひさ》しく通《かよ》ふつもりで居《ゐ》たれど　此間迄《このあひだまで》[三九]三銭《せん》五厘《りん》の割前《わりまへ》を争《あらそ》ひし身《み》は毎日《まいにち》書《か》く新聞物《しんぶんもの》　何処《どこ》にか続《つゞ》かぬところがあつて

一七　茄玉子の「黄身」に「君」を掛ける。落雁先生のほうには少しも気がつかない。
一八　成句「歯に衣着せぬ」を踏まえる。
一九　鶉桟敷。歌舞伎劇場で、東西の上下桟敷のうち階下の席をいう。
二〇　劇場で舞台の床下の地下室のこと。回り舞台やせり出しの装置がある。
二一　恋しい気持ちを人前で隠しているのだなと小説家のすぐれた観察で、の意。
二二　その日の興行が終わるとすぐに。
二三　小ぬかのほうも。
二四　よその座敷に出ている芸妓や遊女を、先方の好意で自分の座敷に来させること。
二五　お座敷の口がかかり続けているさま。
二六　「讖」は予言のこと。予言を行うという「讖をなし」に、「なしの礫」を掛ける。
二七　肴も食べ散らして、皿の唐草模様があらわになってきたこと。
二八　文章にぽつりぽつりと句読点を打つように、一人ぽつねんとして、の意。
二九　時間が経過して、次第に蠟燭が細く、また蠟のしたたる跡が目立ってきたさま。
三〇　菅茶山(一七四八–一八二七)の漢詩「冬夜読書」の「檐鈴(えんれい)動かず夜沈沈」を踏まえる。
三一　誰かに二人の仲を妨げられたのではないか。「せかる」はせきとめられること。
三二　漢詩作法における平字と仄字の韻律に基づく配列のきまり。ここでは、前後の考えが散漫であること。
三三　新聞に以前掲載した旧作の小説を新刊として出し直すように、出直してゆくと、の意。
三四　手軽な挨拶に安心してしまうのが先生のいつもの癖であること。
三五　菓子の落雁が甘く、崩れやすいことをいう。

[一]乍存《ぞんじながら》当分《たうぶん》御《ご》無沙汰《ぶさた》　こゝを先生《せんせい》の体《たい》に倣《なら》へば　檐《のき》にそぼふる雨《あめ》の朝窓《あしたまど》に照添《てりそ》ふ月《つき》の夕《ゆふべ》何《ど》うして居《ゐ》るかとおもひに堪《た》へず　此思《このおも》ふといふのが[二]神聖《しんせい》〳〵と頗《すこぶ》る思《おも》ひがツて見《み》ても先《さき》の神聖《しんせい》は何《ど》うしても居《ゐ》ず　今朝《けさ》は納豆《なつとう》へお鰹節《かゝ》をかけお湯《ぶう》の中《なか》へ[三]お葉漬《はづけ》を投《はふ》り込《こ》んでそれで茶碗《ちやわん》の中《なか》を掻廻《かきまは》せばおまんまは相済《あひす》み　お座《ざ》敷《しき》へ出《で》れば先生《せんせい》に言《い》つたと同《おな》じ事《こと》を言《い》つて折《をり》には[四]コラサといふ掛声《かけごゑ》でもして居《ゐ》るまで　爾《さう》どなたにも打明《うちあ》けて[五]言《い》はぬが花札《はなふだ》を出《だ》したばかりで[六]胴仁《どうに》へ[七]青《あを》が懸《かゝ》つた口《くち》を気《き》のきかぬと呟《つぶや》きながら冥利《めうり》に尽《つ》きると不勝《ふしよう》〳〵出《で》て見《み》れば　あの[八]唐変《たうへん》朴《ぼく》めとは先生《せんせい》に係《かゝ》る話《はなし》か否《いな》かは聞洩《きゝも》らしたれど　おもひ出《だ》すに於《おい》ては此通《このとほ》りおもひ出《だ》すのなれば矢張《やつぱり》おもひ出《だ》すといふのが論《ろん》は至当歟《したうか》　[九]玉祝儀《ぎよくしうぎ》の徳《とく》は先生《せんせい》が述作《じゆつさく》の結構《けつかう》と肩《かた》を駢《なら》べて大《おほ》きし〳〵　[一〇]インスピレーションは洗湯《せんたう》の帰《かへり》がけ　近《きん》所《じよ》の子供《こども》が唄《うた》の稽古《けいこ》おれに似《に》た境遇《きやうぐう》も聞《き》けばあるものと[一一]つまされやすで拾《ひろ》つて来《き》て間《ま》もなく先生《せんせい》の筆《ふで》に成《な》つたは已《すで》に[一二]命題《めいだい》からが奇警《きけい》の『[一三]ぺん〳〵草《ぐさ》』　これを売出《うりだ》す日《ひ》には綴《とぢ》は無論《むろん》[一四]三味線糸《さみせんいと》　表紙《へうし》の模様《もやう》は撥《ばち》に[一五]駒《こま》に胴掛《どうかけ》　[一六]口絵《くちゑ》に[一七]五大力《だいりき》の三字《じ》は自筆《じひつ》の書入《かきい》れ　序文《じよぶん》の代《かは》りに[一八]めりやすの中程《なかほど》　帙《ちつ》を猫《ねこ》の皮《かは》で拵《こしら》へぬばかりの意匠《いしよう》　それもことに依《よ》ると厚紙《あつがみ》へ穴《あな》を四《よ》つあけてこれは何《なん》でと尋《たづ》ねると[一九]四乳《よつぢ》でといふやうな事《こと》になるやも測《はか》られず　趣向《しゆかう》は小《こ》ぬかのやうな女《をんな》と先生《せんせい》の

三六　「立って行き」に「雪の肌」を掛ける。
三七　心の底から嘆称するものの、実際には置去りにされている。
三八　「上がつて来たか」に、俗言「来たか長さん」を掛ける。高野辰之・大竹紫葉編『俚謡集拾遺』(大正四年)付録「明治年間流行唄」には、明治二十年代の「追分節」のなかに、「〇碓氷峠の権現様よ、私が為めには守り神、スイ、来たか長さん待つてほい」の一節がある。
三九　当時の米一升の値段。寄席の木戸銭もほぼ同額。

以上一三九頁

一　新聞の連載小説がうまく続かず、原稿料が滞ってしまったために、小ぬかのところにしばらく通えなくなったということ。
二　いわゆる恋愛神聖論を揶揄。緑雨は『唾玉集』中の談話でも、「徹頭徹尾恋愛は神聖だなぞと云ふことは嘘だ。体のいゝことを云ふのは虚偽だ」と述べている。
三　菜漬、茎漬の丁寧語。女房詞。
四　身体を動かす時の掛け声。風情も何もなく、座敷をこなしていること。
五　「言はぬが花」に「花札」を掛ける。
六　胴二。花札で親の右隣にあたる人。
七　役札の青短ができかかったところへ、お座敷に呼び出されること。
八　気がきかない人物、偏屈な人物を罵る言葉。
九　芸者を座敷に呼ぶ時の一定時間の基準料金(玉代)と芸者への御祝儀を込みにした金額。
一〇　inspiration.　創作の霊感。
一一　身につまされますというので、の意。
一二　題名からして奇抜な。
一三　なずなの異名。果実の形が三味線の撥に似ているところから。

やうな男《をとこ》と散文詩《さんぶんし》とかで云《い》へば女《をんな》もほれしなり男《をとこ》もほれしなり両人《りやうにん》は相惚《あひぼれ》なりしなりの始終《しじう》に生死《いきしに》が搦《から》まつて結局《けつきよく》は何《ど》うなるか其場《そのば》に至《いた》らねば先生《せんせい》にもわからぬ由《よし》　今《いま》左《さ》に其躰裁《そのていさい》の一斑《ばん》を挙《あ》げんに

「[二〇]忘《わす》れやしまいね？」

男《をとこ》は言《い》つた

「忘《わす》れません！」

女《をんな》は言《い》つた

「屹度《きつと》だね」

再《ふたゝ》び問《と》ふた＝力《ちから》を入《い》れて＝

「ハイ……」

直《たゞ》ちに答《こた》へた

尋常作家《じんじやうさくか》の企《くはだ》て及《およ》ばぬ[二一]変《かは》り縞《じま》　一見《けん》甚《はなは》だ白《しろ》つぽしと雖《いへど》も紙《かみ》の[二二]高下《かうげ》は先方《せんぱう》のふところ　[二三]抜差《ぬきさし》の附《つ》くだけはつけて斯《か》うして置《お》けば行《ぎやう》も殖《ふ》ゑ　頁《ぺいじ》も殖《ふ》ゑ　随《したが》つて重量《かさ》で売買《うりかひ》の当節《たうせつ》は[二四]殖《ふ》ゑるものが最《も》一《ひと》つあるなどの[二五]世帯話《しよたいばなし》は本題《ほんだい》に要《えう》なければ言《い》はず　[二六]いくらか這入《はい》つて見《み》ると寐巻《ねまき》を裏返《うらがへ》しに着《き》て[二七]いとせめて恋《こひ》しき時《とき》では気《き》が済《す》まず[二八]逢《あひ》たくもあるし逢《あひ》たくもあらうしと久《ひさ》しか振《ぶり》に出掛《でか》けて行《ゆ》けば

一四『ぺん〳〵草』の題名にちなんで、三味線糸を和装本の綴糸にするということ。

一五 駒は三味線の胴と弦との間に挟んで、弦をささえるもの。胴掛は、堅い厚紙を芯にした布製の張子で、撥をもつ右手のすべりをとめるために胴にかぶせる。胴当。

一六 書籍・雑誌などの巻頭に掲載される絵や写真。

一七 江戸時代、主として女が手紙の封じ目や所持する三味線・簪・煙草入れなどの裏面に記した呪語。貞操その他の誓いのしるしとした。もと金剛吼など五大力菩薩のこと。

一八 義太夫節の三味線の手。台詞や動きの伴奏として、短い手を繰り返し演奏する。その中程の一節を序文の代わりに掲げるということ。

一九 乳房のあとが四つある猫の皮を摸した装幀。四乳の皮は三味線の胴張りとして珍重された。

二〇 以下、『ぺん〳〵草』の小説文体の見本。「？」「！」「＝」「……」などの符号類も多用して奇矯を誇る。

二一 着物の縞模様が通常とは異なること。ここでは、紙の下半分の余白が多くて、白っぽくみえること。

二二 余白の多い小説も、価値を決めるのは金を出す読者だ、という開き直り。

二三 加筆や削除などの手入れをし、小説の結構だけはきちんとつけておいて、の意。

二四 原稿の嵩がふえれば、原稿料も高くなるということ。

二五 生計を立てるためのこと細かな話。

二六 この出版で原稿料がいくらか入ったので。

二七『古今和歌集』巻第十二の小野小町「いとせめて恋しき時はうば玉のよるの衣を返してぞぬる」を踏まえる。

二八 最初は自分が、後は小ぬかが。

案《あん》の定《ぢやう》小《こ》ぬかはいそ〳〵障子《しやうじ》をあけてから[一]オヤあれ違《ちが》ひだよと怪現《けゞん》な顔附《かほつき》に思《おも》ふは眼《め》の明《めい》ならざるもの先生《せんせい》が見《み》れば雨《あめ》になやめる海棠《かいだう》　恋《こひ》にやつれて口《くち》臙脂《べに》の薄化粧《うすげしやう》　[二]二重《ふたへ》の帯《おび》が今日《けふ》は幾重《いくへ》廻《まは》つたと尋《たづ》ねぬ内《うち》が辛防強《しんばうづよ》し　虫《むし》が知《し》らしたのかネとは虫《むし》も色々《いろ〳〵》いゝのは松虫鈴虫轡虫《まつむしすゞむしくつわむし》　わるいのは何処《どこ》にも[三]行当《ゆきあた》りバツタもあれば蚰蜒《げぢ〳〵》もあると　茲《こゝ》で理論《りろん》に流《なが》れては小説《せうせつ》は進歩《しんぽ》せず　爾《さう》でもあらうと先生《せんせい》は[四]呉王扶差《ごわうふさ》えつに入《い》つて凭《もた》れかゝる柱《はしら》の斜《なゝめ》ならぬ御気色《みけしき》　ねだられもせぬに買《か》つて遣《や》つた羽子板《はごいた》　其《そ》んなのは家《うち》へ帰《かへ》れば凡《およ》そ四五本《ほん》もあつて此《こ》れは[五]下地《したぢ》ッ子《こ》の手《て》に渡《わた》るか[六]差配人《おほや》の子《こ》に遣《や》るか其処迄《そこまで》はたゞさぬが大家《たいか》の器量《きりやう》　お蔭《かげ》で兄《に》イさん〳〵の親類交際《しんるゐづきあひ》　側《はた》へは[七]人三《にんさん》々々《〳〵》と聞《きこ》えるといふも是亦耳《これまたみゝ》の聡《さう》ならざるもの　何方《どちら》を病院《びやうゐん》へ入《い》れやうにも[八]懐疑《くわいぎ》と云《い》つて哲学《てつがく》でも始末《しまつ》が悪《わる》く　先《ま》づ少《すく》いのからすれば先生《せんせい》を入《い》れるのなれど　肝心《かんじん》かなはぬ事《こと》には当《たう》の患者《くわんじや》は[九]範《のり》頼《より》ならず疾《と》くより兄《に》イさんを以《もつ》て先生《せんせい》は自《みづか》ら任《にん》じ　あいつ来《き》たナと[一〇]校合摺《けうがふずり》でも請取《うけと》つた心得《こゝろえ》　[一一]文選《ひろひ》のわるいのか[一二]植字《くみ》のわるいのか[一三]シンパシーが妙《めう》な所《ところ》に転《ころ》がつて居《ゐ》るので手《て》が附《つ》けられず　猶《な》ほ何《なに》か用《よう》がある気《き》で待《ま》つて居《ゐ》れど　今《いま》では[一四]屈《くつ》原《げん》も汨羅《べきら》へ汽車《きしや》で行《ゆ》き　族籍不明《ぞくせきふめい》なれば検視《けんし》の上仮埋《うへかりう》め直《す》ぐと郡役所《ぐんやくしよ》の掲示《けいじ》が新聞広告《しんぶんくわうこく》に出《で》て心当《こゝろあた》りの者《もの》は申出《まをしい》づべき程《ほど》の手廻《てまは》しのいゝ世《よ》なれば　中々《なか〳〵》先方《さき》

一　あてにしていた相手ではなかったことの困惑。
二　自分を想って恋やつれしたのではないか、とまではさすがに聞かないが。
三　「行当りばったり」を踏まえる。
四　「扶差」は「夫差」が正しい。臥薪嘗胆の故事で知られる中国春秋時代の呉の王。越王勾践(こうせん)を会稽に破ったが、のち勾践に敗れて呉は滅びた。「越に入つて」を「悦に入つて」に掛ける。
五　芸妓にするために養っている少女。
六　所有主または貸家や貸地の管理人。
七　「人三」は「人三化七」の略。人間が三分で化物が七分の意で、容貌が醜い人を侮蔑していう語。
八　ここでは西洋哲学における懐疑論(skepticism)的立場を踏まえる。「懐疑論ハ事物ノ理ヲ窮極セント欲シテ益々疑ヲ生ジ、遂ニ疑ヲ懐キテ決セザル者ナリ」(西村茂樹『自識録』明治二十三年)。
九　「範頼」は源範頼。平安末期の武将で、源義朝の六男。兄頼朝の挙兵を助けたが、のち伊豆修禅寺で殺された。遠江(とおとうみ)蒲御厨(がまのみくりや)に生れ、蒲の冠者というところから「当の患者」に掛け、兄の挙兵への参陣が遅れたことを踏まえて「範頼ならず疾くより兄イさん」と続ける。
一〇　校正刷。活版印刷で、字句を校正するために仮に刷った印刷物。ゲラ刷。
一一　活版印刷で、原稿に合せて活字棚から必要な活字を拾うこと。その人。
一二　活版印刷で、文選された活字を組んで行間や余白などを整え、版を作ること。その人。
一三　sympathy. 親愛の情の行違いを、活字の組違いになぞらえる。
一四　中国戦国時代の楚の人。前三四三頃–前二七七頃。楚王の一族に生れ、王に信任されたが妬まれて失脚、汨羅(べきら)で身を投げた。汨羅は中国湖南

から吾《わ》が親愛《しんあい》なるなどは端書《はがき》[一五]にも来《こ》ず　儂《わたし》だツて女《をんな》ですもの色《いろ》[一六]の二人《ふたり》や三人《にん》無《な》くツてサと　度肝《どぎも》を抜《ぬ》かれた序《ついで》に色気《いろけ》をも抜《ぬ》かれたら生涯面倒《しやうがいめんだう》のない筈《はず》を　糠《ぬか》ちやんが宜《よろ》しくにおれがあるぞが又附纏《またつきまと》つて何《ど》うだらうと　思《おも》ひ切《き》つて女中《ぢよちう》にたづねたは先生《せんせい》の小説《せうせつ》が歴史《れきし》で見《み》し土蜘《つちぐも》[一七]長々《ながく》諸人《しよにん》をなやましたと度胸《どきやう》孰《いづ》れぞアラとはおどろく時《とき》ばかりの詞《ことば》にあらず　あきるゝ時《とき》ばかりの詞《ことば》にあらず　讃《さん》歎《たん》にも感激《かんげき》にも出《で》ることとなれば　此分《このぶん》は何処《どこ》へ附《つ》くのか知《し》らねど　兎《と》も角《かく》アラと前置《まへおき》があつて糠《ぬか》ちやんには些《ちと》過《す》ぎる程《ほど》のが今《いま》にひかす[一八]かも知《し》れませず　浮気《うはき》[一九]仕舞《じまひ》だと云《い》つて木挽町《こびきちやう》[二〇]のを買《かつ》て居《ゐ》る訳《わけ》ですから其上《そのうへ》はお腕次第《うでしだい》とつれない挨拶《あいさつ》腕《うで》を論《ろん》ずるは批評家《ひゝやうか》のやうなと急《きふ》に扼《さす》つて見《み》ても追附《おつゝ》かず　其頃《そのころ》[二一]どこのか社《しや》を受持《うけもつ》て居《ゐ》れば二三日《にさんにち》は著者病気《ちよしやびやうき》に付休掲《つききうけい》なり　先生其後人《せんせいそのゝちひと》に語《かた》つて曰《いは》く僕《ぼく》もラブには二度《にど》失敗《しつぱい》したよ。

按《あん》ずるに一生《しやう》は一升《しよう》か飲明《のみあ》かすべし　一代《だい》は一台《だい》か乗暮《のりく》らすべし　七子《なゝこ》[二二]の羽《は》織《おり》と二子《ふたこ》[二三]の羽織《はおり》は差引相違《さしひきさうゐ》の五所世間《いつところせけん》は[二四]もんの有《あ》る無《な》しが馬鹿《ばか》と利口《りこう》の榜示杭《ばうじぐひ》[二五]何《ど》う縄《なは》を張《は》つて置《お》いても潜《くゞ》るには法《はふ》も潜《くゞ》れ　破《やぶ》るには道《みち》も破《やぶ》れ笠《がさ》　何《なん》となりとも凌《しの》[二六]ぎのつく〴〵お察《さつ》し申《まを》すに今度《こんど》は小説家《せうせつか》を産《う》もと云《い》つて産《う》んだのではなし匙《さぢ》の少《すこ》しも持《も》てれば医者《いしや》になり　口《くち》の少《すこ》しも利《き》ければ代言《だいげん》[二七]になり　強《つよ》いのは避《よ》

省の北東部の川で、湘江に注ぐ。汨水。

一五 郵便葉書。日本では、明治六年に和紙二つ折りの郵便葉書を初めて発行。市内用半銭（五厘）、全国用一銭の二種で、明治八年に洋紙単葉のものになった。

一六 情人、間夫。

一七 『日本書紀』神武天皇即位前紀己未年二月条に、「高尾張邑（たかをはりのむら）に土蜘蛛有り、其の為人（ひととなり）身短くして手足長し」とあることなどを指す。ここでは「長々」の枕詞として使われ、落雁が読者の迷惑をも省みず、延々と小説を続けることができる度胸と、小ぬかが自分に脈があるかどうかを女中に尋ねる度胸と、どちらのほうにより度胸が必要だろうか、という揶揄。

一八 娼妓・芸妓などの借金を払って。落籍すること。

一九 浮気の仕納め。

二〇 現在の東京都中央区銀座南東部の旧町名。江戸の芝居町として知られ、明治二十二年には歌舞伎座が開場した。小ぬかが浮気仕舞いに木挽町の芝居役者を情夫にしていること。

二一 どこかの新聞社の連載小説を受け持っていたら、病気を理由に数日休載になっただろう、の意。この時期の新聞小説には休載がきわめて多く、その理由の大半が著者の病気であった。

二二 七子織。絹織物で、外観が魚卵のように粒だって見えるところから魚子織とも呼ばれ、主に羽織・着尺に供された。

二三 二子織。経糸または経緯糸に二子糸を用い、平組織に織った綿織物。

二四 羽織の「紋」に家構えの「門」を掛ける。

二五 領地や領田の境界のしるしに立てる杭。ここでは「指標」の意。

二六 「凌ぎのつく」と「つく〴〵」を掛ける。

二七 「代言人」の略。弁護士の旧称。

け弱《よわ》いのは[一]蹴《け》込《こみ》の敷皮《しきかは》ぐツと踏《ふ》まへて立《た》つところを　一旦《たん》の過《あやま》ち底知《そこし》れぬ此溝《このどぶ》へ落《お》ちたが最期《さいご》　モウ上《あが》れず泥《どろ》に咽《むせ》んで捕《つか》まへ所《どころ》もと藻掻《もが》いて見《み》ても浮《うか》ぶは虚《むな》しき名《な》ばかり徒《いたづ》らに伝《つた》はりて我《わ》れと我行手《わがゆくて》の邪魔《じやま》　どちら向《む》いてもひとへに敬《けい》して[二]遠山桜《とほやまざくら》一寸拝見《ちよつとはいけん》しましたぐらゐが精々《せいぜい》の世辞《せじ》　こゝに[三]一年《ねん》は石《いし》の数《かず》三百六十碁盤目《ごばんめ》の罫紙《けいし》と睨《にら》め競《くら》　一字《じ》置《お》いては考《かんが》へ二字《じ》置《お》いては考《かんが》へ[四]眼《め》を白黒《しろくろ》の苦《くる》しい職分《しよくぶん》　それも多《おほ》くは負《まけ》のみ込《こ》んで代金《だいきん》といはず報酬《はうしう》と云《い》つて自分《じぶん》だけは澄《す》まして居《ゐ》れど向《むか》ふから云《い》へば矢《や》張《はり》[五]判取帳《はんとりちやう》に載《の》つて居《ゐ》る訳躰《わけてい》のいゝのと割《わり》のいゝのとは両立《りやうりつ》せず　[六]五斗米《ごとべい》に腰《こし》を折《を》らぬは聞《きこ》えたれど　本屋《ほんや》の子僧《こぞう》に頭《あたま》を低《さ》げるはチト[七]理屈《りくつ》に阿波《あは》の十郎兵衛《じふろべゑ》屈托《くつたく》の絶《た》ゆる時《とき》なし　卑《いや》しい事《こと》を言《い》ふなとあつてもお客様《きやくさま》へ出《だ》した到来《たうらい》の羊羹《やうかん》　[八]障子《しやうじ》の硝子越《がらすご》しに指《ゆび》を啣《くは》へてコレと叱《しか》られて育《そだ》つたは[九]平一面《たひらいちめん》　特《とく》に文学者《ぶんがくしや》に限《かぎ》つて霞《かすみ》を喰《くら》ひ霧《きり》を吸《す》つて立《た》つにはあらず　飯米《はんまい》の料《れう》をも[一〇]払《はら》はねばならの葉《は》の広《ひろ》い世界《せかい》に家賃《やちん》だけでも[一一]かしの実《み》の一人位《ひとりぐら》ゐは寝《ね》て居《ゐ》ても消光《くら》せさうなものなれど　其処《そこ》を爾行《さうゆ》かぬが辛気《しんき》[一二]新網《しんなみ》の果《はて》でも何《なに》によらず口《くち》を動《うご》かす算段《さんだん》と斯《か》くは[一三]氏神《うちがみ》なれば贔負《ひゐき》の月掛《つきが》け持《もつ》て廻《まは》つて案《あん》じるものゝ先生《せんせい》は先生《せんせい》だけの異《かは》つたお説《せつ》があるかも知《し》れず　伺《うかゞ》へば此度《このたび》の恋《こひ》は大分《だいぶ》の痛事《いたごと》貼《は》るは同《おな》じでも膏薬《かうやく》よりは[一四]印紙《いんし》が利《き》いて癒《い》える迄《まで》には間《ま》のある外科療治《げくわれうち》　跡《あと》を

一　人力車で乗客の足を載せる所。
二　遠山に咲いていて、瞥見するだけの桜。「敬して遠ざく」の意。
三　一年の日数三六五日と、碁盤の目の数三六一(十九路×十九路)を掛けて「三百六十碁盤目」とし、さらに原稿用紙の枡目に転じる。
四　原稿用紙の枡目に文字を埋める苦労と、白黒の碁盤の目の争いを重ねる。
五　商家などで、金銭・品物の授受の証印を受けておく帳面。
六　五斗(約五升)の米。わずかの俸禄。貧窮に迫られて小役人に任官した陶淵明が、「吾れ五斗米の為に腰を折る能わず」(『晋書』列伝第六十四)として職を辞した故事を踏まえる。
七　「理屈に合わぬ」に「阿波の十郎兵衛」を掛ける。近松半二ほか合作の浄瑠璃『傾城阿波の鳴門』(明和五年初演)の登場人物。盗賊に身をやつして銘刀を探す十郎兵衛は、金のために順礼姿のお鶴を我が娘とも知らずに殺してしまう。
八　ガラス板をはめこんだ硝子障子。
九　世間一般であること。「ひらいちめん」とも。書店で書籍の平(ひら＝表紙)が見えるように積み並べる「平積み」を踏まえる。
一〇　「払はねばならぬ」に「楢の葉」を掛ける。
一一　「貸(家)の身」に「樫の実」を掛ける。
一二　芝新網町(現港区)。古くは芝浦と称する海辺で、町名は漁業の網干場であったことによる。
一三　時の氏神。ちょうどよい時機に手を差し伸べてくれるありがたい人。
一四　著作権者の検印を押した検印紙。奥付に貼って発行部数の確認の証とし、印税を計算した。

何《ど》うしたものかに一倍貴重《ばいきちよう》の脳《なう》を絞《しぼ》れど到底《たうてい》[一五]こし切《き》れぬ晦日蕎麦《みそかそば》延《の》びる程《ほど》は延《の》べて五日《いつか》に来《こ》い十日《とうか》に来《こ》いと断方《ことはりかた》にも[一六]五色《しき》の息《いき》を月末《つきずゑ》の大修羅場《おほしゆらば》　敵《かな》はぬ免《ゆる》せと大抵《たいてい》に家《うち》を脱《ぬ》け出《だ》し生活同様目的《せいくわつどうやうもくてき》の無《な》いぶら〳〵歩行《あるき》　暮《くれ》か〻る空《そら》をながめて斯《こ》んな時《とき》によく出《で》たがる運命論《うんめいろん》　[一七]造化《ざうくわ》々々《〳〵》と連《しき》りに呼懸《よびか》くれど呼《よ》ばる〻造化《ざうくわ》は迷惑千万《めいわくせんばん》　原稿料《げんかうれう》を請取《うけと》つて帰《かへ》る時《とき》に一度《いちど》も呼《よ》んだ例《ため》し無《な》し　斯《か〻》る文豪《ぶんがう》が[一八]後《あと》減《べ》りの下駄《げた》穿《は》いて往還《わうくわん》にのつそりと立《た》つて居《ゐ》るとも知《し》らねば車夫《くるまや》は猶予《ゆうよ》せず声《こゑ》を掛《か》けて　退《の》かずば背後《うしろ》からドンと突退《つきの》けて往《ゆ》くに　先生《せんせい》は不興気《ふきようげ》と云《い》はんよりは恨《うら》めしげに目送《みおく》つて[一九]厭世《えんせい》の事厭世《ことえんせい》の事《こと》と際《きは》どい所《ところ》で[二〇]大悟徹底《たいごてつてい》　懐中相応《くわいちうさうおう》の淋《さび》しい町《まち》へ曲《まが》らうとする時《とき》　荒子《あらこ》君《くん》と呼留《よびと》めしは元《もと》の学校友達《がくかうともだち》　元気消耗《げんきせうがう》の躰《てい》だな晩飯《ばんめし》を突合《つきあ》ひたまへとは　成程隙《なるほどひま》の折《をり》は造化《ざうくわ》を呼《よ》んで見《み》るのも損《そん》にはならず　酒《さけ》の一二杯《はい》も廻《まは》つてあの作《さく》は感服《かんぷく》だよ実《じつ》に能《よ》く[二一]キャラクターが顕《あら》はれて居《ゐ》るよと好評《かうひやう》の一《ひと》つも聞《き》かせらるれば　三十分前《ぶんまへ》の先生《せんせい》とは全然容子《ぜんぐようす》が変《かは》つて来《き》て今度《こんど》は楽天《らくてん》の事楽天《ことらくてん》の事《こと》と献《さし》つ酬《おさ》へつの器《うつは》なれば　[二二]主義《しゆぎ》も猪口《ちよく》が左右《さいう》するは然《さ》のみ縁《えん》の無《な》いにもあらず　益々《ます〳〵》景気《けいき》づいて僕《ぼく》にもいとしいのが有《あ》つたよなどは過日御恵贈《くわじつごけいそう》の小説《せうせつ》より凄《すさ》まじ〻　君《きみ》は未《まだ》[二三]あの味《あぢ》は知《し》るまい　都《みやこ》に住《す》んで[二四]秋刀魚《さんま》の腸《はらわた》に舌《した》を打《う》つ身《み》はまんざらあれも捨《す》てたものではないよ　覚悟《かくご》さへ持《も》

一五 脳味噌の味噌を「濾す」から「越し切れぬ晦日」へ、さらに「晦日蕎麦延びる」を掛けて、借金の催促を延ばせるだけ延ばすこと。

一六 「五色の息をつき」と「月末の」を掛ける。「五色の息」は不安や安堵など、種々の思いの入りまじった息。竹田出雲ほか合作の浄瑠璃『菅原伝授手習鑑』(延享三年初演)寺子屋の段に、「夫婦は門の戸ぴつしやりしめ、物をも得云はず青息吐息、五色の息を一時に、ほつと吹き出すばかりなり」とあるのを踏まえる。

一七 天地の万物を創造する造物主。また、造り出された天地、宇宙、自然。

一八 散々歩き回って、後ろの歯をすり減らした下駄。

一九 「世ヲイトフコト。＝世ヲイヤニ思フコト。(楽天ノ対)」(『日本大辞書』)。

二〇 悟りきって、何も煩悩迷妄を残さないこと。ここでは、落雁の落魄ぶりを揶揄する。

二一 character. 登場人物の性格や人となり。

二二 酒一杯で考え方ががらりと変わってしまう。

二三 失恋して落魄の身をかこつような境遇に陥ること。

二四 貧窮のうちにほろ苦さを味わう境遇。

以下一四六頁

一 歌舞伎舞踊の「保名」(通称「保名狂乱」「小袖物狂」)を踏まえる。安倍保名が恋人榊の前に死別し、形見の小袖を抱いて野辺を狂い歩く。

つて居《ゐ》ればいゝのサと　何事《なにごと》か友達《ともだち》の誘《さそ》ふ水根《みづね》が浮藻《うきも》ほども定《さだ》まらぬは筆《ふで》にも知《し》れし先生《せんせい》なれば　肚《はら》はこちら向《む》きながら足《あし》はあちら向《む》いたとは何処《どこ》へ向《む》いたのやら　[一]おそれ保名《やすな》の狂乱同然《きやうらんどうぜん》　恋《こひ》よ〳〵と恋《こひ》を呼売《よびうり》は先生《せんせい》の専門《せんもん》　可愛《かあい》の可《か》憐《れん》のと文章《ぶんしやう》とかで見《み》れば何《なん》の仔細《しさい》もなけれど　之《こ》れがいかなる清浄《しやう〳〵》な恋《こひ》でも卿《けい》[二]よ卿《けい》は吾《わ》れを愛《あい》する乎《か》　然《しか》りわれは君《きみ》を愛《あい》すと口《くち》の先《さき》だけで　縦《よ》[三]しや先生《せんせい》たりとも宿《やど》つたのではなし　裏《うら》へ廻《まは》れば凡夫《ぼんぷ》と言《い》ひも了《をは》らぬに表《おもて》へ廻《まは》れば小人《せうじん》かと此処《こゝ》は往来々々《わうらい〳〵》[四]まぜずに急《いそ》いで行《ゆ》く路々《みち〳〵》白《しろ》きお馬《うま》に召《め》したる殿御《とのご》　あの鉦《かね》は道《だう》[五]哲《てつ》だらうと不相変《あひかはらず》の博聞強記《はくぶんきやうき》　考証《かうしよう》の明《あか》る過《す》ぎてたそ[六]や行燈《あんどう》と見《み》しはおでん燗《かん》酒《ざけ》　八方《ばう》まばゆき[七]金魚《きんぎよ》の不夜城《ふやじやう》　どれでも売《う》りますに目移《めうつ》りして何処《どこ》へ恋《こひ》を持《も》つて行《い》つていゝか先生《せんせい》にはわからず　[八]巍々《ぎゞ》たる三層《ぞう》四層《ぞう》の雄大《ゆうだい》なのよりは今《いま》の小説《せうせつ》は皆《みな》[九]繊巧《せんかう》と　花簪《はなかんざし》のぴら〳〵した所《ところ》へ友達《ともだち》の這入《はい》りしに先生《せんせい》も続《つゞ》いて飛上《とびあが》れば　程《ほど》なく出《で》て来《き》た中《なか》にも[一〇]貴方様《あなたさま》のは何処《どこ》から何処《どこ》までまん丸《まる》づくめ　宵《よひ》[一一]に御勘定《ごかんぢやう》を下《さ》げさせる点《てん》から論《ろん》じても現金掛直無《げんきんかけねな》しの月《つき》の顔《かほ》　チラリと拝《をが》んで帰《かへ》つたのが又々《また〳〵》先生《せんせい》の病附《やみつき》　馴染《なじみ》となれば向《むか》ふも寛《くつろ》いであんたの手《て》の軟《やわら》かいこと算盤一《そろばんひと》つ持《も》たないのですねと知己《ちき》[一二]の一言千載《いちごんせんざい》の下《もと》を待《ま》たず　散財《さんざい》の下《もと》に銀貨《ぎんくわい》入れまで看通《みとほ》す烱眼《けいがん》[一三]　算盤持《そろばんも》つほどの手元《てもと》でないと向《むか》ふには註《ちう》が這入《はい》つて居《ゐ》れど

二　男子が同輩や目下の者、妻などに対して用いる語。「マルツラバース密語シテ曰ク余実ニ卿ニ恋着ス。焉クンゾ離去スルヲ得ンヤ」(織田純一郎訳『花柳春話』第六章)などの用例がある。

三　先生といえど、両親の清浄な恋だけでこの世に命が宿ったのではない。

四　まぜかえさずに。

五　明暦の頃の念仏僧。吉原に至る日本堤にある西方寺境内の念仏堂を住居とし、土手の道哲として知られた。ここでは、道哲寺とも呼ばれた浄土宗西方寺の鉦のこと。落雁らが吉原に行くことを示す。

六　各妓楼の前に立てた屋根つきの木製の常夜灯。

七　金魚は金や金銭のたとえ。また、きらびやかに舞う舞妓の俗語。

八　堂々として高く大きいさま。

九　きめ細かで巧みなこと。「繊巧細弱なる文学は端なく江湖の嫌厭を招きて」(北村透谷「人生に相渉るとは何の謂ぞ」明治二十六年)など、同時代の文学動向を踏まえる。

一〇　相方の遊女の豊満さをいう。

一一　まだ宵のうちに勘定を払わせることと宵満月を掛ける。

一二　自分が金銭の勘定に汲々としているような俗物ではないことを理解してくれる言葉。「知己を千載の下に待つ」を踏まえる。

一三　眼力が鋭く、洞察力のすぐれていること。

一四　ソラマメを炒るなどして弾けさせたもの。はじきまめ。茶受けの定番。実は跳ね返り、の意を含む。

一五　感服しながら煙草を一服すること。

一六　村井兄弟商会が当時販売していた、安価な米国産紙巻き煙草。明日それを買うぐらいしか持ち合わせがない。

知《し》らぬ先生《せんせい》は大満足《だいまんぞく》　まことや偉人《ゐじん》は茶棚《ちやだな》に見《み》えぬ[一四]はじけ豆隠《まめかく》れたるところに在《あ》りと[一五]感服《かんぷく》と一《いつ》ぷくとを併《あは》せ頂《いたゞ》いて　おれが売買《うりかひ》で立《た》つやうな俗物《ぞくぶつ》かと反《そ》つて見《み》せても実《じつ》は明日《あす》の朝《あさ》の[一六]ピンヘツト一箇《いつこ》で多分《たぶ》没落《ぼつらく》　勤《つと》め人《にん》なのと問《と》はれて否《いや》々《〳〵》其《そ》んな物《もの》の本《ほん》の作家《さくか》とは能《よ》う[一七]臆面《おくめん》も内容《ないよう》は内用手馴《ないようてな》れし様《さま》まゐるに筆《ふで》を染《そ》めて[一八]表紙《へうし》の見返《みかへ》しへ著者謹呈《ちよしやきんてい》　それが[一九]赤本《あかほん》の国定忠次《くにさだちうじ》と[二〇]箪笥《たんす》の庇間《ひあはひ》に隊《たい》を組《く》んで埃《ほこり》に埋《うづ》まつて居《ゐ》るなどは仰有《おつしや》る通《とほ》り俗物《ぞくぶつ》の知《し》らぬ事《こと》なり　小説家《せうせつか》の小《せう》から取《と》つて小《せう》さんと呼《よ》びませうとは縁《えん》は異《い》なものあぢな彼女《あいつ》の[二一]真善美文学思想《しんぜんびぶんがくしさう》のあるのが妙《めう》だと例《れい》に依《よつ》て一応《おう》の照会《せうくわい》もなく[二二]一件気取《いつけんきどり》　お安《やす》くない料《れう》を払《はら》つて恥《はづか》しいよ嬉《うれ》しいよ恨《うら》みだよ[二三]むねきだよの[二四]辻占文句《つぢうらもんく》を聴《き》きに三日《みつか》に揚《あ》げず[二五]通《かよ》ふ千鳥《ちどり》なみ〳〵ならぬ信仰《しんかう》の今《いま》の作家《さくか》に欠《か》けて居《ゐ》るとは蓋《けだ》し論者《ろんしや》は落雁先生《らくがんせんせい》あるを知《し》らざるもの乎《か》　ふびんと思《おも》つて来《き》て下《くだ》さいとは出《で》て上《あ》げますの略《りやく》　今夜《こんや》は田舎者《いなかもの》の[二六]タヂレがと一寸《ちよつと》のやうに抜《ぬけ》て行《いつ》たまゝ遂《つひ》に見《み》えず　見《み》えるは寐《ね》て居《ゐ》る頭《あたま》の上《うへ》に[二七]石版摺《せきばんずり》の額《がく》は幼児《こども》の[二八]三人上戸《にんじやうご》　泣《な》いて嬉《うれ》しきこちらに居《ゐ》られず笑《わら》つて悲《かな》しきあちらに居《ゐ》るも勤《つとめ》といへば怒《おこ》られずとは彼方《あちら》と此方《こちら》を一所《いつしよ》に寄《よ》せてあツちこツちの[二九]粋様《すゐさま》　[三〇]素養《そやう》は飜刻《ほんこく》の二筋道《ふたすぢみち》　きぬ〴〵の別《わか》れに羽織《はおり》の袖《そで》を梯子段《はしごだん》へ引懸《ひツか》け何《ど》うも遣《や》りともないと自分丈《じぶんだけ》しよげて　実験《じつけん》々々《〳〵》と[三一]実験《じつけん》が入用《いりよう》なら小説家《せうせつか》は盗《どろ》

一七 「臆面もない」に「内容」を掛け、さらに「内用」を導く。あまり胸を張って披露もできないしろもの。
一八 表紙と本文の間に挟む見返し紙。
一九 草双紙の一種で、ここでは江戸後期の侠客国定忠次を題材にした講談本の類。
二〇 箪笥と壁とのすき間。
二一 文学の神髄は真善美の発露にあるとする文学思想。巌本善治の「完全したる「善」と「美」とは亦「真」たらざる可らず」(「文学と自然」明治二十二年)といった立場を踏まえる。
二二 「一件」は物事を婉曲にいうときに用いる語。例の人。勝手に遊女の色男を気取る。
二三 胸気。気にさわること、癪なこと。
二四 吉凶を占う縁起物の紙片。主として夜の花柳界などで売り歩いた。
二五 辻占売りが、「淡路島通ふ千鳥の恋の辻占」などと呼び声して売り歩いたことを踏まえる。「千鳥」の縁語「波」から「なみ〳〵ならぬ」と続く。
二六 動詞「たじれる」の連用形の名詞化。のぼせて気が変になること。「お前なんだ逆上(のぼ)せて居るぜ、たじれて居るなア」(三遊亭円朝「真景累ケ淵」四十四)。ここでは、自分にのぼせている田舎者の客が来ている、の意。
二七 石灰石などの平面にインクで版下の文字などを転写し、それを原版として印刷したもの。
二八 怒り上戸、泣き上戸、笑い上戸。
二九 待ちぼうけを食っている落雁を皮肉る。
三〇 落雁の遊廓の知識が、活字に翻刻された『傾城買二筋道』を種本にしていること。梅暮里谷峨(うめぼりこくが)作の洒落本(一七九八年)。明治二十四年六月出版の丸善書店・武蔵屋叢書閣版などがある。
三一 小説を書くための実体験。

賊《ばう》もせねばならず欺騙《かたり》もせねばならず　但《たゞ》し人殺《ひとごろ》しは毎々《まい〳〵》小説《せうせつ》で結末《くゝり》のつかぬ時《とき》やつて居《ゐ》るゆゑ之《こ》れを昔《むかし》の仕置《しおき》に照《て》らせば差詰《さしづめ》磔刑《はりつけ》市中《しちう》引廻《ひきまは》しの段《だん》になると今《いま》にあいつと二人《ふたり》で[一]目黒《めぐろ》に居《ゐ》ると先生《せんせい》なら言《いひ》かねず　此間《こないだ》あんたが帰《かへ》らはつた跡《あと》で腹《はら》でも立《たて》やはるかと気《き》になつて昼《ひる》も寐《ね》られなんだの下《した》へ流連《ゐつゞけ》の客《きやく》有之《これあり》候《さふらふ》に依《よ》りのビラでも下《さ》げたけれど　爾《さう》か〳〵を定連《ぢやうれん》の行渡《ゆきわた》りし先生《せんせい》嘸《さぞ》かしと云《い》はぬばかりに点頭《うなづ》いて　斯《か》うして来《く》れば宜《よか》らうとは[二]何処《どこ》迄《まで》馳《はし》る天才《てんさい》やら殆《ほと》んど窺《うかゞ》ひ知《し》る可《べ》からず　解《と》くに豆《まめ》どんも苦《くる》しみおばさんも苦《くる》しみ先生《せんせい》も亦《また》苦《くる》しみは自《みづか》ら称《とな》ふる恋《こひ》の山《やま》　いよ〳〵[三]登詰《のぼりつ》めて此《こ》の先《さき》は[四]工面《くめん》も南無《なむ》網島《あみじま》　隣《となり》で通《とほ》す[五]大長寺《だいちやうじ》のかねて愛読《あいどく》の世話《せわ》浄瑠璃《じやうるり》　先例《せんれい》にまかせて[六]橋《はし》づくしで行《ゆ》かうと[七]謳《うた》ひ出《だ》しの走《はし》り書《がき》とも見《み》えぬに原稿《げんかう》はいつも消《け》[八]しだらけの[九]此紙治殿《このかみぢどの》の覚期《かくご》のよさ　総《そう》じて心《しん》中物《ちうもの》を論《ろん》ぜんには少《すく》くとも引《ひ》[一〇]け過《す》ぎの景《けい》を知《し》るを要《えう》すと[一一]危急《ききふ》の中《なか》にも文学評《ぶんがくひやう》論《ろん》　[一二]綽々《タク〳〵》トシテ余裕《ヨユウ》アリと先生《せんせい》はこれを読《よみ》と歌寐《うたね》物語《ものがたり》に女《をんな》の気《き》を引事《ひきごと》　[一三]大門口《おほもんぐち》の薄雪《うすゆき》を知《し》つて居《ゐ》るかといへば[一四]彼処《あそこ》にあるは水菓子屋《みづぐわしや》　あれは淡雪《あはゆき》だすとイキナリから通《つう》ぜず　いゝや[一五]近松《ちかまつ》のといへば其《そ》んなお客《きやく》は来《き》まへんと猶々《なほ〳〵》通《つう》ぜず　こゝで若《もし》[一六]テーストが無《な》いと云《い》つたらまだ[一七]出稼中《でかせぎちう》と答《こた》へるに相違《さうゐ》なけれど　廊下《らうか》で朋輩《ほうばい》に背中《せなか》敲《たゝ》かれて小《せう》[一八]の字《じ》が附《つ》いてますよを定見《ていけん》ありと先生《せんせい》は前後《ぜんご》も見《み》えず

一　東京西郊の荏原郡目黒村。鈴ヶ森で磔刑になった平井権八と新吉原の遊女小紫との比翼塚が、目黒不動尊近くにあることを踏まえる。
二　落雁の底知れぬお人好しを揶揄。
三　登楼を繰り返して。
四　金銭の工面もできなくなって、窮地に陥ること。「工面もない」に「南無阿弥陀仏」を掛け、「阿弥」の音から「網島」を導く。網島は大阪の地名で、旧大和川と淀川との合流点。
五　享保五年(一七二〇)、大坂天満御前町の小売紙商紙屋治兵衛と曾根崎新地の遊女小春とが網島の大長寺で心中。この事件を脚色した近松門左衛門作の浄瑠璃『心中天の網島』で名高い。
六　『心中天の網島』で、治兵衛・小春が心中する道行「名残の橋尽し」を踏まえる。
七　「名残の橋尽し」が、「はしり書、謡の本は近衛流、野郎帽子は若紫、悪所狂ひの、身の果は、かくなり行くと定りし」と始まることをいう。
八　「名残りの橋尽し」の冒頭近く、「今置く霜は明日消ゆる、はかなき譬のそれよりも、先に消え行く閨の内」と「消」の字が繰り返されることを踏まえる。　九　落雁が原稿用紙に文字を埋めるのを生業とするところからの揶揄。
一〇　遊廓で引け四つの拍子木を打った後の時刻。「間夫は引け過ぎ」で、恋の情趣が極まる。
一一　金銭の工面に追われて汲々としながら。
一二　ゆったりとして、せまらないさま。読みは一般的には「しゃくしゃく」。余裕綽々。
一三　近松門左衛門作『冥途の飛脚』(正徳元年初演)の「道行相合駕籠」で、忠兵衛が梅川に「それ覚えてか、いつのこと、かの初雪の朝込みに、寝巻ながらに送られし、大門口の薄雪も、今降る雪も変らねど」と語ることを指す。
一四　相手は、「大門口」を吉原のつもりで答え、

恋《こひ》の神髄《しんずゐ》を得《え》[一九]たもの夫婦《ふうふ》とは主人公《しゆじんこう》につれて洒落《しやれ》もむづかし　燃《も》ゆるが如《ごと》き情《じやう》熱《ねつ》は遂《つひ》に一篇《ぺん》の戯曲《ぎきよく》といふのか阿房陀羅経《あほだらきやう》[二〇]といふのか能《よ》くは聞《き》かねど出来上《できあが》りし所《ところ》は

[二一]うつてんばつてんぎり〴〵決着《けつちやく》[二二]ごろぴしや雷《かみなり》どたぱた煤掃《すゝはき》。ちり[二三]からたつぽう鉄砲仏法《てつぱうぶつぱふ》とらやあやあ。きやつの姿《すがた》とわが[二四]姿見返《すがたみかへ》り柳鰈比目魚《やなぎかれひらめ》。ま[二五]ぐろの土手《どて》の夕嵐身《ゆふあらしみ》を切売《きりうり》の皿《さら》の内《うち》。赤《あか》[二六]い裲襠《しかけ》は年季《ねんき》が長《なが》い紫《むらさき》やお部屋《へや》の穀潰《こくつぶ》し。何処《どこ》[二七]のどゞいつ素見唄《ひやかしうた》。聞《き》[二八]くに附木《つけぎ》に直《ね》はいくら[二九]二百は高《たか》い百五十。[三〇]差引《さしひき》わづか五十年《ねん》。人間定命定見世《にんげんぢやうめうぢやうみせ》[三一]同士《どし》。まけておきなの飴売《あめうり》[三二]が大《だい》[三三]音寺前大音《おんじまへだいおん》に。買《か》つてかへるの頬冠《はうかぶ》り。逆《さか》さにすれば竹皮《たけがは》[三四]はほんに川竹《かはたけ》[三五]うき勤《つとめ》。隅《すみ》から水《みづ》のぽた〳〵〳〵。誰《た》れと寐酒《ねざけ》の一杯々々《いつぱい〳〵》。残《のこ》らず稼《かせ》ぎ入揚《いりあ》げていつぞは荒《あ》るゝ山《やま》[三六]の神《かみ》。異見《いけん》の種《たね》と知《し》られける。下足《げそく》[三七]の札《ふだ》の一昨日《をとゝひ》から[三八]あばいがわるい日《ひ》がわるい。今夜《こんや》も見世《みせ》[三九]をひこで居《ゐ》る。仔細《しさい》は別《べつ》に楼主《ないしよ》にて一寸《ちよつと》きな臭《くさ》[四〇]かんこ臭《くさ》。煙《けむ》つたげに立上《たちあが》り。

先《ま》づ此位《このくら》ゐで止《と》めてもとまらぬは先生《せんせい》が心《こゝろ》[四一]の駒《こま》　跡《あと》を来《こ》いの立引《たてひき》に跳《をど》つて親《しん》身《み》なればこそと緩《ゆる》む手綱鞭《たづなむち》も家《うち》もあることならず　後《のち》に評釈《ひやうしやく》の梗概《かうがい》のと他人《たにん》の手《て》にかゝるも煩《わづら》はしければ　今《いま》から自分《じぶん》で書《か》いて置《お》かうと揚句《あげく》は[四二]ミス手古鶴《てこづる》の

果物を売る店の名と取り違える。
一五 近松門左衛門(一六五三―一七二四)。江戸中期の浄瑠璃作者。平安堂・巣林子などと号した。
一六 taste. 味わい。ものの情趣。
一七 相手がものの情趣や風情を解さず、頓珍漢な答えばかり繰り返すだろうということ。
一八 「小さん」といいお似合いであることを同輩から冷やかされること。 一九 「神髄を得たもの」に「似たもの夫婦」の意を掛ける。
二〇 江戸中期に乞食坊主が唱えた時事諷刺の滑稽な俗謡。 二一 懸隔の甚だしいこと。「ウンデイバンリ(雲泥万里)」の訛という。
二二 ゴロピシャ。雷鳴と落雷の擬音。
二三 歌舞伎十八番の一つ『外郎売』のなかで、中国伝来の妙薬「透頂香(とうちんこう)」を売り歩く外郎売りの口上の一節を踏まえる。「たあぷぽぽ、たあぷぽぽ、ちりから、ちりから、つつたつぽ、たつぽたつぽ一丁だこ」。
二四 「わが姿を見返り」に「見返り柳」を掛け、さらに「柳鰈」と「比目魚」の対比を導く。
二五 遊廓で男に身を売る遊女を、切売されて皿に並ぶまぐろになぞらえる。
二六 「裲襠」は打ち掛けのこと。本来は、朝廷の儀式のときに、武官が装束の上につけた衣服。
二七 「何処のどいつ」に「都々逸」を掛ける。
二八 「聞くにつけ」に「附木」を掛ける。附木は、スギやヒノキの薄片の一端に硫黄を塗りつけ、火を他の物にうつすのに用いる。
二九 銭二百文。近世、飯盛女などの卑娼の揚代。
三〇 差額を年齢におきかえ、幸若舞「敦盛」の「人間五十年、下天の内をくらぶれば、夢幻のごとくなり」を踏まえて、「人間定命」を導く。
三一 定店。一所に定住して商う店。「定命」と頭韻を踏み、「まけておきな」に続く。

人生観《じんせいくわん》をも論《ろん》じかねぬ勢《いきほ》ひ　漸《やつ》と[一]日切《ひぎり》の仕事《しごと》に逐《お》はれて一週《ひとまは》り程遠《ほどとほ》ざかりしに肩書《かたがき》に[二]たよりのとあるお文到来《ふみたうらい》　[三]心矢竹《こゝろやたけ》に思《おも》ふてもかと手《て》に取上《とりあ》げ女《をんな》でも是《これ》程書《ほどか》ければとは書《か》ける筈書記《はずしよき》さんの代筆《だいひつ》なり　御《おん》ひらかせの程《ほど》も御面倒《ごめんだう》ながら御《おん》たづね旁々《かたぐ》申上候《まをしあげさふらふ》　扨《さて》とやの[四]活版文句《くわつぱんもんく》　順次敬読《じゆんじけいどく》するに一日《にち》も忘《わす》れませずと云《い》ふに至《いた》つて先生《せんせい》[五]圏点《けんてん》の打《う》ちたげなれど　其手間《そのてま》あらば願《ねが》はくはあの野郎《やらう》と朱書《しゆがき》したし　[六]お金《かね》が五とまで読《よ》んで初《はじ》めて[七]途胸《とむね》をつき果《は》てし手文庫《てぶんこ》ふたゝびはならぬ[八]酷才覚《ひどさいかく》に明日《あす》ともいはず貴命《きめい》に応《おう》じたれど恋《こひ》も波瀾《はらん》がなければと[九]口説《くぜつ》がゝりにギラすを　無心《むしん》が恐《こわ》くば来《こ》ずともいゝと天女《てんによ》に似合《にあ》はぬ毒口《どくぐち》　[一〇]琴線《きんせん》は金《きん》銭《せん》か実《じつ》はこれにと差出《さしいだ》せば　其儘《そのまゝ》懐紙《ふところがみ》に挟《はさ》んで今晩《こんばん》も又《また》あのタヂレが来《き》て居《ゐ》るの待《ま》つて居《ゐ》て頂戴《てうだい》とは定《さだ》めし積《つも》る話《はなし》のある事《こと》とまんぢりともせぬ間《ま》に　[一一]明《あけ》の烏《からす》は紋切形《もんきりがた》六《む》つ鳴《な》る大時計《おほどけい》を狂《くる》つたのぢやないかとは誰《た》が言《い》ふ事《こと》　さすがに希《き》望《ばう》を棄《す》てぬ先生《せんせい》もこの朝《あさ》のみは聊《いさゝ》か物足《ものた》らず帰《かへ》つた処《ところ》へ彼《か》の友達《ともだち》が来《き》て　君《きみ》は何処《どこ》へ行《い》つた大概《たいがい》にするがいゝぜあの女《をんな》の情夫《いろ》を知《しつ》て居《ゐ》るかと云《い》はれて　二人《ふたり》あるものかと肚裡《はらのうち》に冷笑《あざわら》へど友達《ともだち》は頓着《とんぢやく》なくあれの色《いろ》は庄《しやう》さんと云《い》ふ製造場《せいざうば》の下役《したやく》　少《すこ》しく[一二]意気張《いきばり》の筋《すぢ》あつて二年越《ねんごし》女《をんな》の方《はう》から入揚《いりあ》げて居《ゐ》るのだと聞《き》いた時《とき》の先生《せんせい》の顔色《がんしよく》[一三]さなきだにを山《やま》にでも積《つ》まねば筆《ふで》には中々《なか〱》及《およ》び難《がた》し　小《せう》の字《じ》はセ

三二 派手な口上を述べながら、飴を売り歩く行商人。「負けて置く」と「翁の」を掛ける。
三三 吉原に近い下谷大音寺前。「大音寺前と名は仏くさけれど、さりとは陽気の町と住みたる人の申き」(樋口一葉『たけくらべ』)。同音の「大音」に掛ける。 三四 食品などを包む竹の皮。ここでは飴を包むことからの連想。
三五 川辺に生える竹で、「川竹の」は「ながる」「ながす」「よ(世)」にかかる枕詞。浮き沈みの定めなき遊女の「うき勤」へと続く。 三六 妻の卑称。
三七 流連の客のいる一昨日から、の意。 三八 加減や体調が悪いこと。塩梅(あんばい)の訛り。
三九 「ひこ」は四段動詞「ひく(引)」の連体形「ひく」の上代東国方言。「見世を引く」は遊女が張見世に出ないで勤めを休むこと。
四〇 かんこ(紙子)臭い。カンコはカミコの音便。紙・布のこげるにおいがして、こげくさい。
四一 こころのなかのはやる思い。意馬心猿。「跡を来い」に「恋の立引(達引)」を掛ける。
四二 処置に困る、もてあますの意の「てこずる(梃摺る)」に、女郎買をする意味の「てこつる」を掛けたものか。落雁の相手を指す。

以上一四九頁

一 新聞の連載小説など、日限のある仕事。
二 遊女の無心状のきまり文句。
三 心が猛り勇む意の「やたけ(弥猛)」に、「矢竹」を掛けて、「心はやたけとはやれども」(『伽羅先代萩』)などを踏まえる。
四 決まりきった挨拶の文句。
五 文章中の要点などを強調するために傍らに振る「。」「、」などのしるし。
六 やっと金の無心の手紙であることに気づく。
七 「と胸を衝く」に、「つき果てし」(空になって

ウ庄《しやうじ》の字はシヤウ仮名使《かなづか》ひ[一四]でも初《はじ》めから違《ちが》つて居《ゐ》るに　さて終《をはり》で似《に》て居《ゐ》るはあ[一五]んたとぽんた其後《そのゝち》先生人《せんせいひと》に語《かた》つて曰《いは》く僕《ぼく》もラブには三度《さんど》失敗《しつぱい》したよ

あゝラブなる哉《かな》ラブなる哉《かな》　ラブはまことに安手拭染《やすてぬぐひそ》まるも早《はや》し剝《は》げるも早《はや》し　一年《ねん》一度《ど》の失敗《しつぱい》は百年生《ねんい》きれば百度《ど》の失敗《しつぱい》　千年生《ねんい》きれば千度《ど》の失敗《しつぱい》数々《かず〳〵》御苦労《ごくらう》の末《すゑ》は女学校《ぢよがくかう》[一六]にも一寸居《ちよつとゐ》ましたのと向《むか》ひ合《あ》つて依然寿命《いぜんじゆみやう》を茶《ちや》に漬《つ》けて召《め》さるゝが落《おち》とかや聞《き》けば　[一七]エリザベス朝《てう》と云《い》つても多分《たぶん》は此辺《このへん》[一八]のが跡《あと》から跡《あと》から涌《わ》いて来《く》る雨蛙《あまがへる》[一九]　唯我也《たゞがや》々々〳〵と噪《さわ》いで居《ゐ》たのだとサ　文学隆盛《ぶんがくりうせい》めでたし〳〵

しまった」の意を掛ける。
八 むりやりのお金の工面。「一才覚」を掛ける。
九 痴話喧嘩めかして。
一〇 掛詞で、心に響くためには金銭が必要なのだろうか、の意。
一一 決まりきったように烏の鳴く明け方になること。ここでは午前六時。
一二 意気地を張らなければならないような経緯。喜多川守貞『守貞謾稿』巻二十二「娼家 江戸」に、「江戸ハ、イキハリヲ専トスルコト、他ニ勝レタルヨリ云ルコト也」とある。
一三 それでなくても悪い顔色が、筆舌に尽くし難いほど、蒼ざめてしまったこと。
一四 「小」と「庄」の字の仮名遣いが違っているように、初めからまったく比較にならないこと。
一五 情夫への「あんた」と落雁への「ぽんた」。「ぽんた」は馬鹿、まぬけ等の俗称。
一六 女学校でちょっと教育を受けた程度の女と所帯をもって、ごくごく平凡に生涯を過ごすのが関の山であろうという揶揄。
一七 一五五八年に即位したイギリスの女王エリザベス一世(一五三三–一六〇三)は、治世四十五年間に及ぶ華やかなエリザベス朝時代を現出した。この時期に多くの文人が輩出したところから、文学隆盛の日本の現状をエリザベス朝にたとえるような空気に冷水を浴びせかける。
一八 荒子落雁程度の小説家、という意味。
一九 雨が降ると、どこからともなく雨蛙が涌いてきてにぎやかな合唱が始まるように、時流に乗じて小説や文学の声がかしましいこと。雨蛙はよく変色するところから、変節漢の隠語としても用いられた。

小説《しょうせつ》評註《ひょうちゅう》問答《もんどう》

斎藤緑雨

宗像和重 校注

〔底本〕明治二十三年三月二十三日・二十五日・二十六日・二十八日の四回にわたって『読売新聞』に連載。署名は「正直正太夫」、本文は総振り仮名。二回目以降は題名の下に「（続）」とあり、三回目までの各回の末尾に「（未刊）」、最終回の末尾に「（をはり）」とある。同じく『読売新聞』に連載された「小説」（明治二十三年一月十七日―二十五日、のち「小説評註」と改題）、「初学小説心得」（明治二十三年二月十四日―三月十四日）の後を受けて、「評註主義」の名のもとに、当時の小説ならびに小説家を問答体で辛辣に批評したもの。

　のち「袖珍小説第九編」として博文館から刊行された小説・評論集『あま蛙』（明治三十年五月十九日）に収録された。本文は総振り仮名。初出の連載各回の区切りはなく、すべて前行に追い込んで続ける。また、比較的大きな初出本文との異同や、初出からの削除が見られ、末尾に「（明治廿三年三月稿）」とある。

　本巻では、右の初出を底本とした。初出本文では「候」は「い」の字体を用いるが、本巻では通用の活字体とし、読みやすさを考えて句間に適宜空きをいれた。また『あま蛙』との異同については、煩雑にわたるので特に注記しなかった。

〔梗概〕新聞の探訪記者らしい人物が「初学小説心得」の話を聞きにきたので、むやみに紙上に掲載されないうちに、問答の顛末を書いておきたい。小説の主眼主脳は世態風俗人情といわれるけれども、むしろ手前味噌の塊で、小説の好不評はただ洒落の巧拙程度のものだと正太夫は愚考する（第一回）。今日の小説は、根拠のない「……ダロウ」的な想像、ないし邪推に過ぎないものばかりで、世評の高い紅葉山人の作にしてからが、翌日見ても分からぬ洒落になり下がっている（第二回）。小説は、死人に物をいう心持ちで書くのが一番で、どんな名論を述べても感服されないかわりに、欠伸も駁撃もされることはない。今の小説家にも「大家」はいるが、「大家」の号というのは譬えて言うと沢村田之助のようなものだ（第三回）。その意味するところは、名優だったのに田之助の名を襲いでからパッとせずに終わったからで、小説家も「大家」号がついた途端にまずくなってしまうから、大家などにはなりたくもない。ほかにもいろいろ話したが、お昼の号砲が鳴って客は腹を減らして帰っていった（第四回）。

○小説《せうせつ》評《ひやう》註《ちう》問答《もんだふ》

正直正太夫[一]

客《かく》あり　一[二]日正太夫《しやうだいふ》を竪川縁《たてかはべり》[三]に見舞《みま》はれ談偶《だんたま》ま小説心得《せうせつこゝろえ》[四]のくだらなきに及《およ》ぶ、客嘲《かくあざけ》るに玄《げん》[五]の尚白《なほしろ》きを以《もツ》てした訳《わけ》でもなければ正太夫之《しやうだいふこれ》を解《とい》て独《ひと》り太玄《たいげん》[六]を守《まも》ると咳払《せきばら》ひしたでもなければ其客何分新聞臭《そのかくなにぶんしんぶんくさ》[七]ければ翌日《よくじつ》の紙上《しじやう》に

正直正太夫氏《しやうぢきしやうだいふし》との談話《だんわ》

など御供《ごくう》[八]にあげられては寐覚甚《ねざめはなは》だ宜《よろ》しからざる儀《ぎ》に付一層《つきいツそ》のかぶれ[九]我《われ》から問《もん》答《だふ》の顚末《てんまつ》を左《さ》に掲《かゝ》げて御覧《ごらん》に入《い》るべし

（問）初学小説心得正《しよがくせうせつこゝろえまさ》に拝見《はいけん》したり　小説《せうせつ》は手前味噌《てまへみそ》[一〇]の塊《かたま》りなること御道理《おだうり》至極《しごく》、達識《たつしき》の程感《ほどかん》じ入《いり》候へども彼所謂黄泉《かのいはゆるくわうせん》[一一]に入《い》り蒼天《さうてん》に出《いづ》るのお説猶《せつなほ》あるべしと存《ぞんじ》それ承《うけた》まはらんが為罷出《ためまかりいで》候ふ　（答）候[一二]ふの水清《みづすめ》らば以《もツ》て吾面《わがつら》を洗《あら》ふべしさらば太[一三]郎冠者体《たらうくわんじやたい》に倣《なら》ふて、候ふ問答仕《もんだふつかま》つらん　但《たゞ》し感服《かんぶく》の満腹《まんぷく》のと背負《しよツ》[一四]て而《しかし》て後《のち》に投《なげ》つける世辞《せじ》は問答《もんだふ》に邪魔《じやま》なるものなれば一切廃《せつはい》したく我評註主義《わがひやうちうしゆぎ》[一五]に相叶《あひかな》ひ候事《こと》は何《なに》なりとも問《とは》れよ　謹《つゝし》んでお答《こた》へ申すべく候　（問）早速《さツそく》の御許《ごきよ》諾有難《だくありがた》し　扨先生《さてせんせい》の　（答）先生《せんせい》とは聞苦《きゝぐる》し　自然灰吹《しぜんはひふき》[一六]の御用《ごよう》あることゝ存《ぞん》ず

一「正直正太夫」は斎藤緑雨の筆名の一。↓一〇八頁注三。

二「一日正太夫を竪川縁に見舞はれ」は、単行本『あま蛙』（明治三十年五月、博文館）所収文では「一日刷毛序（はけついで）を以て正太夫を遠い〳〵本所に訪ひ」。以下、字句や表現にかなり異同もあるが、ここでは注記しない。

三 竪川は現在の東京都江東区・墨田区を東西に流れ、隅田川に注ぐ。万治二年（一六五九）に開削された、全長五・一五キロメートルの水路。斎藤緑雨の一家は、当時、そのほとりに位置する本所緑町三丁目の藤堂家邸内に住んでいた。

四 緑雨は明治二十三年二月十四日から三月十四日まで、『読売新聞』に十回にわたり、正直正太夫の名前で「初学小説心得」を連載。この問答は、その直後のこととして設定されている。

五「玄」は黒の意。「初学小説心得」の冒頭に、「黒白のけじめ」「黒白善悪の区別」などとあることを踏まえる。客は、まだ黒白があいまいであると嘲ったわけではなく、の意。

六「太玄」は、ものにとらわれない虚無恬淡の道をいう。

七 新聞の探訪記者のような雰囲気だったので。

八 人身御供。新聞種の生贄にされること。

九 破れかぶれ。

一〇「初学小説心得（二）」に「紛々たる群小説只是れ手前味噌の塊りたるに過ぎず」などとあることを指す。

一一 地下の泉。死者の黄泉路をも指すが、ここでは次の「蒼天」とともに、人知を卓越した幽邃深遠な思想、というほどの意味。

一二「滄浪之水清兮、可㆔以濯㆓吾纓㆒」（『孟子』離婁上・『楚辞』漁父）のもじり。滄浪は漢水の下流、纓（えい）は冠の紐。「昔しの人も兵糧の水清らばも

れば改《あらた》めて[一]貴下《きか》と仰《あふ》せられよ　都合《つがふ》に依《よ》り[二]閣下《かくか》でもよろし　（問）然《しか》らば間《あひだ》を取《とツ》て貴下《きか》と申し上《あ》げん　貴下《きか》が小説心得《せうせつこゝろえ》は重《おも》に小説家《せうせつか》となるべき用意《ようい》を示《しめ》され却《かへツ》て肝心《かんじん》の小説《せうせつ》とはいかなる者《もの》かいかなることを主眼《しゆがん》とすべきかを明《あか》されざるは不審《ふしん》なり　如何《いかん》　（答）お尋御尤《たづねごもツと》もにはあれど元々《もとく》評註主義《ひやうちうしゆぎ》の為《ため》に講《かう》ぜしことなれば小説志願者《せうせつしぐわんしや》の為《ため》に大利益《だいりやく》なきは勿論《もちろん》に候　されど[三]小説《せうせつ》の主眼主脳《しゆがんしゆなう》といふことに就《つい》ては[四]手前味噌《てまへみそ》の一《ひと》くだりにて沢山《たくさん》かと憚《はゞか》りながら存《ぞんじ》候　[五]世態風俗人《せたいふうぞくにん》[六]情《じやう》と申《まを》した所《ところ》が格別《かくべつ》の事《こと》は無之餅《これなくもち》を売《う》るが故《ゆゑ》に餅屋《もちや》、酒《さけ》を鬻《ひさ》ぐが故《ゆゑ》に酒舗《さかや》なることを知《し》らばハヤ世態《せたい》は分《わか》り居《を》るなり　[七]馬《うま》を花間《くわかん》に鞭《むちう》つは貴《たうと》し車《くるま》を街頭《がいとう》に挽《ひ》くは賤《いや》しとの事《こと》を知《し》らばハヤ風俗《ふうぞく》は分《わか》り居《を》るなり　哀《かなし》ければ泣《な》き嬉《うれし》ければ笑《わら》ひ男《をとこ》は女《をんな》を恋《こ》ひ女《をんな》は男《をとこ》を恋《こ》ふる者《もの》なる事《こと》を知《し》らばハヤ人情《にんじやう》は解《わか》り居《を》るなり　或者《あるもの》が小説家《せうせつか》の腹《はら》を割《さ》いて世態《せたい》を寄席《よせ》に聴《き》き風俗《ふうぞく》を縁日《えんにち》に察《さツ》し人情《にんじやう》を芝居《しばゐ》に観《み》ると申《まを》しゝは余《あま》りの事《こと》なれどもさりとて小説家《せうせつか》が[八]鼻《はな》を上向《うへむ》けて長口上並《ながこうじやうなら》べらるゝ程《ほど》の[九]手間日間《てまひま》は入《い》るまいかと思《おも》はれ候ふ　現今大家《げんこんたいか》と呼《よば》れ玉《たま》ふ方々《かたく》は一二の返《かへ》り咲《ざき》を除《のぞ》くの外概《ほかがい》するにお歳若《としわか》し　十四五の春《はる》より物心覚《ものごゝろおぼ》えたりとするも十年《ねん》とは多《おほ》く世《よ》の中《なか》を見《み》ぬお眼《め》なり　十年《ねん》の学問《がくもん》十年《ねん》の経験《けいけん》どれ程《ほど》のことかあるべき　然《しか》れども能《よ》く大家《たいか》と立《たて》られて能《よ》く大家《たいか》たるの筆《ふで》を揮《ふる》はるゝに候はずや　幇。間。と。

ツて我耻を笑ふべしと云た」（饗庭篁村「対扇」、『東京朝日新聞』明治二十三年一月三日―二月一日）など、この句は人口に膾炙して洒落やもじりの材料となった。

三 太郎冠者は、狂言で小・大名や地方の有力者などの従者として登場する代表的な人物。ただし、「畏まってござる」「心得ました」などが一般で「候」の用例は少ない。能では、「野宮」の旅僧の名乗り「これは一所不在の僧にて候」など、候体が多く用いられる。

四 持ち上げるだけ持ち上げておいて、その後に、の意。

五 緑雨は「小説に註を加ふるは蓋し正太夫の新発明ならん歟」の緒言を付して、明治二十三年一月十七日から二十五日までの八回にわたり『読売新聞』に「小説」と題する批評（のち「小説評註」と改題）を連載。続く「初学小説心得」において「評註主義」という言葉を用いた。

六 キセルに詰まったタバコの吸殻を吹き落としたりたたき入れたりする筒。どうせ長談義になるだろうから、の意。

以上一五五頁

一 主に同輩に対して尊敬の気持ちをもって用いた対称。「先生」よりは格下の敬称。

二 旧勅任官や将官以上の人を敬って用いた語。「先生」より格上の敬称。

三 坪内逍遙の『小説神髄』（明治十八―十九年）上巻に「小説の主眼」の章があり、「小説の主脳は人情なり、世態風俗これに次ぐ」とあることを以下では踏まえる。

四 ↓一五五頁注一〇。その前後には「実に小説に欠く可らざるものは手前味噌にして手前味噌の調合加減に因ッて巧拙の別ちは出で来るなり」、「手前味噌の上手は小説の上手、小説の上

成て初めて会席の膳を知り新聞記者と成て初めて芝居を桟敷で見然《しか》も直《たゞ》ちに料《れう》理《り》の旨《うま》い不味《まづ》いを論《ろん》じ技芸《ぎげい》の上手下手《じやうずへた》を評《ひやう》するも誰《たれ》ひとり疑《うたが》はぬが当世《たうせい》なれば小説《せうせつ》とても[一〇]主眼《しゆがん》寐棺《ねぐわん》も主脳《しゆなう》瑪瑙《めのう》も口《くち》が言《い》ふ程《ほど》の仔細《しさい》はあるまじく候　強《しひ》て問玉《とひたま》はゞ小説《せうせつ》は一読《どく》、字《じ》の並《なら》びあることを知《し》らしめ再読《さいどく》、[一一]トント分《わか》らぬ洒落位《しやれぐら》ゐに止《とゞ》め置《お》くが宜《よろ》しく即《すなは》ち小説《せうせつ》の主眼《しゆがん》とする所《ところ》は翌日見《よくじつみ》て分《わか》らぬ洒落《しやれ》を造《つく》り上《あげ》るに在《あ》りて小説《せうせつ》の好評不評《かうひやうふひやう》は唯洒落《たゞしやれ》の巧拙迄《こうせつまで》と正太夫《しやうだいふ》は愚《ぐ》考致《かういた》し候　（未完）

小説評註問答《せうせつひやうちうもんだふ》(続)

（問）淳朴《じゆんぼく》なる時代《じだい》には淳朴《じゆんぼく》なる小説《せうせつ》あるべし　軽佻《けいてう》なる時代《じだい》には軽佻《けいてう》なる小説《せうせつ》あるべし　小説《せうせつ》は時代《じだい》に伴《ともな》ふの影《かげ》とも思《おも》はれ候へば翌日見《よくじつみ》て分《わか》らぬ洒落《しやれ》の出《いづ》るは翌日見《よくじつみ》て分《わか》らぬ時代《じだい》なるが故《ゆゑ》ならん　新奇《しんき》に走《はし》る者《もの》の出《いづ》るは新奇《しんき》に走《はし》るの時代《じだい》なるが故《ゆゑ》ならん　先生《せんせい》オット貴下《きか》の所説酷《しよせつこく》に過《すぎ》て作家《さくか》肝心《かんじん》の想像《さうぐ》といふ事《こと》を[一二]北邙《ほくばう》一片《べん》の煙《けぶり》ほどにも思召《おぼしめ》さぬが如《ごと》し　如何《いかゞ》に候ふぞ　（答）それは承知《しようち》の上《うへ》なり　想像《さうぐ》で書《かい》て想像《さうぐ》で感《かん》じさせること左《さ》もあるべきなれど想像《さうぐ》の過《す》ぎたるも見《み》ツともなし　想像《さうぐ》の到《いた》らぬも見《み》ツともなし　[一三]想像《さうぐ》の甚六厄介《じんろくやくかい》のとゞめは之《こ》れに差《さ》すことなるが正太夫《しやうだいふ》は欧米諸大家《おうべいしよたいか》の名言好句《めいげんかうく》を諳《そら》んじ居《を》らねば唯今日《たゞこんにち》

手は手前味噌の上手」などともある。

五　J・C・ヘボン『和英語林集成』第三版(一八八六年)には、「SEITAI セイタイ 世態(yo no arisama) n. The world, —its fashions and manners：」とある。

六　前注『和英語林集成』では、「NINJŌ ニンヂヤウ 人情(hito no kokoro) n. The heart, feelings, or affections common to man；humanity, kindness：」とある。『小説神髄』では、「人情とは人間の情慾にて、所謂百八煩悩是れなり」と定義。

七　源義経が乗馬の時に手折の桜を鞭に使ったという、鞍馬・貴船神社の義経鞭桜の伝説などを踏まえるか。

八　いかにも得意がっている様子。

九　手間隙。「日間」は「手間」を受け、一日中の長口上、のニュアンスを添える。

一〇　次の「主脳瑪瑙」と同じ言葉遊び。「主眼」「主脳」といった言葉の重々しさを揶揄する。「寐棺」は死骸を寝かせて入れる棺。「瑪瑙」は細工物等に使う石英・玉髄・蛋白石の混合物。

一一　副詞。下に否定語を伴って、さっぱり、まるっきり、の意。カタカナ表記が多い。「トント行方がしれませぬ」(式亭三馬『浮世風呂』第三編)。

一二　「北邙」は「北邙山」。中国の河南省洛陽の北方にある丘陵の総称。後漢以後、王侯公卿の墳墓の地として知られるところから、「北邙一片の煙」は死んで火葬にされること。また、はかないもののたとえ。

一三　「総領の甚六」に掛けて、大事にされ過ぎても、それだけの価値がないことをいう。

行《おこな》はるゝ小説《せうせつ》の上《うへ》に就《つい》ていかなる分子《ぶんし》の集《あつま》りより成《な》れるかを考《かんが》へ定《さだ》むる迄《まで》に候今日《こんにち》の小説《せうせつ》を丁寧《ていねい》に分析《ぶんせき》するに多《おほ》くは[一]ダラウ的《てき》の想像《さうぐ》、寧《むし》ろ邪推《じやすゐ》より成《な》れるやうなれば読者《どくしや》も亦《また》ダラウ的《てき》の観念《くわんねん》を以《もツ》て之《これ》を汲取《くみと》らねばならず　邪推《じやすゐ》が[二]真《しん》を穿《うが》つ道理《だうり》なければ是《これ》は何彼《なにあれ》は何《なに》と読者《どくしや》が按排《あんばい》よく料理《れうり》して漸《やツ》と小説《せうせつ》らしく見《み》て遣《や》るなりと斯《か》う真面目《まじめ》に申しては色気《いろけ》なきに付其察《つきそのさツ》しの足《たら》ぬ時《とき》はトント駄目《だめ》なりとの心持《こゝろもち》より翌日《よくじつみ》見て分《わか》らぬ洒落《しやれ》と申す訳《わけ》に候　年少大家《ねんせうたいか》いか程《ほど》えらがらるゝとも多寡《たくわ》の知《し》れた経験《けいけん》なり　経験《けいけん》なき的《まと》に向《むけ》るが想像《さうぐ》の矢《や》の力《ちから》なれど実《じつ》の処《ところ》それより先《さき》へは余《あま》り旨《うま》く届《とゞ》かぬものなれば想像《さうぐ》の多寡《たくわ》も亦知《またし》れたものなり　若《も》しそれを強《しひ》て知《しれ》ぬとすれば其時《そのとき》は既《すで》に邪推《じやすゐ》と成替《なりかは》り居《を》り候　解《わか》り易《やす》きため一例《いちれい》を挙《あげ》んに[三]紅葉山人《こうえふさんじん》と申《まを》せば夙《つと》に[四]先生号《せんせいがう》を受《うけ》られたる大家《たいか》なることは世《よ》の認《みと》むる所《ところ》に候ふが山人《さんじん》の[五]猿枕《さるまくら》といふ小説《せうせつ》を御覧《ごらん》なされよ　其《その》一「すさまじきもの」の末《まつ》段《だん》に左《さ》の句《く》あり

亭主《ていしゆ》は帳面《ちやうめん》つける手《て》を休《やす》めて、金《きん》さん世界《せかい》は色《いろ》さねと笑《わら》へば、ちげエねッ

と客《きやく》は膝《ひざ》をたゝきぬ。

万《まん》に一《ひと》つ斯様《かやう》の者《もの》もあるべけれど一体《たい》に云《い》はゞ細《こま》かい所《ところ》で儲《まう》ける質屋《しちや》の亭主《ていしゆ》などは[六]モソツト神妙《しんべう》なる者《もの》なり　この会話《くわいわ》は髪結床《かみゆひどこ》の亭主《ていしゆ》と町内《ちやうない》の若《わか》い衆《しゆ》の口振《くちぶり》

一「…だろう」という程度の、あまり根拠のない想像。

二『小説神髄』に「人情を写せばとて其皮相にとゞまるを拙しとして深く其骨髄を穿つに及びてはじめて小説の小説たるを見るなり」(「小説の主眼」)とあることを踏まえる。

三 尾崎紅葉(一八六七―一九〇三)。小説家。本名徳太郎。硯友社の代表作家。当時は数え年二十四歳。「此小説は涙を主眼とす」と謳った『二人比丘尼色懺悔』(明治二十二年四月、吉岡書籍店「新著百種」第一号)が出世作となり、同年十二月に大学在学のまま『読売新聞』に入社して活躍していた。「紅葉山人」の号は『我楽多文庫』で明治十九年から使用。

四「先生」を以て遇される立場にあること。

五 紅葉が明治二十三年二月一日から五日まで、五回にわたって『読売新聞』に連載した小説。質屋を舞台にした「其一　すさまじきもの」、私塾を舞台にした「其二　あさましきもの」から成る。

六 もそっと。「そっと」は「少し」「わずか」の意。

もうすこし。

といふこそ至当《したう》なれ　左《さ》れど之《これ》を、縦令《たとひ》精一杯《せいばい》の骨《ほね》を折《をら》れたるにあらざるも、大家《たいか》の作《さく》とすれば実地《じッち》[七]〳〵と頭《あたま》を叩《たゝ》く者《もの》もあるべし　あればこそ大家《たいか》、あるは必定《ひつぢやう》なれども正太夫《しやうだいふ》をして之《これ》を言《いは》しめば這《こ》は[八]ウガチの妙《めう》なるものにあらず　想《さう》像《く》の変体《へんたい》したる邪推《じやすゐ》なり　故《ゆゑ》に翌日《よくじつ》見《み》ては分《わか》らぬ洒落《しやれ》と申《まを》すの外無之《ほかこれなく》候　又其《またその》

二「あさましきもの」の内《うち》に

店屋物《てんやもの》に[九]新独活《しんうど》のつけ合《あは》せを喰《く》ひのこし、飯《めし》が白《しろ》いの黒《くろ》いのと、（中略）、難有《ありがた》く勿体《もツたい》なき事《こと》なり。

とあり　是《これ》も妙々《めうく》と嬉《うれ》しがる者《もの》あらんが新独活《しんうど》のつけ合《あは》せを食残《くひのこ》すは贅沢《ぜいたく》にあらず　腥《なまぐ》さき物《もの》を食残《くひのこ》すが贅沢《ぜいたく》に候　食残《くひのこ》すと云《い》ふは其物《そのもの》に飽《あい》たか嫌《きら》ひかの二《ふた》つに過《すぎ》ざる事《こと》は言《い》ふ迄《まで》もなければ[一〇]万種《しゆ》万情《じやう》とは申《まを》せ新独活《しんうど》のつけ合《あは》せを食残《くひのこ》したりとて何程《なにほど》の勿体《もツたい》なきことか有之《これあ》るべき　山人《さんじん》は新《しん》の一字《じ》に重《おも》きを置《おか》れしかは知《しら》ねどそれならば猶更《なほさら》の事《こと》、常《つね》になき新独活《しんうど》を捨《す》てゝ常《つね》にある魚《うを》なり鳥《とり》なりを珍重《ちんちやう》がるは至《いたツ》て難有《ありがた》くなき心意気《こゝろいき》なり　食《くひ》たひ物《もの》をこらへて生姜《しやうが》を嚙《かじ》るは別《べつ》段《だん》なれど一本《ぼん》の鰹節《かつをぶし》七分《ぶ》通《どほ》りは捨《すて》らるゝ[一一]山谷《さんや》、[一二]花屋《はなや》舗《しき》の台所《だいどころ》を知《し》る者《もの》の吐《は》くべき句《く》にはあらず　山人《さんじん》の[一三]猪尾《ちよび》も亦極《またきは》まれりと云《い》ふべし　卜斯《か》う云《い》ふ工合《ぐあひ》に[一四]鉄砲《てツぱう》を放《はな》されては大変《たいへん》なり　山人《さんじん》の意《い》は腥《なまぐ》さき物《もの》に飽《あい》て独活《うど》を食《く》ひ、独活《うど》に飽《あい》て腥《なまぐ》

七「マコトノ場合。推シ量リナドナラヌコト。有体（アリテイ）、実際」（大槻文彦『言海』）。なるほどその通りと、の意。
八 内容、秘密、妙所などをあばくこと。機微をつくこと。
九 料理の魚肉類に添えて盛られた旬のウド。なお「つけ合せを」は「猿枕」の原文では「つけ合せだに」。
一〇 もろもろの場合、よろずの思い。
一一 現在の台東区東浅草・日本堤・今戸・清川にまたがる地域一帯の称。山谷堀を吉原通いの猪牙（ちょき）舟が遊客をのせて往来し、船宿や料理茶屋が軒を並べて賑わったが、とくに「山谷の八百善」と呼ばれた会席料理屋の八百善で名高い。
一二 浅草公園の奥山（第五区）にある植物園・娯楽施設。現台東区浅草二丁目。嘉永六年（一八五三）に森田六三郎が植物園を開き、明治十八年に新たな娯楽施設として開園。二十一年には五層の楼閣「奥山閣」も設置されて賑わった。
一三 猪尾助。「スベテ、チヨコザイナモノ、小サナモノナドヲ嘲ケル語（東京）。＝チビスケ」（山田美妙『日本大辞書』）。
一四 突然にどこからともなく攻撃をしかけること。

さき物《もの》を食《く》ふに至《いた》りたる変化《へんくわ》の微妙《びめう》なる点《てん》を写《うつ》されしなれば是《これ》を読者《どくしや》が勘違《かんちが》ひするやうにては矢張翌日《やはりよくじつ》見《み》ては分《わか》らぬ洒落《しやれ》の部類《ぶるゐ》かと存《ぞん》じ候　（問）然《しか》らば小説家《せうせつか》は年《とし》を取《と》らねば不可《いか》ぬ経験《けいけん》を積《つま》ねば不可《いか》ぬと仰《おふ》せらるゝ訳《わけ》にて候や　（答）いや〳〵小説家《せうせつか》の生《うま》れし年月《ねんげつ》が揃《そ》ろふて居《ゐ》たとて[一]眼薬《めぐすり》にもならず　若《わか》い若《わか》くないには毫《がう》も関係無《くわんけいな》し　年少小説家《ねんせうくせつか》の作《さく》なりとも満天下《まんてんか》の老若男女《らうにやくなんによ》をアッと言《いは》すれば上手《じやうず》に候　アッと言《いッ》たか言《いは》ぬか一々《いちく》尋《たづ》ね廻《まは》りしならねばお請合《うけあひ》は申難《がた》けれど大家《たいか》と呼《よば》るゝからはアッと言《いは》したに相違《さうゐ》なく、相違《さうゐ》なき大家《たいか》の作《さく》が翌日《よくじつ》見て分《わか》らぬ洒落《しやれ》なれば小説《せうせつ》の主眼《しゆがん》は翌日《よくじつみ》見て分《わか》らぬ洒落《しやれ》なりと申《まを》す次第《しだい》に候　尤《もッと》も大家《たいか》を紅葉山人《こうえふさんじん》一人《にん》と限《かぎ》りたるにはあらず　紅葉山人《こうえふさんじん》の作《さく》のみが翌日《よくじつみ》見て分《わか》らぬ洒落《しやれ》と申《まを》すにはあらず　蔭口《かげぐち》きくは正太夫《しやうだいふ》の本意《ほんい》ならねど猿枕《さるまくら》が手近《てぢか》にあり し為《た》めツイ紅葉氏《こうえふし》に食《くッ》て掛《かゝ》りたるなればこの辺誤解《へんごかい》なきやうびく〳〵[二]祈《いの》り申《まを》し候

（未完）

小説《せうせつ》評《ひやう》註問答《ちうもんだふ》（続）

（問）洒落《しやれ》の段《だん》は相分《あひわか》り申たれど其《その》お説《せつ》に従《したが》へば小説《せうせつ》はつまり一の道楽《だうらく》に過《すぎ》ざるが如《ごと》く思《おも》はれ候ふ　果《はた》して道楽《だうらく》とせば小説《せうせつ》は世《よ》に有《あ》るも無《な》きも差支《さしつかへ》なしと

一　賄賂として贈るわずかの金銭や物品。たいして役にも立たないということ。

二「怖ヂ恐レル体ノ形容。＝惴惴」（『日本大辞書』）。ここでは、「大家」紅葉への揶揄。

三「浮羅」は宛字。軽佻浮薄で綺羅を飾るだけの文字、の意を含む。

四　この「小説評註問答」と同時期に発表されていた石橋忍月「想実論」（『江湖新聞』明治二十三年

申さねばならず　識者《しきしや》は之《これ》を如何《いか》に処分致《しよぶんいた》し候ふや　（答）然《しか》り小説《せうせつ》は一のまがひもなき道楽《だうらく》に候　誰《たれ》が頼《たの》んだでもなきに[三]浮羅々々《ふら〱》と字《じ》を並《なら》べて奇《き》だ妙《めう》だと自分若《じぶんもし》くは仲間内《なかまうち》の評定《ひやうぢやう》に心《こゝろ》を労《つか》らし[四]想《さう》の実《じつ》のと好《この》んで世間《せけん》に追廻《おひまは》され文学《ぶんがく》を売《う》ること鰯《いわし》を売《う》るが如《ごと》きは道楽《だうらく》でなうては出来《でき》ぬ芸《げい》に候　道楽《だうらく》なればこそ世間《せけん》に見《み》て貰《もら》ひたく見《み》て貰《もら》ひたければこそ道楽《だうらく》もする訳《わけ》にて[五]或方々《あるかた〱》のやうに盲目評《めくらひやう》の上《あ》げ下《さ》げ迄《まで》も一々《いち〱》気《き》に懸《かけ》て打《うツ》て返《かへ》すに至《いたツ》ては[六]図《づ》なく[七]魂消《たまげ》た道楽《だうらく》に候　この事《こと》は小説心得《せうせつこゝろえ》の[八]好《すき》の条下《くだり》を御参照下《ごさんせうくだ》されたく近頃《ちかごろ》の小説《せうせつ》は[九]文字《もんじ》の末《すゑ》にのみ走《はし》るとて[一〇]小説家《せうせつか》は小説家《せうせつか》なりと申しゝ者《もの》もある由《よし》これらは道楽《だうらく》の真味《しんみ》を解《かい》せぬことゝ相見《あひみ》え候　識者《しきしや》〱と沢山《たくさん》さうに申せども識者《しきしや》と云《い》ふは世《よ》にある者《もの》には無之其《これなくその》証拠《しようこ》には己《おれ》が識者《しきしや》ぢやと名告《なの》りし者《もの》もなければ誰々《たれ〱》が識者《しきしや》ぢやと指名《しめい》されし者《もの》もないに候はずや　偶《たまた》ま識者《しきしや》らしく見《み》える人《ひと》も敢《あへ》て識者《しきしや》に質《たゞ》すなどゝ書《か》くことあれば世《よ》には丸《まる》ツきり識者《しきしや》はない筈《はず》に候　無《な》い者《もの》の笑《わら》ひ声《ごゑ》も泣声《なきごゑ》も聞《きこ》える道理《だうり》なければ道楽家《だうらくか》は一向其辺《かうそのへん》に頓着《とんぢやく》も遠慮《ゑんりよ》も致《いた》さぬ儀《ぎ》に候ふ　（問）就《つい》て伺《うかゞ》ひたきは小説《せうせつ》はいかなる心持《こゝろもち》にて書《か》くが宜《よろ》しく候ふや　（答）左《さ》ればなり己《おれ》だ〱と思《おも》ふて書《か》くもあり　今笑《いまわらツ》たのは誰《だれ》だと言《いひ》ながら書《か》くもあり　[一一]ヤワカ彼奴等《きやつら》にと思《おも》ふて書《か》くもあり　不可《いけ》ずば勝手《かツて》にしろと言《いツ》て書《か》くもあり　一泡吹《ひとあわふか》せんと思《おも》

三月二十日―三十日)を踏まえる。忍月はここで「詩の発生する淵源、大約別ツて二ツとなす。曰く想、曰く実。想は虚象なり、実は真景なり」などと述べつつ、「想実調和の効能」を論じる。また、こうした論の背景には、巌本善治が小説における「理想派」と「実際派」をめぐって内田不知庵(魯庵)と争った「小説論略」論争(明治二十二年六月―十月)などがある。

五 暗に硯友社系の作家たちを指す。明治十八年二月、尾崎紅葉、山田美妙、石橋思案らによって結成、機関誌『我楽多文庫』を刊行して、文壇の一大勢力となった。「盲目評」は、いい加減な基準で評価したり貶したりする時評の類。

六 「づなし(図無し)」は、途方もないこと。『和英語林集成』第三版では「無頭」の表記を宛て、「ZUNASHI ヅナシ 無頭(ue nashi) Highest, best, —in quality, price : 」とある。

七 「たまげる」は驚く、びっくりする、の意。「物に驚くことを東国にて、たまげると云」(『物類称呼』五)。

八 「初学小説心得(六)」の、「偖(さて)又手前味噌を醸す即ち小説を作るには「好き」といふことが入用なり好まずに出来るものはなけれど小説を作るには取分(とりわけ)この好きが大切なり」に始まる箇所を指す。

九 枝葉末節の技巧や修飾。

一〇 小説家が、所詮は天下国家を大局的に語る資格をもたず、取るに足らない卑小な物語を弄ぶ輩であるということ。小説家が街談巷語の類を記録した「稗官(はいかん)」に由来するという。『漢書』芸文志の記事などを踏まえる。

一一 副詞「やはか」を口語化したカタカナ表記。反語表現に用いて、強い打ち消しの気持ちを表す。

ふて書《か》くもあり　流義《りうぎ》[一]いろ〳〵あれど何《いづ》れにも自分《じぶん》が信《しん》ずる所《ところ》なくては公衆《こうしゆう》の前《まへ》へひけらかせる者《もの》ではなし　正太夫《しやうだいふ》の考《かんが》へにては死人《しにん》に物《もの》を言《い》ふ心持《こゝろもち》にて書《か》くが第《だい》一かと存《ぞん》じ候　死人《しにん》はいか程面白《ほどおもしろ》き話《はなし》を聞《きか》しても膝《ひざ》[二]をすゝめぬ代《かは》りにはいか程《ほど》くだらなき事《こと》を演《のべ》ても欠伸《あくび》する気遣《きづか》ひなく又《また》いか程名論卓説《ほどめいろんたくせつ》を聞《きか》しても感服《かんぷく》せぬ代《かは》りにはいか程不条理《ほどふでうり》を陳《ちん》じても駁撃《ばくげき》[三]する気遣《きづか》ひなく殆《ほと》んど傍《かたは》らに人《ひと》なきが若《ごと》く実《じつ》に死人《しにん》ほど始末《しまつ》のいゝ者《もの》なければ小説《せうせつ》を書《か》くは死人《しにん》を相手《あひて》に物言《ものい》ふ心持《こゝろもち》に如《し》くことなしと考《かんが》へ候　試《こゝろ》みに今日《こんにち》の小説《せうせつ》を執《とツ》てこまかに閲《けみ》し玉《たま》はばこの理《り》はおのづから分《わか》り申すべし　人間《にんげん》の内《うち》にも取分《とりわ》けて小説家《せうせつか》は短所《たんしよ》を誇《ほこ》るの動物《どうぶつ》なりとか承《うけた》まはりしが是畢竟《これひツきやう》死人《しにん》を相手《あひて》に仕過《しすぎ》たる罪《つみ》にて小説家《せうせつか》が短《たん》所《しよ》を誇《ほこ》るにはあらず死人《しにん》があまり口《くち》をきかぬ故《せい》なり　死人《しにん》と同居《どうきよ》すれば唯我独《ゆゐがどく》[四]尊《そん》と見《み》ゆるも致方無之《いたしかたこれなく》候　君若《きみも》し暇《ひま》あらば大家《たいか》の門《もん》を叩《たゝ》き廻《まはツ》てお尋《たづ》ねなされよ多分大家方《たぶんたいかがた》にもこの心持《こゝろもち》を具《そな》へて後筆《のちふで》を執《と》らるゝことあらんと乍恐正太夫思《おそれながらしやうだいふし》案中《あんちう》に候　(問)其儀《そのぎ》も了解仕《れうかいつかま》つりたり　扨貴下《さてきか》のお目《め》にも大家《たいか》と見《み》え候ふ者《もの》ありや　(答)あり大《おほ》いにあり、ありはあれども正太夫《しやうだいふ》が之《これ》を大家《たいか》と名《なづ》けたるにはあらで世《よ》に大家《たいか》と呼《よば》るゝ方々《かた〳〵》を矢張大家《やはりたいか》と心得居《こゝろえを》り候也《なり》　大家号《たいかがう》の出所及《しゆツしよおよ》び手続《てつゞき》は小説心得《せうせつこゝろえ》[五]の終《をは》りの方《かた》に講述致置《かうじゆついたしおき》たるが正太夫《しやうだいふ》この頃不図《ごろふと》「大家号《たいかがう》は田《た》[六]

一「流儀」に同じ。

二 身を乗り出して興味を示したりはしない、の意。

三 反駁、非難、攻撃。

四 ひとりよがりで、自分だけ偉いとうぬぼれること。釈迦生誕時の言葉とされる「天上天下唯我独尊」に基づく。

五「初学小説心得」最終章(八)の末尾近くに、「其タッタ一冊の書が或所の目に留まれば忽先生号を贈与せられ苦もなく大家と成り上るなり」、「或所とは…「小説大家製造所」といふ看板を掲たる無限責任(限の一字ぬいても可なり)の合本会社なり」、「小説一たびこゝの門を過ぎれば作者は三日ならずして大家大人名家先生と呼れ」などとある。

六 四世沢村田之助(一八五七–九九)。歌舞伎役者三世田之助の門弟となって芸名を沢村百之助と称し、のち養子となって、明治十四年一月に市村座で四世を襲名。立女方(たておやま)となったが、その後は病気がちで振るわなかった。

之助《のすけ》の如《ごと》し」といへる新奇《しんき》の研究《けんきう》を遂《と》げ申《まを》したり　但《たゞ》し田之助《たのすけ》とは彼《か》の有名《いうめい》なる紀[七]《き》の太夫《たいふ》にはあらずして初《はじ》め沢村百之助《さはむらひやくのすけ》と称《しよう》し後《のち》に田之助《たのすけ》と改名《かいめい》して吾妻座[八]《あづまざ》に堕落《だらく》したる役者《やくしや》のことに候　（問）其又謂《そのまたいは》れは　（答）小説安[九]《せうせつあん》に妨害有之《ばうがいこれあり》候　（問）其処《そこ》を仰《おほ》せらるゝが貴下《きか》の評註主義《ひやうちうしゆぎ》に候はずや　（答）言《いッ》て見《み》ればそんなものなれども君迄《きみまで》が正太夫《しやうだいふ》の株《かぶ》を奪《うばッ》て短刀直入[一〇]《たんたうちよくにふ》の逆《ぎやく》ひねりは甚《はなは》だ迷惑致《めいわくいた》し候

（未完）

小説評註問答《せうせつひやうちうもんだふ》（続）

（問）今《いま》と成《なッ》て口《くち》を緘《と》ぢ玉《たま》ふは卑怯《ひけふ》なり　教《をし》ふると思召《おぼしめ》して明《あか》されたく候

（答）扨々御執心《さてくごしふしん》の事《こと》かな　是非《ぜひ》が御坐《ござ》らぬお明《あか》し申さん　「大家号《たいかがう》は田之助《たのすけ》の如《ごと》し」一寸《ちよッと》はをかしけれど謂《いは》れを聞《き》けば別段不思議《べつだんふしぎ》は無之《これなく》候　田之助《たのすけ》には気《き》の毒《どく》なれど之《これ》を逆《さかさ》まに田之助《たのすけ》は大家《たいか》なりと読《よ》んで堪忍《かんにん》して貰《もら》ふべし、そも田之助《たのすけ》が百之助《ひやくのすけ》と云《いひ》し頃《ころ》には相応《さうおう》に面《めん》もよく芸《げい》もよく評判《ひやうばん》もよかりしが何《なに》かの続《つゞ》きを以《もッ》て田之助《たのすけ》の名《な》を襲《つ》ぎてよりは前日《ぜんじつ》に似《に》ぬ下手《へた》と相成其仕打其動作殆《あひなりそのしうちそのこなしほと》んど別人《べつじん》かと思《おも》ふ程《ほど》に落《お》ち下《くだ》りたりとは好劇家《かうげきか》の能《よ》く知《し》る所《ところ》に候ふが　現今小説《げんこんせうせつ》の大家《たいか》もこれと同《おな》じ慢性加答児[一一]《まんせいかたる》に罹《かゝ》り居《を》らるゝやうに見《み》え候ふ　其未大家《そのいまだたいか》たらざる

七「田の太夫」の誤り。三世沢村田之助（一八四五–七八）。五世沢村宗十郎の次男で、安政六年（一八五九）田之助を襲名。すぐれた容貌と美声で、天才的な女方として大人気を博し、「田の太夫」と称された。のち脱疽を病んで手足を切断し、その後も舞台に立ったが、発狂して没した。

八 東京の浅草公園にあった緞帳芝居の劇場。明治二十年十一月開場。

九「安」は「案」。小説のプランに関わるので、話をするのは差し障りがある、の意。

一〇「単刀直入」の意だが、緑雨はしばしばこの表記を用いている。

一一「加答児」はCatarrhe（蘭）の宛字。浸出物を伴う粘膜の炎症。「加多児」などとも表記された。

以前《いぜん》には随分面白《ずゐぶんおもしろ》き作《さく》もありし嬉《うれ》しき作《さく》もありし感心《かんしん》すべき作《さく》もありしに一朝《てう》大家号《たいかがう》を授与《じゆよ》せらるゝや俄《には》かに勝手《かツて》が違《ちが》ひ容子《やうす》が変《かは》りて出《で》る作《さく》も〳〵面白《おもしろ》からず嬉《うれ》しからず感心《かんしん》す可《べか》らざるものと成果《なりはつ》るが[一]定規《ちやうぎ》の如《ごと》くに候　或《ある》ひは大家《たいか》の著《ちよ》であると一から十迄買冠《までかひかぶ》る気味《きみ》あるより一層大《いッそうおほ》きく失望《しつばう》する故《ゆゑ》にも候はんがマア大家《たいか》となれば面白《おもしろ》くないものと相場《さうば》はあら方決《かたけツ》したらしく候　尤《もツと》も大家号《たいかがう》を受《うけ》られしは幾分《いくぶん》か飛離《とびはな》れたる腕前《うでまへ》ありてのことにて後《のち》に見《み》れば其時《そのとき》の小説《せうせつ》はおのづから[二]懸賞問題《けんしやうもんだい》に応《おう》ずる答案《たふあん》のやうなる姿《すがた》となりしなれば面白《おもしろ》かりしは勿論《もちろん》なれど幸《さいは》ひに合格《がふかく》して大家勲章《たいかくんしやう》を賜《たまは》るが早《はや》いか直《す》ぐにまづくなると云《い》ふは何《ど》う考《かんが》へても分《わか》らず　故《ゆゑ》に大家号《たいかがう》は田《た》之《の》助《すけ》の如《ごと》しと申《まを》す次第《しだい》に候　シテ又《また》[三]この道行《みちゆき》に依《よ》れば「大家号《たいかがう》は悪魔《あくま》の如《ごと》し」とも言得《いひえ》らるべく候　大事《だいじ》の〳〵名人上手《めいじんじやうず》に取付《とツつい》て其本心《そのほんしん》を掻乱《かきみだ》すを大家号《たいかがう》の所為《しよゐ》なりとすれば大家号《たいかがう》は実《じつ》に悪魔《あくま》なり　貧《びん》乏神《ばふがみ》なり　後《うし》ろでまづく〳〵と[四]渋団扇《しぶうちは》を振《ふツ》て居《ゐ》るに相違無《さうゐな》し、看《み》よ明治《めいぢ》廿三年《ねん》の[五]書初《かきぞめ》に[六]篁村先生《くわうそんせんせい》をして[七]対扇《つゐあふぎ》といふ凡作《ぼんさく》を出《いだ》さしめ且其他《かつそのた》にも先生《せんせい》の軽妙《けいめう》なる調子《てうし》は消《きえ》て[八]酒《さけ》が理《り》に落《お》ちたとも云《いふ》べき傾《かたむ》きを来《きた》さしめしは大家《たいか》以前《いぜん》になきことにて悪魔《あくま》ならでは勧《すゝ》めぬなり　[九]又南翠先生《またなんすゐせんせい》に何《なん》と立派《りツぱ》なヘボで御坐《ござ》らうと先生《せんせい》が極《きは》めて不得意《ふとくい》なる口《くち》ぶりイヤ先生《せんせい》にも似合《にあは》ぬ愚文《ぐぶん》を草《さう》せしめ[一〇]残燈《ありあけ》の影《かげ》ぼんや

一　成り行きとして定められているかのようだ、の意。　二　与えられた課題に見事正答するように、全力を出しきって時代の風俗や人情を過不足なく描ききること。

三　この考えをおし進めて行けば、の意。

四　柿渋を表面にひいた、赤黒い粗末な団扇。丈夫で強い風が出やすいので、火をおこすのに使われた。ここでは、まずい方へまずい方へと煽りたてるということ。

五　一年の最初の作、の意。

六　饗庭篁村(一八五五-一九二二)。小説家・劇評家。本名与三郎。竹の屋主人と号した。当時は数え年三十六歳。

七　饗庭篁村が明治二十三年一月三日から二月一日まで、二十回にわたって『東京朝日新聞』に連載した小説。早くに両親を亡くした江間小三郎と、その養父で強欲な伯父景信の確執を描く。

八　軽妙洒脱な持ち味が消えて、理屈っぽくなってきた。

九　須藤南翠(一八五七-一九二〇)。小説家・新聞記者。本名光暉。明治十年代末に政治小説家として全盛を迎え、『緑蓑談』(明治十九年)、『新粧(しんそう)之佳人』(同年)などの代表作がある。当時は数え年三十四歳。

一〇　南翠が明治二十三年一月十八日付の『改進新聞』第二〇六五号に掲載した小説「残燈」を踏まえる。

一一　「また」を強めたいいかた。山田美妙の小説に頻出する表現を用いる。

一二　山田美妙(一八六八-一九一〇)。本名武太郎。小説家・詩人。当時は数え年二十三歳。

一三　山田美妙は『新体詞選』(香雲書屋、明治十九年八月)の編集など、早くから韻文の改良に関心をもっていたが、この明治二十三年一月の

りと退隠《たいゝん》の気《き》を促《うなが》せしも大家以前《たいかいぜん》になきことにて悪魔《あくま》ならでは勧《すゝ》めぬなり　[一一]マツタ[一二]美妙斎先生《びめうさいせんせい》が[一三]小説家《せうせつか》をやめて籍《せき》を詩人《しじん》に移《うつ》さるゝとかいふ噂《うはさ》も多分悪魔《たぶんあくま》が勧《すゝ》めたものなるべく[一四]御室先生《おむろせんせい》の[一五]婿《むこ》えらみが不評《ふひやう》なるも悪魔《あくま》のわざなるべく[一六]露伴《ろはん》先生《せんせい》に風流仏程《ふうりうぶつほど》のもの又《また》と出《だ》させぬも悪魔《あくま》の徒《いたづ》らなるべし　序《ついで》ながら[一七]逍遥先生《せうえふせんせい》がお頼《たの》み申《まを》しもせぬに[一八]壱円紙幣《ゐんしへい》に朱《しゆ》を打《うツ》て履歴譚《りれきばなし》を空《くう》に飛《とば》されしもこの悪魔《あくま》が蔭《かげ》の仕事《しごと》にはあらざるか　兎《と》に角今《かくいま》の小説界《せうせつかい》に於《お》ける極悪《ごくあく》の魔者《まもの》は大家号《たいかがう》なること疑《うたが》ひ無之《これなく》候　(問)　さては大家《たいか》には成《な》らぬがよしと申《まを》す訳《わけ》に候ふや　(答)　成《なら》ずともよいことならば大家《たいか》には成《なり》たくなし　[一九]成《なら》ぬが勝《かち》に候　正太夫《しやうだいふ》の考《かんが》へには現今《げんこん》の小説界《せうせつかい》を今一息賑《いまひといきにぎ》はさんには一先《ひとまづ》[二〇]位記《ゐき》を剝奪《はくだつ》するに越《こ》す策《さく》なしと存《ぞん》じ候　併《しか》し剝奪《はくだつ》と云《いひ》ては世間体悪《せけんていわる》きに付孰《つきいづ》れも自身《じしん》に先生号《せんせいがう》を扛《かつ》ぎ大家号《たいかがう》を背負《しよツ》て最初呉《さいしよく》れた所《ところ》へ返上《へんじやう》申さるゝが宜《よろ》しからんと存《ぞん》じ候　(問)　若《も》し其大家号《そのたいかがう》を貴下《きか》が[二一]沙汰《さた》せらるゝ役《やく》なりせば如何《いか》に計《はか》ひ玉《たま》ふや　(答)　正太夫《しやうだいふ》ならば有《あら》ゆる小説家《せうせつか》へ大家号《たいかがう》を贈《おく》り申《まを》し候　凡《およ》そ人間《にんげん》の心《こゝろ》の極《ごく》の〳〵奥《おく》に思《おも》ひ居《を》る事《こと》ほど確《たし》かなるものはなし　今日小説《こんにちせうせつ》を書《かい》て世《よ》に出《いだ》し玉《たま》ふ方々《かた〳〵》孰《た》れか己《おれ》は一番《ばん》まづいと[二二]往生《わうじやう》して居《ゐ》る者《もの》あらんや　各自思《かくじおも》ひ〳〵に心中《しんちう》に誇《ほこ》り居《を》らるゝに相違《さうゐ》なければそれを実《まこと》として正太夫《しやうだいふ》は片《かた》ツ端《ぱし》から大家号《たいかがう》を[二三]鞴祭《ふいごまつ》りの蜜柑《みかん》の如《ごと》く投《な》げ与《あた》へ申《まを》す

『国民之友』第六十九号に長詩「酔沈香」を発表。その後書きに「散文ばかり栄えて韻文は全く潜んで居る、これが果たしてい丶事でしやうか？」などと、積極的に韻文への意欲を語っていることを踏まえる。

一四　嵯峨の屋お室(一八六三―一九四七)。小説家・詩人。本名矢崎鎮四郎。当時は数え年二十八歳。

一五　嵯峨の屋お室が明治二十二年十二月、二十三年一月の『都の花』第三十・三十一号に掲載した小説「婿えらび」を指す。

一六　幸田露伴(一八六七―一九四七)。小説家。本名成行。当時は数え年二十四歳。『風流仏』は、明治二十二年九月、吉岡書籍店刊の「新著百種」第五号として刊行された。

一七　坪内逍遥(一八五九―一九三五)。小説家・劇作家・評論家。本名雄蔵。当時は数え年三十二歳。

一八　坪内逍遥の小説「壱円紙幣の履歴ばなし」を指す。明治二十三年二月一日から三月二十日まで、『読売新聞』に二十回にわたり連載された。一円紙幣が自ら語り手となって、世間を渡り歩いてきた次第を物語る。

一九　諺「負けるが勝」を踏まえる。

二〇　位階の授与を証する公文書で、被授与者に交付される。ここでは、「先生」や「大家」の称号を作家に与えるのをやめること。

二一　「先生号」や「大家号」の授与を司る役目。

二二　ここでは、どうにもしようがなくなって、閉口すること。

二三　旧暦十一月八日に、鋳物師・鍛冶屋・石工など鞴を用いる職人が行った祭。近世の江戸では、鞴祭が町の祭礼に発展して賑わい、鍛冶屋の家の前に集まった近所の子供たちに、鍛冶やその家族のものが出てきて、蜜柑や柿などを投げ与えたという。

べく左《さ》すれば田之助《たのすけ》となり悪魔《あくま》となるの憂《うれひ》もなからんかと存《ぞん》じ候

猶《な》ほ小説界《せうせつかい》にも一英雄崇拝《えいゆうすうはい》の弊《へい》ある事《こと》　二西鶴《さいくわく》の小遣帳《こづかひちやう》も元禄文学《げんろくぶんがく》として頂《いたゞ》き奉《たてま》つるべきや否《いな》やの事《こと》　小説家《せうせつか》はなるべく辺僻《へんぴ》に住《すま》ふべき事《こと》　三批評家《ひゝやうか》を松葉《まつば》で突《つゝ》き殺《ころ》す事等《ことゝう》の問答《もんだふ》に及《およ》びしが四折柄正午《をりからしやうご》の号砲《がうはう》いつよりも音高《おとたか》きに驚《おどろ》かされゲツソリ減《ヘツ》たる腹《はら》をかゝへて客《きやく》は辞《じ》し去《さ》りたり

（をはり）

一 たとえば内田魯庵は『文学者となる法』（明治三十七年）の「文学者として学ぶべき一般の見識及び嗜好並に習癖」において、「文学者ブル」ための「英雄崇拝」の必要に言及。「英雄崇拝を貶す者あれども英雄崇拝は人間の自然にして」、「或る文学者が自ら足らざるを知て他の秀（すぐ）れたる文学者を崇拝するに何の不可なる事やあるべき」と述べる。これも、同時代の文学界の英雄崇拝的傾向を戯画化したもの。

二 井原西鶴（一六四二―九三）。江戸前期、元禄前後の浮世草子作者・俳人。

三 いつも批評家から、松葉で刺すようにチクチクと攻撃されていることへの意趣返し。

四 明治四年九月九日より、太政官の通達によって、宮城内から十二時を知らせる大砲を放つことが始まった。「ドン」と通称されて、明治期の小説などにもしばしば登場する。

斎藤緑雨

眼《がん》前《ぜん》口《こう》頭《とう》

宗像和重 校注

〔底本〕明治三十一年一月九日から三十二年三月四日まで、二十四回にわたって『万朝報』に連載。署名は「緑雨」。本文は総振り仮名。長期間にわたって断続掲載されているので、次に一回ごとの掲載日を掲げておく。本文には特に回数表記はない。①明治三十一年一月九日、②一月十二日、③一月二十五日、④二月一日、⑤二月八日、⑥三月三日、⑦三月十一日、⑧四月二十四日、⑨五月十三日、⑩五月二十七日、⑪六月十日、⑫六月二十八日、⑬十月十日、⑭十月十二日、⑮十月十八日、⑯十一月二日、⑰十一月六日、⑱十一月十二日、⑲十一月二十七日、⑳十二月九日、㉑明治三十二年二月四日、㉒二月八日、㉓三月二日、㉔三月四日。

このうち、第二十三回目(本巻二〇四頁四行目「恋とは口にうつくしく」からの回)が掲載された明治三十二年三月二日付の号は、新聞紙条例の風俗壊乱および秩序壊乱を理由に発売頒布の停止と仮差押えを受けた。この「眼前口頭」の婦人論が原因とされ、このため緑雨は同月に『万朝報』を退社した。

「眼前口頭」は、のち博文館から刊行された『わすれ貝』(明治三十三年八月四日)に収録。本文は総振り仮名。初出本文で時事性の強い応酬や論争にあたる箇所を、十数項目にわたって削除しているほか、前掲の第二十三回目にあたる回に十箇所の「△」印による伏字がある。また、文末に「(自明治三十一年一月至三十二年三月)」とある。

本巻では、右の初出を底本とし、二回目以降は題名を繰り返さず、連載各回の間を「*」で区切った。連載第十七回(本巻一九二頁八行目「政界今日の事を以て」以下の回)の末尾には「(十一月二《ママ》稿)」とあるが、本巻では省略した。また、初出本文では読点に白ゴマ点(﹆)が用いられている場合があるが、本巻ではすべて一般の読点とした。また脚注では『わすれ貝』との異同を適宜示した。

〔梗概〕題名の「眼前口頭」は、『菜根譚』の一節「学を講じて躬行を尚ばざれば、口頭の禅為り。業を立てて種徳を思はざれば、眼前の花為り」を踏まえた、時事的・即興的なアフォリズムの意。連載開始直後の明治三十一年一月には、第三次伊藤博文内閣が成立し、六月に第一次大隈重信内閣(いわゆる隈板内閣)が成立、さらに十一月には第二次山県有朋内閣(いわゆる超然内閣)が成立するなど、目まぐるしく揺れ動いた政治や社会、世相を俎上に載せて、辛辣な筆を揮った。

○今《いま》はいかなる時《とき》ぞ、いと寒《さぶ》き時《とき》なり、[一]正札《しやうふだ》をも直切《ねぎ》るべき時《とき》なり、[二]生殖器《せいしよくき》病云々《びやううんぬん》の売薬広告《ばいやくくわうこく》を最《もつと》も多《おほ》く新聞紙上《しんぶんしじやう》に見《み》るの時《とき》なり。附記《ふき》す、予《よ》が[三]朝報社《てうはうしや》に入《い》れる時《とき》なり。

○[四]代議士《だいぎし》とは何《なん》ぞ、[五]男地獄的《をちごくてき》[六]壮士役者《さうしやくしや》と雖《いへど》も、猶能《なほよ》く選挙《せんきよ》を争《あらそ》ひ得《う》るものなり。試《こゝろ》みに裏町《うらまち》に入《い》りて、議会筆記《ぎくわいひつき》の行末《ゆくすゑ》をたづねんか、截《き》りて四角《かく》なるは[七]安帽子《やすぼうし》の裏《うら》なり、貼《は》りて三角《かく》なるは[八]南京豆《なんきんまめ》の袋《ふくろ》なり、[九]官報《くわんぱう》の紙質《しゝつ》殊《こと》に宜《よろ》し。

○[一〇]啾々《しうしう》を鬼《おに》の哭《な》くといふは非《ひ》なり、こは[一一]一楽糸織《らくいとおり》若《も》しくは[一二]縮緬《ちりめん》の、[一三]塩瀬《しほぜ》繻珍《しゆちん》の類《るゐ》と相触《あひふ》るゝをいふなり。紳士《しんし》淑女《しゆくぢよ》の途行《みちゆ》く音《おと》をきゝて知《し》るべし。

○世《よ》に[一四]茶人《ちやじん》ありて、せめて色《いろ》とも名《な》のつくことを得《え》ば、今《いま》の小説家《せうせつか》の望《のぞみ》は足《た》るなり。されどもこれは目的《もくてき》にあらず、目的《もくてき》は[一五]孜々《しゝ》として倦《う》まず、書肆《ほんや》の倉《くら》を建《た》つるに在《あ》り。

○今《いま》の小説《せうせつ》と、ながらとは離《はな》る可《べか》らず。寝《ね》ながら読《よ》む、欠伸《あくび》しながら読《よ》む、酒《さけ》でも[一六]呑《の》みながら読《よ》む。されどこの読《よ》むといふことより、[一七]代金《だいきん》の手前《てまへ》といふことを差引《さしひ》きて、若《も》し残余《ざんよ》あらば、そは小説家《せうせつか》が社会《しやくわい》に与《あた》ふる偉大《ゐだい》の功益《こうえき》なり。

一 掛値なしの値段を書き商品につけた札。江戸の呉服店越後屋が正札販売を始めたとされる。

二 当時の新聞に、生殖器病・脳病・胃腸病などの売薬広告が多かったことを指す。

三 新聞『万朝報』の発行所。『万朝報』は、明治二十五年十一月、黒岩涙香によって創刊され、涙香の連載翻案探偵小説と、センセーショナルな紙面づくりで、急速に読者を拡大していた。緑雨は明治三十一年一月、朝報社に入社。九日からこの「眼前口頭」の連載をはじめた。

四 明治二十三年の帝国議会の開設以降、主に国民の選挙によって選ばれる衆議院議員を指す。「代議士とは選挙区民の信任に依り自家の意見を政治上に行はんと欲する者なり」(『万朝報』明治三十一年二月三日付)。

五 売色を売り物にする男。「をとこぢごく」とも。「地獄」は淫売婦・私娼の通称。

六 壮士芝居の役者。「金鵄勲章功七級、玄武門の勇士ともあらう者が、壮士役者に身をもち崩して、この有様は何事だらう」(萩原朔太郎「日清戦争異聞(原田重吉の夢)」)のように、堕落の代名詞として流通した。

七 安帽子には、四角に截断しただけの粗雑な裏地が用いられていることをいう。

八 新聞紙を三角状の袋にし、中に殻つきの南京豆を入れて売る。

九 公示事項の公布を目的とする政府の広報機関紙。明治十六年七月二日創刊、原則として日刊で、現在に至る。この三十一年から内閣印刷局官報課の編集発行になっていた。

一〇 しくしくと泣く声の形容。「鬼哭啾啾」は浮かばれぬ亡霊が怨めしげに泣くさま。

一一 縞や細かい紋様を織り出した精巧な絹織物。当時、一楽織の羽織などが上流社会に流行。

＊

○明治《めいぢ》の政治史《せいぢし》は、[一]伊藤《いとう》[二]山県《やまがた》[三]黒田《くろだ》[四]井上《ゐのうへ》[五]後藤《ごとう》[六]大隈《おほくま》[七]陸奥《むつ》[八]板垣《いたがき》[九]松方《まつかた》が名《な》を、いやでも脱《のが》すこと能《あた》はず。今《いま》の自《みづか》ら政客《せいかく》と称《しよう》する者《もの》に至《いた》りては如何《いかん》、[一〇]芳《はう》を千載《ざい》に伝《つた》ふる固《もと》より難《かた》し、寧醜《むしろしう》を万世《ばんせい》とはいはず、わづかに其日《そのひ》々々《く》の新聞紙《しんぶんし》に遺《のこ》す。

○されども歴史《れきし》とは、不幸《ふかう》なる世《よ》の手控《てびかへ》なり、くらやみの恥《はぢ》をあかるみに出《いだ》すものなり。[一一]憂目《うきめ》は虎《とら》の皮《かは》の留《とゞ》まれるが故《ゆゑ》に、敷棄《しきずて》にせらるゝ如《ごと》く、人《ひと》の名《な》の留《とゞ》まれるが故《ゆゑ》に、呼棄《よびずて》にせらる。

○およそ人《ひと》は、姿《すがた》を画《ゑ》につくられざる程《ほど》なるをよしとす。画《ゑ》につくらるゝ人《ひと》の、壁《かべ》に貼《は》られざるは稀《まれ》なり。即《すなは》ち、英雄豪傑《えいゆうがうけつ》は壁《かべ》に貼《は》らるゝものなり。

○総理大臣《そうりだいじん》たらん人《ひと》と、われとの異《こと》なる点《てん》を言《い》はんか。[一二]肖像《せうざう》の新聞紙《しんぶんし》の附録《ふろく》となりて、徒《いたづ》らに世《よ》に弄《もてあそ》ばれざるのみ。

○拍手喝采《はくしゆかつさい》は人《ひと》を愚《おろか》にするの道《みち》なり。つとめて拍手《はくしゆ》せよ、つとめて喝采《かつさい》せよ、渠《かれ》おのづから倒《たほ》れん。

○[一三]学士《がくし》と[一四]精錡水《せいきすゐ》とは、製法《せいはふ》に於《おい》て酷《はなはだ》しく相似《あひに》たるものなり。先《ま》づ大《おほい》なる桶《をけ》に薬《くすり》を盛《も》り、これに無数《むすう》の小瓶《こびん》を投入《なげい》れ、其《その》ぶく〳〵たる音《おと》を発《はつ》するを待《ま》ちて、一々取上《とりあ》げて口紙《くちがみ》を貼《は》るなり。是《こ》れ卒業証書授与式《そつげふしようしよじゆよしき》なり。われは精錡水《せいきすゐ》の[一五]吟香《ぎんかう》

三 絹織物の一種。よりの強い生糸を緯糸(よこいと)に使い、織ってから精練してちぢませたもの。

一三「塩瀬」は羽二重風厚地の織物で、経糸(たていと)を密にして太い緯糸(よこいと)を包み、直線状の畝を出したもの。「繻珍」は繻子(しゅす)地に色糸で模様を織り出した布(↓一九九頁注一一)。繻子は↓二〇二頁注三。

一四 ここでは、一風変わった物好きから、出色の評を得ること。

一五 つとめ励むさま。

一六「呑みながら」は『わすれ貝』では「飲みながら」。

一七 本や雑誌の代金を払ってしまった以上、しかたなく。

以上一六九頁

一 伊藤博文(一八四一–一九〇九)。周防出身。緑雨のこの記事が掲載された日(明治三十一年一月十二日)、第三次伊藤内閣を組閣した。

二 山県有朋(一八三八–一九二二)。長州出身。明治三十一年最初の元帥となり、十一月八日に第二次山県内閣を組閣する。

三 黒田清隆(一八四〇–一九〇〇)。薩摩出身。明治二十八年に枢密院議長。

四 井上馨(一八三五–一九一五)。長州出身。当時は第三次伊藤内閣の蔵相に就任。

五 後藤新平(一八五七–一九二九)。陸奥中塩釜村(現岩手県水沢市)生れ。この年三月、台湾総督府民政局長に就任する。

六 大隈重信(一八三八–一九二二)。佐賀出身。この年、板垣退助とともに憲政党を結成し、続いてわが国最初の政党内閣(隈板内閣)を組織する。

七 陸奥宗光(一八四四–九七)。和歌山藩出身。第二次伊藤内閣の外相として条約改正や下関条約締結に貢献した。この記事の前年に没している。

翁《をう》を富《と》ましたるを聞《きけ》ども、未学士《いまだがくし》の国家《こくか》を富《と》ましたる者《もの》あるを聞《きか》ず、門前《もんぜん》[一六]の松《まつ》屋《や》のみ稍《やゝ》富《と》みしとなり。

○途《みち》に、未学《いまだまな》ばざる一年生《ねんせい》のりきみ返《かへ》れるは、何物《なにもの》をか得《え》んとするの望《のぞみ》あるによるなり。既《すで》に学《まな》べる三年生《ねんせい》[一七]のしほれ返《かへ》れるは、何物《なにもの》をも得《う》るの望《のぞみ》なきによるなり。但《たゞ》し何物《なにもの》とは、多《おほ》くは奉公口《ほうこうぐち》[一八]の事《こと》なり。

*

○所謂政客《いはゆるせいかく》の節《せつ》を重《おも》んぜざるを以《もつ》て、娼婦《しやうふ》に比《ひ》する者《もの》あれども当《あた》らず。売《う》る可《べ》き筈《はず》と、売《う》る可《べか》らざる筈《はず》と、筈《はず》たがへり。娼婦《しやうふ》は鑑札《かんさつ》[一九]を有《いう》す、至公至明《しこうしめい》なり。政客《せいかく》は有《いう》せず。

○児《こ》を生《う》まば女《をんな》の事《こと》なり。誤《あやま》ちて娼婦《しやうふ》となるとも、代議士《だいぎし》[二〇]となることなし。

○一生《しやう》の思出《おもひいで》、代議士《だいぎし》たらんとすといふ者《もの》あるを笑《わら》ふこと勿《なか》れ、寧渠《むしろかれら》等は見切《みきり》[二一]売《うり》の勇気《ゆうき》ある者《もの》なり。已《すで》に見切売《みきりうり》なり、ひけ物《もの》[二二]きず物曰《ものいは》く物《もの》たるは論《ろん》を俟《ま》たず。

○選《えら》む者《もの》も愚《ぐ》なり、選《えら》まるゝ者《もの》も愚《ぐ》なり、孰《いづ》れか愚《ぐ》の大《だい》なるものぞと問《と》はば、答《こたへ》は相互《さうご》の懐中《くわいちう》に存《そん》すべし。されど愚《ぐ》の大《だい》なるをも、世《よ》は棄《す》つるものにあらず、愚《ぐ》の大《だい》なるがありて、初《はじ》めて道《みち》の妙《めう》を成《な》すなり。

○われは今《いま》の代議士《だいぎし》の、必《かなら》ずや衆人《しうじん》が望《のぞみ》に副《そ》へる者《もの》なるべきを確信《かくしん》せんと欲《ほつ》す。

八 板垣退助(一八三七―一九一九)。土佐出身。この年、大隈重信とともに組閣し、内相をつとめる。

九 松方正義(一八三五―一九二四)。薩摩出身。歴代の内閣で大蔵大臣を勤め、金本位制を確立した。

一〇 名声を千年後まで遺す。

一一 俚言の「虎は死して皮を残し人は死して名を残す」を踏まえる。ここではなまじ皮や名を残したがために、敷き棄て、呼び棄てにされるということ。

一二 たとえば明治二十三年十二月五日付の『読売新聞』付録には、「貴族院議長伊藤博文君」以下四名の肖像が、「美麗鮮明の石画版」で掲載されている。

一三 明治十年四月十二日、東京開成学校と東京医学校が合併して東京大学が誕生し、卒業生に「学士」の学位が与えられることになった。当時は、東京帝国大学・京都帝国大学の分科大学卒業生に与えられる称号。

一四 明治初年に、岸田吟香が日本と上海で売り出した点眼薬の商品名。宣教使ヘボンの伝授によるという。「目薬　精錡水　小売一瓶代金壱朱　此御めぐすりは英国の名医平文(ヘボン)先生より伝授せられたる我が一家の妙方にして」(『東京日日新聞』明治七年十二月七日付)。

一五 岸田吟香(一八三三―一九〇五)。新聞記者、事業家。美作出身。ヘボンの『和英語林集成』編纂に協力し、のち『東京日日新聞』編集に従事。

一六 本郷の東京帝国大学赤門前にあった文房具・紙店。これについて、『太陽』(明治三十一年二月五日)の時事評論「文芸界」に、「正太夫万朝に入りて大に大学生を罵り、一事の天下に為す無くして赤門々前の紙屋独り富むと慷慨す。身分相応の観察と謂ふべし。好笑話柄」とある。

一七 当時の帝国大学における分科大学の修業年

衆人《しうじん》曰《いは》く、金《かね》がほしい。故《ゆゑ》に代議士《だいぎし》は曰《いは》く、金《かね》がほしい。

○日本《にほん》は富強《ふきやう》なる国《くに》なり、商《しやう》にもよらず、工《こう》にもよらず、将農《はたのう》にもよらず、人《ひと》皆内職《みなゝいしよく》を以《もつ》て立《た》つ。

○このたびの[一]文相《ぶんしやう》の世界主義《せかいしゆぎ》なればとて、[二]日本主義《にほんしゆぎ》なる大学派《だいがくは》の人々《ひと〴〵》の[三]ために説《せつ》をなす者《もの》あれども、そはまことに無用《むよう》の心配《しんぱい》なり。何《なん》となれば、再言《さいげん》す何《なん》となれば、主義《しゆぎ》を持《ぢ》すること〻、箸《はし》を持《ぢ》すること〻は自《おのづか》ら別《べつ》なればなり。

○渠《かれ》はといはず、渠《かれ》もといふ。今《いま》の豪傑《がうけつ》と称《しよう》せられ、才子《さいし》と称《しよう》せらる〻者《もの》、いづれも亦《また》の字《じ》附《つ》きなり。要《えう》するに明治《めいぢ》の時代《じだい》は、も亦《また》の時代《じだい》なり。

○[四]読売《よみうり》の時文記者《じぶんきしや》は、[五]紅葉《こうえふ》の恋愛談《れんあいだん》をよみて、[六]ソクラテスを憶出《おもひいだ》しぬといへり。おもひ出《いだ》すにもさま〴〵なるもの哉《かな》、われは[七]鯉丈《りちやう》が愚慢大人《ぐまんたいじん》を思出《おもひいだ》しぬ。

○[八]落合佐々木《おちあひさゝき》二氏《し》、及《およ》び予《よ》に係《かゝ》れる[九]杳手鳥《くつてどり》の記事《きじ》は誣妄《ふまう》なり。[一〇]八雲御抄《やくもみせう》ほどのもの知《し》らずと見《み》ゆるに、直《たゞ》ちに人《ひと》の賢愚《けんぐ》を言《い》はんとす、流石《さすが》は[一一]世界《せかい》の日本記者《にほんきしや》なり。流石《さすが》といふこと、何処《いづく》に持行《もちゆ》きても便《たより》よし。

*

○男《をとこ》のほれる男《をとこ》でなけりや、真《しん》の年増《としま》は惚《ほ》れやせぬ。窮《きは》めたりといふべし。されども惚《ほ》れらる〻は、附入《つけい》らる〻なり、見込《みこ》まる〻なり、弱処《じやくしよ》にあらずんば凡《ぼん》

限は、医科大学の医学科が四年、その他は三年。

一八 大学生の就職難をいう。明治二十四年八月二十七日付『国民新聞』には、「もはや就職難」として、「近時我邦に於て博士、学士の称号を有するもの年一年に排出し、其の遣り場に困る程にて、現に本年大学卒業の人々は、適任の仕事場なきため空しく抱負の志を懐いて無聊に苦しみをるもの累々たり」とある。

一九 明治五年の娼妓解放令の後、建て前上は自由意志において娼芸妓を生業とする者に警察から与えられた許可証。

二〇 当時の衆議院議員の被選挙権は、満三十歳以上の男性で直接国税を十五円以上納める者。

二一 代議士になるのは、自分の価値に見切りをつけて、安売りするような行為だということ。

二二 欠陥やいわくがあって値引きされる品物。

――以上一七一頁

一 この一月に第三次伊藤内閣の文部大臣に就任した西園寺公望を指す。西園寺は、明治二十七年十月から二十九年九月まで、第二次伊藤内閣の文相もつとめたが、広く世界的・科学的合理主義に立った教育を指向し、日清戦争前後の国粋主義的風潮の中で「世界主義」の名をもって論難された。

二 明治三十年に井上哲次郎、元良雄次郎、木村鷹太郎ら東京帝国大学関係者が大日本協会を結成し、機関誌『日本主義』を創刊。その花形論客となった高山樗牛によれば、「吾人の所謂日本主義とは、一言すれば日本の国性国体を第一義とし、外より来れる一切の勢力を箇中に調摂し同化せむとする主義の謂なり」(『太陽』明治三十二年一月五日「過去一年の国民思想」)という。

三 たとえば「敢て現文相の教育主義を問はむ」(『太陽』明治三十一年三月五日)など、当時の西

処《しよ》を有《いう》するなり。程《ほど》や容子《ようす》や心意気《こゝろいき》や、其何《そのいづ》れを以《もつ》てするも、われより高《たか》き人《ひと》のわれに惚《ほ》れるといふの理《り》なし。

○普通《ふつう》の解説《かいせつ》に従《したが》へば、縁《えん》はむすぶの神業《かみわざ》に帰《き》すと雖《いへど》も、これとても都々《どゝ》逸以《いつい》[一二]外《ぐわい》に存立《そんりつ》す可《べ》くもあらず。おもふに結婚《けつこん》は、一種《しゆ》の冒険事業《ぼうけんじげふ》なり、識《し》らぬ二人《ふたり》を相抱《あひいだ》[一三]かしめて、これに生涯《しやうがい》の徳操《とくさう》を強《し》ふるなり。

○統計上《とうけいじやう》、年々《ねん〱》[一四]離婚《りこん》の増加《ぞうか》するは人《ひと》の知《し》る所《ところ》なり。妻《さい》を迎《むか》ふるに同居籍《どうきよせき》[一五]を以《もつ》てするもの、亦将《またまさ》に漸《やうや》く多《おほ》からんとす。古《いにしへ》の所謂人倫《いはゆるじんりん》[一六]の大綱《たいかう》とは、わずかに朝夕《てうせき》顔《かほ》を見交《みか》はすに過《す》ぎず。

○売女《ばいぢよ》が手管《てくだ》の巧《たくみ》なりとも、竟《つひ》に智《ち》にあらず、三《み》[一七]つ蒲団《ぶとん》の上《うへ》に於《おい》て初《はじ》めて生《しやう》ずる習慣《しふくわん》なり。若今《もしいま》の夫妻間《ふさいかん》に、若干《そくばく》の徳《とく》ありといはば、恐《おそ》らくは膳《ぜん》をかけ合《あは》せたる時《とき》に於《おい》て、初《はじ》めて生《しやう》ずるそれも習慣《しふくわん》ならん。

○楽《らく》は偕《とも》にすべし、いづれ一間買《けんか》ふべき桟舗《さじき》なればなり。苦《く》は偕《とも》にすべからず、高利貸《かうりがし》が門《もん》に合乗《あひのり》を停《とゞ》むるの要《えう》なければなり。

○敢《あへ》て貞節《ていせつ》のみとは言《い》はず、身《み》に守《まも》る者《もの》いよ〳〵多《おほ》く、心《こゝろ》に守《まも》る者《もの》いよ〳〵少《すくな》し。心身《しんしん》の二字妥当《じだたう》を欠《か》かば、宜《よろ》しく表裏《へうり》と改《あらた》むべし。道徳《だうとく》は必《かなら》ずしも実践《じつせん》におよばず、口先《くちさき》のものなり、寧《むし》ろ刷毛先《はけさき》のものなり。霞《かすみ》の光《ひかり》のありとのみに

園寺の合理的教育重視の指向に対する論難を指す。

四 『読売新聞』明治三十一年一月十七日付「月曜附録」において、新春の小説および雑誌を評した門外生の時評「塵影」のこと。

五 『新著月刊』第二年第一巻(明治三十一年一月三日発行)の「文壇」欄に、「文家雑談(第壱)」として掲げられた「紅葉氏が恋愛論、婦人論、良妻論」を指す。『新著月刊』は、明治三十年四月に東華堂から創刊された小説中心の月刊文芸雑誌で、後藤宙外が編集人をつとめていた。

六 門外生が『新著月刊』を評したなかに、「殊に面白きは紅葉氏と門生の対談なり」とあり、「晩餐の席上にての恋愛論とあれば、是非シムポシアムを想ひ出さゞるを得ず、左れば紅葉氏はソクラテスか、記者と云ふは仮にプレトオに見立つべく、思ひ切つた問を発する泉氏はアリストファネスに擬すべし」などとある(文中の「泉氏」は泉鏡花、「プレトオ」はプラトンのこと)。

七 滝亭鯉丈(?–一八四一)。江戸後期の滑稽本作者。為永春水の実兄といわれ、『花暦八笑人』『和合人』『浮世床第三編』などがある。「愚慢大人」は『和合人』に登場する半可通の愚慢。

八 落合直文と佐佐木信綱。

九 雑誌『世界之日本』(明治三十一年一月)の風雨楼主人「雲中の消息」を指す。過去の『めざまし草』合評「雲中語」の会で、落合・佐佐木「二和文大家」をはじめ誰も「杳手鳥」がいかなる鳥かを知らなかった逸話に触れ、「時に正太夫(緑雨)は例の物識顔に説き出でけらく、杳手鳥とは杜宇(ホトトギス)のことなりと異名同弁(?)に見ゆと。一坐其の博渉に服す」などとある。

一〇 鎌倉前期の歌学書。六巻。順徳院撰。正義・作法・枝葉・言語・名所・用意の六部に分れる。こ

て、雲《くも》の影《かげ》のなきも可《か》なり。治《をさ》まる御代《みよ》の景物《けいぶつ》一なり、御愛敬《ごあいけう》なり。
○おもへらく、親子《しんし》兄弟《けいてい》、是《こ》れ符牒《ふてふ》のみ。仁義《じんぎ》忠孝《ちうかう》、是《こ》れ器械《きかい》二のみ。

＊

○涙《なみだ》ばかり貴《たふと》きは無《な》しとかや。されど欠《あく》びしたる時《とき》にも出《い》づるものなり。
○熱誠《ねつせい》とは贋金《にせがね》遣《づか》ひの義《ぎ》なり。註《ちう》に曰《いは》く、其目的《そのもくてき》の単《たん》に製造《せいざう》するに止《とゞ》まらず、行使《かうし》するに在《あ》るを以《もつ》てなり。
○真実《しんじつ》、摯実《しじつ》、堅実《けんじつ》、確実《かくじつ》、これらは或場合《あるばあひ》に於《お》ける活字《くわつじ》の作用《さよう》に過《す》ぎず。即《すなは》ち今《いま》の精神界《せいしんかい》を支配《しはい》するもの、勢力《せいりよく》を以《もつ》ていはば活字《くわつじ》三なり。これを六号《がう》にするも五号《がう》にするも、広告料《くわうこくれう》に於《おい》て差違《さゐ》なく、四号《がう》にするも二号《がう》にするも、工手間《くでま》四に於《おい》てまたく〳〵差違《さゐ》なし。
○官人《くわんじん》のために気《き》を吐《は》くも、民人《みんじん》のために気《き》を吐《は》くも、一《ひと》つ口《くち》は同《おな》じ口《くち》なり、怪《あやし》むを要《えう》せず、達弁《たつべん》と訥弁《とつべん》とは正反対《せいはんたい》のものなれども、共《とも》にタチツテトの行《ぎやう》に属《ぞく》す。
○国家《こくか》といはず、箇人《こじん》といはず、清《す》まばタメなるべきも、濁《にご》らばダメなるべきこと、これも仮字《かじ》五より出《い》でたり。
○犠牲《ぎせい》に供《きよう》すとは面白《おもしろ》き語《ご》なり、天神地祇《てんじんちぎ》六は之《こ》れを看行《みそなは》すのみ、何日《いつ》ともなし

こでは、その巻三「枝葉」部に「鳥」部があることも知らないのか、の意。
一一『世界之日本』。総合時事雑誌。明治二十九年七月、竹越三叉が設立した開拓社から創刊。
一二 流行俗謡の一。七・七・七・五の四句で、主に男女相愛の情をうたう。ここでは、「むりな願をむすぶの神へするのおれいはふたりづれ」(歌沢能六斎『新撰度独逸大成』後篇、万延二年)などを指すか。
一三「相抱かしめて」は『わすれ貝』では「相擁かしめて」。
一四 鎌田浩「日本における離婚主導権の変遷」(『離婚の比較社会史』平成四年、三省堂)によれば、明治十年代には五割にも達していたと考えられる離婚率が、「二十年代には三割台に低下し、三十年代には急に少くなり一割台に落着いていく」という。むしろ当時は、離婚は減少傾向にあったことになる。
一五 明治三十一年六月制定の「戸籍法」には、「婚姻ノ届出ハ夫ノ本籍地又ハ所在地ノ戸籍吏ニ之ヲ為スコトヲ要ス」(第百四条)とある。ここでは、初めから夫婦同居の所在地を戸籍として届けることが多くなった、の意。
一六 夫婦が人と人の秩序関係の根本であること。「夫婦は人倫の大綱にて、父子兄弟の由つて生ずる所なれば、一家盛衰治乱の果全く茲にあり」(吉田松陰「武教全書講録」)。
一七 三枚重ねの敷蒲団。特に江戸時代、最上位の遊女が用いた。

以上一七三頁

一 道徳が、単なる添え物にすぎないということ。
二「ウツハモノ。＝道具」(山田美妙『日本大辞書』)。
三 日本の活字の寸法(号数制)は、中国・上海の

に人《ひと》の取下《とりさ》げて、多《おほ》くは自《みづか》ら啖《くら》ふなり。
○泥棒根性《どろばうこんじやう》なきものは人《ひと》にあらず、これありて初《はじ》めて世《よ》に立《た》つを得《う》べし。格《かく》をいへば豪傑《がうけつ》たり才子《さいし》たり、分《ぶん》をいへば強盗《がうたう》たり巾着切《きんちやくきり》[七]たり、素《そ》は一なること今《いま》更《さら》にあらず。
○人《ひと》は殺《ころ》すよりも、殺《ころ》さるゝに難《かた》きものなり。殺《ころ》すよりも、殺《ころ》さるゝに資格《しかく》を要《えう》するものなり。ねがはくは殺《ころ》されん、殺《ころ》さるゝを得《え》ずば、ねがはくは殺《ころ》さん。殺《ころ》さず殺《ころ》されざるも、猶人《なほひと》たるの効《かひ》ありや疑《うたが》はし。勿論《もちろん》こゝに殺《ころ》すといふは、刃《やいば》に血塗《ちぬ》る事《こと》なり。
○われは今《いま》の文学者《ぶんがくしや》の品位《ひんゐ》の、いかばかり高《たか》しとは得言《えい》はざれど、嘔吐《おうと》を催《もよほ》すと学堂氏《がくだうし》[八]のいへるは稍過《やゝす》ぎたり。氏《し》はおもに仮名垣時代《かながきじだい》[九]を見《み》たるにはあらざるか。年《とし》も人《ひと》も漸《やうや》く遷《うつ》り来《きた》れるを知《し》らざるにはあらざるか。伊藤侯《いとうこう》[一〇]が十年前《ねんぜん》の政治家《せいぢか》なるとゝもに、学堂氏《がくだうし》も亦《また》十年前《ねんぜん》の論客《ろんかく》たるなくんば幸《さいはひ》なり。
○小説家《せうせつか》とは何《なん》ぞや。小説《せうせつ》にもならぬ奴《やつ》の総称《そうしよう》なり。われは之《これ》を以《もつ》て、最《もつと》も簡《かん》短《たん》なる、最《もつと》も明白《めいはく》なる、恐《おそ》らくは最《もつと》も公平《こうへい》なる解釈《かいしやく》とす。

＊

○何故《なにゆゑ》にといふ語《ご》こそ、没風流《ぼつふうりう》の極《きは》みなれ。説明《せつめい》し得《う》べきと、得《う》べからざると

美華書館において実施されていた号数活字のシステムをもとに、その技師ウィリアム・ガンブルの指導を仰いで、本木昌造が長崎新町活版所において創始したといわれる。号数活字は大きい順に「初号」から「八号」まであり、五号(鯨尺の一分)を基準にして各号の大きさが決められた。一般に、二号は表題等の大きな文字に、四号、五号は本文用に、六号は彙報欄や編集後記などの小さな文字として使われた。

四 職人などの工作の手数。

五 仮名文字の清音と濁音に掛ける。

六 天の神と地の神の義で、神々の総称。略して神祇とも。

七 「巾着」は、口をひもでくくって、金銭などを入れて携帯する布や革などの袋。「巾着切り」は、往来で人の懐中物などをすりとる者。掏摸(すり)。

八 尾崎咢堂(一八五八‐一九五四)。政党政治家。神奈川県生れ。本名は行雄。立憲改進党の創立に参画し、明治二十三年の第一回総選挙で三重県から当選。この三十一年六月、第一次大隈内閣の文部大臣となる。「嘔吐を催す」の発言については未詳。

九 仮名垣魯文の活躍した時代。仮名垣魯文(一八二九‐九四)は幕末・明治初期の戯作者、新聞記者。本名野崎文蔵。江戸生れ。明治開化期の時流に敏感に反応し、『西洋道中膝栗毛』『安愚楽鍋』などを執筆。また『横浜毎日新聞』『仮名読新聞』などに関わった。緑雨は数え年十八歳の明治十七年、其角堂永機の紹介で仮名垣魯文の門に入った。

一〇 伊藤博文。→一七〇頁注一。

の間《あひだ》に、妙不妙《めうふめう》の別《わか》ちは存《そん》するなり。豆腐《とうふ》を好《この》む者《もの》にむかひて、いかなるを味《あぢあひ》の妙《めう》となすと言《い》はば、それはとばかり孰《たれ》しも逡巡《しゆんじゆん》すべし。即《すなは》ち妙《めう》とは、説《せつ》明《めい》すべきものにあらず、説明《せつめい》し得《う》べきものにあらず、もし其幾分《そのいくぶん》を説明《せつめい》し得《え》たりとせば、説明《せつめい》し得《え》たる幾分《いくぶん》は、已《すで》に其妙《そのめう》を失《うしな》へる者《もの》なり。

○不幸《ふかう》も弔《とぶら》はるゝ程《ほど》なるは、猶楽《なほたの》しきものなり。これや限《かぎ》りの真《まこと》の不幸《ふかう》は、竟《つひ》に弔《とぶら》はるゝことなし。

○あとなる人《ひと》のおのれと同《おな》じく、溝飛超《みぞとびこ》えしを見《み》て、ほいなき[一]ものに思《おも》ふことあるも人《ひと》の性《せい》なり。あとなる人《ひと》の己《おのれ》とおなじく、溝《みぞ》に陥《おちい》りしを見《み》て、気味《きみ》よきものに思《おも》ふことあるも人《ひと》の性《せい》なり。様々《さまぐ》なるが如《ごと》しと雖《いへど》も、しかも是《こ》れ同一人《どういつじん》の性《せい》なり。

○わが世《よ》に大人《たいじん》[二]なる者《もの》ありや、君子《くんし》[三]なる者《もの》ありや。口《くち》にしばく大人君子《たいじんくんし》をいふ者《もの》は、手《て》にしばく追剝《おひはぎ》をなす者《もの》なり。後《のち》の世《よ》の人《ひと》の、前《まへ》の世《よ》の人《ひと》を捉《とら》へて、身《み》の箔《はく》となすに必要《ひつえう》なる威嚇文句《をどしもんく》を、字《じ》に書《か》きて大人君子《たいじんくんし》とは云《い》ふなり。

○夙《つと》に何々《なにく》の志《こゝろざし》ありなどいふも、後人《こうじん》の附会《ふくわい》なり、伝紀家《でんきか》の道楽《だうらく》なり、立志《りつし》[四]編《へん》に限《かぎ》りて用《もち》ひらるゝ形容詞《けいようし》なり。偉人《ゐじん》たらんことを欲《ねが》ひし人《ひと》の、偉人《ゐじん》たりしことなく、多《おほ》くは其辺《そのへん》の受附《うけつけ》に隠《かく》[五]れたまはず、曝《さら》されたまへり。

一「ほい」は本意。残念で味気なく思うこと。

二 徳のある人。人格者。「大人者、不失其赤子之心者也(大人ナル者ハ、ソノ赤子ノ心ヲ失ハザル者ナリ)」(『孟子』離婁下)。

三 徳の高い立派な人。「子曰君子周而不比、小人比而不周(子曰ハク君子ハ周シテ比セズ、小人ハ比シテ周セズ)」(『論語』為政第二)。

四 スマイルズ著・中村正直訳『西国立志編』(明治三―四年)や、杉本東洋編『明治忠孝節義伝　一名東洋立志編』(明治三十一―三十六年)など、明治期に広く読まれた偉人の立志伝を指す。

五「賢人は市井に隠る」という俚言を踏まえる。

○有《あ》る智慧《ちゑ》を出《いだ》すに慣《な》れたる果《はて》は、無《な》き智慧《ちゑ》をも絞《しぼ》るに至《いた》るものなり。凡人《ぼんじん》たれ、凡人《ぼんにん》たれ、勉《つと》めて凡人《ぼんにん》たれ、是《こ》れ処世《しよせい》の第《だい》一義《ぎ》なると共《とも》に、[六]修身《しうしん》の第《だい》一義《ぎ》なり。めでたく凡人《ぼんにん》の業《げふ》を卒《を》へたる時《とき》に於《おい》て、較《やゝ》すぐれたるものあるは、自己《じこ》も猶《なほ》よく認《みと》め得《う》べき事《こと》なり。

○偉《ゐ》人《じん》たるは易《やす》く、凡人《ぼんにん》たるは難《かた》し。謹聴《きんちやう》すべき逸事《いつじ》逸話《いつわ》は、凡人《ぼんにん》に多《おほ》く偉《ゐ》人《じん》に少《すくな》し。われは今《いま》、世《よ》を同《おなじ》うせる人々《ひとぐ》のために、頻《しきり》に逸事《いつじ》逸話《いつわ》を伝《つたへ》らるゝの偉《ゐ》人《じん》多《おほ》きを悲《かなし》む。

＊

○問《と》ふて曰《いは》く、今《いま》の世《よ》の秩序《ちつじよ》とはいかなる者《もの》ぞ、答《こた》へて曰《いは》く、銭勘定《ぜにかんちやう》に精《くは》しきことなり。

○慈《じ》善《ぜん》は一箇《こ》の商法《しやうはふ》なり、文明的商法《ぶんめいてきしやうはふ》なり。啻《たゞ》に金穀《きんこく》を[七]養育院《やういくゐん》に出《いだ》すに止《とゞ》まらず、[八]姓名《せいめい》を新聞広告《しんぶんくわうこく》に出《いだ》す。

○[九]陰徳《いんとく》あり、故《ゆゑ》に陽報《やうはう》あるは上古《じやうこ》の事《こと》なり。近代《きんだい》に入《い》りては、陽報《やうはう》あり、故《ゆゑ》に陰徳《いんとく》あるなり。[一〇]盛年《せいねん》重《かさ》ねて来《きた》らず、こゝを以《もつ》て学《まな》ぶべしと古人《こじん》は言《い》ひ、遊《あそ》ぶべしと今人《こんじん》は言《い》ふ。今《いま》は古《いにしへ》にあらず、義理《ぎり》を異《こと》にする怪《あやし》むに足《た》らず。

○恩《おん》は掛《か》くるものにあらず、掛《か》けらるゝものなり。[一一]みだりに人《ひと》の恩《おん》を知《し》らざる

六 自分の行いを正し、身をおさめること。

七 養育すべき責務ある者の死亡や虐待などによって、保護を欠いた状態にある子を収容する施設。明治五年東京市養育院が設立され、渋沢栄一が院長を務めた。

八 たとえば、明治三十一年四月十二日付『読売新聞』の記事「養育院へ寄附」がある。「今回東京養育院に感化部といふを設くるに付三井家総代三井八郎右衛門氏より五千円岩崎久弥同弥之助両氏より五千円を寄附したりと」など、寄附者の氏名住所金額を列挙する。

九 「夫有陰徳者、必有陽報(夫レ陰徳アル者ハ、必ズ陽報アリ)」(『淮南子』人間訓)を踏まえた表現。

一〇 「盛年不重来、一日難再晨、及時当勉励、歳月不待人(盛年重ネテ来タラズ、一日再ビ晨(あした)ナリ難シ、時ニ及ンデ当(まさ)ニ勉励スベシ、歳月人ヲ待タズ)」(陶淵明「雑詩十二種」其一)による。

一一 「みだりに」は『わすれ貝』では「漫りに」。

を責《せ》むる者《もの》は、おのれも畢竟恩《ひつきやうおん》を知《し》らざる者《もの》なり。

○恩《おん》といふもの、いと長《なが》き力《ちから》を有《いう》す、幾《いく》たび報《むく》うるも消《き》ゆることなし。こゝに於《おい》てか売《う》る者《もの》あり、忘《わす》るゝ者《もの》あり、枷《かせ》[一]と同義《どうぎ》たらしむ。

○偽善《ぎぜん》なる語《ご》をきく毎《ごと》に、偽《いつは》りにも善《ぜん》を行《おこな》ふ者《もの》あらば、猶可《なほか》[二]ならずやとわれは思《おも》へり。社会《しやくわい》は常《つね》に、偽善《ぎぜん》に由《よ》りて保維《ほゐ》せらるゝにあらずやとわれは思《おも》へり。

○若《も》し国家《こくか》の患《うれひ》をいはば、偽善《ぎぜん》に在《あ》らず偽悪《ぎあく》に在《あ》り、彼《か》の小才《せうさい》を弄《ろう》し、小智《せうち》を弄《ろう》す、孰《いづ》れか偽悪《ぎあく》ならざるべき。悪党《あくたう》ぶるもの、悪党《あくたう》がるもの、悪党《あくたう》を気取《きど》る者《もの》、悪党《あくたう》を真似《まね》る者《もの》、日《ひ》に倍々多《ますくおほ》きを加《くは》ふ。悪党《あくたう》の腹《はら》なくして、悪党《あくたう》の事《こと》をなす、危険《きけん》これより大《だい》なるは莫《な》し。

○まことの善《ぜん》とまことの悪《あく》とは、医《い》の内科外科《ないくわげくわ》の如《ごと》し、称《となへ》は異《ことな》れども価《あたひ》は一《いつ》なり。乱世《らんせい》の英雄《えいゆう》なるもの、まことの悪《あく》ならば、治世《ちせい》の奸賊《かんぞく》なるもの、まことの善《ぜん》なり。偽悪《ぎあく》の出《い》づるもこれが為《ため》のみ、偽善《ぎぜん》の出《い》づるもこれが為《ため》のみ。

○賢愚《けんぐ》は智《ち》に由《よつ》て分《わか》たれ、善悪《ぜんあく》は徳《とく》に由《よつ》て別《わか》たる。徳《とく》あり、愚人《ぐじん》なれども善人《ぜんにん》なり。智《ち》あり、賢人《けんじん》なれども悪人《あくにん》なり。徳《とく》は縦《たて》に積《つ》むべく、智《ち》は横《よこ》に伸《の》ぶべし。一《いつ》は丈《たけ》なり、一《いつ》は巾《はゞ》なり、智徳《ちとく》[三]は遂《つひ》に兼《か》ぬ可《べか》らざるか。われ密《ひそか》におもふ、智《ち》は兇器《きようき》なり、悪《あく》に長《た》くるものなり、悪《あく》に趨《はし》るものなり、悪《あく》をなすがために授《さづ》けら

一 罪人の首にはめて自由をうばう木製の刑具。転じて、人の行動を束縛するもの。
二 それでもよいではないか。
三 智と徳は、とうてい兼ね備えることができないものか。

れしものなり、苟《いやし》くも智《ち》ある者《もの》の悪《あく》をなさゞる事《こと》なしと。

○更《さら》におもふ、人生《じんせい》の妙《めう》は善《ぜん》ありて生《しやう》ずるにあらず、悪《あく》ありて生《しやう》ずるなりと。世《よ》に物語《ものがたり》の種《たね》を絶《た》たざるもの、実《じつ》に悪人《あくにん》のおかげなり。吾《われ》をして歴史家《れきしか》たらしめば、道真《みちざね》[四]を伝《つた》ふるに勉《つと》めんより、時平《しへい》[五]を伝《つた》ふるに勉《つと》めん。吾《われ》をして戯曲家《ぎゝよくか》、小説家《せうせつか》、若《も》しくは詩人《しじん》たらしめば、徒《いたづ》らに神《かみ》の御前《みまへ》に跪《ひざまづ》かんより、悪魔《あくま》とゝもに虚空《こくう》に躍《をど》らん。

＊

○人《ひと》の常《つね》に為《な》さゞるによりて善《ぜん》は勧《すゝ》むといひ、常《つね》に為《な》すによりて悪《あく》は懲《こら》すといふ。勧善懲悪《くわんぜんちようあく》なる語《ご》の、由来《ゆらい》する所此《ところかく》の如《ごと》くならずとするも、波及《はきふ》する所此《ところかく》の如《ごと》し。

○善《ぜん》も悪《あく》も、聞《きこ》ゆるは小《せう》なるものなり。善《ぜん》の大《だい》なるは悪《あく》に近《ちか》く、悪《あく》の大《だい》なるは善《ぜん》に近《ちか》し。顕《あらは》るゝは大《だい》なるものにあらず、大《だい》なるものは顕《あらは》るゝことなし。悪《あく》に於《おい》て殊《こと》に然《しか》りとす。

○善《ぜん》の小《せう》なるは之《これ》を新聞紙《しんぶんし》に見《み》るべく、悪《あく》の大《だい》なるは之《これ》を修身書《しうしんしよ》に見《み》るべし。

○勤勉《きんべん》は限有《かぎりあ》り、惰弱《だじやく》は限無《かぎりな》し。他《た》よりは励《はげま》すなり、己《おのれ》よりは奮《ふる》ふなり、何《なに》ものか附加《ふか》するにあらざるよりは、人《ひと》は勤勉《きんべん》なる能《あた》はず。惰弱《だじやく》は人《ひと》の本性《ほんせい》なり。

四 菅原道真(八四五-九〇三)。平安前期の学者・政治家。宇多天皇の信任を得て、文章博士・蔵人頭・参議などを歴任。醍醐天皇の時、右大臣となったが、延喜元年(九〇一)藤原時平の讒言により大宰権帥に左遷され、任地で没した。これを題材とした浄瑠璃に、並木宗輔ほか合作の『菅原伝授手習鑑(すがわらでんじゅてならいかがみ)』(延享三年初演)がある。

五 藤原時平(八七一-九〇九)。平安前期の廷臣。基経の長男。宇多・醍醐両天皇に仕え、累進して左大臣となる。右大臣菅原道真を大宰権帥に左遷して、政界における藤原氏の地位を確立した。名は「ときひら」だが、浄瑠璃では「しへい」で、密かに帝位をねらう大悪人とされる。

○元気《げんき》を鼓舞《こぶ》すといふことあり、[一]金魚《きんぎよ》に蕃椒水《たうがらしみづ》を与《あた》ふる如《ごと》し、短《みじか》きほどの事《こと》なり。

○懺悔《ざんげ》は一種《しゆ》のこゝろけなり、快楽《くわいらく》を二重《ぢう》にするものなり。懺悔《ざんげ》あり、故《ゆゑ》に悛《あらた》むる者《もの》なし。懺悔《ざんげ》の味《あぢはひ》は、人生《じんせい》の味《あぢはひ》なり。

○打明《うちあ》けてといふに、已《すで》に飾《かざり》あり、偽《いつはり》あり。人《ひと》は遂《つひ》に、打明《うちあ》くる者《もの》にあらず、打明《うちあ》け得《う》る者《もの》にあらず。打明《うちあ》けざるによりて、わづかに談話《はなし》を続《つゞ》くるなり、世《よ》に立《た》つなり。

○[二]奠都《てんと》三十年祝賀会《ねんしゆくがくわい》の、初《はじ》めは投機的《とうきてき》におもひ附《つ》かれしものなること、言《い》ふを俟《ま》たず。これが勧誘《くわんいう》に応《おう》じたる人々《ひとぐ》の意《い》をたゝくに、多《おほ》くは[三]勤王論《きんのうろん》の誤解者《ごかいしや》なり。たのもしき東京市《とうきやうし》の賑《にぎは》ひといへば、[四]車《くるま》に乗《の》れる貧民《ひんみん》の手《て》より、車《くるま》を曳《ひ》ける紳士《しんし》の手《て》に、一夜《や》の権利《けんり》を移《うつ》すに過《す》ぎず。

＊

○知己《ちき》を後《のち》の世《よ》に待《ま》つといふこと、太《はなはだ》しき誤《あやま》りなり。誤《あやま》りならざるまでも、極《きは》めて心弱《こゝろよわ》き事《こと》なり。人《ひと》一代《だい》に知《し》らるゝを得《え》ず、いづくんぞ百代《だい》の後《のち》に知《し》らるゝを得《え》ん。今《いま》の世《よ》にやくざなる者《もの》は、後《のち》の世《よ》にも亦《また》やくざなる者《もの》なり。

○己《おのれ》を知《し》るは己《おのれ》のみ、他《た》の知《し》らんことを希《ねが》ふにおよばず、他《た》の知《し》らんことを希《ねが》

一　流布していた民間療法で、白点病などの病気の金魚に、唐辛子を溶いた水を与えると効果があるとされた。

二　都を定めること。明治三十一年四月十日、宮城二重橋外で開催された奠都三十年祝賀会を指す。当日の『東京朝日新聞』の記事には、「わが東京市民が発起したる奠都三十年祝賀式はいよ〳〵今十日午前九時を以て宮城二重橋外なる祝賀会式場に挙行せらるゝなり　既に記しゝ如く畏くも天皇皇后両陛下には輦轂の下の赤子等が此微衷を嘉納あらせられ当日午前十時三十分親しく式場へ臨御あり市民の祝賀を受けさせらるゝとぞ　グラント将軍来遊の際と及び憲法発布式の際と併せて洵に聖代の美事と謂ふべき也」とある。

三　首都制定三十年の記念行事を、天皇賛美の行事ととり違えている、の意。

四　この日の賑わいを伝える『国民新聞』四月十二日付の記事は、「やがて式部官を先駆として、鹵簿(ぼろ)は二重橋を出たり。警部二騎、騎兵一小隊之に続き、二頭立驊騮(かりゅう)の金彩燦たる鳳輦(ほうれん)は、轣轆(れきろく)として、両陛下の御出門あると共に」と天皇の行列を報じ、一方では上野も大混雑で「車は山下、広小路、池の端皆一帯に止められたり」という。ここでは、普段、安い人力車に乗る庶民から、天皇の鳳輦に随行する紳士貴顕たちに、この日の主役が交代したということ。

ふ者《もの》は、畢《つひ》に己《おのれ》をだに知《し》らざる者《もの》なり。自《みづか》ら信《しん》ずる所《ところ》あり、待《ま》たざるも顕《あらは》るべく、自《みづか》ら信《しん》ずる所《ところ》なし、待《ま》つも顕《あらは》れざるべし。今《いま》の人《ひと》の、ともすれば知己《ちき》[五]を千《せん》載《ざい》の下《もと》に待《ま》つといふは、まこと待《ま》つにもあらず、待《ま》たるゝにもあらず、有合《ありあ》はす此句《このく》を口《くち》に藉《か》りて、わづかにお茶《ちや》を濁《にご》すなり、人前《ひとまへ》をつくろふなり、到《いた》らぬ心《こゝろ》の申訳《まをしわけ》をなすなり。

○知《し》るとは、もとより多数《たすう》をいふにあらず。昔《むかし》なにがしの名優《めいゝう》曰《いは》く、われの舞台《ぶたい》に出《い》でゝ怠《おこた》らざるは、徒《いたづ》らに幾《いく》百千の人《ひと》の喝采《かつさい》を得《え》んがためにあらず、日《ひ》に一人《ひとり》の具眼者《ぐがんしや》[六]の必《かなら》ず何《いづ》れかの隅《すみ》に在《あ》りて、細《こまか》にわが技《ぎ》を察《さつ》しくるゝならんと信《しん》ずるによると。無《な》しとは見《み》えてあるも識者《しきしや》なり、有《あ》りとは見《み》えてなきも識者《しきしや》なり、若《も》し俟《ま》つ可《べ》くば、此《かく》の如《ごと》くにして俟《ま》つ可《べ》し。

○かしこきは今《いま》の作家《さくか》や、われたゞ一《ひと》つを伝《つた》ふれば足《た》るといひて、さるが故《ゆゑ》に平生《へいぜい》勉《つと》むるにあらず、さるが故《ゆゑ》に平生《へいぜい》[七]なぐるなり。知己《ちき》を待《ま》つこと、数《かず》ひく弓《ゆみ》のまぐれ当《あた》りを待《ま》つが如《ごと》し。

○ほまれは短《みじか》く、恥《はぢ》は長《なが》し。誉《ほま》れは身《み》をつゝむものなり、頭《あたま》にかゝるものなり、恥《はぢ》は身《み》をそぐものなり、面《かほ》にのこるものなり。つゝみて懸《か》かるは雲《くも》の如《ごと》し、吹《ふ》かば飛《と》ぶことあるべく、そぎて遺《のこ》るは瘢《きず》の如《ごと》し、拭《ぬぐ》へども去《さ》ることなかるべし。

五　真の理解者を後世に求めようとすること。こうした意識の一例として、「何人も他に知られたしの念あり、千万人の徒なる喝采に動かざるものも、尚ほ其の一人の友に知られんことを求め、一代の盛誉をあなかまと聞きすつるものも、尚ほ知己を千載の後に期す、人は全く己れを知るものなき生活に堪ふる能はず」(綱島梁川「病間録」明治三十七年)などがある。

六　確かな見識を備えた人。

七　書きなぐる、濫作をすること。

誉《ほま》れなきも恥《はぢ》にあらず、恥《はぢ》なきは誉《ほま》れなり。ほまれを求《もと》めんよりは、恥《はぢ》を受けざるに如《し》かず。されど誉《ほま》れもなく、恥《はぢ》もなきを世《よ》は人《ひと》といはず、恥《はぢ》とほまれと相半《あひなかば》したる間《あひだ》に於《お》いて、人《ひと》の品位《ひんゐ》は保《たも》たるゝなり。

○唯《たゞ》それ活字《くわつじ》の世《よ》なり、既《すで》に言《い》へりし如《ごと》く、活字《くわつじ》に左右《さいう》せらるゝ世《よ》なり。栄《えい》と辱《じよく》と、一箇《こ》の活字《くわつじ》を置換《おきか》へたるに過《す》ぎず。万朝報《よろづてうはう》が日々《にちにち》[一]市内《しない》の死生《しせい》を記《しる》すを見《み》て、人《ひと》は生《うま》れてより死《し》するまで、遂《つひ》に活字《くわつじ》の縁《えん》を離《はな》れざる者《もの》なるをおもふ、尠《すくな》くとも[二]六号活字《がうくわつじ》を脱離《だつり》し能《あた》はざる者《もの》なるをおもふ。

○褒《はう》するに分《ぶん》あり、過《す》ぐれば即《やが》て貶《へん》するなり。世《よ》に[三]碑文《ひぶん》書《か》きほど、嘲罵《てうば》の極意《ごくい》を弁《わきま》へたるはあらじ。さもなきに父祖《ふそ》の墓《はか》をのみ輝《かゞや》かさんは、却《かへつ》て父祖《ふそ》の業《げふ》を辱《はづか》しむるものなり。

○[四]死《し》したる者《もの》は[五]谷中《やなか》に行《ゆ》くなり、生《い》ける者《もの》は遊廓《くるわ》に行《ゆ》くなり。葬《はうむ》るに自他《じた》の別《べつ》ありと雖《いへど》も、其共同墓地《そのきようどうぼち》たるに於《おい》ては一なり。

＊

○優《まさ》れるが故《ゆゑ》に勝《か》つなり、劣《をと》れるが故《ゆゑ》に敗《ま》くるなり。強者《きやうしや》の弱者《じやくしや》を拯《すく》はざるを責《せ》むと雖《いへど》も、強者《きやうしや》は何《なん》の度《ど》、何《なん》の点《てん》、何《なん》の域《ゐき》にまで弱者《じやくしや》を拯《すく》はざる可《べか》らざるか。[六]いつまで艸《ぐさ》のいつ迄《まで》も、唯限《たゞかぎ》り無《な》くといはゞ、強者《きやうしや》は己《おのれ》のために勝《か》ちて、他《ひと》の

一 当時の『万朝報』第三面の下段に、毎日「市内の死生結婚離婚」欄が掲げられていたことを指す。この記事が掲載された明治三十一年五月十三日付の紙面には、「●市内の生死結婚離婚(五月十二日調)」として、「▲四谷区　出産三◎死亡二／▲京橋区　出産十◎越前堀一ノ二鹿商山田庄平十二日死外六／▲芝区　養子一◎同離縁一◎出産六◎死亡八(以下略)」などとある。

二 日本の号数活字の規格の一。約三ミリメートル角の小さな活字で、彙報や消息欄、編集後記などに用いられた。↓一七四頁注三。

三 石碑や墓石に刻むために、人の履歴や功績などを文章に記す職業。

四 「死したる者」は『わすれ貝』では「死せる者」。

五 谷中墓地(現台東区)。元は天王寺の境内の一部で、明治七年九月に共葬墓地として開設された。面積約三万二五〇〇坪。「明治三十一年頃かと記憶するが、私は柳浪氏と一緒に、上野公園から谷中の墓地へと散歩したことがある」(後藤宙外『明治文壇回顧録』)。

六 何時迄草。植物キヅタ(木蔦)の異名。また万年草の異名。ここでは「いつ迄も」にかかる枕詞として用いる。

ために敗《ま》けざるを得《え》ず。

○力《ちから》の強弱《きやうじやく》なり、理《り》の是非《ぜひ》にあらず。しかも代々《よゝ》、弱者《じやくしや》の理《り》に富《と》めるが如《ごと》き観《くわん》あるは、一に攻守《こうしゆ》の勢《いきほひ》を異《こと》にするに由《よ》るなり。弱者《じやくしや》の強者《きやうしや》にくらべて、理《り》をいふに都合《つがふ》よき地位《ちゐ》なるによるなり。愚痴《ぐち》や、うらみや、泣言《なきごと》やを繰返《くりかへ》すの便宜《べんぎ》あるによるなり。要《えう》するに弱者《じやくしや》の数多《かずおほ》ければなり、口喧《くちやかま》しければなり。

○強《つよ》きを挫《くぢ》き弱《よわ》きを扶《たす》く、世《よ》に之《こ》れを侠《けふ》[七]と称《しよう》すれども、弱《じやく》に与《くみ》せんは容易《たやす》き事《こと》なり、人《ひと》の心《こゝろ》の自然《しぜん》なり。義理名分《ぎりめいぶん》の正《たゞ》しき下《もと》に、強《きやう》に与《くみ》せんはいと〳〵難《かた》し。[八]もだゆる胸《むね》の苦《く》少《すくな》きを幸福《かうふく》といはば、弱者《じやくしや》は強者《きやうしや》よりも寧《むし》ろ幸福《かうふく》なり。

○剣《けん》を以《もつ》てするも、筆《ふで》を以《もつ》てするも、強者《きやうしや》は遂《つひ》に弱者《じやくしや》を扶《たす》くることとなし、長《なが》く扶《たす》くることとなし。弱者《じやくしや》を扶《たす》くるは弱者《じやくしや》なり、どの道《みち》のがれぬ弱者《じやくしや》なり。同病相《どうびやうあひ》憐《あはれ》むに過《す》ぎず。

○正義《せいぎ》のために起《た》つといふは、身《み》正義《せいぎ》に代《かは》れるなり。貫《つらぬ》き能《あた》はで斃《たふ》れたるとき、正義《せいぎ》は猶存在《なほそんざい》するものなりや否《いな》や、埋没《まいぼつ》せられざるものなりや否《いな》や。

○餅屋《もちや》[九]は餅屋《もちや》とは、わが惰弱云々《だじやくしかぐ》の弁《べん》につきて、武嶋羽衣氏《たけしまはごろもし》[一〇]が下《くだ》したる評言《ひやうげん》なり。表《おもて》あり裏《うら》あり、縦《たて》より見《み》ると横《よこ》より見《み》ると、文《ぶん》を解《かい》するにこれら[一一]の別《わか》ちを心得《こゝろえ》ざるは、殆《ほとん》ど批評家《ひゝやうか》の資格《しかく》なき者《もの》なり。羽衣氏《はごろもし》の如《ごと》きは、其随《そのずゐ》一人《にん》なり。

七「侠」は本来、両わきに子分をかかえて立つ親分。男だて。

八「もだゆる胸」は『わすれ貝』では「悶ゆる胸」。

九『わすれ貝』ではこの一項目削除(→一六八頁解題)。『少年文集』第六号(明治三十一年五月十日発行)の「評論」欄で、武島羽衣が「○正太夫曰く「勤勉は限有り、惰弱は限りなし。他よりは励すなり。己よりは奮ふなり。何ものか附加するにあらざるよりは、人は勤勉なる能はず。惰弱は人の本性なり」と、餅屋は餅屋、惰弱なるものゝ言は、正に此の如くならざる能はず」と書いていることを指す。「勤勉は限有り」云々は、一七九頁一五行目参照。

一〇 武島羽衣(一八七二—一九六七)。歌人・詩人。名は又次郎。東京生れ。東京帝国大学卒の大学派を代表する詩人・美文家として知られた。大町桂月、塩井雨江との合著『美文韻文 花紅葉』(明治二十九年)などがある。

一一 文章の真意や含意を覚らずに、ただ表面の字面をしか読まないこと。

一くれの廿八日を執《と》りて、二諷刺《ふうし》の妙《めう》をたゝへたる羽衣氏《はごろもし》の如《ごと》きは其随《そのずゐ》一人《にん》なり。絶《た》えず三少年文集《せうねんぶんしふ》に文学士《ぶんがくし》なる称号《しようがう》をかゝげて、一頁《べいじ》いくらの評論《ひやうろん》に従事《じうじ》するほど、われの勤勉《きんべん》ならぬは勿論也《もちろんなり》。

*

○貧《ひん》は強《あなが》ち恥辱《ちじよく》にあらざる可《べ》きも、さりとて到底栄誉《たうていえいよ》にあらず。まづしき也《なり》、とぼしき也《なり》、憂《うれ》ふるに人《ひと》さまぐ〵の軽重《けいぢゆう》ありとも、孰《たれ》か心《こゝろ》の奥《おく》を問《と》はれて、富《とみ》に優《まさ》るといふ者《もの》あらんや。貧《ひん》を誇《ほこ》るは、富《とみ》を誇《ほこ》るよりも更《さら》に陋《いや》し。

○四濫《らん》せざるは罕《まれ》なり、世《よ》に清貧《せいひん》なるものあるべしとも覚《おぼ》えず。五先《さき》ごろ人《ひと》の之《これ》を言争《いひあらそ》へるも、概《おほむ》ね字義《じぎ》に拘泥《こうでい》したるの論《ろん》のみ。富《とみ》は余《あま》れるなり、貧《ひん》は足《た》らざるなり、六塩噌《えんそ》の料《れう》に逐《お》はるゝも、酒色《しゆしよく》の債《さい》に攻《せ》めらるゝも、算盤《そろばん》の合《あ》はざるは一《いつ》なり、貧《ひん》は一《いつ》なり。必要《ひつえう》を弁《べん》ずる能《あた》はざるを貧《ひん》といはば、貧《ひん》に清濁《せいだく》の別《わか》ちあるなし。即《すなは》ち清貧《せいひん》とは、寡慾《くわよく》を衒《てら》ふに過《す》ぎざる七仮設文字《かせつもんじ》なり。

○富《とみ》は手段《しゆだん》を要《えう》す、こゝに於《おい》てか貧《ひん》に安《やす》んずといふことあれども、実《じつ》は安《やす》んずるにあらず、安《やす》んぜざるを得《え》ざるなり、余儀《よぎ》なきなり。人《ひと》は銅貨《どうくわ》の大《だい》よりも、銀貨《ぎんくわ》の小《せう》を取《と》る者也《ものなり》、取《と》らざる迄《まで》も、其貴《そのたふと》きを知《し》れる者也《ものなり》。貧《ひん》に安《やす》んずる者《もの》ならぬは明《あき》らけし。

一　内田不知庵（魯庵）の中編小説。『新著月刊』明治三十一年三月発表。メキシコ開拓を夢見る知識人有川純之助を主人公に、家族制度と個人主義の葛藤を描く。
二　『少年文集』第四巻（明治三十一年四月十日発行）の「評論」欄で、武島羽衣が「くれの二十八日」の見出しのもとに、「要するに是篇、可もなく不可なき諷刺的小説也。…緑雨天外の諷刺はこそ〳〵として女々しきところあり。而して傍若無人、最も男子的態度ある諷刺に至りて、吾れ独り不知庵に於て、之を見る也」とあることを指す。
三　博文館発行の投書雑誌。明治二十八年七月から三十一年九月まで、全三十九冊。学生読者を対象にして、「小説」「普通文」「書翰文」などの投書を募ったほか、武島羽衣、綱島梁川らが「評論」欄に筆を執った。ここでは武島羽衣が常に「文学士」の肩書を掲げ、東京帝国大学文科大学の卒業生であることを誇示することをいう。
四　「清貧」どころか、貧しさのために取り乱して不作法にならないのがまれである。
五　この「清貧」をめぐる論争については未詳。
六　塩と味噌。日常欠くことのできない食料の代金。
七　実態を伴わない、言葉だけでこしらえた文字。

○今日《けふ》しばし貧《ひん》に安《やす》んずとも、有《あ》りし昨日《きのふ》、有《あ》るべき明日《あす》を夢《ゆめ》みんは定《ぢやう》のものなり。悠然《いうぜん》、澹然《たんぜん》[八]などいふも、つまりは負惜《まけをし》みの台辞《せりふ》なり。

○謂《いは》れなきに富者《ふしや》の憎《にく》まれ、貧者《ひんじや》の憫《あはれ》まるゝことあり。饜《あきた》らぬ人《ひと》の心《こゝろ》の、身《み》を富者《ふしや》の地位《ちゐ》に置《お》かず、貧者《ひんじや》の地位《ちゐ》にのみ置《お》きて考《かんが》ふるに因《よ》るなり。

○金庫《きんこ》は前《まへ》にす可《べ》きものにあらず、後《うしろ》にす可《べ》きものなり。金庫《きんこ》に向《むか》へる人《ひと》の膝《ひざ》は屈《かゞ》めるなり、うな垂《だ》るゝなり。金庫《きんこ》に倚《よ》れる人《ひと》の肩《かた》は聳《そび》ゆるなり、そり反《かへ》るなり。

*

○他人《たにん》の迷惑《めいわく》を顧《かへりみ》ず、慮《おもんぱか》らざるもの、伝紀家《でんきか》を以《もつ》て第《だい》一とす。知《し》られぬが幸《さいは》ひの手形足形《てがたあしがた》を、[九]さがなき此世《このよ》に掘返《ほりかへ》して、おのが楽《たのしみ》に耽《ふけ》るなり。伝紀家《でんきか》が文《ぶん》辞《じ》を修飾《しうしよく》すればするだけ、他人《たにん》の迷惑《めいわく》は加《くは》はるなり。

○われは伝紀家《でんきか》の筆《ふで》によりて、前人《ぜんじん》が罪過《ざいくわ》の数《かぞ》へらるゝを悲《かなし》まず、功績《こうせき》の列《つら》ねらるゝを悲《かなし》む。霊《れい》あり心《こゝろ》あらば、地下《ちか》に其人《そのひと》の然《さ》ばかりならぬを泣《な》かんかとて。

○罪《つみ》は遺《のこ》す可《べ》し、功《こう》は遺《のこ》す可《べ》からず。人《ひと》の真価《しんか》は、罪有《つみあ》るによりて誤《あやま》られずと雖《いへど》も、功有《こうあ》るによりて却《かへつ》て誤《あやま》らる。迷惑《めいわく》は罪《つみ》の大《だい》なるよりも、功《こう》の小《せう》なるを挙《きよ》示《し》せらるゝに在《あ》り。

八 しずかで安らかなさま。「澹然四海清(澹然トシテ四海清シ)」(李白「古風五十九首」其三十四)。

九 「さがなし」は「善カラズ、ワロシ」(大槻文彦『言海』)の意。ここでは、たちが悪く、口やかましいこと。

○歌々《うたく》ひ、舞々《まひま》ふ人《ひと》の常《つね》に曰《い》ふ、[一]やんやの声《こゑ》はこゝその時《とき》に聞《き》くことなく、さらでもの時《とき》に聞《き》くこと多《おほ》しと。巨人《きよじん》、偉人《ゐじん》、大人《たいじん》なる者《もの》の伝紀《でんき》に就《つい》ても、われは[二]此憾《このうらみ》なきを保《ほ》する能《あた》はず。

○人間《にんげん》が標準相場《へうじゆんさうば》は、功名《こうみやう》を以《もつ》て定《さだ》む可《べ》きにあらず、[三]仮《か》なれば也《なり》。過失《くわしつ》を以《もつ》て定《さだ》む可《べ》し、真《しん》なれば也《なり》。

○褒《はう》するに辞《じ》は限有《かぎりあ》れども、貶《へん》するに限無《かぎりな》し。例《れい》せば利口《りこう》といへる唯一《たゞひと》つのほめ言葉《ことば》に対《たい》し、馬鹿《ばか》、阿房《あはう》、間抜《まぬ》け、抜作《ぬけさく》、とんま、とん痴気《ちき》など、悪口《あくこう》は数《かず》ある如《ごと》し。世《よ》とて人《ひと》とて、到底誹《たうていそし》られで果《は》つまじきことは、これにて知《し》るべし。

○謂《い》はばそやすは義理《ぎり》づくなり、けなすは真《しん》けんなり。人《ひと》のたづぬるに遇《あ》へば、[四]一はまあ爾言《さうい》つて置《お》くのさといひ、一はそれが当前《あたりまへ》ぢやないかといふ。

○恐《おそ》る可《べ》きもの二《ふた》つあり、理髪師《りはつし》と写真師《しやしんし》なり。[五]人《ひと》の頭《あたま》を左右《さいう》し得《う》るなり。

○[六]さる家《いへ》の広告《くわうこく》に曰《いは》く、指環《ゆびわ》は人《ひと》の正札《しやうふだ》なりと。げに正札《しやうふだ》なり、男《をとこ》の正札《しやうふだ》なり。指環《ゆびわ》も、時計《とけい》も、香水《かうすゐ》も、将又《はたまた》[七]コスメチックも。

＊

○つとめて穿鑿《せんさく》すべし、つとめて穿鑿《せんさく》す可《べか》らず。かく反対《はんたい》せる二箇《こ》の用意《ようい》を、一身《しん》に負《お》ふべきは歴史家《れきしか》なり。爛熳《らんまん》たる嶺《みね》の桜《さくら》と見《み》しは、白雲《しらくも》なりしと言《い》ふと

一「褒メソヤス二発スル声。喝采」（大槻文彦『言海』）。
二 こうした憾みがないことを保証することはできない、の意。二重否定で強い肯定を表す漢語的表現。
三 みせかけ、一時的でうわべだけのもの。
四「そやす」場合の言。下の「一」は「けなす」場合。
五 散髪したり写真の構図を決めるために、人の頭を左に向けさせたり右に向けさせたりすることができる。
六 当時の新聞・雑誌に掲げられていた時計・貴金属商天賞堂の「金製指環」の広告。その広告文に、「指輪は其人の正札なり　とは千載不動の名言男女に限らず其指にはめたる指環を見れば、其人の性質品格おのづから現はるゝ事、諸君御承知の通なり」などとあることを指す。
七 cosmetic（英）、cosmétique（仏）。化粧品。白蠟・牛脂・パラフィンなどに香料を加え、練り固めた整髪用の化粧品。チック。
八 品性・品格。
九 後醍醐天皇（一二八八―一三三九）。第九十六代の天皇。後宇多天皇の第二皇子。北条氏を滅ぼして建武中興を成就。足利尊氏の謀反により吉野に遷幸し、南朝を樹立したが、失意の間に崩じた。
一〇 後村上天皇（一三二八―六八）。第九十七代（南朝第二代）の天皇。後醍醐天皇の第七皇子。吉野の行宮で即位後、賀名生・男山・河内観心寺などに遷幸し、住吉行宮に崩じた。
一一 南北朝時代に吉野に存在した朝廷。大覚寺

も、水蒸気《すゐじようき》の凝《こ》れりしと迄《まで》は言《い》ふこと勿《なか》れ。陥《おちい》り易《やす》き歴史家《れきしか》が弊《へい》は、穿鑿家《せんさくか》たるに在《あ》り。

〇されど水蒸気《すゐじようき》と知《し》らず雲《くも》を叙《じよ》し、雲《くも》と知《し》らず桜《さくら》を叙《じよ》するが如《ごと》きは、最《もつと》も愚劣《ぐれつ》なる歴史家《れきしか》の事《こと》なり。

〇詩《し》は建国《けんこく》のものにあらず、亡国《ばうこく》のものなり。建《た》つるよりは、亡《ほろ》ぶるに姿《すがた》かなへり、[八]品具《しなそな》はれり。畏《かしこ》くも[九]後醍醐《ごだいご》、[一〇]後村上《ごむらかみ》の帝《みかど》を首《はじ》めたてまつり、[一一]南朝《なんてう》の歌集《かしふ》の極《きは》めて誦《しよう》すべく、[一二]北朝《ほくてう》のゝ一《いつ》として看《み》るに足《た》らざるが如《ごと》き、転《てん》ずれば[一三]即《やが》てよき例証《れいしよう》にあらずや。

〇亡国《ばうこく》の臣《しん》など呼《よ》ばれぬる人《ひと》の、いかばかり風情《ふぜい》に富《と》みたりけんと、[一四]愚《おろか》しき事《こと》をも時《とき》には想《おも》ひ出《いだ》さる。こはわれの日本《にほん》の民《たみ》なるが為《ため》か、深編笠《ふかあみがさ》の浪人姿《らうにんすがた》を、土間《どま》の[一五]一二三辺《あたり》にありて喝采《かつさい》したる日本《にほん》の民《たみ》なるが為《ため》か。

〇[一六]那翁《なをう》が雄図《ゆうと》の遺憾《ゐかん》なく遂《と》げられたらんには、今《いま》の如《ごと》く我邦《わがくに》に贔屓《ひいき》を有《いう》することなかるべし。徳川氏《とくがはし》の治下《ちか》に出《い》でたる歴史《れきし》なるにも拘《かゝは》らず、[一七]一枚上《まいうへ》に置《お》ける秀吉《ひでよし》の如《ごと》きも、亦然《またしか》らん。

〇例《れい》を低《ひく》きに取《と》らば[一八]佐倉宗吾《さくらそうご》を看《み》よ、大方《おほかた》の人《ひと》の渠《かれ》に動《うご》かさるゝは、奮《ふる》ひて起《た》てる初《はじ》めなり、中《なか》ばなり、終《をは》りにあらず。願達《ねがひとゞ》きて渠《かれ》が身《み》の全《まつた》からば、称《しやう》する

統の後醍醐・後村上・長慶・後亀山の四代にわたる。歌集としては宗良(むねなが)親王撰『新葉和歌集』二十巻がある。

一二 南北朝時代に室町幕府に擁立され、京都を都としていた朝廷。建武三・延元元年(一三三六)、後醍醐天皇を破って入京した足利尊氏が持明院統の光明天皇を擁立したことに始まり、明徳三年(一三九二)和議により南朝を吸収した。北朝の勅撰集として『風雅和歌集』『新千載和歌集』などがある。

一三 「即て」は『わすれ貝』では「やがて」。

一四 「愚しき」は『わすれ貝』では「おろかしき」。

一五 一二三(ひふみ)石。土間の敲き土に散らした玉石。

一六 ナポレオン一世(Napoléon Bonaparte 一七六九―一八二一)。フランスの皇帝。「那翁」のほか、奈破崙・那破倫・那破烈翁・拿破倫・拿破崙・奈翁・拿翁など、多様な表記がある。「那翁」の表記の例としては、「那翁(なぽれおん)の後へは路易(いる)王が位に即くぢや無いか」(黒岩涙香訳『噫無情』六十八)、秋庭浜太郎『那翁外伝 閨秀美談』(明治十九年)、千頭清臣『那翁大帝』(大正六年)などがある。

一七 徳川の時代になっても、豊臣秀吉の人気がきわだって高いこと。明治三十一年に刊行された桃川燕林口演・今村次郎速記『太閤記』全二十巻の新聞広告には、「豊臣秀吉は世界無二の豪傑なり　今年は恰も其三百年祭に相当するを以て京都に盛大なる祭典を挙行せらるゝに付」などとある。

一八 江戸前期、下総佐倉領の義民。生没年未詳。佐倉惣五郎(宗五郎)とも。印旛郡公津(こうづ)村の名主で、領主堀田正信の悪税に悩む村民のために総代となり、江戸に出て将軍に直訴、捕えられ、妻子と共に磔にされたという。

者九分《ものくぶ》を減《げん》ずべし。

○目的《もくてき》は巓《いたゞき》に在《あ》れども、山《やま》に遊《あそ》ぶの快《くわい》は、幾曲折《いくきよくせつ》せる坂路《はんろ》を攀《よ》づるに在《あ》り。登《のぼ》れる者《もの》は下《くだ》らざる可《べか》らず。

○めでたきものは平凡《へいぼん》なり、めでたき正月《しやうがつ》の生活《せいくわつ》は、人皆平凡《ひとみなへいぼん》なり。

○清竟[一]《しんつひ》に盛《さか》へんか、衰《おとろ》へんか、われ之《これ》を知《し》らず。唯其動揺《たゞそのどうえう》し、騒擾《さうぜう》する毎《ごと》に、急《いそ》ぎて帰着点《きちやくてん》を明《あきら》かにする者《もの》なるをおもふ。

*

○革命来《かくめいらい》を呼《よ》べる人《ひと》あり、今猶呼《いまなほよ》ぶ人《ひと》あり、倶《とも》に戯《たはむ》れなるべし。信仰[二]《しんかう》なき民《たみ》は、革命《かくめい》なる文字《もんじ》を議《ぎ》するといはず、弄《ろう》するの資格《しかく》だになき者《もの》なり。

○仮《かり》に細民[三]《さいみん》の群《むらが》り起《た》てりとせよ、襲《おそ》ひ撃《う》たんは何処《いづこ》なるべき。米屋《こめや》、薪屋《まきや》、炭《すみ》屋《や》、酒屋《さかや》、日済[四]《ひな》し貸《かし》、及《およ》び差配人《おほや》のでこぼこ頭《あたま》のみ。

○口若《くちもし》くは筆《ふで》もて富豪《ふがう》を責《せ》めんは、徒労《とらう》に属《ぞく》す。幾千万言《いくまんげん》を重《かさ》ねて其暴横《そのばうわう》をいふとも、暴横《ばうわう》より得《え》たる権勢《けんせい》は、其間《そのま》も猶暴横《なほばうわう》を逞《たくま》しうし続《つゞ》くるの余地《よち》あるなり。勝《かち》を必《ひつ》せざる攻撃《こうげき》は攻撃《こうげき》にあらず、攻撃《こうげき》の甲斐無《かひな》し、敵《てき》をして防備《ばうび》を厳《げん》ならしむるに過《す》ぎず。

○非[五]《ひ》を遂《と》げよ、希《こひねが》はくは非《ひ》を遂《と》げよ、非《ひ》は必《かなら》ず遂《と》ぐ可《べ》きものなり。成功《せいこう》は非《ひ》を

一 この明治三十一年(一八九八)六月、清では、光緒帝の全面的な支持の下に、若い士大夫層の康有為、梁啓超らが「戊戌(ぼじゅつ)の変法」と呼ばれる政治改革運動を起こした。しかし、その改革の方法があまりに急激だったために、西太后を中心とした保守派官僚の反発をひきおこし、改革派とのあいだに激しい権力争いが発生。同年九月の政変により、わずか三か月で鎮圧され、「百日維新」に終わった。

二 革命は本来、天命が革(あらた)まることであり、人智を越えた絶対的・超越的なものへの信仰・帰依が前提であるから。

三 下層の民。貧しい人々。明治二十三年一月二十三日付『読売新聞』の雑報に、「細民藁を喰ふ」として「四海波静かなる明治の大御世にも米価の騰貴よりして問々窮迫の途に悲嘆する細民あることはかねて我々の聞く処なるが」などとある。

四 「日済し」は借金を毎日少しずつ返すことで、ここでは日済し金を貸すこと。また、その人。

五 「非を遂ぐ」は、非と知りつつそれに徹底すること。「非を遂るに熱心なること猶王安石其人のごとしじや」(坪内逍遙『当世書生気質』九)。

遂《と》ぐるに由《よ》りて来《きた》り、失敗《しつぱい》は半途《はんと》に非《ひ》を悔《く》ゐ、非《ひ》を悟《さと》り、非《ひ》を悛《あらた》め、能《よ》く遂《と》げざるに由《よ》りて来《きた》る。

○[六]独《ひと》り斃《たふ》れて已《や》まんとは、潔《いさぎよ》き言葉《ことば》なり、唯夫《たゞそ》れ言葉《ことば》なり。われをして言《い》はしめば、人一人《ひとひとり》なりとも多《おほ》く倒《たふ》したる後《のち》に、われは倒《たふ》れん。ふびんなれども冥土《めいど》の路連《みちづ》れ、彼《か》れ斃《たふ》れずば我《わ》れ斃《たふ》れじ、独《ひと》りは斃《たふ》れじ、斃《たふ》るゝとも已《や》まじ。

○万歳《ばんざい》の声《こゑ》は破壊《はくわい》の声《こゑ》なり。河原《かはら》の石《いし》の積上《つみあ》げられたるよりも、突崩《つきくづ》されたるに適《てき》す。

○今《いま》も[七]ちよん髷《まげ》といふを戴《いたゞ》きて、明《あか》るき都《みやこ》の[八]両側町《りやうがはまち》を行《ゆ》く人《ひと》あり。頑迷《ぐわんめい》なりといふ勿《なか》れ、固陋《ころう》なりといふ勿《なか》れ、尠《すくな》くとも主義《しゆぎ》を頭《あたま》に載《の》せたる人《ひと》なり。

＊

○理《り》ありて保《たも》たるゝ世《よ》にあらず、無理《むり》ありて保《たも》たるゝ世《よ》なり。物《もの》に事《こと》に、公平《こうへい》ならんを望《のぞ》むは誤《あやまり》なり、惑《まどひ》なり、慾深《よくふか》き註文《ちうもん》なり、無《な》いものねだり也《なり》。公平《こうへい》ならねばこそ稍《やゝ》めでたけれ、公平《こうへい》を期《き》すといふが如《ごと》き[九]烏滸《をこ》のしれ者《もの》を、世《よ》は一日《じつ》も生存《せいそん》せしめず。

○どうせ世《よ》の中《なか》は其様《そん》なものだ。この一語《ご》は、泣《な》ける者《もの》をも慰《なぐさ》むべく、怒《いか》れる者《もの》をも慰《なぐさ》むべし。斯《か》くして人口《じんこう》は年々増加《ねんねんぞうか》すとも、減少《げんせう》することなし、めでた

六『礼記』表記の「斃而後已」による。「古人云斃而後已」(藤田東湖「回天詩」)など、日本でも不退転の志を開陳する語として流布した。

七 江戸時代、男子が結った髪型の一。頭部を広くそり上げ、もとどりを前方に折り曲げたもの。髷が「ゝ」(チョン、チュ点)の形に似ているところからの名称という。明治四年八月の太政官布告で、「散髪制服略服脱刀共可為勝手事」と散髪・脱刀の自由が許可された。この当時、銅山王古河市兵衛と衆議院議員芳野世経とが、丁髷の二幅対としてよく知られていた。

八 通りの両側に店が軒を連ねる商店街。明治十九年五月八日付『読売新聞』の雑報「大売出し」に、「西の久保巴町の鞆絵学校の表通りは是まで同校の教場が二棟ありて片側町なりしを今度同校にて右の二棟を入札払にしたれば、買受人は早速修繕を加へて商店とし両側町となりたれば町内中が申合せ来十、十一の両日無数大安売の大売出をすると云ふ」とある。

九 おろかなこと。ばか。たわけ。「しれ者(痴れ者)」も同じ意。

からずや。

○家《いへ》あり、妻《つま》なかる可《べか》らず。妻《つま》が一家《か》に於《お》ける席順《せきじゆん》を言《い》はば、蓋鼠入《けだしねずみい》[一]らずの次《つぎ》なるべし。人《ひと》の之《これ》を米櫃《こめびつ》の保管者《ほくわんしや》となせども、任《にん》に能《よ》く保管《ほくわん》に堪《た》へんこと覚束《おぼつか》なし、恐《おそ》らくはそれの軽重《けいぢう》を単《たん》に報告《はうこく》するに止《とゞ》まらん。

○与《あた》へられし或権限《あるけんげん》をすら守《まも》り得《え》ず、然《し》かも与《あた》へざる或権限《あるけんげん》を超《こ》ゆる者《もの》は妻《つま》なり。

○凡《すべ》ての場合《ばあひ》に於《おい》て、妻《つま》は参考品《さんかうひん》なり。分別《ふんべつ》をなすに於《おい》て、なさしむるに於《おい》て、為《な》さゞる能《あた》はざらしむるに於《おい》て。

○二人《ふたり》だから何《ど》うもならないといひ、一人《ひとり》だから何《ど》うかなるだらうといふ。夫婦者《ふうふもの》のは晴《は》れたる苦労也《くらうなり》、独身者《どくしんもの》のは陰《くも》れる苦労也《くらうなり》。世《よ》に遣瀬《やるせ》なき思《おもひ》といふは、おほむね頭数《あたまかず》を以《もつ》て算出《さんしゆつ》せられ、判定《はんてい》せらる。

○少年諸君《せうねんしよくん》のために言《い》はんか、脳病《なうびやう》[二]に倒《たふ》れんよりは胃病《ゐびやう》に倒《たふ》れよ。雑誌《ざつし》を買《か》ふて脳病《なうびやう》に倒《たふ》れんよりは、ひとしく学資《がくし》の上前也《うはまへなり》、くすねる也《なり》、はねる也《なり》[三]、菓子《くわし》を買《か》ふて胃病《ゐびやう》に倒《たふ》れよ。脳《なう》と胃《ゐ》と、機関《きくわん》の因縁浅《いんねんあさ》からずと雖《いへど》も、士《し》は一に名分《めいぶん》を重《おも》んぜざる可《べか》らず。

○桂月《けいげつ》[四]に告《つ》ぐ、批評《ひゝやう》[五]の力《ちから》といふことを揮廻《ふりまは》したる桂月《けいげつ》に告《つ》ぐ。朝報社《てうはうしや》のそれが[六]

一　鼠が侵入しないように作った食器棚。

二　たとえば「神経をしづめ脳病を全治す」と謳う「健脳丸」（森玉林堂薬房）や、「胃病を根治し、身体を強健ならしむる良剤」と謳う「健胃肥肉丸」（高橋盛大堂）など、当時の新聞広告にも脳病と胃病の売薬広告が多い。

三　「はねる也、」は『わすれ貝』では削除。

四　『わすれ貝』ではこの一項目削除。「桂月」は大町桂月（一八六九―一九二五）。名は芳衛。高知市生れ。いわゆる大学派の詩人・評論家で、叙事・紀行・修養などについての文章を多作した。

五　明治三十一年十月の『文芸倶楽部』に、大町桂月が「桂月漁郎」の名で書いた時評「文字改良論者に告ぐ」を指す。ここで桂月は、『万朝報』の「それがし」名義の匿名コラムの批判に対して、「余は唯批評の力あるものゝ反省を望むのみ。幸に安心せよ、『それがし』は『それがし』の力量相応に、小股掻き、揚足取りをつゞけて可也」と反論している。

六　斎藤緑雨の匿名。緑雨は明治三十一年三月から十月まで、『万朝報』紙上に「それがし」「某」の名義で約三十編のコラムを書いている。桂月が反論したのは、九月七日付の「さまぐ〵」で、「揚足を取るな、これは桂月の説で、揚足を取られるやうな不注意は屹度しないものと信ずる」などと批判したもの。

しは、それに由《よ》りて桂月《けいげつ》が理解《りかい》の力《ちから》といふものを、前々《ぜん〳〵》よりは一層明白《そうめいはく》に暁《さと》り得《え》たり。桂月《けいげつ》が理解力《りかいりよく》を明白《めいはく》に暁《さと》り得《え》たる朝報社《てうはうしや》のそれがしは、今《いま》に及《およ》びて桂《けい》月《げつ》と争《あらそ》ふの要《えう》なし。

＊

○漫《みだり》に隈板《わいはん》[七]二伯《はく》を嗤《わら》ふを休《や》めよ、人間《にんげん》らしき内閣《ないかく》を組織《そしき》したることに於《おい》て、二伯《はく》が功《こう》は没《ぼつ》す可《べか》らず。われらが知見《ちけん》の及《およ》ぶ限《かぎ》りを以《もつ》てすれば、何《いづ》れは人間《にんげん》の手《て》に由《よ》りて造《つく》らるゝ内閣《ないかく》の、斯《かく》の如《ごと》く明白《めいはく》に、寧《むし》ろ斯《かく》の如《ごと》く巧妙《かうめう》に、人間《にんげん》の真情《しんじやう》を露出《ろしゆつ》といはんよりは表示《へうじ》し、表示《へうじ》といはんよりは捧呈《はうてい》[八]し得《え》たるもの無《な》し。是《これ》実《じつ》に世界《せかい》に於《おい》て、空前《くうぜん》の事《こと》なるとゝもに、恐《おそ》らくは亦絶後《またぜつご》の事《こと》ならん。但《た》だ衆《しう》の望《のぞみ》の、かく迄《まで》に人間《にんげん》らしき内閣《ないかく》を得《え》んと欲《ほつ》したるに在《あ》りしや否《あら》ずやを知《し》らずと雖《いへど》も、今《いま》にして思《おも》へば藩閥打破《はんばつだは》[九]を疾呼《しつこ》せる渠等《かれら》が声《こゑ》の、頗《すこぶ》る人間《にんげん》らしかりしをわれは歎称《たんしよう》せざるを得《え》ず。

○一日《じつ》も政治《せいぢ》なかる可《べか》らず、茲《こゝ》に於《おい》てか月給《げつきふ》を奪《うば》ひ合《あ》へり。一日《じつ》も政党《せいたう》なかる可《べか》らず、茲《こゝ》に於《おい》てか看板《かんばん》を奪《うば》ひ合《あ》へり。車宿《くるまやど》の親方《おやかた》の常《つね》に出《で》[一〇]入場《いりば》を争《あらそ》ふの故《ゆゑ》を以《もつ》て、内閣大臣《ないかくだいじん》[一一]の偶《たまた》ま出入場《でいりば》を争《あらそ》ふを不可《ふか》とするの理《り》をわれは発見《はつけん》する能《あた》はず。車宿《くるまやど》の親方《おやかた》の果敢《はか》なきが故《ゆゑ》にあさましく、内閣大臣《ないかくだいじん》の然《しか》然《しか》り発見《はつけん》する能《あた》はず、

七 大隈重信と板垣退助の二人の伯爵(↓一七〇頁注六、八)。明治三十一年六月三十日、進歩党・自由党が合同して結成した憲政党を基盤に、大隈重信が首相兼外相、板垣退助が内相となって、いわゆる隈板内閣が成立。政党内閣の端緒となったが、人事をめぐる内部対立で、早くも十月三十一日に分裂・倒壊した。

八 隈板内閣の崩壊が、それに伴う人間の真情や弱点を、恭しく掲げ示してくれたこと。

九 藩閥は、出身旧藩に基づく人的な結合関係。薩摩・長州・土佐・肥前の各藩勢力、とくに薩・長が次第に政界・官界・軍の上層部を占めるに至った。こうした「有司専制」に対して大隈重信の改進党、板垣退助の自由党などが藩閥打破を唱え、運動を展開した。

一〇 縄張り。得意先。「人力車曳」の縄張り争いを報じる『読売新聞』(明治十年二月十二日付)の記事に、「未だ出入場だとか得意先だとかいッて旧弊が抜けないには困ります」とある。

一一 隈板内閣の崩壊は、いわゆる「共和演説事件」で辞任した文部大臣尾崎行雄の後任人事をめぐる、旧自由党と旧進歩党との争いによって引き起こされた。

らざるが故《ゆゑ》にあさましからずといふの理《り》をも発見《はつけん》する能《あた》はず。

○[一]憲政《けんせい》の美《び》といふことを一言《ごん》に約《やく》すれば、[二]壮士《さうし》の収入《しうにふ》を増《ま》すといふ事《こと》なり。

○あゝ政治家《せいぢか》よ、あゝ我邦今《わがくにいま》の政治家《せいぢか》よ、[三]卿等《けいら》は唯一《たゞひと》つなる刑《けい》の名《な》をも知《し》らざる者也《ものなり》、熟《じゆく》せざる者也《ものなり》、諳《そらん》ぜざる者也《ものなり》。窃盗《せつたう》をなすも、強盗《がうたう》をなすも、ひとしく刑《けい》に処《しよ》せらるべしと雖《いへど》も、刑《けい》に於《おい》てすら名《な》を重《おも》んぜざる卿等《けいら》は、遂《つひ》に何等《なんら》の肩書《かたがき》をも有《いう》する事《こと》なし。

*

○政界今日《せいかいこんにち》[四]の事《こと》を以《もつ》て、狂的行動《きやうてきかうどう》となす者《もの》あり。一応《おう》はきこえたり、再応《さいおう》はきこえ難《がた》し。愚人《ぐじん》の大人《たいじん》と相隣《あひとな》れるが如《ごと》く、狂人《きやうじん》は傑人《けつじん》と相隣《あひとな》れり。渠等《かれら》を愚《ぐ》と言《い》はんか、愚《ぐ》は猶寛《なほゆたか》なるものあり。狂《きやう》と言《い》はんか、狂《きやう》は猶偉《なほおほい》なるものあり。所《しよ》詮渠等《せんかれら》は愚人《ぐじん》、狂人以下《きやうじんいか》なるのみ。

○一の大人《たいじん》、傑人《けつじん》なしと雖《いへど》も、[五]隣《とな》れるを以《もつ》て近《ちか》しとせば、千百の愚人《ぐじん》、狂人《きやうじん》あらんも亦《ま》た聊《いさゝ》か慰《ゐ》するに足《た》る。恰《あたか》も一町先《ちやうさき》の酒屋《さかや》の深《ふ》けて起《お》きざるによりて、[六]角店《かどみせ》の水臭《みづくさ》きをも忍《しの》ぶが如《ごと》けん。[七]愚人《ぐじん》の量《りやう》、狂人《きやうじん》の見《けん》だになき世《よ》となりては、政治《せいぢ》といふもの、竟《つひ》に一盃《ばい》の寐酒《ねざけ》に若《し》かず。

○譬《たと》へて今回《こんくわい》の変《へん》を言《い》はゞ、[八]総領《そうりやう》の狡獪《かうくわい》に人《ひと》の気《き》を許《ゆる》すことなかりしも、次男《じなん》

一 立憲政治のととのった姿。明治三十一年十一月八日付『万朝報』の社説「山県内閣を歓迎す」に、「我等は日本国民が真正の政党内閣、真正の責任内閣を樹立して我憲政を完美するのを無論希望に堪へないのである」とある。

二 明治三十一年三月十八日付『万朝報』の社説に蝦洲生「所謂壮士」がある。蝦洲生は「世に所謂壮士なるもの、今や漸く増加せんとするの傾向あり」と述べ、「代議制度の設立、如何にして壮士の生出を促したる乎、言ふまでもなく代議制度の設立は、政党の軋轢を促し、政党の軋轢は壮士の需用を生じ、需用の生ずる所、供給随て之に伴ふに至れるなり」という。

三 相手を敬って呼ぶ語。ここでは、揶揄の意を含む。

四 隈板内閣の崩壊に伴う醜態を指す。明治三十一年十月三十一日付『万朝報』の社説「政治家亡国論」に、「今の所謂政治家の挙動は、丸で狂人の沙汰である、酔漢の所行である、彼等は憲政党組織以来果して何事を為し得たのか」とあることを踏まえる。

五 大人・傑人と相隣れる愚人・狂人を、近い存在としてあてることができるとすれば。

六 近くの角にある酒屋の、水で割った薄い酒でがまんするような味気なさ。

七 かろうじて大人・傑人の代理たる愚人・狂人の思量、見解さえ求められない世の中となっては。

八 「総領」は大隈重信、「次男」は板垣退助を指す。明治三十一年十月二十九日付『万朝報』の記事「大隈の機敏、板垣の失策」に、「何時もながら大隈の如才なきには感服の外なく、板垣の失策には呆るゝの外なし」とある。

の正直《しやうぢき》にふびんかゝりて、おもはぬ相互《さうご》の不手際《ふてぎは》を演出《えんしゆつ》するに至《いた》りしなり。政治《せいぢ》系統《けいとう》の外《ほか》に立《た》ちて、単《たん》に因果《いんぐわ》の理法《りはふ》よりすれば、国家《こくか》を誤《あやま》る者《もの》は大隈伯《おほくまはく》にあらず、板垣伯《いたがきはく》なり。

◯政治運動《せいぢうんどう》とは、一名《めい》集会《しふくわい》[九]の栞《しをり》なり。胸襟《きようきん》を披《ひら》くと称《しよう》し、十二分《ぶん》の歓《くわん》を尽《つ》くすと称《しよう》す。幾《いく》たび尽《つ》くすも十二分《ぶん》なると共《とも》に、幾《いく》たび披《ひら》くも旧《もと》の胸襟《きようきん》なり。

◯鬱勃《うつぼつ》たる不平《ふへい》の迸《ほとばし》り出《い》づる時《とき》、これを支《さゝ》へんは酒《さけ》なるかな。敢《あへ》て段落《だんらく》を見計《みはから》ふを要《えう》せず、まあ一杯《ばい》とさしたる洋盞《こつぷ》の渠《かれ》が手《て》に移《うつ》らば、疑《うたが》ひもなく麦酒《びいる》は其《その》場《ば》の結論《けつろん》たるべし。

◯それが何《ど》うした。唯《たゞ》この一句《く》に、大方《おほかた》の議論《ぎろん》は果《は》てぬべきものなり。政治《せいぢ》といはず文学《ぶんがく》といはず。

◯絶《たえ》ず貢献《こうけん》なる語《ご》を口《くち》にする人《ひと》あれども、おもふに腹《はら》のふくれたる後《のち》の事《こと》なるべし。尠《すく》くとも、一日《にち》三度《ど》の飯《めし》を食得《くひえ》たる後《のち》の事《こと》なるべし。片手業《かたてわざ》なるべし。小唄《こうた》なるべし。[一〇]

＊

◯与《くみ》す可《べ》きにあらず驕《おご》りて瞰下《みおろ》すか、[一一]歯《よはひ》す可《べ》きにあらず謙《へりくだ》りて瞻上《みあ》ぐるか、処《しよ》世《せい》の要《えう》はこの二《ふた》つを出《い》づること莫《な》し。されば朝夕《てうせき》の辞儀《じぎ》口誼《こうぎ》も、おまへは馬鹿《ばか》

九　集会の目的や意義、注意事項などをまとめた小冊子。

一〇　底本にはこの後に「(十一月二日稿)」とあるが省いた(『わすれ貝』では削除)。

一一　仲間に加わること。伍すること。

だと言《い》ふか、あなたはお利口《りこう》なと言《い》ふかの二《ふた》つよりあること莫《な》し。

○上流《じやうりう》に比《ひ》すれば楽多《らくおほ》かるべし、されども下流《かりう》に比《ひ》すれば苦多《くおほ》かるべし。社会《しやくわい》の勢力《せいりよく》は総《すべ》て中流《ちうりう》の有《いう》なること、今更《いまさら》にもあらざる可《べ》き歟《か》。維持《ゐぢ》するに於《おい》て、壊乱《くわいらん》するに於《おい》て。

○米銭《べいせん》の事《こと》と限《かぎ》るにあらず、力《ちから》をお隣《となり》のをばさんに仮《か》るに、裏家《うらや》に在《あ》りては味方《みかた》なり、慰藉《ゐせき》[一]を得《う》るの便《たよ》り也《なり》。表店《おもてみせ》に在《あ》りては敵《てき》なり、誹謗《ひばう》を招《まね》くの基《もとゐ》也《なり》。理《り》[二]の本《もと》はかくひとしけれど、情《じやう》の末《すゑ》はかくたがへり。

○下《しも》なる人《ひと》は之《これ》を寄《よ》せ合《あ》ふなり、上《かみ》なる人《ひと》は之《これ》を偸《ぬす》み合《あ》ふなり。同情《どうじやう》なる文字《もんじ》の荐《しき》りに社会《しやくわい》に称《しよう》せらるゝにも拘《かゝは》らず、解《かい》を求《もと》むればまさに斯《か》くの如《ごと》し。

○立身出世《りつしんしゆつせ》[三]といふことあり、人《ひと》のうまれの啻《たゞ》に怜《かしこ》からば、誰《たれ》も為《な》し得《え》んものに思《おも》ふは大《だい》なる誤《あやま》り也《なり》。何処《どこ》にか阿房《あはう》の本体《ほんたい》をとゞむるにあらざれば、立身出世《りつしんしゆつせ》はなり難《がた》し。立身出世《りつしんしゆつせ》を希《ねが》はん者《もの》は、見《み》え透《す》きたる利口《りこう》と、見《み》え透《す》きたる阿房《あはう》とを兼有《けんいう》せざる可《べか》らず、兼有《けんいう》して而《しか》して巧《たくみ》に表出《へうしゆつ》せざる可《べか》らず。

○虎《とら》といふものこそ可笑《をか》しきものなれ、身《み》は動物園《どうぶつゑん》[四]の鉄柵《てつさく》に囲《かこ》まれて出《いづ》るに由《よし》なく、遂《つひ》に自由《じいう》なるまじき境《さかひ》と知《し》りつゝ、猶其処《なほそこ》に一分時《ぶんじ》を安《やす》んずる能《あた》はず、最《もつと》も、最《もつと》も柵《さく》に近《ちか》き辺《へん》を、日夕往返《につせきわうへん》し居《ゐ》るなり。

一　読みは「いしゃ」が通用。
二　根本の道理は同じだけれども、結果としての人情はこのように異なってしまう。
三　「立身」は「身ヲ世ニ立ツルコト。出世」（大槻文彦『言海』）とある。福沢諭吉『学問のすゝめ』（明治五—九年）や中村正直『西国立志編』（→一七六頁注四）などによって、学問と刻苦による「立身出世」の道が開示された。「フム学問々々とお言ひだけれども立身出世すればこそ学問だ」（二葉亭四迷『浮雲』第一篇）。
四　明治十五年三月、下谷区（現台東区）上野公園内に、農商務省博物局が日本で最初の動物園を設置した。
五　もと浅草寺の境内だった区域で、明治六年二月に公園として七区に分かたれた。このうち第五区（奥山）の花屋敷は、入場料大人十銭、軍人半額、小児五銭であった。
六　山県有朋。明治三十一年十一月に、日本最初の政党内閣であった隈板内閣（第一次大隈重信内閣）の後を受けて、第二次内閣を組織。政党を無視した藩閥中心の「超然内閣」と称された。
七　『わすれ貝』では以下四項目を削除。
八　明治三十一年十月八日に発行された『早稲田文学』第七年号外。巻末の「早稲田文学小史」に、「本誌は明治廿四年十月の創刊にして、当時専ら力を述義と報道とに効せり、越えて廿六年十月第四十九号にして述義を廃し代ふるに論説を以てし、廿七年九月第七十二号に迨(およ)び始めて創作欄を設け、廿九年一月よりは更に第二期第一号と改算し、彙報に文学以下の八門を立てゝ、記事の分綜を精くす、三十年十月、第七週年の初に会し、復た数を更へて、第七年第一号と称し、新に社説の一欄を設けて論評を慇にす、

○軍人《ぐんじん》の跋扈《ばつこ》を憤《いきどほ》れる人《ひと》よ、去《さ》つて浅草公園《あさくさこうゑん》[五]に行《ゆ》け、渠等《かれら》が木戸銭《きどせん》は子供《こども》と同《おな》じく半額《はんがく》なり。

○山県侯《やまがたこう》[六]の手《て》に成《な》れるこの度《たび》の内閣《ないかく》は、雅味《がみ》ある内閣也《ないかくなり》。一概《がい》に之《これ》を斥《しりぞ》けんは、人類学攷究《じんるゐがくこうきう》の価値《かち》を知《し》らざる者也《ものなり》。組織《そしき》と言はず、宜《よろ》しく発掘《はつくつ》と言《い》ふべし。

○この[七]頃《ごろ》になりて、最終《さいしゆう》[八]の早稲田文学《わせだぶんがく》を見《み》たり。げに我社《わがしや》[九]の紙上《しじやう》に見《み》えし如《ごと》く、われは散々《さんぐ》に毒突《どくづ》かれたれども、恰《あたか》も此処迄来《こゝまでこ》いく〳〵と呼《よば》はるに、到《いた》らんとすれば敵《てき》は早縊《はやくび》れ死《し》したるの観《くわん》あり、何《なに》をか言《い》はん。唯教育部面《たゞけういくぶめん》[一〇]に転《てん》ぜんとする人々《ひとぐ》の、気品《きひん》の程《ほど》を窺《うかゞ》ひ得《え》たるを謝《しや》す可《べ》き也《なり》。

○児童研究《じどうけんきう》[一一]と題《だい》する雑誌《ざつし》に曰《いは》く、春《はる》[一二]の舎《や》氏《し》は単《たん》に小説家《せうせつか》にあらずと。愚《ぐ》なる教《けう》育家《いくか》よ、愚《ぐ》なる教育家《けういくか》にあらずば、拙《せつ》なる文章家《ぶんしやうか》よ、拙《せつ》なる文章家《ぶんしやうか》にあらずば、斯《か》くばかり人《ひと》を侮《あなど》りたる褒《ほ》め詞《ことば》はなかるべし。「残《ざん》[一三]パンをあさる瘠犬《やせいぬ》」の如《ごと》き門下生《もんかせい》を、一人《にん》たりとも出《いだ》したることなき大家《たいか》に向《むか》つて。

○抱月君《はうげつくん》[一四]。われは違例《ゐれい》といふを以《もつ》て挙《あ》げしにはあらざりき。御馳走《ごちそう》[一五]なる語《ご》の読《よみ》売新聞《うりしんぶん》に見《み》えしによりて、其量《そのりやう》の上《うへ》より挙《あ》げしなりき。君《きみ》はあまりに解《かい》し過《す》ぎたるなり。君《きみ》が意《い》はわれよく諒《りやう》しぬ、こは答《こたへ》といふにあらず、挨拶《あいさつ》のしるし迄《まで》に。

本誌の沿革略此の如し」とある。

九 緑雨が『万朝報』の「それがし」名義のコラムで、演劇改良団体「青葉会」の評価などをめぐり、島村抱月らと応酬したことを指す。

一〇 「教育上の重要問題」（明治三十一年四月）、「欧洲教育の三大精神」（同年五月）、「欧洲教育壇の二大傾向」（同年六月）、「谷本富氏著『将来の教育学』を読む」（同年八・九月）などを掲載していた金子馬治（筑水）らの評論の充実ぶりを指すか。

一一 明治三十一年十一月三日に、塚原政次、高島平三郎、松本孝次郎らの東京教育研究所から創刊された児童教育雑誌。

一二 『児童研究』創刊号（明治三十一年十一月三日発行）の「雑録」欄に掲げられた無署名の記事「春の家氏は単に小説家にあらず」を指す。「春の家おぼろ、又の名逍遥といへば、何人も書生気質牧の方桐一葉と聯想して、小説家脚本家とおもふべけれど、氏は決して単に小説家たるに止まらず」として、その教育的方面への傾注に関心が向けられている。

一三 『早稲田文学』最終号（第七年号外）「雑録」の匿名批評欄「急言緩語」に、「近頃青葉会の劇評も大分正太夫に材料を供したね。をり〳〵間抜けた事をいつて彼様男に饒舌らして置くのも功徳の一ツだよ。どうせ痩犬と一般、たまにや残パンでも頂かなくつちや餓死して了ふ質だからね。（残パン生）」とあることを踏まえる。

一四 島村抱月（一八七一—一九一八）。批評家・演劇運動家。本名滝太郎。島根県生れ。東京専門学校卒。当時は『早稲田文学』や『読売新聞』の記者として健筆を揮っていた。ここでは、「それがし」（緑雨）の「徳義といふもの」（『万朝報』明治三十一年十月四日—六日）に対して、抱月が「緑雨に与ふ」

○[一]累卵《るゐらん》の東洋《とうやう》、是《こ》れ何等《なんら》の悪文字《あくもんじ》ぞ。他《ひと》を愚《ぐ》にするに先《さき》だちて、己《おのれ》を愚《ぐ》にする者《もの》とも謂《い》はんか。われは久《ひさ》しき友《とも》なる著者《ちよしや》のために、之《これ》を公刊《こうかん》したるを惜《をし》む、殊《こと》に太甚《はなはだ》しく惜《をし》む。[二]桂月氏《けいげつし》の一文《ぶん》のみ体《たい》を得《え》たるを除《のぞ》きて、[三]諸家《しよか》の序跋《じよばつ》亦《また》拙《つたな》し。

*

○一の政治家《せいぢか》なし、数多《あまた》の政論家《せいろんか》あり。一の政論家《せいろんか》なし、数多《あまた》の政党屋《せいたうや》あり。強《しひ》て家《か》の字《じ》を附《ふ》す可《べ》くば、われは之《これ》を一括《くわつ》して、経世家《けいせいか》といふの妥当《だたう》なるを信《しん》ず。[四]経綸《けいりん》の経《けい》にあらず、経過《けいくわ》の経《けい》なり、即《すなは》ち世《よ》を経《ふ》るなり、どうかこうか渡《わた》り行《ゆ》くなり。

○[五]正札《しやうふだ》だからまけますといふ世《よ》にありて、特《ひと》り看板《かんばん》に偽《いつは》りなきは、彼《か》の自《みづか》ら有《いう》志家《しか》を以《もつ》て任《にん》ずる輩《はいなり》也。一定《てい》の職《しよく》なく、業《げふ》なく、右往《うわう》左往《さわう》に唯《たゞ》わや〳〵と立廻《たちまは》りて、団体《だんたい》と称《しよう》す、志《こゝろざし》の有《あ》る所《ところ》知《し》る可《べ》きのみ。[六]三輪《みわ》のうま酒《ざけ》うまさうなる時《とき》に、多《おほ》くの人《ひと》は志《こゝろざし》を呼《よ》ぶものなり。

○奔走家《ほんそうか》といふも新《あたら》しき営業《えいげふ》也《なり》。抱《かゝ》への車夫《しやふ》に給分《きふぶん》を渡《わた》すことなくば、一層《そう》新《あたら》しき営業《えいげふ》也《なり》。

○曩《さき》に大臣《だいじん》の名《な》の安《やす》くなりぬと説《と》きし人《ひと》に問《と》はん、そは従来《じうらい》高上《たかあが》りせる我邦《わがくに》政《せい》治《ち》の価《あたひ》の、漸《やうや》く平位《へいゐ》に著《つ》かんとしたるものにあらざる乎《か》。この度《たび》の内閣《ないかく》は如何《いかん》、

(『読売新聞』同月十七日付)で「足下が平生の筆鋒を包みて、一道の真趣、理尽し情尽くさゞれば休まざらんとするの態あるを多とす」と述べていることを踏まえる。

五 『読売新聞』(明治三十一年九月九日付)の「月の雫」欄に、「それがし」への反論として、「開場ごと案内をうけて御馳走にまでなつて帰るのを見れば自分免許ばかりではない、世間からも通な人だと認められて居るのである」などの「青葉会一員の話」が掲載されていることを指す。

以上一九五頁

一 大橋又太郎(乙羽)著の政治小説。明治三十一年十月、博文館から刊行。『毎日新聞』の評には、「乙羽子の政治小説は初めて之を見る、筆を印度の興敗に起して、東洋の危機を論ずるに、佳人之奇遇的一種慷慨淋漓の妙味を覚えしむ、昨今東方風雲惨憺の秋、志士再読の価値あるべし」とある。

二 大町桂月(→一九〇頁注四)。

三 本書の初版ないし再版(十一月七日)には、公爵二条基弘、子爵長岡護美、侯爵黒田長成、子爵福羽美静、伯爵勝安芳、男爵石黒忠悳らが題辞を寄せているほか、井上哲次郎、肝付兼行、高山樗牛、大町桂月、朝比奈知泉、幸田露伴、尾崎紅葉、佐佐木信綱、大岡長峡、野口珂北、川崎紫山、巌谷小波、広津柳浪、斎藤緑雨、高橋太華、中内蝶二、三宅青軒、田山花袋、野口寧斎、岸上質軒、柳井絅斎、中村桂軒、桐生悠々、鳥谷部春汀、坪谷水哉、林微笑、宮川雲外、森鳥城、奥村不染、上村左川、長谷川天渓、猪波暁花、武田桜桃、竹林巌ら多数が、題辞・序文・跋・批評を寄せている。

四 国家を治めととのえること。この「経」は、はかり、治める意。

乱高下《らんかうげ》とも言《い》ひかぬるなるべし。止《や》むなくば休日越《きうじつご》しの相場《さうば》歟《か》、開市《かいし》[七]の暁《あかつき》は直《たゞ》ちに改正《かいせい》せらる可《べ》き者《もの》なり。

○政治《せいぢ》は人《ひと》を亡《ほろぼ》し、文学《ぶんがく》は国《くに》を亡《ほろぼ》す。国《くに》のために政治《せいぢ》をいひ、人《ひと》のために文学《ぶんがく》をいふ。誤《あやま》らずんば幸也《さいはひなり》。

○極《きは》めて謂《いは》れ無《な》き事《こと》なれども、姑《しば》らく伝《つた》ふるに随《まか》せて、医《い》[八]は仁術也《じんじゆつなり》とせんか。古《いにしへ》は人《ひと》を活《いか》すが故也《ゆゑなり》、即《すなは》ち患《うれひ》を除《のぞ》く也《なり》。今《いま》は人《ひと》を殺《ころ》すが故也《ゆゑなり》、即《すなは》ち苦《く》を去《さ》る也《なり》。字義《じぎ》と雖《いへど》も世《よ》とゝもに推移《すゐい》するに、怪《け》しうはあらじ。

○諺《ことわざ》に曰《いは》く地《ぢ》[九]震《しん》雷《かみなり》火事《くわじ》親父《おやぢ》と、是《こ》れたゞ危険《きけん》の度《ど》を示《しめ》したるに過《す》ぎず。苦痛《くつう》の量《りやう》よりすれば、親父《おやぢ》火事《くわじ》雷《かみなり》地《ぢ》震也《しんなり》。

○世《よ》は殿様《とのさま》の謡《うたひ》なる哉《かな》、嬢様《ぢやうさま》の琴《こと》なる哉《かな》。喝采《かつさい》の予約《よやく》せられたる如《ごと》きものを以《もつ》て、予約《よやく》せられたる如《ごと》き喝采《かつさい》を得《う》るも、猶長《なほなが》く悦《よろこ》べり。

○月給《げつきふ》は人《ひと》の価《あたひ》にあらず、されども月給《げつきふ》は人《ひと》の価《あたひ》なり。各人《かくじん》が遭遇《さうぐう》する場合《ばあひ》の多少《たせう》より言《い》はゞ。

○腐《くさ》[一〇]れしこの世《よ》と闘《たゝか》ひて、斃《たふ》れて已《や》まんなどしばく〳〵いふは、敗北《はいぼく》を自覚《じかく》し、若《も》しくは予知《よち》したる者也《ものなり》。如《し》かず一人《ひとり》なりとも多《おほ》く斃《たふ》さんにはとの意《い》を、先頃《さきごろ》[一一]の紙上《しやう》にわれの述《の》べしに、詩人的狂《しじんてききやう》を衒《てら》ふつもりか、無理心中《むりしんぢう》の元気《げんき》もあるまじ

五 本来は掛値なしの値段であるはずの正札も信用できない世の中であること(→一六九頁注一)。
六 三輪は奈良県桜井市三輪にある大神（おおみわ）神社の俗称。『万葉集』の丹波大女娘子の歌に、「味酒（うまさけ）を三輪之祝（みわのはふり）が斎（いは）ふ杉手触れし罪か君に逢ひがたき」(巻四)などがある。三輪の神が酒神であるところから「うま酒」にかかる。
七 取引市場が再開すること。
八 「医は仁術なり。仁愛の心を本とし、人を救ふを以、志とすべし。わが身の利養を専に志すべからず」(貝原益軒『養生訓』巻第六)。
九 世の中で怖いものの順に並べたとされる諺。
一〇 『わすれ貝』では以下三項目を削除。
一一 一八九頁三行目以下を参照。その項は『万朝報』明治三十一年十月十二日に掲載。この項を載せているのは十一月二十七日。

と言《いひ》かけしは、例《れい》の桂月文学士《けいげつぶんがくし》[一]也《なり》。言《げん》を立《た》つるに、毎《つね》におのれの上《うへ》よりする者《もの》は、人《ひと》の言《げん》をも然解《しかいい》すと見《み》えたり。「其愚実《そのぐじつ》に及《およ》ぶべからず」。

○理悉《りつく》し情尽《じやうつく》さゞれば休《や》まざらんとすと、抱月氏《はうげつし》[二]は言《い》へり。呂律《ろれつ》も廻《まは》りかぬる泥酔漢《でいすゐかん》と、桂月氏《けいげつし》[三]は言《い》へり。

○罵《のゝし》らんと欲《ほつ》せば大《おほ》いに罵《のゝし》れ、世《よ》をも人《ひと》をも大《おほ》いに罵《のゝし》れ、併《あは》せて自己《じこ》をも罵《のゝし》るの覚悟《かくご》なかる可《べか》らず。身《み》を「かばふ」をのみ知《し》りて、「つめる」[四]を知《し》らざる者《もの》は、到底何等《たうていなんら》の発見《はつけん》なし、成就《じやうじゆ》なし、進歩《しんぽ》だになし。

＊

○官吏《くわんり》が権勢《けんせい》を射利《しやり》[五]の用《よう》に供《きよう》すること、今始《いまはじ》まりしにあらずと雖《いへど》も、過《す》ぎにし事《こと》の迹《あと》をひそかに察《さつ》するに、藩閥内閣《はんばつないかく》に属《ぞく》するは、地位《ちゐ》のために獲《え》たる儲《まう》け口《ぐち》なりし。政党内閣《せいたうないかく》に属《ぞく》するは、儲《まう》け口《ぐち》のために得《え》たる地位《ちゐ》なりし。即《すなは》ち前者《ぜんしや》は偶然也《ぐうぜんなり》、偶然《ぐうぜん》といふを得可《うべ》し。後者《こうしや》は必然也《ひつぜんなり》、必然《ひつぜん》といふの外無《ほかな》し。彼《か》の杉田《すぎた》[六]を看《み》よ、肥塚《こえづか》[七]を看《み》よ、草刈《くさかり》[八]を看《み》よ、所謂憲政《いはゆるけんせい》の賜《たまもの》としては、醜穢《しうわい》なりとは言《い》はず露骨《ろこつ》なりしを、われらは藩閥《はんばつ》の前《まへ》に恥《は》ぢざるを得《え》ず。

○風紀《ふうき》は一片《べん》の禁令《きんれい》の、能《よ》く支持《しぢ》す可《べ》きにあらず。学生《がくせい》を取締《とりしま》り、諸芸人《しよげいにん》を取《とり》締《しま》り、遊《あそ》び人乃至物貰《にんないしものもら》ひの徒《と》を取締《とりしま》るといふも、畢竟威圧《ひつきやうゐあつ》のみ。腐敗《ふはい》せしめよ、

一 大町桂月(→一九〇頁注四)。「桂月文学士」は、大学卒業の学歴をことさらに揶揄。ここでは、明治三十一年十一月の『文芸倶楽部』に、桂月が「桂月漁郎」の名で書いた時評「早稲田文学を吊ふの詞」を指す。桂月は緑雨の発言を取り上げながら、「詩人的狂を衒へるつもりかは知らねど、自家の愚を自白せる、其愚実に及ぶべからず」、「まさか無理心中をやらかす程の元気もあるまじ」などと批判している。

二 島村抱月。ここでは、『読売新聞』掲載の「緑雨に与ふ」(→一九五頁注一四)において、抱月が緑雨の文章を「一道の真趣、理尽し情尽くさゞれば休まざらんとするの態あるを多とす」と評していたことを踏まえる。

三 注一の「早稲田文学を吊ふの詞」で、桂月が「万朝の緑雨と読売の抱月との争こそ面白けれ。彼を呂律もまはり兼ぬる泥酔漢と見立つれば、此は、また酔漢をも厭はず、真面目に諄々としてさとすおとなしき巡査の如し」と述べていることを指す。

四 「つめる」は「抓(つ)める」。自分の体をつねる意味から、わが身に寄せて人の心を知る、自分を反省して他に同情すること。

五 「利ヲ射ルコト。＝利ヲノミ望ム事」(山田美妙『日本大辞書』)。

六 杉田定一(一八五一―一九二九)。衆議院議員。福井出身。明治三十一年六月の隈板内閣で北海道庁長官に任命された。のち衆議院議長。

七 肥塚龍(一八五一―一九二〇)。衆議院議員。兵庫出身。明治五年に上京、同人社で英学を修め、十四年には改進党結成に参加、自由民権論を展開した。同二十七年、衆議院議員に当選。のち東京市長・東京府知事などをつとめる。

八 草刈武八郎(一八五三―一九四二)。衆議院議員。長崎

大《おほい》に腐敗《ふはい》せしめよ、世《よ》を挙《あ》げて全《まつた》く腐敗《ふはい》し尽《つく》すを得《え》ば、尠《すくな》くとも人互《ひとたが》ひに感染《かんせん》し、浸潤《しんじゆん》するの患《うれひ》を除《のぞ》くに庶幾《ちか》からん。

○彼方《かなた》には火鉢《ひばち》を取除《とりの》け、此方《こなた》には茶棚《ちやだな》を取除《とりの》くるは、朝々《あさ〳〵》の掃除《さうぢ》にも面倒《めんだう》なる事也《ことなり》。掃除《さうぢ》し畢《をは》りて顧《かへりみ》れば、塵《ちり》は塗盆《ぬりぼん》の上《うへ》に猶鮮《なほあざや》かなるべし。如《し》かず機《き》を得《え》て、一時《じ》にどつと掃出《はきいだ》さんには。

○人《ひと》は早晩《さうばん》、何《なん》[九]の点《てん》と限《かぎ》らず堕落《だらく》す可《べ》きに定《さだ》まれる者也《ものなり》。強《しひ》て堕落《だらく》を抑《おさ》へんは、発《はつ》せしむるに過《す》ぎず。あしき堕落《だらく》をなさゞるの前《まへ》に、噫《あゝ》われはよき堕落《だらく》を誨《をし》へんかな。

○一夕《せき》、大学生《だいがくせい》の語《かた》るを聴《き》く。曰《いは》く、彼奴《あいつ》も中々《なか〳〵》[一〇]進化《しんくわ》したと。茲《こゝ》に進化《しんくわ》とは、[一一]繻珍《しゆちん》の紙入《かみいれ》を蔵《ざう》するの義《ぎ》也《なり》、われらが認《みと》めて堕落《だらく》となす所《ところ》の者也《ものなり》。要《えう》するに学《がく》問《もん》は自己《じこ》を諒解《りやうかい》するの道《みち》にあらず、弁解《べんかい》するの具《ぐ》なり。

○今《いま》の教授法《けうじゆはふ》といふは、泥水清水《どろみづしみづ》の混合物也《こんがふぶつなり》、併《あは》せ飲《の》ましむる也《なり》。よしや溯《さかのぼ》れば清水《しみづ》の多分《たぶん》なりとも、攪《か》き交《ま》ぜられし末《すゑ》は泥水《どろみづ》の行渡《ゆきわた》れるを以《もつ》て、満腹《まんぷく》と称《しよう》す。宜《むべ》なり渠等《かれら》に清水《しみづ》を見《み》ず、吐《は》かば必《かなら》ず泥水《どろみづ》なることや。

○漫然《まんぜん》、他《た》を罵《のゝし》りて無学《むがく》といひ、無識《むしき》といふは重宝《ちようはう》なる、但《たゞ》しは卑怯《ひけふ》なる語也《ごなり》。いかなる大学者《だいがくしや》、大識者《だいしきしや》に向《むか》つても言得《いひう》べきと共《とも》に、いかなる大学者《だいがくしや》、大識者《だいしきしや》

出身。立憲政友会に所属し、のち衆議院副議長をつとめた。

九 いかなる点であれ。

一〇 「中々」は『わすれ貝』では「なか〳〵」。

一一 「繻珍」は setim（ポルトガル）・satijn（オランダ）の音によるという。繻子（しゅす）の地合に数種の絵緯糸（よこいと）を用い、模様を織り出したもの。主として女の帯・羽織裏に用いる。ここでは、女持ちの紙入れを懐にするようになること。「彼女はまた「これもよ」と云つて、繻珍の紙入を出した。その紙入には模様風に描いた菊の花が金で一面に織り出されていた」（夏目漱石『行人』）。

と雖《いへど》も、之《これ》を言釈《いひと》かんに途《みち》なき事《こと》なればなり。真正《しんせい》の学者《がくしや》、識者《しきしや》の口《くち》より、この語《ご》の出《い》でしをきゝし事《こと》なし。

○帝国文学記者《ていこくぶんがくきしや》一に告《つ》ぐ、出直《でなほ》二すを俟《ま》つとわれは言《い》ひしにあらずや。言責《げんせき》を知《し》らざるもの、遁《のが》るゝものとは勝手《かつて》に過《す》ぎたり。今一《いまひと》たび「理解力《りかいりよく》(!!!)の不足《ふそく》」に省《かへり》みよ。

*

○教育《けういく》の普及《ふきふ》は、浮薄《ふはく》の普及也《ふきふなり》。文明《ぶんめい》の齎《もたら》す所《ところ》は、いろは三短歌《たんか》一箇《こ》に過《す》ぎず。臭《くさ》い物《もの》に蓋《ふた》するに勉《つと》むる也《なり》。国運日《こくうんひ》に月《つき》に進《すゝ》むなどいふは、蓋《ふた》する巧《たくみ》の漸々《ぜん〳〵》倍《ばい》加《か》し来《き》ぬる事也《ことなり》。

○天保老人氏《てんぱうらうじんし》四曰《い》ふ、今《いま》を昔《むかし》に比《くら》ぶるに、男次第《をとこしだい》に妍《かほよ》く、女次第《をんなしだい》に醜《みにく》し、是《こ》れ何《なに》が故《ゆゑ》ぞと。戯謔《ぎゝやく》にはあらざるべし、真《まこと》ならばげに是《こ》れ何《なに》が故《ゆゑ》ぞ。未能《いまだよ》く答《こた》ふるを得《え》ずと雖《いへど》も、われは敢《あへ》て風俗上《ふうぞくじやう》の問題《もんだい》となさず、教育上《けういくじやう》の問題《もんだい》として、之《これ》が因由《いんゆ》をたづねんと欲《ほつ》す。

○女《をんな》といふは栄《はえ》ある者哉《ものかな》、紅《あか》きもの、白《しろ》きものもて彩《いろど》るを得《う》るなりとは人《ひと》の言《げん》也《なり》。女《をんな》といふは効《かひ》なき者哉《ものかな》、紅《あか》きもの、白《しろ》きものもて彩《いろど》らざるを得《え》ざるなりとはわが言也《げんなり》。

一『わすれ貝』ではこの一項目削除。『帝国文学』は明治二十八年一月、東京帝国大学文科大学関係者による帝国文学会を母胎として創刊された文芸雑誌。

二 緑雨は当時、『万朝報』の「それがし」名義のコラムで、演劇改良団体青葉会の評価などをめぐって、『帝国文学』記者らと応酬をしていた(→一九五頁注九)。ここでは、『帝国文学』(明治三十一年十一月)雑報の「過雁数行」で、記者が緑雨に対し、「自家の矛盾を棚に揚げて、漫に之を他の理解力(!!!)の不足に帰せんとす。此の如く言質を知らざるもの」、「遁るゝものを窮追するは余輩の忍びざる所」などと批判していることを指す。

三「いろは」四十七字を頭に置いた教訓的な内容の歌を集めたもの。いろは歌。

四 天保は仁孝天皇朝の年号(一八三〇-四四)。「天保老人」は明治における旧世代の人間の代名詞。

○聖賢《せいけん》の道《みち》といふものこそ、いと心得《こゝろえ》ね。大方《おほかた》の場合《ばあひ》に於《お》いて、女子《ぢよし》は即《すなは》ち色《いろ》[五]なりと解《かい》し、[六]格外《かくぐわい》に之《これ》を忌《い》み怖《おそ》れたり。威《ゐ》を以《もつ》てするも、利《り》を以《もつ》てするも、つまりを言《い》はゞ欺《あざむ》く也《なり》。総《すべ》ての意味《いみ》の上《うへ》に、教《をしへ》といふは元《もと》アザムキ也《なり》。わづかに[七]女《をんな》一人《にん》を欺《あざむ》き得《え》ず、何者《なにもの》をか欺《あざむ》き得《え》ん。女《をんな》は欺《あざむ》く可《べ》し、欺《あざむ》かば足《た》りぬべきものなり。

○炊《かし》がざれば米《こめ》は食《くら》ふにたへず、炊《かし》ぐは当然《たうぜん》のみ。女《をんな》を欺《あざむ》くに何《なん》の罪《つみ》ぞ。

○たま〳〵女《をんな》の偽《いつは》りを陳《ちん》ずることありとも、たゞす勿《なか》れ、責《せ》むる勿《なか》れ、とがむる勿《なか》れ。偽《いつは》りかあらぬかをさへ、問《と》ふに及《およ》ばず。女《をんな》の嘘《うそ》は、唯聞《たゞき》いて置《お》けば宜《よろし》き事也《ことなり》。

○女子《ぢよし》の貞節《ていせつ》は、貧《ひん》の盗《ぬす》みに同《おな》じ。境遇《きやうぐう》の強《し》ふるに由《よ》る。

○涙以外《なみだいぐわい》に何物《なにもの》をも有《いう》せず、女《をんな》の涙《なみだ》は技術《ぎじゆつ》なり。

○女《をんな》は猶《なほ》鶯《うぐひす》の如《ごと》き者《もの》か。羽色《はいろ》のために払《はら》はるゝよりも、[八]啼音《なくね》のために払《はら》はるゝ価也《あたひなり》。最《もつと》もよく玩弄《ぐわんろう》に適《てき》したるを、最《もつと》もよき女《をんな》とは謂《い》ふなり。

○嘗《かつ》て女《をんな》の手《て》に、剣《つるぎ》を執《と》れる世《よ》もありき。闘《たゝか》へる也《なり》。扇《あふぎ》を取《と》れる世《よ》もありき。舞《ま》へる也《なり》。今《いま》は只男《たゞをとこ》の肩《かた》に懸《か》くるか、頸《くび》に懸《か》くるかより能《のう》無《な》き世《よ》となりぬ。寝《い》ぬる也《なり》。

五 色情、情欲の象徴。
六 なみはずれて、ことのほか、の意。
七 「わづかに」は『わすれ貝』では「僅に」。

八 鶯がその音色の美しさで賞翫されたことを指す。たとえば『東京日日新聞』明治十一年三月十二日付の記事「鶯会」に、「呉竹の根岸の里にて、其名も因みある春鶯亭に集まりて、鶯の啼き声とその価を定むる会を催すとの事は兼ねてより聞及びしが、いよいよ一昨日鶯会と名づけ、上は官員華族より下は人力車曳に至るまで五百人も集まり」などとある。

＊

○才《さい》を娶《めと》らんよりは、財《ざい》を娶《めと》れよ。女《をんな》の才《さい》は用《よう》なきもの也《なり》、善用《ぜんよう》することなきもの也《なり》。なまなかなるは不具《ふぐ》たるに殆《ちか》かるべし。財《ざい》あるに如《し》かず。財《ざい》を獲《え》たらんは、才《さい》を獲《え》たらんより耐《た》へ易《やす》く、忍《しの》び易《やす》し。

○人《ひと》の妻《つま》を遇《ぐう》するを見《み》るに、之《これ》を粧飾品《さうしよくひん》となす者《もの》は座敷《ざしき》に置《お》き、日用具《にちようぐ》となす者《もの》は台所《だいどころ》に置《お》く。共《とも》に動産《どうさん》たり。妻《つま》みづからも亦身《またみ》の置場《おきば》、据場《すゑば》、寧《むし》ろ寝処《ねどこ》より上《うへ》の感念《かんねん》[一]を有《いう》するものなし。若《もし》これありとせば、そは粧飾品《さうしよくひん》の風通《ふうつう》[二]を買《か》はれざるを恨《うら》み、日用具《にちようぐ》の繻子《しゆす》[三]を売《う》らるゝを怖《おそ》るゝのみ。この時初《ときはじ》めて、夫《をつと》あるを覚《さと》るに過《す》ぎず。

○凡《すべ》て女子《ちよし》の心《こゝろ》にとは言難《いひがた》し、身《み》に夫《をつと》あるを覚《さと》るは、満《み》ちたる時《とき》にあらず、欠《か》けたる時《とき》なり。全《まつた》き時《とき》にあらず、乏《とぼし》き時《とき》なり。謝《しや》す可《べ》き時《とき》にあらず、訴《うつた》ふ可《べ》き時《とき》なり。恩《おん》に非《あら》ず、怨也《うらみなり》。

○已《すで》に動産《どうさん》と称《しよう》す、妻《さい》を迎《むか》ふるは一箇《こ》の富《とみ》を増《ま》す也《なり》といふ者《もの》あるにわれは抗論《かうろん》せざる可《べ》し。医者様《いしやさま》の物置《ものおき》に、菓子《くわし》、鶏卵《けいらん》の空箱《からばこ》の積《つ》まれたるを富也《とみなり》[四]といふ者《もの》あるにも、われは又亦《またく》抗論《かうろん》せざる可《べ》し。

○文字《もんじ》ばかりをかしきは莫《な》し、実《じつ》を伝《つた》へざるは莫《な》し。内助《ないじよ》[五]の二字《じ》の如《ごと》き、殊《こと》に

一 感じおもうこと。
二 風通織の略。表裏異色の経糸（たていと）・緯糸（よこいと）を用いてそれぞれ布面を構成し、文様の部分で表と裏の配色が逆になるように織った二重組織の織物。ここでは、風通織で紋様を織り出した上等の風通御召などを指す。
三 繻子織の織物。布面は滑らかで光沢がある。経糸・緯糸に本絹の練糸を使用した本繻子、絹綿交織の綿繻子、綿毛交織の毛繻子、また種々の浮模様を織り出した紋繻子など種類が多い。多く帯地などに用いる。
四 「富也」は『わすれ貝』では「富なり」。
五 内部から与える援助。特に、妻が家庭内にいて夫の働きを助けること。

然《しか》り。単《たん》に鍋釜《なべかま》を整理《せいり》し、配置《はいち》し、按排《あんばい》するの謂《いひ》とせんも、猶《な》ほ諸買物通帳《しよかひものかよひちやう》は、常《つね》に夫《をっと》の前《まへ》に提供《ていきよう》せらるゝに非《あら》ずや。世《よ》に内助《ないじよ》の功《こう》なんどいふもの、到底《たうてい》有得可《ありうべ》しとも覚《おぼ》えず。

○彼《か》の妻《つま》を見《み》よ、飼犬《かひいぬ》を見《み》よ、大差《たいさ》ありや。餌《え》を与《あた》ふることを忘《わす》れずば、吠《ほ》ゆることなし。

○寒《さぶ》い晩《ばん》だな、寒《さぶ》い晩《ばん》です。妻《つま》のナグサメとは、正《まさ》に斯《かく》の如《ごと》きもの也《なり》。多《おほ》くもこの型《かた》を出《い》でざる受答《うけこた》への器械《きかい》のみ。之《これ》に由《よ》りて、世《よ》の寂寥《せきれう》を忘《わす》るといふ者《もの》あり、げに能《よ》く忘《わす》るべし、希望《きばう》をも忘《わす》るべし。

○前《まへ》なる夫《をっと》に告《つ》ぐ、渠《かれ》は今公《いまおほや》けに、後《のち》なる夫《をっと》の膝《ひざ》に凭《よ》りて笑《わら》ふ也《なり》。後《のち》なる夫《をっと》に告《つ》ぐ、渠《かれ》は今密《いまひそ》かに、前《まへ》なる夫《をっと》の墓《はか》に詣《まふ》でゝ泣《な》く也《なり》。いづれぞ心《こゝろ》の誠《まこと》なる。いづれも形《かたち》の偽《いつは》り也《なり》。

○生殖作用《せいしよくさよう》は、生活作用也《せいくわつさようなり》。飢《う》ゑざらんが為《ため》といふこと、女子《ぢよし》が結婚《けっこん》の一条件《でうけん》たるを以《もっ》て見《み》れば。

○予《あらかじ》め転売《てんばい》を諾《だく》されたる者《もの》は娼妓《しやうぎ》なり。されども権利者《けんりしや》の誤解《ごかい》をまねくこと多《おほ》し。この誤解《ごかい》をまねくこと[六]無《な》き者《もの》は妾《めかけ》[七]なり。

○雑誌《ざっし》、新小説《しんせうせつ》[八]の懸賞規則《けんしやうきそく》を見《み》るに、当選者《たうせんしや》の肖像《せうざう》を写真版《しやしんばん》となし、之《これ》を巻頭《くわんとう》

六「まねくこと」は『わすれ貝』では「招くこと」。

七 和田于一『婚姻法論』(大正十四年)がいうように、「我国現代の社会生活に於て、尚妾の実体及び名称は存在している。然し乍ら法律上に於ては一夫一婦制を採用し、蓄妾制を認むることがない」以上、「社会生活上尚存在する妾は是れ唯、私通関係」にすぎないから。この「妾の実体」について、『万朝報』は明治三十一年七月七日から「男女風俗問題」を取り上げ、「憐む可きは我国婦人の境遇より甚だしきはなし、古来の習慣とは云へ今以て男子の玩弄物たるが如き地位にあり」として、連日「蓄妾の実例」を実名で報道していた。

八『新小説』は明治二十九年七月に春陽堂から創刊(第二期)された文芸雑誌。ここでは、明治三十二年二月に掲載された「新小説臨時増刊／五月幟投稿規則」を指す。臨時増刊号に懸賞小説五編を募集し、一等二十円から五等七円までの賞金のほか、「当選小説五篇の各作者より其肖像を乞ひ得て写真版とし巻頭に挿入す」とある。

に掲《かゝ》ぐべしとあり。あゝ明治《めいぢ》の青年《せいねん》は、斯《かく》の如《ごと》くにして犠牲《ぎせい》に供《きよう》せらるゝ也《なり》、葬《はうぶ》らるゝ也《なり》。

＊

○恋《こひ》とは口《くち》[一]にうつくしく、手《て》にきたなき者也《ものなり》。こは嘗《かつ》て神聖論《しんせいろん》[二]を拒否《きよひ》するにあたりて、恋《こひ》とはうつくしき詞《ことば》もて、きたなき夢《ゆめ》を叙《じよ》するものぞとわれの言《い》へるを、詳《つまびら》かにしたりとも、約《つゞまや》かにしたりとも言得《いひう》べきもの也《なり》。
○危《あやふ》きは世《よ》に謂《い》ふ恋《こひ》なるかな。一《ひと》たびするも、十《と》たびするも、符号《しるし》を遺《のこ》すことなく、痕跡《あと》[三]を留《とゞ》むることなし。
○相見《あひみ》ば恋《こひ》は止《や》むべきか、相逢《あひあ》はば恋《こひ》は止《や》むべきか、相語《あひかた》らば恋《こひ》は止《や》むべきか。切《せつ》に求《もと》めて休《や》むことなきものは恋也《こひなり》。
○須《すべか》らくわれも世《よ》につれて、相思《あひおも》ふを恋《こひ》といふべし。最後《さいご》やいかに。限《かぎ》りなきおもひの程《ほど》を互《たがひ》に表示《へうじ》するに於《おい》て、通告《つうこく》するに於《おい》て、将又交換《はたまたかうくわん》するに於《おい》て、唯《たゞ》一《ひと》つなる方法《はうはふ》は相擁《あひいだ》[四]きて眠《ねぶ》るにあらぬか。
○ふたりが恋《こひ》の契約書《けいやくしよ》にありては、肉交《にくかう》[五]は証券印紙《しようけんいんし》[六]なり。之《これ》を貼用《てふよう》するにあらざれば、自己《じこ》も猶効力《なほかうりよく》を認《みと》めず。
○恋《こひ》は親切《しんせつ》を以《もつ》て成立《せいりつ》す、引力也《いんりよくなり》。不《ふ》親切《しんせつ》を以《もつ》て持続《ぢぞく》す、弾力也《だんりよくなり》。疑惑《ぎわく》は恋《こひ》の

一　美しい言辞を弄しながら、実際には淫猥な関係であること。
二　恋愛神聖論。「吾等のラブは情欲以外に立てり、心を愛し、望みを愛す」(北村透谷、石坂ミナ宛書簡、明治二十年九月四日付)のように、色や恋などの情欲と峻別して、近代的な「恋愛」を神聖なものとして絶対視する立場。
三　北村透谷が「厭世詩家と女性」(『女学雑誌』明治二十五年二月)において、「恋愛は各人の胸裏に一墨痕を印して、外には見ゆ可からざるも、終生抹すること能はざるの奇蹟なり」と述べることを踏まえる。
四　「相擁きて眠る」は『わすれ貝』では「△△△△△△」(以下、△は伏字)。
五　「肉交」は『わすれ貝』では「△△」。
六　手数料、税金などを納付したことを証明するために書類などに貼付する法定の紙片。

要件也《えうけんなり》。

○夫婦《ふうふ》は恋《こひ》にあらざること、言《い》ふ迄《まで》もなし。夫婦《ふうふ》は恋《こひ》の失敗者《しつぱいしや》と失敗者《しつぱいしや》とを結《むす》び合《あは》せたるものなること、亦《また》言《い》ふ迄《まで》もなし。「鮨《すし》をと思《おも》つたが蟇口《がまぐち》の都合《つがふ》で蕎麦《そば》にして置《おく》のだ」とは、われの既《すで》に言《い》へる所《ところ》なり。

○握手《あくしゆ》は子《こ》をなす事《こと》なし。夫婦《ふうふ》の愛《あい》は肉《にく》より生《しやう》ず。かの婚姻《こんいん》なるものを看《み》よ、そを四隣《りん》に吹聴《ふいちやう》して憚《はゞか》らず、以《もつ》て儀式《ぎしき》となすにあらずや。

○唄浄瑠璃《うたじやうるり》[七]は言《い》ふにも及《およ》ばず、古《いにしへ》の和歌《わか》の今《いま》に伝《つた》へて人《ひと》の誠《まこと》となすもの、恋《こひ》となすもの、多《おほ》くは肉欲也《にくよくなり》[八]。倶《とも》に寝《い》ねん[九]ことを望《のぞ》めり。いづれの邦《くに》の歴史《れきし》と雖《いへど》も、かげには必《かなら》ず子宮病《しきうびやう》[一〇]の伏在《ふくざい》せる者《もの》なるを思《おも》ふ。

○劇《げき》にて見《み》たる初菊《はつぎく》[一一]は、いと率直《そつちよく》なる婦人《ふじん》なりき。公衆《こうしゆ》の面前《めんぜん》に於《おい》て、せめて一夜《ひとよ》の祝言《しうげん》を強請《きやうせい》せり。

○何故《なにゆゑ》に女子《ぢよし》は貞淑《ていしゆく》[一二]ならざる可《べか》らざるか。何故《なにゆゑ》に女子《ぢよし》をして貞淑《ていしゆく》ならしめざる可《べか》らざるか。女子《ぢよし》に操《みさを》[一三]ありと信《しん》ずる者《もの》は、自己《じこ》の零落《れいらく》を知《し》らざる者也《ものなり》。相携《あひたづさ》へて途上《とじやう》を行《ゆ》くとせよ、妻《つま》の眼《め》の何《なに》ものに注《そゝ》がれ、妻《つま》の眼《め》に何《なに》ものゝ映《うつ》れるかを、夫《をつと》は察知《さつち》するの能力《のうりよく》なき者也《ものなり》。況《いは》んや抑制《よくせい》をや。能力《のうりよく》と言《い》はざる迄《まで》も、妻《つま》が夜《よ》毎《ごと》の夢《ゆめ》の始終《しじう》を、明《あきら》かに聴《き》く可《べ》き信用《しんよう》だに無《な》き者也《ものなり》。

七 人形浄瑠璃に対し、宴席用の歌がかった浄瑠璃の総称。一中節の太夫から転向した初世富士田吉次(治)(ふじたきちじ=一七一四-七一)によって、長唄に浄瑠璃の曲節を加えた唄浄瑠璃が創出されたといわれる。

八 「肉欲」は『わすれ貝』では「△△」。

九 「寝ねん」は『わすれ貝』では「△△△」。

一〇 「子宮病」は『わすれ貝』では「△△△」。どの国の歴史にも、みだらな閨房の営みが背景にあること。

一一 寛政十一年(一七九九)初演の人形浄瑠璃『絵本太功記』の登場人物で、明智(作中では武智)光秀の嫡男十次郎の許嫁。十段目「尼崎閑居の場」において、謀叛をおこした光秀の母皐月と妻の操は、躊躇する十次郎をせき立てて初菊との祝言を上げさせ、その出陣を見送る。

一二 「貞淑」は『わすれ貝』では「△△」。次文の「貞淑」も同様。

一三 「操あり」は『わすれ貝』では「△△△」。

○希《こひねが》はくは安《やす》んぜよ、満天下《まんてんか》の女子諸君《ぢよししよくん》。現行犯《げんかうはん》ならざる限《かぎ》りは、すべての女子《ぢよし》は操正《みさほたゞ》[一]しき者《もの》なり。

○恐《おそ》らくは有夫姦《いうふかん》[二]は、法律《はふりつ》の禁《きん》ず可《べ》きものにあらざるべし。

○われは貞婦《ていふ》、烈女《れつぢよ》の伝《でん》を読《よ》みて、かゝりし人《ひと》のまことに在《あ》りけんよしを確信《かくしん》したり、嘆称《たんしよう》したり。されど若《も》しわれと同《おな》じき世《よ》に在《あ》らしめば、もはや理窟《りくつ》の要《えう》なし、これはたまらぬとより多《おほ》くを言《い》ふ能《あた》はず。

○十年《ねん》の語《かた》らひも、一言《ごん》によりて去《さ》り去《さ》らるゝを夫婦《ふうふ》といふ。よしや倶々《ともぐ》、あかぬ中《なか》にも仔細《しさい》ありて、ないてくれるか初杜鵑《はつほとゝぎす》[三]、血《ち》を吐《は》く程《ほど》の別《わか》れをなしたりとも、十日《とをか》、廿日《はつか》、一月《ひとつき》を隔《へだ》つれば心全《こゝろまつた》く他人《たにん》也《なり》。女子《ぢよし》の進退《しんたい》[四]は、毫《がう》も暦日《れきじつ》と関係無《くわんけいな》し。

○卯田子《ばうでんし》[五]に告《つ》ぐ。犬《いぬ》の能《よ》くせざる事《こと》をも、妻《つま》は能《よ》くすとや。結構《けつこう》なる事也《ことなり》。されどわれより言《い》はば、犬《いぬ》の為《な》す事《こと》をも、妻《つま》は為《な》さゞるなり。犬《いぬ》の為《な》さゞる事《こと》をも、妻《つま》は為《な》すなり。子《し》とわれとは、もと発着点《はつちやくてん》を異《こと》にす、深《ふか》く争《あらそ》ふの要《えう》なからん歟《か》。猶子《なほし》は真実《しんじつ》と虚偽《きよぎ》とに就《つい》て弁《べん》を費《つひや》したれども、こはわが前日《ぜんじつ》の文《ぶん》を熟読《じゆくどく》せざりしものなるべし。

○わが所思《しよし》をつらねたると、時弊《じへい》をうつしたると、換言《くわんげん》すれば正面《しやうめん》と側面《そくめん》とを、

一 「操正しき」は『わすれ貝』では「△△しき」。

二 「有夫姦」は『わすれ貝』では「△△△」。有夫の女性が他の男性と姦通すること。明治十三年七月に布告された「刑法」第三百五十三条に、「有夫ノ婦姦通シタル者ハ六月以上二年以下ノ重禁錮ニ処ス」とある。

三 泣くことにホトトギスの初鳴きを掛ける。ホトトギスは鳴くと口腔の鮮紅色が目立つので、「啼いて血を吐く」と形容された。同時期に徳冨蘆花「不如帰（ほととぎす）」(『国民新聞』明治三十一年十一月―三十二年五月)が連載されている。

四 「タチフルマヒ」(山田美妙『日本大辞書』)。

五 『わすれ貝』では以下三項目削除。卯田子の時評については未詳。

眼前口頭《がんぜんこうとう》は一〱区分《いちくくぶん》せず。されば宗教《しゆうけう》、社会《しやくわい》、及《およ》び婦女《ふちよ》といふことに関係《くわんけい》ある諸雑誌《しよざつし》の、この程《ほど》は一斉《せい》にわれに鋒《ほこ》を向《む》けたれども、多《おほ》くは誤読者《ごどくしや》のみ。答《こた》ふべき義務《ぎむ》なし。[六]其芸娼妓《そのげいしやうぎ》を目安《めやす》とすといへる記者《きしや》の如《ごと》き、頭脳《づなう》の不透明《ふとうめい》を憫《あはれ》むの外無《ほかな》し。わが目《め》に触《ふ》れし限《かぎり》にては、唯《ひと》り[七]六合雑誌《りくがふざつし》のみぞ、解《かい》を誤《あやま》らざるに近《ちか》かりける。

○特別知識《とくべつちしき》、是《こ》れ通也《つうなり》と解《かい》したる[八]帝国文学記者《ていこくぶんがくきしや》の言《げん》は、一時《じ》の笑《わら》ひぐさなりき。[九]太陽記者《たいやうきしや》、また〱之《こ》れと同《おな》じ事《こと》を言《い》へり。

＊

○恋《こひ》は花《はな》か、色《いろ》は実《み》か。花《はな》の実《み》となるは必然《ひつぜん》にして偶然也《ぐうぜんなり》、偶然《ぐうぜん》にして必然也《ひつぜんなり》。散《ち》れよ花《はな》、花《はな》は初《はじ》めより散《ち》るに如《し》かず。忘《わす》れよ恋《こひ》、恋《こひ》は初《はじ》めより忘《わす》るゝに如《し》かず。

○花間《くわかん》に月下《げつか》に、言《い》はぬ思《おも》ひの唯打対《たゞうちむか》ひて果《は》つべき生涯《しやうがい》ならば、われは恋《こひ》の神《しん》聖《せい》を疑《うたが》はじ。彼《か》れと此《こ》れとは倶《とも》に初恋《はつこひ》の、つゆ動《うご》かぬ保証《ほしよう》を公《おほやけ》に得《う》るものならば、われもさまでは疑《うたが》はじ。

○恋《こ》ふるにいさゝかの価《あたひ》ありとも、恋《こ》はるゝに価《あたひ》なし。成就《じやうじゆ》の一方《ぱう》より言《い》はゞ、恋《こひ》はまぐれ当《あた》り也《なり》、ぶつかり加減也《かげんなり》、一寸《ちよつと》したキツカケ也《なり》。

六 この時評については未詳。

七 『六合雑誌』第二一八号（明治三十二年二月十五日発行）における尚亭生「時事雑感」の発言を指す。尚亭生は「（七）当世女子の堕落」として「眼前口頭」を取り上げ、二月八日付（二〇二頁二行目以下）の「才を娶らんよりは、財を娶れよ」などを引用。「吾人余りに其語の酷なるを嫌ひたりき」と述べつつ、「退ひて考ふるに方今の女子滔々此大病に罹らざるもの夫れ幾何ぞ、予輩は切に当今の女子が品位を保たんことを望む也」などと、緑雨の指摘に理解を示している。『六合雑誌』は、小崎弘道、植村正久らによって明治十三年に創刊されたキリスト教主義の総合雑誌。

八 緑雨が『万朝報』に「某」名義で書いた「批評家の特別智識」（明治三十一年七月十九日付）に対して、『帝国文学』（同年九月）の雑報「涼風一陣」が、「万朝報のそれがしが時文評こそ面白きものなれ。区々として瑣細のあらを拾ひ、連に特別知識とやらを云々す、定めて穿つた積なるべし」などと評したことをいう。

九 『太陽』（明治三十二年二月二十日）の時事評論「時代の精神と大文学」に、「待合遊廓の通語を知り、芸妓『メカケ』の内幕を探り、遊蕩社会の応酬に通ずるは、尚ほ依然として今の小説家が第一の資格とする所也。彼等は時に『特別智識』なるものを有す、是れ特別の階級特別の職業に行はるゝ特別の習慣言語の謂なり、彼等は必要も無き所にこの是の『特別知識』を振廻して其『ツウ』なるに誇る」などとあることを指す。

○献身的恋愛《けんしんてきれんあい》となん、呼《よ》ばるゝものありとぞ。日《ひ》に三《み》たびは飯食《めしく》ふべき身《み》を献《さゝ》げ来《こ》らるゝも、時《とき》に依《より》ては迷惑《めいわく》なるものに思《おも》はる。

○恋《こひ》と言《い》はず、更《さら》に色《いろ》[一]と言《い》はん。われは混《こん》ずることなかるべし。色《いろ》とは富《とみ》の副《ふく》産物《さんぶつ》なり、屈托《くつたく》なき民《たみ》の鬨声《ときのこゑ》なり、今日《こんにち》の如《ごと》くめでたきものなり。

○こゝを以《もつ》て、われは一[二]押《おし》二金《かね》といへる人《ひと》よりは、一暇《ひま》二金《かね》といへる人《ひと》の炯眼《けいがん》[三]に服《ふく》せざるを得《え》ず。其《その》[四]ともに「をとこ」[五]を三位《さんゐ》に置《お》けるも、故《ゆゑ》なきにあらず。男《をとこ》の器量《きりやう》を貨幣《くわへい》につもらば、僅《わづか》に三銭《せん》四銭《せん》の顔剃代《かほそりだい》を以《もつ》て上下《しやうか》する者《もの》なればなり。

○爨《さ》[六]婦《ん》も丁稚《でつち》も打交《うちまじ》りて臥《ふ》せる低《ひく》き屋根《やね》の下《もと》と、坊《ぼつ》ちやまも嬢様《ちやうさま》も各《かく》お座敷《ざしき》を有《いう》せらるゝ高殿《たかどの》の上《うへ》と、所謂醜聞《いはゆるしうぶん》の孰《いづ》れに多《おほ》きかを比較《ひかく》し看《み》よ。是亦余《これまたよ》裕《ゆう》の一例《れい》なるべし。

○あゝ[七]天《てん》はわれらに授《さづ》くるに、血《ち》と肉《にく》とを以《もつ》てす。相互《あひたが》ひに求《もと》むる所《ところ》あるは、寧《むし》ろ至当《したう》の権利《けんり》ならん歟《か》。

○わが前号《ぜんがう》の文《ぶん》をよみて、言《げん》を寄《よ》せ来《きた》れる人々《ひとぐ》に告《つ》ぐ。今《いま》に及《およ》びてわれは表白[八]の場合《ばあひ》と、描出の場合《ばあひ》とを弁《ことわ》らざるべし。望《のぞ》むらくは社会《しやくわい》、現時の状態に鑑《かんがみ》んことを。

一　色情、情交の意。

二「一押二金三男」。一に押しがつよいこと、二に金離れがいいこと、三に男振りがいいこと。俗に女を口説く条件とされた。『唾玉集』所収の談話「『かくれんぼ』」(本巻「付録」参照)に、「昔から一おし、二かね、三男、と云ひ又一閑暇(ひま)、二金、三男、とも云ふ、縹致(きりやう)で余り色は出来るものではないんだね」とある。

三　さかしく、鋭い眼力。

四「其ともに」は『わすれ貝』では「其共に」。

五「一押二金」にしろ、「一暇二金」にしろ、その次の「三」が「男」であるということ。

六　御爨(おさん)。女中。下女のこと。「おさんどん」とも。

七『わすれ貝』では以下二項目を削除。

八　自分の意見や存念を表明・告白する場合と、現実の出来事を描き出す場合とを区別しない。

痩々亭骨皮道人

浮世写真《うきよのしやしん》 百《ひやく》人《にん》百《ひやく》色《いろ》（抄）

中野三敏 校注

骨皮道人（文久元年〈一八六一〉―大正二年）は本名西森武城、愛媛県松山出身。

〔**底本**〕明治二十一年一月三十一日「京橋区銀坐弐丁目六番地　共隆社」の刊行である。本巻には全冊ではなく抜粋して収めたので、全体の構成を記す。洋装本一巻一冊。表紙は上部に横書三行「痩痩亭骨皮道人著／浮世写真／百人百色」とあり、中央に男女一対の頁を開いた形の写真帖を斜めに配し、下部に横書一行「東京共隆社発兌」とある。扉は中央に大きく「版権所有／共隆社」と刻した印面を布置するのみ。続いて自序六頁分、そのうち見開き二頁は右田年英の口絵にあてる。さらに目録五頁分、緒言二頁分を置き、本文は十四頁から始まり一四八頁に終る。終りに二頁分の奥付と十頁分の共隆社出版書目を付す。書目には三木愛花や骨皮道人等を中心に十九種の書名を内容説明つきで載せている。

〔**内容・評価**〕本巻には自序及び緒言と、本文百章のうちの特に新時代の風俗に関わる三十七章を抜粋して収録した。

　その内容は緒言に述べる通り、維新以後二十年ほどの間に一斉に展開し始めた新しい社会現象の数々を、百通りの業態や性癖として捉えて、その粗探しを試み、各章末に短評を付したもので、その表現手法は式亭三馬が晩年得意とした百癖・百馬鹿ものというべき短編風俗時評的な筆法を以てする。実例は『四十八癖』（文化九年〈一八一三〉―文政二年〈一八一九〉）や、『古今百馬鹿』（文化十一年〈一八一四〉）等の中本（滑稽本）に見得るところであり、このスタイルは早く浮世草子の気質ものに始まり自堕落先生・風来山人・山東京伝の後をうけて三馬によって完成され、以後多くの追随者を生みつつ明治期に至る伝統的なものである。三馬の諸本などは明治に入っても後印本・再板本が続出し、『四十八癖』などは明治十八年の尾形月耕挿絵入りの活版本としても再板されるなど、本作品と全く同時代的に受容されてもいる。

　人物の職業的あるいは個人的な性癖を捉えて、その短所や欠点を滑稽な筆致を主としてあばきたて、随所に教訓的言辞をちりばめる手法は、近代主義的な批評眼を以てすれば極めて類型的な人間把握として退けられる運命にはあったろうが、文芸における滑稽や教訓の位置づけや表現手法に関しては、却って近代主義の盲点であった嫌いもあり、その意味からも見直されて然るべき作品であろう。

　著者は明治十八年からの執筆活動が明らかだが、同二十年代を通じて社会戯評に縦横に筆を揮い、余りに濫作を重ねたので却って評価を落し埋没した憾がある。

浮世《うきよの》写真《しやしん》　百人《にん》百色《いろ》自《じ》序《じよ》

[一]お前《まへ》百まで私《わし》や九十九までトは夫婦《ふうふ》の睦敷《むつましき》を穿《うが》ち　起《たて》ば芍薬《しやくやく》坐《すは》れば牡丹《ぼたん》あゆむ姿《すがた》は百合《ゆり》の花《はな》トは美人《びじん》を賞讃《しやうさん》せしなり　扨今日《さてこんにち》の世《よ》の中《なか》は天下《てんか》泰平《たいへい》にしてお前《まへ》百までの如《ごと》く睦敷《むつましく》また其姿《そのすがた》百合《ゆり》の如《ごと》く優美《ゆうび》なり　是《こ》れ何《なに》に依《よつ》て然《しか》る乎《か》　他《た》なし　[二]百揆《き》其人《そのひと》を得《え》て百政《せい》揚《あが》ればなり　左《さ》れば百事《じ》百般《ばん》百工《こう》百技《ぎ》もこれを百年《ねん》前《まへ》　イヤ其様《そんな》に大昔《おほむかし》を引合《ひきあ》ひに出《だ》さずとも一寸《ちよつと》二十年前《ねんまへ》に比《ひ》すれば丸《まる》で[三]当百《たう》の天保銭《てんぽせん》と百円札程《ゑんさつほど》の大違《おほちが》ひあり　今《いま》その[四]一班《ぱん》を挙《あぐ》れば彼《か》の三上山《みかみやま》を七巻半巻《まきはんまき》たる[五]百足《むかで》の話《はな》しも[六]百鬼夜行《きやぎやう》の化物《ばけもの》も皆嘘《みなうそ》八百と悟《さと》り　[七]五百羅漢《らかん》へ[八]百度《ど》詣《まゐ》りをして[九]百万遍《まんべん》を迂鳴《うなり》しお婆《ばあ》さんも此世《このよ》を極楽《ごくらく》と思《おも》ひ直《なほ》し　百燈《とう》を点《てん》じて[一〇]百物語《ものがた》りに戯《たはむ》れし子供衆《こどもしゆう》も英語《えいご》の議論《ぎろん》と変《へん》じ　[一一]百人町《にんまち》から百度通《たびかよ》ふ如《ごと》き蕩楽者《だうらくもの》も跡《あと》を絶《た》ち数《すう》百の手下《てした》を随《したが》へて百姓町人《しやうちやうにん》を艱《なやま》せし[一二]妲妃《だつき》のお百の如《ごと》き悪党《あくたう》も種切《たねぎれ》と為《な》り　[一三]百味箪笥《みだんす》の匙加減《さじかげん》も水薬《みづぐすり》の百瓶《びん》と変《かは》り　百薬《やく》の長《ちやう》と思《おも》ひし銘酒《めいしゆ》も健康《けんかう》に害《がい》ありと[一四]衛生《ゑいせい》に注意《ちうゐ》し　一時《じ》幅《はゞ》を利《き》かせし[一五]三百代言《だいげん》も真《しん》の法律家《はふりつか》に圧倒《あつたう》せられて　[一六]百両《りやう》の抵当《かた》に編笠《あみがさ》一蓋《かい》の胡麻化子《ごまくわし》も[一七]百日《にち》の説法屁《せつばふへ》一ツと為《な》り　[一八]百年《ねん》の苦楽《くらく》他人《たにん》に依《よる》と甘《あま》んぜし婦女子《ふぢよし》も[一九]女権拡張《ぢよけんくわくちやう》の説《せつ》を唱《とな》へて[二〇]百折撓《せつたゆ》まずして議論《ぎろん》百出《しゆつ》し　[二一]清《きよ》

一「お前百まで私や九十九まで」「起ば芍薬…」、何れも江戸前期から伝えるまで、共に白髪の生えるまで」「起ば芍薬…」、何れも江戸前期からある諺にもとづく俗謡。以下この序文は「百尽し」を趣向する。　二「百揆」は「百官」と同じく、多くの官吏。明治新政府に多くの人材が揃って、政策のすべてが実効をあげているという祝意。

三 天保六年(一八三五)鋳造の天保銭は、背に「当百」と刻され、一枚百文通用。「百円札」は明治五年新紙幣として発行の後、同三十二年に通用停止。その代り日本銀行券が明治十八年から三十三年までに三種発行される。　四 一部分。

五 御伽草子『俵藤太物語』に、平将門を討った藤太秀郷が、若年時、瀬田の橋上で仕留めたという大百足の怪物。→『当世商人気質』四頁注六。

六 多くの妖怪が夜半に行列する様子。平安期から実在する物として物語類に登場するが、室町期に土佐派の絵師によって絵巻が作られ、具体的に形象化され、江戸期まで流行した。

七 石造の仏弟子五百人の像。天台山の五百羅漢像を始め、日本でも諸所に数多く、江戸では本所五ツ目の羅漢寺が黄檗風の建物で名所となり、明治四十年に目黒へ移転し、現在に至る。

八「お百度」とも。社寺の中の一定の距離を百回往復しながら祈願する俗信の一。

九 車座になり、大きな一本の珠数を全員で持ち、珠を順送りに回しながら念仏を唱える俗信の一。

一〇 座敷に百個の蠟燭または灯明を点し、一話ずつ怪談をし、その度に一つずつ灯を消して、百話が終ると必ず怪異が現れるとされる怪談の会。江戸初期から行なわれている。

一一 幕府鉄砲組百人同心の住宅地で、青山や新宿大久保にその組屋敷があったので町名となる。同心の中には道楽者もいて、度々遊里へ通う者を諷した俚諺か。

応需
年英画

一二「妲妃」は中国殷の紂王の妃の名で、残忍な悪女として名高く、幕末にはその名を冠する毒婦を材とした講談『妲妃のお百』が桃川燕林の口演で大いに当る。一三 漢方医の用いる薬箪笥。百ほどもある小抽出しを並べる。一四 中国古代からある用語だが、幕末・明治期の一種の流行語ともなり、「衛生会規則」(明治十二年)、「衛生警察」(同十三年)等、衛生医務の必要が大いに説かれた。
一五 明治初期、法廷で原告の名代として弁論する「代言人」の称が出来、明治九年二月には「代言人規則」も出来て免許制となるが、中には極めて人格劣悪の者もあって、それを「三百代言」とよんだ。一六 諺。百両の金の担保が編笠一つというような、いい加減な話。
一七 諺。長い間の苦労が、ほんの一つの失敗で無駄になること。
一八 諺。女性の一生は苦楽ともに夫次第の意。白楽天・新楽府「太行路」の詩句による。
一九 いわゆる「男女同権論」は文明開化の一端として、主として『明六雑誌』に森有礼・津田真道等が論じ始め、大いに流行する。
二〇 熟語「百折不撓」。何度くじけても志を変えぬこと。蔡邕の「橋太尉碑」の文句。
二一 明治初期の浮世絵師小林清親の人気浮世絵シリーズ『百面相』。明治十六年出版。清親は大正四年十一月二十八日没。六十九歳。

以上二一一頁

絵 右田年英。浮世絵師。文久二年(一八六二)生、大正十四年没。六十四歳。名は豊彦、俗称は豊作、別号は梧斎・晩翠楼・一頴斎。豊後国(現大分県)北海郡臼杵村生まれ。芳年門。新聞挿絵等多い。

親氏《ちかし》の百面相《めんさう》　芳年翁《よしとしおう》[一]の月《つき》百姿《し》は百眼《まなこ》[二]を驚《おどろ》かして美術《びじゆつ》に感心《かんしん》せしむる等《とう》の事《こと》を
一々《いちく》並《なら》べ来《きた》らば　縦《たと》ひ百本《ぼん》の筆《ふで》[三]を坊主《ばうず》にし百挺《ちやう》の墨《すみ》を磨《すつ》て書立《かきたて》るも中々《なかく》容易《ようい》に
尽《つく》す能《あた》はず　且又諸君《かつまたしよくん》とても是等《これら》の事《こと》は百も御承知《ごしようち》二百も御合点《ごがつてん》なれば　今更《いまさら》
道人《だうじん》のお饒舌《しやべり》を要《えう》せず　併《しかし》ながら　諺《ことはざ》にも十人《にん》十色《いろ》と云《い》へば百人寄《にんよ》れば百色《いろ》に
違《ちが》ひない　ソコデ道人《だうじん》が一寸思《ちよつとおも》ひ附《つい》て　百人《にん》の腹《はら》の中《なか》を穿《うが》ちて滑稽《こつけい》の百談《だん》とせ
し訳《わけ》なるが　果《はた》して百発《ばつ》百中《ちう》と参《まゐ》りしか如何《いかゞ》か存《ぞん》ぜねども　何卒相変《なにとぞあひかは》らず一読《どく》
して百笑《せう》せられん事《こと》をねがふと申《まう》す　頓首《とんしゆ》百拝《はい》

明治廿年第十一月　　　骨皮道人[四]しるす

一　浮世絵師大蘇月岡芳年の百枚シリーズ『月百姿』。明治十八年から二十四年まで板行。芳年は明治二十五年六月九日没。五十四歳。
二　江戸・化政期（一八〇四―三〇）頃からの寄席芸の一つに「百眼」があり、種々の目鬘をとりかえて面相を演じわける「百面相」の芸をいうが、ここは単に多数の人の眼を驚かすの意か。
三　筆を使い切ってしまうこと。
四　実名西森武城。文久元年〈一八六一〉生、大正二年一月十九日没。五十三歳。愛媛県松山の人。本作品奥付には「東京府平民、四ツ谷区永住町拾番地」とある。明治十年代から諸種の新聞・雑誌の編集にかかわり、明治二十年刊『当世滑稽文章』あたりから三馬や一九など江戸後期戯作の系統を継ぐ自虐的な滑稽風刺の文章の書き手として認められ、以後濫作して一時代を築いた。痩々亭、愛柳痴史等の別号もある。中込重明「近代文学史と笑い」（『明治文芸と薔薇』右文書院、二〇〇四年四月）に詳しい。

浮世《うきよの》写真《しゃしん》 百人《にん》百色《いろ》

痩々亭骨皮道人戯著

緒《ちょ》言《げん》

[一]烏《からす》は色《いろ》の黒《くろ》いには憎《にく》まれ無《な》いが口《くち》に憎《にく》まれると云《い》ひますが　成程《なるほど》さうかも知《し》れません　其証拠《そのしやうこ》には骨皮道人《わたくし》などは骨《ほね》と皮《かは》ばかりで実《じつ》に[二]肉気《にくげ》のない男《をとこ》で御坐《ござ》いますから　人様《ひとさま》に憎《にく》がられる因縁《いんねん》がないと思《おも》ツて居《を》りますに　何云《どうい》ふものか兎角《とかく》に口《くち》の悪《わる》いので憎《にく》まれます　併《しか》しながら是《これ》も[三]持《もつ》て生《うま》れたが因果《いんぐわ》で今更《いまさら》どうとも致《いた》し方《かた》の無《な》い訳《わけ》で御坐《ござ》います　トは申《まう》すものゝ何《なに》も真底腹《しんそこはら》の中《なか》まで悪《わる》い了《れう》簡《けん》のある訳《わけ》ではなく　早《はや》く申《まう》せば遠慮《ゑんりよ》するのが大嫌《だいきら》ひで人様《ひとさま》にお世辞《せじ》を云《い》ふ事《こと》が出来《でき》ない　ソコデ難《なん》でも艱《かん》でも腹《はら》の中《なか》に思《おも》ツた事《こと》は洗《あら》ひ渫《ざら》ひ饒舌《しやべ》ツて仕舞《しま》ふと云《い》ふ　実《じつ》は淡泊《たんぱく》な人間《にんげん》で御坐《ござ》いますから　無暗《むやみ》に人様《ひとさま》の短所《あら》を保痴繰《ほぢく》り出《だ》して憎《にく》らしい男《をとこ》の様《やう》で有《あり》ますれど　其替《そのかは》り道人《わたくし》の短所《あら》をイクラお饒舌《しやべ》り成《な》されても道人《わたくし》は屁《へ》とも思《おも》ひませんから　若《も》し道人《わたくし》を憎《にく》い奴《やつ》だと思召《おぼしめ》さるゝお方《かた》は矢張《やは》り御遠慮《ごゑんりよ》なく道人《わたくし》の短所《あら》を俗痴《ほぢ》くり出《だ》して[四]汚短珍《おたんちん》とでも当変朴《たうへんぼく》とでも何《なん》とでも

一 諺。「色の黒いには憎まれねど、口故に憎まるるとあって、人に渾名をよばれたる烏寒左衛門…」(式亭三馬『素人狂言紋切形』下)。
二 「憎気のない」の洒落。実際に痩せて貧相な人物であったらしい。
三 諺。「持ったが因果」「持ったが病(やまい)」とも。なまじ持って生れたために苦労するの意。
四 何れも罵言の一。江戸中期から、おおむね遊里から流行り始めた言葉。

仰《おつ》しやツて下《くだ》さい　左様《さう》すればお互《たがひ》に短所《あら》の保痴繰競《はちくりくら》で悪口《わるくち》の平均《へいきん》が出来《でき》ますト申《まう》すと此度《このたび》も何《なに》か大変《たいへん》な悪口《わるくち》を担《かつ》ぎ出《だ》す様《やう》ですが　此前口上《このまへこうじやう》の触出《ふれだ》しほど悪《わる》口《くち》を並《なら》べる訳《わけ》では御坐《ござ》いません　只《たゞ》ほんの道人《わたくし》の耳《みゝ》に聞《き》き眼《め》に見《み》ました丈《だけ》の事《こと》を百種集《しゆあつ》めまして　ポツチリヅヽお噂《うはさ》を致《いた》す斗《ばか》りで御坐《ござ》いますから　若《も》し之《これ》を御覧《ごらん》の上《うへ》で　成程《なるほど》これは悪《わる》い如何様《いかさま》これは尤《もつと》もだと御気《おき》が附《つか》れましたならば悪《わる》い事《こと》はお改《あらた》め下《くだ》さるし善事《よいこと》は真似《まね》て下《くだ》さる様《やう》　何《どう》か御注意《ごちうい》の届《とゞ》く丈《だけ》は御注意《ごちうい》を願《ねが》ひ度《たい》と存《ぞん》じまして　茲《こゝ》に斯様《かやう》なものを担《かつ》ぎ出《だ》しました　尤《もつと》も頭《あたま》の上《うへ》に番号《ばんがう》を附《つけ》ましたのは人間《にんげん》の順序《じゆんじよ》を附《つけ》た訳《わけ》では御坐《ござ》いません　是《これ》はホンの目印《めじるし》で御坐《ござ》いますから　僉《みな》さん其《その》お積《つもり》で御覧《ごらん》ください　マーヅは是《これ》より百物語《ものがた》りの始《はじ》まり左様《さやう》

○第《だい》一　新聞記者《しんぶんきしや》[一]

給《きふ》——仕《じ》……水持《みづもつ》て来《こ》い　然《そ》して糊《のり》もないゾ　毎日極《まいにちきま》り切《き》ツて居《を》る事《こと》ぢや無《な》いか　明日《あした》から能《よ》く気《き》を附《つけ》るが宜《い》い……ハテ今日《けふ》は何《なに》を書《か》からか知《し》ら　長《なが》らく[二]社説《しやせつ》を書《か》か無《な》いから論説《ろんせつ》を一ツ遣《やつ》て見《み》やうか　マテよ論説《ろんせつ》を書《か》くにやア自分《じぶん》の主義《しゆぎ》と意見《いけん》を吐露《とろ》し無《な》けりやア丈夫《をとこ》らしくない　イヤ丈夫《をとこ》らしく無《な》い計《ばか》りでなく素寒貧《すかんぴん》の屁《へ》の様《やう》な文章《ぶんしやう》では何《なん》の役《やく》にも立《たゝ》ず　ト云《い》ツて自己《じこ》の主義《しゆぎ》と意見《いけん》を吐《と》露《ろ》しちやア少《すこ》し剣呑《けんのん》[三]に思《おも》ふ所《ところ》も無《な》きにしも非《あら》ずだから　マアマア君子《くんし》は危《あやう》きに近《ちか》よらず　是《これ》は主任者《しゆにんじや》に任《まか》せて置《おい》て雑報《ざつぱう》[四]の記事《きじ》に取掛《とりかゝ》らうか　処《ところ》で雑報種《ざつぱうだね》は何《なに》が有《あ》るか知《し》らん　ムヽ有《あ》つたく　是《これ》やア近頃《ちかごろ》にない上等種《じやうとうだね》らしい　此奴《こいつ》を流《りう》暢《ちやう》に書《か》けば可《か》なり面白《おもしろ》く出来《でき》るだらうか　イヤ此奴《こいつ》ア滑稽文《こつけいぶん》に書《か》いた方《はう》が却《かへ》ツて面白《おもしろ》いか知《し》らん……オ是《これ》やア駄目《だめ》だ　何処《どこ》の何兵衛《なにべゑ》だか住所《ぢうしよ》も姓名《せいめい》もない

給《きふ》——仕《じ》　給仕「(口《くち》の中《うち》にて)能《よ》く給仕《きふじ》くと呼附《よびつけ》やアがるなア……ハーイ

記者「この種《たね》は誰《だれ》が持《もつ》て来《き》たんだ　給仕「大《おほ》かた耳野長蔵《みゝのながざう》[五]さんでせう　記者「あの男《をとこ》は何時《いつ》でも斯様《こん》な訳《わけ》の分《わか》らない物《もの》を持《もつ》て来《き》て困《こま》る……然《さう》して何《なん》とか言《い》ツて置《お》きやア仕《し》なかツたか　給仕「ドレです　記者「是《これ》サ　給仕「夫《そ》れやア駿《する》[六]

一 新聞は新時代を代表する文物の一。文久二年(一八六二)一月発行の『官板バタビヤ新聞』に始まり、以後は猖獗を極め、明治十年代にはいわゆる「小新聞」の低劣な暴露記事などが世間の嫌忌する所となって、新聞記者といえば大いに嫌われるような状況が生じる。

二 福地桜痴が日報社(明治五年二月創立)の編輯を担当して創めたものという。

三 新聞記事が当局の忌諱に触れたのは、明治元年の『江湖新聞』の記事により桜痴が入獄し、発行停止となったのを始めとして明治二十年代に至るまで、しばしば禁止・停止処分を受けた。明治十四—十八年までの各年平均で禁止四、停止四十八と数えられている(『明治事物起原』第八編)。

四 社会面の種々の事件を報道する欄。いわゆる醜聞種が多い。

五 擬人名。噂咄を聞きかじり、喜ぶ人の意。

六 神田川沿いの御茶の水台地の南側一帯の地名。江戸期から大名や幕臣の武家屋敷が多く、新政府の高官や公卿の屋敷地となり、坊城俊政・藪実方・白川資訓等の公卿、戸田氏共・忠綱など旧大名の屋敷がある。

河《が》台《だい》の何《なん》とか云《い》ツたツけ　ム丶此処《こゝ》に書《か》いてある　是《これ》です　記者「ナニ駿河台《するがだい》の　ドレ見《み》せ給《たま》へ……オーヤ〳〵大変《たいへん》〳〵　是《これ》は剣呑《けんのん》　これを出《だ》さうものなら直《すぐ》に一寸来《ちよつとこ》いだ　ハテナ外《ほか》に何《なん》ぞ面黒種《おもくろだね》[七]は無《な》いか……是《これ》は何《どう》だ　夫婦喧嘩《ふうふげんくわ》か是《これ》も珍《めづ》らしくない……是《これ》は情死《しんぢう》か　情死《しんぢう》もモウ飽《あき》たし　是《これ》は盗賊《どろぼう》か　盗賊《どろぼう》も余《あま》り筆《ふで》の足《たし》にならずト　是《これ》は何《どう》だか知《し》ら　姦夫騒動《まをとこさうどう》か　是《これ》も能《よ》く事実《じじつ》を探《さぐ》ら無《な》けりやア迂濶《うつかり》書《か》く訳《わけ》に行《ゆ》かず　アーア新聞記者《しんぶんきしや》も岡目《おかめ》[八]から見《み》ちやア何《どう》だか知《し》らないが誠《まこと》にはや窮屈《きうくつ》なものだ……折《をり》から給仕来《きふじきた》ツて　給仕「先生《せんせい》　アノー一昨日《おとゝひ》の紙上《しじやう》で薬鑵頭《やくわんあたま》の湯沸《ゆわき》デハナイ浮気《うはき》と云《い》ふ雑報《ざつぱう》は丸《まる》で虚言《うそ》だから早速《さつそく》に取消《とりけし》を出《だ》して呉《く》れ　若《も》し取消《とりけさ》なきやア裁判所《さいばんしよ》へ願《ねが》ひ出《で》るツて　薬鑵頭《やくわんあたま》の老爺《おやぢ》が昨日《さくじつ》二度《ど》も遣《やつ》て来《き》ました　記者「人《ひと》を馬鹿《ばか》にして居《ゐ》やアがる　何《どう》も当節《たうせつ》の人間《にんげん》は其様《そん》なに図々《づう〳〵》敷奴《しいやつ》ばかりだから本統《ほんと》に弱《よわ》ツて仕舞《しま》ふツ

◯骨皮《こつぴ》道人曰《だうじんいは》く　お骨折《ほねをり》の程実《ほどじつ》にお察《さつ》し申《まう》す

◯第《だい》二　新聞《しんぶん》の探訪者《たねとり》[九]

毎日《まいにち》〳〵斯《かう》して足《あし》を檑木《すりこぎ》にして歩行《あるい》ても根《ね》ツから葉《は》ツから種《たね》が見附《みつか》らないので誠《まこと》に困《こま》る　タマサカ上種《じやうだね》が見附《みつか》ツた是《これ》やア一番誉《ばんほめ》て貰《もら》へさうだと　半日閑《はんにちひま》を

七　下世話な面白い話の種。
八　「岡目八目」の略。第三者の目から見ればの意。
九　外回りをして事件を聞き出してくる役目の者。

潰《つぶ》して余《よ》計《けい》な剃《すら》なくツても宜《いゝ》髯《ひげ》剃《すり》[一]に自《じ》腹《ばら》を切《き》ツたり　東西南北《あちらこちら》に駈《かけ》ずり廻《まは》ツて　ヤットの事《こと》で筋書《すぢがき》で下拵《したごしら》へが出来《でき》たから天狗《てんぐ》[二]の積《つも》りで本社《ほんしや》へ持《もつ》て行《ゆ》きやア記《き》者《しや》は身《み》慄《ぶる》ひをして受付《うけつけ》ないし　ト云《い》ツて泥坊《どろばう》や巷賊《すり》の種《たね》なら資本《しほん》も入《い》らず骨《ほね》を折《を》らないで警察《けいさつ》へさへ行《ゆ》きやア直《すぐ》知《し》れるが　其様《そん》な種《たね》を幾個《いくつ》持《もつ》て行《いつ》たからツて些《ちつ》とも面白《おもしろ》くも可笑《をかし》くもなし　ハテ困《こま》ツた　今日《けふ》[三]もアフレか知《し》ら　お負《まけ》に此節《このせつ》ア誰《だれ》でも少《すこ》し曖昧《あいまい》な人物《じんぶつ》がノソ〳〵して居《ゐ》ると　ソレ新聞《しんぶん》の種取《たねとり》だ　アレモ新聞《しんぶん》の探訪者《たんばうしや》だと　何《なに》から何《なに》まで気《き》を附《つけ》て居《ゐ》るから世間《せけん》が穏《おだや》かで誠《まこと》に結構《けつかう》な様《やう》だが　自己《おれ》の職分《しよくぶん》は兎角近所《とかくきんじよ》に事勿《ことなか》れぢや無《な》い　兎角近所《とかくきんじよ》に事《こと》が無《なく》ツちやア飯《めし》が喰《くへ》ないのだから閉口《へいこう》だ　ハテナ此調子《このてうし》ぢやア何程毎日《いくらまいにち》〳〵足《あし》を擂木《すりこぎ》にしても下駄《げた》の歯《は》と腹《はら》の減《へる》ばかりだから寧《いつ》そ田舎《ゐなか》へ行《いつ》て見様《みやう》か知《し》ら。ト云《い》ツた処《ところ》が迚《とて》も五円《ゑん》や六円《ゑん》の月給《げつきふ》ぢやア算盤《そろばん》[四]の取様《とりやう》もなし。ト云《いつ》て又社《またしや》から旅費《りよひ》を出《だ》して呉《くれ》る訳《わけ》もなし　アヽ詰《つま》らない〳〵　左様斯様《さうかう》云《い》ふうちに今日《けふ》もモウ三時《じ》だから定《さだ》めし記者《きしや》が待《まつ》て居《ゐ》るだらうが　一ツの種《たね》も無《な》しで盆槍《ぼんやり》行《いつ》た処《ところ》が　記者《きしや》に吐鳴付《どなりつけ》られる計《ばか》りで実《じつ》に気《き》の利《きか》ない一件《けん》だがサア困《こま》ツた　此節《このせつ》ほど困《こま》る事《こと》はない　是《これ》が本統《ほんと》に探訪《たねとり》の不景気《ふけいき》大餓鑵《おほきゝん》だ　オツト殺《ころ》す神《かみ》ありや救助《たすけ》る神《かみ》　彼処《あすこ》に大勢《おほぜい》の人立《ひとだち》だが何《なに》か面黒種《おもくろだね》があるか知《し》ら　オーヤ〳〵犬《いぬ》の合歓《つるみ》ぢやア種《たね》にならない哩《わい》

一　床屋の客になり、他の客の噂を聞き出すこと。江戸期から町人地内には一町に一軒の床屋があり、その町内の男性は必ずその店で結髪してもらうので、床屋は町内居住者の男性のすべての顔を知り、何よりのニュース・ソースの場であった。

二　鼻高々で。

三　仕事や客などにありつけないこと。あぶれること。

四　計算が合わない。儲からない。

骨皮道人《こつぴだうじん》曰《いは》く　世《よ》[五]の開《ひら》けたる瑞祥《ずゐしやう》トハ表向《おもてむき》の何《なん》で其実《そのじつ》は矢張《やつぱ》り何《なん》だ

○第《だい》三　新聞《しんぶん》の配達人《はいたつにん》[六]

オヽ眠《ねむ》い〳〵　此節《このせつ》の様《やう》に荒《あら》ツぽく追使《おひつか》はれちやア何程《いくら》二人前働《にんまいはた》らかせるのが流行《はやり》だと云《い》ツたからツて　僅《わづか》五十銭《せん》か六十銭《せん》の増金《ましきん》で人《ひと》の寝《ね》る時刻《じこく》も寝《ね》ないで新聞折《しんぶんをり》までさせられちやア実《じつ》に身体《からだ》も根気《こんき》も溜《たま》るものぢやない　お負《まけ》に三百六十五日天気《にちてんき》ばかり有《あ》りやアせず　ドシ〳〵雪《ゆき》の降時《ふるとき》でも休《やす》む訳《わけ》にやア行《ゆか》ずミシ〳〵脳天《のうてん》から焼付《やきつけ》る時《とき》でも嫌《いや》とは云《い》へず　是《これ》も自分《じぶん》の役目《やくめ》だと思《おも》やア仕方《しかた》なしに遣様《やるやう》なものゝ余《あま》り楽《らく》な家業《かげふ》でもない　お負《まけ》に新規《しんき》に注文《ちうもん》するなら事明細《ことめいさい》に住所姓名《ぢうしよせいめい》を書《かい》て寄越《よこし》やアがれば宜《いゝ》に　唯何番地《たゞなんばんち》[七]と計《ばか》りぢやア又差《またさ》[八]配人《はいにん》に聞《き》かなくツちやア分《わか》らない　差配人《さはいにん》に聞合《きゝあは》すのも宜《いゝ》が外《ほか》の配達《はいたつ》が遅《おそ》くなるので何処《どこ》へ行《いつ》ても剣突《けんつく》[九]ばかりぢやア実《じつ》に弱《よわ》ツて仕舞《しま》はア……　今日《けふ》の新口《しんぐち》は何処《どこ》だツけ[一〇]南葛飾郡《みなみかつしかごほり》須崎村《すさきむら》と　オヤ〳〵廃止《よせ》ば宜《いゝ》にたツた一枚《まい》の新聞《しんぶん》で須崎《すさき》まで人《ひと》を引付《ひきつけ》やアがる　是《これ》は何処《どこ》だ　根岸御行《ねぎしおぎやう》[一一]の松《まつ》か　オヤ〳〵不人情《ふにんじやう》な奴《やつ》が能《よ》く揃《そろ》ツて居《ゐ》やアがら馬鹿《ばか》〳〵しい　オツト通《とほ》り越《こし》て二度《ど》の務《つとめ》は閉口《へいこう》だぞ　ハイ新聞《しんぶん》……

客「オイ新聞屋《しんぶんや》ア何《なん》だツて此様《こん》なに配達《はいたつ》が遅《おそ》いのだ　他社《よそ》の新聞《しんぶん》はモウ夜《よ》の明《あけ》

五 新聞の隆盛を世間では開化の見本のように誉めたたえるが、その実体はこんなものだの意。

六 配達人の風俗は黒塗りの挟み箱に柄をつけてかつぎ、柄の先には鈴をつけて、チリンチリンと音を立てながら歩く。

七 番地制度は、横浜の居留地商館に番号があるのを見習い始めたものという。明治二年には訴状に用いられた例があり、明治四年四月、戸籍法が制定され「区内ノ順序ヲ明ニスルハ、番号ヲ用フベシ」とある。

八 江戸期には「家主（いへぬし）」「家守（いへもり）」と称したが、明治二年十月八日の令により、「地面差配人」と改称。町人の土地所有者を「地主」という。そこへ自分の家を建てて住むのを「家持（いへもち）」と称して町人としてのあらゆる権利と義務を持ったが、その土地に長屋を建て、貸家にした時、その貸家の管理人を「家主」「家守」「大家（おおや）」と称し、借家人を「店子（たな）」と称して、家主は店子の身許保証人をも兼ねた。また店子には無教養の庶民が多かったので「大家といえば親同然、店子といえば子同然」という関係も生じた。

九 邪慳にあしらわれること。

一〇 現墨田区向島五丁目付近。

一一 現台東区根岸四丁目辺り。上野の東北で「御行の松」は江戸期から続く名松の一。昭和の初期に枯死した。

ない中《うち》にチリン〳〵配達《はいたつ》して居《ゐ》るぢやアないか　余《あま》り遅《おそ》いとモウ来月《らいげつ》から見《み》て遣《やら》ないぞ　配達人「誠《まこと》にお気《き》の毒様《どくさま》で御坐《ござ》います　明日《みやうにち》から成《なる》たけ早《はや》く配達《はいたつ》いたします……　ヘン人《ひと》を馬鹿《ばか》にして居《ゐ》やアがる　手前《てめへ》で給金《きふきん》を払《はら》ツて居《ゐ》やアしめへし　些《ち》と自分《じぶん》でチリン〳〵遣《やつ》て見《み》ろ　中々口《なか〳〵くち》の先《さき》で云《い》ふ様《やう》な訳《わけ》に行《いく》ものか

骨皮道人曰《こつぴだうじんいは》く　御足労《ごそくらう》さま

○第《だい》四　演《ゑん》一説《ぜつ》者《しや》

忙《いそが》しい中《なか》を都合《つがふ》して折角《せつかく》に原稿《げんかう》まで綴《つゞ》ツたものを又候演題《またぞろゑんだい》二の不認可《ふにんか》か　此奴《こいつ》ア僻易《へきゑき》した　一寸朱筆《ちよつとしゆふで》で認可相成難《にんかあひなりがた》く候事《そろこと》と書《かい》てあるのが此方《こちら》の為《ため》には千丈《ちやう》万塁《ばんるゐ》の鉄壁城《てつぺきじやう》で　是《これ》ばかりは腕《うで》づくにも口《くち》づくにも迚《とて》も左右《さいう》する事《こと》の出来《でき》ないは実《じつ》に遺憾《ゐかん》の至《いた》りぢやテ　殊《こと》に不認可《ふにんか》と来《き》ちやア猶更《なほさら》この演題《ゑんだい》が恋《こひ》しくなツて自己《じこ》の慾目《よくめ》かは知《し》らぬが此演題《このゑんだい》を担《かつ》ぎ出《だ》して　蘇張《そちやう》三の舌《した》　流水滔々《りうすゐたう〳〵》と弁《べん》じ来《きた》らば定《さだ》めし聴衆《ちやうしゆう》に満足《まんぞく》を与《あた》へ　パチ〳〵の拍手《はくしゆ》四ヒヤ〳〵の賛成《さんせい》は天地《てんち》を震動《しんどう》させるで有《あ》らうと思《おも》はれる　併《しか》し不認可《ふにんか》と脈《みやく》の切《き》れたるものを今更何《いまさらどう》とも仕方《しかた》がないからモウ一ツ出直《でなほ》さうか　ダガ能《よ》く考《かんが》へて見《み》ると当節《たうせつ》の演説《ゑんぜつ》は中々《なか〳〵》六ケ敷《(むつか)しい》テ活溌《くわつぱつ》の精神《せいしん》を以《もつ》て過激《くわげき》の論《ろん》を吐《は》けば聴衆《ちやうしゆう》の御機嫌《ごきげん》は宜《いゝ》が自分《じぶん》の身《み》が剣呑《けんのん》だし

一「スピーチ」を「演説」と訳したのは福沢諭吉に始まるというが、明治十年前後、福沢の演説会は最も有名であった(『東京雑誌』八十三号)。公開演説会は明治八年五月一日、下谷まりし天堂内に於ける馬場辰猪等に始まり、翌九年五月より聴聞料五十銭を取り(『評論新聞』九十号)、その後、木戸を設けて入場料を取る。明治二十年頃は政談演説の最盛期となって、人心煽動を理由に官権の中止解散命令は日常となる。書生等の間には、銭儲けのために会を催すなどの様相も出始めている(『書生肝つぶし』明治二十年八月版)。

二 明治十一年七月十五日太政官布告に、政談演説の内容の民心煽動にあたるものは禁止する旨が発令され、同十三年二月、浅草井生村(いぶむら)楼の会での北辰社員の演説が中止・解散を命じられたのが初めという(『明治事物起原』第二編)。その後、内容原稿の事前提出による認可制となる。

三 蘇秦と張儀。何れも中国戦国時代の雄弁家。

四 英語の「ヒアー」の転用。演説内容に対する賛成を表わす掛け声。

去《さ》りとて[五]瓢箪《へうたん》で鯰《なまづ》をおさへた様《やう》な屁理屈《へりくつ》を饒舌《しやべつ》た日《ひ》にやア聴衆《ちやうしゆう》に愚弄《ひやか》されて下《おり》ろ〳〵と怒鳴《どな》れるし　実《じつ》に一得《とく》一失《しつ》は人間社会《にんげんしやくわい》に於《おい》て何《なに》に附《つけ》ても免《まぬ》かる可《べ》からざる仕宜《しぎ》で　右《みぎ》へ駈《かけ》るも左《ひだり》へ走《はし》るも何《いづ》れに致《いた》せ身《み》自《ゝつか》ら[六]社会進歩《しやくわいしんぽ》の先導者《せんだうしや》と為《な》るものは誠《まこと》に容易《ようい》の事《こと》ではない　処《ところ》で我々《われ〳〵》演説者《ゑんぜつしや》をして満足《まんぞく》ならしめ　聴衆《ちやうしゆう》にも満足《まんぞく》を与《あた》へ　傍聴料《ばうちやうれう》も沢山《たくさん》集《あつま》ると云《い》ふ一挙両全《きよりやうぜん》の策《さく》は　我々《われ〳〵》をして勝手次第《かつてしだい》に何《どん》様な事《こと》を饒舌《しやべ》ツても宜《いゝ》と云《い》ふ事《こと》に成《な》りさへすれば夫《それ》で宜《いゝ》のだが　ハテ何《どう》したら斯様《かやう》な上都合気楽《じやうつがふきらく》な事《こと》になるか知《し》らんテ

骨皮道人《こつぴだうじん》曰《いは》く　左様《さやう》サ何年先《なんねんさき》に為《な》ツたら左様《さう》なりますかネヱ

○第《だい》八　[七]窮《きう》士《し》族《ぞく》

ヱホー〳〵下《した》に居《を》ロー〳〵と[八]金紋先箱《きんもんさきはこ》の御供揃《おともぞろ》ひと来《き》ちやア実《じつ》に威勢《ゐせい》の宜事《いゝこと》で　お負《まけ》に其頃《そのころ》は此方《こつち》も[九]江戸詰《えどづめ》であつたから旨《うま》い物《もの》は喰《く》ひ放題面白《はうだいおもしろ》い物《もの》は見放《みはう》題《だい》であつたが　今《いま》と為《な》つて考《かんが》へて見《み》りやア丸《まる》で夢《ゆめ》の様《やう》だ　[一〇]家禄奉還《かろくほうくわん》で大層《たいそう》な金《かね》を貰《もら》ツた様《やう》だが　彼《あ》の頃《ころ》にやア未《ま》だ前《まへ》の気楽《きらく》の癖《くせ》が残《のこ》ツて居《ゐ》たから断然《だんぜん》[一一]両刀《りやうたう》を抛出《ほうりだ》して商法《しやうはふ》を始《はじ》めたとは云《い》ふものゝ　根《ね》が只《たゞ》の金《かね》で有難味《ありがたみ》が薄《うす》いから難《なん》だ艱《かん》だと云《い》ひながら　ジリヽ〳〵と人《ひと》に欺《だま》されて仕舞《しま》ツたのは元々《もと〳〵》此方《こちら》の手抜《てぬけ》には

五 諺。要領を得ないこと。摑まえどころのないような言説。
六 「社会」「進歩」何れも当代の流行語。「社会」は明治八年に福地桜痴が、ソサイエティの訳語として用いたのが初めとされ、「進歩」は文明開化の同義語となった。

七 「旧士族」とかける。
八 大名行列の供揃い。金箔で紋所を捺した挟箱持ちを行列の先頭にたてる。
九 各藩の江戸屋敷に勤める侍。定住者と交替勤番とがあるが、何れも都会生活を満喫出来た。
一〇 武士としての身分・俸禄を辞退して平民籍になること。明治二年十二月、士族禄制が定められて知行所などを全廃し、すべて米石を以てするようになり、同八年九月には米石の呼称を廃し、石代相場による金禄に改定。既に明治六年十二月の太政官布告に家禄奉還を願い出た者には、産業資本として永世禄は六ヶ年分、終身禄は四ヶ年分を下賜されることになり、以来旧士族で商売に従事する者が増えたが失敗者も多く「武家の商法」と揶揄される。
一一 明治九年三月の官令第三十八号で、軍人・警官等以外の者の帯刀を禁じられる。ここは自由意思で帯刀を止めた者。

違《ちが》ひないが　町人《ちやうにん》と云《い》ふものは誠《まこと》に無慈悲《むじひ》なものだ　今《いま》彼《あ》の金《かね》がセメて十分《ぶ》一もあれば此様《こんな》に人《ひと》に頭《あたま》を下《さげ》て門番《もんばん》の口《くち》を頼《たの》んだり　[一]巻烟草《まきたばこ》の手内職《てないしよく》なんぞ仕《し》なくツても　何《どう》か斯《かう》か其日《そのひ》を気楽《きらく》に送《おく》る位《くらゐ》は出来《でき》るだらうに　お負《まけ》に悴《せがれ》の馬《ば》鹿《か》治《や》郎《らう》は親《おや》の心子知《こゝろこし》らずで　折角《せつかく》[二]巡査《じゆんさ》を拝命《はいめい》して　アヽ嬉《うれ》しい　マア宜《よ》かツたと安心《あんしん》する間《ま》もなく　品行《みもち》が悪《わる》いものだから一月立《ひとつきたつ》か立《たゝ》ないに直《すぐ》と免職《めんしよく》になり　夫《そ》れでも未《ま》だ性《しやう》も懲《こり》もなく　[三]宿場《しゆくば》の飯盛女《めしもりをんな》に懸《かゝ》り合《あ》ツて　[四]鳥屋《とりや》の仲買《なかゞひ》かなんぞの様《やう》に彼楼《あちら》へ住替《すみかへ》さしたり　此楼《こちら》へ連出《つれだ》したりして　[五]周旋奴《ぜげん》の上前取《うはまへとり》を宜事《いゝこと》と思《おも》ツて　可哀想《かあいさう》に親孝行《おやかう〱》や兄《あに》の為《ため》に泥水《どろみづ》に泣《ない》て居《ゐ》る女郎《ぢよらう》の周旋料《しうせんれう》を取《とり》て　夫《そ》れを高名顔《かうめうがほ》に鼻《はな》にかけて威張《ゐば》ツて居《ゐ》るとは　時節《じせつ》とは云《い》ひながら是《これ》が元《もと》は二百石取《こくとつ》て居《ゐ》た何《なん》の何兵衛《なにべゑ》の若旦那《わかだんな》だと云《い》へるだらうか　夫《そ》れに引替《ひきかへ》て内山氏《うちやまし》の息子《むすこ》などは感心《かんしん》だ　尤《もつと》も小供《こども》の時《とき》から人並優《ひとなみすぐ》れて利功《りこう》の気質《たち》で有《あ》ツたが　今《いま》では[六]医学《いがく》部《ぶ》を卒業《そつげふ》して何国《どこ》かの院長《ゐんちやう》とかに為《な》つて居《を》るさうだが　夫《それ》と是《これ》とは雪《ゆき》と墨《すみ》との大違《おほちが》ひ　内山氏《うちやまし》も定《さだ》めし安心《あんしん》の事《こと》であらう　トハ云《い》へ今更愚痴《いまさらぐち》をこぼした処《ところ》が無益《むゑき》の苦労《くらう》だ　是《これ》も前世《ぜんせ》の約束事《やくそくごと》と断念《あきらめ》るより外《ほか》はない　アヽモウ思《おも》ふまい〱

骨皮道人曰《こつぴだうじんいは》く　[七]武士《ぶし》は喰《く》はねどの一件《けん》で楊枝《やうじ》けづりでも成《な》されたら宜《よ》から

一 煙管で刻み煙草を飲む習慣に代って、明治六年ウィーン博覧会で巻煙草の製法を伝習した邦人が、翌七年、熊本に会社を興したのが初めで、紙巻煙草の内職に関しては、明治二十三年四月三十日の『東朝』紙に、一日一千本を一人前と定めて八銭というのが熟練者の仕事であったという(『明治事物起原』第十一・十八編)。

二 明治六年に羅卒・巡査・番人の三者が定められて、羅卒は官給、巡査と番人は民給であったのが、翌七年一月より東京警視庁が置かれ、巡査のみの制となり、同八年十月に全国一般に巡査と称するようになる。

三 江戸期、海道筋の宿場の旅宿に飯盛女(給仕女)と称して人数を制限した遊女が許可された。江戸では品川・新宿・千住・板橋の四宿に制限人数は一軒に数名のみだったのが、後には一ケ所の総数(品川では五百名)となり、実状は極めて繁昌した。その名称の名残り。

四 未詳。明治初年、鶯の飼育が流行り「優等なる師鳥(おやどり)を有せる家に托して、その声を学ばしむるもの多し」(『東京風俗志』下巻)とあって、或いは仲買人があちこちと師鳥を周旋する様子をいうか。

五 遊女奉公の周旋人。

六 東京大学医学部。明治二年、幕府医学館を大学東校と改称、本科五年・予科三年と定め、同七年東京医学校と改称、さらに同十年東京大学が創設されて、その最初の学部となる。明治十四年四月には医師開業試験の第一回が実施される。

七 諺「武士は喰はねど高楊枝」。「楊枝削り」も江戸期からの零細な手内職の一。

うト　これも余計《よけい》な苦労《くらう》[八]もじか

○第《だい》十二　貸《かし》[九]坐《ざ》敷《しき》

昔《むか》し遊女屋《ゆうぢよや》だとか女郎屋《ぢよらうや》だとか云《い》ツたなア　遊女《ゆうぢよ》や女郎《ぢよらう》で飯《めし》を喰《く》ツて行《い》く娼《しやう》売《ばい》だから左様《さう》云《い》ツたんだが　今《いま》の貸坐敷《かしざしき》と云《い》ふなア自己《おれ》にやア何云《どうい》ふ訳《わけ》だか些《ちつ》とも分《わか》らねへ　然《そう》だから時々《ときぐ》テンプラの竹《たけ》の皮包《かはづゝみ》に一升樽《しやうだる》を提《さげ》て来《き》て　坐敷《ざしき》を借《かり》て一杯《ばいの》飲んで行《いく》のだア抔《など》と　乱暴《らんぼう》な奴《やつ》が飛込《とびこ》んで来《く》るにやア殆《ほと》んど閉口《へいこう》だ　尤《もつと》も閉口《へいこう》だからツて其《そ》様な奴《やつ》ア時玉《ときたま》だから何《なん》の屁《へ》でもねへが　今《いま》は貸坐敷《かしざしき》[一〇]も娼《しやう》妓《ぎ》も同格《どうかく》だから　娼妓《しやうぎ》が無茶苦茶《むちやくちや》に威張《ゐば》ツて自己《おれ》の云《い》ふ事《こと》を些《ちつ》とも聞《き》かず　又《また》客《きやく》が黙止《だまつ》て居《を》れば宜《いゝ》に余計《よけい》なお世話《せわ》を焼《やい》て　ヤア三渡世規則《[一一]とせいきそく》が何《なん》だの　証文金《[一二]しやうもんきん》は相対《あひたい》の貸借《かしかり》だから斯《かう》すれば宜《いゝ》などゝ　馬鹿《ばか》な入《い》れ智恵《ちゑ》をするからお転婆《[一三]てんば》の奴《やつ》は猶《なほ》お転婆《てんば》に為《なつ》て　初《はじ》め涙《なみだ》を流《なが》して居《ゐ》た奴《やつ》までが　此節《このせつ》ぢやア此《こん》様な食物《くひもの》ぢやア身体《からだ》が弱《よわ》ツて仕舞《しまふ》のなんのと　段々《だんぐ》我儘《わがまゝ》が増長《ぞうちやう》して生意気《なまいき》ばかり抜《ぬか》しやアがるには殆《ほと》んど困《こま》る　然《そ》して生意気《なまいき》を云《い》ふのも宜《いゝ》が　金《かね》のある大切《たいせつ》な客《きやく》を振付《ふりつけ》たり　素寒貧《すかんぴん》の一文《もん》なしを色男《[一四]いろをとこ》にして裲襠《[一五]しかけ》を質《しち》に置《おい》て娼売《しやうばい》を休《やす》んだり　勝手次第《かつてしだい》の狂言《[一六]きやうげん》を演《やつ》て仕方《しかた》がねへから　此奴《こいつ》ア何《なん》とか早《はや》く取〆《とつちめ》る工夫《くふう》を考《かんが》へなくちやア

八　楊枝の別称の「黒文字」をかける。

九　元来は料金をとって座敷を会合や食事に貸すことをいうが、明治に入ると男女の密会や娼妓を置いている家の通称ともなる。「貸席」ともいう。

一〇　明治五年十月太政官布告により娼妓解放令が出て人身売買を禁じ、一旦遊廓が閉鎖されたが、翌六年十二月、貸座敷・娼妓・芸妓の三渡世規則が出されて三者同格となり、営業も実質的に再開された。

一一　→注一〇。

一二　たとえば明治三十三年九月四日の『二六新報』に「娼妓営業の廃業に関する契約は無効」と題して「前借金返済方法に関する規定」云々を論じるなど、『二六新報』は以後廃娼の大キャンペーンを開始して大いに部数を伸ばしたといわれる。

一三　無躾な若い女性に対する侮蔑語。江戸中期から用いられる。

一四　玄人の女性の愛人を指していう語。情人。

一五　遊廓の遊女が店着として用いる上等の長小袖の類。

一六　種々のたくらみを実行すること。芝居をする。

為《な》らねへ　夫《そ》れから客《きやく》の方《はう》だが　全体此節《ぜんたいこのせつ》の客《きやく》は昔《むか》しの折助《をりすけ》一見《み》た様《やう》な奴《やつ》ばかりで　彼奴《どいつ》も是奴《こいつ》も間《ま》が宜《よ》けりやア女郎《ぢよらう》の寝衣《ねまき》でも着《き》て往《ゆか》ふと云《い》ふ油断《ゆだん》のならねへ息込《いきごみ》で　自己《おれ》の方《はう》でボル二処《どころ》ぢやアねへ　反対《あべこべ》に暴利《ぼり》を喰《く》ふ始末《しまつ》で　お負《まけ》に少《すこ》し許《ばか》りの事《こと》でも直《すぐ》に警察警察《けいさつけいさつ》と警察《けいさつ》を自分《じぶん》の親類《しんるゐ》か後見人《こうけんにん》の様《やう》に思《おも》ツて人《ひと》を威怖《おどか》しやアがるから　此奴《こいつ》も何《なん》とか工夫《くふう》を考《かんが》へてギューと取締《とつちめ》て遣《やり》てへが　ハテナ

骨皮《こつぴ》道人《だうじん》曰《いは》く　余計《よけい》な差出《さしで》口《ぐち》か知《し》らないが　道人《わたくし》は其取締《そのとつちめ》る御相談《ごさうだん》にやア乗《の》らないヨ

○第《だい》十三　娼《しやう》　妓《ぎ》

昔《むか》しやア三花魁《おいらん》だの女郎《ぢよらう》だの飯盛女《めしもりをんな》だのと色々《いろ〳〵》に名前《なまへ》が違《ちが》ふて居《を》ツて　同《おな》じ女郎《ぢよらう》をして居《を》ツても名前《なまへ》が違《ちが》ふて居《を》る程位《ほどくらゐ》も違《ちが》ふて居《を》ツた左様《さう》なが　現今《いま》では壱円《ゑん》の四玉《ぎよく》を売《う》る女《をんな》でも五妾達《あたいたち》の様《やう》な二十五銭《せん》の玉《ぎよく》を売《う》る女《をんな》でも　格式《かくしき》も位《くらゐ》も同《おな》じ事《こと》ぢやさかい　ナニ花魁《おいらん》ぢやとて其様《そない》にビク〳〵する事《こと》は無《な》いぢや　折角《せつかく》京《きやう》大《おほ》坂《さか》から此処《こゝ》まで稼《かせぎ》に来《き》て人《ひと》に負《まけ》る様《やう》な気《き》が利《き》かん事《こと》ぢや往《いか》ん　六小格子《こがうし》に居《を》ツても七大店《おほみせ》の人達《ひとたち》に負《まけ》ない積《つも》りぢやが　何《なん》にしても客種《きやくだね》が悪《わる》うて一度《ど》は大層心切《ゑらうしんせつ》な

一　武家奉公の最下級者の俗称。中間や小者など。

二　不当に儲けることの俗語。「暴利を喰ふ」はその逆。

三　吉原言葉。江戸中期、妹女郎や禿などが、自分の姉女郎に対して用いた「おいらの姉さん」の意の敬称の略称。次第にその店の上級の遊女に対する総称となった。

四　芸娼妓の揚げ代金。実際の遊興はその他に酒肴代や心付けなどが必要となる。

五　花柳界から流行した女性の一人称で、次第に下町言葉となる。

六　吉原言葉。「小見世」ともいい、廓内で大籬（おおまがき＝大店）・半籬・総半籬とよばれる中の第三等の格式の店。

七　吉原言葉。「総籬」ともいい、店の前面の全体が格子造りになっている、第一等の格式の店。

様《やう》ぢやが　二度目《どめ》にはモウ勘定《かんぢやう》が[八]五銭足《せんた》らないの十銭不足《せんふそく》ぢやのと　一文《もん》でも人《ひと》の懐《ふところ》を痛《いた》める様《やう》な事《こと》ばツかり考《かんが》へて居《を》るのぢやさかい　何程客《なんぼきやく》の気源《きげん》をとるのが娼売《しやうばい》ぢやと云《い》ふても左様《さう》は往《いか》ず　然《そ》して楼主《ないしよ》[九]の方《はう》ぢや人《ひと》を犬《いぬ》か猫《ねこ》か何《なん》ぞの様《やう》に思《おも》ふて居《を》るし　此様《こん》な割《わり》に合《あは》ん娼売《しやうばい》はない　ト云《い》ふて独《ひと》りで愚痴《ぐち》を覆《こぼ》した処《ところ》が何《なん》の益《やく》にも立《たゝ》んさかい　何《なん》でも早《はや》ふ足《あし》を洗《あら》ふて人並《ひとなみ》の身体《からだ》に為《な》り度《たい》ものぢや　オヽ夫《そ》れで思《おも》ひ出《だ》した　昨夜《ゆんべ》もお茶《ちや》[一〇]を挽《ひい》て寄場《よせば》[一一]へ寝《ね》たもんぢやさかい風邪《かぜ》が猶重《なほおも》ふなつた　今夜《こんや》は何《どう》かして暖々《ぬくぬく》寝《ね》たい者《もの》ぢやが誰《だれ》か呼《よ》[一二]びに遣《やら》ふか知《し》らんオヽさうさう彼《あ》の安藤《あんどう》さんが妾《あたい》の客《きやく》の中《なか》で一番鼻《ばんはな》の下《した》が長《なが》ふて何《なん》でも能《よ》う云《い》ふ事《こと》を聞《きい》て呉《くれ》るさかい彼《あ》の人《ひと》に郵便《ゆうびん》[一三]を出《だ》して呼《よ》びに遣《やら》ふか

骨皮道人曰《こつぴだうじんいは》く　モシ花魁《おいらん》へ　安藤《あんどう》さんは行燈部屋《あんどうべや》[一四]へ這入《はい》るなア窮屈《きうくつ》だから嫌《いや》だとサ

○第十四《だい》　妓《ぎ》[一五]　夫《ふ》

商売往来《しやうばいわうらい》[一六]に無《ね》へなア女郎屋《ぢよらうや》に泥坊《どろばう》だと云《い》ふが　成程商売《なるほどしやうばい》の仲間入《なかまいり》が出来《でき》ねへ筈《はず》だ　土台《どだい》[一七]の代物《しろもの》が狐《きつね》で　三味線《みせん》を弾奴《ひくやつ》が猫《ねこ》[一八]　其処《そこ》へ夢中《むちう》に為《な》ツて来《く》る奴《やつ》が馬《ば》鹿《か》で　其馬鹿《そのばか》が狸寝入《たぬきねいり》をして　夫《そ》れから廊下鳶《らうかとんび》[一九]に化変《ばけかは》る　其《その》また世話《せわ》をやく

八　客が、持ち合わせの金が足りないので、遊女に出しておいてくれるように頼んでいるもの。客種の悪さをいう。

九　吉原言葉。「ないしょう」は娼家の主人やその家族の居間をいい、やがて主人その人を指す言葉となる。

一〇　吉原言葉。遊女に客のつかない状態をいう。

一一　下級な遊女達の共用の休息部屋。客があれば、客間で寝られる。

一二　遊びに来てくれそうな客の所へ手紙を出して頼むこと。

一三　郵便制度は明治三年十二月の太政官令により発令され、同四年三月から三都（東京・京都・大阪）間に開始される。

一四　遊女屋で行灯などを片づけて置くための小部屋をいう。支払いなどの出来ない客を一時的に押込めておくためにも用いられる。

一五　「牛」とも書き、遊女屋の客引きなどをする男衆をいう。近世初期から用いられた通称。

一六　江戸時代の民間教科書の代表的なもの。初めは手紙文範の形をとり、次第に諸職業に必要な用語や心得を記して覚えさせるためのものとなる。『百姓往来』や『呉服往来』など、職種に応じた書物が多数刊行され続けた。

一七　肝心の商売物が、の意。遊女は客をばかすのが仕事だとして「狐」にたとえる。

一八　芸妓の異名。三味線は猫の皮ではる故の称。遊女屋の宴席で三味線を弾いたり踊ったりして座を持つ芸妓。

一九　座敷の廊下をうろうろして、知りあいの客や遊女と話したり、その席へよばれて遊んだりするのを面白がる客。遊び慣れてはいるが迷惑がられることも多い。

自己《おれ》が牛《ぎう》と来《き》て居《ゐ》るのだから何《なん》の事《こと》アねへ[一]動物園《どうぶつゑん》の少《すこ》し毛《け》の生《はへ》た位《くらゐ》だ　是《こ》れ茶《ちや》ア何《どう》して商売往来《しやうばいわうらい》の仲間入《なかまいり》やア出来《でき》ねへ　併《しか》し商売往来《しやうばいわうらい》の仲間外《なかまはづ》れでも何《なん》でも構《かま》はねへ　[二]◯《れ》印《こ》せへ出来《でき》りやア夫《それ》で宜《いゝ》ンだが中々《なか〳〵》その◯《れ》印《こ》と云《い》ふ奴《やつ》が出来《でき》ねへ　夫《そ》れに此節《このせつ》の客《きやく》ア助平《すけべい》ばかりで　尤《もつと》も[三]石部金吉《いしべきんきち》が該楼《こゝ》へ来《く》る筈《はず》アねへが　何《なん》にしろ少《すこ》ーし敵方《あひかた》が居《ゐ》ねへと直《すぐ》にパチ〳〵手《て》を拍《たゝ》く　夫《そ》れから廊下鳶《らうかとんび》と出掛《でかけ》て[四]其《その》尻《しり》を自己《おれ》に持《もつ》て来《き》て[五]剣突《けんつく》を喰《く》はせる　其癖《そのくせ》十銭《せん》の[六]纏頭《はな》も出《だ》さず　イヤ十銭《せん》の纏頭《はな》を出《だ》す処《どころ》ぢやアねへ　[七]文久《ぶんきう》一文《もん》の余銭《つり》まで持《もつ》て行《いか》うと云《い》ふ化痴《けち》な治郎《やらう》ばかりだからイクラ骨《ほね》を折《をつ》ても張合《はりあひ》がねへ　ソレ狸治郎《たぬきやらう》がパチ〳〵手《て》を敲《たゝ》き初《はじ》めたゾ　馬鹿治郎《ばかやらう》が其様《そんな》に[八]甚助《じんすけ》を起《おこ》す位《くらゐ》なら一晩《ひとばん》買切《かひき》ツて置《おく》が宜《いゝ》　ハテナ誰《だれ》の客《きやく》か知《し》ら　ムヽ三番《ばん》の[九]屁茶茂苦連《へちやもくれ》か　人《ひと》を馬鹿《ばか》にして居《ゐ》やアがら　[一〇]自惚《うぬぼれ》と梅毒気《かさけ》のねへ者《もの》ア人間《にんげん》ぢや無《ね》へと云《い》ふ事《こと》だが　成《なる》ほど昔《むか》しの人《ひと》ア旨《うめ》へ事《こと》を云《い》ツたものだ　彼《あ》の南瓜治郎《かぼちややらう》でも自分《じぶん》ぢやア色男《いろをとこ》の積《つも》りで居《ゐ》るたア何《どう》だい　本統《ほんと》にお爺茶乱《ちやんちやら》おかしい　お臍《へそ》で茶《ちや》を沸《わか》さア　夫《そ》れ[一一]注文通《ちうもんどほ》り廊下鳶《らうかとんび》と化《ばけ》たゾ　エヽ世話《せわ》を焼《やか》せる奴《やつ》だ　オ又《また》パチ〳〵が一匹《びき》殖《ふゑ》たゾ　今度《こんど》は何《ど》の治郎《やらう》か知《し》ら　五番《ばん》の河虎治郎《かつぱやらう》かオツト河虎治郎《かつぱやらう》ぢやねへ八番《ばん》の凸凹治郎《でこぼこやらう》だ　是《これ》やア十銭《せん》呉《くれ》た治郎《やらう》だから黙止《だまつ》て打遣《うちやつ》ちやア置《おけ》ねへ　オヽ世話《せわ》の焼《やけ》る事《こと》だなア

一　明治五年二月、博物館を日比谷に設けて剝製の傍らに僅かに生き物を陳列したのに始まり、明治十五年三月、上野清水谷に欧州の動物園にならって開設された。
二　お金の隠語。親指と人差指で◯を作って、「これ」というのを反転させる。
三　擬人名。堅物の意。
四　何かの出来事の後始末をさせること。
五　小言をいうこと。
六　御祝儀。
七　文久三年（一八六三）二月に鋳造され、慶応三年（一八六七）まで通用した四文通用の銅銭。「文久永宝」という。明治二年三月、従来の「両・分・朱」の幣制を廃して「円・銭」とし、十進法によることが決定される。
八　俗語。焼餅を焼く男の意。ここは客が遊女の遅いのにいらだって、他の客へ行っているのではと焼餅を焼く様子。
九　俗語。罵言の一。
一〇　諺。男の常として自惚と遊び心を持たぬ者はいないという意。江戸期に庶民の通例としていわれる。遊里における梅毒の蔓延は甚しく、安政初年（一八五四）に長崎で初めて外国人相手の娼妓に検梅法が実施され、明治四年四月から全国に施行される。
一一　予測した通り、やっぱりの意。
一二　芸者の称は江戸中期に始まり、遊里で音曲や踊りなどで宴席を賑わす役の男女を男芸者・女芸者と総称したが、別に、自前の営業で宴席に招かれる「踊子」と称する若い娘もあり、次第に一体化して芸者町が生じ、明治に入ると柳橋・新橋・日本橋など、吉原をしのぐほどに流行した。『東京新繁昌記』三編「新橋芸者」などに詳しい（本大系第一巻『開化風俗誌集』所収）。

骨皮《こつぴ》道人《だうじん》曰《いは》く　此治郎《このやらう》め覚《おぼ》えて居《ゐ》ろ　今《いま》にギューと云《い》ふ目《め》に逢《あは》せて遣《や》るから

○第《だい》十五　芸《げい》[一二]者《しや》

此節《このせつ》ア何故《なぜ》こんなに毎晩《まいばん》〱[一三]お茶《ちや》ばかし挽《ひく》だらう　霜枯《しもがれ》[一四]三月《みつき》は例年《いつ》でもお茶《ちや》が続《つゞ》く事《こと》ア続《つゞ》くんだが今年《ことし》くらゐ酷《ひど》い事《こと》ア今《いま》までに無《な》い事《こと》だよ　是《これ》だから風《かぜ》[一五]の神《かみ》が怖《こはい》の転《ころ》[一六]び猫《ねこ》だの何《なん》の艱《かん》のと云《い》ツても　迚《とて》も一週間《しうかん》に一人《ひとり》ヤ二人《ふたり》の客《きやく》ぢやア腮《あご》が乾上《ひあが》ツて仕舞《しま》ツて芸者《げいしや》の乾物《ひもの》が出来《でき》るから少《すこ》し位《ぐらゐ》の罰金《ばつきん》は跡《あと》で埋合《うめあは》せをするとして転《ころ》ぶより外《ほか》は仕方《しかた》がない　転《ころ》ぶより外《ほか》に仕方《しかた》がないと度胸《どきやう》を据《すへ》た処《ところ》で何《なん》にしろ肝心《かんじん》の相手《あひて》が見附《みつか》ら無《な》いに困却《こまつ》た　是《これ》と云《い》ふのも彼《あ》[一七]の一件《けん》が影響《ひゞい》て皆《みん》な月給取《げつきふとり》の人《ひと》でも何《なん》でも締《しま》り店《みせ》に為《な》ツて　月《つき》に何程宛《いくらづゝ》か駅逓局《えきていきよく》[一八]へ貯金《ちよきん》する様《やう》な始末《しまつ》だから自然《しぜん》と此方《こつち》の家業《かげふ》も閑暇《ひま》になる道理《だうり》だ　是《これ》を思《おも》ふと三四年《ねん》[一九]あと迄《まで》は景気《けいき》が好《よ》かツた　毎晩《まいばん》〱三四人宛《にんづゝ》の客《きやく》があつて扨数々《さてかず〱》のお目出度《めでた》やと座附《ざつき》[二〇]を弾《ひい》たばかり　跡《あと》はピンともシヤンとも音《おと》を為《さ》せなくツても黙止《だまつ》て円助《ゑんすけ》[二一]ヅヽは取《と》れるし芝居《しばゐ》[二二]と云《い》ツたら何処《どこ》の狂言《きやうげん》でも飽《あき》る程見《ほどみ》えたんだが　夫《そ》れが此節《このせつ》ア替《かは》り目《め》〱に一度見《どみ》たり見《み》なかツたりで偶《たま》にお客《きやく》の前《まへ》へ出《で》ても話《はな》しも出来《でき》ない　ア

一三 お茶を挽く。→二二五頁注一〇。
一四 霜枯れ時、冬場の陰気な季節。
一五 風俗取締りの巡査。
一六 芸妓の、本来禁じられた売春を「転ぶ」と称する。「猫」は芸妓の俗称。→二二五頁注一八。
一七 未詳。当時の経済的な事件といえば、明治十五年夏ごろにはデフレの進行により、東京の地価が三―五割の低落となる。「今その原因を聞くに…地価に対して課せらるゝ賦税の、次第に重きを加ふると、かつ明治十八年に至らばいかなる改正を行はるゝやも測られずとの懸念より、地所を売りて公債証書を買はんとする者多きによるといふ」(『朝野新聞』明治十五年七月十八日)。
一八 明治七年十二月に、翌八年の貯金預り規則発令が予告され、同四月四日駅逓頭・前島密により「老・少・男・女何びとに限らず、金十銭以上は預け得べく、かつその元利とも増殖すべく、また何時にても請取り得べき最も安全なる規則方法を御制定」の上、五月から事務を開く旨の公告が出された(『東京日日新聞』明治八年四月五日)。明治十一年一月発令規則では、一人につき一ケ年に三銭以上百円まで、利息は年利六分とある。
一九 「以前」の意。
二〇 宴会などで、芸妓が呼ばれて来て最初に弾きたてる挨拶の曲。
二一 「一円」の隠語。明治十五年当時、座敷料の相場は柳橋・新橋の芸者町で一円。日本橋・新富町・数寄屋町で八十銭、以下神明・赤坂など五十銭・三十銭までとする(『面黒狸』第五号、明治十五年四月)。
二二 歌舞伎芝居。江戸期以来、浅草猿若町の三座を中心に栄えたが、明治二十年当時は鳥越座

ーア何故《なぜ》こんなに詰《つま》らないだらう　日外《いつ》だツけ百円《ゑんだ》出すから自己《おれ》の権妻《めかけ》[一]に為《な》れと云《い》はれた時《とき》に彼様《あん》なに強情《がうじやう》を張《はら》ないで諾《うん》と云《い》やア斯様《こん》な不景気《ふけいき》も知《し》らないものヲ　今《いま》と為《な》つて考《かんが》へて見《み》りやア本統《ほんと》に馬鹿《ばか》〳〵しいよ　オヤ〳〵独《ひと》りで愚図《ぐづ》〳〵云《い》ツて居《ゐ》る中《うち》に何時《いつ》の間《ま》にか成田山《なりたさん》[二]のお燈明《あかり》が消《きえ》て仕舞《しま》ツたよ　辻占《つぢうら》[三]の悪《わる》い　今夜《こんや》も何《なん》だか遊《あそ》び[四]らしい　エヽ縁儀《えんぎ》直《なほ》しに式《しき》三番[五]でも復習《さらつ》て見様《みやう》か　オヤオヤ三味線《みせん》に蜘蛛《くも》が網《あみ》を張《は》ツて居《ゐ》るよ　オヽ気味《きみ》の悪《わる》イ

骨皮道人《こつぴだうじんいは》曰く　人間《にんげん》は七転《なゝころ》び八起《やおき》と云《い》ふから　精出《せいだ》して転《ころ》んで居《ゐ》たら起《おき》る事《こと》が有《あ》るかも知《し》れん

○第《だい》十七　権《ごん》　妻《さい》

男《をとこ》と云《い》ふ者《もの》は何故《なぜ》あんなに馬鹿《ばか》な者《もの》だらう　自家《うち》の旦那《だんな》なんザア世間《せけん》の評判《ひやうばん》を聞《きく》と大層《たいそう》利功《りこう》な様《やう》な話《はな》しだが　此方《こつち》の目《め》から見《み》ると余《あん》まり利功《りこう》とも思《おも》はれない　然《それ》だから芝居《しばゐ》に伴《つれ》て行《いつ》て下《くだ》さいと云《い》へば自分《じぶん》の用《よう》が何様《どん》なに繁忙《いそがし》くツても直伴《すぐつれ》て行《いつ》て呉《くれ》るし　着物《きもの》が欲《ほし》いと云《い》ふと何様《どん》な無理《むり》算段《さんだん》をしても直《すぐ》と注文《ちうもん》の品《しな》を買《かつ》て呉《くれ》るし　夫《そ》れに昨夜《ゆんべ》なんぞの様《やう》に博多《はかた》の丸帯《まるおび》[六]ぢやア少《すこ》し何《どう》だかと思《おも》ツたから　否《いや》と云《いつ》たら斯《かう》して立腹《おこつ》た真似《まね》をして遣《やら》ふとスツカリ腹《はら》の中《なか》で目算《もくさん》して掛《かゝ》

（猿若町・旧中村座）、新富座（新富町・旧森田座）、市村座（猿若町）、千歳座（久松町・明治座）、中嶋座（蛎殻町）、春木座（本郷）、栄升座（芝新堀・旧河原崎座）、寿座（相生町）など。

以上二二七頁

一　明治期特有の称。妾をいう。「権」は「仮りの」の意。第十七章「権妻」参照。
二　千葉県成田市の成田山新勝寺。成田不動の通称で知られる。二代目市川団十郎が成田不動の申し子であると伝えられ、その代々が信徒となって以来、江戸市民の団十郎贔屓に支えられて絶大な信仰を集めた。ここは成田山を祭った祭壇にあげた灯明が偶然消えてしまったこと。
三　俗信。偶然の出来事を運命の予兆と考え、物事の吉凶の判断をすること。
四　「お茶を挽く」と同意。→二二五頁注一〇。
五　歌舞伎芝居の幕開けに舞われる三番叟の囃子を練習すること。
六　一枚の帯地を二つ折りにして芯を入れた幅の広い帯。

ツたのだが　何《なん》の案《あん》じるより産《うむ》が易《やす》いと能《よ》く云《い》ツたもので　モウ今日《けふ》はチヤンと此帯《このおび》が出来《でき》たんだが　何考《どうかんが》へて見《み》ても彼《あ》の人《ひと》が人並外《ひとなみはづ》れた利功《りこう》とは請取悪《うけとりにく》い夫《そ》れに此方《こちら》の情夫《いゝひと》が始終出這入《しどうではい》りをして居《ゐ》るのに　初《はじ》め兄《あに》だと云《い》ツて置《お》いたら夫《そ》れを真《ま》に受《うけ》て居《ゐ》て時々御馳走《ときぐごちさう》するたア本統《ほんと》に道戯《だうけ》[七]て居《ゐ》る人《ひと》だ　併《しか》しモウ此処《こゝ》まで漕附《こぎつけ》りやア大丈夫《だいぢやうぶ》だが　此上《このうへ》は何《どう》かして彼《あ》の正妻《かゝあ》どんを逐出《おひだ》さして本陣《ほんぢん》[八]へ乗込《のりこ》み度《たい》ものだが　何様《どん》な手段《てだて》にして宜《いゝ》か能《よ》く情夫《あのひと》に逢《あつ》て話《はな》しを仕《し》て見《み》度《たい》が何《なん》にしろ彼《あ》の正妻《かゝあ》どんは廃止《よせ》ば宜《いゝ》に人並外《ひとなみはづ》れて貞女《ていぢよ》だとか何《なん》とか云《い》ふので女大学《をんなだいがく》[九]を其儘守《そつくりまも》ツて居《ゐ》るにやア困《こま》ツた　イヤ〳〵其様《そん》な悪心《あくしん》を出《だ》して人《ひと》[一〇]を祈《いの》らば穴《あな》二ツ　此方《こちら》も元《もと》の木阿弥《もくあみ》で裏店《うらだな》の親父《おやぢ》に引渡《ひきわた》されても困《こま》るからマア剣《つるぎ》[一一]の刃渡《はわた》りは廃止《よさう》〳〵

骨皮道人曰《こつぴだうじんいは》く　思《おも》ひ直《なほ》した処《ところ》は感心《かんしん》〳〵

○第《だい》廿二　奥《おく》[一二]　様《さま》

旦那《だんな》も宜歳《いゝとし》をして何時《いつ》までも浮々《うか〳〵》して居《ゐ》られては誠《まこと》に困《こま》る……　此節《このせつ》の事《こと》だからお交際《つきあひ》も仕方《しかた》が無《な》いが何時《いつ》どう云《い》ふ事《こと》が有《あ》るまいとも限《かぎ》らないから其用心《そのようじん》もして置《お》か無《な》ければマサカの時《とき》に差支《さしつか》へる事《こと》は目《め》に見《み》えて居《ゐ》る　ト云《い》ツて余《あま》り

七「道化」。間が抜けていること。

八 本家・本宅。ここは正妻になること。

九 江戸期の代表的な女性教訓書。貝原益軒とその妻東軒の作といわれるが確証はない。寛政二年(一七九〇)に刊行され、以後版を重ねる。

一〇 諺。他人の不幸を祈ると、自分にもふりかかってくるの意。

一一 譬喩。軽業芸の一、真剣の刃の上を歩く芸。危険なことのたとえ。

一二 本来は身分のある武家の妻女の敬称だが、明治以降、一般家庭でも下女の一人も置くような家で用いられる。

傍《そば》から云《い》へば指図《さしづ》ヶ《(が)》間敷《ましく》も当《あた》るし又嫉妬《またやきもち》でも焼様《やくやう》に思《おも》はれては折角《せつかく》の苦労《くらう》も水《みづ》の泡《あは》になる道理《だうり》……　アヽ何《なん》とか都合《つがふ》よく旦那《だんな》の気《き》に障《さは》らない様《やう》に気《き》を附《つけ》なければ　何時《いつ》までも此通《このとほ》りで居《ゐ》ると　世間《せけん》の人《ひと》に何処《どこ》の誰某《だれそれ》は女房《にようばう》が気《き》が利《き》かないから彼様《あん》な事《こと》に為《な》ツたと後指《うしろゆび》をさゝれる様《やう》では　第《だい》一家名《かめい》にも関《かゝは》るし親《おや》に対《たい》しても不孝《ふかう》だから　此処《こゝ》は一ツ[一]転《ころ》ばぬ前《さき》の杖《つゑ》だ　何《なん》とか旨《うま》く[二]法立《はふだて》を附《つけ》なければならぬがハテ困却《こまつ》たものだ　ト考《かんが》へて居《ゐ》る折《をり》から下女《げぢよ》が来《き》て　下女「奥様《おくさま》　只《いま》今《いま》◯◯様《さま》から御使《おつかひ》が参《まゐ》りまして此御手紙《このおてがみ》を置《おい》て参《まゐ》りました　奥様「爾《そう》かへ　ト手紙《てがみ》を手《て》に執《と》り封《ふう》を切《きつ》て読《よ》み下《くだ》し　胸《むね》の中《うち》にて「度々《たび〳〵》宴会《ゑんくわい》の御《ご》案内《あんない》は誠《まこと》にあり難《がた》い様《やう》なものゝ　[三]洋服《やうふく》が無《な》い為《ため》に何時《いつ》でも病気《びやうき》〳〵と断《ことは》ツて遣《やる》のも本統《ほんと》に心苦《こゝろぐる》しくツて気恥《きはづか》しい　アヽ何時《いつ》に為《な》ツたら肩身《かたみ》が広《ひろ》くなる事《こと》やら……　人《ひと》に奥様《おくさま》〳〵と云《い》はれる度《たび》に汗《あせ》が出《で》る様《やう》だ

骨皮道人曰《こつぴだうじんいは》く　一々《いち〳〵》御尤《ごもつと》も〳〵

○第三十五　官権家《くわんけんか》

現今《いま》の日本《にほん》の有様《ありさま》を見《み》ると大層進歩《たいそうしんぽ》して今《いま》にも欧米諸国《おうべいしよこく》と肩《かた》を並《なら》べさうな勢《いきほ》ひで　上辺《うはべ》は中々《なか〳〵》立派《りつぱ》な様《やう》だが其実際《そのじつさい》の内幕《うちまく》を見《み》るとイヤハヤ驚《おどろ》き入《い》ツたもの

一　諺。前もって用心をすること。
二　「方立」。方法を考えること。
三　明治十七、八年頃から上流社会の交際に女性の洋服姿が流行。「宮内大臣の達しに、目今西洋服装随意に相用ふべしとありし上に、わが皇后宮は、さるころ始て洋服を召させられたれば、今や婦人の洋服といへることは一つの流行となりけり」(『女学雑誌』明治十九年九月)。

だ　何故《なぜ》かと云《い》ふに現今《いま》の民権家《みんけんか》[四]は丸《まる》で麦酒《ビール》[五]見《み》た様《やう》な民権家《みんけんか》で　一寸蓋《ちよつとふた》を明《あけ》た時《とき》にやア大層《たいそう》な泡《あは》が立《たつ》が　少《すこ》し時間《じかん》を経《へ》ると直《すぐ》に消《きえ》て仕舞《しま》ふ様《やう》な民権家《みんけんか》だから些《ちつ》とも頼《たの》みに成《な》らん　夫《そ》れだのに人《ひと》が云《い》やア云《い》ふ事《こと》と　国会《こくくわい》[六]が何様《どん》なものやら[七]立憲政体《りつけんせいたい》が何《どう》したものやら方角《はうがく》[八]も立《たゝ》ない癖《くせ》に　国会《こくくわい》が開《ひら》ければ死《しん》だ者《もの》が蘇生《いきかへる》か各自個《てんぐこ》に金《かね》の一万円《まんゑん》ヅヽも貰《もら》ふ様《やう》に思《おも》ツて　唯《たゞ》廿三年《ねん》が楽《たのし》みだの一日《にち》も早《はや》く国《こく》会《くわい》が開《ひら》ければ宜抔《いゝなど》と　猫《ねこ》も杓子《しやくし》も首《くび》を伸《のば》して待《まつ》て居《ゐ》るのは何云《どうい》ふ了簡《れうけん》だか些《ちつ》とも訳《わけ》が分《わか》らない　其証拠《そのしやうこ》には其様《そんな》に国会《こくゝわい》を恋《こひし》がツて居《を》りながら国会《こくくわい》の準備《したく》と云《い》ふものを少《すこ》しも仕《し》ない様子《やうす》だが　今政府《いませいふ》がサア国会《こくくわい》を開《ひら》くから議員《ぎゐん》を撰挙《せんきよ》せよト達《たつ》せられたら人民《じんみん》は何《どう》する積《つも》りだらう　恐《おそ》らく議《ぎ》[九]員《ゐん》の人《ひと》に困《こま》るに違《ちが》ひない　是《これ》を例《たと》へて見《み》ると茲《こゝ》に一本《ぼん》の苗《なへ》がある　此苗《このなへ》を天然《てんねん》に任《まか》せて置《お》けば花《はな》も開《ひら》き実《み》も結《むす》ぶものヲ　其天然《そのてんねん》に育《そだつ》のを待兼《まちかね》て毎日《まいにち》〳〵これを引伸《ひきのば》さうとしてトウ〳〵根《ね》を引抜《ひきぬい》て枯《から》して仕舞《しま》ふと同《おな》じ事《こと》だから　サウ花《はな》の咲《さ》く国会《こくゝわい》を急《いそ》がないで天然《てんねん》自然《しぜん》の時《とき》を待《ま》ち　又其間《またそのあひだ》に充分《じうぶん》に自分達《じぶんたち》の準備《したく》も為《す》るが宜《いゝ》　何《どう》も此節《このせつ》の人間《にんげん》は[一〇]雷同説《らいどうせつ》ばかりを信《しん》じて実際《じつさい》の計画《けいくわく》を仕《し》ないから誠《まこと》に困《こま》る　誰《だれ》か僕《ぼく》に同意《どうい》して国《こく》会《くわい》の延期願《ゑんきねが》ひをする者《もの》は無《な》いか知《し》らんテ

骨皮道人曰《こつぴだうじんいは》く　ノウ〳〵〳〵〳〵〳〵〳〵　延期説《ゑんきせつ》は甚《はなは》だ不賛成《ふさんせい》

四　「民権」の語は津田真道の『泰西国法論』（慶応二年〈一八六六〉九月）に見えるものが初発とされ、以後民の権利の主張は大流行して、自由民権は開化の旗印となり、その主唱者を民権家と称する。

五　大槻磐水『蘭説弁惑』（寛政十一年〈一七九九〉）等の洋学書に既に紹介されていたが、明治に入るとすぐに一般化し、四、五年頃にはビール販売広告なども新聞に見える。「此節頻りに流行する麦酒の如きも、日本製の品多し」（『家庭叢談』十五号、明治九年十月）。

六　明治十年代初頭から国民の間に民権の第一として国会開設の希求沸騰し、十四年十月十二日の勅諭に、明治二十三年開設が公布された。

七　加藤弘之『立憲政体略』（慶応四年〈一八六八〉）に初めて紹介され、憲法を制定して政治の体制とすることは、注六の勅諭にも「又夙に立憲の政体を建て」と述べられている。

八　訳もわからないの意。

九　国会議員になるべき人物。

一〇　他人の説に考えもなく同意・同調すること。

○第三十六　民《みん》権《けん》家《か》

人《ひと》によると現今《いま》の人民《じんみん》は唯政府《たゞせいふ》の為《な》す所《ところ》を兎《と》や角《かく》と批評《ひひやう》し　政府《せいふ》の反対《はんたい》に立《たち》さへすれば夫《それ》で民権《みんけん》だと思《おも》ツて居《ゐ》るなどゝ　暗《あん》に我々《われ〳〵》の進路《しんろ》を妨害《ばうがい》する者《もの》あれど夫《それ》は大変《たいへん》な見当違《けんたうちが》ひだ　素《もと》より我々《われ〳〵》とても政府《せいふ》の支配《しはい》を受《うけ》て居《ゐ》る人民《じんみん》だから決《けつ》して政府《せいふ》の為《な》す所《ところ》を兎《と》や角《かく》と論《ろん》じ　政府《せいふ》の反対《はんたい》に立《たつ》て何斯《どうかう》と云《い》ふ様《やう》な事《こと》は毛《もう》頭《とう》も無《な》い　唯我々《たゞわれ〳〵》の常《つね》に願《ねが》ふ所《ところ》は官民熟和《くわんみんじゆくわ》して何事《なにごと》も公平無私《こうへいむし》を旨《むね》とし　人《じん》民《みん》に内証《ないしやう》で事《こと》を左右《さいう》する様《やう》な事《こと》もなく　又言論《またげんろん》[一]の自由《じゆう》も得《え》　出版《しゆつぱん》の自由《じゆう》も得《え》[二]条約《でうやく》も改正《かいせい》し　治外法権《ちぐわいはふけん》も出来《でき》　富国強兵《ふこくきやうへい》にして外人《ぐわいじん》の軽蔑《けいべつ》を蒙《かうむ》らぬ様《やう》に成《な》りさへすれば夫《それ》で宜《いゝ》のだ　然《しか》るを或人《あるひと》は日本《にほん》の人民《じんみん》は未《ま》だ幼稚《えうち》なりと云《い》ひ　或《ある》ひは我々《われ〳〵》を婦女子《ふぢよし》同様《どうやう》に思《おも》ツて居《ゐ》る者《もの》もあるから　[三]丸《まる》い玉子《たまご》も切様《きりよ》で四角《しかく》　物《もの》も云様《いひよ》で角《かど》が立《たつ》[四]と云《い》ふ一件《けん》で　誠《まこと》に物事《ものごと》が平穏《おだやか》に行《ゆか》んので困《こま》る　併《しか》し此処《こゝ》まで来《く》りやアモウ国会《こくゝわい》の開設《かいせつ》にも手《て》が届《とゞ》いて居《ゐ》るから安心《あんしん》だ　アヽ此《この》二三年《ねん》が早《はや》く立《たて》ば宜《いゝ》

骨皮道人《こつびだうじん》曰《いは》く　ヒヤ〳〵〳〵〳〵〳〵と大賛成《だいさんせい》をして置《おい》て且申《かつまう》す　民《みん》権家《けんか》の腹中《ふくちう》は中々《なか〳〵》奥深《おくぶか》くして迚《とて》も骨皮道人《こつびだうじん》などの想像《さう〴〵》し得《う》べきに非《あら》ず　否《いな》

一　明治十五年、伊藤博文に調査の勅命が下った七年後、明治二十二年二月十一日発布された日本国憲法に「集会・結社及び言論・出版その他一切の表現の自由は、これを保障する」(二十一条)とある。

二　安政元年(一八五四)の日米和親条約を始めとして、幕府が諸外国と結んだ修好通商条約は、極めて不平等なものだったので、維新後、新政府はその改正を希求し、明治二十七年の対英治外法権の撤廃を皮切りに順次改正に成功する。

三　流行の都々逸節の有名文句。

四　「というようなもので」の意。

縦《たと》ひ想像《さうざう》し得《え》たりとて之《これ》を明々地《あからさま》[五]に打明《うちあけ》るはチト如何《いかゞ》　と怪念《けねん》[六]する場合《ばあひ》も無《な》きにあらねば　障《さはら》ぬ神《かみ》に祟《たゝり》なし　先《ま》づ暫時《ざんじ》の間《あひだ》お預《あづか》りにして置《おき》ます　諸《しよ》君其《くんその》お積《つも》りで

○第三十七　三百[七]代言《だいげん》

五六年前《ねんまへ》までは自己《おれ》の商売《しやうばい》ほど結構《けつかう》な家業《かげふ》は無《な》かツた　尤《もつと》も其頃《そのころ》にやア未《ま》だ世間《せけん》の人《ひと》が法律《はふりつ》も何《なん》にも知《し》らないから　モウ遠《とツ》くに無功《むかう》に為《な》ツて居《を》る貸金《かしきん》でも期限《きげん》を経過《けいくわ》して居《ゐ》る売掛代金《うりかけだいきん》でも　勧解《くわんかい》[八]へ持出《もちだ》しさへすりやア慄々震《ぶる〳〵ふる》へて返済《へんさい》するし　又皆《またみな》まで取《と》れなくツても旨《うま》く示談《じだん》すりやア半額位《はんがくぐらゐ》はお茶《ちや》の粉《こ》で取《と》れるお負《まけ》に其頃《そのころ》ア委任状《いにんじやう》さへ有《あ》りやア何本事件《なんぼんじけん》を持《もつ》ても宜《よ》かツたのだから　随分免《ずゐぶんめん》[九]許《きよ》とりにも負《まけ》なかツたが　此節《このせつ》ア只《たつ》た一本《ぽん》しか持出《もちだ》す事《こと》ア出来《でき》ず　お負《まけ》に一々区役所《くやくしよ》の奥書《おくしよ》[一〇]を貰《もら》はなけりやア行《いけ》ねへし　夫《そ》れに真物《ほんもの》が段々殖《だん〳〵ふゑ》て来《き》て安《やす》く働《はたら》く処《ところ》へ持《もつ》て来《き》て　人間《にんげん》が鉄面皮《づう〳〵しく》なツて裁判所《さいばんしよ》へ出《で》るのを何《なん》の屁《へ》とも思《おも》はないから中々甘《なか〳〵うま》い汁《しる》は吸《す》へなく為《な》つた　是《これ》ぢやア仕方《しかた》がねへから何《なに》か種《たね》が有《あ》りやア被害《ひがい》者《しや》の尻《しり》を押《おし》て新聞屋《しんぶんや》[一一]でも願《ねが》ひ附《つけ》て遣《やら》うと思《おも》ツて居《ゐ》るのだが　生憎《あいにく》とまた新聞屋《しんぶんや》も恐怖《こは》がツて尻尾《しつぽ》も出《だ》さず実《じつ》にこの不景気《ふけいき》にやア閉口《へいこう》した　ト沸々愚痴《ぶつ〳〵ぐち》を覆《こぼ》し

五 当時、民権家の主張と政府の施策との食い違いは多く、秩父困民党事件（明治十七年）等の騒乱に及ぶこともしばしばで、そのあたりを慮った文言か。

六 「懸念」の宛字。

七 →二一一頁注一五。「代言人」の語は福沢諭吉による「アドボケート」の訳語という。『東京新繁昌記』六編「代言会社」に詳しい。

八 民事上の争い事において、正式の調停や和解の前に、裁判所などが当事者間に和解を勧めること。

九 明治九年二月十二日、代言人規則が布達されて無免許の代言人を禁じ、明治十二年五月には東京大学法学部卒業者へ直ちに資格を与えることによって代言人の品格が上がったといわれる（『明治事物起原』第二編）。

一〇 証明書。

一一 新聞記者の人柄の悪さも当時の通弊であったことは、本作品第一・第二章を参照。

て居《ゐ》る折《をり》から　甲「御免下《ごめんくだ》さい　三百代言「ヘエ御出《おいで》なさい　何処《どちら》から　甲「一寸伺《ちよつとうかゞ》ひますが貴公《あなた》は裁判所《さいばんしよ》へ御出《おで》になる御方《おかた》で御坐《ござ》いますか　三百代言「左様《さやう》　僕《ぼく》は代言人《だいげんにん》だが何《なに》か御用《ごよう》ですか　甲「ナニ用《よう》と云《い》ふ程《ほど》の事《こと》でも御坐《ござ》いませんが是非貴公《ぜひあなた》に一ツ願《ねが》ひ度《たい》と存《ぞん》じて参《まゐ》りました　三百代言「なるほど畏《かしこ》まりました　僕《ぼく》に御依頼《ごいらい》なら何様《どん》な縺《もつれ》た事件《じけん》でも屹度《きつと》取《とつ》て上《あげ》ます　甲「処《ところ》が取方《とるはう》なら宜《いゝ》が取《と》られる方《はう》で　三百代言「ヘエ取《と》られる方《はう》で　夫《そ》れぢやア被告《ひこく》ですね　甲「被告《ひこく》で御坐《ござ》いますが余《あま》り先方《さき》が不人情《ふにんじやう》ですから成《なる》たけ骨《ほね》を折《を》つて返済《かへさ》ない様《やう》に仕《し》て貰《もら》い度《たい》ので御坐《ござ》います　三百代言「夫《そ》りやア事情《じじやう》によれば随分返済《ずゐぶんへんさい》しなくツても宜場合《いゝばあひ》も有《あり》ますが　シテ其金高《そのきんだか》は何程《いくら》ばかりですネ　甲「金高《きんだか》は一円《ゑん》五十銭《せん》で御坐《ござ》いますが　旨《うま》く返済《かへさ》ないで済様《すむやう》に仕《し》て下《くだ》さりやア半分《はんぶん》だけ御礼《おれい》に上《あげ》ます　三百代言「[一]〔腹《はら》の中《うち》にて〕ヘン人《ひと》を馬鹿《ばか》にして居《ゐ》やアがら　邂逅事件《たまさかじけん》が有《あ》ツたと思《おも》やアたつた一円《ゑん》五十銭《せん》の被告《ひこく》か　ナンダ馬鹿《ばか》〱しい

骨皮道人《こつぴだうじん》曰《いは》く　[二]被告《ひこく》の左祖《さたん》も金次第《かねしだい》か

○第三十八　人力車夫《じんりきしやふ》[三]

甲「ヤイ手前行《てめへいか》ねへか　乙「何処《どこ》だ〱　甲「神田橋《かんだばし》[四]まで四銭《だり》[五]だとヨ　乙

一　二一六頁一二行目(第一章「新聞記者」)、給仕の言葉中の「(口の中にて)」という表記に倣い、括弧を補った。
二　諺「地獄の沙汰も金次第」のもじり。「左祖」は加勢し味方すること。
三　明治二年、東京の和泉要助等が発明開発し、同三年に免許を得て開業。文明開化の一象徴となる。人が牽いて走る二輪車で、開業以来六年後には六万台を数えるという。「俥」の字も作られた。『東京新繁昌記』初編「人力車」参照。
四　現千代田区大手町一丁目。江戸城神田橋御門外の平川堀にかかる橋をいった。
五　人力車夫の数字の符帳(業界用語)で、東京では一をピン、以下シバ(二)、ヤミ(三)、ダリ(四)、ゲンコ(五)、ロンジ(六)、セイナン(七)、バンドウ(八)、キワ(九)、ドテ(十)、ワカサン(二十)、ヤリ(二十五)、ヤミカン(三十)、フリ(五十)、大ヤリ(百)(以上『東京風俗志』)、また山中共古『東京市井旧事』には一をヲジ、二をシバ、三をダリ、四はなくて、五をゲンコ(以下右に同じ)と記される。

「人《ひと》を馬鹿《ばか》にして居《ゐ》やアがら　此寒《このさむ》いに神田橋《かんだばし》まで挽《ひい》て四銭《だり》や五銭《げん》位《こぐらゐ》とつた分《ぶん》にやア借車賃《はこだい》[六]にも追付《おつゝか》ねへ　丙「どうも今《いま》の人間《にんげん》は車《くるま》に只乗《たゞの》る了簡《れうけん》で居《ゐ》やアがるからお互《たが》ひに仕様《しやう》がねへなア　甲「仕様《しやう》がねへッてお前《めへ》なんざア独《ひと》り身《み》だから　何処《どこ》へ行《いつ》ても車《くるま》せへ有《あ》りやア車《くるま》の中《なか》へ寝《ね》て天麩羅飯《てんぷらめし》[七]の一杯《べゑ》ヅヽも喰《く》ツて居《ゐ》りやア夫《そ》れでも済《すむ》が　自己《おれ》なんぞの様《やう》に女房《かゝあ》や餓鬼《がき》が有《あ》ツちやア随分《ずゐぶん》こてへるぜ　乙「ナニ人間《にんげん》は女房《かゝあ》が無《な》くちやア独《ひと》りぢや程何稼《いくらかせい》だツて駄目《だめ》だ　昨日《きんなふ》なんざアお前《めへ》　鎌倉川岸《かまくらがし》[八]から新橋《しんばし》[九]の停車場《ステーション》まで大急《おほいそ》ぎ　テーんで八銭《ばんどう》で極《きめ》て行《ゆく》と恰好切符《ちやうどぶだ》を売出《うりだ》す処《とこ》へ出《で》ツ交《くは》したから客《きやく》も大変喜《たいへんよろこ》んで十銭《どて》呉《くれ》たんだ　夫《そ》れからお前《めへ》　少《すこ》し楫《かぢ》を休《やす》めて居《ゐ》ると其処来《そけへき》たなア身装《みなり》も立派《りつぱ》で金《きん》[一〇]の時計《とけい》なんぞ耀々《びか〱》さして居《ゐ》やアがツたが　言葉《ことば》を聞《きい》て見《み》ると田舎漢《ゐなかツぽう》ヨ　其奴《そいつ》がお前《めへ》どうだろ　又《また》自己《おれ》に掛《かゝ》ツて来《き》やアがツて本郷《ほんがう》の竜岡町《たつおかちやう》[一一]まで行《いつ》て二十五銭《せん》フンダクツて遣《やつ》たんだ　丙「ムヽ成程《なるほど》うめへナ　乙「夫《そ》れでお前一寸《めへちよつと》の間《ま》に三十五銭儲《せんまう》けたんだが其金《そのかね》が日《ひ》の晩《くれ》にやアモウ文久《ぶんきう》[一二]一文《もん》も無《ね》へンだもの　本統《ほんと》に詰《つま》らねへぢや無《ね》へか　甲「どうも若《わけ》へ者《もの》の腕《うで》の宜《いゝ》にやア叶《かな》はねへなア　乙「ナニ腕《うで》が宜訳《いゝわけ》でも何《なん》でもねへ　東京《とうきやう》の者《もの》ぢやア迚《とて》も何様《そん》な旨《うま》へ汁《しる》ア吸《すへ》ねへが　鉄道馬車《てつだうばしや》[一三]が出来《でき》て行《いけ》ねへ〱と云《い》ツても未《ま》だ〱田舎漢《ゐなかつぽう》を引掛《ひつかけ》りやア随分旨《ずゐぶんうめ》へ汁《しる》が吸《すへ》る事《こと》があるよ

六 当時、車夫は親方から車を賃借して商売をした。「一日壱朱か五匁の輪代を出して車を借り、街衢に立つ」(高見沢茂『東京開化繁昌誌』明治七年七月)。

七 天麩羅は当時、安値な外食の代表的なもの。「天麩羅はまた都人の好むで食ふ所にして、これを売る店太だ多く、概ね安料理を兼ぬ」(『東京風俗志』中巻)。

八 現千代田区内神田一・二丁目。神田橋御門外の濠端をいった。

九 明治五年八月、品川・新橋間の工事を終え、九月十二日鉄道開業。それ以前の同年五月には品川・横浜間が開通していた。

一〇 当時、金側の懐中時計は成金の代名詞として用いられた。「明治初期には懐中時計を所持することが、大なる一つのほこりにて、如何にもして、われ之を所持することを、他人に知らせたき願ひが万々なりし」(『明治事物起原』第二十編)。

一一 現文京区湯島四丁目付近。東京大学病院の門を竜岡門という。

一二 文久銭一枚。明治四年五月の「新貨条例」に一厘は一両の千分の一、即ち一文とする。

一三 明治十三年、東京市内に馬車鉄道会社が官許され、同十五年六月二十五日、新橋・日本橋間に馬車六輛を以て往復運送を開始。上等三銭、下等二銭。同二十二年には毎日四十人乗りの馬車七十三輛、一区二銭、半区一銭で往復するようになる(『明治事物起原』第九編)。

骨皮道人《こつぴだうじん》曰《いは》く　モウ車夫《しやふ》の悪弊《あくへい》は無《な》からうと思《おも》ひの外《ほか》　未《ま》だ其《そ》んな大胆《ふてへ》ことを為《す》るか　不届《ふとゞき》な奴《やつ》だ　田舎《ゐなか》の御方々《おかたぐ》よ能《よ》く御用心成《ごようじんな》さいまし

○第《だい》四十　官途《くわんと》[一]の論客《ろんかく》

ア丶五月蠅《うるさ》く〳〵　少《すこ》し何事《なにごと》かあると田舎犬《ゐなかいぬ》の遠吠《とほぼへ》見《み》た様《やう》に新聞《しんぶん》で愚図《ぐづ》〳〵云《い》ふやら演説《ゑんぜつ》で喋々喃々饒舌《べちやくちやしやべ》るやら　田舎《ゐなか》から新聞《しんぶん》に煽動《おだて》られたんだか戸惑《とまど》[二]ひ仕《し》たんだか　訳《わけ》の分《わか》らん見当違《けんたうちが》ひがヒヨコ〳〵出掛《でか》けて来《く》るやら　只我儘《たゞわがまゝ》を云《い》やア夫《それ》で宜事《いゝこと》と思《おも》ツて居《ゐ》るとは飛《とん》でもない了簡違《れうけんちが》ひだ　是《これ》を例《たと》へて見《み》ると我子《わがこ》が可愛《かあい》いから寒《さむ》い時《とき》には寒《さむ》からうと思《おも》ツて暖《あたゝか》な綿入《わたいれ》を着《き》せ　暑《あつ》い時《とき》には暑《あつ》く無《な》い様《やう》に葛衣《かたびら》を着《き》せたり　莫大《ばくだい》もない資本《しほん》を費《つひや》して学問《がくもん》をさせたり　色々《いろ〳〵》心配《しんぱい》して養《やう》育《いく》した子供《こども》が少《すこ》し生長《せいちやう》すると　自分独《じぶんひと》りで成長《せいちやう》した様《やう》に親《おや》の異見《いけん》も聞《き》かないで小理屈《こりくつ》の生意気《なまいき》を云《い》ふと同《おな》じ事《こと》だ　尤《もつと》も時《とき》に依《よ》ると　尤《もつと》もらしい理屈《りくつ》を云《い》ふ事《こと》もあるが何《なに》にしろ畳《たゝみ》[三]の上《うへ》の水稽古《みづげいこ》で誠《まこと》に困《こま》るテ　夫《そ》れでも東京《とうきやう》は流石《さすが》に都会《とくわい》だけ有《あ》ツて識者《しきしや》も多《おほ》いが　地方《ちはう》などを巡回《じゆんくわい》して見《み》ると洋学《やうがく》のヨの字《じ》の香《にほひ》もせず矢張《やつぱ》り古保化《ふるぼけ》た大学《だいがく》[四]を引張出《ひつぱりだ》して子程子《していし》[五]の曰《いは》くと吐鳴《どな》つて居《ゐ》る位《くらゐ》だから　先《ま》づ国《こく》会《くわい》の開設前《かいせつぜん》に東京《とうきやう》の識者《しきしや》を地方《ちはう》へ分配《ぶんぱい》して　智識《ちしき》の平均《へいきん》を取《と》らなければ迚《とて》も充《じう》

一　役人の職、またその職にある者をいう。

二　寝ぼけてまごまごする様子。

三　諺「畳水練」。「机上の空論」と同意。

四　朱子学の基本経典として数えられる四書（大学・中庸・論語・孟子）の一。「大学」と「中庸」とは、もと「礼記」四十九篇中の一篇であったものを、朱子によって独立した経典として編成され、政治の要諦とすべき三綱令・八条目を中心に、朱子学・陽明学派の基本中の基本書と位置づけられた。

五　宋代の儒者程明道・程伊川兄弟をいう。人名の上につけた「子」は師として尊ぶ語。「大学」の朱子章句本では、本文の前に「子程子が曰く、大学は孔子の遺書にして、初学徳に入るの門なり」という有名句があり、「大学」を習う者が最初に読む部分。

分《ぶん》の結果《けつくわ》を奏《そう》する事《こと》は出来《でき》ないと云《い》ふのが自己《おれ》の持論《ちろん》だが　何《なに》に致《いた》せ今《いま》の様《やう》に見当違《けんたうちが》ひや戸惑《とまど》ひの人間《にんげん》が多《おほ》いので自己《おれ》の持論《ちろん》に賛成《さんせい》するものが無《な》いに困《こま》る

　骨皮道人曰《こつぴだうじんいは》く　へーエ成《な》アる程《ほど》さうですか　道人《だうじん》には何《なん》だか少《すこ》し……

○第《だい》四十三　鍋焼温飩《なべやきうどん》[六]

鍋焼《なべやき》ーうどん鍋《なべ》やきーうどん　エヽなべ焼《やき》うどん〳〵　オーヤ〳〵今夜《こんや》もイクラ吐鳴歩行《どなりあるい》ても駄目《だめ》かい　何考《どうかんが》へて見《み》ても自己《おれ》の商売《しやうばい》は火事《くわじ》[七]が無《な》くツちやア行《いけ》ねへ　人《ひと》の愁《うれへ》を好《この》む訳《わけ》じやアねへが是《これ》も自分《じぶん》の家業《かげふ》が可愛《かあい》けれやア仕方《しかた》がねへ　オヽ寒《さむ》い〳〵鍋焼《なべやき》ーうどん〳〵　エヽ鍋焼温飩《なべやきうどん》は暖《あつた》かで御坐《ござ》い　半鐘の音「ジヤン〳〵」「オツト〆《しめ》たゾ〆《しめ》たゾ」「遠《とほ》イ〳〵浅草通《あさくさどほ》り」「オヤ〳〵折角火事《せつかくくわじ》が目附《めつかツ》たと思《おも》ツたら浅草《あさくさ》じやア仕方《しかた》がねへ　是《これ》からヨツチラ〳〵浅草《あさくさ》まで行《いつ》て居《ゐ》る中《うち》にやア火事《くわじ》の方《はう》で左様《さやう》ならだ　オヽ詰《つま》らねへ〳〵　客「オイ鍋焼《なべやき》うどん沢山《たくさん》あるか　鍋焼屋「ソレ来《き》た〆《しめ》た〳〵　へイ沢山御坐《たくさんござ》います　客「沢山《たくさん》ありやア早《はや》く売《う》れ　早《はや》く売《う》れ　鍋焼屋「この畜生《ちくしやう》め　古《ふる》[八]い洒落《しやれ》を云《い》ツて人《ひと》を素見《ひやか》しやアがツたな　覚《おぼ》えて居《ゐ》ろ　馬鹿治郎《ばかやらう》め　オヽ寒《さむ》い〳〵　此様《こん》な晩《ばん》に迂路迂路《うろうろ》して居《ゐ》たツから売《うれ》ツこない　風邪《かぜ》でも引《ひく》と行《いけ》ねへから早《はや》く帰《けへ》ツて寝《ね》やう寝《ね》

六 江戸期からある冬場の街頭の呼売りだが、特に明治期に入って都会風俗の一として描写されることが多い。

七 路上の仕事ゆえ、冬場、火事の焼け出されや見物・見舞客等をあてにする。

八 未詳。

やう
骨皮《こつぴ》道人《だうじん》曰《いは》く　オイ鍋焼屋《なべやきや》さんヨ　お前《まへ》は何《なん》の為《ため》に家台店《やたいみせ》を担《かつ》ぎ出《だ》したんだ　元来《ぐわんらい》なべ焼温飩《やきうどん》は寒《さむ》い時《とき》に能《よ》く売《うれ》るものならずや　然《しか》るを寒《さむ》いからとて肝心《かんじん》な温飩《うどん》を一ツも売《う》らずして帰《かへ》ツて寝転《ねころ》ぶ様《やう》な活智《いくぢ》なしぢやア迚《とて》も出世《せ》は出来《でき》ませんゾ　尤《もつと》も鍋焼屋《なべやきや》に限《かぎ》らず何《なん》でも此通《このとほ》りだ

○第四十八　[一]差《さ》配《はい》人《にん》

昔《むか》し徳川様《とくがはさま》の頃《ころ》にやア差配人《さはいにん》と云《い》ふと随分人《ずゐぶんひと》の頭《かしら》に立《たつ》て威張《ゐば》れたものだがイヤモウ当節《たうせつ》の様《やう》に何《なに》も箇《か》も滅茶苦茶《めつちやくちや》で何方《どちら》が店子《たなこ》だか差配人《さはいにん》だか差別《さべつ》が附《つか》ない様《やう》に為《な》ツちやア往生《わうじやう》だ　夫《そ》れに昔《むか》しやア店子《たなこ》と云《い》ふと何《なん》にも知《し》らない奴《やつ》ばかりが相手《あひて》なんだから旨《うま》く遣《やり》やア可《か》なり甘《うま》い汁《しる》が吸《す》へたんだが　今《いま》じやア店子《たなこ》〳〵と馬鹿《ばか》にして居《ゐ》ると店子《たなこ》の中《うち》にも随分小理屈《ずゐぶんこりくつ》を捻繰奴《ひねくるやつ》が居《ゐ》るから　滅多《めつた》な事《こと》を云《い》ふと反対《あべこべ》を喰《く》ふ様《やう》な始末《しまつ》だから　万事何事《ばんじなにごと》でも夫《それ》に伴《つれ》て差配人《さはいにん》を何《なん》とも思《おも》ツて居《ゐ》ない　然《それ》だから昔《むか》しは盆暮《ぼんくれ》にやア自分《じぶん》の親《おや》も同《おな》じ様《やう》にチヤンと夫《そ》れ相《さう》応《おう》な[二]進物《つけとゞけ》が来《く》る　又平生《またふだん》でも何《なに》か珍《めづら》しい物《もの》があると先《ま》づ差配《さはい》さんへ持《もつ》て来《き》たんだが　当今《いま》じやア盆暮《ぼんくれ》の進物《つけとゞけ》どころか開化流《かいくわりう》だとか何《なん》とか手前味噌《てまへみそ》の理屈《りくつ》をつ

一　家主、大家。↓二一九頁注八。
二　義理でする謝礼の贈り物。

けて移転《ひつこし》の盛蕎麦《もりそば》二ツ切《きり》で平生《ふだん》は屁《へ》も放懸《ひつかけ》ず　其癖《そのくせな》何にか区役所《くやくしよ》へでも用《よう》があるとソレ差配人《さはいにん》だの大屋《おほや》だのと急《きふ》に頭《あたま》を下《さげ》て来《き》て　是《これ》を斯《かう》して呉《くれ》の彼《あれ》を何《どう》して呉《くれ》のと小面倒臭《こめんだうくさ》い事《こと》を云《い》ツて来《く》る　夫《それ》も此方《こちら》の役目《やくめ》だから嫌《いや》とも云《い》へない訳《わけ》だが　底《そこ》が人情《にんじやう》だから縦《たと》ひ一銭《せん》か二銭《せん》の塩煎餅《しほせんべい》でも持《もつ》て来《く》りやア悪《わる》い心持《こゝろもち》は仕《し》ないが　今《いま》の人間《にんげん》は[三]伝坊《でんばう》で来《き》て理屈詰《りくつづめ》で人《ひと》を遣《つか》はふと云《い》ふのだから　差配人《さはいにん》も[四]肥《こや》し代《だい》ぐらゐを貰《もら》ツて居《ゐ》ちやア中々《なかなか》割《わり》に合《あは》ない

骨皮道人曰《こつぴだうじんいは》く　差配《おほや》さんの仰《おふ》せ至極御尤《しごくごもつとも》の様《やう》ですが　小児《こども》を欺《だま》すのじやア有《あ》るまいし真逆《まさか》に塩煎餅《しほせんべい》を持《もつ》て行訳《ゆくわけ》にも行《ゆか》ず　去《さり》とて[五]金米糖《こんぺいたう》じやア少《すこ》し上《じやう》の字《じ》に思《おも》はれ　イヤナニ差配《おほや》さんに認《みと》め印《いん》を押《お》捺《し》て貰《もら》ふ度毎《たびごと》に金米糖《こんぺいたう》を散《さん》財《ざい》した日《ひ》にやア金米糖《こんぺいたう》で[六]身代限《しんだいかぎ》りをするから　マア御迷惑《ごめいわく》でもあらうが当《たう》分《ぶん》の中《うち》は伝坊《でんばう》で勘弁《かんべん》して居《ゐ》て下《くだ》さい

○第五十二　[七]曖昧待合《あいまいまちあひ》

[八]竹《たけ》や今表《いまおもて》へ人力車《くるま》が止《とま》ツた様《やう》だが一寸御覧《ちよつとごらん》　お客様《きやくさま》ぢやないか　竹「イヽエ左《さ》様《う》ぢや有《あ》りません　何《なん》だか隣《となり》の[九]牛屋《ぎうや》へ這入《はい》ツた様《やう》でした　「本統《ほんと》に困《こま》るねへ斯毎日《からまいにち》お客《きやく》が無《な》くちやア　昨日《きのふ》お前長谷川《まへはせがは》さんに逢《あつ》たと云《い》ツたが　此節《このせつ》ア何成《どうな》

三 悪ずれして乱暴なもの言いの人。

四 江戸期から長屋の便所は共同便所であり、それを肥料として近隣の百姓へ売る権利は「大家」が持つことになっていた。

五 江戸初期からある砂糖菓子の一。金平糖。

六 破産。

七 「待合」は、本来は茶席に付属する建物の一であるが、後に「待合茶屋」の略称として用いられ、男女の密会の場所や芸娼妓をよんで遊興する場として、明治初期から流行した。「曖昧待合」は、隠れて売春の仲立ちを商売としている待合をいう。

八 女中の一般的な固有名詞。他に「梅」や「花」など。

九 牛鍋屋。開化の一様相として肉食の習慣が一般化し、明治三、四年頃から流行。仮名垣魯文『牛肉雑談安愚楽鍋』（明治四年四月）に詳しい。

さつたンだか様子《やうす》を聞《きい》て見《み》たかへ　竹「ナニ別《べつ》に御様子《ごやうす》も聞《きゝ》ませんでしたが此節《このせつ》ア些《ちつ》とも入《い》らツしやら無《な》いが何《どう》なさつたンです　御内儀《おかみ》さんも長谷川《はせがは》さんは何《なに》が御気《おき》に入《い》らないか些《ちつ》とも入《い》らツしやら無《な》いと云《い》ツて毎日心配《まいにちしんぱい》して居《ゐ》ますから偶《たま》にやア御話《おはな》しに入《い》らツしやいと云《い》ツたら　先月《せんげつ》の風《かぜ》[一]で懲懲《こりこり》したからモウ行《いか》ないツて左様云《さうい》ツて被為入《いらツし》やいましたツケ　「オヤ〳〵左様《さやう》かへ　本統《ほんと》に長谷川《せがは》さんにやア気《き》の毒《どく》な事《こと》をした　今度《こんど》また逢《あつ》たら左様云《さうい》ツて置《おい》てお呉《く》れ　モウ旅籠屋《はたごや》の鑑札《かんさつ》[二]を受《うけ》て大丈夫《だいぢやうぶ》ですから何卒《どうぞい》入らツしやツて下《くだ》さいツて

骨皮道人曰《こつぴだうじんいは》く　旅籠屋《はたごや》の鑑札《かんさつ》を受《うけ》れば何《なに》が大丈夫《だいじやうぶ》やら　道人《だうじん》の如《ごと》き不粋者《ぶすゐもの》にはサッパリ了解《わから》ない

○第五十五　贋《にせ》の耶蘇《やそ》[三]信徒《しんと》

友達《ともだち》が加入《はい》れ〳〵と云《い》ふから何様《どん》な者《もの》だか何《なに》も話《はな》しの種《たね》だからと思《おも》ツて加入《はい》ツて見《み》たんだが　此奴《こやつ》ア中々《なかなか》おもひの外気楽《ほかきらく》で宜《いゝ》ものだ　唯日曜日《たゞにちえうび》に教会場《けうくわいぢやう》へ行《いつ》て睡眠《ゐねむり》をしながらアーメン〳〵と迂鳴《うなつ》て居《ゐ》さへすりやア宜《いゝ》のだ　尤《もつと》も書物《しよもつ》を少《すこ》し読《よ》ま無《な》くツちやア行《いけ》ないが　ナニ書物《しよもつ》と云《い》ツたからツて新約全書《しんやくぜんしよ》[四]の二三枚《まい》も嚙《かぢ》ツて居《ゐ》れば夫《そ》れで人《ひと》の目《め》から見《み》りやア立派《りつぱ》な信徒《しんと》だと思《おも》ツて呉《くれ》るから訳《わけ》や

一　隠語。風俗取締り、またその係の巡査をいう。江戸期には「警動」。ここは無許可営業か風俗壊乱等の嫌疑による臨時検査を受けたこと。

二　営業許可証。

三　江戸期以来のキリスト教禁令は、維新後もそのまま引き継がれていたが、明治六年二月、まず禁制の高札が撤廃されて黙許となり、明治二十二年帝国憲法発布とともに信教の自由が確保されるに至る。

四　新約聖書の旧名。明治五年横浜の米国聖書会社が、ヘボン博士訳「マコ伝」「ヨハンネ伝」を木版で刊行し、その後、ブラオン、ヘボン、グリーンの三氏を和訳委員として同七年に着手。八年に「ルカ伝」、九年に「ローマ書」、十年に「マタイ伝」「マコ伝」と順調に刊行され、十三年四月までに全体の邦訳が刊行された(豊田実『日本英学史の研究』昭和十四年)。

アない　ハテナ訳《わけ》やアないは宜《いゝ》が肝心《かんじん》な目的《もくてき》とする月給《げつきふ》[五]は何時《いつ》から呉《くれ》るか知《し》らイヤナニ其様《そん》なに月給《げつきふ》を急《せか》ないでも先《ま》づ当分斯《たうぶんかう》して胡麻化《ごまくわし》子て教会場《けうくわいぢやう》へ別嬪《べつびん》の顔《かほ》を見《み》に行《ゆく》と思《おも》ツて居《ゐ》りやア其中宜風《そのうちいゝかぜ》が吹《ふい》て来《き》て　耶蘇《やそ》に限《かぎ》らず何《なに》か好口《いゝくち》が有《あ》るに違《ちが》ひないから　マア夫《そ》れまで気《き》を長《なが》くして相替《あひかは》らずアーメン〳〵と迂鳴《うなつ》て居《ゐ》るのか

骨皮道人曰《こつぴだうじんいは》く　其様《そん》な棚《たな》の上《うへ》の牡丹餅《ぼたもち》を口《くち》を開《あい》て待《まつ》て居《を》る様《やう》な僥倖《げうかう》を目掛《めがけ》ないで　ナゼ丈夫《をとこ》らしく立派《りつぱ》な目的《もくてき》を立《たて》ないのだ　此活智無《このいくちな》しめが

○第[六]五十八　割[七]《れう》烹《り》店《てん》

誰《たれ》が云《い》ひ出《だ》したか　魚《さかな》は身体《からだ》の滋養《やしなひ》に為《な》らないの魚《さかな》を喰《く》ふと虎列剌病《これらびやう》[八]になるの何《なん》のと　魚《さかな》が虎列剌病《これらびやう》の問屋《とひや》か何《なん》ぞの様《やう》に詰《つま》らねへ事《こと》を云《い》ひ触《ふら》す者《もの》だから自《し》然《ぜん》と自己《おれ》の家業《かげふ》にも響《ひゞき》て来《き》て困《こま》ツて仕舞《しま》ふ　尤《もつと》も夏《なつ》の中《うち》にやア魚《さかな》も腐《くさ》り易《やす》いから何《なん》とも知《し》れないが　少《すこ》し冷風《すゞかぜ》が立《たつ》て来《く》りやア大丈夫《だいぢやうぶ》だに何故此様《なぜこん》なに閑暇《ひま》か知《し》ら　当節《たうせつ》の様《やう》に人間《にんげん》も臆病《おくびやう》に為《な》ツて来《き》ちやア仕方《しかた》がない　ム丶待《ま》てヨ〳〵何《なに》も人間《にんげん》が臆病《おくびやう》に為《な》ツた訳《わけ》ぢやアない　追々《おひ〳〵》に西洋風《せいやうふう》[九]の安料理《やすれうり》が出来《でき》るから其方《そのはう》へ客《きやく》の足《あし》が向《むく》のだ　ム丶左様《さう》だ〳〵是《これ》やア自己《おれ》が見当違《けんたうちが》ひをして居《ゐ》た　其癖西《そのくせせい》

五　未詳。教会に信徒となって勤務したものか、あるいは当時、教会が信徒集めのために何等かの仕事の斡旋でも企画していたものか。

六　「第五十七」とあるべきところ。

七　「割烹」の語は古来肉を切って煮ること、即ち料理の意に用いたが、特に料理屋の意に用いるのは幕末・明治からの流行。

八　コレラの流行は確実には安政五年(一八五八)七月の大流行以来、何度か起り、明治も十年と十二年の二度にわたり猛威をふるった。十二年の場合は死者十万一千余名といわれたため、さまざまの流言が生じた。

九　福沢諭吉『西洋衣食住』(慶応三年〈一八六七〉)によって一般化した西洋料理は、明治二年、横浜に谷蔵なる者が西洋料理店を開き(『横浜沿革誌』)、同四年には駒形代地に開陽亭が出来て以来、東京市内に多く見られるようになる。特に築地の精養軒(同六年)と神田の三河屋とが双璧といわれたが、流行して安手の店も多くあらわれた。

洋料理《やうれうり》も安価様《やすいやう》で其実《そのじつ》ア余《あま》り安価様《やすいやう》にも思《おも》はれ無《な》いが　時《とき》の流行《はやり》と云《い》ふものア妙《めう》なものだ　ム、ナール程夫《ほどそ》れだから彼《あ》の呉服屋《ごふくや》で立派《りつぱ》な白木屋《しろきや》[一]でも越後屋《ゑちごや》[二]でも洋服店《やうふくや》[三]を初《はじ》めたのか　ドレ自己《おれ》も是《これ》から西洋料理《せいやうれうり》を初《はじ》めて日本料理《にほんれうり》の刺身《さしみ》でも西洋料理《せいやうれうり》のビフテキでも御注文通《ごちうもんどほ》り何方《どちら》でもお出《い》でなさいと両天秤《りやうてんびん》に遣《やら》かさうか

骨皮道人曰《こつぴだうじんいは》く　お燗替《かんがへ》[四]の程至極洋御坐《しごくやうござ》いませう

○第《だい》六十　遊芸師匠《ゆうげいししやう》[五]

以前《いぜん》は近所《きんじよ》に女《をんな》の子《こ》が生《うま》れりやア夫《それ》を書入《かきいれ》[六]にして金《かね》を借《かり》ても宜位《いゝくらゐ》で有《あ》ツたんだが　今《いま》ぢやア学校《がくかう》[七]だとか何《なん》とか云《い》ツて堅苦労敷《かたくらうしい》ことを為《さ》せるのが流行《はやり》だから追々《おひく》に子供《こども》が減《へる》ので誠《まこと》に弱《よは》ツて仕舞《しま》ふ　然《そ》してアノ女《をんな》の子《こ》[八]に学問《がくもん》させる親達《おやたち》の了簡《れうけん》は何様《どん》な了簡《れうけん》だらう　女《をんな》がイクラ学問《がくもん》して学者《がくしや》に為《な》ツたからツて月給取《げつきふとり》に為《な》れ様《やう》ぢや無《な》し　縦令月給取《よしげつきふとり》に為《な》ツたに仕《し》た処《ところ》が学校《がくかう》[九]の先生位《せんせいぐらゐ》なものでヤット五円《ゑん》か六円《ゑん》しか取《と》れやア仕《し》ない　夫《そ》れよりか常磐津《ときはづ》[一〇]でも清元《きよもと》でも　又喉《またのど》の悪声《わるい》ものは踊《おどり》でもウンと仕込《しこ》んで置《おき》やア真逆《まさか》の時《とき》の用《よう》にも立《たつ》し　又寄席《またよせ》へ出《で》て前坐《ぜんざ》[一一]を打《うつ》なり蔭《かげ》を弾《ひく》なりに仕《し》ても　月《つき》に五円《ゑん》か六円《ゑん》はお茶《ちや》の粉《こ》で取《と》れるものヲ　本《ほん》

一 寛文二年(一六六二)、材木商大村彦太郎が江戸日本橋に開業した小間物屋に始まり、呉服商として発展を続け、明治十九年十一月七日の『東京日日新聞』には白木屋洋服店名の広告に婦人服の仕立云々とあり、その後「百貨店」となって昭和三十年代まで営業。

二 延宝元年(一六七三)、三井高利が江戸本町一丁目に開いた呉服店。現金掛値なしという新商法で大発展した様は井原西鶴の『日本永代蔵』に活写されて有名。両替商を兼業して後年の三井財閥の基礎を築くと共に、呉服業は百貨店三越として現在に至る。

三 洋服は慶応二年(一八六六)十一月、幕府の軍服として採用されたのに始まり、同五年十一月には太政官令に公式の礼服と定められたことから次第に一般化した。明治四年十月の『新聞雑誌』には、既に柳屋洋服店なる店の広告が見える。↓二三〇頁注三。

四 「お考えの程、至極良う御座いませう」のもじり。

五 下町で近辺の子女に踊りや三味線を教える女師匠。それを目当てに、男性の若者も集まる。

六 抵当にすること。女の子に遊芸を習わせて、芸者に仕立てようという親の目論見。

七 明治五年八月公布の学制により、全国を八大学区とし、一大学区を三十二中学区、一中学区を二一〇小学区として、各区に各一校を置くとするが、現実には明治九年度において、大学は無し、中学は公立十八、私立一八三、小学は公立二万三四八七、私立一四六〇と数えられる(『文部省第四年報』)。『東京新繁昌記』初編「学校」、六編「女学校」参照。

八 明治四年十二月文部省布達に、最初の公立女学校「共立女学校」設立が企てられ、翌五年二月

に素人《しらうと》と云《い》ふものは馬鹿《ばか》なものだ　夫《そ》れに悪《わる》い時《とき》にやア斯《かう》も悪《わる》くなるものか　肝心《かんじん》な金主《きんしゆ》[一二]の様《やう》に思《おも》ツて居《ゐ》る若衆達《わかいしゆたち》までが妙《めう》な気風《きふう》に為《な》ツて　例《いつも》ならモウ畳替《たゝみがへ》も出来《でき》　障子《しやうじ》も張《は》れて居《ゐ》るのだが　今年《ことし》に限《かぎ》ツて畳《たゝみ》が汚《よご》れて居《ゐ》ても障子《しやうじ》が破《やぶ》れて煤《すゝ》だらけに為《な》ツて居《ゐ》ても誰《だれ》も何《なん》とも切出《きりだ》さないが　悪《わる》くすると今年《ことし》は畳替《たゝみがへ》も出来《でき》ないか知《し》ら　何《なん》にしても彼《あ》れ程《ほど》よく気《き》の附金《つくきん》さんが知《し》らん顔《かほ》して居《ゐ》る処《ところ》を見《み》ると　何《なに》か気《き》に障《さわ》る事《こと》でもあるか　夫《そ》れとも自分《じぶん》の景気《けいき》が悪《わる》いから何《なん》とも云《い》はないのか　何《なん》にしても気掛《きがゝ》りだが此調子《このてうし》ぢやア大温習《おほざらひ》[一三]をしても格別《かくべつ》からうばしい事《こと》も無《な》いか知《し》らん

骨皮道人曰《こつぴだうじんいは》く　お師匠《ししやう》さん寝惚《ねぼけ》ちやア困《こま》りますぜ　偶《たま》にやア新聞紙《しんぶん》の一月《つき》分《ぶん》も煎《せん》じて飲《の》んで　御目《おめ》が覚《さめ》たら女学雑誌《ぢよがくざつし》[一四]の一冊《さつ》も見《み》て頂戴《ちやうだい》

○第《だい》[一五]六十三　書肆《ほんや》

昔《むか》しやア漢学《かんがく》[一六]一方《ばう》で有《あ》ツたから金《かね》[一七]の寝《ね》る商売《しやうばい》とは云《い》ひながら未《ま》だしも始末《しまつ》が宜《よ》かツたが　今《いま》の様《やう》に書籍《ほん》の種類《しゆるゐ》が追々《おひ〳〵》殖《ふゑ》て来《き》ちやア実《じつ》に五月蠅《うるさく》ツて溜《たま》らないお負《まけ》に洋学《やうがく》の書籍《ほん》ぢやア何《なに》が何《なん》だか陳紛閑《ちんぷんかん》で些《ちつ》とも分《わか》らず　漢学《かんがく》の本《ほん》はサツパリ直打《ねうち》が落《おち》て仕舞《しま》ツて甘《うま》く売《う》れず　夫《そ》れに活版摺《くわつぱんずり》[一八]の安物《やすもの》がドシ〳〵出来《でき》るもの

「東京女学校」として創設。
九　明治八年十一月二十九日、女子師範学校開校。
一〇　三味線を伴奏とする俗曲の代表的なもの。常磐津節、清元節。明治六年三月『東土』誌所載の諸芸人人数によれば、東京市内に常磐津四二七名、清元三二七名で、俗曲芸人としては最多。以下長唄三〇二、義太夫二八〇、新内七十三、歌沢四十、小唄十七など。
一一　寄席の主要な演目の前に一席演奏したり、舞台裏で伴奏したりすること。
一二　諸費用を見得で請持ってくれる御贔屓の男弟子。
一三　温習会と称する、弟子たちの修業の成果発表大会。切符代や謝礼などの収入をあてこむ。
一四　明治十八年七月、巌本善治が中心となって発行された女権拡張を目的とする雑誌。この後同趣旨のものが流行し、明治二十一年頃には十余種を数える。
一五　「第六十二」とあるべきところ。
一六　正しくは漢・唐代に行なわれた訓詁学のことをいうが、清朝に盛んになったので、その風を受けた江戸後期から明治に至るまで、我が国では支那学の総称として用いられた。
一七　すぐには利益の出にくい商売。
一八　西洋系の金属活字による器械印刷の書物をいう。江戸時代を通じて木版の整版印刷の傍ら、木活字を用いて印刷する方式はあったが、幕末に長崎のオランダ通辞本木昌造が洋式活字製造に成功し、以後の発展の基礎を築いた。明治も十年代初期までは木版の整版印刷の方が手馴れていて安価だったのが、次第に洋式活版印刷にとって代られる。

だから　素人《しろうと》は書籍《ほん》とさへ云《い》へば木板物《もくはんもの》[一]でも銅版摺《どうばんずり》[二]でも悉皆《みんな》やすく買《か》へる者《もの》と思《おも》ツて居《ゐ》るから　迚《とて》も以前《いぜん》の様《やう》な訳《わけ》にやア行《いか》ない　何《なん》でも当節《たうせつ》ア教科書《けうくわしよ》が一等《とう》だが　扨《さて》この教科書《けうくわしよ》と云《い》ふ奴《やつ》が　出板《しゆつぱん》した上《うへ》で文部省《もんぶしやう》[三]の検定済《けんていずみ》[四]にもなり　何処《どこ》かの県《けん》へでも採用《さいよう》せられりやア甘《うま》い物《もの》だが　折角出板《せつかくしゆつぱん》しても文部省《もんぶしやう》の検定《けんてい》で省《はぶ》かれりやア何《なん》の役《やく》にも立《たゝ》ず　縦令《よしんば》検定済《けんていずみ》に成《な》ツたとした処《ところ》が　何処《どこ》へも採用《さいよう》せられない時《とき》は外《ほか》に使用処《つかひどころ》のない書籍《ほん》だから丸《まる》で大損《おほぞん》と為《な》ツて仕舞《しま》ふし　ア、何《なに》を如何《どう》して宜《いゝ》のだか些《ちつ》とも分《わか》らない
　骨皮道人曰《こつぴだうじんいは》く　本《ほん》に左様《さう》でせう

○第《だい》六十三　木板師《もくはんし》
○第《だい》六十四　活版屋《くわつぱんや》

活版屋「モシ板木屋《はんぎや》[五]さん如何《いかゞ》ですお景気《けいき》は　定《さだ》めし宜金《いゝかね》が儲《まう》かるでせう　木板師「人《ひと》を馬鹿《ばか》にした　夫《そ》れやア此方《こちら》から云《い》ふ事《こと》です　お前《まへ》さん何《なん》ざア何《どう》しても当節《たうせつ》の流行物《はやりもの》だけ有《あ》ツて随分宜銭《ずゐぶんいゝぜに》も取《と》れる様《やう》な話《はな》しだが　お前《まへ》さんの方《はう》の商売《しやうばい》が忙敷《いそがしい》ほど自己《わたし》の商売《しやうばい》は閑暇《ひま》サ　活版屋「甘《うま》く云《ゐ》ツて居《ゐ》るぜ　木板師「ナニ甘《うま》く云《い》ふ訳《わけ》があるものか　マア一寸考《ちよつとかんがへ》て見《み》なさい　以前《いぜん》はお前《まへ》さんの商売《しやうばい》の

一 中国・朝鮮・日本等で十九世紀末まで出版の基本形式となった整版の出版物をいう。板木に逆文字の凸版を彫製し、版面に墨を塗って紙に摺りとる方法を主とする。明治十年代までは最も普通の出版様式であった。→二四三頁注一七。
二 天明期(一七八一—八八)に司馬江漢が西洋銅版技術に倣って一枚摺りの絵を版行したのに始まり、次第に浸透して、稀に書籍の出版にも用いられたが、明治元年、松田玄々堂が太政官札の印刷を始めてから本格化し、以来書籍の出版にも多く用いられるようになる。
三 明治四年七月文部省が設立され、それまで大学校が行なっていた文教行政事務を執行するようになる。
四 明治十九年五月、小学校教科書の検定規則が設けられ、出版社は採用を目指して露骨な運動を行なうようになり、同三十五年十二月には大疑獄事件が起っている。
五 木版の彫刻を手がける職人。木版師と同じ。

活版《くわつぱん》と云《い》ふものが無《な》かツたから　書籍《ほん》は何《なん》の書籍《ほん》でも自己《わたし》の手元《てもと》へ来《く》るし　それから其外《そのほか》の引札《ひきふだ》六でも罫板《けいばん》七でも残《のこ》らず自己《わたし》の手元《てもと》へ廻《まは》ツて来《き》たから　其頃《そのころ》ア随《ずゐ》ぶん忙敷《いそがしく》もあり宜金《いゝかね》も取《とれ》た上《うへ》に引札《ひきふだ》だの罫板《けいばん》だのと云《い》ふものア思《おもひ》の外割《ほかわり》の宜《よか》ツたものだが　夫《それ》が此節《このせつ》ぢやア書籍《ほん》は九分通《ぶどほ》りお前《まへ》さんの方《はう》で出来《でき》るし　一寸合《ちよつとあひ》の手《て》にやア割《わり》の宜引札《いゝひきふだ》も罫板《けいばん》も悉皆《みんな》お前《まへ》さんの手《て》へ廻《まは》ツて仕舞《しま》ツて　迚《とて》も板木《はんぎ》ばかりぢやア飯《めし》が喰《く》へないから　合間《あひま》に出来合《できあひ》の認印《みとめいん》でも刻《ほつ》て一本《ぼん》五銭《せん》ヅヽに売《うつ》て居《ゐ》る始末《しまつ》サ　実《じつ》に可愛想《かあいさう》ぢやアありませんか　活版屋「なるほどお前《まへ》さんの話《はな》しを聞《きゝ》やア尤《もつと》もらしいが　自己《わたし》の方《はう》だからツて岡目《おかめ》から見《み》たら何《どう》だか知《し》らないが　器械《きかい》八の車《くるま》を回《まは》すのが何《なん》だか火《ひ》の車《くるま》を回《まは》す様《やう》な心持《こゝろもち》がしますよ　木板師「戯談云《じやうだんい》ツちやア行《いけ》ませんぜ　活版屋「ナニ戯談《じやうだん》なものか　其証拠《そのしやうこ》にやア今《いま》の本《ほん》でも其外《そのほか》の物《もの》でも活版摺《くわつぱんずり》に限《かぎ》ツて驚《おどろ》くほど直段《ねだん》九が安《やす》いから御覧《ごらん》なさい　ソレ夫《そ》れだものヲ　売方《うるはう》でさへ直段《ねだん》が驚《おどろ》くほど安《やすい》ものだから夫《それ》に使《つか》はれて居《ゐ》る活版《くわつぱん》屋《や》で旨《うま》く儲《まう》からう筈《はづ》が無《な》いぢやア無《な》いか　お負《まけ》に追々《おひ〳〵》に同業者《どうげふしや》が殖《ふゑ》て一軒《けん》で一円《ゑん》で摺《する》と云《い》ふと　外《ほか》の一軒《けん》では九十銭《せん》で摺《する》と云《い》ひ　又《また》一軒《けん》では八十五銭《せん》で摺《する》と云《い》ふ様《やう》な競争《けうさう》が流行《はやり》だから猶更駄目《なほさらだめ》だし　其《そ》の上《うへ》にお前《まへ》さんの方《はう》ぢや筆耕者《ひつかうしや》一〇の書《かい》たものを其儘彫《そつくりほ》るのだから　若《も》し誤《あやま》りが有《あ》ツても筆耕者《ひつかうしや》に打懸《ぶツかけ》て置《おき》やア夫《それ》で

六 商店・飲食店などの広告や、諸種の会合の通知を刷物にしたもの。

七 罫紙を印刷するための板木。またそれで刷った罫紙。出来上った罫紙(原稿用紙など)を買うのではなく、罫板を手元に置いて、必要な時に自分で罫紙を刷って用いることが多い。

八 活版印刷のための高速輪転機は明治二十三年官報局に導入されたのを始めとする(『明治事物起原』第十一編)ので、それ以前は手刷りの円筒機を用いていたものか。

九 たとえば本作品『百人百色』は明治二十一年共隆社版洋装活版全百六十頁で、正価五十銭とあり、巻末付載の出版書目に見える二十点の書物のほとんどが五十銭で、最高が六十五銭一点のみ。整版本は同じ明治二十一年版『晩邨遺稿』二冊が全四十一丁(八二頁)で定価五十銭とあるので、確かに頁数で考えれば木版は割高である。

一〇 整版本の版下を清書する筆者。木版は板木に筆耕者の書いた清書(板下)を裏返しに貼りつけ、その通りに彫って凸版を作る。そのため筆耕者が誤字を書いたものが、そのまま彫られることもある。

済《すむ》が　自己《わたし》の方《はう》ぢやア原稿《げんかう》の通《とほ》りに[一]植《うゑ》ても若《も》し間違《まちが》ひがあると是《これ》も活版《くわつぱん》の誤《あやま》り彼《あ》れも活版《くわつぱん》の誤植《ごちよく》と何《なん》でも総《すべ》て活版屋《くわつぱんや》の誤《あやま》りにして仕舞《しま》はれるから　実《じつ》に馬鹿《ばか》気切《げきつ》て居《ゐ》るぢやア有《あ》りませんか　夫《そ》れにお前《まへ》さんの方《はう》は閑暇《ひま》の時《とき》にやア認印《みとめいん》を刻《ほれ》ば五銭《せん》ヅヽにでも売《う》れるから宜《いゝ》が　活版屋計《くわつぱんやばか》りやア幾程《いくら》閑暇《ひま》だからツて出来《でき》合《あひ》の名刺《なふだ》を摺《すつ》て売《う》る訳《わけ》にも行《い》きませんから夫《それ》で困《こま》る

骨皮道人曰《こつぴだうじんいは》く　両人《りやうにん》の泣言《なきごとし》至極尤《ごくもつと》もなり　併《しか》し道人《だうじん》も両人《りやうにん》に向《むか》ツて少《すこし》く申《まを》し述度《のべたき》理屈《りくつ》はあれども　道人《だうじん》とても間接《かんせつ》に縁故《ゑんこ》あれば[二]股倉膏薬《またぐらがうやく》にはあらねども茲《こゝ》に判決《はんけつ》を下《くだ》し難《がた》し　故《ゆゑ》に唯活木《たゞくわつもく》[三](刮目《くわつもく》)して他人《たにん》の行司出《ぎやうじいづ》るを待《まつ》のみ

○第六十五　洋学者《やうがくしや》

洋学者《やうがくしや》〳〵と云《い》ツたからとて変則《へんそく》の洋学者《やうがくしや》ぢやア肝心《かんじん》な西洋人《せいやうじん》に向《むか》ツて言葉《ことば》も分《わか》らず筆談《ひつだん》も出来《でき》ず　丸《まる》で唖者《あふし》か聾《つんぼ》も同《おな》じ事《こと》だから　同《おな》じ勉強《べんきやう》をするなら正《せい》則《そく》を遣《やら》なければ行《いか》んと思《おも》ツて　大切《たいせつ》の[四]公債証書《こうさいしやうしよ》を資本《もとで》に是《これ》まで勉強《べんきやう》してヤット卒業《そつげふ》したから世間《せけん》へ首《くび》を出《だ》して見《み》りやア流石《さすが》に世間《せけん》は広《ひろ》いものだ　尤《もつと》も中《なか》にやア[五]独案内《ひとりあんない》を便《たより》にして先生然《せんせいぶつ》て居《を》る者《もの》も沢山《たくさん》ある左様《さう》だが　其様《そん》な先生《せんせい》は算盤《そろばん》の外《ほか》に除却《はねのけ》ても　可《か》なりの洋学者《やうがくしや》がモウ沢山出来《たくさんでき》て居《ゐ》るから　[六]リーダーか[七]万国史《ばんこくし》

一　活版印刷の版面を作るために、活字を並べること。

二　「内股膏薬」とも。どっちつかずの言動をすること。

三　注意深く見まもる意の「刮目」を、活版と木版の活木にもじる。

四　明治六年三月、新旧公債証書発行条例が制定され、弘化元年から慶応三年までの旧藩の藩債と、明治元年から四年七月の廃藩までの公債とを、新政府の債務とする公債証書を発行した。それを売払っての意。

五　通俗啓蒙書の類。「〇〇独案内」や「〇〇心得草」あるいは「教草」「早合点」などの書名のもの。

六　ウィルソンの『ファースト・リーダー』を抄訳した『小学読本』(文部省、明治六年五月)などをいう。明治十六年には坪内逍遥訳『英文小学読本』もある。

七　ペイトル・パアレイ『パアレィ万国史』。明治二年『万国歴史』の題で翻訳刊行され、同五年二月『万国歴史直訳』、同九年『巴来万国史』等続刊され、十年代まで盛んに読まれた。「当時(明治五、六年)にあつてはパーレーの万国史一冊を読過した者は一廉の英学者と見做され」(野崎左文『私の見た明治文壇』昭和二年)。

位《ぐらゐ》を小供《こども》に教《をしへ》て居《ゐ》た処《ところ》が旨《うま》い月謝《げつしや》も取《と》れず　去《さ》りとて月給取《げつきふとり》に為《な》つた処《ところ》が高々《たかぐ》廿五円《ゑん》か三十円《ゑん》しか呉《くれ》ず　是《これ》ぢやア迚《とて》も仕方《しかた》がないからマアぽつ〳〵飜訳《ほんやく》でもして小遣銭《こづかひぜに》を取《と》りながら内地雑居《ないちざつきよ》[八]になるのを待《まつ》て居様《ゐやう》か

骨皮道人曰《こつぴだうじんいは》く　飜訳《ほんやく》を成《な》されば月給《げつきふ》を取《とつ》て一身《しん》を束縛《そくばく》せられるよりは身体《からだ》も楽《らく》なり　且《か》つ懐中《ぼつぼ》の御都合《ごつがふ》も宜《よろ》しからう　ダガ同《おな》じ飜訳《ほんやく》を成《な》さるなら総《すべ》て信切《しんせつ》を旨《むね》として遣《やつ》て下《くだ》さい

○第七十　写《しや》[九]真《しん》師《し》

日本《につぽん》も開《ひら》けるは開《ひら》けたもので　此写真《このしやしん》の初《はじ》まり立《たて》にやア命《いのち》[一〇]が三年縮《ねんちゞ》まるの何《なん》のと云《い》ツて居《ゐ》たものが　今日《こんにち》ぢやア何《どん》様な旧弊親父《きうへいおやぢ》でも写真《しやしん》を撮《とら》ない者《もの》はない様《やう》に成《な》ツたが実《じつ》に奇態《きたい》だ　併《しか》し金《かね》が儲《まう》かツたなア命《いのち》が縮《ちゞま》ると云《い》ツた頃《ころ》だ　何《ど》うも世《よ》の中《なか》と云《い》ふものは能《よ》くしたもので　金《かね》の儲《まう》かる時《とき》にやア客《きやく》が少《すくな》し　客《きやく》が多《おほ》くなる時分《じぶん》にやア同業者《どうげふしや》も殖《ふゑ》て直段《ねだん》も安《やす》くなる　お負《まけ》に早取《はやどり》[一一]の器械《きかい》などが出来《でき》て来《き》たから世《よ》が開《ひら》けて来《き》たなア有難《ありがた》いが金儲《かねまう》けの無《な》く為《な》ツたなア詰《つま》らない　然《だ》が是《これ》でも未《ま》だ田舎《ゐなか》へでも写《うつ》しに出掛《でかけ》たら少《すこ》しやア宜《いゝ》か知《し》らんテ

骨皮道人曰《こつぴだうじんいは》く　田舎稼《ゐなかかせぎ》の写真師《しやしんし》は兎角《とかく》にデモ[一二]の先生多《せんせいおほ》し　故《ゆゑ》に可《か》なり腕前《うでまへ》

八　新政府は諸外国に対して諸条約の改正（→二三二頁注二）を進めるとともに、明治三十二年七月十七日から諸外国人に居留地を廃止して自由に国内に雑居することを認めることになる。

九　写真術は川本幸民『遠西奇器述』（安政元年〈一八五四〉）に紹介されたのを始めとし、その営業の始祖は横浜の下岡蓮杖と長崎の上野彦馬とする。何れも文久初年頃。

一〇　俗信として写真は魔法の一であり、寿命を縮めるという。根拠は中国宋代の画人朱漸が肖像画にすぐれ、画かれた者はその精神を奪い尽されるという伝聞を、写生と写真の同義混同したものかという（『明治事物起原』第十一編）。

一一　明治十六年頃、浅草の写真師江崎礼二が英国製のゼラチン板を（『朝野新聞』明治十六年三月二十二日）、同十七年三月には湯島の松崎晋二が乾板法を用いて（『開化新聞』三一六号）早撮りに成功した。

一二　「写真デモ撮るか」の意か。

のある技師《ぎし》にして金儲《かねまう》けを仕《し》ながら傍《かたは》ら風光明媚《ふうくわうめいび》の勝景《しようけい》[一]を写《うつ》し来《きた》らば幾《いく》分《ぶん》か世人《せじん》の補益《ほえき》となるべし

○第七十三　国学者《こくがくしや》

ア丶日本《につぽん》も衰《おとろ》へたく〱カウ衰《おとろ》へちやア仕方《しかた》がない　往昔《むかし》国常立《くにとこたち》[二]の尊《みこと》から今《いま》の今《いま》まで清浄潔白《しやう〴〵けつぱく》な日本人《にほんじん》が丸《まる》で畜生同様《ちくしやうどうやう》の人間《にんげん》と交際《つきあひ》を初《はじ》めた者《もの》だから肝心《かんじん》な[三]日本魂《やまとだましひ》は何辺《どこ》へか行《いつ》て仕舞《しま》ふし　夫《そ》れに礼儀作法《れいぎさはふ》と云《い》ふものも消《きえ》て仕舞《しま》ツて　牛馬《うしうま》を喰《く》ツた穢《けが》れた身体《からだ》で神前《しんぜん》に出《で》るなど丶は怪《けし》からん事《こと》だ　斯様《かう》日本《につぽん》も乱暴《らんばう》に為《な》ツちやア今《いま》に[四]天神地祇《てんしんちぎ》の御立腹《ごりつぷく》で　大風《おほかぜ》が吹《ふく》とか大旱《おほひでり》が続《つゞ》くとか何《いつ》れ何《なに》にしても変事《へんじ》があるに違《ちがひ》ないがサテ〱困《こま》ツたものだ

骨皮道人《こつぴだうじん》曰《いは》く　敬神《けいしん》の心《こゝろ》の乏《とぼ》しくなり　神儀作法《れいぎさはふ》の乱《みだ》れしは道人《だうじん》も同《おな》じく歎息《たんそく》仕《つかま》つる所《ところ》なれども　何《なに》か変事《へんじ》があるとの御心配《ごしんぱい》は些《ち》と御挨拶《ごあいさつ》が出来《でき》かねる

○第七十四　[五]洋服裁縫教授所《やうふくさいほうけうじゆしよ》

男子《をとこ》は針《はり》の運《はこ》び方《かた》からして教《をし》へ無《な》けりやア成《な》らないから厄介《やくかい》だと思《おも》ツて

一　美しい風景。

二　日本開闢の神。『古事記』『日本書紀』ともに国常立尊から始まる。

三　日本人固有の知恵・才覚・思考などをいう言葉として、古くから用いられるが、江戸中期、本居宣長あたりから顕著になる国学思想の中核として、極めて国粋主義的な用いられ方が始まる。

四　「神」は天上の神、「祇」は地中の神の意。

五　→二三〇頁注三・二四二頁注三。ただし「裁縫教授所」については『大坂日報』(明治十九年七月二十一日)に、大坂西区新町の裁縫学校云々の記事があり、新町遊廓内に芸娼妓のために設けられたものらしく、おそらく当時各地に簇生したものであろう。

女子《をんな》の生徒《せいと》を募《つの》る事《こと》に仕《し》たんだが　何《どう》しても女《をんな》は女《をんな》だけの者《もの》で思《おも》ツた程《ほど》に旨《うま》く行《ゆか》ない　夫《そ》れに女《をんな》と云《い》ふ奴《やつ》ア唯《たゞ》ベラ〳〵饒舌《しやべ》るばかり達者《たつしや》で其割《そのわり》にやア芸《げい》は出《で》来《き》ず　又少《またすこ》し出来《でき》て来《き》て[六]学校洋服《がくかうやうふく》の一枚《まい》も[七]手放《てばな》しで縫《ぬへ》る様《やう》に為《な》るとモウ月給《げつきふ》でも取気《とるき》に為《な》ツて鼻《はな》が高《たか》くなるから　底《そこ》で途中《とちう》に於《おゐ》て退学《たいがく》する者《もの》は罰金《ばつきん》として月《げつ》謝《しや》の三倍《ばい》を出《だ》させる規則《きそく》に仕《し》て置《お》いたのだが　何《なに》に致《いた》せ一円《ゑん》の月謝《げつしや》を払《はら》ツて洋《やう》服《ふく》でも稽古《けいこ》仕《し》様《やう》と云《い》ふ者《もの》は可《か》なりの財産家《ざいさんか》だから　三円位《ゑんぐらゐ》は何《なん》とも思《おも》はず放《はう》り出《だ》して　ヘイ左様《さやう》ならと遣《やら》れるから　退学《たいがく》する生徒《せいと》は格別惜《かくべつおし》くも無《な》いが　急《きふ》に花主先《とくいさき》の仕事《しごと》が手違《てちが》ひに為《な》ツて困《こま》るから　此奴《こいつ》ア何《なん》とか規則《きそく》を改正《かいせい》仕《し》なくちやア成《な》らないか知《し》らん

骨皮道人《こつぴだうじん》曰《いは》く　一得《とく》あれば一失《しつ》ありで是《これ》やア何《どう》も致《いた》し方《かた》が有《あり》ますまい

○第《だい》七十七　[八]楊《やう》弓《きう》店《てん》

アラ一寸木《ちよつとき》村《むら》さん又《また》お素通《すどほ》りですか　苛酷《ひどい》ぢやア有《あ》りませんか　マア一服《ぷく》お喫《あが》ンなさいヨ　木村「ヤー何《どう》ぢやヤ　忙敷《いそがしい》か　自己《おれ》も些《ち》と遊《あそ》びに来《こ》ふと思《おも》ふても金《かね》が無《な》い者《もの》ぢやからノウ　女「アラ彼様《あん》な御戯談《ごじやうだん》ばかり　夫《そ》して私《わたくし》ン処《とこ》へお出《いで》成《な》さるにお金《かね》も何《なん》にも入《い》りやア致《し》ませんぢやア御座《ござ》いませんか　木村「ぢやチ

六　明治十八年九月には東京女子師範学校の教員生徒の制服として制定され、同十九年四月には帝国大学の制服に定められた。

七　自由自在にの意。

八　「矢場（ばや）」ともいう。浅草公園や芝神明前などの盛り場に店を開く。江戸期から武道の一として行なわれた大弓場とは別に、半弓や小弓による遊戯的な「楊弓」場で、寛政頃からは店番や矢拾いに化粧をした若い女性を置き、売笑窟化した。明治七年には東京市内に一二六軒と数えられる。『東京新繁昌記』後編第一「浅草橋」に郡代屋敷と称する楊弓場の様子が詳述される。

ウてお前《まへ》も粋狂《すゐきやう》で店《みせ》を出《だ》して居《を》るチウ訳《わけ》でもあるまい　女「夫《そ》れやア左様《さう》ですけれど其処《そこ》アお客《きやく》によりまさアね　木村「甘《うま》く云《い》ツち[一]よるぜ　然《そ》して相替《あひかは》らず中村《なかむら》は来《く》るぢやらうノウ　女「イヽエ此節《このせつ》ア何方《どなた》も入《い》らツしやツて下《くだ》さらないんですヨ　本統《ほんと》に苛酷《ひどい》ぢやア有《あ》りませんか　木村「此節《このせつ》ア風《かぜ》[二]は何《どう》ぢや少《すこ》し静《しつか》に成《な》ツたかノウ　女「何《どう》して静《しつか》に為《な》ツた処《どころ》ですか　些《ちつ》とも油断《ゆだん》も隙《すき》もなりませんよ　ツイ昨夜《ゆンべ》も貴郎《あなた》其処《そこ》の春《はる》の屋《や》の娘《こ》が拘引《ひかれ》ましたヨ　然《それ》ですから風《かぜ》と聞《きく》と台所《だいどこ》の戸《と》がゴトンと云《い》ツてもゾツト仕《し》ますワ　木村「左様《さう》かノウ　夫《それ》ぢやアお前《まへ》の為《ため》にやア風《かぜ》[三]が敵《かたき》の世《よ》の中《なか》ぢやらうノウ　女「アラ木村《きむら》さん嫌《いや》ですヨ　本統《ほんと》に洒落処《しやれどころ》ぢやアありませんヨ

骨皮道人曰《こつぴだうじんいは》く　風来《かぜき》[四]も矢場《やば》の賑《にぎや》かしか　オツト戯談《じやうだん》は扠置《さておい》て浮々口車《うかくくちぐるま》にのせられ給《たま》ふな

○第《だい》七十八　講釈師《かうしやくし》[五]

○第《だい》七十九　落語家《はなしか》[六]

落語家「如何《いかゞ》でげす[七]　先生何《せんせいなに》か面黒《おもくろ》い話《はなし》はありませんかネ　講釈師「是《これ》はしたり　君《きみ》は世間《せけん》の短所《あら》で飯《めし》を喰《く》ふと云《い》ふ位《くらゐ》な面黒《おもくろ》い話《はな》しの問屋《とひや》で居《ゐ》ながら　商《しやう》

一　連語。助詞「て」に動詞「おる」がついた「ておる」の変化。明治初期の官員や巡査、書生などの間に用いられた語調。

二　風俗取締り。→二四〇頁注一。

三　諺「金が敵の世の中」のもじり。

四　諺「枯木も山の賑わい」のもじり。無いよりはましの意。

五　「講釈」は「講談」ともいい、落語とともに寄席演芸の中心。軍談・軍記を主として歴史・伝記にも渉るため、理の通った筋を持ち、啓蒙教訓にも通じることから、講釈師はやや高級な扱われ方で「先生」と称されたりする。またその口演を「読む」と称した。当代では松林伯円や桃川如燕など、有名講釈師が多い。

六　落語は滑稽を中心とする落し咄と、講談の世話物的な人情咄の系統があり、前者は三遊亭円遊、燕枝、後者は名人と称された三遊亭円朝を筆頭とした。東京における寄席の隆盛はめざましく、明治三十年には定席一五三を数え、神田区一区だけでも二十二を数える。

七　江戸語で、助動詞「ある」の意に用いる。滑稽本や人情本あたりから見え、芸人や職人等の卑俗な語調を示す。

売違《ばいちが》ひの者《もの》に話《はな》しを聞《きく》とは少《すこ》し引出《ひきだ》し違《ちが》ひぢや無《な》いか　落語家「マアサ其様《そん》なに[八]素《す》鉄辺《てつぺん》から理屈詰《りくつぜめ》ぢやア些《ち》と閉口《へいこう》の至《いた》りだが　御商売《ごしやうばい》の盛衰《せいすゐ》は如何《いかゞ》でげす
講釈師「ナニ別段商売柄《べつだんしやうばいがら》に於《おゐ》て盛《せい》とも衰《すゐ》とも限《かぎ》らないが　何《なに》に致《いた》せ段々《だん〴〵》と人間《にんげん》が利功《りこう》になつて学問《がくもん》を勉強《べんきやう》するし　夫《そ》れに[九]軍書本《ぐんしよぼん》でも何《なん》でも寄席《よせ》へ来《く》る[一〇]木戸銭《きどせん》で買《か》へる位《くらゐ》だから　中々《なか〳〵》今《いま》まで通《どほ》りに見《み》て来《き》た様《やう》な虚言《うそ》を突《つい》てエイ〳〵ノン〳〵と胡麻化子《ごまくわす》訳《わけ》にも行《ゆか》ないから　色々《いろ〳〵》新奇《しんき》の事《こと》を考《かんが》へて時々《とき〴〵》は[一一]新聞物《しんぶんもの》も混《まぜ》て読《よ》んで居《ゐ》るのだが　随分骨《ずゐぶんほね》の折《をれ》ない事《こと》もない　落語家「ム、成《なる》ほど然《し》て見《み》ると僕《ぼく》の方《はう》も同《おな》じ事《こと》だ　イヤ同《おな》じ事《こと》ぢやない　君《きみ》の方《はう》は[一二]賤《しづ》が岳《たけ》とか[一三]加賀騒動《かゞさうどう》だとか一聯《くさり》読《よ》み初《はじ》めりやア夫《それ》で三十日《にち》の間《あひだ》は押《おし》て行《いけ》るから　骨《ほね》が折《をれ》るとは云《い》ツても未《ま》だしも宜《いゝ》が　僕《ぼく》の方《はう》なんざア前坐《ぜんざ》から人情話《にんじやうばな》しの続物《つゞきもの》を饒舌《しやべ》る事《こと》も出来《でき》ないから　矢《や》ツ張《ぱ》り馬鹿《ばか》と居候《ゐさふらふ》を土台《どだい》にして饒舌《しやべ》ツて居《ゐ》る　処《ところ》が素《もと》より話《はな》しの数《かず》は極《きま》り切《きつ》て居《ゐ》るものだから　此方《こちら》で饒舌《しやべ》らない中《うち》から客《きやく》の方《はう》で其種《そのたね》を知《し》ツて居《ゐ》るし　夫《そ》れに此節《このせつ》ア理屈流行《りくつばやり》で落話《おとしばな》しに落《おち》がない抔《など》と反対《あべこべ》に短所《あら》をホヂクリ出《だ》されたから　ナール程此奴《ほどこいつ》ア一理《り》あると思《おも》ツて　昔話《むかしばな》しと名義《めいぎ》を改《あらた》めた処《ところ》が　今《こん》度《ど》ア昔話《むかしばな》しぢやア可笑《をかし》い　浮世話《うきよばな》しと仕《し》なくツちやア行《いか》ないなどゝ余計《よけい》なお世《せ》話焼《わやき》が飛出《とびだ》すし　夫《そ》れぢやア落語《はなし》を土台《どだい》にして[一四]踊《おど》ツたら人気《じんき》が取《と》れるかと思《おも》ツ

八 最初から、頭からの意。

九 『太閤記』や『徳川軍記』などの名で、江戸期に刊行された軍書・実録類が、明治に入っても、安価な活版印刷のボール表紙本などで盛んに刊行されている。

一〇 当時、寄席の入場料は「概ね八銭より十二銭」(『東京風俗志』下巻)。

一一 新聞の雑報欄に報道されたような巷談の類を材とするもの。桃川如燕や燕林などが得意とした。

一二 『太閤記』中の一挿話。天正十一年(一五八三)信長没後を柴田勝家と争った秀吉が、琵琶湖畔の賤ケ岳に柴田勢を迎撃し、加藤清正以下九人の若武者の働きで戦勝する様を述べる。人形浄瑠璃や講談の有名演目。

一三 寛延元年(一七四八)におきたとされる加賀藩前田家の御家騒動を記した数種の実録を講談にしたもの。伊達・黒田と並び三大御家騒動と称される。材料は宝暦前後から実録にまとめられた『見語大鵬撰』や『北雪美談金沢実記』など。

一四 三遊亭円遊の「すてゝこ」や、円橘の「へらへら踊り」など、太鼓持や馬鹿囃子の真似をして、落語の合間に踊ったり歌ったりしたのが一時大いに流行った。

て居《ゐ》ると　踊《おどり》を遣《やら》かすにやア踊《おどり》の鑑札《かんさつ》を受《うけ》なけりやア成《な》らないと云《い》ふし　何《ど》うしたら宜《いゝ》のだか些《ちつ》とも訳《わけ》が分《わか》らない

骨皮道人《こつぴだうじん》曰《いは》く　已《すで》に[一]演劇《ゑんげき》の改良説《かいりやうせつ》行《おこな》はるゝ位《くらゐ》なれば　講談落語《かうだんらくご》も彼《か》の馬鹿《ばか》〳〵しき虚言《うそ》を去《さつ》て少《すこ》しは勧善《くわんぜん》の意《い》を含《ふく》み　婦女子《ふぢよし》にも聞《きい》て為《ため》になる様《やう》に改良《かいりやう》して貰《もら》い度《たい》ものなり　併《しか》し是《これ》も余計《よけい》なお世話焼《せわやき》が飛出《とびだ》したと腮《あご》で除却《はねのけ》られりやア夫迄《それまで》の事《こと》

○第《だい》八十三　[二]小学教員《せうがくけうゐん》

最初《さいしよ》の中《うち》やア人《ひと》に先生《せんせい》〳〵と尊敬《たて》られて月給《げつきふ》も可《か》なり宜《よ》かツたのだが　今日《こんにち》の有様《ありさま》では先生《せんせい》の名義《めいぎ》も安《やす》ツぽく成《な》る　[三]月給《げつきふ》は示談附《じだんづく》になる　其癖教育《そのくせけういく》と云《い》ふ重荷《おもに》を脊負《しよは》せられて居《ゐ》るから　此方《こちら》でも応分《おうぶん》の義務《ぎむ》を尽《つく》す積《つも》りでは居《を》れど　何《なに》分《ぶん》にも肝心《かんじん》な生徒《せいと》の父兄《ふけい》が其気《そのき》に為《な》ツて呉《くれ》ない者《もの》だから何《ど》うも行《ゆか》ん　夫《そ》れに父兄《ふけい》と云《い》ふものは馬鹿《ばか》なもので　此方《こちら》では権兵衛《ごんべゑ》の子《こ》も太郎兵衛《たろべゑ》の子《こ》も教《をしへ》るだけの事《こと》は平均《へいきん》に教《をしへ》て居《ゐ》るのだが　子供《こども》が馬鹿《ばか》で覚《おぼ》えないのは仕方《しかた》がない　夫《そ》れを父《ふ》兄《けい》は知《し》らないで唯我子《たゞわがこ》ばかりを利功《りかう》な様《やう》に思《おも》ツて居《ゐ》るものだから　他家《よそ》の子《こ》の進歩《しんぽ》に引較《ひきくら》べて何《なに》か教《をし》へ方《かた》に依怙贔負《ゑこひゐき》でもある様《やう》に思《おも》ツて　唯教員《たゞけうゐん》を怨《うら》むには

一　明治十九年八月、末松謙澄を中心とする演劇改良会趣意書が『歌舞伎新報』に発表されたのを機に、歌舞伎芝居を西欧化改良政策の一環に取り込むべく図られた運動。その一端として二十二年十一月には劇場改良の具体的成果である「歌舞伎座」が落成開場した。

二　明治二年三月、大学・中学・小学規則が発令され、同三年六月より東京市内の寺院内に二校の小学校が開校されたのを皮切りに、明治五年発令の学制で、全国に五万三千余の小学校が設置される筈であったが、実数は同九年現在で公立小学校二万三四八七校、私立が一四六〇校と数えられている。→二四二頁注七。

三　「示談附」は各個に相談して決定することだが、月給の示談云々は未詳。

誠《まこと》に困《こま》る　嗚呼《あゝ》〳〵馬鹿《ばか》〳〵敷《しい》〳〵　何時《いつ》まで餓鬼大将《がきだいしやう》を為《し》て居《ゐ》ても詰《つま》らないから　モウ宜加減《いゝかげん》にして足《あし》を流《あら》はにやならぬ

骨皮道人《こつぴだうじんいは》曰く　先生《せんせい》の御説《ごせつ》一々御尤《ごもつと》もなり　併《しか》しながら父兄《ふけい》の愚図《ぐづ》〳〵云《い》ふ位《くらゐ》には頓着《とんぢやく》せず　国《くに》の為《ため》に義務《ぎむ》を尽《つく》すお心持《こゝろもち》にて何卒御勉強《なにとぞごべんきやう》を願《ねが》ひます

○第《だい》八十四　出版屋《しゆつぱんや》

○第《だい》八十五　貸本屋《かしほんや》[四]

貸本屋「オイ出版屋《しつぱんや》さん　お前《まへ》さんの方《はう》で余《あん》まり安《やす》く書籍《ほん》を売出《うりだ》す者《もの》だから自己《あたし》の方《はう》へ来《く》る客人《きやくじん》は買《かつ》てさイ廉価《やすい》から貸《かす》なア無銭《たゞ》で宜《よ》からうなんぞと愚弄《ひやかし》アがツて　稗史《はいし》[五]類《るい》でも小説物《せうせつもの》でも丸《まる》で無銭《たゞ》同様《どうやう》に仕《し》て遣《やら》なけりやア借人《かりて》が有《あ》りやア仕《し》ない　出版屋「甘《うま》く云《い》ツて居《ゐ》るぜ　其様《そん》な山《やま》[六]を打掛《ぶつかけ》たツて自己《あたし》の方《はう》でチヤンと承知《しようち》して居《ゐ》るぜ　貸本屋「何《なに》を　出版屋「何《なに》をだツて　お前《まへ》さんの方《はう》ぢやア何《なん》だらう　近頃出来《ちかごろでき》る活版摺《くわつぱんずり》は中《なか》が抜《ぬけ》て居《ゐ》るから廉価《やすく》ても駄目《だめ》です　手前共《てまへども》の書本《かきほん》[七]で無《な》けりやア大尾《しまい》まで有《あ》りません　何《なん》ぞと云《い》ツて天草軍記《あまくさぐんき》[八]を十五六冊《さつ》に書《かい》て一冊《さつ》を二銭《せん》だの三銭《せん》だのと取《と》るだらう　夫《そ》れから自己《あたし》の方《はう》で少《すこ》し気《き》の利《きい》た物《もの》が出来《でき》ると封切《ふうきり》[九]だと云《い》ツて二三十軒《けん》へ貸付《かしつけ》るし　貸本屋「戯談《じやうだんい》云ツちやア

四　江戸初期から行商と貸本の兼業で行なわれていたが、後期になるほど繁栄し、特に通俗的な読物類は大概貸本屋から借りて読むのが通例となり、板元も貸本屋用の出版を心がけることになる(長友千代治『近世貸本屋の研究』東京堂出版、昭和五十七年)。

五　「稗史」「小説」ともに中国における通俗的な歴史読物や作り物語をいうが、江戸中期、日本の知識人の間にその読書熱が大いに高まり、次第に同内容の作品が邦人の手によって作られ始めて、戯作として定着することになる。

六　俗語。いんちきやはったりの意。「山をかける」。

七　木版本に対する筆写本をいう。史実をそのままに出版することを禁じられていた江戸期に、「実録」と称して大部の筆写本を作り貸本屋の営業とした。御家騒動ものなどが代表的な作品である(→二五一頁注一三)。中には営利のために冊数を増やすことを目的として、特に大きな文字で書いたりしたものが多い。

八　寛永十四年(一六三七)の天草・島原における天主教徒の一揆を材とした軍記類。次第に冊数を増し、幕末の『金花傾嵐抄』などは三十巻という大部になる。

九　江戸中期頃から戯作や実用書類の版本で、初めの三、四丁ほどから末までを封切紙と称する紙で包み込み、その未開封のものを封切本と称して、貸本屋では通常より高い料金をとる。

行《いけ》ない　夫《そ》れやア昔《むか》しの話《はな》しさ　今《いま》ア中々《なか〱》其様《そん》な理屈《りくつ》に行《いく》ものぢやアない　出版屋「行《いか》ないに仕《し》た処《ところ》が何《なん》にしてもお前《まへ》さんの方《はう》は人《ひと》の犢鼻褌《ふんどし》で相撲《すまふ》を取《と》るのだから未《ま》だ宜《いゝ》が　自己《あたし》の方《はう》は岡目《おかめ》から見《み》た様《やう》な者《もの》ぢやない　随《ずゐ》ぶん是《これ》で苦敷《くるしい》ことがあるヨ　貸本屋「甘《うま》く調子《てうし》を打《うつ》ぢやアないか　何様《どん》な苦敷《くるしい》ことがある　出版屋「ソレ夫《そ》れだから困《こま》る　能《よ》くマア物《もの》を[一]積《つも》ツて見《み》なさい　五六年《ねん》[二]あとで未《ま》だ小説物《せうせつもの》が流行《はやり》立《たて》の頃《ころ》にやア夫《そ》りやア少《すこ》しは宜《よ》かツたが今《いま》の有様《ありさま》をマア御覧《ごらう》じろ　此方《こちら》で十銭売《せんうり》の物《もの》を出《だ》しやア　彼処《あそこ》で八銭《せん》の品《しな》が出来《でき》る　左様《さう》かと思《おも》ふと此処《こゝ》ぢやア六銭《せん》に売出《うりだ》すと云《い》ふ様《やう》な調子合《てうしあひ》だもの　中々《なか〱》骨《ほね》が折《をれ》るぢや無《な》いか　尤《もつと》も[三]版権物《はんけんもの》を出版《しゆつぱん》すりやア左様《さう》は行《ゆか》ないが　其代《そのかは》り[四]原稿料《げんかうれう》が出《で》るから何方何《どちどう》しても楽《らく》は出来《でき》ないし　お負《まけ》に是《これ》やア宜売《いゝうれ》さうだと思《おも》ふものは作者《さくしや》の方《はう》で安価売《やすくうつ》て呉《くれ》ず　然《それ》だから上辺《うはべ》は一寸宜様《ちよつといゝやう》だが実際《じつさい》は迚《とて》も甘《うま》く行《ゆか》ないサ　貸本屋「なるほど左様《さう》聞《きい》て見《み》りやア夫《そ》れも左様《さう》か知《し》らん

骨皮道人曰《こつぴだうじんいは》く　何《なに》が何《なん》だか商人同志《あきうどどうし》の云《い》ふ事《こと》ア些《ちつ》とも訳《わけ》が分《わか》らん

○第《だい》八十六　戯《げ》[五]作《さく》者《しや》

戯作物《けさくもの》も[六]美術《びじゆつ》の一ツだと云《い》ふ説《せつ》だが美術《びじゆつ》だか技術《ぎじゆつ》だか知《し》らないが　折角骨《せつかくほね》を

一　見つもる。推量する。
二　以前。
三　享保七年(一七二二)の出版に関する「町触れ」により、重版類の禁止が徹底されたが、幕府の瓦解によって取締りが緩み、不徳義な重版や偽版が横行したので、明治二年五月「出版条例」が発布され、その第三項に権利の保護を明記し、同八年九月の改正条例では「三十年間、専売ノ権ヲ与フベシ」とされた。また同二十年十二月公布の条例で、一枚刷りの図画類にも版権が与えられた。因みに本作品『百人百色』も奥付に「明治二十年十二月二日版権免許／同二十一年一月三十一日出版」の文字が見える。ただし版権は申告制であったらしく、本作品巻末の出版書目に見える二十点ほどの書物には、個別に「板権免許」と書かれたものと、そうでないものとが混在している。
四　原稿料の発生に関しては、具体例が明確ではないが、江戸前期西鶴などは版元から謝金を得ていた旨の記述(都の錦『元禄太平記』)もあり、後期に入ると戯作者の中でも山東京伝・曲亭馬琴などは明らかにそれを生活の資としていたが、詳しい規約などは不明。明治に入って逍遥の『当世書生気質』には「凡そ八九十枚なぐりつけたが、其原稿料大いにたまつて総計二十円程」などの記述がある。
五　江戸後期以来の読本・合巻など通俗読物類の作者の総称。明治五年六月、仮名垣魯文・山々亭有人の二名が教部省に差出した上申書には「今日迄戯作ヲ以テ餬舌仕居者数十名ナリ。然ルニ近年…私共両人其他数名ノミ」とあるが、明治も十年代までは通俗文芸はこのような戯作者を中心としていた。
六　芸術というに同じ。逍遥の『小説神髄』(明治

折《をつ》ても本屋《ほんや》が盲目《めくら》だから　兎角《とかく》に一文《もん》でも安《やす》く引取《ひきと》る算段《さんだん》ばかり仕《し》て居《ゐ》て此方《こちら》で精神《せいしん》をこめた処《ところ》を見《み》て呉《くれ》ないから誠《まこと》に困《こま》る　尤《もつと》も此方《こちら》で是《これ》は宜《よ》からうと思《おも》ふものが充分《じうぶん》に売《う》れなかツたり　此方《こちら》で此《こ》様《ん》な物《もの》が売《う》れるか知《し》らんと思《おも》ふものが宜《よ》く売《う》れたりするから　本屋《ほんや》でも夫《そ》れ是《こ》れを考《かんが》へて狡猾《かうくわつ》に立廻《たちまわ》るも万更無《まんざらむ》理《り》ぢやアないが　何《なに》に致《いた》せ今《いま》の様《やう》に良《いゝ》ものも悪《わる》いものも誤多混《ごたまぜ》にして二束三文《そくもん》に踏倒《ふみたふ》されちやア是《これ》まで勉強《べんきやう》した利息《りそく》にも当《あた》らないで実《じつ》に閉口《へいこう》だ　然《それ》だから中《なか》には苦《くる》しがツて焼直《やきなほ》し[七]を担《かつ》ぎ出《だ》す人《ひと》があるが　成《なる》ほど此奴《こいつ》ア早手回《はやでまは》しで宜《いゝ》かも知《し》れん　自己《おれ》も何《なに》か古《ふる》い仏書《ぶつしよ》でも引摺出《ひきずりだ》して　閑話休題《それはさておきこゝ》[八]爰に又《また》　と仮名文《かなぶん》に飜《ほん》訳《やく》して遣《やら》うか

骨皮道人《こつぴだうじん》曰《いは》く　如何様御尤《いかさまごもつと》も〱　併《しか》し焼直《やきなを》しの思付《おもひつき》はチト

○第九十五　洋《やう》癖《へき》家《か》

日本人《にほんじん》は何故《なぜ》此様《こん》なに活智《いくぢ》[九]が無《な》いだらう　何時《いつ》までも鉋屑《かんなくづ》の家屋《うち》に這入《はい》ツて居《ゐ》て何《どう》する気《き》か知《し》らん　早《はや》く破毀《ぶつこは》して煉瓦造《れんぐわづくり》[一〇]に仕《し》て仕舞《しま》へば宜《いゝ》に　何《どう》も家《いへ》は煉《れん》瓦《ぐわ》に限《かぎ》る　夫《そ》れに着物《きもの》だからツて此様《こん》なに袖《そで》に袋《ふくろ》の附《つい》て居《ゐ》る不体裁《ぶざま》の物《もの》よりか洋服《やうふく》の方《はう》が便利《べんり》で宜《いゝ》　食物《くひもの》も米《こめ》や菜《な》ツ葉《ぱ》を喰《く》ツて居《ゐ》るよりか洋食《やうしよく》の方《はう》が旨《うま》さも

十八年）にある「小説はもと美術なれば云々」の言説がもととなった認識。

七　一度用いた材料や趣向を、一寸手直しをして再度用いること。いわゆる戯作物の常套でもあるが、ここはそれを批判的に捉えている。

八　読本などで、話題を転換する時などに用いる常套句で、元は中国の白話小説などの慣用句。仏教説話や高僧伝を焼直して用いる読本や合巻が多かった。

九　「意気地」と同意だが、ここは実生活に有効な知恵（活きた知恵）を働かす意にも用いる。

一〇　洋式建築の初発として煉瓦を用いた最初は、明治二年、木挽町六丁目河岸の出雲橋際に造られた倉庫であるという（『明治事物起原』第十九編）。その後兵舎や倉庫に用いられ始め、明治五年二月の布令に防火のため一般家屋にも煉瓦造りをすすめ、同七年、銀座通りの改築にかかり、裏通りまですべて完成したのが明治十一年の秋であった。『東京新繁昌記』二編「京橋煉化石」に詳しい。

旨《うま》し　滋養《じやう》になつて宜《い》ゝのに日本人《にほんじん》は総《すべ》て因循《いんじゆん》[一]で行《いか》ない　脚気《かつけ》[二]の発《おこ》るのも知《し》らないで畳《たゝみ》の上《うへ》に坐《すは》ツて居《ゐ》るやら　表《そと》へ出《で》ると云《い》へば歩行《あるく》と転《ころ》ぶ様《やう》な下駄《げた》を穿《はい》て出《で》るやら　実《じつ》に捧腹絶倒《ほうふくぜつたう》[三]だ　待《ま》て〳〵他人《ひと》にや構《かま》はない　自己《おれ》は自己《おれ》で遣《やる》と仕様《しやう》エヽ斯《かう》と　先《ま》づ家《うち》を煉瓦《れんぐわ》に建直《たてなを》して駒寄《こまよせ》[四]をペンキで塗《ぬつ》て　坐敷《ざしき》へ絨段《じうたん》[五]を敷《しい》て其処《そこ》へ丸形《まるがた》の食卓《テーブル》[六]を据《すへ》て　其上《そのうへ》へ花瓶《はないけ》と巻烟草《まきたばこ》とを備《そな》へて其廻《そのまは》りへ椅子《いす》を五六脚《きやく》ならべて　客来《きやくらい》が有《あ》ツても玄関《げんくわん》から靴《くつ》で昇《あが》る様《やう》にして　女房《かゝあ》の丸髷《まるまげ》も止《よ》さして束髪《そくはつ》[七]で洋服《やうふく》を着《き》せ自己《おれ》も洋服《やうふく》に改《あらた》めて　夫《そ》れから料理人《コツク》を一人雇《ひとりやと》ひ入《い》れて洋《やう》食《しよく》を調理《てうり》さして　イエースノウ〳〵と洋語《やうご》を遣《つか》ふと仕様《しやう》　ムー夫《そ》れが宜々《いゝ〱》左様《さう》仕《し》やう　オツト待《ま》てヨ　左様《さう》するにやア金《かね》が入《い》るがハテ是《こ》れにやア困《こま》ツた

　骨皮道人《こつぴだうじん》曰《いは》く　強《あなが》ち西洋風《せいやうふう》が悪《わる》いとは道人《わたくし》も申《まう》さねど　余《あま》り左様《さう》西洋熱《せいやうねつ》に浮《うか》されても困《こま》りますねへ

一 古い習慣を改めないこと。「因循姑息」の評語は、当時、守旧派に対する非難の代表的表現。

二 脚気は古来から原因不明の難病の一とされたが、新政府では特に軍隊の兵卒の間のそれが問題となったところ、明治十四年頃の米価騰貴に際して囚人に麦飯を与えたのが効能あり、同十七年頃から軍隊でも取り入れ、それをめぐって米飯・麦飯の論争が軍医森鷗外を中心に行なわれるなどの話題となる。

三 大笑いすること。

四 建物の道路に面した壁に沿って、車馬の侵入を防ぐために作る低い柵や垣。「車寄せ」ともいう。

五 江戸期から舶来の厚手織物を敷物として用い、毛氈(もうせん)・段通(だんつう)などと称したが、国産も出来、明治の洋風化に応じて大いに流行する。

六 江戸中期、中華趣味の浸透に従い、中国式の座卓が料理屋や家庭にも用いられるようになるが、椅子を用いる洋式は、明治に入って広まった。

七 女性の洋式結髪法。明治十八年に「婦人束髪会」が発足し、女子師範学校の教員生徒に採用されて以来、流行する。西洋上げ巻、同下げ巻、イギリス結び、マガレイトの四種があり、一時下火になったが、明治三十年過ぎからは一般化した。

内田魯庵

文《ぶん》学《がく》者《しゃ》となる法《ほう》

十川信介
関肇
校注

内田魯庵（一八六八-一九二九）は江戸下谷生まれ。本名、貢。評論、翻訳、小説、随筆など多数。

〔底本〕 明治二十七年四月十五日、右文社刊。菊判、紙装。袋付。本文一八六頁。定価三十銭。著者は匿名で、三文字屋金平述、一文字屋風帯筆記という形式をとる。奥付の著作兼発行者は宮澤俊三。小林清親による表紙絵・扉絵・折り込み木版彩色刷口絵（一葉）および本文の挿絵がある。

刊行直後の明治二十七年五月一日、『読売新聞』の詩文欄「おもかげ」には、「罪の罰といへるこゝろを」という題詞のもと、「作者うれず」の名で『文学者となる法』を風刺する狂歌が掲げられた。「末つひに我身の毒をいう文社／表紙のとほり無智だ愚痴庵」。魯庵の翻訳『罪と罰』や筆名・不知庵をもじった皮肉で、彼が筆者であることは早くから知られていたらしい。依田学海『学海日録』、江見水蔭『硯友社と紅葉』などにも不知庵の作とする言及がある。

なお、明治二十年代の魯庵は、「不知庵」その他の筆名で批評活動を行っていた（「魯庵」とするのは明治二十八年以降）が、本書では通行の「魯庵」を用いる。

〔諸本・全集〕 改造社『現代日本文学全集』第四十一篇収録（昭和五年）、図書新聞社版（平成七年）、筑摩書房『明治の文学』第十一巻収録（平成十三年）など。ほかに日本近代文学館の復刻版（昭和四十六年）が出ている。全集は、ゆまに書房『内田魯庵全集』（全十七巻、昭和五十八ー六十二年）があり、第二巻収録。

〔内容〕 為文学者経　遊んで暮したいなら文学者となれ。それにはこの三文字屋金平の説法を信仰するがよい。

第一　文学界の動静を知る法　まず文学界の内幕に通じるために、新聞雑誌を研究し、大家の名とその党派を覚え、文人との交際を大いに吹聴するのが肝心である。

第二　文学者となり得る資格　文学者は、風貌がよく、心性は怠慢で無精で無頓着、履歴はたわいなく、学識は無用、何事も早合点で済ませればよい。

第三　文学者として学ぶべき一般の見識及び嗜好並に習癖　文学者は「俗」をしりぞけ、「粋」や「通」を気取り、衣食住とも大いに文学者ぶらなければならない。

第四　交遊に於ける文学者の心得　文学界の交際は、まず党派に属し、仲間うちの狭い交友に限り、あくまで表面だけ親しげに振る舞うべきである。

第五　著述に於ける心得並に出板者待遇法　万事お手軽を心がけ、新聞雑誌にどしどし投書し、出版者に取り入って著述を出版すれば、めでたく大文学者となれる。

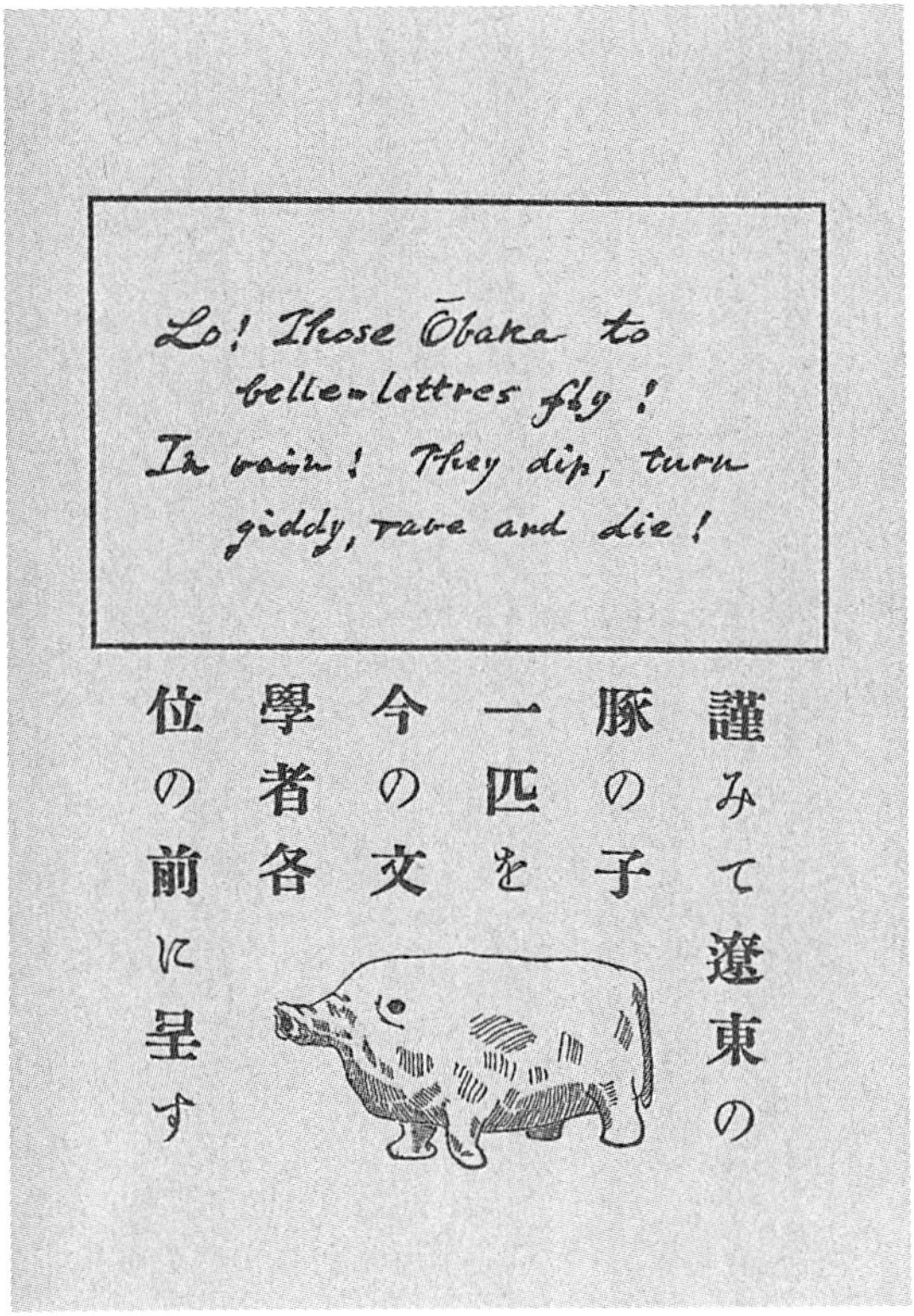

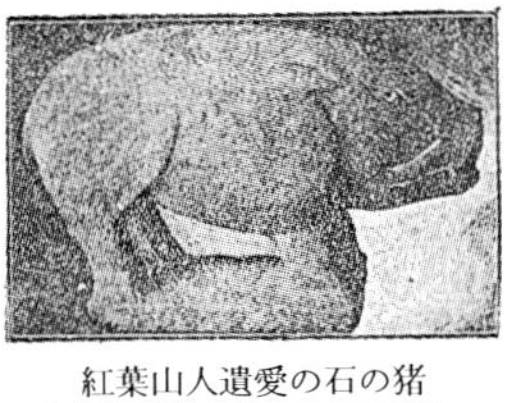
紅葉山人遺愛の石の猪
（『時事新報』明44・1・1切抜，『内田魯庵全集』別巻，ゆまに書房，昭和62年）

表紙（前々頁写真）　馬と鹿が跳ねている図。馬鹿を表わす。

題辞　Lo! Those Ōbaka to belle-lettres fly! / In vain! They dip, turn giddy, rave and die!（大意＝見よ、文学へと飛ぶように走る大馬鹿どもを！　彼らは文学にはまり、ひっくりかえって目もくらみ、むなしくうわごとを言いながら死んでいく！）。ポープ（→二八七頁注一九）の『ダンシアッド』四巻本第四巻六四七―六四八行のもじり。「遼東の豚の子」は、遼東の豕（いのこ）＝『後漢書』朱浮伝にもとづく成句）をふまえる。光武帝時代、論功行賞に不満を抱き反乱をくわだてた友人に対して、朱浮が、遼東では珍しい白頭の豚も、河東では何も珍しくないのと同じで、自分では大功をたてたつもりでも、世間から見れば大したことはないと批判した話。ここではひとりよがりで大家ぶっている文学者を風刺。「（魯庵）日記」（『内田魯庵全集』別巻）によれば、尾崎紅葉は学生時代に古道具屋にあった二十貫余の猪の石像が欲しくてたまらず、ついに手に入れて牛込横寺町の自宅の庭に飾っていたという。牙はあるが、この豚の絵と酷似する。

口絵　文学者を揶揄する図。松並木の舞台を、遊女・芸妓風の女性に迎えられて、文学国へ男たちが延々と列をなしてやって来る。いずれも馬(ロバ?)または鹿に乗り、フロック・コートにトルコ帽、直衣に烏帽子、羽織・袴に山高帽、裃にちょん髷など多種多様。指標の文字は「是より文学国」「骨あるもの入るへからす」「名物骨ぬきだんこ」。座敷では先客の遊治郎が寝そべり、桂冠詩人となる未来、バッスル・ドレスの女性たちとの「結んでひらいて」の遊戯、女性との舟遊びなど、楽しい夢にふけっている。↓補一。

一 現・千代田区神田錦町。一ッ橋門外、神田橋門外より以北、小川町、神保町に至る間の総称。↓補二。

二 ビール自体は幕末以来飲まれ、明治二十年代には東京の恵比寿、大阪の朝日、横浜の麒麟麦酒などが勢力を競っていたが、「麦酒屋」という名称は見当らない。ビヤホールは明治三十二年七月に恵比寿麦酒が京橋の精養軒一階に開設したのが最初とされる(石井研堂『明治事物起原』など)。ただし魯庵訳『罪と罰』に「麦酒屋」とあり、西洋の居酒屋やロンドンの珈琲ハウスをイメージした彼の造語か。

三 ロンドンにあった会員制クラブ(一七〇三―二〇年)の名。↓補三。ここではそれに見立てた架空の名称。

四 約一一五センチ。大入道は坊主頭の大男。ここでは異様に背が低く、大きな坊主頭の怪人物。

五 厚化粧の給仕女、酌婦。

六 ここでは部屋の上(かみ)と下(しも)を四角な隅で飛びながら回ることか(次注参照)。

七 スウィフトは Jonathan Swift(一六六七―一七四五)。

序

ここ神田[一]錦町《にしきちやう》の麦酒屋《ビールや》[二]に寄合ふ“*Kit-Cat Club*《キットキャットクラブ》”[三]に折々《をり〱》顔を見せる三尺八[四]寸の大入道《おほにふだう》あり。団栗眼《どんぐりまなこ》を光らして濃厚粧《こつてりづくり》[五]の姉《ねえ》さんを凝視《なが》めながら広くもなき部屋[六]の隅々を九十度の角《かく》を作りて上下するは飛ン[七]だ気紛れなスウヰフトどのと、我れ一文字屋風帯《いちもんじやふうたい》[八]恐る〱席を進んで　先生の高名幸《さいは》ひに聞くを得んとアヂソン[九]の二代目を極込《きめこ》めば、入道尻目《しりめ》に掛けて冷然として云へらく、『何と申す……己《おれ》の名が聞きたいか、己《おれ》はナ、三文字屋金平《さんもんじやきんぴら》[一〇]ぢやぞ』と。声「ニコライ」[一一]の鐘よりも大《だい》なり。『さては金平《きんぴら》どのでおぢやる[一二]か……と申して聞いた事もなき名なれども　我より二文字屋多きだけにて天晴当世無双《あつぱれたうせいぶさう》の大豪傑とお見受《みうけ》申す。何か一ツ教えて下され』。先生かゝツと痰《たん》を吐《は》いて大喝《だいかつ》すらく、『退《の》け、退け！　何奴《どいつ》もこいつも青瓢箪《あをべうたん》[一三]よろしくだ……とそンな野暮《やぼ》は云はぬから安心しろ。己《おれ》も岡清兵衛[一四]殿御内《みうち》にゐた頃は武勇抜群《ばつくん》の誉《ほまれ》を得たもンだが、斯《か》う太平が続いた日には力瘤《ちからこぶ》が抜けて何の役にも立たぬ。そこで、実はナ、近日のうちに髪《かみ》を刈込み鬚《ひげ》を剃り「ポマドンヌール」[一五]でも塗《ぬり》ちらしてぐゝツと当世[一六]になる考《かんがへ》だ。見掛《みかけ》は恐ろしい大入道でも、昔し取ツた杵柄《きねづか》で諸事万事の魂胆《こんたん》に行渡

イギリスのジャーナリスト・小説家・詩人。十八世紀の英国社会に対する辛辣な風刺で高名。↓補四。代表作『ガリヴァー旅行記』（一七二六年）第三章「小人国」に、王の前で貴族たちが綱の上で飛び上がる曲芸を演ずる場面があり、「大入道」の動作はそれを念頭においている。飛んでもなく気紛れなスウィフトだ、の意。

八 三文字屋金平（注一〇）に二文（もん）足りないとへりくだった名前。一文字と風帯は、掛軸の表具に用いる揃いの細長い布または紙の名称。山東京伝（↓二六六頁注二）の洒落本『通言総籬（つうげんそうまがき）』に「風帯一文字」とある。ここでは大入道を掛軸の本体とすれば、自分はその装飾品にすぎないという意味をこめるか。

九 Joseph Addison（一六七二―一七一九）。イギリスのジャーナリスト・政治家・詩人。ここでは一文字屋がアディソンの世相観察の後継ぎを気取って、の意。「気紛れなスウヰフトどの」と対。↓補五。

一〇 三文字屋は浮世草子で有名な八文字屋のもじり。三文文士の意を懸ける。金平は江戸時代の金平浄瑠璃の主人公の名にちなむ命名。坂田金時の子とされる剛勇無双の荒武者。

一一 神田駿河台にある日本ハリストス正教会の大聖堂（ニコライ堂）の鐘。↓補六。

一二 「お出（い）である」の訛り。「有る」「居る」などの丁寧語。

一三 青瓢箪同然だ。青瓢箪は顔色が悪く元気のない人間を罵る語。

一四 江戸初期の浄瑠璃作者。生没年未詳。坂田金平の武勇伝を題材とする金平物で知られる。ここはその登場人物だったという設定。「抜群（ばつくん）」は軍記物などの読み方。

一五 神田南神保町四番地「おきなや」（翁屋）で発売していた化粧品。↓補七。

一六 現代風、流行に乗る。

ツてゐる己様《おれさま》なればこそ時勢を見て直《す》ぐ宗旨を変へる。貴様たちのやうな頑童《わーっぱ》にはこゝの調子が合点《がてん》行くまい。堂《だう》ぢや教えて呉《く》れうか………ヤイ〳〵何とか返事をしろ、木葉野郎《こっぱやらう》め！』。一座吐驚仰顛《びっくりぎやうてん》して眼ばかりパヽチヽつかせる中に我れ漸《やうや》くガタ〳〵慄《ふる》へる身を堅め、『先生願はくは怒鳴り給ふな。御講釈は随分辛抱して聞きませう』と仕方がなしに下から出れば、『然《しか》らば説法して呉《く》れう』と上座に直りてニタリ〳〵と笑ひ、呆《あき》れた顔の姉さんを横目で睨《にら》み渋茶をぐヽツヽと引掛《ひっか》けて、『是《これ》は[二]真言秘密の教《をしえ》だが、辛抱して聞かうといふ殊勝にめでゝ説法して呉れる。耳をほツ立てゝ能《よ》ツく聞け』と。初めは鰻《うなぎ》のヌヽラヽクヽラするが如く、中頃は[三]颷風砂礫《へうふうしやれき》を捲《ま》くの勢《いきほひ》にて、終りは[四]澗水涓々《かんすゐけんく》として石竅《せきけう》を穿《うが》つの弁をもて饒舌《しやべ》りたつる事凡《およ》そ四時間。姉さんは呆気《あつけ》に取られて心の内に、『きツと[五]天麩羅を喰べて来たンだよ』。我は汗を流して一心にさら〳〵さツと筆記したれど何の事やら更に分らず。

二十六年の大晦日前三日　　弟子分

一文字屋風帯　識す

一　ここでは大人を子供扱いして罵る語。
二　密教で真理を表す秘密の教え。
三　つむじ風が砂や小石を巻きあげるような勢い。
四　谷川の水がちょろちょろと流れても、ついには岩に穴をあけるように、ねばり強く目的を達する様子。
五　油で口のすべりがよいことの形容。
六　文学者のためのありがたい経文という設定。
七「棚から牡丹餅」。思いがけない好運を待つことのたとえ。

八「売家に(と)からやうで書く三代目」。初代、二代目の努力を忘れて遊芸に耽り、伝来の財産を失ってしまうことのたとえ。唐様は中国の元・明時代の名筆を真似た書体で、一般人には読みにくい。

九『阿含経(あごんきょう)』『法華経』などにある「盲亀の浮木」の寓話による。百年に一度浮上する目の見えない亀が、海上を漂う浮木のたった一つの穴に頭を入れるという、ほとんどありえない幸運のたとえ。

一〇　諺「人参呑んで首縊る」。高価な朝鮮人参を呑んで病気は直ったが、代金の支払いに困って首吊りを企てる馬鹿者。物事は前後をよく考えて行わないと、かえって悪い結果を生むことのたとえ。

一一「鰯の頭(かしら)も信心から」。鰯の頭のようなつまらないものでも、信心するとありがたく思われてくることのたとえ。「お怜悧連」は皮肉。
一二　決して出来ないことのたとえ。成句「蚯蚓が天上」「蚯蚓の木登り蛙(かはづ)の鯱立ち」。
一三　水にうつる月を取ろうとして、枝が折れ溺死した山猿のように、分不相応な望みを持つ者。『僧祇律』七の寓言「猿猴捉月」による。

為文学者経《ゐぶんがくしやきやう》[六]

三文字屋金平　述

緒言　棚[七]から落ちる牡丹餅《ぼたもち》を待つ者よ、唐様《からやう》[八]に巧みなる三代目よ、浮木《ふぼく》[九]をさがす盲目《めくら》の亀よ、人参[一〇]呑んで首縊《くく》らんとする白痴漢《たはけもの》よ、鰯《いわし》[一一]の頭を信心するお怜悧《りこう》連《れん》よ、雲[一二]に登るを願ふ蚯蚓《みヽず》の輩《ともがら》よ、水[一三]に影《うつ》る月を奪はんとする山猿よ、無芸無能食《しよく》もたれ総身《そうみ》[一四]に智恵の廻りかぬる男よ、木[一五]に縁《よつ》て魚《うを》を求め草[一六]を打《うつ》て蛇に驚く狼狽者《うろたへもの》よ、白粉《おしろい》に咽《む》せて成仏せん事を願ふ艶治郎《ゑんぢらう》[一七]よ、鏡と睨《にら》め競《くら》をして頤《あご》をなでる唐琴屋《からことや》[一八]よ、惣て世間一切の善男子、若し遊んで暮すが御執心ならば、直ちにお宗旨を変へて文学者となれ。

我が所謂《いはゆる》文学者とはフィヒテ[一九]が“*Ueber*《ユーベル》 *das*《ダス》 *Wesen*《ウエーゼン》 *des*《デス》 *Gelehrten*《ゲレールテン》”に述べたてし七《しち》むづかしきものにあらず。内新好《ないしんかう》[二〇]が『一目土堤《ひとめづヽみ》』に穿《あぐ》りし通仕込《つうじこみ》[二一]の御作《おんさく》者様方《しやさまがた》一連を云ふなれば、其職分の更に重くして且《か》つ尊きは豈《あ》に夫《か》の扇子で前額《ひたひ》を鍛へる野幇間《のだいこ》[二二]の比ならんや。

夫《そ》れ文学者[二三]を目《もく》して予言者なりといふは生野暮《きやぼ》[二四]一点張《いつてんばり》の釈義にして到底咄《はなし》の

一四　図体ばかり大きく愚かな男を嘲って言う。成句「大男総身に智恵がまはりかね」。

一五　方法を誤っては望みがとげられないことのたとえ。「木に縁りて魚を求む」（『孟子』梁恵王上）。

一六　何気なくしたことが思いがけない結果をもたらすことのたとえ。『開元遺事』による成句。

一七　山東京伝の黄表紙『江戸生艶気樺焼（えどうまれうわきのかばやき）』（天明五年）の主人公。醜男のくせにうぬぼれが強く、色男を気取って色道修業にはげむ。「艶治郎ハ青楼ノ通句也、予去々春江戸生浮気椛焼（かばやき）ト云冊子ヲ著シテヨリ、己恍惚ナル客ヲ指シテ転じて色男ぶったうぬぼれ男の通称。云爾（しかいう）」（『通言総籬』天明七年）。

一八　為永春水の人情本『春色梅暦（しゆんしよくうめごよみ）』（天保三―四年）の主人公・唐琴屋丹次郎。吉原の遊女屋唐琴屋の養子・丹次郎が悪人の策謀で家を追い出されるが、美男子の彼は深川芸者米八ほかの女性たちに慕われ、養われる。丹次郎の名は明治時代も色男の代名詞とされた。

一九　Johann Gottlieb Fichte（一七六二―一八一四）の講義録「学者の本質について」。↓補八。

二〇　内新好（生没年未詳）は江戸後期の洒落本・黄表紙作者。『一目土堤』はその作。↓補九。

二一　遊里の事情に通じた作者たち。『一目土堤』には揖譲（いつじよう）、五常、進退、歌楽先生らが登場する。

二二　特に芸もなく、客にへつらう素人の太鼓持ちの蔑称。扇子で額をぴしゃりと叩くのは、彼らの得意の動作。

二三　「何れの時代にも或一種の予言者あることを疑はざれば我は文士を以て最も勢力ある予言者と見るの外なきなり」（北村透谷「徳川氏時代の平民的理想」『女学雑誌』明治二十五年七月）。

二四　まるっきりの野暮。

出来るやつにあらず。我が通仕《つうじ》込《こみ》の御作者様方《おんさくしやさまがた》を尊崇し其利益《りやく》の[一]いやちこなるを欽仰《きんぎやう》し、其職分をもて重く且《か》つ大なりとなすは能《よ》く俗物を教え能く俗物に渇《かつ》仰《がう》せらるゝが故なり、(渠等《かれら》が通の原則を守りて俗物を斥罵《せきば》するにも関《かゝは》らず。)然《しか》しながら縦令《たとひ》俗物に渇仰せらるゝといへども路傍《みちばた》の[二]道祖神《だうろくじん》の如く渇仰せらるゝにあらず、又賞《め》で喜《よろこ》ばるゝと雖《いへ》ども[三]親の因果《いんぐわ》が子に報《むく》ふ片輪娘の見世物《みせもの》の如く賞で喜ばるゝの謂《いひ》にあらねば、決して〳〵心配すべきにあらず。否《い》な、俗物の信心は文学者即ち御作者様方の生命なれば、否《い》な、俗物の鑑賞を辱《かたじけな》ふするは御作者様方即ち文学者が一期《いちご》の栄誉なれば、之を非難するは畢竟《ひつきやう》当世の文学を知らざる者といふべし。

此故《このゆゑ》に当世の文学者は口に俗物を斥罵する事頗《すこぶ》る甚だしけれど、人気《じんき》の前に[四]枉屈《わうくつ》して其奴隷となるは少しも珍らしからず。大入《おほいり》だ評判だ四版だ五版だ傑作ぢや大作ぢや豊年ぢや[五]万作ぢやと口上に咽喉《のど》を枯らし木戸銭《きどせん》を半減《はんまけ》にして見せる縁日の見世物同様、[六]薩摩《さつま》[七]蠟燭《らふそく》てら〳〵と光る色摺表紙《いろずりべうし》に誤魔化《ごまくわ》して手拭紙《てふきがみ》にもならぬ厄介物《やくかいもの》を売附《うりつ》けるが斯道《しだう》の極意《ごくい》、当世文学者の心意気ぞかし。さりながら人気の奴隷となるも畢竟《ひつきやう》は[八]俗物済度《ぞくぶつさいど》といふ殊勝らしき奥の手があれば強《あなが》ち無用と呼ばゝるにあらず、却《かへつ》て之《こ》れ中々の大事決して等閑《なほざり》にしがたし。俗人を

一 神仏などのご利益(りやく)がいちじるしいさま。
二 道路の悪霊を防いで、行く人を守る神。
三 見世物の口上。↓補一〇。 四 身を屈めてへりくだること。 五 普通は「満作」と書く。
六 松脂に魚油を加えて作った下等の蠟燭。魚蠟。
七 極彩色の石版画(↓二六七頁注一六)の表紙と、ザラ紙の用紙で造られた粗悪な安本。いわゆる「赤本」。その表紙が安蠟燭の光でテラテラに光っている。紙が悪いので手拭き紙にもならない。
八 俗人を迷いから救済し、悟りを開かせる。
九 熊胆は胆汁の入った熊の胆嚢を乾燥させた胃腸薬。薬売りを通じて全国に広まった。宝丹は東京池之端(現・台東区)の守田治兵衛薬舗が明治三年から発売した芳香のある赤黒色の万能薬。
一〇 中国宋代の詩人蘇軾(蘇東坡、一〇三六―一一〇一)の「前赤壁賦」をふまえた表現。↓補一一。
一一 上調子は浄瑠璃や長唄で、伴奏の三味線を一オクターブ上げて甲(かん)の音で浮き浮きと演奏すること。トテンチンツトンはその擬音。
一二 ドイツの哲学者カント Immanuel Kant(一七二四―一八〇四)が唱えた超越論的哲学。直観と概念の総合としての「認識」に達するためには、素材・内容が「純粋直観」として与えられ、それが、先験的で普遍的な「純粋悟性」と一致しなければならないと主張した(『岩波哲学・思想事典』)。
一三 中国浙江省東部の地名。明代の儒家で良知説を唱えた王陽明(一四七二―一五二八)の出身地。日常の修養を通じて天から賦与された理(良知)を実現できると考えた。 一四 釈迦如来の尊称。
一五 初期仏教聖典、小乗教典の総称。日本では軽視されていたが、十九世紀前半のヨーロッパの研究に刺激されて、明治以降すぐれた研究成果をあげた(『真宗新辞典』法蔵館)。ここでは「盲亀浮木」(↓二六三頁注九)などの寓話的説法

教ふる功徳《くどく》の甚深広大にしてしかも其勢力の強盛宏偉《くわうゐ》なるは[九]熊胆宝丹《くまのゐはうたん》の販路広きをもて知らる。[一〇]洞簫《どうせう》の声は嚠喨《りうりやう》として蘇子《そし》の腸《はらわた》を断りたれど終《つひ》に[一一]トテンチンツトンの上調子《うはでうし》仇《あだ》つぽきに如《し》かず。[一二]カントの超絶哲学や[一三]余姚《よよう》の良知説《りやうちせつ》や大《だい》は即ち大なりと雖《いへ》ども臍栗銭《へそくりぜに》を牽摺《ひきず》り出《だ》すの術は遥《はる》かに生臭坊主《なまぐさばうず》が南無阿弥陀仏に及ばず。されば[一四]大恩教主は先《ま》づ[一五]阿含《あごん》を説法し[一六]志道軒《しだうけん》は隆々《りゆうりゆう》と木陰《ぼくいん》を揮回《ふりまは》す、皆之れこゝの呼吸を呑込《のみこ》んでの上の咄《はなし》なり。

流石《さすが》に明治の御作者様方は通《つう》の通だけありて俗物済度を早くも無二《むに》の本願となし俗物の調子を合点《がてん》して能《よ》く[一七]幇間《たいこ》を叩きてお髯《ひげ》の塵《ちり》を払ふの工風《くふう》を大悟し、[一八]向ふ三軒両隣りのお蝶丹次郎《てふたんじらう》お染久松よりやゝけにひねつた[一九]「ダンス」の *Miss*《ミツス》 *B. A. Bae.*《ビー エー ベー》 [二〇]瓦斯糸織《ぐわすいとおり》に綺羅《きら》を張る印刷局の貴婦人《レディ》に到るまで随喜渇仰《ずゐきかつがう》せしむる手際開闢《てぎはかいびやく》以来の大出来《おほでき》なり。聞けば[二一]聖書《バイブル》を糧《かて》にする道徳家が二十五銭の指環《ゆびわ》を奮発しての「エンゲージメント」、[二二]綾羅錦繍《りようらきんしゆう》の姫様《ひいさま》が玄関番の筆助君《ふですけくん》にや[二三]いのく〱を極《き》め込《こ》んだ果《はて》の「エロープメント」、皆之《こ》れ小説の功徳《くどく》なりといふ。よしや一斗の「モルヒネ」に死なぬ例《ためし》ありとも[二四]月夜に釜を抜かれぬ工風《くふう》を廻《めぐ》らし得べしとも、当世小説の功徳を授かり少しも其利益《りやく》を蒙《かうむ》らぬ事曾《かつ》て有るべしや。

を言うか。

一六　江戸中期の講釈師。俗称・深井栄山(一六八〇?–一七六五)。浅草寺境内で風刺的な講釈を行い、江戸の名物となった。風来山人『風流志道軒伝』(宝暦十三年)に、主人公浅之進が男根に擬した「木にて作りたる松茸の形したる、をかしきもの」をふりかざす場面がある。

一七　金持や権力者を持ち上げ、媚びへつらうこと。「太鼓を叩く」「お髯の塵を払う」は成句。

一八　お蝶は唐琴屋の娘で丹次郎を慕うお長(↓二六三頁注一八)。お染久松は人形浄瑠璃『新版歌祭文』(近松半二)や歌舞伎『お染久松色読販(おそめひさまつうきなのよみうり)』(四世鶴屋南北)などの主人公。お染は豪商の娘、久松は丁稚で身分違いの恋の悲劇。ここでは近所にいくらでもいる恋仲の男女。

一九　ダンス結びの束髪にしたB・A・ベー嬢。↓補一二。

二〇　印刷局の女子工員が、瓦斯糸織の着物で精一杯外見を飾ることへのひやかし。↓補一三。

二一　牧師が小説の人物を真似て婚約指環を贈った。この実話未詳。婚約指環、結婚指環は、すでに明治十年代からはやり出していた(森銑三『明治東京逸聞史』)。二十五銭の指環はひどい安物。

二二　綾錦で美しく着飾った高家の令嬢が、玄関番の書生に熱を上げた末に駈落ち(elopement)した。この話未詳。魯庵の仮構か。川上眉山『賤機(しずはた)』(『読売新聞』明治二十六年五月十一―三十日)は、寮番の青年与作と花房子爵令嬢(実は夫人)との恋を描いている。「筆助」は忠僕の通称。司馬芝叟の浄瑠璃『箱根霊験躄仇討(はこねれいげんいざりのあだうち)』の奉公人の名に因んだもの。

二三　決断を迫るさま。

二四　とんでもない油断をしないための工夫。諺「月夜に釜を抜く」。

[一]冒険譚の行はれし十八世紀には航海の好奇心を焰《もや》し、[二]京伝《きやうでん》の洒落本《しやれぼん》流行せし時は[三]勘当帳《かんだうちやう》の紙数増加せしとかや。抑《そもそ》も[四]辻行燈《つじあんどう》廃《すた》れて[五]電気燈の光明赫灼《かくしやく》として闇夜《やみよ》なき明治の小説が社会に於ける影響は如何《いかん》。『[六]戯作《げさく》』と云へる襤褸《ぼろ》を脱《ぬ》ぎ『文学』といふ冠着《かむりつ》けしだけにても其効果の著《いちじ》るしく大なるは知らる。

英吉利《いぎりす》は野暮堅《やぼがた》き真面目一方の国なれば、人間の元来醜悪なるにお気が附かれずして、[七]ゾオラが偶々《たまく》醜悪のまゝを写せば青筋出して不道徳文書なりと罵《のゝし》り叫《わめ》く事さりとは野暮の行き過ぎ余りに業々《げふく》しき振舞《ふるまひ》なり。さりながら[八]論語に唾《つ》を吐《は》きて[九]梅暦《むめごよみ》を[一〇]六韜三略《りくとうさんりやく》とする当世の若檀那《わかだんな》気質《かたぎ》は其れとは反対《うらはら》にて愈々《いよく》頼もしからず。東京の或る[一一]固執《オルソドキシカル》派教会《けうくわい》に属する女学校の教師が曾我物語の挿画に男女の図あるを見て猥褻文書なりと飛んだ感違ひして炉中に投込みしといふ一ツ咄《ばなし》も近頃笑止の限りなれど、如何《どう》考へても聖書《バイブル》よりは小説の方が面白いには違ひなく、教師の眼を窃《ぬす》んでは「[一二]よくツてよ」派小説に現《うつゝ》を抜かすは此頃の女生徒気質《かたぎ》なり。例へば[一三]地を打つ槌《つち》は外《はづ》るゝとも青年男女《なんによ》にして小説読まぬ者なしといふ鑑定は恐らく外《はづ》れツこなかるべし。

俗界に於ける小説の勢力斯《か》くの如く大なれば随《したがつ》て小説家即ち今の所謂《いはゆる》文学者のチヤホヤ、、、せらるゝは人気役者も物の数ならず。此故《このゆゑ》に腥《なまぐさ》き血の臭《にほひ》失せて白粉《おしろい》

一『ロビンソン・クルーソー』(一七一九年)、『ガリヴァー旅行記』などが流行した時代。
二 山東京伝(一七六一―一八一六)は江戸後期の戯作者。→補一四。
三 江戸時代に、勘当の届出を町年寄または奉行所で記した帳簿。ここでは洒落本の世界に憧れて遊蕩に耽り勘当される道楽息子が続出したこと。
四 江戸時代に辻番所の前や街路の辻々に置かれていた灯籠形の街灯。
五 明治十年代後半からアーク灯が造船所や砲兵工廠、官庁、大会社、劇場などで採用され、二十年代に白熱灯の実用化とともに本格的に普及した。一般家庭では、明治十八年五月が最初の使用(『東京日日新聞』明治十八年五月八日)。
六「戯作」として蔑視されていた物語類が、文学改良運動以後、「芸術」という高尚なものと考えられはじめたことを指す。
七 エミール・ゾラ(Emile Zola, 一八四〇―一九〇二)。フランスの小説家。→補一五。
八 孔子の言行や弟子たちとの問答を集めた語録。論語をいやしめて。「唾(つ)」は「つば」の古い読み方。
九『春色梅児誉美』とも。→二六三頁注一八。尾崎紅葉「隣の女」(明治二十六年八―十月)の主人公で、色男を極めこむ粕壁譲の愛読書が春水の人情本。
一〇『六韜』は周の太公望の撰と伝えられ、『三略』は黄石公撰と伝えられる兵法書。ともに中国古代の代表的兵法書。兵法の極意の意。
一一 Japanese Orthodox Church. 日本ハリストス正教会。→二六一頁注一一。→補一六。
一二「軽薄」な女学生を描く小説。→補一七。
一三 成句「大地に槌」。決してはずれないことのたとえ。
一四 西鶴の句「鯛は花は見ぬ里もあり今日の月」(『俳諧古選』)による。
一五 自生の山の芋。「鯡寄る北海の浜辺」「薯蕷掘

の香《かをり》鼻を突く太平の御代にては小説家即ち文学者の数次第々々に増加し、[一四]鯛は花は見ぬ里もあれど、鯡《にしん》寄る北海の浜辺、[一五]薯蕷《じねんじやう》掘《ほ》る九州の山奥に到るまで[一六]石版画と赤本は見ざるの地なしと鼻うごめかして文学の功徳無量広大なるを説く当世男殆《ほと》んど門並《かどなみ》なり。寄《よ》れば触《さは》れば高慢の舌爛《たゞら》してヤレ[一七]沙　翁《シエークスピーヤ》は[一八]造化《ざうくわ》の一人子《ひとりご》であると[一九]胴羅魔声《どらまごゑ》を振染《ふりしぼ》り[二〇]西鶴は[二一]九皐《きうかう》に鳶《とんび》トロヽを舞ふと飛ンだ通《つう》を抜かし、何かにつけては美学の受売《うけうり》をして田舎者の[二二]緋《ひ》メレンスは鮮かだから美《び》で江戸ツ子の[二三]盲縞《めくらじま》はジミだから美でないといふ[二四]滅法《めつぱふ》の大議論に近所合壁《きんじよがつぺき》を騒がす事少しも珍らしからず。好奇《ものずき》な統計家が概算に依れば[二五]小遣帳《こづかいちやう》に元禄を拈《ひね》る通人迄《まで》算入して凡《およ》そ一町内に百「ダース」を下《くだ》る事あるまじといふ。

夫《そ》れ台所に於ける鼠の勢力の法外なる飯焚男《めしたきをとこ》が[二六]升落《ますおと》しの計略も更に討滅しがたきを思へば、社会問題に耳傾くる人いかで此一町内百「ダース」の文学者を等閑《なほざり》にするを得《う》べき。若し惣《すべ》ての文学者を駆《かつ》て[二七]兵役に従事せしめば常備軍は頓《にはか》に三倍して[二八]強兵の実忽《たちま》ち挙がるべく、惣ての文学者に仕払ふ原稿料を算《つも》れば一万噸《とん》の[二九]甲鉄艦何艘かを造るに当るべく、惣ての文学者が消費する筆墨料を徴収すれば[三〇]慈善病院三ツ四ツを設《つく》る事決して難《かた》きにあらず、惣ての文学者が喰潰《くひつぶ》す米と肉を蓄積すれば百度《ひやくたび》饑饉来《きた》るとも更に恐るゝに足らざるべく、若《も》し又《また》惣て

る九州の山奥」ともに片田舎を表わす。

一六 石灰石に油性インクで絵を描き、水と油の反発作用にもとづいて印刷する版画。明治期の雑誌・書籍の挿絵に多用。「赤本」は→二六四頁注七。

一七 William Shakespeare（一五六四―一六一六）。イギリスの詩人・劇作家。→補一八。

一八 造物主の一粒種。

一九 胴間声（どうまごえ＝調子はずれの濁って太く下品な声）とドラマ声とを懸ける。坪内逍遙（一八五九―一九三五）が通称「小説三派」（明治二十三年十二月）以来シェークスピアの「ドラマ」を最高の文学と主張したことへのひやかし。森鷗外との「没理想論争」でも「ドラマ」は大きな論点の一つだった。

二〇 井原西鶴（一六四二―九三）。江戸前期の浮世草子作者・俳諧師。→補一九。

二一 「鶴鳴㆓于九皐㆒、声聞㆓于野㆒」（『詩経』小雅「鶴鳴」）（鶴は奥深い沢で鳴いても野一面に声がひびき渡るように、有能な人物が隠れていても自然に見出される）のたとえを、誤って吹聴する知ったかぶりをひやかす。「井原西鶴を弔ふ文」（『小文学』明治二十二年十一月）に、「九天の霞を洩れてつるの声」（幸田露伴）。九皐は沢の深いところ、「鳶トロヽ」はトンビがのんびりと鳴きながら舞うさま。

二二 派手な緋色のメリンス（ここでは、薄くやわらかに織った毛織物）の着物。

二三 ここでは紺無地の綿織物。はっぴ、腹掛け、股引などに用い、江戸っ子が好んだ。

二四 むちゃくちゃな議論。

二五 芭蕉を気取って俳句をひねり出し、小遣帳の端に書きつけることか。

二六 鼠取りの仕掛け。枡を棒で支えて中に餌をおき、鼠が触れると枡が落ちてかぶさる。

二七 明治六年に徴兵令が公布され、満二十歳の男子を徴兵検査で選抜して、

の文学者を一時に殺戮すれば其死屍《しゝ》は以て日本海を埋《うづ》むべく其血は以て太平洋を変色せしむべし。

文学者は一の社会問題なり、一 貧民が、僧侶《ばうず》が、娼妓が社会問題となれる如く。熟々《つらく》考ふるに天に二 鳶《とんび》ありて油揚《あぶらげ》をさらひ地に三 土鼠《もぐらもち》ありて蚯蚓《みゝず》を喰《くら》ふ目出度《めでた》き中に人間は一日あくせくと働きて喰ひかぬるが今日《けふ》此頃の世智辛《せちがら》き生涯なり。四 学校の卒業証書が二枚や三枚有つたとて鼻を拭《ふ》く足《たし》にもならねば高《たか》が壁の五 腰張《こしばり》か屏風《びやうぶ》の下張《したばり》が関の山にて、偶々《たまく》荷厄介にして簞笥に蔵《しま》へば縦令《たと》へば虫に喰はるゝとも喰ふ種には少しもならず。学士で候の何のと云ッた処で六 味噌摺《みそすり》の法を知らずお辞義の礼式に熟せざれば何処《どこ》へ行《いつ》ても敬して遠ざけらるゝが結局《おち》にて未《ま》だしも敬さるゝだけを得《とく》にして責《せ》めてもの大出来《おほでき》といふべし。七 ミルトンの詩を高らかに吟じた処で饑渇《きかつ》は中々に医《い》しがたくカントの哲学に思《おもひ》を潜《ひそ》めたとて厳冬単衣《たんい》終《つひ》に凌《しの》ぎがたし。学問智識は富士の山ほど有ツても麪包屋《ぱんや》が眼には八 啞銭《びた》一文の価値《ねうち》もなければ九 取ツけヱベヱは中々以《もつ》ての外《ほか》なり。トヾの結局《つまり》が博物館に乾物《ひもの》の標本を残すか左《さ》なくば路頭の犬の腹を肥《こや》すが世に学者としての功名手柄なりと愚痴を覆《こぼ》す一〇 似而非《えせ》ナツシユは勿論白痴《こけ》のドン詰《づま》りなれど、さるにても笑止《せうし》なるは一一 世《よ》の是沙汰《これさた》、一二 飯粒《めしつぶ》に釣らるゝ鮒男《ふなをとこ》がヤレ才子ぢや怜悧者《りこうもの》ぢやと

三年間常備軍に服務させた。

二八 当時のスローガンである富国強兵の効果。

二九 鉄板で装甲した軍艦。当時日本海軍の甲鉄艦は「扶桑(ふそう)」一艦のみで、その増強が急がれていた(『東京日日新聞』明治二十七年三月三十一日)。ただし甲鉄艦は外国から購入する以外に方法がなく、一隻が七百万円強なので、議会は軍備拡張のために官吏の俸給一割削減を決定し、民間からの献金も求めていた(『読売新聞』明治二十六年三月十日など)。

三〇 明治二十年五月に、大日本婦人教育会が海軍軍医大監高木兼寛を院長として開院した「慈恵医院」が最初(『郵便報知新聞』明治二十年五月十日)。はじめは看護人も男性だった(篠田鉱造『幕末明治 女百話』)。

以上二六七頁

一 貧民については、松原二十三階堂『最暗黒の東京』(明治二十六年)がその惨状を報告し、僧侶については明治五年の肉食妻帯、蓄髪許可の布告以来、僧侶の堕落、寺院の荒廃が問題となり、明治十年代にはさまざまな禁令が通達されたが、かならずしも徹底しなかった。二十六年八月には大阪の朝日座で「坊主演劇」の舞台に上る者もあったという(『新聞集成明治編年史』による)。廃娼運動は基督教婦人矯風会を中心に明治二十二年末から盛んになり、全国に拡がったが存娼論も根強く、大きな社会問題となった。

二 諺「とんびに油揚をさらわれる」。大切なものを横からさらわれること。

三 土鼠は地中でミミズや昆虫の幼虫を餌とする。鳶に油揚と対句仕立てで、他人のものを横取りして楽をするたとえ。

四 明治二十三年の恐慌以後、不景気が続き、就職難だった。↓補二〇。

褒《ほ》めそやされ、偶《たま》さか活《い》きた精神を有《も》つ者あれば却《かへつ》て[一三]木偶《でく》のあしらひせらるゝ事[一四]沙汰の限りなり。騙詐《かたり》が世渡り上手で正直が無気力漢《いくぢなし》、無法が活潑で謹直が愚図、[一五]泥亀《すつぽん》は天に舞ひ鳶《とんび》は淵《ふち》に躍《をど》る、さりとは不思議づくめの世の中ぞかし。

斯《か》る中にも社会に大勢力を有する文学者どのは[一六]平気《へいき》の平三《へいざ》で行詰《ゆきづま》りし世を屁《へ》とも思はず。春うら〳〵蝶と共に遊ぶや花の[一七]芳野山に[一八]玉《たま》の巵《さかづき》を飛ばし、秋は月てら〳〵と漂《たゞよ》へる潮《うしほ》を観《み》て[一九]絵島《ゑのしま》の松に猿なきを怨み、厳冬には[二〇]炬燵《こたつ》を奢《おごり》の高《たか》櫓《やぐら》と閉籠《とぢこも》り、盛夏には[二一]蚊帳《かや》を栄耀《えいえう》の陣小屋として、米は俵《たはら》より涌《わ》き銭《ぜに》は蟇口《がまぐち》より出《いづ》る結構な世の中に何が不足で[二二]行倒れの茶番狂言する事かとノンキに[二三]太平楽《たいへいらく》云ふて、自作の小説が[二四]何十遍摺《ずり》とかの色表紙を付けて売出され、[二五]二号活字の広告で披露《ひろう》さるゝ外は何の慾もなき気楽三昧、[二六]あツたら老先《おひさき》の長い青年男女《なんによ》を堕落せしむる事は露《つゆ》思はずして筆費《ふでづひ》え紙費《かみづひ》え、高《たか》が[二七]大家《たいか》と云はれて見たさに無暗《むやみ》に原稿紙を書きちらしては屑屋に忠義を尽すを手柄とは心得るお目出たき商売なり。[二八]月雪花は魯《おろ》か犬が子を産んだとては一句を作り猫が肴《さかな》を窃《ぬす》んだとては一杯を飲み何かにつけて途方もなく嬉しがる事[二九]おかめが甘酒に酔《ゑ》ふと同じ。

斯《か》くの如く文学者は身分不相応に勢力を有し且つ身分不相応にのんきなり。

世に気楽なるものは文学者なり、世に羨《うらや》ましき者は文学者なり、接待の酒を飲

五　壁の下方に壁紙や板をはること。
六　ここでは人にへつらいお世辞を言うこと。
七　John Milton（一六〇八-七四）。イギリスの詩人。ルネサンスの古典主義とピューリタニズムを融合させた壮大な叙事詩『失楽園』（一六六七年）など。黒田健二郎『日本のミルトン文献（明治篇）』（昭和五十三年）によれば、ミルトンの名はすでに天保期の『英文鑑』にあり、明治期にはひろく知られていた。
八　きわめて僅かの銭を強調して言う。普通は「啞銭」と書く。質の悪い鉄銭。
九　「とっかえべい」の訛り。江戸時代、白玉飴（しらたまあめ）と古煙管・古釘などを交換して歩いた行商人（前田勇編『江戸語の辞典』昭和五十四年）。
一〇　偽者のナッシュのような人物は阿呆の最たるもの。→補二一。一一　もっぱらの評判。
一二　飯粒でも釣れる鮒のように、すぐに甘い話に食いつく安直な男。浄瑠璃『仮名手本忠臣蔵』で高師直が塩谷判官を「鮒侍」と罵倒する場面からの連想か。一三　実際の役に立たない木彫りの人形。でくのぼう。一四　言語道断。
一五　天地がさかさまの現象。本書の広告（『読売新聞』明治二十七年四月十九日）にこの句が引かれている。「鳶飛戻レ天、魚躍二于淵一」（『詩経』大雅「旱麓」）の逆。
一六　擬人名、平気平左衛門のつづまった形。何があっても平気で気にとめない人物。
一七　吉野山。奈良県の桜の名所。→補二二。
一八　美酒を酌みかわし。「玉の巵」は美しい盃。「花に酔蝶と飛つきつくる詩も李白かはねのさかづきの数」（正親町公通『雅筵酔狂集』）。
一九　江ノ島。→補二三。
二〇　炬燵の小さな櫓の中に身体をすくめることを、この上なく豪華な城の高櫓と得意になって。

まぬ者も文学者たらん事を欲し、落ちたるを拾はぬ者も文学者たるを願ふべし。

然るに世にすねたる阿呆《あはう》は痛く文学者を斥罵《せきば》すれども是れ中々に識見の狭陋《けふろう》を現示《げんじ》せし世迷言《よまいごと》たるに過ぎず。冷静なる社会的の眼を以て見れば、等しく之れ土居《どきよ》して土食《どしよく》する一ツ穴[一]の蚯蚓蝤蠐《みゝずおけら》の徒《ともがら》なれば何《いづ》れを高しとし何れを低しとなさん。濁醪《どぶろく》を引掛《ひつか》ける者が大福を頬張《ほゝば》る者を笑ひ売色[二]に現《うつゝ》を抜かす者が女房[三]にデレる鼻垂《はなたらし》を嘲《あざけ》る、之れ皆他《ひと》の鼻の穴の広きを知《しつ》て我が[四]尻の穴の窄《せま》きを悟らざる烏滸《をこ》の白者《しれもの》といふべし。窮理[五]決して迂なるにあらず実践何ぞ浅しと云はんや。魚肴《さかな》[六]は生臭きが故に廉《やす》からず蔬菜《やさい》は土臭しといへども尊《たふ》とし。馬に角《つの》なく鹿に鬣《たてがみ》なく犬は喏《にやん》[七]と啼いてじやれず猫はワンと吠えて夜《よ》を守らず、然れども自《おのづか》ら馬なり鹿なり犬なり猫なるを妨げず。稼《かせ》ぐものあれば遊ぶ者あり覚《さ》める者あれば酔《ゑ》ふ者あるが即ち世の実相なれば己れ一人が勝手な出放題をこねつけて好《い》い子の顔をするは云はふ様《やう》なき歿分暁漢《わからずや》[八]言語同断といふべし。縦令《たとひ》[九]石橋を叩いて理窟を拈《ひね》る頑固党が言《こと》の如く、文学者を以て放埒遊惰怠慢痴呆社会の穀《ごく》潰《つぶ》し太平の寄生虫となすも、兎《と》に角《かく》文学者が天下の最幸最福なる者たるに少しも差閊《さしつかへ》なし。然るを愚図々々と賢《さか》しらだちて罵《のゝし》るは隣家《となり》のお菜《かず》を考へる独身者《ひとりもの》の繰言《くりごと》と何ぞ択《えら》まん。

二一 蚊帳の中をぜいたくな陣小屋と思って。高櫓と陣小屋は縁語。

二二 行き倒れの真似をしてばかばかしく滑稽な趣向を楽しむこと。当時は不景気で、実際に路上で倒れる人もいたが、それを茶番と見て笑い捨てる。茶番は江戸後期(一八二〇―三四年)から素人間にも流行し、瀧亭鯉丈ほか『花暦八笑人』のような作品を生んだ。硯友社の作家たちもそれを好み、茶番のような素人芝居を企画した(江見水蔭『自己中心明治文壇史』昭和二年)。→二七七頁注二五、補三九。

二三 勝手気ままな事を言うこと。

二四 多色摺り。何十遍は誇張。

二五 本木昌造が考案した号数活字の一つ。初号、一号から八号まで九種類ある。→補二四。

魯庵

二号活字

二六 可惜(あたら)。もったいないことに。

二七 これ以前から斎藤緑雨(正直正太夫)が大家号を欲しがる文学者を痛烈に嘲っていた。本巻所収『あま蛙』参照。

二八 四季折々の好いながめ。風流な景物の代表。

二九 ここでは醜い女を嘲っていう言葉。甘酒に酔ってますます醜くはしゃぐこと。

以上二六九頁

一 成句「一つ穴の貉(むじな)」のもじり。同類。

二 売春婦。

三 女房にデレデレする甘い男。「女房にひかせ鼻ッたらし語り」(『柳多留』二十三)。

四 小心な大馬鹿者。

五 物事の道理をきわめること。当時は物理学を窮理学と呼んだが、本来朱子学で物事に則してその本質を知ること。ここではそういう方法がかならずしも迂遠ではない、の意。

加之《しかのみならず》、文学者を以て怠慢遊惰の張本《ちやうほん》となすおせッかいは偶《たま》く怠慢遊惰の却《かへつ》て神の天啓に協《かな》ふを知らざる白痴《たはけ》なり。謹んで慮《おもんば》かるに神の御恵洽《みめぐみあまね》かりし太古創造の時代には人間無為にして家業といふ七むづかしきものもなければ稼ぐといふ世話もなく面白おかしく喰《くつ》て寝て日向《ひなた》[一〇]ぼこりしてゐられたものゝ如し。[一一]アダムの二本棒が意地汚さの撮《つま》み喰《ぐひ》さへ為《せ》ずば開闢[一二]以来五千年の今日《こんにち》まで人間は楽園《パラダイス》の居候《ゐさふらふ》をしてゐられべきにとンだ飛《とば》ツ塵《ちり》が働いて喰《く》ふといふ面倒を生じゝは扨《さて》も迷惑千万の事ならずや。神が創造の御心《みこゝろ》は人間を楽《たのし》ましめんとするにありて苦《くるし》ましめんとするにあらず。無為は天則なり、無精《ぶしやう》は神慮に協《かな》へり。[一三]正直の頭《かうべ》に神宿る――嫌《いや》な思《(おもひ)》をして稼ぐよりは真ツ正直に遊んで暮すが人間の自然にして祈[一四]らずとても神や守らん。文学者を以て大《だい》のンきなり大気楽なり大阿呆なりといふ事の当否は兎《と》も角《かく》も眼ばかりパチクリさして心は藻脱《もぬけ》の殼《から》となれる木乃伊《ミイラ》文学者は豈《あ》に是《こ》れ人間の精粋《きつすゐ》[一五]にあらずや。

且つ又聖経《バイブル》の教ふる処に依れば天国[一六]に行かんとすれば是非とも小児《せうに》の心を有《も》たざるべからず。小児の如くタワイなく、意気地なく、湾白《わんぱく》で、ダヾをこねて、遊《あそ》び好《ずき》で、無法で、歿分暁漢《わからずや》で、或時《あるとき》はお山[一七]の大将となりて空威張《からゐばり》をし、或時はデレリ茫然としてお芋[一八]の煮えたも御存じなきお目出たき者は当世の文学者を

六「山高きが故に尊とからず」(『実語教』)のもじり。

七 猫の啼き声の当て字。音は「nuō」。

八 正しくは「言語道断」だが、当時「同断」の表記も通用していた。

九 諺「石橋を叩いて渡る」。慎重の上にも慎重を重ねて現実を受け入れようとしない頑固者。

一〇 日向ぼっこ。

一一 二本棒は女房にあまい亭主の蔑称。『旧約聖書』「創世記」の楽園追放《(パラダイス・ロスト)》の記述にもとづく。イブが蛇にそそのかされて神が禁じた知恵の実を食べ、アダムはイブに勧められて食べたとされる。

一二 神の天地創造以来五千年。

一三 諺。正直な人には必ず神が幸福をもたらす。

一四 謡曲「班女」に「心だに誠の道にかなひなば祈らずとても神や守らん」。菅原道真の歌と伝えられるが、後世の訛伝らしい(芳賀矢一他『格言大辞典』)。類歌多数。

一五 より抜かれた純粋な者。

一六『新約聖書』「マタイ伝」十八章のイエスの言葉による。弟子たちが天国で一番偉いのは誰かと議論しているのを聞いたイエスが、一人の子供を呼びよせ、心を入れ替えて子供のようにならなければ天国に入ることはできないと諭した。

一七 小事をなしとげて自分が一番と得意がる人。

一八 諺「お芋の煮えたの御存じないか」。物事に無知またはうかつなこと。

置いて誰《た》ぞや。

文学者なる哉、文学者なる哉。天変地異を笑つて済《す》ますものは文学者なり。社会人事を茶[一]にして仕舞ふ者は文学者なり。否な、神の特別なる贔負《ひいき》を受けて自然にhypnotize《ヒプノタイズ》[二]さるゝものは文学者なり。文学者なる哉、文学者なる哉。

我れ三文字屋金平夙《つと》に救世《ぐせい》の大本願を起し、終《つひ》に一切の善男善女をして悉《ことごと》く文学者たらしめんと欲し、百[三]で買ツた馬の如くのたり〳〵〳〵として工風《くふう》を凝《こら》し、[四]虱を捫《ひね》る事一万疋に及びし時酒屋の廝童《こぞう》[五]が「キンライ」[六]節《ぶし》を聞いて豁然大悟[七]し、茲に椽大《てんだい》[八]の椎実筆《しひのみふで》を揮《ふるつ》て洽《あまね》く衆生の為に為文学者経《ゐぶんがくしやきやう》を説解せんとす。右から見ても左から見ても文学者は最幸最福なる動物なり。我が抜苦与楽《ばつくよらく》[九]の説法を疑ふ事なく一図《いちづ》に有《あり》がたがツて盲信すれば此世からの極楽往生決して難《かた》きにあらず。[一〇]銀価の下落を心配する苦労性、月給の減額[一一]に気を揉む神経先生、

一 お茶らかす。ざれごとにする。

二 催眠術をかけられるの意。催眠術(hypnotism)の語は明治十年代から輸入され、二十年前後から、医学・心理学、あるいは奇術の分野で関心を呼んだ。「催眠術ハ果して社会を害するや否やハ最も緊要の問題にして理学上及び医学上の精密なる研窮を要する事と考へらるゝなり」(銀西迂史「催眠術を論ず」『読売新聞』明治二十年七月十三日)。『明治事物起原』によれば明治二十九年十月に流行したとあるが、すでに『魔術と催眠術』(近藤嘉二、明治二十五年)などがある。挿絵は催眠術師か。

三 百文で買った駄馬のように、役に立たないもののたとえ。

四 何もせず暇にまかせてだらりとしていること。

五 小者、召使いの意。底本「斯」(俗字)を訂す。

六 明治二十年代半ばに流行した俗曲の一種。替え歌もいくつかあるが、末尾に「オッペラボウノキンライライ」と囃しがつく。→補一五。

七 迷いがからりと晴れて、真理を悟ること。

八 「椽大の筆」は垂木(たるき)のように太い筆。転じて立派な大文章の意。「椎実筆」は穂が椎の実に似た太書き用の筆。

九 仏語。仏が衆生の苦しみを取り除き、幸せ、楽しみを与えること。

一〇 明治十年代以来、銀の価格は乱高下を繰り返していたが、二十六年夏に欧米では銀相場が下落、まだ完全に金本位制度を確立していなかった日本経済を動揺させた。政府はこれに対して十月に貨幣制度調査会を設置した。

一一 明治二十六年二月、第四議会で官吏の俸給一割削減が決定した。→二六七頁注二九、補二六。

若《もし》くは身躰《からだ》にもてあます食《しよく》もたれの豚の子、一二無暗《むやみ》に首を掉《ふ》りたがる張子の虎、来《きた》つて此説法を聴聞し而してのち文学者となれ。朝飯前《あさめしまへ》の仕事にして天下を驚かす事一三虎列刺《コレラ》よりも甚だしく天下に評判さるゝ事一四蜘蛛男《くもをとこ》よりも隆《さか》んなるは唯其れ文学者あるのみ、文学者あるのみ。

一二 虚勢を張る人を嘲っていう。
一三 その病状から暴瀉病とも表記され、死亡率が高いので虎狼痢（コロリ）とも恐れられた伝染病。文政五年（一八二二）以来しばしば大流行。明治十九年には患者十五万人中十一万人が死亡したと言われ、毎年のようにコレラ騒ぎがあった。
一四 芸名養老勇扇。胴の長さ七寸（約二一センチメートル）、頭七寸五分（約二三センチメートル）の体型。明治十一年三月から東京の寄席に出演（五十二歳）。畸人の見世物は禁止されていた（→補一〇）ので、端唄、手品、浮かれ節などを演ずる芸人として舞台に立ったが、実際にはその蜘蛛を連想させる体型で人気があった。朝倉無声によれば、魯庵はその目撃談を無声に語ったという（朝倉無声『見世物研究』、山本笑月『明治世相百話』による）。

蜘蛛男
（伊藤晴雨『江戸と東京 風俗野史』国書刊行会，平成13年）

（第一）　文学界の動静を知る法

先づ文学界の動静を知らざるべからず

文学者となる前に先づ文学界の『通《つう》』即ち観測者となるを要す。例へば飴《あめ》を売らんとするに臨みて予《あらか》じめ飴売の支度万端並《ならび》に「よか〱」[一]の踊《をど》り振《ぶり》を心得るが肝要なる如く今の文学界を一ト通り見渡して始終《しじゆう》其天気摸様を観察し其内幕《うちまく》を洞視するの明《めい》を養はざるべからず。若《も》し此辺《このへん》の心得なくしてお先真暗《まつくら》に文学界に飛込めば、恰《あたか》も八幡《やはた》[二]の籔《やぶ》に入りしが如く到底有漏無漏《うろむろ》[三]の間《あひだ》に彷徨して根労《こんづか》れがする計《ばか》りならん。

新聞及び雑誌を読むべき事

さて如何《いか》にして文学界の『通』となり得《う》るかといふに極《きは》めて容易なる一法あり。先づ新聞は国民[四]、読売[五]、朝日[六]の三種にて沢山なれば政治や何《なに》や彼《か》は捨置《すてお》いて、国民なれば湖処子《こしよし》[七]愛山生《あいざんせい》[八]並に停春楼主人《ていしゆんろうしゆじん》[九]の小説紀行文若《もし》くは随筆、読売なれば小説及び雑報、朝日なれば小説の外題《げだい》浪六《なみろく》[一〇]の口上《こうじやう》及び竹《たけ》[一一]の屋《や》の紀行文或は劇評を油断なく読むべし。

又雑誌は国民之友[一二]、女学雑誌[一三]、早稲田文学[一四]、三籟《さんらい》[一五]、文学界[一六]、柵草紙《しがらみぞうし》[一七]等を読むべし。読まざるも可なり。広告の目録だけ見れば沢山なり。

大家の解

斯《か》くて一ト月も新聞雑誌を研究すれば文学社会に泳ぐ人の名だけは

一 明治期に流行した飴売り。→補二七。
二 下総国葛飾郡八幡（現・千葉県市川市八幡）に、迷い込んだら出られないといわれた藪があったところから、出口のわからないことのたとえ。
三 迷いの世界と悟りの世界の間に。
四『国民新聞』。→補二八。 五『読売新聞』。→補二九。 六『東京朝日新聞』。→補三〇。
七 宮崎湖処子（一八六四―一九二二）。詩人・小説家・評論家。小説『帰省』（明治二十三年）で多くの読者を獲得した。『湖処子詩集』など。
八 山路愛山（一八六四―一九一七）。史論家・評論家。明治二十五年、民友社入社。北村透谷との人生相渉論争、「明治文学史」（『国民新聞』明治二十六年三月一日―五月七日）などに健筆を揮い、のち『信濃毎日新聞』主筆、雑誌『独立評論』創刊。著書『基督教評論』『現代金権史』ほか。
九 塚越停春（一八六四―一九四七）。評論家。『国民之友』『国民新聞』に論説、史伝、詩、散文を発表、『家庭雑誌』編集。のち東京市史編纂に従事。史伝『徳川家康』など。
一〇 村上浪六（一八六五―一九四四）。小説家。町奴の仁侠を描いた撥鬢《ばち　びん》小説で人気を得た。→補三一。
一一 饗庭篁村（一八五五―一九二二）。小説家・劇評家。別号竹の屋。『読売新聞』の続き物に活躍、のち『東京朝日新聞』に入り、洒落と諧謔にみちた紀行文や鋭い劇評を執筆した。作品集『むら竹』二十巻。→三一三頁注三一。
一二 総合雑誌。明治二十年二月、徳富蘇峰（一八六三―一九五七）が創刊。平民主義を標榜し、「政治社会経済及文学之評論」（副題）を掲載、明治二十年代の言論界をリードした。三十一年八月廃刊。 一三 女性啓蒙雑誌。明治女学校を母胎として明治十八年七月創刊。巌本善治が主宰。キリスト教にもとづく新時代の女性の地位向上と教

覚えらるゝ。而して度々名の出るを大家なりと心得べし。二号活字にて広告せらるゝを愈々立派なる大家なりと合点する事肝心なり。例へば山路愛山先生は一週間に三四度位宛《づゝ》、時に依れば毎日続きて国民新聞に名の出る事すらあれば勿論《もちろん》大家《たいか》なり。又[一八]江見《えみ》水蔭《すゐいん》[一九]中村花瘦《なかむらくわさう》等《ら》諸先生の小説はいつでも二号活字で読売新聞に披露せらるゝが故に[二〇]正札附《しやうふだつき》の大家といふべし。

大家《たいか》といふは役者の鬘《かつら》の如く[二一]活板《くわつぱん》の舞台に出る時は如何《どう》しても被《かぶ》らねばならぬものなり。夫故《それゆゑ》[二二]ミストル何某《なにがし》は大家にあらずとするも同じ其人《そのひと》が何《なに》〳〵居士《こじ》或は何《なに》の屋《や》何《なに》と名乗つて活字に上《のぼ》る時は既に〳〵大家なりと心得べし。大家を尊《たつと》きものゝ如く考ふるは非なり。誰も彼も等しく皆大家なりと自他平等に考へて少しも偏頗《へんば》あるべからず。

昔の咄《はなし》に[二三]世事《せじ》の好《よ》き髪結床《かみゆひどこ》の親方が何人《なんぴと》を見るも必ず『イヨ、色男！』と呼びし如く、如何なる文学者を見るも『イヨ、大家！』とあしらふ事是れ第一の秘訣也。

大家の区分表

大家の名を覚え終れば概略《おほよそ》の区分を為して忘れぬ様《やう》に脳に刻むべし。今初心の者の為め仮《かり》に分類して一目亮然《いちもくりやうぜん》たらしめば、

[二四]民友社派

一四　文芸雑誌。……養の形成をめざし、文学批評や創作にも力を入れた。明治三十七年二月終刊か。

一四　文芸雑誌。明治二十四年十月、東京専門学校文学科の機関誌として坪内逍遙が創刊。講義録や文学に関する論説、時評、創作などを掲げた。明治三十一年十月休刊(第一次)。

一五　文学評論雑誌。明治二十六年三月、警世と脱俗をはかり、戸川残花、松村介石が創刊。明治二十七年一月廃刊。

一六　文芸雑誌。明治二十六年一月創刊。星野天知、北村透谷、島崎藤村、平田禿木、戸川秋骨、馬場孤蝶、上田敏らが同人として参加、文壇にロマン主義の新風を吹き入れた。明治三十一年一月終刊。

一七　文芸雑誌。『文学評論　しがらみ草紙』。明治二十二年十月創刊。森鷗外を中心に、「滔々たる文壇の流に柵をかける」(「『柵草紙』のころ」『読売新聞』大正三年四月二十四日)ことをめざし、精力的に評論や翻訳活動を展開した。明治二十七年八月廃刊。

一八　一八六九―一九三四。小説家。硯友社同人。明治二十五年頃から、「一方には純文芸品として、真善美の三元素を極端に遵奉した詩的短篇小説を発表しながら、一方には通俗的の時代小説や探偵小説を盛んに書」(『自己中心明治文壇史』)いた。『花守』『女房殺し』ほか。雑誌『小桜縅』主宰。

一九　一八六七―九九。小説家・俳人。探偵小説、時代小説を多作した。『こぼれ萩』『探偵小説一閃影』など。　二〇　掛値なし。世間に定評のある。

二一　活版印刷。　二二　ミスター(Mister)。

二三　愛想がいい。

二四　徳富蘇峰が主宰した思想結社。明治二十年二月創立。出版社を兼ね、『国民之友』『国民新聞』ほか、『国民小説』など各種の叢書等を刊行。

(1)十二文豪大家[一]
(2)日曜附録大家[二]
(3)人物評及び史論大家[三]

女学雑誌社派

(1)「ドラマ」大家[四]
(2)武道兼座禅大家[五]
(3)「随感」[六]大家 一名「涙」[七]の大家若くは聖書及び古文切抜大家とも云ふ
(4)俳諧切抜大家[八]

三籟派

(1)……ty 大家[九]
(2)円環[一〇]大家 一名法語切抜[一一]大家とも云ふ
(3)孄嫚《らんまん》[一二]大家 附喝棒大家

読売新聞社派

(1)史譚[一三]大家 一名反古紙張継大家とも云ふ
(2)月曜附録[一四]大家 附「ポンチ」[一五]絵大家
(3)雑報[一六]大家 一名楽屋落製造大家ともいふ

一『十二文豪』。→補三二。

二『国民新聞』に日曜ごとに添えられた文芸ものを中心とする附録。明治二十五年三月から開始。

三『人物管見』(明治二十五年)の徳富蘇峰、「頼襄を論ず」(『国民之友』二十六年一月)の山路愛山、『新日本史』(二十四―二十五年)の竹越三叉、「小栗上州」(『国民之友』二十六年三―四月)の塚越停春ら。

四『蓬萊曲』(明治二十四年)の北村透谷、「悲曲琵琶法師」(『文学界』二十六年一―五月)、「悲曲茶のけぶり」(同年六―十月)、「朱門のうれひ」(同年八月)の島崎藤村ら。

五 武道の達人で、鎌倉参禅の経験をもつ星野天知。「座禅の弁」(『女学雑誌』明治二十五年九月)、「武道の発源」(同年十一―十二月)など。

六『女学雑誌』の随筆欄の名。二四一号(明治二十三年十一月)から最終号まで断続的に続いた。

七 多涙生「現今女生の悲況」(明治二十四年五月)、無署名「涙滴々」(七月)、星野天知「人世の別離」(八月)、シオンの山人「断腸」(九月)など、明治二十四年中に「涙」の感想が多いので「「涙」の大家」、詩文の引用が多く掲げられているので「聖書及び古文切抜大家」とひやかす。

八「元禄時代の韻文並作者自評」(『女学雑誌』明治二十五年三月)、「落柿舎先生挽歌」「嵐雪が芭蕉の墓に謁でし辞」(同年四月)などの俳書の抄録がある無名氏(島崎藤村)。

九 創刊号(明治二十六年三月)の「三籟発刊の趣意」に、「我党が三籟を発刊する所以は世に「三大真理(ツルス)」を宣揚せんが為めなり／「三大真理」とは何ぞ。一曰天道(デビニチー)、二曰人情(ヒユーマニチー)、三曰実力(アビリチー)是なり」とあるのを当てこする。

一〇 円環は『三籟』の主張を形象化したもの。→

朝日新聞社派 一に楽々会[一七]派とも云ふ
(1)旅行大家[一八]
(2)劇評大家[一九]
(3)楽屋吹聴大家[二〇]
(4)茶番大家[二一]
硯友社派[二二]
(1)詞海《しかい》大家[二三]
(2)小桜緘《こざくらをどし》大家[二四]
(3)口上茶番大家[二五]
(4)引札大家[二六]

この外《ほか》早稲田派柵《しがらみ》派等数へ上ぐれば中々多けれど、ざつとこゝらを飲込めば充分なり。少し位は分類法正鵠《せいこう》を得ざるも差支《さしつかへ》なし。唯《たゞ》記臆の便宜を計りて区分せしなれば名目《みやうもく》の如きは各々の勝手にて、[二七]或る一派を目《もく》して跡引《あとひき》大家、他の一派を称して駄洒落《だじやれ》大家など名附くるもよし。

兎《と》にかく都合好《よ》き様《やう》に工風《くふう》して諸大家の名を飲込めば、主として早稲田文学の[二八]文界現象《ぶんかいげんざう》を基礎《どだい》となし、次第々々に[二九]揣摩《しま》を逞《たくまし》ふすべし。少々位間違ツた処で

補三三。
一一 法語は、仏教で祖師や高僧などが仏の教えを説き示した文。法語や古今東西の詩文を集めた「清籟」という欄があった。
一二 『三籟』誌上の「爛漫」と題された雑誌・新刊書籍の批評欄、および「喝棒」と題された巻末の警世語録欄(第六号まで)を皮肉る。
一三 「田口氏の史海」(明治二十五年二月四日―六月十日)の落後生(吉田東伍)、「渉史余録」(同年十月一日―二十六年十月十六日)の後凋生・楽真子(池田晃淵)、「旧幕外交談」(二十六年七月四日―二十七年五月二十二日)の田辺太一ら。古文書からの長文の引用が多かったので「反古紙張継大家」と命名。
一四 当時の『読売新聞』には毎号附録があり、月曜には史論・文芸批評・翻訳・随筆・新体詩などが掲載された。
一五 寓意・風刺を主眼とした戯画。→補三四。
一六 堀紫山を暗示。→補三五。
一七 饗庭篁村、森田思軒を中心とする根岸派(→二八五頁注二三)文人たちが結成した会。→補三六。
一八 楽々会では遊楽旅行を毎月一回試みた。→補三七。
一九 饗庭篁村や幸堂得知(→三一三頁注三二)を指す。
二〇 幸堂得知、饗庭篁村ら劇通をいう。
二一 幸堂得知、饗庭篁村、右田寅彦らを指す。南新二や条野採菊らと「諸君洒落ル会」(明治二十六年十一月十二日)を催した(中込重明『明治文芸と薔薇』平成十六年)。
二二 明治十八年二月、尾崎紅葉・山田美妙・石橋思案らが結成した文学結社。→補三八。
二三 『詞海』は明治二十五年三月創刊の文学雑誌。武田桜桃編集発行。江見水蔭、巌谷小波、川上眉山、尾崎紅葉らが補助し、寄稿も多い。明治

毒にならぬ事はいくら『通』を極めても大事なし。

文学大家の作を読む法

近頃欧羅巴《ヨウロッパ》の批評法は其著作と其著者の伝紀[一]とを併観するを以て一般の通則《つうそく》とす。蓋《けだ》し境界《きやうがい》[二]の勢力は人の製作に影響を与ふる事極《きは》めて大なればなり。

今の文学者が作を読むに当つて此辺《このへん》の覚悟があれば愈々《いよく》妙《みやう》なりといふべし。例へば愛山生が新婚後鎌倉[三]に遊びし紀行を国民新聞に載せられし時、僅かに一欄半に過ぎざる文中に『妻君《さいくん》』なる文字を凡《およ》そ二十有余数《かぞ》ふるを得たるなど愛情の濃《こま》やかなる容子《ようす》中々に奥ゆかし。又女学記者[四]が関西に旅行せし日記中に『かの人』なる文字を発見する事頗《すこぶ》る夏蝿《うるさ》き程なりき。『かの人が縫ふて呉れし下着』『かの人が酌《く》んで呉れし茶』『かの人が笑ふて呉れし失策《しくじり》』等の如し。又近頃国民新聞に連載せられし『小生涯《せうしやうがい》』[五]を読めば湖処子《こしよし》が"*Sweet home*《スウヰートホーム》"[六]ありくと眼前に見《あら》はるべし。こゝらに目を附けるが極めて肝要なればゆめく油断あるべからず。

文学界の通となる法

惣《すべ》て文学社会の天気観測者たらんとするには一を聞いて十を吹聴《ふいちやう》する勇気と是非に関《かま》はず雷同する公共心とを蓄へざるべからず。例へば誰それが妻を貰つたと聞けば直様《すぐさま》『あの妻君には中々の曰《いは》くありダ』と吹聴《ふいちやう》し、

二十八年八月廃刊。

二四『小桜縅』は江見水蔭が編集発行した文芸雑誌。明治二十五年十一月創刊、二十六年七月第五号で廃刊。水蔭の小説の他に、高瀬文淵の文学時論、田山花袋の初期小説などを掲載。

二五「口上茶番」(『千紫万紅』明治二十四年十二月)で「人物見立」をした「S. Y」(山里水葉か)や京の藁兵衛を指す。水蔭、紅葉、小波、眉山など硯友社一門(美妙を除く)は、みな口上茶番を得意とした。↓補三九。

二六 引札は商品の広告のために配る刷物。ちらし。「鳴門楼開業の披露」(『詞海』明治二十六年一月)を書いた紅葉を指す。

二七「跡引大家」は酒飲みの多かった根岸派(特に長っ尻の篁村)をいい、「駄洒落大家」は硯友社の諸家。紅葉「紅子戯語」(本大系第十九巻所収)参照。

二八『早稲田文学』に設けられた彙報欄の名称。第三十一号(明治二十六年一月)から第七十一号(明治二十七年九月)にかけて文芸界の最新のトピックを掲げた。二九 あて推量。

以上二七七頁

一 民友社『十二文豪』シリーズ(↓補三二)が依拠した"English Men of Letters"や"Great Writers Series"ほか、十九世紀後半ヨーロッパの文芸批評は、評伝のスタイルが一般的。
二 イポリット・テーヌ(一八二八-九三)『英国文学史』(一八六三―六四年)の「緒論」によれば、人間と歴史の発展は、人種・環境・時代によって規定される。
三「鎌倉及江の島」(『国民新聞』明治二十六年五月二十一日、六月四日)。『妻君』なる文字」(原文では「細君」)が「二十有余」は誇張だが、文中に「細君をうながして、彼女に彼女が兼ねて見

[七]二十五座の新狂言は面白いと云へば見ても見ないでも面白いと雷同するを可《よ》しとす。殊に文界知名の人は成るべく親密である如く振《ふ》れ回《まは》るは昔も今も変りなく三馬《さんば》[八]時代の犬悦馬骨《けんえつばこつ》[九]の心意気と同じ。

一寸《ちよつと》見本を挙ぐれば、

文学通の犯語　『イヤモウ文人交際《づきあひ》も恐れるよ、此夏《このなつ》[一〇]小石川へ行《いつ》て駄法螺《だぼら》と渋つ茶でいぢめられた時は嘔吐《はきけ》を催ふしたネ。又此間《こないだ》[一一]は向島へ行つたら用が有るといふのに無理に引留められて三日三晩飲通《のみとほ》して五臓六腑を酒浸《さけびた》しにしちまツた。昨日《きのふ》は昨日で根岸[一二]がやツて来て何でもかんでも交際《つきあ》へと云はれて到頭三崎座《みさきざ》[一三]へ引摺《ひきず》られた。イヤハヤ楽隠居なら好《よ》からうが忙がしい身躰《からだ》ぢやア少《ち》と閉口する。だが文人は何だか嬉しいよ。今年の月見に大勢呼んだ時にも牛込連中《うしごめれんちう》[一四]は茶番をする、根岸一《いち》[一五]まきは洒落の掛合《かけあひ》をする、どンなに陽気だツたか知れねヱ。君なんぞも少《ち》と交際をして見給へ、芸人なんぞと違つて飛んだ高尚《ひとがら》で面白い事がある。第一世間に広く名が売れて慾得づくから云やア広告料が出ずに済むといふもンだ。ソレ君も見たらう、此間《このあひだ》[一六]の読売新聞に僕の新婚を祝した牛込の狂文が出てゐたらう。其中《そのうち》には古藤庵《ことうあん》[一七]が十五六頁《ページ》の「ドラマ」を作つて呉れると云ふはづだ。君なンぞは俗物だから鰹節《かつぶし》を貫つた方が好いといふかも知れンが、

んことを願ひし鎌倉を見するが故に共に行くべしと曰へり。平生遠遊を好まざる彼女も忽ち応ぜり」などとある。**四** 巌本善治の関西―九州の旅行記「迎春行」(『女学雑誌』明治二十五年四―五月)に「彼人(かのひと)が縫ふて呉れし下着」などとある。「彼人」は妻の若松賤子(しづこ)。

五 『国民新聞』日曜附録に断続連載(明治二十六年十月十五日―二十七年一月二十三日)。故郷を離れて東京郊外に住む詩人の家庭生活を描いた湖処子の自伝的小説。「空想」を捨てて「現実に活きん」とする心境が描かれている。

六 楽しい家庭。↓補四〇。

七 主に東京近辺の祭礼に行われる舞曲の二十五曲ある神楽。

八 式亭三馬(一七七六―一八二二)。江戸後期の草双紙・滑稽本作者。化粧品・売薬店を営むかたわら戯作を執筆。代表作『浮世風呂』『浮世床』など。

九 犬悦・馬骨ともに山東京伝の洒落本『繁千話』(寛政二年)の登場人物。知ったかぶりを発揮する半可通の典型。

一〇 小石川区(現・文京区)金富町居住の石橋思案(一八六七―一九二七)。小説家。本名助三郎。独々逸では自劣亭(じれってい)と称す。硯友社結成以来の中心メンバーの一人。小説『乙女心』『京鹿子』など。明治二十四年十一月に結婚して終生ここに住む(石橋辰雄「父・思案の思ひ出」『明治文学全集』第二十二巻月報、昭和四十四年)。

一一 向島の白鬚神社付近に住んでいた村上浪六を暗示。↓二七四頁注一〇。

一二 根岸派の劇通である饗庭篁村、幸堂得知らを暗示。

一三 神田区(現・千代田区)三崎町にあった小劇場。明治二十四年六月開場。二十六年二月、市川粂八一座が興行して以来、女芝居で人気があった。↓次頁図。

一四 牛込横寺町に住む尾崎紅葉を筆頭に牛込北

此お影で僕の名が後世に残るから有がたいよ。ホイ忘れた、是《これ》から小梅[一]の忘年会に行かざアなるめヱ。イヤハヤ何《な》ンの彼《か》のと面倒で堪《たま》らぬ。』

此位《このくらゐ》の太平楽《たいへいらく》は以上の修行にて充分自由自在に吐《は》く事を得《う》べし。

文学通の心得

文学の『通』と云はるゝには――小説を書けとか「ドラマ」を作れとか勧められるが其《そ》ンな面倒臭い事は嫌ひだ――と吹聴するが肝心にて、『己《おれ》が筆を採れば天下の文学相場が狂ふ』と云はぬ計《ばか》りの容子《ようす》を煙草の煙《けむ》の中《うち》に見せるが奥の手なり。新聞雑誌の修行を充分積んで此奥の手を心得れば天晴《あつぱれ》文学の『通』と云はれて管待《もてはや》さるゝ事請合《うけあひ》なり。

しかしながら文学者を罵《のゝし》るは無用なり。好き程に罵るは愛敬あれども余りに手厳しく云ふ時は出世の蔓を失ふ恐れあれば謹むべし。苟《かり》にも文学者とならんとする所存あるものにして先輩を罵るは礼を知らざるばかりか身の程を忘れたりといふべし。

豊川様のお狐と文学者

豊川様《とよかはさま》[二]のお狐を見よ。八方よりためつすがめつ瞻視《なが》めた処で紛《まぎ》れもなき獣躰なれば尊《たつと》ぶに足らぬは勿論なれど、之を稲荷の使《つか》[三]はしめなりと思へば有《あり》がたがるは当然なり。今の文学大家が如何程《どれほど》にヱラキかヱラクなきかは別問題として兎も角も「アポルロ」[四]神《がみ》の権化《ごんげ》なれば信心渇仰《しんぐかつがう》決して怠る

三崎座
(『風俗画報』明32・7)

町の江見水蔭、牛込矢来町の広津柳浪など、硯友社の同人たちをいう。→補三八。**一五** 連中。**一六** 石橋忍月の最初の結婚の際、紅葉が祝った戯文「佳対」(『読売新聞』明治二十五年四月六日)の借用。忍月(一八六五―一九二六)は評論家・小説家。レッシングの理論を学んで明治二十年代前半の文芸批評をリード。代表的評論に『想実論』、小説『お八重』など。**一七** 『文学界』時代の初期島崎藤村の雅号。古藤庵無声。→二七六頁注四。

以上二七九頁

一 隅田川の東岸の地(現・墨田区向島)。植半楼、八百松楼など有名な宴席があった。**二** 赤坂区赤坂表町(現・港区元赤坂)にある豊川稲荷の鎮守神。江戸中期、大岡忠相が本寺の豊

べからず。況《いは》んや今の文学大家は豊川様のお狐よりも更に大々怜悧《れいり》なるに於ておや。

然れども猶《な》ほ初心なるウブの文学通が軽卒に先進の諸大家を批判する事の却《かへつ》て錯誤に落ち易きを危《あやぶ》みて爰《こゝ》に今の文学の偉大なるを告ぐべし。

民友社派

(1)民友社派は平民文学の代表者なり。[五]平民主義とは“[六]Commonerism《コンモナリズム》”の義なれども此社の特色は往々“[七]Vulgarism《バルガリズム》”と混同するにあり。平民文学とは必ずしも浅薄《せんばく》[八]浮貶《ふへん》を意味するにあらねど、広き範囲に説法するには勢ひ平凡にして入り易き思想と文字を以てせざるべからず。[九]此故《このゆゑ》に此派の人は詩若《も》しくは哲学に耽《ふけ》る人を嘲つて高蹈と呼び仙人と目《もく》す。深奥なる思想は白雲《はくうん》以上なりと笑はれ、玄妙なる言詞は蛇《だ》行文字《かうもんじ》なりと罵らる。誠に千古の卓見と云ふべし。

此派の文学大家は既に此卓見を抱懐するが故に其博宏なる学識を蔵《かく》し其高深なる思想を曲げて態々《わざ〳〵》俗人に投じ易き文字を作る。其《その》大深切心は我等凡々社《ぼん〳〵しゃ》会《くわい》厚く感謝せざるべからず。若《も》し又『十二文豪』其他を以て浅膚なりといふ不心得者あらば、其蒙《もう》を啓《ひら》かしむるが為に平民主義の凡俗主義に等しきを講釈して以て民友社擁護を勤むる事文学熱心家の義務といふべし。

早稲田派

(2)早稲田派は[一〇]歿理想《ぼつりさう》の本家本元なり。古人曰く[一一]一字の恩忘るべからず

川稲荷(愛知県豊川市)から荼枳尼天(だきにてん)を勧請して祀ったのがはじまり。「当堂の参詣人常に絶ることとなく。叙光相照し。裙影相映す。是れ亦東京市中の一霊場なり」(「豊川吒枳尼天堂」『風俗画報』明治三十六年一月)。

三 神仏の使といわれるもの。

四 アポロン(Apollōn)。ギリシア神話のオリンポス十二神の一。主に詩歌・音楽・医術・弓術・予言をつかさどり、人間のあらゆる知的文化的活動を庇護する、凛々しい理想的な青年。

五 蘇峰が『将来之日本』(明治十九年)で展開した思想。→補四一。

六 庶民主義。

七 凡俗主義。

八 うわついていること。

九 蘇峰が「社会における思想の三潮流」(『国民之友』明治二十六年四月)の中で、思想界の「不健全の毒素」を含む三派として、「蛇行派」「慷慨派」とともに「高蹈派」を批判した。「高蹈とは自から社会の外に立つもの也。(中略)今日に於て性命を高談し、洗礼を受けたる禅僧の如く、絶て社会と相渉ることなく、自他漫に標榜して竹林の七賢を学ぶは、抑も何の心ぞや、吾人切に其の猛省を促さゞるを得ず」とある。暗に『文学界』グループに向けられたもの。

一〇 逍遥が「シエークスピヤ脚本評註 緒言」(『早稲田文学』明治二十四年十月)で用いた造語。シエークスピアの「理想」は「其造化に似て際涯無く」、「普く衆理想を容るゝ」とする。その語義をめぐって鷗外との間で没理想論争が始まった。

一一 一字でも詩文の教えを受けた恩はきわめて大きなもので、忘れてはならない。「昔在二孔門一、常忝二四科之列一、今瞻二魯史一、将レ期二一字之恩一」(李商隠「為絳郡公上史館李相公啓」)による。

と。『殁理想』なる破天荒[一]の学語を教へし此派の大恩は決して〳〵忘るべからず。

早稲田派は[二]シエークスピーヤの氏子《うぢこ》なり。若《も》し強将の下《しも》に弱卒なしといへる言《ことば》を信ずればシエークスピーヤの氏子が中々の豪傑なる事は信ぜざらんと欲するも豈《あ》に得べけんや。

早稲田派は[三]勧工場《くわんこうば》文学の[四]お祖師様《そしさま》なり。若《も》し勧工場が明治の商業を発達せしものならんには早稲田の文学が今日の文界に長足の進歩を与へん事決して疑ふべからず。

早稲田派は[五]“Paradoxical《パラドキシカル》”のお護符授与所《まもりさづけどころ》なり。此《この》お護符《まもり》は定見もなく断[六]識もなく惣《すべ》ての事物を判ずるに矛盾衝突撞着《どうちやく》を生じて常に迷宮に彷徨する我々鈍物《どんぶつ》に安心立命を与ふる利益《りやく》あれば、之を授与する早稲田派の大慈悲心は飽くまでも崇仰《そうぎやう》せざるべからず。無法なる感違ひをなし向《むか》ふ不見《みず》の議論をなす屁暮《へぼ》理窟家《りくつか》は此派の馬標《うまじるし》[七]『[八]パラドツクス随分結構如来』を仰ぎ見てホツト一ト息したるは更に疑ひなし。

兎《と》も角《かく》早稲田派は[九]明治文学の先覚なれば之を尊《たふと》み奉《たてま》つる事土[一〇]でつくねた天神様に於けるが如く白木《しらき》のお三宝《さんばう》の上に安置するは後進文学生の義務なりとす。

殊に此派は[一一]能《よ》く見識を落として諸方に雑兵《ざふへう》を派遣し我々に御注進を勤《つと》むる事近《ちか》

一　今まで誰も使用したことのない学術用語。
二　逍遙門下の紀淑雄、金子筑水、奥泰資らがシェークスピアに心酔して、シェークスピア連と呼ばれていたことを指す。逍遙指導の研究会記録は「葛の葉」「延葛集」（明治二十三年五月－二十四年七月）にある。
三　明治十一年に第一回内国勧業博覧会で売れ残った品物を処分するために開設された物品陳列即売所。明治中頃に続々繁華街に設立された。「一見憐れむべく再視索然たるものを勧工場の品物とす、方今の小説よく之れに似ざる作幾何かある」（「勧工場文学」『早稲田文学』明治二十八年十一月）。
四　ある宗派の開祖。特に日蓮をいうことが多い。
五　逆説的。自己矛盾の。逍遙が鷗外との没理想論争で、しばしば論理の矛盾する説明を行ったことをいう。↓補四二。
六　判断と識見。
七　戦陣で大将の馬側に立てて所在を示す旗印。
八　『早稲田文学』（明治二十四年十一月十五日）「時文評論」欄に「美文を翻訳して原作者の現はれ来れるかと思はしむる訳者は吾人之を如来と名づくべし」とあり、森田思軒、森鷗外、二葉亭四迷を「三如来」とする。また、同誌（同月三十日）「早稲田文学に対する諸評」には石橋思案評「南無や早稲田如来様」とある。
九　「『早稲田文学』発行の主意」（明治二十四年十月）に「明治文学の為に嚮導者たらんことを期す」とある。
一〇　土焼の天神。ありがたい学問の神様だが、中は空虚。
一一　『早稲田文学』四九号（明治二十六年十月）から「放言」欄が設けられ、奥泰資・水谷不倒など、東京専門学校の逍遙の教え子たちによるポレミ

頃《ごろ》御苦労千万なれば毎朝《まいちやう》此泥の天神様にお水を供《そな》へる心をもて謝恩のお祈禱《いのり》をなすは頗《すこぶ》る妙なりといふべし。

女学雑誌社派、文学界派、三籟派、

(3)女学雑誌社派と文学界派及び三籟《さんらい》派は万更《まんざら》他人にあらず。縦令《たとひ》兄弟にあらずとするも隣同士位の関係あるべし。其証据《しようこ》には盆や彼岸に牡丹餅《ぼたもち》の取遣《とりやり》をするが如く三派[一二]の豪傑は互に文章の交換をなして各《おの》々機関雑誌に掲載す。此派の人は一般に基督教《キリストけう》社会の大通《だいつう》[一三]なり。就中《なかんづく》女学雑誌社派は能《よ》く自《みづか》ら大通なる事を知るが故に恰《あだか》もポーロ[一四]が宣言する如く諤々《がくがく》[一五]の弁をなすをもて長処とす。此派を目《もく》して頑迷なりと云ふは極めて非なり、此派の頑迷らしきは宗派心厚きに依る、(但し此宗派心とは例の“Sectarianism《セクタリアニズム》”[一六]の如き狭陋《けふろう》なるものにあらずといふ)。

此派は禁酒廃娼[一七]の大名家《だいめいか》なり又教会論[一八]の大特色を有《も》てり——一言すれば社会改良の大先生なり。独り改良する必要ある社会を改良するに止《とゞ》まらで改良せざるも毫末《がうまつ》[一九]の差閊《さしつかへ》なき社会をも改良せんとし、自然に改良されべき順序をも関《かま》はず人為的に改良し得べき全能あるものと信じ、改良の方法若《も》しくは効果は更に研究せずして直ちに改良せんとする大決断力を有し、社会に同情《シムパサイズ》する如き面倒を避けて強《しい》て自己に同一《アイデンチフアイ》ならしめんとする大勇気凜々《りんりん》たる豪傑なり。

ックな批評を掲げたことをいう。

一二 『文学界』は『女学雑誌』から別れた直後は『女学雑誌・文学界』と名乗ったほど関係が深く、同じくキリスト教系の『三籟』とも交流があった。『女学雑誌』に透谷・天知・藤村・戸川残花・松村介石らの寄稿があり、『文学界』に残花、『三籟』に透谷の寄稿があるなど、相互の寄稿も多い。

一三 遊里の作法や人間関係の諸訳に通じた人。江戸中後期の十八大通が有名。

一四 パウロ(Paul)。生没年不詳。初期キリスト教の伝道者。その福音を説く書簡が『新約聖書』に収められている。

一五 遠慮なく正しいと信ずる議論を述べたてる。

一六 派閥主義。

一七 禁酒による社会改善と公娼制度の廃止をめざし、キリスト教徒が中心になって進められた運動。『女学雑誌』は特に積極的で、一九一号(明治二十二年十二月)附録に島田三郎、植木枝盛の廃娼演説筆記を収録、「社説」「廃娼記事」欄などで運動を展開した。

一八 巌本善治「教会論」(『評論』明治二十六年四—十二月)をいう。掲載誌『評論』は、『女学雑誌』が明治二十五年六月四日から甲(白表)乙(赤表)二種に分かれたうち、白表を二十六年四月に改題して発行され、二十七年十月、ふたたび『女学雑誌』と合併した。

一九 ほんのわずかな不都合もない。

三籟派も又中々の大通なり。此派は人為の「[一]クリード」を奉ずるを屑《ものこかず》とせずして[二]全然基督教《キリストけう》と背反する大哲論を発表する勇気を有《も》てるほどの大通なり。之を嘲《あざけ》つて"[三]Heathen Christian《ヘゼン クリスチヤン》"など云ふものあれど三籟派はさる烏滸《をこ》なるものにあらずして今日《こんにち》最とも進歩したる所謂《いはゆる》"[四]Pantheistic deism《パンセイスチツク デイズム》"を主張する大達眼者也。又此派の長処は[五]法語語録様《はふごごろくやう》の仏書切抜《きりぬき》にあり。仏書を切抜くは仏書を以て[六]文語粋金《ぶんごすゐきん》と見做《みな》すにあらずして基督《キリスト》教徒の宏量を示すにあり、否《い》な基督教徒と目《もく》されんよりは寧《むし》ろ一層進んで宗教哲学者と称せられんことを希望するなり。誠に道に熱心なる篤学の君子といふべし。

三籟派の人は教育上神学上文学上哲学上等の問題を[七]呶々《どど》するを以て天下の最も迂闊《うくわつ》なるものとなし、其研究の一切《いつさい》は捨置いて直ちに社会を救済するを以て本願と心得る[八]テモ勇ましき大"[九]Saviour《セーヴヰアー》"なり。

文学界には[一〇]大評論家あり、[一一]大「ドラマ」作者あり、[一二]大叙情詩人あり、[一三]大人物論者あり、[一四]大俳諧学者あり、[一五]大六号活字記者あり、いづれも大々《だいく》づくしの名士[一六]頻々済々《ひんくさいく》たり。此故《このゆゑ》に世人は文学界に依《よつ》て「ドラマ」なるものを悟り文学界に依《よつ》て[一七]浪六《なみろく》が大小説家なるを知り文学界に依《よつ》て歴史以外即ち歴史上の人物とは全く相違せる他の[一八]一休《いつきう》[一九]阿仏尼《あぶつに》[二〇]塙検校《はなはけんげう》等を教えられたりき。文学界は兎《と》に角《かく》異色、

一 creed〔英〕。信条、主義。「すべてのクリードも、すべての知識も、すべての美術も若し直覚といふものを欠く時には何等の効用もなかるべし」(北村透谷「満足」『三籟』明治二十六年四月)。
二 戸川残花「孔子論」(『三籟』明治二十六年三—八月)やその他の論説に禅宗や老荘思想的な傾向が色濃く示されていることを言う。
三 未開のキリスト教徒。
四 汎神論的な自然神教。 五 →二七六頁注一一。
六 記游・紀事・附録・紀戦・題跋・附録等に分類して漢文の語句を輯集した書。鈴木政寧編。四巻。山崎美成増補。新撰の明治版もいくつかある。ここでは名文句集の意か。 七 くどくどしく言う。 八 「さても」の転訛。なんとまあ。 九 救済者。 一〇 透谷をいう。 一一 →二七六頁注四。
一二 「眠れる蝶」(『文学界』明治二十六年九月)の透谷や「酒匂川」(同年十一月)の馬場孤蝶ら。
一三 後出の人物論を書いた星野天知や「吉田兼好」(『文学界』明治二十六年一月)の平田禿木ら。
一四 「俳人の性行を想ふ」(『文学界』明治二十六年五月)の戸川秋骨や「北枝発句集」(二十七年二月)の大野洒竹ら。
一五 六号活字を使用した『文学界』の「彙報」「時文」欄の筆者(主として平田禿木〔荒川漁郎〕、戸川秋骨〔早川漁郎〕)をいう。六号活字(約二・八ミリ角)は、本文の五号活字よりも字面がやや小さい。 一六 多くて盛んなさま。
一七 『文学界』は浪六を高く評価した。→補四三。
一八 一三九四—一四八一。室町中期の臨済宗の僧。詩・書画にすぐれ、奇行でも知られる。→補四四。
一九 ?—一二八三。鎌倉中期の歌人。→補四五。
二〇 塙保己一(一七四六—一八二一)。江戸後期の国学者。『群書類従』五三〇巻ほか膨大な叢書を編纂。→補四六。

恰《あだか》も鳶色[二一]に似たる大異色を有《も》てりと或人《あるひと》は評しぬ。何の事なるやを知らず。

硯友社派

(4)硯友社派は大々《だい〳〵》通人《つうじん》の大一座《おほいちざ》なり。古今無比の大自信を蓄へたる頗るヱ、ラ、キ、御連中様なり。此派の秀抜敏明なるは既に定評あれば贅語《ぜいご》[二二]を費すを要せず。

朝日新聞社派

(5)朝日新聞社派一名旧根岸党[二三]は今日の老練株なれば我等乳臭《にうしう》[二四]の徒《と》は之を奉《たてまつ》つて拝伏するのみ、

柵草紙派

(6)柵草紙《しがらみさうし》派は学者肌なれば我々凡人は之を仰望《ぎやうばう》して其堂奥《どうおく》に入《い》る能《あた》はず。此[二五]派の本尊様は薬師或は不動の如く沢山の童子を携帯せり。此童子はいろ〳〵さまざまなれども皆是れ見事 菅秀才《くわんしうさい》[二六]のお身代《みがはり》となり得べき玉簾《たまだれ》[二七]の中《うち》の御育ちばかりなり。

此派は派と名《なづ》くべきほどのものにあらずして実は鷗外漁史《ぎよし》一人《いちにん》といふて可《か》なり。他の者は恰《あだか》も腰弱き大臣《おとゞ》が袞龍《こんりゆう》[二八]の下《した》に隠れて其位《くらゐ》に居《お》る如く鷗外の光明の下にコ、ソ、〳〵名を売るに過ぎず。鷗外先生は日本《につぽん》のハルトマン[二九]なり鷗外先生は[三〇]日本第一の審美哲学者なり鷗外先生は日本第一の物識《ものしり》なり。鷗外先生は「轍《わだち》[三一]」を弁ずるに四頁二百行余を費し芝廼園《しばのゐん》[三二]を退治するに前後二十余頁を無駄にせしほどの大家也。若《も》し一言の粗忽《そこつ》をして先生の御機嫌を損ずる事あれば忽ち二三

二一 鳶の羽の色。茶褐色。江戸中期から後期にかけて着物の色として流行。 二二 むだな言葉。

二三 饗庭篁村・森田思軒・幸堂得知を中心とした下谷区(現・台東区)根岸に在住の文人たちの集団。↓補四七。

二四 乳くさい未熟者。

二五 鷗外を中心とする新声社の同人、市村瓚次郎、井上通泰、落合直文、小金井喜美子、および鷗外の弟・森篤次郎(三木竹二)などをいう。

二六 浄瑠璃『菅原伝授手習鑑』の登場人物。菅原道真の嗣子。寺子屋の段で、菅秀才を守るために松王丸が自分の子を身代わりにする。

二七 ここでは文学上の育ちがよいことを指す。

二八 袞龍御衣の略。竜の刺繡をほどこした天子の礼服。転じて、天子の威徳。

二九 Karl Robert Eduard von Hartmann (一八四二-一九〇六)。ドイツの哲学者。『無意識の哲学』(一八六九年)で認められ、帰納的形而上学の構築をはかった。鷗外は逍遥との没理想論争において、烏有先生という仮称でハルトマンを盛んに援用した。

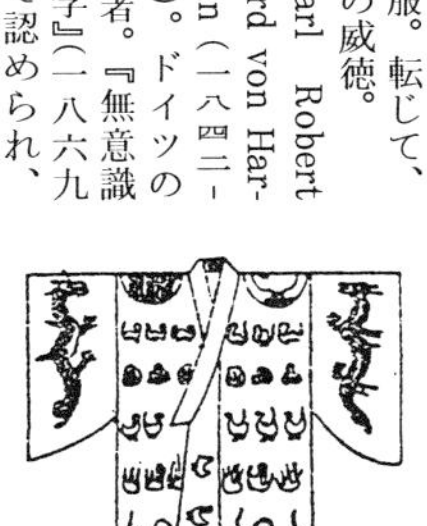
袞龍御衣
(『大日本国語辞典』)

三〇 たとえば鷗外にハルトマン『美学』(一八八七年)を抄訳した「審美論」(『しがらみ草紙』明治二十五年十月-二十六年六月)などがあることによる。↓四〇四頁注五。

三一 「鑒輙録」(『しがらみ草紙』明治二十六年九月)を指す。↓補四八。

三二 山田芝廼園(一八六〇-?)。小説家。大阪で文芸雑誌『葦分船』を発行。↓補四九。

十頁のお世話を掛くる恐《おそれ》あればゆめ謹んで決して危《あやう》きに近寄るべからず。

博文館派

(7)[一]博文館派は[二]八宗兼学《はつしゆうけんがく》の大々智識のお揃ひなり。此外《このほか》に[三]正太夫《しやうだいふ》といふはスネ男なり[四]学海居士《がくかいこじ》といふは第一番の老人なりと知らば充分沢山なり。

文人派と政社

早訳《はやわか》りする為め之を政党に譬《たと》ふれば早稲田派は[五]自由党なり、民友社派は[六]改進党なり、旧根岸派は[七]国民協会なり、[八]政教社派は[九]同盟倶楽部なり、柵草紙派は[一〇]国家学会なり、其他は大抵[一一]壮士《さうし》の連中《れんぢう》なりと心得《こころえ》べし。勿論《もちろん》壮士といふも[一二]放浪なる日雇取《ひようとり》のみにあらずして、中には[一三]役者もあり「[一四]おツぺけ」節《ぶし》の名人もある事と承知すべし。今に大政事家になれると思ふが壮士の常にして浪人的文学者も決して之に異《かわ》らず。先づ此位《このくらゐ》を合点《がてん》すれば恐らくヒヽケを取る事なかるべし。

新聞雑誌を読む事は必ず〱怠る勿《なか》れ。縦令《(たとひ)》面白からざるも、否な面白くなきは勿論なれども面白くなきを辛抱して読むが文学通の修行法なり。面白くなしとて退くる様なる不心得にては所詮《しよせん》出世は覚束《おぼつか》なし。

大家の名を覚え込みて後《のち》は広告だけ見れば足れり。[一五]春陽堂或は博文館の新刊物は[一六]絵双紙《ゑざうし》店《てん》の店先にて表紙だけを督《とく》と見て置くべし。

一 大橋佐平(→四一〇頁注六)が明治二十年に創業した出版社。雑誌・叢書・全集等を相継いで刊行し、明治・大正の出版界をリードした。
二 仏教の八宗(三論・法相・華厳・律・成実・倶舎・天台・真言)の教義を広く兼ね学ぶこと。転じて、諸事に通暁していること。ここでは博文館の刊行物に『日本大家論集』(→四一〇頁注一〇)や『実用教育 新撰百科全書』(→同頁注一二)など、諸学を網羅した論集や叢書があることをいう。
三 斎藤緑雨(一八六七—一九〇四)。小説家・批評家・随筆家。正直正太夫は、緑雨が批評、戯文に用いた戯号。
四 依田学海(一八三三—一九〇九)。漢学者・劇作家・小説家。字は百川、のちに本名とする。活歴劇を提唱、演劇改良運動に関わる。
五 板垣退助を総理として明治十四年に結成された政党。十七年に解党、二十三年に再組織。議会では第一党の地位を占め、民力休養・政費節減を唱えて政府と対抗したが、第四議会の軍艦製造費をめぐる予算紛争を契機として政府に接近。急進的改革と野党的精神が早稲田派に似る。
六 立憲改進党。大隈重信を党首として明治十五年に結成。イギリス流の立憲君主制と議会政治をめざし、漸進的改良を主張した。国会開設後は政府と対抗したが、次第に国権主義的な色彩を強めた。民友社は当初は地方重視、その漸進主義が改進党に似る。
七 明治二十五年、会頭に西郷従道、副会頭に品川弥二郎を据え、政府系議員によって組織された政党。旧派、保守的なところが根岸派に似る。
八 国粋主義の思想結社。明治二十一年、杉浦重剛・三宅雪嶺・志賀重昂らが創立。機関誌『日本人』を発行。政府の欧化政策に対抗し、「国粋」の「保存」を主張、陸羯南の新聞『日本』と呼応し

此絵双紙店ゾメキ[一七]といふ事は文学通となる一の修行なり。誰《たれ》の小説は面白いとか何の雑誌は売れるとかいふ当世文学の評判を絵双紙店の主人より伝習《でんじふ》受くるも極めて早道なるべし。

先づ此辺《このへん》の調子具合万端《ばんたん》心得るが文学者となる第一の階段なり。若し斯《こ》ンな下らぬ事はいやだといふ見識があれば迚も今日の文学者になれぬこと、あきらめるがよし。飽くまでも下らなくなる辛抱なくんば如何《いか》で雷名轟き渡る文学者となるを得べき。何事にも辛抱が肝心なれば随分タワイなく下らなくなるが当世文学者となる第一の秘訣なり、既に文学の通とならんと欲するもの豈《あに》是れだけの辛抱なくして可ならんや。

斯《か》くて人既《すで》に略《ほ》ぼ今日の文学に通じ早稲田文学の[一八]文界現象《げんざう》を読みて大勢を揣《し》摩《ま》するを得るほどの大観測者となれば果して自己《おのれ》が……

第二　文学者となり得る資格

文学者となり得る資格

を有するや否やを究《きは》めざるべからず。

文学者の風貌

(a)先づ身躰上より云へば文学者は成るべく美丈夫《びちやうふ》、寧《むし》ろ美少年たらざるべからず。稀《まれ》には[一九]ポープの如き不具者《かたはもの》もあれど恐らく無意気《ぶいき》[二〇]の骨頂《こつちやう》と

て明治の言論界をリードした。

九 初期議会における衆議院の一党派。明治二十五年結成。内地雑居に反対し、強硬外交論を唱えて政府を攻撃した。その対外硬、国粋主義が政教社に似る。

一〇 明治二十年、帝国大学法科大学政治学科を母体に設立された学術団体。ドイツ流の法学・政治学・行政学などの講究を目的とした。そのドイツ流、学者的な点が柵草紙派に似る。

一一 明治十年代後半から自由民権運動の周辺に登場する院外の活動家。演説会や選挙運動などで弁舌と腕力をふるった。 一二 気ままな。

一三 壮士芝居のこと。明治二十一年、角藤《すどう》定憲が大阪で自由民権思想の宣伝のために大日本壮士改良演劇会を旗上げした。川上音二郎一座の活躍などで隆盛し、新派劇へと発展。

一四 川上音二郎が時世を風刺して歌った俗曲。→補五〇。

一五 和田篤太郎(→四一二頁注一四)が明治十一年に創業した出版社。主に文芸書の出版を手がけた。意匠を凝らした造本で知られる。

一六 絵草紙・読本・錦絵・双六・千代紙などを売る店。新刊の雑誌・書籍類も扱い、店先に並べられた。 一七 買う気がないのにひやかして歩くこと。 一八 →二七七頁注二八。

一九 Alexander Pope(一六八八—一七四四)。イギリスの詩人。佝僂《くる》病で身体が不自由、非常に小柄の上、腕は長かった。「学校朋輩は皆彼れを嘲り彼れに綽名を負はせて「蜘蛛」「風車」「?」(疑問標)など呼べりき」(奥泰資「アレキサンドル、ポープ」『早稲田文学』明治二十六年九月)。機知あふれる対句的格言風の『批評論』で名声を確立。他に『ダンシアッド』『人間論』など。肖像→補五一。 二〇 風流でないこと。不粋。

も云ふべき[一]スウヰフトすら若き時は随分美《うつ》くしかりしと聞けば文学者は到底美くしからざるべからず。夫故に若し美くしからざる時は精々身嗜みを能くして例へば「[二]ポマドンヌール」或は「[三]ポスタ、マック」の類を使用する心掛あるべし。

醜男は禁物なり

詩人[四]バイロン曾《かつ》て一佳人《いつかじん》に思《おもひ》を寄せし時『醜男《ぶをとこ》めが[五]潜上《せんじやう》の沙汰なり』と罵《のゝし》られて厭世の芽を萌《きざ》せしといふ。這箇《この》大詩人既《すで》に[六]一瑣言《いつさげん》に憤《いきど》ふる事斯《か》くの如し。「醜男《ぶをとこ》」は文学者に取りては能《よ》く〲の禁物といふべし。但し美男子なりとて己惚《うぬぼ》るゝは極めて智恵のなき咄《はなし》なかば口先では『己《おれ》の様《やう》な[七]彦徳《ひよつとこ》の二代目が……』と際立《きはだ》ツて力を入れていふも[八]文里然《ぶんりぜん》として面白し。尤《もつと》も素振《そぶり》では何処《どこ》までも[九]ブルが肝心なり。

四文豪の風丰

[一〇]ウオルヅウオルスは[一一]眉目靄然《びもくあいぜん》として自《おのづか》ら仁厚篤信の風あり。[一二]シルレルは[一三]雄髪隆準《ゆうはつりうじゆん》 英姿颯爽《さつさう》として古豪傑の容《かたち》を具《そな》ふ。[一四]カアライルは[一五]蓬頭突鬢《はうとうとつびん》常に[一六]闇黙鬱結《あんもくうつけつ》して深く思《おもひ》を潜《ひそ》めるものゝ如し。[一七]ゲーテは[一八]魁岸奇偉《くわいがんきゐ》其《その》強硬なる脳蓋骨以て宇宙を支ふるに力余りあるを示す。然れども是等の風貌を備ふるものは今の文学界には不向《ふむき》にして売口《うれくち》思はしからず。飽くまでも閑麗清雅にして柔《にう》情《じやう》弱態を極めたる者ならざれば不可なり。一見洒落《しやらく》なる[一九]十返舎一九或は傲岸《ごうがん》

一 肖像→補五一。 二 →二六一頁注一五。
三 入浴用化粧品、「パスタマック」。→補五二。
四 George Gordon, Lord Byron(一七八八-一八二四)。イギリス・ロマン主義を代表する詩人。激しい情熱と強烈な自我で社会の因襲や偽善への反抗を歌った。『チャイルド・ハロルドの遍歴』『マンフレッド』など。鷗外や透谷らにより早くから紹介された。肖像・逸話→補五一・五三。
五 正しくは「僭上(せんじよう)」。おごりたかぶること。差し出たこと。
六 取るに足りない言葉。 七 滑稽な顔の男。
八 文里は梅暮里谷峨(うめぼりこくが)の洒落本『傾城買二筋道(けいせいかいふたすじみち)』(寛政十年)の登場人物。中年の醜男だが誠実味のある通人。 九 気どる。
一〇 William Wordsworth(一七七〇-一八五〇)。イギリス・ロマン主義を代表する詩人。『抒情歌謡集』(コールリッジとの共同出版)、自伝的叙事詩『序曲』など。肖像→補五一。
一一 容貌がおだやかなさま。
一二 シラー。Friedrich von Schiller(一七五九-一八〇五)。ドイツの劇作家・詩人。自由を求める理想主義的な文学活動を展開、国民的な歴史劇を確立した。『ワレンシュタイン』『ウィルヘルム・テル』など。肖像・容貌→補五一・五四。
一三 髪がふさふさして、鼻が高いこと。
一四 Thomas Carlyle(一七九五-一八八一)。イギリスの思想家・歴史家。ドイツの文学と哲学を研究、ロマン主義的な立場から経験論や唯物論を退けた。主著『衣裳哲学』『フランス革命史』『英雄崇拝論』など。肖像・容貌→補五一・五五。
一五 もじゃもじゃの髪と飛び出した鬢の毛。
一六 押し黙ってふさぎこむこと。
一七 Johann Wolfgang von Goethe(一七四九-一八三二)。ドイツの詩人・小説家。『若きウェルテルの悩

眉宇の間に滔《あふ》るゝ曲亭馬琴[二〇]に肖《に》たらんよりは寧《むし》ろ艶娟妖嬌《えんけんえうけう》[二一]婦人に近き粋《いき》で高尚《ひとがら》で深切らしい唐琴屋丹次郎《からことやたんじらう》先生に髣髴《はうふつ》たるを以て合格なりとす。

文学者的の心性

(b)次に文学者と也得《なりう》べき心性には怠慢、無精《ぶしやう》、放浪、無頓着にして偏見狭量愚痴を覆《こぼ》し泣言を云ひ且つタワイなき虚飾心に富み外見《みえ》を専一《せんいち》とするをもて要件となす。

怠慢

怠慢はゴールドスミツス[二二]の如くなるべし。例へば此可憐《このかれん》なるノオル[二三]が親戚に泣付いて算段せし亜米利加行《アメリカかう》の旅費を賭博に抛棄せし程に怠慢なれば面白し。式亭三馬[二四]が無理遣《むりやり》に本屋の二階に上げられて著作を強制せられし如く怠慢なれば天晴《あつぱれ》大家の資格ありといふべし。

今の大家が前取《まへどり》の原稿料を飲棄てにし或は一《ひ》と月《つき》の義務を三日の劇評で済ますを罵る者まゝあれども、是れ怠慢が文学家の通有性たるいはれ因縁を知らざる僻言《ひがごと》[二五]にして是等の大先生は畢竟《ひつきやう》怠慢の秘奥を捜《さぐ》り得たるならん歟《か》。

無精

無精はゴンチヤローフ[二六]の域に達するをよしとす。渠《かれ》は曾《かつ》て仰向《あふむ》けに長椅子《ソオフアー》[二七]に倒れ扁額《へんがく》を釣るせし糸の将《まさ》に断《き》れんとするを瞻視《みつ》めつゝありしかば傍《かたはら》なる人《ひと》痛く驚きて君が頭上に墜《お》ち来《きた》らんとするを避けずやと注意せしにゴンチヤローフは平然として答ふらく否《い》な驚く勿《なか》れ余《よ》は其角度より測度して余が

み』で文学革新運動の代表者となる。のち古典主義に転じ、美術研究や自然科学の諸分野でも活躍。劇詩『ファウスト』、小説『ウィルヘルム・マイスター』など。肖像→補五一。

一八 容貌が逞しく立派なこと。

一九 一七六五—一八三一。江戸後期の戯作者。滑稽本『東海道中膝栗毛』など。

二〇 一七六七—一八四八。江戸後期の戯作者。本姓滝沢。意志強健で孤高を持した。『南総里見八犬伝』ほか勧善懲悪による雄大な構想の読本で高名。

二一 容色があでやかでなまめかしいこと。

二二 Oliver Goldsmith（一七三〇?—七四）。イギリスの詩人・小説家・劇作家。医学に志したが、放蕩に耽り、ヨーロッパ放浪後、文筆家として活動。ジョンソンの文学クラブの創設時からの会員。小説『ウェークフィールドの牧師』、詩『荒村行』など。

二三 Noll. ゴールドスミスの渾名。イギリスの清教徒革命の指導者オリヴァー・クロムウェルに対して王党派が付けた渾名による。John Forster "The Life and Times of Oliver Goldsmith"（一八五四年）によれば、この逸話は一七五一年のこと。

二四 式亭三馬→二七九頁注八。岩本活東子編『戯作者六家撰』（安政三年）に見える逸話。→補五六。

二五 心得ちがいな言葉。

二六 Ivan Aleksandrovich Goncharov（一八一二—九一）。ロシアの小説家。プチャーチン提督の秘書官として一八五二—五五年来日。『平凡物語』『断崖』など農奴制下のロシア社会の退廃を写実的に描く。無精の逸話は、無気力な怠け者の代名詞となった小説『オブローモフ』（一八五九年）によるか。

二七 室内などにかける細長い額。

頭《かうべ》を去る凡そ一尺の地に落つるを知ると。

[一]ウヰルキイ、コリンスも中々の無精者《ぶしやうもの》にして其書斎は旁午狼藉《ばうごらうぜき》[二]して塵《ちり》積る事常に一寸《いつすん》なりしといふ。我が国の小野蘭山[三]の如きも無双《ぶさう》の無精家にして古典珍籍羅列する中に癖薬《へきやく》[四]奇品砕玉怪石より古書画古器玩博物標本洋舶諸物《こきくわんはくぶつへうほんやうはくしよぶつ》等雑然として殆んど足を容《い》るゝの地を余さず僅《わづか》に尺寸《せきすん》の間に身を置きて微醺《びくん》[五]低唱以て楽《たのし》みしと聞く。

是等《これら》の無精《ぶしやう》は鳥渡《ちよつと》稽古して出来る無精にあらず。且つ当世《たうせい》仕込《じこみ》の文学者は至極清潔《きれい》好きの衛生家なれば斯《か》くの如き無精は以ての外なり。然れども文学者の一分《いちぶん》として無精を極《き》めざれば協《かな》はぬ故、『イヤモウ面倒臭くて』位の口癖を附けるがよし。一層奮発して京伝[六]が虎子《おかは》を坐右《ざいう》に置きし猿真似をせば其れこそ一《いつ》[七]足飛《そくとび》に大々家《だいくか》なりと其処《そこ》ら中《ぢう》に評判嘖々《さくく》[八]たるべし。

放浪　放浪も亦文学者の一特性なり。サヴェージ[九]或はゴールドスミッスの如き儁才《しゆんさい》[一〇]すら此一点を矯正する事を得ずして生涯を敢果《はか》なく終りたりき。就中《なかんづく》サヴエージが生涯は悲酸中の悲酸にして之を借財の歴史といふも可なるほどに憐れなれど渠《かれ》とても人間の現世及び未来の福利を得るに必要なるは至善なる事を知らざるにあらず。しかも最も道徳真実若《もし》くは正義を説くこと頗る熱心なりしが

一 William Wilkie Collins(一八二四-八九)。イギリス最初の探偵小説家。『白衣の女』『月長石』など。
二 縦横に入り乱れ、散乱したさま。
三 一七二九-一八一〇。江戸後期の本草学者。著書に『本草綱目啓蒙』『広参説』『飲膳摘要』など。無精の逸話は、松村操『近世先哲叢談続編』巻上(明治十五年)にある。
四 病気の薬、変わった品物、砕けた玉、不思議な石。
五 ほろ酔い、低い声でうたうこと。
六 虎子(おかは)は室内用に持ち運びのできる便器。岩本活東子編『戯作者六家撰』(→三一三頁注二三)に見える逸話。「翁平常種本綴れるをりは、食器をも傍近くとり調へおきて、時を定めず、欲とおもへるをりは食し、また溺器(オマル)をもその一間に置て、小便(イバリ)をたしぬと聞り、虚実のほどは知らざれども、吾身にくらべて、さもありなんとおかし」。
七 日本人ジヨンソン「一足とびに大家となる法」(『読売新聞』明治二十三年一月二十八日)による。→補一五一。
八 口々に言いはやすさま。
九 Richard Savage(一六九七?-一七四三)。イギリスの詩人。貧困に苦しみながら放縦な生活を送り、喧嘩で人を殺して死刑を宣告されたが、恩赦により釈放。最後は借財のために獄死した。長詩『私生児』『放浪者』など。その生涯は、ジョンソン『サヴェジ伝』(一七四四年)に詳しい。「サヴエージは天稟の奇才なれども放浪にして産を治むるを潔しとせず、グラッブ街を一貫する陋習に感染し、酔ふては暮し醒めては眠り、富めるときは縦令美錦千襲の華車をなさゞるも折花戯柳の興に耽りて日の移るを知らず、朝暾三竿に上りて昨夜の夢攪むれば秋風既に吹いて鬢髪半

たゞ文士の通有性たる放浪病に罹《かゝ》りて終《つひ》に首も廻らぬ程の大患に陥《おちい》りしなりき。

今の文学界にはジョンソン[一一]の如き世話焼もなければ、是等の連中の放浪を学べば忽ち棄てられて大失策《おほしくじり》を仕出かす事勿論《もちろん》なれども、或は友人の所有品を借りて返済を怠り或は下宿屋の賄料《まかなひれう》を滞《とゞこほ》らせ或は小買物《こがひもの》の払《はらひ》を水に流すなども亦妙なりといふべし。

しかしながら放浪に陥るほど磊落《らいらく》なるは今の文学界には乏しく、却《かへつ》て放浪に過ぎたるは多少嫌はるゝ気味合《きみあひ》あるが故に諸事愛敬《あいきやう》を専一《せんいち》とする当世には迚《とて》も相応せぬ情性と云ふべし。

無頓着　第四に文学者が無頓着とは寛厚なるが故に、若《もし》くは恬淡《てんたん》[一二]なるが為に無頓着なるにあらずして一トロに云へば無神経なるが故に無頓着なる也。

文学者が文学なるものゝ外《ほか》更に頓着せぬは可なり。然れども文学に執着《しうちやく》する人が文学に無頓着なるは極めて妙ならずや。之が即ち文学者となるに中々の思案を要す――といふは今の文学者志願の者は本《も》と文学に執着するにあらずして唯《たゞ》文学執心を口にするばかりなれば其心の奥底に探《さぐり》を入《い》るれば意想外に文学に無頓着なるを知るべし。

例《たと》へば文学[一三]の定義或は文学の歴史などは一向《いつかう》無頓着にして如何《どう》有らうと関《かま》は

ば白く、半生を仇に暮して遂に借銭の中に葬られし薄命詩人なり」(魯庵『ジョンソン』)。

一〇 すぐれた才能の持ち主。

一一 Samuel Johnson (一七〇九-八四)。イギリスの詩人・批評家・辞典編纂者。主著・編著に、小説『ラセラス』『英語辞典』『シェークスピア全集』『英国詩人伝』など。剛毅廉直、博覧強記、真摯な道徳的態度を貫いて人望が高く、一七六四年には彼を中心としてクラブ(のち文学クラブと改名)が結成された。魯庵は『ジョンソン』で、彼を「十八世紀の巨人」「大気魄の人」と評している。→三六一頁注一九、三六二頁注三。

一二 あっさりしていて物事に執着しないこと。

一三 魯庵は「文学とは人生に属する諸現象の研究」と規定し、「如何なる文字も皆多少の意を含むと雖ども、其以外に或る想観(コンセプション)を読者に与へ、読了りて後猶ほ想像の一郷に彷徨せしむるものにあらずんば文学と云ふを得ざるなり」と説く(『文学一斑』明治二十五年)。

ず、随《したがつ》て文学上の議論には少しも注意する事なくして一向平気なるは局外にて迚《とて》も想像しかぬるほどの無頓着なり。

衣服調度等惣《すべ》ての嗜《たしなみ》に無頓着なるは英国のアン[一]時代の文学者の普通性なりしが日本の今の文学界にては文明開化のお影《かげ》にて古《いにし》への襤褸的《らんるてき》[二]は到底見るを得ずして何《いづ》れも美装盛服の貴公子なり。然れども『無頓着』が文学者に欠《かぐ》べからざる情性なるを知つて『一向に頓着なしサ』といふ套語《たうご》[三]を八方に振播《ふりま》く事少しも珍らしからず。

大風流人

惣じて文学者は不規則にして絶えて秩序を守らざるを尊《たふ》しとす。秩序を守るは俗物なり、横の物を縦となさず百[四]で買ツた馬の如くノソリ〳〵と して怠惰者《なまけもの》で横着者《わうちやくもの》で且つヅウ〳〵しきを以て神懐虚恬清曠飄逸《しんくわいきよてんせいくわうへういつ》[五]の大風流人といふ也。

今の文学者の大半は大通人に属するをもて『秩序』――諸事万事キチンとして姉様《あねさま》[六]をならべし如き『秩序』の奴隷となれば幸ひにも或は不幸にも自然天然と此不規則的生活に遠し。然るに不思議なるは、(文学者としては当《あた》り前《まへ》かも知れねど)姉様的秩序を守るに適したる文学者が無暗《むやみ》に不規則的大風流人を気取り、如何《どう》しても摸擬し能《あた》はざる時は左《さ》も大風流人らしく、『昨夜《ゆうべ》十時頃ふツ

一 スチュアート朝最後の君主、アン女王(Queen Anne, 一六六五―一七一四)の治世(一七〇二―一四)。当時のイギリスの社会と文学について魯庵の『ジョンソン』は、テーヌ『英国文学史』第三篇を引用し、「宗教、政治、道徳等惣てのもの悉く潰乱し、上等社会は全く退廃して礼文を棄て中等社会は粗俗となりて好情を失ひ下等社会は兇暴となりて誠実を欠きたり」と述べた。『早稲田文学』「文界現象」欄(明治二十六年一月)には、「吾人は明治廿六年以後の文学を称して明治のアウガスタン文学といふ(中略)英国のアウガスタン時代即ち女皇アン時代の文学に似たりとてしか呼べるなり」とある。

二 ぼろやつぎはぎだらけの着物を着て平気であること。

三 決まり文句。常套語。

四 ↓二七二頁注三。

五 心に何のわだかまりもなく、明るくのんきなこと。

六 姉様人形の略称。縮緬紙で髷(まげ)を作り、千代紙や布帛の着物を着せた花嫁姿の雛人形。

と思立《おもひた》つて[七]伝通院《でんづうゐん》の墓場の中を歩行《ある》いた』とか、或は『何心《なにごころ》なく[八]新橋迄行くとツイ〳〵ふら〳〵と滊車に乗《のつ》て[九]鳴立沢《しぎたつさわ》に行つた』とか、鳥渡《ちよつと》聞くと狂人《きちがひ》の沙汰らしく思はれる事をいふ癖をつける。文学執心の輩《やから》はこゝらを能《よく》〳〵飲込むべし。

『情』の怪物

哲学者をもて『智』の精霊とすれば文学者は『情』の怪物《ばけもの》にして通となるも風流となるも根底に蟠《わだか》まる道理あるにあらずして何だか『――なツて見たい』といふ位の謀叛気《むほんぎ》よりフラ〳〵〳〵と浮気になるが何寄《なにより》の証据《しようこ》なり。夫《それ》故《ゆゑ》後進の文学熱心家も一切の『智』の作用は悉《こと〴〵》く抛棄して何事を為すにも『情』の命ずる処唯々《ゐゝ》として是れ遵《したが》ひ其奴隷となるをもて名誉とす。従《したがつ》て後日《ごじつ》に悪結果《あくけつくわ》を生じ来《きた》る時は自己《おのれ》が『情』に盲従せし過失あるを忘れて[一〇]慚悔怨恨《ざんくわいゑんこん》の焔《ほむら》を何の罪もなき外界に吐き散らすこと少からず。昔し[一一]トーマス、ナッシユといふ糞阿呆《くそだはけ》は『[一二]失意の操觚者《さうこしや》が愁訴』と題せし詩を作つて八方に当りちらし此円満無垢《むく》なる社会を極悪無道《ごくあくぶだう》[一三]鬼魅魍魎《きみまうりやう》の魔窟となしぬ。今の文学界にもまゝ此ナッシユに似たる泣男《なきをとこ》多くして我が識量の[一四]狭隘なるを一生懸命に吹聴する事さりとは面白おかしき限りぞかし。一面には曠放磊落の気象を見せびらかして一面には[一五]綿憂纏哀の泣言《なきごと》を洩す事古今稀有の[一六]痴珍プイ〳〵ならずや。

是れしかしながら文学者の何者たるを知らざる癖言《ひがごと》にして此「パラドキシカ

七 小石川区表町にある浄土宗の無量山寿経寺。応永二十二年創建。徳川家康の生母伝通院殿の墓所。明治維新に広大な寺領を失い、頽勢をたどった。「墓地は殊に荒涼を極め。唯巨碑の累々として草莱の間に屹立するあるのみ」(『風俗画報』明治三十九年九月)。

八 新橋停車場。当時、東海道線の始発駅。

九 神奈川県中郡大磯町小磯付近にある渓流。西行が「心なき身にもあはれは知られけり鴫立つ沢の秋の夕暮」の和歌を詠んだとされる名所。「透谷子漫録摘集」(『透谷全集』)明治二十三年十一月十一日の記事に「西行の復生」を作るべし」という計画があり、「(1)鴫立沢に詩人の感慨」とある。

一〇 恥じて後悔すること。

一一 →補二一。

一二 ナッシュが世間の悪徳を徹底的に揶揄して人気を得た風刺的パンフレット"Pierce Penniless, his Supplication to the Devil"(文なしピアスの悪魔への嘆願、一五九二年)をいうか。操觚者は文筆家。

一三 鬼や妖怪やさまざまな化け物。

一四 心が広く快活で小さなことにこだわらない。

一五 憂いと悲しみがからみついていること。

一六 幼児が身体を痛くした時に、なでさすってなだめすかす言葉。「ちちんぷいぷい御世(よ)のおん宝」。「痴珍」は、珍しい馬鹿の意の当て字。

ル」が文学者をして鬼神[一]を泣かしむる大文字を作らしむるものといふべし。恐らく[二]カウレイの如き大矛楯《だいむじゆん》の生涯を送りたる事蹟を読まば偶《たま》さかの小矛楯に喫《きつ》驚《きやう》する事の却《かへつ》て世間に狭きを証明するに似たるを悟らん。

[三]情は玄陰《げんいん》に随《したがつ》て滞《とどこほ》り心は回颷《くわいへう》と与《とも》に倶《とも》にす、文学志願者は浮草《うきくさ》のうねくとして昨日は東今日は西とあちらこちらの岸辺に漂ふ如くフウワリとしたる情性の典型の中に自己を鋳入するをもて肝要なりとす。

(c)文学者となり得る経験は、

文学者となり得べき経歴

(1)小説好きなりし事
(2)学校にて怠惰者《なまけもの》の名を博《はく》せし事
(3)芝居ごツこ火事ごツこに[四]名誉ありし事
(4)曾《かつ》て女[五]と男と豆入《まあめい》りの浮名《うきな》を立てられし事
(5)[六]借馬楊弓位《しやくばやうきうぐらゐ》[七]の武術を鍛錬せし事
(6)少くも一度は恋煩《こひわづらひ》[八]を為せし事
(7)一度位はアツサリと女に振られし事
(8)酒間《しゆかん》の取持《とりもち》にもてはやされし事
(9)[九]点取俳諧に功者《こうしや》なりし事

一『古今和歌集』仮名序(紀貫之)の、「(和歌は)目に見えぬ鬼神をもあはれと思はせ」をふまえる。「大文字」は大文章。
二 Abraham Cowley(一六一八-六七)。イギリスの詩人・随筆家。王党を支持してフランスに亡命。後にスパイとして帰国し、逮捕・投獄された。釈放後医師のかたわら文筆に励んだが、晩年は失意のうちに地方に隠棲。奇抜なイメージを巧みに表現した機知に富む形而上詩が特色。詩集『恋人』『ピンダロス風のオード』など。その波乱に満ちた生涯は、ジョンソン『詩人伝』巻頭の「カウリー伝」に詳しい。
三 中国曹顔遠の「思友人詩」(『文選』巻二十九)の一節。胸の思いは冬の気配にしたがって滞り、心はつむじ風とともに乱れ飛ぶの意。
四 纏(まとい)を持ち、火消し鳶のかっこよさを真似る。 五 男女の仲をはやしたてる言葉。「豆入り」は、豆炒り。男女のあやしい仲をいう隠語。
六 料金を払って馬を借りること。「借馬は一時相当の流行、だだつ広い馬場を構へた借馬屋が、これもずゐぶんと細長い射場を備へた大弓場と並んで、市中人家稠密の場所を悠々と占領」(山本笑月『明治世相百話』)。
七 長さ二尺八寸(約八五センチメートル)の小弓と九寸(約二七センチメートル)の矢で的を射る遊戯。→補五七。
八「我が校にては恰も或人が脳病を理想となすごとく「恋煩ひ」を尊重して間々「恋煩ひ」の実習有之候」(『早稲田文学』「放言」欄「小説学校一生徒の寄書」明治二十六年十一月)。 九 宗匠に句の評点を請い、その点数の多さを競う遊戯的な俳諧。 一〇 歌がるた・トランプともに明治二十年代に青少年男女の間で流行。
一一 江戸後期に日本に伝来した中国清代の音楽。→補五八。

(10)歌骨牌《うたがるた》[一〇]或は「トランプ」に名人なりし事
(11)清楽《しんがく》[一一]若《もし》くは謡曲《うたひ》に評判ありし事
(12)大磯[一二]興津《おきつ》[一三]等の海水浴場[一四]或は熱海[一五]箱根[一六]等の湯治場に通《つう》なりし事

等皆《みな》必要条件なり(文学者となりし後《のち》すらも)。

之を概括すれば文学者となるには無邪気にして且つタワイなき経験あれば足れりとなす。

一例を挙ぐれば、

履歴の一例　五才にして草双紙[一七]をナスリ、八才にして蜘蛛《くも》[一八]の魔法を遣《つか》ひ、十才にして踏台《ふみだい》に跨《またが》り払塵《はたき》を揮《ふるつ》て一の谷[一九]の狂言を台処《だいどころ》に演じ、十三歳にして初《はじめ》て艶書を認《したゝ》め、十五歳にして楊弓場《やうきうば》にシケ込み[二〇]、十七歳にして恋煩《こひわづらひ》に呻吟し、十八歳にして首尾よく恋に失敗し、十九歳にして学校に落第し、二十歳にして懇親会の席上にて酌人《しやくにん》[二一]より写真を貰ひ受け其《その》お礼として名字《みやうじ》[二二]読込みの都々《どど》一《いつ》を雑誌に投じ、二十一歳にして妄想《まうざう》をデッチあげた才子佳人小説[二三]を作り初めて大家となる。

先づ普通《とほり》一遍《いつぺん》の履歴書は大抵こんなものにて沢山なり。

文学者の幼時　兎《と》に角《かく》幼少の時神童とまで云はれざるも有望をもて目《もく》さるゝほ

一二　神奈川県南部、中郡にある町。→補五九。
一三　静岡市の名勝地。→補六〇。
一四　海水浴の流行は近代衛生学の普及とともにはじまる。「健康を保護し心神を爽快にし忽ち天仙の思ひあらしむるものそれ海水浴にあるか」(河北仙史「海水浴」『風俗画報』明治二十四年六月)。
一五　静岡県伊豆半島の温泉地。
一六　神奈川県箱根山中の温泉地。
一七　江戸時代から明治前期にかけて作られた通俗的な絵入り読物。「ナスル」は擦る。ここでは草双紙的な傾向を心にすりつけること。
一八　長編合巻『白縫譚』の主人公で大友宗麟の息女若菜姫が、蜘蛛の妖術を駆使して活躍するのを真似て遊ぶこと。『白縫譚』は柳下亭種員・二世柳亭種彦(笠亭仙果)・柳水亭種清の合作。全九〇編。嘉永二—明治十八年刊。
一九　浄瑠璃『一谷嫩軍記(いちのたにふたばぐんき)』(宝暦元年初演)。義経が馬で攻め下るさまを真似る。
二〇　こっそり入り込み。
二一　酌婦。芸妓。斎藤緑雨「油地獄」(『国会』明治二十四年五月三十日—六月二十三日)に、主人公目賀田貞之進が芸妓の写真を貰う例がある。
二二　その芸妓の名を都々逸の七七七五の頭に読み込む。『団々珍聞』『親釜集』『月並都々一』など、明治十年代には都々逸欄を設けた雑誌、専門誌があった。『我楽多文庫』にも当初都々逸欄があったが、文明開化にふさわしくないという理由で廃止(本大系第十九巻「紅子戯語」参照)。
二三　才知のすぐれた男と美しい女を主人公とする小説。「才子佳人が主人公で政治の薬味が一寸加はり、而して「諸君よ」の一箇処ぐらゐありますれば屹度俗人の眼は眩みます」(山田美妙「柿山伏」『夏木立』明治二十一年)。

ど怜悧ならざるべからず。言換《いひか》ゆれば鼻先の事に小賢《こざか》しく振舞《ふるま》ふて買被《かひかぶ》らるゝほどに[一]猿利根《さるりこん》なるを最も妙なりとす。[二]シルレルは三才の時電光の閃々たるを見て『母よ何ぞ其曄々《きらく》として美くしきや』と云ひし事ありと聞けど、斯様《かやう》なる小《こ》間《ま》しやくれた事実は無きも更に差支《さしつかへ》なし。唯《たゞ》むかしの名僧智識が四五才にして出家得道の志ありしが如く[三]天智天皇《てんぢてんわう》を諳《そら》んじ[四]神稲水滸伝《しんたうすゐこでん》に現《うつゝ》を抜かせば文学者の幼時としては既に[五]呑牛《どんぎう》の象《しやう》ありといふを得べし。

パスカルとドストエーフスキイ

[六]パスカルは幼時「ユークリッド」の解説に時を潰《つぶ》しドストエーフスキイ[七]は森林に徘徊し植物採集に余念なかりしといふ。又我が国現時の文学者にして今は跡を俗界の中《うち》に韜晦《たうくわい》する某氏[八]は一《ひ》と度《たび》陸軍大将となりて東亜に威武を張らん事を欲し某氏[九]は常に[一〇]天象を窺《うかゞ》つて更《かう》[一一]の闌《たけな》はなるを忘れしと聞く。然れども是等は文学者としては余りに野暮に過ぎて妙ならず。寧《むし》ろ[一二]スコットが競争者たる小児の常に胴衣《ちよつき》の釦鈕《ぼたん》を拈《ひね》りながら質問に答ふるを見て潜《ひそ》かに其釦鈕を断《た》つて狼狽せしめ終《つひ》に勝利を得たりといふ罪なき逸事の面白きに如《し》かざるなり。

履歴製造

天才といふ者ほど履歴の真面目ならざるはなし。此故《このゆゑ》に真面目ならざる履歴を有する者は天才らしくて人の聞えもよし、（[一三]"*Converse is not true*《コンバース イズ ナット ツルー》"

一 浅はかな知恵を働かせること。猿知恵。
二 カーライルの"The Life of Friedrich Schiller"（一八二五年）に見える逸話。ただしシラー（→二八八頁注一二）が幼年時代をやっと過ぎたばかりの頃、父に対して言ったとされる。
三 歌がるたを暗誦して、の意。『小倉百人一首』の巻頭に天智天皇の歌「秋の田のかりほの庵の苫をあらみわが衣手は露にぬれつつ」がある。
四 『俊傑神稲水滸伝』（文政十一―明治十五年頃）。読本。二十八編百四十冊。岳亭定岡・知足館松旭作。稲葉小僧・新刀徳次郎などの義賊に妖女艶女がからんで錯雑した展開をみせる。
五 牛を呑むほど意気盛んなこと。
六 Blaise Pascal（一六二三-六二）。フランスの数学者・物理学者・哲学者。十六歳の時に『円錐曲線試論』を発表、射影幾何学における「パスカルの定理」を明らかにした。没後の刊行に瞑想録『パンセ』（一六七〇年）がある。「ユークリッド」は、ユークリッド幾何学。
七 Fedor Mikhailovich Dostoevskii（一八二一-八一）。ロシアの小説家。『罪と罰』『カラマーゾフの兄弟』など。逸話は、父が買い入れたトゥーラ県カシーラ郡ダロヴォエ村の領地で夏を過ごした十歳頃のことか。→補六一。
八 二葉亭四迷を暗示。彼は少年時代に軍人を志望し、陸軍士官学校を受験したが不合格だった。当時は文壇を離れて官吏になっていた。「其頃二葉亭は既に東亜の形勢を観望して遠大の志を立て、他日の極東の風雲を予期して舞台の役者の一人とならうとしてゐた」（魯庵「二葉亭の一生」『思ひ出す人々』）。
九 森田思軒が念頭にある。青年文学会での思軒の講演（『青年文学雑誌』明治二十四年六月）に、「私の車の上の楽みハ、星を観ることが何より

など丶云ふべからず惣《すべ》ての論理《ロジック》は文学者に取りては禁物なり)。文学者とならんとするものはこゝを能《よ》く合点《がてん》して——若《も》し自己《おのれ》の履歴が余りに平凡なれば、成るべく真面目に遠き事実を製造して先進大家の門に入《い》る時《とき》面白おかしく之を吹聴《ふいちやう》すべし。『私は小供の時から普通《なみ》の人とは変りまして……』といふ咄し具合なり。

[一四]ヂツケンスの如き[一五]ラムの如き皆幼時より艱難辛苦を試《な》めしものなれども、是は誠にお気の毒さまの事にて今の文学界に乗出すには却て[一六]乳媼日傘《(おんばひがさ)》のお坊様育ちの方が[一七]虫気《むしけ》がなくてアドケなくて評判は一層《ひとしほ》好し。艱難辛苦をせざるが故に浮世の味を知らずと罵る迂濶者《うつけもの》あれど同じ論法を用ゆればお坊様育ちを知らざる貧乏人は美衣美食の上等生活に暗しといふを得《う》べく畢竟《つまり》どちらにしても同じ事なれば寧《むし》ろ不自由せぬ丈《だ》けが結構なるべし。

文学者と婦人　楊弓場にシケ込み或は縁日を[一八]ソヽリ歩行《ある》くなどの[一九]小学入門より追々《おい〳〵》に[二〇]庄司甚内《しやうじじんない》の遺跡を尋ね『[二一]君は今』のお[二二]名号《みやうがう》を頂戴し若《も》しくは面白くもなき基督教《キリストけう》を信心し[二三]讃美歌《さんびか》を唄つて束髪《そくはつ》の腸《はらわた》を断《ちぎ》るに苦辛《くしん》するは皆強《あなが》ちに色道修行の為のみにあらずして世態学《せいたいがく》研究の一端ともなりぬべければなり。

俗人の俗眼より見て惣《すべ》てかいなでに『道楽』なりと斥《しりぞ》けるものは文学的「タ[二四]

好きなんです。是れハ私がヱライ考へがあツて星を観るのでない。アレが光るので唯々不思議なんです」とある。

一〇 天体の現象。　一一 真夜中となる。

一二 Walter Scott(一七七一-一八三二)。イギリスの詩人・小説家。明治初期の翻訳に『春風情話』(『ランマームアの花嫁』坪内逍遙訳、明治十三年、『湖上の美人』服部撫松訳、明治十八年)、『政治小説 梅蕾余薫』(『アイヴァンホー』牛山鶴堂訳、明治十九-二十年)など。幼年時代の逸話は、Richard H. Hutton, "Ser Walter Scott" (English Men of Letters, 一八八七年)に見える。　一三 逆は真にあらずの意。

一四 Charles Dickens(一八一二-七〇)。イギリスの小説家。『オリバー・ツウィスト』『デイヴィッド・コパーフィールド』など。貧しい家庭に育ち、海軍経理部書記の父が借財不払いのため投獄されたこともあって、幼少期の生活は窮乏を極めた。→補六二。

一五 Charles Lamb(一七七五-一八三四)。イギリスのエッセイスト・詩人・批評家。ロンドンに生まれ、給費学校に学ぶ。経済的事情から大学には進学できず、東インド会社に三十余年間勤務。姉との共著『シェークスピア物語』、『ロンドン・マガジン』に寄稿したエッセイ集『エリア随筆』など。

一六 ちょっと外出するにも乳母に抱かれ、日傘をさしかけられて大切に育てられること。

一七 神経質で、すぐに怒ったりすること。

一八 ひやかして歩く。　一九 ここでは初級の意。

二〇 庄司甚右衛門(一五七五?-一六四四)。もと小田原北条家の家臣。江戸吉原遊郭を創立。「遺跡」は吉原。　二一 吉原の名妓、二代目高尾太夫の句に「君は今駒形あたりほとゝぎす」(寛閑楼佳孝編

ドポール」に取りては是非とも喰べて見ねばならぬ営養分なり。不道徳なりといふは『通』の通たる所以《ゆゑん》を知らざる言草《いひくさ》にして一度は踏んで見るべき檜舞台を等閑《なほざり》にするは以《もつ》ての外《ほか》なりといふべし。

名妓なにがし曰《い》へらく、此廓《このさと》に来て色男となれぬ程の者が社会《よのなか》に出て勢力を得らるゝものですかト。天晴《あつぱれ》なる金言なる哉《かな》。文学界に乗出して勢力を得んとする野心あツて『此廓《このさと》』に遊ばざる者は大馬鹿の素頂辺《すーてつぺん》にあらずや。又若《も》し『此廓』に遊んで随分色男なりと自認し得る程の者は一篇の小説を作らざるも既に大文学者なりと自惚《うぬぼ》れて少しも差閊《さしつかへ》なし。

既に『此廓』に遊ぶも差閊《さしつかへ》なしとすれば束髪の美人雲《くも》の如《ごと》く集まれる教会に参列するも何ぞ碍《さまた》ぐる事あるべき。会堂は聖典を講じ福音《ふくいん》を伝へ惣《すべ》ての人の罪を悔改《くひあらた》める最も清く最も厳《おごそ》かなる正しき場《には》なれば其神聖なる空気に触れ[二]主《しゅ》イエス、キリストの恩《めぐみ》と神の愛と聖霊の交際《まぢはり》すべての聖徒と供に在らん事を願ふて[三]昭明君蒿彩雲《せうめいくんかうさいうん》に乗じて紫皇《しくわう》の殿《でん》に行くの思《おもひ》あるべし。[四]文学志願者が教会堂に行くは畢竟《ひつきやう》此敬虔の念を養ふ為なれば恐らく此一点には[五]純潔外道《じゆんけつげだう》も難《なん》を入《い》るゝの地なかるべし。然れども[六]黔雷《ぎんらい》の前に[七]頓首して[八]阿香《あかう》に流し目を遣《つか》ひ[九]玉帝の目を窃《ぬす》んで[一〇]瑤姫《えうき》の手を握らんとするは文学者が義理にも[一一]衒《てら》ふべき特性なれば此清き

『北里見聞録』巻七、文化十四年)。

二二 仏菩薩の名。特に阿弥陀仏をいう。ここでは遊女から「君は今…」と慕われるような郭内のありがたい呼び名。「―様」。

二三 教会に来る女学生の心を捉え、恋煩いをさせようと苦労すること。束髪は、西洋風の髪型。明治十八年、渡辺鼎・石川映作が婦人束髪会を創設してから、女学生を中心に大流行した。

二四 tadpole. おたまじゃくし。ここでは未熟者の意。「殊におのれが最も敬服せしは大人が作次第に進化されたる事なりされぱとて「風琴調の一ト節」はタドポールなりと申すにはあらず」(魯庵「山田美妙大人(うし)の小説」『女学雑誌』明治二十一年十一十一月)。

以上二九七頁

一 頂上。

二 神と聖霊とキリストの三位一体にもとづく。

三 明らかで香気が立ち上る美しくいろどられた雲に乗って神仙の御殿に行くの意。「君蒿」は正しくは「焄蒿」。「其気発二揚於上一、為二昭明焄蒿悽愴一、此百物之精也、神之著也」(『礼記』祭義)。

四 実際には異性との接触を期待する者が少なくなかった。徳富蘇峰「非恋愛」(『国民之友』明治二十四年七月、本大系第二十六巻)は、恋愛を求めて教会に集う青年を批判している。

五 純潔を尊ぶ非キリスト教の道学者。

六 造化の神をいう。

七 頭を地につくように下げる中国の礼式。

八 雷の異称。阿香という女子が雷車を推したという中国の故事による(『法苑珠林』四十六)。

九 天帝(天を主宰する神)。

一〇 中国上古の仙女。五天帝の一である赤帝の娘。

一一 ひけらかすべき。

会堂に列して束髪の結び方に気を附けざらんと欲するも豈《あに》得べけんや。之を以て直ちに其心を汚《けが》れたりと為す者あらば恐らく朽木《きうぼく》[一二]の窩《うろ》より生れたる無類の唐《たう》[一三]変木《へんぼく》といふべし。

婦人社会を研究する必要

兎《と》にも角《かく》にも近頃の実際派《リアリズム》[一四]と云ふは社会の活写真《くわつしやしん》[一五]なれば文学者となるには勢ひ社会を知らざるべからず。社会を知るには随分諸方に出《で》入《いり》せざるべからず。而して我が興味《インテレスト》を有《も》たざるものは自然観察の行届かぬがちなれば最も大なる興味《インテレスト》を有《も》つ婦人社会を一心に研究する当時[一六]の文学志願者の心掛《こゝろがけ》は極めて感心なる事ならずや。若《も》し之を非なりと云はゞ酒店《さかや》が試酒《きゝざけ》をなし菓子屋が餡《あん》を嘗《な》めるも勿論排斥せざるべからず。文学志願者は斯《か》くの如き木《ぼく》[一七]訥漢《ねんじん》の言《こと》を顧みず一心に勉強して上《かみ》は鹿鳴館《ろくめいくわん》[一八]の貴婦人より下《しも》は寸燐《まつち》[一九]の箱を張る内職女に到《いた》る迄《まで》目の届くだけはあらゆる婦人社会を研究すべし、文学界の婦人[二〇]科専門も又大《おほひ》に必要のものなればなり。

恋愛の経験

加之《しかのみならず》、実地踏んで見ぬことは分らぬものなれば一度は恋煩《こひわづらひ》をしたり惚《ほ》れた女に振られたりする経験も極めて必要なり。余り度々《たびく》に過ぐる時は多少男《をとこ》が廃《すた》る恐《おそれ》あれば二三度位にして止《や》めにすべし。しかし世の俗人原《ぞくじんばら》と違ひ飽《あ》くまでも磊落《らいらく》たるが即ち文学者なれば之を大業《おほげふ》に披露するが好し。随分三度[二一]

[一二] 朽ちた木の穴。

[一三] 気がきかない変人。「朽木」を受けた表現。

[一四] 世間の実相を写そうとする文学上の立場。坪内逍遙や二葉亭四迷などをいう。→補六三。

[一五] ここでは真実を写し描くこと。「全篇の趣向の如きハ専《おさ》(く)傍観の心得にて写真を旨としてものせし」(逍遙『当世書生気質』「はしがき」明治十八年)。

[一六] 現在の。

[一七] 道理の分からない者。

[一八] 明治十六年、麹町区(現・千代田区)山下町に明治政府が建てた社交場。イギリス人建築家コンドルの設計。本館は煉瓦造二階建。内外の貴顕淑女による舞踏会・婦人慈善会などが開かれ、文明開化の象徴として鹿鳴館時代と呼ばれた。

[一九] マッチの箱張りは、下層社会のもっとも低廉な内職の一つ。婦女子が従事した。賃金は「マッチ」箱百個を貼りて、僅かに一銭五六厘より二銭」(『家庭之和楽』明治二十七年)。

[二〇] 牛歩(奥泰資)「小説学校」(『早稲田文学』「放言」欄、明治二十六年十月)に「恋愛小説科」がある。

[二一] せいぜい三度くらい女にひどく振られて。

女に振附《ふりつ》けられて世を味気なく思ふなど云ふ逸事はお拵向《あつらへむき》なれば影にて噂《うはさ》さるゝほどに吹聴《ふいちやう》するが働きなり。バイロンやショオペンハウエル[一]の如き大豪傑が厭世となツたは一ツには女が原因なりと云へば女に振られて厭世となるは文学者一代に特筆すべき大出来といふべし。

男女《なんによ》の恋を知らざる者を咄《はな》せぬ奴《やつ》と斥《しりぞ》けし兼好《けんかう》[二]は流石《さすが》に大文学者なり。傲岸《がうがん》[三]不羈《ふき》一世を睥睨《へいげい》[四]せしスウヰフトすらステルラ[五]が愁黛啼紅《しうたいていこう》[六]に魂を消したは人情の不思義な処なり。文学者及び文学志願者は思切《おもひきつ》て女に惚れるべし女にデレるべし。振附けられても関《かま》はずに惚れるべし。振付けらるゝを恐るゝは俗人にして平気《へいき》の平三《へいざ》[七]で落語家の所謂貸家《かしや》を索《さが》す気で惚れるが男らしくて好し、十人を口《く》説《ど》いて一人承知すれば結局《つまり》一割の得にして金利[八]廉《やす》き今日にては此上《このうへ》もなき儲物《まうけもの》ならずや。

グレイ[九]は生涯独居して終りし人なり。曾《かつ》て若き婦人と同住して共に読書し共に食事して殆んど夫妻の観ありしが終《つひ》に結婚せずして勿論《もちろん》清浄に暮したりといふ。パスカルにも較《や》や似たる履歴ありて其結果はパスカル全集中の有名なる恋[一〇]愛論となりにき。然れども是等は余りに淡薄過ぎて『情』の奴隷たる文学者には不相応なりといふべし。文学志願者が学ぶべきは寧《むし》ろ此《こゝ》にあらずして『恋』

一 Arthur Schopenhauer(一七八八―一八六〇)。ドイツの哲学者。十九世紀末以来、ペシミズム的な思想の代表格と見なされた。主著『意志と表象としての世界』。若い頃に十歳年上の女優カロリーネ・ヤーゲマンとの恋に破れ、以後恋愛に極度に懐疑的になったといわれる。

二 吉田兼好(一二八三頃―?)。鎌倉末期の歌人。俗名、卜部兼好。朝廷に蔵人として仕え、やがて出家・遁世。二条為世門の和歌四天王の一人。「よろづにいみじくとも、色好まざらん男は、いとさうぐ\しく、玉の盃の底なき心ちぞすべき」(『徒然草』第三段)。

三 奢りたかぶって、束縛されないこと。

四 高所からにらみつけること。

五 Esther Johnson(一六八一―一七二八)の呼び名。スウィフトの愛人ステラに対する深い愛情は、書簡集"The Journal to Stella"(一七六六―一六八年)にうかがえる。

六 憂いをおびた眉、涙を流す美しい顔。

七 断わられるのを承知で手当り次第口をかけること。

八 明治二十六年、日本銀行が公定歩合を二度引き下げて一銭三厘とし、低金利状態にあった。

九 Thomas Gray(一七一六―七一)。イギリスの詩人。母校ケンブリッジで「学寮の隠者」と呼ばれる静かな学究生活を送った。ロマン主義の先駆者で、代表作 Elegy Written in a Country Churchyard(一七五一年)は、日本でも矢田部良吉訳「グレー氏墳上感懐の詩」(『新体詩抄』明治十五年)で広く親しまれた。逸話は、Edmund William Gosse, "Gray"(English Men of Letters, 一八八二年)によれば、一七六〇年夏の、ハリエット・スピード嬢との交際をいう。

一〇 「恋愛の情念について」(Discours sur les

——[一一]為永春水《ためながしゆんすゐ》が理想の『恋』にありとす。『情』の分量の多少は以て文学者の価値《かちよく》を上下するに足る。而《しか》して此『情』の分量を示すの法は唯《たゞ》一つの法——女に惚れる一法あるのみ。

文学志願者は女に惚れるべし。若《も》し夫《そ》れ反対に女に惚れらるゝに到つては恰《あだか》も上帝より文学卒業証書を賜はるに同じければ十倍二十倍大《だい》に之を広告する事極めて可なり。

何処《どこ》までも文学志願者は下《くだ》らなくダラシなく子供らしき帮間《たいこもち》染《じ》みたる履歴を作るを要す。少時に於ける歴史は飽くまでも婦人と関係を結ばざるべからず、探偵小説家が所謂《いはゆる》『[一二]大《おほい》なる犯罪の下には婦人あり』と云へる常套語を借りて『大なる文学者の履歴には必ず婦人あり』と云ふを得べし。

(d)最後に、文学者とならんと欲するに幾何《いくばく》の学識を要すべきや。

文学者は学者にあらず

兎《と》も角《かく》も文学者と云へば学者の一なるべければ此智識の分量こそ文学郷《ぶんがくきやう》の[一三]関守《せきもり》に喰《くら》はせる最大の苞苴《はうしよ》なるが如し。

然るに文学者が更に学者ならぬこそ中々に可笑しき限りなれ、例へば泣虫といふも真の虫族《ちゆうぞく》にあらざるが如くに。

文学者は詩人なり、[一四]美術の人なり、何ぞ深宏該博なる智識を要せんや。たゞ

passions de l'amour)のことか。パスカルが友人の妹に恋をした体験にもとづく文章との説がある。

一一 為永春水作『春色梅児誉美』に描かれたような情緒的で濃厚な男女の交情を言う。「互に思ひおもはるゝ、深き中ほど愚智（ぐち）になり、少しはなれて在（ゐ）るときは、もしや我身をわするゝ、ことあらんかと幾度（いくたび）か、思ひ過しも恋の癖、其身にならばなか〳〵に他目（よそめ）に見てはいとゞしく、阿房（あほう）らしくも馬鹿らしく、笑ふは実に恋しらず哀れも知らぬ人といふべし」（初編巻之一第二齣）。

一二 フランス語「Cherchez la femme（女を探せ）」による。政治家タレーランの言葉とも伝えられるが、一般化したのは小デュマの戯曲『パリのモヒカン族』（一八五四－五五年）以来という（『故事俗信ことわざ大辞典』小学館）。「犯罪の原因と探偵の秘密は婦人（をんな）だといふ格言がある」（泉鏡花『活人形』明治二十六年）。

一三 関所の番人。苞苴は贈り物。ここでは賄賂。文学者になるために最も肝心なもの、の意。

一四 当時は芸術全般の総称。

文字《もんじ》、云はゞ字ツナギの類に長ずれば則ち可なり。特《こと》に非常なる智識の必要ある如く感ずるは畢竟《ひつきやう》文字の何物《なにもの》たるを審《つまびら》かにせずして生中《なまなか》に今の文学者を学者と誤認すればなり。文学[一]は豈《あに》哲学と同じからんや。否な、哲学すら偏《ひとへ》に考究を重んじて読書を尊《たつと》ばざるにあらずや。

シエークスピーヤの無学　文学の本尊シエークスピーヤを見よ。渠《かれ》は"Small《スモール》[二] Latin《ラテン》 and《エンド》 less《レス》 Greek《グリーク》"と嘲罵せられたりき。然れども斯《か》く渠《かれ》を嘲りし人よりは遥《はるか》に勝《すぐ》れたる名誉を得て今に於て随喜渇仰《かつがう》せらるゝは何故《なにゆゑ》ぞ。智識は文学者に取りては車夫馬丁[三]の口髯の如し、生《は》えしとて終《つひ》に何の役に立たず。

知識は詩腸を腐らす　文学者が要する智識は小学科[四]の程度にて沢山なり。博物生[五]理物理等の科学に到つては猶《な》ほ少しく進み過ぎたるの感あり。惣じて学問――取別《とりわ》け科学上の智識は多く有れば有るほど詩腸[六]を腐らすと大マカウレイ[七]は説法したるを以て、今の文学者は学問を見る事山犬の如く敬して遠ざくるを常とす。見ずや、三馬[八]は源氏物語の講釈を唾棄したれども其皮肉[九]に入るの文字は之が為に価値《かちよく》を減ぜず　馬琴[一〇]は却《かへつ》て「ペダントリイ」の為に幾分か其見識を下落したり。文学者に学問ありとて何かせん、文学者は無学文盲を以て尊としとなす。

一 魯庵『文学一斑』には、「哲学は現象の推理を為して識得せしめ、詩は現象の描画を為して感得せしむ。其為す所同じからずと雖も二者の逍遥する世界及び目的に同一にして之を総称して文学と云ふ」とある。
二 ラテン語はほんのわずか、ギリシャ語はもっとできない、の意。ベン・ジョンソン(Ben Jonson, 一五七二―一六三七)の評言(『シェークスピア全集』第一フォリオへの献辞。一六二三年)。テーヌ『英国文学史』第二篇第四章に見える。
三 人力車夫と馬の口取り。当時は賤しい職業とされた。
四 義務教育の尋常小学校における学科目。「小学校教則大綱」(明治二十四年)では、基本科目を修身・読書・作文・習字・算術・体操、また加設科目を日本地理・日本歴史・図画・唱歌・裁縫・手工とした。
五 博物は動植物・鉱物を内容とする教科で、生理・物理・化学とともに、明治十九年に定められた「小学校ノ学科及其程度」により理科に統合され、高等小学校の科目となった。
六 詩興をそこなう。
七 Thomas Babington Macaulay(一八〇〇―五九)。イギリスの歴史家・政治家。一八三〇年より下院議員となり、ホイッグ党の雄弁家として活躍。主著『英国史』(全五巻)など。ここでの言葉は、『ミルトン論』(一八二五年)による。
八 岩本活東子編『戯作者六家撰』(→三一三頁注二三)に三馬の言葉として、「貴君今より戯作をなして心を慰んとのおもひあらば、源氏一部の講釈をもらさず聴くにも及ばず、源氏のことも、水滸伝の事も、すこしづゝ聞はつりしことあらば、似つこらしきことをとりなして、知たるふりに書んこそ、戯作者の専らとする所なれ、余

無学者デフォー　『ロビンソン、クルーソオ』[一一]の著作者デフォーは曾《かつ》てスウヰフトより『其名は忘れたれど或る無学者……』[一二]云々と冷罵せられし男なるが、後《こう》年《ねん》其不平を洩《もら》して云へらく、『余は曾て当時の風流社会より無学者なりと嘲られし一記者を訪《と》ひしに、恰《あだか》も渠《かれ》は西班牙文《スペインぶん》にて著はされしブロオ[一三]の地理書より訳ボリスセニース[一四]河の紀事を飜訳しつゝありき。其のち[一五]余は渠が羅甸文《ラテンぶん》より訳せせし彗星論を読みて其古語に熟通するを知りぬ。斯《か》くて暫時の中に渠が羅甸《ラテン》西班牙《スペイン》伊太利《イタリイ》希臘《グリース》及び仏蘭西《フランス》の五国語に通暁するを知りたれども——猶ほ渠は学者にあらざりき。科学上の智識を云へば余は曾て渠が天躰《てんたい》の運行、行星《かうせい》[一六]の距離大小循環、就中《なかんづく》彗星の性質等を談ずるを聴きたることあり、然れども渠は学者にあらずと云ふ。若《も》し夫《そ》れ地理と歴史の造詣を問はゞ渠は其指頭に殆んど全世界を集めしかの如く何《いづ》れの都市山川を説くも人をして其地に生れたるやの感あらしむる程《ほど》極めて精細に其製造商業風土人情より之に伴ふ歴史を尽さゞるはなし。然るに他《ひと》は此人《このひと》を見るに学者を以てせず。抑《そもそ》も学者と呼べる奇怪の一物は何ぞ。余は大に惑はざるを得ず。五国の言語に熟し天文地理歴史に精通し多くの科学上の智識に富める事斯《か》くの如くにして而《しか》して人は猶ほ斥《しりぞ》けて学者ならずと云ふ』云々。

り源氏にこり過ぎて、かや〳〵と笑ひ、さや〳〵と繰ひじきなどの類、なまごなしの源氏ぶりは聞もうるさし」とある。

九　ここでは骨身にこたえるような彼の文章の意。

一〇　魯庵「馬琴の文章」(『女学雑誌』明治二十二年五月)には、「彼の浜路雛衣のくどきの如きも文章に眩惑されて賞揚すれども長恨歌琵琶行一般にして他の平易単簡の文を作りし人に及ばず」とある。ペダントリィ(pedantry)は学者ぶること、衒学。

一一　一七一九年刊。冒険心と合理主義の精神に充ちた船乗りロビンソン＝クルーソーの無人島での自給自足の生活を写実的に描き、近代小説の先駆をなすデフォーの代表作。Daniel Defoe(一六六〇頃-一七三一)はイギリスのジャーナリスト・小説家。政治問題に関係し、個人新聞『レビュー』を刊行。

一二　スウィフトが編集していたトーリー党の機関誌『エグザミナー』第一六号で他誌の筆者たちを痛烈に罵倒、個人新聞『レビュー』を刊行していたデフォーもその対象となった(William Lee, "Life of Defoe" 第一巻、一八六九年)。

一三　デフォーが定期的に寄稿していた週刊誌 "Applebee's Journal" 一七二五年十月三十日掲載のエッセイ On Learning(学問について)の一節。デフォーが、自分自身の学問を第三者(一記者)にことよせて語ったもの("Life of Defoe" 第三巻)。

一四　オランダの地図出版者 Willem Janszoon Blaeu(一五七一-一六三八)と息子の Joan Blaeu(一五九六-一六七三)をいうか。

一五　River Boristhenes. ロシアを南下し黒海にそそぐドニエプル川の古称。

一六　惑星の旧称。

スウヰフトは満身冷罵冷嘲をもて溢《あふ》るゝ男なれば此デフオーを無学なりと云ひしは当然にしてデフオーは愚痴を覆《こぼ》すだけ野暮といふべし。

我が国今日の文学者となるには無学文盲にて宜《よろ》しけれど、デフオーの如き無学文盲にては余りに堅過ぎて却《かへつ》て容れられざるべし。

無学文盲なるは文学者の本色

[一]ミルトンは政治に宗教に侃々《かんかん》[二]諤々《がくがく》少しも仮借《かしやく》[三]する事無かりし程《ほど》学殖造詣頗《すこぶ》る深宏なりき。[四]ゲーテは物理に動物に植物に潜心苦慮して飽《あく》までも智識を貪《むさぼ》りぬ。然れども此二人は共に文学界の不具者《かたはもの》なれば『健全なる文学者』の標本とし見るべきものにあらず、何処までも無学文盲なるが文学者の本色にして無学文盲なればこそ仕方がなくも文学者となるなれ、文学者豈に沢山なる智識を要せんや。

[五]ヂツケンスは少時よりラベレイ[六]或はゴールドスミツスの作を愛好せし外《ほか》絶えて[七]攻学研究の跡なし。然れども十九世紀のシエークスピーヤとして名声を欧米に馳《は》せたる所以《ゆゑん》何ぞ。文学者の重んずる処自《おのづか》ら有るあり、学問智識の如きは[八]山車《だし》人形《にんぎやう》の造花《つくりばな》の如く有るも無きも大《おほい》なる関係あるものにあらず。

此故に当世の文学者たらんとするには深宏該博なる智識断じて無用なり。淡泊《あつさり》と万事を飲込んで何事も早合点で済まし絶えて研究を為さゞるを以て第一

一 ミルトン(→二六八頁注七)はクロムウェルの共和政府の外交秘書官を務め、政治や宗教に関する多数のパンフレットを書いたが、過度の勉励により失明、王政復古後は詩作に没頭した。
二 大いに議論すること。　三 容赦しない。
四 自然科学者でもあったゲーテが、色彩についての物理学説、動植物の形態論など科学研究に精力を注いだことをいう。→二八八頁注一七。
五 ジョン・フォースター『チャールズ・ディケンズの生涯』(一八七二―七四年)は、幼少時代の読書に関して、『デイヴィッド・コパーフィールド』第四章を引用している。→補六四。
六 ラブレー(François Rabelais, 一四九四頃―一五五三頃)。フランス・ルネサンス最大の物語作家。人文学者・医師でもある。『ガルガンチュアとパンタグリュエルの物語』など。
七 攻究。学問を修めきわめること。
八 祭礼の山車の一種。花や人形を飾る仮拵えの花山車。「花山車は一夜作に構へ、剪綵花(かざりばな)などを飾り、木偶を据ゑ、同じく打囃子をなすもありて、また牛を以て輓かしむ」(『東京風俗志』上)。
九 南北朝の動乱の歴史を華麗な和漢混淆文によって描いた軍記物語。四十巻。南北朝期に書き継がれ、室町初期までに成立。
一〇 曽我十郎祐成(すけなり)・五郎時致(ときむね)兄弟の敵討を描いた軍記物語。
一一 底本「源平盛衰紀」を訂す。軍記物語。『平家物語』の異本の一種。四十八巻。南北朝頃の成立か。
一二 『日本文学全書』。全二十四編、明治二十三―二十五年刊。→補六五。
一三 『源氏物語』の梗概書である『源氏物語忍草』。五巻五冊。北村湖春著。元禄初年の成立。

の秘訣となす。

今試《こゝろみ》に学問の程度を示さば、

国文学

(1)国文学幷《ならび》に歌学

(a)枕草子　(b)徒然草　(c)今昔物語

(d)太平記[九]　(e)曽我物語[一〇]　(f)源平盛衰記[一一]

(g)古今集　(h)新古今集

先《ま》づ此辺《このへん》を博文館[一二]飜刻の文学全書にたよりて二三ケ処拾《ひろ》ひ読《よみ》すれば好し。『源氏物語』は大部なれば拾ひ読だけにても容易ならず『忍草《しのぶぐさ》』[一三]にて埒《らち》明けるを秘訣とすれども之も面倒なれば『田舎源氏』[一四]にて大躰《だいたい》の趣向を推量し若《も》し人に聞かるれば『ありやアその……まア今の実際派小説の様《やう》なもンで……実は詰《つま》らない下《くだ》らんもンでせう』位の返答をすべし。聞く人も読まぬ人なれば大抵な駄説を吐きしとて反駁さるゝ心配は更になし。

『太平記』其他は実録物[一五]を読むと同じく面白ければ忽ち読み終るべし、文章などには少しも気が付かざる中《うち》に。たゞし雄大荘重なる文学なりと思へばよし。俊基朝臣東下《としもとあそんあづまくだ》り[一六]の一節は小学校の生徒も諳《そら》んずる名文なれば、苟《かり》にも一世の文学者たるべき豪傑は一心に負けぬ気になりて諳誦せざれば恥

一四 『修紫田舎源氏』。合巻。『源氏物語』を室町時代に移して絵双紙に翻案したもの。柳亭種彦作、歌川国貞画。文政十二―天保十三年、三十八編。他に未刊の三十九・四十編がある。明治にも多数の翻刻本が出された。

一五 江戸中期に発生した物語の一様式。お家騒動物・仇討・裁判物・武勇伝など実説にもとづいて脚色したもの。

一六 日野俊基(?-一三三二)。鎌倉末期の公卿。後醍醐天皇のもとで日野資朝と討幕を計画し、罪に問われ鎌倉に送られて処刑された。『太平記』巻二「俊基朝臣再関東下向事」の「落花ノ雪ニ踏迷フ、片野ノ春ノ桜ガリ、紅葉ノ錦ヲ衣テ帰、嵐ノ山ノ秋ノ暮、…」という七五調の道行文が有名。『高等小学読本』(明治二十一年)などにも採用。

以下三〇六頁

一 明治前期の日本語文法には、西洋の文典の体系を日本語に当てはめようとする洋式文典と江戸時代の国学の流れをくむ和式文典とがあり、両者が絡まり合って錯綜を極めていた(永野賢『文法研究史と文法教育』平成三年)。

二 落合直文(一八六一-一九〇三)。歌人・国文学者。号萩之家。短歌革新や国語国文学の普及に尽力。『日本大文典』、国語辞書『ことばの泉』など。

三 文法書。明治二十四―五年、吉川弘文館。

四 同文会発行の文学雑誌。明治二十六年四月創刊。「文海は、中学程度文科の指針たらむとて、発行するものなり」(「文海の発行」)。

五 たとえば『しがらみ草紙』(明治二十三年五月)の落合直文「妹辰子を祭る文」には、「ぬ」が多用され、「あはれ」「たりし」「あらざりし」などもある。

六 言文一致体の流行をいう。→補六六。

辱といふべし。
[一]国文の文法は数限りなく殊に諸説紛々として定まらざれば之を攻究するは閑潰《ひまつぶ》しなり。況《いは》んや今の国文の大先生方にすら充分理解せらるゝは少なければ落合先生[二]の『日本文典[三]』位にて沢山なり。又平生《へいぜい》『柵草紙《しがらみざうし》』或は『文海[四]』等を精読して『ぬ[五]』『たりき』『あはれ』『あらず』等の用法に注意する心掛《こゝろがけ》肝腎なり。惣じて今[六]の文界に勢力ある文躰は余りに西洋染《じ》みて不熟なる造語をもて溢《あふ》るゝばかりなれば、少しく古文をひねくりて雅[七]言《がげん》を交へ成《なる》べく廻りくどき文字を作れば忽ち国文家なりともてはやさるゝ事受合《うけあひ》也。近き例《ためし》が国文を唾棄せし無学文盲の三馬すら万葉[八]に擬《なぞら》へし戯歌《ざれうた》に巧みなりしをもて見れば国文家として今の文界に立つ事既に難《かた》からず、況《いは》んや他の死[九]文法を守る事を為さずして日[一〇]本《にほん》文章の粋《すゐ》を取る開進的国文家となるは真《しん》に飯前《めしまへ》の業《しごと》に過ぎず。
歌学は『古今集』『新古今集』を巾[一一]箱本《きんさうぼん》となし兼ねて『柵草紙[一二]』を油断なく読めば一寸《ちよつと》した咄《はなし》は出来る。県[一三]居《あがたゐ》の翁《おきな》は何《ど》うだとか桂[一四]園派《けいゑんは》は斯《か》うだとか云ふ位の事は自然と解《わか》る様《やう》になるべし。勿論純粋の歌人となるには自《おのづか》ら他に便利法あれど爰《こゝ》には云はず。広き意味の文学者としての修養は之にて沢

七 和歌や文章に用いられてきた洗練された言葉。「近時のデモ小説家が馬琴種彦の文句を盗み煮切らぬ雅言を雑へたつあやしき文章」(魯庵「山田美妙大人の小説」)。
八 万葉は、『古今和歌集』の訛伝か。岩本活東子編『戯作者六家撰』(→三一三頁注二三)に『古今和歌集』に擬した三馬の狂歌がある。
九 現在は全く使用されなくなった文法。漢文訓読体か。
一〇 落合直文を指すか。→補六七。
一一 細字で書かれた小型の本。袖珍本。ここでは常に携帯する書物。
一二 井上通泰ほか「桂園叢話」(明治二十二年十一月―二十七年七月)など、同誌には歌人伝や歌論が多い。
一三 賀茂真淵(一六九七―一七六九)。江戸中期の国学者・歌人。号県居。「万葉ぶり」を唱道し、漢意(からごころ)を批判。著書『万葉集考』ほか。
一四 和歌の流派。江戸後期の歌人・香川景樹が創始。『古今和歌集』を理想とし、平明かつ清新な歌風で明治中期まで歌壇に勢威を誇った。
一五 一八七二―一九六三。歌人・国文学者。明治三十一年、短歌結社竹柏会を主宰し、機関誌『心の花』を創刊。歌学者としても知られる。
一六 歌書。明治二十五年、博文館。
一七 歌書。明治二十四年、博文館。
一八 『日本歌学全書』のこと。→補六八。
一九 中国の児童用教科書。唐の李瀚撰。三巻。古代から南北朝までの有名な人物の類似する伝記・言行を二つずつ四字韻句に配する。日本でも注釈を付して広く用いられた。
二〇 中国の史書。元の曾先之撰。二巻。宋代までの史書中、『史記』から『新五代史』にいたる十七の正史に『宋史』を加えた十八史から摘録。多

山なり。歌道奥の手の秘本として珍蔵すべきは佐々木信綱[一五]先生の『歌之《うたの》[一六]栞《しをり》』落合直文先生の『新撰歌典』[一七]等其外《そのほか》[一八]・・・博文館本数種とす。

漢文学

(2)漢文学幷《ならび》に漢詩

(a)蒙求《もうぎう》[一九]　(b)十八史略[二〇]　(c)文章軌範[二一]

(d)唐詩選　(e)論語　(f)聯珠詩格《れんじゅしかく》[二二]

是れだけにても大躰は解るべし。近頃は『漢学速成』[二三]と云へる調宝《てうはう》なるもの出来たれば漢学者となるは最も容易なり。又科用書《くわようしょ》は何《いづ》れも益友社《えきいうしゃ》[二四]出版の講義本たるべき事。

漢学者とならんとすれば多少支那《しな》哲学を心得ざるべからず。支那哲学と云へば大層難《むつ》かしさうなれど老子[二五]と荘子《さうじ》[二六]だけにて沢山なり。荘子は内篇だけが『早稲田文学』にあれば之を熟読すればよし。実は読まないでもよい。何でも老子や荘子は雲を攫《つか》む様な途方もない事が書いてあると思へば充分済む。例へば中西梅花[二七]先生は大《だい》の老荘学者であるが故に『梅花詩集』[二八]は少しも訳《わけ》が分らぬ。訳《わけ》の分らぬものが老荘なりと心得ればよし。

漢学者と目《もく》せらるゝには難《むつ》かしき字をひねる事必要なり。例へば尋常の操《さう》觚《こ》者《しや》が『陶朱猗頓《たうしゆいとん》[二九]の富《とみ》』といふべきを『富は陶白《たうはく》[三〇]に埒《ひと》しく貲《し》は程羅《ていら》より巨《おほい》

くの故事を集めた初学者の読本。日本では江戸時代に盛んに読まれ、明治以後も漢文教科書として用いられた。

二一 中国の模範文集。宋の謝枋得編。七巻。科挙の受験者が軌範とすべき唐宋の名文を放胆文・小心文の二種に分けて集録。日本では江戸時代に多くの注釈書が刊行され、広く普及。

二二 漢詩撰集。元の于済撰。二十巻。唐宋人の七言絶句を集め、詩格を分類したもの。

二三『一覧博識 漢学速成』。内藤耻叟・三輪文次郎著。明治二十六年、名古屋・静観堂。

二四 麹町区富士見町一丁目にあった漢学関係の出版社。明治二十四年から毎月三回『漢文学講義録』を発行していた。

二五 道家書。二巻。中国春秋戦国時代の老子の著とされ、宇宙天地の理法としての道を説く。

二六『老子』と並ぶ道家の代表的書。中国春秋戦国時代の思想家・荘周著。現行本は内編七、外編十五、雑編十一から成る。『早稲田文学』に三島中洲釈義「荘子」(明治二十四年十月―二十六年四月)がある。

二七 一八六六―九八。小説家・詩人。

二八『新体梅花詩集』。二十二編の新体詩を収録。明治二十四年、博文館。虚無をたたえた抒情性で賞讃された。本大系第十二巻収録。

二九 陶朱と猗頓は、ともに中国春秋時代の富豪。陶朱は越王句践の功臣范蠡の変名で、のち陶(山東省)で巨万の富を築き、魯の猗頓は製塩業で莫大な財産を得た(『史記』貨殖伝)。

三〇 陶白は陶朱公と白圭、程羅は程鄭と羅裒を言い、いずれも中国春秋戦国時代の富豪。その富は陶朱公や白圭に等しく、財産は程鄭や羅裒よりも多いの意。劉孝標「広絶交論」(『文選』巻五十五)による。

なり』といひ、『[一]驕《おご》る者《もの》久しからず』といふべきを『[二]鎖落湮沈《さらくいんちん》は速《まね》かずして来《きた》り池館丘隴《ちかんきうろう》は倏忽《しゆくこつ》に滅《めつ》す』といふ如く惣《すべ》て日常の言語にて済む事を故《ことさ》らに難かしく画《くわく》の多き字を衒《てら》ふが漢学的操觚者のヱラキ処なり。こゝらの骨《こつ》を随分弁《わきま》ふべし。

参考書として珍蔵すべきは『[三]円機活法《ゑんきくわつぱふ》』なり、近頃[四]新鐫《しんせん》の[五]銅板摺《どうばんずり》一帙《いつちつ》あれば忽ち大漢学先生となるを得《う》べし。『[六]佩文韻府《はいぶんゐんぷ》』『[七]五車韻瑞《ごしやゐんずゐ》』等も必要なれど是等は大家となツて後の心掛にして修行中のものにあらず。

外国文学

(3) 外国文学

是《これ》は全く知らざるも差閊《さしつかへ》なし。当時の文学者志願の輩《ともがら》にして外国文学の知識を有《も》たば、鬼に鉄棒《かなぼう》といふよりは寧《むし》ろ[八]蟻に燈心の観あるべし、加之《しかのみならず》、愛国心厚き我が文学界にては[九]夷狄《いてき》の文学に降参する卑劣者なく万一《まんいつ》にも外国文学を讃歎する者あれば日本に大文学あるを知らざる白痴《うつけ》と云はるゝ恐れあるが故に、全く知らざるを以て却《かへつ》て幸ひなりとす。たゞ然しながら「ランプ」「マッチ」等が普通語となりし今日にては皆無《かいむ》盲目《めくら》なるも不便なれば『[一〇]七ツ伊呂波』的英語を知る必要あり。例へば詩歌を「ポヱトリ」、小説を「ノベル」、政治を「ポリチク」といふ位を心得れば充分なり。若《も》

一「おごれる人も久しからず、只春の夜の夢のごとし」(『平家物語』巻一)。
二 滅亡は招かずして到来し、池のほとりの館や墳墓はたちまち消滅するの意。「鎖落」は「銷落(せうらく)」が正しい。「銷落湮沈。(中略)綺羅畢兮池館尽、琴瑟滅兮丘壟平」(江文通「恨賦」『文選』巻十六)。
三 中国の詩学書。→補六九。 四 新たに翻刻すること。 五 印刷版式の一つ。よく磨いた銅版面に文字や絵を彫りつけて作った凹版の総称。
六 中国の字書。→補七〇。
七 中国の字書。百六十巻。明の凌稚隆撰。経・史・子・集・賦に分け、熟語を配列して出典を明示したもの。
八 頼りないもののたとえ。燈心は油にひたして火をともす細い紐状のもの。
九 外国人を野蛮視し、卑しめていう語。
一〇 片仮名・平仮名・万葉仮名など七種の書体のいろは文字で、手習いの手本に用いた。
一一 Francis Brinkley(一八四一―一九一二)。アイルランド生まれの軍人・ジャーナリスト。一八六七年、英国公使館武官補として来日、のち『ジャパン・メイル』社主兼主筆となり、日本の文化を海外に紹介、英学界への功績も大きい。
一二 英学書。→補七一。
一三 英学者(一八六一―一九三一)。明治二十一年、神田錦町に国民英学会をイーストレーキ(F. W. Eastlake, 一八五八―一九〇五)とともに創設。英語教育の先覚者。底本「磯部」を訂した。
一四 英学書。七冊。明治二十五―二十七年、国民英学会出版局。
一五 "New National Fifth Reader"(一八八四年)。→補七二。
一六 William Swinton, "Studies in English lit-

し此上《このうへ》を貪《むさぼ》つて大学者とならんとすればブリンクリン[一一]の『語学独案内《どくあんない》』[一二]を閑《ひま》にあかして勉強すべし。又磯辺弥一郎《いそべやいちらう》[一三]先生の『英文学講義録』[一四]中の日本文の解釈だけを辛抱して読めばエライ学者となる事勿論《もちろん》なり。

座右に備ふべきは、

(a) ナショナル第五読本[一五]

(b) スウヰントン氏英文学[一六]

(c) モオレイ[一七] "*Great Authors.*"[一八]

(d) ルートレッヂ板の六「ペンス」小説[一九]二三冊

(e) キヤツセル板[二〇]の国民文庫《ナショナル、ライブラリイ》二三冊

(f) シェークスピーヤ全集[二一](「グローブ、ライブラリイ」位が手頃にてよし)

此外《このほか》に亜米利加《アメリカ》の "*Detective series*"[二二]二三冊は義理にも備へざるべからず。是等の書物は勿論読むが為に備ふにあらずして外国文学に通ずる文学者の躰面として備ふべき也。

次に外国文学者の名を覚ゆる事必要なり。先づ英国《イギリス》にては、

(1) ヂツケンス　(2) サツカレイ[二三]

(3) リツトン[二四]　(4) ビイコンスフヰールド[二五]

erature"(一八八〇年)。→補七三。

一七 John Morley(一八三八-一九二三)。イギリスの政治家・伝記作家。アイルランド総督・インド総督・枢密院議長などを歴任。また、Macmillan 社の"English Men of Letters"および"Twelve English Statesmen"シリーズを編集。『リチャード・コブデン伝』『グラッドストン伝』など。

一八 前注"English Men of Letters"シリーズを、類似の"Great Writters Series"(Scott 社)や"The great authors of English Literature"(Nelson 社、一八八九年)などと混同したか。

一九 Routledge's sixpenny novels. ロンドンの出版社 George Routledge & Sons 刊。

二〇 Cassell's National Library. ロンドンの出版社 Cassell 刊。イギリスの英文学者でロンドン大学教授 Henry Morley が編集した廉価版文庫(一八八六―九〇年)。全二百十四巻。

二一 William George Clark and William Aldis Wright ed., "The Globe edition. The Works of William Shakespeare." 一八六四年、ロンドンの出版社 Macmillan & Co. 刊。以後長くシェイクスピア全集の標準版と見なされた。

二二 十九世紀後半にアメリカで量産された dime novel(三文小説)のシリーズの一つか。これをもとに明治二十六年から春陽堂が「探偵小説」叢書を出す。→補一七五。

二三 William Makepeace Thackeray(一八一一-六三)。イギリスの小説家。ディケンズとともにヴィクトリア朝を代表する作家。『虚栄の市』など。

二四 Edward Bulwer-Lytton(一八〇三-七三)。イギリスの小説家・政治家。→補七四。

二五 ディズレーリ(Benjamin Disraeli, 1st Earl of Beaconsfield, 一八〇四-八一)。イギリスの政治家・小説家。→補七五。

(5)マカウレイ　(6)カアライル

仏国《フランス》にては、

(1)ゾオラ　(2)ドオデ[一]

(3)ユーゴー[二]

独乙《ドイツ》にては、

(1)ゲーテ　(2)シルレル

(3)レッシング[三]

魯西亜《ロシヤ》にては、

(1)トルストイ[四]　(2)ツルゲニヱフ[五]

(3)ドストヱフスキイ

亜米利加《アメリカ》にては、

(1)アーヴヰング[六]　(2)エメルソン[七]

(3)ロングフヱロオ[八]

是れだけの名を飲込んで自在に濫用《らんよう》する勇気を養成し、例へば十二文豪と[九]か十三文豪とかの目論見あれば、縦令《たとひ》[一〇]著作は魯《おろ》か曾て其伝紀の一頁だに読まざるも直ちに一人を選んで其伝を編む志を起さしむるほど頭脳に浸染せ

一 Alphonse Daudet（一八四〇-九七）。フランスの小説家。短編集『風車小屋便り』、自伝的小説『プティ・ショーズ』など。

二 Victor Marie Hugo（一八〇二-八五）。フランスの詩人・小説家・劇作家。小説『ノートルダム・ド・パリ』『レ・ミゼラブル』など。森田思軒訳「探偵ユーベル」などによって日本に紹介されていた。

三 Gotthold Ephraim Lessing（一七二九-八一）。ドイツの劇作家・批評家。市民悲劇『エミーリア・ガロッティ』、芸術論『ラオコーン』『ハンブルク演劇論』など。久松定弘『独逸戯曲大意』（明治二十年）や石橋忍月の評論を通じて、その理論が広まった。

四 Lev Nikolaevich Tolstoi（一八二八-一九一〇）。ロシアの小説家。長編小説『戦争と平和』『アンナ・カレーニナ』など。

五 Ivan Sergeevich Turgenev（一八一八-八三）。ロシアの小説家。短篇集『猟人日記』、長篇小説『父と子』など。二葉亭四迷の翻訳「あひゞき」「めぐりあひ」などによって日本に紹介されていた。

六 Washington Irving（一七八三-一八五九）。アメリカの随筆家・小説家。代表作『スケッチブック』。

七 Ralph Waldo Emerson（一八〇三-八二）。アメリカの思想家・詩人。経験的制約を超えて真理を把握すべきとする超絶主義を提唱。著書『自然論』『代表的人物論』など。

八 Henry Wadsworth Longfellow（一八〇七-八二）。アメリカの詩人。物語詩『エヴァンジェリン』、『ハイアワーサの歌』など。

九 →補三二一。

一〇 種本を要約しただけの評伝を皮肉る。『十二文豪』シリーズには、その類のものが少なくなかった（山田博光「『English Men of Letters』と『十二文豪』『北村透谷と国木田独歩』平成二年）。

しむべし。さる故に平生使用する時は「ヂツケンス」と「サツカレイ」を一《ひ》ト読《よ》みに「ヂツケンサカレイ」と呼びユーゴーが宗教の改革者でアーヴヰングが大哲学者である位の誤解は大負けにすべし。要するに外国文学の智識は今の大家壇に登第[一一]する第一の要件にあらざれば也。

歴史学

(4)歴史学幷《ならび》に伝紀

所謂《いはゆる》硬文学者[一二]となるには是非とも研究せざるべからず。又強ち硬文学者とならざるも多少此心得なければ読売新聞[一三]の歴史小説を書いて百円の一等賞をせしめる事協はねば平生よりの心掛肝腎なり。

今の歴史家若くは人物評論家の資格を得《う》るには勿論大《おほい》なる知識を要せず、先《ま》づ次の書物位を読めばよし。

(a)日本外史[一四]　(b)国史略[一五]　(c)読史余論《とくしよろん》[一六]
(d)太平記　(e)日本開化小史[一七]　(f)常山紀談《じやうざんきだん》[一八]
(g)藩翰譜[一九]　(h)軍紀実録物[二〇]いろ〳〵

是れだけにて『足利尊氏論』位は出来る。又論文の出来不出来は兎《と》も角《かく》も事実を羅列するだけの手際《てぎは》は請合《うけあひ》也。

史学上の考証を為すには井沢長秀《ゐざはながひで》[二一]の『俗説弁』[二二]でもあれば威張ッたもの也。

一一　試験に及第すること。
一二　「曾て飛揚したる軟文学家(小説若くは之と類似の文学者)は悄然として退き硬文学家(史論及び此類の文学家)の踴躍していで来るこれ正しく今日文学界の光景なり」(『国民新聞』明治二十五年十月二十三日)。
一三　同紙の懸賞小説募集を言う。→補七六。
一四　頼山陽著。二十二巻。文政十年頃成立。源平二氏から徳川氏にいたる歴史を平易簡潔な漢文体で記述。
一五　巌垣松苗編。五巻。文政九年刊。神代から天正十六年、後陽成天皇の聚楽第行幸にいたるまでを漢文編年体で記述。
一六　新井白石著。三巻。享保八年成立。摂関政治から江戸幕府の成立までの政権交代の流れを論じた史書。
一七　田口卯吉著。六巻。明治十―十五年刊。古代から幕末までの文明の変遷を叙述した史書。
一八　湯浅常山著。二十五巻。元文四年成立。戦国時代から江戸初期にいたる名将傑士の逸話を集録。
一九　新井白石著。十三巻。元禄十四年成立。江戸前期の諸大名家の沿革を編纂。
二〇　軍記物や実録物(→三〇五頁注一五)。
二一　一六六一―一七三〇。神道家。号蟠竜。啓蒙的神道家として多数の著書がある。
二二　随筆。七巻。宝永三年刊。日本古来の伝説・俗説に和漢の書を博引して検討を加えたもの。またはその増補改訂版『広益俗説弁』(四十六冊、享保二―十二年刊)。

古実を知るには貞丈《ていぢやう》[一]の『雑記』[二]或は『四季艸《しきぐさ》』[三]の類を渉《わた》れば恐らく負《ひけ》を取る事あらざるべし。

歴史の参考として是非とも机上に置かねばならぬは、

(a)万国歴史全書[四]　(b)日本歴史評林[五]

(c)世界百傑伝[六]　(d)日本百傑伝[七]

何れも博文館出版なれば其効益無比なる事疑ひなし。

西洋の智識を得んとするにはスウヰントン[八]の万国史にて沢山なり。之は教科書なれば幾分かの見識を衒《てら》ふ者は博文館の歴史に依るを便宜とす。同じ教科書にてもフキツシヤー[九]若《もし》くはスミツス[一〇]の万国史或はマツカーシイ[一一]、マルチノウ[一二]等の近世史なれば申分《まをしぶん》なけれど万事速成を尊《たつと》ぶ今の世の中にてはマウンダー[一三]の『歴史宝函』[一四]を珍重するが一倍利方《りかた》[一五]なりとす。人物評論文にはマカウレイ[一六]の飜訳文数多あれば飽くまでも原文は玉の如きもの也と想像して読むがよし。民友社[一七]は人物評の本家家元なれば其社の出板物は惣て斯道の三墳五典[一八]なりと心得て研究怠りあるべからず。

徳川文学

(5)徳川文学

(a)先哲叢談[一九] 并《ならびに》 続篇　(b)先哲像伝[二〇]

一 伊勢貞丈(一七一七-八四)。有職故実家。号安斎。
二 『貞丈雑記』。有職故実書。伊勢貞友・千賀春城・岡田光大補校。十六巻。天保十四年刊。
三 有職故実書。伊勢貞丈著。六冊。安永五―七年成立。
四 全十二冊。明治二十二―二十三年。→補七七。
五 萩野由之著。十二編。明治二十六年。
六 北村三郎著。全十二編。明治二十三―二十四年。 七 松井柏軒・川崎紫山著。全十二編。明治二十四―二十六年。
八 Outlines of the World's History, Ancient, Mediaeval and Modern(一八七四年)。中学上級程度の教科書として用いられた。スウィントン→補七三。
九 George Park Fisher(一八二七-一九〇九)。アメリカの神学者・歴史家。著書"Outlines of universal history, designed as a text-book and for private reading"(一八八五年)。
一〇 Philip Smith(一八一七-八五)。イギリスの歴史家。著書"History of the World"(万国史)は、その一部"A History of the Ancient World"(一八六三―六五年)が刊行されたのみで未完。
一一 Justin McCarthy(一八三〇-一九一二)。アイルランドの政治家・小説家。代表作"A History of Our Own Times"(一八七七年)。
一二 Harriet Martineau(一八〇二-七六)。イギリスの女性ジャーナリスト・作家。著書"The History of England during the thirty years' peace: 1816-1846"(一八四九―五〇年)。
一三 Samuel Maunder(一七八五-一八四九)。イギリスの著述家・辞典編纂者。教育用辞典類を多く編纂。
一四 "The Treasury of History, comprising a general introductory Outline of universal History and separate Histories of every

(c) 俳家奇人談[二一] 幷《ならびに》続篇

(d) 戯作者小伝[二二]

(e) 戯作者六家撰[二三]

(f) 物之本作者部類[二四]

(g) 徳川時代文学の現象[二五](関根正直先生講述[二六]「早稲田文学」にあり)

(h) 戯曲叢書[二七](武蔵屋翻刻の活板浄瑠理本[二八])

(i) 帝国文庫[二九](博文館翻刻)

右の外近頃は活板本沢山有れば勉強するに都合よし。惣じて徳川文学[三〇]の中心は西鶴芭蕉近松の三人なればその心組《こころぐみ》にて研究するを法則とす。然れども此三人を研究する必要は更になし。たゞ此三人が中心なりと心得てゐさへすれば可なり。

平安朝時代或は鎌倉時代は共に文学の盛運を効《いた》したれど徳川時代の如く雑《ざつ》駁《ばく》にして広大なるはなし。此故《このゆゑ》は少しく徳川時代の文学に精《くは》しければ忽ち堂々たる大文学者として一方に屹立《きつりつ》するを得《う》。饗庭《あへば》[三一]篁村《くわうそん》先生或は幸堂得《かうだうとく》[三二]知《ち》先生が当世の老大家として尊崇せらるとは共に徳川文学の精粋を極めたるが為にして其小説に精妙なるは蓋《けだ》し二の次なるべし。今若《も》し文学志願の人にして此愈高《いやたか》き声名を貪らんとすれば一心に辛抱して八文字屋本[三三]黄表紙[三四]蒟蒻本《こんにやくぼん》[三五]等を読むべし。是等の下らなきは云ふ迄もなけれど大家となる為

principal Nation”(一八四四年)。 一五 便利なやり方。 一六 →補七八。 一七 →補七九。
一八 中国古代伝説上の皇帝の事跡を述べたとされる逸書。三墳は三皇(伏羲・神農・黄帝)、五典は五帝(小昊・顓頊・高辛・唐尭・虞舜)の書。ここでは聖典の意。
一九 江戸時代の儒者・文人の言行・逸話を集めた伝記。前編、原念斎著。八巻。文化十三年刊。東条琴台による後編が文政十三年、続編は明治十七年刊。
二〇 伝記。原徳斎著。弘化元年刊。江戸時代の儒者二十名の肖像・筆跡・小伝などを掲げる。
二一 俳諧伝記。正編は竹内玄玄一著。三冊。文化十三年刊。室町時代から江戸中期にいたる連歌師・俳諧師の行状や作品を記したもの。続編は竹内青々著。天保三年刊。
二二 岩本活東子(達磨屋佐七)編。戯作者・歌舞伎作者八十余人の略伝。『燕石十種』第二輯巻一所収。 二三 岩本活東子編。安政三年刊。山東京伝、式亭三馬、曲亭馬琴、十返舎一九、柳亭種彦、烏亭焉馬の小伝と肖像を載せる。附録に挿絵画家でもある葛飾北斎、歌川豊国(初世)、歌川国貞(初世)の小伝・肖像がある。『燕石十種』第二輯巻三所収。
二四 『近世物之本江戸作者部類』。江戸戯作者の評伝。二巻二冊。蟹行散人(曲亭馬琴)著。天保四-五年に執筆。『江戸作者部類』とも。
二五 関根正直講述「徳川時代に於ける文学の現象」(『早稲田文学』明治二十四年十月-二十五年十月)。 二六 一八六〇-一九三二。国文学者。『小説史稿』『今鏡証註』ほか。
二七 近松門左衛門の浄瑠璃脚本集。明治二十年代に出版。 二八 武蔵屋叢書閣。→補八〇。
二九 古典文学の叢書。→補八一。 三〇 →補八二。

には此位の辛抱勿論覚悟あつて然るべし。惣《すべ》て珍本なるものは世に管待《もてはや》されざるが故に埋歿せしなれば傑出の作にあらざるは云ふまでもなし。然るに此下《くだ》らなき珍本を渉猟せずば徳川文学の黒人《くろうと》[一]と云はれざるは難義至極なれど根限《こんかぎ》り出精《しゆつせい》して反古調《ほぐしらべ》[二]をするが此派の極意なり　例へば『風流伽羅人形《ふうりうきやらにんぎやう》』[三]とでもいふ延宝板[四]の零本《れいほん》[五]があれば本文《ほんもん》の面白味を吟味せず直ちに机上に安置して頓首再拝するほどの心掛を養成するが専一《せんいち》なりと知るべし。俳諧を研究するには三森幹雄《みもりみきを》[六]先生の『俳諧自在法』[七]など屈竟《くつきやう》[八]なるべし。参考書には『俳諧五百題』[九]或は『俳諧一万集』[一〇]等宜《よろ》しかるべし。『七部集』[一一]は所蔵せざれば面目に関はるをもて必ず本箱に収むべし。『七部大鏡』[一二]を巾箱本《きんさうぼん》とすれば其れこそ大学者を極め込みて硯友社[一三]の大宗匠連を対手に取る事も出来る。中々難《むづ》かしさうで意外に容易なるもの也。俳文を稽古するに近頃尤も重宝なるは岸上質軒《きしがみしつけん》[一四]先生の『俳諧文選《はいかいもんぜん》』[一五]なりとす。其外『鶉衣《うづらごろも》』[一六]『風俗文選《ふうぞくもんぜん》』[一七]等は六韜三略《りくたうさんりやく》[一八]なればゆめ〳〵等閑《なほざり》にすべからず。浄瑠理は金桜堂《きんあうだう》[一九]出板の『三十六佳選《さんじふろつかせん》』[二〇]を通読すれば此上《このうへ》もなけれど同じ家《うち》にて出板せし『絵《ゑ》入倭《いりやまと》文範《ぶんぱん》』[二一]にてもよし。之は自身で読むよりは寧ろ竹本綾之助[二二]先生或は竹本越子[二三]先生の朗読を聴聞するが早訳りしてよかるべ

二一「篁村先生の文字は実に其磧より出でしなり、然れども其精神は京伝三馬より来りしなり(中略)即ち京伝三馬の骨に其磧を被せしものなり」(魯庵「饗庭篁村先生の文章」『女学雑誌』明治二十二年十二月)。↓二七四頁注一一。
二二一八四三―一九二三。小説家・劇評家。『東京朝日新聞』社員として小説・劇評を担当、江戸文学に造詣が深い根岸派の重鎮。
二三江戸中期に京都の八文字屋から出版された本。凝った趣向・構成の気質物や好色物などで、人気を博した。
二四江戸時代の草双紙の一様式。洒落と風刺をまじえて世相風俗を描写した絵入りの読み物。
二五洒落本の異称。表紙の形と色が蒟蒻に似ているところから。

以上三一三頁

一玄人(くろうと)。**二**不用になった書物を調べること。**三**尾崎紅葉の小説『風流京人形』と『伽羅枕』のもじり。
四江戸前期、霊元天皇朝(一六七三―八一)の時代に出版された書物。伝本は稀少。
五わずかの部分しか残存しない書物。
六一八二九―一九一〇。俳人。春秋庵十一世。旧派俳諧の中心的存在で、明治政府の教導職。明治二十二年、俳諧矯風会を興し、門弟三千人と称す。
七俳書。十二冊。明治二十五―二十六年、庚寅新誌社。**八**きわめてすぐれているもの。
九俳諧撰集。二冊。過日庵祖郷撰、融々処卜早校。明治二十年、求古探新書房。
一〇『明治新撰俳諧壱万集』第一、二編。俳諧撰集。阿心庵永機・夜雪庵金羅編(「東洋文芸叢書」第十三、二十三編)。明治二十四―二十六年、博文館。
一一『俳諧七部集』。佐久間柳居編。享保十七年

し。

[二四]詞曲の研究も必要なり。まさかに「[二五]きんらい」節《ぶし》や、「[二六]やツつけろ」節《ぶし》では素人臭《しらうとくさ》ければチヨイと博文館の『[二七]新選歌曲集』をひねるも面白し。『[二八]由縁江戸桜《ゆかりのゑどざくら》』はお[二九]つだ位の事を云ふには充分なり。又大家となれぬ中《うち》は是れだけ心得れば大物識《おほものしり》と云はるべし。

猶《な》ほ以上五科目の外に心得べき事少からねど余りに煩《わづら》はしければ省く。

明治の文学者は余りに学者過ぎたり

むかしの文学者——軽文学者は文字の示す如く[三〇]鷲毛の如き軽妙なる工風《くふう》あれば何等《なにら》の智識をも要せざるが故に若《も》し以上の五科目を悉《ことごと》く飲込めば余りに学者となる恐《おそれ》ありといふ[三一]杞人《きひと》あれども、昔は昔、明治の文学者は余りに学者過ぎるが却て時勢と釣合つて結構なるべし。

本《もと》より前にも云ふ如く文学者は大《おほい》なる智識を要せず。『[三二]自然』といふ書物さへ読めば沢山なり。流石《さすが》に今日の大先生は能《よ》くこゝを飲込んで智識を貪るには到《いたつ》て冷淡の方《かた》なれども夫《そ》れすら以上の五科目に列記せしものよりは更に一層大なる智識を有し給ひぬ。[三三]尺蠖《(せきくわく)》の[三四]蟻螻《(ぎろう)》に比して足の疾きを見て驚く者は明治の文学者が"[三五]*more than that*《モア ザン ザツト》"の智識に富めるを欽仰せざるべからず。明治の文学者は文学者としては惜しきほどの学者なり。しかもゲーテ或はデ

頃成立。蕉門の代表的な七部の俳諧撰集(「冬の日」「春の日」「曠野」「ひさご」「猿蓑」「炭俵」「続猿蓑」)。一二『七部集大鏡』。『俳諧七部集』の注釈書。何丸著。八冊。文政六年刊。一三 硯友社の機関誌『江戸紫』(明治二十三年六—十二月)の誌名にちなみ、紅葉を中心として結成された硯友社の俳句結社紫吟社の連中。一四 一八六〇—一九〇七。漢詩人・評論家。明治二十二年、内藤耻叟・小宮山綏介らと江戸会を組織し、『江戸会誌』を発行、翌年博文館編集部に入る。一五『雅俗文範 俳諧文選』(「東洋文芸全書」第二十四編)。俳文集。蜃気楼主人(岸上質軒)選。明治二十六年、博文館。一六 俳文集。横井也有著。四編。享保十二年から安永八年までの也有の俳文を収める。前編・後編、天明七—八年刊、続編・拾遺、文政六年刊。一七 俳文撰集。森川許六編。十巻。宝永三年刊。蕉門の約百二十編の俳文を収める。一八 →二六六頁注一〇。一九 日本橋区通四丁目にあった出版社。主に講談落語速記本・義太夫本・実用書などを扱う。二〇『名作三十六佳選』。浄瑠璃脚本集。明治二十三—二十六年刊。二一 義太夫本。内藤加我編。八編。明治十七—二十一年刊。二二 一八五五—一九四二。女義太夫。→補八三。二三 一八七七—一九二三。女義太夫。→補八四。二四 詞と曲。歌謡。二五 →二七二頁注六。二六 明治中頃に流行した壮士演歌。元唄は久田鬼石作詞、吉田於兎作曲。歌の末尾に「片端からヤッツケロ」という文句がつく。替え歌多数。二七 岸上質軒撰。二冊。「東洋文芸全書」第九、十一編。明治二十三—二十四年、博文館。小歌・浄瑠璃を集めたもの。

フオーの如く偏固なる研究を為しゝものにあらずして、一図《いちづ》に奥深く恰《あたか》も八幡《やはた》[一]の籔《やぶ》を詮索するの方針をもて純文学[二]を渉猟《せふれふ》したり。夫故文学者は大なる智識を要せざるものとなすも以上に列記せしだけは随分辛抱して勉強せざれば迚《(とて)》も今の大家の如き大名を売る事出来ざるべし。

文学者が有《も》てる蜆貝《しゞみかひ》[三]一杯の智識にて学海を酌《く》み乾《ほ》せりといふを得ざれども、此一杯の水も蜆貝一斗[四]を包む大きさの唐紙《たうし》[五]を濡《ぬ》らすに足るを思へば決して之を蔑《ないが》しろにすべからず――こゝが肝腎なり、注意せよ！

学者と文学者――決して同一の者にあらず。之を混同して文学者を大学者の如く思ふは非也。但し徳元《とくげん》[六]が『雪[七]ほど玄《くろ》きものはなし』の論法を用ゆれば知らず。

以上を概括すれば文学者とならんとする者は、

文学者となり得べき四条件

(1)余りに荘重若《も》しくは魁岸《くわいがん》なる風丰《ふうばう》を備ふべからず色白にして柔《やさ》しく上品《ひとがら》で若様染《わかさまじ》みたるがよし　然らずんば浅黒くシヤンとして粋《いき》な男振《をとこぶり》をよしとす。

(2)気立《きだて》は柔《やさ》しく寧《むし》ろ意気地なくグズで如泥《によでい》[八]で怒る時は蒟蒻《こんにやく》の如くプリ〳〵と して嬉しい時は塩を掛けた蛞蝓《なめくじ》の如くトロ〳〵として万《よろ》づにタワイなくポ

二八『助六所縁江戸桜(すけろくゆかりのえどざくら)』。歌舞伎十八番の一つ。金井三笑作。宝暦十一年初演。男達(おとこだて)万屋助六と島原の太夫揚巻の心中事件を脚色。助六の出端に歯切れのよい河東節が用いられた。

二九（邦楽で甲〈かん〉より一段低音の乙が渋みを持つことから）洒落て気がきいていること。

三〇鵞鳥の羽毛。きわめて軽いもののたとえ。「一日の命、万金よりも重し。牛の値、鵞毛よりも軽し」（『徒然草』九十三）。

三一（中国周代の杞の国の人が、天地が崩れ落ちるのを憂えたという「杞憂」の故事〈『列子』天瑞〉から）取り越し苦労をする人。

三二 自然を書物のように表現。 三三 尺取虫。

三四 アリとケラ。 三五「それ以上」の。

以上三一五頁

一 →二七四頁注二。
二 pure literature の訳語。三上参次・高津鍬三郎『日本文学史』（明治二十三年）は、「純文学(ピュアーリテラチユーア)」を定義して、「文学とは、或る文体を以て、巧みに人の思想、感情、想像を表はしたる者にして、実用と快楽とを兼ぬるを目的とし、大多数の人に、大体の智識を伝ふる者を云ふ」としている。
三 小さな知識のたとえ。「蜆貝に一盃はかない智恵」（松葉軒東井編『たとへづくし』天明六年）。
四 約一八リツトル。
五 中国南部地方産の紙の総称。古くは楮皮を原料とし、宋代以後は竹を主原料とした。
六 斎藤徳元（一五五九―一六四七）。俳人。戦国武士の出身で、後年江戸俳壇に活躍した。『俳諧初学抄』など。
七「何と見ても雪ほど玄き物はなし」。『俳家奇人談』（→三一三頁注二一）に見える徳元の句。

ンとして抜けたるを尊《たつ》しとす、但し又横着《わうちやく》で杜魯《づろう》[九]で無精《ぶしやう》で怠慢なるは愈々《いよく》妙といふべし。

(3)履歴は板《はん》で押した如く平調《へいてう》[一〇]で極《きま》り切《きつ》て無事平和で伊勢物語[一一]然《ぜん》たる逸事に富み随分人《ひと》に持余《もてあま》されたる厄介咄《やつかいばなし》を作りしものならざるべからず。

(4)学識は可成《かなり》欠乏して兎角《とかく》に間違《まちがひ》だらけの好佳話《かうかわ》を伝ふべきほどの勇気あればよし。無学文盲の世界に住めば充分合格也。其境《さかひ》を去る僅《わづか》に一尺なるが適宜なりといふ。

此《この》四条件に相当する者は慥《たしか》に文学壇に登第すべし。

さて首尾よく登第して後《のち》の心得は如何《いかん》。是《これ》からが中々の思案もの也。能《よ》く〱研究せよ。

第三　文学者として学ぶべき一般の見識及び嗜好並に習癖

文学者として学ぶべき一般の見識嗜好及び習癖　既に文学者となる。是《これ》より後は一切万事文学者然とせざるべからず。爰《ここ》に於て文学者的見識及び嗜好幷《ならび》に習癖を説くの必要あり。

文学者及び准文学者　文学者といふは

ここでは言葉巧みに言いくるめる論法の例。
八 だらしないこと。
九 投げやりで手落ちが多いこと。普通には「杜漏」。
一〇 おだやかな調子。
一一 『伊勢物語』に描かれているような、恋の遍歴。

(甲) 新聞及び雑誌に投書する人
(乙) 小説、韻文、脚本、批評等を製造する人
(丙) 新聞の雑報即ち艶種《つやだね》[一]を書く人
(丁) 民友社、春陽堂、博文館の廉《やす》き本を買ふ人
(戊) 文学者めきたる先生と親交ある人

の五種に分《わか》たる。其中《そのうち》金看板《きんかんばん》[二]といふべきは前の三種にして後の二種は准文学者なりと知るべし。

文学者の守るべき三ヶ条

偖《さ》て文学者若《も》しくは准文学者と成《な》り果《おほ》すれば先づ次の三ヶ条を守らざるべからず。

一 成るべく人の眼に付く様《やう》に心掛くる事
一 成るべく門戸を高ふし狭き城府[三]を設くる事
一 成るべく自身を広告するに尽力する事

右の条目は皆伝《かいでん》[四]として口授《くじゅ》[五]すべき秘密なれば縦令《たとひ》三度の飯《めし》を一度忘るゝとも是《これ》ばかりは決して忘却すべからず。

文学者としての惣《すべ》ての見識、嗜好、若《も》しくは習癖は皆此《この》三ヶ条より割出《わりだ》せしものなれば、能《よ》く此一々を嚙分《かみわ》けて身を処せば、恐らく人後《じんご》に落つる事あるまじ

一 小新聞の雑報欄に掲げられた、男女間の情事に関する話題。小新聞各社は、諸官庁・警察・役所等をまわって取材する普通の探訪記者の他に、「艶種探訪者」を置き、「此の探訪者は重《おも》に花柳界、劇場其他の盛り場に入り込んで、穴を捜し秘密を聞込んで来るのである」(野崎左文『私の見た明治文壇』昭和二年)。
二 金文字の看板を掲げるような、極めつきの文学者。
三 「遇レ人不レ設二城府一」(『宋史』傅尭兪伝)から、人と打ち解けないこと。
四 師から弟子に技芸の奥義をことごとく伝えること。
五 奥義は文章ではなく、口伝えに伝授する。

く、其評判は忽《たちま》ち摺鉢山《すりばちやま》[六]よりも高く、「キンライ」節《ぶし》よりも広く歌はるゝ事保[七]険附《つき》なりといふ。

『俗』　文学者としての見識は先づヱラクならざるべからず。ヱラクなるには人以上に超絶せざるべからず。人以上に超絶せんとすれば勢ひ他を見下《みさげ》ざる可《べか》らず。爰《こゝ》に於て自己《おのれ》を雲上界に置き此社会を仮《かり》に『俗』と名附け、一切の人間を挙げて『俗物』と称《とな》へ、惣《すべ》て人間のする事業を悉《ことごと》く『俗事』と擯斥《ひんせき》[八]す。

絶対に斯《か》く惣《すべ》てを罵《のゝし》りちらして自《みづか》ら行はんとすれば、饑渇冷温《きかつれいおん》[九]を感ずる人間は甚だ迷惑千万なるをもて、文学者は智恵嚢《ちゑぶくろ》を搾出《しぼりだ》して、『俗に似たる雅』なるものを発見し之《これ》を以て漸《やうや》く安心立命の基礎となしぬ。

例へば『甘藷《いも》[一〇]を喰ふ』と云ふ事は俗である。しかし狂歌或《あるひ》は川柳を作るが為に喰ふならば目的が雅なる故に俗でない、但し腹が減つたとか直段《ねだん》が廉《やす》いとかならば目的が賤しき故に勿論俗であるといふが如し。

又例へば『茶番をする』といふ事は俗である。しかし人を楽《たのし》ましむる為め或は養生喰《やうじやうぐひ》[一一]をすると同じ心得で為《す》るなれば目的が真面目《まじめ》なる故に俗でないと云ふが如し。

此《この》二例の如きを『俗に似たる雅』と名《なづ》けて珍重する事一方《ひとかた》ならず。元来

六　上野公園内の小丘陵、天神山の俗称。きわめて低いことのたとえ。キンライ節(欣来節)(→二七二頁注六)に、「すり鉢を伏せて眺むりや三国一の味噌を駿河の富士の山」の句があり、以下それを踏まえた修辞。「其形状摺鉢を伏せたらむが如し、故に俗に摺鉢山の名あり」(「天神山」『風俗画報』明治二十九年九月)。

七　確実な保証があること。「保険」は、明治五年頃から用いられるようになった新語で、事業が盛んになるのは明治二十年代(『明治事物起原』)。

八　しりぞける。

九　普通の感覚を持った人間。

一〇　以下、石橋忍月「想実論」(『江湖新聞』明治二十三年三月二十一―三十日)に、農婦があぜ道で焼芋を食うのは「人境」、家鴨にパンを与えるのは「詩境」とある例が念頭にあるか。

一一　江戸時代、養生喰いと称して獣肉を食べた。ここでは真面目な名目で「俗」っぽいことをする意。

『俗』といふは普通一般に行はるゝ惣《すべ》ての事物を冷罵するの語にあらざれども、今の文学界に跳梁跋扈《てうりやうばつこ》[一]する“*Gew-gaw*《ギユー、ガウ》”[二]的のスノツブ[三]先生は之を濫用《らんよう》して特別なる悪意味《あくいみ》を附会し却《かへつ》て“*Dilettantism*《デイルエツタンチズム》”[四]を主義とするは少しく見当のちがひたる咄《はなし》なれど、此見当の違ひたる処が当世なり。エラクなるには飽くまで惣てを冷罵して人以上に超絶せざるべからず、何ぞ斯る見当ちがひをなすを怪まんや。

尤《もつと》も当世の眼から鼻へ抜ける文学者先生が此位《このくらゐ》な道理を知らざるわけなし。充分知り抜いて而《しか》して後『俗』字を口にするは、云はゞ話《はな》し癖《くせ》にして意味あるものにあらず。多くの人が必要もなきに『成程《なるほど》』『如何様《いかさま》』[五]等の言葉を重ねると同じ　例へば、

『我輩《わがはい》昨夜は俗な事《こ》ツたが、酒に喰《た》べ[六]酔《よつ》て、勿論俗気《ぞくき》退散の為だが、処《ところ》が甚だ俗な咄《はなし》だが五度《ごたび》便所へ通つてイヤモウ大閉口《おほへいこう》、便所も五度となると俗です。第一斯《か》ふなると人間は元来俗だから、我輩も忽ち俗ツぽくなツて、実に恥入《はぢい》るけれど俗物の真似をして医者に掛《か》ツた。薬なンぞを飲むといふは俗極《きは》まるが腹の下《くだ》るのも俗の甚だしいものだ。そこで我輩頗《すこぶ》る俗な事を工風《くふう》[七]した、俗の大関《おほぜき》[八]の薬を飲んで俗の骨頂《こつちやう》の下痢を癒《なほ》すのは十九世紀の俗物が所謂《いはゆる》[九]俗を以て俗を消

一　わがもの顔にのさばりはびこる。
二　見かけ倒し。
三　snob. 俗物。通を気取る人。
四　道楽。ものずき。
五　いかにも。本当に。
六　酒を飲んで酔う。「あれんばかしの酒にたべ酔つて堪るものかい」(泉鏡花「夜行巡査」『文芸倶楽部』明治二十八年四月)。
七　工夫。
八　相撲の最高位。当時の横綱は大関中の特別な力士の呼称だった。
九　成句「毒を以て毒を制す」の駄洒落。「俗を消す」は毒消しのもじり。

すといふもンだテ、あツはゝゝゝ』

この数多《あまた》の『俗』は意味なし。意味なき『俗』字を吐きちらすほど修行が積めばモウ占めたもの也。

『通』と『粋』

此次《このつぎ》に覚込《おぼえこ》むべきは『通《つう》』と『粋《すゐ》』[一〇]也。『粋』も『通』も殆んど同義にして之もむづかしき意味あるにあらず。若《も》し辛抱して八文字屋本幷《ならび》に蒟《こん》蒻本《にやくぼん》を読まば自然と了解すべし。

『粋《すゐ》』道《だう》の祖師を井原西鶴と云ひ、『通《つう》』学《がく》の開祖を山東京伝と云ふ。此《この》二菩薩の遺教経《ゐけうぎやう》[一一]は我が当時の文学界に活気を添えたる事一《ひ》ト方《かた》ならねば信心渇仰《かつがう》怠らず斯道《しだう》の紫金経《しこんきやう》[一二]とも云ふべき『一代男女経《いちだいなんによきやう》』[一三]若《も》しくは『総籬経《さうりきやう》』[一四]、『絹篩子《けんれんし》』[一五]等を誦読《じゆどく》[一六]凡そ三百遍せば必ずや思半《おもひなか》ばに過ぎん。

蓋《けだ》し此『俗』と『粋』若《も》しくは『通』とは恰《あだか》も世人のいふなる『善』と『悪』とが常識の上より漠然たる間に猶《な》ほ限界を有する如く自《おのづか》ら劃定《くわくてい》せる区域なきにあらねども之を抽象的に説くは中々難《むづ》かし。其碩《きせき》[一七]の『傾城禁短気《けいせいきんたんき》』[一八]或は京伝の『京伝余師《きやうでんよし》』[一九]を読めば略《ほ》ぼ首肯する処あるべけれど、さりとて今の文学社会の大半が一切の動作を支配するほど大勢力ありとは随分怪《け》[二〇]しかる事ならずや。

然れども怪《あやし》むを止《や》めよ妙法様《めうはふさま》[二一]のお水すら九死《きうし》[二二]の病人を救ふ事ありといへば

一〇 男女間の人情の機微に通じ、洗練されていること。「心して我文学史を読む者必らず徳川氏文学中に粋なる者の勢力をろそかならざりしを見む」(北村透谷「粋を論じて伽羅枕に及ぶ」『女学雑誌』明治二十五年三月)。

一一 釈迦が入滅時に説いた教えを記した経。西鶴と京伝が後世に遺した作品を経典に見立てる。西鶴は→二六七頁注二〇。

一二 紫金は、紫磨金の略。紫色を帯びた純粋の黄金。ここでは最高の経巻の意。

一三 西鶴の浮世草子『好色一代男』『好色一代女』を経典に見立てる。

一四 京伝の洒落本『通言総籬』による。

一五 京伝の洒落本『娼妓絹篩(しょうぎきぬぶるい)』による。

一六 「読書百遍意自ら通ず」を誇張した表現。

一七 正しくは「其磧」。江島其磧(一六六六-一七三五)。江戸中期の浮世草子作者。役者評判記で成功、『けいせい色三味線』(元禄十四年)をはじめとする八文字屋本の中心的作者。

一八 浮世草子。六巻六冊。宝永八年刊。色道の諸相を描いた其磧の好色物の代表作。

一九 洒落本。一冊。寛政二年刊。題名は、四書の注解書『経典余師』(天明六年)のもじり。『大学』を「大楽」、『中庸』を「通用」、『論語』を「豊後」、『孟子』を「申」ともじった四章を立て、当世風俗を描く。

二〇 不思議なこと。

二一 東京都杉並区堀ノ内にある日蓮宗の名刹、妙法寺。江戸時代から「堀の内のお祖師さま」として厄除け、開運で名高い。

二二 ほとんど死にかけた病人。

『粋道』必ずしも効なきにあらず。之を善用して能《よ》き程《ほど》に切上ぐれば[一]二階から眼薬程の効能あるべけれど兎《と》角[二]鰻登《かくうなぎのぼ》りをしたがるが悪き癖にて『俗』字を振廻《ふりまは》すと共に粋の頂辺《てつぺん》まで升《のぼ》り詰《つ》めるが今の世の作者気質《かたぎ》なり。『[三]通人の寝言』といへる本の序に『我は大通《だいつう》と思ふが不通にておれは[四]自讃《みそ》をあげぬといふ奴が矢《や》張自讃《はりみそ》をあげるのなれども日本一[五]痳病《りんびやう》の薬とかきし看板にひとしく誰も関《かま》はぬが繁華《はんくわ》の地の有《あり》がたさ也』と[六]聞いた風《ふう》な事いふ男も同じ大通のはしくれなるべし。

『俗』と斥《しりぞ》くるは世に超絶せんが為なり。『粋』と信じ『通』と思ふは狭小なる[七]城堡を作りて立籠《たてこも》らんが故なり。其心事は誠に可愛らしきほど子供らしけれど之が当世文学者ともてはやさるゝ秘訣なれば中々馬鹿にすべからず。

又或る[八]他の一派にては甚だしく此『俗』と呼び『粋』と称するを斥罵《せきば》するものあり。然れども是等の一派自《おのづか》ら套語《たうご》なきにあらず。『[九]健全』、『[一〇]純潔』、『[一一]博愛』、『[一二]天道』、『[一三]確信』、『[一四]禅味』、『[一五]厭世《あんせい》』、『[一六]義侠』、等数《かぞ》へ挙《あ》ぐれば頗る多し。何《いづ》れも皆意味の有りさうで無き言葉なれば商人《あきんど》の符貼《ふてふ》の如く心得れば可なり。兎にかく意味の無き言葉を工風して濫りに振回せば忽ち俗界の四辻《よつゝぢ》に金看板《きんかんばん》を挙ぐるを得べし。

一　二階にいる人が階下の人に目薬をさすように、効果のおぼつかないことのたとえ。
二　見る見るうちに地位が上がること。
三　洒落本。桃栗山人柿発斎（初世烏亭焉馬）著。三巻。天明二年刊。江戸の遊里の特色を、合戦記になぞらえて描く。
四　「自讃（そ）をあげる」は、自分のことを自慢すること。
五　淋菌による性病。
六　知ったかぶりをすること。
七　城と砦。
八　以下は、民友社、『女学雑誌』『文学界』『三籟』派などを一体として述べている。
九　たとえば、民友社が『文学界』批判の拠り所として用いた。↓補八五。
一〇　西洋的な恋愛の理想を説くのに用いた。↓補八六。
一一　当時の流行語。↓補八七。
一二　天帝の道。↓補八八。
一三　いたるところにあり、かならずしも流派によらない。
一四　座禅を修行した星野天知が用いた。↓補八九。
一五　たとえば、北村透谷が「実世界」と「想世界」の対立から生じる観念として用いた。↓補九〇。
一六　星野天知などが侠客を論じるのに用いた。↓補九一。

『号』　爰《こゝ》に必要の事あり。文学者となれば——否《いな》、文学者とならぬ時すらも——『号』[一七]なかるべからず。我が国にて所謂『号』なるものは有つても無くても同じ。然れども町内の遊人《あそびにん》すら『グニヤ富《とみ》』[一八]とか『デコ岩《いわ》』[一九]とか名乗る中は社会の師表[二〇]とも云《いふ》べき文学者にして『号』なきは冠履顛倒《くわんりてんだう》[二一]言語道断と云《いふ》べし。アービングが「ニツクブローカー」[二二]と称しヂツケンスが「ボズ」[二三]と名乗り、ホルランド[二四]が「テイツトカム」[二五]と云ひし如き東西古今の例《ためし》極めて多し。我が国の佐藤直方《なほかた》[二六]が生涯『五郎左衛門直方』と称せしは余りに野暮堅《やぼかた》き律義《りちぎ》過ぎたる咄《はなし》なり。当時の文学者は早くもこの野暮臭きを嫌つて都々逸《どどいつ》一ツ作り得ぬ中《うち》から号を付け親が呉《く》れた名は却《かへつ》て忘れて仕舞ふほどなり。名刺にまで本名を書かずして号をしるし、何《なん》の某《なにがし》といふ立派な名は唯《たゞ》区役所だけの通用を為すに過ぎず。近頃[二七]ゾオラが倫敦《ロンドン》の新聞記者総会の席にて匿名の必要を演説し仮名《かめい》を用ゆるも又止《やむ》を得ぬ事ありと曰ひしが、我が国にては『号』と『本名』と其位置を替へて『本名』の方却《かたかへつ》て人に知られずといふは面白し。例へば思案先生[二八]の名は宇内《うだい》[二九]に鳴響《なりひゞ》けども石橋助三郎氏の名は氏自身の家人すら其《その》誰なるやを訝《いぶ》かるといふが如し。（之は風説なれば其真偽は知らず）。

既に『号』あり、而して『俗』、『通』、『粋』等の言葉若くは或る他のお題目

一七　本名以外につける雅号。江戸の漢学者、儒者、および明治二十年前後から明治末にかけての文学者が多く用いた。大正初頭頃からは、本名またはペン・ネームで作品を発表する傾向が一般化する。

一八　幕末の歌舞伎役者、二代目瀬川富三郎の渾名。若女方として娘役、傾城役を得意とし、芸風からこの名がついた。「いや富」「にく富」とも。川柳「ぐにや富の頃こんにやく島はやり」。

一九　日本橋区（現・中央区）蛎殻町を中心に勢力があった博徒・斎藤岩吉の通称。額の広さによる。

二〇　手本となる人。

二一　上下の順序が逆なこと。

二二　Dietrich Knickerbocker. アーヴィング（→三一〇頁注六）は『ニューヨーク史』（"A History of New York", 一八〇九年）を、ディートリッヒ・ニッカーボッカーという老人が残して去った原稿という名目で出版した。

二三　Boz. ロンドン市内の見聞記『ボズのスケッチ集』（一八三六年）および小説『ピクウィック・ペーパーズ』（一八三六—三七年）に用いた筆名。

二四　Josiah Gilbert Holland（一八一九—八一）。アメリカの編集者・小説家・詩人。

二五　Timothy Titcomb. ホランドが自ら編集した雑誌『スプリングフィールド・リパブリカン』に連載して好評を博した『若人への手紙』（一八五八年）で用いた筆名。

二六　一六五〇—一七一九。江戸中期の儒者。通称五郎左衛門。山崎闇斎に学び、福山・前橋・彦根藩の藩儒を務めた。↓補九二。

二七　一八九三年九月、ゾラがロンドンの新聞記者大会に招待された際の演説。↓補九三。

二八　石橋思案（一八六七—一九二七）。→二七九頁注一〇。

二九　天下。

を振廻せば大願成就正札附の紛れもなき文学者となるを得。

是《これ》より文学者として有すべき見識を解かん。

文学者としての見識

文学者としての見識は材木屋の鳶《とんび》[一]でも困る。竹籔《たけやぶ》[二]の雀《すゞめ》位にてよし。許六《きよろく》[三]が下駄を穿《は》いて師翁の腹中に入《い》る者は己《おれ》ばかりだといツたはヱライものなり。浪六《なみろく》[四]先生が堤《どて》に茶屋を開いて男の小万《こまん》[五]を極込《きめこ》んだもヱライものなり。徂徠《そらい》[六]が将《まさ》に死せんとする時雪降れるを見て海内《かいだい》第一流の人物を悼《いた》みて天この世界をして銀ならしむと云ひしはヱライものなり。思軒[七]先生が杯《さかづき》を銜《ふく》んで終生の恨事は徂徠及び山陽[八]と時を同《おなじ》ふせず相見て文を論ずるを得ざるのみと慷慨するもヱライもの也。晋其角《しんきかく》[九]が江戸は日本橋を渡りしものにて此《この》其角を知らぬ者なしと大津の浮浪人を罵りしはヱライもの也。南翠《なんすゐ》[一〇]先生が東京は築地一丁目の裏に住む者皆《みな》御存じの肖像入《せうざうい》りの紀行文を大阪作者の乙夜《いつや》[一一]の覧《らん》に供《そな》へしもヱライものなり。

文学者は斯《か》くの如くヱライものとなるべし、山は平地より高からざれば山にあらず、文学者は常人よりエラからざれば終《つひ》に文学者にあらず。

『ブル』

然らば如何にしてエラキものとなるべきやといふに文学者の見識は『ブル』が第一なり。『ブル』とは英語にていふ牡牛《おうし》なり。他国人は英国人を嘲《あざけ》

一　お高くとまっている、という洒落。
二　群れてペチャクチャ喋る程度の常識。
三　森川許六(一六五六－一七一五)。江戸中期の俳人。蕉門十哲の一。傲岸不遜な発言もあるが、芭蕉の意志を継いで『風俗文選』(宝永三年)を編纂し、画技にもすぐれた。「この子終身おのれが才を自讃して、他を皆蒭狗と思へり。ゆゑに平生翁の腹中へ下駄はきて入るものは、われのみなりと高ぶれり」(『俳家奇人談』巻之中)。
四　明治二十六年四月十五日から十日間、村上浪六が、向島の自宅近くの隅田川堤に、花見客をもてなす茶屋を設けたこと。→補九四。
五　小万は、江戸中期の学芸・武芸にすぐれた女性(?－一八〇四)。芝居「奴の小万」のモデル。浪六に小説『奴の小万』(明治二十五年)があり、その町奴ぶりを自ら気取ったことをいう。
六　荻生徂徠(一六六六－一七二八)。江戸中期の儒者。四書五経を中国古代の言語表現にそくして理解すべきとする古文辞学を提唱。臨終の逸話は、『先哲叢談』巻六による。
七　森田思軒(一八六一－九七)。新聞記者・翻訳家。本名文蔵。『郵便報知新聞』で活躍、周密な文体でユゴー、ヴェルヌなどを多数翻訳。遺著『頼山陽及其時代』(「十二文豪」第十一巻)がある。→補九五。
八　頼山陽(一七八〇－一八三二)。江戸後期の儒者。名は襄(のぼる)。史論家として知られ、詩文や書にも秀でた。史書『日本外史』、詩集『山陽詩鈔』ほか。
九　榎本(のち宝井)其角(一六六一－一七〇七)。江戸前期の俳人。号晋子。蕉門十哲の一。逸話は、涼袋(建部綾足)『芭蕉翁頭陀物語』(寛延四年)による。ただし「大津の浮浪人」は、「大津壁の鼠穴」に住む「侠客」を罵った其角の言の訛伝。→補九六。
一〇　須藤南翠(一八五七－一九二〇)。小説家。本名光暉(つみ

りて『ジョン、ブル』[一二]といふ。牛は涎《よだれ》を垂《た》らしノロ〳〵として折々《をり〳〵》[一三]半間《はんま》な声にてモウ〳〵と吠ゆるものなれば元来勇猛なるにも似ず外観は極めて阿呆《あほう》らし。此故《このゆゑ》に『ブル』と云ふ接尾語《サツフヰツクス》を附すれば英雄豪傑仁人君子等惣《すべ》ての偉人秀才悉く馬鹿々々しき阿呆《あほう》げたる形に変ず。『英雄ブル』、『君子ブル』、『学者ブル』、『作者ブル』、『大家ブル』――『ブル』は一切の[一四]俊髦《(しゆんぼう)》英物を挙げて愚鈍痴漢と化すの力を有《も》てり。

然るに此《この》『ブル』が文学者の見識を増すといふは可笑《おか》しな咄《はなし》なれど能《よ》く〳〵考ふれば決して不思議にあらず。夫《そ》れ世間は[一五]盲目《めくら》千人盲目千人にして目の明《あ》いた奴《やつ》一人もなければ[一六]髯の生《は》へたが官員様で束髪《そくはつ》が女学生と思ふ外は何も分らぬが当然にて折角の文学者様を所謂『俗物』と同視する事なきを[一七]保《ほう》せず。万一誤解せらるゝ暁には悔ゆるも詮《せん》なければ文学者は飽くまでも文学者らしからざるべからず。是れ強《あなが》ちにブルにあらずして天真爛熳《らんまん》の有《あり》の儘《まゝ》をさらけ出すのみ。ブル――文学者ブル。そこで盲目《めくら》も文学者だナと気が附く故にヱライと讃める、(文学者はヱライものと盲信するが為め)。爰に於てか文学者大先生は気[一八]八荒《(はつくわう)》を呑み[一九]森然たり[二〇]茀然《(ふつぜん)》たり[二一]鞅然《(あうぜん)》たり正に是れ[二二]豚の子を生温風《なまぬるかぜ》に驂《(さん)》し[二三]土鼠《むぐらもち》を白醬溝《おはぐろどぶ》に御するの勢。

るて)。政治小説『雨窗漫筆 緑簑談』『一顰一笑 新粧之佳人』など。幸田露伴の「明治二十年前後の二文星」(『早稲田文学』大正十四年六月)に、「南翠氏はその智謀において社会の視聴を寄せさせ色々の人々をしてその小説を耽読せしむるだけの技倆を有して居られた」、南翠と篁村が「当時の小説壇の二巨星として輝いていたその光に敵する星は先づなかった」とある。明治二十一年に築地一丁目に新居を構えたが、二十五年暮れ、大阪朝日新聞に招かれて関西に移住。逸話は、南翠の大阪行きを送別して行われた根岸派文人たちの妙義山登山(二十五年十一月二十日から三日間)を共同で執筆した紀行文『草鞋記程』(二十五年十二月刊)をいう。私家版として南翠に贈られ、富岡永洗筆の口絵に南翠を中央にした参加者たちの肖像が掲げられた。

『草鞋記程』口絵
(『明治文学全集』94 巻,
筑摩書房, 昭 49)

一一 乙夜は、昔、中国で夜を甲・乙・丙・丁・戊の五つに分けたうちの一つ。現在の午後九時から十一時頃。唐の文宗が乙夜に政務を終えて読書したことから、天子の書見をいう。

一二 John Bull. 典型的なイギリス人をいう渾名。イギリスの医者で文人のアーバスノット(John Arbuthnot, 一六六七-一七三五)が、スペイン王位継承戦争の政治的混乱を諷したパンフレット集"The History of John Bull"(一七一二年)に由

英雄崇拝　然らば如何にしてブルを得べき。崇拝すべき人を崇拝して其《その》真似をすれば足れり。[一]英雄崇拝を貶《けな》す者あれども英雄崇拝は人間の自然にして何人《なんびと》も崇拝せずといふ人すら猶ほ何人以外の或る理想躰を作為して崇拝するが常なり。[二]古哲学者の言《ことば》を借りて云へば既に人間が自《みづか》ら不完全なるを認むる以上は焉《いづく》んぞ『完全』を妄想《まうざう》せざるを得んや。或る文学者が自ら足らざるを知《しつ》て他の秀《すぐ》れたる文学者を崇拝するに何の不可なる事やあるべき。又模倣を甚だしく忌《い》むものあれども古《いにし》[三]への碩儒《せきじゆ》が云ひし如く首尾よく聖人の真似を仕果《しおほ》せし者は即ち聖人なり。己れが先進の模倣を為すに少しも差閊《さしつかへ》あるなし。飽くまでも崇拝すべき人の真似をするがよし。怒る時に眼の釣上がる具合から喜ぶ時に相好の頽《（くづ）》れる度合までも。此真似をするをブルといふ。文学者は大にブルべし。ブツて而《しかふ》して後《のち》文学者たるか、文学者となつて而して後ブルか。こゝ荘子《さうじ》[四]が胡蝶《こてふ》に於けると同じく分明《ぶんみやう》ならぬこそ面白し。（注意、単に真似をするをブルと思ふては困る、何でもなき人が何でもある人の猿真似をするをブルと云ふ也）。

そこで大《おほい》にブらんとするに当り古今文学者の嗜好習癖を吟味するの必要あり。先づ衣食住器具調度等に於て見よ。

文学者の衣食住器具調度　[五]冬一裘《いつきう》、夏一葛《いつかつ》、[六]一簞《いつたん》の食《し》、一瓢《いつぺう》の飲《いん》——是れ古《いにし》への文

来。その登場人物ジョン・ブルは、真面目で常識的楽天的な気質を体現している。一三 まぬけ。一四 すぐれた人。「髦」は髪の中で太く長い毛。ぬきんでる意。一五「盲千人目明き千人」といふたとえのもじり。世の中は道理の分からない者ばかりの意。一六 官員は髯を生やして威張っていたので、「鯰」とか「鯔」と呼ばれた。束髪は女学生に多い。一七 うけあえない。一八 全世界。「荒」は国の果ての意。一九 おごそかなさま。二〇 盛んなさま。二一 楽しまないさま。二二 豚の子に車を引かせてのろのろと行くようなもの。駸は、三頭立ての馬車。二三 モグラをお歯黒溝(吉原遊郭を囲む溝)に駆り立てるほどの勢い。白醤は、お歯黒とは反対の色にひねり、遊女のお白粉を表わすか。

以上三二五頁

一 カーライルは講演集『英雄崇拝論』(On Heroes, Hero-Worship, and the Heroic in History, 一八四一年)で、卓越した個性をもつ英雄が歴史を導き、永遠の真実を人々に示すと説いた。一方、英雄崇拝を否定する論調は、平民主義を掲げる民友社に見られる。たとえば、竹越三叉は、「英雄崇拝ノ時代ハ、今方ニ経過シツ、了ラントスルノ時代ナリ、英雄ノ一身ハ、万人ノ感情ヲ蒐集スル能ハザラントスルノ時代ナリ、斯ル時代ニ於テ、英雄ハ何カアランヤ、平等ノ趨勢ニ於テ、既往ノ功過ハ何カアランヤ」(「英雄崇拝ノ時代ハ已ニ過キ去リタリ」『国民之友』明治二十年八月)と論じている。また、平田久『カーライル』(「十二文豪」第一巻)もカーライルが「英雄崇拝論」を説きながら、英雄が今日求められる理由を記していないと疑問を呈している。二 古代ギリシアの哲学者プラトン(前

士が陋巷《ろうこう》[七]に窮居《きゆうきよ》[八]として猶ほ楽《たのし》む所以《ゆゑん》なり。然れども今日は物質的の世界なれば百年乃至《ないし》二百年前《ぜん》の生活を以て規矩《きく》[九]すべきにあらず。有《あら》ゆる利便を知《しつ》て之を用ゐざれば兎も角も、既に利便あるを捨てゝ顧みざるは迂腐《うふ》[一〇]の毀《そしり》を免かれざるべし。

　京都の画工某氏[一一]東京に来《きた》るに曾《かつ》て滊車の便を借らず、常に云ひけらく転瞬の中《うち》に五十三次を通過するは旅の哀《あはれ》を忍ぶ道にあらずと。其《その》風流なるや非風流なるやは別問題として、今の物質世界に循行《じゆんこう》[一二]する人にあらざるや勿論也。

文学者は流行を追はぬ振して追ふ　今の文学者は斯《か》くの如くヒネクレたるを喜ばず。どこまでも物質世界のお供をして行く方針を取れり。唯《ただ》一から十まで流行を外《はづ》さぬ様《やう》にするには勢ひ多くの富を要し、且つ俗物の真似をするも余りに腑甲斐《ふがひ》なければ流行を追はぬ振《ふり》して追ふをもて主義となす。

　少しく大人《おとな》らしく振舞ふには一時の流行を競《きそ》はずして二百年来の流行を心掛くべし。例へば元禄振《ぶり》[一三]とか天明仕込《じこみ》[一四]とか云ふが如し。若《も》し一切の器具調度惣《すべ》て今様《いまやう》を蔑《さげす》みて百年前のものならずんば用ゐずといふまで眼が高くなれば大の大通人と崇《あが》めらるゝ事疑ひなかるべし。

　さりながら是《これ》は較《や》やヘモクレ[一五]たる党派なれば手本にしがたし。第一多少随筆[一六]

四二七-前三四七)が、完全なる真実在としてのイデアに対する人間の憧れを説いたことをいうか。

三 碩儒は大学者。『孟子』尽心上に、一番鶏の鳴くとともに起き出して善をなす者は、聖人舜の仲間であると説かれている。

四 荘子が胡蝶になった夢を見て、自分が胡蝶になったのか、胡蝶が自分になったのか、区別を忘れたという『荘子』斉物論の故事。『荘子』↓三〇七頁注二六。

五 冬に着る一枚の皮ごろもと、夏に着る一枚の葛布の単衣。転じて、粗末な衣服。

六 わりご一杯の飯と、ひさご一杯の飲み物。清貧にあまんじて暮すたとえ。「子曰、賢哉回也、一箪食、一瓢飲、在二陋巷一、人不レ堪二其憂一、回也不レ改二其楽一、賢哉回也」(『論語』雍也)。

七 狭く汚いちまた。 八 貧乏暮らしをすること。 九 手本とすべきではない。

一〇 世間知らずで役に立たないという悪口。

一一 未詳。 一二 従ってめぐり歩く。

一三 元禄時代特有の華やかなさま。「万事新らしかるべき世の中に、貞享元禄の古を慕ひ、袖は丸きに限り、髪は折柳に留め、西鶴が唾に酔ひて天下此外の作者眼に入らず」、「われを元禄の狂人と申せ、それもよし」(「元禄狂」『国民新聞』明治二十三年五月八日)と言ってはばからなかった紅葉への皮肉を含む。

一四 天明年間(一七八一-八九)の文化に特有の頽廃した絢爛ぶりを身につけること。蜀山人(大田南畝〈一七四九-一八二三〉)を中心に機知と諧謔に富む狂歌が流行した時代でもある。

一五 ひねくれた。山口県の方言(『日本国語大辞典』)。

一六 山東京伝『骨董集』(文化十一―十二年)など、江戸時代の風俗習慣に通じた随筆。

物を研究して後[一]日本橋の中通《なかどほ》り或は[二]下谷《したや》浅草界隈をまごつく苦労を積まざれば出来ぬ事なれば当分はあとまはしにして夫《それ》よりは寧《むし》ろ[三]新聞の雑報欄内の流行物でも切抜いて置いて参考に供するが近道なり。

衣服附俗中の雅

衣服は成るべく華美《はで》にするがよし。是れ『俗中の雅』にして常識ある俗物が容易に学び能《あた》はざる処也。[四]紅葉先生曾《かつ》て[五]友禅《いうぜん》の下着を着《ちやく》せし男子《をのこ》を見て[六]箱根以東の化物なりと罵られしが、此男子極めて馬鹿なり、若し友禅の襦袢だけにて辛抱せしならば『俗中の雅』のお仲間入が出来べきに惜《おし》むべし。

ゴオルドスミツスは伊達《だて》を好みし[七]寛濶男《くわんくわつをとこ》なり。「[八]タイル」染《ぞめ》の藤色絹《ふぢいろぎぬ》の洋袴《ヅボン》を穿《は》き黄金の頭《かしら》附きたる杖を持《もつ》てハソ〳〵と来《きた》る姿一段の見栄《みばえ》なりきと[九]史家は書き残しぬ。あはれ此男《このをとこ》も[一〇]薬屋に駈付《かけつ》けて漸《やう》やくに麵包《ぱん》にありつき[一一]肌衣《シヤツ》一枚になつて大陸を漂泊《さすら》ひし事ありと思へば可笑《をか》し。人は決して汚れたるを好むものにあらず。清きが上にも清く美くしきが上にも美くしからんを願ふはおしなべての人情なり。古《いにし》への文士が[一二]垢衊《こうせん》の衣《ころも》を纏《まと》ひて平気なりしは畢竟《ひつきやう》痩我慢《やせがまん》の類に過ぎざれば、明治の盛代に生れしもの何ぞ斯《かゝ》る負惜《まけおしみ》を為す事を要《もち》ひん。大にシヤレるべし、一生懸命にシヤレるべし。

十返舎一九は古今になき[一三]不所存者《ふしよぞんもの》なり。[一四]春王《はるわう》の元日《ぐわんじつ》賀客に風呂を勧めてソツ

一　東海道の起点である日本橋から京橋にかけての繁華な通り。　二　ともに現・東京都台東区の一地区。上野広小路、浅草広小路などの繁華街。

三　各紙に「今年流行の着物」などの題で流行風俗が紹介されていた。

四　紅葉「博覧会余所見記」(『読売新聞』明治二十三年四月十二―二十日)に「箱根以東の化物は是」として、「水色地に海棠様の花を、飛々に染めたる友禅縮緬の長襦袢を着た」二十五六の「自称風雅男」が罵倒されている。

五　絹布などに多彩華麗な絵文様を染め出したもの。元禄の頃、宮崎友禅斎が確立。

六　江戸自慢の諺「箱根より東に野暮と化物はない」による。

七　性格や服装などが派手な男。伊達男。

八　古代フェニキアの都市ティルス(タイヤともいう)に発した染色法で、貝殻から採った紫色または深紅色の高貴な染料を用いる。以下、魯庵『ジョンソン』にゴールドスミスに関する同様の記述がある。

九　イギリスの伝記作者ジョン・フォースター(一八一二―一八七六)のこと。"Life and Times of Goldsmith"(一八五四年)。

一〇　一七五六年、ゴールドスミスがヨーロッパ大陸放浪の旅から一文無しでイギリスに帰国したときの逸話。

一一　ゴールドスミスがオランダに渡り、一七五五年、徒歩でヨーロッパ大陸放浪の旅に出たときの逸話。

一二　垢がついてよごれた衣。

一三　不心得者。八島定岡『狂歌奇人譚』(文政七年)に、「あふみやといひける質屋のあるじ」が年始に来たのを風呂に入れ、衣服を借りて年始に行く逸話がある。

クリ其礼服を着て年始廻りに出掛けしに到《いたつ》ては無法も甚だし。今の文学者は流石《さすが》に身嗜《みだしなみ》能《よ》く紋附《もんつき》羽織袴《はをりはかま》は魯《おろ》か[一五]「フロックコート」、[一六]燕尾服《えんびふく》、[一七]「シルク、ハツト」、の心掛まであれば何時《なんどき》[一八]曲馬の口上言ひに頼まるゝも更に差閊《さしつかへ》なし。まだ〳〵是《これ》だけにては不足なり。[一九]素袍《すはう》[二〇]大紋《だいもん》[二一]烏帽子《えぼし》[二二]直垂《ひたたれ》等の用意なくんばあらず。文学者としてシヤレるには此位《このくらゐ》な贅沢は[二三]魯《おろ》かな事なり。其《その》むかし[二四]松木淡々《たん〳〵》が仕《し》たい放題な栄曜《ええう》に較《くら》ぶれば、[二五]純子《どんす》のてゝら錦《にしき》の鼻拭《ハンケチ》を用ゆるも決して[二六]僭上《せんじやう》の沙汰にあらず。況《ま》してや今の文学者が[二七]紗綾《さや》縮緬《ちりめん》[二八]糸織《いとをり》一楽《いちらく》を不断着となすも、[二九]袖裏《そでうら》に異《かは》り切《ぎれ》を用ゐ[三〇]吹殻《ふきがら》の跡を下前《したまへ》に直す丹精《たんせい》あるに於ては、何ぞ之を贅沢なりと咎むるを得んや。

文学者は贅沢にあらず

勿論！今の文学者は決して贅沢にあらず。たゞ自ら贅沢を尽せりと思ふなり。否、贅沢を尽せりと思ふにあらずして尽さんと思ふなり。否、贅沢を尽し得るの美術心に富めりと思ふなり。否、世の中の贅沢を衒ふ俗物めらよりも遥に勝れたる贅沢を尽すの道に悟入せる大通人なりと思ふ也。(爰《こゝ》に云へる贅沢とは必ずしも富の勢力にて得らるべきものにあらずといふ)。

いざ去らば此《この》大通人の文学者が拵《こしらへ》を拝見せんに、

文学者のこしらへ

今の文学者は黒の羽織を着《ちやく》して殿様然《とのさまぜん》たり。其地《そのち》は[三一]斜子《なゝこ》織若《をりもし》

一四 陰暦正月の異称。天下の春。
一五 frock coat. 男子の昼用礼服。本大系第十八巻二〇四頁注一参照。
一六 男子の夜間礼服。上着の前丈は短く、後裾が長く先が割れて燕尾状。ズボンは共布、白の蝶ネクタイをつける。
一七 silk hat. 男子の正装用帽子。
一八 馬を使った曲芸の見世物。サーカス。↓補九七。
一九 江戸時代の武士の礼服。直垂(注二二)や大紋に次ぐ略式の装束。
二〇 江戸時代に五位の諸大夫(大名・旗本)が用いた武士の礼服。
二一 奈良時代から江戸時代にかけての男子の被り物。身分によって、立烏帽子・風折烏帽子・侍烏帽子などの種類がある。
二二 武士の最上位の礼服。長袴とともに着用した。 二三 言うまでもない。
二四 一六七四―一七六一。江戸中期の俳人。其角に師事。俳諧『にはくなぶり』。「人と為り豪邁にして奢侈を好み衣服飲食殆んど王公に擬せり」(籾山鈞『俳諧名家列伝』明治二十六年)。
二五 練糸を用いて文様を織り出した絹織物で光沢に富む。京都西陣が主産地。てゝらは下着。ここでは褌(ふんどし)か。純子の褌を締めること。
二六 身のほど知らずな贅沢をすること。
二七 紗綾形(卍・稲妻・菱垣など)の文様を織り出した縮緬。
二八 絹の撚糸で綾織にした精巧な織物。 二九 袖裏など見えない部分は安い別布で仕立てる。
三〇 煙草の焦げあとを着物の前を合わせた時に内側になるように縫い直す。
三一 織り目が魚卵のように粒だって見える絹織物。魚子織。

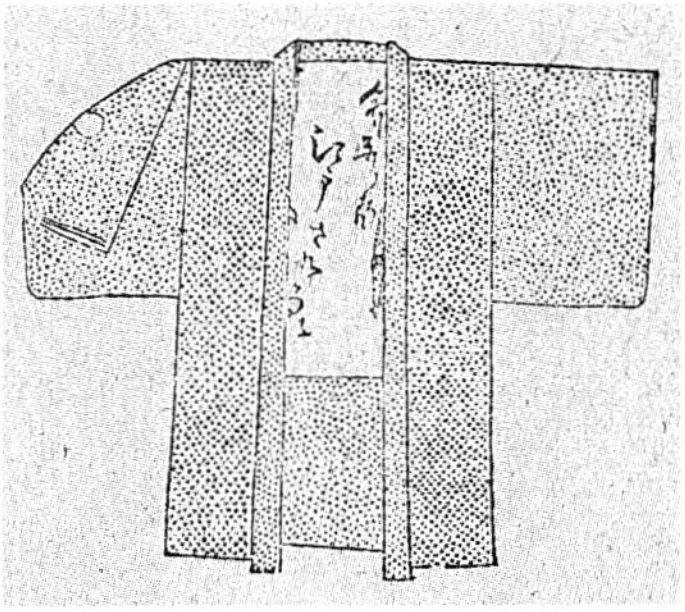

くは一楽織《いちらくをり》を用ゆ。然れども未だ賤機織《しづはたをり》[一]あるを知らず、又未だ無地の結城紬《ゆうきつむぎ》[二]を『しツかい屋』[三]の手に掛ける工風《くふう》にお気が付かれざる也。

又今の文学者は縞市楽《しまいちらく》[四]に糸織《いとをり》を重ねて粋士《すゐし》[五]乎《こ》たり。然れども未だ風通織《ふうつうをり》[六]或は大島紬[七]若《もし》くは縞《しま》斜子《なゝこ》をひけらかす事を知らず。況《いは》んや西陣《にしぢん》の織《をり》[八]出小紋《だしこもん》に到《いたつ》ては玄《げん》[九]のまた玄、有るものやら無いものやらを知らず。

夫《そ》れ斯《か》くの如く通にして斯《か》くの如くブルもの如何《いか》で岐阜に網織《あみをり》[一〇]、西陣に掛糸《かけいと》[一一]織《をり》の最も粋を極《きは》めたるものあるを知るべき。高が呉服屋の番頭の講釈を聞いて江戸ッ子の顔をするが頗る大胆也と云ふべし。

羽折 試《こゝろみ》に上図の羽織を見よ。これ今[一二]の最も勢力ある文学者の一派が満腔《まんくう》[一三]の美術心を搾《しぼ》りし拵《こしら》へなりと云ふ。胴裏地《どううらぢ》に西陣を用ゆれば大出来《おほでき》なり。古純子《こどんす》を用ゆれば夫《それ》こそ恐入《おそれい》りし次第なり。又おつにひねツて京染《きやうぞめ》[一四]の古代更紗[一五]の斜子《なゝこ》を用ゆれば妙のまた妙なるもの。然るに一尺十三銭切《ぎれ》の甲斐絹《かひき》[一六]に『命』[一七]、『ゟし《(かしこ)》』[一八]、若《もし》くはお手製の発句《ほつく》を黒々と書かれ、しかも町内の印判師《いんばんし》に十銭の刻料《こくれう》で注文

絵 小紋の羽織。裏地に「江戸さくら」云々と「お手製の発句」が染めてある。

一 古代の織物の一種。縠(じか)・麻などの緯糸(よこいと)を青や赤に染め、筋や格子を織り出したもの。
二 茨城県結城地方で産する絹織物。藍染めの細い紬糸で織り地質堅牢。
三 悉皆屋。江戸時代、大坂で織物の染色・染返しなどを請け負い、京都に送って調製させることを業とした者。転じて、染物や洗張りの店。
四 縞柄の一楽織(→三二九頁注二八)。
五 粋人めかしている。
六 重ね織の一種。文様以外の布面は表裏別々に織られ、袋状をなすので風通織の名がある。
七 鹿児島県奄美大島産の絣織りの紬。
八 織物の地の一部分を変えて、細かい文様を織り出したもの。 九 非常に奥深いこと。「玄之又玄、衆妙之門」(『老子』第一章)。
一〇 網糸織の略。古い漁網を細かく切って緯糸(よこいと)に交ぜて織った織物。茶人向き。 一一 未詳。
一二 硯友社を暗示。
一三 満身の。「まんこう」とも。
一四 京都で作られる染物の総称。上等の染物の代名詞。友禅染、鹿の子染など。
一五 室町末期から江戸初期にかけてインド、ペルシアなどから渡来した更紗。
一六 もとは近世初頭に海外から渡来した絹織物。多くは甲斐国(山梨県)郡内地方から産する。羽織裏・夜具・傘地などに用いる。
一七 命にかえて大切に思うの意。→補九八。
一八 手紙の結びに用いる挨拶語。多く、女性が用いる。ここでは、羽織の裏地に「かしこ」という女文字を染めさせ、もてることを自慢する。
一九 古着類をあきなう店。

せし駄印を真朱《まつか》に捺《お》されたるお手際《てぎは》は抑《そもそ》も大《だい》の大《だい》の大通ならずや。縦令《たと》へば何処《どこ》の[一九]古手屋《ふるてや》を捜しても無い処が恐らく珍重する所以《ゆゑん》なるべし。

帯　是等の一派が用ゆる帯を見よ。[二〇]角帯《かくおび》は[二一]博多が廃《すた》れしを御存じだけは天晴《あつぱれ》江戸ツ子なれども[二二]繻珍《しゆちん》の既に時遅《ときおく》れとなりしは[二三]一向夢中なるが流石《さすが》なり。稀《まれ》には男物に向かぬ[二四]邯鄲織《かんたんをり》を無理にひねらふと云ふ野心家なきにあらねど[二五]焦坡織《せをはをり》といふは何処で出来るものか更に知らず。

更に又[二六]兵児帯《へこおび》の嗜好《このみ》を吟味せば其愈々《いよ〳〵》[二七]奇絶妙《めう》なるは古《いにし》への[二八]馬骨子《ばこつし》亜流を[二九]蹚《どう》若《じやく》せしむるに足る。今の通は[三〇]天竺木綿の保《もち》の好《よ》きを嫌つて[三一]八王子の縮緬の切易きを尊《たつと》ぶ。八王子にもせよ、兎《と》に[三二]角《かく》丹後縮緬といふ名の立派さに惚《ほ》れて。しかも無地の白にては有触《ありふ》れて面白からずといふ好奇《ものずき》から歟《か》、或は汚れて困るといふ心配から歟、更紗或は小紋に染めたるを用ゆ。之も[三三]竺仙《ちくせん》に注文せし拵《あつら》へ染《ぞめ》なれば一寸《ちよつと》憎い思附《おもひつき》なれど、中幅《ちうはゞ》一尺三十銭見当《けんたう》の染上《そめあげ》を気張《きば》るが常なり。それも是《これ》も惣《すべ》て好し、若《も》し染色《そめいろ》或は形《かた》がジミでシブキものならば。随分甚だしきは十八九の妙齢《としごろ》ならずば婦人《をんな》の帯上《おびあげ》にすら用ゐまじき[三四]柿色入《かきいろいり》の伊達《だて》を見せる凝《こり》性《しやう》もありといふ。

此胴裏の羽織で、この更紗縮緬の兵児帯で――其上に飛白《かすり》の[三五]石川足袋を穿い

二〇 男帯の一種。長さ一丈五寸、幅六寸の帯地を二つ折にし、芯を入れて仕立てる。本場の博多角帯は高価で模造品が多く、維新後次第に衰微した(杉原実『改訂増補博多織史』)。 二一 博多帯。細い経糸(たていと)に太い緯糸(よこいと)を強く打ち込むのが特徴(一本独鈷)、固く締まりがよい。 二二 繻子地に文様を浮き彫りにした織物。やわらかい艶があり華やか。女の帯地。 二三 少しも知らないのが。 二四 室町時代から江戸初期に南方から渡来した縞織物。ふつう「間道(かんとう)」と呼び、金襴・緞子などと同様に、名物裂の一種として茶人に珍重され、掛物の表具や茶入れなどの袋に用いた。 二五 紹巴織。金襴の名物裂。連歌師・里村紹巴が所持していたのでこの名がある。細かい横の杉綾状、または山形の地紋。 二六 もと薩摩の兵児(十五―二十五歳の男子)が用いた、青年男子や子供のしごき帯。 二七 奇妙きわまりないこと。 二八 →二七九頁注九。 二九 驚いて目をみはらせる。正しくは「瞠若」。 三〇 やや厚めで丈夫な白生地木綿織物。足袋・敷布・風呂敷などに用いる。はじめインド方面から輸入された。 三一 八王子付近から産する中級の縮緬。 三二 丹後地方(京都府北部)から産出する上等の絹織物で、縮緬の代表的存在。 三三 浅草区(現・台東区)新福富町にあった呉服染物店。→補九九。 三四 樋口一葉「たけくらべ」(明治二十八―二十九年)では、吉原から朝帰りする長吉が「裕衣(ゆかた)を重ねし唐桟の着物に柿色の三尺を例(いつ)もの通り腰の先にして」(十三)と描かれる。伊達を気取るさま。 三五 裏表ともに使えるようにした両面兼用の足袋。→補一〇〇。

て——猶ほ其上に香取屋[一]を聞覚えて伊勢芳[二]を知らぬ下駄通がオホン[三]といふ黒羅紗の鼻緒を引掛けて——且つ猶ほ其上に野田屋[四]の前を素通りして菱屋[五]に気の付かぬ帽子通が「モール」[六]の紐を飾りし鳥打帽[七]を被ツて、而して後ぐつと反身になつて澄ます時は之を折紙附の通人的大文学者なりと云はずして何ぞ。

文学者の大通既に折紙附《をりかみつき》となれば、一切万事が通の極道《ごくだう》に達せし物ならざるべからず。此《こゝ》に於て書斎は云ふ迄もなく茶の間坐敷向《むき》の装飾中々大事《おほごと》となる。

『室内装飾』　文学者が意匠を凝《こら》す室内装飾に千種万様《せんしゆばんやう》あり。その最も著じるしく人の注意を曳《ひ》くに足るものは作者風の書斎なり。

作者風の書斎　作者風とは何ぞ。即ち文学者ブルを云ふ。一般にブルの必要なるは前に述べし如し。書斎に於ても亦大《またおほい》にブラずんばあらず。

作者は敢《あへ》て小堀遠州《こぼりゑんしう》[八]の風雅を極《きは》めたるにあらず、千利休《せんのりきう》[九]の寂《さび》を好むにもあらず、将《は》た又《また》ラスキン[一〇]が審美的建築の秘奥《ひあう》を捜《さぐ》りしにもあらで、唯《たゞ》わけもなくブランとするが為に世間人並《ひとなみ》に外《はづ》れたる数寄《すき》を尽《つく》して、独身者《ひとりもの》がお菜《かず》を貰ひし如くホク〱悦喜《えつき》ましますだけの事なり。

作者風の書斎とは大道《だいだう》の露肆《ほしみせ》[一一]の如く「ゴミ」を飾り立てるを云ふ。今の文学者の見解に依れば天晴《あつぱれ》美術家が首を捻《ひね》らふと云ふ物は大抵『俗』に属する代物《しろもの》

一　浅草区茅町二丁目にあった履物店。
二　日本橋区若松町にあった履物・小間物店。正しくは「伊勢由」。
三　気取った咳払いをして得意な様子。
四　京橋区(現・中央区)銀座三丁目の洋品・小間物店。
五　日本橋区通三丁目の西洋小間物店。
六　金糸・銀糸・色糸を絡ませた飾り用ひも。
七　(鳥猟などに用いたところから)前びさしのついた平たい帽子。「二三年前より非常の流行、孰の社会へも向く、霜降の羅紗(らしや)、縞スコッチ又は天鵞(びろうど)に最も人望多し」(大橋乙羽編『衣服と流行』明治二十八年)。
八　一五七九—一六四七。江戸前期の茶人・造園家。名は政一(まさかず)。茶道を古田織部に学び、遠州流を創始。また江戸幕府の作事奉行として建築・土木・造園を手がけた。↓補一〇一。
九　一五二二—九一。安土桃山時代の茶人。閑寂枯淡なわび茶の伝統を受け継ぎ、茶道の様式を大成。
10　John Ruskin(一八一九—一九〇〇)。イギリスの芸術批評・社会思想家。美術批評で名声を確立、イタリア建築に造詣が深い。『近代画家論』(五巻)、『建築の七灯』など。歴史は書物よりもむしろ石造建築の上に的確に記録されると考え、偉大な建築は国民の宗教性、美的な感受性の高さを如実に示すものだと説く。
二　道端や寺社の境内など、露天に古道具、古本などの品物を並べて売る店。露店。
三　一五七九—一六三八。江戸初期の公卿・歌人。権大納言。和歌を細川幽斎に師事、二条家流の歌学を究め、能書家でもあった。家集『黄葉和歌集』、歌論書『耳底記』など。「烏丸光広卿は居間に書物を積置き、机の上に硯を置き、扇箱へ筆を入れおく。其間へは誰にても入れず、故に光広卿

にして、真個《しんこ》の見識ある者が珍重すべきにあらず。殊に尋常一般の人の如く尋常の器具調度を用ゆる事は大通たる文学者偏《ひとへ》に之を為すを恥づ。

烏丸光広と山東京伝　むかし烏丸光広卿《からすまるみつひろきやう》[一二]は扇子箱《せんすばこ》を硯箱《すゞりばこ》に代用し、山東京伝は生涯天神机《てんじんづくゑ》[一三]を用ゐたりと聞く。今の人——明《あか》らさまに云へば曾《かつ》て我楽多連《がらくたれん》[一四]三人男の一人と仰がれし某先生は婦多川《ふたがは》[一五]の妓女《はをり》が名残《なごり》の化粧台を文机《ふづくゑ》となして引出《ひきだし》に白粉《おしろい》の香《か》あるを誇り、巻煙草《シガア》の箱に硯を入れて「マニラ」[一六]の筆[一七]に薫《くん》ずるを楽み給ふ。古人の心を得たるもの、豈《あ》に夫《そ》れ恐ろ[一八]感心と云はざるべけんや。

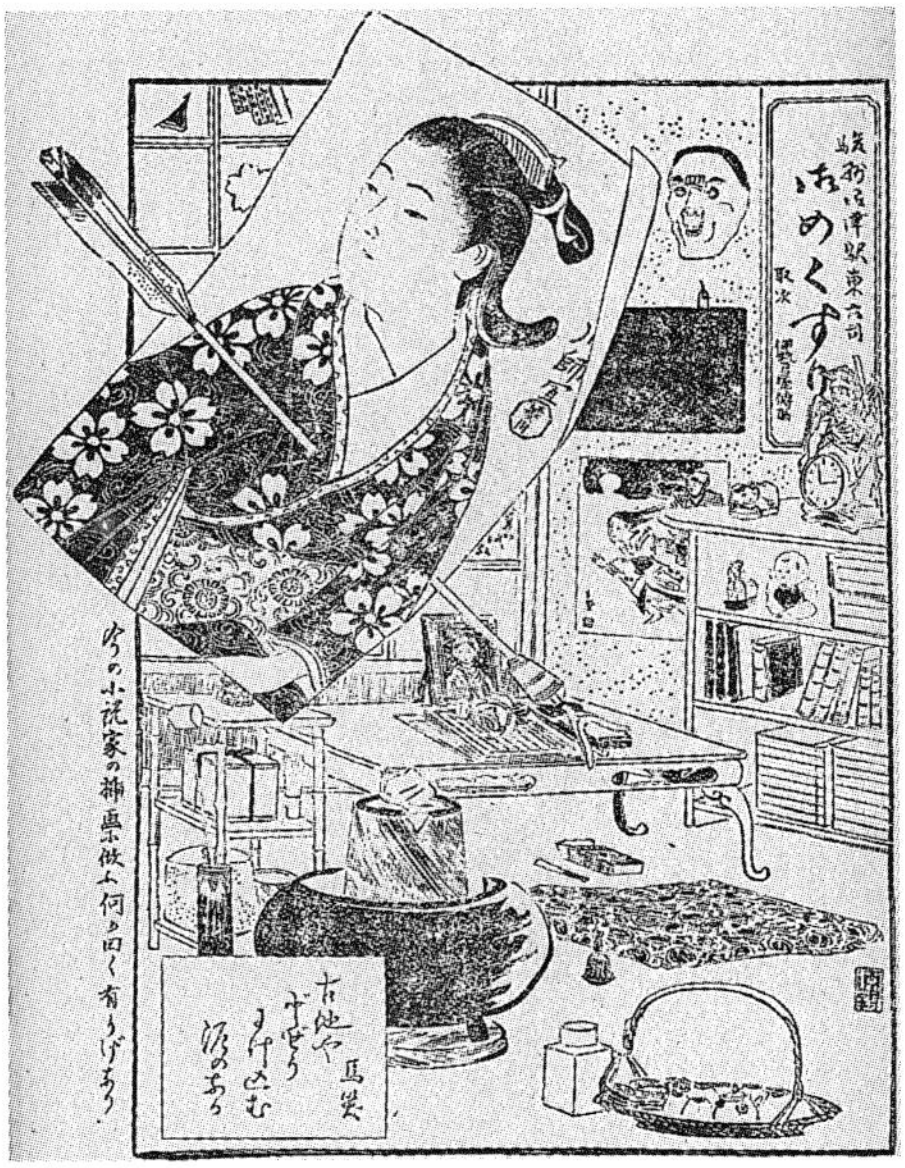

造作及び建具　今の文学者が好事《かうず》は概《おほむ》ね斯《か》くの如し。夫故《それゆゑ》に家の造作木材《つくりきしな》のあしらひ方《かた》は高《たか》がお茶屋[一九]の座敷向《むき》で覚えた位に過ぎざれば猫屋[二〇]をひやかして番頭に首を捻《ひね》らせる心配なき

の坐し給へる所の外は塵堆く有しと也」(真田増誉『明良洪範』巻九)。

一三　江戸時代、寺子屋などで使った手習い机。↓補一〇二。

一四　江見水蔭、石橋思案、紅葉のいずれか。柳田泉「魯庵氏から聞いた話」(『愛書趣味』昭和四年九月)によれば水蔭らしい。

一五「婦多川」は深川。深川芸者は独特の羽織を着用したので「はおり」と俗称。

一六　マニラ産の葉巻煙草。百本入りの木箱詰めになっていた。

一七　いい香りが筆にうつる。

一八「同義語を重ねて、恐れ入った、感心だの意を強めていう」(前田勇『江戸語の辞典』)。本大系第十八巻三〇四頁注二参照。

一九　料理茶屋。

二〇　神田皆川町にあった根子屋。材木の切株や根を買い取って板とし、それを専門に売った。看板や床の間の建材など六尺未満の凝った材木があった(『近世風俗事典』)。「お茶屋」との縁語で「猫」(芸妓)と表記。

絵　小林清親画。文学者ぶった安っぽく不調和な書斎の図。鏑矢を射通した菱川師宣の美人画(再板または印刷)と馬笑「古池やどぜうにけ込む泥のなか」(芭蕉「古池や蛙飛びこむ水の音」のパロディ)の句をあしらう。左枠外には「今の小説家の挿画に倣ふ何か曰く有りげなり」とある。猫足の机の上に女性の写真を飾り、その周囲に雑多な器具調度を陳列、壁には「駿州沼津駅東六司　御めくすり　取次伊勢屋伝助」の看板やまがいものの能面を懸け、小説の挿絵らしきものが張られている(三三二―三三四頁本文参照)。

代りに、物之本《もののほん》で白檀《びやくだん》[一]の尊《たふと》きを知るばかりで吉野杉の品《ひん》の好《よ》きを知らず、一トロに唐木《からき》と呼びて黒檀鉄刀木《こくたんたがやさん》の値《あたひ》高きに肝《きも》を潰《つぶ》せど終《つひ》に黒部杉屋久島杉《くろべすぎやくしますぎ》の渋きを御存じなし。云はゞ奥山普請《おくやまぶしん》[二]で大通を極込《きめこ》むに過ぎず。

普請《ふしん》既に斯《か》くの如し。造作《ざうさく》[三]は如何《どう》かといふに、桐[四]の骨に神代杉《じんだいすぎ》[五]の椽《ふち》を附け掛《かけ》[六]川《がは》の葛布《くづ》或は芭蕉布《ばせをぶ》[七]を張るお好《このみ》を御存じなきは大事なれど、田舎の旅籠屋《はたごや》から思附《おもひつ》いて再板物《さいはんもの》[八]の歌麿《うたまろ》[九]の美人画、石板摺《せきばんずり》[一〇]の古文書、甚だしきは俳諧のちらし[一一]等を交張《まぜば》りにして天晴《あつばれ》の通を極《き》めるに到《いたつ》てはげに〳〵大胆不敵といふべし。

文学者は勿論《もちろん》金持にあらねば家の汚なきは更に差閊《さしつかへ》なし。貸長屋的の普請造作もまた頗るよし。唯《たゞ》それ大通なる文学者にして赤松の床柱、檜の天井板、「ガンゼキ」[一二]或は泥間合《どろまにあひ》[一三]の襖《ふすま》にて満足するは妙なり。君子[一四]は能《よ》く足るを知る。文学者は真個に足るを知る。

此《この》足るを知る文学者なればこそ器具調度に到る迄惣《すべ》て足るを知るも無理ならず。強《あなが》ちに謹倹尚武《きんけんしやうぶ》[一五]を主とするにあらず、決して廃物利用を心掛くるにあらず。而して渠は化粧台を以て机となし烟草の空箱《あきばこ》を以て硯箱となす。

美術に於ける嗜好

古往今来文学者は多少美術の嗜好に富む。デフォーの如きドストエーフスキイの如き殆んど科学者に類せる者を除くの外《ほか》美術の趣味を解せ

一　以下、建物の用材が列挙される。↓補一〇三。
二　浅草公園の奥山に見世物小屋が多かったことから、にわか作り、見かけ倒しの安普請をいう。
三　床の間・戸棚・階段・流し・畳など、建物内部の建具・取付物の総称。
四　以下、襖の作りをいう。襖に桐の組子の骨を使用して。
五　水中や土中に埋もれて長い年月を経た杉。青黒色で堅実。工芸品・建具材として珍重される。
六　緯糸に葛の蔓の繊維を用いた布。静岡県掛川地方の名産。耐水性にすぐれ、雨具あるいは襖・屏風用。
七　芭蕉の繊維で織った平織りの布。沖縄および奄美諸島の特産。淡茶無地または濃茶絣で、夏の単衣・座蒲団地・蚊帳および襖張地用。
八　初刷の絵を板木にかぶせて彫り直すので、線が太く味わいに欠ける。値段も安い。
九　喜多川歌麿(一七五三―一八〇六)。江戸後期の浮世絵師。大首絵(おおくびえ)と称する人物の上半身を描く新様式を確立、名妓や茶屋女の美人画が多い。
一〇　石版刷になった古文書の複製物。
一一　俳諧の課題・締切・撰者名などを書き、発句を募集する引札。
一二　岩石(がんぜき)唐紙の略。襖紙の一種で、一枚張りの大判の和唐紙。石でたたいたような皺紋がある。
一三　泥間似合紙。鳥の子紙に泥土をまぜて着色したもの。間似合紙は、半間の間尺に合う紙の意で、主に襖用。兵庫県西宮市名塩産が有名。
一四　「知レ足者富」(『老子』第三十三章)。
一五　正しくは「勤倹尚武」。明治二十四年、貴族院の硬派議員たちが、政費節減、殖産興業、国威発揚を求める勤倹尚武会を結成、以後「勤倹尚武」は流行語となった。↓補一〇四。

ざるはなし。[一六]グレイ或は今のラスキン等に到《いたつ》ては専門美術家を以て目するも可なり。美術を解せざるは文学者として第一の耻辱なり、[一七]ひねり屋の若檀那が木《き》鉢《ばち》を被りし美術心にあやかれば[一八]一期の面目といふべし。

今の文学者は能《よ》く美術に通ず。此故に文学者たらんとするものは美術に通ずる顔をせざるべからず。少くも美術が好きだといふ顔をせざるべからず。縦令無理に所望し彫刻料を奮発しても[一九]『美術世界』に序文を書き[二〇]『絵画叢誌』に投書する覚悟なかるべからず。よしんば一段見識を下げても当世画工([二一]平手でもよし)に交際を求める決心なかるべからず。成るべく[二二]展覧会或は[二三]共進会を縦覧して草臥足《くたびれあし》を引ずる辛抱なかるべからず。

狂言の太郎冠者

唯《たゞ》是れだけにては済《す》まず。此上《このうへ》に古道具屋をひやかして贋物《がんぶつ》をつかませらるゝを最も妙なりとす。[二四]林述斎《はやしじゆつさい》曾《かつ》て狂言の大名が[二五]太郎冠者に騙《だま》さるゝを妙なりとして云へらく今の大名は騙されぬが却《かへつ》て残念なりト。今の文学者は狂言の大名なり、就中美術に到つては太郎冠者に騙さるゝ事頗る多し。若《も》し林述斎をして在らしめば必ずや之を以て大の大の美徳なりと為さむ。

勿論時《とき》たまの展覧会に硝子越《がらすごし》で研究する美術家なれば、何を見ても妙だ不思義だ能《よ》く出来てると讃《ほ》めるより外《ほか》評する事の出来ぬは当然にして、却《かへつ》て[二六]素《しろ》ツぽ

一六 グレイは、絵画・古美術・建築・園芸などに深い造詣があった。
一七 未詳。
一八 一生の名誉。
一九 春陽堂発行の美術雑誌。和装袋綴じで多数の彩色木版画を収録。渡辺省亭編。明治二十三年十二月創刊、二十七年一月終刊。全二十五冊。饗庭篁村、山田美妙、森鷗外、須藤南翠、森田思軒、石橋忍月など、多数の文学者が「序」を執筆。巻十六(二十五年二月)に、魯庵も「題言」を書いている。
二〇 絵画会叢誌部(のち東陽堂)発行の美術雑誌。明治二十年二月創刊、大正六年三月終刊。「此叢誌ハ(中略)専ラ絵画学術上ノ参考ニ供セント欲スルニ在リ専ラ古今内外ノ絵画ヲ網羅蒐集シテ以テ其大成ヲ期スルニ在リ」(「絵画叢誌発行要趣」)。
二一 平手代の略。徒弟・門人をいう。
二二 「春の上野は敷嶋の大和魂の花匂《かぐ》はしきと共に諸々芸術の妙なる技を競ふ場《には》となりて東京年中行事の一異観たり。美術協会の工芸品展覧会、美術院の絵画共進会、明治美術会の油絵雕刻展覧会を初め、(中略)新緑の翠滴たるまで代る〲展観せらる」(魯庵「時文小言」『文芸倶楽部』明治三十三年一—十月)。
二三 産業振興のために農作物や工業製品を一堂に集め、展覧して品評する会。→補一〇五。
二四 一七六八—一八四一。江戸後期の儒者。美濃岩村藩主松平乗蘊《のりもり》の子。幕府の儒官・林家を継ぎ、『寛政重修諸家譜』『徳川実紀』ほか官撰諸書の編纂につとめた。逸話未詳。
二五 狂言の役柄の一つ。大名や主に仕える従者役。主人より才知にたけていることが多い。
二六 素人くさい。

い処が憎気《にくげ》なくてよし。然るに今の文学者は古道具屋然とヱタイの分らぬ代物を並べちらして、牛鍋[一]をツつついて「シヤモ」の味を賞すると同じ名評を吐く。まことに人を驚かすの法を知れるものといふべし。

徳田《とくだ》[二]や吟松堂《ぎんしようだう》[三]を日本一の骨董屋と心得、玉忠《たまちゆう》[四]、網宗《あみそう》[五]あるを御存じなき御方《おんかた》なれば、縁日商買《あきない》に類する中通《なかどほ》りで高い物を売附けらるゝも無理はなく、勿躰《もつたい》らしく「ゴミ」を飾りたてるも当然なれど、種々《いろく》の講釈をして人を迷惑がらせる事《こと》古人に比類なき大通ならずや。『河東節《かとうぶし》[六]親類だけに二段聞き』。今の文学者に河東を聞かせらるゝ恐《おそれ》なけれども、美術の講釈を聞く覚悟なき時は随分迷惑する事あるべし。

「ションズ丰」と「シヤウズ丰」

爰《こゝ》に面白き逸話あり。某生曾《かつ》て一文を草し今の最も有名なる牛込《うしごめ》[七]の某大家の許《もと》に行き刪《さく》[八]を乞ひしに、先生読んで偶々《たま》『祥瑞[九]』なる文字に『ションズ丰』と振仮名附けられしを見て喝《かつ》して曰く、卿《けい》[一〇]が疎鹵《そろう》[一一]何ぞ甚だしきやト。即座に朱墨《しゆぼく》を以て『シヤウズ丰』と改めたりといふ、

去年哲学界に於て衝突[一二]問題喧《やかま》しかりし時丸山[一三]某井上[一四]博士を嘲《あざけ》つていへらく、博士は荐《しき》りにシオツペンハワーなる人の名を担《かつ》ぎ出《だ》せども独乙《ドイツ》にシオツペンハウエルありてシオツペンハワーなしト。『ションズ丰』と『シヤウズ丰』との

一 牛鍋を食べながら、シャモ肉の味をほめるのと同様な「通」ぶりを皮肉る。「軍鶏(しゃも)屋・牛肉店到る処になきはなく、或は相兼ぬるもあり」(『東京風俗志』中)。
二 未詳。
三 日本橋区箔屋町にあった骨董店。
四 日本橋区本町二丁目十三番地にあった小間物店の玉屋か。
五 銀座一丁目にあった和洋小物店。主人は網屋宗兵衛(『東京商人録』明治十三年)。
六 浄瑠璃の流派の一つ。江戸町人の旦那芸として流行、派手で冴えた曲風が特色。代表曲「松の内」「助六」など。引用の句は江戸古川柳の一つで、落語などにも使われる。
七 牛込区(現・新宿区)横寺町に住んでいた紅葉のことか。
八 文章の添削をお願いしたら。
九 「ションズイ」は中国の明末清初に景徳鎮でつくられた精緻な染付磁器。雅致に富み、茶人に愛好された。「ショウズイ」はめでたい前兆の意。ここでは「某大家」に磁器の知識がないことを示している。
一〇 男子が目下の者を呼ぶのに用いる語。
一一 おろそかで手抜かりがあること。普通は「疎漏」。
一二 明治二十五年から翌年にかけて展開された「教育と宗教の衝突」論争。帝国大学教授・井上哲次郎が「宗教と教育との関係につき井上哲次郎氏の談話」(『教育時論』明治二十五年十一月)および「教育と宗教の衝突」(二十六年一—二月)を発表、国家主義の立場からキリスト教を糾弾し、大きな反響を呼んだ。
一三 丸山通一(一八六九—一九三八)。普及福音教会牧師・教育者。「舞姫」論争、「文学と自然」論争にも介

誤謬は恰《あだか》も之と同じく識者の責むる価値《かちよく》なしと雖《いへ》ども、日頃美術の趣味に富めりと噂さるゝ牛込の大先生にして猶《な》ほ斯《か》くの如きを知らば今の文学者が美術心略《ほ》ぼ推想するに足る。

落款あれば贋にてもよし

又之《これ》も或[一五]る有名なる恋愛小説家某、蘆雪《ろせつ》[一六]の幅《ふく》を購《あがな》はんとし偶々《たまく》其画に頗る偽物《すこぶぎぶつ》多しと云ふを聞きて曰く、否な贋《にせ》にてもよし蘆雪と落款だにあらば贋にてもよしト。此人落款《このひとらくくわん》にて絵を買ふと見えたり。某美術家曾《かつ》て云ひけらく余は落款の何たるを問はざれば勿論真偽を弁ぜず唯《たゞ》その凡と非凡とを鑑別するのみト。前の小説家は則ち然らず、真偽の如何を問はずして落款だにあらば平凡々にても之を愛重して置かざるが如し。所謂道風[一七]の朗詠集宋板《そうはん》[一八]の大明律《だいみんりつ》若し有らば之を愛惜《あいじやく》するもの恐らく此人なるべし。

書画屋第一の顧客

文学者の美術心は先づ此位《このくらゐ》にて沢山なり。此くの如き輿ある好逸事を作るほどに美術心あれば足れり。書画を商ふもの常に云ふ、最も鑑識に精《くは》しき者は困る全く暗き者も困る多少聞噛りて高慢を云ふ者が第一の顧客なりト。文学者は則ち此《この》第一の顧客とならざるべからず。

美術の評語

墨絵《すみゑ》なれば墨色《ぼくしよく》が好いと讃め、彩色画なれば着色が妙だと云ひ、支那物《しなもの》なれば雅致があるとそやし[一九]、日本物なれば古雅だと感服し、足利物《あしかゞもの》[二〇]が見

入。丸山の批判は「基督教抗論正義」(『真理』明治二十六年八ー九月)にある。→補一〇六。

一四 井上哲次郎(一八五五-一九四四)。哲学者。号巽軒(そんけん)。東京帝国大学教授。カント、ショーペンハウエルほか、欧米哲学の紹介につとめ、後年は国家主義を唱えた。

一五 未詳。

一六 江戸中期の画家・長沢蘆雪(一七五四-九九)の掛軸。蘆雪は山城の人。円山応挙の門人。緻密な画風で厳島神社の山姥の図は有名。

一七 小野道風筆の和漢朗詠集。道風(八九四-九六六)は、平安中期の書家で、藤原佐理(すけまさ)・藤原行成(ゆきなり)とともに三蹟と称される。和漢朗詠集は、藤原公任撰。寛弘九年頃、道風没後の成立だから、その真蹟はありえない。

一八 宋板は中国宋代(九六〇-一二七九)に刊行された書物。現存する最古の板本で、書体・造本ともにすぐれる。大明律は中国明代の刑法典。一三九七年成立。「宋板の大明律」はありえない。

一九 おだてて。

二〇 足利氏が政権を握った室町時代(一三九二-一五七三)の絵画。「美術史上に於ては東山時代と称し」、将軍義政の美術奨励によって「芸・能・相の所謂三阿弥、雪舟・雪村及び宗湛等の名家星の如く輩出し」た(岡倉天心「日本美術史」『天心全集』第六巻、昭和二十年)。

事で元禄物[一]がオツだと賞翫《しやうくわん》する。若し試《こころみ》に『美術評語類纂』を編輯せば恐らく新聞半欄《はんらん》位にて今の文学者が用ゆる評語を尽すを得《う》べし。

西洋美術に於ける趣味

多くの文学者の中《うち》には西洋美術の鑑識をもて任ずる者も亦《また》少からず。是等[二]の人の書斎を覗《のぞ》けば更に風変りがして中々妙を極む。先づ楣《らん》間《ま》には髪結床然《かみゆひどこぜん》としても関《かま》はざれば「クローム[三]」の絵を額とすべし。額縁《がくぶち》は純《どん》子《す》も高し金縁《きんぶち》も嫌味《いやみ》なりといふ処で斑竹《はんちく》[四]或は煤竹《すゝだけ》[五]を用ゆ。又「クローム」絵も独乙《ドイツ》或は仏蘭西《フランス》出来《でき》のものは高ければ小川町通《をがはまちどほ》[六]りの写真屋[七]で売る亜米利加《アメリカ》仕入《じいれ》の一枚二十五銭止《どま》りの廉物《やすもの》がよし。随分「グラフヰック[八]」或は「フヰガロ[九]」の附録を夜肆《よみせ》で買出してもよし。国民新聞[一〇]の附録すら額にする人あるを思へば決して〳〵恥かしき事にあらず。況んや大見識あつて真の美術を愛するの余りに出でたるに於ておや。又卓子《テーブル》の上には是非とも石膏細工の裸躰美人像を飾るべし。強《あなが》ち洋行する人に頼んで羅馬《ロオマ》の勧工場《くわんこうば》[一一]から買《かつ》て来て貰ふにも及ばず。三河《みかは》[一二]町《ちやう》辺の西洋道具屋を冷《ひや》かせば五十銭位にて手頃の品を得《う》る事容易なり。

惣じて椅子卓子《テーブル》卓氈《しよくせん》[一三]等は杉田[一四]或は木平《きひら》[一五]の商店を煩はさずとも万事和製《わでき》で済ますが国への忠義といふものなり。殊に卓氈《しよくせん》は花紋の更紗で沢山也。（更紗は舶来品なれど廉物《やすもの》なれば大事なし）。

一　元禄時代（一六八八―一七〇四）の絵画。「絵画に於ても、上流社会には探幽・常信風の情味少きものあると同時に、一方には華美を極めたる所謂元禄模様の行はれたる」時代で、「一方には英一蝶ありて、狩野派を変化して一般的傾向に投じ庶民の喝采を博せるの時、他の一方に於て英派と呼応して一時の風を作せるものは尾形光琳なり」（岡倉天心「日本美術史」）。

二　以下、西洋好きの山田美妙が明治二十二年に購入した神田平永町の新居の書斎が念頭にある。→補一〇七。

三　chromo〔英〕。クロモリトグラフ。多色刷り石版印刷。一八三六年、G・エンゲルマンが開発した技法で、三原色を刷り重ねていくもの。

四　幹の表面に紫褐色などの斑紋のある竹。

五　煤けて赤黒くなった竹。工芸品に用いる。

六　神田区小川町。商家の多い「区内第一の繁華地」（『風俗画報』明治三十二年八月）。

七　ここでは写真販売店のこと。「写場を有するにあらず、ただ紙取写真の複製品を売るのみの店舗なり」（『明治事物起原』）。

八　"The Graphic : an Illustrated Weekly Newspaper". 一八六九年創刊のロンドンの絵入り週刊誌。R. Clay, Sons, & Taylor 発行。大判のグラビア附録があった。→補一〇八。

九　"Le Figaro". 一八五四年創刊、フランスの代表的新聞。文壇や社交界の記事が好評を博した。　一〇『国民新聞』日曜附録（→二七六頁注二）などに掲げられた木版画。明治二十年代には新聞社間の販売競争が激化し、肖像画、美人画、便利帳、双六などの附録が流行した。

一一　→二八二頁注三。

一二　神田区三河町。西洋道具屋は、舶来品の古道具を商う店。

洋癖文学者却て日本品を珍重す

西洋好きで日本品を珍重するは可笑《おか》しき様《やう》なれど、成るべく日本の品を用ゐて西洋風を作るが国粋的進歩主義と云ふ有《あり》がたきものなる由。此故《このゆゑ》に或る一派の頑固連は甚だしく擯斥《ひんせき》すれども例の一トロに『浜《はま》[16]物《もの》』と呼ぶ見掛《みかけ》の奇麗なテカ〱ピカ〱ゴテ〱したる——弁天通り[17]の雑貨店で売捌《うりさば》く日本美術品を重んずる事一《ひ》ト方《かた》ならず。九谷《くたに》[18]有田《ありた》[19]の贋物《まがひもの》を恭《うや》しく陳列す。之れ西洋癖《せいやうへき》文学者の特色也。

要するに西洋風にしろ日本風にしろ部屋の狼藉したるを趣味多しと考ふるが故に、煙草屋[20]の店と同じく、壁は本《もと》より天井まで看板絵[21]びら小説の挿画《さしゑ》学校の

卒業証書女《をんな》の文殻《ふみがら》[22]見世《みせ》開《びら》きの引札《ひきふだ》等を隙間《すきま》なく張附け、畳には雑誌赤本《あかほん》の散然たる間《なか》に人形転《ころ》がり陣笠投出《なげだ》され瓶子《へいし》[23]倒れ釜チンとすまし殆《ほと》んど足の踏所《ふみどころ》なきまでにちらかり柱には

一三 机に掛ける布。底本「卓壇」。
一四 杉田商店。京橋区出雲町の西洋家具店。
一五 木平商店。京橋区尾張町の西洋家具店。
一六 横浜物の略。横浜で扱われる輸出向け工芸品の蔑称。
一七 横浜市中区弁天通。安政六年、横浜開港の際に形成された日本人居住区の一つ。貿易商・雑貨商などが軒を並べていた。
一八 石川県山中町九谷産出の陶磁器。江戸初期に始まる。精細華麗な赤絵、金襴手が有名。
一九 佐賀県の有田地方産出の磁器。伊万里港から積み出したので、伊万里焼ともいう。
二〇 明治二十年代の煙草屋の店頭には、商品の派手な看板やポスターが多数飾り付けられていた。「煙草の製品弥ゝ増加し、同業者相競うて名号に、招牌(かんばん)に、意を凝らし、専ら衆目を惹かんことを力む」(『東京風俗志』中)。

煙草屋
(『東京風俗志』中)

二一 絵を描いた多色刷りのビラ。商家が年末年始などに顧客に配った。
二二 古手紙。 二三 徳利。

絵 西洋美術好きの文学者の書斎。テーブルの上に「石膏細工の裸体美人像」と「浜物」らしき陶器が飾られている。

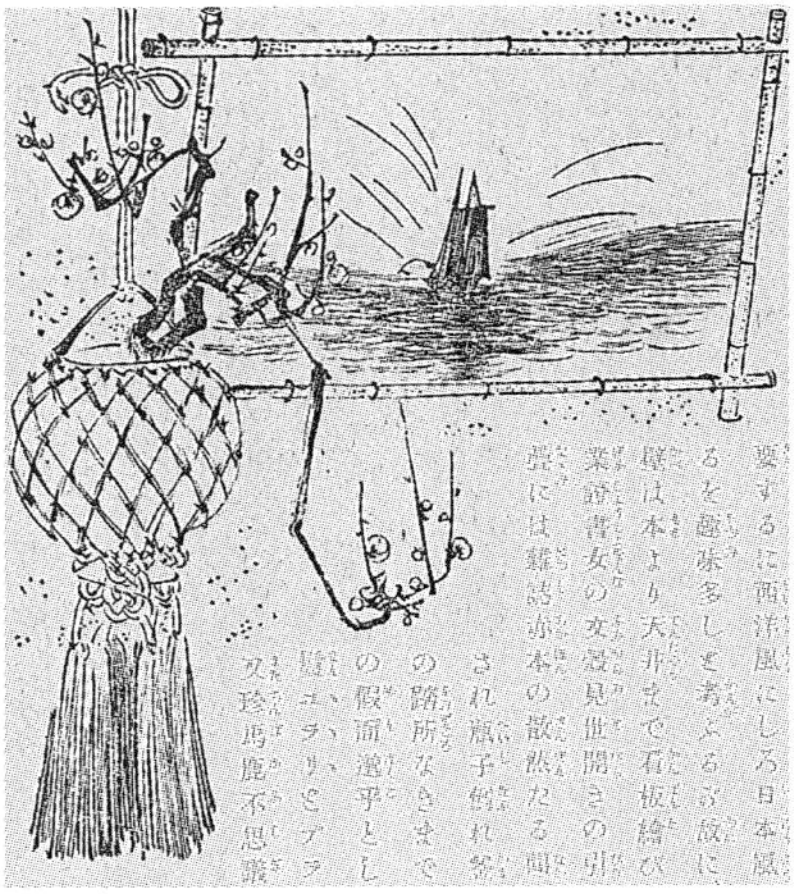

偽作[一]の仮面《めん》邈乎《ばくこ》[二]として睨《にら》まへ天井よりは華鬘《けまん》[三]ユラリとブラ下がる意匠をもて珍《ちん》[四]の又珍《ちん》馬鹿不思議と申す。

美術嫌ひ

中には美術嫌《ぎらひ》を看板とする大文学者もあり。常に『我輩は更に分らぬ』とズバ[五]抜けるは豪壮活達にして面白し。縦令其人は半熟美術家の珍重する南宗[六]の画山水[七]を床の間に懸けるも。

むかし熊沢蕃山《くまざはばんざん》[八]は常に天神様《てんじんさま》[九]の絵を書斎の床《とこ》に掛けたりといふ。天神様の掛物面白し、権兵衛《ごんべゑ》[一〇]謹書《きんしよ》と認《したゝ》めたる稲荷大明神《いなりだいみやうじん》[一一]の掛物ならば愈々《いよく》面白し。

或人《あるひと》[一二]は妙にヒネリて掛物を裏返して自画の三尊仏《さんぞんぶつ》[一三]を張り或人は益々《ますく》ヒネリて一休《いつきう》[一四]の『し』[一五]の字を書きて壁に張付け又或人は愈々茶《いよくちや》かして壁に鳥仏師《とりぶつし》[一六]、百万塔[一七]、土偶《どぐう》[一八]の泥画《どろゑ》[一九]を描《ゑが》きぬ。是等《これら》皆面白し、到底常人《じやうじん》の想像しがたきまで典型以外に走りたる実《じつ》に爰《こゝ》に到《いたつ》て極《きは》まる。

然れども天下に文学者と名乗らんとするものは斯《か》くまでヒネラざるもよし。

絵　竹製の額縁と花器。

一　まがいものの能面。二　そっけないさま。

三　仏殿の梁などにかけて荘厳するための装飾具。金銅・牛革などで作り、花鳥や天女像を透かし彫りにする。

四　「玄之又玄」(→三三〇頁注九)および「摩訶不思議」のもじり。はなはだ珍しい馬鹿の意。

五　言いにくいことを、ずばりと言う。

六　南宗画(なんしゆうが)の略。明代の文人画、いわゆる南画。七　山水画。自然の風景を描いた絵。人物画・花鳥画とともに東洋画の画題の一つ。

八　一六一九―九一。江戸前期の儒者。号了介。中江藤樹に学び、岡山藩主池田光政に仕えて経世済民に奔走、隠居後は著述に専念した。主著『集義和書』『集義外書』『大学或問』など。天神の絵の逸話は、義経の絵の訛伝。「蕃山、壁間毎に義経の画像を懸け、未だ嘗て他の書画を懸けず」(『先哲叢談』巻三)。九　菅原道真の神号。

一〇　田舎の人に権兵衛という名が多かったところから、田舎者の蔑称。

一一　正一位稲荷大明神として祀られる狐の絵。

一二　淡島寒月(随筆家、好事家、蒐集家。別号愛鶴軒、著書『梵雲庵雑話』、一八五九―一九二六)を指す。「愛鶴軒の床の間には懸軸の裏を出して自画の三尊仏を貼付けてありき」(魯庵「緑蔭茗話」『文芸小品』)。

一三　仏語。本尊とその左右にひかえる脇侍の菩薩の総称。阿弥陀三尊・釈迦三尊・薬師三尊など。

一四　一三九四―一四八一。室町中期の臨済宗の僧。法名、宗純。京都の大徳寺を復興。詩・狂歌・書画にすぐれ、また、奇行で知られた。

一五　『一休咄』(寛文八年)巻二に、一休が比叡山の僧侶等に大きな字を所望され、比叡山から麓

一番世話のなきは自分で美術に明るいと思へば済む。自分の意匠を凝しゝ室内装飾は建築上の参考となると思へば済む。又斯くまでに思はざるも一見して直ちに大学者の書斎と分るに違ひないと信ずれば則ち足る。

縦令《たとひ》復《ま》た万一自信の念足らずして斯く書斎を作り上げた処で果して大文学者の書斎なるや否やを疑ふ事ありとするも、斯る意匠は到底今の大文学者ならずは思付かざればどンな田舎漢《いなかもの》が見ても一ト目で『はゝア文学者様のお坐敷だナ』と消魂《たまげ》る事請合なり。

扨《さ》て書斎は斯《か》くの通り出来上ッたれば之より食物《しよくもつ》の吟味を少しく試むべし。

［食物］　文学者はどこまでも通人なり。此故に食物も衛生的ならんよりは寧ろ通人的なるをもて主義と為す。

強《あなが》ち贅沢を衒《てら》つて三度の食膳に甘《うま》い物《もの》づくしをするに及ばず。唯《たゞ》折々『通』をやればよし。牛込なれば吉熊《よしくま》[二〇]、新橋なれば大又《だいまた》[二一]、根岸なれば伊香保《いかほ》[二二]温泉、下谷なれば伊予紋《いよもん》[二三]あたりへチヨク〱行くを『通』といふ。

散財は多きを喜ばず、席の長きを以て『通』と為す。料理は甘きを欲せず、楼婢[二四]の奇麗なるを以て善しとす。此故《このゆゑ》に上等会席には行かず。料理人《いたまへ》の名あるには行かず。ツマリ江戸ッ子の知れる家には行かずして田紳《いなしん》[二五]を歓迎する立派な

の坂本まで「し」の字を書いたとある。

一六　鞍作止利（くらつくりのとり）。止利（鳥）仏師とも呼ばれる。生没年未詳。飛鳥時代の仏師。代表作に法隆寺金堂釈迦三尊像。

一七　供養塔の一つ。天平宝字八年、追福修善のために畿内の諸大寺に納められた百万基の木製の三重の小塔。中の空洞に陀羅尼一巻を納めた。

一八　縄文時代の土人形。女性をかたどったものが多い。

一九　泥絵具を使って描いた絵。江戸末期に起り、主に芝居の背景や看板絵などに用いた。

二〇　牛込区箪笥町にあった日本料理店。当時、吉熊は硯友社中の「根拠地」だった。「牛込第一等の料理屋なり。料理もよく座敷器具等も可なり」（『東京名物志』）。

二一　日本橋区薬研堀町にあった日本料理店。「名古屋料理を以て有名なり。其始め開業当時凡十年前名代の料理番十助が心を籠めたる味噌吸物にて人気を博し、遂に今日の盛況に達せり」（『東京名物志』）。

二二　下谷区桜木町新阪下にあった温泉旅館。「鶯渓の好区寰に拠り、有効なる温泉と滋味ある料理とを備ふ」（『東京名物志』）。田山花袋『東京の三十年』（大正六年）に「『文学界』の新年会、根岸の伊香保の一間、そこで私は島崎君や馬場君や平田君や上田君や戸川君に逢つた。レールに添つた、汽車の通る度にガタガタと家の動くやうな細長い一間で、私は若い人達の熱した気焔を聞いた」とある。

二三　下谷区同朋町にあった日本料理店。「松坂屋の裏横町に在り。古来割烹の美を以て鳴る。殊に口取の佳なるは最有名なり」（『東京名物志』）。

二四　料理屋の給仕をする女。

二五　田舎紳士を略した蔑称。

お茶屋にて反吐《へど》をはくを『通』の極意とす。

　むかし[一]堅田松庵《かたたしょうあん》あり。友に招かれて[二]たゝき菜《な》の馳走になりし時舌打《したうち》して云へらく是れ男のたゝきしものなり女のたゝきしにあらずんば味《あぢはひ》なしト。主人大《おほい》に怪《あやし》み厨《くりや》に行きて之を問へば果《はた》して男のたゝけるものなりき。

　又[三]茶人某有名なる割烹店に行《ゆき》て刺身を命じ喫《きつ》して曰く、是れ鉄の臭《にほひ》ありト。料理人則ち竹を以て料《つく》れるを出《いだ》す。曰く是れ竹の臭ありト。最後に伊万里の鉢《どんぶり》を破《こは》して其砕片《そのさいへん》をもて宰《き》れるを供《きよう》せしかば、茶人初めて其味《そのあぢ》を賞翫《しやうくわん》して置かざりしといふ。

　今の文学者は斯《か》くの如く味神経《みしんけい》の発達せしにあらで、唯一図《たゞいちづ》に『[四]喰《くら》へども味《あぢはひ》を知らず』の嘲《あざけり》を免かれんとするに[五]伋々《きふ〱》として則ち『通』を気取る。

　又むかし[六]某あり、鎌倉の[七]三橋《みつはし》に行き[八]五円金《ごゑんきん》を投出して曰く、『余は魚鮮《なまぐさ》に厭《あ》きたれば之にて精進物を賄《まかな》ふべし』ト。番頭唯々《ゐゝ》として退《しりぞ》き大に五円金を持余《もてあま》せりといふ。

　今の文学者は是れだけのシヤレすら為《す》る道を知らざるなり。唯《たゞ》あてがはれたる料理を乙《おつ》だと賞《ほ》めて割箸で頬《ほつ》ぺたを叩く事のみを知る。[九]八百善《やほぜん》の味を知らざるをもて文学者を咎《とが》むる勿《なか》れ。文学者は能く八百善の名

一　正しくは、堅田祐庵(北村幽安)。近江堅田の豪農(一六五〇-一七一九)。茶事に長じ、味覚がすぐれていた。↓補一〇九。
二　細かく刻んだ菜。
三　未詳。
四　物を食べてもその味が分からない。「心不レ在レ焉、視而不レ見、聴而不レ聞、食而不レ知二其味一」(『礼記』大学)。
五　一つの事にとらわれて、あくせくするさま。正しくは「汲汲」。
六　未詳。
七　鎌倉長谷にあった旅館。
八　明治四年制定の新貨条例にもとづき発行された五円金貨。明治三十年、貨幣法の公布によって新金貨に改められた。
九　浅草区吉野町の日本料理店。↓補一一〇。
一〇　日本橋区浜町にあった日本料理店。↓補一一一。
一一　明け方の空に残る星のように数少ない。
一二　未詳。
一三　深川区(現・江東区)富岡門前東仲町にあった日本料理店。↓補一一二。
一四　中国・三国時代の蜀の武将(?-二二九)。張飛とともに劉備に仕え、武勇をもって活躍、蜀国を建てる基礎を築いた。
一五　中国・三国時代の蜀の丞相(一八一-二三四)。知謀にすぐれ、劉備の三顧の礼にこたえて軍師として蜀国の成立を補佐。彼らの事跡は、明代の歴史小説『三国志演義』(羅貫中作)に活写され、日

を知る。独り花屋敷の[10]常盤屋《ときはや》に到《いたつ》ては其名だけを知るものすら[11]寥々《れう〳〵》として晨星《しんせい》の如し。去年或る[12]大家は紀行の端《はし》に[13]平清《ひらせい》を甚だしく称揚して東京一《とうけいいち》と云ひしにも関《かゝは》らず、終《つひ》に一言《いちごん》の常盤屋に及ばざりしは、恰《あだか》も[14]関羽《くわんう》の武勇を語りて[15]諸葛孔明《しよかつこうめい》の偉略を忘れしに同じ。

有名なる会席すら忘るゝ事あれば、甘《うま》い物屋《ものや》を知らざるも決して怪むに足らず。[16]島村を知らざるは当《あた》り前《まへ》也。[17]堤《どて》から転《こ》して来た[18]常盤《ときは》を御存じなきは勿論々々咎むるだけ却《かへつ》て野暮といふもの。

繰返していふ如く文学者の『通』は国民新聞の[19]斬馬剣禅《ざんばけんぜん》(昨二十六年の夏頃[20]『如何《いか》にして東京《とうけい》に生活し得《う》べきや』なる名文を作つて大《おほい》に通をきめし人也)より上《のぼ》る事《こと》一等の大通なれば諸事万事に行渡ツて、東京《とうけい》に住む[21]猫も釈子《しやくし》も皆知《しつ》てる事だけは悉く御存じなり。浅草に[22]観音があつて品川に[23]お台場がある事から[24]栄《えい》太楼《たろう》が甘納豆をもて評判高く[25]蟹屋《かにや》が金鍔《きんつば》をもて名誉ある事まで[26]一切承知之助《いつさいしようちのすけ》ぐいツと飲込んで『オホン……限る』とすます位なものなり。

食物《くひもの》が通だと云ツて何《なに》も有数《いうすう》の人が知れる珍味を賞翫《しやうくわん》するわけでなく、児守《こもり》は[27]ボツタラ焼《やき》に咽喉《のど》をグビ付かせ断童《こぞう》は[28]今川焼に涎《よだれ》を垂《た》らす事を知るだけにて同じ切餅《きりもち》の附焼《つけやき》でも何処《どこ》の[29]河岸《かし》のが切《きれ》が大きく分《ぶ》があツて搗《つき》が好《よ》く醤油《したぢ》の味が

本でも『通俗三国志』(文山訳、元禄二—五年)、『絵本通俗三国志』(東籬亭菊人編、葛飾戴斗画、天保七—十二年)が人気を博した。

一六 日本橋区通四丁目にあった日本料理店。「往時、留守茶屋として有名なりしもの。今は客室も階上階下僅に二間のみなれども、老主人が得意の技倆は、鶉の椀盛、金麩羅等に現れて、珍羞芳饌、料理通の激賞して措かざる所なり」(『東京名物志』)。

一七 日本堤。隅田川に臨む今戸橋辺から三ノ輪に至る山谷堀の土手で、途中に吉原大門口に入る道がある。

一八 代地河岸にあった通称小常盤。島崎藤村『仏蘭西だより』に、少数の通人が凝った料理や雰囲気を楽しんでいたとある。

一九 金子春夢(一八七一—九九)の号。『国民新聞』記者、『家庭雑誌』主筆。

二〇 「如何にせば東京に生活し得らるゝか」(『国民新聞』附録、明治二十六年八月二十七日—十一月二十六日)。東京の有名飲食店を列挙。

二一 「猫も杓子も」と書くのが普通。

二二 →三五九頁注一一。

二三 ペリー来航後、江戸幕府が海防のために築いた品川沖の洋式砲台。品川のお台場。

二四 栄太楼本舗。日本橋区西河岸町の菓子店。→補一一三。

二五 芝区(現・港区)芝口町にあった菓子店。→補一一四。

二六 すべて承知していることの擬人名。

二七 小麦粉を水でとき、砂糖を加えて、鉄板にぼったりとたらして焼いた駄菓子。

二八 「東京、今川橋ニ始マル」(『言海』)。多くは路傍に屋台を構えて売られた。

二九 飲み食いや遊びの場所。

能《よ》くコンガリとして甘《うま》いかは御存じなし。尤《もつと》も車夫や立ちん坊[一]の舌の加減を御存じなきは貴族的に育ちし文学者[二]なれば道理なれど、扨是《さてこれ》より以上な処で同じカステラでも風月堂[三]と藤村《ふじむら》[四]と壺屋[五]とは如何《どう》味が違ふかは一切《いつさい》[六]夢中なり。中には凝性《こりしやう》な御連中《ごれんちう》が銀坐の古月《こげつ》[七]や中橋《なかばし》[八]の松屋[九]で出来る新菓《しんくわ》を新聞の広告で承知して取寄せるもあれど、遠州好《えんしうごの》[一〇]みの県焼《あがたやき》或は梅花堂[一一]の珍菓に到《いたつ》ては知らぬ処が文学者也。

物は惣《すべ》て不変不動と心得るが今の文学者にて、二十年前に亡くなられた爺《ぢゝ》イ婆《ばゞ》アが迷土《めいど》の土産話にした一々を聞嚙《きゝかぢ》りて鮨《すし》は与兵衛[一二]、汁粉《しるこ》は氷月《ひようげつ》[一三]、団子《だんご》は言《こと》[一四]問《とひ》、蕎麦《そば》は籔《やぶ》[一五]、天麩羅《てんぷら》は天金《てんきん》[一六]と、三井[一七]大丸《だいまる》[一八]と同じく日本中に知れ渡りしだけを吹聴《ふいちやう》して、お盆は丸い物お膳は四角な物と覚込《おぼえこ》みしが抑《そもそ》も通の通たる証据《しようこ》なり。

文学者中の大通は国々の名産を珍重する事一《ひ》ト方《かた》ならず。国産とだに云へばペン〳〵草の砂糖漬も田螺《たにし》の塩辛《しほから》も妙《おつ》だ〳〵と賞める事請合《うけあひ》也。縦令《たとひ》陰にてホ[一九]キ出し水にて咽喉を洗ふ事ありとも兎も角表面だけは珍味して見せるが『通』といふものなり。

惣じて今の文学者の衣食住に於ける嗜好は大抵同上の如《ごと》ければ——よし二三人は此《この》以外の野暮なりとも——こゝらを斟酌《しんしやく》[二〇]すれば略《ほ》ぼ推知《すゐち》するに足らん。

一 明治・大正初期に、坂の下などに立ち、車の後押しなどをして金銭をもらった下層労働者。料金一銭(松原岩五郎『最暗黒の東京』明治二十六年)。↓補一一五。
二 底本「文学者ならねば」を訂した。
三 日本橋区南伝馬町の菓子店。↓補一一六。
四 本郷区(現・文京区)本郷の菓子店。↓補一一七。
五 芝区西久保八幡町にあった菓子店。↓補一一八。
六 まったく分からない。
七 古月堂。京橋区銀座にあった菓子店。↓補一一九。
八 京橋区中橋広小路町。「中橋広小路町は。往古楓川の流ありて。こゝに中橋と称せし架橋ありしを。後ちに埋築して広小路と為せしに因り此名あり」(「中橋広小路町」『風俗画報』明治三十四年三月)。
九 中橋広小路町九番地にあった菓子店松月堂・松屋吉則。名物は「鶯宿梅」。
一〇 遠州は小堀遠州(↓三三二頁注八)。県焼は未詳。
一一 日本橋区通旅籠町三丁目の菓子店。主人森田清兵衛。笹川臨風『明治還魂紙』(昭和二十一年)に有名な菓子商として挙げられている。
一二 本所区(現・墨田区)元町にあった寿司屋。↓補一二〇。
一三 下谷区池之端にあった汁粉屋。「不忍池に臨み風景佳絶汁粉は塩餡に特有の妙味あり季節には蓮飯を供す」(『東京名物志』)。
一四 本所区向島洲崎町の団子屋。↓補一二一。
一五 藪蕎麦。本郷区駒込千駄木林町の蕎麦屋。↓補一二二。
一六 京橋区銀座にあった天麩羅屋。↓補一二三。

猶《な》ほ其他の事を少しく述ぶれば、

名刺　名刺《なふだ》[二一]は是非とも用意せざるべからず。「ケント」[二二]の紙に築地活版所《つきぢくわつぱんじよ》[二三]の印刷なれば所謂《いはゆる》出《で》ず入《い》らず[二四]で温和《おとな》しけれど、其れでは文学者らしからざれば白檀《びやくだん》[二五]に朱字《しゆじ》を用ゆるなど面白し、或は支那人の模倣《まね》をして朱唐紙《しゆたうし》[二六]に黒肉《くろにく》[二七]を用ゆるも妙《めう》也。名刺《めいし》の文面は、

風来山人[二八] 本名　神田白壁町住[二九]　平賀源内

或は単に、

式亭三馬

として裏に住所本姓《ほんせい》をしるすもよし。又『号』のみにて本姓はしるさゞるもよし。何となれば文学者としての『号』は本姓よりも尊ければ也。

一七 日本橋区駿河町の呉服店。三越の前身。延宝元年、三井高利が呉服店越後屋を開業。「現銀掛値なし」の正札販売で発展。明治二十六年、三井呉服店と改める。
一八 日本橋区通旅籠町の呉服店。大丸百貨店の前身。享保二年、下村彦右衛門が京都伏見に呉服店大文字屋を開業、寛保三年に江戸に出店を設け発展した。
一九 吐き出し。
二〇 底本「酙酌」を訂した。
二一 当時、名刺は次第に手の込んだものになり、金で縁取りした「縁金(ふちきん)」や、写真に用いる台紙に最上質の薄紙を貼った「台紙形」などが現われていた(「新様の名刺」『国民新聞』明治二十六年十二月十日)。また、写真入り名刺もあった(大川新吉『東京百事流行案内』明治二十六年)。
二二 上質の画用紙。十八世紀初頭にイギリスのケント地方で作られたことに由来する。
二三 明治五年、本木昌造門下の平野富二が創設した活版印刷所。→補一二四。
二四 過不足のないこと。ちょうどよいこと。
二五 白檀紙。厚手で表面が縮緬状の上質の和紙。詩歌などを書く。のち儀礼や包装用にも用いる。
二六 唐紙の一種で、赤みをおびた上質のもの。
二七 黒色の印肉。
二八 江戸中期の博物学者・戯作者、平賀源内(一七二八―七九)の号。本草学・儒学・国学を学び、日本最初の物産会を開催。博物学書『物類品隲』ほか。談義本・浄瑠璃多数。
二九 神田区神田白壁町(しろかべちょう)＝現・千代田区鍛治町二丁目、神田鍛治町三丁目)。源内が談義本『根南志具佐』(宝暦十三年)、『風流志道軒伝』(同)などを執筆した頃に住んだとされる。

　活字は久永《ひさなが》[一]を嫌ふ。最も普通に行《おこな》はるゝは蜀山風《しよくさんふう》[二]の石板摺《せきはんずり》なり。但し老成の蜀山にあらずして、専ら若書《わかがき》の癖《くせ》多きを重んず。

雅印　徳川時代の文学者は印刻《いんこく》[三]を愛し、山陽[四]或は海屋《かいをく》[五]の如き自《みづか》ら篆刻《てんこく》[六]を為しゝ者すら少《すくな》からず。今の文学者にもまゝ好む者なきにあらねど、もと〳〵俳諧の点印《てんいん》[七]或は掛物の落款《らくくわん》で感服せし印通《いんつう》[八]なれば、鶏血《けいけつ》[九]とはどンな石だか、西漢《せいかん》[一〇]とはどンな書躰《しよたい》だか御存じなく、天賞堂[一一]の広告で益田《ますだ》[一二]香遠《かうゑん》と浜村大𡸴《はまむらだいかい》[一三]を覚えし外は畑河《はたがは》[一四]を日本一《につぽんいち》の名人と思ふだけが関の山にて、町内の印判師《いんばんし》に御自筆を彫《ほ》らせる事のみを知《しつ》て通《つう》を極《き》める也。

　茲《こゝ》に一大文学者ありと仮定せよ。此《この》大文学者先生が車を篆刻師の格子《かうし》[一五]に横附《よこづけ》にて横柄《わうへい》に活板屋《くわつばんや》の小僧を叱る心をもて注文せしと仮定せよ。しかも町内の印判師にお世事《せじ》を云はれた呼吸を飲込ンで素人臭《しろうとくさ》いカラ威張《ゐばり》をして訳《わけ》の分らぬ御《ご》[一六]託《たく》を陳《なら》べたりと仮定せよ。殊に先《さき》が迷惑がるをも思はずして印判師から聞噛《きゝかぢ》ッた書躰の通《つう》を拈《ひね》ッて其お影に滅法高《めつぱふたか》ひ刻料を取られたりと仮定せよ。又其上に陰で笑はるゝを知らずして一ト山いくらといふ実竹《じつちく》[一七]を恩に被《き》せて呉《く》れたりと仮定せよ。若し此事実まことに有らば則ち如何《いかん》。

　幸ひに今の文学者連中《れんぢう》には是《これ》ほど気のきかぬ笑はれ草《ぐさ》を作る痴呆《たはけ》なく、六書《りくしよ》[一八]

一　日本橋の江川活版製造所が製造発売した、書家久永其頴揮毫の行書三号活字。

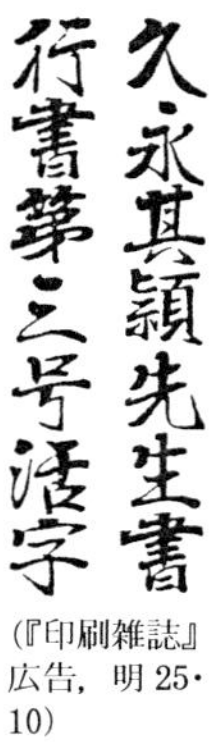

(『印刷雑誌』広告, 明25・10)

二　蜀山人(しょくさんじん)のような書体の石版刷り。蜀山人(→三二七頁注一四)の書体については、『先哲叢談』後篇に「工拙に於て甚だ意をおかず、惟(ただ)一時の適を取るのみ」とある。晩年は飄逸な味わいのある書風で、草書・仮名を得意とした。
三　印章を彫ること。　四　→三二四頁注八。
五　貫名(ぬきな)海屋(一七七八-一八六三)。江戸後期の儒者・書画家。別号菘翁(すうおう)。和漢の名筆に学び、唐様の書風に新境地を開いた。杉原夷山編『日本書画人名辞典』に猪飼敬所の書簡を引き、「貫名海屋近来書名大に振ふ。頼山陽も亦推服す」とある。幕末三筆の一人。
六　印刻の文字に多く篆書を用いるのでいう。詩・書・画と並んで文人芸の一つ。
七　俳諧の点者が句の評点のために押す印。各自独特のものが数個あり、それぞれ点数が定められている。「晋其角(しんきかく)出でゝ半面美人の点印を作り俳諧師は点附を以て一種の営業となせし」(魯庵「緑蔭茗話」『文芸小品』)。
八　印判の「通」。ここでは、三三七頁本文にある、偽物の掛軸でも落款さえあればよしとするような半可通。
九　鶏血石。中国産の印材。赤い斑紋が美しい。
一〇　西漢(前漢の別称、前二〇二-後八)時代の書の家、欧陽生・大夏侯(勝)・小夏侯(健)の書体。
一一　京橋区尾張町二丁目の時計・宝飾店。明治十二年、江沢金五郎が創業。篆刻にも力を注ぎ、

通《つう》すら覗《のぞ》いたことなき代りには象《ぞう》[一九]の形をした蔵書印を玩《もてあそ》び、若《も》しくは竹根《ちくこん》[二〇]に大和《やまと》[二一]古字《こじ》の文で嬉しがるだけ温和《おとな》しくてよし。其他の文房諸具に到つては経机《きやうづくゑ》[二二]を用ゆる外は全く知らず。勿論知らぬ処が尊《たつ》とし、万一知《しつ》てゐては道具屋と誤《あや》まれる恐《おそれ》あるが故に。

大躰《だいたい》右に述ぶるが如し。

要するに衣食住とも悉くブラ〳〵ざるべからず。文学者は斯くの如きものなりと覚込みて精々油断なく模倣《まね》をすれば請合つて忽ち文学者となれる。

流行　流行――は文学者が忘れて済まぬもの故《ゆゑ》万事飲込んだ顔をしてゐるべし。さりとて流行の奴隷となるは随分金子《かね》が掛《かゝ》つて厄介物なり且つは見識のなき咄なれば成るべく流行におくれる様に心懸くべし。しかし丸切《まるき》りおくれると流行を知らぬと思はれる憂《うれひ》あれば手軽で済む事だけ流行を競ふべし。

巴黎《パリ》の流行は一日々々に変る。文学者の流行は五年位続く。之を俳学の語《ことば》にて云へば不易[二三]と流行と相兼ねたるものにて世間の人はス〻タレたと思ツても文学者だけは猶ほ流行だと思つてゐる。其証据《しようこ》には文化文政[二四]度のお嬢様が今でもゐる事だと信じ為永《ためなが》[二五]時代のお衣《べゝ》を今でも着てゐる事と考へるが何より也。

是れしかしながら文学者の有がたき処なり。流俗以外に超然として『通』と

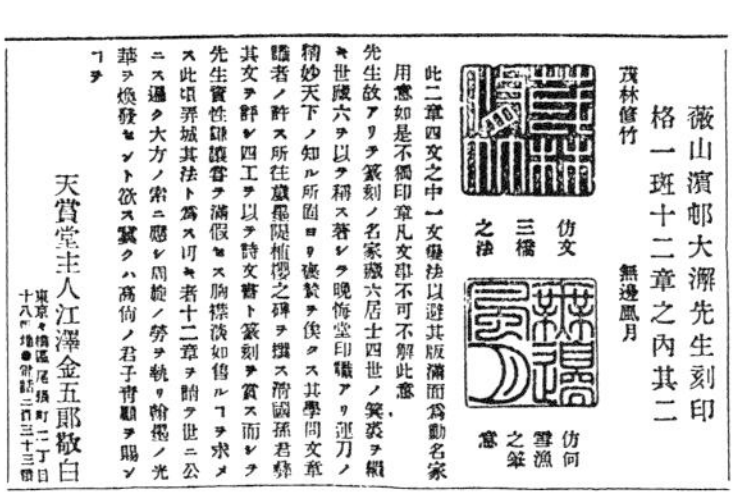

薇山濱郡大澥先生刻印
格一斑十二章之内其二
茂林修竹　無邊風月
仿文三橋之法　仿何雪漁之筆意
此二章四文之中一文變法以避其版滿而爲動名家用意如是不獨印章凡文事不可不解此意
先生故アリテ篆刻ノ名家藏六居士四世ノ箕裘ヲ繼キ世藏六ヲ以テ稱ス著シテ晩悔堂印識アリ運刀ノ精妙天下ノ知ル所固ヨリ褒辭ヲ俟タス其學問文章識者ノ許ス所往嶽麓隱栖櫻之碑ヲ撰ス滑國孫君彝其文ヲ許シ四工ヲ以テ詩文書ト篆刻ヲ賞ス而シテ先生資性謙讓常ヲ滿假セス胸襟淡如售ルヿヲ求メス此頃界城其法ト爲ス可キ者十二章ヲ擶テ世ニ公ニス遍ク大方ノ需ニ應シ周旋ノ勞ヲ執リ翰墨ノ光華ヲ煥發セシメント欲ス冀クハ高尙ノ君子青顧ヲ賜ンヿヲ
天賞堂主人江澤金五郎敬白
東京々橋區尾張町二丁目十八番地●電話二百三十三番

天賞堂の広告
(『国民新聞』明26・3・29)

主要な新聞雑誌に盛んに広告を掲げ、販路を拡張した。魯庵「銀座と築地の憶出」(『女性』大正十五年七月)に天賞堂に関する回想がある。

一二　篆刻家。本名厚(?-一九二二)(『大人名辞典』)。『東京流行細見記』(明治十八年)の「篆刻屋印助」の項、四番目に「香遠」とある。

一三　篆刻家。四世浜村蔵六(一八二六-九五)。号、正しくは大澥。備前の人。詩書に通じ、彫刻をよくした。『東京流行細見記』の第三位。↓注一一の図版。

一四　本郷区切通阪町二八にあった印刻店。主人畑河雄。「本店は印刻の巧妙を以て名声夙(とつ)に都鄙(ひと)に喧伝し、朝野知名の士常に用ふる所の印章は、此店より出づるもの多し。其特色は書体を崩すこと極めて巧緻にして、之を摸擬すること能はざるに在り」(『東京名物志』)。

一五　格子戸の玄関先に人力車を乗りつけて。

一六　自分勝手なことを偉そうに言い立てた。

呼び『粋』と誇る。噫、是れ最もエラキ処ならずや。

是《これ》より文学者が交際の心得を説くべし。

第四　交遊に於ける文学者の心得

倫敦の社会

倫敦《ロンドン》には政治社会と称すべきものなし。寧《むし》ろ外交社会、法律社会、遊猟社会等と云ふべきものあるも単に政治家のみの会合或《あるひ》は団躰《だんたい》を見るを得ず。之《これ》と同じく特別に文学社会、美術社会、演劇社会と名《なづ》くべきほど凝結せる独立の社交を絶えて作る事なし。何《いづ》れの集会に望むも必らず文学者の三々五々群《ぐん》を為すを見る、宮庭の夜会にも、政事家の宴席にも、学術の講談会にも、蹈舞会《たうぶかい》にも、遊猟会にも。然れども特に文学者のみが一団を作りて別世界を為すを知らずト。是れ数年前倫敦《ロンドン》滞留の外国人が著《あら》はしゝ『倫敦社会《ソサイヱチイ、イン、ロンドン》』[一]中の一節なり。[二]アングロサクソン人は世界を以て家となすの気象あるが故に、社交上に於ける心もこれと同じく、社会の公人としては各々《おのおの》政事家たり文学者たり美術家たりといへども、一私人としては互に往来して其間《そのあひだ》更に墻壁《しやうへき》[三]を設けず、誰も彼も打交《うちまじ》りて少しも挟《さしは》[四]さむ処なし。

日本の社会

日本《につぽん》は之と変りて、小《せう》にしては互に城堡《じやうはう》[五]を守りし封建の遺風、大《だい》

一七　マダケの地下茎が断崖から空中に突出し上方へ伸びたもの。茎が中空でなく、杖・印材などに用いる。宮城県松島産が有名。

一八　明の閔斎伋撰。乾隆年間（一七三六―九五）刊。中国古代の秦代に至るまでの篆書を集めた書。十巻。日本でも江戸・明治時代に篆書の字書として用いられた（『日本書道辞典』）。

一九　象の形を自分の印とした戯作者万象亭（森島中良）の真似か。

二〇　竹の根で作った印材。

二一　奈良朝から平安末期の公文書に使用された大和古印の書体。独特の雅趣がある。

二二　仏前で読経の時、経文をのせておく小机。主に黒または朱の漆塗りで、縁を金具で飾る。

二三　蕉風俳諧の理念を表わす用語。不易は不変、流行は変化の意。不易と流行とは根元において一つであり、ともに風雅の誠から出るとされる。服部土芳『三冊子』（元禄十五年）などに説かれている。

二四　文化・文政期の戯作・浮世絵類に登場する「いき」な女性を指す。

二五　為永春水の人情本に描かれているような女性の衣裳。たとえば、『春色梅児誉美』では、米八の衣裳について、「上田太織(ふとり)の鼠の棒縞、黒の小柳に紫の、やまゆじまの縮緬を鯨帯とし、下着はお納戸の中形縮めん」（初編巻之一第一齣）とある。

――以上三四七頁

一　"Society in London. by a Foreign Resident." 一八八五年、ロンドンの出版社 Chatto & Windus 刊。イギリスのジャーナリスト・作家 Thomas Hay Sweet Escott（一八四四―一九二四）著。ロンドン滞在の外国人の見聞記という形式で書

にしては外国の交通を拒絶して堅く自《みづか》ら閉鎖せし余波《なごり》未だ消えず。業《げふ》を異《こと》にすれば互に睨《にら》め競《くら》をして政事家は政事家、文学者は文学者、美術家は美術家とおのがじゝに蝸牛《くわぎう》の殻《から》に等しき小邦国を作り、各々我《わ》[六]が仏尊《ほとけたふ》としで自らを揚げ他を落すに汲々《きふ〳〵》と堅く守つて籠城《ろうじやう》を為す。

文学者の小党派

一ツ穴に棲《す》める文学者同士すら広く交はる事出来ずして、似た者連中《れんぢう》が小党派を作りて向ふの隅にコソ〳〵此方《こちら》の隅にチヨコ〳〵寄合《よりあひ》を附けるが名にしおふ大和民族の特色なり。[七]小党樹立の政治界を怪《あやし》む勿《なか》れ。主義の異同も感情の行違《ゆきちがひ》もあるにあらずして猶ほ無数の党派に分るゝ文学者あるをもて見れば黒[八]砂糖の凝塊《かたまり》がいつの間にか出来るも不思議にあらず。

文学者は必ず小党派を作るべし

文学者としての交際は第一に小党派を作るにあり。勿論《もちろん》幾分か主義を同《おなじ》ふする者或《あるひ》は嗜好の似たる者同士にあらずんば提携するを得ざるは当然なれども、文学者の党派は斯《かゝ》る面倒臭き手数を要せず、例へば同じ町内に住む者なれば同町内といふだけの好誼《よしみ》にて同じ様《やう》に酒を飲めば好酒家《さけずき》といふだけの廉《かど》で四人なり五人なりの連中《れんぢう》[九]を作る、之が第一の秘訣なり。

どうにか斯《か》うにか連中が出来れば、此《この》連中で茶番をする、酒を飲む、芝居に行く、花見に出掛ける、雑誌を発行する、一ツ新聞の寄書家となる、互に各々《めい〳〵》

かれている。以下の引用は、第十一章 Litterateurs in society—Journalism の冒頭部分。

二 ここではイギリス人をいう。アングロサクソンは、五世紀半ば以降にドイツの西北部からイギリスに渡ってきたゲルマン民族の一部。

三 「墻」は「牆」の異体字で、土や石で築いた塀。

四 悪い思いをいだくことがない。

五 敵を防ぐための城と砦。

六 自分のありがたく思っているものだけを尊び、他を顧みない偏狭な心を非難していう。

七 明治二十六年末の政界は小党派が乱立していた。「衆議院党派別」(『読売新聞』明治二十六年十一月二十八日)によれば、各派の勢力は、自由党九十八名、改進党四十二名、同盟倶楽部二十五名、国民協会七十名、井角組五名、大阪派六名、紀州派五名、政務調査所二十二名、実業団体八名、東洋自由党四名、無所属硬派七名、無所属軟派八名。

八 まだ精製していない黒砂糖のように、ひよっ子文学者がくっつき合うさまを形容。

九 仲間。

の著述を讃《ほ》め合《あ》ふ——陰ではおの〳〵舌[一]を吐いて修羅《しゆら》を焔《もや》してゐやうとも表面だけはざツこばらん[二]の無礼講《ぶれいこう》[三]を樹《た》てゝ文壇に何派ありと気焔を吐く。

党派の表面及び裏面

最も“*homogeneous*《ホモジエニアス》”[四]で且つ“*heterogeneous*《ヘテロジエニアス》”[五]なるものは文学者なり。漸《やうや》く五人か六人の小党派を作りながらも猶ほ互におのれの城廓を設けて、例へば打解けし酒宴の席ですら籠城の策を講ずるは不思議な程なり。三日三晩飲明《のみあか》したとか或は一ト月余りも一緒に旅行したとか聞けば、さも睦まじさうに思はるれど、陰では熱罵《ねつば》[六]冷謔《れいぎやく》互に敵の備《そなへ》なきに乗ずる軍略片時《へんし》も油断せず益々《ます〳〵》守備《まもり》を厳《きびし》ふして塁[七]を高ふす。而《しかふ》して相遇《あひあ》へば歓喜を眉宇《びう》[八]の間に溢《あふ》らして兄弟の如し。

蓋《けだ》し何故《なにゆゑ》に斯《か》く裏面に相せめぐ者が兎に角表面だけは親密なるやと云ふに、前にも述べし如く当時の文学者は『通《つう》』且つ『粋《すゐ》』たらんと欲して常に恬淡《てんたん》和平勤《つと》めて胸襟《きようきん》の広きを粧《よそほ》ふが為《ため》たり。むかし千松《せんまつ》[九]は曰くおなかゞ空《す》いても飢《ひも》じふない。今の文学者は則ち曰く腹は立つても怒らない。縦令《たとひ》何かの不満足あるにしても其《その》不満足を忍ぶが粋なり、通なり、殊にまた何かの便宜が此《この》不満足の埋合《うめあはせ》をするに違ひなければ結合団躰を作るは極めて必要也。所謂《いはゆる》[一〇]一本の矢は折れ易けれども一束《いつそく》の矢は折るべからざる道理にて。

一 大いに人をそしるさま。赤い舌がちろちろするさまを修羅の炎のように表現。修羅は嫉妬・猜疑の念が盛んなこと。
二 「ざっくばらん」に同じ。
三 身分の上下の別なく礼儀を捨てて催す酒宴。
四 同質の。同種の。
五 異質の。異種の。
六 激しくののしり冷たくあざけること。
七 とりでを高く築く。
八 眉のあたりに。
九 歌舞伎・浄瑠璃『伽羅先代萩(めいぼくせんだいはぎ)』中の人物。乳母政岡の子。「おなかゞ空いても飢じふない」は、毒殺を恐れて幼君とともに空腹を忍ぶ場面の台詞。
一〇 戦国時代の武将毛利元就(一四九七―一五七一)が、三人の子にさずけた教訓。「元就終りに臨み、衆子を集めて曰く、(中略)子の数程に箭(や)を取寄せ、是箭一本折れば、最も折り易し、然れども一つに束(がつ)ぬれば折り難し、汝等之を監(かんが)み、一和同心すべし、必ず乖くこと勿れと」(岡谷繁実『名将言行録』巻之四、明治二年)。
一一 『水滸伝』に登場する梁山泊の一味、百八人中百六位。ばくち打ち。綽名は白日鼠(はくじつそ)、白昼こそこそしている者の意。財宝強奪の一味に加わり、酒売りに化けて警護の兵士たちにしびれ薬入りの酒を売った。

党派の利益

白勝《はくしよう》[11]は白酒を売りし匹夫《ひつぷ》[12]なり、時遷《じせん》[13]は鶏を盗みし草賊《さうぞく》[14]なり。然れども之を梁山泊《りやうざんぱく》[15]一座の豪傑と呼ばゝその匹夫草賊たるを忘れて先づ天下を動かす人なるやを思ふ。当時の文学者が各々《おのく》樹立せる党派に於けるは恰《あだか》も之と同じく何党の誰と云へば都々《どゝ》逸駄《いつだ》発句《ほつく》[16]の外《ほか》は何物をも為《つく》り得ざる事に気附かずして直ちに天下文壇の大将軍なりと信ず。党派豈《あ》に軽《かろ》んずべけんや、党派は実に勢力を作る。

流石《さすが》に立憲治下の文学者だけありて能《よ》く党派の利益を悟り、幾分かは勢力の増進をも算測して不満足ながらも何々派の尻馬に乗りて文学の戦場を踏みちらす心掛《こゝろがけ》感心なりといふべし。見よ、田舎新聞の続き物[17]にも劣る小説ですら何党の某《なにがし》が述作とだに云へば東京の大書肆が立派なる表紙と口絵を添えて出板《しゆつぱん》し、堂々たる大家先生が長々しき批評をなすにあらずや。

人は云ふ、今の文学界は門閥なりト。然り、今の文学界は門閥なり。然れども此毀言《きげん》[18]を為す者は自《みづか》らを門閥に化する力なきやくざもの也。官に媚《こ》ぶる者は故《ことさ》らに薩音《さつおん》[19]を摸《ま》ね長人《ちやうじん》を気取る。文界に旗挙げせんとする者は『粋』と『通』の洗礼を受け進んで何《いづ》れかの党派に属せざるべからず。

党派に加はる秘訣

而《しかふ》して此党派に属するは決して難事にあらず。本《もと》より二名以

一二 身分のいやしい男。
一三『水滸伝』に登場する梁山泊の一味の百七位。こそ泥。綽名は鼓上皂(こじようそう)で、鼓の上の蚤を意味する。梁山泊をめざす途中の旅宿で、肉が売り切れていたため鶏を盗んで食べてしまう。
一四 こそ泥。
一五 中国山東省の西部、梁山の麓にあった沼沢。天険の要地として知られ、古来、盗賊や謀叛軍の根拠地となっていた。宋江を首領とする百八人の豪傑たちが集まる『水滸伝』の舞台。硯友社は、文壇の梁山泊と称していた。
一六 拙劣な発句。
一七 小新聞の雑報から派生した続きの雑報。「岩田八十八の話」(『東京平仮名絵入新聞』明治八年十一月二十八―三十日)が最初とされる。後に小新聞だけでなく大新聞にも掲載されるようになり、強盗や殺人などの実際に起った事件を潤色して連載する形式から、事実らしく仕立てた架空の物語へと発展し、新聞小説の誕生につながっていく。「続きものも最初の内は別立ての標題(みだし)ではなく其の筆者も署名せず、謂はゞ長い雑報を連載するやうなものであつたが、一二年後には外題を一行の別見出しとし、何某(なにがし)作とか何某綴(なにがしつづる)とか其の筆者の作名を掲げ、外題も草双紙風の五字題七字題のものが用ひられるやうになり(中略)それが後年には小新聞を卑俗だと譏つて居た大新聞までが之に倣ひ、終には講談ものまで連載して読者の御機嫌を取るやうになつた」(野崎左文『私の見た明治文壇』)。
一八「毀」はそしるの意。悪口。
一九 薩摩なまりをまね、長州人を気取る。明治政府の要職を独占した薩摩・長州の出身者に取り入ること。

上の紹介者を要せず、年齢財産等の資格も入《い》らず、一投名状《たうめいじやう》も不用なり、大盤振《おほばんぶる》舞《まひ》も無用なり。惣《すべ》て極めて手軽に何人《なんぴと》も加入するを得《う》。縦令《たと》へば文壇に名もなき二ともがらなりとも其連中たる栄誉を大なりと信じて極めて有《あり》がたく思へば。又縦令《たとひ》有《あり》がたく思はずとも筆や口の先で何かの序《ついで》に『私は何々派の三端武者《はむしや》です、宜しく御贔負《ごひゐき》を願ひます』との意を吹聴《ふいちやう》する心掛《こゝろがけ》さへあれば。

先づ其一策を挙ぐれば是等の党派の御本尊様の家近く住《すま》ひて折々《をり〳〵》文学や美術の講釈或《あるひ》は奥妙《あうめう》なる洒落を拝聴する為め腰を屈《かゞ》め首を下《さ》げて四参向し、『どうぞ宜しくお引立《ひきたて》を……』とだに云へば暗々《あん〳〵》の中《うち》に入党の式は済む。然らずんば一層箇略に初手《しよて》から弟子《でし》入《いり》を申込むがよし、弟子となツて諸事万事引立《ひきた》てゝ貰ふが早手《はやで》廻《まは》しにて世話入《い》らず。第一の良策といふべし。

文学界の師弟

むかし五中江《なかえ》藤樹《とうじゆ》は自《みづか》ら徳薄《うす》く学少《すくな》ふして師たるの力に乏しとなして人の其門《そのもん》に入《い》るを許さず、六熊沢了介《くまざはれうかい》の如き門に立つ事一昼夜に及んで漸くに弟子《ていし》の礼を執《と》るを得たりしといふ。

今の文学者は此野暮堅《このやぼがた》きを嫌つて弟子の押売をするに七拮据勉励《きつきよべんれい》す。何事も商売繁昌といふは能《よ》き心掛《こゝろがけ》なれば強《しひ》て嫌《いや》だと云はぬ限りは、随分嫌だと云ふ者にまで弟子の名を売附ける事決して悪からず、是れ商売上手といふものなり。一

一　誓約書。『水滸伝』巻十一で、林冲は梁山泊の仲間入りのために「投名状」として旅人の首を献上することを求められる。

二　輩。

三　取るに足りない武者。雑兵。

四　目上の人の所に出向くこと。参上。

五　江戸初期の儒者（一六〇八-四八）。近江（滋賀県）の人。はじめ朱子学を学んだが、のち王陽明の致良知説を唱道、日本陽明学の祖となった。学徳高く、後世近江聖人と称される。著書『翁問答』『鑑草』『藤樹文集』ほか。「藤樹辞するに人の師為るに足らざるを以てす。蕃山益〻請ひて置かず。二夜、其の廡《ひさし》の下に寝ぬ。藤樹の母之れを見、藤樹に謂ひて曰く、「人遠方より来り、懇請此の如し。之れに其の習ふ所を伝ふるも、誰か好んで人の師と為ると謂はん」と。是に於て始めて接容す。時に寛永辛巳、蕃山年二十三」（『先哲叢談』巻三「熊沢蕃山」の項）。

六　熊沢蕃山の別号。→三四〇頁注八。

七　「拮」も「据」も働くの意。いそがしく働くこと。

八　書画を書くこと。揮毫。魯庵の回想『思ひ出す人々』に、尾崎紅葉が短冊に揮毫するのを得意としていたことが記されている。

九　一七七六-一八四三。江戸後期の国学者。独学で古道論を展開し、復古神道を体系化、尊王攘夷運動

度なりとも先生のお名前を欽慕してゐたとか或は是れに御《ご》[八]染筆《せんぴつ》を願ひますと短《たん》冊《ざく》でも出せば直様《すぐさま》弟子の名を売附けらるゝ。甚だしきは無断に独り極めに売附けた積りにして誰それは自分の弟子だと吹聴して呉れる。『あア、あの男は僕の門下生……どうか贔負《ひゐき》にして呉れ』と一ツ穴の貉《むじな》どもに頼む。

漫《みだ》りに弟子となる事を嫌ふ勿《なか》れ。[九]平田《ひらた》篤胤《あつたね》は相会《あひあ》はずして[一〇]本居宣長《もとをりのりなが》の門人と称し、[一一]式亭三馬《しきていさんば》は全交《ぜんかう》門の一人《いちにん》と名乗つて満足せるものゝ如くなりき。然《しか》れば今の音に聞ゆる文学者大先生の弟子となるは[一二]玉帝より古褌《ふるふんどし》を拝領したるほどの大栄誉にあらずや。殊に[一三]寺子屋入《いり》とちがひ朋輩《ほうばい》弟子に煎餅《せんべい》を振舞ふ手数すらなきに於ておや。況《いは》んや弟子となれば[一四]名洒落《めいしやれ》を聞き名茶番を拝見する役徳あるに於ておや。

此《この》手順を踏んで弟子となる歟《か》然らずんば[一五]幇間的《はうかんてき》のお出入《でいり》を求めるが交際の第一階段にして、此首尾さへ済ませば一《ひ》ト月二《ふ》タ月を経《ふ》る中《うち》に自《おの》づと自分の名も広まり知らぬ間に文学者の仲間入《いり》が出来る。

師弟の間とか或は兄弟分とかになれば惣《すべ》ての事——著述、出板、観劇、遊興等何《なに》や彼《か》に都合よく世間の人からも羨まれる。否《い》な、慥《たしか》に羨まれると思ふ様の気がする、恰《あだか》も[一六]孩児《こども》が赤ければ[一七]「メレンス」をも見せびらかす如く。

に大きな影響を与えた。著書『古史徴』『霊能真柱(たまのみはしら)』ほか。生前の宣長に会ったことはないが、夢の中で宣長と師弟の契りを結んだと主張、宣長没後の門人と称した。

一〇 一七三〇-一八〇一。江戸中期の国学者。賀茂真淵に師事、古道研究に心血を注ぎ、三十数年をかけて『古事記伝』を完成。著書『玉くしげ』『玉勝間』『源氏物語玉の小櫛』ほか。

一一 「著述の楽室(ガクヤ)通および馬笑が作の郭節要に、「式亭三馬儀、古人芝全交の遺言につき、此度より二代目の全交と可二相成一筈に候へ共、いやしき妄作を以て古人の高名をけがすは恐れ有と存、いまだ改名は不レ仕、差控罷在候、猶不二相替一全交俤と仕二思召一、御一笑奉レ希候」と記せり」(『戯作者六家撰』)。芝全交(一七五〇-九三)は、江戸後期の黄表紙作者。滑稽洒脱な表現にすぐれ、『大悲千禄本』によって名声を獲得、黄表紙の代表的作者として活躍した。

一二 「天帝」(天を主宰する神)に同じ。

一三 寺子屋に入門する際、朋輩に煎餅を配る風習があり、明治中頃まで小学校入学時にそれを受け継いでいたところもあった。星野天知『黙歩七十年』(昭和十三年)に「六歳の時母に連れられ、供の小僧に煎餅の大袋と包物を持たせて寺子屋へ入門」とある。

一四 魯庵『思ひ出す人々』や江見水蔭『自己中心明治文壇史』に根岸派(→二八五頁注二三)が駄洒落を連発し、硯友社がしばしば茶番を行ったことが記されている。「役徳」は役得に同じ。

一五 太鼓持のように相手の機嫌を取りながら出入りすること。

一六 幼児が赤ければ何でもきれいだと思って見せびらかす。

一七 →二六七頁注二二。

文学者の争　しかし斯《か》く互に師弟若《も》しくは兄弟分となりて、且《か》つ又縦令《またゝとひ》表面だけなりとも唯美《たゞうつくし》くしてゐるばかりでは余り平調で面白くない。そこで文学者先生は時々仲間喧嘩する必要がある。是れも喧嘩すべき理由があれば当り前なる故更《ゆゑ》に妙《めう》ならず。夫故《それゆゑ》喧嘩すべき理由少しもなきに尋常人《じんじやうじん》より見れば卯《う》[一]の毛《け》で突いたほどの廉《かど》を見附け出しては喧嘩するが即ち文学者なり。

絶交　文学者の喧嘩は殊に業々《げふ〳〵》しきをもて特色となす。渠等《かれら》が忽ち絶交するといふは剛毅の精神を示せしものにして、苟《いやし》くも男子殊《こと》に文学者たるものは優柔不断ぐづら〳〵とすべからず。気に入らずんば男らしく直《たゞち》に潔《いさぎ》よく絶交すると云へ。然しながら文学者は強いばかりでは困る。剛情を言通《いひとほ》すのは却《かへつ》て男らしからず。何処《どこ》までも胸襟洒落《きようきんしやらく》[二]で行くが文学者の文学者たる所以《ゆゑん》なれば、一端《いつたん》絶交したと云ひし事は忘れて仕舞ふて再び仲好く交《まじは》るをもて妙となす、恰《あだか》も孩児《こども》が『モウお前とは遊ばないよ』といふ言葉の下から甘藷《おいも》の交換《とりかへつこ》をする如く。

嫉妬偏執　勿論《もちろん》時としては全く背中合せ[三]をして犬と猿の観をなす者もある。畢竟《(ひつきやう)》是は文学者の通有性とも云ふべき嫉妬偏執が原因で惣ての事を邪推の眼を以て見るから起る。

古き例を云へばポープ[四]とアヂソンの間の如き、初めは互に原稿を示して意見

一　ほんの些細な欠点。「卯の毛」はウサギの毛。微細なもののたとえ。たとえば饗庭篁村「木曽道中記」(『東京朝日新聞』明治二十三年五月三—七日)に、根岸党が木曽旅行をしたとき、酒の上で喧嘩になり、幸田露伴・高橋太華と中西梅花・篁村が別れてしまった顚末が記されている。

二　胸のうちがさっぱりしてわだかまりのないこと。たとえば原抱一庵の例。「抱一は絶交状を書くのが好きな男だつた。前にも一度絶交状を請取つた事があるが、其時は一と月経つか経たない中に絶交状なんぞは丸で忘れて了つたらしいケロリとした顔をしてフラリとやつて来て、『ドツカへ飲みに行くべエ。』と笑止(おか)しくも無いのに大きな声をして頽れるやうに笑つたりした」(魯庵「抱一後談」『文芸春秋』昭和二年十月)。

三　尾崎紅葉と山田美妙のような例がある。

四　Joseph Spence(一六九九—一七六八)の"Anecdotes, observations, and characters, of books and men, collected from the conversation of Mr. Pope, and other eminent persons of his time"(一八二〇年)によれば、アディソンは、『カトー』(一七一三年)の原稿をポープに示して意見を求めた。しかし、やがてポープの『イリヤッド』訳(一七一五—二〇年)をめぐって二人の間には確執が生じたという。『早稲田文学』明治二十六年九月に、奥泰資・小羊子「アレクサンドル、ポープ」があり、同様の争いが紹介されている。

を聞きし程の間柄なりしものが一朝《いつてう》猜疑の念を焔《もや》して以来反目《はんもく》して殆んど握《つか》み合《あひ》をせぬばかりなりき。猜疑はまゝ人を盲にす、嫉妬は往々良心を殺す。

　然れども嫉妬或《あるひ》は猜疑の極めて卑劣なるは文学者能《よ》く之を知る。少くも自分だけは此卑劣なる感情の奴隷たらざる事を欲す。此故に他の嫉妬偏執に陥りて邪推を逞ふするを嘲罵する事甚しけれども己れが同じ嘲罵を値ひするに気附かず。——縦令幾分か気が附いて心窃《ひそ》かに恥づるも表面には更に現はす事なし。

『あの男は僕を怨んでるさうで……あア気が小さくても困る』——といふお方《かた》自身も斯《か》く人々に吹聴するほどに気が小さくて困る。

　[五]七代まで祟《たゝ》ると云ふは猫か狐の執念也。文学者先生も多くは七代まで祟る。即ち猫か狐の執念を有《も》つ者と云はざるべからず。

商売忌敵　むかし物徂徠《ぶつそらい》[六]常に堀川《ほりかは》[七]の一派を罵《のゝし》つて曰く渠等《かれら》は売講者[八]なり聖人の道を売《うつ》て口《くち》を糊《こ》すト。聖人の道を売ると匹夫の道を売ると其何《そのいづ》れか勝《まさ》りたるやは爰《こゝ》に問はずして堀川[九]の流《ながれ》に飲《いん》する者の言《ことば》を尋ぬれば必ずや蘐園《けんゑん》[一〇]の俗子は二三百石の餌《えば》に釣られて諸大名の幇間に甘んずと云ふべし。徂徠は磊々落々《らいらいらくらく》[一一]自《みづか》[一二]ら東亜の第一人を以て任ず、而して猶ほ此言《このげん》を為すをもて見れば所謂商売忌敵《いみかたき》[一三]の俚《り》[一四]諺《げん》は文学者も終《つひ》に免かるゝを得ず。

五 諺「猫を殺せば七代祟る」。子孫七代まで祟りがある。
六 荻生徂徠のこと。氏姓の物部氏から中国風に物徂徠ともいう。→三二四頁注六。
七 京都堀川に古義堂を開いた伊藤仁斎の堀川学派。仁斎は江戸前期の儒者(一六二七―一七〇五)。朱子学の観念性を批判し、直接『論語』『孟子』について道義を究めるとともに日常の実践倫理を重んじる古義学を提唱。著書『論語古義』『孟子古義』『語孟字義』『童子問』など。門弟三千人といわれ、江戸の荻生徂徠と学界の二大勢力をなした。徂徠には仁斎の学問を批判した『蘐園随筆』(正徳四年)があるが、逸話は未詳。
八 講義を商売として行う者をののしっていう。
九 堀川派の学問で生活する者。
一〇 徂徠門下の俗物。「蘐園」は徂徠の学問塾の名称。江戸日本橋茅場町にあったことから命名(「蘐」は「茅」と同義)。多くの人材を輩出し、諸藩に召し抱えられて隆盛した。
一一 言動がさっぱりしていて、物事にこだわらないさま。
一二 →三二四頁注六。
一三 朋輩笑み敵(ほうばいえみがたき)=仲間同士は和しながら嫉視するもの)の転訛。「国会朝日の内幕とていたく攻げきしたる商売忌敵かあらぬかにくしとおもふも我心からなめり」(樋口一葉「蓬生日記一」明治二十四年十月二日)。
一四 俗間言いならわされてきた諺。

文学者は互に罵るべし。唯わけもなく罵るだけにて気が済まざる時は七代まで祟るべし。若し又淡泊にして七代まで祟るを面倒臭しとする者は一寸絶交すると云つて再び暫時の間に仲直りする洒落《しやれ》をなすべし。

交友は消炭の如くなるべし

文学者の交友は膠漆《かうしつ》[一]の如くならんよりは寧《むし》ろ泡《あわ》の如くなるべし。然らずんば水と油の如くなるべし。然らずんば消炭《けしずみ》[二]の如く煽《おこ》るも頗る早いが消えるも極めて早きをもて特色となす。

今又平生《へいぜい》の心得を云はゞ、

不在と詐るの必要

文学者は時たま留守《るす》を遣《つか》ふをもて極意《ごくい》となす。強《あなが》ち多忙なるが故に詮方《せんかた》なく不在を詐《いつ》はる拙策を取るにあらずして、留守を遣《つか》ツて見ねば大家らしくなきが為にチヨイと此悪戯《いたづら》をする也。

『誰が来たから留守と云ツた』――『面倒臭いから会はんかツた』――『五月蠅《うるさ》いから断はツた』――『心持が悪いから留守を遣ツた』――『昨日は一日留守だと云ツた』――『当分の内は留守といふ積りだ』

是等は多くの文学者の口より唾《つばき》の如くハネる言葉也。

或る大家[三]は己れの不在に公然の不在と内々の不在との二種あるを宣言し。或る大家は誰それに限りて必ず不在を詐《いつは》ると名言し。或る大家は縦令《たとひ》紹介状ある

一 にかわやうるしでつけたように親密であるよりも、泡のようにはかないものであるべきだ。

二 「薪(タキギ)ノ火ヲ消シテ成レル炭、軽浮ナリ、急ニ火ヲ熾(オコ)スニ用ヰル」（『言海』）。

三 おそらく尾崎紅葉を指す。田山花袋『東京の三十年』『近代の小説』に、花袋が紅葉から遠ざけられ、玄関払いを食わされた記述があり、泉鏡花「紅葉先生の玄関番」（『文章世界』明治四十二年九月）にも、紅葉がよく居留守を使ったという証言がある。魯庵自身も、本書刊行後は憎まれて面会できなかったという（『思ひ出す人々』）。なお徳富蘇峰もしばしば居留守を使い、魯庵が憂き目にあって憤慨したという（蘇峰「生真面目な人」『愛書趣味』昭和四年九月）。

も初対面の人には決して会はずと断言し。又或る大家は異種類の人には留守を遣ふが定例《きまり》なりと高言しぬ。是等の人皆大家たるに耻ぢず。
人既《すで》に大家となりし後《のち》軽々しく面会しては大《おほい》に見識を損ずるが故に不在と詐《いつは》るも妙なり。二度も三度も無駄足をさせた処で畢竟《つまり》幾度《いくたび》も来る者は用があるに違ひなければ更に接待の道を欠けるにあらず。云はゞ足を運ばせる度《と》に随ふて此方《こちら》の見識が一段づゝ上《あが》るといふものならずや。

如何にもウソらしく留守を遣ふべし

又更に歩《ほ》を進めて云へば如何にも本統らしく留守を遣ふは妙《めう》ならず。誰にも感附く様に、例へば一寸《ちよつと》後姿を見せるとか或は特に奥で話し声を聞かせるとか若《も》しくは態々《わざ〳〵》間の悪るさうに執次《とりつぎ》に断はらせるとか、兎にかくどンなポンクラ[四]にも『はゝア留守を遣ふナ』と気が附く様に不在と詐《いつは》るをもて愈々《いよ〳〵》妙なりとす。此時若《も》し影《かげ》にて『あの男は留守を遣ふ』と噂《うはさ》されれば直様《すぐさま》おれも大家となつたと己惚《うぬぼ》れて少しも差閊《さしつかへ》なし。
万一留守を遣《つか》ひ損ねて化《ばけ》の皮《かは》が露現《あらは》れたとしても、そこ《そこ》は文学者なり、竹を割つた様な磊落肌で『あツはゝ……』と笑つて誤魔化す事を知《しつ》てゐる。
むかし或人中井履軒《なかゐりけん》[五]を訪《と》ふて其平生《そのへいぜい》無沙汰なるを謝せし時、履軒云《いは》く否な無沙汰の方がよし度々《たび〳〵》来ては甚だ困るト。又木村蓬莱《きむらはうらい》[六]は客を戒めていへらく、用

四「ぼんくら」に同じ。(もと賭博の語で、盆の中の釆の目利きが暗いことから)ぼんやりしていて、物事の見通しがきかない人。愚か者。

五 一七三二―一八一七。江戸中後期の儒者。朱子学者五井蘭洲に学び、私塾水哉館を開く。社交を好まず、経学の研究に没頭した。著書『七経逢原』など。逸話は、松村操『近世先哲叢談』(明治十三年)正編巻上に、「懐徳書院集。或進謝曰。人事多忙。未㆑拝㆓於門㆒。履軒曰。不㆑為㆓来訪㆒。何賜若㆑之」とある。

六 底本「蓬来」を訂した。江戸中期の儒者(一七一六―六六)。荻生徂徠に学ぶ。著書『蓬萊詩稿』など。安房勝山藩主酒井忠鄰《ただちか》に仕えた。逸話は未詳。

あれば来《きた》るも可なり用なくんば決して来る勿れト。

又或人《あるひと》[一]債鬼[二]の襲来せし時云へらく主人不在なりト。債鬼肯《き》かずして曰くそこにゐるではないか。爰《こゝ》に於て主人障子の影に隠れて『見えるか……見えなければ則ち不在なり』と。事古き随筆に見ゆ。

先例既《すで》に斯《か》くの如く多ければ、文学者は留守を遣ふも可なり、断乎《きつぱり》と客を謝絶するも可なり、随分無駄足をさせるも苦しからず、時には詐《うそ》が知れて苦笑《にがわらひ》をするも又頗《すこぶ》るよし。

『何曜日接客日』、『何時より何時迄来客に接す』、『紹介状なき者は面会を謝絶す』、『何分以上の談話は御断り申す』――といふ如き札《ふだ》を玄関若《もし》くは応接室に掲ぐるは頗る事務家に類するの感あれども之れ中々に主人が世に時めける大文学者なる事を証明するに足れば夢々此心掛《このこゝろがけ》忘るべからず。

文学者は人を尋訪せず

文学者は人に訪《と》はるゝとも人を訪ふ勿れ。取分け後進生[三]を訪ふ事は見識を下ぐれば必ず無用也。近き頃魯西亜《ロシヤ》[四]のペテルブルグ大学に留学せる日本人某《ばう》[五]一文を草して或る雑誌に投寄せしに、文豪トオストイは読んで太《いた》く歎称し直《たゞち》に其《その》[六]大学の教授を介して面会を求めたりといふ。日本の今の文学者は却て其見識を下ぐるを恐れて絶えて這般《このはん》の事を為さず。

一 未詳。ただし、類話が小咄集『近目貫（きんめぬき）』（安永二年序）に「掛取」と題して見える。
二 借金とり。情け容赦なく取り立てることを鬼にたとえていう。

三 学問・地位・年輩などがおくれている人。後輩。
四 十八世紀にピョートル大帝の命により創立された大学。サンクト・ペテルブルグにある。
五 神学者・翻訳家の小西増太郎（一八六二―一九四〇）を指す。「日本人で、トルストイに親炙した人々に小西増太郎といふ人がある。ニコライからの留学生で、ペテルブルグ大学に学び在学中、老子の研究に就いての長論文を発表したところ、トルストイがそれを読んで大に感服し、先方からわざ〳〵小西を訪ねて来たりなどしたんださうだ。而して、トルストイと一緒に老子の翻訳をしたといふ事である」（魯庵「トルストイと日本の文壇」『トルストイ研究』大正五年九月）。ただし、小西の留学先をペテルブルグ大学とするのは訛伝で、実際はモスクワ神学大学。
六 小西増太郎を指導したモスクワ大学教授（心理学）Н・Я・グロート（一八五二―九九）。雑誌『哲学と心理学の諸問題』を創刊。

之を日本現今の政治界に於て見るに、在朝[七]の人は決して在野の人を訪はず改進党員は曾《かつ》て自由党員と席を同《おなじ》ふせず。若《も》し万一にも事ありて往来すれば無数の蜚語《ひご》[八]は忽ち四方に喧伝す。文学界も亦《また》之と同じ。何等の主義なくして結合せるにも関らず一[九]の党派に属する者は必ず他の党派に連なる者を訪はざる也。偶(たま)さか往来する事二次三次に及べば其首領たる者は嫌味半分を交ぜて之を警戒す。

文学者の小天地

文学者は必ずしも交際家にあらねば唯往来尋訪《わうらいじんばう》[一〇]にのみ心を労《つか》らすは美事《びじ》にあらず。然れども今日の東京社会の如く政事家は政事家、宗教家は宗教家、文学者は文学者と各々特殊の結合を為すこそ不思議なるに、其上にも同じ文学社界を更に分割して其極小世界にカヂリ着くとは常識の上より定めし窮屈ならんと思はるれど此窮屈を何とも思はぬが即ち今の文学者の愈々エラキ処なり。

文学者と浅草の観世音

浅草[一一]の観世音菩薩は御像《みざう》の丈《たけ》一寸八分にして十八間四面[一二]の大伽藍に住給《すみたま》ふ。今の文学者は六尺の身躰《からだ》を屈《かゞ》めて却て燧箱《ひうちばこ》[一三]ほどの天地に棲息す。塵《ごみ》[一四]を着て塵の中《うち》に隠るゝ蓑虫《みのむし》の生涯とは豈《あ》に是れ今の文学者を形容せしものにあらずや。

七　官職についている人。

八　根拠のないうわさ。

九　北村三唖が尾崎紅葉のところへ顔を出さず硯友社以外の文学者と交わったため、紅葉から嫌味を言われ、「終には謀叛人扱ひ」されたことを諷するか(『思ひ出す人々』)。

一〇　訪問すること。

一一　浅草寺の本尊。一寸八分は、約五・四五センチメートル。「世に伝ふ御長(おんたけ)一寸八分と。然れども古来秘仏にして宝龕を啓くことを許ざれば。其実を知り難し。但明治以後其筋の査検ありしも。外緘は三代将軍家光公の封ありしとの一事を伝ふるのみ。本尊の御前立即ち開帳仏といふは一尺八寸なり」(「浅草寺」『風俗画報』明治三十年一月)。明治以後に本尊を納める仏龕を調べた結果、「龕内に凡そ一尺八寸程の木像と銅像とあり。(中略)其のたけは世上に伝ふる者の如く。決して小ならざることを知るべし」(「浅草寺の本尊」『風俗画報』明治三十年四月)。

一二　浅草寺の本堂。伽藍は、寺院の建築物のこと。「本堂は南に面し十八間四面三手先作り瓦葺朱塗にして。柱は皆合抱に余り。四方高欄にて床の高さ七尺余。階段を踏て。四面より登るべし」(「浅草寺」『風俗画報』明治三十年一月)。

一三　火打道具を入れておく箱。狭く小さい家をあざけっていう。「家貧しくて身代は。薄き紙子の火打箱」(近松門左衛門『けいせい反魂香』上、宝永五年)。

一四　ちっぽけな世界に身をかがめているさまをいう。「塵の中」は、煩わしい俗世間のたとえ。

文学者と平家の落武者

文学者の交友は狭きを尊ぶ。及ぶだけ其区域を限りて他人の入《い》るを許さず、[一]恰も平家の落武者が海も陸も源氏の白旗飜へるを見て恐懼し山又山と分入りて渓極まり水尽くる処に襤褸家《ぼろや》を作り漸く安心して舞楽管絃を楽むが如くに。

是れ然しながら文学者を以て平家の悲境に陥りたりといふにあらず。[二]松風蘿《しようふうら》月《げつ》に心耳《しんに》を澄《すま》すも夢は通ふ[三]福原の栄華に昔を忍ぶ涙せきあへぬは平家の落武者が運命なり。芥子粒《けしつぶ》の中《うち》に家を作りながら広き社会を見透《みとほ》す如く己惚《うぬぼ》れて安らかに太平の夢を結ぶは今の文学者が中々に有《あり》がたき処たり。[四]並木五瓶《なみきごへい》は筆を執る時は世界に臨む心掛《こゝろがけ》なかるべからずと狂言作者を戒めしが抑《そ》も燧箱的《ひうちばこてき》天地を作りて[五]唯我独尊《ゆゐがどくそん》を極込《きめこ》むものの如何《いか》で此無尽蔵世界《このむじんざうせかい》を筆の先に操《あや》つるを得べき。而して此出来さうもなき仕業《しわざ》を造作なく遣《や》つて退《の》けるが故に今の文学者を目して頗るエライといふ。

ゲーテ及びドストエーフスキイ

[六]ゲーテの生涯を見よ、如何に渠《かれ》が学者と往来し王侯と結び政事家と接し婦人小児と遊び[七]優人《いうじん》[八]伶官《れいくわん》と相尋訪《あひじんばう》せしことよ。又《ま》たドス[九]トエーフスキイの一代を鑑《かんが》みよ、渠《かれ》は悪漢兇徒と眠り[一〇]野人傖父《やじんさうふ》と語り渇者飢人《かつしやきじん》と談じ貧夫賤民《ひんぷせんみん》と交はり而《しかふ》して同時に学者[一一]縉紳《しん〱》と[一二]款語《くわんご》し佳人淑女と嬉笑《きせう》したり

一　源氏に敗れた平家の残党が山間に隠れ住んだという落武者伝説をふまえる。新潟県岩船郡三面、長野県下水内郡秋山、静岡県周智郡京丸、福井県今立郡五箇、和歌山県東牟婁郡那智谷、徳島県三好郡祖谷、熊本県八代郡五家など。

二　松に吹く風と蔦葛(つたかずら)にかかる月。俗世に汚れていない自然。「昔は松風蘿月に言葉を交はし、翠帳紅閨に枕を並べ」(謡曲「定家」)。

三　治承四年、平清盛が安徳天皇を奉じて遷都した地(現・神戸市兵庫区)。新京の造営を計画したが、貴族や寺社勢力の反対にあい、半年あまりで京都へ還都した。

四　一七四七―一八〇八。江戸後期の歌舞伎作者。『五大力恋緘』『金門五三桐』など。本文の言及は、入我亭我入(並木五瓶の変名とされるが、異説もある)の狂言作法書『戯財録(けざいろく)』に、「惣じて机に居るとき、三千世界は我物と思ひ、向ふに敵なしと心得、役者は我物にして遣ふべし。さもなくては筆すくみ、気兼ばかりが心にうかみ、見物の人気を動かす事あたはず」とある。

五　自分だけが偉いとうぬぼれること。釈迦が生まれたとき唱えたといわれる詩句「天上天下唯我独尊」による。

六　ゲーテがワイマール公国で政治や文教に力をそそぐ一方、宮廷劇場の監督として、多彩な交際のうちに生涯を送ったこと。↓二八八頁注一七、三〇四頁注四。

七　俳優。役者。

八　音楽を奏する人。楽官。

九　一八四九年に非合法サークルに参加して逮捕されたドストエフスキーが、シベリアの監獄では荒くれた囚人たちと暮らし、次いでセミパラチンスクの軍隊生活では貧しい兵士たちと親しむ一方、州検事と懇意になり、町の社交界に出

き。

同じ羽の鳥は共に集る[一三]――此《この》俚諺の真理は最も能く今の文学界に於て現る。文学者の交友は同じ様に新聞に寄書し同じ様に小冊子を作り同じ様に駄洒落を吐き同じ様に酒を飲む仲間のみに止《とゞま》る。良禽《りやうきん》[一四]は木を択《えら》む、文学者は友を限《かぎ》る。ゲーテ或はドストエーフスキイの如きは今の文学界に於ける交友の心得を知らざるものといふべし。

文学者の交友は物質的なり

加ふるに文学者の交友は極めて物質的なり。少陵《せうりよう》[一五]が『貧交行《ひんかうく》』[一六]若《も》し唐時代の文学社会に憤慨して咏《よ》みしならば今の文学界に翻手《てをひるがへせば》[一七]作雲《くも》覆手《てをくつがへせば》雨《あめ》の好句を吐く者必ず有るべし。勿論今日は惣《すべ》てが物質的なれば柚味噌《ゆみそ》[一八]に舌打《したうち》する往日《いにしへ》を学ぶべくもあらねど昨日相携《あひたづさ》へし者が今日餓境《がきやう》に瀕《ひん》するとも見て見ぬ振《ふり》する手際《てぎは》さりとは現金過ぎたる事ならずや。ジョンソン[一九]一派がサヴェージの為に力を尽して奔走せし好話は今の文学界に求めんとするも決して得べからず。サヴェージ[二〇]は放浪無残なる悪詩人《あくしじん》にして負債山《やま》の如《ごと》き中にあるも更に省慮あるなく行《おこなひ》鹵《ろ》[二一]蒙《まう》を極め濫費益々《ますく》多く或は官に訴へられ或は飢餓に瀕し終《つひ》に牢獄の裡《うち》に悶死したれども渠《かれ》の友は猶ほ此放埒男《はうらつをとこ》を棄つることを為さゞりき。噫《あゝ》、サヴェージにして若《も》し今の文学界に生れしならば如何《いかん》。

入りしたこと。→二九六頁注七。
一〇 田舎親父。「傖」は卑しいの意。
一一 地位のある名士。
一二 うちとけて語り合うこと。
一三 英語の諺。Birds of a feather flock together.「類は友を呼ぶ」と同じ。
一四 賢い鳥が木を選んで巣を作るように、賢臣はその主君をよく選んで仕えることのたとえ。「良禽択〻木乃下棲、不〻用漂流歎二遅莫一」(張憲「行路難」)。
一五 中国盛唐の詩人・杜甫(七一二-七七〇)の号。詩文集『杜工部集』。
一六 科挙に及第せず、長安で不遇の生活を続けていた頃の作。「世人のつれなく、交態の薄きを憤ったもの」(目加田誠『杜甫』漢詩大系第九巻、昭和四十年)。
一七 前注「貧交行」の起句。以下、「紛紛軽薄何須数(ふんぷんたるけいはくなんぞかぞふるをもちいん)/君不見管鮑貧時交(きみみずやかんぽうひんじのまじわりを)/此道今人棄如土(このみちきんじんすつることつちのごとし)」とつづく。「管鮑の交わり」は→三六五頁注二五。
一八 「味噌ニ、柚子ノ汁ヲ和シテ、砂糖、胡麻、ナドヲ加ヘテ擂リ雑ゼタルモノ、柚子ノ穣(ナカゴ)ヲ去リテ盌トシタルニ盛ル」(『言海』)。そのわびしい風味が茶事などに好まれた。伴蒿蹊『閑田耕筆』(享和元年)に、わざとらしく柚味噌をふるまった人物のことが記されている。
一九 ジョンソンは、一七三七年頃サヴェジと親交を結び、二年後に彼が困窮してロンドンを去るときには友人たちの寄附を募って支援した。その経緯については、ジョンソンの『サヴェジ伝』(一七四四年)に詳しい。→二九一頁注一一。
二〇 →二九〇頁注九。
二一 軽率で粗略なこと。

縦令《たとひ》渠は獄裡《ごくり》の苦を嘗《な》めて亡びしもジョンソン時代に生れしだけ責《せ》めてもの幸福といふを得べし。

ジョンソン

ジョンソンは慈善の人なり。[一]乞喰は「ジ[二]ン」或は煙草に浪費する事多きが故に益々之に施与するの必要ありと云ひしほどの慈善者なれば其諸友に接するに厚かりしは当然なれども[三]如何に信切《しんせつ》に渠《かれ》がゴオルドスミツスを憂厄の中より救ひたるかを読まば[四]百載の後猶《な》ほ人をして[五]涙襟《きん》を沾《うるほ》さしむるもの多し。

文学者は飽くまでも冷淡浮薄なるべし

然れども昔は昔、今は今なり。今の文学社会にジョンソンなきは是れ文学者の特に冷淡浮薄なるが故にあらずして十九世紀の文明が物質的に流れし結果のみ。達人は世と推移す。文学者は須《すべか》らく物質的の社会に伴ふて飽くまでも冷淡浮薄なるべし。道徳上の欠損少しにてもあらば直ちに[六]其罪を憎んで其人をも憎むべし。縦令《たとひ》道徳上更に欠損なきも貧に陥りし者は[七]身から出た錆なれば遠慮なく唾棄すべし。又縦令数奇にして運拙なく不幸の境遇に落ちし者ありとも是れ自然の結果にして詮方なければ目を唾つて知らぬ顔をすべし。

乞食増殖策と怠慢奨励法

貧者を饑寒の境に救ふは乞食増殖策なり。懶惰者《なまけもの》を困危の中《うち》より助くるは怠慢奨励法なり。[八]十九世紀の道徳は勤勉を基礎と為すが故に

一 「某(スレール夫人?)なるものジョンソンが濫に乞食に施与するを見て諫めて曰く、君は乞喰が恩恵を受けて「ジン」或は煙草に費すを知らざるやと。ジョンソン直ちに答ふらく、然り「ジン」或は煙草に使用するが故に益々之を施与するの必要あり、乞食も亦た人の子なれば是程の娯楽なくんば棲息するを得ざるなりと」(魯庵『ジョンソン』)。Hester Lynch Piozzi, "Anecdotes of the late Samuel Johnson"(一七八六年)に見える言葉。

二 gin. 十七世紀半ばにオランダで創製、イギリスで貧民の飲料として大流行し、アル中の弊害が社会問題となっていた。

三 J・ボズウェル『サミュエル・ジョンソン伝』によれば、ゴールドスミスは家賃を滞納して窮地に陥ったとき、ジョンソンの尽力によって小説『ウェークフィールドの牧師』(一七六六年)の原稿を本屋に仲介してもらい、六十ポンドで売って難儀から救われたという。

四 百年の後。人の死後を遠まわしにいった表現。「百歳之後、帰二于其室一」(『詩経』唐風「葛生」)。

五 涙で襟をぬらす。

六 諺「その罪を憎んでその人を憎まず」のもじり。

七 諺。自分の悪行の結果、自分が苦しむこと。

八 勤勉は、世界経済の覇を唱えたイギリスのビクトリア時代(一八三七–一九〇一)にひろまった中流階級の生活信条。勤勉の基盤をなすのが、ピューリタニズムに由来する自助の精神で、独力による勤勉刻苦が成功をもたらすことを説いたサミュエル・スマイルズの『自助論』(原題"Self-Help, with Illustrations of Character and Conduct", 一八五九年)はベストセラーとなり、日本でも中村正直訳によって青年たちに広まった。「何等ノ芸業ニ限ラズ、ソノ絶妙極美ノ地

斯《か》くの如き拙策を執らずと雖《いへ》ども不幸にして此『怠慢』[九]なる一種の精神病《マニア》に罹《かゝ》りし者ありとせば之を罪悪の奴隷となるに放任して顧みざるを以て徳義に協《かな》へりと為すべきや。況《いは》んや一度は一つ鍋のものを箸にて奪合《うばひあ》ひし友が偶々《たま〳〵》[一〇]世に遇はずして不平を醸《かも》し若《もし》くは一時の心得違ひにて道徳上の欠損を招き之が為に不幸の域に堕落せしものを弊履《へいり》[一一]の如く棄てゝ顧みざるは抑《そもそ》も誾々《ぎん〳〵》[一二]侃々《かん〳〵》の情となし得べきや。

文学者は平凡道徳を顧みず

あらず[一三]、何から何まで御存じの文学者豈《あ》に此位《このくらゐ》の道理を知らざらんや。たゞ然しながら流俗以外に超然として高く[一四]標置する文学者いかで俗社会の道徳に律せらるゝ事あるべき。文学者は飽くまでも是等の平凡《へぼ》道徳を棄てゝ[一五]一朝事あらば蜜の如き交情を変化して氷の如く冷《ひやゝ》かにすべし。文学者は勿論朋友の為に生れたるにあらざれば二人《ふたり》や三人の友を犠牲にするも我が富貴功名は氂毫《(りがう)》[一六]も損せざらん事を勤むべし。

棄てし友は宜しく罵るべし

独《ひと》り一度は兄弟《けいてい》[一七]も啻《たゞ》ならざりし朋友を弊履のごとく棄てゝ顧みざるのみならず、一端《いつたん》[一八]棄てゝ後は馬鹿なり狂人《きちがひ》なり阿呆《あはう》なり無気力《いくぢなし》なりと随分口汚なく罵しるは却《かへつ》て損耗せる元気を皷舞《こぶ》するに足れば至極《しごく》遠慮なく悪口を叩くべし。蓋し人は意外なる嘲罵を受けて奮発心を起す事少からず。ス[一九]

位ハ、懶惰ナル人ノ能ク達スル所ニ非ズ、人ヲシテ富饒ナラシムルモノハ、他ナシ、勤勉ノ手、勤勉ノ心ノミ」(『西国立志編』第一編二十四)。

九 第二章(二八九頁六行)参照。

一〇 「紅葉の門人の北村三唖や中西梅花や原抱一庵等の落伍者に対して文壇人が薄情であった点を暗に諷した」(伊藤整『日本文壇史』第三巻、昭和三十年)。

一一 やぶれ草履。慣用表現。

一二 中正で穏やかに打ち解けたさま。「朝、与二下大夫一言、侃侃如也、与二上大夫一言、誾誾如也」(『論語』郷党)。

一三 いや、そうではない。

一四 気位を高くもつ。

一五 ひとたび変事が起ったならば。

一六 いささかも。「氂」も「毫」も細く少ないの意。底本「氂毛」を改めた。

一七 兄弟以上に親しい間柄だった友人。

一八 普通は「一旦」と書く。

一九 ダブリンのトリニティー・カレッジに学んだスウィフトは、怠惰放縦で成績も悪く、一旦は学位授与を差し止められたが、「特別の計らい」で一六八六年に大学を卒業した。

ウヰフトが大学に落第して諸友に毀笑《きせう》せられヂスレリイ[一]が初演説に冷謔《れいぎやく》を以て喝采せられし如き皆他日の成効の基因たりしをもて見れば岩[二]をも透《とほ》す人間の一心は肺腑に徹する耻辱を受けし刹那に焰《も》ゆる例《ためし》中々に多かるべし。且つや真摯の心より出づる直截の言《ことば》は古《こ》[三]骨鯁《こつかう》の忠臣が其《その》主君に向《むかつ》てすら吐きし処なれば何ぞ傾蓋《けいがい》[四]の情に於て憚る事あらんや。勿論本人の為なれば思ふ様骨身《ほねみ》に染みるほど恰も師直《(もろなほ)》[五]が判官《(はんぐわん)》を罵る如く口を極めて譏謗《(ざんばう)》[六]すべし。但し面前に於て罵るは『粋』道の深く戒むる処なれば陰にて自然に本人に感通する程思切て罵詈《(ばり)》嘲弄を逞ふし更に毫釐《(がうり)》だも寛仮《(かんか)》[七]する処あるべからず。

文学者は一ト度席を共にすれば忽ち刎頸《(ふんけい)》[八]の如く語らひ、僅に物質上の欠損或は精神上の小瑕瑾[九]あれば直ちに土塊の如く之を唾棄し、而して猶ほ本人を奮発せしめんとする信切心より裏店住ひの匹夫匹婦すら口にすまじき罵詈《(ばり)》を加ふ。

娼婦の心

朝《あした》に源氏を送り夕《ゆうべ》に平家を迎へ越人《ゑつひと》[一〇]に喃々《なんく》するの口を以て楚人《そひと》に媚《こび》を献ず、世甚だしく娼婦の情を憎む者多し。然れども傾城《けいせい》[一一]に誠なしとは誰《た》が云ふた野暮《やぼ》の口から行き過ぎな、手練《てれん》手管《てくだ》を看板とする水商売には縦令《たとひ》奥州《あうしう》[一二]が真情《まごころ》なきも何を咎むべき。若《も》し夫《そ》れ日耳曼《ゲルマン》[一三]の衣裳博士を傭来《やとひきた》つて今の衣冠[一四]する人、道徳を説法する人、学理を探究する人、慈善に奔走する人の衣を褫《は》ぎ取《と》

一 一八三七年、ディズレーリが国会議員に初当選し、議会で演説したときのこと。やがて彼は初演説での失敗を活かし、雄弁家として名声を得た。→三〇九頁注二五。「侯の初て議院に演説するに方《(あた)》りヲーコンネル氏は部下議員を率ゐて百方之を妨害せるに雷同附和して罵言嘲笑する者少なからず終に侯をして其説を中断しむるに至れり」(尾崎行雄『経世偉勲』明治十八年)。 二 成句「一念岩をも通す」。信念をもって事に当たれば、できないことはないというたとえ。 三 古参の剛直直諫の忠臣。「鯁」は魚の骨。直言の受け難いのを魚骨が喉を通りにくいのにたとえる。「方今呉外困㆓於楚㆒、而内空無㆓骨鯁之臣㆒」(『史記』呉太伯世家)。 四 ちょっと会っただけで親しい交わりを結んだ友情。孔子と程子が道で出会い、車の蓋《(きぬがさ)》を傾けて終日親しく語り合ったという故事(『孔子家語』致思)。

五 浄瑠璃『仮名手本忠臣蔵』三段目、高師直は塩谷判官の妻に横恋慕して拒否されたため、判官に悪口雑言を浴びせて、殿中で斬りつけられる。

六 あしざまに人をそしること。「譏謗律」(明治八年公布)という法律があり、当時の流行語。

七 大目に見る。

八 刎頸の交り。その友人のためなら、たとえ自分の首を刎ねられても後悔しないほどの親しい交際。中国戦国時代の趙の将軍廉頗《(れんぱ)》と藺相如《(りんしょうじょ)》との故事(『史記』廉頗藺相如伝)。

九 小さな欠点。「瑕」は玉のきず、「瑾」は美しい玉の意。

一〇 中国春秋時代の越と楚の国の人。越は浙江地方の国。前三三四年、楚に滅ぼされた。楚は揚子江中流域の強国。前二二三年、秦に滅ぼされた。両国は敵国同士で、仲の悪い者にたとえられる。「喃々」はぺちゃくちゃしゃべる。

らば娼婦の心ならざるもの果して幾人か有る。独り文学者は流石《さすが》に流俗の上に超然たれば曾て娼婦の心を有《も》たざるなり。文学者が斯《か》くの如く朋友に親しみ朋友を棄て而《しか》して信切心《しんせつしん》の為に悪言するは娼婦の心を有《も》つものにあらずして大納[一五]言様《ごんさま》の御《ご》勘癖《かんぺき》あらば也。娼婦の心と大納言様の御勘癖——文学者の俗人と異なる豈《あ》に夫《そ》れ豚[一六]の子と狗《いぬ》の子との相違ならんや。

友に棄てられし者の愚痴

度量《どりやう》大海の如き孔夫子[一七]《こうふうし》すら少正卯[一八]《せうせいばう》を誅せり。烈性《れつせい》大納言様に等しき文学者いかでか其友を棄つるに躊躇すべき。是れ強ちに棄てる者の勝手にあらずして棄てらるゝ者の自業自得なり。然るに又棄てられし文学者は——(若《も》し光誉ある文学の天職を有《も》つ者にして其友に棄てらるゝ如き事あらば)——我[一九]が自業自得には心附かずして漫《みだ》りに他を垢罵[二〇]《こうば》して軽薄なりといふ。偶《たま》く真面目に忠告する者あれば却て才子流と呼び偽善的と斥《しりぞ》け惣《すべ》ての信切交誼を一弾指[二一]《いちだんし》の下《もと》に掃蕩[二二]し去つて己れは別に妄想世界を造り愁然索居[二三]《しうぜんさくきよ》して泥龍[二四]《でいりゆう》の嘆《たん》を洩《もら》す。

惣ての人は鮑叔[二五]《はうしゆく》にあらず。然るに己れ管仲[二六]《くわんちう》にあらずして世に鮑叔なきを嘆ずるは非なり。棄てる者も文学者、棄てらるゝ者も文学者なれば畢竟《つまり》「タドポール[二七]」の離合聚散と同じく何等《なんら》の意味あるにあらず。意味なくして結び意味なく

一一 遊女が客に誠意をもって接するはずがない。「傾城に誠なしと世の人の申せども、それは皆僻言(ひがこと)訳知らずの詞ぞや」(近松門左衛門『冥途の飛脚』中之巻、正徳元年)。
一二 歌舞伎『けいせい浅間嶽』(元禄十一年)の登場人物。小笹巴之丞という勘当中の身にある若殿の馴染みの遊女で、巴之丞が奥州の起請文を火にくべると、煙の中から奥州の姿が現れて恨みを述べる反魂香の趣向で知られる。
一三 底本「日平曼」を改めた。カーライル(↓二八八頁注一四)の『衣裳哲学』("Sartor Resartus, the life and opinions of Herr Teufelsdröckh")に登場する、風変わりなドイツ哲学の教授トイフェルスドレックを指す。宇宙の万物は永遠の精神がまとう衣裳にすぎないとする思想を展開し、人間の虚飾を痛烈に批判する。
一四 官職についている人。一五 徳川三代将軍家光の弟、駿河大納言忠長か。驕慢と奇行を理由に改易された。
一六 「豚の子」「狗の子」ともに人を罵っていう語。
一七 孔子の敬称。一八 中国春秋時代の魯の悪人。孔子が魯に仕えたとき、治政を乱す者として誅した(『孔子家語』始誅)。
一九 以下、たとえば原抱一庵の例が想起される。↓補一二五。二〇 ののしりはずかしめて。「垢」は「詬」に通じ、はずかしめるの意。
二一 仏教用語。一度指をはじくだけの、きわめて短い時間。二二 すっかり払い除いてしまって。
二三 もの悲しげに一人寂しく住んで。二四 役に立たない嘆き。泥龍は泥で作った雨乞い用の龍。
二五 中国春秋時代の斉の政治家、鮑叔牙(生没年未詳)。親友の管仲を桓公に推薦して、その覇業を成さしめた。「管鮑の交わり」の故事で知られる。ここでは相手の才能を理解し合い、深い

して分る、何ぞ特に軽薄なりといふを要せん。

今の文学界には真の交友なし

一言以て云へば今の文学界には真の交友なし。社会に向へる半面に於ては数多《あまた》の小党を樹立せるにも関《かゝ》はらず、情に於て相愛し智に於て相敬し固く結托して雷霆[一]といへども割くを難《(かた)》んずる交友は決して之を求むべからず。然れども此《この》真の交友なきこと今の文学者が揃ひも揃つて千載稀《まれ》に生ずる大豪傑たるを証するに足るべし。『千年以前若《も》しくは千年以後にあらずんば我が友を求むるを得ず』と柱に凭《もた》れて嘯《うそぶ》きしは長州の元就《もとなり》[二]なり、『人は自己《おのれ》に似たる者を好む臣は愚人の友たるを恥づ』と王の前に揚言[三]せしは伊太利《イタリイ》のダンテ[四]也。今の文学者は交友の情なきにあらず、唯《たゞ》その情を捧ぐるの友なきのみ。文学者の大才は能く元就《もとなり》、ダンテに恥ぢざるの言《こと》を吐くを知る。

又然れども友なきに安んじ塊然独処《くわいぜんどくしよ》[五]して箕濮《きぼく》[六]の情を歌ふは偏狭頑硬の形なれば今の文学者は之を学ばず。兎角《とかく》不平は恒《つね》[七]の心なきに出づるものなれば『己は不平なり』と吹聴《ふいちやう》するに等しき挙動は一切《いつさい》無用也。縦令《たと》へば真の交友に乏しとするも表面だけは飲んで駄洒落を吐いて手品を遣《つか》ふて茶番をして天下泰平国土安穏を歌ふの遥《はるか》に勝《まさ》れるに如《し》かず。楽天！　楽天！　文学者は飽くまでも楽天教を奉じ酔生夢死[八]主義を守り飲んで駄洒落を吐いて空々寂々。噫、楽天！　噫、

友情で結ばれた人。

二六 中国春秋時代の斉の宰相(?-前六四五)。君位をめぐる内乱で捕らえられたが、鮑叔牙に推されて宰相となり、斉を強国にした。ここではすぐれた才能のある人。 二七 →二九七頁注二四。

以上三六五頁

一 かみなり。「霆」ははげしい雷の意。

二 毛利元就。「元就、嘗て酒を飲み、柱に倚り天を仰ぎ慨然として歎じて曰く、智、万人に勝れ、天下の治乱盛衰に心を用ふる者は、世に真の友は一人もあるべからず、千載の上千載の下に、真の友はあるべきなり、是(これ)人時を同うして生れなば、彼を害するか、彼に害せらるゝかの二つなり、若し二人志を同うして世を治んには、万民安堵、四海太平と称すること、又何の難きことか之あるべきと」(岡谷繁実『名将言行録』巻之四)。 三 公然と述べたてる。

四 Dante Alighieri(一二六五-一三二一)。イタリアの詩人。内村鑑三「何故に大文学は出ざるか」(本大系第二十六巻所収)に、ベローナのカン・グランデ公の冗談に対してダンテが冷笑して「人は凡て己に能く酷(に)たる者を喜ぶなり」と答えたことが引用されている。

五 ひとりぼっちでいて。

六 隠遁の志。「箕」は中国古代の帝尭が天下をゆずろうとしたのを拒んで許由が隠れたという山の名。「濮」は荘子が釣りをした川の名。

七 ぐらつかない心。「恒産なき者は恒心なし」(『孟子』滕文公上)。 八 何もなすことなく、いたずらに一生を終わること。 九 室町末期に伝来した南蛮菓子の一種。カルメ焼き。泡でふくれているので、ここでは浮薄なもののたとえ。

一〇 折紙つきの。

酔生夢死！

楽天的酔生夢死主義の結合

文学者の団躰《だんたい》なるものは即ち此《この》楽天的酔生夢死主義の結合せる「[九]かるめら」然《ぜん》たるものなれば文学社会に交友を求め世間の人に[一〇]金箔《きんぱく》附《つき》の文学者と思はれんには第一に此楽天的酔生夢死主義を理解して之を奉ずる覚悟なかるべからず。

楽天的酔生夢死主義の解

何をか楽天的酔生夢死主義といふ。曰く万事に空々寂々としてデレリ茫然と月日を送るをいふ。[一一]左次郎《さじらう》[一二]茶目吉《ちやめきち》生涯の如き即ち是《これ》也。[一三]生涯一事業を為さゞるも可なり。社会人事は顧みざるも可なり。唯《たゞ》目前の名利に汲々《きふ〳〵》として内には[一四]群犬肉を争ふの情を焰《もや》しながら外《ほか》には[一五]御前三太夫《ごぜんさんだいふ》の礼譲を示す。偉《ゐ》なる哉《かな》、酔生夢死主義！

文学者は絶対なる酔生夢死主義を奉ずべからず

文学者たらんとするもの及び既に文学者の[一六]予科生たるものは此処《こゝ》のコツを飲込む事肝要なり。然れども絶対なる酔生夢死主義を奉じ第二の[一七]元政《げんせい》亜流となるは白痴《こけ》の極度なれば目前の名誉利益は随分貪《むさぼ》るに油断なきを以て今の文学者が流儀となす。左次郎茶目吉すら[一八]飛鳥山の茶番に如何《いか》に工風《くふう》を凝《こら》したるかを推究すれば今の文学者が[一九]生平《せいへい》修養する処略《ほ》ぼ察知するに足るべし。

一一 瀧亭鯉丈ほか作の滑稽本『八笑人』(文政三―嘉永二年)の登場人物。家業を弟に譲り、池の端の寓居に遊んで暮らす若隠居で、八笑人の代表格。
一二 梅亭金鵞の滑稽本『七偏人』(安政四―文久三年)の登場人物。亀戸の茶番で武士に扮して、本物の武士にひどい目にあわされる。
一三 北村透谷と山路愛山の人生相渉論争をふまえる。「文章即ち事業なり」(「頼襄を論ず」『国民之友』明治二十六年一月)と文学の功利的実用的な価値を唱える愛山に対して、透谷が「事業は尊ぶべし、勝利は尊ぶべし、然れども高大なる戦士は斯の如く勝利を携へて帰らざることあるなり」(「人生に相渉るとは何の謂ぞ」『文学界』明治二十六年二月)と反駁した。
一四 屍肉に犬が群がって争い喰うようなすさまじい競争心。
一五 貴人に対する臣下のように卑屈なまでにへりくだった態度。御前は貴人に対する敬称。三太夫は華族や金持ちの家事・会計などを司る人の通称。家令・執事の類。
一六 専門課程に進む、予備課程にある者。明治二十年の学制改革で専門学校、たとえば東京商業学校などにあった。
一七 江戸前期の日蓮宗の僧・漢詩人・歌人(一六二三―六八)。はじめ彦根藩に仕えたが、のち出家して京都深草に隠棲、深草上人と称された。詩文にすぐれ、熊沢蕃山、石川丈山、陳元贇らと親交があった。著書『扶桑隠逸伝』『元元唱和集』。「おのれが芸にほこり、人の耳目をよろこばしめんとするは詩歌の邪路也」(『続近世畸人伝』)と考えていた。
一八 『八笑人』初編に描かれる、飛鳥山の花見における敵討ちの茶番。
一九 ふだん。平生。

試《こゝろみ》[一]に天機を洩《もら》して渠等《かれら》が団欒の模様を説かば、

談話

談話――文学者の談話は極めてタワイなく少しも纏まりの附かぬを尊《たつ》しとす。真面目《しんめんもく》にて且つ根底ある話柄《わへい》は最も大禁物なり。徂徠《そらい》[二]が炒豆《いりまめ》を噛《か》みながら古今の豪傑を論じカアライル[三]が咄々《とつく》として独乙《どいつ》の哲学を談ずる底《てい》の好話は容易に聞くを得ず。夫れ[四]味噌の味噌臭きが上味噌にあらざるを知らば文学者の談話が文学者らしからざるも何ぞ怪むを要せん。渠等が[五]放浪なる少年若くは軽薄なる幇間或は柔弱なる婦女子の口吻を擬《まね》るは即ち是れ大文学者たる所以也。

宴游幷に飲酒

[六]宴游《えんいう》――文学者集まれば必ず酒を飲む。文学者は勿論[七]禁酒会員にあらねば博物館に陳列せる魚介昆虫と同じく「アルコオル」漬《づけ》となるもよし。古《いにし》への詩人皆酒を飲む、下戸《げこ》の作りし詩にすら[八]『対酌』、[九]『泥飲』、[一〇]『玉山頽《ぎよくさんくづる》』、[一一]『壚頭酔《ろとうするゐ》』等の句あるをもて見れば酒と詩人は到底離れぬ悪縁なるべし。詩人既《すで》に然り、文学者豈《あ》に大《おほい》に飲まざるべけんや。

酒を飲まば須《すべか》らく[一二]劉伯倫《りうはくりん》を圧倒すべし。一盃《いつぱい》を飲むも上戸《じやうこ》、百盃を飲むも上戸なれば一《ひ》ト度盃《たびさかづき》を唇に接せし暁《あかつき》は少くも一昼夜は是非とも飲明《のみあ》かさゞるべからず。一ツ座敷も面白からざれば甲《かふ》料理店より乙《おつ》茶屋に行き丙《へい》鳥屋より丁《てい》蕎麦屋に転じ其処《そこ》ら中《ぢう》を飲歩くも一興なり。若《も》し斯《かゝ》る場合に辟易《へきえき》して中頃より逃

一 天地の秘密。 二 徂徠は炒豆を好んだという。「或ひと徂徠に問ひて曰く、「先生講学の外、何をか好む」と。曰く、「余它の嗜玩無し。唯炒豆を噛んで、宇宙間の人物を詆毀(きてい)するのみ」と」(『先哲叢談』巻六)。 三 カーライルの貧困をみかねたJ・S・ミルらの友人たちが、演説嫌いの彼に、一八三七年から「独逸文学」をはじめとする連続講演会を開催させた。「余は談ずる能はず、只だ喘ぎ、悶へ、吃るのみ、殿様、貴人への見せ物――金の為にかくせねばならず」(エマーソン宛書簡)(平田久『カーライル』による)。「咄々」は驚き怪しんで声を発したり舌打ちするさま。 四 いかにもそれらしいふりをする者は本物ではないという意。「味噌の味噌臭きハ上味噌にあらす学者の学者臭きは真の学者にあらすとも云」(『増補俚言集覧』)。 五 気ままにふるまう少年。 六 酒宴を開いて遊ぶこと。 七 →二八三頁注一七。 八 親しく向かい合って酒を酌みかわすこと。「両人対酌山花開、一杯一杯復一杯」(李白「山中与二幽人一対酌詩」)。ただし李白は酒豪。 九 酒をしたたか飲むこと。杜甫「遭三田父泥飲美二厳中丞一詩」。 一〇 容姿のすぐれた人が酒に酔ったさまを形容する語。「傾聴傍人相慢語、瑠璃水畔玉山頽」(菅原道真『菅家文草』「水辺試飲」、昌泰三年)。 一一 酒屋の店先で酔う。「壚」はいろり。「斗酒渭城辺、壚頭酔不眠、梨花千樹雪、楊葉万条煙」(李白「送別」)など。 一二 中国西晋の思想家、劉伶(二二一―三〇〇)。伯倫(底本「伯綸」を訂した)は字。竹林の七賢の一人。無為に化すべきことを説き、職を辞して自由気ままに生きた。「酒徳頌」で酒の功徳を讃えた。 一三 江戸中期の儒者・文人(?―一七五二)。新井白石に師事、詩歌にすぐれた。「鶴楼甚だ客を喜び、

出す時は卑怯なりと笑はるればゆめ〳〵要慎《えうじん》すべし。

益田鶴楼と十返舎一九　益田《ますだ》[一三]鶴楼《かくろう》は客を喜び酒肉席《せき》に絶えず酔《ゑ》へば則ち杯盤狼藉[一四]の中《うち》に顚睡《てんすゐ》[一五]す。十返舎一九[一六]は猪口《ちよく》を手にすれば本屋の督促をも忘れてグビリ〳〵と一日を飲暮《のみくら》す。酒[一七]なくて何のおのれが作者哉。苟《いやし》くも文学者たらんとするものは古今の文人に鑑《かんが》みて少くも一升の酒を飲まざるべからず。

文学者には芸人多し　飲んで而《しかふ》して後《のち》何をか為す。文学者には頗る芸人多し。十六芸を綜《す》ぶる柳沢淇園《やなぎさはきゑん》[一八]の如きは扠置《さてお》き桂山彩巌《かつらやまさいがん》[一九]の楽律に深き益田鶴楼[二〇]の俗曲に通ずる、近くは大槻修二《おほつきしうじ》[二一]先生の河東《かとう》[二二]及び園八《そのはち》[二三]に於ける、福地桜痴《ふくちあうち》[二四]先生の琵琶に於ける、若《も》しくは劇評の大家黄表紙《きべうし》の大通《だいつう》とし尊《たつと》まるゝ何某《なにがし》[二五]先生の初代段十郎[二六]の声色《こわいろ》に於ける、福助種《ふくすけだね》[二七]をもて名高かりし某新聞[二八]の主筆それがし先生の布袋踊《ほていをどり》[二九]に於ける皆夫《みなそ》れ妙《めう》の妙《めう》を極《きは》めざるはなし。文学者須《すべか》らく隠し芸を研究して之を宴席に披露するを怠たる勿れ。(但し美人席《せき》に侍《じ》せざる時はシラを切るが奥ゆかしくてよし)。縦令《たとひ》歌沢《うたざは》[三〇]は調子外《はづ》れにても苦しからざれば遠慮なく胴魔声《どうまごゑ》[三一]を振立てるが通なり。縦令《たとひ》一音なりとも疳《かん》[三二]ばしツた声を出して福助だと講釈を附けるが通なり。

茶番　芸自慢が一層長《かう》じると茶番の催《もよほし》となる。勿論《もちろん》万事大道具にして口上茶番

酒肉席に絶ゆるなし、来訪ふ者昼夜相継ぎ、間断あるなし、(中略)鶴楼其杯盤狼藉の中に坐起し、常に深夜を極め、霑酔(てんすゐ)以て娯となす。／鶴楼常に仮寐を好み、酒席に在りても、酔へば則ち顚睡す」(『先哲叢談後編』巻三)。

一四　酒宴後、杯や皿・鉢などが散乱しているさま。

一五　倒れて眠る。

一六　「性酒を嗜む事甚しく、生涯言行を屑とせず」(『近世物之本江戸作者部類』「十遍舎一九」)。

一七　狂句「酒なくて何のおのれが桜かな」のもじり。「酒程えらい物はない。マア花を見るかて月をみるかて、酒が肝心、酒なくてなんのおのれが桜かなというて有わい」(滑稽本『大わらい臍の西国』〈『故事俗信ことわざ大辞典』〉)。

一八　一七〇四‐五八。江戸中期の文人。柳里恭と称す。大和郡山藩の家老。荻生徂徠に師事。多能多芸の才人として知られる。「文学武術を始めて人の師たるに足れる芸十六に及ぶとぞ」(『近世畸人伝』巻四)。

一九　江戸中期の幕臣・漢詩人(一六七九‐一七四九)。「彩巌、衆芸を博綜し、尤も草隷に巧なり。又楽律を善くす」(『先哲叢談後編』巻四)。

二〇　「鶴楼三絃の技を善くし、世の所謂長唄なるものを好む、客を会する毎に、必ず其曲を奏す」(『先哲叢談後編』巻三)。

二一　明治大正期の洋学者・考証家(一八四五‐一九三一)。修二は通称。号は如電。磐渓の次男。和漢洋学から文芸・邦楽・舞踊などにも通じていた。著書『日本地誌要略』『日本洋学年表』『舞楽図説』ほか。

二二　河東節(→三三六頁注六)の略。　二三　薗八節の略。豊後節系統の浄瑠璃。宝暦・明和(一七五一‐七二)の頃、江戸に伝わって流行した。宮薗節ともいう。曲風はしめやかで優艶な趣がある。

(以下、三七九頁に続く)

の比《たぐひ》にあらねば酒の挙句《あげく》といふ訳《わけ》には行かぬ。此時《このとき》は中々の大騒ぎ、恐らく三馬若《もし》くは鯉丈《りぢやう》[一]の筆を借らば三冊物十二編位作る事容易なるべし。

一ト頃《ひところ》西洋熱の流行せし時、英語会[二]の余興に『ベニス商人物語』[三]、活人画《くわつじんぐわ》[四]に『鳥羽《とば》の里』[五]を演じゝ事ありき。又シルレル[六]、レッシング[七]等戯曲家の逸事を見れば身《み》自《みづか》ら劇を演じて同好に示したるが如し。然れども是等《これら》皆《みな》素人臭くして面白からず。我が文学者連は殆んど黒人《くろうと》を凌駕するの芸人なれば、或時は紳士[八]の別荘にて、或時は桜雲台《あうゝんだい》[九]鷗遊館《おういうくわん》[一〇]等にて、甚だしきは某《それ》の往来にて数多《あまた》の公衆を傾倒せしめし事さへありといふ。昨《さく》[一一]二十六年の末某《それ》の宴会にて四五の新聞記者兼通人的文学者(?)が偶《たま》〳〵隠し芸を披露せしに二三の新聞は大に其品格を傷《きづ》くるを毀《そし》りたれど、之れ文学と演芸との関係を知らざる野暮の言草《いひぐさ》なり。夫《そ》れ一人にして作劇家となり俳優となり道具方となり衣裳方となり振附《ふりつけ》より隈取《くまどり》[一二]の化粧まで自ら之を為すに到つては多芸なりと云はずして可ならんや。況《いは》んや時としては専門家をして劇評を書かしめ写真師をして扮装のまゝを撮影せしむるに於ては既に〳〵素人芸の上に出《い》でる数十等。

朗読 芸と云つて善《よ》きか悪《あ》しきかは知らねど爰《ここ》に朗読なるものあり。之れ亦《また》交友の一助として重んぜらる。此朗読[一三]は坪内、関根、饗庭《あへば》等諸先生の首唱せられ

一 瀧亭鯉丈(?–一八四一)。江戸後期の滑稽本作者。『八笑人』『和合人』など。
二 英語による素人芝居や演説の会。明治期に学生たちの間で盛んに開かれた。↓補一二七。
三 シェークスピアの喜劇『ヴェニスの商人』(The Merchant of Venice)。一五九六年頃作。
四 フランス語 tableau vivant の訳。扮装した人が舞台上で一定時間静止していて、画中の人物のように見せるもの。歴史上の有名な人物や名画を題材とし、明治大正期に集会の余興や女学校の学芸会などで行われた。↓本大系第十八巻四七六頁補注二。
五 依田学海・川尻宝岑『文覚上人勧進帳』(明治二十一年)の「上鳥羽の場」に基づく演題か。遠藤盛遠(文覚)に懸想された袈裟御前は、夫の身替わりとして死のうと決心し、自邸に盛遠を忍び込ませ、夫に扮して殺される。ただし上演の事実未詳。あるいは「活人画」や菊人形で流行した「雪中常磐」「伏見常磐」か。
六「シルレル十八歳校舎に宿す。頗る演劇を好みて時々友を会して戯れに是を演ず」(野外堂主人〈魯庵〉「文海叢談」『国民新聞』明治二十四年二月十五日)。
七「氏(レッシング)は又名優ミルユス、ワイセ等と親交を結び満完なる技芸上の学理を悟得し自らも亦俳優たらんことを欲せり」(石橋忍月「レッシング論」『国民之友』明治二十二年三月)。
八 明治二十三年春、小石川水道端の黄鶴楼(佐藤氏邸)で、「夷子講の茶番」のような硯友社の文士劇があった。江見水蔭『自己中心明治文壇史』に詳しい記述がある。↓補三九。
九 上野公園内桜ヶ岡にあった料理店。明治二十二年落成。「若し夫れ紳士淑女滴るが如き帝国料理の真味を試みんとなれば桜雲台を推すべ

し処にして最も進歩せる文学者の慰《なぐさみ》に相違なきはヱドウヰン、アーノルド[一四]が二円の聴料を課して鹿鳴館《ろくめいくわん》に『世界之光』[一五]を朗読せしをもて知らる。

且《か》つや坪内[一六]先生は曾て国民之友に於て長々と朗読法を解説せられたりき。然れども朗読法は到底天が無芸文学者に恵与せし一芸たるに過ぎず。文学者は元来芸人なれば余りに無芸にして恥かしと思ふ者は此朗読法を研究すべし。勿論御神燈《ごじんとう》[一七]をぶら下げて朗読の師匠をする者もなければ精々勉強して自己流の節《ふし》を工風《くふう》し隣近所の水甕《みづがめ》に罅《ひゞ》をいらせるべし。修行積みし上は箱根に出張して首尾能く旅宿の下婢を驚かす様になればモウ占めたものと思へ。

芸は他を娯ましめんとするにあらずして自らを楽ましむる也

惣じて是等の遊芸は交友の一助となして便宜《びんぎ》なるものなれども、他を娯《たのし》ましめんとするにあらで自《みづか》らを楽ましむるものなれば対手《あひて》の迷惑は更に斟酌《しんしやく》すべからず。随分同席の者がモヂ〳〵して欠伸《あくび》を噛《かみ》

し」(「桜雲台」『風俗画報』明治二十九年十二月)。

一〇 「浅草須賀町隅田川河岸にあり。江東の井生村楼に対し、浅草井生村楼と称せしが、のち、鴎遊館と改め、諸集会、宴会貸席として十三年ころ名あり」(『明治事物起原』)。

一一 明治二十六年十二月十七日、両国橋東畔の中村楼で開かれた新聞記者懇親会をいう。同年夏、亀清楼の会で、今後「力めて高尚潔白にすべし」と決議されていたが、年末にも醜態を繰り返したので各紙が非難した。→補一二八。

一二 歌舞伎における舞台化粧の一つ。荒事などで役柄を強調するため、赤・青・墨などの絵具で一定の模様を顔面に描くこと。

一三 明治二十四年前後に坪内逍遙、関根正直、饗庭篁村が提唱した。→補一二九。

一四 Sir Edwin Arnold(一八三二―一九〇四)。イギリスの詩人・ジャーナリスト。明治二十二年来日。長詩『アジアの光』『世界の光』などを発表。「其の詩人として世に称せらるゝ所以は其詩の品位にありとす且つ氏が印度詩文学の貴重なる者を多く世に公にせしはサー、ウヰリアム、ジヨンス以来特有の名誉なるのみならず其の国詩に於けるも思像の巧なる音調の優なる人をして感嘆止ざらしむるの妙ありといへり」(「アルノルド氏の略伝」『読売新聞』明治二十二年十一月二十八日)。 一五 "The Light of the World, or the Great Consummation" (London, Longmans & Co., 一八九一年)。キリスト伝に取材した長詩。 一六 →補一二九。

一七 職人・芸人の家や芸妓屋などで縁起をかついで「御神燈」と書いて家の戸口につるした提灯。

絵 朗読を披露する文学者。近松半二ほか作の時代浄瑠璃『本朝廿四孝』(明和三年初演)を読む。

占《し》めるまで自分だけに面白く興を添ゆべし。文学者の芸は友を困らせるをもて其主意となす。此故《このゆゑ》に謡曲《うたひ》を噛《かぢ》りしものは遠慮なく節附《ふしづけ》の講釈をして胴魔声を振染《ふりしぼ》り、茶の湯を稽古せし者は矢《や》たらに薄茶[一]を飲ませんとて変な手附《てつき》をなす。影で舌を出して笑はるゝとも目の前で中々お上手だと追従云はるればホク〳〵喜ぶが今の文学者の特色なり。

太宰春台と今の文学者

むかし叡山《えいざん》[二]の法王音律《はふわうおんりつ》を好み太宰春台《だざいしゅんだい》[三]が善く笛を吹くを聞き使節をもて之を召す。春台堅く辞して曰く余は儒生[四]なり儒を以て召さるれば元より駕《が》[五]を俟《ま》たず然《しか》れ共私《どもひそ》かに嗜《たしな》む末技[六]を以て王門の伶人《れいじん》[七]となるは余が欲せざる処也と。百有余年の歳月は学者の見識を一変して、今は自《みづか》ら進んで下手《まづ》い芸道を披露し諸人《しょにん》の見世物《みせもの》となツて得《とく》々たり。是れ然しながら文学者が『芸なしぢやア交際《つきあひ》が出来ないから』といふ哲学に出でたる也。春台は王門の伶人たるを恥づるを知れども法親王《はふしんわう》[八]と交るに嗜《たしな》みの音律を以てする方便を解せず。今の文学者は交際を弘《ひろ》めんが為に見世開《みせびら》き、夷子講《ゑびすかう》[九]、或は新年忘年等の宴席に茶番を御覧に入れ歌沢《うたざは》をお聞きに達し手踊声色《てをどりこわいろ》手品に愛敬を添えるの法に熟す。吁《あゝ》、ヱライ哉《かな》文学者！　朗読をして酒の酔《ゑひ》を醒まさする如きは之と比較すれば最も気のきかぬ芸《げい》[一〇]なし猿《ざる》といふべし。

一　抹茶の一種。
二　普通は比叡山延暦寺の天台座主を指すが、ここでは、上野東叡山寛永寺の法親王（輪王寺門跡）。
三　一六八〇—一七四七。江戸中期の儒者。荻生徂徠に学ぶ。著書『経済録』『聖学問答』など。「春台善く笛を吹く、此時に当り、東叡法王音律を好む、春台が音に妙なるを聞き、嘗て使をして之を召さしむ、春台辞して曰く、余は儒生なり、若し儒を以て召さるれば則ち駕を待たず、其私嗜する末技を以て、王門の伶人となるは余欲せざるなりと、是より終に復た笛を吹かず」（『先哲叢談』巻六）。
四　儒者。
五　お迎えを俟つまでもなく参上する。
六　つまらない技芸。
七　音楽、特に雅楽を奏する人。
八　出家後に親王を賜った皇子の称号。
九　商家で商売繁昌を祝福して夷神を祭る行事。旧暦一月二十日と十月二十日に行い、親類知人を招いて祝宴を開く。「二十日の蛭子講(ゑびすかう)は今は殆ど絶ゑたるに等しけれども維新前は各商家盛にこれを祝ひ商運を祈りしものなり此夜蛭子の像及懸軸を懸け鯛御酒鏡餅其他柿栗等を供へ大に賓客を集めて盛宴を張り銀燭明に徹するを知らざるもの多くは是なり又杯盤器具等何まれ有合ふものを捧げ仮りに価を附し千両或は万両などいへば快よくこれを諾して売買を取極め一座柏掌すこれ当夜の縁喜なりといふ」（「東京歳時記　十月」『風俗画報』明治二十二年十一月）。
一〇　無芸の者をあざけっていう語。

文学者の交際には真心を吐く事なし

惣《すべ》て文学者の交際は真心を吐いて奥底《おくそこ》なく語らひ艱難相救ひて苦楽を偕《とも》にするといふ例《ためし》は更になく、外見《みえ》を専一として奥歯に物挿《はさ》まりたる言草《いひぐさ》をならべる歟《か》、然らずんば一一万里の長城を其間《そのあひだ》に築く振舞を示すをもて極意となし、偶々《たまたま》「アルコオル」の為に其厳重なる用心弛《ゆる》み本色《ほんしよく》を現《げん》示《じ》する時は駄洒落交りのすツぱぬき聞苦しき文句をペラつかして一二靦《てん》として平気《へいき》の平三《へいざ》なり。

十七世紀及び十八世紀の英国文学者

十七世紀より十八世紀の初《はじめ》に到る英国の文学者は概して放蕩無残にして寧《むし》ろ道徳に触るゝも仕《し》たい三昧《ざんまい》の悪戯《あくぎ》を仕尽さゞる時は文学者らしからざる心地したるが如し。当時に於ては道徳の欠損は少しも社会の制裁を受けざるばかりか華美豪奢を極《きは》めたる流行社会に於ては悖徳《はいとく》の汚点を有《も》つ者却《かへつ》て歓迎せられたりき。一三オートウヱイの如き即ち其好例也。縦令《たとひ》渠《かれ》は終《つひ》に饑餓《きが》の淵《ふち》に瀕《ひん》し道途《だうと》に乞食《こつじき》して一紳士《いつしんし》より一「一四ギニイ」の恵与を受け久《ひさ》し振《ぶり》の麵麭《ぱん》に舌打《したうち》して僅《わづか》に一トロを一五嚥下《えんか》するや数日の疲労の為め忽ち卒倒して亡びし惨絶の最後を速きしと雖《いへ》ども、如何《いか》に渠《かれ》が栄華の日に於て有らゆる軽薄の数を尽して猶ほ人に嫌はるゝ事なく却《かへつ》て其同朋《そのどうはう》の間に優待せられ一六名利《みやうり》の寵児と花やぎしかを見《み》ば略《ほ》ぼ一般社会の一七好尚《かうしやう》を覗《うかゞ》ふに足る。一八シエンストン或はサヴヱ

一一 ここでは、厳重に用心して相手に本心を見すかされないようにすることのたとえ。

一二 恥じないさま。「靦」は、まのあたりに人を見る意。

一三 トマス・オトウェイ(Thomas Otway, 一六五二―八五)。イギリスの劇作家。悲劇『孤児』『救われたヴェニス』などで名声を博したが、情熱の赴くまま乱行と貧窮のうちに夭折した。逸話は、ジョンソン『詩人伝』所収の「オトウェイ伝」にある。

一四 guinea. イギリスの金貨。一ギニーは二十一シリング。十七世紀後半から十九世紀初頭に流通。

一五 飲みくだすこと。

一六 名誉と利益を得てもてはやされる人。

一七 好み。嗜好。

一八 William Shenstone(一七一四―六三)。イギリスの詩人。代表作「女教師」。造園家としても名高い。父の死後バーミンガム西郊の領地に隠退し、風景式庭園造成に熱中したため経済的に苦しんだ。

ージの如き今更云はざるも可也。

信用なき愛好と友愛なき親密

恰《あだか》も我《わ》が今の文学者間に於ける交友の情態はやゝ此《この》観《くわん》を為《な》すに似たり。ジヨンソンの語を借りて云はゞ“their《ゼア》[一] fondness《フオンドネス》 without《ウヰザウト》 benevolence《ベネボレンス》, their《ゼア》 familiarity《フアミリアリチイ》 without《ウヰザウト》 friendship《フレンドシツプ》” 信用なき愛好と友愛なき親密を結びて飲んで且《か》つ笑ふだけを主義となす。しかも其交友の極めて少数に限らるゝは水溜《みづたまり》の中《うち》に蝌蚪《おたまじやくし》の相追逐《あひつひちく》するに同じ。

ウヰリヤム、ブラツクの交遊

[二]ウヰリヤム、ブラツクは交際家なり。[三]バツキンガム街《まち》の僑居《けうきよ》[四]に於て数多《あまた》の客に接し[五]改革倶楽部《くらぶ》に列して朝野《てうや》の政客《せいかく》と談ずる外《ほか》[六]ブライトンの閑居に退いては夫人と共に来賓を管待《もてな》すに忙がしく、渠《かれ》の家は殆んど欧米各国の名士が安息所且つ伏匿所《ふくとくじよ》[七]たる如くなりといふ。渠は曾て一人の客に誇つて曰く、朝《あした》には[八]ツール来り夕《ゆふべ》には[九]スペンサーを見る我が家には美術家と哲学者と政事家と実業家と軍人と文学者との団欒を作るを得べしと。渠が述作の価値《かちよく》は爰《こゝ》に云はず、(并《そ》は勿論《もちろん》別問題なれば也)。唯《たゞ》交際の一点に於て小説家たる渠が範囲如何《いか》に広きかは到底我が文壇の諸先生と比するを得ざるなり。

ポープの友人

ポープは形傴僂《くる》[一〇]にして心偏狭《へんけふ》なり。しかも[一一]其交際の極めて広くして頗る寛量なりしは渠《かれ》が書斎に集まれる人さまぐ\の心余りに異《たが》へるをもて

一 前掲ジョンソン「オトウェイ伝」中の言葉。訳は本文の「信用なき愛好と友愛なき親密」。
二 William Black(一八四一-九八)。イギリスの小説家・ジャーナリスト。『デイリー・ニュース』の編集に関わり、『ヘスの娘』で名声を確立。主にスコットランド地方を舞台とする小説を書いた。
三 Buckingham. ロンドンのバッキンガム宮殿の近傍、上流階級のクラブ・ハウスが立ち並ぶ。
四 仮りずまい。 五 Reform club. 革新派のエドワード・エリスが中心となり、一八三六年に創立。→本大系第十五巻四五八頁補注七「改進舎」。 六 Brighton. イングランド南東海岸の高級保養地。 七 隠れ家。
八 John Lawrence Toole(一八三〇-一九〇六)。イギリスの喜劇俳優。劇化されたディケンズの作品中の人物を演じて成功を収めた。
九 Herbert Spencer(一八二〇-一九〇三)。イギリスの哲学者・社会学者。社会進化論を唱え、世界中に多大な影響を与えた。主著『総合哲学体系』全十巻。 一〇 せむし。背骨が弓状に曲がる病気。
一一 一七一三年頃、ポープがスウィフトらとともに結成したスクリブリラス・クラブに、コングリーヴ、チェスターフィルドなど社交界の多彩な名士が集まったことをいう。その目的は、学問・芸術・科学における低劣な趣味と無能力な三文文士を嘲罵することにあった。以下、ポープの友人が列挙される。→補一三〇。
一二 James Boswell(一七四〇-九五)。イギリスの法律家・伝記作家。ジョンソン(→二九一頁注一一)と二十年以上にわたる親交を結び、厖大な資料にもとづく精密な『サミュエル・ジョンソン伝』(一七九一年)を著した。ほかにスコットランド西部諸島をジョンソンと巡遊した記録『ヘブリディーズ諸島旅行記』などがある。

知らる。皮肉なるスウヰフト、粗剛なるアッターベリイ、温厚なるスペンス、厳峻なるウオーバートン、徳淳なるバークレイ、不徳なるボーリングブローク、軍人ピーターボロオ、詩人ゲイ、機才あるコングリーブ、愉快なるローウヱ、奇矯なるクロンウヱル、頑硬《ぐわんかう》なるバサースト、皆是れ卓《たく》を共にして談笑せる者なりき。

若《も》し夫《そ》れジヨンソンのボスウヱル[一二]に於ける、グレイのワルポール[一三]に於ける、カアライルのチンダル[一四]に於ける、ブラックのブライト[一五]に於ける如きを問はゞ我が文学界に其例を欠くといふも可也。

文学会　文学者の交友夫《そ》れ斯《か》くの如し。此故に他の学術宗教政治実業等の社会に於ては不完全ながらも団躰を作りて互に各自の専門に属する智識の増進と交友の親睦を計《はか》りつゝあれど独り文学社会に於ては竟《つひ》に此種の組織を見ず。一ト頃徳富《とくとみ》[一六]森田[一七]朝比奈《あさひな》[一八]等の諸先生が先棒《さきぼう》となつて組織せられし万代軒《ばんだいけん》[一九][二〇]月次の会合の如き万代軒の殁落と共に消滅して、今に浮名《うきな》の残れるは龍溪《りゆうけい》[二一]先生の大演説、青《せい》[二二]萍学海《へいがくかい》二先生が大議論なりかし。又近く去年の秋以来催《もよほ》されし筑土《つくど》[二三]文学会とやらはまだ漸《やうや》く二度か三度集まりしだけなればよもやと思へど其消息杳《えう》として聞くなきは心細さの限りならずや。曰く楽々会《らくらくくわい》[二四]、曰く硯友社、曰く何、曰く何と、

一三 Horace Walpole, 4th Earl of Orford（一七一七―九七）。イギリスの著述家。グレイ（→三〇〇頁注九）とは学生時代からの友人で、ともに大陸旅行に出かけたり、グレイの詩集を自らの邸宅に設けた趣味の印刷所で刊行したりした。著作にイギリスのゴシック・ロマンの先駆的な小説『オトラント城』があるほか、多数の書簡文を執筆した。
一四 John Tyndall（一八二〇―九三）。イギリスの物理学者。チンダル現象と呼ばれる光の散乱現象の研究で有名。若い頃からカーライルの著作の熱心な読者で、晩年のカーライルと親交を深めた。
一五 John Bright（一八一一―八九）。イギリスの政治家。R・コブデンとともに自由貿易運動を指導し、穀物法の廃止を実現。グラッドストン内閣の商相などを務めた。ブラックがブライトの主張を支持したことをいうか。
一六 徳富蘇峰。→補二八、二七四頁注一二、二七五頁注二四。一七 森田思軒。→三二四頁注七。
一八 朝比奈知泉（一八六二―一九三九）。ジャーナリスト。号碌堂。明治二十一年、『東京新報』を発刊、二十五年『東京日日新聞』に吸収合併後は、その主筆となる。三十七年退社。「碌堂は政論に於て蘇峰の上に在りと雖も、彼れ亦円満の政論記者に非ず、彼れは政治よりも論理を重んじ、論理よりも討論を得意とす、故に彼れの政治を論ずるは猶ほ軍人の剣を抜くが如く、筆を執れば必ず争気あり」（鳥谷部春汀「三大新聞記者」『明治人物評論』明治三十一年）。一九 神田・万世橋畔にあった西洋料理店。二〇 明治二十一年九月に結成された文学会のこと。→補一三一。
二一 矢野龍溪（一八五〇―一九三一）。政治家・小説家・ジャーナリスト。『郵便報知新聞』に入り、のち社長。立憲改進党の結成にも参画。明治十六―十七年、

数は沢山あれど皆是れ飲仲間《のみなかま》、洒落仲間若《も》しくは茶番御《ご》連中《れんぢう》たるに過ぎず。

文学会なるもの何ぞ。その今の文学社会に於ける有効無効或《あるひ》は必要不必要は爰《ここ》に云はず。唯夫《たゞそ》れ異主義の者一堂に会して相談義し生平《せいへい》互に見ざる者交《まじはり》を新たにするの興趣あるに於ては之を全く無用なりと云ふを得ず。然るに今の文学者は余りにエラクして他人の説を聞く必要なく、余りに超然として世《よ》の交《まじはり》を求むるを嫌ふが故に、異分子の団躰に入《い》るを欲せずして、毎日顔を合はせる同町内の者か或は師弟の関係ある者同士が寄合《よりあひ》を附けるをもて楽《たのしみ》となす。

ジョンソンの文学会

ジョンソン[一]の文学会は会員少けれど異分子を糾合《きうがふ》[二]せり。アヂソン[三]、コングリーブ、スチール[四]、ゴオルドスミッス等の文士は姑《しば》らく置き、理財学者アダム、スミッス[五]、政治哲学家バルク[六]、美術学者レイノールヅ[七]、——殊に俳優ガアリック[八]を一堂に聚《あつ》めしに到つては我が文学社会の情態より見て奇とせざるを得んや。

絵 日本の文学者の集会。次頁は、イギリスのクラブ。

二二 『経国美談』を出版、政治小説の代表作として声価を得た。『浮城物語』『新社会』ほか。「大演説」は、明治二十三年六月の文学会例会における『浮城物語』についての談話のこと。→補一三二。

二二 末松謙澄(一八五五-一九二〇)。評論家・翻訳家・政治家。号青萍。外交官として渡英、ケンブリッジ大学に遊学し、帰国後の明治十九年、演劇改良会を興す。のち逓相・内相・枢密顧問官を務める。翻訳に小説『谷間の姫百合』(Bertha M. Clay, "Dora Thorne")など。依田学海(→二八六頁注四)との「大議論」は、明治二十三年九月十三日の文学会席上でのこと。→補一三三。

二三 底本「築土」を訂した。明治二十六年六月、雑誌『三籟』の戸川残花、松村介石らの発起による文学会。→補一三四。　二四 →二七七頁注一七。

以上三七五頁

一 ジョンソンを中心とする教養ある名士たちのクラブ(のち文学クラブと改名)で、一七六四年に創設。酒場に集まり、飲食と歓談を愉しんだ。当初の会員は九名だったが、その後増加した。

二 一つに結集すること。

三 アディソン、コングリーヴ、スティールは、いずれも十八世紀初期の文人であって、ジョンソンの文学クラブとは関わりがない。三人が参加していたキット・キャット・クラブ(→二六一頁注三)と混同したか。

四 Sir Richard Steele(一六七二-一七二九)。イギリスのエッセイスト・政治家。

五 Adam Smith(一七二三-九〇)。イギリスの経済学者。主著『国富論』(一七七六年)によって十九世

日本人の交遊組織

然れども之れ決して奇ならず。前にも説きし如く日本人《にほんじん》本来閉鎖主義なれば文学者も奥深く書斎に垂籠《たれこめ》て座禅面壁《めんぺき》[九]浮世は斯《か》うだあゝアゝだと生《なま》悟《さと》りに澄《すま》し込《こ》む流義を尊《たつと》ぶ。唯《たゞ》然しながら『通』と云ふ持薬《ぢやく》を朝夕服用するお蔭に外観だけは此流義を棄て、『兎角浮世の味は試《な》めて見にや分りません』と いふ申訳《まをしわけ》を作つて己《おの》が軟弱なる舌に適する甘味《あまみ》だけを賞翫《しやうくわん》する傍《かたは》ら、『[一〇]它山《たざん》の石《いし》は磨《みが》くべしとやら』と口だけ賢《かし》こい言《こと》を陳《なら》べ、好きな名を附けて大家陳列会を催す事少なからず。都々逸《どどいつ》の好きな者が無尽《むじん》[一一]に等しき余興を添えて慾を餌《ゑば》に釣出す都々逸会すら仲々《なかく》永続出来ぬ日本人の根性にて、道楽を犠牲にして真面目を衒《てら》ふ会を起すもなどか首尾能《よ》く持続するを得《う》べき。世界を家として太[一二]陽曾《かつ》て歿せずと誇る英国に行はるゝ交際法が燧箱《ひうちばこ》籠城主義《ろうじやうしゆぎ》の日本に行はれずとも何の不思議あらん。[一三]岐阜の大地震《おほぢしん》百度揺《ゆ》つて

紀の自由主義経済の基礎を築いた。

六 Edmund Burke(一七二九-九七)。イギリスの政治家。ホイッグ党の下院議員となり、多くの名演説で好評を博した。著書『崇高と美の観念の起源』『フランス革命に関する省察』など。文学クラブ(注一)の当初からの会員。

七 Sir Joshua Reynolds(一七二三-九二)。十八世紀イギリス画壇を代表する肖像画家で、王立美術院の初代院長。文学クラブ(注一)の発起人。

八 David Garrick(一七一七-七九)。イギリスの俳優。ジョンソンが故郷で私塾を開いていたときの教え子で、ともにロンドンに出たのち演劇界で成功。シェークスピアものを得意とし、多数の名演技をのこした。

九 壁に向かって坐禅すること。

一〇 諺。よその山から出た粗悪な石でも、自分の玉を磨く役には立つ。転じて、他人の誤った言行も自分の修養の助けにできるの意。「它」は「他」に同じ。「他山之石可二以攻一玉」(『詩経』小雅「鶴鳴」)。

一一 無尽講。互助的な庶民金融の組織。加入者が一定の掛金を積み立てて定期的に集まり、抽籤または入札によって所定の金額を順次加入者に融資する。頼母子(たのもし)講ともいう。

一二 The Empire on which the sun never sets. 帝国主義の最盛期を迎えていた十九世紀後半の大英帝国をいう慣用表現。

一三 明治二十四年十月二十八日、岐阜県・愛知県を中心に起った濃尾地震。死者七千二百余人、負傷者一万七千余人、全壊家屋一四万余。「尾濃の震源近江越前等の震脈を通算すれば其死傷万を以て数ふるに至る(中略)今回の変は実に安政以来の大震と称すべきなり」(野口勝一「尾濃震災(上)」『風俗画報』明治二十四年十一月)。

日本《にっぽん》の天地悉く顚倒するも、詩人と科学者と小説家と相場師と評論家と工芸家との会合を見る事仲々に難《かた》かるべし。

文学会の景況

試《こゝろみ》に今の文学者の会合を透視《すきみ》するに、

平生《へいぜい》最も多く顔を合せる者が二三人宛《づゝ》あちらにコソ〳〵こちらにヒソ〳〵、恰《あだか》も秘密の相談をする如く首《くび》を鳩《あつ》めて低語《さゝや》き宛《さな》がら人に聞かれん事を厭《いと》ふに似たり。此故に一人《いちにん》の親交なくして席に臨まば容易に談語《はなし》相手を作る事出来ずケ[一]ロリカンとして茫然たらざるべからず。質《しち》[二]に取られし唖《おし》の苦痛を嘗《な》めたき者は須《すべか》らく文学会に臨むべし。

しかも猶更辛《なほさらつら》きは態々《わざ〳〵》会費を払つて無言の行《ぎやう》を修めに来たばかりか面白い顔の一ツ位はせざるべからず。殊に一層辛きは名士の大演説を拝聴して是非とも絶躰絶命に敬服せねばならぬ義理づくめなり。傍聴者の義務は演説者をして『己《おれ》の演説をみンな感服して聞《きい》てゐるナ』と信ぜしむるにありといふは文学会に於ける倫理の法則なり。

文学者は必ずしも多言《たげん》せず。勿論《もちろん》平生無用の饒舌《ねうぜつ》を弄《ろう》するに極《きは》めて得意なれども斯《かゝ》る会合に列する時は妙に人見しりをして何かの問題出《い》づれば甲《かふ》譲り乙《おつ》辞退し各《おの》〳〵逡巡《しりごみ》する算段を廻《めぐ》らす。此場合に限りての謙遜[三]辞譲誠《まこと》に古聖賢に耻

一　ぼんやりとしているさま。「待ワビル貌」(『増補俚言集覧』)。
二　じっとおとなしくしているさまのたとえ。
三　「夫子〈孔子〉は温良恭倹譲、以てこれを得たり」(『論語』学而)をふまえる。
四　「黙殺」程度の意味。
五　Buckthorne. アーヴィングの小説集“Tales of a Traveller”(一八二四年)第二部“Buckthorne and His Friends”の主人公で、風変わりな文士。「ワシントン、アービングの作「羇客談」中に「バックソーン」あり。其流麗巧緻なる筆を以て文学社会の内想を写して頗る妙極を致す」(蔵風子〈魯庵〉訳「窮乏操觚者」前書き、『国民之友』明治二十四年十二月)。以下の本文は、同書第二部 Literary Life の章にある。
六　けなしてしりぞける。「黜」は斥の意。

ぢずといふべし。

然れども此謙遜辞譲も席煖《あたゝ》まれば忽ち忘れて持前《もちまへ》の放言漫罵座客《ざかく》を呆《あき》れさして以て得《え》たりとなす。偶《たま》〳〵『[四]沈黙の冷笑』を加ふる者あるも、却て傾聴してゐる事と感違ひして愈々《いよ〳〵》止度《とめど》なく立板《たていた》に水を流す弁を奮ふ。

バックソオンの言

[五]バックソオン客の問《とひ》に答ふらく、文学会を以て智識の交換場となし先づ交換に値《あた》ひする意見を蓄へて出席せんとするは御身《おんみ》の謬解《あやまり》なり。自《みづか》ら光明《くわうみやう》を放《はな》つて厚待《こうたい》せられん事を望む勿れ。渠等の文学会に出席するは畢竟他を奉戴せんとするにあらずして各々自身の燦然たるを示さんが為なれば也。余も初めは御身《おんみ》の如く考へ必ず多少の研究を費《つひ》やして後《のち》出席せしが、其結果は甚だ生意気なる辛抱《がまん》出来ぬ文士なりと爪弾《つまはぢ》きせられ若《も》し我が交友の仕方を改めざる時は忽ち絶交せられんとするばかりなりき。御身能《よ》く〳〵心得よ、最も上手なる聴者《きゝて》は最も抜群なる智者なる事を。若《も》し御身弁舌爽《さはや》かにして他と互に五分《ごぶ》々《く》に語り合ふ時は思《おも》ひ切《きつ》て其男の著述をカラ褒《ぼ》めして同時に当今の作者を甚だしく[六]貶黜《へんちつ》すべし。万一特別なる朋友の述作を推奨する者あれば、此時に限りて故《こと》さらに其説に反対し口を極めて之を罵るを智ありとす。斯《かゝ》る場合には縦令《たとひ》自身が推奨せし言《ことば》を破られて困迫するも決して不快の感を為さず却て得意の色

（三六九頁より続く）
二四　一八四一―一九〇六。ジャーナリスト・劇作家・小説家。本名源一郎。明治元年『江湖新聞』を発刊、明治七年から『東京日日新聞』社長兼主筆。晩年は歌舞伎改良に尽力、戯曲・小説・史論を数多く発表した。戯曲『春日局』、小説『もしや草紙』、史論『幕府衰亡論』など。ただし桜痴には「風流才子を以て居り、実に風流才子なるも、全く酒を飲まず、且つ音楽を解せず、平家琵琶を語りて云ふ、是れ音楽に非ずと」(三宅雪嶺『同時代史』第三巻「明治三十九年」)という評がある。
二五　劇通で黄表紙にも精通していた関根黙庵をいうか。あるいは饗庭篁村か。未詳。
二六　歌舞伎役者、初代市川団十郎(万治三―元禄十七年)。屋号成田屋。豪快勇壮な役を得意とし、「鳴神」「不動」「暫」などで荒事芸を確立した江戸歌舞伎の第一人者。段十郎は、元禄六年に団十郎に改める以前の芸名。台詞まわしは、「甲走った高い調子で爽快に、しかも力強い幅をもつものであった」(西山松之助『市川団十郎』昭和三十五年)。その「声色」と称する珍芸か。
二七　女形の歌舞伎役者、四代中村福助をめぐる新聞三面雑報の艶種記事。↓補一二六。
二八　『東京朝日新聞』の軟派主任をつとめ、軽妙な艶種と劇評で知られた右田寅彦か。
二九　布袋は、七福神の一。福々しい容貌で太鼓腹を露出し、袋をかつぐ。布袋踊は、その扮装をしたユーモラスな踊り。
三〇　江戸末期に興った俗曲の一種。笹木彦太郎(号笹丸)が創始。端唄を母体とした三味線音楽で、節を丁寧に長く引いて上品に歌う。
三一　胴間声に同じ。↓二六七頁注一九。
三二　甲高い調子で鋭くひびく声。

あるものなり。文学者ほど他《ひと》の瑕瑾をあばくに最も公平無私なるは少ければ御身も其所存《そのつもり》にて当面の人の作を褒むると共に思ふさま遠慮なく他の著書を罵るべしと。

文学会名士の口吻

クレーヨン（一）が斯《か》く記《しる》しゝは倫敦《ロンドン》の文学社会なれど、我が東京の文学会といふも之に同じく、云はゞ天狗《てんぐ》（二）の鼻くらべ、突合《つきあは》せては互に鼻柱を折《をつ》て呉《く》れんと腕に瘤《こぶ》をつくる殿原《とのばら》（三）の寄合《よりあひ》也。此故《このゆゑ》に文学会に臨まんとするものは聾《つんぼ》、唖《おうし》、若《も》くは瞽《めしい》にあらざる限《かぎり》は、可笑《をか》しくなきに笑ひ、迂《つま》らぬ著述をアダ褒《ほ》めし、根もなき饒舌《ねうぜつ》を弄《ろう》し、或は時に依りて沈黙思案の躰《てい》を粧《つく》る術を学ばざるべからず。

『我輩も芝居には少し意見がある、実は近々《きん〳〵》の内「ドラマ」を作らうと思つて既に腹案は出来てる。一躰《いつたい》今の「ドラマ」を論ずる党派はシエークスピーヤとかモリエル（四）とか但《たゞ》しは近松《ちかまつ》などゝ本尊を作るのが分らぬ。特《こと》に近松如きを尊《たつと》んで丸《まる》で神の様《やう》に思ふ気が知れない。大久保君（五）なンぞも議論は甘《うま》いが、畢竟《つま》る処《ところ》第一シエークスピーヤ第二近松門左衛門第三が即ち乃公《だいこう》（六）自身だから困る。何も左《さ》う見識を低くするに当らぬ。我輩には我輩の天地がある、シエークスピーヤも近松もない。我輩の天地を以て一大「ドラマ」を作つて見せる……』

一　Geoffrey Crayon. アーヴィングが "Tales of a Traveller" で用いた筆名。『スケッチ・ブック』（一八一九―二〇年）ほかにも用いられた。
二　自慢くらべ。
三　「数多ノ男子ヲ呼ブ敬語」（『日本大辞書』）。ここでは揶揄していう。
四　Molière（一六二二―七三）。フランスの喜劇作家・俳優・演出家。風俗の綿密な観察にもとづく性格描写と痛烈な風刺をもって古典喜劇を完成させた。代表作『タルチュフ』『人間嫌い』『守銭奴』『女学者』（松居松葉翻案『諷世罵俗　滑稽劇当世女学者』）など。
五　牛込区大久保余丁町に住んでいた坪内逍遥を暗示。
六　我が輩。おれさま。

斯《か》ういふ人は自《みづか》ら光明を放つに汲々《きふ〳〵》として、唯他《たゞひと》が若《も》しや自分をエラクないと思ひはせぬかと考ふるなれば何でも『はイ〳〵』と聞流して、折々は態《わざ》と乗《のり》七地《ち》になつて『先生が……成程《なるほど》、先生が「ドラマ」をお作りになれば』など調子を合はして、同時に思ふさま語中の大久保君を悪くけなすべし。

『時に諸君、拙者は今度弥次喜多会《やじきたくわい》といふを起さうと思ふ、ト云ふは諸君も御承知の通り弥次郎兵衛北八《やじろべゑきたはち》の両人は喜憂貧楽を偕《とも》にして古《いにし》への八管鮑《くわんばう》の交《まじはり》を結んだ天晴《あつぱれ》の君子だ。加之《しかのみならず》、東海道を見物しやうといふ風流心があるばかりか、道々で咏残《よみのこ》した秀吟を見れば中々の文学者と思はれる。然るに此履歴が今に伝はらぬは日本文学史の欠点と信じますから、そこで新たに同志の人を得て九「弥次喜多は如何なる人ぞや、何を知れりや、何を為したるや」を研究して見やうかと思ひます。』

斯《か》ゝる言《ことば》を吐く人は『創意』を以て任ずるなれば、其着眼を褒め其研究の方法に感服し、『先生のお考《かんがへ》は又格別だ。私も先日いろ〳〵古書を捜《さぐ》つて一〇法性寺入道《はふしやうじにふだう》と一一ヘマムシ入道と師弟の関係ある事を発見しましたが、先生のは又流石《さすが》です、一二氷川氏《ひかはし》なンぞは三歳児《みつご》も心得てゐる歴史上の事実より外《ほか》は気が附かんから駄目です』と淡泊《あつさり》同し党派を毀《そし》るが妙也。

七 調子に乗って。

八 →三六五頁注二五。

九 山路愛山『荻生徂徠』(「十二文豪」第三巻)の巻頭言「予は徂徠に向つて自ら三個の問を発し、自ら之に答へたり。曰く彼れは如何なる人ぞや。曰く彼れは何を知れりや。曰く彼れは何を為したりしや。此書は即ち此自問自答の結果たるに外ならず」をもじる。

一〇『小倉百人一首』でもっとも長い作者名、「法性寺入道前関白太政大臣」にちなみ、長ったらしい肩書きを持つ人をいう。法性寺は京都市東山区にある浄土宗の寺。関白・藤原忠通(一〇九七-一一六四)が出家後に住み、法性寺入道と称した。

一一 片仮名の「ヘマムシ」の四字で人の横顔を描き、草書体の「入道」をその身体にあてた文字遊戯の一つ。「ヨ」の字を耳にあてて、「ヘマムシヨ入道」ともいう。「友人山崎美成云遠碧軒記云青蓮院殿にヘマムシ入道の四百年已前の物ありその筆者不知惜哉(寺田無禅話と見えたり)」(『増補俚言集覧』)。

ヘマムシ入道
(『嬉遊笑覧』巻三)

一二 赤坂区氷川下町の勝海舟邸内の借家に住んでいた徳富蘇峰を指す。注九で暗示される愛山は民友社系。同じ党派の陰口をたたいている。

『君は牛之屋《うしのや》[一]ごぜんの「奴《やつこ》[二]だこ」を読ンだかヱ、中々能《よ》く出来てる』と讃《ほ》める人ある時は浮《うか》と油断すべからず、却《かへつ》て態《わざ》と反対するが秘訣なり。『牛之屋如きもの丶作を能く出来てるとは先生の批評眼にも似合はない、ごぜんに縁のある冷飯草履《ひやめしざうり》[三]から思附《おもひつ》いた様《やう》な奴小説《やつこせうせつ》[四]がどうなるものか』といふ勢《いきほひ》で滔々《たう〳〵》と悪口を叩くべし。先生苦笑《にがわらひ》して前額《ひたひ》をなで、『さう悪く云ツたものでもない』と内々大恐悦にて『君も中々目《め》が長《こ》えてきた』とお讃《ほめ》になる。

中にはタワイなく無駄口を叩く流義あり。『どうだヱ、近日の中《うち》に鯨飲会[五]を催しては』、『よからう、会費はいくら』、『我党は何れも紳士だから多きを厭《いと》はず』、『そンなら百円では多からうか』、『百円！　君の方では百円を多いとするだらうが我輩の方では一円を甚だ多しとする』、『はアてネ、一[六]円合点《がてん》が行かぬ』

先づ此辺の調子を飲込み、自作の高慢を聞流し、座に列せざる人を罵り、古き洒落を吐きちらし、手製の通言[七]を陳《なら》べたて、出放題なる議論に感服し、資本《もとで》のかゝらぬお世辞を振りまけば首尾よく文学社会の一人《いちにん》ともてはやさるべし。

文学社会に於ける交遊は大躰以上の如く心得べし。"[八]*To*《ツー》 *sleep*《スリープ》 *away*《アウエイ》 *the*《ゼ》 *days*《デース》 *and*《エンド》 *drink*《ドリンク》 *away*《アウエイ》 *the*《ゼ》 *nights*《ナイツ》"　喰《くつ》て、寐て、起きて、飲んで、洒落れて、

一　東京府葛飾郡(現・葛飾区)寺島町牛島に住んでいた村上浪六(→二七四頁注一〇)を当てこする。牛御前社と称する牛島神社にもほど近い。
二　浪六の小説『奴の小万』(明治二十五年)、『鬼奴』(同)などのもじり。
三　藁の緒をすげた粗末な藁草履。「鳥追笠に面つゝんで帯ハ斜れたる片結び、名さへ恨みや今の身に冷飯草履ぼそ〳〵と」(村上浪六『奴の小万』)。冷や飯とごぜん(御膳)は縁語。
四　浪六の撥鬢(ばちびん)小説を罵っていう。
五　鯨が水を飲むように大いに酒を飲む会。鯨飲(牛飲)馬食。禁酒運動に対抗して「鯨飲会」結成の動きもあった(『読売新聞』明治二十七年四月一日)。
六　いっこうに。さっぱり。金銭の「一円」と掛けた駄洒落。
七　その社会特有の言葉。ここでは、自分勝手に作りあげた仲間うちだけの言葉。
八　一日中眠り、一晩中酒を飲んで過ごす。トンソン(→四一〇頁注一二)が出版した"Faction Displayed"(一七〇五年)中にあるドライデンの詩の一節。

愚痴を覆《こぼ》して、不平を訴へて、自作の自讃《みそ》を陳《なら》べて、世間の悪口を叩きて、おべんちやらを遣《つか》つて、調子を併《あは》せて、富貴なる時は兄弟《けいてい》の如く、貧賤なれば路《ろ》[九]人《じん》を以て見る、是れ之を文学者の交際法といふ。

渠等《かれら》が勝負事或《あるひ》は一般の遊戯に関し、若《も》くは散策旅行等に於ける交際法は管《くだ》々《くだ》しければ云はず。以上説く処を噛分《かみわ》けて能く味を知るべし。

第五　著述に於ける心得並に出板者待遇法

居ながらにして文界の雲行《くもゆき》に通じ、能《よ》く

著書を出板せずんば未だ文学者といふを得ず

[一〇]風丰《ふうばう》態度を整へ、有《あ》らゆる嗜好習癖《しかうしふへき》を覚え込み、惣《すべ》ての交際法に熟し、而《しかふ》して後《のち》文学者たるを得《う》る乎《か》。

曰《い》く否な、縦令《たとひ》以上の事項に於て悉《ことごと》く満点及第をするも未《いま》だ目《もく》するに真の文学者を以てすべからず。若《も》し夫《そ》れ一ト度《たび》著述し大書肆より出板せられ新聞に広告若《も》くは吹聴《ふいちやう》せらるゝ時は則ち完全なる文学者と云ふを得《う》。

如何にして著述すべきや

然《しか》らば如何にして著述すべきや。是れ極《きは》めて至難の事業に似たれど却《かへつ》て案外にも容易なるお[一一]茶漬《ちやづけ》さら〳〵の仕事也。（茲《こゝ》に著述といふは必ずしも一篇の冊子《さつし》となすの謂《いひ》にあらずして新聞或《あるひ》は雑誌に投書するを云

九　道路を往来する人。転じて、関係のない人。

一〇　風貌に同じ。「丰」は豊かの意。

一一　簡単なことのたとえ。

ふ。）

単に文学上の著述といふも其意頗《すこぶ》る広ければ仮《かり》に之を大別して、

(a)人物評及び史論

(b)批評

(c)「ドラマ」附《つけ》たり新躰詩

(d)小説

の四類《しるゐ》となし、序を追ふて之を説かん。

人物評及び史論

(a)今の人物評及び史論——を為《な》す者に二種あり。一《いつ》は題目の新らしきを競《きそ》ふて議論の平凡なるを厭《いと》はぬもの、一は論評の奇矯《ききやう》なるを誇りて問題の古きを顧みざるもの即ち是《これ》なり。而《しかふ》して二者共に其評論の正鵠《せいこう》[一]を得たるや否やを問はざるに於ては同様なりとす。

『渠は』の使用法及び其例

人物評を為す者の秘訣は『渠は』[二]の使用法なり。此故《このゆゑ》に此使用法に熟する為め第三[三]読本《リードル》位の直訳を諳誦する事中々大切なり。今其一例[四]を挙ぐれば、

『[五]万世橋《よろづよばし》の畔《ほとり》、砂塵《しやぢん》捲揚《まきあ》がる中に一人の小児立てり。渠《かれ》は帽を被《かぶ》らず、此故に渠の頭は砂を以て白くなれり。渠の赤き筒袖《つゝそで》[六]は破れ渠の冷飯草履《ひやめしざうり》は切

一 核心をついているか否か。

二 彼に同じ。「渠」の表記は森田思軒、宮崎湖処子、国木田独歩らが明治二十—三十年代初めにかけてしばしば用いた。魯庵自身もこの表記を使用。本大系第十五巻「探偵ユーベル」、思軒調をからかった正直正太夫「小説八宗」「文学一からげ」参照。

三 中級者向けの代表的な英語教科書。中学校で多く使用された。当時の直訳体の例。「彼は余り年少であつた。——此の稚き豎子(じゅ)が困難なる問題を以て彼自ら困しむるには併し多日の間には一思案が起つた。(would rise)」(元木貞雄『ナショナルリーダー第四訳読解義』明治四十年)。→補七二。

四 以下の例は、明治二十四年八月九日、『東京朝日新聞』が行った鉄道馬車無料サービスをふまえる。→補一三五。

五 通称、万世橋(まんせいばし)。神田川に架かる。橋の北詰の広小路は、鉄道馬車の折り返し点で、交通の要所としてにぎわった。

六 袂のない筒形をした袖の着物。子供が着用。

れて一見寒さうなり。然れども渠の倣岸《がうがん》なる気象はすでに馬車の馭者を鵜《う》[七]呑《のみ》にして、一区二銭の鉄道馬車[八]に飛乗るの権を擅《ほしいまゝ》にせり。而《しか》して渠が敏捷活溌にして且つ無邪気なる「朝日新聞[九]……一枚一銭」の声は新聞と共に乗客の膝《ひざ》に投出されたり。渠は商界の麒麟児《きりんじ》[一〇]なり。見よ、面白さうなる渠の売声《うりごゑ》は竟《つひ》に肥満なる田舎紳士の手より一銭の銅貨を奪ひ取れり。馬鹿にする勿れ、此伶俐《このれいり》なる赤き筒袖の小児を。電話、電燈、電信[一一]の針線《はりがね》をもて充《み》てる万世橋の空気は渠をして東洋のエヂソン[一二]たらんとする希望を起さしめぬ。』

成るべく廻りくどき記述法を用ゐ、日本の文法に外《はづ》れる様《やう》に心掛け、主客を顚倒《てんだう》して誤解に陥《おちい》り易《やす》き句法を工風《くふう》し、耳触《みゝざは》りな文句を沢山に入れ、充分に直訳調を用ゆるをもて極意《ごくい》となす。

人物評は文章を専一となす

今の人物評はたゞ文章の目新らしきを尊《たつと》びて、創見歟《か》陳腐説歟《か》は問ふ処にあらねば、文章のみを研磨すれば則ち足れり。加之《しかのみならず》、人物評の文章は強《あなが》ち名文を欲するにあらずして従来の文格以外に馳《は》するをもて手柄とすれば唯《たゞ》無法なる字句の排列を案出するだけの工風にて沢山なり。平田久《きう》[一三]先生の『カアライル』[一四]或は高木伊作《いさく》[一五]先生の『ゲーテ』[一六]を読まば思ひ半《なか》ばに過ぎ

七 ここでは、すっかり圧倒しての意。
八 軌道の上を走る乗合馬車。明治十五年、東京馬車鉄道会社が新橋―日本橋間で開業。明治三十六年に電車が運転を開始するまで市街の主要な交通機関となった。乗車賃は、一区二銭、半区一銭(明治二十六年)。→補一三五。
九 『東京朝日新聞』創刊(明治二十一年七月)当初の定価は、一枚一銭、一ヶ月二十五銭だったが、明治二十三年十月、一枚一銭五厘、一ヶ月二十五銭に改正。
一〇 才知の特にすぐれた少年。
一一 電話・電燈・電信については→補一三六。
一二 Thomas Alva Edison (一八四七―一九三一)。アメリカの発明家。電信機・電話機・蓄音器・白熱電灯・映写機などを発明または改良、電灯事業の発展にも尽力。少年時代に鉄道列車内で新聞の売り子をして商才を発揮した逸話がある。
一三 一八七一―一九二三。民友社記者。『国民新聞』の議会記事に活躍、退社後は宮内省や三井物産に関係した。
一四 『カーライル』(「十二文豪」第一巻→補三二)。
一五 一八七二―一九二五。民友社記者。『国民新聞』に蔽日生の筆名で活躍。のち高木信威と改名。
一六 『ゲーテ』(「十二文豪」第五巻→補三二)。

ん。

惣《すべ》て声色遣《こわいろつかひ》[一]は癖を真似るが肝心なり。人物評を作

声色遣は癖を真似るが肝心なり

らんとせば勢ひ徳富氏の声色を遣《つか》はざるべからず。而《しかふ》して徳富氏[二]が近日の文章は頗る絢爛の域に達したれば著るしく其文癖《ぶんぺき》の露《あらは》れたる『将来之日本』[三]或は『国民之友生れたり』[四]時代の文を学ぶをもて最も賢しとす。且つ徳富氏の文致は本《もと》と西文[五]より借り来りしなれば其本元《ほんもと》たるマカオレイ[六]文の直訳を精々勉強して移植すれば忽ちヤンヤと云はるべし。

『開国始末』と『新日本史』

島田鳥山《てうざん》[七]先生の『開国始末』[八]はマカオレイに似たりとの褒辞《はうじ》を受け、竹越与三郎《たけこしよさぶらう》[九]先生の『新日本史』[一〇]はマツカアシイ[一一]の如しとの讃評を辱《かたじけな》ふせり。然れども此《この》大批評を捧呈する人も果して何《いづ》れの点がマカオレイにして如何なる部分がマツカアシイなるやを知《しら》ず。偏《ひとへ》に従来漢儒[一二]が漢文にて著はし丶者を俗文にて書きしだけを随喜渇仰《ずゐきかつがう》せしに止《とゞ》まる。岡鹿門《ろくもん》[一三]氏が『尊攘紀《そんじやうき》事《じ》』[一四]の如きも若《も》し俗文を以て書《しる》し四五の外国語を交へ紀伝の順序を少しく顚倒すれば必ずマツカアシイやマカオレイを引合《ひきあひ》に出して嘖々《さくく》[一五]せらるべきに惜むべし。

試《こころみ》に『六雄八将論《りくゆうはつしやうろん》』[一六]或は『良将達徳抄』[一七]若《も》くは『藩翰譜《はんかんぷ》』、然らずんば『先《せん》

一 俳優などの声や口調をまねる芸、またその芸人。 二 徳富蘇峰の文体については→補一三七。
三 蘇峰の出世作となった評論。明治十九年、経済雑誌社。→補一三八。
四 『国民之友』の創刊の辞。無署名だが筆者は蘇峰。冒頭に「嗟呼国民之友生れたり、何が故に生れたるか、現今日本の時勢其の必要を感すればなり」とある。 五 西洋の文章。
六 →三〇二頁注七。蘇峰の文章がマコーレー張りであることは、大和田建樹『明治文学史』(明治二十六年)に指摘がある。→補一三九。
七 島田三郎(一八五二—一九二三)。ジャーナリスト・政治家。号は鳥山・沼南。第一回総選挙以来、改進党系の衆議院議員。また『東京横浜毎日新聞』(のち『毎日新聞』と改題)の主筆・社長をつとめ、キリスト教的社会改良主義の立場から労働問題・足尾鉱毒事件・廃娼運動などに取り組んだ。
八 『開国始末 井伊掃部頭直弼伝』。明治二十一年、輿論社。→補一四〇。
九 一八六五—一九五〇。歴史家・政治家。号三叉。民友社に入り、『国民新聞』政治記者。のち雑誌『世界之日本』主筆・政友会代議士・貴族院議員・枢密顧問官などを歴任。
一〇 上巻明治二十四年、中巻明治二十五年、民友社。下巻は未刊。→補一四一。
一一 →三一二頁注一一。 一二 (日本の)漢学者。
一三 一八三三—一九一四。幕末・明治の漢学者。名は千仞(ちひろ)。昌平黌に学び、尊王攘夷運動に奔走。維新後は私塾綏猷堂を開き、門下を育成した。
一四 明治十五年、龍雲堂。八巻。ペリー来航から大政奉還までの幕末維新史。漢文による紀事本末体で記す。 一五 盛んにほめたてられる。
一六 江戸後期の儒者・青山延光(佩弦斎)(一八〇七—七〇)著。慶応二年、和泉金右衛門出版。戦国武

哲叢談《てつさうだん》』『近世叢語[一八]』の類を取り、其《その》二三節を交互参錯《さんさく》[一九]し、傍《かたは》らアリボーン[二〇]の『金言集《クオーテーションス》[二一]』を参考し、『渠《かれ》』と『的《てき》[二二]』と二三の外国語及び四五の新製熟語とを羅織《らしき》[二三]して所謂《いはゆる》人物評然たる鵺文章《ぬえぶんしやう》[二四]を作為《さくゐ》せよ。慈悲深き江湖[二五]は思掛《おもひが》けなき讃評を著者の頭上に加へん、曰く是れマカオレイの再生也ト、曰く是れカアライルの怪詭《くわいき》[二六]とエメルソンの霊彩[二七]を兼ぬるものト。

爰《ここ》に一例を挙げて其《その》最も容易なるを示さん。

江湖伝[二八]（節略）

「江湖伝」の一節

（上略）江湖は斯《か》くの如く多角的なり。然れども渠《かれ》の心は極めて無邪気にして、恰《あだか》も生ける紙屑籠《かみくづかご》の如く、常に故紙汚物を以て充たさるゝといへども更に不平の声を洩さず。又時としては真珠珊瑚を投込まるゝ事あれども、渠は其真価を弁知する能はざりき。渠は実に生ける紙屑籠なり。此故に渠は美妙斎《びめうさい》[二九]を謳歌し、春廼屋《はるのや》[三〇]を歓迎し、硯友社と款語《くわんご》し、根岸党と結托し、或は浪六[三一]茶屋に壮語を吐いて東京文学の寂莫《せきばく》を破り、或は『闇[三二]の世の中』に彷徨して社会の腐敗せるを叫破《けうは》[三三]したり。而《しか》して放肆《はうし》[三四]なる驕児《けうじ》の常として、渠は意気投合せる友に遇へば直ちに名誉の玉醴《ぎよくれい》[三五]を捧《ささ》げ讃称の声

将の人物を論じた書。六雄は、上杉謙信・武田信玄・北条早雲・毛利元就・織田右府・豊臣太閤、八将は、蒲生氏郷・佐々成政・小早川隆景・加藤清正・加藤嘉明・黒田如水・前田利家・伊達政宗。

一七『良将達徳鈔』。江戸後期の儒者・古賀侗庵（一七八八－一八四七）著。十巻。文政十年刊。戦国末期から江戸初期の武将の言行を智・仁・勇の三徳に分類。 一八 江戸後期の儒者・角田九華（一七八四－一八五五）著。文政十一年刊。八巻。江戸時代の儒者・文人の伝記集。 一九 雑ぜ合わせて。

二〇 Samuel Austin Allibone（一八一六－八九）。アメリカの著述家・書誌学者。

二一 "Prose quotations from Socrates to Macaulay"（一八七六年、Philadelphia, J. B. Lippincott & co.）。主題別の引用句集。

二二 名詞などに添えて性質や状態を示す語。→補一四二。 二三 薄絹のように織って。

二四 いろいろな言葉が雑じり合った無気味な文章。鵺は源頼政が射落したという伝説上の怪獣。

二五 世間。 二六 あやしくめずらしいこと。

二七 すぐれて美しいこと。 二八 世間を擬人化し、その浮薄な風潮を揶揄した評伝。

二九 山田美妙（一八六八－一九一〇）。小説家・詩人。尾崎紅葉らと硯友社を結成、やがて袂を分かち、雑誌『都の花』主幹となる。言文一致体の先駆者として活躍、国語辞書編纂にも尽力。

三〇 坪内逍遙の別号。 三一 →三一四頁注四。

三二 旧相馬藩（現・福島県）相馬子爵家のお家騒動を告発した錦織剛清の著書名。『神も仏もなき闇の世の中』。明治二十五年、春陽堂。

三三 大きな声で解き明かした。

三四 勝手気ままでおごりたかぶった若者。

三五 道家で不老長生の神薬とする玉の精からった液体。ここでは、美酒の意。

を揚ぐるに蜘蟵《ちちう》[1]せずといへども、一端厭倦の情を起せば之を唾棄して顧みざるのみならず、忉利天《たうりてん》[2]の上より奈落の底へ突落して踊躍三百[3]以つて第一の快楽となす。夏桀殷紂《かけついんちう》[4]の驕暴も猶ほ渠の惨酷に及ばざるなり。

渠《かれ》は曾《かつ》て空想を吟唱して楽めり。今や渠は古今の人物と手を携へて治乱興亡[5]の蹟《あと》を論議せり。渠が人物評時代は来れり。時は明治二十六年十二月。渠は条約[6]の厲行《れいかう》を絶叫し、国会の解散に赫怒[7]せるの日、『王陽明』[8]を一蹴し『吉田松陰』[9]と相抱擁して社会を睥睨しぬ。嗚呼、是れ朔風[10]雹雪を飛ばし、満目[11]頓に荒涼たる十二月の天なり。

渠《かれ》が言動何《なん》ぞ夫《そ》れ闃々《きよう〳〵》[12]盪々《たう〳〵》として規律なきの甚だしき。渠は沈摯[13]なるが如くして却て躁狂[14]なり。渠は識見あるに似て案外にも盲目なり。渠は一個の「プリンシプル」[15]を蓄へず、――否、「ドグマ」[16]すら有たざるなり。渠が無学文盲にして定見なきは八ツ目鰻[17]よりも更に数多き渠が眼の如何に暗然として枯魚[18]の如きかを見て知るべし。…………(以下略す)

此《この》意味もなく、面白くもなきものを気紛れな世間が何か有《あり》がたさうにステルン[19]とかシドニイ、スミツス[20]とか言囃《いひはや》して呉れる、(――だらうと此作者即ち金《きん》平門下の一人《いちにん》は気を揉《も》めり)。要するに人物評は文章で売出すものなれば平生

一 ためらわない。 二 欲界の六天のうちの第二。須弥山(しゆみせん)の頂上にあり、中央に帝釈天が住む。 三 盛んに勇みたつこと。
四 中国古代の夏の桀王と殷の紂王。暴君の代表。
五 世の治まり発展することと乱れ亡びること。
六 条約改正問題をめぐる第五議会の紛糾をいう。→補一四三。 七 はげしく怒ること。 八 三宅雪嶺(一八六〇-一九四五)著。明治二十六年、政教社。王陽明(→二六五頁注一三)の評伝。雪嶺は哲学者・評論家・ジャーナリスト。明治二十一年、志賀重昂らと政教社を結成し、雑誌『日本人』を創刊、国粋主義的言論活動を展開した。 九 徳富蘇峰著。明治二十六年、民友社。→補一四四。
一〇 北風が雹や雪を飛ばし。「朔」は北の方角。
一一 見渡すかぎり一度に荒れはててもの寂しい。
一二 騒ぎ乱れてとりとめのないさま。
一三 きわめて落ち着いていること。 一四 常軌を逸して騒がしいこと。
一五 principle. 原則。原理。
一六 dogma. 独断。 一七 ヤツメウナギ科の魚の総称。目の後方の七対の鰓孔と、本来の目と合わせて「八つ目」と呼ばれる。栄養に富み、特に鳥目に効くとされる。 一八 魚のひもの。
一九 Laurence Sterne(一七一三-六八)。イギリスの小説家・牧師。小説『トリストラム・シャンディ』、旅行記『センチメンタル・ジャーニー』など。
二〇 Sydney Smith(一七七一-一八四五)。イギリスの牧師。一八〇二年、評論誌『エディンバラ・レビュー』を創刊、二十五年間編集にあたった。
二一 一六五六-一七三七。江戸中期の水戸藩儒者。彰考館総裁。『大日本史』編纂。
二二 一七三〇-一八〇四。江戸後期の儒者。四代懐徳堂学主。経世論『草茅危言』、詩文集『奠陰集』など。
二三 史伝の末尾に記述者が加えた論評。司馬遷

『十二文豪』を初め民友社諸先生の文味を咀嚼し其調子を飲込む事肝心なり。

人物評を為るものは民友社の調子を飲込めば可なり　既に其調子を飲込めば安積澹泊《あさかたんぱく》[二一]、中井竹山[二二]、頼山陽あたりの論賛文[二三]若《もし》くは『神皇正統紀』[二四]、『東鑑《あづまかゞみ》』[二五]等を材料《たね》として日本の大歴史家を極《き》めるもよし、又"*Worthies of the world*《ウオルセイス オブ ゼウ ワールド》"[二六]或は"*English Men-of-Letters*《イングリッシュ メン オブ レターース》"[二七]に頼《たよ》りて西欧人物評の大家となるも可なり。社会は事物を称賛するの美徳を有するが故に其眼光の鋭利霊活にして且つ精透深刻なるを推奨して止《や》まざるべし。

詩人哲学者の伝を序する心得　詩人或は哲学者の伝を序するには大いなる識見と広き学問を要す。少くも外界と随伴し若《もし》くは逆行せる精神上の歴史を詳《つまびら》かにせんが為め其惣《そのすべ》ての著作――断簡零楮《だんかんれいちよ》[二八]までも研究せざるべからず。然れども今の人物評を為《つく》る者は此迂遠なる道を採らずして直《たゞ》ちに前人が攻査せし結果を収めて我が物となす。此故に"*Sartor Resartus*《サルトル レサアタス》"[二九]を読まざる人もカアライル伝を編むを得べく、"*Faust*《ファウスト》"[三〇]を窺《うかゞ》はざる者もゲーテ伝を作るを得べし　否な、フルウド[三一]或はグリンム[三二]の手に成れる伝紀すら繙《ひもと》く事を為さずして。

湖処子先生の「ウオルヅウオルス」　湖処子《こしよし》先生が『ウオルヅウオルス』[三三]に於ける浮《うき》名《な》の如き本《もと》より口善悪《くちさが》[三四]なき京童《きやうわらんべ》の飛語《ひご》[三五]たるに過ぎず。誰《たれ》か博識宏聞、殊にウー

『史記』の「太史公曰」を後の史書がならった。

二四　南北朝時代の歴史書。北畠親房著。延元四年成立。南朝を正統とする立場から歴代天皇の年代記を論述。

二五　吾妻鏡。鎌倉後期成立の歴史書。著者未詳。五十二巻。源頼朝の挙兵から六代将軍宗尊親王の帰京まで、鎌倉幕府の前半期を編年体で記述。

二六　イギリスの辞書編纂者 Henry William Dulcken(一八三二-九四)編。副題 a series of historical and critical sketches of the lives, actions, and characters of great and eminent men of all countries and times. 世界の偉人四十八名の伝記。一八八一年、Ward & Lock 刊。

二七　イギリス文人の伝記叢書。John Morley(↓三〇九頁注一七)編。ロンドンのマクミラン社刊。

二八　切れ切れになった書きもの類。

二九　ラテン語で「仕立て直された裁縫師」の意。↓三六四頁注一三。第一部の「衣裳哲学」に続き、第二部にカーライルが思想的遍歴を託した自伝がある。一八三三―三四年刊。↓補一四五。

三〇　ゲーテの戯曲。ファウスト伝説にもとづく大作。第一部は一八〇八年、第二部は没後の一八三二年刊行。↓補一四六。

三一　James Anthony Froude(一八一八-九四)。イギリスの歴史家。カーライルの手紙や日記にもとづく浩瀚な伝記がある。↓補一四七。

三二　Herman Friedrich Grimm(一八二八-一九〇一)。ドイツの文筆家・ベルリン大学教授。ゲーテの伝記作者。↓補一四七。

三三　『ヲルヅヲルス』(「十二文豪」第四巻↓補三二)。↓補一四八。

三四　物見高く口うるさい都会の若者たち。

三五　根拠のないうわさ。

オルヅウオルスに私淑する先生が其伝紀と其全集に精通するを疑はんや。然れども[一]今のお手軽主義人物評時代に之を公《おほや》けにせしは則ち先生の不幸にして、寧ろ[二]マイヤースが著《あらは》し丶伝紀を其《その》まゝに飜訳するの智あるに如《し》かざりき。

田舎牧師と人物評の著者

[三]アヂソン曾て田舎牧師を賛称して云へらく、渠《かれ》は能く己れが肺腑より出《い》づる説の余りに[四]拙陋《せつろう》なるを知りて有名なる都会《みやこ》牧師の説を丸取《まるど》りにし其身《そのみ》振声色《ぶりこわいろ》までを摸擬して直ちに其人の説教を聞くの思《おもひ》あらしむ、[五]庸劣《ようれつ》なる自家の心を[六]蔽蔵《へいざう》して秀抜なる名士の口吻《こうふん》を伝語す、豈《あ》に是《こ》れ最も智ある者の一《いつ》にあらずやト。今の人物評は則ち此田舎牧師の説教にしてアヂソンが所謂《いはゆる》[七]智者の一ならん事何《なん》の疑《うたがひ》か有らん。

人物評の別派

他に[八]一派の人物評連中あり。此派の者は評せんとする人の著作中より二三節ヅヽを抜き之れを巧みに接合するの才あれば足れり。例へば[九]兼好法師を論ぜんとせば『徒然草』より二三行ヅヽ抜萃《ばつすゐ》し点綴《てんてつ》するに四五の[一〇]科語或《あるひ》は禅語を以てするが如し。加ふるに此派の人は如何なる人物にも[一一]厭世家、[一二]大悟者、若《もし》くは[一三]任侠等の冠詞を与ふるを極意とす。曰く[一四]鷺阪伴内《さぎさかばんない》は大侠骨也、十返舎一九は[一五]厭世的大詩人也、[一六]へら〳〵坊万橘《まんきつ》は[一七]大悟徹底の[一八]善智識也、曰く何、何、何――是《これ》にて充分沢山といふべし。

一「史伝、人物評の近頃の文学界に行はる丶はおほかたの諸雑誌が史伝史論などいふ欄を設けたるにても知られたり」(『早稲田文学』「文界彙報」明治二十五年十月)。
二 Frederic William Henry Myers(一八四三―一九〇一)。イギリスの文学者・心霊学者。“Wordsworth”(→補一四八)の著者。
三 アディソンのエッセイ「カヴァリー邸(Coverley Hall)」(『スペクテイター』一〇六号)に見える寓話。アディソンが奇行に富む田舎紳士サー・ロジャー・ド・カヴァリーに招かれて郷里の邸に行き、その邸に住みついている老牧師の説教を聞く形を取る。
四 へたで見識が狭いこと。
五 平凡で劣っていること。
六 覆い隠して。
七 'wits' と呼ばれる才人か。
八『女学雑誌』『文学界』の星野天知、平田禿木らをいう。
九 星野天知「徒然草に兼好を聞く」(『女学雑誌』明治二十五年十月)や平田禿木「吉田兼好」(『文学界』二十六年一月)を風刺。
一〇 専門用語。
一一「老子は強力の大智能家なり而して多血慷慨の厭世家なりき」(星野天知「老子を読む(上)」『女学雑誌』明治二十五年四月)。
一二「彼れは情海の上に於て詩の致を探り以て温血の大悟を得たりしなり」(星野天知「嫖蕩児を愍れみて柳里恭を喚ぶ」『文学界』明治二十六年九月)。
一三 →三二二頁注一六。
一四 浄瑠璃『仮名手本忠臣蔵』の登場人物。高師直の家臣で、主人の威光を笠に着てお軽に横恋慕する敵役兼道化役。

要するに人物評は難《むつ》かしさうなれど『渠《かれ》は』の使用法と、『日本外史』を素読せし者は誰でも御存じの事実を左《さ》も珍らしさうに[一九]逆写倒描《ぎやくしやたうべう》する法に熟せば忽ち大家と云はるゝ近頃随一の早手廻《はやでまは》しなり。

批評

(b)[二〇]批評──は近来新発明の簡便法にして、今より四五年前或《あ》るヱラキ人読売新聞に『[二一]大家となる法』を寄投《きとう》し普《あまね》く人々に批評家となれと勧告しぬ。批評は最も容易なれば不器用なる人といへども猶ほ且つ作るに決して難《かた》からず。爰《ここ》に其極意《そのごくい》を二ツ三ツ挙げて最も働《はたらき》なき男の栞《しをり》とすべし。

(1)先づ緒言若《も》しくは凡例と目録と、最初、中ごろ、及び最后《さいご》の二三頁を読んで大躰を想像すべし。

(2)筆法はどこまでも『決して感服せず』といふ意を充分含ましむる事。

(3)若《も》し小瑕瑾《せうかきん》──責むるに足らざる極々《ごくく》の小瑕瑾を発見しなば業々《げふぐ》しく理窟をこねつけて非難する事。

(4)[二二]"*Art of Authorship*"《アート オブ アオーソアシップ》の如きものを秘本となして文学上の金言を振《ふり》まき、成るべく之に附会する多くの講釈を添ゆべし。

猶《な》ほ此外《このほか》にあれど、批評家は余りに栄《は》えぬ仕事なれば、殊に世間受《せけんうけ》も宜《よろ》しからねば寧ろ他の道に志すをもて智ありとなす。

一五 「焉馬、三馬、源内、一九等の著書を読む時にわれは必らず彼等の中に潜める一種の平民的虚無思想の糸に触るゝ思あり。就中一九の著書膝栗毛に対してしかく感ずるなり」(北村透谷「徳川氏時代の平民的理想」『女学雑誌』明治二十五年七月)による。

一六 落語家。初代三遊亭万橋(一八四七−八四)。「へらへら節」で有名。→補一四九。

一七 仏語。すべての迷いを断ち切り、絶対の真理と一体になること。

一八 仏語。教えを説き仏道へ導くよき指導者。

一九 ひっくり返して描写する。

二〇 西欧近代から移入された新しいジャンルとしての「批評」(criticism)。→補一五〇。

二一 日本人ジョンソン「一足とびに大家となる法」(『読売新聞』明治二十三年一月二十八日)。→補一五一。

二二 George Bainton ed., "The Art of Authorship: literary reminiscences, methods of work, and advice to young beginners, personally contributed by leading authors of the day" (London, J. Clarke & co., 一八九〇年)。文筆家たちの文学的体験談や教訓を数多く掲げる。

「ドラマ」及び新躰詩

(c)「ドラマ」[一]——を作るの大家は古藤庵《ことうあん》[二]先生と透谷先生のみ。新躰詩[三]の大家は湖処子《こしよし》、残花《ざんくわ》[四]、操山《さうざん》[五]、雲峰《うんぱう》[六]、紫苑《しをん》[七]、吉郎《きちらう》[八]等諸先生あれど是《こ》れ亦《また》限られたる数《すう》なり。而《しかふ》して今の文学界に若《も》し天才の必要ありとせば开《そ》は慥《たしか》に此《この》韻文社界なるべし。到底天才なくんば此「ドラマ」或は新躰詩を作る事能《あた》はざる也。試《こゝろみ》に之を説かば古藤庵先生の『琵琶法師《びはほふし》』[九]、『茶《ちや》の煙《けむり》』[一〇]、『朱門《しゆもん》[一一]のうれひ』若《も》しくは透谷先生の『蓬莱曲《ほうらいきよく》』[一二]の如き所謂「ドラマ」は勿論、其他多くの新躰詩に到る迄大抵は何の意味やら悉皆《さつぱり》訳《わけ》の分らぬほど余りに高遠雄大に過ぐ。夫《そ》れ斯《か》くのごとく高遠雄大なる詩想はいかで尋常頭脳の産出し得る処ならんや。非常に不規律にして非常に紛糾せる——特に天が恵与せし非常づくしの頭脳に[一三]あらずんば中々に此作家の班に入る能はず。

「インスピレーション」

叙情詩人の「インスピレーション」[一四]を重んずるは柔術に気合《きあひ》の大事なるが如し。然るに今の新躰詩人は「インスピレーション」の待遠しきを嫌つて、従来[一五]有《あ》り来《きた》りの歌調を唯長《たゞなが》〳〵とダラシなく書《か》き陳《つら》ねるに巧みなり。勿論《もちろん》此頃は種々工風《くふう》を凝《こら》して或は禅語[一六]を交へ或は漢詩[一七]を焼直し、若《も》しくは俳諧[一八]の調《てう》を其《その》まゝはめるもあり。要するに形はさま〴〵なれど想《さう》に到つては千篇一律偏《ひとへ》に陳腐ならん事を望むに似たり。湯浅吉郎[一九]先生が須磨の磯辺に夏服の

一 叙事詩・抒情詩とともに詩の三区分の一つ。広くは戯曲・劇詩・脚本など、ドラマの特徴をそなえた文学作品を総称していう。魯庵は『文学一斑』において、「戯曲(ドラマ)」を「最も進歩したる詩」と捉え、「「ドラマ」ハ則ち小天地を作れる人間の運命を示し造化の法則を明らかにするもの」と説く。十川信介『「ドラマ」・「他界」』(昭和六十二年)参照。

二 →二七九頁注一七。ただしこのすぐ後に、岩野泡鳴が「悲劇魂迷月中刃(たまはまよふげつちうのやいば)」(『女学雑誌』明治二十七年八―十月)を発表。

三 西洋の詩歌の形式と精神の移入により創始された明治の新詩型。伝統的な漢詩や和歌に対する呼称として外山正一・谷田部良吉・井上哲次郎『新体詩抄』(明治十五年)により広まった。

四 戸川残花(一八五五-一九二四)。詩人・評論家。『日本評論』『三籟』『文学界』などに詩文を発表。

五 大西祝(一八六四-一九〇〇)。哲学者・評論家。号操山。東京専門学校で哲学・論理学・心理学・倫理学・美学を講じ、『六合雑誌』を編集。新体詩「少女と胡蝶」(『国民之友』明治二十六年五月)など。

六 磯貝雲峰(一八六五-九七)。詩人。『女学雑誌』を中心に詩歌・訳詩などを発表。代表作に史詩「知盛卿」(『女学雑誌』明治二十四年一月)。

七 湯谷紫苑(一八六四-一九四一)。詩人・牧師。『女学雑誌』の編集に従事。史詩「ウヰルヘルム、テル」(明治二十六年一月)など。

八 湯浅半月(一八五八-一九四三)。詩人・聖書学者・図書館学者。吉郎は本名。新体詩集『十二の石塚』(明治十八年)、『半月集』(明治三十五年)など。

九 「悲曲 琵琶法師」。劇詩。『文学界』明治二十六年一―五月。

一〇 「悲曲 茶のけぶり」。劇詩。『文学界』明治二十六年六―十月。

巡査を見て大《だい》「インスピレーション」を焰《もや》せし俳句の外は絶えて秀抜の想ありしを知らず。

新躰詩人の三病

新体詩人に三病あり。無邪気、高潔、及び優美是《これ》なり。新体詩を作るもの是非とも此一病に感ぜざるべからず。若《も》し三病倶《とも》に感染すれば大願成就、新体詩の大家と云はれん事請合《うけあひ》也。

叙事詩の復興

新体詩人は時として叙事詩[二〇]の復興を説きミルトン若《もし》くはダンテの面影を渇望するは見ぬ恋にあこがるゝ処女の如く、或は細女命《うずめのみこと》[二一]を中心として天《あま》の岩戸《いはと》開《びら》きを咏《よ》まんと云ひ、或は斧九太夫《をのくだいふ》[二二]を主人公として忠臣蔵を歌はんと云ふ。而して万一出来上る時は之を称して「ドラマ」と名く。

意味の分らぬが「ドラマ」及び新躰詩の極意也

兎に角「ドラマ」及び新体詩は意味の分らぬが専一なり、恰《あだか》もブラウニング[二三]の詩が晦渋険怪《くわいじふけんくわい》にして何人《なんびと》も解し得ざりし如く。但し無邪気にして高潔を兼ぬ優美の姿を衒ふを忘るゝ勿れ。

小説

(d)小説――を書くは最も、最も容易なる仕事なり。天下に恐らく茶漬をかツこむほど容易《わけな》きものを求むれば小説は蓋《けだ》し其一《そのいつ》なるべし。

気骨小説家某の説

牛込派《うしごめは》[二四]に左《さ》る者ありと聞えたる気骨小説家嘗《かつ》て某生《ばうせい》の問《とひ》に答ふらく、小説[二五]を書くに当《あた》り初めより趣向を立つるは甚だ拙也、唯思ひ寄れるま

一一 劇詩。『文学界』明治二十六年八月。
一二 劇詩。明治二十四年、養真堂から自費出版。
一三 仲間入りすることはできない。
一四 inspiration. 霊感による着想。→補一五二。
一五 新体詩の多くが従来の七五調による韻律を踏襲していること。磯貝雲峰の新体詩「知盛卿」(→注六)は、「自ら知らず、歌なるや、詩なるや、将たまた文章なるやを、只是徒らに七五の句調を乱用して文字を並べしのみ」と附記する。
一六 中西梅花「毒湛禅師を辞し虎渓山を出るとて」(『新体梅花詩集』明治二十四年)などをいう。その一節に、「云(いへ)か、われにまた何事を、／四大(しだい)原(もと)是幻、五陰本来空なるを」。
一七 中西梅花「李白が菩薩蛮の意を訳す」、「おなじく柳永が卜算子慢を」(『新体梅花詩集』)など。
一八 島崎藤村などの劇詩はすべて俳諧と同じ五七五の音律を中心として構成されている。「わたくしは今幽霊に逢ひました」(「悲曲 琵琶法師」)。
一九 この逸話未詳。
二〇 叙事詩について の論議は、明治二十三年前後に劇詩や小説の問題と関連して盛んになる。→補一五三。
二一 正しくは天鈿女命。記紀神話に見える女神。天照大神が天の岩屋に隠れ、天地が常闇になったが、天鈿女命の舞によって天照大神が現われ、光を取り戻した神話がある。
二二 『仮名手本忠臣蔵』の登場人物。塩谷家の家老。塩谷判官の切腹後、高師直に内通し、大星由良之助に討たれる。
二三 Robert Browning(一八一二―八九)。イギリスの詩人。劇的独白という形式で性格解剖と心理描写を試みた。その詩篇は難解をもって有名。『男と女』『指輪と本』など。
二四 牛込に住んでいた江見水蔭と尾崎紅葉の合成か。水蔭の小説『野試合』(「文学世界」第七、

てダラ〳〵と書聯ぬる中自づと趣向の出来るもの也ト。同じ人また或る男に告げて曰く、我が党[一]の志す処は詩の意を小説的に書くにありト。

初めの説は何《なん》ぞ夫《そ》れ信切にして初心者を導くに便利なるや。初めより趣向を立つるは愚《ぐ》也といふ。趣向を立てずして筆を採らんとするは到底出来ない相談に似たれども此出来ない相談を見事にやツてのけるが今の小説家の極めてヱラキ所以《ゆゑん》也。

又終りの説は余りに幽渺深遠《いうべうしんゑん》[二]にして凡人の中々に理解し能《あた》ふものにあらず。抑《そもそ》も詩の意を小説的に書くとは如何なる事を云ふや。更に百解《ひやくかい》千解万々解《まん〳〵かい》するにあらずんば我々俗物其域《そのゐき》に到達するを得ざるなり。例へば江見水蔭先生の諸小説、殊に去年の夏頃読売新聞に連載せられし『盆燈籠』[三]の如きは即ち所謂『詩の意を小説的にかきしもの』なりとシヤニムニ有がたがるより外致し方なかるべし。

悲劇 今の小説家は悲劇を重んず。この悲劇とは何でも主人公が死ぬとか、或は生別《いきわか》れになるとかして局[四]を結ぶものをいふ。殊に此悲劇の主人公は「ウオーレンスタイン」[五]或は「タイモン」[六]の如き壮絶を極めるものにあらずして痴情の塊物《くわいぶつ》たる軟弱婦人を興《きよう》ありとなす。

明治二十四年)を評したX.X.X.「近刊の新著百種及文学世界と少年文学に就ての所感」(『国民之友』同年九月)に、「心影流、一刀流、武者修行、業物、鋭味(きれあぢ)、是等は水蔭氏の好物にして奇骨稜々との評あるも是が為めなり」とある(水蔭『自己中心明治文壇史』によれば筆者は魯庵)。この時期の水蔭は、「純文芸品」のほか、多数の通俗的時代小説や探偵小説を書きとばし、濫作、堕落を批判されていた。

三五 これは水蔭ではなく紅葉らしい。三年後の談話『作家苦心談』其四(『新著月刊』明治三十年六月)に「私は人生がすべツたの転んだの、と考へてかくことはない。其れで小説は一躰かけるもんぢやないんだ」とあり、魯庵が直接紅葉からこの意見を聞いていたと思われる。

以上三九三頁

一 水蔭主宰の雑誌『小桜縅』の理論的指導者、高瀬文淵の「予ハ当時の諸作家が詩篇の方面より小説に入り其着想を詩歌にして其結構を小説とするの方途を取られむことを熱望す」(「文学意見」『詩篇　若葉』(明治二十六年)附録)の説。水蔭もそれに同調して「詩的短篇小説」をめざした。

二 奥深くはるかなこと。

三 『読売新聞』明治二十六年七月十九日―八月十六日。理想と現実の相克に悩む詩人岸萍水と、彼にあこがれる少年力雄が詩人と軍人との進路に悩む姿を描く。 四 話を終らせる。

五 シラーの三部作悲劇『ヴァレンシュタイン』(一八〇〇年)の主人公。十七世紀にドイツを中心に行われた三十年戦争の英雄。

六 シェークスピアの悲劇『アテネのタイモン』(一六〇五年頃)の主人公で、アテネの貴族。気前よく財産を使い果たして破産、冷たい態度を

[七]思ふに添ふは昔しの小説が面白き所以《ゆゑん》にして赤本の終りはいつも目出たし〳〵と定まりぬ。思ふに添はぬは今の小説が売れる理由にして[八]団円は必ず涙交《なみだまじ》りの述懐ならざるはなし。[九]川上眉山先生が『[一〇]かゝり舟』の如き則ち此類《このるゐ》にして愛読の令嬢方をして『ほんとに可哀さうだワ』とホロリ一滴の雫《しづく》を落さしむるを目的となす。

女主人公　女主人公《ちよ》は絶世の美貌を具《そな》へて「[一一]ダンス」或は[一二]文金《ぶんきん》の高髷《たかまげ》に結《ゆ》ふ箱入の嬢様歟《か》、然らずんば[一三]赤いてがらの奥様たらざるべからず。而《しかふ》して軽薄なる男の甘ツたるい舌《した》の端《さき》に乗せられて殆んど玩弄物《おもちや》になるを知らず何事も唯々諾々《ゐゝだく〳〵》として思ふさま自由にせらるゝほど柔弱《にうじやく》なる淑徳を具《そな》へざるべからず。

男主人公　男主人公《だん》も之と同じく、粋《いき》で高等で、衣服《みなり》万端どこまでも紳士風にて、[一四]七子《なゝこ》の紋附《もんつき》と[一五]市楽《いちらく》及び糸織《いとをり》の[一六]二枚小袖をぞろつかせ織物の鼻緒をつッかけて「[一七]カメオ」を環《わ》に吹《ふ》く外《ほか》は何事も知らず、学問も見識も抱負も志望もなく、唯《たゞ》児女の歓《くわん》を買ふをもて生涯の目的となし、嬢様の肠の下をこそぐり芸妓《げいしや》の膝を枕にするをもて男の[一八]能事《のうじ》と心得る天晴《あつぱれ》の好男子たらざるべからず。

男が惚れる時は女も惚れる　男が惚《ほ》れる時は女も必ず惚れる。女がいとしひと思ふときは男も必ず可愛いと云ふ。是れ今の小説家が[一九]慣手《くわんしゆ》の趣向なり。但し男が惚

とる友人たちを憎み、人間嫌いになって死ぬ。
七　好きな人と一緒になること。「思うに別れ思わぬに添う」の逆。八　結末。
九　一八六九—一九〇八。小説家。硯友社同人。小説「大さかづき」『観音岩』、紀行『ふところ日記』など。
一〇　『読売新聞』明治二十六年十一月四日—十二月三十日。身寄りをなくした女主人公が、世話になった家の令嬢の結婚相手に恋をし、思い切られず病床に伏す、という筋。
一一　→二六五頁注一九。
一二　「島田は娘の最も喜ぶ髷にして、貴きは文金高髷に結ふ、根を高くしたれば、自ら高尚優美の観あり」(『東京風俗志』中)。

文金高髷
(『東京風俗志』中)

一三　てがら(手絡)は、丸髷などの根もとに掛ける装飾用のきれ。縮緬などを種々の色模様に染めたもの。ここでは赤い手絡を用いた若奥様をいう。　一四　「羽織は男は七子・塩瀬の黒紋付を晴衣と」する(『東京風俗志』中)。
一五　小袖のなかで「何人にも向き且つ好まるゝは市楽織なり、絢糸織之につぎ、つなぎ糸織亦趣味多かり」(大橋乙羽編『衣服と流行』)。
一六　外着と内着の二枚の小袖を重ねる盛装。「ぞろつかせ」は絹の重みで着物が少し垂れる形容。
一七　アメリカ製の上等な紙巻き煙草。明治二十年代に流行。「カメオの煙おそろしきまで珍重されしころ、某小説家のいつも其箱をひけらかすに似ず、折々袂よりそつと一本づゝ採出すこ

れる事少くして女が惚れる事無暗《むやみ》に多く、今の小説より世態を推想せば恰も男は女に惚れられんが為に此世に生れしかの如く男の身に取りては誠に心丈夫の限りといふべし。小説家は多く経験を写すものなりと聞けば今の小説家が艶福《ゑんぷく》万歳《まんざい》なりと諸方より羨まるゝも決して無理ならざる也。

万一《まんいち》男の方《かた》より惚れる事ありとするも其志望は必ず成就して女は忽ち惚れ呉れるのみならず却《かへつ》て十倍の熱愛を通はすに到る。川上眉山先生の『賤機《しづはた》』[一]の如きは近頃の異例なれども是《これ》とて嫌はれしにあらず、基督《キリスト》教徒の所謂《いはゆる》聖愛は充分其間《そのあひだ》に成立したりき。『二筋道《ふたすじみち》』[二]の一重《ひとへ》に於ける文里《ぶんり》の如き情《じやう》は中々に見るを得ず、(『寝耳鉄砲《ねみゝでつぽう》』[三]のおまんに於ける道也《だうや》の情は之に似たれど露伴氏は今の文学界の変物《へんぶつ》なれば此人の文字を一般の代表となす能《あた》はず)。況《いは》んや“Notre《ノートル》[四] Dame《ダム》”のクワシモドオとクロードフロオがヱスメロオルダに於ける関係の如きは、若《も》し之を描出するものあらば必ず文界の左道《さだう》[五]なりと斥罵《せきば》せらるべし。

春迺屋《はるのや》先生のお辻《つじ》[六]、紅葉先生のお藤《ふぢ》、忍月《にんげつ》先生のお八重《やへ》等皆是れ男を懐《おも》ふて男に棄てられし可憐の女性にして、浪六先生の井筒女之助《ゐづゝをんなのすけ》、渋柿園《じふしゑん》先生の山中《やまなか》猪之助《ゐのしゝのすけ》、思案先生の花房長次郎《はなぶさちやうじらう》等何《いづ》れか女殺しの尤《いう》[七]なるものにあらざるべき。

要するに今の小説世界にては昔しの芝居と同じくお姫様の方よりヤイノ〳〵を

とあるを、某批評家の嘲りて、あゝいふ時は屹度ピンヘッドだ」(斎藤緑雨「ひかへ帳」七、明治三十一年)。

一八 なすべきこと。　一九 おきまりの仕方。

以上三九五頁

一『読売新聞』明治二十六年五月十一―三十日。田舎育ちの別荘守りの青年が子爵夫人にかなわぬ恋をし、その夫人に励まされて画家となり陰ながら慕いつづける、という筋。

二『傾城買二筋道』。通人だが醜男の文里(↓二八八頁注八)は、吉原の遊女・一重につれなくあしらわれながらもその誠実さで一重の心を得る。

三 幸田露伴作。『国会』明治二十四年三月十日―四月二十六日。「辻浄瑠璃」(同、二月一―二十六日)の続篇。お万は、品川の勝気な遊女。道也は、お万に惚れる鋳物師。

四 ユゴーの小説『ノートルダム・ド・パリ』(一八三一年)。カジモドは、ノートルダム大聖堂の善良な鐘つき男。クロード・フロロは、大聖堂司教補佐。ジプシーの美しい娘エスメラルダに邪恋と嫉妬をもって迫るフロロに対して、カジモドはエスメラルダに清らかな愛情を抱くが、最終的にエスメラルダはフロロによって処刑され、カジモドはフロロを塔から突き落とし、自身もエスメラルダの死骸を抱いて死ぬ。

五 邪道。古代中国で、左より右を尊いとした。

六 以下、小説の登場人物については↓補一五四。

七 すぐれもの。

極《き》め込《こ》まざるべからず。露伴子の珠運《しゆうん》、紅葉山人の粕壁譲《かすかべゆづる》の如きは少しく風変《ふうがは》りなれど、通例男は飽《あ》くまでも移気《うつりぎ》にして女は是非とも焦《こが》れ死《じに》をせざるべからず。

恋愛小説の順序

恋愛小説の順序は大抵次の如し。

(1)女、男に遇《あ》ふて柔《やさ》しさうな人だと思ふ。(2)男、女に信切な言葉を掛けて洒落交《まじ》りに機嫌を取る、(大抵兄さんのお友達とか、妹《いもと》の友達とかに限る)。(3)女荐《しき》りに男の噂を友達に話して嬲《なぶ》られる。(4)男、女と相対《さしむかひ》にて甘ツたるい応待をする挙句《あげく》に女の脇の下を擽《こそ》ぐる狼藉に及び、女胸《むね》を躍《をど》らし身《み》を震《ふる》はしてぽうツとなる。(5)女独りで気を揉みとつおいつ空想を焔《もや》して姉或は親友に慰められる。(6)男いつの間にか忘れて他の女と縁組をする。(7)女鬱々として病気になる、男の手紙或は写真を出して荐《しき》りに述懐する。

通例は之を骨として色々の肉を附けるだけ也。此故に其《その》人物は或は書生、紳士、田舎漢《ゐなかもの》、或は令夫人《おくさま》、令嬢、小間遣《こまづかひ》等の区別あれども、恰《あたか》も目鬘《めかつら》[8]を掛けて大将となり娼妓《おいらん》となり芸妓《げいしや》となり狐となるに同じ。又此《この》趣向は時として多少異なるも、云はゞ一ツ庭の趣を変へるに等しく左隅《さぐう》の松を右隅《うぐう》に移し右隅の桜を左隅に栽替《うえか》えるも、一ツ庭は矢張《やつぱり》一ツ庭なり。

八 顔の上半部につける紙のお面。おもちゃの一種。

目鬘
(伊藤晴雨『江戸と東京 風俗野史』)

実際派小説　恋愛小説は一《いつ》に[一]実際派小説と云ふ。然れども此《この》実際派小説とは仏《フツ》露《ロ》に行はるゝものゝ謂《いひ》にあらずして単にゾオラの形に類するが故に便利上斯《か》く云ひならはしゝなり。我[二]が硯友一派の諸先生は識見高ければ夷狄《いてき》の文物を崇拝する事を為さず、飽くまでも西鶴《さいかく》兼春水《しゆんすゐ》主義を奉ずるなれば何ぞ之を実際派なりと云ふを得ん哉《や》。偶《たま》〲不幸にしてゾオラの"*Abbe Mouret*《アッベムール》"[三]或は『渠の[四]傑作』に暗合せし作の出来し為《ため》に直ちに実際派なりと囃《はや》されしは寧《むし》ろお気の毒千万の事と云べし。

恋愛小説家たらんとする者の心得　此故《このゆゑ》に恋愛小説家たらんとする者は実際派なる名目《みやうもく》に迷はず西鶴の『[五]一代女』、『[六]一代男』其碩《きせき》の『禁短気《きんたんき》』春水の『[七]英対談《えいたいだん》語《ご》』[八]谷峨《こくが》の『連理梅《れんりのうめ》』其他[九]金水《きんすゐ》、[一〇]春鶯《しゆんあう》、[一一]路考《ろかう》、[一二]鼻山人《びさんじん》等の諸作及び[一三]織田先生訳述の『[一四]花柳春話《くわりうしゆんわ》』紅葉先生の『[一五]朧舟《おぼろぶね》』思案先生の『[一六]京鹿子《きやうがのこ》』忍月先生の『[一七]お八《や》重《へ》』等を研究して其奥を極《きは》むべし。ゆめ〱真の実際派なりと誤解してゾオラの"[一八]*L'Assommoir*《ラッサモア》"トオストイの"[一九]*Anna Kalenina*《アンナカレニナ》"等に気触《かぶ》るゝ勿れ。

張扇小説　恋愛小説の外に近頃流行せるは[二〇]張扇《はりあふぎ》小説なり。張扇小説とは講釈師の張扇の音に大悟して立案せしものを云ふ。最も珍重せらるゝ材料は[二一]町奴《まちやつこ》、[二二]侠客《だてしゆ》、[二三]二本差《にほんざし》、○○組《なにくぐみ》、[二四]若衆《わかしゆ》、[二五]朱鞘《しゆざや》、[二六]革足袋《かはたび》、前額《ひたひ》の刀傷《きづ》、腕の彫物《ほりもの》、釣上《つりあが》ツ

一 ↓二九九頁注一四。
二 硯友社の外国文学に対する態度は↓補一五五。
三 「ルーゴン・マッカール叢書」の『ムーレ神父の過失』(一八七五年)。紅葉「恋山賤」(『文庫』明治二十二年十月)の種本。
四 「ルーゴン・マッカール叢書」の『制作』(一八八六年)。「渠の傑作」という標題は、英訳(His masterpiece)による。紅葉「むき玉子」(『読売新聞』明治二十四年一月十一日—三月二十一日)の種本。
五 『好色一代女』。浮世草子。井原西鶴作。
六 『好色一代男』。浮世草子。井原西鶴作。
七 『春色英対暖語』。人情本。為永春水作。五編十五冊。天保九年刊。「梅ごよみ拾遺別伝」として深川芸者とその情人の恋を描く。
八 二世梅暮里谷峨(一八二六—八六)の『春色連理の梅』。人情本。五編十五冊。嘉永五—安政五年刊。
九 松亭金水(一七九七—一八六二)。読本・人情本作者。『閑情末摘花』など。
一〇 為永春鶯。生没年未詳。江戸後期の戯作者。為永春水の門人。人情本『春宵月の梅』初編など。
一一 瀬川路考(一八〇二—三二)。歌舞伎役者・戯作者。合巻・人情本の著作があり、また歌舞伎では瀬川菊之丞(五世)を襲名、女形として活躍。
一二 東里山人(一七九一—一八五八)の別号。洒落本・人情本作者。『青楼雛の花』『郭宇久為寿(さとのうぐいす)』など。
一三 織田純一郎(一八五一—一九一九)。翻訳家・評論家。明治十二年までは丹羽姓を名乗った。著書『通俗日本国会論』『政事家社会』など。
一四 『欧洲奇事 花柳春話』(明治十一—十二年)。↓補一五六。
一五 『読売新聞』明治二十三年三月十日—四月七日。のち『二人女』(明治二十五年)に「むき玉子」とともに収録。

た眼《め》、さらけ出した毛臑《けずね》、胆《きも》のすはツた女、力のある色男《いろをとこ》等なり。

悪人と善人との不必要　此派の小説には悪人無用なり。例へば悪人を描くとも心《しん》底《そこ》の悪人でなく義の為《ため》とか忠の為とか何か曰《いは》くありて悪を働く者ならざるべからず。独り悪人のみならず善人も同じく不必要なり。若《も》し善人を写す事あらば此善人は慈悲の泉を満腔に蓄へて貧しきを愍《あはれ》み哀へたるを労《いた》はるものにあらずして自《みづか》ら妄想《もうざう》せる善事の為に他を殺戮残害《さつりくざんがい》して以て快となす善人たらざるべからず。

『俠』　人[二七]は云ふ、此派の小説は『俠《けふ》』を以て主眼となすト。然り、『俠』は此派の最も尊重する処なるべし。然れども此『俠』なるものは寧《むし》ろ『狂』に近きほど十層倍大の『俠』ならざるべからず。少くも向島[二八]に接待の茶見世《ちやみせ》を出して一椀の渋茶と三枚の煎餅を施すほどの『俠』ならざるべからず。

江戸ツ子の見本　むかし江戸の男零落《おちぶ》れて裏店《うらや》[二九]に住みけり。以前懇意《ちかづき》の友《とも》気の毒がりて尋ねしに男は太《いた》く喜びて馳走をしたけれど此通りの始末にて面目ないと云ふ折、恰《あたか》も夕《ゆふ》[三〇]がしの声勇ましく鰯《いわし》を売りに来《きた》れば直様《すぐさま》呼込みて巾着《きんちやく》の底を叩き盤台《はんだい》[三一]の魚《うを》を悉く買取り直ちに溝板《どぶいた》にブチヽヽまけ掃溜《はきだめ》の傍《そば》に欠伸《あくび》する犬に喰はせて久々《ひさぐ》対面の興を添えぬ。然るに其後《そののち》再び尋ねしかば男は顔を見ると同時に竈《くど》

一六　「小説群芳」第二、明治二十三年二月、昌盛堂。
一七　明治二十二年、金港堂。「「お八重」は娘節用と連理之梅より脱化したるものなり。縦令（たとひ）脱化せしにあらずトのたまふとも著者が脳中に浸染せし為永松亭派の趣向筆に顕はれしものならん」（魯庵「忍月居士の『お八重』」『女学雑誌』明治二十二年五月）。
一八　「ルーゴン・マッカール叢書」の『居酒屋』（一八七七年）。十九世紀パリの下層労働者の悲惨な生活を描いたゾラの代表作。
一九　貴婦人アンナの悲劇的恋愛を描いた長篇小説。一八七五―七七年刊。
二〇　講釈から思いついた小説。浪六の撥鬢小説を指す。張扇は外側を紙で張り包んだ扇で、講釈師が調子をとるために釈台をたたく。
二一　江戸初期に旗本奴に対抗した町人の俠客。幡随院長兵衛、唐犬権兵衛などが著名。
二二　強きをくじき弱きを助けることをたてまえとする任俠の徒。男伊達。
二三　刀と脇差を差すところから、武士の称。
二四　江戸時代の元服前の男子。前髪を剃らない華美な若衆髷が特徴。
二五　朱塗りの鞘の派手な刀。
二六　鹿革の足袋。武士が戦いなどに用いた。
二七　星野天知の浪六評。↓補一五七。
二八　↓三二四頁注四。
二九　裏長屋。
三〇　夕方近くに、荷揚げしたばかりの鮮魚類を売り歩く魚屋。
三一　「魚屋ノ浅ク広ク委角（ナデガク）ナル木盤（タラヒ）」（『言海』）。

に掛けし釜を取りて微塵《みぢん》になれと土間に叩きつけ、『客人、今日は鰯を買ふ銭も無《ね》エ』

若《も》し此微塵に釜を壊《こは》破せし老侠骨を主人公として、[一]まかり突《つ》ン出《で》て、毛臑《けずね》をさらけ出して、二尺八寸大刀《だんびら》[二]を握《つか》んで、[三]三ピン待ツたと罵り、浅草観音の飛《と》[四]ンだり躍《はね》たりの如く大刀《たち》打《うち》せば、立派な張扇小説忽《たちま》ち出来上るべし。

講釈を聞く事

此派の小説家たらんとするものは精々勉強して講釈――就中《なかんづく》吉[五]瓶《べい》、貞水《ていすゐ》、燕林《えんりん》、伯山《はくざん》等の講釈を聞きに行き一心に張扇の叩き具合を研究し、二ツには[六]軍書実録物、取別《とりわ》け『[七]幡随院長兵衛実記《ばんずゐゐんちやうべゑじつき》』或は『[八]天保水滸伝《てんぱうすゐこでん》』の類を朝夕二三遍づゝ復読する心掛《こころがけ》肝腎なり。此上随筆を拾《ひろ》ひ読《よみ》して[九]宝永前後の小道具を三ツ四ツ覚え込めば[一〇]一足飛《いつそくとび》に大家となるは恐らく外《はづ》れツこなかるべし。

描速の工風

惣じて今の作家は優《すぐ》れて微妙《いみ》じき天才なれば[一一]大抵大文字《だいもんじ》を咄嗟《とつさ》の間《あひだ》に弁ず。縦令《たとひ》実際は多少の[一二]経営を凝《こら》しゝものなるも口にては咄嗟の間に弁じたりと云ふを外見《みえ》とする習はしなれば、作家たるもの、此心掛あつて随分描速の工風《くふう》を練るべし。又此正則《せいそく》の作術《さくじゆつ》を欲せざるものは始終[一三]間合《まにあひ》仕事《しごと》をして表面だけは三年も五年も苦心したりとの吹聴《ふいちやう》をなすべし。

某先生の大著述

近頃[一四]某先生あり、[一五]其大著述の緒言に七年の歳月を費し五千巻の

一 とび出して。「まかり」「つん」は、ともに他の動詞の上に添えて語勢を強める近世の奴詞。「まかりつんでゝ賢く走りまはれば天晴れ一分たつる男ながら」(村上浪六『鬼奴』はしがき)。
二 段平。刃の幅が広い長刀。
三 江戸時代の下級武士・若党の蔑称。年に三両一人扶持の安い俸禄を受けたことから。「サンピン待つた礼をいふ」(村上浪六『三日月』序説)。
四 からくり玩具の一種。六センチほどの割竹の台の上に小さな張り子人形を乗せ、台の下に竹ばねを膠で仕掛け、かたわらで手拍子を打つと、その微動で飛び返る。江戸中期に浅草観音の雷門前で売られたのが最初といわれ、浅草名物として人気があった(斎藤良輔『郷土玩具辞典』)。

飛んだり跳たり
(『東京風俗志』下)

五 以下、講釈師の名前。↓補一五八。
六 ↓三一一頁注二〇。
七 実録。奇癖道人述。明治十九年、金松堂。
八 実録。陽泉主人尾卦伝述。江戸後期の下総の博徒、笹川の繁蔵と飯岡の助五郎らによる対立抗争に取材。
九 江戸中期の年号(一七〇四―一一)。宝永前後(元禄―正徳)には、男伊達の代表として有名な助六と遊女揚巻の心中事件を題材とした浄瑠璃や歌舞伎が盛んに上演され、人気を博した。
一〇 「一足とびに大家となる法」(↓三九一頁注二一)をふまえる。
一一 偉大な文章。
一二 文章を作るのにあれこれと工夫を凝らした。

書籍《しよじやく》を参考し、二万有余の引証《いんしよう》を為せりと書き給へり。七年の歳月は長しといへども僅《わづか》に二千五百余日に過ぎず。此《この》二千五百余日に五千巻の書籍を渉猟《せふれふ》し二万有余の引証を為しゝとは豈《あ》に是《こ》れ鬼神《きじん》の所為《しよゐ》と云はざるべけんや。況《いは》んや某先生の筆硯に忙《いそ》がはしき、あちらよりも此方《こちら》よりも御用と仰《おつ》しやる中に何《なん》の閑《いとま》ありて此研究を為しゝや。是《これ》よりして此《この》[一六]著述者は数学を知らずとの噂《うはさ》騒がしかりしが、是れ畢竟《ひつきやう》変則の作術に長じたる故なりかし。

チヨイと工風してチヨイと筆を奮ふ

斯《か》くの如く一作毎《ごと》に経営惨憺したりと吹聴《ふいちやう》するも妙《めう》也。咄嗟《とつさ》の作でござると披露するも面白し。兎《と》もかく何《いつ》れにしても真個《まこと》に苦心する古作者を学ぶは今の時世には余りに正直過ぎたれば万事手軽にチヨイと工風《くふう》してチヨイと筆《ふで》を奮《ふる》ふを当世才子の才子たる処なりとす。

ウヰリアム、ブラック及び其他の作者

[一七]ウヰリアム、ブラックは著作家としての伎倆《ぎりやう》実《じつ》に第三流に上《のぼ》らず。然れども其著作に於ける苦心は稿《かう》を更《あらた》むる事数度に及ぶも猶ほ曾《かつ》て倦《う》まずといふ。[一八]コリンスに到つては平生の用意自《おのづか》ら慎密にして多くの事実と多くの性格を記録に留《とゞ》めて蓄蔵し一篇の骨子を案出する毎に此筐《きやう》[一九]底《てい》の材料をもて巧みに錯綜せる結構を作りたりと聞く。若《も》し夫《そ》れ[二〇]ラム或は[二一]デクヰンシイが苦心を云はゞ之に過ぐる事更に一層にして片々《へんぺん》たる小冊子にすら数

一三 その場しのぎの仕事。
一四 著作家・渋江保（一八五七―一九三〇）のこと。幸福散史と号した。江戸後期の儒者・漢方医の渋江抽斎の子。歴史・教育・哲学・文学・法律・社会学・人類学・数学・自然科学ほか、おびただしい著作や翻訳がある。↓補一五九。
一五 渋江保編『国民錦囊』。明治二十四年、博文館。金言俚諺集、作文法、演説法、勉学法、処世法、附録（皇朝百人一詩・漢土百人一詩・名家百人一首）を収載した約一三〇〇頁の大著。
一六 わずか七年でこれだけの書を読み引証したのは簡単な算数の間違いではないかという皮肉。
一七 ↓三七四頁注二。
一八 ↓二九〇頁注一。
一九 箱の底。
二〇 ↓二九七頁注一五。
二一 Thomas De Quincy（一七八五―一八五九）。イギリスの文筆家。『芸術として見た殺人』『イギリスの郵便馬車』など。

年の日子《にっし》を費やしたるも少からず。“Confession of an Opium-eater”《コンフエツシヨン オブ エン オピユーム イーター》[一]の如き実に十有余年の鍛錬より成る。

ヂツケンスとスコツトとサツカレー

ヂツケンス[二]或はサツカレイ[三]の如きは最も著作に富めるもの也。スコツト[四]に到つては山の如き負債を弁償せんが為に日夜営々として筆を放つ事なかりき。しかも一代の著作共に廿有余[五]に過ぎず。是《これ》を以て紅葉[六]先生が僅《わづか》に数年間に五十余種を作りしに比すれば則ち如何《いかん》。（紅葉先生が五十余種の題目は知らざれども春陽堂の広告に依て其真なるを疑がはず）。縦令《たとひ》前者は“Life of Napoleon Bonapart,”《ライフ オブ ナポレホン ボナパルト》[七] “Vanity Fair,”《ヴハニチイ フエイア》[八]或は“David Copperfield”《デビツド カツパアフヰールド》[九]の如き浩瀚《こうかん》[一〇]なる大冊を含み、後者には『命《いのち》之《の》安売《やすうり》』[一一]の如き煙草一服の間《ま》に読得るものを数込《かぞへこ》みしにもせよ、数十年の生涯に於ける二十余篇と数年の歳月に於ける五十余種とは其相違も余りに甚だしからずや。紅葉先生が才と学は是等英国第一流の作家よりも十層倍大なるは勿論疑ひなけれど又以て我が作家社会のお手軽主義を知るに足るべし。

お手軽主義

独り小説家のみならず、惣《すべ》ての今の著作者は皆此《この》お手軽を以て奥の手となし、たゞ広告の文面に於てだけ七年の苦心をしたりとか十《と》度稿《たびかう》を更《あらた》めしとか広く群籍を渉猟《せふれふ》したりとかの御託《ごたく》を述ぶ。バツトレル[一二]が『類推論』[一三]に於ける、ギツボン[一四]が『羅馬衰亡史《ロウマすゐばうし》』[一五]に於ける、アダム、スミツス[一六]が『富国論』に

一 正しくはConfessions of an English Opium-eater.『アヘン常用者の告白』。ド・クインシー著。一八二一年、『ロンドン・マガジン』に掲載、翌年刊。アヘンの快楽と苦痛を華麗な文体で描く。一八五六年、大幅に改訂した増補版を刊行。
二 ↓二九七頁注一四。 三 ↓三〇九頁注二三。
四 一八二六年、スコット(↓二九六頁注一二)は関係する印刷出版社の破産事件に巻き込まれ、以来その負債償却のためにあらゆる奢侈を慎み、著作に専念して債務を完済したといわれる。
五 スコットは小説『ウェーバリー』(一八一四年)以後、『ウェーバリー』の著者」という匿名で作品を出版。それらは「ウェーバリー小説」と総称され、二十数編におよぶ。他に詩・劇・伝記・歴史などの著作も多い。
六 紅葉の著述は『新著叢詞』や『小説群芳第壱』収録の戯文を加えれば、『我楽多文庫』筆写本以来この時期まで五十種を越える。
七 スコット作のナポレオンの伝記。九巻。一八二七年刊。 八 サッカレーの長篇小説『虚栄の市』。一八四七―四八年刊。 九 ディケンズの自伝的長篇小説。一八四九―五〇年刊。
一〇 書物が大部であるさま。普通は浩瀚と書く。
一一 尾崎紅葉の短篇小説『七十二文命の安うり』(『文学世界』第一)。明治二十四年、春陽堂。
一二 Joseph Butler(一六九二―一七五二)。イギリス国教会派の司祭・道徳哲学者。
一三 The Analogy of Religion, Natural and Revealed(一七三六年)。自然の神と啓示の神の「類比」を論証し、キリスト教の伝統的な教義を擁護した書物。 一四 Edward Gibbon(一七三七―九四)。イギリスの歴史家。
一五『ローマ帝国衰亡史』。“The Decline and Fall of the Roman Empire”(一七七六―一八八

於ける辛苦は焉《いづく》んぞ我が操觚《さうこ》社会に求むるを得《う》べき。

幸福先生の操觚事業

大著述家幸福先生[一七]の操觚事業を見よ。先生は『躰操法《たいさうはふ》』を著《あらは》せり、先生は『哲学大意』を著せり、『算術五千題』、『代数一千題』、『幾何一千題』、『初等三角術』、『普通教育学』、『通俗教育演説』、『小倫理書』、『小心理書』、『小論理書』、『小地質学』、『小天文学』、『社会学』、『手工学』、『英国文学史』、『独仏《ドクフツ》文学史』、『希臘羅馬《グリークロウマ》文学史』、『婦女亀鑑』、『福之神』、『処世活法』、『幸福要訣』、『神童』、『万国発明家列伝』、『西洋妖怪奇談』、『国民錦嚢《こくみんきんなう》』――(ア、草臥《くたびれ》た)――何《なん》ぞ夫《そ》れ諸般の科学に精通する爰《こゝ》に到れるぞ。人はゲーテが科学に深くミルトンが政治宗教に篤きを驚く。然れども幸福先生が宏博なる大々智識を以て比ぶれば是等《これら》皆云ふに足らず。

外山大先生

外山正一《とやましやういち》[一八]大先生は学《がく》カントよりも深く識《しき》スペンサアよりも宏《ひろ》く加《くは》ふるに普留那《ふるな》[一九]の弁とミルトンの文を兼ぬるの学者なれば東夷南蛮北狄西戎《とういなんばんほくてきせいじゆう》[二〇]何《いづ》れか其雷名《そのらいめい》[二一]を聞いて粛然として尊崇の念を起さゞるはなし。然るに其著述は『学校管理法』[二二]の飜訳と『露西亜《ロシヤ》の大恩』[二三]及び『漢字破《かんじやぶり》』[二四]等片々《へんぺん》たる二三冊子に過ぎず。是れしかしながら先生が攻学研究に忙がしく且つ学生の薫陶と国家の経営に半身を分《わか》つが故なるべしといへども抑《そもそ》も日本の文科大学長[二五]にして社会[二六]

年)。全六巻。マルクス・アウレリウス帝の死からコンスタンティノープル陥落まで約一三〇〇年間の壮大な歴史を描く。 一六 →三七六頁注五。

一七 幸福散史(渋江保)。→四〇〇頁注一四。以下の操觚事業→補一五九。

一八 一八四八―一九〇〇。社会学者・教育者・文学者。スペンサーに傾倒し、社会進化論を鼓吹、羅馬字会の設立や演劇改良にも尽力。文科大学長・帝国大学総長・文相を歴任。共著『新体詩抄』ほか。

一九 富楼那(梵語 Pūrṇa)。釈迦十大弟子の一人で、第一の雄弁家。

二〇 異民族を卑しんでいう語。古代中国で、黄河の中・下流地方に住む漢民族が「中華」と称し、四方の異民族を東夷・南蛮・西戎・北狄と呼んだ。

二一 世間に響きわたる名声。

二二 ジョーセフ・ランドン(Joseph Landon)著 "School management"(第三版、London, Kegan Paul Trench and Co., 一八八四年)。第一部巻之上のみ外山正一訳補(以下は清野勉訳補)。全六冊。明治十八―二十二年、丸善書店。

二三 『社会結合三大一統 露西亜の大恩』。明治二十二年、哲学書院。社会統合を論じた演説筆記。

二四 『新体漢字破』。明治十七年、丸善書店。同年十一月十四日、芝公園紅葉館の「かなのくわい」における演説の趣旨をまとめた小冊子。漢字廃止論を主張。ただし外山には『民権弁惑』(明治十三年)、『演劇改良論私考』(十九年)、『日本絵画ノ未来』(二十三年)他の著もある。

二五 明治十九年、帝国大学令により東京大学(明治十年創設)を改組した、帝国大学の分科大学の一つ。外山は、発足時から三十年まで文科大学長をつとめた。

二六 明治二十六年、帝国大学が講座制を採用、外山は初代社会学講座教授となった。

学の講座を担任せらるゝ大学者が[一]小新聞《こしんぶん》の論説に劣《おと》るとも優《まさ》るまじき小冊子の外に著述なきは如何にも不思議千万の事ならずや。

帝国大学の博士《はかせ》は斯《か》くの如し。[二]博文館の博士は則ち之に反す。外山先生に[三]博士を授くる文部省は何故《なにゆゑ》に外山先生より十倍増したる大著述をなせる幸福先生を礼遇して贈るに博士の栄位を以てせざるや。豚は大なりといへども芋の尻尾を喰ふ菜食家なり、[四]土鼠《もぐらもち》は小なりと雖ども蚯蚓《(みみず)》を餌となす肉食家なり。外山先生は勿論ヱラキ人なり。幸福先生も亦《また》是れヱラキ人なり。一のヱラキ人は博士となつて一のヱラキ人は博士となるを得ず。運不運は是非なければ、幸福先生敢《あへ》て嘆息するを休《や》めよ。社会は先生の大恩を決して忘れざるなり。先生自《みづか》ら先生の徳あり、敢《あへ》て苦情を訴ふる勿れ。

著述家たらんとする者は幸福先生を学ぶべし

著述家たらんとする者よ。宜しく幸福先生を学ぶべし。昨日は[五]審美学を説き今日は料理法を談じ明日は海軍術を講じ、其間《そのあひだ》芋屋の[六]引札《ひきふだ》を書き[七]伝授屋《でんじゆや》(斯《か》るもの有りや否や)の広告を草し、猶ほ閑《ひま》あらば[八]女義太夫の口上を認《したゝ》め[九]お開帳の縁起を立案するも著述家としての一興にあらずや。京童《きやうわらんべ》は云ふ、幸福先生の著述一ケ月凡《およ》そ五百頁に上《のぼ》るト。豈《あ》に是《こ》れ区役所門前の[一〇]代書人よりヱラシと云はざるべけんや。

一 →補一六〇。
二 渋江保を指す。→四〇〇頁注一四。
三 明治二十年五月の学位令によって、文部大臣が、法・医・工・文・理の各科五名ずつ、計二十五名に博士号を授与。外山はその最初の文学博士の一人。
四 モグラの異称。また、人を罵っていう語。
五 (aesthetics〈英〉、Ästhetik〈独〉の訳語)美の本質や原理、形式を解明する学問。美学。この語は、森鷗外や石橋忍月、魯庵らが明治二十年代から多用したことによって広まった。
六 →二七七頁注二六。
七 江見水蔭『自己中心明治文壇史』によれば、明治十年代の柳原稲荷近辺に、「伝授屋」「ちょんがれ」(浪花節)、金鍔売りが出ていたという。速成で芸や色事の「奥義」を教える大道商売か。
八 明治二十年頃から流行した女の義太夫語り。→三一四頁注二二、二三。
九 寺院で厨子の扉を開いて参拝させる秘仏の由来を記したもの。
10 行政書士・司法書士の旧称。

博文館は著述家の淵藪《えんそう》[一一]なり。〇〇先生、〇〇先生、〇〇先生、、、、、、皆是れ立派なる金箔附《きんばくつき》の大著述家にしてクレイヨン[一二]が邂逅《かいこう》せし夫《か》の所謂《いはゆる》“*Creeper*《クリーパア》”[一三]なるものにあらず。罵《ば》[一四]に巧《たくみ》なるものは糊《のり》と鋏《はさみ》で出来る仕事なりと云へど、縦令《たと》へば此罵評を当れりとするも、男子生れて日に一石[一五]の糊を費し三本の鋏を磨ぎ耗《へら》すを得ば明日死するも又遺憾なかるべし。

著述の順序

文学者志願の輩《ともがら》よ、第一に万能の著述家となれ、第二に小説家となれ、第三に新体詩家若《も》しくは「ドラマ」の作家となれ、第四に人物評及び史論の大家となれ。一人《いちにん》にして有《あ》らゆる大家を兼ぬるも又決して難《かた》きにあらず。石《せき》[一六]板絵《ばんゑ》彩色《さいしき》の伝習を受くるには五十銭の束修《そくしう》[一七]を要す、文学者となるには竟《つひ》に一文の入費を要せざる也。

然れども著作したゞけにては世《よ》に文学者と管待《もてはや》さるゝ事能《あた》はず。此故《このゆゑ》に世《よ》に公《おほや》けにせんが為め出板するは勿論なれど、本屋は名の売れざる人の著書を出板する事極めて少ければ先づ新聞或《あるひ》は雑誌に寄書するを順序となす。

先づ雑誌或は新聞に寄書すべし

先輩即ち親方の電信[一八]あれば申し分なけれども此便《びん》宜《ぎ》を欠けば初めの中《うち》は精々勉強して日に五社或《あるひ》は十社に向けて原稿を送るべし。初めは詮方《せんかた》なければ没書を覚悟し唯根《たゞこん》よく勉強すべし。斯《か》くて郵便税[一九]を凡《およ》そ五

一一 （「淵」は魚の集まる所、「藪」は鳥獣の集まる所）物事の寄り集まる所。
一二 →三八〇頁注一。
一三 ここでは探訪記事などを書く無名文士の蔑称。爬虫類や蔓植物をいう原義から転じたもの。アーヴィングの『旅人物語』第二部「バックソーンと友人たち」所収の「哀れな下請け文士（A Poor Devil Author）」に、「探訪（クリーパー）といふのは、いくら〳〵といふ言ひなりの行数にして新聞社へ文章を書いて与る者、不運不幸な話を探して歩行くもの、警視庁、裁判所、その他悪事不義の存する巣窟へ出入りする者のことだ」（アーヴィング「薄命文士」『明星』明治四十年一月）とある。A・S・コリンズ、青木健・福本洋訳『文筆家の文化史』（平成十一年）によれば、彼らは一コラムあたり五シリング、週一ギニー半ぐらいで記事を書いた。
一四 巧みな悪口は、糊と鋏を使って他人の言葉を切り貼りすればできる仕事である。
一五 約一八〇《リットル》。大量の糊。
一六 石版印刷（→二六七頁注一六）されたモノクロの絵に手描きの彩色をほどこすこと。内職として行われた。
一七 入門料。正しくは「束脩」。原義は、束にした棒状の乾肉。古く中国で、はじめて師を訪れるときに贈り物として持参した。→補一六一。
一八 線でつながっていることから、コネ（クション）の意。明治期の流行語。
一九 郵便料金の旧称。当時の郵便規定では、葉書は一銭、封書は二銭（二匁〈七・五《グラム》〉まで、以下二匁増すごとに二銭を加える）。

十銭分も損する中《うち》首尾よく編輯局の気に入れば必ず掲載の栄《えい》を得る事がある。此気に入るといふは強《あなが》ち立派だからといふわけにあらず。云はゞ「[一]どツこい〳〵」と同じく本《ほん》のまぐれ当りに過ぎざれども万一此《この》栄誉を得し時は其図《そのづ》を外《はづ》さず一ツには原稿をドシ〳〵送り二ツには社員に交際を求め一生懸命にお世事を聯《なら》べお引立《ひきたて》を願ふが極意也。

初めて新聞に載りし時は嬉しがるべし

而《しかふ》して初めて新聞或は雑誌に掲載せられし時は有頂天になつて嬉しがるが文学者らしくてよし。デイツケンス[二]が初めての作[三]“Old monthly Magazine”《オールド モンスリー マガジン》に現はるゝや、この印刷の名誉を得し嬉しさに逆上して物の色を分《わか》つ方角もなかりしかばウエストミンスター[四]会堂に登りてどきつく胸をさすり頓《やが》て三十分間ほどは道路を歩《ほ》する能《あた》はざりき。ジエーン、アオ[五]スティンは卿《けい》が生涯に最も愉快なりしは何事ぞと王の問へるに嬌羞《けうしう》[六]を帯びて答ふる様《やう》『开《そ》は御言葉《みことば》までもなし妾《わらは》が著書の初めて出板せられし時に候』ト。斯《か》くの如き先例あれば文学者は飽くまでもタワイなく嬉しがつて諸人に吹聴《ふいちやう》する事勿論《もちろん》なるべし。ゲーテは斯《かゝ》る瑣事《さじ》を屑《ものゝかず》とも思はぬ大気量人《だいきりやうじん》なりしが夫《そ》れすら[七]『我が原稿の見事に印刷せられし試刷《プルーフ》[八]を見る時は其予想よりは一《ひ》ト際《きは》詞藻《しさう》[九]のめでたきを覚ゆ』と云ひぬ。シユライエルマヘル[一〇]に到つては寧ろ己れが著書の

一　円盤を線で分割してそこに品名を書いた紙を置き、任意の場所に賭けて盤を回す博打の一種。「どっこいお張りよ」とかけ声をかける。「古へは最中潰し、ドッコイ〳〵など称する賭博類似の所業を白昼路傍に営む者ありしが近年は警視庁の取締行届きて全く跡を絶ちたるにツヒ此頃より巡査の目を掠め(中略)鼻張(はなつぱり)とか云へる仲間を三四人散在せしめ陽(おもて)には銭を賭して菓子を与ふる者の如くし其実は更に菓子と銭を交換して全く賭博類似の事を行ふものあり」(「賭博類似」『朝野新聞』明治二十三年八月十一日)。縁日の福引としても行われた。

二　ディケンズが『ピクウィック・ペーパーズ』廉価版(一八四七年)の序文で述べている挿話。「初めての作」は一八三三年十二月『オールド・マンスリー・マガジン』掲載の「ポプラ通りの晩餐会」(A Dinner at Poplar Walk)。

三　“The Monthly Magazine”. ‘Old’を冠称することもある。ホランドという人物が社主兼編集者だった自由主義的傾向の月刊誌。

四　Westminster Abbey. ロンドンのウェストミンスター区にあるイギリス国教会の教会。正称はセント・ピーター教会。歴代国王の戴冠式や国王・著名の士の墓地として知られる。

五　Jane Austen(一七七五―一八一七)。イギリスの女性作家。地方中産階級の日常生活を正確に観察し、機知とユーモアのある文体で表現した。『分別と多感』『高慢と偏見』など。摂政皇太子(プリンス・リージェント)の統治時代(一八一一―二〇)に活躍し、皇太子(のちのジョージ四世)は彼女の小説の愛読者だった。一八一五年、彼女は皇太子に招かれてカールトン・ハウス宮殿を訪れたというが、文中の逸話については未詳。ただし、藤田清次『評伝ジェーン・オースティン』(昭和五十六年)によれば、

出板せらるゝを厭《いと》ふと云ふ変物《へんぶつ》なれども猶《な》ほ且《か》つ『昨日は我が夢想せる愉快の中《うち》に原稿を印刷者に送りし一事を数ふるを得たり』云々と記《しる》しゝ事ありき。文学者が己れの名作を剞劂《きけつ》[一一]に附せらるゝは武士が戦場に出でゝ敵の大将に一《ひ》ト矢《や》を向けしと同じければ喜ばざらんと欲するも豈《あ》に得《う》べけんや。

新聞或は雑誌に載りし後は主筆に面会すべし

一《ひ》ト度《たび》新聞若《も》しくは雑誌に掲載せられし時は直ちに刺《し》[一二]を通じて其主筆に謁《えつ》[一三]を求むるを肝腎なりとす。若し応接所に請《しやう》ぜられ一椀の渋茶を薦《すゝ》められし時は己れは既に〳〵大家となりしと自惚《うぬぼ》るゝ事最もよし。恰《あたか》も「タアナメント」[一四]に勝利を得たる武士《ナイト》[一五]が王城の公主[一六]より賜はる引出物を待つ如く意気昂然《こうぜん》として人を呑むに非ずんば忽ち安く見らるゝ恐《おそれ》あり。しかれども——こゝが気転ものなり——余りに昂然とすれば一ツには歓心を失ひ二ツには敬して遠ざけらるゝ憂《うれひ》あれば随分言語を謹み、貴君《あなた》の新聞は日本一だとか貴君《あなた》の人物論は皮肉に入《い》るの妙があるとかいふお世辞を丁寧に述べて私も及ばずながら驥尾《きび》[一七]に附《つ》いて文学の為め力を尽さうと存じますと下から出るが第一なり。言語を恭《うやうや》しくして動作を傲慢にするは文壇に於ける最上の方策なり。

ドストエーフスキイの初めてベリンスキイ[一八]を見るや太《いた》く称讃せられたりしが後年其《その》所思を記《しる》して曰く『余は夢にも此大批評家の許可を得るほどの大家なりと

彼女は処女作出版の嬉しさを姉に書き送っている。 六 なまめかしく恥じらって。 七 「私の乱雑な戯曲の草稿がしだいにきれいな見本刷になってゆくのを見るのは、けっして悪い気持ちではなかった。それは私が考えていたよりも美しく見えた」(ゲーテ『詩と真実』第十三章、山崎章甫訳)。 八 proof. 校正刷り。 九 詩歌や文章。

一〇 Friedrich Ernst Daniel Schleiermacher (一七六八―一八三四)。ドイツの神学者・哲学者。近代神学の父と称される。著書『宗教論』『キリスト教信仰』など。大瀬甚太郎『シュライエルマッヘル氏教育学』(明治三十三年)に、「氏は屢(しば)書物といふものは只死知を伝ふるに過ぎないものであるといふことを口にして居つた」とあるが、文中の言葉は未詳。 一一 曲った刀(剞)と鑿(劂)。転じて印刷すること。「剞劂に附す」で出版。

一二 名刺を渡して。

一三 目上の人に面会すること。

一四 tournament. 中世ヨーロッパで行われた騎士の馬上試合。一対一で長槍を使って相手を馬から落とす勝抜き競技。勝者には貴婦人から記念品が与えられるのが普通。 一五 knight. 騎士。

一六 古代中国で王女。「天子ノ女(ムスメ)ノ尊称」(『言海』)。

一七 「驥」は千里を走る名馬。蠅がその尾について千里も遠い地に行くように、後進者がすぐれた人と共に行動することを謙遜していう。

一八 Vissarion Grigolievich Belinskii (一八一一―四八)。ロシアの近代文学を確立した文芸批評家。一八四五年、ドストエフスキーの処女作『貧しき人々』の原稿を読み、すぐに作者に会ってこれを絶賛した。当時の思い出は、ドストエフスキーの『作家の日記』一八七七年一月、第二章第四節にある。→補一六二。

は思はざりき　勿論其《その》以後に於ても曾て自ら大家なりと信じゝ事なけれども特《こと》に此時に在《あつ》ては我が胸の躍動するを禁ずる能はざりき』云々。冷酷且《か》つ厳峻なる評家より意外の賞讃を博せし二葉《ふたば》[一]の詩人が当時の胸中実《げ》にさもありぬべし。但し今の文学者はドストエーフスキイの如く夢にも自ら大家なりと信ずる能はずなどゝ野暮なる事をいふべからず。必ず一ト度新聞に掲載の栄を得て其新聞の主筆と会見せし暁《あかつき》には直ちに大家と成りすましたる心持なかるべからず。

無暗矢たらに投書する事　斯《か》くて首尾よく新聞社会に出入《でいり》する便宜《べんぎ》を得れば無暗《むやみ》に数でこなす覚悟を以てドシ〳〵投書を為すべし。世間の人は多く名の出るをもてヱラキ事と考ふるが故に三月も経《た》てば天下晴れての大家となるを得。是《ここ》に於て一端《いつたん》[二]新聞に載りしものを集めて一巻となし之を書肆の手に托し立派なる表紙を附けて出板すれば心願全く成就、末世必ず文学史に名を残すに足ると思ふべし。縦令《たとひ》文学史の著者が粗忽《そそつ》かしい男でツイ忘れたにしても書籍館[三]だけに其本《そのほん》の残るは決して間違《まちがひ》なし。又一端新聞に載りしものを更に出板するは兎角《とかく》『引《ひき》[四]眉毛《まゆげ》』だの『洗張《あらひはり》』だのと悪口を云へどジヨンソン、ゴオルドスミツス、アヂソン、バルク等の諸著は勿論、ディツケンスの小説は多く"*Daily News*《デイリイ ニユース》"[五]に連載せられマカオレイが論文は大抵"*Edinburgh Review*《エヂンボロー レビユー》"[六]に現はれたりき。殊

一　かけだしの詩人。
二　普通は「一旦」と書く。
三　明治五年、文部省が日本最初の公立図書館として書籍館(しよじやくかん)を創設、その後、東京書籍館、東京府書籍館、東京図書館と改称された。帝国図書館(明治三十年設立、現・国立国会図書館)の前身。はじめ湯島聖堂内にあったが、明治十八年、上野公園に移転。出版条例にもとづき内務省に納本された図書を収蔵。
四　いったん眉を剃った既婚女性が、娘らしく見せるために眉毛をかくこと。「洗張」は着物などをほどいて洗い、糊付け後、板張りや伸子張(しんしばり)でピンとさせること。ここでは、どちらも一度発表した作品を新しい装いで再発行すること。「鷗外漁史の『水沫集』竹のや主人の『凩の糸目』南翠外史の『おぼろ月夜』『荒海実一』などあれどいづれも一旦新聞雑誌などに掲げしものなり」(『早稲田文学』「文学彙報」明治二十五年十月)。ただし当時の出版は「一版といふは大概千部にして再版三版といふは第一版と共に刷りたるトリオキの千部を二分して表紙だけを改めて売り出すが十中七八までの恒例」だった(同、二十五年十二月)。
五　一八四六年、ディケンズを主筆として創刊された新聞。ただし彼はわずか三週間で辞職、多くの小説を同紙に連載した事実はない。
六　一八〇二年、エジンバラで創刊された季刊雑誌。マコーレーは一八二五年に「ミルトン」を発表して以来、同誌の有力な寄稿家となった。
七　Moskva gazette. ドストエフスキーの小説がよく掲載されたのは『モスコーフスキエ・ヴェードモスティ(モスクワ報知)』で、「モスカオガゼット」については未詳。

に最も尋常の読者には不向《ふむき》なるドストヱーフスキイの小説すら莫斯科新聞《モスカオガゼツト》[七]の紙面に上《のぼ》りしと聞けば文学の摸範とし尊《たつと》まるゝは概《おほむ》ね所謂《いはゆる》『引眉毛』若《も》しくは『洗張』にあらざるはなし。文学者は是非とも新聞の古物《ふるもの》を出板する算段を廻らさゞるべからず。同じものを二度に利用し得て世人は初めて之を大家なりといふ。

如何にして書肆と関係を結ぶべきや

さて如何にして書肆《しよし》即ち出板商と関係を結ぶべきや――といふに、先進大家の紹介あれば容易なれども、紹介なくして本屋の台所口より恐惶再拝《きやうくわうさいはい》[八]して主人に謁《えつ》を求むる如きは不見識にして学ぶべからず。さりとて草廬[九]の諸葛先生《しよかつせんせい》を摸擬《まね》て三顧[一〇]の聘《へい》を待つも迂遠なれば、車を店前《てんぜん》に横附けにして横柄《わうへい》に面会をもとめ、盛装に主人を眩燿《げんえう》[一一]せしめて当世文学の駄法螺《だぼら》を吹き、初めは原稿料[一二]に就《つい》て呶々《どゞ》[一三]を費さず、唯《たゞ》世間の迷夢を覚醒[一四]せんが為に我が著述を公《おほや》けにしたきの意を述ぶべし。但し此処《こゝ》が則ち容易ならぬ七分三分[一五]の兼合《かねあひ》なれば先づ東京の書肆に就き少しく語らん。

ポープが書估を咏める詩

書肆が実業社会に於ける位置若《も》しくは商業上の能力は爰《こゝ》に云ふの必要なし。たゞ現時如何《いか》なる境界《きやうがい》にありやと問はゞ恰《あたか》もポープが次の嘲《てう》謔《ぎやく》を値ひするものと云はん。

[一六]“*Obscene with filth the Miscreant lies bewray'd,*

『ダンシアッド』出版差し止めを迫る人々
(出口保夫『イギリス文芸出版史』研究社，昭 61)

八 恐れかしこまって続けてお辞儀すること。
九 草葺きのいおり。草庵。
一〇 蜀の劉備と諸葛孔明の故事(→三四三頁注一五)。三顧の礼。ここでは、書肆の招きを待つといつになるかわからないので、の意。
一一 くらみまどわすこと。
一二 明治二十年代の原稿料は総じて安く、ほとんどが買取り制で、版権も出版社に帰属した。浅井為三郎「尾崎紅葉と春陽堂」(『書物展望』昭和九年四月)参照。
一三 やかましく言わず。
一四 底本「攪」を訂した。
一五 成功・失敗が七三の割合となるか、その逆になるかの釣り合い。
一六 ポープが当時の文人や出版業者を嘲罵した『ダンシアッド』四巻本第二巻七五―七八行の一節。女神の国の競技大会で、出版業者のカールとリントットが競走をして、カールが汚物の水溜まりに滑って転ぶことになる場面。〔訳〕汚物にまみれてこの悪党は無様に横たわっている、／自らの悪行が生み出した汚水に倒れ込んで。／その時はじめて(もし詩人たるもの幾分の真理を明らかにするのであれば)／この詩人殺しの下司はある祈りの文句を思い付いたのだ。

Fallen in the plash his wickedness had lay'd;
Then first (if poets aught of truth declare)
The caitiff Vaticide conceived a prayer."

此諢詩《ぎやくし》が正面の的《まと》となりしは十八世紀に最も名を轟《とゞろ》かしゝ出板人[一]エドマンド、カールにして活潑有為の気象を抱《いだ》いて[二]トンソン、[三]リントット亜流と共に商界に[四]駆馳《かくは》せしにも関らず此冷淡なる皮肉の詩人より[五]グラッブ町《ストリート》の破落戸《ならずもの》と共に一喝せられしは偖《さて》も気の毒千万の事ならずや。

カールと大橋佐平氏

カール何人《なんぴと》ぞ。十八世紀の英国出板社会に於ける[六]大橋佐平《おほはしさへい》氏なり。佐平氏が堂々たる天下の奇傑にして[七]一攫万金《いつくわくばんきん》を得て内は出板社会に驚慌《きやうくわう》を起し[八]政府をして特に法令を発布せしめ、外は[九]米欧に漫遊して到《いた》る処《ところ》出板業の肝胆を寒からしめたるは人の皆知る処なり。曰く[一〇]『日本大家論集』、曰く[一一]『日本文学全書』、曰く[一二]『新撰百科全書』、曰く[一三]『支那文学全書』、曰く[一四]『帝国文庫』――何ぞ[一五]カールが輿論《よろん》の反撃を受けし五部の書と相似たるの甚だしきや。

ポープは嫉酷《しつこく》の尤《いう》なるものなり。此故《このゆゑ》に当時の最も公共心に富めるジャコッブ、トンソンをすら『[一六]渠《かれ》は王が勲爵士《ナイト》を造るが如く詩人を製造したり开《そ》は名誉

一 Edmund Curll（一六七五―一七四七）。イギリスの書籍商。→補一六三。
二 Jacob Tonson（一六五六？―一七三六）。イギリスの出版者。一六七七年にロンドンで開業、主にドライデン、アディソン、スティールらの著作を刊行した。他にミルトンの『失楽園』の版権を買収、シェークスピア全集なども出版。キット・キャット・クラブの幹事だった。

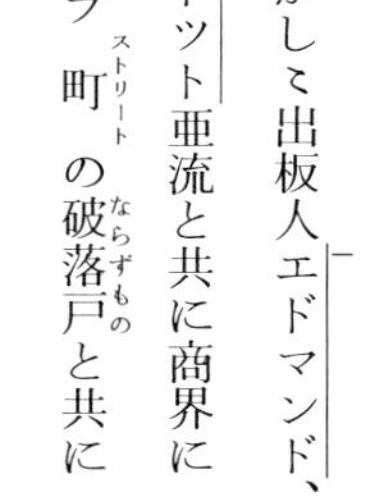
トンソン
（『イギリス文芸出版史』）

三 Barnaby Bernard Lintot（一六七五―一七三六）。トンソンと並ぶ十八世紀初頭のイギリスの有力な出版者。ポープの詩やホメロス訳の出版で成功。
四 底本「駆逐」を訂す。奔走した。五 →補一一。
六 一八三五―一九〇一。出版者。明治二十年、博文館を創立。以下の事業と評判については→補一六四。
七 「一攫千金」に同じ。
八 『日本大家論集』の各種雑誌からの無断転載が物議をかもし、「雑誌の論文を転載するは不都合なり」（『読売新聞』明治二十年十一月十九日）などの意見を受けて、十二月に出版条例、版権条例が改正されたことをいう。→補一六五。
九 大橋佐平は、明治二十六年三月から約七ヶ月、欧米を巡遊し、各地の出版事業を視察、至る所の新聞でも紹介されて話題を呼んだという。→補一六六。
一〇 各種の雑誌から諸名士の論説を抜粋編集した雑誌。→補一六七。一一 →三〇五頁注一二。
一二 『実用教育 新撰百科全書』。全二十五編、明

を与ふるにあらずして金銭を恵まんが為なりかし』と嘲りぬ。而《しかふ》して此トンソンが製造せし詩人とはドライデン[一七]、ジョンソン、ヤング[一八]若《も》しくはポープ[一九]渠自身《かれ》等の如き実に天与の詩人なりしに関《かゝは》らず猶ほ其冷譴の中《うち》に埋《うづ》められしを見《み》ば、誤[二〇]植に富める羅甸《ラテン》の文を印刷してウヱストミンスター[二一]学院の書生に靴をもて蹴られしカールを汚[二二]《を》溷《こん》の中《うち》に突落《つきおと》して快哉《くわいさい》を歌ひしも怪むに足らず。

誰か佐平氏を以て唯利《たゞり》に敏《さと》き商人なりといふや。佐平氏は単《ひと》り利に敏き商人なるのみならず内藤某[二三]が所謂『仁者』にして天下の書籍を廉売して普《あまね》く智識を広むるに汲々《きふ〳〵》たる一種の"*Philanthropist*[二四]《フヰランスロピスト》"なり。他《ひと》は『日本大家論集』或は『新撰百科全書』を見て剽窃書肆[二五]《へうせつしよし》なりと罵り『文学全書[二六]』若《も》しくは『帝国文庫』を証として古本綴直[二七]《ふるほんとぢなほ》し所《どころ》なりと笑へども是れ佐平氏が智識の普及に熱心なる所以なり。ドナルドソン[二八]が書物の価尊《あたひたつと》きがために読書の範囲限らるゝを憂ひ故山[二九]《こざん》より崛起《くつき》して倫敦《ロンドン》の市場に出《い》で一時出板社会をして愴惶[三〇]《さうくわう》せしめ有《あら》ゆる非議謗[三一]《ひぎばう》評《ひやう》の焼点《しやうてん》となりしが如き頗る相似たる者あれども、死[三二]に臨み其《その》巨万の富を挙げて一貧民院を創立したるに及んで偶々《たま〳〵》其志《そのこゝろざし》を見るに足る。未だ佐平氏に於て這般《このはん》の美挙を見ずと雖《いへ》ども其志あるに到《いた》つては勿論云ふまでもなし。佐平氏も亦人なり。徒《いたづ》らに他《ひと》の板権[三三]《はんけん》に属するものを剽窃し古本を綴直し、しかも間違[三四]ひだ

治二十二年刊。→補一六八。
一三 全二十四編、明治二十五―二十七年刊。→補一六九。 一四 →三一三頁注二九。
一五 一七二五年、五冊の猥本を出版したエドマンド・カールが告発され、有罪となったことをいう。→補一七〇。
一六 "A History of Booksellers, the old and the new"(→補一六三)に見えるポープのトンソン評。
一七 John Dryden(一六三一―一七〇〇)。イギリスの詩人・劇作家・批評家。王政復古時代を代表する文人として文壇に君臨した。その著作は主にトンソンによって出版された。
一八 Edward Young(一六八三―一七六五)。イギリスの詩人・牧師。悲劇『復讐』、詩『夜の想い』など。
一九 ポープの初期の詩 Pastorals は、トンソンが出版した"Miscellany"第六巻(一七〇九年)に発表され一躍有名になった。またポープ編集のシェークスピア全集もトンソンが手がけた。
二〇 一七一六年に、神学者ロバート・サウス(Robert South)が死去した際、ウェストミンスター・スクール校長のジョン・バーバー(John Barber)によって行われたラテン語による追悼演説をめぐる出来事。→四一二頁三行。
二一 Westminster School. ロンドンのウェストミンスター寺院に隣接する有名なパブリック・スクール。一一七九年創立。 二二 汚水。『ダンシアッド』第二巻の一節。→四〇九頁注一六。
二三 歴史学者・儒者の内藤耻叟(一八二六―一九〇二)。→補一七一。 二四 〔英〕博愛家。慈善家。
二五 →注八。 二六 →三〇五頁注一一。
二七 古典文学の翻刻出版を揶揄。
二八 Alexander Donaldson(一七四九―九四)。イギリスの書籍商。→補一七二。

らけの粗本を濫刷《らんさつ》し、単《ひと》り生《い》ける操觚者《さうこしや》を乗合馬車の馬の如く苦めるのみならず、苔の下に安眠せる古人の屍《しかばね》を蹴るの不敬を為して休《や》むものならんや。

カールはウエストミンスター学院々長の羅甸語《ラテンご》演説を印刷して運動場に牽摺《ひきずり》出《だ》され学生が熱罵乱拳の下に殴打踢倒《わうだてきたう》せられ[一]、『ウヰントン侯裁判始末』[二]を出板して貴族院に呼出され議長の前に平蜘《ひらぐも》の如く三跪九叩《さんききうこう》[三]して罪を謝し終《つひ》には[四]"*Mist's Weekly Journal*"《ミスツ ウヰークリイ ジヨアナル》に於て[五]"*Sin of Curlicism*"《シン オブ カーリシズム》なる題目の下に甚だしき攻撃を受くるに到りぬ。其一節に云へらく[六]"*The fellow is contemptible wretch a thousand ways; he is odious in his person, scandalous in his fame, ...more beastly, insufferable books have been published by this one offender than in thirty years before by all the nation*"云々

「ダウントレス」[七]大橋! カールとドナルドソンを配合したるが如き外貌を具《そな》ふる為に平沼某[八]と同じく世《よ》に毀《そし》らるゝは酷《こく》も又甚し。『大家論集』よ、『日本[九]帝国史』よ、『支那帝国史』[一〇]よ、『新撰百科全書』よ、爾等《なんぢら》は佐平氏を戕賊《しやうぞく》[一一]せし「バチルス」[一二]なり。佐平氏に罪あるにあらず、罪は佐平氏の出板物にあるのみ。

和田篤太郎氏　博文館と対立して文学書——と云はんよりは小説の出版をもて聞ゆるは通《とほり》[一三]四丁目の春陽堂なり。主人姓[一四]は和田、名は篤太郎《とくたらう》、鷹城《ようじやう》と号す。夙《つと》

二九 故郷からにわかに起り立って。ドナルドソンは、エジンバラの出身。 三〇 あわてふためかせ。 三一 非難と悪評。「焼点」は焦点に同じ。

三二 ドナルドソンの巨万の遺産によって彼の故郷に「ドナルドソン養育院」が設立されたこと。前掲"A History of Booksellers, the old and the new"に見える逸話。

三三 版権。英語 copyright の訳語。「凡ソ文書図書ヲ出版シテ其利益ヲ専有スルノ権ヲ版権ト云ヒ版権所有者ノ承諾ヲ経スシテ其文書図書ヲ翻刻スルヲ偽版ト云フ」(版権条例第一条、明治二十年)。

三四 短期間のうちに次々と発行される博文館の書物には、誤植が多かった。→補一七三。

以上四一一頁

一 蹴り倒され。

二 一七一六年、カールが"An Account of the Trial of the Earl of Winton"の海賊版を出版して、上院で譴責されたことをいう。

三 三度跪き、九度頭を地につけて拝すること。中国清朝の最高の敬礼法。

四 一七一六年創刊の週刊誌"The Weekly Journal, and Saturday's Post"の通称。所有者兼発行者 Nathaniel Mist の名による。

五 「カーリシズムの罪」。カールの名にちなみ、猥本を出版する犯罪をいう。一七一八年四月十五日号に掲載のエッセイ「猥本の出版に対して」(Against Printing Indecent Books)に言及がある。デフォーの寄稿とされる。

六 〔訳〕この男はいろいろな点で唾棄すべき下郎だ。体軀は醜悪、評判は芳しからず、…この三十年、いかなる国においても、この一人の罰当たりが公にした以上に汚らわしく、容赦しがた

に文雅風流の道を弘むるに志《こころざし》厚《あつ》くして初めて桜田[一五]に業《げふ》を創《はじ》めし時より『糸竹《いとたけ》[一六]の栞《しをり》』、『絵入《ゑいり》唐詩選』[一七]、『春之錦恋之妻折《はるのにしきこひのつまをれ》』[一八]、『八重桜里之夕暮《やへざくらさとのゆふぐれ》』[一九]等の傑作名編を出板し近時に於ては殆んど小説専売所の観あり。之を英国に求むれば則ちヘンリイ、コルバアン[二〇]ならんか。

鷹城《やうじやう》先生は奇骨ある士なり。此故《このゆゑ》に作者に屈するの腰を持たざる代りに世間の児守《こもり》や髪結床《かみゆひどこ》[二一]の嗜好を見るの眼ありて色摺《いろずり》の表紙に粗悪の印刷紙を誤魔化《ごまくわ》すの大才を有《いう》す。人は七銭[二二]の探偵小説を憎む事甚だしけれども此《この》同し人が『水沫集《みなわしふ》』[二三]或は『葉末集《はずゑしふ》』[二四]を出板せしなれば功罪相償《あいつぐな》ふといふべし。

和田氏は曾《かつ》て南翠《なんすゐ》[二五]、篁村《くわうそん》両先生の御用書肆なりしが、今は紅葉[二六]、浪六二《に》大関《おほぜき》の出板家元《いへもと》の名誉を戴《いたゞ》けるは恰《あだか》もトンソンがドライデンに於けると同じ。但しトンソンがローウエ[二七]に依《よつ》て、

“Thou Jacob Tonson, wert, to my conceiving,[二八]
The cheerfullest, best honest fellow living.”

と唱《うた》はれし如く操觚《さうこ》社会に敬愛せらるゝや否やに到《いたつ》ては問題外也。

トンソンを謳歌せしものは独りドライデンのみにあらず。同じ出板を業とするダントン[二九]すら『トンソン』[三〇]は能く著者幷《ならび》に其述作を判断するの識力を有《いう》し極《きは》め

い書物は出版されたことがない。
七 dauntless. 不屈の、性懲りもない、の意。ポープが『ダンシアッド』四巻本第二巻五八行でカールを‘dauntless Curll’と嘲ったのに倣う。
八 横浜の豪商・平沼専蔵(一八三六–一九一三)。明治二十六年、私印私書偽造詐欺事件をめぐり判事を買収、証人喚問での偽証により罪に問われた。
九 「万国歴史全書」第一編。松井広吉著。明治二十二年刊。 一〇 「万国歴史全書」第二、三編。北村三郎著。明治二十二年刊。 一一 害すること。
一二 Bazillus(独)。細菌。黴菌《ばいきん》。
一三 日本橋区通四丁目。
一四 一八五七–九九。春陽堂の創業者。↓補一七四。
一五 芝区新桜田町。
一六 西村三郎編『粋人必訣 糸竹廼栞』。明治十六年刊。以下いずれも春陽堂の刊行物。
一七 大久保常吉(桜洲)編『鼇頭和解 絵入唐詩選』上下二冊。明治十七年刊。
一八 城慶度(一夢斎南浦)著。明治二十二年刊。
一九 南園竹翠著。二冊。明治十五年刊。
二〇 Henry Colburn(?–一八五五)。イギリスの出版者。ブルワー・リットン、エインズワース、ディズレーリをはじめとする当時の流行作家の小説を専門的に出版、その広告にも力を注いだ。
二一 床屋に集まる市井の人々の好みや評判。
二二 春陽堂発行の「探偵小説」叢書のこと。定価が当初一冊七銭だった(途中から一冊十銭または十八銭)。紙装、一〇七頁。明治二十六–二十七年刊。全二十六冊。↓補一七五。
二三 森鷗外の作品集(「美奈和集」とも表記)。「うたかたの記」「舞姫」「文づかひ」および翻訳を収める。明治二十五年刊。
二四 幸田露伴の作品集。「対髑髏」「奇男児」「一刹那」「真美人」を収める。明治二十三年刊。

て正確に且つ頗る公平に鑑定して猥瑣《わいさ》[一]の冊子《さつし》を絶えて出板せず』と評したりき。されば渠《かれ》はドライデンの著書の外ミルトンの『失楽園《パラダイスロスト》』[二]を公《おほや》けにし初めてシェークスピーヤ[三]の全集を印行《いんかう》して世間の眼に触れたりといふ。出板者も爰《こゝ》に到れば批評家の資格ありといふを得《う》べし。

鷹城先生は日本の大出板人《だいしゆつぱんにん》たりといへども未だトンソンの如き名誉あるを聞かず。否な、先生も『闇之世の中』[四]を印行して世論《せろん》を喚起し『三日月』[五]を出板して新大家を紹介せし功あれば之を鑑識の明《めい》なしとすべからず。況んや亜米利加[六]探偵譚の趣味を輸入し『名誉実録』[七]の智識を世に与へしに到つては天晴殊勝の振舞にしてコルバアンが小説のみを出板しながら終に一の傑作を紹介せし事なき比にあらざるなり。

博文館と春陽堂のほか文学書類を発行する書肆決して少からず。曰く学齢館[八]、曰く嵩山堂《すざんだう》、曰く新進堂、曰く東京堂、曰く金港堂、曰く民友社、曰く上田屋、曰く吉岡書籍店《しよじやくてん》──何れも皆堂々たる大出板業を営むものにして天下の文学を生産する事凡《およ》そ一年に万を過ぐ。近頃我が縄張内《なはばりうち》に開店せし右文社《いうぶんしや》[九]すら毎月《まいげつ》[一〇]一回づゝ雑誌を刊行するのみならず既に十余種の書籍を公けにせりと云へば日本の文運も又盛《さかん》なる哉《かな》。

二五 ↓補一七六。　二六 ↓補一七七。
二七 ↓三七五頁三行、補一三〇。
二八 「トンソンとコングリーヴとの対話」(一七一四年)の一節。〔訳〕汝ジェイコブ・トンソンは、私が思うに、／現存のもっとも快活な、もっとも高潔な人間であった。
二九 John Dunton(一六五九―一七三三)。イギリスの出版者・ジャーナリスト。デフォー、テイト、ウェズレーらの協力による啓蒙的な新聞・雑誌を発行、政治的風刺詩も多い。
三〇 "Life and Errors of John Dunton"(一七〇五年)の一節。"A History of Booksellers, the old and the new"(→補一六三)に見える。

以上四一三頁

一 みだらでくだらないこと。　二 "Paradise Lost." 長篇叙事詩。一六六七年初刊。トンソン版は一六八八年に二つ折り本として出版。
三 一七〇九―一〇年、ニコラス・ロウの編集による、場割り・ト書きを加え、綴り字・句読を近代化した一般読者向けのシェイクスピア全集。
四 ↓三八七頁注三二。
五 村上浪六(筆名、ちぬの浦浪六)の出世作となった撥鬢小説。↓補一七八。
六 春陽堂の「探偵小説」叢書が、アメリカの探偵小説シリーズ("Detective series")↓三〇九頁注二二)を翻案したものであること。↓四一三頁注二二、補一七五。
七 『古今名誉実録』。全十巻。明治二十六―二十七年刊。後藤又兵衛や高田屋嘉兵衛ら古今の豪傑・偉人の伝記集。一冊十銭。
八 以下の出版社については↓補一七九。
九 廉価版の文学書を手がけた出版社。社主は須永金三郎。『文学者となる法』も同社から出版。

人は[一一]ロングマン或は[一二]ハーパーの事業を見て日本の書肆の小なるを呟《つぶや》けども[一三]『君の様な人に来られては大変だ』と倫敦《ロンドン》の出板者を辟易《へきえき》せしめし大橋佐平氏を初めとして和田篤太郎氏、[一四]上田銀治氏、[一五]吉岡哲太郎氏、[一六]原亮三郎《りやうざぶらう》氏、[一七]内田芳兵衛《よしべゑ》氏等悉《ことごと》く稀有《けう》の企業家にして之に依《よつ》て獲得せし収益に多少の区別こそあれ[一八]渋沢某若《も》しくは[一九]益田某に劣らざる商界の奇傑なれ。[二〇]ネルソンがお伽話を出板せしに業《げふ》を創《はじ》めて四百五十人を[二一]頤使《いし》するに到りし事業に比すれば佐平氏が[二二]七十人の傭人《やとひにん》を役《えき》するも極めてケチなるに似たれど抑も[二三]間男相場《まをとこさうば》と同じ原稿料を[二四]稽《(けい)》首百拝《しゆひやつぱい》して有がたく頂戴する今の文学者に較ぶれば又頗るヱラシと云ふべし。

書肆の主人と操觚者

書肆の主人は一般に大企業家なれば[二五]抜山飜海《ばつざんほんかい》の意気込《いきごみ》ありて著作者を小児同様に掌上に弄《もてあそ》び内心の内心にては飽くまでも馬鹿にして好加《いとか》減《げん》に綾《あや》なせども表面は先生と呼びて優遇等閑《なほざり》にあらず。

此故に操觚者は貧乏人なれば啗《くら》はすに利を以てすれば必ず自由になる者《もの》と高をくゝりながらも礼を文士に欠くの拙策を執らずして敬して遠ざくるの工風を廻らすに巧みなり。若《も》し夫《そ》れ数《かず》でこなす[二六]轆轤《ろくろ》細工《ざいく》的著述に堪能《たんのう》なる著作家を遇するに到つては[二七]活板拾ひの小僧を睨視《げいし》するの眼を以て之を見る。

操觚者に対するに二法あり。一は金銭を以て其心を縛らんとし、一は朋友と

一〇『少年子』(明治二十六年九月創刊)。

一一 イギリスの出版社。一七二四年、Thomas Longman(一六九九-一七五五)がロンドンで創業。チェインバーズの『百科事典』、ジョンソンの『英語辞典』などを刊行。現在のロングマン社の繁栄の基礎を築いた。

一二 アメリカの出版社。一八一七年、James Harper(一七九五-一八六九)がニューヨークで創業。アーヴィング、メルヴィルなどの著作を刊行。

一三 大橋佐平の欧米巡遊から帰国後の談話による。↓補一八〇。

一四 取次店・上田屋の主人か。未詳。

一五 一八六〇-?。吉岡書籍店を創業。号は鶯村。↓補一八一。

一六 一八四八-一九一九。金港堂(↓補一七九)を創業。東京書籍出版営業者組合初代頭取、衆議院議員。

一七 ?-一八九八。内田老鶴圃の創業者。明治十五年頃から教科書・学術書・参考書を中心に出版。魯庵訳『小説罪と罰』(明治二十五―二十六年)も手がけた。

一八 渋沢栄一(一八四〇-一九三一)。実業家。明治六年、第一国立銀行を設立、財界の指導者として活躍。

一九 益田孝(一八四八-一九三八)。実業家。明治九年、三井物産を設立、三井財閥の発展に寄与した。

二〇 イギリスの出版社。一七九八年、Thomas Nelson(一七八〇-一八六一)が創業、Thomas Nelson, Jr.(一八二二-九二)によって発展、多くのすぐれた児童書を刊行した。最盛期にはアメリカ支店を含めて従業員一万人に達したという(出口保夫『イギリス文芸出版史』)。

二一『早稲田文学』「文界現象」欄(明治二十六年十二月)には、「編輯者数十人職工数百人営々矻々として日々其の業に従ひ」(「博文館」)とある。 二二 人をあごで使うこと。

二三 間男が謝罪して払う金銭。江見水蔭は明治二十四年の夏、春陽堂のシリーズ「文学世界」の

なツて懇意上の義理を結ばんとす。前者は売物買物《うりものかひもの》一主義にて原稿は先方《むかふ》のもの金銭《かね》は己《おれ》の物、買はふが買ふまいが此方《こつち》の勝手で、買《かつ》てしまへば焼いて喰《く》はふと煮て喰はふと関《かま》ふものかといふ了見で、万一不平を陳《の》べる事があつても平気《へいき》の平三《へいざ》二知らん顔の半兵衛で澄まし込む。

之に反して後者は何処《どこ》までも先生々々と持上げ、随分調子に乗る時は君、僕三の応対まで切込み、諸方へお伴《とも》をして駄洒落の聴手《きゝて》を勧め茶屋の会計役四を仰《おほ》せつかり、何事も円滑に切廻《きりまは》して談笑の間に原稿料を直切《ねぎ》るをもて得意となす。

英国の出板人は概《おほむ》ね有識の士にして著作者と対等の交際をなす。例へばフオ五スターがヂツケンスに於ける如き最も其関係を証するに足る。然るに日本に於ては全く其観《そのくわん》を異《こと》にして著述者は恰《あだか》も他の出入《でいり》職人と同じ待遇《あしらひ》を受くるに甘んじ唯《たゞ》表面だけ先生号を奉られて得々《とく〳〵》たり揚々《やう〳〵》たり。

ジヨンソンは古今に類少なき貧困作者の一人《いちにん》にして幾度《いくたび》となくケーヴ六、ドツ七ズレイ、リチヤアドソン八等の書肆より救はれたり。然れども是等の書肆一人《いちにん》としてジヨンソンを礼遇するに等閑《とうかん》なるは無かりき。夫《そ》れケーヴが無名の貧書生の手に成れる『倫敦《ロンドン》』九(ジヨンソンの処女作也)に向《むかつ》て分《ぶん》に過ぎたる原稿料を投じ、ドツヅレイが八年の長日月に渉《わた》りし字書一〇の出板を約束して其間《そのあひだ》資給を怠《をこ》たらざりしに

稿料として「有夫姦相場」で七円五十銭(一作買い切り)支払われた(『自己中心明治文壇史』)。
二四 首が地につくほど深い礼で幾度も拝むこと。
二五 山を抜き海をひるがえすほどの勇志。
二六 機械的に次々と制作された著述物。
二七 文選工(原稿に合せて活字を拾う職人)の少年。

——以上四一五頁

一 金さえ出せば容易に手に入れることができるという割り切った考え方。
二 そしらぬ顔で取りあわぬふりをする人物の擬人名。秀吉の軍師竹中半兵衛の故事に基づく。
三 友人としての親しい交際。「君」「僕」は、明治期から用いられた書生言葉。
四 お茶屋で代金の支払いをすること。
五 John Forster(一八一二―七六)。イギリスの伝記作者。ディケンズと生涯にわたる親交を結び、『チャールズ・ディケンズの生涯』全三巻(一八七二―七四年)を著した。
六 Edward Cave(一六九一―一七五四)。イギリスの出版者・ジャーナリスト。→補一八一。
七 Robert Dodsley(一七〇三―六四)。イギリスの出版者。文芸書の出版、特にジョンソンと関係が深く、『人間の願望の虚しさ』『ラセラス』ほか多くの著作を刊行した。また、ポープ、グレイ、ゴールドスミス等の出版も手がけた。
八 Samuel Richardson(一六八九―一七六一)。イギリスの小説家・印刷業者。ロンドンで印刷所を営むかたわら、書簡体小説『パミラ』『クラリッサ・ハーロウ』などを発表。イギリス近代小説の完成者。「此のリチヤードソンとは文事上の交際のみならず、度々物質上の恩恵を得し事すら頗る多かりき。又リチヤードソンは謹厳なる人にし

到《いたつ》ては我が国終《つひ》に其比《そのひ》を求むるを得ず。

出板人《しゅつぱんにん》が著作者の奴隷にあらざるは勿論なれども、著作者も亦《また》決して出板人の奴隷にあらず。然るに出板人は表面に於て先生々々と呼べども心に於ては見るに奴隷を以てし金力を借りて飽くまでも頤使《いし》せんとす。此故《このゆゑ》に偶《たま》〳〵気骨ある の士其《その》頤使を肯《がへ》んぜざる時は陽に尊敬の意を表して陰に力を極めて排斥す。[一一]面諛《めんゆ》叩頭荐《こうとうしき》りに[一二]太鼓をたゝくものは書肆の眼より見《み》ば大々大《だいくく》の文学者なり。

お店廻りの職人

途《みち》に某《それがし》小説家に遇ふ。問ふて曰く何処《どこ》へ？　答へて曰く『お[一三]店廻《たなまは》りに……』。是れ書肆と作家との関係を証する好辞例《かうじれい》にして、今の文学者なるものはお店《たな》の注文を受けて[一四]口糊《くちすぎ》する職人の一種なり。何ぞ[一五]カアライルが所謂世道《せいだう》を補修し人心を指導する底《てい》の「ヒーロオ」を以て擬するを得んや。

然れども文学者が腰を低ふして書肆に出入《でいり》するは、我が著述を出板して貰《もら》ひたさが一心にして、我が著述を出板して貰はんとするは唯《たゞ》金銭に代《か》へんとする慾望のみにあらずして畢竟《ひつきやう》[一六]世好《せいかう》の低きを導かんと欲する志念切《せつ》なればなり。

勿論強《あなが》ちに[一七]人気《じんき》に投ぜん事を勤むるにあらねど、売行《うれゆき》悪しき者を出板する書肆なきをもて、世好《せいかう》の上進を計《はか》らんとすれば勢ひ俗人に阿《おもね》る工風《くふう》を為さゞるべからず。書肆の気に投じて首尾よく原稿料万歳を歌はんとすれば、先づ此人気《じんき》

て其文学を以て世道人心を庇保する心なりければ、勿論ジョンソンの道義説と相投合する処少からざりしなるべし」(魯庵『ジョンソン』)。ジョンソンが一七五六年に借財で収監されたとき、リチャードソンは七ギニーを贈って出獄させてくれた(『サミュエル・ジョンソン百科事典』)。

九 一七三八年刊の風刺詩。ローマの風刺詩人ユヴェナリスを模倣して当時のロンドンの退廃を痛罵。ただし、ケイヴは印刷に関わっただけで、出版したのはドッズリー。その経緯はボズウェルの伝記に詳しく、ジョンソンはドッズリーから原稿料一〇ギニーを支払われたという。

一〇 ジョンソンの『英語辞典』(一七五五年)のこと。一七四七年、ジョンソンがドッズリーの勧めで編纂を計画、当初三年の予定が八年に延び、貧困や病苦と戦いながら遂に完成させた。二つ折り版全二巻、二千五百頁を超える本格的な英語辞典で、ジョンソンの社会的地位と名声を高めた。

一一 目の前でこびへつらい、頭をさげてかしこまること。

一二 →二六五頁注一七。

一三 職人などが得意先の挨拶まわりをすること。

一四 生計を立てる。

一五 →三二六頁注一。

一六 世間の人々の好み。

一七 世間の評判。「既に『人気』を念頭に置く時は世俗の奴隷とならざるはなし。今の小説界が落莫として活気なく涙香浪六二派をして落花狼藉の振舞あらしむるもの其原由多しと雖も、鉄中の錚々たる文学家が猶ほ『人気』の二字に束縛せらるゝ事抑も大障礙を為すが如し。苟くも天下の師表を以て任ずる文学者世の嗜好の低下するを見て之を育成する事を知らず『人気』の前に叩頭百拝するもの笑ふべきの甚だしきにあらずや」(魯庵「今日の小説及び小説家」『国民之友』明治二十六年七月)。

を取る事を心掛くるが第一なり。

人気 『人気《じんき》』は文学者が一念を注ぐ金的《きんてき》[一]なり。首尾よく之を射透《いとほ》せば原稿料といふ景物[二]に有附《ありつ》くを得《う》。世には人気《じんき》を毒蛇よりも恐ろしがる無気力漢《いくじなし》あれども、人気《じんき》畢竟《ひつきやう》蜜の如し、一《ひ》ト度賞翫《たびしやうくわん》すれば夫《それ》は〱甘《うま》くて〱耐《こた》へられたものでない。金が取れて、人にもてはやされて、しかも幾分かは或る影響を与ふる事を得《え》て。若《も》し『人気《じんき》』に投ずるをもて卑劣なる芸人根性となさばシェークスピーヤも慥《たしか》に此《この》根性を有《も》てる男なり。己れが下手なものを作つて世の喝采を受けぬをもて仕方がなしに『我は人気《じんき》に媚びず』といふは古今の大俗なり。然るに此大俗が偶々《たま〱》世に容《い》れられし大詩人を評して直ちに世好《せいこう》に枉屈《わうくつ》する幇間的《はうかんてき》作家となすは其心のさもしさ推量《おしはか》られて気の毒千万ならずや。

書估は人気の保護者也 ジョンソンは字典の編纂を終りし時《とき》人に語るらく、書肆[三]は文学の保護者なりト。若《も》し渠《かれ》をして今の日本に生れしめば如何《いかん》。渠は人気《じんき》の尊きを知らず、人気に阿諛《あゆ》する事の却《かへつ》て名誉なるに心附《こゝろつ》かず、人気の前に叩頭礼拝する作家の本分を忘るゝが故に、其《その》『倫敦《ロンドン》』、其『ラセラス伝』[四]、その“*Vanity*《ヴハニチイ》 *of*《オブ》 *Human*《ヒユーマン》 *Wishes*《ウキツシエス》”[五]等必ずや惣《すべ》ての書肆に排斥せられて空《むな》しく屑籠《くづかご》の中《うち》に葬むらるゝ運命に陥りしなるべし。渠は呟《つぶや》くべし、書肆は人気の保護者

一 金紙を貼った小さな的。転じて、あこがれの的。
二 景品。
三 ボズウェル『ジョンソン伝』に一七五六年のこととして記されている言葉。ジョンソンの『英語辞典』は、王室や貴族の経済的援助に頼らず、五人の書籍商との契約金によって完成した。その冒険的事業に投資した書店主たちに敬意を表明したもので、文学の大衆化にともなって出版者の役割が重要になりつつあったことを示している。
四 ジョンソンの教訓的小説。一七五九年、ドッズリーにより出版。アビシニア(現エチオピア)の王子ラセラスが故郷を出てエジプトを遍歴する物語を通して、ジョンソンの人生哲学が示される。なお、『ラセラス』は明治期に英語の教科書としてよく用いられた。「『ラセラス伝』の名は四書五経よりも更に広く英学書生の間に知らる。(中略)其一々の妙味に到ては江湖の能く諳んずる所なり」(魯庵『ジョンソン』)。
五 ジョンソンの風刺詩『人間の願望の虚しさ』(一七四九年)のこと。印刷はケイヴ、出版はドッズリーが手がけた。さまざまな人間の野心や欲望の虚しさを説き、宗教のみが慰めと幸福をもたらすと歌った。

なりト。

営養不充分の病人　今の作家中にて最も商売下手なる某《それがし》[六]曾てヤヽケ腹《ばら》の気味にて曰く、書肆の滅絶を計《はか》らざれば文学を如何《いかん》ともする能《あた》はずト。又大理想を攫《つか》んで濶歩する某《それがし》[七]作家は曰く、出来損《できそこな》ひは本屋に売れト。若《も》し書肆にして出来損ひの著作を買《かつ》てヒ[八]クラ〱と世を渡るものならば何千万軒をたゝき潰《つぶ》すもいかで文学を上進[九]するを得べき。今の書を估《(あきな)》ふものは多くは営養不充分の病人にして[一〇]気息奄々《(きそくえん〱)》将に倒れんとす。何ぞ特に滅絶の速《すみや》かなるを望まんや。

此羸弱《るゐじゃく》[一一]なる書估《しょこ》の寿命長久を願ふ文学者は須《すべか》らく出来損ひの著作をシコタマ[一二]製造して売附けるべし。是れ今の世に処する著作家として第一の仁徳なり。一に世好を上進し二に書肆を救ひ三に自己の収得を増す。豈《あ》に是《こ》れ明治の聖代に恥ぢざる才人の事業にあらずや。

文学者よ、文学者よ、爾は『人気』の僕隷となつて書估の前に三拝せよ。是れ決して恥辱にあらず。縦令一歩を譲りて恥辱となすも世好を上進し文学を発達せんが為ならば此位な恥辱やはか忍ばれぬ事あるべき。文学者は先づ人気《じんき》奇《き》[一三]妙頂来《めうてうらい》を念じて書肆のお出入《でいり》となるべし。

お出入《でいり》となつて後の心得一二を説かば、

六 松原岩五郎(二十三階堂)を指すか。斎藤緑雨「おもひ寄れるまゝ」(明治二十五年六—七月)に「二十三階堂が其小説『古本屋の一日』の内に「是ハどうでも本屋の庫を三つ四つ壊さねバ改革の望みハ到底覚束ない」云々と書けるハすこしく奇矯に過ぐるの嫌いあるを免れざれども深く今の内幕に就いていへバ頗る理あると云はんよりハ味あるの言なり」。「古本屋の一日」は『国会』(二十五年四月二十—二十九日)。
七 露伴を指す。「幸田露伴君は曾て私に向つて、出来損ひは米にするのだよと云はれた」(魯庵「問はず語り」『趣味』明治四十一年十一月)。
八 やっと息をしているさま。
九 向上すること。
一〇 息も絶え絶えで、今にも死にそうなさま。
一一 かよわい書籍商。
一二 たくさん、どっさり。
一三 仏を拝む時に唱える語「帰命頂礼」のもじり。

売れッ子 第一、自己《おのれ》が売れッ子なる事を吹聴《ふいちやう》すべし。例へば甲《かふ》[一]の書店に行けば乙《おつ》の本屋から原稿を催促されて困ると云ひ、丙《へい》の出板人に遇《あ》へば丁《てい》の家《うち》のものを請合《うけあつ》てゐると話し、戊《ぼ》の書估を訪《と》ふ時は己《き》の店から発市《うりだ》す筈《はず》と語り、庚《かう》の番頭に向《むかつ》ては辛《しん》の編輯所から復《ま》た頼まれたと披露し、壬《じん》の小僧に遇へば癸《き》の家から原稿料の前借《さきどり》をしたと法螺《ほら》を吹く。

書肆の催促と原稿料の前借《ぜんしやく》は文学者が最も誇る箇条《かでう》にして、文学者人《ひと》に遇へば必ず『此頃は毎日催促されるから逃げてゐる』と御託《ごたく》を吐く。是れ我は大家なりといふに同じければ也。

原稿料 第二、原稿料は随分十層倍にして披露すべし。例へば実際十円で売れたものは五十円、二十円で売れたものは百二十円と輪《わ》を掛けるが如く。

書肆の黒幕宰相 第三、成るべく本屋の御機嫌を取りて他人《ひと》には自己《おのれ》が恰《あたか》も其書肆の黒幕宰相[二]であるかの如く物語るべし。書肆の黒幕宰相——嗚呼《あー》、是れ絶代の栄誉にあらずや。

其他に猶ほいくらもあれど、兎《と》にかくこゝらの調子を飲込んで立廻《たちまは》れば、広告は立派で、製本は見事で、而して評判の花やかなる書物が出来て、目出度く明治の大々文学者となれる事請合申す。

一 以下、十干(甲・乙・丙・丁・戊・己・庚・辛・壬・癸)にもとづく順序で列挙する。

二 かげで権力を揮う人。本来は、明治政府における伊藤博文をはじめ藩閥政治家に対する呼称。明治二十五年八月、元勲らの密談による第二次伊藤内閣(通称、元勲内閣)成立時に新聞で用いられた。

傑作とは何ぞ。印刷したる紙を綴《と》ぢしものなり。文学者とは何ぞ。此綴本《とぢぼん》を作る人なり。世間に何が一番容易《たやす》く、一番安心で、一番金が儲《もう》かツて、一番名が売れて、而して一番資本の入《い》らぬものと云へば、恐らく此《この》文学者なるべし。

ヨカ〳〵の飴売と文学者　「ヨカ〳〵」三の飴売《あめうり》を見よ。派手な衣装《なり》をして、面白ひ歌をうたひ、可笑《おか》しい舞蹈《をどり》をして、ソシテお銭《あし》が取れて、其上《そのうへ》に粋《すゐ》な乳媼《おんば》四や可憐《あどけ》ない児守《こもり》にチヤホヤされるとは古今随一の果報者といふべし。

是にも増して文学者は一室の中《うち》に安居し白紙に無駄書《むだがき》をするばかりの事で、外に出でゝは社会の師表と仰がれ王侯貴人に等しき尊栄を受く。其余得《そのよとく》を云へば不相応なる富を獲収《くわくしう》し美人の崇拝を辱《かたじけな》ふす。なンと甘《うま》き商売ならずや。

皐螽文学者　文学者を以て皐螽《ばつた》に比するものあり。曰く、皐螽に数種類あり、「イバツタ」、「ヨクバツタ」、「ヘイツクバツタ」五、「イヂバツタ」六、「フンバツタ」七、「ゲスバツタ」八、「シヤチコバツタ」九、「デシヤバツタ」等の如しト。

白昼は躍《をど》り半夜一〇は歌ふを天職となし草の葉に置く露を吸ふて空しく跳廻《はねまは》り竟《つひ》に秋風と共に枯行《かれゆ》く身《み》の果《はて》を知らざる憐れさよ。されど、軽《かろ》やかに飛んで声美《うる》はしく綿々《めん〳〵》一一啣々《しよく〳〵》休みなく吟じて浮《うか》れ暮《くら》す果報。ペルシヤ一二の王より更に目出たし。

一三カウレイ歌ふらく、

三 ↓二七四頁注一、補二七。
四 「御(お)うば」の転。乳母(めのと)。
五 もとは、はいつくばった、平伏した意。
六 「意地張った」の地口。
七 「踏ん張った」の地口。
八 「下種張った」の地口。「下種ばる」は、いやしい根性を出す、下品な態度を取る。
九 「しゃちこばった」(鯱こ張った)の地口。もとは鯱のようにいかめしく構える意。
一〇 よなか。夜半。
一一 虫が長々としきりに鳴くさま。
一二 Persia. イランの旧称。「ペルシヤの王」は、『千夜一夜物語(アラビアン・ナイト)』に登場する王をいうか。
一三 カウリー(↓二九四頁注二)の"Miscellanies"(一六五六年)所収の詩「バッタ」(The Grasshopper)の一節。

Happy insect, happy thou!
Dost neither age nor winter know;
But when thou'st drunk and danced and sung
Thy fill, the flowery leaves among,
(Volumptuous and wise withal,
Epicurian animal!)
Sated with thy summer's feast,
Thou retir'st to endless rest!
—— Cowley.

一 "*All the fields which thou dost see,*
All the plants belong to thee ;
All that summer hours produce,
Fertile made with early juice."

天の二 玉醴《ぎよくれい》を楽み三 万頃《ばんけい》の麦野《ばくや》稲田《たうでん》を我《わ》がもの顔《がほ》に振舞《ふるま》ふて飛跳《とびは》ねる幸運を擅《ほしひまゝ》

絵 バッタ文学者の生活。引用は、前出カウリーの詩「バッタ」の一節。〔訳〕幸せな昆虫よ。幸せなお前よ。／お前は老いも冬も知らない。／思う存分花咲く茂みの中で／飲み、踊り、歌い終えると／（享楽を好み、かつまた賢明なる、快楽主義の生き物よ）／お前は夏の饗宴に飽食して、／永遠の休息へと引き下がるのだ。——カウリー。

一 〔訳〕お前が目にしているすべての野、／すべての木々はお前のものだ。／夏の日々が生み出すすべてのものは、／早くに豊かに果汁が満ち溢れる。

二 →三八七頁注三五。

三 地面または水面が広々としていること。「頃」は中国の地積の単位。

にする皐螽は亦是れ一種の豪傑なる哉。

或人《あるひと》が文学者をもて皐螽《ばつた》に比せしは何の故なるを知らず。さりながら寸《すん》に足らぬ身を以て天地の間に逍遥遊《せうえういう》する無想四の豪傑先生に比せられしは豈《あに》是れ一大栄誉と云はずして何ぞ。*Epicurian animal*《エピキユリアン アニマル》五 ！ 爾《なんぢ》は稲と麦とに満足せず飛んで本屋の弗箱《どるばこ》六に行け。本屋は爾を款待《かんたい》し与ふるに黄金《わうごん》の霊水を以てすべし。縦令《たとひ》二三者より米搗皐螽《こめつきばつた》七の尊号を受くるも如《し》かず此霊水を酌《く》んで酔歌放吟躍《をど》り狂《くる》ふて浩然の気を養はんには。八

社会の報酬　多くの詩人は社会を惨酷《ざんこく》なるものゝ如く歌へり。ドストエーフスキイの如き其尤《そのいう》なる者なり。然れども日本の社会が中々に抜目《ぬけめ》なく名士を優遇するに吝《りん》ならざるは錦織剛清《にしごりがうせい》九君に謳歌せし一条にて分明《ぶんみやう》ならずや。今最も分り易き様《やう》に社会が与へし文学者の報酬を算測せば、

一『三日月』一〇……………………総字数凡《およ》そ三万六千
　　一冊定価二十銭にて発売一一部数を一万二千部と見積れば総高二千四百円
　　　——即ち一字七銭に当る
一『井筒女之助《ゐづゝをんなのすけ》』一二……………………総字数凡《およ》そ五万
　　一冊定価三十銭にて発売部数を一万部と見積れば総高三千円——即ち一字六

四 文学者を指す。「無想の」は本来「無双の」とあるべきところを「想」の無い文学者の批判として表記。
五 快楽主義の生き物。挿絵中のカウリーの詩に拠る言葉。
六 金庫。「天から授けられたる配当(わりまへ)を、優勝劣敗の理にやられて、かゝる人の弗箱に吸ひ取られ」(尾崎紅葉『三人妻』前編・一、明治二十五年)。
七 ショウリョウバッタの別称。後脚をそろえて持つと、米を搗くような動作をする。ぺこぺこと頭をさげて媚びへつらう人のたとえ。
八 俗事から解放されてのびのびした気持ちになること。「我善養吾浩然之気」(『孟子』公孫丑上)。
九 旧相馬藩士。相馬事件の中心的人物。↓三八七頁注三二。
一〇 ↓四一四頁注五。
一一 篠田鉱造『明治開化綺談』(昭和十八年)によれば、「春陽堂主人の頑固は、例えば浪六の『三日月』が売れるにきまつてゐるのを、やはり初版千五百部を(たいていのものは千五百と決まつてゐました)こしらえ、いくら言つても、一度に三千五千と刷らない、几帳面に再版千部、三版千部といつたやり方で、誰が何といつても応じなかつた」という。また、山崎安雄『春陽堂物語』(昭和四十四年)には、『『三日月』は明治二十四年七月の初版以来、九月には再版、十一月には三版、二十五年二月には四版、三月には五版、六月には六版と版を重ねて十数版におよんだ」とある。
一二 明治二十四年十二月、春陽堂。翌年一月再版、以後明治二十六年四月には七版を重ねる好調な売れ行きを示している。

銭に当る

天下に雷名轟《とゞろ》ける浪六先生の為め社会が仕払ふ報酬は大抵一字六七銭内外なり。此《この》算法にて見積る時は春陽堂の『探偵小説』[一]に対しては一字四銭位、博文館の『少年文学』[二]に対しては一字七銭内外を仕払へり。而して最も有名なる錦織先生の『闇之世之中《やみのよのなか》』[三]に向《むか》つて社会は実に一字概《おほむ》ネ十五銭を投じたりき。所謂《いはゆる》[四]一字千金の相場に行かざるも社会の文学者を礼するや尽《つく》せりといふべし。『塩《しほ》[五]原多《ばらた》助《すけ》一代記』の如き発売部数殆《ほと》んど二十万に越えしと聞けば日本の社会は著作者を遇するに決して冷酷ならざるなり。

乞ふ、[六]一回頭《いつくわいとう》して森鷗外氏の『水沫集《みなわしふ》』を見よ。京童《きやうわらんべ》の言《こと》を信ずれば発売[七]部数五百に超えずと。『水沫集』は六百頁にして字数凡そ四十万なれば之を算測すれば一字僅《わづか》に七八[八]毛に該当す。噫《あゝ》、鷗外氏が空前の大文学者なる事は上《かみ》、天帝より下《しも》、水呑百姓に到《いた》る迄《まで》首肯して承認する処なり。然るに浪六先生の文字を買ふに十銭近き高《たか》を奮発する社会が一釐《りん》をだに吝《おし》むとは豈《あ》に夫《そ》れ不思議千万と云はざるべけんや。

しかしながらこゝが不思議さうで決して不思議ならぬ一事なり。世に文学者として立たんとすれば必ずこゝの具合を飲込むべし。第一に社会の御機嫌を伺

一 →四一三頁注二二、補一七五。
二 博文館発行の児童向け読み物の叢書。紙装、一五三頁。定価十二銭。明治二十四—二十七年刊。全三十二冊。「和装木版色刷りの表紙、奉書刷の口絵にも人気があり、とくに『こがね丸』『二宮尊徳翁』『近江聖人』などおおいに版を重ねた」(『日本近代文学大辞典』第六巻、昭和五十三年)。
三 『神も仏もなき闇の世の中』(→三八七頁注三二)。
四 中国・秦の呂不韋が『呂氏春秋』を著わした時、咸陽の市門に千金とともに掛け、一字でも添削できた者にその金を与えようといった故事(『史記』呂不韋伝)から、立派な文字や文章を尊重していう語。
五 落語家・三遊亭円朝(一八三九—一九〇〇)が自作自演した人情噺を活字化した速記本。全十八編。明治十八年、速記法研究会刊。若林玵蔵筆記。定価一部九銭五厘、全十八冊前金一円五十銭。無一物の主人公が、勤労と倹約により一代で財をなす物語で、広く愛読された。また、歌舞伎化してたびたび上演、小学校の修身教科書にも採用された。
六 振り返って。
七 『水沫集』(→四一三頁注一二三)は一冊実価六十銭。明治二十七年一月に再版が出ている。発売部数が「五百に超えず」というのは誇張。
八 「毛」は金銭の単位。銭の十分の一が厘(釐)、厘の十分の一が毛。

ふて飽くまでも御意に逆《さから》はぬ様にすれば請合《うけあ》つて充分に歓迎して呉れる。云はゞ豚の子には黄金《こがね》の玉より芋の尻尾《しつぽ》の方が尊《たつ》といと同じ道理にて鷗外氏の深宏なる学識も未《いま》だ爰《ここ》に及ばざりし也。

[九]賢き書估 某《それがし》 云く、最も苦辛せし著作は最も売れぬものなりト、最も高尚なるものは最も売行悪しゝト。文学者は必ず経営惨憺の刻苦を為すべからず。極めて[一〇]卑俚浅近なる題目を選び[一一]お茶漬さら〱主義にて精々お手軽に唯筆尖《ふでさき》を器用に働かすれば社会に充分満足を与ふるを得べし。

斯《か》くて首尾よく社会に満足を与ふるを得ば一足飛《いつそくとび》に屈指の大文学者の班《はん》に入《い》るを得べし。云はゞ『人気《じんき》』の試験を受けて及第するや落第するやといふ咄《はなし》にして『人気《じんき》』は文学社会に於ける唯一《ゆいゐつ》の「ゴッド」なり。

文学者となれ！　文学者となれ！　猫も杓子も文学者となれ！　[一二]人気如来《じんきにょらい》に[一三]祈請《きせい》を掛けて一心に[一四]大家《たいか》段《だん》に上《のぼ》る工風《くふう》を運《めぐ》らすべし。惣《すべ》ての[一五]如露如泥《にょろにょでい》なるニヤケ男一ト[一六]度粉骨韲身《たびふんこつさいしん》すれば一躍して遊冶郎《のらくらもの》の境界《きやうがい》を脱離し洽《あまね》く世間に歓待せらるべし。

・・・・・・・・・

九 未詳。
一〇 俗っぽく浅薄なさま。
一一 →三八三頁注一一。
一二 「人気」(世間の評判)を仏にたとえたもの。
一三 神仏に誓いを立てて祈ること。
一四 大家の地位。
一五 仏語。「一切有為法、如夢幻泡影、如露亦如電、応作如是観」(『金剛般若経』)。露や電光のようにはかないの意。
一六 力の限り努力すれば。「韲」は「齏(せい)」の俗字。ここでは、くだく、の意。

諸君！　あア、くたびれた！　まだ〳〵いふ事は沢山あるが是《これ》で一ト休みすべし。以上の外に婦人に接する礼式、家庭《ホーム》に於ける心得、或は宗教道徳其他の社会人事に関する文学者の見識を説法《はな》したいが先づ今日はお預けとすべし。あア、くたびれた！

以上　風帯子　筆記

絵　三文字屋が仏の姿で大あくびする図。

補　注

文学者となる法

一　口絵（二六〇頁）　底本は折り込みの木版彩色刷。画家の小林清親（一八四七―一九一五）は、従来の浮世絵に加えて写真油絵の技法を学び、文明開化の都市風俗を版画で写して名高い。清親は本書の版元・右文社発行の少年雑誌『少年子』に多数の挿絵を画いているので、その縁で依頼されたか。なお川戸道昭「内田魯庵作『文学者となる法』――その構想と典拠」（『日本古書通信』平成三年十二月）に、本書がアレクサンダー・ポープの『ダンシアッド（The Dunciad）』（一七二八、四二年）の強い影響下に成ったという指摘があり、『ダンシアッド』の扉絵には、ロバが背に多数の本（愚作？）を背負った絵が画かれている。坪内逍遙『春廼屋漫筆』（明治二十四年）には、『ダンシアッド』の「元版には驢馬を書きこれに作者」たちが乗って行進している、とある。

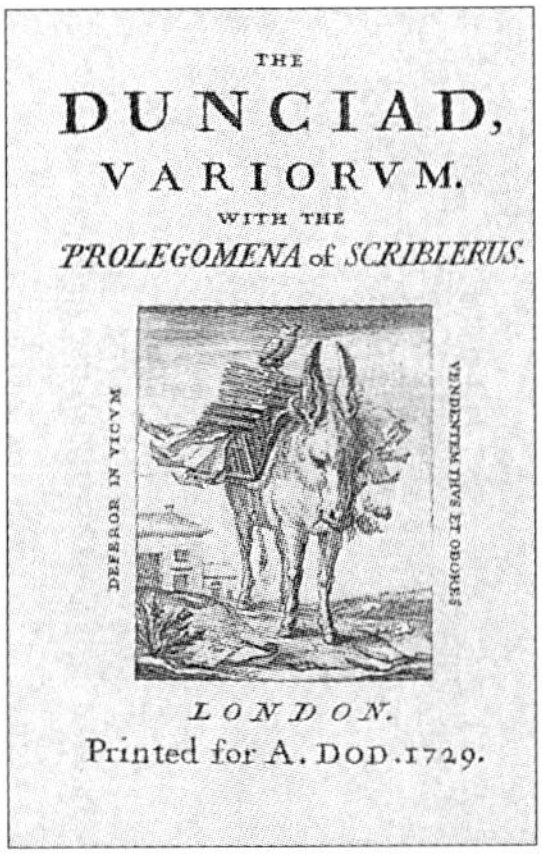

ポープ『ダンシアッド』扉絵

二　神田錦町（二六一頁注一）　当時は英吉利（イギリス）法律学校（のち中央大学）、東京主計学校、国民英学会などの学校や、政教社などの政治結社、出版社、印刷所などもあり、書生やジャーナリストが多く集まる地域だった。十八世紀のロンドンで貧乏な文士たちが数多く住んでいたグラブ街に擬したもの。「グラッブ街とは十七世紀及び十八世紀の小著述家が群居せる巣穴にして、恰も万年町が貧民窟を代表し錦町が下宿町と異名せらるゝ如く、最も放埒無頼なる所謂ゴロツキ（日本の俗言にて云へば）の集合団体をいふ。怠慢と放縦とは総ての文学者を貫徹する悪弊なれば、当時の学識もなく修養もなく唯少しの摸擬の才を有てる操觚者が全く此悪弊に蠹蝕せられしは是非もなき事にして、ポープをして文名を擅にせしめしだけを名残に不名誉なる歴史を伝へしぞ気の毒なれ」（魯庵『ジヨンソン』明治二十七年）。当時の三文文士が集まるコーヒー・ハウスとクラブについては、小林章夫『クラブ　18世紀イギリス―政治の裏面史』（昭和六十年）や清水一嘉『イギリス近代出版の諸相』（平成十一年）などを参照。

三　*"Kit-Cat Club"*（二六一頁注三）　マールボロー公、ハリファックス伯らホイッグ党の名士や、アディソン、スティール、コングリーヴら文人三十九名がメンバー。クラブ名は集会所にしたパイ屋の店主、Christopher (kit) Cat (ling) によるとも、そこで売る羊肉パイの名ともいう。

四　スウヰフト（二六一頁注七）　魯庵は「スウヰフト論」（『女学雑誌』明治二十二年五月）において、「其潑墨淋漓たる処万人皆戦慄す、慷慨す、悲憤す。蓋し諷刺の巧妙なるに到つてはアヂソンも又一歩を譲るが如し。其鋭利直入するや頑陋の人をして猶ほ寒からしむ。（中略）唯真率なる文に諷刺を寓し満天下を罵倒せし巧妙に到つては千古無比にして文学者大抵其後に瞠若せざるを得ず」と評している。なお「小人国」の部は『鷲籾場児回島記』(明治十三、二十年)ですでに翻訳されていた。

五　アヂソン(二六一頁注九)　キット・キャット・クラブに入り、ホイッグ党の下院議員として活躍。その間、親友スティールが発行する『タトラー』(The Tatler)や、二人の共同編集による『スペクテイター』(The Spectator)に当時のロンドン市民の日常生活および世相を描いて好評を博した。機知と諧謔に富み、平明な文章は魯庵の理想とするところだった。明治二十二年四月の『国民之友』附録アンケート「書目十種」において、魯庵はアディソン編集の『スペクテイター』を愛読書の一つにあげている。また、「余は今の日本に純粋なる諷刺家（サタイアリスト）の出でん事を望む、又諷刺家たらんとする人に流暢円滑なる事アジソンの如くならんを望む、針は諷刺家の最も尊ぶ処、望むらくは鉄の針より黄金にて針治の実効あらまほし」(「諷刺〈サタイヤ〉」『女学雑誌』明治二十二年十月)、「アヂソンの文章は紳士らしき文章にして今の英文に比較すれば較や冗慢の嫌ひあれども亦頗る敬誦するに足る。其諷喩の如き極めて穏健にして常に道徳的教訓を含蓄すれば以て座右の箴言とするべきもの多し」(「近体文章」同年十一月)と述べている。

六　「ニコライ」の鐘(二六一頁注一一)　「鐘楼の鐘は八個あり、其最大なる者六百貫目あり、夫より目方順次に減じ形状随ひて小なり、毎鐘綱を付けて一時に八個を打鳴すようになせり、右八個いづれも外部に諸聖の像を鋳出せり、然り、其打鳴する鐘声は、全市に響き渡りて、市民の夢を驚かす」(「基督復活聖堂」『風俗画報』明治三十二年八月)。

七　ポマドンヌール(二六一頁注一五)　皮膚のあれ症、顔の吹き出もの、唇のひびわれなどに効果がある(『よろづ朝報』明治二十五年十二月十一日掲載広告→下図)。翁屋主人・安川政次郎は旧硯友社員。「恋愛小説科」の説明(奥泰資「小説学校」『早稲田文学』明治二十六年十月)に、「金義歯、腕輪、指輪の三拍子揃ひたる上ポマドンヌールの嗜みあるものは無試験にて第二年級に編入すべし」とある。「お手前もポマドンを塗るお仲間か」(斎藤緑雨「酒の上」)。

八　フィヒテ(二六三頁注一九)　フィヒテが一八〇五年に行った講義の記録「学者の本質と自由の領域におけるその諸現象について」("Über das Wesen des Gelehrten und seine Erscheinungen im Gebiete der Freiheit")の第十講「著述家について」を指す。彼によれば、「学者」とは「その時代の学問的形成を通じて理念の認識に到達した者」であり、「著述家」もその延長線上にある。彼はここで出版が商業として隆盛になることを批判し、「特定の時代と特定の公衆」を対象とする「著述家商売」に堕することなく、「理念」を描いて「永遠のための著作」をめざすべきであるとしている(『岩波哲学・思想事典』、平凡社『世界大百科事典』など)。フィヒテはドイツの観念論の代表的哲学者。イエナ大学教授、ベルリン大学総長。カントの認識論的主観概念を形而上学的に展開し、自我の能動性と絶対性を主張した。主著『全知識学の基礎』(一七九四年)。

ポマドンヌール広告
(『よろづ朝報』明25・12・11)

九　内新好が『一目土堤』(二六三頁注二〇)　遊里の内情を穿ち、当時の流行を描くことを得意とした。『一目土堤』(天明八年)は、通人たちが集まり、和歌・狂歌、洒落本、遊里の噂に興じ、本所一つ目の岡場所(私娼窟)で遊ぶ様子を描いた洒落本。題は「人目包み」を懸ける。「内新好の『一目土堤』を見ば如何に当時の戯作者が雷紋の縁取つたる卓氈上の筆筒に孔雀を飾りたる唐机に凭れて風流情事を談ずるかを知るべし。其作者彼れ自身が戯作者の一人にして而も最も忌嫌すべき其社会の秘密を洩して少しも貶黜せず却て得意の色あるを見れば其心事大に憐むべし」(魯庵「再び今日の小説家を論ず」『国民之友』明治二十六年九月)。

一〇　**親の因果が子に報ふ片輪娘の見世物**（二六四頁注三）　朝倉無声『見世物研究』(復刊昭和五十二年)、『見世物研究・姉妹篇』(平成四年)によれば、江戸時代には男女さまざまな畸人の見世物が繁昌し、女性では蛇娘、熊娘、狐娘などが評判を取ったが、明治五年六月に東京府知事から不具者見世物禁止令が出されて、それらの興行は極端に減った。「親の因果が子に報い」はこの種の興行の木戸番が客を呼びこむ常套句。「生れは越後の山奥、猟師の独娘、殺生の罪が子に報ひ、総身は熊と同様の因果娘」(熊娘の口上)。

一一　**洞簫の声**（二六五頁注一〇）　洞簫は楽器の名、簫の底のないもので尺八の一種。「嚠喨」は楽器の音などがさえわたるさま。「客《か》に洞簫を吹く者有り、歌に倚つて之に和す。其の声、嗚嗚然《おおぜん》として、怨むが如く慕うが如く、泣くが如く訴うるが如し。余音嫋嫋として、絶えざること縷の如し」(小川環樹・山本和義選訳『蘇東坡詩選』岩波文庫による)。蘇東坡が『三国志』の有名な古戦場、赤壁の地を舟で旅したときの感懐を歌った詩。

一二　**「ダンス」の*Miss B. A. Bae.***（二六五頁注一九）　本書第五に「女主人公は絶世の美貌を具へて「ダンス」或は文金の高髷に結ふ箱入の嬢様」とあり、「ダンス」は髪をやたらに細工した束髪の一種と考えられる。紅葉「拈華微笑」(明治二十三年)に「或時は洒落て舞踏結び、俠《きゃん》なれど気が替りて此もよし」。*B. A. Bae* は子供が外国語の綴字を学ぶときに、文字を一字ずつ発音し、次いで単語を読む方法から、欧米の言葉を習いはじめたばかりの、外国かぶれした少女を指すか。

一三　**瓦斯糸織**（二六五頁注二〇）　瓦斯糸織は主として綿糸を高速ガス炎の中を通過させ、表面のケバを焼き光沢を出したもの。国産品は明治二十八年から実用化されるので、当時は綿織物としては高価だが、絹織物より安い。大蔵省印刷局が女子工員を採用したのは明治十八年後半期から(「女工の募集」『女学雑誌』明治十八年七月)。

一四　**京伝の洒落本**（二六六頁注二）　黄表紙『江戸生艶気樺焼』、洒落本『通言総籬《つうげんそうまがき》』、『傾城買四十八手』、読本『桜姫全伝曙草紙』など。洒落本は遊客遊女の風俗、言動を精密に描写し、会話文を多用してその生態を浮かび上がらせた当時の小説の一種。通人、または通人を自称する半可通の姿がおもしろおかしく描かれている。

一五　**ゾオラ**（二六六頁注七）　自然科学的方法で第二帝政期のフランス社会を微細に描き、その腐敗をえぐって自然主義文学の代表者となった。主著『居酒屋』『ナナ』などを含む「ルーゴン・マッカール叢書」二十巻(一八七一―九三年)。ゾラの作品は、誨淫の悪書として保守主義者から攻撃され、特にイギリスでは訳書を出版した業者が猥褻文書頒布の罪で罰せられ、発売禁止となった。ただしこの時点では、「倫敦にてゾーラの作を出版せるものが禁固の刑に処せられたるは僅かに数年以前のことなりき。今此人にして此歓迎を受く」(「ゾーラ氏英国に歓迎さる」『国民之友』明治二十六年十一月)とあるように、その風潮はすでに変化している。

一六　**固執派教会**（二六六頁注一一）　ハリストス教会伝道師養成のため、男女の神学校を駿河台に開設し、雑誌『裏錦』を発行していた。女子校の正式名は正教本会附属女子神学校(『女学雑誌』明治二十五年九月、教文館『キリスト教大事典』など)。ただし『曽我物語』の件は未詳。挿画とは曽我十郎と大磯の虎御前の別れの場であろう。

一七　**「よくツてよ」派小説**（二六六頁注一二）　「よくツてよ」は「知らないわ」とセットで、女学生たちが自分に都合の悪いことを言われたときに、拗ねてみせる言葉。「当今の社会小説を見られよ、一概には申されぬが、一方は十か八までは「よくつてよ」の写実」(坪内逍遥「梓神子」『読売新聞』明治二十四年五月十五日―六月十七日)。もと「牛込辺の場末の語」だったが、今年では「中流以上の娘言葉」になったという(『早稲田文学』明治二十九年二月「雑界」)。

一方では欧化政策への批判も強く、それにともなって女学生の新しい風俗や言動は非難や嘲笑の的になっていた。「売淫婦と女学生」(『国民之友』

明治二十四年三月)など多数。ただし「女教師女生徒の醜聞」(『女学雑誌』明治二十六年二月)は、『教育時論』二七八号の醜聞は私立のミッションスクールに多いという説に反論している。

一八 **沙翁**(二六七頁注一七)　日本へのシェークスピアの紹介は明治十年前後に始まり、英語の流行とともに広く知られるようになった。魯庵は「沙翁の事歴」(『二六新報』明治二十八年二月五―二十二日)において、「英文研究者は沙翁の名を神の如く神よりも更に超絶せる者の如く鼓吹して以て守旧文学者を驚倒する具となせり」としているが、その代表的存在は坪内逍遙。たとえば、逍遙の「シエークスピヤ脚本評註 緒言」(『早稲田文学』明治二十四年十月)に「シエークスピヤの傑作は頗る此造化に似たり上は審美の見識に富みたる学者より下は一知半解の者までも彼の作をもてはやすは(中略)一つは彼の作、度量甚だ広くして能く衆嗜好を容るゝこと猶自然の風光の万人を娯しむるが如きに原(もと)くならん」とある。

一九 **西鶴**(二六七頁注二〇)　句集『大矢数』、浮世草子『好色一代男』など。明治時代、淡島寒月によって再評価され、幸田露伴、尾崎紅葉らに支持されて大流行した。「冬季に及び蝸牛露伴子天外より飄落して風流仏を出(だい)すや西鶴熱白熱度に達せり」(逍遙「明治廿二年文学界の風潮」『読売新聞』明治二十三年一月十四―十五日)。「小説学校一生徒の寄書」(『早稲田文学』明治二十六年十一月)に「我が校のプロフエツソルが抱ける小説の理想は春水に西鶴の皮を被せたる者に候へば取別けて此二大家の作を重んじ候。(中略)我が校にて西鶴を教ふるは唯「読んだ」といふ証明を与ふるだけに留まりて分つても分らなくてもそんな事は関はず候」。

二〇 **学校の卒業証書が……**(二六八頁注四)　「近時我邦に於て博士、学士の称号を有するもの年一年に輩出し、其の遺場に困る程にて、現に本年大学卒業の人々は、適任の仕事場なきため空しく抱負の志を懐いて無聊に苦しみをるもの累々たり」(『国民新聞』明治二十四年八月二十七日)。

二一 **似而非ナッシユ**(二六八頁注一〇)　ナッシュ(Thomas Nashe, 一五六七―一六〇一)はイギリスの物語作者・パンフレット執筆家。生来狷介で『愚行の解剖』(一五八九年)などで世間の愚行、悪習を風刺し、ほとんど一生を論争についやした。代表作『不運な旅人』。奇行の数々でも知られる。魯庵『ジョンソン』や漱石『文学評論』に言及がある。

二二 **芳野山**(二六九頁注一七)　明治二十六年春、根岸派(→補注四七)が大和の月ヶ瀬に梅見旅行(→補注三七)をしたのに対抗して、硯友社中(紅葉、水蔭、大橋乙羽ら)は四月十二日に東京を発し、京都にいた巌谷小波を誘い、奈良、法隆寺、三輪を廻り吉野へ足をのばした(『自己中心明治文壇史』『巌谷小波日記』)。また島崎藤村もこの時期に吉野を訪ね、「訪西行庵記」(明治二十六年七月)を記している。

二三 **絵島**(二六九頁注一九)　神奈川県藤沢市片瀬海岸近辺の名勝。稚児ヶ淵や岩屋の弁天がある。この表現、江見水蔭・尾崎紅葉・石橋思案「観潮記(くわんてうのき)」(『読売新聞』明治二十六年十一月十九・二十日)の江島金亀楼における水蔭の句「此松に猿のほしさよ冬の月」による。なお魯庵はすでに明治二十三年から「江嶋参りの俗物」を罵っていた(藤阿弥「随感随録」『国民新聞』五月四日)。紅葉の『江島土産滑稽貝屏風』(『我楽多文庫』明治十八年五月―十九年五月)が念頭にある。

二四 **二号活字**(二六九頁注二五)　魯庵はすでに「当世作者懺悔」(『日本之少年』明治二十六年三―四月)で二号活字を望む文学者を嘲っている。「嗚呼、二号活字おどろき！　牛込派二十有余名の首領たる大先生の作の外は用ゐられざる二号活字！　余は復活したりき」。

二五 **「キンライ」節**(二七二頁注六)　「摺鉢を伏せて眺めりや三国一の味噌をするがの富士の山／キビスガンガン／イカスドンス／キンギヨクレンスノスクネツポ／スツチヤンマンマン／カンマンカイノ／オツペラボウノキンライライ／あほらしいぢやおまへんか」。『新聞集成明治編年史』によれば、この歌は当時の「選挙干渉を諷したる歌」として、「オツペラボーとは大篦棒の意にて、金来々とは賄賂や色々の金を貰ひたるを云ふ」(『濃飛日報』明治二十五年四月十七日)、「野州足利地方にキンライ節を唄ふて飴を売あるく者多し」(『東京日日新聞』明治二十六年八月十七日)とある。

二六 **月給の減額**(二七二頁注一一)　「議会の衝突が端なく官吏俸給の一割減となり今まで百円取ツたものハ九十円となり十五円のものが十三円五

十銭となり其上来る十一月までにハ各省の人減し官制の改革もあるべしとの取沙汰に官吏社会ハ昨今大狼狽(あわてゝ)にて急に下女を減す書生を逐出す抱車(かゝへぐるま)を売るなど大躁(さは)ぎにて山の手辺にハ笑ひ声が絶えたといふ程なるが又各所に引越(ひきこし)が流行して是迄家賃十円の家に居た官吏ハ七円の家に移り五円ハ三円三円ハ二円と段々廉い家へ引移るゆゑ俄かに引移車が高くなりし由」(『読売新聞』明治二十六年三月十日「官吏社会の大恐慌(あわてゝ)」)。

二七　「よか〳〵」の飴売り(二七四頁注一)　「「よか〳〵飴」とて飴桶頭に戴ける男の、太鼓うちたゝきて来るに、背後に附添ふ婦の三味線弾き鳴らしてをかしくうちはやせば、男の歌うて、

「よか〳〵飴屋さんにや、誰(たーれ)がなるよ、日本一の道楽者よ、そのまたおかかにや誰(たーれ)がなるよ、日本一のおてん婆が」。

斯く謡ひつ、踊りつして子供相手に飴、粔籹(おこし)などを売るあり。己れを恥ぢずや、かく明らさまに謡ふさま、また胆潰るゝばかりにあきれられぬ」(平出鏗二郎『東京風俗志』上、明治三十二年)。

よかよか飴
(『東京風俗志』上)

二八　『国民新聞』(二七四頁注四)　明治二十三年二月、徳富蘇峰(一八六三―一九五七)が平民主義にもとづく独立新聞として創刊。魯庵も創刊から半年ほど在社した。創刊当初の同紙については、魯庵「二十年前の国民新聞及び其当時の文壇」(『国民新聞』明治四十三年二月十一日)がある。

二九　『読売新聞』(二七四頁注五)　明治七年十一月創刊。明治二十二年十二月、坪内逍遙を文芸主筆として招聘、尾崎紅葉・幸田露伴も入社、翌年一月からは「叢譚」欄を新設して批評・小説・随筆・文壇消息などを掲載、文学新聞として特色があった。

三〇　『東京朝日新聞』(二七四頁注六)　明治二十一年七月、大阪の『朝日新聞』(明治十二年一月創刊)社主村山龍平が、星亭経営の『めさまし新聞』を買収して創刊。積極的な紙面企画と販売戦略で急速に勢力を伸ばした。

三一　浪六の口上(二七四頁注一〇)　浪六の小説には、けれん味のある前口上が付された。

所謂る彼の町奴。六法むき。男達(おとこだて)。などいへる者の一生を見るに其の野卑にして且つ愚なること殆んど児戯に似たれども人に骨なく腸(はらはた)は魚河岸にのみある今の世に豈に半文の価ひなからんや

(『三日月』明治二十四年)

伊達を売ろとて生れはせぬに、やつこ〳〵と唄はれて夜を泣明すきり〴〵す、かれゆく声の哀れ残して霜と消へしは、結句うれしと静かに眠る苔の下を、九十二年のけふこのごろ浪六といふ曲物に発かれて、くやしや又も浮世に骨晒されぬ、さても憎くしおのれ浪六、わが怨霊の一念やはか其まゝに置くべき、

冥途の風の便りにきけば、小万しみ〴〵浪六を恨むよしなれど、できた事は致しかたなし、取殺さるゝは覚悟の前と度胸すゆれど、加勢の罪は免れぬ春陽堂の主人が、髯面の甲斐もなくベソ〳〵と泣くざま見られたものでなし、なんと浪六は強いもので御坐ろうがの、

壬辰五月

(『奴の小万』明治二十五年)

三二　十二文豪(二七六頁注一)　民友社から刊行された欧米および日本の文人評伝叢書。イギリスのマクミラン社からジョン・モーレー(John Morley)編集により刊行された“English Men of Letters”にならった企画。各巻の表紙には、The Twelve Men of Letters とある。当初は十二冊の計画だったが、号外五冊を加え、全十七冊となった。

第一巻　『カーライル』平田久　明治二十六年七月

第二巻　『マコウレー』竹越与三郎　明治二十六年八月

第三巻『荻生徂徠』山路弥吉　明治二十六年九月
第四巻『ヲルヅヲルス』宮崎八百吉　明治二十六年十月
第五巻『ゲーテ』高木伊作　明治二十六年十一月
第六巻『エマルソン』北村門太郎　明治二十七年四月
第七巻『近松門左衛門』塚越芳太郎　明治二十七年十一月
第八巻『新井白石』山路弥吉　明治二十七年十二月
第九巻『ユーゴー』人見一太郎　明治二十八年五月
第十巻『トルストイ』徳富健次郎　明治三十年四月
第十一巻『頼山陽及其時代』森田思軒　明治三十一年五月
第十二巻『滝沢馬琴』塚越芳太郎　明治三十六年一月
号外『ジヨンソン』内田貢　明治二十七年七月
号外『シルレル』緒方維岳　明治二十九年五月
号外『バイロン』米田実　明治三十三年十月
号外『シエレー』浜田佳澄　明治三十三年十一月
号外『柿本人麿及其時代』塚越芳太郎　明治三十五年九月

三　**円環大家**（二七六頁注一〇）　「客あり三籟の意を問ふ、我れ指を以て空中に円環を画く。客あり円環の意を問ふ、雑誌の表を指して三籟と答ふ。客あり円環は宇宙大を表するかと問ふ、我れ答へて曰く然り。客あり円環は基督教の聖典に云へる所の、回転りて見る可き影もなき光明かと問ふ、我れ答へて曰く然り」（百合園主人（戸川残花）「円環弁」『三籟』明治二十六年四月）。

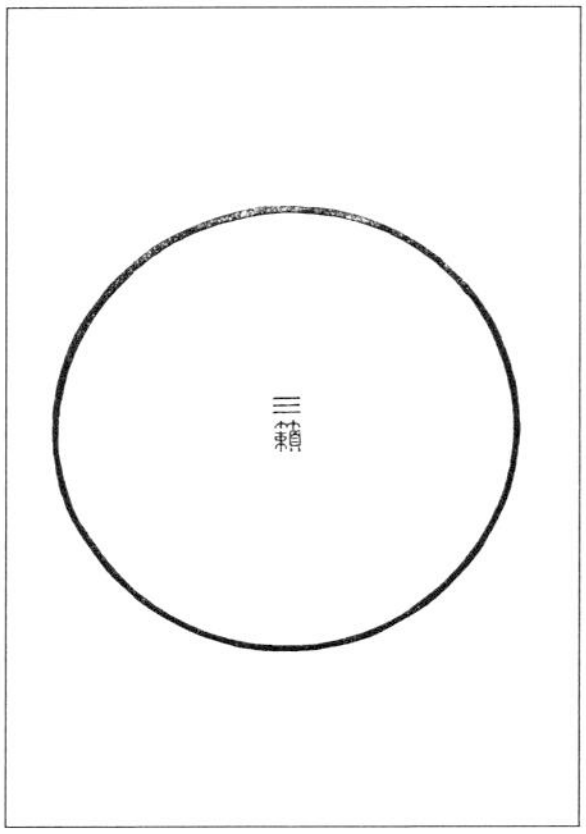

『三籟』創刊号表紙

衆妓院

妓島「唯今から議事を始めますから何うぞ御さん御意見とお聞り下さい
薩島大盤「衆妓院の妓員ハ薩島〳〵といふて悪く云ふが元来之れ迄のことハミンナ大盤等が世話してやッたお蔭である即ち薩島のお蔭であるぞ
五位鷺（妓員）「妾も薩島大盤様のお蔭といふことハよく知ッて居ります妾も前にハ薩島大盤様のお蔭様でお側に使ッて頂いた御縁もあり今でも時々古巣へ歸りたくある程ですから決して大盤さまの仰にハ背きません
吏黨の隊（妓員）「妾ハ吏黨ノ隊島ですから大盤さまのお説にハ大賛成です
郡島（妓員）「妾も大盤さまと有難く思ひます
アホ島（妓員）「妾も賛成です
鸚鵡（妓員）「妾も賛成です（口眞似をする）
然るにこの時反對論盛に出で燕雀何ぞ鴻鵠の志を知らんと意張るもあり烏鳴雀躁終に大妓論となり休憩を命じ各妓員控所に入る

ポンチ絵「衆妓院」（『読売新聞』明25・5・7）

三四　**「ポンチ」絵**(二七六頁注一五)　イギリスの風刺漫画雑誌『パンチ』に由来する。『読売新聞』紙面に随時掲げられた。風刺漫画の始まり。前頁下段図参照。

三五　**雑報大家**(二七六頁注一六)　紫山は『読売新聞』社会部長として雑報に健筆を揮った。紅葉の腹心で、文壇消息通だった。「予が在社時代(十)紅葉君の狂歌」(『読売新聞』明治四十三年十月十三日)で紫山は、「三面は殆んど私一人が記者と云つた風な上に饗庭篁村氏が花の如き麗筆で雑報を書かれ読者をやんやと唸らした跡だから私の苦心は一通りでなかつた。何か一風変つた物を書いて世間の注意を引きたいと思ひ、漢文崩しに西鶴、其磧を加味した様な文体でやつて見た。兎に角新聞の雑報文体に一新紀元を作つたのは『読売』であつたと思ふ」と回想している。

三六　**楽々会**(二七七頁注一七)　遊楽旅行や飲食会を催し、機関誌『狂言綺語』を発行(明治二十六年三月)したが一号で終わった。その巻頭の篁村「楽々会の記」には、「我輩聖人がる訳にはあらねど。親類交際(つきあい)の朋友十一人。酔た時には肩を貸し。イヽサ分かツた心得たと泥太棒になるを防ぎ。酔ぬ時にハ寐はらバひ足をばたく〳〵やりながら頬杖(つらづゑ)つきて高慢くらべ。それを無上の楽とす。礼節に拘はらず長幼をとはず。只楽々として寄合。楽々として話す故。楽々会とは名づけたり」とある。

三七　**旅行大家**(二七七頁注一八)　明治二十六年四月には、饗庭篁村・幸堂得知・幸田露伴・森田思軒・高橋太華ら八名で月ヶ瀬の梅を探勝に出かけ、その模様を記した篁村「月ヶ瀬紀行」(『東京朝日新聞』明治二十六年四月五日―五月十日)、得知「春の旅」『国民新聞』(五月三日―六月二十四日)、思軒「探花日暦」(『国民之友』同年四―六月)などが発表された。

三八　**硯友社**(二七七頁注二二)　雑誌『我楽多文庫』を発行。川上眉山・巌谷小波・広津柳浪・江見水蔭らも参加した。はじめは道楽的なものだったが、次第に本格的な文学活動へと移行、文壇の中心勢力となった。

三九　**口上茶番大家**(二七七頁注二五)　硯友社には芝居好きが多く、明治二十一年十二月二十八日には、小石川水道町にある佐藤正興の息子正義(号黄鶴)の家で硯友社忘年会を開催、口上茶番が行われた。明治二十三年一月五日の硯友社文士劇「増補太平記」「積怨恨切子灯籠(つもるうらみきりこどうろう)」「花鏡八才子」の上演、明治二十五年三月三日の石橋思案新婚披露における芝居なども試みている(江見水蔭『自己中心明治文壇史』)。

四〇　***"Sweet home"***(二七八頁注六)　夫婦の愛情にもとづく理想的な「ホーム」の観念は、明治二十年代に盛んに論じられた。「我国人が其家族(かない)に対するの思ひは未だ英米(イギリスアメリカ)人が其のホームを見るが如く濃切(こまか)ならずとは雖ども然れども之をホームと云ひ之を家族と云も凡そ人間の徳性(とく)を発育(やしない)するに於ては共に其尤も大切の効用(いさを)あるものたるを知るなり」(巌本善治「日本の家族(第一)」『女学雑誌』明治二十一年二月)。また当時、イギリスの歌 Home, Sweet Home をもとにした唱歌「埴生の宿」(里見義作詞、Henry Rowley Bishop 作曲、東京音楽学校編『中等唱歌集』明治二十二年)が流行した。

四一　**平民主義**(二八一頁注五)　「国民ナルモノハ実ニ茅屋ノ中ニ住スル者ニ存シ。若シ此国民ニシテ安寧ト自由ト幸福トヲ得ザル時ニ於テハ国家ハ一日モ存在スル能ハザルヲ信ズルナリ。而シテ我ガ茅屋ノ中ニ住スル人民ヲシテ此ノ恩沢ニ浴セシムルハ実ニ我ガ社会ヲシテ生産的ノ社会タラシメ。其必然ノ結果タル平民的ノ社会タラシムルニアルコトヲ信ズルナリ」(『将来之日本』第十六回)と主張。民友社の言論出版活動の基盤となった。

四二　***"Paradoxical"***(二八二頁注五)　逍遥は「没理想の由来」(『早稲田文学』明治二十五年四月)で、未詳氏のシェークスピア論を引いて「語逆理順(パラドツクス)」について説明し、「シエークスピヤの作は実にして虚なりかくいはば逆説の如く聞えんが人生の本相の虚にして実なる以上はかくいふこと止むを得ざるなり語逆理順的に成れるものが造化の本躰なり」と述べている。

四三　**浪六が大小説家なる**(二八四頁注一七)　たとえば、浪六の小説『夜嵐』(明治二十六年)の批評(総洲)には、「三日月より女之助、女之助より小万を見よ、更に鬼奴より破太鼓を見よ、而かも破太鼓の蔵人にして悪魔の粉飾を凝らさしめ、女性のダークサイドをして最も凄惨に、最も暗澹に描き出したる此夜嵐を見よ、恐らく明治の文壇にダークなる女性の叙情家として凄惨の華文を揮ふ者当今浪六氏を推さずして可なるべきや、浪六のジュニアスも略々其舞台を定めたるものといふべきか」(明治二十六年十月)などとある。これに対して、水谷不倒「浪六小説」(『早稲田文学』明治二十六年十月)は「『文学界』といふ雑誌が此の小説を勿躰らしく評してRomanceの類といひしは新しきに似て新しからず日本固有の金平本といふ恰好の名詞あるを忘れられしとおぼし」と揶揄している。

四四 **一休**(二八四頁注一八) 「最も不調子なる足利時代に於て一種の平民的虚無思想を抱きたる傲骨男子が、宗教社会に矯激せし者は実に此一休法師なり」(天知「一休和尚」『女学生』夏期号外、明治二十五年八月)。

四五 **阿仏尼**(二八四頁注一九) 阿仏尼の『十六夜日記』に記された実子冷泉為相の領地相続をめぐる鎌倉幕府への訴訟について、一片の領地に執着したのではなく、「亡夫の遺言を重ん」じ、「恋夫の神影」によって「道の為に犠牲の勇を捧げ」たものと論じた(天知「阿仏尼」『文学界』明治二十六年一月)。

四六 **塙検校**(二八四頁注二〇) 「ア、大人が生涯は健闘せる意志(ウヰル)と経営せる読書の歴史なり、(中略)意志とは己れの心が撰みたる目的に発進するの力のみ、これを撰むは智識なり是れを撰まんと欲するは情感なり、而して情感の堂奥に潜むの飛龍は宗教心にあらずや、大人は天に幸ひせられぬ堂奥の飛龍はインスピレーションに躍動しつるなり」(天知「月に瞑して塙検校を追ふ」『文学界』明治二十六年十月)。

四七 **旧根岸党**(二八五頁注二三) ほかに須藤南翠・関根黙庵・宮崎三昧・高橋太華・幸田露伴・南新二らがいた。趣味や嗜好を同じくする者同士によりおのずから形成されたグループで、それがいつまで続いたか明らかでないが、明治二十六年四月の月ヶ瀬への旅行以後は、その活動が次第に下火になったらしい。いわゆる根岸派は、もとは根岸党と呼ばれるのが一般的だった(岡保生「根岸派雑感」『明治文学全集』第二十六巻月報、昭和五十六年)。一定の文学流派というよりも、遊戯的な性格が色濃かったためと考えられる。

四八 **「轍」を弁ずる**(二八五頁注三一) 分量は四頁、一二六行。『大阪朝

①ポープ

②スウィフト

③バイロン

④ワーズワース

⑤シラー

⑥カーライル

⑦ゲーテ

(①は出口保夫『イギリス文芸出版史』，②〜④，⑥は William Swinton, "Studies in English literature"，⑤は Thomas Carlyle, "The life of Friedrich Schiller"，⑦は Herman Grimm, "The life and times of Goethe" より)

日新聞』記者・木崎愛吉（好尚）が、『しがらみ草紙』連載中の『即興詩人』の翻訳文に用いられた「轍」の字義を問う書簡を寄せたのに対して鷗外が答えたもの。「轍」は車輪そのものではなく、車輪の跡ではないかという主旨。

四九 **芝廼園を退治する**（二八五頁注三二） 鷗外が忍月の「醜論」（『国会』明治二十四年三月七日）を批判した「読醜論」（『国民新聞』三月八―十日）および「醜美の差別」（三月十四―十七日）を芝廼園が『葦分船』紙上で揶揄したのに対して、鷗外が高飛車に攻撃したもの。「与芝廼園書」（『しがらみ草紙』同年十一月）。分量は十七頁、五一四行。

五〇 **「おツぺけ」節**（二八六頁注一四） 「権利幸福嫌いな人に自由湯《じゆうとう》をば飲ませたい。オッペケペ、オッペケペッポー、ペッポッポー」などの歌詞で、明治二十四年頃から大流行した。「ヲツペケ」節の名人川上座の頭取音に名高き音次郎丈が打扮《いでたち》白鉢巻に陣羽織勇ましや〳〵」（「川上音次郎丈」『国民新聞』明治二十四年八月二十六日）。

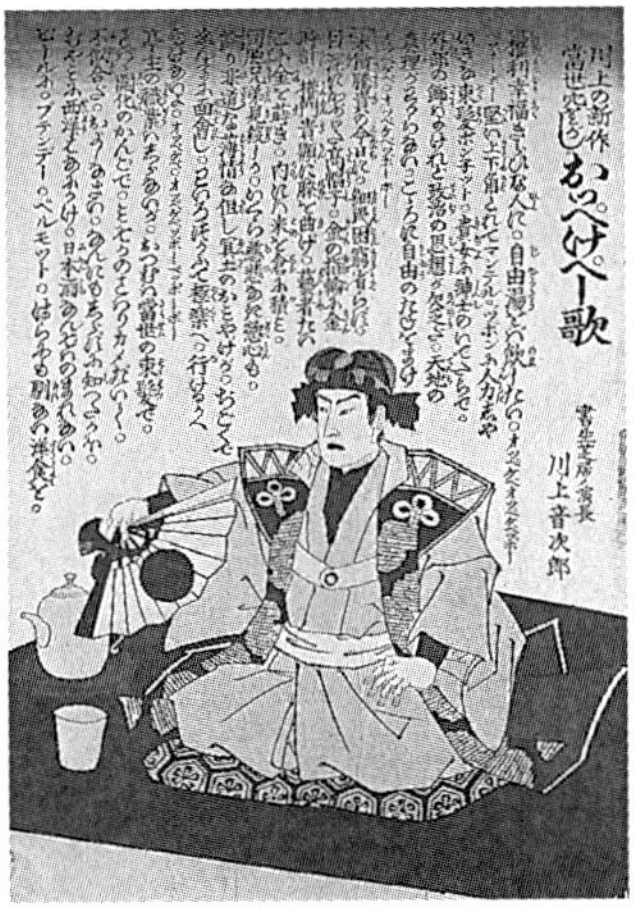

川上音次郎錦絵
（本大系4巻『和歌・俳句・歌謡・音曲集』所収）

五一 **ポープ、スウヰフト、バイロン、ウオルヅウオルス、シルレル、カアライル、ゲーテの肖像**（二八七頁注一九―二八八頁注一七） 文学者の肖像は、スウィントン『英文学』（Studies in English literature）や各種の伝記などに見える。前頁下段図参照。

五二 **「ポスタ、マツク」**（二八八頁注三） 京橋尾張町の玉屋洋品店が輸入販売。「世上に高評を博し紳士淑女方は勿論花柳の粋士常に愛用せられ欧米上流社会にても専ら用ひらるゝ」（『女学雑誌』広告、明治二十六年九月）。

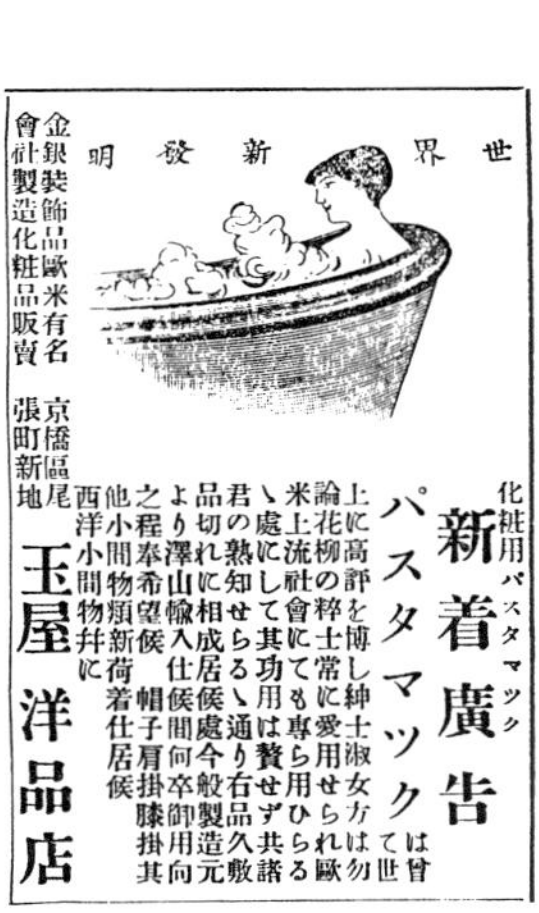

パスタマツク
（『女学雑誌』広告，明26・9）

五三 **バイロン**（二八八頁注四） 厭世の契機とされる逸話は、バイロンの初恋をめぐるものか。バイロンが十五歳の頃、遠戚に当たるメリー・アン・チョワースの美しさに惹かれ恋をしたが、彼女には既に婚約者がいた。「あんな足の不自由な子に、私が少しでも想いをかけるとでも思って？」と彼女が女中に話しているのを洩れ聞いてバイロンは衝撃を受けた（楠本哲夫『永遠の巡礼詩人バイロン』平成三年）。

五四 **シルレル**（二八八頁注一二） 「彼の肖像から判断すると、シルレルの顔はよく彼の心の貌を表してゐる。厳しさを和らげる温和、深い併し忍耐強く忍ばれた受難と失意の雲を通じて、輝き燃える情熱。本来の顔色は、蒼ざめてゐた。頬とこめかみは最もよき凹みであつた。シルレルのそれ程我々を動かす顔は少い。それは柔和で、よそほつた所がなく、そして英雄的である。（カーライル）」（高橋健二『世界文学大綱　第十二編　シルレル』大正十五年）。

五五 **カアライル**（二八八頁注一四） 「其容貌を見るに、極めて素朴なる一個の田舎紳士なり。軀幹高くして肥満せず、稍や沈鬱の相ありしと雖も、時に笑を漏らして興味ある会話を為し、語音調高くして、談話の種に苦まず。然れども眼光爛々として内に燃ゆる偉大なる思想を現はすが故に、俗人をして久しく席に堪へざらしむる観あり」（菱東洲「カーライルの思想及性行」『国民新聞』明治二十六年五月七日）。

二五六 **式亭三馬が無理遣に本屋の二階に上げられて**（二八九頁注二四）「文化のはじめ、合巻、読本、倶に流行し頃は、三馬、豊国等は、諸方の書肆に、種本、写本を乞需らるゝに、その約束の期に後れ譴らるゝに苦しみて、五日或は七日ばかりづゝ書肆の許に至り、一間を借りて草稿を成し、または絵を画きぬとなり、たとへば、今日まで某甲が二階に在ば、翌日は某乙が離舎に行き、かなたこなた廻り廻りて、尚それにても手の届かで、約束の期におくれたる書房には、責らるゝを苦みて、其行先を知らせず、後にやうやくにしてそれが方に廻り行ほどなりしといへり」（『戯作者六家撰』）。水谷不倒「式亭三馬（上）」（『早稲田文学』明治二十六年十二月）が同様の紹介をしている。

二五七 **楊弓**（二九四頁注七）　神社の境内や盛り場などに楊弓場（矢場ともいう）を開店し、矢取り女に密売淫をさせた。「抑もこの楊弓は遊戯の具にして大弓のごとく講武を主とするものにあらず故に各所の店頭には妖粧の婦女、盛飾の阿娘を畜へにへ花しぶ茶の饗応（もてなし）にて客を引くの種とす昼間は店頭寂寥たりといへども夜に至れば書生も往き職工も往き僧侶商賈も亦みな往くを以て雑沓の様いはん計りなし」（多稼の家「楊弓」『風俗画報』明治二十八年十一月）。下図参照。

二五八 **清楽**（二九五頁注一一）　月琴・胡琴・提琴・阮咸・三弦・琵琶・携琴・清笛・洞簫・哨吶・木琴・拍板・雲鑼・金鑼・小鈸・太鼓・片鼓などの楽器を用いる。明治十年頃から流行（石井研堂『明治事物起原』）。月琴は淫猥とされた。

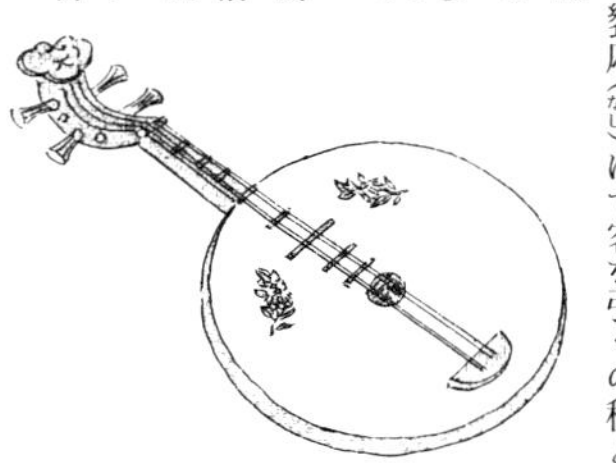
月琴
（『風俗画報』明 28・12）

楊弓店
（『風俗画報』明 28・11）

二五九 **大磯**（二九五頁注一二）　明治十八年に日本最初の海水浴場が開かれた。「偶々陸軍々医総監松本順翁自ら此地の海に浴して、その海水浴場地に適切なるを認め、遂に有志者に相謀りて禱竜館を建設し、浴客宿泊の便に供せしより、漸く繁盛を窮め、近時は此地に来る浴客毎夏季五万人以上に及ぶと云ふ」（丹霞楼主人「海水浴」『風俗画報』明治二十八年八月）。

六〇　**興津**（二九五頁注一三）　「海浜には家康公の御座岩畳岩など称ふる種々の岩石横はり其岩のはざま波穏かなる処を水浴場に宛てたり、（中略）此地は南に三保の松原を望み東には海を隔てゝ伊豆の諸山突出し三保と相対して海を包み西には江尻、清水港、龍華寺、久能山、賤機山を観るべく北には富士、愛鷹の二峯雲の間に聳ゆるありて日々其の風色を新にするの思ひあり」（野崎左文編『東海東山畿内山陽　漫遊案内』明治二十六年）。

六一　**ドストヱーフスキイ**（二九六頁注七）　「渠〔ドストエフスキー〕は幼時最も森林を徜徉するを好み樫簟鹿舌の蒙茸たるを踏み蝮蛇蜥蜴の蜿蜒たるを恐れず野棗を摘み斜枝を払ひ怡然として禽蹤を辿り朽葉堆積して簌々声あるを楽みしといふ」（魯庵「再び今日の小説家を論ず」『国民之友』明治二十六年九月）。魯庵は、「『罪と罰』を読んだ時、恰も曠野に落雷に会ふて眼眩めき耳聾ひたる如き、今までに曾て覚えない甚深の感動を与へられ」（「二葉亭余談」『思ひ出す人々』大正十四年）、英訳本からの重訳で『罪と罰』を刊行（巻之一・明治二十五年、巻之二・明治二十六年）。

六二　**ヂツケンス**（二九七頁注一四）　「教育を受けざる代りに些細な家事に役せられ父の長靴を磨き使に走り幼なき弟妹の守をなして碌々たりしが此艱苦こそ後年には尽く氏が資料となりて充分に――少しの心労もなく氏が著作を益せし事もありき」（魯庵「チヤーレス、ヂツケンス伝」『女学雑誌』明治二十二年八―九月）。

六三　**実際派**(リアリズム)（二九九頁注一四）　いわゆる「小説論略」論争で争われた問題。巌本善治が「小説論略」（『女学雑誌』明治二十二年八月）において、「実際派」と「理想派」の区別を否定したのに対して反論した魯庵「「小説論略」質疑」（同九月）に、「今日の小説の事実はみな作者の胸中に出で実際世間にありし事ならねば真正のリアルにあらずと考へらるゝは大なる謬見にて世間に必ずあるべき事実を案出するをばリアル主義と申すなり。（中略）よし脚本(しぐみ)は作者の想像になるとも実際あるべき人物と趣向ならばリアルと申すも差支へあるまじ」とある。野村喬『内田魯庵伝』（平成六年）参照。

六四　**ヂツケンスは少時より……**（三〇四頁注五）　「私の父は、二階の小さな部屋に、ちょっとした蔵書を残してくれていた。（中略）そしてこのありがたい部屋からは、ロデリック・ランドム、ペリグリン・ピクル、ハンフリ・クリンカー、トム・ジョーンズ、ウェイクフィールドの牧師、ドン・キホーテ、ジル・ブラス、ロビンソン・クルーソーなどといったすばらしい面々が、続々として現われてきて、私の友達になってくれた。どんなに彼らが――そしてまだほかには、「アラビヤ夜話」があった、「妖精物語」があった――私の空想を生き生きと刺激し、その場所や時間を越えての希望に、私の心をそそり立ててくれたことか！」（中野好夫訳）。

六五　**博文館飜刻の文学全書**（三〇五頁注一二）　「此れは大学古典科出身の落合直文、小中村義象、萩野由之三氏の共編で、当時欧米の新思想鼓吹に急にして、全く等閑に附せられたる我が国文学上の古典の名著を編次し、簡潔なる註解を施し、（中略）当初は十二冊にて完結する予定が、非常の好評で是が国粋保存思想の勃興と相待て、一編出る毎に盛んに版を重ぬる故、更に「続日本文学全書」十二編を増刊し、二十四冊で完結し、一冊四六判約四百頁、定価金二十五銭で、大宮宗司氏が編輯に従事した。「日本文学全書」が出るや、之に倣ふて他にも俄かに国文学書の翻刻を企てた者多く、之に依つて日本古文学復興の機運を作つたのである」（坪谷善四郎『博文館五十年史』昭和十二年）。

六六　**今の文界に勢力ある文躰**（三〇六頁注六）　西洋風の新文体を創始したのは山田美妙などだが、魯庵「山田美妙大人の小説」には、「大人が比喩造語はあまりに高妙にしておのれが如きおろか者には却て高妙ならずと考へらるゝものあり（中略）過ぎたるは猶ほ及ばざるが如く勤めて新文字を作らんとし却て文体を損ずるもの少からず」とある。

六七　**日本文章の粋を取る開進的国文家**（三〇六頁注一〇）　「落合直文氏は国文軍の勇将として其名いと高し（中略）氏の最も秀づる所は文なり吾人の見る所によれば氏の本意は和漢文の長処を折衷して一新体を起さんとするものゝ如し」（『早稲田文学』「時文評論」明治二十四年十一月）。

六八　**博文館本数種**（三〇七頁注一八）　佐佐木弘綱・佐佐木信綱共編『日本歌学全書』（全十二編、明治二十三―二十四年）。「毎月一冊づゝ十月より

発行し、一ヶ年にて完成を期し、体裁も定価も総て「文学全書」に倣ひ、万葉集以来の歌集を撰集して略註を加へたもの」(『博文館五十年史』)。近世以降の歌集を収めた続編(佐佐木信綱編、全十二編、明治三十一—三十六年)がある。

六九　**『円機活法』**(三〇八頁注三)　明の楊淙の著と伝える。二十四巻。古典・故事・熟語・成句などを掲げた作詩者のための実用書。「近頃新鐫の銅板摺一帙」は、明治十七年、石川鴻斎校訂、三十八巻、二十冊、銅刻。山中出版舎。

七〇　**『佩文韻府』**(三〇八頁注六)　清の張玉書らが勅撰。正編百六巻、拾遺百六巻。古典の詩文の二字熟語を中心に脚韻により配列し出典を記したもの。和刻版(銅刻)は、明治十五—十八年、鳳文館(山中市兵衛・前田円)。巌谷一六、三島中洲、岡鹿門、栗本鋤雲、石川鴻斎校閲。

七一　**『語学独案内』**(三〇九頁注一二)　明治八年、初編を印書局、第二、三編を日就社から刊行。全百三十二章。改訂増補版『新語学独案内』(明治四十二年、三省堂)の自序によれば、「極端ナル讃辞ノ下ニ、明治十九年以来既ニ七版ヲ見ルニ至レリ」とある。当時ベストセラーの英学書。

七二　**ナシヨナル第五読本**(三〇九頁注一五)　チャールズ・J・バーンズ(Charles Joseph Barnes, 一八三七—一九二二)編。明治・大正期に広く用いられた英語教科書。第五読本はその最上級者向け。全一〇〇課。ゴールドスミス、スコット、ディケンズ、ラスキン、アーヴィングなど、有名作家の文章を収録。もともとアメリカの学校で使用されたが、『正則ニューナショナル第五読本直訳』上下(清水維誠訳、京都・文港堂、明治二十一—二十二年)ほか、原書に訳注や解説を付したものが日本で多数発行された。

七三　**スウヰントン氏英文学**(三〇九頁注一六)　副題に Being typical selections of British and American authorship, from Shakespeare to the present time, together with definitions, notes, analyses, and glossary as an aid to systematic literary study とある。シェイクスピア、ベーコン、ミルトンをはじめ、四十名の英米文人の小伝・批評・作品の抜粋を収める。ウィリアム・スウィントン(一八三三—九二)はカリフォルニア大学教授、多数の英語教科書を執筆した。

七四　**リットン**(三〇九頁注二四)　歴史小説『ポンペイ最後の日』ほか多数の通俗小説を発表。『欧洲奇事 花柳春話』(→補注一五六)などによって日本に紹介された。

七五　**ビイコンスフヰールド**(三〇九頁注二五)　トーリー党の領袖としてグラッドストンの率いるホイッグ党に対抗、のち首相となり、保守主義政策で大きな足跡を残した。また、多くの政治小説を書いて成功を収めた。『政党余談 春鶯囀』(関直彦訳、明治十七年、原作"Coningsby")ほかの翻訳があり、明治前期にリットンと並んで広く読まれた。「関氏の春鶯囀出でゝデスレリーの趣向は幾多の政治小説を産出したり」(魯庵「随筆落葉」『文芸小品』明治三十二年)。

七六　**読売新聞の歴史小説**(三一一頁注一三)　主筆・中井錦城の企画による。『読売新聞』明治二十六年十月二十六日掲載の社告「歴史小説歴史脚本懸賞募集」には、「近時小説の作家輩出して名著の世に行はるゝ者少からずと雖も其体限りあり歴史小説歴史脚本に至りてハ萎靡として振はず是れ実に文学界の一大欠点となす本社于玆感あり聊か勧誘の趣旨に基き左の方法に依りて懸賞文を募集せんとす」とあり、一等賞金百円、二等賞金時計一箇、その選には尾崎紅葉、依田学海、高田半峯、坪内逍遙があたることが示されている。当時帝国大学の学生・高山樗牛の「瀧口入道」が二等賞(一等は該当作なし)となり、明治二十七年四月十六日から五月三十日まで『読売新聞』に連載された。この懸賞企画は、その後他紙でも盛んに行われていくメディア・イベントの先駆けといえる。

七七　**万国歴史全書**(三一二頁注四)　第一編『日本帝国史』(松井広吉)、第二、三編『支那帝国史』(北村三郎)、第四編『印度史』(同)、第五編『土耳機史』(同)、第六編『希臘羅馬史』(宮川鉄次郎)、第七編『仏蘭西史』(坪谷善四郎)、第八編『英国史』(須永金三郎)、第九編『魯国史』(北村三郎)、第十編『日耳曼史』(同)、第十一編『欧洲列国史』(同)、第十二編『米国史』(川島純幹)。

七八　**マカウレイの飜訳文**(三一二頁注一六)　マコーレーの人物論につい

ては、越川文之助訳述『フレデリック大王論』(共益商社版、明治二十年)、『マコーレー氏評論 クライブ伝詳解』(関藤成緒編、明治二十一年、鴻盟社)、『瓦連兵須珍虞斯伝』(渡辺松茂訳述、明治二十三年、積善館)ほか、多数の注釈書や翻訳書が出版されている。「明治十六七年ニ至リマコーレー氏ノ論文就中「クライブ」「ヘスチングス」ノ両篇一般世上ニ知ラレ各学校争フテ之ヲ教科書中ニ加ヘ大ヒニ学生ノ愛読スル所ト為リ又之ガ註釈若シクハ直訳書モ陸続トシテ上梓セラレ其多キコト所謂汗牛充棟モ啻ナラズ以テ書肆ヲ肥ヤシタリ顧フニ我邦人ガ英文ノ妙味ヲ感ズルニ至リシハマコーレー氏ノ雄渾明晰流麗ノ文章ガ大ニ与カリテ力アルナリ」(磯辺弥一郎『英文学講義録』「本書発行之趣意」明治二十五年)。

七九 **民友社は人物評の本家家元**(三一二頁注一七) 民友社からは『十二文豪』シリーズの他に、竹越与三郎『格朗空』(明治二十三年)、平田久『伊太利建国三傑』(明治二十五年)、徳富健次郎『グラッドストーン伝』(同)、徳富蘇峰『吉田松陰』(明治二十六年)など、数多くの人物評論が出版されている。蘇峰「人物管見に題す」(『国民之友』明治二十五年四月)には、「世を知らんと欲せば、人を知れ、人を知らんと欲せば、其の重なる人を知れ。其の重なる人を知らんと欲せば、其の特色を観よ。而して特色を観んと欲せば、勢ひ人物の論評に拠らざる可らず」、「惟ふに我邦に於て人物論評の道未だ大に開けず、此が為めに人物各其の所を得ず、社会経済の調和を失ふ蓋し鮮しとせず、是れ吾人が敢て自から揣らず蜉蝣撼二大樹一の挙を試みる所以也」とある。

八〇 **武蔵屋**(三一三頁注二八) 社主は早矢仕民治。「叢書閣主人が初めて近松の作を出板せしは明治十四年なりしが当時文学の嗜好幼ふして巣林子の名をすら知る者少かりしを以て金玉の名作も顧みるものなく勢ひ止むを得ず一時中止し其後明治二十二年の頃文学勃興の機に乗じて再び其翻刻に着手し(中略)今日まで出板せしもの時代物と世話物とを合して凡そ五十有余種、猶続々刊行して竟には巣林子全集を大成する計画なりといふ。今日巣林子の名遍く読書社会に知られ其名作を辺数僻隅までも伝播せしめ所謂研究者と号する者の机前に薦めしもの之を叢書閣主人の功績なりといふも決して過褒にあらざるべし。(中略)唯だ営利の為め坊間有触れたるものを集めて名くると珍本全集を以てすると同一の談にあらず。叢書閣主人の如きは文学に於ける一の功績者といふべし」(魯庵「時文偶評(六)」『毎日新聞』明治二十九年二月十五日)。

八一 **帝国文庫**(三一三頁注二九) 五十冊。明治二十六—三十年刊。毎冊約一千頁、定価五十銭、岸上操校訂。明治三十一—三十六年、『続帝国文庫』五十冊が刊行された。「軍書、稗史、人情本、黄表紙、洒落本等に至るまで、殆ど網羅したる大出版」(『博文館五十年史』)。

八二 **徳川文学の中心は西鶴芭蕉近松の三人**(三一三頁注三〇) 「徳川氏治平三百年。其間文化発達して我国空前の隆運を効し賢宰名相学者工人今に於て猶ほ尊信せらるゝもの頗る多し。殊に元禄年間に於て叙事詩人としての井原西鶴、叙情詩人としての松尾芭蕉及びドラマチストとしての近松門左衛門を生ぜしは誠や黄金時代の名空しからで我国文学為に燦爛たるべし」(魯庵「『近松世話浄瑠璃』序文」『近松世話浄瑠璃』明治二十五年)。

八三 **竹本綾之助**(三一四頁注三一) 大阪生まれ。明治二十年、散切り頭の男装で売り出し、たちまち人気を得、「東京娘義太夫界の女王」として、「ドースル連」と呼ばれる熱狂的な青年たちにもてはやされた。「声自在に

竹本綾之助
(和田博氏旧蔵．水野悠子『江戸東京娘義太夫の歴史』法政大学出版局，2003 年より)

出でゝ至りて通り善く。節わだかまりなくまはりて密(こま)かに行渡たり。怜悧(りかう)に語りこなして。仲々に貫目あり。別(わ)けて詞巧みなれバ。老幼豪柔共にはまり能く。艶物は勿論大物にも苦しげなく。芸のみは大いに年を取れり」(旭峯居士・傘の台主人共評『東京 女義太夫芸評』明治二十四年)。明治三十一年、ファンと結婚引退。

八四 **竹本越子**(三一四頁注二三) 「こし子はとし廿四五斗(ばかり)あやの助にくらべて三だんの上に居るべく小清にくらべて三だんの下なるべしなど評す」(樋口一葉『みづのうへ』明治二十八年五月十四日)。番付「東京女義太夫確実見競鑑」(明治三十年)には、綾之助は別格の「人気大関」、越子は小結に位置している。「語前は仲々受け能く。若かき割合に。感心の出来と賞むる者は。素人のみにあらず。音声は艶に適したる方にして。節も廻はり能けれバ。大物は次ぎならんか。やわらかき物は凡べてはまり悪しかるまじ」(『東京 女義太夫芸評』)。

八五 **『健全』**(三二二頁注九) 「思想腐敗して社会腐敗し、思想健全ならずして、社会健全ならず」(徳富蘇峰「社会に於ける思想の三潮流」『国民之友』明治二十六年四月)。

八六 **『純潔』**(三二二頁注一〇) 「夫れ高尚なる恋愛は其源を無染無汚の純潔に置くなり。純潔(チヤスチチイ)より恋愛に進む時に至道に叶へる順序あり」(北村透谷「処女の純潔を論ず(富山洞伏姫の一例の観察)」『女学雑誌』明治二十五年十月)。

八七 **『博愛』**(三二二頁注一一) 「恭倹己レヲ持シ博愛衆ニ及ボシ」(「教育勅語」明治二十三年十月)。「博愛は人生に於ける天国の光芒なり」(北村透谷「最後の勝利者は誰ぞ」『平和』明治二十五年五月)。

八八 **『天道』**(三二二頁注一二) たとえば、「『三大真理』とは何ぞ。一曰天道(デビニチー)、二曰人情(ヒユーマニチー)、三曰実力(アビリチー)是なり」(「三籟発刊の趣意」明治二十六年三月)というように、『三籟』派が標榜する「三大真理」のひとつとして用いた。

八九 **『禅味』**(三二二頁注一四) 「或時は一種の楽境に遊ぶ如き心地し、禅味斯くの如しやと推想し得らるゝ時出で来れり」(「続禅窟雑感」『女学雑誌』明治二十五年九月)。

九〇 **『厭世』**(三二二頁注一五) 「厭世の真相を知りたる人にしてこれに勝つほどの誠信あらん人は凡俗ならざる可し」(「厭世詩家と女性」『女学雑誌』明治二十五年二月)。

九一 **『義侠』**(三二二頁注一六) 「其任侠と言ひ、豪侠といひ、健侠といひ、鋒侠といひ、一諾侠といひ、伉侠と言ひ、気侠といひ、儒侠といひ、遊侠といひ、義侠といふ、種類自ら同からず、而して大侠なるものは最も円満なる侠にして、「侠」と愛との抱合物なり」(「侠客論」『女学雑誌』明治二十五年六月)。

九二 **佐藤直方**(三二三頁注二六) 「直方字号なし、或(あるひと)謂つて曰く、山崎闇斎は子の師なり、浅見絅斎、三宅尚斎は子の友なり、而して皆号を以て称せらる、子独り尊称すべきものなし、知らず何の説あるやを、直方曰く、予は邦俗に従ふのみ、此邦古より字号なし、何ぞ必ずしも邦俗に背くことを之れ為さん、仮令ひ余が西の邦に之(ゆ)くも、亦名は直方、通称は五郎左衛門を以て居らんとすと、故に弟子と雖も直に称して直方先生と曰ふ」(『先哲叢談』巻五)。

九三 **ゾオラの演説**(三二三頁注二七) 『国民新聞』(明治二十六年十一月十五―十六日)に「英仏新聞記者の大会(小説家ゾーラ大に気焔を吐く)」という詳しい記事があり、ゾラが行った「匿名的新聞」という演説が掲げられている。

英国新聞の勢力あり不可争のオーソリチーあるものは全く此匿名の致す所也。姑(しばら)く単に政治上の事に就て之を論ぜん。凡そ個人と云ふことを没了したる政治新聞は、即ち或一党派の口舌たり或一群民の日毎の糧たるに過ぎざるもの也。如斯(かくのごとき)新聞は或一種の議論を満足せしめ或一種の議論を表章することを目的とするものなれば、其個人的性質を失ふ程其勢力は募るもの也。斯る新聞は如何にして存在するを得ん乎(か)、須(すべか)らく忠実なる読者の単に其新聞をのみ読み其新聞が朝々自己の恰も思ふ所を複写する限り十分之に満足する者ありて之を助けざる可からず。(中略)斯くの如き事情の下にありては固に／

匿名は必要 也。即ち斯る新聞に在ては、此社説彼論説が云々と云ふにあらず問ふ所は新聞全体の議論にあり。記者にして若し書く所に署名せば其の人物の大小軽重によりて全体の調子は忽ち破る可し。名を出さゞる間は彼此共に声の大小なく才の高下なく、唯共同産物としてあらゆる思想の団あらゆる事実の報道読者の前に出現するのみ。

ただし、ゾラの主張の力点は、「匿名の必要」そのものにあるのではなく、匿名は政治的批評には必要だが、演劇、書籍、美術などの文学的批評は匿名にすべきではないのであり、「要するに余が意見は、大凡(おほよ)そ文学的文字、記者の個人的技倆を顕はすの文字は必らず署名す可しと云ふにあり」と説いている。

九四　**浪六茶屋**(三二四頁注四)　浪六茶屋については、新聞各紙で報道され、大きな話題を呼んだ。『東京朝日新聞』明治二十六年四月十六日掲載の浪六茶屋の引札は次のとおり。

洒落にもあらず風流にもあらず、文士春を惜むの情にもあらねバ、才子花に酬ゆるの業にもあらず、ましてや誰が言囃せしか世をすねもの〻元禄男まかりつんで〻袖ひきとむる寛活にもあらず、うき名に立ちし白髭の森かげに生若き毛脛さらして衣香扇影を数ふるの伊達にもあらずまた花の名所の春ハ一しほ朝夕の客うるさしとて渋茶塩煎餅に追払ふなんどの不敬ハさらさら、独身者が夜の袂に人しれぬ野山を包んで白昼わざと美人を待つの謀略(たくみ)ハ猶更ら以てなし、たゞ咲出づる墨堤十里の桜花この浪六を狂はせて、踵ハ天に朝し脳味噌ハ地に塗れし今日このごろ、魂魄(たましひ)脱殻の五躰に残る俗骨あはれや置所に窮し、わが茅屋の前なる芝生に持出して葭簀張の掛茶屋に投込み、老少美醜賢不肖あるほどの殿原くるほどの女性に、愛嬌なけれど汲出す渋茶一碗ハ素より武骨男の手前、御風味たまはれと申すも恐れ召しませと勧むるも恐れ、たゞ千里の健脚も時に労(つか)れて蓮歩運ぶに懶(ものう)き折しもこの辺に御足つけ玉はゞ戯れに立寄つて御休憩もまた一興ならんか、

向島白髯神社の裏手

浪六茶屋の主人(あるじ)

巳の年の春

かねて申上置候事

一、茶料ハ堅く御断申上候

但し人しれぬやう主人の袂へ千両万両ハ決して辞退申さず候

一、酒客ハ切に御断申上候

但し御婦人方が強ひられ玉ひし無理酒ハ懇篤に御介抱申上候

一、主人の編笠を覗き込むこと堅く無用

但し花吹雪と共に編笠空に飛ぶ時ハしやツ面(つら)御覧次第に候

九五　**思軒先生**(三二四頁注七)　逸話は、『国民之友』明治二十二年四月附録「書目十種」の回答に、「山陽氏の文を愛し之を愛するの極ハ其人を追慕し山陽氏が吾郷に遊べるをり先王父の為めにかきしと云ふ吾家の「朝暮庵」と題せる額の下に低回しては憾らくハ生るゝこと百年早くして山陽氏と世を同じくせざりしことをと想へるもの屢ゝなりき」とある。

九六　**晋其角**(三二四頁注九)　俳席を荒らしに来た侠客に対して、其角は文台を躍り越え、短剣を構えて咳呵を切った。「そもそも武城に日本橋あり、日本の人その橋を過ざるはなし。其橋を過るもの、其角が名をしらざるはなし。やうやく大津壁の鼠穴に住んで、牛のよだれに命を繋ぐさかやきの青瓜ざね、厠に芽をだす二葉治郎(ふたばやらう)(中略)汝ら去らずんば物みるべし」。

九七　**曲馬**(三二九頁注一八)　明治期にイタリアやイギリスの一座による興行が人気を集めた。「外人サーカスで先づ眼を驚ろかしたのが、伊太利チヤリネの曲馬団。明治十九年の夏、神田秋葉の原で最初の興行」、「フロツク姿のチヤリネ氏は体格偉大の男、堂々たる挨拶振り」(山本笑月『明治世相百話』)。

九八　**『命』**(三三〇頁注一七)　男女の交わりにおいて相手に対する心の誠を証するしるしの字。「命の字を名の下にしるす事、古代よりありて、今に絶ず、其心ざす人を命にかへておもふといひ、又、命かぎりにおもふなどいふ下略の心なるべし、いと初心にぞおぼゆる」(『色道大鏡』巻第六、元禄初年成立)。尾崎紅葉『此ぬし』(明治二十三年)の表紙は、「命」の字

に胡蝶・おみくじ・傘を持つ女の絵をあしらう。

九九　竺仙（三三一頁注三三）　「所謂しぶい物の総本家本元にして、其染出せる中形の浴衣地手拭地を始め凡て染模様色合の、風流古雅にして渋味ある、斬新奇抜にして意気なる、到底類と真似の出来得べからざる者にて、通人社会の垂涎措く能はざる所なり」、「「竺仙」とは、もと「金屋」の隠居が俳号なりしも、後通じて家の称号となる」（松本順吉『東京名物志』明治三十四年）。

一〇〇　石川足袋（三三一頁注三五）　「赤坂新町五丁目四番地石川足袋製造所より売り出したる足袋ハ表裏共使用し得らるゝ便利の品にして通常の足袋より三倍保つ由にて外観の体裁も亦宜し」（「専売特許石川足袋」『読売新聞』明治二十五年十一月一日）。

一〇一　小堀遠州の風雅（三三二頁注八）　たとえば、近松茂矩編『茶窓閑話』（享和四年）には、「頃は六月はじめつかた、夕立の雨さわがしく、中立なりかぬるほどなりしが、晴れての跡はいと涼しかり。かくて案内にしたがひて入りしに、花なき床の壁に、さと水打そゝぎしあとばかりなりければ、各々いかにと思ふ所へ、侯出で給ひて、けふの夕立、路次の樹々のぬれそぼちて、いさぎよきを見られし目には、いかなる花にても、賞玩あるまじとて、生けざるなりと仰せられしに、三人あと感じる。人々にもかたりきこえければ、京中の生茶人、雨さへ降れば床をぬらして花いけざりけるよし」とある。

一〇二　山東京伝の天神机（三三三頁注一三）　逸話は、『戯作者六家撰』「浅草寺中人丸の祠の傍に建たる碑の銘」。

明和六年といふとしの二月ばかり、齢九歳といふに、師のかどにいりたちて、いろはもじ習ひそめし時(ヲリ)、親のたまはりしふづくゑなむ、此つくゑにはありける、さればつくりさまもおろそかにて、みやびたるかたは露なけれど、はふらし捨ず、とし頃たのもしくてかたはらをさらず、ひとり愛(メデ)つゝあり、へしとしは五十にちかく、何くれとつくれる冊子は、百部(モヽチ)をこえたり、今はおのがこゝろたましひもほれ〴〵しう、まなこもかすみゆくに、いつしかこれもたじろぎがちにゆがみなどして、もろおひに老しらへるさまなるは、あはれいかゞはせむ、

耳もそこねあしもくじけてもろともに世にふる机なれも老たり

山東庵京伝

一〇三　白檀……（三三四頁注一）　「白檀」はビャクダン科の常緑高木。東南アジア原産。心材は黄白色で、芳香があり、古くから香料・香木として珍重される。

「吉野杉」は奈良県吉野地方に産する杉。心材が緻密で、主に磨き丸太・樽丸用。

「唐木」は紫檀・黒檀・白檀・鉄刀木など中国経由で渡来した熱帯産の良材の総称。

「黒檀」はカキノキ科の常緑高木。インド南部・セイロン島などの原産。材は黒色で、光沢があり緻密、家具・装飾品・床柱等に用いる。

「鉄刀木」はマメ科の高木。東南アジア原産。心材は黒褐色で紋様があり、堅く重い。床柱・家具・細工物などに使う。

「黒部杉」はヒノキ科の常緑高木「黒檜(くろべ)」の異名。建具材の良材。

「屋久島杉」は鹿児島県屋久島産の、特に樹齢千年以上の杉をいう。木目が細かく良質で、主に装飾用。

一〇四　謹倹尚武（三三四頁注一五）　「近来我国の風俗徒らに文弱遊惰に流れ奢侈に趨くの傾向あるを慨し三浦、谷の両中将並びに貴族院議員三浦安氏等有志の人々十数名ハ去る四日下谷池の端の某所に会合し我政治施政の方針ハ勤倹尚武の主義を執り国民をして此精神を涵養せしめられんことを政府に建議せんとの内議を遂げし由」（「勤倹尚武の建議」『読売新聞』明治二十四年十一月八日）。

一〇五　共進会（三三五頁注二三）　明治十年代から政府が各地で開催。「ひとたび博覧会の大流行ありて後、明治十二年頃より、新たに、共進会の開催始まれり。博覧会と共進会と、その相違点いかにといふに、博覧会は、多種多類の物を集める会なるに、共進会は、ある同種同類の物を限りて集めるを相違点とす」（『明治事物起原』）。

一〇六　**シオツペンハワー**(三三六頁注一三)　「第一ショッペンハワー(一々頁数を挙ぐるに遑あらず)と申す哲学者が抑も何処に御座る博士の本尊はショーペンハウエルとこそ申し候へ本尊の名位は正しく覚へては如何ん博士が引用せしロンブロゾの書中に曰くショーペンハウエルは其名を書するにpを以てせずしてppを以てする者ある時は大に怒かりて之に一切金銭の支払を謝絶せりと然らば此狂哲学者自身も博士の発音に大不同意なること明かなり博士は今回に限らず常にショッペンハワーと云ふ若し今にして改正せずんば彼れ魔王の庁に如何なる訴訟を提出せんも斗(は)かるべからず懼れても懼るべきにあらずや」。

一〇七　**是等の人の書斎**(三三八頁注二)　「書斎は二階であつたが、椅子テーブル式で、クローム画の額や、ブロンヅや、西洋家具の古道具屋から仕入れたものをゴテ〳〵列べ、何のツモリか知らぬが弾けもせぬヴァイオリンが壁へ掛けてあつた。今なら文化生活で、美妙の得意は此の安価洋風装飾に現れてゐた」(魯庵「美妙斎美妙」『思ひ出す人々』)。

一〇八　**グラフヰツク**(三三八頁注八)　田山花袋は明治二十二年頃について、「その時分には、外国のグラフイツクなどの附録についてゐる銅版画がよく装飾品として売れたので、それでさういふ外国の古雑誌店があちこちにあつた」と回想している(「日本橋附近」『大東京繁昌記 下町篇』昭和三年)。

一〇九　**堅田松庵**(三四二頁注一)　逸話は、伴蒿蹊『近世畸人伝』(寛政二年)巻四に、「或る家にて、砕菜の羹(る)を出せしに、「此の菜は男のたゝきしなり」といひしかば、厨下に問ふに然り。「是はいかにして知り給ふや」と問ひしに、「男の扣(たた)きしはあらし。女の力能く是に適へり。必女にせさせ給へ」といひしとぞ」とある。

一一〇　**八百善**(三四二頁注九)　「ある人いはく、「野夫は宜しく行いて紅葉館に飲むべく、通は当に来りて八百善に食ふべし」と。至言なる哉。／家は山谷吉野橋の北数丁にあり。構造古雅にして、庭園は泉石の趣をかしく、室内の装飾また由ある物のみにて、当世割烹店の偽物展覧会と、日を同じうして語るべきにあらず」(『東京名物志』)。

一一一　**常盤屋**(三四三頁注一〇)　「浜町花屋敷内に在り。家屋の結構、庭園の趣致、共に高雅を極め、室内の装飾、凡百の什器、皆獲易からざる貴重品を備へ、而して酒香の美、殽味の佳、優に他の会席茶屋に卓越し、或は称して料理屋の横綱と云ふ」(『東京名物志』)。斎藤緑雨「おぼえ帳」(『太陽』明治三十年四―十二月)には、日本料理滅亡の一例として、「飯を喫する物多かりし常盤屋も、今にして妓を聘する者多き常盤屋となりたり」とある。後に、西園寺公望の文士招待会・雨声会がここで何度も開催された。

一一二　**平清**(三四三頁注一三)　「維新以降、深川の繁華柳橋に移り、冷熱忽ち境を変じ、辰巳芸妓の名空しく存して、狭斜の嬌色復索(と)むべからず。従つて此家も亦当年の繁栄に及ぶ能はずと雖、尚且つ門戸堂々、独得の包丁塩梅を示し、山谷の「八百善」と共に都下二大老割烹店と称せらる。／此家の珍器奇什に富むは『江戸繁昌記』に記する所の如し。而して今尚幾多の名器を蔵し、好事の客に示すと云ふ」(『東京名物志』)。

一一三　**栄太楼**(三四三頁注二四)　安政五年に細田安兵衛がきんつば屋を創業。「都下幾多の菓子舗中、嶄然頭角を現し、其店頭の繁昌、都下第一に位する者を此店と為す」、「蓋し本店の此の如く好評を江湖に博せるものは、其風味の極めて佳なるに比し、価格の頗る低廉なるにあり」(『東京名物志』)。「甘名納糖」(甘納豆)が名物。

一一四　**蟹屋**(三四三頁注二五)　「本店は江戸時代に薩長諸藩邸の出入を為したるを以て、名声を轟かしたる家なり。今は時勢一変、当年の盛名に及ばざれども、依然、都下屈指の名家として斯業界に重んぜらる。古来「居蘇おこし」及び「唐松」を名代とすれども、他の製品皆佳良の好評あり。洋風菓子をも販売す」(『東京名物志』)。

一一五　**立ちん坊**(三四四頁注一)　「日稼人足中最も劣等にして、常に車力人足に附属する惰民あり、立ん坊是れなり、湯島、九段の坂下、或は新橋、日本橋の辺手を懐ろにして車力の来るを俟ち、其の依頼に応じて十町二十町車の後に附し、力を合せ若干の金を得て一日(むしろ一時)を暮らす」(横山源之助『日本之下層社会』明治三十二年)。

一一六　**風月堂**(三四四頁注三)　「本店は都下菓子舗中の老舗にして、又名家なり。其屋号「風月堂清白」は楽翁松平定信公之を命名し、老中水野越前守の邸に於て其暖簾に揮毫せりと云ふ。爾来連綿数世、家運益ゝ栄え、其製品の高尚にして甘美なること他の同業者に超越し、名菓頗る多し」、「殊に西洋菓子の漸く行はれんとするを見て、率先して之が製造に着手し、工場を設け蒸汽機関を据附け、盛に欧風菓子を製出せり。蓋し本邦に於ける西洋菓子製造の元祖たり」(『東京名物志』)。系列店が多く、日本橋区両国若松町の風月堂米津本店、同南鍋町の風月堂米津分店の洋菓子も有名。

二七　**藤村**(三四四頁注四)　「本店は上等菓子舗中の巨擘と称せられ、江戸時代より最も有名なる老舗にして、其特色は蒸菓子及び羊羹に存し、其製法の上品なる、風味の高尚なるは、他に其比を見ず。故に十中の七八は、上流社会四季の贈答、或は諸儀式の引物飾り物等に供せらる。而して本店に製せらるゝ蒸菓子の種類は無慮百余に上り、羊羹も亦五十種に及ぶ」(『東京名物志』)。

二八　**壺屋**(三四四頁注五)　「江戸開府と共に菓子舗を開き、爾来十四世、連綿斯業を営み、江戸時代には世々幕府及び諸侯の菓子御用を勤め、明治維新後又率先して西洋菓子を製し、老舗の名全国に洽く、施(もち)いて海外に及ぶものは「壺屋」なり」、「比年殊に名声を博せるは、カステイラ及び諸種の西洋菓子とす」(『東京名物志』)。

二九　**古月**(三四四頁注七)　「本店は其商号の雅なるが如く、其製品自ら一種の趣味を具し、贅沢屋の称あり。殊に打物を得意とす」(『東京名物志』)。

三〇　**与兵衛**(三四四頁注一二)　「回向院前の路次内に在り。握鮓の元祖にして古来有名なり」、「其得意は、海老鮓、伊達巻、玉子の厚巻、五目ちらし等にして、殊に五目ちらしは昔より世に珍重せらる。味稍ゝ甘けれども摸擬すべからざる好味を有し、最も婦女子の口に適す」(『東京名物志』)。

三一　**言問団子**(三四四頁注一四)　「明治二年の開業に係る。店主は種樹家外山佐吉翁なり。初めは無名の団子にて。商業盛ならざりしが。長命寺中の隠士花城翁在五中将都鳥の歌に拠り言問の雅名を附せしより始て繁昌し。同十一年七月流灯会を挙行し。言問祠を建て業平朝臣を祀りしより益々其の声価を揚げたり」(「桜餅と言問団子」『風俗画報』明治四十一年十二月)。

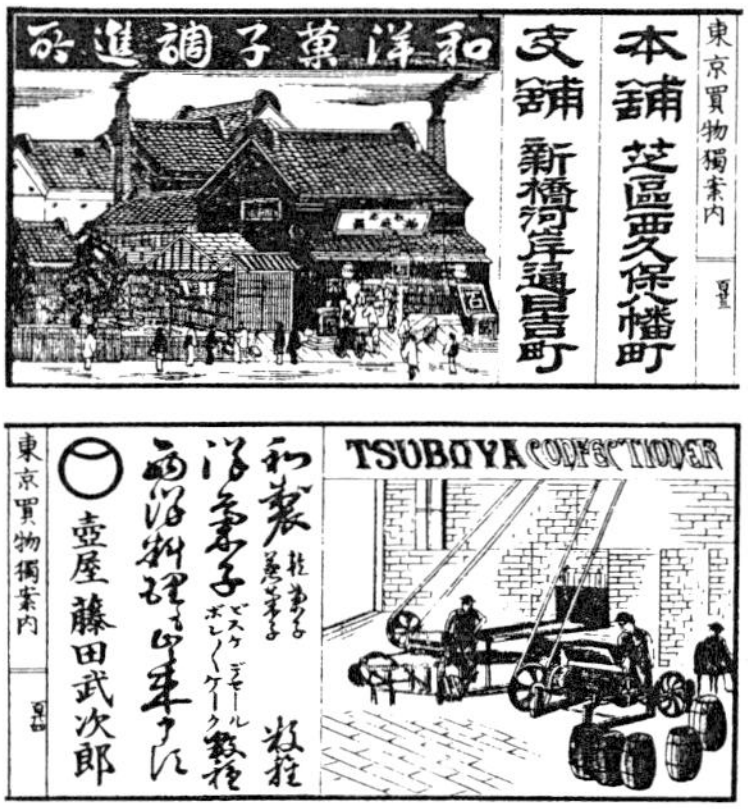

壺屋の広告
(『東京買物独案内』明 23)

三二　**藪蕎麦**(三四四頁注一五)　「団子阪字藪下上に在り。都下各区に支店を有し、蕎麦屋の有名なる者先づ指を此家に屈す。名代は蒸籠にして打方最も堅く、蕎麦通の賞讃する所なり其地亦眺望閑雅にして、庭際奇卉(きき)あり、古石あり、瀟洒たる離座敷数多く、瀑布其間に在るを以て、往て三伏の苦熱を銷する者多く、殊に菊花の季候には衆客雑沓し、空しく門外より帰る者尠からず」(『東京名物志』)。

三三　**天金**(三四四頁注一六)　「此家の天麩羅を食はざる者は未だ天麩羅を語る能はず。其一人前他より高直なれども其分量多し。此家は始め明治初年、今の「日報社」の処に呉服店「布袋屋」ありし頃、其店前に天麩羅の屋台店を出せしに、調理の美なること忽ち人の知る所となり、遂に今日の隆盛に達したるものなりと」(『東京名物志』)。

三四　**築地活版所**(三四五頁注二三)　近代的な印刷技術を確立し、明朝体を基に「築地体」と呼ばれる活字製造も行った。「工場を活字製造、活版印刷、石版印刷の三部に分ち、日夜業務に励精せり。其の製造活字は、殆むど全国に普及し、また汎く海外に輸出せり」（『株式会社東京築地活版製造所』『風俗画報』明治三十四年四月）。

東京築地活版製造所
（明治21年築，『風俗画報』明34・4）

三五　**我が自業自得には……**（三六五頁注一九）　「抱一は（中略）他人の不善に対しては寸毫の仮借なく熱罵痛責するくせに、自分の不善は棚へ置いて、人から咎められると性来の放恣気随と負惜みからフテ腐つて抗弁し、親切な忠言に対してさへもプン〳〵当たる」（魯庵「原抱一庵」『文芸春秋』昭和二年八月）。

三六　**福助種**（三六九頁注二七）　中村福助は、のちの五代中村歌右衛門（一八六五―一九四〇）。成駒屋（当時は「新駒」の呼び名）。気品のある芸風と美貌で熱狂的人気があった。「十種香」の八重垣姫や「先代萩」の政岡などを得意とし、また坪内逍遙「桐一葉」の淀君を演じて新境地を開いた。明治中頃には、しばしば艶種記事が新聞紙面を賑わせた。「其の頃の新聞を見ると大抵毎日ドレかの三面に福助の噂が載つてゐた。何れ半分は作り咄で中には根も葉も無いものもあつたらうが、左（と）に右（か）く福助の記事が読者を牽いたほど夫程人気が盛んであつた」（魯庵「銀座と築地の憶出」『女性』大正十五年七月）。

三七　**英語会**（三七〇頁注二）　「昨年十一月なりしか青山英和学校にて開きたる同校と明治学院との同盟文学会にして英語の演説及び朗読あり我が専門学校また昨年十二月中学生某々などの発起にて英語会を組織し講師職員の協賛を得て盛んに其初会を挙行せしが本月二日其の第二会を催し講師田原石川大隈諸氏のマルチヤント、オフ、ヴエニスの対白学生諸氏の演説朗読などあり（中略）この外大学、高等中学校並びに高等商業学校諸生徒が組織せる英語会あり」（『早稲田文学』明治二十六年二月）。

三八　**昨二十六年の末某の宴会にて……**（三七〇頁注一一）　余興として、『改進新聞』の関根只好（黙庵）、『東京朝日新聞』の右田寅彦をはじめとする新聞記者たちが素人芝居二幕を演じた。「大通懇親会（附記者芝居）　開会前より評判殊に高かりし同会は予期の如く一昨の日曜を卜し江東中村楼に於て催せり来会者は都下新聞記者を始め通家の肩書を有する粋様（すゐさま）無慮六十余名作者あり俳優あり落語家（はなしか）講談師（かうしやく）あり、気焔雲の如く場内に満ち龍飛び駒躍り二洲橋畔風光為めに一変せしとは恐ろしき限りなる可し」（『二六新報』明治二十六年十二月十九日）。『やまと新聞』（同日）、『読売新聞』（同月二十日）なども非難した。

三九　**朗読法**（三七〇頁注一三）　坪内逍遙は「読法を興さんとする趣意」（『国民之友』明治二十四年四月）において、学習方法や他人への伝達手段として理解されていた従来の朗読法ではなく、「人性研究法」に応用しうる新しい朗読法として、「論理的読法」を提唱した。

　凡そ論理的読法にては彼の文法的読法に於ての如くに強ち文法的句読に拘泥せずして、専ら其文章の深意を穿鑿し（批評〈クリチシズム〉）、否むしろ其文の作者若くは（院本ならば）其人物〈カラクタル〉の性情を看破し（解釈〈インタルプリテーシヨジ)、自家みづからが其作者若くは其人物に成代りたる心持にて其文中に見えたる性情をもて直ちに自家の性情の如くにし、誠実に熱心に肺肝を傾けて、慷慨せるが如く、悲憤せるが如く、哀傷せるが如く、憤怒せるが如くに読まんとするなり。

これに先立つ同年二月十五日には、坪内逍遙、関根正直、饗庭篁村を中心として東京専門学校で「朗読会」が催され、篁村の新作戯曲「太田道灌」が朗読された。篁村の朗読についての意見は、「読(よ)かた」(『国民之友』同年一月)に示されている。また、関根正直は華族女学校で和文読方の課を設け、「読会」を組織して朗読法の実践的な教育を行っていた。関根には朗読の由来と注意点を論じた「国文朗読法」(『早稲田文学』同年十一月)がある。

一三〇　**其交際の極めて広くして**(三七四頁注一一)　列挙される友人については次のとおり。

Francis Atterbury(一六六三―一七三二)。イギリスの宗教家・政治家。ロチェスターの主教を務めたが、スチュアート家の王位再興を企てて投獄され、永久国外追放となった。説教集・政治論集などの著作も多い。

Joseph Spence(一六九九―一七六八)。オックスフォード大学詩学・近代史教授。没後の刊行に、ポープとその周囲の文人らの会話や逸話を書きとどめた『逸話集』がある。

William Warburton(一六九八―一七七九)。イギリス南西部グロスターの主教。数多くの神学論争を引き起こした。ポープの遺稿管理者となる。

George Berkeley(一六八五―一七五三)。イギリスの神学者・哲学者。ロックを継いで唯心論を展開した。ポープは彼に「この世の徳をすべて備えた人」という賛辞を与えた(『世界伝記大事典』昭和五十五―五十六年)。

Henry St. John, 1st Viscount Bolingbroke(一六七八―一七五一)。イギリスの政治家。雄弁家で政界で辣腕を揮ったが、政治的に無節操であった。美文家としても名高い。

Charles Mordaunt Peterborough(一六五八―一七三五)。モンマス伯。のちピーターバロ伯。イギリスの軍人・政治家。スペイン王位継承戦争に最高司令官として活躍、のち政治家となる。文壇のパトロンでもあった。

John Gay(一六八五―一七三二)。イギリスの詩人・劇作家。『乞食オペラ』の作者として知られる。

William Congreve(一六七〇―一七二九)。イギリスの劇作家。社交界の風俗・因襲の愚かしさを上品な機知あふれる軽妙な表現で描いた喜劇で名声を確立した。代表作『老独身者』『浮世の習い』など。

Nicholas Rowe(一六七四―一七一八)。イギリスの桂冠詩人・劇作家。悲劇『悔い改めの佳人(The Fair Peniteent)』『ジェーン・ショア』などがある。

Henry Cromwell(一六五九―一七二八)。オリバー・クロムウェルの遠縁。ロンドンやバースで知名の田舎紳士。自ら才人と見られることを得意としていた。

Allen Bathurst(一六八四―一七七五)。イギリスの政治家。トーリー党の上院議員を務める社交界の名士で、ポープ、スウィフト、コングリーヴらと親交があった。

一三一　**万代軒月次の会合**(三七五頁注二〇)　文学会は、毎月第二土曜日に開催、少壮気鋭の文学者たちが集い、酒なしで夕食を共にし、食後一人か二人が口演し、その後雑談するという文学サロン。第一回は芝公園の三縁亭、第二回は神田今川小路狸橋通の玉川座で開かれ、第三回から万代軒が会場となる。坪内逍遙、森鷗外、幸田露伴などの多彩な顔ぶれが参加、二十四年春ごろまで続いた。『学海日録』第八巻に万代軒集会の記録がある。

一三二　**龍渓先生の大演説**(三七五頁注二一)　文学会における矢野龍渓の談話は、加筆訂正のうえ「浮城物語立案の始末」(『郵便報知新聞』明治二十三年六月二十八日―七月一日)として発表。

読者に娯楽を与ふるは小説の正産物なり、世を矯め俗を激し、人を戒め時を諷するは是れ小説の副産物なり、(中略)余は是等の事に於て性来甚だ多慾なり、可成(なるべ)く多量の娯楽を読者に与ふると同時に又可成く多量の副産物を攫まんと欲す。浮城物語の立案に於けるも亦た又た然り、世人に娯楽を与ること他人の小説に劣らざるのみならず其の副産物を生ずることも亦た他人の小説より幾層倍の多量ならんことを望めり、而して日本の盛衰存亡は常に外より来るを知らしめ、遠航貿易の務めざる可らざるを知らしめ、海外の風土、人情、物産を知らしめ、現世紀の兵器は理科学の所産なるを知らしめ、理科学の貴むべきを知らしめ偉人傑士の風采を想望せしむる等は則ち余が望む所の副産物の中に在り、

この発言は明治二十二年末から始まった「文学極衰論」および『浮城物語』論争」の一環である。この論争については越智治雄「『浮城物語』とその周囲」(『近代文学成立期の研究』昭和五十九年)、および十川信介「文学極衰論前後」(『「ドラマ」・「他界」』昭和六十二年)参照。

一三三　**青萍学海二先生が大議論**（三七五頁注二二）　文学会での議論の様子は、『国民新聞』明治二十三年九月十五日掲載の雑報「文学会の概況」に、「晩餐終ツて後学海翁は坐の真中に立上り源氏物語に就て演説をなし終りニコ〳〵然として椅子に着きたるに青萍氏は演説中も苦笑をなして聞き居りしが直ちに立上りて反駁を試み」、「翁も青萍氏も負けず劣らず口角沫を飛ばしたれば会場一段と花を咲かせて頗る面白かりき」とある。学海が『源氏物語』の「文法」(抑揚・波瀾・勧善懲悪など、文章の進め方)を称賛したのに対し、渡英中に『源氏物語』の英訳(部分訳)を出版した末松は、「たゞ面白き書」で「むつかしき法」を考えるべきではないと主張した。両者の演説は、同紙「依田学海翁の源氏物語談」(九月十六—十七日)、「青萍逸人の演説」(九月十八日)として掲載。ただし、『学海日録』(明治二十三年九月)には、紙上の談は誤りが多いとの記述がある。

一三四　**筑土文学会**（三七五頁注二三）　牛込の筑土八幡境内の料理店松風亭で発会したことから筑土文学会と呼ばれた。植村正久、内田魯庵、尾崎紅葉、山田美妙、北村透谷、坪内逍遥らが参加。「此の会爾後仮に名けて筑土文学会と称し毎月一回宛開会すべき筈と定まりぬ此の日は発会のこととて懇親と談笑とにとゞまりしが次会よりは会員代る〳〵談話の主題となるべきものを呈出して懇話の間に各自の意見を陳べて相裨益するの道をも開くべしとぞ」(「新文学会」『早稲田文学』明治二十六年六月)。

一三五　**鉄道馬車無料サービス**（三八四頁注四）　『東京朝日新聞』は、創刊以来はじめて受けた発行停止が解停となったのを宣伝するため、東京の鉄道馬車を買い切り、無料で一般乗客に提供、各停車場に馬車が停まるごとに、赤の帽子に赤い上着を着た同紙の売り子が馬車に飛び乗り、その販売につとめた。「本日ハ我東京朝日新聞解停の恩命に接したる祝意を表する為め本日一日間東京馬車鉄道会社の鉄道馬車を買切り御馳走に差出し候間府下幾万の市民諸君何人に限らず同鉄道馬車の線路あらん限りハ何れの方面を問はずサッサと無代価にて御乗り廻し下されべく候」(社告「鉄道馬車接待」『東京朝日新聞』明治二十四年八月九日)。

鉄道馬車
(『東京風俗志』中)

一三六　**電話、電燈、電信の針線**（三八五頁注一一）　電話は、明治二十三年から東京と横浜で一般の電話通信を開始した。「府下に電話事業の創設せらるゝや最初の目的ハ漸く三百軒の見込なりしに結果ハ案外に良好にして事業に取掛りたる処直ちに二百八十余軒の申込あり二十四年にハ四百軒二十五年にハ五百軒となり本年ハ機械据附済の分千三百八十余の多きに達したり」(「電話申込者の増加」『読売新聞』明治二十六年九月二十四日)。

電燈(電灯)は、明治十六年、東京電灯会社が開業、ガス灯に代わる安価で安全な照明として、官庁、会社、劇場、遊郭、街路灯などに相次いで導入された。「東京電灯会社が始めてエヂソン電灯を我邦に導き先づ一纒に架設したるは去る明治十九年春官報局印刷所を始めとして陸軍士官学校之に次ぎ大坂紡績会社亦之に次ぎて同種の電灯を点火することゝ為り(中略)

麹町第一電灯局を開き尚ほ尋で第二第三電灯局を開設し宮城内一円に之を架設することゝ為りしは大に該業の進歩を促し(中略)東京にて品川電灯会社及日本電灯会社相踵(あひつい)で起り更に近頃帝国電灯会社の創設もありと云ふ」(「電気灯の進歩」『時事新報』明治二十三年一月二十四日)。

電信は、明治二年、東京―横浜間に開設され、郵便や鉄道にさきがけて全国に事業を拡張、中央集権的な国家体制を支える基盤となった。明治十一年には京橋区木挽町に電信中央局が開局、東京市内各所に分局が設けられて私用電報の普及をみた。

これらの電話、電灯、電信用の電線とそれを支える電柱は、明治初期には文明開化の象徴とみられていた。しかし、明治二十年代に入ると、「東京名所絵にハ景色の一に画し電線も今日の如く普通電信線、軍用電信線、非常報知線、電話線、電灯線と云ふが如く左右縦横に引張られてハ景色どころに非ず東京市民は蜘蛛の巣の中に生活し居るかと怪しまるゝ程なり、殊に街路の真ん中に武骨極まる大木を押し立つるが如きハ不用慎も亦甚し」(「電灯会社ハ営業停止の姿なり」『東京日日新聞』明治二十三年二月二十八日)という批判もあった。

一三七　**徳富氏が近日の文章**(三八六頁注二)　「『新日本の青年』出で尋(つ)で『国民の友』の始めて世に出づるや、徳富氏の文調一時を風靡して少壮青年の間に持囃され、吾国の文体為めに一変化を受け、今日文士の文、所謂民友調なるものゝ痕跡多少印せられざるはなし、多少害を今日に遺したるものなきにあらざるも氏の功は没す可からず。蓋し氏の文平淡にして譬喩に富み、婉曲にして流暢。簡勁の趣なしと雖ども、前に応じ後に伏し、断えては続き々々ては断え、其間多少の波瀾、多少の頓挫に致をとる」(田岡嶺雲「徳富蘇峰」『第二嶺雲揺曳』明治三十二年)。島村抱月『新文章論』や田山花袋『東京の三十年』なども、蘇峰の文章に心酔したことを回想している。

一三八　**『将来之日本』**(三八六頁注三)　将来の日本は、平民主義にもとづく生産国家となるべきことを論じた。「今ヤ平民主義ノ運動ハ火ノ如ク。電ノ如ク。地球ノ表面ヲ快奔雄走シ而シテ彼ノ生産的境遇ノ必要ハ人民ヲ駆リ。社会ヲ駆リ。如何ナル人類ヲモ如何ナル国体ヲモ悉ク之ヲ平民的ノ世界ニ擠(お)トサントス是レ則チ第十九世紀ノ大勢ナリ故ニ勢ニ従フモノハ栄ヘ勢ニ逆フモノハ亡(ほろぶ)矣」(『将来之日本』第十回)。

一三九　**マカオレイ文の直訳を……**(三八六頁注六)　「我等ハ亜墨利加(アメリカ)ニ於テ西班牙(イスパニヤ)ノ政治ノ史記ハ欧羅巴(ヨーロッパ)ノ凡テノ国民ニマデ左様親シク知ラレテアルノニ東洋ニ於テ我等自国人(英人ヲ指ス)ノ大事業ハ我等自身ノ中デスラ纔カノ興味ヲ起スコトノ其レヲ常ニ奇異ト考ヘタリ」(『註釈　克来貌(クライブ)公小伝直訳』英国　馬可勒(マコーレー)氏原著、東京　田原徹訳、明治二十二年)。

一四〇　**『開国始末』**(三八六頁注八)　井伊直弼を弁護した島田三郎の代表的著作。「立論と文章上より見れバマコオレエの気燄と文飾とを欠くも歴史家ミルの謹厳正確なるに比するを得べき一大著述なりと評せんと欲す」(「開国始末(井伊直弼伝)」『読売新聞』明治二十一年四月二十日)。

一四一　**『新日本史』**(三八六頁注一〇)　ペリー来航から国会開設までの政治・外交・社会・思想の変遷を叙述した歴史書。『新日本史』とマッカーシーの著作との類似については、森田思軒「『新日本史』を読む」(『新日本史』上巻第四版「本書に対する批評の一斑」)に、「今ま竹越与三郎氏著はす所の『新日本史』を閲するに髣髴としてマ氏〔マッカーシー〕の筆を想起せしむ」とある。

一四二　**『的』**(三八七頁注二二)　中国語の「の」の意味から転用され、開化期より大流行。たとえば、「先ヅ須ク彼ノ東西旧新ノ両主義ハ果シテ其性質ニ於テ両立シ得可キ的ノモノナルカ否ヲ繹(たづ)ネザル可ラズ」(徳富蘇峰『新日本之青年』第五回、明治二十年)。

一四三　**条約の厲行**(三八八頁注六)　第二次伊藤博文内閣の外相陸奥宗光が条約改正交渉に着手しようとしたのに対し、内地雑居を尚早とする大日本協会と国民協会・立憲改進党などが結束した対外硬派は、現行条約励行を唱えて、明治二十六年十二月十九日、大日本協会の安倍井磐根らが現行条約励行建議案を提出した。政府は再度の衆議院停会をもってこれに対抗し、同月三十日、衆議院を解散、同時に現行条約励行を唱える大日本協会に解散を命じた。

一四四　**『吉田松陰』**(三八八頁注九)　幕末の志士・吉田松陰(一八三〇-五九)の評伝。維新前夜の社会情勢との関わりで革命家としての松陰を論じたもの。ここでは、「艱難にもひるまず、また、結果をも顧慮せず、まっしぐらに突撃することを讃美するような、非合理的行動主義とでもいうべき傾向」(植手通有「解題」『明治文学全集』第三十四巻「徳富蘇峰集」所収、昭和四十九年)の顕著な蘇峰による松陰評価が、現行条約励行をせまる対外硬派の運動に重ねられている。

一四五　***"Sartor Resartus"***(三八九頁注二九)　この書を読まなくても「カアライル伝」を編めるというのは、「十二文豪」第一巻『カーライル』に対する風刺。平田久の同書は、"English Men of Letters"の一冊であるJohn Nichol, "Thomas Carlyle"(一八九二年)の簒訳にすぎない(山田博光「『English Men of Letters』と『十二文豪』」『北村透谷と国木田独歩』所収、平成二年)。

一四六　***"Faust"***(三八九頁注三〇)　『ファウスト』に目を通さなくても「ゲーテ伝」を作れるというのは、「十二文豪」第五巻『ゲーテ』に対する風刺。高木伊作の同書は、George Henry Lewes, "The Life of Goethe"(一八五五年)の拙い要約にすぎない(前掲「『English Men of Letters』と『十二文豪』」)。

一四七　**フルウド或はグリンムの手に成れる伝紀**(三八九頁注三一)　Froudeによる伝記は、"Thomas Carlyle, a history of the first forty years of his life, 1795-1835"(London, Longmans, 一八八二年、二冊)、および"Thomas Carlyle, a history of his life in London, 1834-1881"(同、一八八四年、二冊)。Grimmによる伝記は、"Goethe: Vorlesungen gehalten an der kgl. Universität zu Berlin"(Berlin, Wilhelm Hertz, 一八七七年)がある。

一四八　**『ウオルヅウオルス』**(三八九頁注三三)　時文「ヲルヅヲルス」(『文学界』明治二十六年十一月)には、「モルレーが出版せし伝記を其のまゝなどいふは、口さがなき人々の僻事なるべし」とある。ここに指摘されている「伝記」とは、"English Men of Letters"の一冊であるFrederic William Henry Myers, "Wordsworth"(一八八一年)のこと。湖処子の『ヲルヅヲルス』は、マイヤースの同書によるところが大きく、「重要なエピソードは、ほとんどそのまま訳出され、取り入れられている」(前掲「『English Men of Letters』と『十二文豪』」)。

一四九　**へらく坊万橋**(三九〇頁注一六)　明治十年代半ば、初代三遊亭万橋は、赤い手拭いを頬かぶりにし、赤い扇子をひろげて、太鼓の囃子に合わせて「太鼓が鳴つたら賑やかだ、大根(だいこ)が煮えたらホロふきだんべえ、ヘラヘヘツたらヘラヘラヘーと他愛もない馬鹿々々しい事を歌ひ」ながら踊るへらへら踊りで人気があった(関根黙庵『講談落語今昔譚』大正十三年)。

一五〇　**批評——は近来新発明の簡便法**(三九一頁注二〇)　「批評」は、物事の価値を原理的批判的に検討することに主眼があり、江戸時代の評判記・戯評などの「評判」と呼ばれる雑録風の文章や注釈とは趣を異にする。明治期における批評が文学の流行とともに盛んになり、「夫れ此一二年間新聞雑誌の紙面を一変したる者にして、恐くは批評の文字の上に出づる者あらざるべし、小説の飜訳ある毎に、諸の新聞雑誌は之に多少の批評を下さゞるはなし、朝に生れて夕に死すと云ふ蚜蝣(かげろふ)に等しき小冊子をだも猶ほ丁寧に批評する新聞屋あり、毎月出版の雑誌にして批評を専門とする者さへあるに到れり、去れば此批評の流行に連れて身に速成の神験術(まじなひ)を行ひ、一変して批評家となりすます者もあるならん」(大西祝「批評論」『国民之友』明治二十一年五月)。

一五一　**『大家となる法』**(三九一頁注二二)　「日本人ジョンソン」が、「資本(もとで)ハ月掛の取退き無尽程も入らず危なげも間違ひも苦労も尠く一とびに飛んで立身する良法あり他無し批評家となるべし(中略)他人の作りしものを思ふまゝに批判するハ大抵の人に出来ることなり生得不精にて無能無学なるも若し奮発して批評家とならバ幾らか当世に名を知られあはよくバ大家となりてもてはやさるべし」と批評家を嘲罵したのに対して、「日本人ハリオ、ボーニス」は「海山越えねバ大家となれず」(『読売新聞』明治二十三年二月三日)といぅ反論を寄せ、「批評家ハ止まりてハ人間の道標となり動いてハ人間の案内者となり、埋没を啓発し暗黒を照映する明鏡となり、燈火となり、宇宙を精撰し選択し進捗し証明し人の由るべき道を教へ目的を示し、人の追ふべき真理の所存を指すハ是れ批評家唯一の最高主眼なり」と擁護した。

一五二　**「インスピレーション」**(三九二頁注一四)　徳富蘇峰「インスピレーション」(『国民之友』明治二十一年五月)や北村透谷「内部生命論」(『文学界』二十六年五月)などが、その重要性を主張した。「瞬間の冥契とは何ぞ、インスピレーション是なり、この瞬間の冥契ある者をインスパイアドされたる詩人とは云ふなり、而して吾人は、真正なる理想家なる者はこのインスパイアドされたる詩人の外には之なきを信ぜんとする者なり」(「内部生命論」)。これに対して魯庵「再び今日の小説家を論ず」(『国民之友』二十六年九月)は、「「インスピレーション」を重んずる人よ、詩人は決して精神的の熱病患者にあらざるなり」と批判した。

一五三　**叙事詩**(三九三頁注二〇)　たとえば、山田美妙は理想としてミルトン、シルレルの名を挙げ(「日本韻文について学者が工夫すべき箇条」『以良都女』明治二十三年一月)、また「在来の小局の吟咏を離れ、充分に規模の大きな新詩出現の時代を今日につくるべき事です」(「日本の新詩壇」同)と主張した(越智治雄『近代文学成立期の研究』昭和五十九年)。

一五四　**春迺屋先生のお辻……紅葉山人の粕壁譲**(三九六頁注六)

「お辻」は坪内逍遙『新磨(しんみがき)妹と背かゞみ』(明治十九年)の登場人物。

「お藤」は尾崎紅葉『おぼろ舟』(→三九八頁注一五)の登場人物。

「お八重」は石橋忍月『お八重』(→三九八頁注一七)の登場人物。

「井筒女之助」は村上浪六『井筒女之助』(→四二三頁注一二)の登場人物。

「山中猪之助」は塚原渋柿園「山中源左衛門」(『東京日日新聞』明治二十五年十二月二十四日―二十六年三月十九日)の登場人物。渋柿園は小説家(一八四八―一九一七)。『東京日日新聞』の歴史小説に健筆を揮った。『天草一揆』『由井正雪』など。

「花房長次郎」は石橋思案『京鹿子』(→三九八頁注一六)の登場人物(ただし姓のみ「花房」とあり、名は記されていない)。

「珠運」は幸田露伴『風流仏』(明治二十二年)の主人公で仏像彫刻師。木曾山中の須原宿で花漬売りの娘お辰と知り合い、彼女の失踪後、恋がつのり、その面影を仏像に刻む。

「粕壁譲」は尾崎紅葉「隣の女」(『読売新聞』明治二十六年八月二十日―十月七日)の主人公。尺八が上手だが、醜貌のために女性にもてず、隣家の美女に色じかけで利用されたあげく殺される。

一五五　**我が硯友一派の諸先生は識見高ければ夷狄の文物を崇拝する事を為さず**(三九八頁注二)　「紅葉は常に門下の諸生に対して外国小説研究の不必要を説き、創作家に必要なるは実世間の観察であつて外国小説なんぞを読んだつて役に立たないと云つてゐた。紅葉門下が秋声一人を除くの外は皆外国語に疎そかであつたは師家の厳しい教訓の為めであつた。／が、紅葉自身は常に外国小説を読んで頭を肥やしてゐた、就中ゾラの作を愛読して『ムール和上の破戒』の如きは再三反読して其妙を嘖々してゐた。『渠の傑作』を読んだ時は恰も地方に暮してゐた私の許へ態々手紙を遣して盛んにゾラの作意を激賞して来た。『むき玉子』はゾラの此作から思付いたのである。其外にも外国小説からヒントを得、或は其儘に換骨奪胎したものは少くなかつた。紅葉は決して外国小説が嫌ひではなかつた」(魯庵「硯友社の勃興と道程」『思ひ出す人々』)。『金色夜叉』も種本があったことが指摘されている(堀啓子「『金色夜叉』の藍本——Bertha M. Clay をめぐって」『文学』平成十二年十一・十二月)。

一五六　**『花柳春話』**(三九八頁注一四)　原作はエドワード・ブルワー・リットン“Ernest Maltravers”(一八三七年)および“Alis”(一八三八年)。才子佳人の恋愛を描いた人情小説かつ教養小説で、その漢文訓読調の翻訳文体と相俟って好評を博した。「従来我国人口に膾炙せる梅暦等とは啻(ただ)に彼是の風俗人情を異にせるのみならず其手段の新奇絶妙にして一説一話尽く意表に出で看官をして凝眸自失するに至らしむるは素より同日の論にあらず」(『読売新聞』広告、明治十一年十一月六日)。

一五七　**人は云ふ、此派の小説は『侠』を以て主眼となすト**(三九九頁注二七）　「侠を描かんとして侠を弄せしものは三日月なり、吾れ読んで快筆なりと叫べり。侠を忘れて能く侠を現はせしものは女之助なり、我れ読んで同情の喜涙に咽べり。侠を没了して緻密に侠を現はせしものは実に此小万なり、我れ読んで感謝の声を発せり。今日小万を読むに至て始めて浪六も大侠を味ふの人たるを知りたり」（天知「奴の小万（ちぬの浦浪六著）」『女学雑誌』明治二十五年七月）。

一五八　吉瓶、貞水、燕林、伯山（四〇〇頁注五）

邑井《むらい》吉瓶（一八四四-一九〇五）。のち操（初代）と改名。「其読物は金襖物の、諸家騒動や軍談物を得意とし、简潔明瞭な読口に、天晴れ近世の名人と称せられた。苟且《かりそめ》にも講釈通の故老や、同業の中で、吉瓶を巧いと賞めぬ者はない」（『講談落語今昔譚』）。

三代真龍斎貞水（一八五六-一九〇〇）。のち錦城斎一山（二代）と改名。

三代桃川燕林（一八四六-一九〇五）。のち実と改名。騒動ものや仇討ものを得意とした。「大きな身体に似合はず、優しいきれいな読口で、速記物には此人の演じたものが頗る多く、新作講談も手がけた」（『講談落語今昔譚』）。

二代神田伯山（一八四三-一九二一）。のち松鯉と改名。「伯山は、初代の得意とした天一坊を、矢張り引続いて売物とし、芝居の方でも見せ場になつている が。大岡越前守と伊賀之亮の網代問答の件など、殊に評判になつて、（中略）俄に客数が殖えたものであつた。水滸伝や越後伝吉、幡随院長兵衛など、何れも得意のものであつた」（『講談落語今昔譚』）。

一五九　幸福先生の操觚事業（四〇三頁注一七）　本文に掲げられた多数の著述の刊記は次のとおり（発行はすべて博文館）。

『体操法』　『簡易体操法』（「通俗教育全書」第三十六編）。明治二十五年刊。

『哲学大意』　「通俗教育全書」第九十一編。明治二十七年刊。

『算術五千題』　「通俗教育全書」第四十八、四十九編。全二冊。明治二十五年刊。

『代数一千題』　「通俗教育全書」第三十九編。チヤールス・スミス（Charles Smith, 一八四四-一九一六）著、渋江保訳。明治二十五年刊。

『幾何一千題』　「通俗教育全書」第四十編。ウヰルソン（James Maurice Wilson, 一八三六-一九三一）著、渋江保訳。明治二十五年刊。

『初等三角術』　「通俗教育全書」第六十編。ケーシー（John Casey, 一八二〇-九一）著、渋江保訳。明治二十六年刊。

『普通教育学』　「通俗教育全書」第三十編。明治二十五年刊。

『通俗教育演説』　「博文館叢書」第十。明治二十三年刊。のち「通俗教育全書」第七十八編として再刊（明治二十六年）。

『小倫理書』　『初等教育　小倫理書』（「通俗教育全書」第二十五編）。明治二十四年刊。

『小心理書』　『初等教育　小心理書』（「通俗教育全書」第二十二編）。明治二十四年刊。

『小論理書』　『初等教育　小論理書』（「通俗教育全書」第二十一編）。明治二十五年刊。

『小地質学』　『初等教育　小地質学』（「通俗教育全書」第二十八編）。明治二十五年刊。

『小天文学』　『初等教育　小天文学』（「通俗教育全書」第二十三編）。ノーマン・ロッキャー（Sir Joseph Norman Lockyer, 一八三六-一九二〇）著、渋江保訳。明治二十四年刊。

『社会学』　「通俗教育全書」第八十九編。明治二十七年刊。

『手工学』　『簡易手工学』（「通俗教育全書」第四十七編）。明治二十五年刊。

『英国文学史』　「通俗教育全書」第五十八編。明治二十四年刊。

『独仏文学史』　「通俗教育全書」第五十七編。明治二十五年刊。

『希臘羅馬文学史』　「通俗教育全書」第五十六編。明治二十四年刊。

『婦女亀鑑』　『泰西婦女亀鑑』（「女学全書」第九編）。明治二十五年刊。「本書は、西洋婦人の中に就て、最も俊秀なるもの数十名の伝記を諸書より纂訳したるものなり」（「例言」）。

『福之神』　『Mammon 福之神』（「博文館叢書」第十一）。明治二十三年刊。プラット（James Platt, 一八三一-？）著、渋江保訳。のち「通俗教育全書」第七十四編として再刊(明治二十六年)。

『**処世活法**』　「博文館叢書」第十四。マッシューズ(William Mathews, 一八一八-一九〇九)原著、渋江保訳補。のち「通俗教育全書」第七十二編として再刊(明治二十六年)。

『**幸福要訣**』　『処世方針 幸福要訣』(「通俗教育全書」第七十三編)。サー、ジョン、ラボック(Sir John Lubbock, 一八三四-一九一三)著、渋江保訳。明治二十六年刊。

『**神童**』　『少年亀鑑 神童』(「博文館叢書」第十七)。渋江保編著。明治二十四年刊。「本書ハ古今東西に論なく神童と頌讃せられし人々五十名の伝記を掲け其幼時より晩年其目的を達せし迄の顛末を詳にせるものなり」(「凡例」)。

『**万国発明家列伝**』　明治二十五年刊。

『**西洋妖怪奇談**』　『小学講話材料 西洋妖怪奇談』。渋江保訳述。明治二十四年刊。

『**国民錦嚢**』　渋江保編。→四〇〇頁注一五。

一六〇　**小新聞の論説**(四〇四頁注一)　明治十年代半ばに『朝日新聞』『読売新聞』『東京絵入新聞』などの小新聞が誌面を拡大し、論説を掲載するようになり、部数を伸ばす。この動きは新聞界全体の再編成につながり、明治二十年代には大新聞と小新聞の区別が消滅していく。しかし、小新聞は新聞界の実質的な中心勢力であったにもかかわらず、その評価は低いままで、「むしろ、実際の小新聞と大新聞の格差がしだいに縮まるにつれて、「小新聞」は蔑称の意味を強めて一般に広まり認められていった」(土屋礼子『大衆紙の源流——明治期小新聞の研究——』平成十四年)。

一六一　**束脩**(四〇五頁注一七)　石版画彩色の伝習には、束脩を詐取する悪質な者もあった。「近頃辻々又ハ湯屋などに美術職工男女雇入の広告を為すもの其数十余軒あり車帳の娘等貧者の子供ハ広告を当てに其家に至れバ石版摺の絵画に着色の方法を教へ卒業の上ハ相当の手間賃を払ふ約定にて先づ束脩三十銭を収め凡そ一二週間ハ見習として着色させて卒業のこととなれバ「何れ順次に着色下絵を渡し之れに相当の手数料を払ふこととすべし依て暫く相待れよ」と調子よく胡魔化し夫(それ)なり一二ヶ月立てども何の沙汰もなければバ如何とも仕方なく其日暮しの娘共ハ空しく三十銭を巻き上げられしを悔むのみ此手段にて束脩を貪る者目下各所にあり尤も右様の広告一々斯の如き悪手段を為すにハあらざるべきも兎に角沢山の見習職工を入れ何れも一週間にて一と先断り此束脩を貪るもの多き由注意すべきことなり」(「美術内職の広告」『読売新聞』明治二十五年十二月二十三日)。

一六二　**ベリンスキイ……**(四〇七頁注一八)　「『それにしてもおれは本当にそんなに偉大なのだろうか』と妙におずおずした歓喜につつまれながら、わたしは心の中でてれくさそうに考えた。おお、どうか笑わないでいただきたい。わたしはその後は一度だって、自分は偉大だなどと考えたことはないのである。しかしそのときは——それに堪えることがはたして可能であったろうか!」(『ドストエフスキー全集』第十三巻「作家の日記」小沼文彦訳)。

一六三　**エドマンド、カール**(四一〇頁注一)　カールは、猥本・盗作本などを平気で出版し、数々の問題を起したことで悪名が高い。特に書簡集出版に絡んでポープと長年にわたり争った。なお、本文に言及のあるエドマンド・カールやジェイコブ・トンソン等、十八―十九世紀イギリスの出版者に関する逸話の多くは、Henry Curwen, "A History of Booksellers, the old and the new"(London, Chatto and Windus, 一八七三年)に見える。同書は、魯庵が参照したものの一つと推定される。

一六四　**大橋佐平**(四一〇頁注六)　大橋佐平は、『日本大家論集』(→補注一六七)の出版で成功、『太陽』『文芸倶楽部』などの雑誌や多数の叢書類を大量生産による廉価版として発行し、一躍出版界の雄となった。「博文館が日本の雑誌界に大飛躍を試みて、従来半ば道楽仕事であつた雑誌をビジネスとして立派に確立するのを得せしめ、且雑誌の編纂及び寄書に対する報酬をも厚うして、夫までは殆んど道楽であつた操觚をしてプロフェッショナルとしても亦存在し得るやうな便宜を与へたのは日本の文芸の進歩を助くるに大に力があつたのを何人も認めずにはをられないだらう」(魯庵「二十五年間の文人の社会的地位の進歩」『太陽』明治四十五年六月)。

一六五　政府をして特に法令を発布せしめ(四一〇頁注八)　坪谷善四郎『大橋佐平翁伝』(昭和七年)は『日本大家論集』の波紋について、「新進者の発展急なれば、必ず嫉視せらるゝは世の常にて、(中略)各種の専門雑誌社が、自社の雑誌に掲載の記事論説を、承諾なく転載するは剽窃なりとて、盛んに攻撃を加え始めた。然れどもその時までは、雑誌記事無断転載禁止の法令なく、互いに任意転載するを普通として怪しまなかつたのだ。故にその頃から版権条例を改正し、雑誌記事の無断転載を禁ずべしとの議が頻りに唱えられ、遂にその年十二月に至り出版条例及び版権条例が改正せられ、雑誌の記事も無断で転載が出来ないことになつた」と記している。

一六六　米欧に漫遊(四一〇頁注九)　『読売新聞』(明治二十六年十一月十九日)は「博文館主のヴヰンナに於る大法螺」として、彼が東京において十種の新聞を発行し、少年新聞の売高八万枚、出版部の職工五千人と豪語したことをひやかした。「桑港(サンフランシスコ)エキザミナー紙」は「ただいま氏が事業にては、印刷製本彫刻等に、人を役する者日に一千人」と報じたが、「何事も大規模なる米国において、日本の実際を語るときは余りに貧弱に見ゆる故、翁はこれを誇大に話した」(『大橋佐平翁伝』)。

一六七　『日本大家論集』(四一〇頁注一〇)　『日本大家論集』第一編は、明治二十年六月発行。菊判八十頁、定価十銭。表紙には、誌名「日本大家論集」の上に、THE COLLECTION OF ESSAYS BY EMINENT WRITERS IN JAPAN と書き、政学・法学・経済・文学・理学・医学・史学・哲学・工学・宗教・教育・衛生・勧業・技芸と、その収載する諸分野が示されている。「新世界に処するには新思想と新技倆とを要す。政治、法律、経済其他万般の学科に通ぜざる者豈新世界に処するを得んや。然れども学術門多し。故に広く之に通ずること難し。唯精を抜き萃(すゐ)を摘みたる専門諸名家の論説に拠らば、庶幾(こひねがは)くは其の要旨に通ずるを得ん。世間学術の雑誌多しと雖も皆な一科の専門に偏して一般に渉るもの無し。是を以て諸学科の要旨に通ぜんと欲する者は、勢ひ数多の雑誌に拠らざるを得ず。然れども数多の雑誌を購読するは人の得て堪る所に非ざるなり。我日本大家論集は、普く諸学科に関する本邦諸大家の名論卓説を蒐集して、彼の欧米諸国に汎く行はるゝ所の集録雑誌に倣ふ者なり。此世界に立て新思想新技倆を求めんと欲する者は、宜しく此論集に就て求むべきか」(「緒言」)。創刊当初に同誌の編集にあたった松井広吉は、『四十五年記者生活』(昭和四年)においてその発行部数を「初版は一千部であつたが当日夕刻には已に追掛けて注文があり、二版一千部も瞬く間に売れ切れ、三版四版と追掛け追掛け面白い程売れ行く、随つて利益も多かつたことであらう」と述べている。「『大家論集』の発行部数は初年度が四、〇〇〇部台前半、以後二年ほどは六、〇〇〇から七、〇〇〇部程度に上昇し、その後低減したものと推定できる」(浅岡邦雄「明治期博文館の主要雑誌発行部数」『明治の出版文化』所収、平成十四年)とされる。

一六八　『新撰百科全書』(四一〇頁注一二)　「其の記載科目は、経済、法律、政治、行政、歴史、地理、倫理、心理、哲学、農学、工学、博物学、家政学及び簿記の各科を講義録体に編輯し、毎冊四六判二百五十頁、定価金拾五銭と定めた。実に当時の出版界に於て希有の廉価だが、既に雑誌に於て薄利多売の実験を積むだ故、出版にも此主義を徹底的に実行したのだ」(『博文館五十年史』)。

一六九　『支那文学全書』(四一〇頁注一三)　「当時国文学の気勢稍ゝ衰へ、漢文学が漸く頭を擡げたので、此書は四書五経より、諸子百家の書に註釈を加へて、漸次出版し、毎月一回発行、一部定価金二十五銭、内藤耻叟、小宮山綏介、石川鴻斎等の諸氏に註釈を請ひ、岸上操氏編輯を担任した」(『博文館五十年史』)。

一七〇　カールが輿論の反撃を受けし五部の書(四一〇頁注一五)　"A History of Booksellers, the old and the new"(→補注一六三)によれば、五冊の書名は以下のとおり。

(一)The Translation of Meibomius and Tractatus de Hermaphroditis.
(二)Venus in the Cloister.
(三)Ebrietatis Encomium.
(四)Three New Poems, viz. Family Duty, The Curious Wife, and

Buckingham House.
(五)De Secretis Mulierum.

一七一　**内藤某が所謂『仁者』**(四一一頁注二三)　内藤耻叟は、明治十九年から二十四年まで帝国大学文科大学教授をつとめた。その著書『四書講義』上巻(「支那文学全書」第一編、明治二十五年)における『大学』第六章「仁者以《テ》レ財《ヲ》発《シ》レ身《ヲ》。不仁者以《テ》レ身《ヲ》発《ス》レ財《ヲ》」の註解には、「仁人ナル者ハ、財ヲ散ジ、民ヲ恵ンデ、以テ吾身ノ令徳ヲ発揚シ、不仁ナル人ハ、吾身ヲ以テ財ヲ発生セシム、身ノ為ニ財ヲ発セントスレバ、必民ノ為ニナラズ、財ヲ以テ民ノ為ニスレバ、吾身ノ令徳ヲ発ス」とある。

一七二　**ドナルドソン**(四一一頁注二八)　ドナルドソンは、一七六〇年代初頭、ロンドンに書店を開業、当時十四年間とされていた版権切れの書物を廉価版として次々に出版し、無期限に版権を独占しようとする従来の慣習に挑戦した。これに関して、J・ボズウェル『サミュエル・ジョンソン伝』によれば、はじめジョンソンはドナルドソンに批判的であり、「彼は自分の仲間の利益を侵害するために法律を悪用する奴だ。法令は確かに十四年間の独占権を規定しているだけだが、これまでの業界の通念では、著者から書物の版権を買った人間は永久の財産権を有すると一貫して理解され、この法定期間の消滅後にもこの信念にもとづき、財産権の移転のための無数の商行為が締結されてきた。ところがドナルドソンは今や慣習上明らかに正当な権利を有する人々を出し抜いたのだ。彼らが版権を買った書物で後に利益を生むものが、極めて寥々たる数であるのを考える時に、我々はこの十四年の期間が短すぎるという意見にならざるをえない。それは六十年間が適当だろう」(中野好之訳)と述べたが、後年には意見を改めて、公共の利益のために版権の期限を制限することに同意したという。

一七三　**間違ひだらけの粗本**(四一一頁注三四)　『実用教育新撰百科全書』第二十四編の「後序」には、「校正稍(やや)疎漏ニシテ魯魚焉馬(ろぎよえんば)ノ誤アルハ編者其責ヲ免カレザルコト勿論ナレドモ鉛槧氏(えんざんし)並ニ檞樕師亦其責ノ幾分ニ任セザルベカラズ何トナレバ彼等両氏ハ編者ノ命ヲ用ヒザリシコト実ニ多カリタレバナリ然レドモ此等ノ誤ハ看官ノ寛大ナル豈ニ深ク之ヲ咎メンヤ唯ダ看官ガ文章全体ノ意味ニ就テ自由ニ之ヲ修正加除セラレバ蓋シ容易ノ事ニテ発行者及ビ編者ノ希望ヲ満タスニ足レリ」とある。

一七四　**春陽堂、和田鷹城**(四一二頁注一四)　はじめは赤本まがいの絵草紙類を出版したが、明治二十年前後に翻訳小説・政治小説を出版して多くの読者を獲得、『新作十二番』などの文芸書に主力を注ぐようになった。「春陽堂の先代和田鷹城は本(も)とは警部上りださうで、黒い美ぜんをぼう〱と生やした堂々たる風采の男だつた」(魯庵「本屋と著作者」『報知新聞』大正十四年九月十九日―十月一日)。

一七五　**七銭の探偵小説**(四一三頁注二二)　「立案新奇にして能く人の意表に出で、読者をして慄然、惘然、愕然、呆然、身其境に在りて、心其局に迷ふが如くならしむるは探偵小説に如くものなし。方今感情的小説の流行太甚だしく事実的小説全く形を斂めてより世間人心を活殺する底の奇譚に渇するや久し。此書は専ら這般の需要に供せむが為に特に脚色の奇絶妙絶拍案三嘆に堪ふべきものを粋撰し平易の文章を以て自在に乱麻の活劇を描き去り、毎号一巻読切として、羇窓(きう)、汽船、汽車、馬車中の好伴侶たらんことを期す。去れば其価は及ばむ限り最低額となし、以て読過一番の後は途上に棄却して些の遺憾なからしめむとす。／春陽堂主人敬白」(「探偵小説」叢書「緒言」)。この叢書は、大半がアメリカの通俗的な探偵小説シリーズの翻案であり、著者は匿名となっているが、石橋思案、江見水蔭、中村花痩、細川風谷など、主として硯友社の作家たちであった。江見水蔭『自己中心明治文壇史』における「探偵小説退治(明治二十六年の夏秋冬)」参照。

一七六　**南翠、篁村両先生の御用書肆**(四一三頁注二五)　須藤南翠(↓三二四頁注一〇)の『慨世悲歌 照日葵』(明治二十一年)、饗庭篁村(↓二七四頁注一一)の『むら竹』全二十巻(二十二―二十三年)ほか、両者の多数の著作が春陽堂から刊行されている。また、南翠と篁村は、森田思軒とともに春陽堂発行の雑誌『新小説』(第一期、二十二年一月―二十三年六月)の編集にあたった。

一七七　**紅葉、浪六二大関の出板家元**(四一三頁注二六)　尾崎紅葉『伽羅

枕』(明治二十四年)、『三人妻』(二十六年)、村上浪六『三日月』(二十四年)、『奴の小万』(二十五年)ほか、両者ともその主要な著作の大半は春陽堂から刊行されている。

一七八 『三日月』(四一四頁注五)　明治二十四年、春陽堂刊。初出は『郵便報知新聞』日曜附録「報知叢話」(同年四―六月)。「全篇わづかに十二回、紙屑籠に推込まれ鼠の溺(いばり)に汚さるべきを、ものずきの書肆春陽堂なるものありて、乞ふがまゝ別に一部の書冊として刊行せしが、その年は背門(せど)の南瓜の豊年もろとも、拙著また忽ち世に囃されて十余版を重ね、普(あまね)からずとも少しは世人の知るところとなりぬ」(『後の三日月』「はしがき」明治二十八年)。

一七九 学齢館、嵩山堂、新進堂、東京堂、金港堂、民友社、上田屋、吉岡書籍店(四一四頁注八)　学齢館は児童向けの図書および雑誌『小国民』(明治二十二―二十八年)などを発行した出版社。明治二十二年、高橋省三が創業。

嵩山堂は大阪の出版社。東京に支店があった。社主は青木恒三郎。青木嵩山堂ともいう。文芸書・美術書を多く手がけた。

新進堂は漢籍・学習書を手がけた出版社。社主は出村収伍。

東京堂は神田表神保町の雑誌書籍取次店兼出版社。明治二十三年、大橋佐平の義弟・高橋新一郎が創業、翌年、佐平の次男・大橋省吾が経営を任された。

金港堂は教科書・専門書・文芸書を中心とした出版社。文芸雑誌『都の花』(明治二十一―二十六年)なども発行。明治八年、原亮三郎(↓四一五頁注一六)が創業。

民友社は明治二十年、徳富蘇峰が創立した思想結社兼出版社。同年創刊の『国民之友』ほか、『国民新聞』(明治二十三年創刊)や人文系の書籍を多数出版した。↓二七四頁注一二、二七五頁注二四。

上田屋は読本・草双紙などを手がけた出版社。社主は覚張栄三郎。取次の上田屋とは異なる。

吉岡書籍店は文芸書・理化学書・語学雑誌などを発行した出版社。社主は吉岡哲太郎(↓四一五頁注一五)。硯友社の『我楽多文庫』を引き継ぐ『文庫』や文芸叢書『新著百種』(全十八冊、明治二十二―二十四年)で知られる。

一八〇 『君の様な人に来られては大変だ』(四一五頁注一三)　「予が倫敦に渡りて各出版社を訪ひしときは各出版会社が仏蘭西か独逸の出版業者とならば兎も角日本の出版業者が世界出版事業視察とは……と驚き入りたる模様なりければ種々談話の末何処で商買するも同じ事、何時ぞ倫敦へ来りて諸君と一と競争やろうかと出掛けたら向ふでは君の如き人に来られては大変だと後ずさりサ」(「博文館主人の談話《欧米に於ける新聞と出版》」『国民新聞』明治二十六年十一月二十三日)。

一八一 吉岡哲太郎(四一五頁注一五)　「吉岡は水産局の技師として十五六年前に物故したが、東大出身の化学専攻の理学士であつた。科学者に似合はぬ経紀の才があつて、大学を出ると直ぐ出版業を経営した。吉岡の業績に就て特記すべきは“The Student”の発行である。英語書生対手の啓蒙的な語学雑誌であつたが、矢張当時の欧化熱が産出したもので、日本人の手に成つた外国語雑誌の開山である。一時は可成な部数が出て、和田垣博士の赤壁賦や忠臣蔵の英訳が青年読者の評判となつた」(魯庵「硯友社の勃興と道程」『思ひ出す人々』)。

一八二 ケーヴ(四一六頁注六)　エドワード・ケイヴは、一七三一年、『ジェントルマンズ・マガジン』をシルヴェイナス・アーバン(Sylvanus Urban)の筆名で創刊して成功を収めた。同誌は「マガジン」(知識の宝庫)という名のついた最初のもので、いろいろな定期刊行物の主要記事を抜粋して集録することから出発したが、のちにジョンソンが有力な寄稿家となり、国会の議事録、エッセイほか多彩な記事を掲載、一般読者に支持された。「此雑誌の寄書家となりて暫らくは不足ながらも衣食の料を得て其日其日を送りぬ。当時の操觚事業とは翻訳の謂にしてジヨンソンもケーヴの為に羅甸(ラテン)、伊太利、及び仏蘭西の典籍若くは文書を訳して雑誌の材料をなしにき。然れどもジヨンソンは独り翻訳の材料を択びしのみならず諸般の改良を加へて大に紙面の光彩を増せり」「斯くて数年間は此雑誌に従事して'For gain, not glory,'唯だ正路の生計をなすばかりに営々として曾て名誉を願ふことなかりき」(魯庵『ジョンソン』)。

付録

『かくれんぼ』

◎自作『かくれんぼ』の来歴 ◎色道論 ◎『かくれんぼ』の中心思想 ◎恋愛神聖論に反対 ◎狹斜の下落 ◎全篇を通じてヤケ ◎小説家の観察法 ◎文章及び結構上の苦心 ◎『かくれんぼ』の欠点

故 斎藤緑雨君談話

記者すぐる日、正直正太夫氏、又の名斎藤緑雨氏を本郷丸山新町なる寓所に訪ひ、彼の有名なる『かくれんぼ』『油地獄』等の材料の出所、作する際の苦心などつぶさに聞くことを得たり、氏が談は是れに止らず、種々なる問題に触れて、刻下、痛刺妙謔、実に応接に遑あらざるものありき。其の説に至りては間々《まゝ》奇矯に過ぎ、常規を逸するの観なきにあらざれども、是れ氏の氏たるところ、真意は寧ろ言外に尋ねて咀嚼せざるべからず、眼光紙背に徹するもの、始めて氏が諷世嘲俗の大文字此の中に潜むものあるを知らん。終に氏が懇ろに談話せられたる厚情を謝し、文章の責任は、すべて記者にあることを一言し置く。

先づ『かくれんぼ』の成りし由来より尋ねたるに、氏曰はく、

◎彼《あ》の頃《ころ》(二十四年)色つぽいものと云《い》へば、硯友社《けんゆうしや》の受持《うけもち》で、其《そ》れが奈何《どう》だと云《い》へば、例《れい》の佳人才子《かじんさいし》を少々向《せうくむ》きを変《か》へたばかり、何《なん》でそんなものが色つぽいものか、と云《い》ふやうな料簡《りやうけん》と、今一《いまひと》つは、其《そ》の頃《ころ》はやツた恋《こひ》は神聖《しんせい》だといふ説《せつ》が癪《しやく》にさわツたことゝ、此《こ》の外《ほか》に又《また》、あれを書《か》く気《き》に自分《じぶん》をさせたのは、魯文以来《ろぶんいらい》、千篇《せんべん》一律《いちりつ》になツた芸娼妓《げいしやうぎ》ものが、猥褻《わいせつ》だと云《い》ふんで排斥《はいせき》されてゐましたネ、此《こ》の風潮《ふうてう》に対《たい》してヤケにさかさまに出《で》かけて見《み》やうと思《おも》ツたので、芸娼妓《げいしやうぎ》だツて恋《こひ》も知《し》ツてゐるし、人間《にんげん》らしい所《ところ》もあると云《い》ふのを見《み》せてやらう、と云《い》ツたやうなつもりで、『かくれんぼ』の如《ごと》き途方《とはう》もないものを書《か》いたが、其《そ》のあとで西鶴《さいかく》の『一代女《いちだいをんな》』『一代男《いちだいをとこ》』を見《み》てぎよつとした事《こと》があつた、彼《あれ》をかいた時《とき》、露伴君《くん》は三度《さんど》か君《きみ》は西鶴《さいかく》の『一代女《いちだいをんな》』『一代男《いちだいをとこ》』を読《よ》んだらう、と尋《たづ》ねたことがありましたがネ、僕《ぼく》は後《あと》で見《み》たんだ、紅葉氏《こうえふし》は『かくれんぼ』を評《へう》して、裏長屋《うらながや》のかみさんが足駄《あしだ》はいて、どぶ板《いた》の上《うへ》をかけ出《だ》すやうだ、と云《い》ツたさうだ、が其《そ》れは文《ぶん》の評《へう》だらう、西《さい》鶴《かく》ずきの紅葉《こうえふ》さんが、そんな事《こと》を云《い》つてはこまる。勿論《もちろん》『かくれんぼ』には本《ほん》から取《と》つて来《き》て、鬘《かつら》だけを取《とり》かへたやうな女《をんな》は居《ゐ》ない、出版《しゆつぱん》の当時《とうじ》、頻《しき》りに淫猥《いんわい》だとの評《へう》をうけた、が皮《かは》さへかぶツてゐればいゝと思《おも》ふやうな奴《やつ》は、淫猥《いんわい》とでも云《い》はねば済《す》むまい。『かくれんぼ』は少《すく》なくとも、三四千《せん》の金《かね》を空《くう》に棄《すて》た奴《やつ》でなくてはわからぬ、金持《かねもち》が金《かね》を使《つか》ふのは何《なん》でもないけれど、無《な》い金《かね》を三四千《せん》も遣《つか》ふと、少《すこ》しは世間《せけん》が見《み》えてくる。つまり借金《しやくきん》は智慧《ちゑ》だね。

先《ま》づ『かくれんぼ』の題《だい》から云《い》ひませうか、彼《あれ》は上方唄《かみがたうた》の「朝《あさ》顔《がほ》のさかりはにくし迎《むか》ひ駕籠《かご》、よるは松虫《まつむし》、ちん〳〵〳〵、ちろり〳〵、見《み》えつかくれつかくれんぼ」といふのから取《と》ツたのです、其《そ》れから場所《ばしよ》は柳橋《やはぎばし》で、芸者《げいしや》も料理屋《りようりや》、待合《まちあい》なども皆《みな》あすこのを宛《あ》てゝかいてある、自分《じぶん》が何故《なぜ》他《ほか》を取《と》らないで、柳橋《やなぎばし》にしたかと云《い》へば、芸者町《げいしやまち》の本場《ほんば》と云《い》ふに色々説《いろ〳〵せつ》はあるが、橘町《たちばなちやう》から始《はじ》ま

ツたので、先《ま》づ本場《ほんば》と云《い》ツてよい。

『かくれんぼ』が出来《でき》た二十四年頃《ねんごろ》までの柳橋《やなぎばし》は、昔《むかし》の格式《かくしき》などもー番遺《いちばんのこ》ツてゐた、勿論外《もちろんほか》に吉原《よしはら》があるが、是《こ》れには立派《りつぱ》に芸《げい》者《しや》と名《な》のれる技芸《ぎげい》のすぐれたのがゐて、当時《とうじ》五大老《だいらう》といはれた、おしめ、お直《なほ》、おしほ、延信《のぶしん》、おちやらも揃《そろ》ツてゐた頃《ころ》である、其《そ》れでが貸座敷《かしざしき》の下《した》に附《つ》いてゐるから、廓外《くわくぐわい》のとは勝手《かつて》が違《ちが》ふ。廓《くわく》外《ぐわい》で古《ふる》い格式《かくしき》や何《なに》かを守《まも》ツてゐたのは柳橋《やなぎばし》であツた、唯奇麗《たゞきれい》なとこを見《み》せる了簡《りやうけん》なら、新橋《しんばし》を取《と》ツた方《はう》がよかツたかも知《し》れぬ、併《しか》し新橋《しんばし》はステーション間近《まぢか》にある。江戸《えど》の風儀《ふうぎ》の乱《みだ》れたのは彼《あ》の汽《き》車《しや》がもツて来《き》たのだ。汽車《きしや》で京阪《けいはん》から名子屋《なごや》を通《とほ》ツてきた風《かぜ》が、先《ま》づ当頭新橋《ゆきなりしんばし》を吹《ふ》きあらして、其《そ》れから八方《はつぱう》にちツてゐる、其所《そこ》で今《いま》では何処《どこ》も西国風《さいこくかぜ》がしみて、化粧《けしやう》もこくなり、着物《きもの》も赤《あか》くなツた、が二十四年頃《ねんごろ》までの柳橋《やなぎばし》は、他《た》に比《ひ》しては風俗《ふうぞく》も風儀《ふうぎ》も一番崩《いちばんくづ》れないでゐた、其《そ》れで自分《じぶん》は『かくれんぼ』の舞台《ぶたい》を柳《やなぎ》橋《ばし》にきめたのですよ、芸者《げいしや》の服装風俗《ふくさうふうぞく》などもすべて当時《とうじ》の柳橋《やなぎばし》を写《うつ》してゐるつもりなんだ。『油地獄《あぶらぢごく》』も矢張《やはり》、当時《とうじ》の柳橋《やなぎばし》の芸者《げいしや》をかいたものですよ、今《いま》より振返《ふりかへ》ツて見《み》て『かくれんぼ』の欠点《けつてん》だと思《おも》ふところは随分《ずゐぶん》ありますよ。先《ま》づ憲法《けんぱう》六十四条《でう》だの、電話《でんわ》電燈《でんとう》などいふ二十四年頃流行《ねんごろりうこう》した言葉《ことば》をつかツてあるは、場当《ばあ》たりの気味《きみ》があツて、是《こ》れは避《さ》けべきであツた。併《しか》し言葉《ことば》を縮《ちゞ》める役《やく》にたツてゐるところもある、其《そ》れから抱《かゝ》への小露《こつゆ》を手《て》に入《い》れ姉《あね》芸者《げいしや》の冬吉《ふゆきち》に責《せ》められた所《ところ》に「私《わたくし》　母《はゝ》は正《まさ》しく女《をんな》と態《わざ》と手《て》を突《つい》て

いふ」は山村俊雄《やまむらとしを》(『かくれんぼ』の主人公《しゆじんこう》)たる者《もの》のすべきでない、尾崎《をざき》の『三人妻《さんにんつま》』の菊住《きくすみ》のやうないやな男《をとこ》がしさうなことだ。其《そ》れから河東《かとう》の「かし小袖《こそで》」をさらふ云々《しか〴〵》とあるは不都合《ふつがふ》だ、吉《よし》原《はら》ならば知《し》らぬこと、柳橋《やなぎばし》あたりでは余《あま》り歌《うた》へる者《もの》がないと云《い》ふこツてす。荻江《をぎえ》のものを挙《あ》げりやアよかツた、結尾《けつび》の所《ところ》に「不目《ふめ》出度《でた》し〳〵」とあるは目出度《めでた》し〳〵とある方《はう》がよい、『かくれんぼ』の全躰《ぜんたい》から見《み》れば、色《いろ》はよいものだとなるんだから、矢張目《やはりめ》出度《でた》い方《はう》でないと悪《わる》い。

それから書《か》き落《お》としてある所《ところ》は、俊雄《としを》が一度《いちど》思《おも》ひとまツて又出《またで》直《なほ》すに至《いた》ツた次第《しだい》の説明《せつめい》が足《た》りない、十二葉《えふ》の裏《うら》「俊雄《としを》も二月三《ふたつきみ》月《つき》は殊勝《しゆしよう》にくらした」とある所《ところ》が筆《ふで》がぬけてゐる。今《いま》の自分《じぶん》ならば茲《こゝ》に書《か》き入《い》れる考《かんが》へがある。或《あるひ》は

恋《れん》　愛《あい》　論《ろん》

になるかも知《し》れないが、詰《つま》り遊《あそ》びといふことは銭《ぜに》を使《つか》へと云《い》ふことだ。だから昔《むかし》の大通《だいつう》は、皆金《みなかね》をつかツたもんだ、五両《りやう》の金《かね》を十両《りやう》につかツて、活《いか》すといふも失当《うそ》で、十両《りやう》の金《かね》を五両《りやう》につかふも失当《うそ》で、十両《りやう》を十両《りやう》につかへと云《い》ツてゐる、畢竟《ひつけう》は手軽《てがる》だの、安《あん》直《ちよく》だのと胸算用《むなさんよう》などしないで遊《あそ》べと云《い》ふことになる。是《こ》れでなければ好《よ》い遊《あそ》びは出来《でき》ない。『かくれんぼ』の山村俊雄《やまむらとしを》は始《はじ》めぼツちやんで、お金《かね》をつかツた人《ひと》なんですよ、百万《ひやくまん》の金《かね》を一生《いつせう》に使《つか》へといへば、美事《みごと》につかへるぼツちやんなんだ、若旦那《わかだんな》で柳橋《やなぎばし》に這《は》入《い》りこんで、其《そ》れで押《お》し通《とほ》せるもんぢやない、だが三年遊《ねんあそ》べば三

年《ねん》、土地《とち》の者《もの》は忘《わす》れない、五年遊《ねんあそ》べば五年覚《ねんおぼ》えてゐられる、其所《そこ》辺《ら》を通《とほ》れば言葉《ことば》をかけられたりするから、遂《つひ》ひき込《こ》まれる。是《こ》れから先《さ》きは詰《つま》り堕落《だらく》なんだ、若旦那《わかだんな》を維持《いぢ》することが出来《でき》なくなツたら、すツかりよせばよいのだ、が前《まへ》の縁《えん》にひかれて、山村《やまむら》が出直《でなほ》した時《とき》は既《すで》に遊《あそ》びといふ範囲《はんゐ》は越《こ》えて堕落《だらく》しにいツたんだ。長《なが》く遊《あそ》んで顔《かほ》も売《う》れる、其《そ》れから女《をんな》から金《かね》も取《と》れるやうになる、芝居《しばゐ》のお姫様《ひめさま》が、石段《いしだん》で扇子《せんす》を落《お》として見《み》そめるやうなことは中《なか》く々ありはしない、一旦金《いつたんかね》を撒《ま》いた種子《たね》があればこそ、女《をんな》にも買《か》はれることになる。自分《じぶん》が「女《をんな》で食《く》ふといへど、女《をんな》で食《く》ふは禽語楼《きんごろう》の所謂実母散《いはゆるじつぼさん》と清婦湯《せいふとう》、他《た》は一度《いちど》女《をんな》に食《くは》れて後《のち》の事《こと》なり」とかいたのは此《こ》のことなんだ。俊雄《としを》が堕落《だらく》の順序《じゆんぢよ》は少《すこ》し『かくれんぼ』には欠《か》けてゐる、何《なん》と云《い》ツたツて、俊雄《としを》は二度目《どめ》にいツた時《とき》からは羽織破落戸《はをりごろつき》に過《す》ぎない。七葉《えふ》の表《おもて》に「女《をんな》を説《くど》くは智力《ちりよく》、金力《きんりよく》、権力《けんりよく》、腕力《わんりよく》この四つを除《の》けて求《もと》むべき道《みち》は御座《ござ》らねど」云々《しかぐ》ねえ、是《こ》れは昔《むかし》から一おし、二かね、三男《をとこ》、と云《い》ひ又《また》一閑暇《ひま》、二金《かね》、三男《をとこ》、とも云《い》ふ、縹致《きりやう》で余《あま》り色《いろ》は出来《でき》るものではないんだね、縹致《きりやう》で出来《でき》る色《いろ》はお嬢様《じやうさま》かなんかだ、商売人《しやうばいにん》の間《あひだ》には重《おもん》ぜられない、智力《ちりよく》といふのは、詰《つま》り手練手管口説《てれんてくだくぜつ》に巧《たく》みなもの之《こ》れを総称《さうしやう》するんだね、黒人《くろうと》の色《いろ》は是《こ》れでなくツちや駄目《だめ》なんだ。老寄《としより》の紳士《しんし》が半玉《おしやく》をすき、いゝ年《とし》をした後家《ごけ》さんが若《わか》い者《もの》をひき込《こ》むも、自由《じゆう》になる恋《こひ》は面白《おもしろ》いからなんだ、男《をとこ》は金《かね》を出《だ》して女《をんな》を自由《じゆう》にする、芸者《げいしや》は又金《またかね》を出《だ》して役者《やくしや》を買《か》ふ、矢張《やはり》お酌《しやく》さしたり、飯《めし》の給仕《きふじ》をさしたりして芸者《げいしや》は役者《やくしや》と遊《あそん》でゐる。自由《じゆう》な方《はう》が面白《おもしろ》いからだ。俊雄《としを》が年上《としうへ》の冬吉《ふゆきち》と一所《いつしよ》になツた時《とき》は、既《すで》に堕落《だらく》が胚胎《はいたい》してゐる、或人《あるひと》は俊雄《としを》を評《へう》して、薄志弱行《はくしじやくかう》だと云《い》ツたが、薄志弱行《はくしじやくかう》でなくツて出来《でき》る色《いろ》は天下《てんか》にあるものでない。双方一歩《さうはういつぽ》も譲《ゆづ》らないで、厳然確立《げんぜんかくりつ》してサ、それで色恋《いろこひ》が出来《でき》て溜《たま》るものか。色師《いろし》を以《もつ》て天下《てんか》に立《た》たんとする俊雄《としを》に取《と》ツては、薄志弱行《はくしじやくかう》なのは当然《あたりまへ》である。其所《そこ》が即《すなは》ち手練手管《てれんてくだ》で、堕落《だらく》の後《のち》は殆《ほとん》ど其《そ》の本性《ほんせい》になツて仕舞《しま》ツた。昔《むかし》の大通《だいつう》の云《い》ツた言葉《ことば》に、旦那様《だんなさま》になるとも色男《いろをとこ》になるな、とあるのは詰《つま》り堕落《だらく》を戒《いまし》めたので、俊雄《としを》の如《ごと》きは旦那《だんな》から色男《いろをとこ》に堕落《だらく》してしまツたものなんだ、芸者《げいしや》はつらい勤《つと》めだと云《い》ふが、客《きやく》にくらべれア数等楽《すうとうらく》なんだ、物日《ものび》に約束《やくそく》の客《きやく》がなくツちやア外聞《ぐわいぶん》がわるいからと、見《み》る程《ほど》の人《ひと》に吹《ふ》ツかける。此《こ》の場合《ばあひ》に旦那様《だんなさま》を維持《ゐぢ》せんとすれば、無理《むり》な算段《さんだん》もしなけアならない、之《こ》れが出来《でき》なければ山村俊雄《やまむらとしを》にならねばならぬ。『かくれんぼ』七葉《えふ》の裏《うら》に「おれが遊《あそ》ぶのだと思《おも》ふは、まだ〴〵金《かね》を愛《を》しむ土臭料見《つちくさいりやうけん》、あれを遊《あそ》ばせて遣《や》るのだと心得《こゝろえ》れば、好《すか》れぬ迄《まで》も嫌《きら》はれる筈《はづ》は御座《ござ》らぬ」云々《しかぐ》とあるは、旦那様《だんなさま》を維持《いぢ》する論《ろん》だ、一体芸者《いつたいげいしや》といふものは自由《じゆう》のきく奴《やつ》で、色《いろ》なんぞは茶漬《ちやずけ》をかツこむと同《おな》じことになツてるんですよ。苟《いやしく》も志《こゝろざし》を立《た》てゝ一生羽織破落戸《いつせふはをりごろつき》ですごさうと思《おも》へば、俊雄《としを》たるもの、其《そ》れですごされないことはないんだ。遊《あそ》びをするなら立派《りつぱ》にするがいゝ、公然《こうぜん》とやらかすべしだ。英雄《えいゆう》になるよりも現在女《げんざいをんな》に惚《ほ》れられた方《はう》が余程《よほど》いゝだらう、後世《こうせい》の評《へう》を待《ま》つとか何《なん》とか心細《こゝろぼそ》いことを云《い》ツたツて駄目《だめ》だ。自分《じぶん》と同《おな》じやうな奴《やつ》か、自分《じぶん》よりもまづい奴《やつ》が集《あつ》まツてぐづツか云《い》ツてるに過《す》ぎなからう、そんなものは何《なん》でもない、大手《おほて》をふツて公然《こうぜん》遊《あそ》ぶがいゝ、李白《りはく》の詩《し》に「独宿空房涙如雨《ひとりくうばうにしゆくしてなみだあめのごとし》」とあるのを行燈部屋《あんどんべや》の述懐《じゆつくわい》だと思《おも》ツたやつがあるさうだ、が一《いつ》そ身《み》にしみるなら其《そ》の位《くらい》しみる方《はう》がよい、今《いま》の奴《やつ》はないしよで遊《あそ》ぶからいけない、碌《ろく》なことを覚《おぼ》えない。何《なに》がいくらで、かゞいくらで、と大凡《おほよそ》のつもりなどを遊《あそ》びの上《うへ》にするやうになる、昔《むかし》の大通《だいつう》のは是非《ぜひ》指南番《しなんばん》があつたものだ、其《そ》れでこそ本街道《ほんかいどう》をも行《ゆ》けるけれど、今《いま》の奴《やつ》の遊《あそ》びは皆《みな》横道《よこみち》だ。ないしよで遊《あそ》ぶなら遊《あそ》ばないがいゝ、遊《あそ》ぶ位《くらい》なら公然《こうぜん》、立派《りつぱ》に、美事《みごと》に遊《あそ》びましたと云《い》へるやうに遊《あそ》ぶがいゝ。道徳論者《どうとくろんしや》などゝいふ者《もの》は豆腐《とうふ》の如《ごと》きものだ、見《み》たところばかりは四角《しかく》だが、実《じつ》はやわらかい者《もの》だ、道徳《どうとく》は誰《た》れにだツてある、唯《たゞ》道徳《どうとく》の綱《つな》の下《した》にかゞんで平伏《へいふく》してゐるのはつまらない、道徳《どうとく》の上《うへ》にあぐらをかく気《き》でなくてはいけない、其《そ》れを不道徳《ふどうとく》だといふ奴《やつ》はまだ道徳《どうとく》の本義《ほんぎ》を知《し》らないのだ。

『かくれんぼ』の中心思想になツてるものは恋愛神聖論《れんあいしんせいろん》に反対《はんたい》を試《こゝろ》みたのだ。男《をとこ》は女《をんな》に脆《もろ》いと云《い》ふが女《をんな》がそれよりか男《をとこ》に脆《もろ》いものだ。恋愛《れんあい》と云《い》ツたツて何《なん》だ、所謂恋愛論者《いわゆるれんあいろんしや》はひどく女《をんな》を有難《ありがた》がる、一体恋愛《いつたいれんあい》なんてものは奇麗なこと云ツて穢醜《きたない》夢見てゐるもんに過ぎない、鷗外漁史《ぎよし》訳《やく》の『埋《うも》れ木《ぎ》』に「恋《こひ》とはうつくしき夢《ゆめ》を見《み》て、きたなきことをするものぞ」とある、が是《こ》れも一面《いちめん》の理窟《りくつ》だけれども、自分《じぶん》の考《かんが》へるところでは、奇麗《きれい》さうなことを云《い》ツて、穢醜夢《きたないゆめ》を見《み》てゐる方《はう》が真実《ほんとう》だと思《おも》ふ。其《そ》れだから恋《こひ》だなんて騒《さわ》いでゐないで、手取早《てつとりばや》く端《はし》から一遍通《いつぺんどほ》り口説《くど》いて見《み》た方《はう》が、新体詩《しんたいし》にうき身《み》を窶《やつ》すよりは余程《よほど》いゝだらうと思《おも》ふ。恋《こひ》は有難《ありがた》いの、神聖《しんせい》だのといふが、そんなら恋《こひ》が頂上《てうぜう》に達《たつ》したところを示《しめ》す方法《はうはふ》は何《なん》だ、『明烏《あけからす》』の文句《もんく》見《み》るやうに「遭《あ》うた初手《しよて》から身《み》にしみじみと」と繰返《くりかへ》してゐたツて詰《つま》らない。又双方《またさうはう》から「あなたはいとしうござんす」と幾遍《いくへん》云ツたツて果《は》てしが附《つ》かない。詰《つま》り目《め》も口程《くちほど》に物《もの》をいふといふのは、相擁《あひえう》しやうといふ意《い》なんだ。愛《あい》の頂上《てうぜう》に達《たつ》したところを示《しめ》すには、左右合体《さいうがつたい》すると云《い》ふことになる。相見《あひみ》たり、泣《な》いたり、笑《わら》ツたりするだけの間《あひだ》が恋《こひ》かも知《し》れないが、其《そ》れが一歩《いつぽ》進《すゝ》めば、捻《つね》ツたり、擽《くすぐ》ツたり、突《つゝ》ついたりすることになる、其《そ》の先《さ》きは相擁《あひえう》してひそむんだ、でなくては、落着《らくちやく》が附《つ》かないんでせう。其《そ》れが何《なん》で神聖《しんせい》なのだ、七五の甘《あまツ》たるい文句《もんく》を列《なら》べるよりも、手取早《てつとりばや》く「恋《こひ》の頂上《てうぜう》を実行《じつこう》しませう」と云《い》ツた方《はう》がよい。すいた同志《どうし》は一所《いつしよ》にねろと云《い》ふのだ、幾等《いくら》進歩《しんぽ》したツて、握手《あくしゆ》で子《こ》は出来《でき》ない。今《いま》の人《ひと》は十人《にん》口説《くどい》て一人《ひとり》出来《でき》れば一割《いちわり》だと云《い》ふ、が昔《むかし》の大通《だいつう》は成就《じやうじゆ》するまでやれ、詰《つま》り『二筋道《すじみち》』の文里《ぶんり》の心《こゝろ》を以《もつ》てやるんだと云《い》ツてある、俊雄《としを》の流儀《りうぎ》もこれで、智識論《ちしきろん》も畢竟《ひつけう》それなんだ、色《いろ》は人間《にんげん》の道楽《どうらく》だ、誰《だ》れだツて道楽気《どうらくぎ》のない奴《やつ》はない、成就《じやうじゆ》するまで追駆《おつか》けて出来《き》ない筈《はず》はない、昔《むかし》の大通《だいつう》はいやな奴《やつ》がすきになるのはぢり〱

だけれども、愛《す》きな者《もの》のいやになるのは忽《たちま》ちだと云《い》ツてる、色《いろ》は道楽《どうらく》だから、鰻飯《うなぎめし》くはして置《お》けば軍鶏鍋《しやもなべ》、しやも鍋《なべ》をくはせると天麩羅《てんぷら》をくひたいと思《おも》ふ、斯《か》うこツてりづくめにして置《お》くと新漬《しんづけ》の香物《かうのもの》で、お茶漬一膳《ちやづけいちぜん》といふことになる。男女《だんによ》のくツついたり、離《はな》れたりするのは、先《ま》づこんなものだ。恋《こひ》をするのと鼻汁《はな》をかむのとは左程手数《さほどてすう》はかゝらない。(両方《りやうはう》とも神《かみ》がいると云《い》やア尚《なほ》よい)自分《じぶん》の考《かんが》へでは、恋《こひ》の性質《せいしつ》から云《い》ツて、夫婦《ふうふ》なんて云《い》ふものを拵《こしら》へるの必要《ひつよう》がないと思《おも》ふ。須《すべか》らく都会毎《とくわいごと》に一大倶楽部《だいくらぶ》を起《お》こして、貴賤老若《きせんろうにやく》あらゆる男女《だんによ》を随意《ずゐい》に這入《はい》らして、勝手放題《かつてはうだい》にすいた奴《やつ》と会《あ》ふことにしたらよからう。若し子《こ》が出来《でき》たら、倶楽部《くらぶ》の入場料《にうじやうりやう》で養育《やういく》するがよい。決《けつ》して是《こ》れで富国強兵《ふこくけうへい》に害《がい》はない。徹頭徹尾恋愛は神聖だなぞと云ふことは嘘だ。体《てい》のいゝことを云《い》ふのは虚偽《きよぎ》だ、倶楽部《くらぶ》で沢山《たくさん》だ。夫婦《ふうふ》なんかはいらない。恋愛《れんあひ》なんてことは猫《ねこ》だツて知《し》ツてる。序《つひで》に云《い》ツて置《お》くが、女《をんな》ははぢけの豆やうなもんで、何《なに》も食《く》はなけアならないもんぢやない。傍《そば》にあるから遂《つひ》くツて見《み》る。食ツて見ると、大概《たいがい》の者《もの》はなくなるまではよさないものだよ。又恋《またこひ》の有難《ありがた》くない証拠《しやうこ》は、初恋《はつこひ》のやつが添《そ》ツた例《ためし》が、今《いま》まで一《ひと》つもない、女《をんな》にしろ、男《をとこ》にしろ、始《はじ》めて惚《ほ》れた者《もの》が出来《でき》た時《とき》に区役所《くやくしよ》に届出《とゞけだ》させて、双方気《さうはうき》のあツてゐるやつを一所《いつしよ》にしてやツたら知《し》らないこと、当前《あたりまへ》ぢや初恋《はつこひ》の遂《と》げるのは殆《ほとん》どない。夫婦《ふうふ》だなんて威張《ゐば》ツたツてつまらない。真《しん》の愛《あい》から出来《でき》たのぢやない、互《たがひ》に結婚《けつこん》する前《まへ》に何処《どつか》のやつに初恋《はつこひ》をしたやつが、詮方《しやうこと》なしに此方《こつち》へ向《む》きを換《か》へて来《き》たのだ。鮨《すし》をくひたいと思《おも》ツても、蟇口《がまぐち》の都合《つがふ》で蕎麦《そば》にして置《お》くのに違《ちが》ひない。愛《あひ》だの恋《こひ》だのを奇麗《きれい》に思《おも》ふのには、何《なに》か外《ほか》から色《いろ》をつけなくては出来《でき》ない、生地《きぢ》の人間《にんげん》に於《お》いちや出来《でき》ないこツた。少《すく》なくとも生地《きぢ》の人間《にんげん》で置《お》くには倶楽部《くらぶ》を設置《せつち》して、婚姻《こんいん》を廃《はい》するに限《かぎ》る。前《まへ》に男《をとこ》よりも女《をんな》が脆《もろ》いと云《い》ツた、が現《げん》に相惚《あひぼれ》の場合《ばあひ》には必《かなら》ず女《をんな》の方《はう》が先《さ》きだから不思議《ふしぎ》なんだ。女《をんな》は一体拒《いつたいこば》みよい位地《ゐち》に立《た》ツてるのに、男《をとこ》が小当《こあ》たりにあたツて、直《すぐ》にウムと云《い》ふのは、先《さ》きに惚《ほ》れてゐるからだ。之《こ》れを言行《げんこう》に烈《はげ》しくあらはしたのが、光助《みつすけ》に紙《かみ》を丸《まろ》めてぶツつけた奴《やつ》だ。不義《ふぎ》はお家《いへ》の堅《かた》い御《ご》はつと、なんて男《をとこ》の方《はう》では云《い》はれたものぢやない。前《まへ》の色道論《しきどうろん》のつゞきを云《い》ふが、古大通《こだいつう》の説《せつ》に、柳橋《やなぎばし》なら柳橋《やなぎばし》と云《い》ふ土地《とち》で遊《あそ》ぶなら、其所《そこ》で第一流《だいりう》の芸者《げいしや》を目《め》がけろ、一流《いちりう》を得《え》て二流《りう》にあたるのは雑作《ざうさ》もない、と云《い》ツてある。是《こ》れは女《をんな》にも名聞心《めうもんしん》があるから、始《はじ》め三流《りう》を取《と》れば、其《そ》の上《うへ》にあたることは六《むづ》ケ敷《し》くなる。自分《じぶん》が見《み》くだした位地《ゐち》の女《をんな》の男《をとこ》を取《と》ツても面白《おもしろ》くない。だから始《はじ》めは六《むづ》ケ敷《し》くツても、第一流《だいりう》のをと心《こゝろ》がけろと云《い》ふのだ。山村俊雄《やまむらとしを》の経《へ》た順序《じゆんじよ》はそれだ。其《そ》の土地《とち》の第一流《だいりう》を目《め》がけろ、と云《い》ふのは芸者《げいしや》ばかりでない、料理屋《りやうりや》でも、待合《まちあひ》でも其《そ》の通《とほ》りだ。柳光亭《りうくわうてい》の客《きやく》だと云《い》へば、どうせ河岸《かし》で買《か》ツた椀盛《わんもり》の露《つゆ》を知《し》らずにくツてる人《ひと》だから、其《そ》の以上《いじやう》のあつかひはしない。常盤家《はなやしき》にゆくと云《い》へば、外《ほか》の家《うち》でも気《き》を附《つ》けるものなんだ。古大《こだい》通《つう》は料理屋《りやうりや》の女《をんな》にあたるは客《きやく》としての品位《ひんゐ》を落《お》とす、合《あは》せて芸者《げいしや》の体面《たいめん》を損《そん》ずるものだとして、之《こ》れを擯《しりぞ》けてある。俊雄《としを》は自《みつか》ら色《いろ》師《し》を以《もつ》て任《にん》じてはゐた、がぽろツかひたるを甘《あまん》じてはゐない。けれども今日《こんにち》になツては芸者《げいしや》にも此《こ》の見識《けんしき》なく、客《きやく》にも此《こ》の意気《いき》がない。一体色《いつたいいろ》の有難《ありがた》いのは出来《でき》難《にく》いからでせう、雑作《ざうさ》もなく出来《でき》れば面白《おもしろ》くもない筈《はず》だ。今《いま》では武内宿禰《たけのうちすくね》か菅原《すがはら》の道真《みちざね》かを従者《とも》につれてお目《め》にかゝれア、其《そ》れですむんだ、奈何《いか》に卑吝猥褻《ひりんわいせつ》でも、是《こ》れには閉口《へいこう》する。日本今日《にほんこんにち》までの大偉人《だいゐじん》は菅原《すがはら》の道真《みちざね》と武内宿禰《たけのうちすくね》の二人《ふたり》に限《かぎ》るといふ発明《はつめい》を僕《ぼく》はしたのですよ。今《いま》の紳士《しんし》紳商《しんしやう》と云《い》はるゝ輩《はい》が遊《あそ》ぶのを見《み》るに、其《そ》の日稼《ひかせ》ぎの職人《しよくにん》であひの、十銭《せん》八銭《せん》の地獄《ぢごく》を買《か》ふのと変《かは》ツてはゐない。斯《か》うなツては愈々《いよ〳〵》色《いろ》の有難味《ありがたみ》も薄《うす》くなる、恋《こひ》の分量《ぶんりやう》も知《し》れたものだと思《おも》ふ。

　人間《にんげん》の一生《いつしやう》は色《いろ》だ、色《いろ》に限《かぎ》る、誰《た》れでも色《いろ》で一生《いつしやう》が送《おく》られゝば送《おく》るに違《ちが》ひない、其《そ》れが出来《でき》ないから、色々理窟《いろ〳〵りくつ》をこねるので、出来《でき》れば色《いろ》に越《こ》したことはない。色《いろ》の出来《でき》ぬ奴《やつ》に兎《と》や角言《かくい》はれて苦労《くらう》をするより、女《をんな》のふところで往生《おうぜう》するが一番《いちばん》だ。人間《にんげん》の一生《いつしやう》が色狂《いろぐる》ひで送《おく》られるもんなら、先《ま》づ町内《ちやうない》に評判《へうばん》の娘《むすめ》か何《なに》かゞあツて、二人《ふたり》が間《なか》に噂《うわさ》もたち、今《いま》に夫婦《ふうふ》になる気《き》でゐたのが、女《をんな》は彼家《よそ》へ嫁《よめ》にゆく、自棄《やけ》が芸者遊《げいしやあそ》びとなツて、其《そ》れも始《はじ》めは柳橋《やなぎばし》それから芳町《よしちやう》と落《お》ちて、些《ち》と処《ところ》もかはらなくツちや面白《おもしろ》くないと云《い》ふので、吉原《よしはら》へ這入《はい》りこんで、茶屋遊《ちややあそ》びもかなりして、芸者《げいしや》でもないと云《い》ふ了簡《りやうけん》から、大店《おほみせ》あそび、全体大店《ぜんたいおほみせ》は動物的《どうぶつてき》に出来《でき》てゐて面白《おもしろ》くないから之《こ》れにも饜《あ》きて、中店《ちうみせ》、小店《こみせ》と段々《だん〴〵》落《お》ちて、揚句《あげく》は河岸店《かしみせ》をへめぐる。大店《おほみせ》の動物的《どうぶつてき》なるに比《ひ》して、小店《こみせ》の方《はう》が天真爛熳《てんしんらんまん》なところがあツて興《きよう》がある。大店《おほみせ》は儀式的《ぎしきてき》で唯相擁《たゞあひよう》して睡《ねむ》るに過《す》ぎない。まア河岸《かし》に落《お》ちてサ、情人《いゝひと》の名《な》も取《と》ツてサ、女《をんな》が年明《ねんあ》きに飛《と》びこんでくる危険《きけん》を見限《みかぎ》ツて、今度《こんど》は矢場《やば》へ這入《はい》り込《こ》むんだね、矢場女《やばをんな》といふのは割合《わりあひ》に手練《てれん》を以《も》ツてるものでね、其所《そこ》で地廻《ぢまわ》り位《くらゐ》のものになる。続《つゞ》き合《あ》ひだから銘酒屋《めいしゆや》へも這入《はい》る、矢場《やば》の女《をんな》は子飼《こが》ひから育《そだ》てゝあるから、小々《せう〳〵》は手練《てれん》もある筈《はず》だ。「貴郎《あなた》ちよいと」といふのが中々六《なか〳〵むづ》ケ敷《し》い、直《す》ぐに客《きやく》を見《み》て取《と》る呼吸《こきう》は素人《しろうと》には真似《まね》が出来《でき》ない、警察令《けいさつれい》の制裁《せいさい》があツて、女郎《じよろう》のあがりは矢場《やば》にいかれないことになツてある、だから勢《いきほ》ひ女郎《じよろう》のお古《ふる》は銘酒屋《めいしゆや》に流《なが》れ込《こ》む、其《そ》れだから銘酒屋《めいしゆや》は女郎屋《じよろうや》が一層《いつさう》きたなくなツたのに過《す》ぎないから、面白味《おもしろみ》はない。矢場女《やばをんな》の手練《てれん》はあると云《い》ツても、九段《くだん》の噴水器《ふんすゐき》の如《ごと》きもので、遊《あそ》ぶ客《きやく》は変《かは》ツても、絶《た》えず一《ひと》つことを饒舌《しやべ》つてゐればすむのだから、底《そこ》が知《し》れてる、是《こ》れも長《なが》くは遊《あそ》んでゐられた場所《ばしよ》ぢやない。揚句《あげく》は他人《よそ》の女房《にようぼう》を鳥渡《ちよつと》ひツかけた位《くらゐ》のことがあツて、結末《おしまひ》に後家《ごけ》さんの持物《もちもの》におちる、其《そ》れで窃《そつ》と子守《こもり》の尻《しり》でもつねツて居《ゐ》ると云《い》ふが止《と》まりで、後家《ごけ》さんに貰《もら》ひ娘《むすめ》でもあつて、後家《ごけ》さんの死《し》んだ跡《あと》で、身上《しんせう》ぐるみ横領《おうりやう》されると云《い》ふのは万《まん》に一《ひと》つだ、生涯色狂《せうがいいろぐる》ひで終《をは》らうと思《おも》へば、先《ま》づこんな順序《じゆんぢよ》でせうよ。芸者《げいしや》と女郎《じよろう》はどツちが面白《おもしろ》いと云《い》へば、今《いま》はトンと双方《さうはう》ともに面白《おもしろ》くない。喜楽だとか大茂だとか云《い》ふとこの内儀《おかみ》さんは「女《をんな》で不自由《ふじいう》する貴郎《あなた》でもない」といツたものだ、が今出来《いまでき》た待合《まちあひ》や何《なに》かの内儀《おかみ》さんは「貴郎御様子《あなたごやうす》がいゝ」と云《い》ふ、落《お》ちゆく所《ところ》はどツちもお世辞《せじ》に違《ちが》ひないが、此《こ》の調子《てうし》になツてゐる今《いま》だから、芸者遊《げいしやあそ》びも面白《おもしろ》くない。昔《むかし》の芸者《げいしや》も旦那《だんな》で金《かね》も取《と》り、芸人《げいにん》を買《か》ふといふ道楽《だうらく》もあツたけれども、大概旦那《たいがいだんな》は一人《ひとり》にきめて、変《か》へるまでは外《ほか》には取《と》らなかツた。今《いま》は一所《いつしよ》に出遭《であ》はなければ幾人《いくたり》でもよいとしてある。其《そ》れで段々女郎《だんぐじよらう》に近《ちか》くなツてくる、是《こ》れは無作法《ぶさはふ》な田舎者《ゐなかもの》がタント這入《はい》ツて来《き》たので、需要者《じゆえうしや》の罪《つみ》だ。斯《か》うなツた上《うへ》は芸者《げいしや》は二枚鑑札《まいかんさつ》にしちやツて、待合《まちあひ》はいらない筈《はつ》だ。昔《むかし》は料理屋《りやうりや》でのんで、待合《まちあひ》にひきさがツたものだから入用《にうよう》であツた、が今《いま》は料理屋《りやうりや》の帳場《ちやうば》へ祝儀《しうぎ》を出《だ》す人《ひと》もあるから、寧《むし》ろ芸者屋《げいしやや》がおほきな家《うち》をたてゝ、二枚鑑札《にまいかんさつ》で売《う》ツてる方《はう》が早《はや》くてよい。斯《か》うなツて見《み》ると女郎《じよらう》に比《ひ》して別《べつ》に妙味《めうみ》はないのも無理《むり》ではない。此《こ》の悪《わる》い風《ふう》が汽車《きしや》の出来《でき》た結果《けつくわ》、新橋《しんばし》から北《きた》の方《はう》へ吹《ふ》いて来《き》た、吉原《よしはら》の女郎屋《じよらうや》も今《いま》は昔《むかし》と違《ちが》ひ、言葉《ことば》からして「お楽《たのし》み」が「御愉《ごゆ》快《くわい》」になり、「お二方《ふたかた》」が「御両君《ごりやうくん》」になり、「御勘定《ごかんでう》」が「御会計《ごくわいけい》」となツたにつれ、万事面白味《ばんじおもしろみ》もぬけた、今《いま》に吉原《よしはら》の大門《おほもん》まで鉄道《てつだう》を通《つう》じて、妓夫《ぎう》が洋服着《やうふくき》て切符《きツぷ》を売《う》ることになるだらう、が目下《もくか》の有様《ありさま》を比較《ひかく》すれば、中店《ちうみせ》の女郎屋《じよらうや》で遊《あそ》んでゐるのが、一番《いちばん》面白《おもしろ》いかも知《し》れない。一体芸者《いつたいげいしや》の方《はう》は女郎《じよらう》よりも情《じよう》は薄《うす》いものだ、詰《つま》り体《からだ》が自由《じゆう》になるからでもあるし、六十になツても免税《めんぜい》になるばかりで、家業《かげふ》は出来《でき》ないといふことはないから、末《すゑ》のことを考《かんが》へない。女郎《じよらう》の方《はう》は働《はたら》くのに年期《ねんき》もあり、出《で》あるきも自由《じゆう》には出《で》来《き》ない、田舎《ゐなか》からがたゝ馬車《ばしや》に乗《の》せられて、廓《くるわ》に抛《はう》りこまれたきり籠《かご》の鳥《とり》だ。其《そ》れだから「末《すゑ》はどうして斯《か》うしてと」浄瑠璃《じやうるり》の文句《もんく》みるやうなことを始終考《しじふかんが》へてゐる。客《きやく》の中《うち》で頼《たの》もしさうなのがあれば、身《み》を寄《よ》せやうとする。芸者《げいしや》には丸抱《まるがゝ》へ、半抱《はんかゝ》へ、店《たな》がりなど色々《いろく》ある、が船宿《ふなやど》の帰《かへ》りに御祝儀《ごしうぎ》を半分《はんぶん》ぬすむなどいふこともする、お参詣《まいり》にゆくふりで遭《あ》ひにもゆける、自由《じいう》のきく身《み》で、六十になツても免税《めんぜい》になるばかりで何時《いつ》までも家業《かげふ》の出来《でき》る境界《けうがい》だから、奈何《どう》しても情《じやう》は薄《うす》い、其《そ》れだからくツついたり離《はな》れたり無闇《やみ》にするのだ。芸者《げいしや》の身《み》の果《は》ては糊売婆《のりうりばゞ》になると昔《むかし》から云《い》ツたものだ、が今《いま》はこんなことはない、芸娼妓《げいしやうぎ》の身《み》の末《すゑ》を調《しら》べて見《み》ると、大抵幸福《たいていかうふく》に暮《く》らしてゐる。芸者《げいしや》よりも女郎《じよらう》の方《はう》が安楽《あんらく》にすごしてゐる者《もの》が多《おほ》い。世間《せけん》の人《ひと》は芸娼妓《げいしやうぎ》を禽獣《きんじう》の如《ごと》くに思《おも》ツてる、が斯《か》う思《おも》つてる連中《れんぢう》には間々《まゝ》野《の》たれ死《じ》にする者《もの》があるが、芸娼妓《げいしやうぎ》にはない。世《よ》の中《なか》はかう云《い》ふ妙《めう》な廻《まわ》り合《あ》はせに出来《でき》てゐる。例《たと》へば明朝《あす》は奈何《どう》してもやらねばならぬ金《かね》だとか、妻《さい》は病《やまひ》の床《とこ》に臥《ふ》して、子《こ》は饑《うゑ》に泣《な》く、と云《い》ふ事情《じじやう》を幾等《いくら》ならべても、爾《さう》いふ時《とき》には余《あま》り金《かね》の貸人《かして》はないもんだ、が昨夜勘定《ゆんべのかんぜう》が足《た》りないで、手紙《てがみ》もたして人《ひと》を飛《と》ばすとか、まぐれ当《あ》たりに飛《と》び込《こ》んで、遊《あそ》びにゆくから貸《か》せ、と云《い》ツた方《はう》が金《かね》を貸《か》して呉《く》れるものだ、して見《み》ると道徳《どうとく》なんてものは皮肉《ひにく》なものだね。

自分《じぶん》が『かくれんぼ』をかく気《き》になツた次第《しだい》を前《まへ》にも鳥渡話《ちよつとはな》したが、今少《いますこ》し追加《つひか》して置《お》きませう。自分《じぶん》が彼著《あれ》をかく前《まへ》の頃《ころ》は、斯《か》う考《かんが》へてゐた。詰《つま》らぬものを活字《くわつじ》にして世間《せけん》に出《だ》して、又活字《またくわつじ》で評《へう》されて、虚名《きよめい》が出《で》て、其為《そのため》に自分《じぶん》が左右《さいう》されて其《そ》れが邪魔《じやま》になつて頭《あたま》があがらない、窮窟《きうくつ》な思《おも》ひをする、何故《なぜ》かういふことになつて来《き》たか、とつく〴〵思《おも》ツた、其《そ》れで自分《じぶん》の心《こゝろ》は逆境《ぎやくけふ》に立《た》つてゐたといふ故《せい》もあるが、一日《いちにち》も太平《たいへい》と云《い》ふことを知《し》らない。太《たい》平《へい》だと云《い》ツたつて、何《なに》も金《かね》が懐中《ふところ》にあつて、柱《はしら》を脊負《しよつ》て、両脇《りやうわき》に女《をんな》を置《お》くことではない。宿直料《しゆくちよくりやう》を貰《も》らツて、帰《かへり》がけに紫唐縮《むらさきとうちり》緬《めん》に牛《うし》の皮《かわ》をつゝんで、妻君《さいくん》と肉《にく》を譲《ゆづ》りあツて食《く》ふ時《とき》に太平《たいへい》があるのだ、車屋《くるまや》が仙台鮪《せんだいまぐろ》の安《やす》いのを買《か》ツて帰《かへ》り、女房《にようぼう》は家《うち》にゐて破《こわ》れ火鉢《ひばち》の側《そば》に、コロップの取《と》れた徳利《とくり》に酒《さけ》を買《か》つて待《ま》つてる、すいぶたの裏《うち》から焼芋《やきいも》が出《で》る、と云《い》ふのも太平《たいへい》である、其《そ》れで年《とし》を取《と》れば、亭主《ていしゆ》に内密《ないしよ》で嫁《よめ》がかくして呉《く》れた小遣《こづかひ》もツて出《で》かけて孫《まご》の土産《みやげ》でも買《か》ツて帰《かへ》る、陋路口《ろじぐち》まで来《き》た姿《すがた》を孫《まご》が「お祖父《ぢい》さん帰《かへ》ツてきたの」と縋《すが》る「お前《まへ》には此所《こゝ》におみやがある」と五文《もん》十文《もん》の土産《みやげ》を出《だ》す時《とき》も矢張太平《やはりたいへい》だ。自分《じぶん》は活字《かつじ》に頭《あたま》を左右《さいう》されてゐたから、此《こ》の太平《たいへい》を見《み》ることが出来《でき》ないんだ、太平《たいへい》が出来《でき》ないものなら、寧世《いつそよ》の中《なか》を、常《つね》に黒雲《くろくも》の立《た》ち迷《まよ》うてゐる、闇《やみ》にしてしまふ方《はう》がよいと思《おも》ツた。道徳《どうとく》だらうが、法律《はふりつ》だらうが、縄一筋《なわひとすじ》のこツたから、何《なん》でもしたい儘《まゝ》で送《おく》る方《はう》がよい、放埒《はうらつ》の限《かぎ》りをつくし、悪《あく》事《じ》の限《かぎ》りをつくして見《み》た方《はう》がよい、と其《そ》の時分《じぶん》不図《ふと》考《かんが》へたことがあツたんだ。丁度《ちやうど》此《こ》の折《をり》に本屋《ほんや》が来《き》て、何《なに》かなるべくはすごいものを、との頼《たの》みであツたから、宜《よろ》しいとかいたのが例《れい》の『かくれんぼ』なんですよ。其《そ》れで彼著《あれ》の全篇《ぜんぺん》に通《つう》じて、其《そ》のやうなやけが見《み》える、実際《じつさい》さういふ自暴《やけ》が浮《う》いてゐた時《とき》であツた、太平《たいへい》が出《で》来《き》ない位《くらゐ》なら、世《よ》の中《なか》を闇雲《やみくも》にして仕舞《しま》ふ方《はう》がいゝ、詰《つま》り畳《たゝみ》の上《うへ》で死《し》ぬやうな了簡《りやうけん》ぢや、碌《ろく》な人間《にんげん》ではない。花《はな》もどうせ散《ち》る花《はな》なら、早《はや》くちるがいゝ、嵐《あらし》をつかまして愚痴《ぐち》を云《い》ツてるよりは、棒《ばう》をもツていツて、はたき落《お》として仕舞《しま》へと思《おも》ふ。

記者曰ふ、緑雨氏句あり、

散る桜散らずばおれが散らさうか

蓋し右の述懐と其の意は同じかるべし。

『かくれんぼ』を自分《じぶん》の実歴《じつれき》だと云《い》ツた人《ひと》もある、が実歴《じつれき》といふのを駁撃《ばくげき》はしない、想像《さうざう》といツても、形《かたち》のない影《かげ》もない、天才《てんさい》と云《い》ふが、踊《をどり》が器用《きやう》だツて、碁盤《ごばん》の上《うへ》の踊《をどり》は歌舞伎座《かぶきざ》の用《よう》にはたゝぬ。何々《なにく》を観察《くわんさつ》するなど云《い》ツて、へんな所《ところ》に飛《と》び込《こ》む人《ひと》もあるが其《そ》れで出来《でき》たらお目《め》にかゝらないんだね。自分《じぶん》のは唯何《たゞなん》となく、自然《しぜん》に見聞《けんもん》が筆《ふで》の先《さき》に出《で》てきたに過《す》ぎない。『かくれんぼ』をかくからと云《い》ツて、特別《とくべつ》の観察《くわんさつ》も探険《たんけん》も必要《ひつえう》がなかツた。今《いま》の作者《さくしや》は観察《くわんさつ》がツて、女郎屋《じよろうや》や銘酒屋《めいしゆや》を書《か》きごた〴〵と陳列《ちんれつ》する、が今《いま》の批評家《ひひやうか》は其《そ》れを詳《くは》しいと買《か》ツてゐる。是《こ》れは小説《せうせつ》の妙《めう》ではなくツて、稺《おさな》い報道者《はうだうしや》たるに過《す》ぎないんだ。例《たと》へば六畳《でう》の間《ま》を形《けい》容《やう》するんでも、隅《すみ》から隅《すみ》まで、そこら中《ぢう》の品物《しなもの》をならべる必要《ひつえう》はない、花瓶《はないけ》一つで六畳《でう》の間《ま》の模様《もやう》がわかるやうに書《か》くんでなくちやア妙《めう》でない。詰《つま》り観察《くわんさつ》と云《い》ふことは、其《そ》の花瓶《はないけ》をめつけることだらう。是《こ》れがいきなり出来《でき》ることではない。唯溜《たゞた》まツてゐる見聞《けん》の自然《しぜん》に出《で》る時《とき》でなくては、此《こ》の灸所《きうしよ》がめつかるまいと思《おも》ふ。自分《じぶん》が山村俊雄《やまむらとしを》をかくのに、俊雄《としを》をかいて俊雄《としを》を見《み》せやうとはしないで、周囲《まはり》をかいて其《そ》れを出《だ》すやうにしたつもりだ。今《いま》の作者《さくしや》のは深刻《しんこく》なんださうだが、火鉢《ひばち》をかくには始終火鉢《しじふひばち》にかぢりついたぎりだ、其《そ》れで読《よ》んだ跡《あと》に何《なに》ものこらない。自分《じぶん》の考《かんがへ》では火鉢《ひばち》をかきたいと思《おも》ツたら、周囲《しうゐ》にある茶碗《ちやわん》だとか、茶盆《ちやぼん》、鉄瓶《てつびん》、水《みづ》さしなど云《い》ふものを書《か》いて、自然《しぜん》に火鉢《ひばち》が出《で》るやうにいけるもんだと思《おも》ふ。小説《せうせつ》の妙《めう》は其所《そこ》にあるぢやないかと思《おも》ふ。勿論是《もちろんこ》れは重《おも》に観察《くわんさつ》に就《つ》いての心掛《こゝろがけ》の話《はなし》だから、小説《せうせつ》の全体《ぜんたい》を之《こ》れで蔽《おほ》ふ訳《わけ》ではない。火鉢《ひばち》を火鉢《ひばち》で見《み》せるなら、誰《た》れにでも出来《でき》る、道具屋《だうぐや》の店先《みせさき》ですむ、といふ考《かんがへ》でかいたのだ。其《そ》れが成就《じやうじゆ》してゐるかゐないかは別《べつ》ですがね。一葉の『たけくらべ』がいゝと云《い》ふのも、畢竟《ひつきやう》、大音寺前《だいおんじまへ》に十ケ月程《げつほど》も居《ゐ》たから、彼処《あすこ》をはなれて何《なん》でもなく、朝夕《あさゆふみ》見たことをさら〳〵とかいたのが、深《ふか》く穿《うが》ツてるやうに見《み》える、矢張長《やはりなが》い間《あひだ》の見聞《けんもん》のお蔭《かげ》なんだね。

自分《じぶん》が『かくれんぼ』をかいた頃《ころ》の小説《せうせつ》には、話《はなし》の筋《すぢ》がわかツたが、さて此《こ》の男《をとこ》どうして喰《く》つて居《ゐ》るかと、思《おも》ふやうなのが沢山《たくさん》ある。『かくれんぼ』も其《そ》の非難《ひなん》を受《う》けた、しかし慥《たしか》に其《そ》れはかいてある、「父《ちゝ》は取締役《とりしまりやく》」云々《しかぐ》、つまり親《おや》の金《かね》を持出《もちだ》(八葉《えふ》の表《おもて》に断《ことわ》りあり)したり、親《おや》の信用《しんよう》をかりて金《かね》をかりたりしたのだ。其《そ》れにあの頃《ころ》の会社《くわいしや》などゝ云《い》ふものは、全《まる》で体《てい》のよい詐偽師《さぎし》の寄合《よりあ》ひで、社長《しやちやう》からが、我《わ》れ専一《せんいち》とくすねたりするのだから、金《かね》などは何《なん》でもない、又《また》『かくれんぼ』は五年程《ねんほど》の間《あひだ》のつもりで、俊雄《としを》が二十か二十一から、二十五六までの事《こと》のつもりだ。作《さく》の上《うへ》では少《すこ》しはつきりして居《ゐ》ない、が浅草市《あさくさいち》とか、梅見帰《うめみかへ》りとか云《い》ふことで年代《ねんだい》を経《へ》て居《ゐ》ることがわかると思《おも》ふ。

是《これ》から多少苦心《たせうくしん》のお話《はなし》をしますがね、自分《じぶん》が芸者《げいしや》のもので今《いま》でも威張《ゐば》つてゐられるのは……『かくれんぼ』の四葉《えふ》の裏《うら》「兄《にい》さまと呼《よ》ぶ妹《いもうと》の声迄《こゑまで》が、貴郎《あなた》やとすこし甘《あま》たれたる小春《こはる》の声《こゑ》と疑《うたが》はれ」云々《しかぐ》の、此《こ》の貴郎《あなた》やのやの字《じ》には随分苦心《ずゐぶんくしん》をしたお蔭《かげ》だ。私《わたし》がつかツてからは誰《だ》れも彼《か》れもつかふことになつた、丁度《ちやうど》露伴が刹那《せつな》といふ言葉《ことば》をはやらしたと同《おな》じことだ。「さら〳〵と衣《きぬ》の音《おと》」といふ文句《もんく》も余程工夫《よほどくふう》をして、やツと考《かんが》へ出《だ》したのだ。其《そ》の頃《ころ》はぢみで表《おもて》よりも裏《うら》をたツとんだから、べた〳〵しないものを芸者《げいしや》が着《き》てゐた。「今晩《こんばん》は」と這入《はい》る前《まへ》の音《おと》は、奈何《どう》考《かんが》へてもさら〳〵といふより外《ほか》なかツた。茶漬《ちやづけ》をかツこむやうだがね。文章《ぶんしやう》の方《はう》で骨《ほね》を折《を》ツたことは、書《か》きだしの「秀吉金冠《ひでよしきんくわん》を」より以下《いか》三行《ぎやう》のところ、六葉《えふ》の裏《うら》「知《し》らぬ〳〵知《し》りませぬ。憂《う》い嬉《うれし》いも貴郎《あなた》と限《かぎ》る儂《わたし》の心《こゝろ》」を以下《いか》三行《ぎやう》あたりですよ。序《つひで》に少《すこ》し通《つう》を云《い》つて置《お》かうか。こゝに「貴郎《あなた》と限《かぎ》る儂《わたし》の心《こゝろ》を摩利支天様《まりしてんさま》、聖天様《せうでんさま》、不動《ふどう》様《さま》、妙見様《めうけんさま》、日珠様《にちじゆさま》も御存《ごぞん》じの今《いま》となつて」とある此《こ》の日珠様《にちじゆさま》といふは、本所小泉町《ほんじよこいづみちやう》の稲荷《いなり》さまで、亀清《かめせい》の女中頭《じよちゆうかしら》でお直といふ婆《ばゞ》がひどく信心《しんじん》したのが元《もと》で、若《わか》い芸者《げいしや》などが朝《あさ》まゐりすることがはやツた、其頃《そのころ》の柳橋《やなぎばし》の朝《あさ》まゐりと云《い》へば、此《こ》の日珠様《にちじゆさま》に一《ひと》ツ目《め》の弁天様《べんてんさま》、浜町《はまちやう》の清正公《せいしやうこう》が一番多《いちばんおほ》かツた。其《そ》れから十葉《えふ》の裏《うら》に「三筋《みすじ》に宝結《たからむす》びの荒《あら》き竪縞《たてじま》の」云々《しか〴〵》、元《もと》は役者《やくしや》のくばり物《もの》か何《なに》かにあツたやつが好《い》いといふので、当時土地第一流《たうじとちだいりう》の芸者等《げいしやら》が揃《そろ》ひに拵《こしら》へたので、温袍《どてら》になどしてあツたのだ。九葉《えふ》の裏《うら》に「出《で》が道《だう》明《みやう》ゆゑ厭《いや》かは知《し》らねど」とある、此《こ》の道明は江戸《えど》ツ子《こ》でなくては分《わ》からないことだ。日本橋《にほんばし》の東仲通《ひがしなかどほ》りの古着屋《ふるぎや》で、よい品《しな》ばかり売《う》る店《みせ》なんだ、今《いま》も古《ふる》い錦襴《きんらん》の切《き》れなどは此所《こゝ》ばかりだ、あるのは。西洋人《せいやうじん》などが買《か》ひにいくさうだ。柳橋《やなぎばし》で其《そ》の頃古《ころふる》い格式《かくしき》など守《まも》る芸者《げいしや》は、態《わざ》と古《ふる》い物《もの》をそこから買《か》ツて、通《つう》がツたものだ、新《あたら》しい物《もの》を呉服屋《ごふくや》から買《か》ふよりは却《かへつ》て高《たか》く附《つ》くのだ、気取《きど》ツた老妓《らうぎ》などは不断《ふだん》にもきてゐた、が座敷着《ざしきぎ》にしたものもあツた、「新田《につた》足利勧請文《あしかゞくわんぜうもん》」云々《しか〴〵》とあるは、其《そ》の頃自分《ころじぶん》が出雲《いづも》の大社《おほやしろ》の旧国造《きうこくざう》千家尊福《せんけそんぷく》が持《も》ツて来《き》たものだと云《い》ふのを、星ケ岡《ほしをか》で見《み》た、大社《おほやしろ》の秘物《しろもの》から思《おも》ひ附《つ》いたので、敵味方双方《てきみかたさうはう》から勧請文《くわんぜうもん》をあげて、勝《か》たしてくれと祈《いの》つたのだ、之《こ》れをつかツて十行《ぎやう》ばかりのを一句《く》に縮《ちゞ》めた。自分《じぶん》は『かくれんぼ』をかくには、成《な》るべく文章《ぶんしやう》を簡潔《かんけつ》に簡潔《かんけつ》にと骨《ほね》を折《を》ツたのだ。

芸者《げいしや》の名《な》も春夏秋冬、露雪霜と奇麗《きれい》につけた、其《そ》の時分《じぶん》には何《なに》子《こ》なんて名《な》は余《あま》りなかツた、艶書《いろぶみ》をペンでかく女学校《ぢよがくかう》の生徒《せいと》なぞが出来《でき》てから流行《はや》り出《だ》したのだ。

『かくれんぼ』の欠点《けつてん》を、前《まへ》にも云《い》つて置《お》いたが、今少《いますこ》し考《かんが》へ出《だ》したのを附《つ》け加《くは》へて置《お》かう。「俊雄《としを》も二月三月《ふたつきみつき》は殊勝《しゆしよう》にくらしたるが」(十二丁裏《ちやううら》)再《ふたゝ》び遊《あそ》びに行《ゆ》くことになつた、順序《じゆんじよ》が余程《よほど》ぬけてゐる、一旦俊雄《いつたんとしを》は謹慎《きんしん》になつて見《み》たが、色町《いろまち》などを通行《つうかう》すると、人《ひと》の遊《あそ》んで居《ゐ》るのを見《み》ると羨《うらやま》しくなる、考《かんが》へて見《み》れば、奈何《どんな》人《ひと》だツて、毎晩《まいばん》あそんでる者《もの》もないが、昨晩《ゆふべ》あそんだ身《み》が、今日《けふ》も亦《また》あそびたくなるのも人情《にんじやう》だ。其《そ》れから身《み》につまされると云《い》ふことも、俊雄《としを》を堕落《だらく》させた原因《げんいん》の一《ひと》つだ。長唄《ながうた》を稽古《けいこ》してゐるお師匠《ししやう》さんの前《まへ》を通《とほ》れば、何《なん》となく自分《じぶん》が花道《はなみち》を出《で》るやうな気《き》がする。遊《あそ》んだ身《み》の覚《おぼえ》あるやつは、夜《よ》ふけ門附《かどづ》けのながしや、辻占売《つぢうらうり》の声《こゑ》を聞《き》いても、ふらふらツとするものだ。其《そ》れが頂上《ちやうじやう》にいけば、便所《てうづば》の窓《まど》から冬《ふゆ》の月《つき》の冴《さ》えたのを見《み》てさへ、おつなことが浮《う》くもんだ。其《そ》れで再《ふたゝ》び堕落《だらく》することになる。是《これ》だけのことが『かくれんぼ』にぬけてゐる、九葉《えふ》の裏《うら》「合乗膝枕《あひのりひざまくら》」云々《しか〴〵》是《こ》れは古《こ》大通《だいつう》の排斥《はいせき》したことで、十葉《えふ》の裏《うら》「春水翁《しゆんすゐおう》を地下《ちか》に」云々《しか〴〵》是《こ》れはあまい奴《やつ》の説明《せつめい》なんだ。

其《そ》れから『かくれんぼ』の中《うち》につかツた、芸者《げいしや》や料理屋《れうりや》は一々《いち〳〵》柳橋《やなぎばし》のを宛《あ》てゝあることを云《い》つて置《お》かう。だが此《こ》の中《うち》にあるやうな事実《じじつ》があツた訳《わけ》ぢやないんだ。唯人物《たゞじんぶつ》だけをかりて来《き》たのに過《す》ぎない。

春風《はるかぜ》の福よしとあるは、薬研堀《やげんぼり》の水明楼《すゐめいろう》で、角《かど》の宇多川《うだがは》とあるは、伊豆屋《いづや》と云《い》ふ船宿《ふなやど》なんだ。川添《かはぞ》ひの二階《かい》とあるは、元《もと》の亀清《かめせい》で、今《いま》の小中村《こなかむら》だが、其《そ》の頃《ころ》は繁昌《はんじやう》したものだ、武蔵屋とあるは、寿賀野《すがの》といふ待合《まちあひ》で、今《いま》はない。尾花屋としてあるは、米沢町《よねざはちやう》の待合《まちあひ》で、高橋《たかはし》と云《い》ふのだ。橋手前の菊菱とあるは、船宿日《ふなやどひ》のやのことなんだ。

それから芸者《げいしや》の名《な》を云《い》はふか、小春とあるは小花《こはな》と云《い》ふんで、お酌《しやく》のうちは可愛《かあい》い妓《こ》であツたが、芸者《げいしや》になつてから堕落《だらく》した。三葉《えふ》の表《おもて》「歳《とし》十六ばかり色《いろ》ぼツてりと白《しろ》き丸顔《まるがほ》の愛嬌《あいけう》こぼるゝを」云々《しかぐ》、之《こ》れで当人《たうにん》は小春《こはる》がよくわかツてるつもりだ。お夏とあるは、お北《きた》と云《い》ツたやつで、是《こ》れも芸者《げいしや》になツてから堕落《だらく》した。「わたしより歳一《としひと》つ上《うへ》」「涼《すゞ》しい眼元《めもと》」とあるので人柄《ひとがら》もわかる。其《そ》の次《つぎ》は秋子だ是《こ》れは愛子《あいこ》と云《い》ツたやつだ。芸者《げいしや》になツてからも、第《だい》二流《りう》の位地《ゐち》を保《たも》つてゐたやつだ。七の裏《うら》「歳《とし》十八ばかりの細《ほつ》そりとしたるが矢飛白《やがすり》の袖夕風《そでゆふかぜ》に吹靡《ふきなび》かす」云々《しかぐ》。痩《や》せぎすに矢《や》飛白《がすり》は似合《ひあ》ひがよいものだ。冬吉は徳松《とくまつ》といふ女《をんな》で、九の裏《うら》へ「歳二《としふた》つ上《うへ》の」「男《をとこ》は年下《としした》なれば」十二の表《おもて》に「冬吉《ふゆきち》の眉毛《まゆげ》の蝕《むしく》ひが弥々《いよく》別《わか》れの催促《さいそく》」これでよく分《わ》かツてゐる。小露これは常吉《つねきち》で、当時《たうじ》はお酌《しやく》であツたが、第《だい》二流《りう》の芸者《げいしや》になツた。十一の表《おもて》「曙《あけぼの》染《ぞめ》を出《で》の座敷《ざしき》に着《き》る雛鶯《ひなうぐひす》」云々《しかぐ》で形容《けいよう》はつきてゐる。雪江とあるは小万《こまん》と云《い》ツた芸者《げいしや》で、後《のち》に第《だい》一流《りう》の地位《ちゐ》を占《し》めたやつだ。「廿一二の肌白《はだしろ》」云々《しかぐ》とある。お霜は其《そ》の頃《ころ》土地《とち》第《だい》一流《りう》の芸者《げいしや》で、おとわと云《い》ツたやつだ、雪江《ゆきえ》の姉分《あねぶん》にしてあるが、「鼠繻珍《ねずみしゆちん》の烟草《たばこ》入《いれ》」で年《とし》だけ分《わ》かるつもりだ。自分《じぶん》は容貌服装《ようばうふくさう》ばかりでなく、性《せい》質《しつ》とても自然《しぜん》にわかるやうにかいた。

小春《こはる》に就《つ》いては、五の表《おもて》「おとなしい方《かた》よと顔《かほ》に花散《はなち》る」同裏《どううら》「互《たが》ひの名《な》を灰《はい》へ曲書《きよくがき》」云々《しかぐ》、即《すなは》ちぽつとしてゐる。お夏《なつ》の六の表《おもて》「其手《そのて》は頂《いたゞ》きませぬ」同裏《どううら》「ぬしからそもじへ口移《くちうつ》しの酒《さけ》」云々《しかぐ》で俊雄《としを》を擒《とりこ》にする気《き》、即《すなは》ち商業気《しやうばいげ》が勝《か》つてゐる、秋子《あきこ》は八の裏《うら》「それまで拝見《はいけん》すれば女冥加《をんなみやうが》」とあるので、是《こ》れも手練者《てれんもの》で、鋭《するど》き根性《こんじやう》のやつだと分《わ》かる。冬吉《ふゆきち》は九の裏《うら》「色《いろ》にはまゝになるが嬉《うれ》しく」とあるから、今《いま》でも旦那持《だんなもち》なれど、口直《くちなほ》しと云《い》ふやうな料簡《れうけん》で、俊雄《としを》と遊《あそ》んでゐると云《い》ふがわかる。小露《こつゆ》はお酌《しやく》に出《で》たてのうぶな奴《やつ》、こわいが半分位下《はんぶんぐらゐした》でいろになつたのだ。雪江《ゆきえ》は色《いろ》の取持《とりも》ちを頼《たの》みし程《ほど》の者《もの》なれば、元《もと》より浮気者《うはきもの》。お霜《しも》は其《そ》の又《また》男《をとこ》を取《と》る程《ほど》なれば、何《なん》でも一寸《ちよつと》は喰《く》つて見《み》ると云《い》ふ道楽者《だうらくもの》だと云《い》ふが見《み》えてゐるつもりなんだ。

文章《ぶんしやう》の上《うへ》で前《まへ》の話《はなし》に漏《も》れたのを云《い》へば、終《をは》りのとこに「欺《だま》されて啼《な》く月夜烏《つきよがらす》、まよはぬことと触廻《ふれまは》りしより、村様《むらさま》の村《むら》はむら気《き》のむら、三十前《まへ》から綱《なわ》では行《ゆ》かぬ恐《おそ》しの腕《うで》と、戻橋《もどりばし》の狂言以来《きやうげんいらい》」云々《しかぐ》は幾等《いくら》か得意《とくい》のところで、苦心《くしん》をしたところなんだ。自分《じぶん》は紅葉《こうえふ》の『三人妻《さんにんつま》』を読《よ》んで、菊住《きくずみ》に戻橋《もどりばし》の緋縮緬《ひぢりめん》のしごきで、二階《かい》によツかゝツてる男《をとこ》に対《たい》しては、不快《ふくわい》を感《かん》じたね。自分《じぶん》は始《はじ》め『かくれんぼ』を『うづら網《あみ》』の筆法《ひつぱふ》で芝居見物《しばゐけんぶつ》の場《ば》からかき始《はじ》めた、があゝ云《い》ふやうに書《か》きかへた、詰《つま》り筆《ふで》をちゞめる為《ため》に書《か》きかへました。秀吉《ひでよし》と五右衛《ゑ》門《もん》は団菊両優《だんきくりやういう》にあてゝかいたのでしたよ。

俊雄《としを》が堕落《だらく》の順序《じゆんじよ》をいへば、始《はじ》めは火鉢《ひばち》を間《なか》に置《お》いて、ぐづ〱して居《ゐ》る、自分《じぶん》の惚《ほ》れてゐるのは分《わ》からないで、女《をんな》の方《はう》で何《なに》か云《い》ふだらう、と待《ま》つてゐたぼツちやんだ。宅《うち》にゐれアもう手紙《てがみ》がくる時分《じぶん》だ、なんて気《き》を揉《も》む人物《じんぶつ》だ。次《つぎ》にお夏《なつ》へ関係《くわんけい》を附ける頃《ころ》もお夏《なつ》の方《はう》から口説《くどい》てゐるから、尚《なほ》きまりが悪《わる》い、女《をんな》のおだてに乗《の》るといふ境界《きやうがい》を越《こ》えない。三度目《どめ》の秋子《あきこ》からは、自分《じぶん》の方《はう》から口説《くどい》た、冬吉《ふゆきち》になつちやア、唯《たゞ》の自堕落《じだらく》で、酔《ゑ》ひ倒《たふ》れて一緒《いつしよ》にねたのが縁《えん》になツた位《くらゐ》のこッたんだ。「ひよんなことから」云々《しか〲》とかいたは、此意《このつもり》なんだ。小露《こつゆ》となつては公然《こうぜん》くどいた、お霜《しも》、雪江《ゆきえ》に到《いた》ツては、詰《つま》り女《をんな》をひツかけると云《い》ふやつなんだ。是《こ》れは俊雄《としを》が色《いろ》の上《うへ》の移《うつ》り変《かは》りだ。

パチンの定紋《ぢやうもん》だの其《そ》の外《ほか》、櫛《くし》や何《なに》かに紋《もん》を着《つ》けるのは、今《いま》から見《み》れア時代《じだい》のやうで可笑《をか》しいが、当時《たうじ》は柳橋《やなぎばし》で行《おこな》はれたものなんだ。

（伊原青々園・後藤宙外編『唾玉集』所収、春陽堂、明治三十九年九月）

解説

饗庭篁村

肥田晧三

饗庭篁村の経歴

饗庭篁村（一八五五―一九二二）の経歴は、女婿の山田清作が雑誌『伝記』の昭和十二年一月号に発表した「竹のや主人」に詳しく述べられており、篁村自身も自記の「篁村先生之伝」（『現今名家記者列伝』所収、春陽堂、明治二十二年七月）と『篁村叢書』の序文（博文館、大正元年九月）に簡単な自伝を書き残している。これらを綜合して篁村生涯の履歴を次にまとめてみる。

饗庭篁村、本名与三郎、竹の屋主人（竹の舎主人とも）、龍泉居士、太阿《たいあ》居士と号す。安政二年八月十五日、江戸下谷竜泉寺町に生れる。父与之吉六十歳、母二十歳、六人兄姉の末子であった。この年十二月二日に安政の大地震に遭い、母に抱かれて逃げ出す時、母は倒れた梁の下で亡くなり、与三郎は庭へ投げ出されて助かった。里子に預けられて生育、その家の姓が竹村であったので、養育の恩を忘れぬため、後に篁村と号した。饗庭家は父祖代々近江で医を業とし、一族から天台宗の高僧慈恵大師（元三大師）を出した。父の与之吉が文化年間（一八〇四―一八）に江州から江戸へ出て、日本橋本町で呉服商三木屋を開業。当時、三井越後屋と白木屋とが盛大な呉服屋であったので、それにあやかって両方から一字を取って屋号とした。東叡山の呉服御用をつとめ、一代で産をなし、維新後は下谷竜泉寺町の松前侯の下屋敷を買い受け、そこへ移ってやはり三木屋の屋号で質商を営む。篁村十一歳の時、親戚同様であった同じ質商の箱根屋へ見習奉公に預けられる。箱根屋へは兄二人も先きに奉公勤めをしていて、これは親同士の間で、男の児を仕込むのはお互いに交換してやろうとの約束があってのことであった。十五歳までの五年間を箱根屋で客分待遇の少年店員としてすごす。通常の小僧とは待遇が異なり、商売用の使は一切やらされず、主人の稽古事のお供が仕事であった。箱根屋は日本橋新材木町で繁昌した店だったので、主人の稽古事は謡、俳諧、茶、花、小唄、剣道など一流の師匠につく。その供であるから、月謝いらずに諸芸の稽古を見習い、教養の基礎をおのずから習得した。箱根屋は大家で、二階の一部屋を貸本屋に貸してあった。そこで、あいている本は何を出して読んでも良い特権を与えられた。篁村は、九歳で「白縫物語」を、十歳で「児雷也物語」を読んだと自伝に記している。箱根屋時代に、さらに「通俗三国志」「水滸伝」「十二朝軍談」「武王軍談」「八犬伝」をはじめ、小説、随筆を片端から読破した。それまで師について特に習った事の無かった篁村は、この時期に広く群籍にわたり広範囲の知識を独学独修した。明治七年十九歳、読売新聞日就社の文選校正係に採用され、徐々に勉強ぶりと文才を認められ、昇格して編集局へ引き上げられた。自伝に「読売新聞日就社に聘され、月給二円五十銭を頂戴せしが、幸いにも芝居ばかりを見たがりしが役に立ち、こんな者も入用なりとて三円五十銭と上り、五円と飛び、やがて堂々たる新聞記者となりぬ」とある。就職の初期は新聞社の二階の編輯室に三、四年住んでいたと後年に回顧している。やがて南伝馬町の風月堂の近所の路地に一軒の家を持ち、そこから二年ほど新聞社へ通った。雪が降ろうと、嵐があろうと必ず出勤、大雪の朝は一番乗りを心がけて出社するという精勤ぶりであった。昭和女子大学近代文学研究室編『近代文学研究叢書』第二十一巻所収の饗庭篁村著作年表によると、明治九年一月竹の家署名の「歌一首」を最初として、明治十九年までのほぼ十年間に、饗庭与三郎、饗庭篁村、竹の舎主人、龍泉居士、太阿居士の名で読売新聞紙上に発表した約百篇の雑報随筆風の小品とみられる作品名が記録されている。その中には「暴動記」「蓄財の要訣」「時間の用」「衣服の好み」の続き物の作名もある。小説の初作は明治十六年三月に単行本で出版した『はつ卯みやげ両国橋奇聞』(由己社)であるが、明治十九年三月から読売新聞に載せた「当世商人気質」が大好評を博し、作家としての地位が定まった。このあと、明治二十二年へかけて陸続と読売紙上に発表した創作は、どれもが人気高く、小説集『むら竹』二十冊に全作品を収録して春陽堂から出版(明治二十三年十二月完結)、又『掘出し物』(吉岡書籍店、明治二十二年五月)を「新著百種」の一冊として刊行、小説家篁村の最盛時を迎えた。幸田露伴は篁村と須藤南翠の二人を「明治二十年代初頭の小説壇の二巨星」であるとし(「饗庭篁村と須藤南翠」大正十四年六月、『露伴全集』第三十巻所収)、夏目漱石の明治二十二年十二月の正岡子規宛の手紙の一節には「独り篁村翁のみは直ちに胸臆を直叙して天真爛熳の風姿紙上に躍然たり」としている。篁村が坪内逍遙と相識となったのは明治十九年一月二十四日のことで、逍遙の日記に「饗庭与三郎来訪、小酌、午後饗庭と共に王子行、扇屋に飲む、夜に入りて帰宅」とあり、以後、篁村と逍遙は生涯の友となる。篁村の初期作品にポー(『黒猫』明治二十年、『ルーモルグの人殺し』同)、ディケンズ(『影法師』明治二十一年)などの翻訳翻案があるのは、西洋文学の味を知りたい熱望を持っていた篁村が、逍遙や、飲み友達の磯野徳三郎(依緑軒主人、理学士)らに学んだものといわれる。読売新聞社に精勤十五年の後、同社を退いて、明治二十二年朝日新聞社へ入社した。斡旋の労を執ったのは自恃居士高橋健三であった。これ以後大正十一年の没時に到るまで朝日新聞に在籍し、小説、劇評、紀行文を紙上に載せた。小説は徐々に作数を減じ、明治末年以後は執筆していない。劇評は竹の屋主人の筆名で「東京朝日」の呼び物の一つとして没時まで毎月執筆した。特に大正に入ってからは毎月の劇評を書き続けることが、殆んど唯一の仕事となった。紀行文は毎回好評で、読者は小説以上に喜んで読んだ。明治二十五年から坪内逍遙の懇請によって東京専門学校(早稲田大学)ならびに『早稲田文学』誌上で近松門左衛門を講じ、その成果の一部分が『巣林子撰註』(東京専門学校出版部、明治三十五年六月)である。明治二十四年三十六歳の時、逍遙の媒酌で秋田佐竹侯留守役の梅津某の娘しげ子(二十三歳)と結婚(篁村は再婚)。この頃根岸に住み、同じく根岸谷中の住人だった森田思軒、幸堂得知、岡倉天心、須藤南翠、宮崎三昧、高橋太華、幸田露伴、高橋自恃らの人々と共に世間から根岸派と目された。自伝に「笹の根岸に住むこと十年」といっている。東大久保、数寄屋橋近辺、寺島村と転居を重ね、明治二十八年向嶋小梅町に住む。庭園つきの大邸宅であったが、三度の水害に遭い、明治四十四年一月牛込赤城下に移る。自伝に「向嶋に住みて十八年、洪水三度」とする。大正六年東大久保に移り、その地で大正十一年六月二十日没。享年六十八(数え年)。染井墓地に葬る。

朝日新聞社時代の小説は、『勝鬨』(春陽堂、明治二十三年四月)、『雪達摩』(同上、同二十五年四月)、『凧の糸目』(同上、同二十五年十月)、『有馬筆』(同上、同二十七年一月)、『きせわた』(同上、同二十八年十二月)、『つり的』(博文館、同三十年一月)、『笠の露』(春陽堂、同三十年三月)、『聚宝盆』(博文館、同三十三年三月)、『むら雀』(春陽堂、同三十五年六月)、『不問語』(日高有倫堂、同三十九年二月)、『竹影集』(同上、同三十九年十月)、『選取聟』(春陽堂、同四十二年三月)、『雀躍』(精華書院、同四十二年四月)、『篁村叢書』(博文館、大正元年九月)の著書に、ほぼ全作品が収録されている。

饗庭篁村の劇評

饗庭篁村の劇評は「東京朝日」の名物とされ、明治二十二年朝日入社以後、大正十一年の没時までの三十年以上にわたって毎月の紙上を飾り、呼び物になっていた。明治時代には名のある劇評家が多かったが、篁村はその第一人者と目され、確乎たる存在だった。篁村の劇評は、台本の研究が行届き、劇全体の構成、登場人物の性格を確実に把握し、いうところに一々根底があり、読者をも、また役者をもうなずかしめた。どの役者に対しても態度が公平で、是を是とし非を非とする態度が快く、手きびしい直言をしてもすこしもとげとげしくない、温かい同情に充ちたものであった。しかも、月々の劇評が立派な作品をなし、その文章は独自のユーモアが溢れ、到るところに読む者のおとがいを解く洒落が連発する。その妙文をまちかねてたのしみにする愛読者がじつに多かった。篁村没後に『竹の屋劇評集』(東京堂、昭和二年十月)が刊行され、明治二十二年から三十年までの執筆を収めているが、それは篁村劇評の僅か一部分にすぎない。篁村の全劇評はそのまま明治大正東都演劇史をなす。それをまとめることは難事業ではあるが、いつか実現する日が待望されることである。

饗庭篁村の紀行文

篁村の紀行文もまた明治時代の「東京朝日」の呼び物の一つであった。それらは単行の紀行文集『旅硯』(博文館、明治三十四年三月)に十一篇、『天下泰平』(日高有倫堂、同三十九年八月)に四篇、ごく初期のは『むら竹』(春陽堂、同二十三年十二月)に五篇が収められているほか、小説集『つり的』『聚宝盆』『不問語』に各一篇を収録、没後刊行の『饗庭篁村集』(春陽堂、昭和三年八月)にさらに四篇が収められ、総計二十七篇、主要作はほぼ網羅して読むことが出来る。篁村の紀行文は、その個性が自然にありのままに現われた独特のもので、特に同じ朝日記者の右田寅彦と共に旅して、一日交替で連載したのは大好評であった。気心の合った道伴れ、弥次さん喜多さんの旅の如く、記事が三ヶ月に及ぶものもあったが、そんな長い続き物を読者は小説以上に喜んで読んだ。本来紀行文は案内書の役目を持つものであるが、篁村の紀行は案内書としての価値はきわめて乏しく、しかしその実用的価値の乏しいところに、独自の面白味がある。「小金井の桜」(明治三十二年)、「伊勢参宮」(明治四十年)などは、最も特色を発揮した作である。

饗庭篁村の江戸文学史研究

饗庭篁村のもう一つの大きな仕事に江戸文学研究の論考がある。自身で江戸文学史を編纂したい気持を終生持ち続けていた。明治四十二年刊の『雀躍』(精華書院)に「俳諧論」「上田秋成」「八犬伝諸評答集」など四十篇の論作が収められており、別に『むら竹』に「大石真虎の伝」、『つり的』に「小説家の片商売」「都名所図会の板元」、『饗庭篁村集』に「文化文政度の小説の挿絵」「戯作者の原稿料と出版部数」「西遊記を日本小説に翻案したる曲亭翁の苦心」「蜀山人と銅脈・蕪坊」が収録され、単行本に『巣林子撰註』、『馬琴日記鈔』(文会堂、明治四十四年二月)、『曲亭馬琴』(博文館「少年読本第五編」、同三十二年二月)もある。が、これ以外に経済雑誌社発行の『史海』第十三、十四両号に掲載した「文化文政度の小説家」の如き雄篇をはじめとして、まだ本になっていない論考は多数あり、生前にそれらがまとめられることのなかったのは、まことに惜しいことであった。篁村が校訂した博文館の『帝国文庫』、国書刊行会の『新群書類従』『近世文芸叢書』、冨山房の『袖珍名著文庫』など、そこに書いた解題、また三省堂の『日本百科大事典』の担当した項目も相当多数あり、大量に残されたそうした佚文を全部合わせたらある程度まで篁村江戸文学史の体裁になる。どんな些細なものでも、いずれもが名文で、調べが行届いた示唆に富む内容である。こうした珠玉の文字が埋れてしまったのは是非なきことである。

諸家の篁村文学観

饗庭篁村と親交のあった坪内逍遥、幸田露伴の二家が篁村文学をどのように見ていたのか。また、篁村の文学を愛好し、篁村文学の良き理解者であった福原麟太郎、森銑三の二家の篁村文学観はどのようなものであるのか。明治文学研究家の柳田泉の篁村観はどうか。次にそれをまとめてみる。

坪内逍遥曰く「作家としての竹のやの風格は、旧戯作者系脈に属してゐたが、その識見なり、和漢学の造詣なりは京伝、三馬、京山ら以上であつた。少くも、種彦と覇を争ふに足る程度と私には思へた。雑報として書いた篁村の出世作の小話が、概して其磧張り、自笑張りであつたため、最初は誰れも彼れも彼れを八文字屋系の作者扱いにしたのであつたが、その実、彼れの私淑してゐたのはむしろ種彦、後には近松であつたやうに思ふ。その得意の滑稽諧謔が一九のやうに下卑もせず、その諷刺が三馬よりも温和であり上品であり得たのは、主としてその稟性の然らしめたのでもあらうが、一つはその私淑した文脈のせゐでもあつたらう。(昭七、一一、二七)」(「篁村伝の補遺」『柿の蔕』所収、中央公論社、昭和八年七月)。また曰く「今から二十余年以前に在つては、君は文壇に於ける屈指の名家で、とりわけ軽妙洒脱な其磧風の詞藻を駆使して、多少三馬に似て彼れよりも婉曲な諷刺冷嘲を、又いくらか一九に似て彼れよりも高雅な戯謔滑稽を、三面記事的の時代世相や時代人物を材料にして、縦横自在に発揮する一種の天才に於ては、当時全く比肩する者がなかつた。」(「篁村を悼む」『逍遥選集』第十二巻所収)。

幸田露伴曰く「わたくしが初めて小説を書き出したのは明治二十一年頃のことであるが、その当時この方面の先輩と云へば、先づ饗庭篁村、須藤南翠、坪内逍遥などの人達であつた。なかでも饗庭篁村は文筆年数から云つても大先輩格で、かなり早くから読売新聞にゐて、無論別にはつきりした文学的意識が有つてではなかつたらうが、兎に角、随分長い間文学的作品を書き続けてゐたのである。わたくしの知つてゐるこの人は、どちらかと云へば矢張り戯作者系統の気風を十二分に持つてゐた。徹頭徹尾世の中を洒落のめして、四角四面なことは大嫌ひ、飽くまで江戸ッ子流に、人をアッと云はせて面白がる底のいたづら気を持ち合せてゐた人であつたが、しかしその中におとなしい、下品ではないところを持つてゐた人だつた。篁村の作品は、その頃に出た「むら竹」がその代表作で、二十冊位もあつたらうか。当時最も早くに篁村を認めた者は坪内逍遙氏であつた。無論逍遙は文筆の上では篁村より後輩であつたが、相当早くから篁村の作品を認めてゐたので、別に篁村の作品を細評したなどといふことは無いやうだが、文学上に篁村を世間から尊ばせた功の一半は逍遙にあつたといふことが出来よう。逍遙はそれより前に、「小説神髄」を出し、「書生気質」を発表してゐた。篁村は人物もよく、文品も勝れて、明らかに文学者としてのオリヂナルがあり、飽くまで自己の個性から出発してゐるので、その作品中のあるものは、今日の目から見てもその文学的価値の低くからぬものがある。のみならず明治の新らしい人たちが小説を書き始める前までの、言葉をかへて云へば、徳川期文学と新興文学との間の橋梁になつた人で、たしかにその過渡期の薄暗さの中には輝いた光を放つた人で、それだけに又当時の若い批評家連からは飽足らないやうに云はれたが、目ざされて兎角を云はれただけ、その光輝がその時代の空にきらめいたものであつたことが証される。篁村は別に新らしがる気もなく、自分の勝手で物を書いたが、それが却つて真の意味に於ては後の人々の所謂新らしいことになつてゐた。その点で世人を引きつけてゐたのであつた。」(「明治文壇雑話」昭和三年三月、『露伴全集』第三十巻所収)。また曰く「篁村先生は中年日本文学史の中、徳川文学史の編纂を思ひ立たれたが、これは先生にとつては有益な結果を将来せなかつた。先生は懶惰漢といふわけでは決して無い、却つてむしろ勉強家といふべきで、その盛んに筆を執られた頃は大抵朝早く起きて、訪客が門を敲く頃までにはその日課を終られたほどであるが、人が好いと俗に云ふ質の人で、恐ろしい意志の強い人といふ質では無かつたのと、それにまた晋魏六朝の人のやうな酒を愛し趣を楽しむといふ人だつたので、あまり頑強な体質で無いのに酒を嗜まれたものだから、それにまた何様しても詩人肌であつて、事務家肌、学究肌で無かつたので、徳川文学史は出来ずに終つた。のみならずそのために創作の方にタルミが来て、遂にそれなりになつたやうな訳であつた。」(「饗庭篁村と須藤南翠」大正十四年六月、同上)。

福原麟太郎曰く「私が、篁村の古めかしい文体の短篇小説(すべて短篇小説というべきものである)を読んで感心するのは、すべてがみな巧みにこしらえてある小説なのだ。しかも実に本当の人情を写してあるのが面白い上に、もっと楽しいのは、この世の中はすべてめでたく結末がつくという構想である。篁村は決して勧善懲悪などいうことを考えていたのではなく、この世の中が悲劇に終ることを信じることができなかったに相違ない。人間が苦しみ悩んで人生を送り、救いが全く無いなど、そんなことがあるものか、と思つていたのであろう。そこのところが誠にうれしい。『饗庭篁村集』(昭和三年春陽堂出版、良い本である)の中に収めてある短篇は三十五だが、そのうちに「人の噂」というのがある。これは善意の文学の見本のごときものであるうえ、構成に独得なものがあり、傑作中の傑作である。」(「一冊の本、饗庭篁村集」『朝日新聞』昭和三十七年十月四日夕刊)。

森銑三曰く「篁村は江戸文学の系統は引きながらも、独自の風格を備へた作家であり、滑稽趣味は濃厚でも、品格のよさがあり、品格のある文学者となつてゐる。初期の作品集「むら竹」の二十巻など、明治十年台から二十年前後の頃の世相のおのづから反映してゐるものがあつて、今日にもなほ且つ鑑賞に値する特殊な文学作品を成してゐる。

新聞の続き物から出て、独自の世界を開いた篁村の小説は改めて研究し直さるべきものを有する。」「篁村の作品が基調とするところは健全主義で、かうした主張の許に、どの作品も書かれてゐる。かといつて、ただ健全なればよいといふのではなく、いふべからざるユーモアがあり、わざとらしからぬ愛嬌があり、しかもあくどくなく、しつこくなく、純粋の江戸人であつた篁村その人の人柄の出てゐるものがあり、他作家の企及すべからざるものがある。篁村の穫難い文人であつたことを思はざるを得ぬ。」「江戸文学を基調とする篁村の小説は、自分でもいつてゐるやうに、勧善懲悪主義を以て一貫する。最初から時代後れとなるのは覚悟の上であつたろう。さうした篁村の創作の行文の今読んでも清新なことで、明治二十年前後に書いた小説が、今見直しても古びを帯びない。内容は古臭くても、今でも通読に堪へるのである。篁村侮るべからずといふことになる。篁村の作品を知りたい人は、その著作集ともいふべき「むら竹」に収むるところのものをまづ読んで見べきであらう。「むら竹」の初篇は明治二十一年の七月に発行せられてゐる。まだわが国に、新しい意味に於ける文学作品の興らなかつた時代のもので、それらのすべてが清新の気に満ちて居り、江戸前ですっきりして居り、叙述にむだがない。私などの篁村宗の信者には、今に愛読に値するものになつてゐるのである。」(「饗庭篁村」昭和四十四年二月、『森銑三著作集』続編第五巻所収)。

柳田泉曰く「新聞小説の先駆たるいはゆる続き物から新聞小説への過渡期を示している点に「むら竹」の文学史上の位置がある。集中の小説そのものに就いていへば、叙述の軽妙と独特のユーモアと、世故、人情の穿ちから成る一種の芸術境とをもつてはゐるが、何れも単純なストオリイで、人物の描写にも筋の運びにも根深いところはなく、ありふれた市井の一瑣事をただ軽妙な文辞で描いたといふだけのものが多い。その雰囲気は根本に於いて旧戯作者の世界のそれであり、新時代の意識は格別感じられない。教訓、勧懲の意志は、ほのかに見えてゐるが、さればとて人生指導の大理想を掲げるのでもない。ただ教養が該博であり、言辞が洒脱軽妙を極めてゐるので、尋常のお談義とは倫を異にしてゐる。」(『日本文学大辞典』第七巻「むら竹」の項、新潮社、昭和二十六年八月)。

諸家の篁村文学への見方は以上のとおりである。篁村の最初に世評を得た作品が「当世商人気質」であったので、その題名の名付け方から、当時の読者は明らかに江戸時代小説の気質物の流れにある作と受けとり、篁村は江島其碩ら江戸時代作者の系統を継ぎ、その文体は八文字屋本を摸倣するものであるとした。こうした観察が、篁村の文学を末長く規定、篁村作品全体の背負う宿命のようなことになった。しかし、明治二十二年九月二十日の「東京朝日」に出た『むら竹』第五巻の批評の一節に、次のごとき知己の言、うれしい見解がある。

「すき物やゝもすれば、著者をつかまへて、今其磧の、明治西鶴のといへど、著者まじめにこれを聞かば、その難有迷惑を、笑ひ泣に泣くこととならん。篁村氏はやはり篁村氏なり。この人の文は、自らこの人の文なり。これを古人に比すべからず」。

きわめて早い時期に、篁村の文学に対してこうした正しい評価のあったことに敬意が表されるし、篁村の独自性を見抜いたこの評言には大いに注目すべきであろう。

斎藤緑雨の「江戸式」をめぐって

宗像和重

斎藤緑雨を評して、「君は作家、修辞家、批評家の三資格を具へて、而も多少著く自家の特質を発揮し得た人で、明治文学第一期から第二期へかけての名物男です」と語ったのは、坪内逍遙であった。緑雨が明治三十七年(一九〇四)四月、窮乏のうちに数え年三十八歳の生涯を閉じた直後に、「故緑雨氏追悼録」(『新小説』明治三十七年六月)の一つとして掲げられた「故緑雨君を追懐す」の一節である。続いて逍遙は、緑雨が「作家、修辞家、批評家の三資格」を具えるに至った出自を、次のように指摘している。

> さて其の本領は(尤も、怜悧な、機敏な人であつたから、晩年は多少新しい感想をも取入れて、筆つきもおひ〳〵新しみを加へて来たやうであつたが、尚其の本領は)どちらかといへば文化文政脈で、英仏でいふ十八世紀的で、一言以て蔽へば江戸式作家の殿《しんがり》の一人といふべきでありました。それは君が明かに又は暗に師事し若しくは私淑してゐた人や著述を調べたならすぐ分らうと思ます。即ち君をして狭斜通、会席通、浮世通たらしむる端を開いたのは小西義敬一流の男女の粋客で、濃艶なる修辞家たらしめたのは君が愛読の詩集、歌集、俗謡、浄瑠璃のたぐひ、又君をして諷刺家、嘲罵家、秀句家たらしむる礎を築いたのは仮名垣魯文、其角堂永機、南新二、三馬、一九、京伝(?)などであつたらうと思はれます。

やや長い引用になったが、いまこれを踏まえて確認しておけば、緑雨斎藤賢は、慶応三年(一八六七)十二月三十日、伊勢の神戸《かんべ》(現在は三重県鈴鹿市神戸)に、医師であった父利光・母のぶの長男として生まれた。数え年十歳の明治九年(一八七六)に一家で上京し、のち父は藤堂高潔伯のお抱え医者となって、本所緑町三丁目の藤堂家邸内に居住した(「小説評註問答」の冒頭に「客あり一日正太夫を竪川縁に見舞はれ」とある、その場所である)。少年時代から詩文に長じ、『読売新聞』などの投稿家としても活動したが、明治十七年(一八八四)に藤堂家出入りの其角堂永機の紹介で仮名垣魯文の門に入り、魯文の関係していた夕刊紙『今日新聞』に編集の手伝いとして入った。その社主が、右の引用に名前が出る小西義敬で、江戸っ子の通人であった小西のお伴で、はじめて柳橋や新橋に遊ぶようになったという。その間の事情を、当時編集助手をしていた野崎左文が、「今日新聞の三ケ年間」(『早稲田文学』大正十四年六月「明治文学号　胎生期の研究」)に次のように書いている。

要するに世間知らずの氏は小西氏の為めに活社会に引出されて一足飛びに紳士的の境遇に入り、又小西氏の感化を受けて江戸趣味に引込まれ、窮した時でも猶足袋と駒下駄とは新しき物を用ひ、帯は必ず角帯を締めるといふ風で、音曲でも義太夫が嫌ひで哥沢、清元、常磐津に興味を持ち、食物も江戸料理のうまい物屋をあさつて自ら食道楽を以て任じ、蕎麦が好だが饂飩は病人の食ふ物だと斥けて居た抔は其の一例である。此間に氏は天稟の鋭い観察力を以て社会の裏面を洞察し、之が材料となつて後の写実的小説ともなり又皮肉な批評ともなつたのであらう。

つまりはここに、逍遙のいう「江戸式作家の殿の一人」の出自があるわけだが、ただ、この「江戸式」を「旧派」ないし「旧文学」とのみ捉えることで事足れりとしてきたのが、かつての緑雨論の常套であったことは、注意されなければならない。たとえば、大正から昭和にかけて、同時代人の回想や追懐的な文章を除けば、藤村作「斎藤緑雨」(『国語と国文学』大正十五年五月)などとともに、当時としては数少ない、まとまった斎藤緑雨論の一つに、湯地孝の「斎藤緑雨の文学」(『明治大正文学の諸傾向』所収、昭和八年八月、積文館)がある。そのなかで湯地は、藤村作・久松潜一『明治文学序説』(明治七年十月、山海堂出版部)、岩城準太郎『明治文学史』(明治三十九年十二月、育英舎)、篠田太郎『史的唯物論より観たる近代日本文学史』(昭和七年四月、春陽堂)などの緑雨の評価を取り上げ、「各々特色のある見方をしてゐるが、と共にまた、その中に多くの共通点をも含んでゐる。即ち、その諸説を通じて認められる緑雨の特色は、」として、次の八項目をあげていたのであった。

一、明治中期の旧派の作家であつたこと、
一、さうした旧派の中では饗庭篁村と並称されてゐること、
一、そして下町風の花柳小説を得意としてゐたこと、
一、その代表作としては「かくれんぼ」「油地獄」「門三味線」の三つが著名であること、
一、また彼は江戸ッ児風の才人であつたこと、
一、そして皮肉な批評家、痛烈な諷刺家として文壇に有名であつたこと、
一、但し態度も偏り視野も狭く、進歩的なところがほとんどなかつたこと、
一、しかし巧みな文章家で、独特の随筆戯文をよくしたこと、

そして湯地は、「これらによつて、ほゞ緑雨の作家としての輪郭を知ることができよう。そこに彼に就いての一般的な概念がある」と指摘している。いわばこれが「緑雨に関しての定説」ないし理解の最大公約数ということになる

わけで、そのことは、右に名前をあげた藤村作の「斎藤緑雨」が、その結論にあたる箇所において、次のように述べていたこととも通じているであろう。

　要するに、緑雨は思想に於て旧かつた。文章も旧かつた。新時代の移り行く思想を捉へて行くだけの素要がなかつたので、彼の人生観等は依然旧文学の範疇を脱することが出来なかつたのである。文学史の上でも、紅葉露伴と同地位に置かれずして、唯一方の雄として認められてゐたのである。けれども、精練され完成されたる旧文学の技巧文章の巧とその美に至つては容易に追随を容さざるものがあつた。

　しかし実のところ緑雨は、こうした「旧派」「旧文学」の代名詞としての「江戸式」から、最も遠くにいた人ではなかったか。「仮名垣派より出たりとて、曩《さき》に或人のわれを太《いた》く貶《おと》しめしが、われはこの点に就て争はじ、妨げじ。若然《もし》らば仮名垣派の多くは滅びたるに、われひとり存《のこ》れるをせめては恃まんのみ。（中略）われは戯作者の亜流を以てよし呼ばるゝとも、散髪頭《さんぎりあたま》の春水となりて自ら喜ぶが如きことなかるべし」とは、「日用帳」（『太陽』明治三十二年五月－九月）で自らの履歴に言及した一節である。「散髪頭の春水」への忌避は、むしろ逍遙のいう「江戸式」への緑雨の徹底した志向を浮き彫りにしているようにも見えるが、そこで志向されていた「江戸式」とは、どのようなことを意味していたのか。

　◎血といひ、汗といひ、或時は涙といふ。これを以て誠意を表し、熱心を表し、或時は真情を表するとなせるは、もと夷狄の発明也、舶来式也。言霊のさきはふ我邦の文学は、かゝる迂遠の顔料に由りて、まさきくの光彩を今に放てるにあらず。隆盛を極めたりときこゆる徳川文学の如き、更に分たば江戸文学の如き、其生粋を洗えば茶と酒なり。

◎之を一派の文士に見る、文士の務は憂き限り也。一日一夜の旅にも、掟の如く筆を載せて行かざる可からず、紀行文を出さゞる可からず、飲酒と駄洒落とを風聴せざる可からず。否ず、飲酒と駄洒落とを以て、紀行文の二大要素と心得ざる可からず。江戸の東京と改まれるは、三十年の夢の昔なれど、日本橋は猶現に木造也。

これは、晩年の「半文銭」(『太平洋』明治三十五年二月―八月)で、連続して掲げられている二項目である。「血といひ、汗といひ、或時は涙といふ」といった一節からは、尾崎紅葉『二人比丘尼色懺悔』(明治二十二年四月、吉岡書籍店)にいう「此小説は涙を主眼とす」(「作者曰」)も連想されるが、つまりは「迂遠の顔料」たる血や汗や涙をもって、いいかえれば思想なり人生観なりを「主眼」とすることではじめて成立するのが、「夷狄の発明」であり「舶来式」であるところの「小説」ないし「文学」であった。しかし、「徳川文学」「江戸文学」の生粋は茶と酒であり、「飲酒と駄洒落とを以て、紀行文の二大要素と心得ざる可からず」というとき、彼がここで述べているのは、江戸の粋と分かち難く結びついた言葉の運動そのものであるといって過言ではない。ここにおいて緑雨の「江戸式」は、「迂遠の顔料」たる思想や人生観を俟ってはじめて成立する「舶来式」の「文学」とは異なって、もっと直截な、ただ徘徊する言葉の運動そのものとして立ち現れることになるのである。

実は、右に引いた「半文銭」の前半の項目「血といひ、汗といひ、」云々は、すでに篠田一士が「「文学」以前――伝統と前衛の狭間に〈その二〉――」(『文学界』昭和三十八年二月、のち『伝統と文学』所収、昭和三十九年六月、筑摩書房)で引用しているものである。「今日、緑雨の作品をだれが真面目に読むのだろうか」というなかにあって、「斎藤緑雨の文学は今日生きる、いや復活すべき権利をもっている」ことを主張するこの評論が、緑雨の評価史に一つの画期をなすものであったことは、いうまでもない。右の一節を引きながら、「誤解があってはならない。緑雨はとおいむかしの徳川文学にノスタルジックな姿勢でしがみついて、文明開化以後の目前の文学に罵声をなげつけているのではない。もしそうならば、彼はたんなる懐古家として、奇矯で、不完全な文学的経験を売物にしたスネ者にとどまっただろう」と指摘する篠田は、緑雨における文学＝言葉について、次のように指摘している。

緑雨にとって、文学とは(彼は文学という言い方をほとんど使わなかったが)言語によってつくられるもの以外、ほとんどなにも意味しなかったようである。もちろん、ここでいう言葉はあのマラルメの抽象の美にかがやく詩的言語とは、発想において別のものである。言葉は平俗談語の言葉であり、それは世態人心を写すことをむねとする。当然、彼は江戸文人のあとを追い、さらに当時つぎつぎと渡来したヨーロッパの新文学を横目でチラチラにらみながら、小説形式に向うことになる。だが、緑雨は言葉によって写すことよりも、言葉をもてあそび、楽しむことに熱中した。言葉は緑雨にとって、つねにひとつの形式をもっていた。形式でない言葉は言葉としての生気を失っているように彼にはみえた。形は変幻する。彼は言葉の変幻に文学者としてのすべてを賭けた。彼は同時代のだれよりも鋭い観察力と激しい好奇心を働かせて、世態人心を探索したが、その対象はすべて形式をすでにもったものにかぎられていた。

もとより、ここにいう形式をすでにもっている対象とは、前掲の追悼文で坪内逍遙が「人物を若旦那、雛妓《おしやく》、小娘等に限り、舞台を江戸の町家、東京の狭斜と狭く限つて」という、そうした限定された作品世界のことである。本巻所収の「かくれんぼ」(明治二十四年七月、春陽堂「文学世界」第六巻)がまさにそうで、「山村俊雄と申すふところ育ちの若旦那が、雛妓小春とのなれそめをきっかけに、「名代の色悪」へと変貌していく様を描いているが、「場所は柳橋で、芸者も料理屋、待合なども皆あすこのを宛てゝかいてある」とは、「作家苦心談　其三(斎藤緑雨氏が『かくれんぼ』の由来及び色道論、恋愛論等）」（『新著月刊』明治三十年五月）の一節であった（この談話は、のち増補して、没後の明治三十九年九月、伊原青々園・後藤宙外編『唾玉集』に収録。本巻では、『唾玉集』収録の文章を付録として巻末に掲げた）。この談話によれば、「自分が何故他を取らないで、柳橋にしたかと云へば、芸者町の本場と云ふに色々説はあるが、橘町から始まツたので、先づ本場と云ツてよい」からで、「『かくれんぼ』が出来た二十四年頃までの柳橋は、昔の格式なども一番遺ツてゐた」からにほかならない。

ただ篠田が、「ここに、緑雨の文学について言われる狭さの原因があるのだが、しかし、眼前にあって、たえず変幻する形式的世界を彼はなんの拘りもなく、真正面から、いま、ここにあるものとして味いつくした」といい、続いて「緑雨のこうした体験の一途さは、同じ世界を相手にしながら、たえず滅びゆくものの詠嘆をまじえて、その間に観念の砦をはりめぐらした永井荷風とくらべてみたときに一層ぼくを感動させる」と続けていることに注意したい。右の談話で緑雨は、「紅葉氏は『かくれんぼ』を評して、裏長屋のかみさんが足駄はいて、どぶ板の上をかけ出すやうだ、と云ツたさうだ、が其れは文の評だらう、」と尾崎紅葉の批評に反発しているが、「裏長屋のかみさんが足駄はいて、どぶ板の上をかけ出すやうだ」という紅葉の「文の評」は、いみじくも、観念の砦をはりめぐらすような迂遠さから最も遠く離れて、ひたすら駆けめぐる緑雨の言葉の特長を、言い当てていたといわなければならない。「『かくれんぼ』の如き途方もないもの」とは、右の談話にいう自作評だが、その緑雨がただひたすら戯れ、もてあそび、楽しむことに熱中したときに生れるのは、たとえば次のような、文字通り「途方もない」言葉の洪水である。

うつてんばつてんぎり〳〵決着ごろぴしや雷どたぱた煤掃。ちりからたつぱう鉄砲仏法とらやあやあ。きやつの姿とわが姿見返り柳鰈比目魚。まぐろの土手の夕嵐身を切売の皿の内。赤い裲襠は年季が長い紫やお部屋の穀潰し。何処のどゞいつ素見唄。聞くに附木に直はいくら二百は高い百五十。差引わづか五十年。人間定命定見世同士。まけておきなの飴売が大音寺前大音に。買つてかへるの頬冠り。逆さにすれば竹皮はほんに川竹うき勤。隅から水のぽたく〳〵。誰れと寐酒の一杯々々。残らず稼ぎ入揚げていつぞは荒るゝ山の神。異見の種と知られける。下足の札の一昨日からあばいがわるい日がわるい。今夜も見世をひこで居る。仔細は別に楼主にて一寸きな臭かんこ臭。煙つたげに立上り。

いうまでもなく、本巻所収の「あま蛙」(『太陽』明治二十九年一月二十日)で、吉原の遊女にのぼせあがった荒子落雁が、「燃ゆるが如き情熱」でつくりあげた「一篇の戯曲といふのか阿房陀羅経といふのか」正体不明のしろものである。この引用の後に、小説の語り手は「先づ此位ゐで止めてもとまらぬは先生が心の駒」と冷やかすが、実際に「止めてもとまらぬ」のは、ほかでもない緑雨の言葉そのものである。しかもここでは、歌舞伎『外郎売』で、妙薬「透頂香」を売り歩く外郎売りの口上の一節「たあぷぽぽ、たあぷぽぽ、ちりから、ちりから、つったつぽ、たつぽたつぽ一丁だこ」云々を下敷きとして、縁語や掛詞などのレトリックが総動員され、遊女の悲哀としたたかさのようなものが含意されている。

したがって、こうした緑雨の作品世界は、もう一度篠田の表現を借りれば、「緑雨の世俗的経験は形式ある世界にかぎられていた。一方、彼の文学的経験の中核は言葉という形式の世界であった。そして緑雨の文学はこの二種の、それぞれ変幻する形式的世界の間然なき交叉であり、融合であった」というところに、行き着くことになるだろう。ただそれだけに、「それをふたつに分けることすら不見識の譏りを招くかもしれない。しかし、それを分けようとしないかぎり、現在のぼくたちには緑雨の文学の意味は判然としない」というのも事実なので、「ふたつに分ける」行為としての「注釈」の難しさを、今回ほど痛感したことがない、ということも率直に告白しておきたい。

たとえば「あま蛙」に、荒子落雁の博識自慢を披瀝する件りで、「日の本ならば照りもせめは万葉集腰間秋水鉄可断は唐詩選と疾うより心得月と梅春の景色もやゝとゝのひてと五百題を逆捻りに捻るほどの苟くも落雁先生は大家なれば」という一節がある。変幻自在の用例の取り合わせのなかに、落雁の無知無学が彷彿としてくる「融合」の醍醐味を味わうべきなのだろうが、しかし実際には、対象と言語とのそれぞれにに変幻する形式的世界を「ふたつに分け」て、「日の本ならば照りもせめ」は『万葉集』ではなくて、「ことはりや日のもとなれはてりもしつさりとては又あめかしたとは」(『新撰狂歌集』)などが踏まえられているであろうこと、「腰間秋水鉄可断」も、頼山陽の漢詩「前兵児謡」の一節であって『唐詩選』ではないことなどをたどたどしく確認していく手続きなしに、その作品世界に到達できないことも(少なくとも私にとっては)否定できないのである。

同じく、芝居通を自認する落雁の、「いつもなら此狂言の書卸しは王子路考に目黒団蔵それに名人は京橋五郎兵衛浅草平右衛門若手では太郎九郎助紋三郎とお年ともおぼえぬ歌舞伎談義」などもそうだろう。王子路考(二代目瀬川菊之丞)や目黒団蔵(四代目市川団蔵)といった実在の人物に、地名の「京橋五郎兵衛」や「浅草平右衛門」がいつのまにか紛れ込んでくるおかしさは私にもわかるが、それならば続く「太郎九郎助紋三郎」とは何か。

○若手では太郎九郎助紋三郎とお年ともおぼえぬ歌舞伎談義と、故《ことさ》らにあま蛙に稲荷の名を列ねたるを見て、太郎の坂東は知つて居ますが、九郎助は尾上でゞも有りますか。

○この問を起したるもの、時の批評家なりき。又他の批評家は曰ふ、芸妓《げいしや》に箱丁《はこや》は何の必要がある。

これは、前掲の「日用帳」で、この「あま蛙」の一節に言及している箇所である。実は私自身も、この一節に触れるまでは見当違いの注釈をつけようとしていたので赤面せざるを得ないが、すでに同時代においても「太郎九郎助紋三郎」を稲荷の名の列ねであるとする理解は、失われていたということだろうか。いや、そうではなくて、緑雨がよって立つ「形式ある世界」の世俗的経験においては自明のものとして共有されているものが、「時の批評家」にとっては全く未知のものになりつつある、ということにほかなるまい。そして、そのような「批評家」や「小説家」によって担われようとしているのが今日の「文学」であるところに、「文学々々、あゝこの声を滅絶せざれば、文学の真価は世に掲らず」(「半文銭」)という緑雨の嘆きも生ずることになるのであろう。

したがって、この一節が浮き彫りにするのは、単に無知な批評家への嘲罵というよりも、作品世界と言葉との、篠田一士によれば「それぞれ変幻する形式的世界の間然なき交叉であり、融合」を求めてやまない緑雨の「江戸式」と、それを「ふたつに分ける」ことをもって新しさを誇る「時の批評家」の「舶来式」との葛藤・相剋である。本巻所収の「小説評註問答」(『読売新聞』明治二十三年三月二十三日—二十八日)において、緑雨が「小説は一のまがひもなき道楽」といい、「近頃の小説」が「道楽の真味を解せぬこと」を述べるとき、そこでいう「道楽」こそは、こうした変幻きわまりない形式的世界の全き融合の意であり、それを「ふたつに分ける」のではなくて、まるごと味読しようとするところに生れたのが、実は緑雨の「評註主義」なのではないかと思う。それは十分な醸造と発酵を必要とするものだから、彼が小説の製法を「手前味噌の醸造法」になぞらえているのは、かならずしも仮初の比喩ではないのである。

おそらくそのことは、緑雨がしばしば言及する活字、ないし活字的世界への違和とも深くかかわるはずのものだろう。「真実、摯実、堅実、確実、これらは或場合に於ける活字の作用に過ぎず。即ち今の精神界を支配するもの、勢力を以ていはば活字なり」とか、「唯それ活字の世なり、既に言へりし如く、活字に左右せらるゝ世なり」とは、本巻所収の「眼前口頭」（『万朝報』明治三十一年一月九日―三十二年三月四日）にも見える一節である。「おぼえ帳」（『太陽』明治三十年四月―十二月）には、「よしわれに著述ありとも、活版本を以て世に伝ふることをなさゞるべし、われは唯写本を以て伝へんのみと、著作家ならぬ人の、今の著作家に向つて語りしとぞ」という一節もあるが、この世界を分節化し画然と整序する――「ふたつに分ける」活字的世界が、緑雨にとっては現今の「文学」そのものの謂いであることは、あらためていうまでもない。そうしたなかで、木版印刷の本文と、みずからの筆跡を「叙」として巻頭に掲げる『かくれんぼ』を最初の単行本として登場してきたこと自体、「旧文学」の残滓とはほど遠い、きわめて尖鋭な批評意識を読むべきであろう。

そういえば、緑雨を追懐する多くの文章が言及していたのは、その独特の筆跡であった。本稿の冒頭に掲げた『新小説』の追悼録の一編で、年少からの友人であった上田万年は、「明治十七年前の斎藤緑雨君」において「死なれる時まで緑雨君のかゝれた、一字々々筆をきつて書く書き方、少し左《（ママ）》のかたの下つた書き方は、其時分からさうあつたのであります」といい、佐佐木信綱は『明治文学の片影』（昭和九年十月、中央公論社）において、「鷗外博士の家なる雲中語の会では屢会つた。何時も其処では筆をとらず、骨を刺すやうな皮肉な言葉を吐くだけで、たまたま筆をとる時は、うつむいて、肩下りの字を書いてをられた」と述べている。また、「余り類のない恐ろしく肩下がりの文字」とは、幸徳秋水の妻であった諸岡千代子の「斎藤緑雨の思ひ出」（『文藝春秋』昭和十二年四月）の一節だが、たしかに自我の角をポッキリと折られて、小さく肩を落としたかのような彼の字体は、言葉をもてあそび、楽しむことに熱中していた意気軒昂な緑雨の「江戸式」の行路難を、はからずも物語っているように見える。

三文字屋金平の登場まで

十川信介

『文学者となる法』は、「文学者」という存在を徹底的に揶揄した奇書として知られている。金平浄瑠璃の末裔らしき三文字屋金平なる人物が、文学者になる早道を教えるありがたい説法をし、それを弟子分の一文字屋風帯が筆記した形式で、それを通じて当時の堕落した文壇が浮彫りにされる趣向である。

標的にされたのは主として明治二十年代の著名な文学者、とりわけ尾崎紅葉を筆頭とする硯友社系（当時は藻社と総称）にきびしい。著者は内田魯庵（当時は多く不知庵と名乗る）、匿名ではあるが、金平の「戯著」が彼の筆になることは文壇では知れ渡っており、彼自身もそれを隠すつもりはなかっただろう。『早稲田文学』（明二七・四）は、本書刊行直後の新刊案内で、次のように述べている。

> 此著者学は和漢洋に渉り、露国の小説に精しく、十八世紀の英国文壇に精しく、又元禄文学に精しく、和漢洋の逸話に富みたり、又批点の施しかたに特質あり、英語及び外国人名の発音法にも特質あり、就中頻《しきり》に逸話、古《ママ》事等をうるさきほどに引用する所、又屢々《しばしば》外国文を引用し而も訳を附せざる所又突然とむづかしき漢文くづしを呈出する所等皆特質あり、僅に三四葉を読まば著者の戯号の其の新戯号たるを知るに難からじ、かくまでにあらはなるに何の要ありてか新戯号を用ひたる吾人は之れを解する能はず、

彼が不知庵の名で発表してきた文章の特徴が、あっさりと見抜かれているのだ。『早稲田文学』(明二七・五)は、さらに追い討ちをかけ、「先生暮方のひとりあるき随分お気をお附けなさるべく候　先生のお説にては最も売れ口のわるきは鷗外先生の『水沫集』とあれども、近年無類のシヨタレ物は誰やらの『罪と罰』との由、綿密な先生が此の『罪と罰』にお気が附かれざりしはチトお手ぬかりには無之哉」(覆面生「金平先生足下」)と皮肉っている。『学海日録』(明二七・九・七の記述)によれば、紅葉も本書の著者が内田貢であることを知っていて、「おもしろからぬ気障ナ奴なり」と鬱憤を洩らしたという。

『罪と罰』の翻訳(第二部の売れ行き四〇〇部にすぎず、中絶)は言うまでもなく、それまでの不知庵は「スウヰフト伝」、「チヤーレス、ヂツケンス伝」、『ラセラス伝』の作者」(ジョンソンのこと)などの西洋文学の紹介のほか、江島其磧や元禄文学を論じてその学識を披露していた。それらには『文学者となる法』と同様な発言も多々あり、『早稲田文学』記者ならずとも、その正体はすでに明らかだったろう。だから問題は三文字屋金平が誰かということではなく、なぜ不知庵がこの怪しげな人物名で「戯著」を著さなければならなかったのか、という点にある。

このような形式の戯評は、不知庵の発明ではない。たとえば斎藤緑雨の『初学小説心得』(『読売新聞』明二三・二・一四―三・一四)は、「緑雨醒客」の「叙」に続き、「正直正太夫」の講義を門人が筆記したかたちを取っている。手前味噌や知ったかぶりを専らとして「大家」に成り上がる小説家、あるいはそんな「大家」に充ちた「糊附文壇」への風刺も、本書と基本的に同内容である。他にも「日本人ジョンソン」と自称する人物の「一足とびに大家となる法」(『読売新聞』明二三・一・二八)や、不知庵自身の「当世作者懺悔」(『日本之少年』明二六・三―四)があり、いずれも本書の一部と付合している(本書二九〇頁注七、三九一頁注二一、補注二四参照)。『早稲田文学』が新たに設けた「放言」欄の

「小説学校・恋愛小説科」も、江戸の戯作者を模倣する文学者たちを揶揄したもので、いわば本書はそれらの流れを湊合し、各方面から「文学者」の陥りがちな悪弊を指摘し、冷笑したものと言えよう。

不知庵に本書執筆を決意させた動機はどこにあったのか、それに答えるためには、やはりそこにいたる文壇の状況を不知庵中心に見ておかなければならない。

*

坪内逍遙や二葉亭四迷、森鷗外、石橋忍月らによる新しい文学理念が出揃ったのは明治二十年代初頭だが、それらはかならずしも同一歩調を取っていたわけでもなく、また、いわゆる硬文学者や、善と美の一致を求めるキリスト者からの反撥も激しかった。それが『我楽多文庫』『文庫』に拠る硯友社系文学者の中央進出にともなって、一挙に爆発したのが明治二十二年暮以後の「文学極衰」論である。

島田三郎が唱えたこの論は、要するに現代の小説が「鬱勃言はんと欲する所」がないまま、「只だ多く売れんことを欲して著作す」るために、「雄厚絶大の象」を欠き「繊弱軟巧」な文章に終始している、と非難したものである(『女学雑誌』明二二・一二)。これに続いて、矢野龍溪が「輓近の小説家が滔々として魔界に堕落せるを慨嘆し、親《みづか》ら筆を取」(『女学雑誌』明二三・一)ったという『報知異聞 浮城物語』(明二三・四)が刊行されると、たちまち多くの賛同者を得て文壇を二分する論争となった。賛同者は巌本善治や植村正久らキリスト者、徳富蘇峰、尾崎行雄ら硬派のジャーナリスト、政治小説家であり、これに対して正面からそれを批判したのが石橋忍月、およびその年に巌本善治と「理想派」「実際派」をめぐって「小説論畧」論争を行っていた(本書補注六三)不知庵だった。

それにしてもねじれた対立の構図である。極衰派の念頭にあったのは、逍遙以来の「小説《ノベル》」であり、それを引き継いだ硯友社系「人情小説」だったにもかかわらず、この時点では小説を断念していた逍遙と二葉亭、それに硯友社中はほとんど論争に参加せず、それまで硯友社文学のもっとも辛辣な批判者だった二人が、極衰論に立ち向かったからである。いま論争のくわしい経過を述べる余裕はないので（本書補注一三二の越智治雄論、および拙論参照）、論点を不知庵の立場に限るが、彼はまず現在は文学極盛とは言えないが明治十年代半ばに比較すれば進歩の兆候ありとし、なぜ極衰であるのかその理由を示せと島田三郎に迫った（「島田三郎氏に質《ただ》す」『国民新聞』明二三・二・二）。次いで「『浮城物語』を読む」（『国民新聞』明二三・五・八―一三）では、「小説は人間の運命を示すもの」、「最も進歩したる小説は現代の人情を写すもの」という立場から「実際的小説《リアリスチック・ノーベル》」を説き、冒険や事件のみ大きくとも「活人」を描いていない『浮城物語』は、「文学上半銭を価するものにあらず」と酷評した。「台所の失楽園」という逍遙の言葉を引いて、彼が理想としていたのは、「台所」の小世界にも行われる「悪魔《サタン》と天宮《ヘブン》との戦争」であった。

彼や忍月の批判に対して、龍溪は直接には答えず、「浮城物語立案の始末」において、小説は「児女の情を穿つ」だけでなく「偉人奇士の風神《ふうしん》態度」を写さねばならぬ、それを通じて「読者に娯楽を与ふると共に」、海外の新知識や「不善」の戒めなどの「副産物」を与えねばならぬと述べた。不知庵はこれに対しても「龍溪居士に質《たゞ》す」（『国民新聞』明二三・七・一五―一六）で反論し、娯楽を第一とする態度や、事件と人物の「大」をもって作品を評価する価値観を非難したが、折からの国会開設もあって龍溪に無視され、彼の「文学」に賭ける情熱はまたしても不発に終った。

これら一連の言説を通じて明らかになるのは、当時の「文学」が置かれていたあいまいな地位であり、それにもかかわらず明瞭になりつつあった対立点である。「娯楽」という限りでは龍溪と硯友社の距離はそれほど遠くはなく、

「写実」という点では不知庵と硯友社の間にも基本的な差異はない。その意味では「台所」に神と悪魔の戦いを求め、「小」の中に「大」を描こうとした不知庵、あるいは「真理」や「写実主義」を先導した逍遥や二葉亭の敵は腹背にあったと言うべきだろう。逍遥や二葉亭の『当世書生気質』や『浮雲』、さらには鷗外の『舞姫』が受けた批評――人物が野鄙、人物が小、不道徳――などを想起すれば、この時期の作品評価の大勢は明らかである。当時西洋の新知識を学びつつあったはずの一高『校友会雑誌』にしても、現代の「小説」は低俗な男女の情を描いて人間を堕落させるものだという認識が圧倒的であり、なぜ英雄豪傑を描かないのかという批判が相次いでいる。その中で一人「美」を創造する「文学」を主張していた上田敏は、「上田君の文は読みても判らず」と評される始末だった。

こういう状況の中で、不知庵は矢継早に彼の信ずる「文学」を説く評論を発表する。「饗庭篁村氏」(『国民之友』明二四・一一―二五・一)、「現代文学」(『国民之友』明二四・一二―五)、「二十四年文学を懐ふ」(『早稲田文学』明二五・二)、『文学一斑』(明二五・三)、「今日の小説及び小説家」(『国民之友』明二六・七)、「再び今日の小説家を論ず」(明二六・九)などがそれである。これらを通じて、『文学者となる法』の骨格は、徐々に整えられつつあった。

「饗庭篁村氏」は篁村の作品集『むら竹』を題材に、その「風刺」の質を、其磧、三馬やアジソン、スウィフトと比較し、人物や世相描写の巧妙さには感服しながら、「社会的思想」の欠如を批判したもの。特にアジソンの「滑稽《ユーモア》」とスウィフトの「諷刺《サタイヤ》」を説明し、彼ら英国文人によって江戸の戯作者と篁村とを論じていく筆法は、『文学者となる法』の基調になると言ってもよい。野村喬『内田魯庵伝』によれば、不知庵自身は酒も呑まず、音曲も嗜まず、生真面目な生活態度を保ち続けたが、下谷に生まれて浅草に育ち、維新後は、御家人だった父の放蕩無頼に悩まされて成人した彼には、それを嫌悪しつつも、江戸の遊蕩児に関する知見は十分に備わっていた。江戸文学の乱読、図書館における西洋文学への親炙を通じて、彼は江戸っ子らしい口の悪さと西洋文学の批評性とを早くから身につけていた。「饗庭篁村氏」には、ポープ『ダンシアッド』への言及もあるから、『文学者となる法』の下地はすでにこのころから育っていたのである。実際、「山田美妙大人《うし》の小説」(『女学雑誌』明二一・一〇―一二)でデビューして以来、彼が藤の屋、藤庵、「F、C、A、」、「ふ、ち」などの筆名で書いた戯評には、多く諧謔、冷笑の気配がただよっている。その意味では、この明治二十四年から二十六年にかけての評論こそ、彼が正面から「文学」あるいは「文学者」とは何かという難問にぶつかっていった試行錯誤の解答であった。

『二十四年文学を懐ふ』で、彼は前年の小説の中から原抱一庵『闇中政事家《ママ》』、遅塚麗水『餓鬼』、宮崎湖処子『空屋《くうをく》』などの社会的視野を持った三作、それに若松賤子訳の『小公子』を加えて、「較《や》文学の真面目を表はし漸く一新せんとするの兆」と捉えた。当時展開されていた「没理想」論争についても、逍遥と鷗外とが「江湖の羅鍼盤」とするために「蹶起」し、「ファウスト如来」「ハムレット菩薩」を招くものと期待されているのである。この認識は、「現代文学」において「極衰」にもあらず「極盛」にもあらずとしつつ、文学改良以来十年の歩みを見れば、遅々とではあるが進歩が見られるという分析に呼応しているわけである。特に「没理想」論が、一面で「ドラマ」の特質をめぐって争われたことは、彼に大きな望みを抱かせた。『文学一斑』で彼が理想とした「文学」は、劇的な構造を持った「『ドラマチカル』の小説」であり、強い意志を持った人間が社会と衝突することを通じて、「人間の運命」が表わされる態の小説だった。先述の抱一庵以下の作品に対する期待も、その可能性を感じ取ったからである。

しかし二十六年に入ると、その希望的観測は、一転して悲観的となり、文壇に対する攻撃的な言説が多くなる。その理由は相も変らぬ「文学者」の無自覚であり、黒岩涙香を筆頭とする探偵小説と、村上浪六の侠客小説の流行にあった。

今の小説家が小説を著すや、もと確信せる大主旨あつて之を表現せんと欲するにあらず。たゞ多少の文才を弄ばんとするより日常耳目に触るゝ事実を述作するに過ぎざれば若し冷酷に之を評せば引札の発達したるものにして或は叙事詩と呼び或は叙情詩と称するは少しく誇大に失するの感あり。（中略）渠等は文章の道楽者なり、此故に渠等は小説を目するに遊戯文字を以てす、此故に渠等は軽浮なる文字を陳《つら》ねて漫りに奇巧を衒ひ俗眼一時の喝采を博すれば以て審美上の価値ありと為す。

（「今日の小説及び小説家」）

彼は文学極衰派のように、「軟文学」を蔑視しているのではないし、西洋の文学者が人格高潔で一点の曇りもないと主張するのでもない。彼によれば、思想の表現において硬軟の別はなく、文学はともに「審美上の価値」で評価されるべきものである。またゲーテ、バイロンのような大文学者にも多くの失行はあり、とりわけ「エリザベス及びアン両朝詞人の言行」には、今の小説家も及ばぬ「詩人の欠点」があったが、その失行と「其製作」を併せて論じるのは「菽麦《しゅくばく》を弁ぜざる痴呆子」と同様だと言うのである。だから彼が非難するのは「文学者」の言行そのものというよりも、思想もなく単に「『人気』の二字に束縛」されて、碌な作もないくせに「大家」気取りで遊蕩に耽り、「小説商売」をする「所謂文学者」なのである。

心意の修練即ち思想の涵養は文学の原動力なり、之れなくんば文学は死物なり。戯作者の心を有《もつ》て文学者の名目を冒すは是れ沐猴《もっこう》の冠着けたるに同じ。『人気』の前に稽首礼拝し『世俗』の幇間となり『風流』三昧に耽り『通』と『粋』とに随喜渇仰し而して西欧大家と雁行せんと欲するも豈得べけんや。

（「再び今日の小説家を論ず」）

この現状分析と「文学」の理念が、『文学者となる法』と基本的に重なっていることは説明の要もあるまい。具体的な話題としても、戯作者の「粋」や「通」を模倣して、茶番やお茶屋遊びに狂う「文学者」、江戸時代の堕落の代表作としての『一目土堤《ひとめづゝみ》』、西洋の文学者の遊蕩と、それにもかかわらず後世に残る諸作品、「人気」第一で「俗」に媚び、党派の「交際」や出版社の意向ばかり伺い、すぐに「大家ブル」傾向、これに対してドストエフスキイが失わなかった初心等々……。「糊附文学」「インスピレーション」批判にいたるまで、共通する事例は枚挙にいとまがない。「此二派（注、探偵小説と侠客小説）のみが今の小説家を代表するの観あるに於ては吾人はイヤ〳〵ながら小説は衰退せりと云はざるべからず」（「今日の小説及び小説家」）と不知庵は言うが、当代文学、または文学者への正攻法が無効に終ったときに、その総体の戯画として、『文学者となる法』は発想されたのである。

出発当初から諧謔冷嘲の文を綴ってきた斎藤緑雨（正直正太夫）が、この時期から次第にストレートな発言を増やしていくのとは逆に、不知庵はむしろ戯評の有効性を選び、文学者の醜悪な姿を拡大鏡に写して、彼らの自省を求めたわけである。すでに『早稲田文学』も、亡羊子（逍遙）「某に答へて小説不振の因縁を論ずる書」（明二六・九—一〇）を掲載し、「放言」欄を新設して「小説学校」「小説学校一生徒の寄書」「小説学校撥鬢《ばちびん》科の教則」などで「恋愛小説」や「撥鬢小説」を痛烈に皮肉っていた。「三文字屋金平」は、一面ではこの時勢に乗じて出現したことになる。念のために言えば、これらの文章は、いずれも金平の発言と重なる点が多い。

＊

しかしもう一つの側面を見ると、ここには硯友社が得意とした「遊戯文」的な土俵で、彼らと張り合おうとした意図もあるようだ。『我楽多文庫』以来、彼らは相手を茶化した戯評を毎号のように載せているが、その対象には、もちろん不知庵も含まれている。江見水蔭によれば、紅葉は不知庵を「足袋の底におまんまつぶを踏ンづけた様な人間だ」(『自己中心明治文壇史』)と嫌っていたそうだが、同じく開化期の東京に生まれ育っても、そこには出自や家庭環境から来る違いがおのずから影響しているようだ。父が放蕩に明け暮れたとは言え、不知庵は武士の子であり、紅葉は「赤羽織の谷斎」と称された幇間・牙彫《げぼり》師の子だった。両者ともに父が「不在」の複雑な家庭に育ちながら、不知庵は父に反撥して独立独行をめざし、行動原理を尊重する真面目な文学者となり、母の実家(漢方医)でいちおう不自由なく成長した紅葉は、仲間を集めてお祭り騒ぎを好む陽気な文学者となっていった。このような二人は、要するに気が合わなかったと言うよりほかない。

　両者の応酬が本格化するのは、「『此ぬし』に就て」(署名、F、C、A、『国民新聞』明二三・一〇・二―三)、「《此ぬし》の評を読で、国民新聞のFCA先生に答ふ」(署名、尾、葉『読売新聞』明二三・一〇・六)あたりからで、「元禄狂」を自認する紅葉が『此ぬし』の表紙を染小袖、鹿の子、命の文字などの図案で飾ったのを、不知庵が「元禄に限る」とからかったのに対して、紅葉が「欧州の文学者《あぢそん》一人と覚えたるも可笑《をかし》と、先生を哂ひたる男有之候」と切り返し、前者が「躰裁の工夫」などに凝るのは「くだらぬこと」だと言えば、後者は「野暮な口から意気過ぎな」と端唄の一節でしっぺ返しを喰わせている。この関係は二十四年に入ると決定的となり、不知庵が「近刊の新著百種及文学世界と少年文学に就ての所感」(無署名、『国民之友』明二四・九)で水蔭の『野仕合』を取り上げ、「艶を以て売出せし硯友社員中に、奇骨稜々たるは、豆腐に比較してハンペンのヤ、歯ごたへあるに同じからむ」と嘲笑したのに対して、紅葉が「硯友社中」の名で憤然と言い返して激化する。

内田不知庵の批評ハ時流の戯謔罵詈を脱し老成着実の真面目を以て聞えたるに、近来屢《しばしば》匿名の黒装束して皮肉的の罵詈を放つが如し、（中略）其評言中に硯友社を目して豆腐といへり、豆腐とハ或は気骨《ほね》なしの意か、善哉《よいかな》君見て気骨《ほね》なしといふも可なり、血なしといふも、肉なしといふも皆可なり、然れども、一語説破的、見立謎々的の評言は、批評の真面目にあらずとは君の常に口にする所にあらずや、戯謔冷笑熱罵は君の常に目して、批評の神聖を汚すといふ所にあらずや、

（『千紫万紅』明二四・一〇）

平生の主張に即して、「豆腐」たる所以を論理的に示せと言うのである。その上で、「豆腐」は一旦事あれば「氷豆腐」や石ともなり、堂々と戦うつもりである、「刺客水破《スッパ》（注、忍者）」のような卑劣な戦いはしない、という宣言である。

もっとも、これ以前、硯友社は、「不知庵主人ハ六二連（注、芝居の見功者グループ）の一人か、あゝでもねエ、かうでもねエの黒表隠居、聞けば其理窟可笑《おかし》也」（『江戸むらさき』明二三・一〇）とか、不知庵を「（斧）九太夫」に見立てて、「憎々しくて大に好し」（「当世作者忠臣蔵役割見立劇評」『千紫万紅』明二四・九）などと毒づいているから、戯評の形式を借りた攻撃はお互い様だったのかもしれない。

このように見てくると、『文学者となる法』が「文学者」の思いきった戯画として描かれ、特に硯友社風の「粋」や「通」に賞め殺し的な反語を列ねた理由も、おおよそ明らかであろう。「野暮な口から意気過ぎな」とからかわれた不知庵は、江戸っ子として「硯友社中」程度の「粋」や「通」よりも、もっと戯作者の精髄に通じている自負を示す必要を感じたのではないか。しかし一方でそれを批判するためには、戯作者風の名乗りだけでは不足である。「三

文字屋金平」という、「気質物」の本家、八文字屋亜流の屋号と、金平浄瑠璃を出自とする時代遅れの荒武者の結合は、その両面の目的を果たすべく設けられた。口絵の「骨あるもの入るへ(か)らす」、「名物骨ぬきだんこ」(二六〇頁口絵注)以下、本文に描かれた「文学者」の生態は、「気骨《ほね》なし」の理由を多数の例を挙げて「実証」したものであった。

＊

もちろん、ここには硯友社系ばかりでなく、民友社も『文学界』、『早稲田文学』系も旧根岸党も、当時の名ある文学者が網羅されているし、不知庵の読書傾向を反映して、欧米の文学者、日本の漢学者・文人の逸事もくどいほどに織りこまれている。そのペダンチックな面もまた、本書が反感を買った理由の一つではあろうが、彼はかならずしも自分の学識を誇るために多数の人名・書名を挙げたわけではない。アジソンやジョンソンらの英国文人、徂徠や春台らの儒者たちは、「世俗」の価値観に惑わされず、文学者の本分をまっとうした人物として記されているのである。その意味では、本書は当時の文壇を嘲笑しつつも、本物の「文学者となる法」を示唆しており、彼が常識として列挙した東西古今の文献を本気で読破すれば、恐るべき読書人が誕生することは疑いもない。前掲野村喬の伝記に、盛岡中学時代の野村胡堂が本書を読み、文学者になることの難しさを悟った、というエピソードが紹介されているが(『胡堂日記』角川書店)、不知庵の真意を正確に受けとめた読者も、多少はいたことになる。本書初版の刊行から百十余年、その間に「文学」概念も大きく変わったが、「人気」の支配だけはますます強まっているようである。新たに注をつけて当時の状況を説明した本書は、現代にどのように迎えられるのだろうか。

すでに述べてきたように、本文は膨大な人名・書名だけでなく、彼らの逸事や当てこみに満ちている。それらを知らなくとも、本文の主旨が分らないわけではないが、この種の戯評は、その対象や典拠が分ってこそ「芸」の妙味が味わえるというものである。そこで注解には、単なる辞書風の説明ではなく、本文に即して、それがどういうことを意味しているのか、その典拠は何かを中心に記すこととした。たとえば「飛ンだ気紛れなスウヰフトどの」(二六一頁)に、スウィフトだけを取り出し、イギリスの作家、『ガリヴァー旅行記』で有名、などと書いても、ほとんど無意味であろう。あるいは「春うら〳〵蝶と共に遊ぶや花の芳野山に玉の巵《さかづき》を飛ばし、秋は月てら〳〵と漂へる潮を観て絵《ゑの》島《しま》の松に猿なきを怨み」(二六九頁)を吉野山や江ノ島の一般的な観光と考えては、金平先生の苦心は消滅してしまう。というわけで、本書ではこれらにガリヴァー「小人国」の奇妙な動作や、硯友社中のふざけた遊びに関する注を施し、「ある人」とぼかされている「大家」がいったい誰なのか、どのような情報にもとづくのかの推定にも意を注いだ。関肇氏と共同で作業にあたったが、楽屋落ちに属する事項には該当する文献を発見できない箇所もあり、かなりの未詳部分を残す結果に終った。識者のご教示をお願いしたい。

最後に、底本に使用したのは、大学院生時代に恩師野間光辰先生から頂戴した初版本である。近代文学を注釈的に読むように示唆して下さったのは先生だが、本書の注解がはたしてそのお気持に応えることができたかどうか、泉下の先生の判定を恐れる。

なお学習院大学、立教大学の大学院演習で、『文学者となる法』注解に参加してくれた諸君の協力に感謝する。

『文学者となる法』と明治二十年代の出版文化

関　肇

内田魯庵と右文社の出版活動

内田魯庵の『文学者となる法』は、創業まもない新興の出版社であった右文社から刊行されている。社主の須永金三郎(一八六六－一九三三)は、元博文館社員で才気のある硬骨の人だったようである。ここではまず彼が経営した右文社の出版活動のなかで『文学者となる法』のもつ意味を検討してみることにする。

須永は栃木県足利の出身で、東京専門学校に学んだ。在学中から博文館に関わり、明治二十二年に入社、編集員として『やまと錦』や『日本之少年』などの雑誌を担当し、また『通俗学術演説』『英国史』ほか多くの編著書がある。明治二十六年、博文館を退社、同年に右文社を起し、十数点の書籍と雑誌『少年子』などを発行したが、二年後には閉業することになる。その後、『両毛新報』や『福井新聞』(第四次)などでジャーナリストとして活躍、『福井新聞』では「一人にて論説、小説、及び挿画まで書くといふので評判だつた」(坪谷善四郎『博文館五十年史』昭和十二年)という。同時に彼は郷里の足尾銅山鉱毒問題にいち早く取り組み、被害者の救済に奔走した熱心な社会運動家でもあった。兄に『足利新報』(現『下野新聞』)を創刊した須永平太郎がいる。

右文社の出版活動は、わずか二年ほどの短い期間にすぎない。しかし、須永金三郎が博文館在社中に培った人脈とノウハウを活かして、特色ある出版物を刊行している。代表的なものに「ニッケル文庫」があり、第七編まで続いたことが確認できる。定価は五銭で、その名のとおりニッケル貨一枚で買える少年向け叢書である。これは欧米の廉価版叢書やそれにならって薄利多売方式をとる博文館の出版戦略を取り込んだものと考えてよいだろう。他にモリエール原作・松居松葉翻案『滑稽劇 当世女学者』(明治二十七年)のような風刺諧謔の文学がいくつかある。さらにこれらの出版物に先立って、明治二十六年九月に創刊されたのが雑誌『少年子』である。創刊号の記事の構成は、少年子(論説)、史談、社会、諷叢、動植物園、理科、地理地文、叢談、余興からなる中学校程度の課外読み物的な性質の雑誌であった。

かつて博文館で『日本之少年』の編集を担当した当時の須永は、「硬軟両様の筆を執り、「日本之少年」の発行部数を増加し、数年後には其頃に例のなき毎号約一万部ほどに上らしめた」(『博文館五十年史』)とされる。博文館の発展の基礎を築いた雑誌『日本大家論集』を凌ぐ有力な雑誌へと『日本之少年』を成長させた実績があったのである。教育勅語の発布前後には、『少年園』や『小国民』などをはじめとする少年雑誌が次々と誕生している。その背景には、言うまでもなく教育の普及による青少年読者層の拡大があった。そうした時流に焦点を合わせるかたちで、右文社の出版活動は行われている。それは他社と競合するなかで結局は軌道に乗らないままに終ったが、総じて右文社は、青少年読者を主な対象として啓蒙と娯楽を提供することを目指していたといえる。

魯庵の須永との結びつきは、おそらく『日本之少年』にはじまり、しばしば同誌に寄稿している。須永が博文館を辞する直前には、アーヴィング『旅人物語』(一八二四年)からの翻案「当世作者懺悔」(明治二十六年三―六月)が連載される。そこでは原作が「今日の文学流行時代に適応する事少からねば其まゝを我が世界に移し替へて、あやふやなる見地をもて文学を愛好する人々に示す」という前書きのもと、三文文士の生態を痛烈に風刺し、「諸君よ、忘れても著述家となる勿れ」と読者を戒めている。『文学者となる法』は、こうした一連の若い文学愛好者に向けて書かれたものと密接なつながりがある。『少年子』には魯庵（当時の筆名は不知庵）の署名入りの記事は見られないが、彼が執筆したとおぼしい記事がいくつか散見され、同誌にも深く関わっていたことがうかがえる。

雑誌は自社の出版物の恰好の宣伝媒体でもある。明治二十六年十二月の『少年子』には、「三文字屋金平先生口授」として『文学者となる法』の広告が現れる。誌面の二頁を割いて趣旨を述べ、読むことを勧める文章で、魯庵の自筆と推定される。この広告には「明年一月出版」とあるが、実際の刊行は四月にずれ込んだ。魯庵の日記によれば、明治二十七年一月二十四日の記事に、「須永金三郎同道、小林清親を加賀町の寓に訪ふ。清親年歯五十計、長大粗横の漢子、善飲善談」（『内田魯庵全集』別巻、昭和六十二年）とあり、本作に挿絵を描くことになる清親にはじめて会っている。清親は『少年子』にポンチ絵を多く描いているが、当日は『文学者となる法』の件で打ち合わせをしたようである。したがって、この頃までに魯庵は原稿を擱筆していたと考えられる。

さらに『文学者となる法』の刊行と同じ明治二十七年四月の『少年子』には、「文学者となる法の書束」と題する逸文（野村喬『内田魯庵伝』〈平成六年〉に引用・解説がある）が掲載されている。「最初同書の巻首に差加へらるべき筈なりしが都合ありてやめになりたるを惜しき儘記者其儘に貰受けて茲に四ページの埋草とはなしぬ」という注記があり、やはり宣伝を兼ねたものに他ならない。「神保町の差配人某」が「右文社編輯所」に宛てた手紙の形式で、三文字屋金平が滞納した長屋の家賃代わりに「稿本」を置き去りにしたので買い取ってほしいという内容である。「記者」の注記にしたがうなら、『文学者となる法』は当初は三文字屋金平の「稿本」というかたちにする予定だったのが、後に一文字屋風帯による「序」を加えた口述筆記に変更されたことになる。それによって十八世紀ロンドンの三文文士たちの巣窟であったグラブ街に見立てた神田錦町という場や三文字屋が文学愛好者に向かって長広舌をふるうさまが、弟子分の一文字屋のまなざしを通して描かれ、テクストにおける発話の位置が明確化されている。この一文字屋の「序」は、「以上の外に婦人に接する礼式、家庭《ホーム》に於ける心得、或は宗教道徳其他の社会人事に関する文学者の見識を説法《はな》したいが先づ今日はお預けとすべし。あア、くたびれた！」（四二六頁）という三文字屋の言葉と彼が仏の姿になって大あくびをする姿の挿絵で終る結末に対応している。三文字屋の「説法」が中途で投げ出された〈開かれた終り〉にしたことが、あるいは序文の差し替えに帰結したのかもしれない。婦人や家庭などの問題を「お預け」としたことは、より若い世代の読者に向けて語るという姿勢にも見合っている。

文学の流行は、ただ文学を愛好するだけでなく、自ら文学者になることを志す青少年の増加をもたらす。『文学者となる法』は同時代の文学状況を熱罵することを通して、彼らに警鐘を鳴らし、文学者となることの難しさを抉り出していくのである。

逸話の小宇宙

『文学者となる法』の刊行当初、三文字屋金平の正体について穿鑿する記事はいくつかあったが、真っ向から批評したものはほとんどなかった。わずかに『早稲田文学』（明治二十七年四月）は、書評でいち早く取りあげ、「散文の『ダンシアツド』ともいふべき著作」であるとし、「大体よりいへば観察の精細、諷刺滑稽の自在、引証の豊富、行文措辞の老練尋常著述家の企て及ばざる所、此の著者学は和漢洋に渉り、露国の小説に精しく、十八世紀の英国文壇の情況に精しく、又元禄文学に精しく、和漢洋の逸話に富みたり」と記している。ここで指摘されるとおり、このテクストの大きな魅力のひとつが、縦横無尽に言及される文人の逸話にあることは確かだろう。

これらの逸話には、魯庵が交遊を通してじかに見聞した材料と読書を通して得た知識とが織り込まれている。人物の個性をきわだたせるこうした逸話への関心は、魯庵が私淑するアディソンやディケンズの性格描写《キャラクター・スケッチ》に通底するといえる。

能弁家であった魯庵の長っ尻は有名で、硯友社や根岸派の連中などを頻繁に訪ねては興味の尽きるまで話し込んだ。尾崎紅葉なども著作の邪魔をされて閉口していたことが伝えられている。また、当時の彼の日記には、談話の内容が詳細に記録され、巧みな人物観察が行われているという(野村喬『内田魯庵伝』)。このような同時代の文学者については、直接の交遊がなくてはうかがい知れないような内幕を暴露した逸話も少なくない。また、文人好みの衣食住を説く一節などには、風俗や趣味に関する魯庵の並々ならぬ観察眼が現れている。同時に、魯庵が当時の主要な新聞や雑誌を細部にいたるまで丹念に読み、その記事にもとづいて正確に記述されている逸話も数多い。

一方、すぐれた読書人としての魯庵の本領は、その博覧強記をもって引用される多様な事例に発揮されている。魯庵は『国民之友』(明治二十二年四月)の愛読書アンケート「書目十種」に、「徒然草　謡曲数種　近松門左衛門著作　京伝のしやれぼん　古文真宝　ツルゲーネフあひゞき及めぐりあひ　Deserted Village, and Traveller. Spectator (Addison). Johnson's Lives of the Poets. Dickens' Works.」と回答していた。こうした古今東西やジャンルを問わない日常の旺盛な読書の成果が、テクストのいたるところにちりばめられているのである。そのすべてを追究することはできないが、ここではしばしば引用される近世および西洋の文人の逸話に関して依拠したと思われる主な書物を管見のかぎりあげておくことにする。それらはおのずと当時の読書文化の一端を知る手がかりとなりうるだろう。

まず近世関係では、もっとも言及が多いのは式亭三馬についての逸話であり、いずれも岩本活東子編『戯作者六家撰』(安政三年)に拠っている。山東京伝の逸話も同書に見える。戯作者については、他に八島定岡『狂歌奇人譚』(文政七年)から十返舎一九の逸話などがある。また、徳元、許六、其角などの俳人の逸話は、竹内玄玄一『俳家奇人談』(文化十三年)や建部綾足『芭蕉翁頭陀物語』(寛延四年)などに拠り、歌舞伎では並木五瓶の言葉が入我亭我入の狂言作法書『戯財録』(享和元年成立)から引用されている。

また、儒者や文人の逸話も多いが、それらは主に原念斎『先哲叢談』(文化十三年)、東条琴台『先哲叢談後編』(文政十三年)、松村操『近世先哲叢談』正続(明治十三―十五年)などの儒者の伝記集および伴蒿蹊『近世畸人伝』(寛政二年)にもとづいている。「『先哲叢談』は青年時代の私の聖書《バイブル》であつた」(『バクダン』大正十一年)と後に魯庵が述べているとおり、そこには深い傾倒のほどが見出せる。その他に依拠したものとしては、真田増誉『明良洪範』(江戸中期成立)、岡谷繁実『名将言行録』(明治二年)などがある。

次に西洋文学に関しては、前述の「書目十種」に愛読書としてあげられていたジョンソンの『詩人伝』(一七七九―八一年)から、サヴェジ、カウリー、オトウェイなどの破天荒な生涯を送った詩人の逸話が度々取りあげられている。また、ジョンソンその人についての逸話は、ボズウェルの『ジョンソン伝』(一七九一年)、ピオッツィ夫人の『ジョンソン逸話集』(一七八六年)などに拠っており、これらは魯庵が『文学者となる法』に続いて出版する『ジョンソン』(明治二十七年)でも主要な参考文献とされている。同じ「書目十種」にあるゴールドスミス、ディケンズについては、フォースターの『ゴールドスミス伝』(一八五四年)や『ディケンズ伝』(一八七二―七四年)を詳しく読んでいることがわかる。

他にも伝記類としては、民友社の「十二文豪」シリーズがモデルとしたジョン・モーレー編集『英国文人伝』中の『スコット伝』(R・H・ハットン、一八八七年)や『グレイ伝』(E・W・ゴス、一八八二年)などからの逸話の紹介があり、カーライルの『シラー伝』(一八二五年)、マコーレーの『ミルトン論』(一八二五年)、そしてウィリアム・リーによる評伝と未刊行作品を収めた浩瀚な『デフォー』(一八六九年)なども引用されている。

さらに伝記類以外では、テーヌの大著『英国文学史』(一八六三―六四年)に依拠したと見られる逸話がいくつかある。また、『文学者となる法』第五章には文学者がいかにして出版者と関係を結ぶべきかが説かれ、イギリスの出版者の逸話が数多く引き合いに出されているが、その大半が依拠しているのはH・カーウェン『書籍商の歴史』(一八七三年)である。これは本格的なイギリスの書籍商史として当時もっとも充実した著作であり、近代の主要な出版者(書籍商)の伝記が豊富なエピソードや挿絵とともに掲げられ、ポープが『ダンシアッド』で罵倒することになった出版者たちとの確執についても詳述されている。

もちろん参照されているのはこうした重厚な著作ばかりではなく、当時広く流通していた逸話集や引用句集、事典類、あるいはさまざまな英文雑誌などもあると推定されるが、それらについては十分に明らかではない。ただ興味深いのは、スウィントンの『英文学』(一八八〇年)のような当時の標準的な上級者向け英語教科書もふまえていると考えられることである。同書はシェイクスピアをはじめとする四十名の英米の文学者についての肖像および小伝、著名な批評、主要作品の抜粋を収める。『文学者となる法』第二章には西洋の文学者の個性的な風貌が紹介されているが、その多くは同書に掲載の肖像にもとづくと見てよいだろう。同様の英語教科書にはバーンズの『ナショナル第五リーダー』(一八八四年)もあり、やはり英米の文学者の代表作が多く抄録されている。こうした広く用いられていた英語教科書類が、西洋文学のエッセンスを理解するうえで果たした役割も決して小さくなかったに違いない。

これらの多くの書物や新聞・雑誌および直接の見聞を通して蒐集された夥しい逸話は、融通無碍に組み合わされていく。たとえば、第二章では文学者となるための心性上の要件として「怠慢」「無精」などをあげて、ゴールドスミスと式亭三馬の「怠慢」ぶりを示し、ゴンチャロフ、コリンズ、小野蘭山、山東京伝の「無精」に及ぶというように、思いがけない遭遇が繰り広げられている。こうした逸話は、線条的に展開する歴史のコンテクストから切り離された断片として、時間や空間の隔たりを超えて多元的な集合体を構成し、さまざまな異質な時空間を生きた文学者たちが共時的に顔を揃える、一種のユートピア的な小宇宙を作り上げているのである。

多くの逸話は、常識を逸脱した文学者の片鱗を垣間見せるものだが、それとは逆に理想的な文学者のあり方を示すものもいくつかある。なかでも魯庵がもっとも敬愛するサミュエル・ジョンソンに関しては、サヴェジやゴールドスミスの窮境を救い、各界の名流が集う文学クラブを主導する逸話などを通して、その品性にすぐれた清廉な交遊や識見の高さを浮き彫りにし、理想の文学者として提示される。これに対して、明治二十年代の文学者は、いわばその陰画として捉えられていくことになる。

文学者と出版者

ジョンソンが十年近くの歳月をかけてほぼ独力で『英語辞典』を完成し、パトロンの庇護を受けない文学者の自立を志向したことはよく知られている。しかし、一方でパトロンと訣別することは、他方で出版者と手を結ぶことでもあった。文学者は出版者に対してどのように向きあっていくべきか。それが新たな課題となるのである。

こうした事情は、日本の近世において多分に道楽として文筆に親しんだ戯作者と本屋の関係とは異なっていたが、「『戯作』と云へる襤褸《ぼろ》を脱ぎ『文学』といふ冠着け」（二六六頁）たといわれる明治二十年代の文学者にとって出版者との関係にはいかなる問題が横たわっていたのだろうか。

明治二十年代は出版界の変革期にあたり、出版活動が急速な拡大を遂げつつあった。内務省の統計によれば、図書の出版数がはじめて一万部を超えるのは明治二十年のことであるが、その後も順調な伸びを示し、二十四年には二二、五六八部と倍増している。こうした機運のもと、起業家精神にとむ出版者が次々と登場し、旧来の出版形態にとらわれない投機的な試みに挑み、大きな成功を収めていく。明治期の文学関係の出版をリードする博文館と春陽堂は、その新興勢力の旗頭的な存在だった。

『文学者となる法』第五章では、博文館の創業者・大橋佐平を十八世紀イギリスの出版者エドマンド・カールとアレクサンダー・ドナルドソンになぞらえている。カールは盗版や偽版で世間を騒がせ、ポープの『ダンシアッド』においてグラブ街の三文文士とともに徹底的に断罪されているが、その「ダウントレス（不屈の）・カール」と呼ばれたとおりの商魂たくましい旺盛な出版活動を展開した。また、カールの没後十数年をへだててロンドンに書店を開業するドナルドソンは、法律上の版権の切れた書物を廉価版として次々に出版し、永代版権を独占しようとする従来の慣習を打破して巨万の富を築いた。各種雑誌からの無断転載で物議をかもした『日本大家論集』や『実用教育 新撰百科全書』『日本文学全書』などの廉価版叢書を矢継ぎ早に刊行する大橋佐平は、彼らの出版活動に重ね合わせるかたちで「利に敏き商人」「天下の書籍を廉売して普く智識を広むるに汲々たる一種の"Philanthropist"」(四一一頁)と揶揄される。

これに対して春陽堂の創業者・和田篤太郎は、ヘンリー・コルバーンとジェイコブ・トンソンに見立てられている。コルバーンは一般読者の好みにかなう軽い読み物を掲載した週刊誌『リテラリー・ガゼット』を発行して成功した十九世紀半ばのイギリスの出版者で、リットン、エインズワース、ディズレーリをはじめとする当時の流行作家の小説を専門的に手がけ、その廉価版叢書「モダン・ノベリスト」は書物の低価格化と大衆化に拍車をかけることになった。一方、十七世紀末から十八世紀初頭に活躍したトンソンは、ドライデンの詩集やミルトンの『失楽園』、シェイクスピア全集などを刊行して文学の普及に寄与した出版者であり、キット・キャット・クラブの幹事を務めて文学者を経済的に援助し、カールとは対照的に「出版界のプリンス」(カーウェン『書籍商の歴史』)と持てはやされた。「小説専売所」の観を呈する春陽堂が、「探偵小説」シリーズのような通俗的な廉価版叢書を刊行し、人気のある「紅葉、浪六二大関の出板家元の名誉を戴ける」(四一三頁)点を捉えて、彼らに似ているとされるのである。

このようなアナロジーによる把握を通して、イギリスで約二世紀をかけて行われてきた出版文化の革新が、明治二十年代の日本においてわずか数年のうちに進行しつつあったことが明瞭に浮かび上がってくる。しかしその急速な革新は、反面で大きな矛盾をもたらした。とりわけ問題は、肝心の文学者のあり方そのものが、実際には相変わらず近世の戯作者気質から抜け出しきれていないことにあった。だからこそ、「英国の出板人は概ね有識の士にして著作者と対等の交際をなす。(中略)然るに日本に於ては全く其観を異にして著述者は恰も他の出入職人と同じ待遇を受くるに甘んじ唯表面だけ先生号を奉られて得々たり揚々たり」(四一六頁)と風刺されることになる。

魯庵は「今日の小説及び小説家」(『国民之友』明治二十六年七月)でも、「人気《じんき》」に投ずることが文学の不振をまねくことを強く批判している。とはいえ「人気」をよそにして売れる見込みのないものを書いても、出版者が取りあってくれるはずはない。この文学者が直面せざるをえないジレンマは、奥泰資「文学と糊口と」(『早稲田文学』明治二十五年九―十月)などにも説かれている。

文学者が出版者への服従から脱却して自立するためには、何よりもまず文学をもって生計を立てることができなければならない。しかしながら、当時の出版をめぐる状況はそれとはほど遠いところにあった。その主要な要因として安い原稿料と版権(著作権)買取り制の問題があることは見易いだろう。ただ、これらの条件は必ずしも文学者に不利で、出版者にばかり有利なわけではなかったことに留意したい。著作権法が制定されるのは明治三十二年のことだが、印税制度はなかなか浸透してはいかなかった。日露戦争後に至っても、「今とは逆で、ケチな出版屋は印税を希望し、著者は買切りの原稿料を希望した。というのは、原稿料は前払いで、印税は刷上げてからが多い。しかも六十銭本を千二百か千五百部刷られると、印税は七十円か九十円で後払いとなり、それよりも原稿料前払いで八十円か百円取つた方が、著者には有利だつたからである。再版などに希望をもつことが出来なかつた程、一般の読書力は低かつたのである」と、小川菊松はその事情を説明している(『出版興亡五十年』昭和二十八年)。

そうだとするなら、文学者と出版者の関係を根底において規定していたのは、両者をともに支えている出版の市場規模の問題であったことになる。明治二十年代半ばには、「方今の書籍の最も売れたるものにても一万五千の上に出でたるは教科用書にして俗受を兼ねたる者のみなり大概は三千部以下二千部位がトマリ」であり、「文学的報酬の僅少なるも宜ならずや」（「書籍の売高」『早稲田文学』明治二十五年十二月）というのが実状であった。同様に雑誌についても営業として成り立たせることはきわめて困難であって、「多年維持し来れる雑誌を観るに彼等ハ殆ど営業の為にせざる者なり（中略）主筆が専心して局に当り損徳に拘らずして編輯に従へる者なり」（「雑誌営業」同前）とされる。つまり、出版界が活況に向かいつつあったとはいえ、文学市場はきわめて小さなものでしかなかったのである。

このような出版界の状況が打開される兆しが見えてくるのは、明治末から大正期にかけての出版資本主義の発展を待たなければならない。後に魯庵が明治二十年代を回顧して「文人の生活は昔しとは大に違つて来た。（中略）今日の文人は最早社会の寄生虫では無い、食客では無い、幇間では無い。文人は文人として堂々と社会に対する事が出来る」（「二十五年間の文人の進歩」『太陽』明治四十五年六月）と記すのは、明治末年のことである。

魯庵がジョンソンを理想の文学者と仰ぎ、文学者の自立を目指したことは確かだが、『文学者となる法』を発表した当時は、まだその展望は開かれていなかった。文学社会の価値規範が大きく変容する過程で、文学者は否応なく理想と現実のジレンマを抱え込まざるをえなかったのである。

風刺が「或一種の不調子《インコンシステンシイ》、或一種の弱性《フレールチイ》を目懸けて一散に疾駆」（北村透谷「油地獄を読む（緑雨著）」）するものであるとすれば、文学者の置かれた宙づりにされた困難な状況が、対象をネガティブに告発する風刺という表現方法を魯庵に選び取らせたのではないだろうか。

新 日本古典文学大系 明治編 29
風刺文学集

2005年10月28日　第1刷発行
2025年3月7日　オンデマンド版発行

校注者　中野《なかの》三敏《みつとし》　宗像和重《むなかたかずしげ》
十川《とがわ》信介《しんすけ》　関《せき》　肇《はじめ》

発行者　坂本政謙

発行所　株式会社 岩波書店
〒101-8002 東京都千代田区一ツ橋 2-5-5
電話案内 03-5210-4000
https://www.iwanami.co.jp/

印刷／製本・法令印刷

ISBN 978-4-00-731529-9　Printed in Japan